Dorothy Dunnett

DAS SPIEL DER SKORPIONE

Niccolo und der Kampf um Zypern

Roman

Deutsch von
Hermann Stiehl

Wunderlich

Die Originalausgabe erschien 1989 unter dem Titel
«The House of Niccolò: Race of Scorpions»
bei Michael Joseph Ltd, London
Umschlaggestaltung Walter Hellmann
(Ausschnitt aus dem Fresko «Christus übergibt
Petrus die Schlüssel zum Himmelreich»
von Pietro Perugino, um 1482.
Vatikan, Cappella Sistina)

1. Auflage April 1992

Satz Baskerville (Lasercomp) LibroSatz, Kriftel
Druck und Bindung Franz Spiegel Buch GmbH, Ulm
Printed in Germany
ISBN 3 8052 0510 4

Niccolo und der Kampf um Zypern

Kapitel 1

In diesem November schickte Gott Schnee nach Norditalien, zum Leidwesen aller, die zu Pferde unterwegs sein mußten. Die Straße zwischen Porretta und Bologna war kaum noch passierbar und wurde nur noch von den Abgehärtetsten benutzt. Zu diesen gehörte der Mönch Ludovico de Severi da Bologna, der sich eines Abends in grimmig-guter Laune von Porretta aus auf den Weg machte. Der Schnee hatte ihm Glück gebracht: er hatte die Seelen, die er suchte, ausfindig gemacht.

Das törichte Weib war hier in Porretta und würde am Morgen gen Norden aufbrechen. Und der Mann, nun, der bediente sich eben dieser Straße in südlicher Richtung und war durch den Schneesturm in dem Weiler Silla steckengeblieben. Die beiden mußten sich irgendwann begegnen, es war gar nicht anders möglich. Die Frau war (für eine Frau) eine respektgebietende Person. Der Mann war ein frecher junger Liederjan, und Carlotta würde leicht mit ihm fertig werden. Durch die weiß-düstere Dämmerung zockelte Fra Ludovico auf seinem Maultier weiter nach Silla und ließ aus voller Brust Psalmen erdröhnen, daß Schneeklumpen von den Bäumen fielen. Er erreichte Sillas einzige Herberge erst spät, brachte Maultier und Diener im Stall unter und erhielt eine Liegestatt für die Nacht. Nachdem er am nächsten Morgen früh aufgestanden war, unternahm er den matschigen Gang zu den Latrinen, brach das Eis im Wasserkübel und erfuhr alsbald Neues von dem Gesuchten. «Er ist hier», meinte einer der anderen Reisenden. «Großer Bursche, so alt wie mein Enkel. Hört auf den Namen Niccolo.»

«Das ist er», sagte Ludovico da Bologna. «War früher mal ein Lehrling namens Claes. Wo ist die Gaststube?»

Unterdessen saß Nicolaas van der Poele wie ein Einsiedler müßig in einer Fensternische. Er ärgerte sich über vieles, vor allem jedoch darüber, daß er nüchtern war.

Wegen des Schneesturms war die Herberge überfüllt. In dem lauten Stimmengewirr der Gaststube konnte er fünf verschiedene Sprachen ausmachen. Da war eine Gruppe engelhaft blonder Höflinge aus Polen, frisch gesegnet und ermuntert von Papst Pius. Da waren Kaufleute aus Mailand und Ferrara, Agenten und Boten von der Adriaküste, die Pisa, Florenz oder Rom zum Ziel hatten. Aus Bologna war eine lärmende Schwadron der Reiterei des ersten Bürgers der Stadt eingetroffen, angeführt von einem stoppelbärtigen Hauptmann, der sich rasch stieräugig getrunken hatte. Nicolaas schenkte sich ein, saß dann da und starrte in den Becher.

Auf sich allein gestellt, konnte er eigentlich tun und lassen, was er wollte. Die zwei Maultiertreiber und den Knecht hatte Thomas, sein einziger Gefährte, in Venedig in Dienst genommen. Thomas redete seit einigen Tagen kaum noch ein Wort. Die gewaltige Warenladung, die er, Nicolaas, aus dem Osten mitgebracht hatte, war längst zusammen mit seinen damaligen Reisebegleitern in alle Winde zerstreut. Er selbst befand sich, durch Geschäfte aufgehalten, auf dem Weg zu dem Ort, an dem seine Ehefrau gestorben war. Seit er von ihrem Tod erfahren hatte, verfügte er zum erstenmal über freie Zeit. Er fand, daß ihm die Reise nicht behagte und daß er beklommen ihrem Ende entgegensah.

Auf dieser Reise bedurfte er keiner Leibwache. Die Räuber,

die es auf reiche Kaufleute abgesehen hatten, würden in ihm fürs erste kaum den Niccolo vermuten, der mit einem Vermögen aus den Ruinen von Trapezunt zurückgekehrt war. Und wenn sie davon unterrichtet waren, würden sie auch wissen, daß seine Gemahlin, das Oberhaupt seines Handelshauses, während seiner Abwesenheit gestorben und ihr Geschäft in andere Hände übergegangen war – Umstände, die es mit sich brachten, daß er sich jetzt im Alter von fast einundzwanzig Jahren auf einer sinnlosen Reise nach Burgund befand, der sich wohl eine weitere Reise ins heimatliche Brügge anschließen würde.

Nicolaas sah im Augenblick also keine Veranlassung, die Herberge zu verlassen, zumal der Schneesturm die Nacht hindurch und noch in den Morgenstunden anhielt. Er saß nur da, den leeren Krug neben sich, und würfelte gegen sich selbst, während der Wind graue Flocken wider die Scheiben aus gelbem Horn trieb. Die junge Frau, die gestern zu ihm ins Bett gewollt hatte, kam und ging wieder, und zwei der Bogenschützen von Bentivoglios Trupp luden ihn zu einem Spielchen ein. Auch einer von ihnen hatte zu ihm ins Bett gewollt. Sie gingen wieder. Nicolaas würfelte unerschütterlich weiter. Thomas kam zu ihm und spähte durch sein Fenster. Er sagte: «Da ist dieser Mönch wieder. Er ist gestern am späten Abend angekommen. Die Straße muß von Süden her passierbar sein.» Er blickte erwartungsvoll auf, wurde aber keiner Erwiderung gewürdigt. Thomas war die Herberge leid, die Herberge und Meister Nicolaas van der Poele, den jüngsten Bankier in Venedig.

Sie befanden sich auf dem Weg nach Süden, auf einem Abstecher zu den medizinischen Bädern von Porretta. Sante, der kränkelnde Stadtfürst von Bologna, wünschte eine geschäftliche Angelegenheit zu besprechen. Es ging um Seide. Vielleicht hatte er weitere Aufträge, die Nicolaas aber würde ablehnen müssen, da er nicht mehr von Trapezunt aus die Geschäfte betrieb. Thomas starrte noch immer in den Schnee hinaus und sagte: «Schaut nur, der Mönch winkt. Man könnte glauben, er kennt Euch.» Er sprach das Flämisch der Soldaten, mit starkem englischen Akzent.

Nicolaas sagte: «Vielleicht ist es der Herrscher von Bologna auf der Suche nach seiner Hausreiterei. Das wäre dumm. Der Hauptmann schläft noch.»

Er hörte nicht zu, das ärgerte Thomas am meisten. «Ich sagte, es ist ein Mönch», fuhr er fort. «Ein Franziskanerbruder, ein Mann wie ein Baum. Jetzt kommt er herein.»

Nicolaas warf die Würfel hin. Die Tür wurde aufgestoßen, und auf der Schwelle stand ein stämmiger Mann in einer frischen Schneepfütze. Er zog sich den Umhang von den Schultern. Seine strumpflosen Füße steckten in nassen Sandalen, auf jeder Zehe wuchs ein schwarzes Haarbüschel. «Messer Niccolo van der Poele», sagte er. «Erinnert Ihr Euch noch, mein Junge?»

Nicolaas seufzte tief und erhob sich langsam. «Ich könnte Euch nie vergessen. Thomas. Fra Ludovico da Bologna, der Mann, der die Türken aus Europa hinausjagen will. Habt Ihr das erforderliche Geld jetzt beisammen?»

«Scherzt Ihr nur», sagte der Mönch ungerührt. Er zog mit dem Fuß einen Hocker heran und setzte sich. «Ihr seht aus, als hättet Ihr Scherze nötig. Ist das Bentivoglios Reiterei?»

Er blickte zu den Männern hinüber. Ihre Farben waren leicht zu erkennen, desgleichen der Grad ihrer Trunkenheit. Nicolaas setzte sich und sagte: «Ja. Sie sind auf dem Weg nach Porretta, um einen Gast ihres Herrn abzuholen. Der Schnee und der Wein haben sie hier festgehalten.»

«Und ich wette, Ihr kennt den Namen der Person, um die es sich da handelt», sagte der Mönch. «Seid ihr sogar schon in Venedig begegnet, hab ich recht? Seid nicht auf ihr Angebot eingegangen, hab ich recht? Und jetzt treibt Ihr Euch hier herum und seid bemüht, ihr nicht noch einmal zu begegnen, hab ich recht? Natürlich hab ich recht. Ihr habt das Eurem Thomas hier nicht gesagt, aber ich kenne Eure Spielchen.» Eine Schankmagd kam vorüber, und er sagte: «Nun, mein Kind – schon gebetet heute morgen?»

«Ja, Bruder», sagte sie und wollte sich rasch zurückziehen, mußte aber stehenbleiben, da Bruder Ludovico sie an ihrem Kruzifix ergriff und wie an einem Strick festhielt.

«Das bezweifle ich», sagte er. «Knie nieder und nimm es in die Hand. Dazu ist es gedacht.»

Sie umfaßte gehorsam ihr Kruzifix und schloß die Augen, während er seine Stimme zum Gebet erhob. Nach zwei Minuten war er fertig und gab ihr seinen Segen und einen leichten Klaps. «Das wird dich von hier bis in die Küche beschützen», sagte Fra Ludovico da Bologna. «Jetzt bring mir einen Krug Wasser. Und sag deinem Herrn, hier sei ein bescheidener Diener Gottes, der für irgendwelche Krumen, die von seinem Tische fallen, gern den Segen des Himmels auf sein Haus herabfleht.» Er wandte sich um. «Nun, Messer Niccolo, ich habe Neuigkeiten für Euch. Die Dame von Porretta kommt hier vorbei. Sollte ihre Eskorte nicht eintreffen, so wollte sie sich allein mit ihrem Gefolge auf den Weg machen. Sie muß jeden Augenblick hier vorüberziehen.»

«Solange sie es dabei beläßt», sagte Nicolaas. Er blickte der Schankmagd nach, die davoneilte.

Der Mönch sah ihn an. Sein Haar war so schwarz und wuchs so üppig, daß selbst in barbiertem Zustand Schädel und Wangen bläulich schimmerten. «Nun, ich sehe, Ihr habt die Nöte Eurer Nächsten im Auge», sagte der Mönch. «Ihr würdet die Frau ohne zusätzlichen Schutz da draußen nach Bologna weiterreiten lassen, während diese Burschen da den Zorn ihres Herrn auf sich ziehen, wenn sie hier schlafen und nichts davon merken?»

«Das sollte ich wahrscheinlich», meinte Nicolaas, «aber es wird schon alles gutgehen, denn Ihr werdet den Hauptmann gewiß wecken.»

«Nein, den Leutnant», sagte der Mönch. «Der Hauptmann hat ein wenig die Verbindung zu seinem Verstand verloren.» Er blickte hinaus. Thomas bemerkte, daß er die Straße recht aufmerksam beobachtete.

«Stimmt etwas nicht?» fragte Nicolaas.

Der Mönch wandte ihm den Kopf zu. «Endlich aufgewacht? Ich weiß nicht, ich glaube, da war etwas.»

Thomas blickte zum Fenster hinaus. «Da ist auch etwas», sagte er. «Ein Mann. Reitet aus südlicher Richtung auf uns zu. Ein verwundeter Soldat.»

Nicolaas und der Mönch erhoben sich gleichzeitig, einer wie vom Blick des anderen hochgezogen. Der verwundete Reiter kam näher. Er rief etwas. Die Tür der Herberge flog auf, und zwei der Reiter stürmten hinaus, begleitet von drei Polen. Nicolaas sagte: «Ihr wußtet, daß das geschehen würde.»

Fra Ludovico würde gewiß niemals einen befriedigten Gesichtsausdruck zustande bringen. Er sagte: «Bin ich ein Schwarzkünstler? Aber das ist eine Botschaft von unserer Frau. Räuber und Mörder lieben Reisende. Dieser Mann da ist ausgeschickt worden, um Hilfe zu holen.»

Jetzt stand eine ganze Gruppe von Menschen vor der Tür, und man half dem Mann vom Pferd. Der Leutnant verließ unsicheren Schrittes den Raum. Vor dem Kamin lag schnarchend der Hauptmann. Nicolaas meinte: «Ist es denn nicht ein Glück, daß er hier eine ganze Schwadron Reiterei vorfindet?»

«Ohne Hauptmann», sagte Ludovico da Bologna.

Thomas sah von einem zum anderen und blickte dann zum Fenster hinaus und wieder zum Kamin. «Jemand ist auf der Straße überfallen worden», sagte er. «Habt Ihr das gehört? Eine Bande belagert Reisende in einem Gehöft.»

Der Mönch lächelte, während er noch immer Nicolaas anblickte. Nicolaas sagte: «Hört sich so an.»

Dies verblüffte Thomas. «Sollten wir sie dann nicht heraushauen?» fragte er. «Ich hätte nichts dagegen.»

«Da habt Ihr's», sagte Ludovico da Bologna. «Da spricht der alte Kriegsmann. Werdet Ihr ihn allein gehen lassen? Ihr scheint nicht mit ihm gehen zu wollen.»

Thomas vermutete dahinter einen gegen seinen Dienstherrn gerichteten Vorwurf. Er versicherte: «Messer Nicolaas versteht zu kämpfen.» Er hielt inne und setzte hinzu: «Inzwischen.» Draußen wurden Pferde herbeigeführt, Männer saßen auf und andere rannten mit Helmen und Schwertern hin und her. Unter ihnen befanden sich auch die Polen und mehrere andere Männer, die keine Krieger waren.

Nicolaas seufzte abermals. Er sagte: «Ich glaube, ich habe Euch nie für das gedankt, was Ihr in Florenz getan habt. Dann laßt mich Euch also jetzt für alles Dank sagen. Thomas – die Stallknechte und die Waffen. Wir reiten mit.»

Das Gesicht seines Gefährten hellte sich auf. Thomas sagte: «Ist ja auch nicht anders möglich, wo es um eine Frau geht. Wer ist die Frau, die da überfallen wird, Master Nicolaas?»

«Sie ist keine gewöhnliche Frau», entgegnete Nicolaas. «Sie ist eine Königin und heißt Carlotta.»

Zum Zeitpunkt des Überfalls war Carlotta, von Gottes Gnaden Königin von Jerusalem, Zypern und Armenien, vierundzwanzig Jahre alt, klein, schlank und von äußerst scharfem Verstand. Als sie von Porretta aufbrach, hätte sie sich wohl in die warmen Bäder zurückwünschen können. Statt dessen aber ärgerte sie sich bereits über die verschwendeten Tage, zuerst in Rom und dann bei fruchtlosem Bitten und Schmeicheln in Florenz. In Porretta hatten die fünfzig Reiter des Papstes sie verlassen, aber sie würde bald ihrer nächsten Eskorte begegnen. Messer Sante hatte sie angefleht, auf den Schutz zu warten, aber sie war der Ratschläge alter Männer müde. Überhaupt jedes Ratschlags. Hätte sie auf Luis, ihren Gemahl, gehört, wäre sie nie aus Zypern herausgekommen. Er wurde noch immer auf der Insel belagert und beklagte sich über den Mangel an frischer Nahrung. Jetzt sollte er zufrieden sein. Der Papst schickte ihm Getreide – blieb nur zu hoffen, daß es ankam und Luis das Köpfchen hatte, es zu mahlen.

In jedem Fall war sie nicht völlig ohne Geleit. Bei sich hatte sie seit ihrer Landung in Italien den Anführer ihrer Höflinge aus Zypern, ihr persönliches Gefolge und genügend Krieger zur Bewachung der verschnürten Kisten, die alles enthielten, was sie noch anzubieten hatte. Da es sich dabei weder um Dukaten noch um Schmuck handelte, hatte sie nicht mit einem Überfall gerechnet und war frisch darauflos geritten. Die Griechen und die Hochgeborenen waren wie üblich die Ängstlichen, die jammerten und zögerten. Sie sagte ihnen in scharfem Ton, was sie von ihnen hielt. Die anderen hielten mit, wie zu erwarten gewesen war. Carlotta glaubte an so etwas wie Berufsehre.

Die Angreifer brachen aus einem Gehölz hervor. Ohne den Schnee hätte sie sie früher gesehen. Sie ritt so schnell, daß die fliegenden Flocken einen Tunnel bildeten, der alles verdunkelte. Dann sah sie aufschimmernde Umrisse, die auf sie zugestürzt kamen, die langgestreckten Pferdeköpfe, die ovalen beschlagenen Schilde. Sie stieß einen Warnruf aus und riß ihr Pferd herum, während die anderen hinter ihr nachdrängten. Die Wagen kamen schräg zum Halten. Und sie sah einen weiteren fremden Reitertrupp, der sich von hinten rasch näherte und ausfächerte, um sie einzukreisen.

Zornig warf sie ihr Pferd mehrmals herum. Der sich lichtende Schnee gab den Blick frei auf die Umfassungsmauer eines Gehöfts, hinter der man einen Obstgarten, einen Kuhstall und ein großes, massives Haus mit geschlossenen Läden erkennen konnte. Hinter dem offenstehenden Tor zeigte der Schnee auf dem Hof viele frische Trampelspuren; in einer Ecke hing eine Kinderschaukel und stand ein Schaukelpferd. Die Königin von Zypern sagte: «Da hinein!» Sie fuchtelte mit der Peitsche und hielt mit ihrer Stute auf das Tor zu. Ihre Frauen folgten ihr. Sie hörte die Stimmen von de Bon und Pardo Befehle für eine Nachhut geben, die die Angreifer abwehren sollte, bis die Wagen in den Hof gefahren waren. Sie jagten um das Haus herum und verschwanden, angeführt von einer Gruppe von Ansaldos Männern. Draußen flogen schon Pfeile und klirrten Schwerter, indes Pardo und die anderen in den Hof zurückwichen und das Tor zuzogen. Daraufhin schritt sie zur Tür des Hauses und schlug mit dem Peitschengriff dagegen. «Aufmachen! Wir sind die Königin von Zypern und verlangen Eure Unterstützung.»

Die Tür ging auf. Für Carlotta gingen Türen immer auf. Stimmengewirr erhob sich. Dann kam Pardo herein und sagte: «Wir sind in Sicherheit. Madama, seid unbesorgt. Ich habe nach Silla um Hilfe geschickt: dort ist eine Herberge, und da wird es Leute geben. Und inzwischen haben die Bogenschützen ihre Posten bezogen.» Er wandte sich an den Bauern und sein Gesinde, die sich im hinteren Teil des Raumes zusammendrängten. «Die Königin dankt Euch und wird sich erkenntlich zeigen», sagte er. «Die Schelme da draußen haben Arkebusen und schießen vielleicht durch die Fenster oder die Tür. Gibt es einen geschützten Raum für die Königin und ihre Frauen?»

Man brachte sie samt ihren Frauen in ein auf der Rückseite gelegenes Gemach. Eine der Frauen schnüffelte. Die anderen, durch Erfahrung gewitzigt, ließen sich nichts anmerken. Eine fehlte. Die Königin wußte, welche das wohl war. Sie sagte: «Sind es Räuber? Wie viele?»

De Bon antwortete: «Fünfzig, Madama. Die meisten sind auf der Vorderseite, aber einige sind hier auf der Rückseite, wo das andere Tor ist. Sie werden nicht die Mauer stürmen, dafür sind sie zu wenige. Ihr seid in Sicherheit. Die Wagen auch.»

Die Wagen. «Ist Ansaldo bei ihnen?» fragte sie.

«In der Scheune», erwiderte ihr Majordomus. «Er wird sie mit seinem Leben schützen.»

Er ging. Die Königin blieb zurück und schritt ungeduldig auf und ab, während das Gesinde leise wimmerte und ihre Frauen sich zusammenkauerten. Alle bis auf Primaflora, die natürlich die Scheune im Auge hatte, nicht ihre Königin, weil dort Ansaldo, ihr Geliebter, war. Primaflora sprach griechisch, aber sie kam aus Savoyen wie Luis. Sie war Ansaldo beigegeben worden, um ihn bei Laune zu halten: es war ihre Pflicht, und die kannte sie sehr genau. Sie hatte sich nie aufgelehnt.

Die Königin ging in dem kleinen Gemach auf und ab, die Röcke herumschnickend. Sie hörte die Stimmen draußen, und der Lärm an der Vorderseite des Hauses schwoll an. Es klang unheilvoll. Sie entdeckte ihren Pagen, versetzte ihm einen Klaps und sagte: «Geh und sag mir, was es draußen gibt!» Sie zog ihren Hüftdolch aus der Scheide, für alle Fälle, und beobachtete, wie eine ihrer Frauen zurückwich. Dummes Ding.

Sie hatte diese Leute da draußen gesehen. Sie trugen Helme und Plattenpanzer, ohne irgendwelche Kennzeichen, die auf ihre Herkunft hingedeutet hätten. Briganten trugen bestenfalls eine zusammengestoppelte Rüstung, meist aber Jacken aus leichtem Leder. Ritter, die sich eine vollständige Rüstung leisten konnten, konnten es sich in der Regel auch leisten, erkannt zu werden. Diese Leute hier mußten Söldner sein. Aber bezahlt von wem? Von den Genuesen? Den Milanesen? Den Venezianern? Sie verlor die Geduld mit dem bibbernden Pagen, ging rasch zur Vorderseite des Hauses und traf dort auf Thomas Pardo. Den Zyprioten Pardo, dessen Haut so dunkel war, daß er nie ängstlich aussah. Er sagte: «Tretet zurück, Madama. Sie können jetzt jeden Augenblick das Tor erstürmen oder über die Mauern klettern. Dann holen wir sie herunter.»

«Solange Ihr Pfeile habt», erwiderte sie. «Und danach? Sie könnten die Gebäude in Brand stecken.»

«Dann würden sie verlieren, was wir mit uns führen», sagte Pardo.

«Sie könnten unsere Waren im Austausch für Unser Leben fordern», sagte die Königin. «Wenn sie wissen, wer Wir sind, verlangen sie vielleicht Unsere Person im Austausch gegen Eure Unversehrtheit. Habt Ihr das schon bedacht?»

«Das Angebot haben schon andere gemacht», erwiderte Pardo. «Ich kenne unter unseren Leuten keinen, der dadurch in Versuchung gebracht worden wäre oder dies je werden könnte. Madama, sie kommen.» Sie blickte zum Fenster hinaus. Das Gehöft war umgeben von undeutlichen stahlgrauen Schatten, die sich schnell bewegten und deren menschliche Umrisse unter Hauben und Übermänteln aus Schnee verschwammen. Die Gesichter sahen purpurn aus. Sie wollte bleiben, doch die Männer überredeten sie, zu ihren Frauen zurückzukehren.

Die Närrinnen standen noch so da, wie sie sie verlassen hatte, dicht aneinandergedrängt. Die Kerzen tropften, und ein Kohlebecken qualmte. Sie klemmte einen Fensterladen einen Zollbreit auf und sah, daß die Radspuren, die zur Scheune führten, schon von frischem Schnee bedeckt waren. Ihr Blick fiel auf einen Schlitten, eine bemalte Schubkarre und eine Kinderschaufel, die bei einem Brunnen im Schnee steckte. Neben der Scheune war der Schnee zu dicken Kugeln gerollt worden, die man mit Augen, Nasen und Knöpfen versehen hatte. Ein Haus, in dem es Kinder gab. In zwei Jahren hatten sie und Luis noch keine Kinder hervorgebracht: ein weiteres Versagen Luis'?

Dem würde abgeholfen werden. Sie würde auch dieses Abenteuer hier unversehrt überstehen. Sie fürchtete, durch ein Mißgeschick zu sterben – mit dergleichen mußte man immer rechnen. Sie mochte zum zweitenmal beraubt werden – zum drittenmal. Ihre Frauen befürchteten nicht zu unrecht eine Vergewaltigung. Aber sie als Königin war sakrosankt, wenn sie nicht gerade von unwissendem Gesindel angegriffen wurde – und dazu waren diese Männer hier nicht zu zählen. Was waren sie also für Leute? Darauf kam es an. Darauf und daß sie mit Gottes Hilfe das retten konnte, was in den Truhen auf dem Wagen war.

Man brachte ihr einen Stuhl, die Zeit verging. Sie saß da, das Kinn in die Fäuste gestützt, und hörte das Pfeifen und Schwirren von Pfeilen, die Explosionen von Arkebusen, das Klopfen von Metall und Holz und das Gebrüll von Männerstimmen. Sie hörte, wie auf ihrer Seite Befehle in griechischer, italienischer und französischer Sprache gegeben wurden, und glaubte – aber da mußte sie sich irren –, daß der Feind in eben denselben Sprachen antwortete. Es schneite noch immer. Eine Tür ging auf und wieder zu, und Primaflora kniete an ihrer Seite.

Sie war draußen gewesen. Ihr Umhang war durchnäßt, seine Kapuze von dem makellosen goldenen Haar in der makellosen Haube heruntergefallen. Eine Strähne klebte auf ihrer Wange. Sie hatte strahlend klare Augen, fein geschwungene Nasenflügel und einen Rosenknospenmund mit lustigen Grübchen. Es war nur natürlich, daß Ansaldo gefesselt gewesen war. Primaflora sagte: «Mit Verlaub, Madama – sie haben es auf die Truhen abgesehen. Ansaldo sagt, sie hauen einen Rammbock für das Tor zurecht. Für einen Angriff brauchen sie alle ihre Leute. Er sagt, wenn sie an der Vorderseite mit dem Angriff beginnen, will er versuchen, die Wagen zum hinteren Tor hinaus in den Wald zu fahren. Der Feind dringt vielleicht ein, aber Euch wird nichts geschehen, Madama. Draußen könnte ein Pfeil Euch töten. Und wenn die Wagen in Sicherheit sind, habt Ihr etwas, worüber Ihr verfügen könnt. Wenn sie merken, daß ihnen die Beute entgangen ist, geben sie vielleicht auf.»

«Wenn sie das merken, werden sie Ansaldo verfolgen», wandte Carlotta ein. «Wo könnte er sich verstecken? Und glaubt er, sie haben keine Ohren, wenn sie kämpfen?»

«Der Schnee wird das Geräusch verschlucken», erwiderte das Mädchen. «Und ihre Spuren verwischen. Er ist bereit, es zu versuchen. Und wenn es ihm nicht gelingt, wird er sie abgelenkt haben, und Hoheit kann fliehen.» Sie zögerte. «Madama, die Zeit drängt. Es mag sein, daß keine Hilfe kommt. Und wir haben nicht mehr viele Pfeile übrig.»

Das Gesicht des Mädchens war bleich. Die Königin dachte nach. Schließlich sagte sie: «Er bietet sich als Köder an, um Uns die Flucht zu ermöglichen. Er ist ein wackerer Mann. Ich bin einverstanden. Geht und sagt es auch Messer de Bon und Messer Pardo. Und dann kommt zu mir zurück.»

Die junge Frau tat, wie ihr geheißen, und stellte sich, nachdem sie zurückgekommen war, ans Fenster, den Blick auf die Scheune gerichtet, die Hand am spaltbreit geöffneten Laden. Selbst in Angst und Qual bewahrte sie ihre Anmut. Die Königin fragte sich, ob sie sich, von wahrer Liebe angetrieben, erboten hatte, Ansaldo zu begleiten. Wenn ja, so hatte er es ihr verwehrt. Der Königin waren die möglichen Vorteile von Ansaldos Unternehmen klar, es dünkte sie jedoch wahrscheinlicher, daß sie ihn samt seinen Männern und den Truhen einbüßen und selber zwecks Lösegelderpressungen gefangengenommen werden würde. Das würde teuer werden. Heiliges Donnerwetter, ihr Onkel, der Herzog, würde toben. Finsteren Sinnes nahm sie sich vor, Messer Sante ohne Umschweife zu sagen, was sie von seiner ausgebliebenen Reitereskorte hielt. Die Königin erhob sich und ging hinüber in die nach vorn hinaus gelegene Stube.

Helles Tageslicht durchflutete den Raum, denn die Fenster waren zerbrochen und die Läden abgerissen. Es waren auch zwei oder drei Leute weniger da als zuvor, und in einer Ecke lag ein Mann auf einem Umhang und stöhnte. Man verteilte gerade die letzten Pfeile und gab mit leiser Stimme Befehle weiter. Sie sah nur zu. Die Bogenschützen waren in der Kammer über ihnen: sie konnte ihre Schritte hören. Draußen auf dem Hof sah sie jetzt Leichen liegen, und jenseits des Tors erkannte sie ein Knäuel schneebedeckter Helme so weiß wie Kieselsteine. Während sie noch hinsah, bewegten sie sich zurück, und ihr Stimmenlärm schwoll an. Dann stürzten sie auf das Tor zu.

Ehe der Rammbock gegen das Tor traf, rief Primaflora: «Madama! Die Wagen fahren hinaus!»

Der Rammbock krachte in das Tor. Pardo lächelte und erwies ihr einen Gruß mit dem Schwert. Er sagte: «Nur Mut!» und öffnete, umgeben von seinen Männern, die Tür. Der Rammbock bewegte sich zurück. Ein Schwarm von Pfeilen aus der oberen Kammer flog im Bogen über die Mauer hinweg und prasselte drüben auf die Schilde der Angreifer. Am Rammbock schien man unschlüssig, dann schlossen sich die Männer wieder zusammen. Pardo stürzte auf den Hof hinaus. Irgendwo in der Ferne ertönte ein Hornstoß. Hinter dem Haus schrillte eine Pfeife. Primaflora sagte zur Königin: «Sie haben die Wagen gesehen. Sie hatten einen Beobachter zurückgelassen. Sie werden ihnen folgen.»

«Wartet!» sagte die Königin. Das Hornsignal erklang noch einmal. Vor dem Tor hatte sich bei dem Rammbock nichts mehr bewegt. Der dicke Balken fiel zu Boden. Die Männer, die ihn getragen hatten, rannten zu ihren Pferden. Schwerter blitzten, und Männer brüllten Befehle. Ein Banner tauchte aus dem Schnee hervor, das sie von Porretta her kannte: das Banner der Bentivoglio. Da waren auch einige blondhaarige Jünglinge in grüner Seide mit Köchern aus libyscher Bärenhaut. Diese Männer hatte sie auch schon vorher gesehen. Die Königin wandte sich zu Primaflora um und sagte: «Wir sind gerettet!»

Und Primaflora entgegnete grimmig: «Aber Ansaldo ist es nicht! Und die Truhen sind es auch nicht! Sie setzen ihm nach!»

Jäh zeigte sich Ärger auf dem Gesicht der Königin. «Dann müssen wir sie retten!» sagte sie. «Sag dem Bentivoglio-Trupp

Bescheid! Die Königin zeigt sich allen erkenntlich, die ihr helfen!»

Sie sah der jungen Frau nach, wie sie davonrannte, und fragte sich, was für Leute Sante Bentevoglio wohl in Dienst nahm und ob sie nüchtern waren. Sie hegte keine allzu großen Hoffnungen. Sie war schon vor längerer Zeit zu dem Schluß gelangt, daß auf der Welt alles besser bestellt wäre, wenn die Frauen das Regiment führten.

Kapitel 2

Es war eine ganze Weile her, seit Nicolaas seinen letzten Kampf bestanden hatte. Der eilige Aufbruch hatte ihm keine Zeit gelassen, volle Rüstung anzulegen, doch ihm genügten schon das beruhigende Gewicht des Lederkollers auf der Schulter, ein gewöhnlicher Helm aus Stahl ohne Gesichtsschutz, sein milanesischer Schild und ein wirklich gutes Schwert in einer schlichten Scheide. Sein Pferd hatte keinen besonderen Schutz, genausowenig wie das von Thomas, aber für ein Geplänkel waren sie gut genug gerüstet. Die Schar der Bentivoglio, gepanzert in Stahl mit Visieren und Federbüschen, sah aus, als wollte sie Dschingis-Khan zurücktreiben, wenn man nicht wußte, daß die Männer völlig betrunken waren.

Sie hatten es nicht weit. Der königliche Zug war nahe beim Fluß in den Hinterhalt geraten, hatte den Angriff zunächst abgewehrt und dann, wie der verwundete Soldat berichtet hatte, in einem Bauerngehöft Zuflucht gesucht. Von dem Herbergswirt wußten sie, daß sich der Bauer samt seinem Gesinde dort aufhielt, seine Frau mit den acht Kindern aber zum Glück nach Bologna gereist war. «Sie werden die Wagen in die Scheune fahren», hatte der Soldat gesagt. «Dafür sorgt Ansaldo bestimmt. Auf die Wagen haben sie's abgesehen.» Was die Wagen geladen hatten, wollte er jedoch nicht sagen.

Sie hatten kurz vor dem Gehöft angehalten und Späher ausschicken wollen, doch als sie näherkamen, hörten sie den Lärm des Kampfgetümmels. Der Leutnant ergriff seine Trompete, mußte aber schlucken. Es war Thomas, der sie ihm entwand und dann das schöne kräftige Signal blies, das die gesamte bunte Streitmacht in Galopp versetzte.

Wenn man die Verfassung der Bentivogliotruppe bedachte, war es ein ausgezeichneter Kampf. Die Männer, die das Gehöft bedrängten, waren erstaunlicherweise voll bewaffnet. Sie wußten nicht nur recht tüchtig zu kämpfen, sondern waren offensichtlich im Begriff gewesen, das Tor zu stürmen und in das Haus einzudringen. Sie wurden jedoch durch die Bentivoglier nicht nur überrascht, sondern gerieten jetzt auch zahlenmäßig in die Minderheit, und die Bentivoglioleute waren gut ausgerüstet. Nicolaas preschte hin und her, schwang sein Schwert und wehrte Hiebe mit seinem Schild ab, bis der Kampf nachzulassen begann. Inzwischen war das Tor aufgegangen und die Männer der Königin waren herausgekommen, um sie zu unterstützen.

Die Überzahl gab den Ausschlag. Die Wegelagerer begannen sich zurückzuziehen. Einige waren gefallen, andere hatten sich ergeben müssen. Eine ganze Anzahl hatte kehrtgemacht und war davongaloppiert. Die Reiterei Bentivoglios begann den Rest einzukreisen. Nicolaas bemerkte die Frau.

Seit zwei Monaten hatte er keine Frau mehr bemerkt, und er empfand auch nichts für diese hier, doch er nahm ihre Schönheit wahr. Sie stand beim Tor, das Haar durchnäßt, den Umhang um sich geschlagen, und rief: «Messer Pardo! Messer de Bon! Sie verfolgen die Wagen! Rettet sie! Rettet Hauptmann Ansaldo!»

Der Mann neben Nicolaas schien Pardo zu sein. Nicolaas fragte: «Die Wagen der Königin?»

Der Mann mit dem dunklen Gesicht sagte: «Wir haben sie als Lockmittel zum hinteren Tor hinausgefahren. Das ist beobachtet worden. Einige von diesen Briganten haben den Kampf abgebrochen, um ihnen nachzusetzen.» Keuchend setzte er hinzu: «Ich muß bei der Königin bleiben.»

«Ich nicht», sagte Nicolaas fröhlich. Er setzte sich an die Spitze einer Gruppe von Polen, Kaufleuten und Bolognesen und preschte um das Haus herum. Dort auf der Rückseite fand er die Wagenspuren und auch die Spuren der Verfolger. In der Ferne erkannte er die Reiter selbst. Er stieß einen Ruf aus, den Thomas erwiderte, und sie jagten los.

Nicolaas verspürte einige Erregung, was ihn selbst überraschte. Zum erstenmal brauchte er nur an sein Schwert und seinen Platz auf dem Rücken eines Pferdes zu denken. Er hob unter wortlosem Gebrüll die Klinge über den Kopf. Die blondhaarigen Polen, die sich um ihn geschart hatten, hoben die Federhüte und schrien im Chor. Die Gruppe gepanzerter Reiter vor ihnen, die über die weißen Felder auf den Fluß zuhielten, wandten sich um, zögerten und ritten dann noch schneller. Vor ihnen war ihre Beute: zwei zypriotische Wagen und sieben oder acht Mann mit einem Hauptmann. Durch den aufgeschleuderten Schnee hindurch war ihre Zahl nicht genau zu erkennen. «Haben wir einen Bogenschützen dabei?» fragte Nicolaas.

Zwei der engelgleichen Polen hatten kurze Bögen. Ein Mann hatte eine Schleuder. Sie schossen aus dem Sattel und sahen weit voraus zwei Männer vom Pferd fallen und glaubten, einen weiteren getroffen zu haben. Sie schossen weiter, aber der Schnee, das unebene Gelände und die Entfernung waren gegen sie. Nicolaas brachte stoßweise Worte hervor. «Wir holen sie nicht rechtzeitig ein. Geben wir zuerst diesem Ansaldo ein Zeichen. Er muß die Wagen im Stich lassen und fliehen, sonst töten sie ihn, ehe wir ihm helfen können. Wenn er uns bemerkt, wird er wissen, was er zu tun hat. Los, fächert aus und schreit so laut ihr könnt!»

«Aber die Wagen?» keuchte einer der Kaufleute.

«Die erwischen wir auf alle Fälle. Wo sollen die Räuber mit ihnen hin? Sie sind viel zu langsam, sie können uns kaum entkommen. Sie müssen wissen, daß man der Königin zu Hilfe gekommen ist. Wenn sie Verstand haben, geben sie auf und suchen ihr Heil in der Flucht. Schreit! Ruft laut!»

Sie ritten auseinander und riefen aus Leibeskräften. Als kleine Punkte in der Ferne sahen sie die Wagen dahinholpern. Köpfe gingen herum, aber die Zugpferde galoppierten weiter. Thomas fluchte. Nicolaas sagte: «Wir haben kein Banner. Der Hauptmann weiß nicht, daß wir Freunde sind. Er glaubt, wir gehören zur Räuberbande.» Dann hielt er inne und wünschte, er hätte so viele Flüche gekannt wie Thomas.

Der kleine Wagenzug fuhr langsamer. Ansaldo hielt seine Lage offensichtlich für hoffnungslos und stellte sich als wackerer Krieger mit seinen Männern zum Kampf. Durch den Schneeschleier sah man ihre Schwerter aufblitzen. Sie waren aufgebrochen, um den Angriff von der Königin abzulenken, und sie waren bereit, zu sterben und ihr zur Freiheit zu verhelfen. Nicolaas trieb sein Pferd mit der Peitsche an und preßte die Zähne zusammen, doch das Tier trug ihn seit dem Aufsitzen bei der Herberge und hatte ihn Kämpfe bestehen lassen und würde sich jetzt nicht seinetwegen in einen Vogel verwandeln. Er sah, wie die Briganten bei den anderen eintrafen, absaßen und die kleine Gruppe bei den Wagen überfielen, und er konnte, noch zu weit entfernt, nichts für sie tun.

Der Kampf war rasch beendet. Das Rufen verstummte, keine Schwerter blitzten mehr auf, und man sah nur noch weit voraus die Stelle im Schnee, wo der Kampf stattgefunden hatte, während die drei Wagen, zu beiden Seiten beschützt von Reitern, schnell weitergetrieben wurden.

Die jungen Polen neben Nicolaas blieben stumm. Sie hielten an, als sie an die Stelle kamen, und blickten auf den dicken Teppich aus rotem und weißem Schnee und die zerfetzten Leichen, die dort lagen. Nicolaas fragte sich, welcher von den Toten Ansaldo war. Dann sprengten sie davon.

Den Wagen zu folgen war ein leichtes, auch wenn sie noch nicht in Sicht gerieten. Die deutlich erkennbaren Radspuren führten über unebenes Gelände. Nicolaas sagte: «Wir kommen näher. Die Radspuren werden deutlicher. Mir behagt das nicht.»

«Ein Hinterhalt?» meinte Thomas.

«Wartet», sagte Nicolaas. Sie hielten an. Vor ihnen standen die Wagen. Sie rührten sich nicht. Man sah schneebedeckte Büsche, ein Gehölz, eine Bodenwelle, hinter der Männer lauern mochten. Es bedurfte einer längeren vorsichtigen Erkundung, bis sie sich vergewissert hatten, daß niemand im Hinterhalt lag. Und als sie schließlich bei den Wagen anlangten, waren diese leer.

Überall waren Fußspuren. Einer der Polen sagte: «Herr?» und deutete auf eine fortlaufende Spur, die so tief war wie eine Rinne. Sie führte um einen dicht bewachsenen Hügel herum.

«Was ist dahinter?» fragte Nicolaas.

«Der Reno», sagte einer der Kaufleute. «Der Fluß.»

Thomas fluchte. «Und ein Boot oder ein Kahn.» Er schwang sich in den Sattel. «Die erwischen wir.»

Der Fluß war hinter der Anhöhe. Und da waren auch die Briganten mit ihren Pferden. Und das, was die Wagen geladen hatten oder doch die wenigen Kisten, die noch übrig waren. Eine nach der anderen wurden sie zum Wasser hinuntergeschafft. Als Nicolaas und seine Truppe um die Anhöhe herumkamen, wurde gerade die letzte Kiste hinabgelassen, die letzten zwei Männer schwangen sich in die Sättel, und die gut gepanzerte kleine Streitmacht setzte sich auf der Böschung in Bewegung, schwenkte herum und donnerte über eine nahegelegene Brücke davon. Sie erweckten den Eindruck einer äußerst tüchtigen Truppe.

Es blieb im Augenblick keine Zeit, sich um das Schicksal der Besitztümer der Königin zu kümmern, doch als Nicolaas über die Brücke galoppierte, fiel sein Blick auf das Durcheinander von Kisten unten auf dem Wasser, und ihm wollte scheinen, daß der Kahn oder das Boot unter ihrer Last gesunken war. Er hatte ferner den Eindruck, daß der Lärm, der aus der Richtung der davongepreschten Briganten kam, ein Freudengeschrei war. Er hätte sie zwar gern eingeholt, aber nach einer Viertelstunde begann sein Pferd zu lahmen, und auch zwei andere mußten aufgeben. Nach zwanzig Minuten sagte Thomas: «Sie sind uns entwischt. Ihre Pferde waren frischer. Es waren Söldner.»

«Habt Ihr sie erkannt?» fragte Nicolaas.

«Nein, aber ich kenne den Laden, aus dem ihre Ausrüstung stammt. Wer hat sie nur bezahlt?»

«Fragen wir die Königin», sagte Nicolaas. «Aber reiten wir zunächst über die Brücke zurück.»

Bei der Brücke bekamen sie Gesellschaft: ein Dutzend Leute vom Gefolge der Königin waren von dem Bauerngehöft herbeigeeilt, um ihnen zu helfen. Sie standen auf der Uferböschung und blickten hinunter. Nicolaas band sein Pferd an der Brücke fest und blickte über das Geländer. Unten lag, was die Wagen der Königin mitgeführt hatten. Die exotische Warenladung, die, so schien es, die Söldnertruppe sich um jeden Preis hatte aneignen wollen. Die Warenladung, für die Ansaldo und seine tapferen Männer ihr Leben gelassen hatten.

Die Kisten und Truhen lagen alle aufgebrochen unter ihm, einige waren umgekippt, andere trieben leer im Wasser; eine sank ganz langsam unter. Er blickte genau hin. Sie enthielt eine Schicht von grau glitzerndem Schwemmsand, der träge emporstieg und das Wasser trübte. Unter den Kisten war nichts als Wasser. Ein Boot hatte es nie gegeben. Der Inhalt der Kisten war nicht gestohlen worden: er lag, allem Anschein nach unangetastet, auf dem Grund des Flusses. Warum hatten die Männer also ein Freudengeschrei ausgestoßen?

«Was war drin?» fragte Nicolaas.

Einer der Zyprioten kam langsam von den Wagen her näher. «In den Kisten? Zucker.»

Diamanten hätte er gesagt haben können, es war fast das gleiche. Nicolaas sah ihn und dann seine Gefährten stumm an. «Sechzehn Laibe pro Kiste – und wie viele Kisten? Für Bologna?»

«Für die Raffinerien in Bologna», sagte ein anderer aus dem Gefolge der Königin. «Aber die Räuber konnten nichts damit anfangen. Er mußte zuvor raffiniert werden. Und da haben sie ihn zum Fluß geschafft und verdorben. All das viele Geld ist für die Königin jetzt verloren, das Geld, das sie brauchte, um ihren Thron zurückzugewinnen.»

«Wer waren die Männer?» fragte Nicolaas.

Der Zypriot zuckte die Achseln. «Venezianer? Genuesen? Die hätten den Zucker mitgenommen. Nur einer hätte ihn vernichtet. Wir kennen ihn.»

«Wer ist es?» wollte Nicolaas wissen.

«Das geht nur uns etwas an», sagte der Mann.

Sie schafften die Wagen zu dem Gehöft zurück, wo sich die Königin aufhielt, und brachten ihr anstelle des Zuckers ihre Toten zurück. Vor dem Tor wartete die junge Frau, die Nicolaas zuvor schon bemerkt hatte. Sie stand schon lange dort: ihr Gesicht war weiß vor Kälte. Er zügelte sein Pferd und saß ab. «Demoiselle? Es tut mir leid.»

Ihr Blick war auf den Wagen gerichtet. «Helft Ihr mir hinauf?»

«Ja – nehmt meine Hand», sagte Nicolaas.

Die Königin stürzte aus dem Haus und überschüttete die Soldaten mit einem Strom von Fragen und fuhr die Männer an, die bei ihr zurückgeblieben waren, den Majordomus und einen, den sie Pardo nannte. Mittendrin schritt sie plötzlich zu den Wagen hinüber und nahm sie in Augenschein.

Primaflora blickte auf. Vor ihren Knien lag ein Toter im Brustharnisch. «Ansaldo!» sagte die Königin. «Wie furchtbar! Das ertrage ich nicht! Was soll ich nach diesem schlimmen Tag ohne ihn anfangen?»

«Einen anderen suchen», sagte die junge Frau. Die Männer, die mit ihr in der Scheune gewesen waren, schwiegen.

Die Königin hob den Arm und tätschelte ihr die Wange. «Kommt, Kind. Man wird Euch aufwärmen und Euch trockene Sachen geben. Jemand wird Euch herunterhelfen.»

Sie wandte sich um und fragte sich, wem sie den Befehl geben konnte. Sie erblickte Nicolaas. Sie runzelte die Stirn und forschte in ihrem Gedächtnis. Da sich eine Begegnung nicht vermeiden ließ, nahm Nicolaas den Helm ab und verbeugte sich kurz. Sie sagte: «Wir sind uns schon begegnet.»

«Niccolo van der Poele, Madama», sagte er. «Selbstverständlich zu Euren Diensten.» Sein Griechisch war das von Trapezunt. Er wußte, daß sie das als erstes wahrnehmen würde, und ihr interessiertes Gesicht sagte ihm, daß er sich da nicht getäuscht hatte.

«Ser Niccolo», sagte sie. «Meine Dankbarkeit ist Euch sicher. Ich bitte Euch, helft Primaflora herunter.»

Er wandte sich um und hob die junge Frau vom Wagen herunter. Sie war schwer in ihrer durchnäßten Kleidung. «Ich zeige Euch die Schneemänner», sagte sie und ergriff seine Hand.

Die Königin schüttelte den Kopf, aus ihrem Gesicht sprach Mitleid. Nicolaas sagte: «Zeigt sie mir.»

Primaflora führte ihn hinter das Haus, wo zahllose Spielsachen im Schnee lagen. Unförmige Figuren mit Augen, Nasen, Händen und Knöpfen standen noch unfertig im Schnee. Die junge Frau an seiner Seite sagte nichts. Zwei, drei von den Zyprioten gesellten sich zu ihnen.

Die größte und schönste Figur stand gerade in Reichweite. Nicolaas streckte vorsichtig die Hand aus, fuhr prüfend der Figur über die Wangen und brach dann ein Stück vom Ohr ab und lutschte daran. Sie beobachtete ihn mit unbewegter Miene. Er hielt das Bröckchen vor sich und betrachtete es. «Ist das fünf Dukaten wert?» meinte er nachdenklich. «Ich zahle sie Euch, wenn ich es mir leisten kann. Was aber war dann in den Kisten?»

«Wir haben sie mit Schnee gefüllt», sagte die junge Frau. «Es war Arnaldos Idee.»

«Wir in der Scheune, wir haben alle geholfen», sagte einer der Zyprioten. «Mit Feuchtigkeit läßt sich Zucker zu allem formen. Wir haben ein Vermögen an Schneemännern geformt und wußten, daß niemand es stehlen würde.»

«Und habt uns einer Karawane voller Schnee nachgeschickt», sagte Nicolaas.

«Es waren Männer dabei», sagte der Zypriot. »Männer, die ihr Leben geopfert haben, um den Angriff von ihrer Königin abzulenken.»

«Ich hoffe, sie weiß es zu danken», sagte Nicolaas.

«Denen, die ihr dienen», sagte Primaflora, «weiß sie es immer zu danken.»

«Denen, die mir dienen», sagte Carlotta, von Gottes Gnaden Königin von Jerusalem, Zypern und Armenien, «zeige ich meine Dankbarkeit. Ihr könnt Euch schon jetzt als Ritter betrachten. Ihr könnt Euch in meinem Land ein Lehen aussuchen.»

Da sie dies in Bologna sprach und nicht in Zypern, hatte die Erklärung ihre komische Seite, und früher hätte er nach der Unterredung die Worte in perfekter Parodie zum Entzücken von Julius, Tobie oder Felix wiederholt. Jetzt reizte es ihn nicht einmal, sondern war etwas, das erduldet werden mußte im Anschluß an einen gleichermaßen ergebnislosen Besuch bei Sante Bentivoglio im Haus von dessen Mätresse in Porretta. Dort hatte man sich auf ähnliche, wenn auch vorsichtig verschleierte Weise nach seinen Plänen für die nächste Zukunft erkundigt.

Er hatte keine Pläne. Er besaß aber Achtung vor Rang und Namen, und so hatte er, wie versprochen, die Königin aufgesucht. Sie hatte ihm einen Korb mit Zucker gegeben und die Aussicht auf Ländereien auf einer Insel, die sie erst noch erobern mußte.

Die Königin sprach in lebhaftem Ton weiter. Er erinnerte sich, ihr in Venedig zugehört und dabei gedacht zu haben, daß sie als Bürgerliche gewiß gelernt haben würde, sich Männern gegenüber zurückhaltender zu geben. Ihre eindrucksvolle äußere Erscheinung – die vorspringende Nase, die hochrote Gesichtsfarbe, die kräftigen, gelenkigen Hände – waren ebenso beunruhigend wie ihre geistige Beweglichkeit. Im Unterschied zu Sante war sie ein wenig über seine Vergangenheit unterrichtet. Sie stützte das Kinn in die Hand, beugte sich vor und sagte: «Ihr habt, wie ich glaube, nichts dagegen, daß eine Frau ihr eigenes Geschäft führt?»

«Meine Gemahlin hat dies getan», sagte Nicolaas.

«Und auf sehr gedeihliche Weise. Aber ein Mann muslimischen Glaubens hätte ihr das Recht zur Leitung eines solchen Geschäfts verweigert. In muslimischen Ländern kommt der Mann an erster Stelle; der außereheliche Sohn kommt vor der ehelichen Tochter. Als Wir, Königin von Zypern, den Sultan von Ägypten um Hilfe ersuchten, wurden die Kleider unseres Abgesandten zerrissen, und die Mamelucken erhoben ein Geschrei: ‹Was, den männlichen Nachkommen berauben und die Herrschaft einer Frau übertragen?› Aber vielleicht haltet Ihr das für richtig?»

«Darüber steht mir eine Entscheidung nicht zu», erwiderte Nicolaas. «In einer vollkommenen Welt würde einfach die am besten geeignete Person herrschen, ohne Rücksicht auf das Geschlecht.»

«Dann seid Ihr einer Meinung mit mir», sagte die Königin. «Aber meine Feinde haben mich vertrieben und mir nur ein Stückchen von meiner Insel gelassen. Sie haben eine Marionette eingesetzt, einen Glaubensabtrünnigen, der das Evangelium für falsch erklärt, der sagt, Christus sei nicht der einzige und Maria keine Jungfrau, und der Johannes den Täufer verleugnet und die Kirche meines Volkes unterdrückt. Ist ein solcher Gotteslästerer der rechte Herrscher?»

«Welches Volk würde einen solchen Menschen anerkennen?» fragte Nicolaas.

Sie nahm die Hand vom Kinn. «Anerkennen? Ihr habt ja erlebt, wie tapfer sie sind. Sie kämpfen. Sie wissen zu sterben. Die noch übrig sind, die sind hier bei Uns oder verteidigen Unseren Gebieter und Gemahl, den König, in Seiner Festung. Wir, eine Frau, sind hier, um Hilfe zu suchen. Wenn wir keine Krieger und Geschütze haben, keine Schiffe und Pferde, wird der Ungläubige über Zypern herrschen und das Mittelmeer allmählich der Christenheit verlorengehen. Ihr habt eine kampferprobte Truppe.»

«Früher einmal», sagte Nicolaas. «Sie steht unter Vertrag.»

«Der Heilige Vater selbst würde Euch lossprechen», sagte sie.

«Die Truppe kämpft für den Heiligen Vater», sagte Nicolaas, «in seinem Bündnis gegen Anjou in Neapel.»

Sie schob die wohlgeformten Lippen vor. «Ihr braucht seine Ablässe dringender als Menschen, Ländereien, Jahrgelder?»

«Die Sache liegt nicht mehr in meinen Händen», erwiderte er. «Die Truppe und ihr Hauptmann gehören zum Geschäftsanteil meiner verstorbenen Gemahlin.»

«Davon habt Ihr in Venedig nichts gesagt», entgegnete sie. «Euer Hauptmann ist Astorre, nicht wahr?»

Sie war eine kluge Frau. «Ja, Madonna», sagte er.

«Ein berühmter Name. Ein Mann, der dafür bekannt ist, daß er sich seinen Dienstherrn selbst aussucht. Wenn er sich entschlösse, den Dienst der Erben Eurer verstorbenen Gemahlin zu verlassen und seine Krieger selbst zu bezahlen oder sich einen anderen Dienstherrn zu suchen, wer könnte ihn daran hindern?»

«Wahrscheinlich niemand, vorausgesetzt, er zahlt zurück, was er schuldet.»

«Meine Ratgeber behaupten, dies habe er schon getan», sagte Königin Carlotta. «Wird er also jetzt von Euch bezahlt?»

«Nein», sagte Nicolaas. «Er ist unabhängig.»

«Aber er zollt Euch gewiß Achtung. Das muß er. Schließlich habt Ihr ihn nach Trapezunt zu einem reichen Mann gemacht. Es sei denn, er wäre kein Freund von Venedig mehr. Wie Wir hören, steht Ihr in Venedig in hohem Ansehen.» Sie gab ihrer Stimme einen nachdenklicheren Klang. «Was Zypern angeht, ergreift Venedig natürlich für keine Seite Partei.»

«Ich schulde Venedig nichts», sagte Nicolaas. «Vielleicht komme ich nicht nach Italien zurück. Es ist möglich, daß ich in meiner Heimatstadt Brügge bleibe. Ihr müßt mir verzeihen, Hoheit. Ich strebe keine neue Bindung an, weder an eine Sache noch an ein Land.»

«Ja, weil Ihr eine Pilgerfahrt vor Euch habt», sagte Carlotta. «Wir als Frau verstehen und verzeihen Euch. Aber Ihr könnt nicht ewig trauern. Ihr müßt etwas schaffen. Baut Eurer Gemahlin ein Denkmal. Laßt ihr Denkmal einen Thron des Frauentums und der Christenheit zugleich sein. Hat sie das nicht verdient?»

Er atmete heftig aus und sagte: «Vielleicht. Mit Eurer Herrlichkeit Erlaubnis will ich darüber nachdenken, wenn . . . wenn ich die Pilgerfahrt abgeschlossen habe.»

«Natürlich. Natürlich. Wir werden in Savoyen sein, am Hof Unseres Onkels. Wir werden in Lausanne sein. Wir besuchen vielleicht sogar Unseren Vetter in Frankreich. Und wenn Unsere Schiffe in See stechen, wird Niccolo van der Poele Uns begleiten. Bis dahin zieht in Gottes Schutz.»

Er ging, ohne noch jemandem zu begegnen, den er kannte, und am nächsten Morgen brach er zusammen mit Thomas auf. Er entnahm dem finsteren Schweigen, daß Thomas die kleine Königin mochte und gern zusammen mit Astorre und den anderen auf Zypern gewesen wäre und Trauben gegessen und Ägypten den Garaus gemacht hätte. Er wußte, daß Thomas einen Führer brauchte und litt. Er dachte an sein letztes Zusammentreffen mit dem Franziskaner Ludovico de Severi da Bologna in der Herberge von Silla, nachdem die Königin und die Gefangenen aufgebrochen waren. Der Mönch hatte Wasser getrunken, aber er nicht. Nicolaas hatte gefragt: «Bruder Ludovico, wer hat sie bezahlt, die Söldner?»

Der Franziskaner hatte mit einem schwieligen Zeigefinger zur Decke hinaufgedeutet. «Er weiß es. Ich nicht. Die Anführer sind entwischt, und die gewöhnlichen Krieger erfahren ja nie etwas. Ich höre, die alte Frau ist tot?»

Er hatte die Frage ganz plötzlich gestellt und erhielt eine genauso plötzliche Antwort. «Welche alte Frau?» hatte Nicolaas erwidert.

Der Mönch hatte, ohne den Blick zu wenden, ein Stück Fleisch in den Mund gesteckt, gekaut und hinuntergeschluckt. Er schmatzte sich eine Faser von einem Eckzahn und sagte: «Nun, vierzig ist kaum des Lebens Frühling, aber streiten wir uns nicht. Ihr habt nicht geerbt. Ihr vergewissert Euch, ob sie tot ist, aber Ihr wißt, daß sie es ist. Warum reist Ihr also nach Brügge, wenn Ihr in Venedig ein Vermögen liegen habt?»

«Wer hat Euch das gesagt?» erwiderte Nicolaas. «Ja, ich habe ein Vermögen in Venedig. Wollt Ihr es haben?»

Der Mönch antwortete: «Hab ich das gesagt? Ihr lebt und wißt wahrscheinlich, welchem Altar Euer Dank gebührt. Es ist natürlich ein Jammer, daß das christliche Trapezunt an den Türken gefallen ist.»

«Der christliche Kaiser hat es dem Türken übergeben», sagte

Nicolaas. «Geht ihn um Silber an, wenn Ihr welches braucht. Er hat genug.»

Der Mönch hielt inne, ein Hühnerbein in der Hand. «Ihr seid, wie ich sehe, in seinem Dienst nicht ärmer geworden.» Er fuchtelte mit dem Knochen herum. «Was das Geld für einen Kreuzzug angeht, bin ich Optimist. Venedig wird mir etwas anbieten. Das ist mehr, als die Serenissima für die kleine Frau tun wird, die Ihr heute morgen gerettet habt. Die Königin von Zypern braucht Eure Leute und Euer Silber.»

«Das hat sie mir gesagt – zweimal», bestätigte Nicolaas.

«Ihr seid ihr schon in Venedig begegnet?» fragte der Mönch.

«Ich bin aller Welt in Venedig begegnet», sagte Nicolaas. «Ich bekam fünf verschiedene Angebote. Nein, ich glaube, es waren sogar sechs. Deshalb bin ich gegangen. Der Papst hat Euch also zum Patriarchen gemacht?»

Der Franziskaner lächelte. Es war, wie wenn eine Ratte in eine Hecke huscht. Er sagte: «Fast hätte er mich eingesperrt. Wie sich herausstellte, hätte ich von dem Titel nicht zu früh Gebrauch machen dürfen. Ich habe ihn beruhigt. Ich werde die Weihe empfangen, sowie ich nach Venedig komme. Warum also reist Ihr nach Brügge?»

«Um mein persönliches Hab und Gut zu holen. Um meine Geschäfte abzuschließen. Um mit meinen Stieftöchtern zu sprechen.»

«Und weil Euch nichts Vernünftigeres einfällt, scheint mir», sagte der Mönch. «Ihr seid wie ein junger Bursche, der gern Geld verdient, aber nicht recht weiß, wofür er es verwenden soll. Aber was rede ich da? Königin Carlotta hat Euch gesehen. Ihr seid ein Jüngling, der Gönner weiblichen Geschlechts braucht. Dem werdet Ihr nie entrinnen.»

«Ich bin dem aber schon entronnen», sagte Nicolaas.

Er war jung. Er war zwanzig und Witwer.

Kapitel 3

Marian de Charetty, Eigentümerin einer florierenden Färberei in Brügge und nicht mehr in des Lebens Frühling, war auf dem Weg nach Italien zwischen Auxonne und Dôle gestorben. Zu seiner «Pilgerfahrt» – um einen jüngst gebrauchten unschönen Ausdruck aufzunehmen – mußte ihr einstiger Lehrling und sehr junger Ehemann die Alpen überqueren, Genf passieren und sich bei schlechtem Winterwetter ins weiter nördlich gelegene Burgund begeben.

Er unternahm die Reise stumm, mit dem mürrischen Thomas an seiner Seite. Ausnahmsweise einmal machte sich Nicolaas nicht die Mühe, Thomas oder irgendeinem anderen alles recht zu machen. Er wußte, daß eine Krankheit zu Marians Tod geführt hatte, kannte aber den Namen dieser Krankheit nicht genau. Sie hatte sie unterwegs angefallen, und sie war ihrem Leiden bei Freunden erlegen. Eine inzwischen längst verstorbene Schwester hatte in Dijon geheiratet. Marian hatte bei einer Familie Zuflucht gefunden, die dieser Schwester sehr verbunden gewesen war, und um ihretwillen hatten Enguerrand und Yvonnet de Damparis Marian bei sich aufgenommen und gepflegt und ihr beigestanden, als sich die Krankheit als tödlich erwies.

Nicolaas wußte von ihnen und nahm an, daß sie auch von ihm gehört hatten. Ihr großes, mit Türmchen versehenes Haus stand auf einem ausgedehnten feudalherrschaftlichen Grundbesitz. Enguerrand selbst war nicht da, doch seine Gemahlin begrüßte Nicolaas mit großer Herzlichkeit, der sich eine gewisse Scheu, ja fast Furchtsamkeit zugesellte, die er für das übliche Verhalten gegenüber jemandem hielt, der in Trauer war. Ihn freute es, daß sie ihn für einen Trauernden hielt, da die meisten, Carlotta von Zypern nicht ausgenommen, glaubten, sein Verlust sei nur finanzieller Natur gewesen. Er erlaubte Thomas das Vergnügen, sich zusammen mit dem Haushofmeister zu betrinken, und saß inzwischen bei Yvonnet de Damparis, die ihm von Marian erzählte.

Er ließ sie reden, obwohl er davon eigentlich nichts hören wollte. Er wußte bereits aus anderen Quellen, daß sie eines natürlichen Todes gestorben war. Eine Entzündung, die unterwegs aufgetreten war, hatte sich verschlimmert: sie war überanstrengt gewesen, von zu vielen Sorgen belastet. Auch das wußte er. Er war im Besitz eines Briefes, den Marian ihm geschrieben hatte: er legte keinen Wert darauf, alles, was sie über ihre Ehe gesagt haben mochte, noch einmal zu hören, und wäre es noch so gut gemeint gewesen. Er bezweifelte sogar, daß sie viel darüber gesprochen hatte. Was zwischen ihnen gewesen war, ging nur sie beide etwas an, und so wie er darüber schwieg, hatte gewiß auch sie geschwiegen.

Er hatte ein Geschenk mitgebracht, einen persischen Krug, der für Marians Kontor gedacht gewesen war. Die Juwelen daran waren weniger bedeutend als die Gravierungen. Die Freundin von Marians Schwester war gerührt, fast überwältigt, und Tränen traten ihr in die Augen. Darauf erhob er sich und wollte sich verabschieden, aber sie bestand darauf, daß er zuvor etwas aß, und stellte Fragen, die seine Zukunft und Marians Töchter betrafen, und wollte wissen, wie sie wohl das Geschäft führen würden. Sie hatte Tilde de Charetty kennengelernt, die ältere Schwester, der die Färberei und das Maklergeschäft zugefallen waren. «Ein sehr aufgewecktes Mädchen, aber noch recht jung. Und Catherine, die andere, steht unter Eurer Obhut?»

«Was das Geld betrifft», sagte Nicolaas. «Ich habe einen Treuhänder für sie eingesetzt. Sie lebt bei ihrer Schwester in Brügge. Um das Geschäft kümmern sich tüchtige Leute. Seid ihretwegen ohne Sorge.»

«Nun, mit Euch als Stiefvater und Freund wird es ihnen gewiß an nichts mangeln», sagte Yvonnet de Damparis. Sie zögerte. «Reist Ihr nach Dijon?»

Marian kam aus Löwen, doch Löwen lag weit entfernt, und so war es wohl verständlich, daß sie darum gebeten hatte, an der Seite ihrer Schwester zur letzten Ruhe gebettet zu werden in der Krypta der Familie, in die ihre Schwester eingeheiratet hatte. Nicolaas kannte den Ort gut, er hatte ihn seit seinem siebten

Lebensjahr immer wieder besucht. Er sagte: «Ja, zur Kapelle der Fleurys.»

Sie war eine freundliche Frau, seine Gastgeberin: nicht mehr jung, denn ihre Haut war von feinen Fältchen durchzogen, und der Haaransatz unter der Haube war grau. Sie sagte: «Ihr wißt, Monseigneur Nicolaas, daß Euer Großvater nicht mehr da ist?»

Nur wenige Menschen wußten von seiner Verwandtschaft mit der Familie de Fleury, aber sie gehörte zu diesen wenigen. Er sagte: «Ich weiß, ich hatte nicht damit gerechnet, ihn zu sehen.» Er hatte ihn zum Teil geschäftlich ruiniert, aber er war sich nicht sicher, ob sie das herausgefunden hatte.

Später dann ging er. Thomas war, als er wieder mit ihm zusammentraf, frohgelaunt und mit sich selbst zufrieden, was ganz gut war, denn es gab sonst nichts, was einen Krieger außer Dienst aufheitern konnte. Als Söldner der englisch-französischen Kriege war er mit Überfluß wie mit Verlust vertraut und glaubte ganz offensichtlich, daß Nicolaas in beidem versagt hatte. Nachdem ihm das Haus Charetty vorenthalten worden war, hatte Nicolaas an allem die Lust verloren.

Nicolaas fragte sich, ob das stimmte, und kam zu dem Schluß, daß dem wahrscheinlich so war. Er hatte seinen Advokaten Gregorio in Venedig zurückgelassen, wo dieser eine Wechselbank einrichten sollte. Er hatte sich weder besonders hilfreich noch freundlich gezeigt, aber Gregorio hatte nicht zu erkennen gegeben, daß ihm das etwas ausmachte. Sein Aktuarius Julius hatte nach Brügge gehen wollen, und er hatte ihn ermuntert. Dann war da natürlich noch die Söldnertruppe, die als Bedeckung für Geld und Gut des Hauses Charetty angefangen und sich zu einer gefragten kleinen Streitmacht entwickelt hatte.

Im Augenblick stand die Truppe unter Vertrag. Sie nahm wieder am Kampf um Neapel teil, diesmal an der Seite Skanderbegs und seiner Albaner. Schauplatz der Ereignisse würde Süditalien sein, und Astorre würde seine eigene Kompanie anführen. Tobias dagegen, der Arzt der Truppe, hatte sich dem Gefolge des Grafen von Urbino angeschlossen, der für die gleiche Sache im Norden kämpfte. Das war alles verständlich. Nicolaas konnte sie nicht alle mit sich schleppen. Thomas hatte er bei sich behalten – oder Astorre hatte ihm Thomas aufgehalst. Astorre hatte geglaubt, er sei zur Zeit nicht fähig, selber auf sich aufzupassen, und er hatte zum Schein erklärt, Thomas könne seine kleinen Stieftöchter beschützen. Er mochte recht haben. Tilde brauchte einen Leibwächter. Nach Silla jedoch glaubte Nicolaas bewiesen zu haben, daß er ganz gut allein auskommen könne.

Nach ihrem Aufbruch vom Château Damparis sang Thomas ab und zu, und Nicolaas wünschte, er hätte ihn schon früher dazu gebracht, sich zu betrinken. Als sie Dijon erreichten und sich auf den Weg zum Haus des Priesters machten, stellte sich heraus, daß auch Thomas seiner verstorbenen Dienstherrin die letzte Ehre zu erweisen gedachte. Nicolaas wollte das zuerst nicht recht behagen, aber dann sagte er sich, daß dies Thomas' gutes Recht war: schließlich war er schon altgedienter Söldner im Dienste des Hauses Charetty gewesen, als Marians späterer Ehemann noch für Feuer unter den Färberkesseln gesorgt hatte.

Thomas war also dabei, als der Priester seinen Schlüssel nahm und sie zur Familienkapelle führte. Die Krypta jedoch betrat Nicolaas allein. Er sah sogleich den neuen Sarg. Im Licht der Lampe schimmerte eine Messingplatte auf. Er schob die vertrockneten Kränze, die eine Inschrift verdeckten, vorsichtig zur Seite. *1420–1461: Marian, Tochter des Berthélémieu aus Löwen und Ehefrau des Cornelius de Charetty, 1400–1458.* Doch dann folgte der unerwartete Zusatz: *und des Nicolaas, Sohn des Simon de St. Pol und der Sophie de Fleury.*

Einen Augenblick verharrte Nicolaas unter diesem Eindruck. Nach einer Weile bedachte er dann all die möglichen Folgen dieser mutigen Feststellung seines Verwandtschaftsverhältnisses. Der Priester würde die Worte wohl gelesen haben, der Graveur – und vielleicht sogar Thibault de Fleury. Sie hielten sie wahrscheinlich für eine Lüge. Marian hatte den Zusatz gewünscht, und ihr zuliebe stand er jetzt hier eingraviert. Dennoch war es ganz gut, daß Simon de St. Pol nichts von dieser Inschrift wußte, die Nicolaas als seinen Sohn ausgab, auch wenn sie zehn Fuß unter der Erde angebracht war.

Später waren Papiere zu unterzeichnen, und der Priester führte sie zu seinem Haus. Als er hörte, daß Monseigneur van der Poele der Kapelle eine Stiftung machen wollte, lächelte der Priester abwehrend, aber freundlich. Die Familie hatte schon die nötigen Vorkehrungen getroffen. Als er dann die Papiere von Nicolaas entgegennahm, überflog er sie und errötete. Schließlich sagte er: «. . . aber natürlich nicht in so reichlicher Weise. Das ist wirklich großzügig. Die Familie wird gewiß den Wunsch haben . . .»

«Mir wäre es lieber, wenn es nicht an die große Glocke gehängt würde. Alles, was mit der Stiftung zu tun hat, besorgt meine Bank in Venedig. Von Zeit zu Zeit wird man hier vorsprechen, um zu sehen, ob Ihr irgend etwas benötigt.»

Als die schriftlichen Angelegenheiten erledigt waren, bot der Priester Wein an, aber Nicolaas schützte eine dringende Besorgung vor und ging. Das war Thomas nicht recht, da der Priester noch sprach und sie schon zum Abendessen eingeladen hatte. Aber Nicolaas ließ sich durch seine Klagen nicht erweichen: «Wir haben nichts Neues erfahren. Er wollte nur schwatzen.»

Thomas brummte etwas, und nur allmählich verflog sein Unmut wieder. Nicolaas wußte, was in ihm vorging. Es war Dezember und es fror, aber zumindest lag jetzt kein Hindernis mehr zwischen ihm und Brügge, dem Ziel, das Wärme und Behaglichkeit versprach.

Doch Brügge bot für Nicolaas eine Überraschung. Der befehlshabende Mann der Brückenwache, der ihn erkannte, sagte ein paar unbeholfene Worte zum Ableben der Demoiselle und fragte dann nach einer kurzen Pause, ob Nicolaas in die Spangnaertsstraat wolle. Oder in die Färberei?

In der Spangnaertsstraat lag das schöne Anwesen – Haus, Lager und Stallungen –, in dem er und Marian und alle ihre Schreiber wohnten und ihre Kontore hatten. Das Färbereigelände, an anderer Stelle in Brügge gelegen, beherbergte die Werksleute. Als er auf die Frage antwortete, sah er, wie die Augen des anderen zuckten. Aber wenn etwas nicht in Ordnung gewesen wäre, hätte Julius ihn benachrichtigt oder wäre ihm entgegengeritten. Er konnte sich denken, daß man in Brügge schon seit Tagen von seinem Kommen wußte. Aber die Aufregung war doch gewiß vorüber. Die Demoiselle de Charetty war tot und hatte, wie jedermann wußte, ihrem Ehemann nichts hinterlassen, weil er nichts brauchte. Warum sollte er zu einem anderen Zweck hier sein als dem, seinen Stieftöchtern Trost und Hilfe zu bieten?

Thomas sagte: «Da ist etwas im Gang.» Thomas mochte eine schlichte Seele sein, aber er hatte eine Spürnase.

«Ja», sagte Nicolaas. «Aber nicht schlimm. Zu viele Menschen. Gehen wir.»

Wie gewöhnlich hatte er sich gegen die falsche Katastrophe gewappnet. Im Gewühl der Straßen sah er kaum ein bekanntes Gesicht, niemand hielt ihn an, um ihm sein Beileid auszusprechen. Die Straßen waren belebt wie immer, und all die Laute drangen ihm ans Ohr, die er ein Jahr lang vermißt hatte: das Klicken der Webstühle, das Rumpeln der Fässer, das Knarren von Wirtshausschildern, der Widerhall von Stimmen unter Brücken, das Plätschern, Tröpfeln und Rauschen von Kanalwasser. Die Geräusche und Gerüche der großen flandrischen Stadt, in der er zum Jüngling und Ehemann herangewachsen war. Der Stadt Marians.

Die Spangnaertsstraat war nicht weit entfernt und wie üblich voll von Zugpferden und Ochsen, Kisten und Fässern, Dienstboten, Kaufleuten und den kühlen und verschwommenen Düften von Früchten, Gewürzen und Farben. Vor dem Haus mit dem hohen Giebel, das er für seine Gemahlin gekauft hatte, hielt sich eine Traube von Menschen auf, die weder Nachbarn noch Passanten waren, jedoch zu warten schienen. Als ihre Köpfe sich ihm zuwandten, erkannte er, daß sie auf ihn warteten. Er faßte Thomas am Arm. «Ihr kennt die Herberge mit Namen *Avignon*? Geht dorthin. Bestellt Betten für uns alle und wartet auf mich.»

Thomas runzelte die Stirn. «Nicht hier? Hier sind sicher Betten.»

«Sollte ich es mir anders überlegen, gebe ich Euch Bescheid», sagte Nicolaas. Auf der hohen Mauer, die den Hof seines Hauses umschloß, waren Spitzen. Er hatte sie selbst dort angebracht. Er hatte nie Wachen unten postiert gehabt, wie dies jetzt der Fall war. Er ritt langsam auf das Tor zu und saß ab. «Hier, halt mein Pferd», sagte er zu einem der Jungen, ging auf die geschlossenen Torflügel zu und zog die Glocke. Die Seitentür ging auf.

Auf der Schwelle stand weder Julius noch Gottschalk oder einer der Männer, die er und Marian in Dienst gehabt hatten. Der Fremde sagte: «Ja?»

Nicolaas sagte: «Ich bin der Ehemann von Marian de Charetty und komme aus Venedig. Sind ihre Töchter hier oder Meester Julius oder vielleicht Pater Gottschalk?»

«Sie sind alle fort», antwortete der Mann.

«Wirklich?» fragte Nicolaas. «Dann kann ich vielleicht auf sie warten?»

«Ich bedaure», erwiderte der Mann. «Ich kann Euch nicht einlassen.»

«Ich verstehe», lenkte Nicolaas ein. «Aber ich habe natürlich trotzdem vor, eingelassen zu werden. Das dürfte kein Problem sein, wenn Ihr jemanden aus dem Haus holen könntet, der mich kennt, oder ich mit einem vertrauenswürdigen Mann zurückkomme, der sich für meine Person verbürgt. Was hättet Ihr lieber?»

«Monseigneur, ich bedaure», wiederholte der Pförtner. «Ich habe Anweisung, den Ehemann der verstorbenen Demoiselle nicht einzulassen. Die Wache dort draußen wird es Euch sagen.»

«Von wem stammt diese Anweisung?» fragte Nicolaas.

Der Mann glich keinem jener Pförtner, die in seinem und Marians Dienst gewesen waren. Er war mittleren Alters und hatte das wettergegerbte, narbige Gesicht eines kampferfahrenen vagabundierenden Kriegers. Er sagte: «Meine Dienstherrin ist Mathilde de Charetty.»

Tilde, natürlich. Tilde, Marians Tochter. «Und sie ist nicht hier?» fragte Nicolaas. «Oder ist sie hier und hat Angst, diese Sache persönlich auszutragen?» Er sprach so laut, daß man ihn im Haus hören mußte, und er stand betont ruhig und betont allein da.

Tildes Stimme rief: «Der Pförtner hat's dir gesagt. Wir wollen dich nicht empfangen.» Ihre Stimme, die ganz leicht bebte, war dunkler, als man sie bei einem Mädchen von noch nicht ganz fünfzehn Jahren erwartet hätte. Er erinnerte sich ihrer von Venedig her. Damals hatte sie vor ihm Angst gehabt, hatte sie befürchtet, er könne sie und ihre Schwester beiseiteschieben und das Geschäft übernehmen, und er hatte mit dieser Angst gespielt in dem Bestreben, ihr zu mehr Selbständigkeit zu verhelfen. Wenn die alten Werksleute ihrer Mutter blieben und wenn er die führenden Männer des Hauses, die nach Brügge zurückkehren wollten, freigab – wie er dies getan hatte –, konnte das Geschäft gedeihen.

Er hatte geglaubt, nach zwei oder drei Monaten werde sie sich selbstsicher genug fühlen, um ihm gegenüberzutreten. Er hatte keine Zurückweisung in aller Öffentlichkeit und keinen Leibwächter erwartet.

Er sah sie jetzt, wie sie über den Hof kam und sich, die Hände fest zusammengepreßt, zu dem Pförtner stellte. Ihr Haar war von stumpferem Braun als das ihrer Mutter, und ihr fehlte auch die frische Gesichtsfarbe der Mutter. Die Zuschauer um ihn herum, die verstummt waren, begannen sich zu rühren und erwartungsvoll zu tuscheln. Er sagte: «Tilde – ich habe dir etwas zu bestellen. Ich war in der Kapelle der Fleurys.»

«Ist das alles?» erwiderte sie. «Ich war vor dir dort. Wenn du mir etwas zu sagen hast, dann schreib es auf einen Zettel.»

Jemand stieß einen mißbilligenden Laut aus, und ein anderer gab ein spöttisches Stöhnen und Lachen von sich. So vor aller Ohren war kein Gespräch möglich. Er fragte: «Ist Meester Julius da?»

«Ja», sagte Tilde, «aber ihm ist verboten worden, mit dir zu sprechen. Auch Pater Gottschalk wird nicht herauskommen. Dies ist das Haus Charetty und nicht deines.»

«Und passen dir meine Kleider?» sagte Nicolaas. «Wenn nicht, hätte ich sie gern zurück. Und die anderen Sachen in meiner Kammer, falls du sie nicht verkauft hast.»

«Man wird sie dir schicken», sagte Tildes schneidende Stimme. «Wenn sie vernichtet wurden, erhältst du eine Abrechnung. Da sind auch noch einige Geschenke, die du meiner Mutter gemacht hast.»

«Behalt sie. Alles übrige kann ins *Avignon* geschickt werden, wo ich drei Tage sein werde. Thomas möchte dich aufsuchen.»

«Warum?» fragte Tilde.

«Um dir und Catherine zu dienen. Astorre will, daß er dir seinen Schutz bietet.»

«Dessen bedarf ich nicht», entgegnete Tilde. «Ich habe eine neue Leibwache. Wir brauchen Thomas nicht. Schick ihn zu Astorre zurück.»

«Ich habe ihm nichts zu befehlen», sagte Nicolaas. «Wahrscheinlich findet er einen anderen Dienstherrn in Brügge. Wenn du ihn haben willst, wirst du ihn schon finden. Ist sonst noch etwas?»

«Wohin gehst du?» fragte Tilde.

«Ins *Avignon*», sagte Nicolaas. Er hielt inne und schickte sich an, aufzusitzen.

Sie sagte: «Nein, danach – wohin gehst du dann?»

«Ich weiß es nicht», antwortete Nicolaas. «Ich werde wohl irgendein Geschäft betreiben. Ich will nicht mit dir in Wettbewerb treten, aber um das zu vermeiden, müßten wir miteinander reden.»

Sie sagte: «Du willst alle unsere Pläne wissen.»

«Tilde», entgegnete Nicolaas, «ich verstehe von deinem Geschäft mehr als du. Aber ich lasse dich in Ruhe, wenn dir das lieber ist. Ich will nur ein paar Sachen mitnehmen, die mir gehören. Wenn du mich einläßt, dauert es nur einen Augenblick.»

«Nein», sagte Tilde. «Schick deine Mätresse.»

Erregtes Gemurmel. Nicolaas blickte grimmig. «Das würde ich tun, wenn ich eine hätte», sagte er.

«Dann deine zukünftige Ehefrau», sagte Tilde. «Sie ist hier, um dem Herzog ein Gesuch vorzutragen, aber der alte Mann ist zu krank, um sie zu empfangen. Sie wartet seit Tagen auf dich. Eine Dame aus dem Herzogtum Savoyen. Ihr Name ist Primaflora.»

Als er ins *Avignon* kam, stand Thomas im Hof der Herberge gerade im Mittelpunkt der Aufmerksamkeit. Er war von Leuten umringt, die lebhaft auf ihn einredeten. Als Nicolaas näher trat, lösten sich die Menschen von Thomas, der nun mit rot angelaufenem Gesicht berichtete: «Sie sagen, Ihr würdet nicht hineingelangen. Das Haus in der Spangnaertsstraat ist verschlossen, verriegelt und bewacht. Das Mädchen hat Meester Julius und Pater Gottschalk gewarnt, sie würde sie aus dem Dienst entlassen, wenn sie mit Euch redeten. Und in der Färberei ist es das gleiche. Henning und Bellobras, Cristoffels und Lippin, keiner rührt sich, weil sie sonst Fremden weichen müßten, die das Geschäft zugrunde richten würden. Sie sagt, sie will nicht den gleichen Fehler machen wie ihre . . .»

«Sie weiß nicht mehr, was sie tut, das arme Ding», sagte eine Frau. «Was werdet Ihr tun, Meester Nicolaas?»

Meester Nicolaas. Der Filialleiter der Medici-Bank hatte ihn gerade eben so genannt. Hatte sich sogar erboten, ihm ein, zwei Männer mitzugeben, damit er sich gewaltsam Zutritt zu dem Haus verschaffen könnte. Nicolaas hatte mit großer Beherrschung erwidert, er habe daran gedacht, sie auszuhungern. Er hatte dann rasch hinzugefügt, wahrscheinlich würden die Türen irgendwann unversperrt sein, denn sonst könne das Geschäft auch genausogut schließen, aber er habe nicht die Absicht, sich seinen Stieftöchtern aufzuzwingen. Er wiederholte dies jetzt alles dem Sinne nach und zog sich dann zusammen mit Thomas in die Herberge zurück. Es war eine anständige, saubere Herberge, hinter der Kirche St. Donatien, nahe dem Stadtplatz gelegen und in angemessener Entfernung von der Spangnaertsstraat. Als sie die Treppe hinaufstiegen, sagte Thomas: «Ihr ratet nicht, wer hier ist.»

«Ich hab's gerade erfahren», erwiderte Nicolaas. «Eine Abgesandte von Carlotta von Zypern. Das Gerücht hat sie schon zu meiner Mätresse gemacht. Wo ist sie?»

«Nicht da. Aber jeder weiß, daß sie nach Euch gefragt hat. Was macht sie in Brügge?» Thomas öffnete die Tür zu einer leeren Stube.

Nicolaas folgte ihm und schloß die Tür. «Ich vermute, sie bittet Herzog Philipp um Geld für Zypern», sagte er. «Wenn die Königin einen ordentlichen bevollmächtigten Gesandten schickte, würde sie ihren teuren Verwandten, den König von Frankreich, verprellen. Daher Primaflora, begleitet, wie ich annehme, von einem hervorragenden Sekretär, einem schicklichen Gefolge und einer untauglichen Anstandsperson.»

«Der Herzog ist darüber hinaus», meinte Thomas.

«Aber ich bin's nicht», sagte Nicolaas. «Und die Königin will auch mich haben.»

«Aha», sagte Thomas und setzte sich. «Diese Primaflora – sie hat gerade ihren Gemahl verloren.»

Er hatte sich Thomas als Reisegefährten ausgesucht wegen all der Eigenschaften, die er nun zur Schau stellte. Jetzt war nichts mehr daran zu ändern. Nicolaas sagte: «Ansaldo war nicht ihr Gemahl. Primaflora ist eine Kurtisane.»

«Ihr könntet Euch eine leisten», sagte Thomas.

«Nein», erwiderte Nicolaas. «Ich fürchte, sie wäre zu teuer.»

Die Nachricht wurde spät in der Nacht unter seiner Tür hindurchgeschoben. Er erhob sich leise, zündete einen Wachsstock an und las sie, ohne Thomas zu wecken. Dann schlüpfte er in Wams und Strumpfhose und griff nach dem Umhang und den weichen Stiefeln, die er erst draußen auf dem Flur anzog.

In der Schankstube war niemand wach, und er sperrte selbst die Eingangstür auf und trat hinaus in den Nebel. Es war nur gut, daß er jede Brücke, jeden Brunnen, jede Straße, jedes Haus in dieser Stadt kannte. Die Nachtlaternen, vom Nebel halb verschluckt, wirkten so flach wie Ziermünzen. Seine Sohlen rutschten auf den feuchten Steinen. Einmal vernahm er andere Schritte, die gewiß der Nachtwache gehörten. An einer Stelle wollte es ihn zu dem warmen unsichtbaren Feuer der Kranführer hinüberziehen, aber er überlegte es sich anders. Sie waren gute alte Freunde, die ihm bei seinen Eskapaden oft genug geholfen hatten. Er überquerte die Brücke beim Spinolakai und tastete sich leise in die Spangnaertsstraat.

Die Leibwache war nicht mehr da, aber am Tor und die ganze spitzenbewehrte Mauer entlang brannten die Laternen, und durch die Fensterläden des Pförtnerhäuschens fiel Licht. Er ging ein paar Schritte und fand das Seil, das zwischen den Spitzen über die Mauer hing. Obendrüber lag ein Polster. Er prüfte die Festigkeit des Seils und zog sich dann daran hoch und hinüber.

Julius wartete auf ihn bei den Stallungen: eine vertraute Flüsterstimme, eine Hand, die seinen Arm ergriff, dann zog ihn ein Schatten zur Küchentür und ins Haus hinein. Hier hielt er leicht atmend inne, während sein Aktuarius – sein einstiger Lehrer – die Treppe hinaufstieg, um sich zu vergewissern, daß alles ruhig war. Dann war auch er oben und schritt den Flur entlang und durch eine Tür in eine große Stube mit geschlossenen Fensterläden. In einer Ecke hatte man eine Lampe angezündet, deren Schein auf Tisch, Papiere und Regale mit Hauptbüchern fiel. In der Stube erwarteten ihn der Priester Gottschalk, der in Trapezunt ihrer aller Kaplan und guter Freund gewesen war, und Loppe, der einstige Sklave aus Guinea, den er zu seinem Quartiermeister gemacht hatte. Und Julius, der jetzt die Tür hinter ihm schloß.

Er trat zuerst auf Loppe zu und umarmte ihn und dann Gottschalk. Zwei hochgewachsene Männer, fast so groß wie er selbst und starke Stützen, wenn man sie in einem Kampf an seiner Seite hatte. Julius, der an dergleichen wenig Gefallen fand, klopfte ihm auf die Schulter und sagte: «Nun, wir mußten mit Euch reden. Ihr habt das nämlich alles bewirkt.» Julius, dessen Gesicht noch von der Sonne Trapezunts gebräunt war, machte einen tatkräftigen Eindruck. Als Faktor und Aktuarius leitete er jetzt die Geschäfte des Hauses Charetty.

«Laßt ihn – er muß sich erst einmal setzen», sagte Gottschalk.

«Und sprecht leise. Das Gesetz ist auf der Seite der Mädchen. Und Tilde ist Eigentümerin dieses Hauses und hat Nicolaas den Eintritt verboten.» Er wandte sich um mit den wuchtigen Schultern eines Kämpfers, doch seine ganze Art war wie immer ruhig und ganz die eines Priesters. «Ihr dürft glauben, daß wir versucht haben, dieses zu verhindern. Und es wird natürlich nur vorübergehend sein.»

«Wirklich?» sagte Julius. «Nicolaas hat sie herausgefordert, und sie sind darauf eingegangen. Sie wollen beweisen, daß sie Euch schlagen können. Was werdet Ihr tun?»

«Was werdet *Ihr* tun – ich glaube, darauf kommt es eher an», sagte Nicolaas. Er sah, wie Loppe lächelte.

«Seid unbesorgt», sagte Gottschalk. «Wir bleiben. Die Zofe Eurer Ehefrau ist bei ihnen. Anselm Adorne ist ein behutsamer Beobachter und seine Gemahlin ist eine große Stütze. Tilde hat es fertiggebracht, John le Grant nach einem Meinungsstreit vor die Tür zu setzen, aber sie weiß, daß sie uns braucht.»

«Wo ist John hin?» fragte Nicolaas.

«Nach Venedig. Dort sind Gregorio und Crackbene. Sie haben begonnen, ihre Bank einzurichten. Sie erwarten Euch.»

«Wäre es ratsam, dorthin zu gehen?» meinte Nicolaas. «Wie entwickelt sich Tildes Geschäft Eurer Meinung nach?»

«Das ist unterschiedlich», erklärte Julius. «Oh, wir wollen nicht mit Euch wetteifern. Keine Söldnertruppe, keinen Kurierdienst mehr. Aber Maklerei, Handel, Färberei. Vielleicht noch Felle. Wir haben gute Leute und reichlich Geld und guten Willen auf unserer Seite.»

«Gregorio könnte Euch helfen», sagte Nicolaas. «Und Ihr habt noch eine Zeitlang billigen Alaun und Farben von erster Güte. Aber Ihr müßt aufpassen. Der Markt verändert sich. Und Ihr habt keine Truppe mehr, die Sommergeld bringt.»

«Die kleine Demoiselle möchte eine Truppe unterhalten», sagte Loppe. In dem gedämpften Licht konnte Nicolaas kaum mehr als dessen Augen erkennen. Loppe setzte hinzu: «Einige der Männer habt Ihr ja gesehen. Sie ist zum Waffenmeister gegangen, der hat ihr die Leute ausgesucht.»

«Wie viele?» fragte Nicolaas.

«Gerade genug für eine Leibwache», sagte Gottschalk. «Wir hoffen, ihre Zahl verkleinern zu können. Sie sind eine Gefahr, Ihr habt recht.»

«Und Tilde und Catherine?» wollte Nicolaas wissen.

«Wie Hund und Katze», sagte Julius.

«Nein», meinte Gottschalk. «Sie streiten sich schon, doch in allen wichtigen Dingen sind sie einer Meinung. Im Ehrgeiz. Im Trauertragen. In der Entschlossenheit. Im Widerstand gegen Euch. Das bedeutet, wie Ihr gesehen habt, eine große Stärke.»

«Ich sagte es ja, alles Eure Schuld», warf Julius ein.

«Sie werden reifer werden», fuhr Gottschalk fort. «Die Stadt hat Geduld gezeigt. Anselm Adorne und seine Gemahlin waren freundlich. Die Mädchen haben keine wirklichen Feinde.»

«Nicht einmal den guten Herrn Simon?» sagte Nicolaas. Er fing das Blitzen in Loppes Augen auf. Julius runzelte die Stirn.

«Wie ich gehört habe, ist Simon de St. Pol in Portugal bei seiner Schwester. Seine Gemahlin und sein Vater halten sich in Anjou auf. Und da wir gerade von Portugal sprechen: Wißt Ihr, daß Herzogin Isabella wieder in die Öffentlichkeit zurückgekehrt ist, seit der Herzog krank ist?»

Er hatte davon gehört. Herzog Philipp von Burgund war ein alter Mann, und sein Tod würde Flandern früher oder später einen neuen Herrscher bescheren. Und Isabella von Portugal, die sich ihm entfremdet hatte, war seine Gemahlin. «Also werden portugiesische Kaufleute hier tätig werden», sagte Nicolaas. «Ich werde ihnen aus dem Weg gehen.»

Gottschalk beobachtete ihn. Er sagte: «Ich glaube nicht, daß Ihr noch etwas von Herrn Simon zu befürchten habt. Er hat seinen Streit mit Euch beendet, und soviel ich weiß, hegt er gegen Tilde und Catherine keinen Groll. Sorgen machen würde ich mir wegen seiner Gemahlin.»

«Nun, von Anjou aus kann sie mir kaum gefährlich werden», sagte Nicolaas. «Auch wird sie mir schwerlich folgen, wenn ich selbst noch nicht weiß, wohin ich mich wende.»

«Nach einem Vierteljahr?» meinte Gottschalk. «Das ist Zeit

genug, um Pläne für ein ganzes Leben zu fassen. Etwas muß Euch doch reizen.»

«O ja», sagte Nicolaas. «Was würdet Ihr davon halten, wenn ich mich Astorre anschlösse?»

Alle drei starrten ihn an. Julius fragte: «Wer ist denn auf diesen verrückten Gedanken gekommen? Thomas? Astorre selber?»

«Die Verrücktheit ist gänzlich die meine», sagte Nicolaas. «Tilde will Thomas nicht haben, also wird er wohl wieder zu Astorre gehen. Warum sollte ich mich ihnen da nicht einfach anschließen?»

Gottschalk überlegte. Er war selten mit dem Wort schnell bei der Hand. Schließlich sagte er: «Kampf Mann gegen Mann? Das ist etwas anderes als Minen vergraben, Fußangeln legen und Hinterhalte planen. Oder gedenkt Ihr vielleicht Geld in die Kompanie zu stecken und als Astorres reicher Patron aufzutreten?»

«Kampf Mann gegen Mann macht mehr Spaß», sagte Nicolaas. Er hielt dem Blick des Priesters stand und setzte dann hinzu: «Ich habe mich noch nicht entschieden. Aber ich habe hier noch einige Sachen, die ich mitnehmen möchte.»

Loppe trat näher, und seine Haut glänzte schwarz über dem Weiß des Hemdes; seine Bewegungen hatten eine natürliche und vollkommen unbewußte erotische Anmut. Er sagte: «Ich habe einige von den Sachen hier. Die kleine Demoiselle schläft dicht bei Eurer Kammer. Ihr würdet sie aufwecken.»

Er öffnete eine Kiste, die schon auf dem Tisch stand. Darin waren Kleider, die Nicolaas zurückgelassen hatte, als er nach Trapezunt aufgebrochen war, und ein paar Dinge, die ihm gehörten, seit er mit zehn Jahren in das Haus Charetty gekommen war. Auch sein erstes Messer und einige von den Spielsachen, die er damit geschnitzt hatte. Für Tilde und Catherine und für Felix. Nicolaas war gerührt und bedankte sich.

Loppe lächelte, und Gottschalk sagte: «Wir lassen sie in die Herberge bringen. Was noch?»

«Weiter kann er nichts mitnehmen», sagte Julius. «Das Mädchen schläft in der Kammer der Demoiselle.»

Nicolaas erhob sich. Ihm kam die Kammer in den Sinn, so eingerichtet, wie sie gewesen war, als er und Marian zuletzt darin geschlafen hatten. «Es macht nichts», sagte er.

Gottschalk beobachtete ihn und sagte dann: «Die Zeit verrinnt. Jemandem mag das Polster auf der Mauer aufgefallen sein. Man darf Euch nicht sehen. Es geht dabei nicht nur um Euch. Ohne uns würde das Geschäft zugrunde gehen. Vor allem ohne Julius. Sie sind auf ihn angewiesen.»

«Ich hätte nur gern ihr Kontor noch einmal gesehen», sagte Nicolaas.

Julius schwieg. Gottschalk sah Loppe an. Gottschalk sagte: «Dann solltet Ihr das wohl tun.»

Er ging allein, nachdem er sich von den dreien verabschiedet hatte. Es war besser, wenn sie die Kiste versteckten und die Lampe löschten und sich zerstreuten und ihn allein seinen Weg suchen ließen. Die Zukunft des Hauses Charetty hing von ihnen, nicht von ihm ab. Es hatte im übrigen nicht mehr viel zu sagen gegeben. Es war ihnen darum gegangen, sich zu entschuldigen und alles zu erklären und ihn ihres guten Willens zu versichern, und das hatten sie getan. Er wußte, Loppe wartete nur darauf, daß er ihn aufforderte, mit ihm zu kommen, aber das würde er nicht tun.

Von allen Räumen des Hauses war das Kontor der Ort, an dem Marian für ihn noch lebendig war. Ihr ganzes Verhältnis, ihre ganze wirkliche Beziehung war in diesem Kontor geschaffen und geformt worden. Als er die Tür öffnete, fiel sein Blick sofort auf Marians Stuhl, dann bemerkte er, daß man seinen Hocker durch einen schöneren ersetzt hatte. Auf dem Tisch lag ein Hauptbuch, blau eingebunden, im Blau des Hauses Charetty. Nicht mehr seine Farbe jetzt. Er war farblos. Er war ein Esel, der sich dem Selbstmitleid hingab. Er blickte sich um.

Alles in diesem Raum gehörte Marian. Die Sitzbank mit der hohen Rücklehne, der anderen nachgebildet, die bei dem Brand verkohlt war. Die wohlverschlossene Truhe, in der sie ihr Geld verwahrte. Das Kabinett, in dem sie den starken Wein lagerte, von dem Henning nicht wußte, daß sie ihn besaß. Neben der

Preisliste stand ihre Waage. Die Waage, mit der Wikinger bestattet zu werden pflegten. Marian hatte die ihre nicht mit auf die Reise genommen. Statt dessen hatte sie etwas von ihm mitgenommen: eine silberne Spieldose, hatte man ihm in Burgund gesagt. Sie ruhte jetzt in ihren Händen.

Er fragte sich, was sie ihm mitgegeben hätte, wenn sie jetzt hier gewesen wäre. Die Porzellanvase, vielleicht, aus ihrer Schlafkammer. Ein Kissen. Einen Ring von ihrem Finger. Aber diese Dinge hatte jetzt gewiß Tilde. Und ihre Schlüssel. Die Insignien ihres Berufs.

Er mußte nun gehen. Er wußte ohnehin, was er wollte. Er ging zum Tisch hinüber und nahm es an sich, und dabei bemerkte er, daß dort auch die Schlüssel lagen. Auch diese nahm er in die Hand.

Gelbes Licht blitzte von einer halboffenen Tür her auf. *«Jetzt haben wir dich!»* In der Tür stand ein Mann, einen Knüppel schwingend. Hinter ihm drängten andere herein. Er hörte laute Stimmen und Gekreisch. Jemand hatte das Polster gesehen. Jemand hatte Tilde benachrichtigt. Sie hatten ihm aufgelauert, um ihn zu fassen. Nicolaas warf die Schlüssel hin und sprang zum Fenster. Er steckte den ersten Schlag ein, als er den Laden aufklinkte. Ehe er den Laden aufstoßen konnte, ergriff eine Hand seinen Arm, und ein Stockhieb glitt seitlich an seinem Kopf ab. Er duckte sich, während er seine Fäuste gebrauchte, weitere Schläge einsteckte und angestrengt nachdachte.

Er besaß keine Waffen, aber er wußte, wo die Möbelstücke standen. Er schleuderte einen Mann gegen die harte Sitzbank, trat einem anderen die Beine unterm Leib weg und zog den dritten mit sich hinaus auf den Flur, von dessen einem Ende zwei Burschen von Tildes Leibwache auf ihn zugestürzt kamen. Er wandte sich dem anderen Ende zu, das zur Küche führte.

Dieser Ausgang war auch versperrt, aber von Menschen, die er kannte. Hausmädchen und Wäscherinnen, zwei Jungen aus den Stallungen, Marians Köchin. Jemand zischelte: «Claes!», und das Menschenknäuel nahm ihn auf, ließ ihn durch und schloß sich wieder hinter ihm. Er hörte empörte Rufe, als Tildes Männer ihm folgen wollten. Auch Schmerzensschreie. Er erinnerte sich der Schläge, die die Köchin austeilen konnte. Er sprang die Treppe zur Küche hinunter und rannte zur Tür. Sie war offen. Als er sie erreichte, stand Tilde draußen, einen Umhang über dem Nachtgewand. Und neben ihr stand mit gezogenen Schwertern die Stadtwache.

Kapitel 4

Er verbrachte die Nacht im Kerker, während seine wunden Glieder in der Kälte steif wurden. Das alles war nichts Neues, er war nicht der fügsamste junge Bursche von Brügge gewesen, und er war mehr als einmal in den Steen gesteckt worden. Neu aber war die zurückhaltende Einstellung seiner Zellengenossen. Er war nicht mehr Claes, sondern ein reicher Mann namens Nicolaas, der sich in die Angelegenheiten seiner Stieftöchter eingemischt zu haben schien. Früher einmal hätte er sich bemüht, das richtigzustellen, aber jetzt zog er sich lieber in den Schlaf zurück.

Zuvor war recht aufgeregt Thomas erschienen, aber Nicolaas hatte ihn beruhigt und mit einer Botschaft zu Gottschalk geschickt: *Tut nichts, verhaltet Euch still. Es gibt keinen Grund zur Besorgnis. Was immer geschieht, Tilde muß das Gefühl haben, daß sie sich auf Euch alle verlassen kann.* Aber natürlich wußten sie das schon, sonst hätten sie seine Festnahme verhindert.

Er beschäftigte sich eine Zeitlang mit der Frage, warum die Stadt Tildes Beschwerde ernst genommen hatte. Man mochte ihm seine Ehe mit Marian verübelt haben, doch an seiner Aufrichtigkeit hatte nie ein Zweifel bestanden. Und selbst die

Unduldsamsten mußten einem Mann das Recht zubilligen, sein Haus noch einmal aufzusuchen, ehe er es für immer verließ. Außerdem war es kein Geheimnis, daß er jetzt sehr viel Geld besaß, und irgendwelche Neidgefühle hatten einen Brügger Bürger noch nie daran gehindert, nach seinem Profit Ausschau zu halten. Man hätte ihn mit offnen Armen aufnehmen müssen und hatte statt dessen alles getan, um ihn fortzuekeln.

Aber freilich gab es, wenn man es bedachte, eine ganze Anzahl von Personen, die nicht wünschten, daß Nicolaas sich wieder in Brügge niederließ. Die Freunde von Herrn Simon und seiner Gemahlin Katelina. Die Freunde Carlottas von Zypern. Die Genuesen, die ihn als einen venezianischen Rivalen betrachteten. Die Amtsleute und Angehörigen Herzog Philipps von Flandern und Burgund, die gleichfalls wußten, daß seine Gelder in Venedig waren. Der Herzog war ein Freund Mailands, und Mailand war Venedig gegenüber sehr argwöhnisch. Er selbst konnte es ihnen nicht verdenken. Am Morgen wurde er mit gefesselten Händen herausgeholt und vor einen Friedensrichter gebracht. Der Friedensrichter war natürlich Anselm Adorne, und der Ort der Vernehmung war Adornes schönes Haus neben der Jerusalemkirche.

Er hatte schon früher vor Adorne gestanden, und dabei war am Ende immer ein gerechter Spruch herausgekommen. Die Familie, ursprünglich aus Genua stammend, nahm seit Generationen in Brügge höchste Ämter ein und war für ihren Reichtum und ihre Frömmigkeit bekannt. Anselm Adorne war ein Kind gewesen, als sein Vater und sein Onkel die Jerusalemkirche erbaut hatten zur Feier ihrer Rückkehr aus dem Heiligen Land. Er war jetzt siebenunddreißig Jahre alt und ein Mann von angenehmem Äußeren. Seine wendige Gestalt trug ihm Preise beim Schießen und im Turnierkampf ein, sein kluger Kopf sorgte für die Mehrung des Wohlstands der Familie, und sein umgängliches Wesen machten ihn zu einem guten Trinkgenossen wie zum glücklich verheirateten Vater einer wachsenden Zahl von Kindern. Er und seine Ehefrau Margriet zählten zu den wenigen, die zu Marian de Charetty gehalten hatten, als diese den Wunsch aussprach, ihren Lehrling zu heiraten: die Trauung hatte in der Jerusalemkirche stattgefunden. Und inzwischen hatten sie sich, wie er gehört hatte, freundlich um Marians Töchter Tilde und Catherine gekümmert.

Natürlich war Anselm Adorne im Herzen noch immer Genuese. Es war äußerst wahrscheinlich, daß er mit dem Vorfall von gestern etwas zu tun hatte oder die gegen ihn, Nicolaas, vorgebrachten Anklagen ernst nahm. Aber darauf kam es jetzt auch gar nicht an. Vor ihm lag eine Begegnung mit den Menschen, die Marian am besten gekannt hatten.

Die Wachen im Rücken, trat er deshalb sehr bedacht vor Adornes Tür und ergriff nicht gleich das Wort, als er sah, daß Adorne selbst ihn erwartete. Adorne blickte an ihm vorbei und sagte: «Ich habe meine eigenen Wachen. Ihr braucht nicht hereinzukommen. Kommt in einer halben Stunde wieder, wenn ich über den Fall entschieden habe.»

In seiner Kontorstube, in der sonst niemand war, nahm Anselm ein Messer vom Tisch und zerschnitt Nicolaas' Fesseln. «Setzt Euch ans Feuer. Warum seid Ihr nicht gleich zu mir gekommen? Ich hätte Euch zum Haus gebracht.»

Nicolaas setzte sich und legte die Hände in den Schoß. «Ja, vielleicht hätte ich das tun sollen», sagte er. «Aber wahrscheinlich war es so doch besser. Tilde vertraut Euch noch.»

«Manchmal hört sie auch auf mich», entgegnete Adorne. «Ihr habt ihr gute Leute überlassen, und sie schätzt sie. Nur in manchen Dingen ist sie eigensinnig.» Er hielt inne. «Es macht mir Mühe, von ihrer Mutter zu sprechen. Wenn es für Marian schwer war, so war es für Euch noch schwerer, fort zu sein, als sie in Not war und die Nachricht von ihrem Tod auf solche Weise zu erfahren. Nach Brügge zurückzukehren und dies jetzt zu erleben. Ich kann nur sagen, hätte sie das gewußt, hätte sie nichts geändert. Die Ehe hat ihr großes Glück gebracht.»

«Ich danke Euch», sagte Nicolaas. «Ich war in Burgund. Ich habe Madame de Damparis getroffen, die sie bei sich aufgenommen hat.»

«Tilde und Gregorio waren auch dort», sagte Adorne. «Marian war in guten Händen. Margriet hat mit Tilde gesprochen, sie kann Euch noch mehr berichten.»

Er wollte nichts mehr hören. «Tilde glaubte, ich wollte sie bestehlen», sagte Nicolaas. «Das ist höchst seltsam.»

«Findet Ihr?» gab Adorne zurück. «Dann wird es für Euch noch seltsamer klingen, wenn ich Euch sage, daß sie für ihr Leben fürchtet. Alle Welt weiß, daß Ihr das Geschäft erbt, wenn sie unverheiratet stirbt. Das ist alles, was sich hinter ihrer Aufregung verbirgt.»

«Das freut mich», sagte Nicolaas.

«Für Euch war es ein Schlag, ich weiß, nach der traurigen Pilgerfahrt, die Ihr hinter Euch habt. Aber was Tilde fürchtet, das ist Euer Einfluß. Das müßt Ihr doch wissen. Sie war jahrelang Euer Schatten.»

«Wen wird sie also ehelichen?» fragte Nicolaas.

«Niemanden», antwortete Anselm Adorne. «Heiraten müßt Ihr. Dann wird sie sich nicht mehr bedroht fühlen.»

«Mir scheint das nicht so ganz einfach zu sein», sagte Nicolaas. «Und ich habe übrigens mit einer Person namens Primaflora nichts zu tun. Sie ist eher ein Köder.»

Adorne lächelte. «Wir wunderten uns schon. Uns wurde gesagt, sie sei auf dem Weg nach Brüssel, aber es ist wenig wahrscheinlich, daß Herzog Philipp sie empfängt. Inzwischen belebt sie den Alltag des herzoglichen Statthalters in Brügge und berät sich häufig mit den Johannitern im Spital. Euer Freund John de Kinloch ist entzückt.»

«Ich werde dem Spital aus dem Weg gehen», sagte Nicolaas.

«Was wollt Ihr also tun? Eure Möglichkeiten scheinen mir unbegrenzt. Ihr wißt, daß Euer braver Gregorio Eure Bank eingerichtet hat. Ihr habt in Venedig ein neues Haus und bessere Verbindungen als die meisten anderen zu den Handelsplätzen Europas. Ihr besitzt die Freundschaft der Medici und Mailands. Venedig hat Euch Ehrungen zuteil werden lassen. Ihr kennt alle Geheimnisse des Kaufherrengeschäfts aus den Tagen Eurer Söldnertruppe und Eurer Kuriere. Ihr habt ein Verständnis für levantinische Angelegenheiten und besitzt eine Galeere und eine

Kogge, um sie zu betreiben. Ihr habt in Brügge und in Trapezunt gelernt, wie man ein Handelshaus führt, und kennt einige Schliche des Bankgeschäfts. Was Ihr nicht wißt, werden Gregorio und andere Euch lehren. Und natürlich wird der eine oder andere versuchen, Euch in seinen Dienst zu stellen. Ihr scheint schon Angebote erhalten zu haben?»

Das traf zu. Es hatte schon in Venedig begonnen, gleich am Tag nach seiner Ankunft aus Trapezunt. Königin Carlotta war eine der ersten gewesen. Er sagte: «Oh, ich habe die Auswahl. Rhodos oder Venedig, Zypern oder Albanien. Für fast jeden könnte ich in der Levante eine Niederlassung einrichten. Sogar die Franziskaner interessieren sich für meine Person. Ich denke bisweilen daran, mich meinen Söldnern anzuschließen.»

Adorne besaß eine Eigenschaft, die er mit Pater Gottschalk teilte: er saß still da, wenn er über Wichtiges nachdachte. Er sagte: «Aha – wieder der Krieg um Neapel?»

«Ja», erwiderte Nicolaas. «Astorre hat schon zuvor für König Ferrante gekämpft, zusammen mit den päpstlichen Truppen und dem Grafen von Urbino. Diesmal werden sie Skanderbegs Albaner an ihrer Seite haben, wenn mit dem guten Wetter die Kämpfe wieder einsetzen.»

«Und Euch ist persönlich daran gelegen, Ferrante zu helfen, unumschränkter Herrscher von Neapel zu werden?» fragte Adorne.

Nicolaas lächelte. «Vielleicht. Je früher er es ist, desto eher können sich der Papst und alle übrigen mit anderen Dingen befassen. Ihn sehe ich in Neapel lieber als Johann von Anjou und seine französischen Freunde. Vielleicht fange ich wie Astorre an, Herzog Johann und seinen Söldnerhauptmann als einen willkommenen Feind zu betrachten. Astorre kämpft gern gegen Piccinino.»

«Ich glaube, von Hauptmann Astorre wußte ich das alles», sagte Adorne. «Aber ich gestehe, ich hatte nicht erwartet, daß der Glanz des Kampfes Eure Kaufmannsseele reizen könnte. Das steht eher dem Jungen an, der Ihr einmal wart. Aber natürlich ist es nicht der Glanz.»

«Es ist einfach eine Flucht vor den Verpflichtungen», sagte Nicolaas. «Ich denke, das solltet Ihr wissen. Aber wenn ich gehe, hinterlasse ich meine Angelegenheiten in guter Ordnung. Für Catherine ist gesorgt, ich weiß, ich kann mich auf Euch verlassen.»

«Natürlich. Und ich glaube, Ihr habt das nicht gesagt, um von mir davon abgebracht zu werden, deshalb versuche ich das erst gar nicht. Ich will nicht so tun, als sei ich nicht enttäuscht. Aber es ist ein Versagen des Schicksals, nicht Eures. Wo ist übrigens Tobias, Euer Arzt?»

«Er ist mit Urbino in den Krieg gezogen», sagte Nicolaas. Er und Tobie hatten sich gestritten. Es war ein unvergeßlicher Streit gewesen.

Adorne schien nichts davon zu wissen und ging nicht darauf ein. Er sagte: «Dann sollte wenigstens er zufrieden sein. Wie ich höre, hat er Euch von der Rückkehr nach Brügge abgeraten. Er fürchtete, Ihr könntet versucht sein, Euch in den Frieden der Färberkessel zurückzuziehen.»

Nicolaas war sich dessen wohl bewußt. «Vielleicht würde ich das tun, wenn ich an sie herankäme.»

Anselm Adorne blickte ihn nachdenklich an. «Es mag eine Zeit kommen, da dies möglich ist, im Augenblick ist Euch dieser Weg versperrt. Aber wir sind vom Anlaß Eures Hierseins abgekommen. Bringen wir das zunächst hinter uns. Ihr behauptet nicht, daß Eure früheren Genossen Euch in das Haus in der Spangnaertsstraat eingeladen haben?»

«Nein, das haben sie nicht.»

«Das Polster und das Seil wurden von einem unbekannten Helfer angebracht. Ihr habt das Haus betreten ohne die Absicht, die Mädchen weiter zu stören, weil Ihr erfahren hattet, daß Ihr Brügge gleich würdet verlassen müssen, und eine Erinnerung an ihre Mutter mitnehmen wolltet.»

«Man hat mich mit ihren Schlüsseln in der Hand angetroffen. Ein merkwürdiges Erinnerungsstück.»

Adorne legte die gepflegte Hand an seine Wange. «Ihr habt den Drang verspürt, etwas, das ihr gehörte, zu berühren. Hättet

Ihr etwas stehlen wollen, wärt Ihr gleich nach dem Eintreten zur Truhe gegangen. In jedem Fall enthielt die Truhe, selbst wenn sie voll war, wahrscheinlich nur einen Bruchteil dessen, was Euch das Haus Charetty allein für die letzte Lieferung Alaun schuldet, nicht wahr?»

«Ja, ich nehme es an», sagte Nicolaas.

«Und außerdem wurde bei Euch, obwohl Ihr Euch entkleiden mußtet, nichts gefunden, was nicht Euch gehörte. Nur das hier.» Er nahm ein zusammengefaltetes Stück Pappkarton aus einer Schublade und stellte es aufrecht vor sich auf den Tisch. Auf ihm standen Reihen von Zahlen in Marians sauberer Handschrift. Neben jedem Preis war ein Büschel feiner Wolle angebracht, gefärbt in den guten, soliden Charettyfarben. «Steckt es ein», sagte Adorne. «Es liegt ganz eindeutig kein Vergehen vor.»

Es lag auf dem Tisch, zerknittert jetzt und von fremden Händen berührt. Nicolaas sagte: «Danke.» Er steckte die Preisliste noch nicht sofort ein. «Ehe ich gehe, möchte ich Euch noch etwas fragen. Angesichts Eurer Freundlichkeit mir und Marians Familie gegenüber fällt es mir nicht ganz leicht.»

Anselm Adorne lehnte sich gelassen auf seinem Stuhl zurück. «Hat es mit Geschäften zu tun? Ihr denkt jetzt an den Nutzen Venedigs, ich an den Genuas. Wir werden gelegentlich Rivalen sein, aber doch ehrliche, wie ich hoffe. Ich glaube nicht, daß unsere Freundschaft darunter leiden könnte.»

«Ich hoffe es auch nicht», erwiderte Nicolaas. «Deshalb dachte ich, wir sollten darüber sprechen. Ihr wißt, daß ein Genuese versucht hat, in Trapezunt das Haus Charetty an sich zu bringen. Ihr wißt, wie er dabei zu Werke ging. Die Familie Doria, aus der er stammte, ist mit Euch befreundet, aber ich weiß, daß Ihr nichts damit zu tun hattet. Ich wollte damit nur zeigen, daß es immer einmal Mißverständnisse geben kann. Da ist noch eine Sache.»

«Ihr denkt an den Alaun», sagte Adorne. Sein Gesicht blieb ruhig.

«Ja. Ein Adorno, einer Eurer Vettern, hat mit mir ein Abkommen über Alaun geschlossen. Das Monopol, das mir Profit einbrachte, besteht nicht mehr, da in Tolfa eine neue Grube eröffnet wurde. Es ist keine Tragödie, aber das neue Vorkommen wurde nicht zufällig entdeckt. Ihr und ich und die Venezianer wußten von ihm und hatten Stillschweigen vereinbart. Jemand hat gegen die Vereinbarung verstoßen. Und als man auf Tolfa stieß, wurden genuesische Gutachter zur Prüfung des Alauns hinzugezogen.»

Anselm Adorne tippte die Fingerspitzen aneinander. «Ja, wir sollten darüber reden», sagte er. «Ich freue mich, daß Ihr mich freisprecht, was Trapezunt betrifft. Mein Sohn Jan hat einen Doria zum Paten, aber dem Konsul in Trapezunt bin ich nie begegnet, und hätte ich gewußt, daß Euch von ihm Gefahr droht, hätte ich Euch gewarnt. Das mit dem Alaun ist etwas anderes.»

«Tatsächlich?»

Adorne lächelte. «Mißversteht mich nicht. Abkommen sollten nie gebrochen werden. Ich muß sagen, ich weiß nicht, wer das in diesem Fall getan hat. Sicher, meine Verwandten und ich wußten, daß es da ein noch unberührtes Vorkommen gab, aber nur Ihr kanntet den genauen Ort, zusammen mit den Venezianern. Ihr könntet sagen, daß auch wir von dem Monopol profitiert haben, obschon die Venezianer die Hauptnutznießer waren. Andererseits haben die Türken die alten Fundorte überrannt, und wenn ein Krieg ausbricht, werden sie Venedig nicht mehr als Makler gebrauchen. Es müßte für Venedig dann von Vorteil sein, daß Tolfa entdeckt wurde, und es könnte einen Anteil an seiner Ausbeutung erwerben.»

«Das gleiche könnte man von Genua sagen», entgegnete Nicolaas. «Verstehe ich Euch richtig? Abkommen werden von Euch nicht gebrochen werden, aber gegen die Regel verstoßende Verwandte können auf Euer Schweigen bauen, wenn sie mir nicht gerade nach dem Leben trachten?»

«Ja, ich fürchte, das habe ich damit sagen wollen», bestätigte Anselm Adorne. «Ist das so schrecklich? Ihr würdet doch von mir nicht erwarten, daß ich meine Freunde und meine Familie verrate, genausowenig wie Ihr das wohl tun würdet. Ich verfolge jedoch weiterhin die Absicht, meinen Freunden nie bewußt zu schaden, und ich hoffe, daß ich Euer begrenztes Vertrauen besitze.»

Nicolaas überlegte. Weiter konnte er nicht gehen. Es war den Versuch wert gewesen. Wie sie auch beide in ihren Geschäften verfuhren, es sollte Tilde und Catherine eigentlich nicht berühren. «Ihr habt mein begrenztes Vertrauen», sagte er mit feierlicher Miene.

«Gut. Dann werde ich Eurer wackeren Eskorte sagen, daß sie gehen kann. Geht Euer Vertrauen so weit, daß Ihr mit uns essen würdet?»

«Wann habt Ihr es schon erlebt, daß ein gerade entlassener Häftling eine gute Mahlzeit ablehnt?»

Er sah Adorne nach, wie er hinausging, und wurde sich gerade bewußt, daß jemand anderer die Stube betreten hatte, als ein Kind ihn am Arm berührte. Er drehte sich um. Ein kleines Mädchen sah ihn an. «Ich kenne dich», sagte es.

«Und ich kenne dich», sagte Nicolaas. «Du heißt Lewijse und hast gern Spiele und Späße.»

Das Kind bekam rote Backen. «Ja!» sagte es. «Es ist Claes! Der immer Späße macht!»

Drei andere Kinder drängten sich herein, und er musterte sie alle. «Nun», sagte er, «was zuerst – ein Spiel oder ein Spaß?»

Sie wollten ein Spiel, doch er hatte keinen Faden.

Aber er hatte Wolle. Er griff nach der zerknitterten Preisliste und zog einen nach dem anderen Fäden, die in den Farben des Orients leuchteten, aus ihren Schlitzen. Dann begann er zu fälteln und zu schlingen und zu knoten und flocht eine ganz bunte Schnur. Schließlich warf er sie in die Luft, daß sie sich schlängelte und herumwirbelte wie das persische Spielzeug, das er einmal aus Florenz nach Hause geschickt hatte. Dann ließ er sie sich über die Finger laufen und alle möglichen Figuren vollführen, während vier aufmerksame Augenpaare seinen Bewegungen folgten.

Er sah Margriet Adorne nicht, die gekommen war, um ihn zu

holen, und dann stehenblieb, behutsam zur Seite gezogen von ihrem Ehegatten. Aber schließlich bemerkte er doch die Stimme, die ihn zum Essen rief.

Anstatt drei Tage zu warten, sollte er Brügge lieber sofort verlassen, hatte Adorne gemeint. Ihm blieb deshalb keine Zeit mehr, seine letzten Geschäftsverbindungen zum Hause Charetty ordentlich zu lösen – aber Julius würde wohl bereit sein, in dieser Sache als sein Vertreter zu handeln. Tommaso Portinari würde sich ärgern, aber er hatte auch Sinn für seine Lage, sonst hätte er sich nicht erboten, Nicolaas bei einem gewaltsamen Eindringen in die Spangnaertsstraat zu helfen. Es gab Leute, die er mochte und nicht gesehen hatte, Leute wie der Maler Colard Mansion. Einige hatte er flüchtig gesehen, als er am Abend zuvor zur Herberge geritten war. Mehr als einer war seinem Blick ausgewichen, obwohl er da noch der trauernde Witwer und noch nicht in Ungnade gefallen war. Die Älteren hatten die Köpfe geneigt, ohne ihn – oder sich – durch weitere Gesten in Verlegenheit zu bringen. Aber einige hatten ihm auch aufs Knie geklopft und gesagt: «Wirklich Pech. Komm und besuch uns mal.» John Bonkle war einer von ihnen und Jehan Mettmeye, der Gastwirt, der einen Grund hatte, sich seiner zu erinnern. Sie meinten es wahrscheinlich so und würden es auch heute noch so meinen, da ganz Brügge wußte, was geschehen war.

Doch aus mehreren Gründen war zum Bleiben keine Zeit mehr. Vor allem aus einem Grund. Und so sagte er, als er in den Hof der Herberge zurückkehrte, zu Thomas: «So, ich bin frei. Ich habe Pardon erhalten. Wir brechen auf.»

«Das könnt Ihr nicht», erwiderte Thomas. «Der Statthalter des Herzogs ist hier, Pierre Bladelin. Er will sich entschuldigen und eine wichtige Person Eurer Obhut anvertrauen. Es ist die Frau. Diese Frau . . .»

Nicolaas lenkte sein Pferd in die entgegengesetzte Richtung. «Primaflora. Sagt, ich sei schon fort. Packt unsere Sachen, ich warte auf Euch in Gent.»

«Ihr werdet nicht zum Stadttor hinauskommen», rief Thomas. «Sie sagt, die Königin . . .»

Er hörte nicht hin. Sollte Thomas als Entschuldigung gebrauchen, was ihm gerade einfiel. Wenn er nicht aus der Stadt hinauskam, würde er sich irgendwo verstecken. Schließlich entledigte er sich des Pferdes und kehrte zur Kirche St. Donatien zurück, wo er klopfte, bis Colard wach wurde, und dann tranken er und der Maler sich inmitten von Tuschfarben, Zeichenpapier und qualmendem Talg einen Rausch an. Er hatte seit langer Zeit nichts mehr getrunken. Es war ihm, wie ihm jetzt bewußt wurde, seit der Nachricht von Marians Tod nicht mehr gelungen, sich zu betrinken, selbst wenn er es gewollt hatte.

Der früh hereinbrechende Dezemberabend sorgte für ein Hungergefühl. Mit etwas Geld von Nicolaas schickte Colard einen Jungen los, der Braten und Bier besorgen und sich im *Avignon* nach Neuigkeiten umhören sollte. Während sie auf seine Rückkehr warteten, sagte Colard: «Hast du gehört, daß der alte Herzog einen Schlaganfall hatte? Sohn Karl kam an sein Bett geeilt und dazu noch die Herzogin. Nach all den Jahren in einem Nonnenkloster. Sie war in Brügge. Mit lauter Portugiesen, unter denen auch Vasquez war.»

Joao Vasquez war der Sekretär der Herzogin. Herr Simon, dessen Namen zehn Fuß unter der Erde in einer burgundischen Kapelle auf einer Tafel stand, hatte eine Schwester, die mit einem Vasquez verheiratet war. Nicolaas sagte: «Versuch's gar nicht erst. Ich weiß, daß Simon in Portugal ist.»

Colard verzog so finster das Gesicht, daß seine Augen zwischen Brauen und Tränensäcken verschwanden. «Er könnte nach Brüssel zurückkommen. Oder Katelina.»

«Und seine Gemahlin ist in Anjou. Ich will nichts davon wissen, Colard. Ich bin mit ihnen fertig.»

«Aber sind sie auch mit dir fertig? Nicht diese Katelina. Wenn sich Frauen erst einmal etwas ausdenken, sagen sie der Vernunft gute Nacht. Du hast abgenommen.»

Nicolaas rollte sich herum und versuchte nach einem Skizzenblatt zu greifen. «Du Lump, ich nehme Geld fürs Modellsitzen.»

«Dein Gesicht ist schmaler geworden. Ich könnte dir Mabelie besorgen.»

«Und das würde mein Gesicht dicker machen?»

«Oder Mabelie. Da ist der Junge wieder.» Der Raum war nicht mehr als eine Bodenkammer über dem Kreuzgang. Die Holzstufen knarrten – und knarrten dann noch einmal. «Er hat wen bei sich. Da wird das Bier nicht reichen.»

Die Tür ging auf. «Ich habe mein eigenes mitgebracht», sagte Primaflora aus Savoyen. «Bin ich willkommen? Bei einem von euch beiden wenigstens?»

«Jesus Christus!» sagte Colard Mansion.

Die junge Frau, die da hereinkam, sah nicht mehr bekümmert und zerzaust aus wie damals im Schnee südlich von Bologna. Sie schnickte ihre Kapuze zurück. Das Haar, gelb wie Butterblumen, fiel ihr in Ringellocken über die Wangen und war von den Schläfen aus nach hinten zu einer Reihe von kunstvollen Schlingen zurückgezogen, die alle von Bändern umknüpft waren. Sie hatte keinen Schmuck angelegt und trug ein einfaches Kleid aus feiner Wolle und Holzschuhe. Der Bogen ihres Mundes unter der kurzen Oberlippe erinnerte an eine weiche, gerade reif gewordene Frucht. Ihre Haut blühte. Es war unmöglich, mit ihr im gleichen Raum zu sein und nichts zu empfinden.

Der Junge, der hinter ihr hereingekommen war, stellte einen Korb ab und bekam einige Münzen, wofür er mit einem bewundernden Lächeln dankte, als er ging. Nicolaas erhob sich schwankend, ging zur Tür, schloß sie und kam wieder zurück. Ihr Blick hatte ständig auf ihm geruht. Sie sagte: «Wenn Ihr gehen wollt, teilen wir uns den Korb, Euer Freund und ich.»

Nicolaas deutete auf den Maler. «Colard Mansion.»

Colard erhob sich unter Mühen vom Boden. «Eine Venus. Ich sehe, warum er Angst vor Euch hat. Kommt herein, ich werde Euch malen.»

«Colard Mansion, Scribent, Buchmaler, Übersetzer und betrunken», sagte Nicolaas. «Ich selbst – nur letzteres. Ich habe nur ein Wort zu sagen: Ich gehe nicht nach Zypern.»

«Das sind fünf Worte», erwiderte sie. «Euer Fußboden ist schmutzig.»

«Dort ist ein sauberes Kissen», sagte Colard. «Näher beim Licht. Da. Sagtet Ihr etwas von Bier?»

«Bier und Rebhuhn, Brot, Huhn und Käse. Warum hat dieser Mann namens Niccolo Angst vor mir?»

Colard, die Arme im Korb, blickte auf. «Kennt Ihr ihn?»

Nicolaas setzte sich auf den Boden. «Wir sind uns flüchtig begegnet, während eines Kampfes bei Bologna. Carlotta von Zypern will, daß ich ihr mit Astorre und einigem Geld zu Hilfe komme.»

«Warum nicht?» meinte Colard. «Dann wärst du von Katelina fort.» Er trug das Bier zu seinem Lager und ließ das Essen, wo es war.

Die junge Frau kniete nieder, packte den Korb ordentlich aus und legte jedem etwas hin. Sie fragte: «Wer ist Katelina?»

Colard trank. Nicolaas, der sah, daß Huhn vor ihm lag, griff ein Stück Keule. «Eine Frau in Anjou», sagte er.

Colard wischte sich den Mund. «Er beantwortet keine Fragen», sagte er. «Aber ich.»

Sie setzte sich auf ihr Kissen. Sie tat dies wie Loppe mit einer natürlichen Anmut, die jedoch in ihrem Fall sorgsam gepflegt war. Was er Thomas gesagt hatte, stimmte. Sie war und blieb – als was sie jetzt auch auftreten mochte – eine Kurtisane. Er nahm an, daß Colard das wußte. Er wußte nicht, was Colard vorhatte, und war froh, daß es ihm einerlei war. Sie sagte: «Alle Künstler lieben die Wahrheit. Also sagt mir: Was ist Niccolo?»

«Unter welchem Blickwinkel?» entgegnete Colard. «Unter dem, zum Beispiel.» Die Lampe schien auf das frische Skizzenblatt. «Das ist der Nicolaas, den Ihr vor euch habt. Nicolaas einsam und verlassen, ohne Geliebte.» Er hob den Kopf, boshaftes Entzücken erhellte sein Gesicht. «Oder unter dem.» Ein weiteres Blatt Papier, von einem Wandbrett heruntergegriffen. Das durchscheinende Licht zeigte eine Zeichnung, die vor längerer Zeit in diesem Gemach entstanden war, auch an einem kalten Wintertag. Er selbst zusammen mit Felix, Bonkle und

Anselm Sersanders. Entstanden in dem Jahr, in dem Felix gestorben war.

«Wer ist das?» fragte die junge Frau.

«Claes», antwortete Colard. «Der unehelich geborene Färberlehrling, der Diener von Felix wurde, dem Sohn seiner Dienstherrin. Beschützer und Diener. Er ging mit ihm auf die Universität Löwen und lernte mehr als Felix, nicht wahr, Nicolaas? Er diente unter Julius, und selbst Julius merkte, daß er ein Geschick im Umgang mit Zahlen hatte. Dann merkte seine Dienstherrin, daß er noch andere Talente besaß.»

«Das reicht, Colard», sagte Nicolaas.

Colard wandte nicht einmal den Kopf. «Nein», sagte er. «Also heiratete er mit neunzehn die Witwe und nahm ihre besten Leute mit, um in Trapezunt eine Niederlassung zu gründen. Mit zwanzig kämpfte er gegen die Türken und zog sich dann vom Schwarzen Meer zurück mit zwei Schiffsladungen von Flüchtlingen, Schätzen und Alaun. Und was macht er jetzt, mit einundzwanzig? Sitzt glücklich und betrunken auf dem Fußboden bei Colard Mansion.»

Sie trank nachdenklich Bier aus einem Becher, den sie mit ihrem Taschentuch abgewischt hatte. «Und wer ist Katelina?»

Colard blickte zu Nicolaas, und ihre Blicke begegneten sich. Er wandte sich wieder der jungen Frau zu. «Das sollte ich Euch lieber nicht sagen. Ihr wollt Nicolaas haben? Er hat ein schlechtes linkes Profil, und das auf seiner Wange, das sind die Fingerabdrücke des Teufels.»

Nicolaas ließ sich zu Boden sinken und starrte zu den verzogenen und angekohlten Deckenbalken hinauf. Wenn er die Augen schloß, gingen sie vielleicht alle fort.

«Nein», sagte sie, «ich will ihn nicht haben. Aber ich habe kein Geld. Und die Königin ist meine Herrin.»

Das erstaunte Schweigen reichte sogar bis unter seine Augenlider. Colard sagte: «Ich könnte fünf Adlige in Brügge nennen, die Euch für zwanzig Jahre in Pacht nehmen würden.» Nicolaas lächelte.

In der Stimme der jungen Frau klang das gleiche Lächeln mit. «Ihr seid freimütig.»

«Ich erkenne eine Eures Standes, wenn ich sie sehe», sagte Colard. «Was kann also die Königin tun?»

«Mich töten lassen», sagte die junge Frau. Nicolaas schlug die Augen auf.

Colard sagte: «So lockt Ihr ihn nicht nach Zypern.»

«Ich will ihn nirgendwo hinlocken», sagte die Schöne mit Namen Primaflora. «Ich will ihn nicht haben. Ich will nicht nach Zypern zurückkehren. Ich will von der Königin loskommen. Ich dachte, er könnte mir helfen.»

«Ihr habt immerhin erreicht, daß er sich aufgesetzt hat», sagte Colard. «Ich hätte nicht geglaubt, daß er dazu nüchtern genug ist.»

Nicolaas sah Primaflora an. «Sagt das noch einmal.»

Ihre hellen Augen begegneten den seinen, ohne zu zucken. «Ihr kennt meine Anweisungen. Ich soll zu Euch stoßen und Euch nach Zypern bringen. Ich brauche Hilfe, wenn ich ihr entfliehen will. Die Ritter des heiligen Johannes sind allesamt ihre Spione. Ich will verschwinden. Vielleicht in Italien. Dort würde ich Schutzherren finden.»

Nach einer Weile des Schweigens fragte Nicolaas: «Wie lange wart Ihr mit Ansaldo zusammen?»

Ihr Gesicht konnte sich, so vermutete er, keine Regung leisten. «Ein Jahr.»

«Ich hatte weniger. Der Plan der Königin geht mich so wenig an, wie er Euch kümmern kann. Ich habe einiges Geld. Nehmt das und verschwindet.»

«Ich muß mit Euch aufbrechen», sagte sie.

«Dann brecht auf», sagte Nicolaas. «Das einzige mögliche Hindernis ist der Umstand, daß ich mich noch nicht entschieden habe, wohin ich gehen werde.»

«Doch, das habt Ihr», sagte Colard. «Nach Italien wollt Ihr gehen. Zum Feldzug um Neapel. Ihr wollt Euch Eurer Truppe anschließen und Herzog Johann von Kalabrien abschlachten. Dazu könnt Ihr eine Kurtisane nicht mitnehmen.»

«Ihr habt's gehört», sagte Nicolaas.

Primaflora lächelte. «Was für eine Kurtisane wäre ich, wenn ich keinen reichen Gönner gefunden hätte, lange bevor er zu seiner Truppe gestoßen ist?»

«Ihr würdet mit ihm gehen? Ihr nehmt sie mit? Ich muß betrunken sein», sagte Colard. «Solch törichte Entschlüsse habe ich noch nie gehört.»

«Nein, Ihr habt auch nichts davon gehört», sagte Primaflora und erhob sich. «Aber wenn Ihr morgen früh aufwacht, werdet Ihr den Korb sehen und irgendeine Erklärung dafür finden. Messer Niccolo, wann brecht Ihr auf?»

«Morgen, Genter Tor, bei Tagesanbruch. Ich glaube, Colard hat recht. Ich glaube, ich werde nach Italien gehen und nach meiner Streitmacht sehen. War doch ganz lustig . . .» er hielt inne.

Sie stand da und blickte zu ihm hinunter. «Danke, daß Ihr Euch wenigstens erinnert habt. Ich werde Euch nicht lange zur Last fallen», sagte sie und verließ den Raum.

Nicolaas schloß die Augen und hörte das entfernte Knarren der Stiege.

«Einen Mann hat sie verloren. Ihr werdet der nächste Beschützer sein, wenn Ihr Euch nicht vorseht», sagte Colard. «Ich hätte nichts dagegen, aber ich kenne Euch. Wenn Ihr sie nicht wollt, dann laßt sie in ein, zwei Wochen sitzen.»

«Ich schlafe», sagte Nicolaas.

Kapitel 5

Da er es versprochen hatte, verließ Nicolaas zu gegebener Zeit Brügge durchs Genter Tor, begleitet von der Mätresse des verstorbenen Ansaldo und ihrer Zofe und unter dem Schutz einer angemessenen Schar von Söldnern, die Thomas ausgesucht hatte und befehligte. Seine Stimmung war aus verschiedenen Gründen gedämpft, und Primaflora machte nicht den Versuch, sich ihm aufzudrängen. Bei Einbruch der Dämmerung hielt er bei einem Gasthof an und sorgte für Quartier für sich und die junge Frau in getrennten Kammern. Er bestellte Essen und entschuldigte sich dann und zog sich zurück. Sobald seine Schutzbefohlenen schliefen, erhob er sich, packte und ritt davon.

Am nächsten Morgen brachte man Primaflora einen Brief, den sie regungslos las. Dann kleidete sie sich an und ließ Thomas kommen.

Thomas hatte auch einen Umschlag erhalten. Er enthielt eine Anweisung für sehr viel Geld und einen Brief von Meester Nicolaas. Der Brief trug ihm auf, Primaflora mit ihrer Zofe sicher und unauffällig an den Ort zu bringen, für den sie sich mit Hilfe der jetzt zur Verfügung stehenden Mittel entscheiden mochte. War dies geschehen, konnte Thomas tun, was er wollte. Aber da er in Brügge nicht gebraucht wurde, meinte Nicolaas, werde er vielleicht wieder sein Handwerk ausüben und sich Hauptmann Astorre in den Abruzzen anschließen wollen. Hauptmann Astorre werde sich gewiß großzügig erweisen.

Über seine Pläne schrieb Meester Nicolaas nichts, und fragen konnte man ihn natürlich auch nicht, da er ja verschwunden war.

Primaflora würde, das sah Thomas gleich, weder schreien noch in Tränen ausbrechen, noch ihn auf andere Weise in Verlegenheit bringen. Sie sagte: «Da ist er also fort. Wohin, was glaubt Ihr? Vielleicht doch nach Zypern?»

«Ich weiß es nicht», erwiderte Thomas. Er zählte in Gedanken das Geld, das Nicolaas ihm dagelassen hatte, und dachte mit langsam aufkeimenden Glücksgefühlen an die Abruzzen und Astorre.

«Wenn ja», sagte die junge Frau, «wäre es ein Jammer, daß er Euch nicht mitgenommen hat, um sein Glück dort mit ihm zu teilen. In einem Inselparadies kann ein Mann ein Herrenleben führen. Es gäbe viel zu tun für Euch in Zypern.»

«Nein, ich gehe nach Italien», sagte Thomas. «Da gibt es einen Burschen namens Piccinino, der eine kleine Lektion verdient hat. Astorre und ich, wir haben schon früher gegen ihn gekämpft. Er steht im Sold Herzog Johanns von Kalabrien. Er ist der Sohn von König René.»

«Ich sehe, Euch ist es um den Krieg in Italien zu tun», sagte Primaflora. «Wenn das so ist, sollt Ihr meinetwegen keinen anderen Weg nehmen. Ich will nur einen Ort finden, wo ich bleiben kann und Freunde habe und wo die Königin mir nicht vorwerfen kann, daß ich ihr Euren Herrn Niccolo nicht gebracht habe.»

«Da irrt Ihr Euch», erwiderte Thomas. «Meester Nicolaas ist nicht mein Dienstherr. Er hat mir nur Geld dafür hinterlassen, daß ich Euch sicher an Euer Ziel bringe. Wohin also?»

«Wohin? Ich weiß es nicht», sagte die Mätresse des verstorbenen Ansaldo. «Natürlich nicht nach Frankreich oder Savoyen. Das Beste ist, wir nehmen die Straße nach Italien, die auch Euch gefällt, und ich werde unterwegs schon ein sicheres Plätzchen finden.» Sie lächelte abermals. «Hat Messer Niccolo zusammen mit Euch gegen Piccinino gekämpft? Ich hätte ihn gern dabei gesehen.»

«Sicher nicht. Es war schlimm. Sein erster Kampf und so.»

«Aber er hat dazugelernt», sagte die junge Frau. «Bei Silla hat er doch gekämpft.»

Er nahm an, sie hoffte, ihr nächster Gefährte werde nicht sterben wie ihr letzter, aber er sagte ihr dennoch die Wahrheit. «Gekämpft?» sagte Thomas. «Ha, da müßt Ihr einmal fragen, was in Trapezunt geschehen ist. Er hat dazugelernt, allerdings. Ein Blutbad. Was er alles erfunden hat!»

Ihre Augen, grau wie Wasser, sahen ihn leeren Blickes an. «Wie schrecklich.»

Nachdem Nicolaas glücklich entronnen war, feierte er diesen Umstand, indem er einen Entschluß faßte. Auf einem langen und gewundenen Weg würde er sich für den Rest des Winters südwärts begeben und Orte besuchen, die er noch nicht kannte. Zum Beispiel Köln. Colard hatte ihm Empfehlungen an drei Personen dort mitgegeben, und der Name Gottschalk würde ihm weitere Türen öffnen. Auch ein Aufenthalt in Basel wäre lohnenswert. Wenn er sich genügend Zeit nahm, würden die Frühjahrsfeldzüge wohl in Gang kommen, und auf die eine oder andere Weise würde er schon herausfinden, wo seine Freunde waren. Die Hauptstreitmacht, die einmal die Truppe seiner Ehefrau gewesen war, hatte wahrscheinlich an der Adria überwintert. Der Teil der Ostküste, den die Abruzzen beherrschten, hatte einen großen Teil der Kämpfe um den Besitz Neapels gesehen. Dorthin oder irgendwohin südlich davon würden Astorre und seine Männer wohl ziehen.

Und Tobie? Tobias Beventini aus Grado war der leicht aufbrausende Arzt, der ihm wenigstens einmal das Leben gerettet und der erwartet hatte, daß sich Nicolaas nach dem Tod seiner Gemahlin ernstlich um das Geschäft kümmern würde. Nach einem heftigen Streit in Venedig hatte sich Tobie zum Grafen von Urbino begeben, der in dem Krieg zum Schutz Neapels vor Anjou häufig die Truppen des Papstes befehligte. Nicolaas gedachte auf Urbino zuzuhalten und sich dort umzuhören. Das lag auf dem Weg, wenn er in die Abruzzen wollte, und Zeit und Geld hatte er genug. Mehr als genug.

Zum erstenmal im Leben allein, ließ er den Zufall die Reiseroute bestimmen. Er verweilte in Herbergen und versicherte sich der Dienste eines Dieners oder eines Führers, wenn er ihrer bedurfte. Er unterhielt sich beiläufig mit den Leuten, denen er begegnete, und überantwortete die vielerlei Dinge, die er hörte, seinem Bewußtsein, ohne sie zu ordnen und an ihre gehörige

Stelle zu rücken. Erweckte etwas seine Neugierde, so ging er ihm ohne Eile nach und bereitete sich bisweilen selbst eine Überraschung, indem er fast so etwas wie eine neue Lebensfreude entdeckte.

Das erste Mal empfand er dergleichen in Köln, wo er sechs Wochen verweilte. Danach wußte er einen Instinkt auszubilden, der ihm sagte, welcher Ort, welche Person, welcher Weg, welche neue Erfahrung seiner Aufmerksamkeit wert waren. Die Reise, dessen begann er sich bewußt zu werden, ähnelte ein wenig seiner ersten Begegnung mit Löwen und der Bibliothek dort, wo er mit dem mürrischen Felix an seiner Seite von Regal zu Regal gewandert war und Bücher angesehen oder sie geöffnet und in ihnen geblättert hatte. Jetzt durchquerte er Länder und prüfte, was sie ihm zu bieten hatten.

Seine Unruhe ließ nach. Manchmal kam er mit jemandem ins Gespräch und verspürte nach langer Zeit ein Verlangen nach Verständnis und Freundschaft. Und wer von weniger gewinnendem Wesen war, dem gegenüber empfand er eher belustigte Verwunderung als Ärger und Zorn. Der Gedanken an Handel und Geschäft ledig, begann er zu erkennen – oder wurde daran erinnert –, daß es andere Welten gab, die man auf ähnliche Weise erobern konnte. Aufs Geratewohl gemachte Beobachtungen fügten sich mit einemmal zusammen. Er nahm jetzt an diesem und jenem regen Anteil, und wenn er allein ritt, begann er dann und wann auch zu singen.

Ihm mangelte es nicht an Gelegenheiten, weibliche Zuwendung zu erfahren, aber er zog es vor, unbehindert zu bleiben. Zuweilen kam er dem Eingeständnis nahe, daß dies unnatürlich sei. Die leichten Liebschaften, das eher freundliche Erobern hübscher Mädchen hatte mit seiner Heirat aufgehört, und aus irgendeinem Grunde bestand diese Haltung weiter fort. Eine stürmische Ausnahme hatte es gegeben: die Nacht in Venedig mit Violante von Naxos. Aber Violante war die blaublütige Gattin eines Kaufherrn und prostituierte sich zu ihrem Vergnügen. Im übrigen, hatte man ihm gesagt, sei das ganz natürlich: der Drang, sich über den Verlust eines geliebten Menschen durch eine Ausschweifung hinwegzutrösten. Ein- oder zweimal dachte er an Anselm Adornes Worte. Wenn er wieder heiratete, wäre Tilde von ihren Ängsten befreit. Er hatte noch nicht den Punkt erreicht, an dem ihm Tildes Ängste wichtig waren. Er machte um Kirchen einen Bogen.

Sein Tun und Lassen blieb natürlich nicht unbemerkt. Seine Laufbahn war schließlich anderthalb Jahre hindurch bemerkenswert gewesen – und in der kleinen Welt der Kaufherren wurde einer, der bankfähigen Reichtum zusammenbrachte, als möglicher Geschäftsfreund wie als Rivale angesehen. Die Freunde von Colard und Gottschalk, denen er in Köln begegnet war, hatten sehr bald ihre Eindrücke nach Brügge weitergemeldet. Die Kuriere der Medici, deren Wegenetz ganz Europa überzog, schickten gewissenhafte chiffrierte Depeschen nach Italien. Längs seines Reisewegs gab es auch andere Mittelsleute, die Aufträge erhielten und Berichte abfaßten, in französischer, flämischer oder einmal auch griechischer Sprache.

Pünktlich und rasch gelangten Nachrichten von allen seinen Schritten nach Anjou, wo zufällig Katelina van Borselen weilte.

Wer ist Katelina? Eine Frau in Anjou. So hatte Nicolaas einmal ausweichend geantwortet, ohne zu lügen. Katelina van Borselen war, obschon nicht älter als er, in jeder Beziehung eine Frau: sie war, wenn auch erst seit kurzem, Ehefrau und Mutter. Sie gehörte nicht nach Anjou, konnte aber dort angetroffen werden. Sie kam aus einer mit dem Königshaus verbundenen Familie in Flandern und hatte seit ihrer Heirat einmal in Schottland und einmal in Portugal gelebt.

Sie war mit Simon de St. Pol verheiratet, dessen Haß auf Nicolaas nur von dem ihrem übertroffen wurde. Sie befand sich entgegen ihren Neigungen in Anjou – zusammen mit dem dickleibigen und mächtigen Vater von Simon, der auf seinen Reisen häufig ihre Gesellschaft verlangte. Jordan de Ribérac war der Ratgeber des französischen Königs in geldlichen Angelegenheiten, und wenn er von geschäftlichen Dingen sprach, hörte sie ihm oft zu. Sie begleitete ihn nicht gern. Doch anderenfalls hätte sie bei Simon bleiben müssen. Und sie war dabei zu lernen. Wenn Simons Geschäft blühen sollte, kam es darauf an, daß sie lernte.

Katelina van Borselen war nun zweimal in dem großen Schloß von Angers gewesen, dem Quell aller Freuden. Angers war ein Regierungssitz von René, König von Sizilien, Graf von Provence und Herzog von Anjou, dessen Sohn Johann von Kalabrien in Italien war und dort auf der einen Seite den Kampf um Neapel anführte. Der Hof von Anjou war von einer Pracht, die Burgund trotz seines Reichtums nie ganz erreichte. Katelina hatte Gemälde und Wandteppiche gesehen, Straußenfedern und grauen und weißen Taft und überall Manuskripte. König René, ein Mann in den Fünfzigern mit einer jungen und schönen Frau, war selbst der Ursprung und Bewirker der Hälfte alles Schönen um ihn her und nicht nur Patron und Gönner.

Jetzt hatte er den Kampf um Neapel Johann überlassen, seinem Sohn aus erster Ehe. Er beobachtete aus der Ferne die Geschicke seiner Tochter Margaret, einer kriegerischen Natur wie Johann, die ihrem Gatten Heinrich bei der Verteidigung des englischen Throns gegen den Ansturm eines Prätendenten aus dem Hause York half. Denen, die seine Kinder unterstützten, öffnete König René großzügig manche Tür. Die flandrische Königinmutter von Schottland gewährte Margaret Hilfe und Obdach. Sein Neffe Ludwig von Frankreich, den er nicht sonderlich schätzte, verfügte immerhin über die Macht, nicht nur Margaret, sondern auch Herzog Johann in Neapel zu helfen. René von Anjou war deshalb durchaus bereit, Jordan de Ribérac und seine hübsche Schwiegertochter willkommen zu heißen, deren Herkunft von diesem Standpunkt aus sehr vorteilhaft war. René liebte alles Schöne, ob jung oder alt, doch diese Liebe war die eines Genießers. Seiner Königin, halb so alt wie er, galt seine ganze Leidenschaft.

Sie war jetzt bei ihm in dem geräumigen Gemach, das ihm als Werkstube diente, und mit ihr der halbe Hof sowie Jordan de Ribérac mit Katelina, der Gemahlin seines Sohnes. Auf dem

Tisch vor König René lag ein kunstvolles Gemälde, eine Illustration zu einem Ritterepos, die er gerade ersonnen hatte. Den Blick auf den Pinsel gerichtet, summte der König vor sich hin und sprach dann wieder ein paar Worte, womit er beweisen wollte, daß er sich seiner ehrerbietigen Zuhörerschaft wohl bewußt und nicht abgeneigt war, sie zu necken. Wenn er eine Meinung hören wollte, wandte er sich häufig an Jordan. Ab und zu schenkte er Katelina ein freundliches Lächeln.

Niemand, dachte Katelina, konnte den Vater ihres Gemahls für einen schönen Menschen halten. Früher einmal mochte die wuchtige, fettgepolsterte Gestalt einem Athleten gehört haben, jetzt war sie nur noch eine unförmige, mit Seide, Samt und Pelz behangene Masse, in der ein grausamer Verstand wohnte. Vor Königen hielt er ihn ein wenig im Zaum, aber ganz verleugnen konnte er ihn nie.

Der König sprach ihn an. «Mein lieber Vicomte, Wir sehen zu wenig von Eurer reizenden Anverwandten. Vertraut sie doch Unserer Obhut an, während Ihr im Süden Eure Geschäfte besorgt. Eure Flotte in Marseille muß schon auf Euch warten.»

«Das ist mein übliches Schicksal, Euer Gnaden», sagte Jordan de Ribérac. «Aber sie braucht dringend Seeleute. Die Königin von Zypern hat ihr Schiff nach Nizza geschickt, und ihr Kapitän prügelt Kinder und kettet sie an die Ruderbänke.»

«Ihr sagtet es bereits», entgegnete der König. «Die Sache wird untersucht.» Er legte den Pinsel beiseite, lehnte sich zurück und betrachtete das Bild. Er wandte sich um. «Aber wenn Eure Schiffe auslaufen, fahren sie dann ohne Euch? Das überrascht mich nicht. Anderenfalls würden sie sinken.»

«Sie sinken oft, ob ich darauf bin oder nicht», sagte der Vicomte de Ribérac. «Ich überlasse das Abenteurerleben meinem Sohn, Katelinas Gemahl.»

«Dann ergeht es ihm gewiß besser als dem meinen», gab der König zurück. Er wählte einen frischen Pinsel aus und tunkte ihn in Farbe. «Findet Euer Simon keinen Geschmack am Kampf? Ich habe wenigstens noch nicht gehört, daß man ihn dazu gebracht hätte, Herzog Johann im Krieg gegen Neapel zu unterstützen.»

Jordan de Ribérac lächelte, sein Doppelkinn wackelte. «Er muß zuerst noch das Handelsgeschäft beherrschen, Monseigneur», bemerkte er. «Es werden gewiß noch ein, zwei Dekaden vergehen, bis er sich mit Erfolg der Kriegskunst zuwenden kann.»

«Ist das wahr, Madame?» fragte der König über die Schulter hinweg. «Verteidigt Euren Gatten. Ihr wißt, vor diesem Zyniker von Ribérac findet kein Mann Gnade.»

In Jordans Gesellschaft wurde Katelina bisweilen dazu getrieben, für Simon Mitleid zu empfinden. Sie antwortete auf die Stichelei, wie man es von einer treu ergebenen Ehefrau erwarten sollte. «Monseigneur, ich brauche meinen Gemahl gar nicht in Schutz zu nehmen. Wo immer Turniere abgehalten werden, kennt man den Namen Simon de St. Pol. Er liebt die Unabhängigkeit und geht dorthin, wo er sein Glück machen kann. Deshalb ist er jetzt in Portugal, bei seiner verheirateten Schwester. Ihr Gatte braucht Simons Hilfe, seine Erzeugnisse auf den Markt zu bringen, und er hat sich ihrem Geschäft angeschlossen. Sie haben ein neues Handelshaus gegründet.»

«In Portugal?» fragte der König.

Der dicke Mann kam ihr mit der Antwort zuvor. «Oder in seinen entlegenen, sichereren Kolonien weit fort von Flandern. Simon führt einen ständigen Krieg mit einem Bastard seiner ersten Ehefrau in Flandern. In Madeira fühlt er sich sicher.»

«Das ist nicht wahr!» unterbrach ihn Katelina.

René lächelte. «Ich bitt Euch, erzählt weiter, Vicomte.»

«Von dem Bastard? Nicolaas van der Poele nennt er sich. Ein unglückseliger Jüngling mit einem Talent für Zahlen. Er hat seine Dienstherrin geheiratet, alle seine nächsten Verwandten umgebracht und ein Vermögen angehäuft, als er mit Venezianern und Gold aus Trapezunt zurückkehrte. Es heißt, die Königin von Zypern will ihn für ihre Sache gewinnen.»

Katelina setzte sich auf.

«Wirklich?» sagte der König. «Und wie kommt Ihr zu dieser Vermutung? Ah ja! Sor de Naves' sizilianische Galeone ist in Nizza eingelaufen und hat die Nachricht mitgebracht.»

«Eure Gnaden sind sehr scharfsichtig», sagte de Ribérac.

«Meine Gnaden sind fertig», verkündete René. Er legte den Pinsel hin, wischte sich die Hände, einen Finger nach dem anderen, und erhob sich. Ein Zeichen für alle anderen, sich gleichfalls zu erheben. Die Witwe Spinola, die sich um den königlichen Schmuck kümmerte, sagte: «Ein Meisterwerk, Sire.» Der Mann mit Namen Lomellini pflichtete ihr bei. In Anjou gab es viele Genuesen, und auch Männer aus anderen Ländern. Perrot, der Beichtvater des Königs, trug einen Namen, der bei Kaufherren in Brügge einen guten Klang hatte. Der König hielt auch einen Schotten in Dienst, dessen Sohn in Frankreich bei den Bogenschützen war.

Sie hörte, wie König René sich nach Roland Cressant erkundigte und wie ihr Schwiegervater darauf antwortete. Er war mit den Bogenschützen der Leibwache Ludwigs von Frankreich vertraut. Wenn Güter des Königs zu schützen waren, durfte Jordan de Ribérac gelegentlich ihre Dienste in Anspruch nehmen. Sie waren alle jung und kräftig und aus Schottland und nahmen, so vermutete sie, bei ihm den Platz seines Erben ein, von dem er sich enttäuscht sah. Abartiger Neigungen verdächtigte sie ihn nicht. Sie wußte, er war den Frauen zugetan, nicht den Männern. Und gewiß auch dem guten Essen und Trinken. Sie war froh, daß sie nichts von dem Leben wußte, das er außerhalb ihrer Umgebung führte.

Das Gemälde des Königs war hervorragend. De Ribérac rief mit seiner sonoren Stimme aus: «Meisterlich. Herrlich, an jedem Maßstab gemessen. Euer Gnaden waren bei dem einen Flügel des Engels großzügiger als bei dem anderen.» Er wandte den Blick König René zu, der lächelte.

«Da habe ich einen Mann vor mir, der kein Schmeichler ist. Vicomte, Ihr habt recht. Euch und Euch allein betraue ich mit der Aufgabe, die beiden Engelsschwingen einander anzupassen. Vielleicht kann Euch Eure hübsche Schwiegertochter dabei helfen. Dann kann ich also nicht mit der Hilfe Eures Sohnes, dieses wackeren Turnierkämpfers, rechnen?»

«Welcher Seite sich Simon auch anschlösse, sie würde verlieren», sagte Jordan de Ribérac. «Von mir dürft Ihr Engelsfedern erwarten, bei Simon könntet Ihr nur auf Blei hoffen.»

«Mein Herr Schwiegervater übertreibt», sagte Katelina.

«Tue ich das?» gab Jordan de Ribérac zurück. «Dann lockt Ihr ihn vielleicht von seinen Hauptbüchern weg. Eine andere Hoffnung habe ich nicht.»

«Mein guter Vicomte!» sagte der König. «Verfügt Eure Familie über keine kämpferischen Männer? Was ist mit diesem Enkel in Flandern? Er hat Euren Sohn wenigstens in Angst versetzt.»

Diesmal hätte sie ihren Einspruch hinausschreien mögen. Simon war unerschütterlich in seinem Haß auf Nicolaas van der Poele und hatte keineswegs Angst vor ihm. Jordan sagte: «Der junge Nicolaas? Er ist ein Bastard und deshalb zum Glück nicht mein Enkel. Wenn er das wäre, würde ich ihn schon an die Kandare nehmen. Wie ich zuletzt hörte, geht Nicolaas in der Tat nach Italien. Leider scheint er gegen Herzog Johann von Kalabrien kämpfen zu wollen, nicht für ihn.»

König René zeigte sich erstaunt. «Oh – sagtet Ihr nicht, er geht nach Zypern?»

«Die Königin hat ihn eingeladen. Ich vermag nicht zu sagen, ob er darauf eingeht, aber er scheint zunächst an dem Krieg um Neapel teilnehmen zu wollen.» Jordan de Ribérac hielt inne, und Katelina glaubte in seinem Gesicht eine neue Sanftheit zu entdecken. Er fügte hinzu: «Sollten sie aufeinandertreffen, habe ich nichts dagegen, wenn Euer verehrter Sohn ihn tötet.»

König René machte ein nachdenkliches Gesicht. Das samtene Ziertuch fiel ihm vom Hut gefällig auf die schlanke Schulter, und auf seiner Rockbrust funkelten silbern und golden die Schleifen. Er sagte: «Das hätte schon seine Feinheit, gewiß. Noch besser wäre es natürlich, wenn der zum Hahnrei gemachte Vater ihn tötete. Madame sollte ihren Gemahl aus Portugal herbeilocken. Auf sie würde er hören. Das Herz als Gefangener der Liebe. Der Gegenstand meines Buches, Madame Katelina.»

Er lächelte und rauschte an ihr vorbei. Er war in der Tat recht belustigt. René von Anjou genoß diese Begegnungen mit Jordan de Ribérac, dessen Verstand es mit dem seinen aufnehmen konnte. Der Vicomte kam aus mehreren Gründen nach Anjou. Einer davon hatte diesmal, so vermutete der König, mit der jungen Frau namens Katelina zu tun. Es war auch bemerkenswert, daß sich das Gespräch so ausführlich mit diesem jungen Mann aus Trapezunt beschäftigt hatte. Ganz offenkundig war der Bursche dem guten Vicomte ein Dorn im Auge. Auch war allgemein bekannt, daß man sich einen Mann am besten vom Leibe schaffte, indem man eine Frau auf ihn ansetzte.

Von allen Seiten aufmerksam verfolgt, kam der Krieg um Neapel wieder in Gang, und bald waren die alten Gegner erneut in ihren alljährlichen Kampf verstrickt. Im Hochsommer ritt Nicolaas in Urbino ein und traf, was ihn nicht überraschte, niemanden an. Der Graf befand sich seit Wochen im Süden, wo im Herzogtum Sora gekämpft wurde. Die albanische Streitmacht, bei der sich Astorre mit seiner Truppe befand, war noch weiter südlich. Nicolaas ritt weiter. Drei Tage später näherte er sich Urbinos Feldlager.

Nicolaas hatte nur einmal und nur ganz kurz unter dem Grafen von Urbino gekämpft. Federigo da Montefeltro gehörte zu jenen Söldnern aus den Reihen des Landadels, die unter Vertrag für Geld kämpften. Jedesmal wenn der Winter kam, begab er sich mit seinem Lohn nach Urbino, wo er das Geld für die Dinge ausgab, die ihm wirklich am Herzen lagen: für schöne Bauten, Gemälde, Manuskripte, für seine Leute, seine Ländereien und seinen Kreis von Dichtern und Gelehrten. Nicolaas konnte sehen, warum Tobie sich diesem Fürsten angeschlossen hatte. Im Augenblick war es nicht sein Bestreben, Tobie von Urbino abzubringen.

Die Sonne stand noch hoch am Himmel, als er in das Feldlager im Tal des Chienti eingelassen wurde. Dort mußte er warten. Es herrschte fieberhafte Geschäftigkeit. Während er sich noch umblickte, wurde ein Zelt abgeschlagen. Dann waren sie also im Aufbruch, und dann hatte Urbino vielleicht keine Zeit für ihn. Er saß ruhig da, ohne besondere Ungeduld. Er wartete noch immer und beobachtete alles aufmerksam, als Tobie aus einem Feldscherzelt herauskam.

Der Arzt blieb stehen. Der Sekretär des Herzogs, der hinter ihm ging, blieb gleichfalls stehen und sah in die Richtung, in die Tobie blickte. «Ein Kaufmann oder Händler, aus Brügge. Kennt Ihr ihn? Er wünscht den Grafen zu sprechen.»

«Nicolaas van der Poele», sagte Tobie. Er zog die schwarze Kappe vom Kopf, setzte sie aber gleich wieder auf, als ihm die Sonne auf den kahlen Schädel brannte. «Trapezunt. Handelshaus Charetty.» Er betrachtete durch den Staub Nicolaas, der ihn noch nicht bemerkt hatte. Irgendein Schneider hatte ihm ein leichtes Wams aus graubrauner Seide genäht, das seine Größe betonte und die vierschrötige Statur milderte. Oder sein Körperbau hatte sich verändert wie sein Gesicht. Im Profil wirkte es gesetzter, über den kräftigen Wangenknochen zeigten sich ein, zwei Fältchen, wo früher keine gewesen waren. Die Haut hatte sich die gleichmäßige hellbraune Tönung bewahrt, die sie im Osten erworben hatte. Da wandte van der Poele den Kopf zu ihm hin um, und die zwei vertrauten Grübchen erschienen auf seinen Wangen. Der Sekretär, der Paltroni hieß, sagte: «Der Graf sollte ihn wohl empfangen?»

«Ich meine schon», sagte Tobie. «Für ihn könnte dabei viel Geld und vielleicht eine nützliche kleine Armee herausspringen. Soll ich mich erkundigen?»

«Ja, tut das», erwiderte der Sekretär. «Ich berichte schon dem Grafen.» Er blickte neugierig zu dem Mann hinüber. «Ich dachte, er sei ein wenig jünger.»

«Ich auch», sagte Tobie. Er trennte sich von Paltroni und schritt auf Nicolaas zu. Auf van der Poele. Für ihn war er van der Poele.

Nicolaas sagte: «Ihr habt ihn vor mir gewarnt. Sprechen wir noch miteinander?»

«Notfalls in der Zeichensprache, wenn Ihr wollt», entgegnete

Tobie. «Es war Eure Gruppe. Ihr hattet das Recht, sie aufzulösen. Was wollt Ihr hier?»

«Einen Einsatz wagen», antwortete Nicolaas. «Ich denke, der Graf kann Hilfe gebrauchen.»

Tobie runzelte die Stirn: «Dann habt Ihr Euch also unter uns allen umgesehen, und Euer Blick ist an Astorre hängengeblieben. Warum laßt Ihr ihn nicht in Ruhe? Geht doch zurück nach Venedig und macht Gregorio eine kleine Freude für seine Mühe. Gregorio war es, der die Bank für Euch gegründet hat, und Ihr habt es ihm schlecht gelohnt.»

Nicolaas dachte nach, die Lippen vorgeschoben. «Ihr glaubt nicht, daß der Graf Geld und Truppen brauchen könnte?»

«Ich wäre ein Narr, wenn ich das sagte. Ihr würdet im Nu in seinem Zelt sein.»

«Aber Ihr wollt nicht, daß ich Astorre wieder anwerbe.»

«Das kommt auf Eure Gründe an», meinte Tobie. «Aber da ist schon Paltroni, um Euch zu holen. Ich hab's Euch ja gesagt, Ihr habt einen Käufer.»

Der Sekretär des Grafen bat ihn zum Zelt hinüber. Nicolaas drehte sich noch einmal halb um. «Sehe ich Euch noch?»

Tobie riß die blauen Augen auf. «Wie sollen wir es vermeiden, wenn Ihr bleibt?»

Das Gespräch mit Urbino fand in einem engen Zelt statt, in dem der Graf vor einem mit Papieren übersäten Tisch den einzigen Hocker einnahm. «Ah, Niccolo, der Kaufherr», sagte der Graf. «Wollt Ihr kaufen oder verkaufen?»

Nicolaas blickte nachdenklich zu dem kleinen Mann mit einem Zinken von einer Nase hinunter. «Ich hatte den Gedanken, mich in Hauptmann Astorres Vertrag einzukaufen, so er mich läßt, und die Kompanie zum Nutzen des Bündnisses gegen Anjou zu verstärken. Aber ehe ich mich zu ihm weiter in den Süden begebe, könnte ich Euch vielleicht dienlich sein. Ich besitze einiges Geschick im Umgang mit Sprengkörpern und dergleichen.»

«Trapezunt», sagte Federigo von Urbino. «Ihr seid der Mann,

der die Venezianer aus Trapezunt herausgeholt hat. Zusammen mit Astorre und diesem Teufel von einem Geschützmeister.»

Nicolaas nickte. «John le Grant. Er ist in Venedig. Dann habt Ihr von uns gehört?»

«Holt den Mann her. Und alle anderen guten Leute, die Ihr habt. Natürlich habe ich von Euch gehört, ich habe ja Euren Arzt hier, Beventini. Den bekommt Ihr nicht zurück.»

«Er würde wohl auch gar nicht mitkommen wollen. John le Grant auch nicht. Ich dachte nur daran . . .»

«Habt Ihr das Handelsgeschäft aufgegeben?» unterbrach ihn Urbino. «Oder wollt Ihr Euch einem neuen Zweig des Kriegsgeschäfts widmen?»

«Ich dachte nur daran», fuhr Nicolaas unbeirrt fort, «aus Astorres Truppe eine viel größere, bewaffnete Streitmacht zu machen, mit guter Kenntnis im Umgang mit Kanonen und Handfeuerwaffen und einigen erfahrenen Geschützmeistern. Vielleicht könnte ich ein paar von Euren Leuten anleiten? Ich finde großen Gefallen an der Mechanik.»

Urbinos einziges Auge strahlte geradezu. «Und was wollt Ihr da von mir?»

«Ich brauche noch ein wenig Erfahrung, ehe ich zu Astorre gehe. Und, wie ich schon sagte, vielleicht habt Ihr Verwendung für Sprengkörper.»

«Wenn es Euch gelingt, Sigismondo Malatesta auf eine Entfernung von fünfunddreißig Meilen in die Luft zu sprengen, könnt Ihr mich als Befehlshaber ablösen», sagte Urbino. «Erfahrung könnt Ihr bei mir erwerben, allerdings nicht an Geschützen – ich habe zur Zeit keine. Aber ich bin im Begriff, einen Kriegszug zu beginnen, und nicht bereit, meine besten Geschützmeister zu einer anderen Truppe ziehen zu lassen.»

«Euer Durchlaucht, Ihr seid zu bescheiden», entgegnete Nicolaas. «Keiner Eurer Leute würde Euch um meinetwillen verlassen.»

«Wenn ich davon nicht überzeugt wäre, würde ich Euch keinen Tag hier dulden. Aber Ihr könnt bleiben. Steht nicht herum. Sprecht mit meinen Hauptleuten und kümmert Euch um ein

Zelt und Essen. Wir rücken in vier Stunden ab. Ihr braucht erst aufzubrechen, wenn der Vormarsch und der Kampf vorüber sind. Schließlich könntet Ihr ein feindlicher Spion sein. Venedig will, daß Malatesta gewinnt.»

«Meine Bank will das nicht», sagte Nicolaas lächelnd. Er wußte nicht, ob sie das wollte oder nicht und ob er eine Bank hatte. Aber das kümmerte ihn im Moment nicht, er war einzig froh, hier zu sein. Als er das Zelt verließ, wußte er nicht einmal, gegen welches Ziel man vorrückte. Urbino hatte das wohl für belanglos gehalten.

Man brach in Richtung Norden auf, längs des Wegs, den er gekommen war. Tobie, dessen Zelt noch stand, hatte nach ihm geschickt, hatte ihm in anklägerischer Manier ein Glas Wein eingeschenkt und ihn dann aufgefordert, sich zu setzen, als redeten sie wieder miteinander. Tobie sagte zornig: «Ich nehme an, Ihr wißt, was vorgeht? Des heiligen Vaters teuerster Feind, Malatesta von Rimini, ist von Piccinino dazu gebracht worden, am Krieg teilzunehmen. Er hält sich im Norden auf und sammelt Truppen um sich, mit dem Geld des Johann von Kalabrien. Kleine Condottieri aus der Romagna, eine ganze Anzahl von Genuesen, die für die Franzosen sind und die man der Stadt verwiesen hat. Es heißt, sie seien marschbereit und würden jeden Augenblick in die Abruzzen vorrücken.»

«Und Urbino zieht nach Norden, um sie abzufangen? Hm, Ihr habt einen besseren Wein, als Ihr ihn Euch zu meiner Zeit je leisten konntet.»

«Ich werde auch besser bezahlt», erwiderte Tobie. «Malatesta steht bei Senigallia, an der Küste zwischen hier und Urbino. Er hat Angst und gibt vor, verhandeln zu wollen. Der Graf hat vor, noch heute abend gen Norden zu ziehen, um am Mittwoch beim ersten Tageslicht bis auf Bogenschußweite am Feind zu sein.»

«Dreißig und ein paar Meilen? Die Türken haben das in der halben Zeit geschafft . . .»

«Was ist daran für Euch also so verlockend?» fragte Tobie. «Hat Euch der Kampf gegen die Türken Spaß gemacht und wollt Ihr noch mehr davon haben? Oder wollt Ihr mit dem

Wachsstock in der Hand wieder Euer Lieblingsfeuerwerk abbrennen? Wir steht es um das Haus Charetty?»

«Ich wollte mich nur in den Kampf stürzen», sagte Nicolaas. «Anderes habe ich nicht im Sinn. Wenn mich hier niemand haben will, gehe ich zu Piccinino.»

Tobie blickte ihn argwöhnisch an. Dann sagte er: «Fast hätte ich Euch geglaubt.»

«Niemals», sagte Nicolaas. Er setzte sich auf Tobies Feldtruhe und bemühte sich, nicht hungrig auszusehen.

Tobie fluchte, erhob sich und gab einem Mann den Auftrag, etwas zu essen zu holen. Dann ließ er sich neben der Kiste, auf der sein Becher stand, auf dem Boden nieder und sagte: «Jedenfalls nehmt Ihr Euch Zeit. Zehn Monate habt Ihr zu dieser Entscheidung gebraucht. Astorre weiß schon davon, nehme ich an?»

«Ich hab vergessen, ihn zu fragen. Was ist Skanderbeg für ein Mensch?»

Tobie stellte den Becher hin. «Nein. Geratet da lieber nicht hinein.»

«Wo hinein?» fragte Nicolaas. Das Essen kam, und er nahm freundlichen Blicks an, was ihm gereicht wurde.

«Ihr wißt schon. Albanische Großmannssucht. Vater und Retter. Georg Kastriota, von den Türken als Kind gefangen und dann entflohen, um für sein Heimatland Albanien gegen die Türken zu kämpfen. Der neue Alexander, Skanderbeg genannt. Ist mit seiner Armee über die Adria gesegelt, um dem Papst und Ferrante in den Abruzzen zu helfen. Ich sehe schon, Ihr geht zu ihm», sagte Tobie grimmig. «Ich kenne Euch. Ihr sucht nach einer Vatergestalt und geht zu ihm.»

Es trat ein kurzes Schweigen ein. Nicolaas lächelte. «Ich habe schon eine Vatergestalt.»

Tobies sonnengerötetes Gesicht wurde noch röter. «Das habe ich nicht gemeint, aber da wir schon davon sprechen: wo ist Freund Simon?»

«In Portugal», sagte Nicolaas. «Und Katelina ist in Anjou, wenn sie nicht schon zum Heer Johanns von Kalabrien gestoßen ist. Glaubt Ihr, sie kommen darauf, wo ich mich verstecke?»

Tobie war noch immer verlegen. «Sie wissen, daß Ihr verrückt seid, aber nicht so verrückt, um noch einmal hierher zu kommen. Wenigstens werden sie nicht auf den Gedanken kommen, in Senigallia nach Euch zu suchen.»

«Ich dachte mir, daß ich in Senigallia sicher bin», sagte Nicolaas.

«Ja, dort wärt Ihr sicherer als unten im Süden. Was wollt Ihr auch im Süden? Euer Schiff ist in Ancona.»

Nicolaas legte sein Fleisch aus der Hand und griff nach dem Becher. «Welches Schiff?»

«Die Kogge. Die *Doria.* Crackbene ist den Alaun in Porto Pisano an ein Frachtschiff losgeworden und hat dann eine Ladung Weizen hierher gebracht. Das Schiff wird gerade überholt. Ihr könntet nach Ancona gehen, wenn Malatesta aus dem Feld geschlagen ist. Oder schon vorher.» Tobie hielt inne und setzte nach einer kurzen Pause hinzu: «Da kümmere ich mich schon wieder wie ein altes Kindermädchen um Euer Tun und Treiben.»

«Das hätte ich damals nicht sagen sollen», meinte Nicolaas. «Aber genauso war es. Wogegen ich jetzt, als ich allein war, herausgefunden habe, was mir am besten gefällt: das Gefühl zu kämpfen.»

«Das Gefühl zu töten?»

Nicolaas dachte nach. «Das Gefühl der Gefahr. Stimmt das mit Eurer Einschätzung überein?»

«Ich führe nicht Buch über Euch», sagte Tobie. «Das überlasse ich den Totengräbern. Ich muß jetzt gehen. In vier Stunden brechen wir auf, und ich habe noch viel zu tun.»

«Das dachte ich mir», sagte Nicolaas.

Kapitel 6

Entgegen seinen gänzlich zynischen Erwartungen sah Tobie nichts von Nicolaas während der nächsten anderthalb Tage, die sie im Eilmarsch hinter sich brachten. Freilich hatte Tobie auch viel zu tun: der Heerhaufen lag seit Wochen im Feld, und er hatte einige gehfähige Verwundete und Kranke zu versorgen. Auch Nicolaas hatte eine gute Entschuldigung: seine Künste waren die eines Mineurs und Sprengmeisters, und so verbrachte er seine Zeit eher im Kreis solcher Leute. Gelegentlich ritt der Graf zurück zum Ende der Kolonne und beteiligte sich an den heftigen Debatten, zu denen es von Zeit zu Zeit unter den Geschützmeistern seiner Truppe kam. Dann ritt er, die Stirn sorgenvoll in Falten gezogen, wieder nach vorn und sah lange und prüfend auf eine Zeichnung.

Das beunruhigte Tobie. Seit er ihn kannte, hatte Nicolaas einen Freund gebraucht. Jetzt hatte er sich sogar von Loppe gelöst. Er hatte die jungenhafte Kameradschaftlichkeit der Färberei, der Weinstube und selbst der Zeit auf der Galeere abgelegt. Während sich Nicolaas in allen Abteilungen von Urbinos Heer herumtrieb, bewahrte er wohl die umgängliche Art aus der alten Zeit beim Handelshaus, aber sie wirkte irgendwie anders: als ob er lange keine Gelegenheit gehabt hätte, sie zu üben, und als ob er sie jetzt aus anderen Gründen gebrauchte. Und nicht nur gebrauchte, sondern damit experimentierte.

Dieses Verhalten änderte sich am Mittwoch bei Morgengrauen, als man die Gegend bei Senigallia erreichte, den lauwarmen Fluß Nevola durchquerte und in Sichtweite von Malatestas festem Lager anhielt. Da suchte Nicolaas Tobie auf, der, die Lederschürze über dem Hemd, gerade von der Ausübung seiner ärztlichen Pflichten zurückgestapft kam. «So, dann habt Ihr wohl ein Hühnerauge auf dem Hintern?» rief Tobie ihm entgegen.

«Ich bin ein Stück des Wegs zu Fuß gegangen», antwortete Nicolaas. «Es wird erzählt, Malatesta sei uns im Verhältnis von fünf zu zwei überlegen und die Stadt Senigallia habe sich ihm ergeben.»

«Warum besetzt er sie dann nicht?» fragte Tobie.

«Weil er sich anschickt, uns anzugreifen, nehme ich an. Er ist ausgeruht und wir nicht. Wir stehen abwechselnd in Waffen und ruhen uns aus.»

«Gebt mir ein Mädchen, und ich versuch's», sagte Tobie. «Ihr wollt wirklich kämpfen? Das Schwert ziehen und unter *Urbino*-Rufen angreifen?»

«Ich überlege mir gerade, was ich rufen werde», antwortete Nicolaas. «*Trefft mich nicht, wir haben einen erbärmlichen Medicus*? Wenn Malatesta angreift, habt Ihr als erster das Schwert aus der Scheide. Aber ich glaube nicht, daß er angreift. Wenn er wirklich so sehr mit Brandstiftung, Gemetzel, Vergewaltigung, Ehebruch, Blutschande, Vatermord, Frevel, Verrat und Ketzerei beschäftigt ist, hat er zum Angreifen doch gar nicht die Kraft.»

«Er wurde letztes Jahr exkommuniziert», sagte Tobie. «Rächte sich, indem er Tinte in ein Taufbecken goß. Er liegt mit Urbino von Jugend auf im Kampf, seit nunmehr dreiundzwanzig Jahren.»

Nicolaas warf seine Handschuhe hin. «Ich bin in eine Episode des korinthischen Krieges geraten. Ich dachte, dies sei ein Kampf für sich.»

«Vielleicht bringen sie sich diesmal gegenseitig um», sagte Tobie, «aber ich würde nicht darauf zählen. Es geht nur um Besitztum. Und der Papst will natürlich nicht, daß Malatesta hinunter nach Süden marschiert und zu Piccinino stößt. Ich frage mich, was Astorre jetzt macht. Er wünscht gewiß, er hätte Thomas nie nach Brügge geschickt. Was ist aus Thomas geworden?»

«Ich wollte, ich wüßte es», sagte Nicolaas ganz so, als meinte er das im Ernst.

Sie warteten den ganzen Tag in dem spärlichen Schatten, der zu finden war, aber der Feind unternahm keine erkennbaren Manöver. «Die sind verrückt», sagte Tobie. «Sie hätten gleich bei unserer Ankunft angreifen müssen.»

«Sie werden bei Nacht kommen», sagte der Sekretär des Grafen. «Wir sind vorbereitet. Sie werden es bedauern.»

«Fünf gegen zwei?» meinte Tobie.

Es wurde dunkel, und keiner dachte an Schlaf. Kurz nach Mitternacht kamen die Kundschafter zurück: Malatestas Streitmacht war abgerückt.

Man hörte Urbinos Stimme im ganzen Lager: *«Was?»*

Es stimmte. Die Zelte waren leer. Malatesta hatte seine Truppen in der ersten Dunkelheit zurückgezogen und befand sich auf dem Weg nach Norden, um die sichere Stadt Fano zu erreichen. Bis dorthin waren es sechzehn Meilen. «Dann holen wir ihn ein!» brüllte der Graf und ließ seine Trompete zum Aufbruch blasen.

Die ersten Scharen Reiterei saßen auf und stürmten mit einer Geschwindigkeit los, die Nicolaas aufrichtig bewunderte. Er bemühte sich, sie einzuholen und mit ihnen Schritt zu halten. Inmitten des allgemeinen Aufbruchs erblickte er Tobie im Widerschein des Feuers, der, in Helm und bauchigem Brustharnisch, auf einem stämmigen Pferd saß. Dann setzte sich der ganze Heerzug hinter der Vorhut in Bewegung, und das Fußvolk hielt mit, so gut es ging.

Für Nicolaas war alles auf eigenartige Weise wie damals im November und doch wieder anders, als er zusammen mit den Reitern Bentivoglios durch den Schnee hinter den Wagen her galoppiert war, die einmal Zucker enthalten hatten. Wiederum verfolgte er einen Feind, der – zumindest anfangs – nicht damit rechnete. Das wurde deutlich an der vorsichtigen Gemächlichkeit, mit der Malatesta abrückte. Da er Urbinos Krieger für erschöpft hielt, hatte er keine Eile und verzichtete auf Licht, um sie nicht aufmerksam zu machen. So zeigte ihm statt der üblichen Doppelreihe leuchtender Fackeln nur das Mondlicht, wohin er sich bewegte – über die aufgewühlten Kohläcker und Weizenfelder hinweg, zwischen umgerissenen Weinstockreihen und den silbrig schwarzen Umrissen der Olivenbäume. Aber das sanfte Licht des Mondes bot ausreichende Sicht. Die Verfolger ließen einen niedrigen Hügelkamm hinter sich und erspähten in der Ferne die wogenden Marschsäulen Malatestas, die wie die

Stifte einer Spieldose blinkten. Wie eine stumme Spieldose, die sich lautlos bewegt.

Auch Urbino verzichtete anfangs auf Fackeln. Das helle Mondlicht wies ihm den Weg, und das Hufedonnern seiner Vorhut war noch zu weit weg, als daß die Verfolger es hätten hören können. Bald jedoch, wenn das Gros nachfolgte, konnte es kein Verbergen mehr geben. Inzwischen ritten sie quer durch die Felder, und der Duft von aufgewühlter Erde und zertrampelten Früchten und Gemüse hing in der Luft. Der Mann neben Nicolaas sagte: «Der Cesano ist irgendwo da drüben. Er ist nur ein kleiner Fluß, aber Malatesta muß alle seine Leute hinüberschaffen. Das wird ihn Zeit kosten.»

«Was wird der Graf tun?» fragte Nicolaas.

«Ihn mitten im Fluß abfangen, wenn noch Zeit dazu ist. Ah, da kommt der Befehl. Fackeln anzünden.» Kurz darauf erklang auch schon das Signal der Trompeten.

«Das jagt ihnen Angst und Schrecken ein», sagte der Mann neben Nicolaas. «Er wird schlammig sein, dieser Fluß. Ein Heer da hinüberzuschaffen und drüben die Böschung wieder hinauf, in der Dunkelheit, das ist für Malatesta kein Zuckerschlecken.»

Er sprach stoßweise, da sie in gestrecktem Galopp ritten. Jetzt konnten sie zwischen den Bäumen und Wacholderbüschen weiter unten die dunkle Linie des kleinen Flusses ausmachen, ein Gedränge von Helmen auf der anderen Seite und die Hauptmacht des Feindes, die sich ins Wasser stürzte, um ebenfalls hinüberzugelangen. Nicolaas sagte: «Sie werden drüben sein, ehe wir dort sind. Und jetzt sehen sie, wie wenige wir nur sind.»

«Aber das ist ja der Plan», gab sein Gefährte zurück. «Malatesta hält uns für eine kleine Plänklerabteilung. Wer würde damit rechnen, daß die Hauptmacht des Grafen alarmiert und schon auf dem Marsch ist? Wenn wir Glück haben, rückt Malatesta also nicht weiter ab, sondern befiehlt seiner Nachhut, sich mit uns zu befassen. So gründlich zu befassen, daß keiner entkommen und zurückreiten und die Sache melden kann. Aber er weiß natürlich nicht, daß Urbinos gesamter Heereszug schon im Anrücken ist.»

«Ihr glaubt, sie kommen rechtzeitig?»

«Ich denke doch – ich habe keinen Befehl zum Anhalten gehört. Das nächste Trompetensignal ist bestimmt das zur Attacke.»

Das Signal zur Attacke erklang, als sich noch eine ganze Anzahl feindlicher Krieger auf dem diesseitigen Ufer des Cesano befand. Urbinos Reiterei stürmte mit Gebrüll und gezogenen Schwertern auf sie ein und hieb sie nieder, während sie ins Wasser sprangen. Malatestas Leute kämpften zum größten Teil zu Fuß. Sie schlugen zurück mit Schwertern und Messern und benutzten ihre Schilde, um Hiebe abzuwehren und Stöße auszuteilen. Pferde glitten aus, andere stürzten, von unten aufgeschlitzt.

Wieder verspürte Nicolaas diese Andeutung einer Verheißung, einer Erfüllung, die er in Trapezunt und dann abermals im November empfunden hatte: die Erkenntnis, daß Sorgfalt und Genauigkeit auf diesem Gebiet genauso angewandt werden konnten wie auf jedem anderen. Da er getötet werden würde, wenn er nicht selbst tötete, wählte er seine Ziele geschickt aus und räumte sie aus dem Weg. Die Schläge, die er selbst dafür einsteckte, nahm er als plötzlich auf ihn fallende Gewichte oder als Schwingungen wahr; ihm kam nicht einmal der Gedanke, daß sie etwas bedeuten könnten. Ohnehin konnte keiner wissen, ob er in Blut oder in Wasser gebadet war. Die Rufe, das Klirren, das Schreien, das Aufspritzen von Wasser schienen ihm unwirklich und fern. Ganz gegenwärtig hörte er nur seinen eigenen Atem und den Aufschrei seiner Schwertklinge, die blaue Funken versprühte. Doch dann wurde ihm bewußt, daß es noch lautere Geräusche gab, die von hinten aus dem Dunkel näher kamen. Der Rest des Heereszugs war eingetroffen.

Malatesta hatte sie nicht gesehen. Am jenseitigen Ufer, auf halber Höhe der Böschung, wartete seine Nachhut, die offensichtlich den Befehl hatte, der kleinen Störung zu begegnen. Hinter der Nachhut war Malatestas Hauptmacht, die im Begriff war, mit Malatesta selbst an der Spitze nach Fano abzurücken.

Der Mond kam hinter Schleiern hervor und schien nun heller.

Nicolaas sah das hakennasige, gräßliche Profil seines Anführers Urbino, der, das Schwert hochgereckt, sein Auge auf seine Trompeter gerichtet hielt. Attacke. Und mit Trompetenklang und unter Freudengebrüll stürmte die Armee des Papstes durch den schmalen Cesano und weiter hinauf gegen den kleinen Reitertrupp, der den Befehl hatte, zu warten und sie unschädlich zu machen.

Die Wucht des Ansturms warf Malatestas Nachhut zurück und in das Gros der Streitmacht hinein. Urbinos Reiterei folgte nach. Hinter der Reiterei kamen Urbinos Fußtruppen, die wie Sturmwellen aus dem Fluß hervorbrachen. Malatestas Nachhut schwankte, setzte sich verbissen zur Wehr, brach auseinander. Urbinos Heer stieß durch sie hindurch und traf auf die Hauptmacht, die durch den Zusammenstoß in Verwirrung geriet. Es kam zum Kampf Mann gegen Mann, und Nicolaas fand sich im dicksten Getümmel.

Solange die Schlachtordnung Bestand hatte, konnte man im Mondlicht noch hoffen, Freund und Feind zu unterscheiden, aber als dann die Linien aufbrachen, war dies schwieriger. Im Helm verliert der Krieger seine Persönlichkeit. Nur Schild, Helmschmuck, Armbinde und Wappenzeichen zeigten, mit wem man es zu tun hatte. Nicolaas saß fest im Sattel und kämpfte mit Umsicht. Er erwies sich als gelehriger Schüler von Astorre und zeigte, was ihm der Fechtmeister des Herzogs von Mailand beigebracht hatte. Sein rechter Arm begann ihm gerade schwer zu werden, als er sah, daß sich das Gedränge stark gelichtet hatte und die meisten Kämpfer Männer von seiner Seite waren. Einer seiner Freunde, ein Sprengmeister, kam auf ihn zugeritten und hielt sich neben ihm, das Schwert tropfschwarz und verklebt von abgeschnittenen Haarbüscheln.

«Malatestas Wagen hat die Flucht ergriffen. Unser Befehl lautet, verfolgen und stören, aber in Trompetenrufweite bleiben. Sie werden sich auseinanderziehen. Wir dürfen ihnen nicht zu weit folgen.»

Nicolaas zügelte sein Pferd ein wenig. «Und wo ist Malatesta selbst?»

«Ebenfalls auf der Flucht, heißt es. Nach Mondolfo vielleicht oder nach Fano. Er hat seinen ältesten Sohn dabei.»

«Der korinthische Krieg», seufzte Nicolaas. «Nach aller Kriegskunst keine Entscheidung.»

«Wie meint Ihr das, keine Entscheidung?» fragte der andere. «Urbino hat gewonnen.»

Es wurde nur eine kurze Verfolgungsjagd, weil Malatestas Reiterei auf einmal sehr schnell verschwand und die Fußtruppen davonstoben und untertauchten. Das Signal zum Umkehren ertönte, als Nicolaas und seine Gefährten erst ein oder zwei Meilen jenseits des Cesano waren, und sie leisteten dem Ruf nur zögernd Folge. Die Städte in dieser Gegend befanden sich fest in der Hand Malatestas, und zur See hin zeigte ein unbestimmtes Glänzen, daß der Morgen nicht mehr fern war.

Der Himmel im Osten war hell, als sie das Schlachtfeld nach ihren Toten und Verwundeten abgesucht hatten und mit ihrer Last auf das Lager zuhielten. Dort warteten auf die, die Glück gehabt hatten, gewärmtes Essen, Wein und ausgebreitete Strohlager. Der Graf stand stoppelbärtig vor seinem großen Zelt, um seine siegreichen Krieger zu begrüßen und zu belobigen. Sie schritten an ihm vorüber, dann begab sich das Lager zur Ruhe. Nicolaas ging auf das Feldscherzelt zu.

Vor dem Zelt traf er auf Tobie, der die Verletzten versorgte. «Kann ich helfen?» fragte Nicolaas.

«Nein», sagte Tobie. «Trinkt nicht allen Wein.»

Der Wein lagerte in Tobies Zelt. Nicolaas schleifte sein Strohlager dorthin und saß dann lange Zeit da und trank mäßig, während die Zeltleinwand über ihm trocknete und straff und hellrot und schließlich heiß und weiß wurde. Als Tobie hereinkam und sich erschöpft zu Boden sinken ließ, sah sein rötlicher Haarkranz aus wie eine nasse, um den Kopf geschlungene Häkelarbeit, und seine dunkel umränderten Augen hatten einen wäßrigen Glanz. «Wenn Ihr allen Wein getrunken habt, schlitz ich Euch mit meinem Seziermesser den Leib auf», sagte er.

Nicolaas reichte ihm eine Flasche hin. «Wie viele?»

«Für etwas, das keine Schlacht war? Nicht der Rede wert. Dann hat es Euch also Spaß gemacht?»

«Im Augenblick, ja», sagte Nicolaas. «Seid Ihr verletzt?»

Tobie nahm die Lippen vom Flaschenhals. «Schrammen», sagte er. «Genau wie Ihr, wie ich sehe. Habt Ihr sie gereinigt?»

«Dafür ist der übrige Wein draufgegangen. Wenn Ihr so verdammt sittenstreng seid, warum bleibt Ihr dann in diesem Geschäft?»

Tobie streckte vorsichtig die kurzen Beine aus und lehnte die Schultern an die Truhe. «Solange Männer wie Ihr kämpfen, müssen Männer wie ich sie wieder zusammenflicken. Der Graf geht nach Urbino zurück, nachdem er verhindert hat, daß Malatesta sich bei Neapel einmischt. Also gibt es für Euch hier nichts zu tun. Was werdet Ihr machen?»

«In den Süden gehen», sagte Nicolaas. «Das ist Unsinn – Gottes Geschenk an die tapferen Verwundeten? Ihr wolltet Kriegserfahrung haben, nun, die hattet Ihr jetzt zur Genüge. Der schwerfälligste Medizinstudent aus Pavia müßte inzwischen alles gelernt haben, was er braucht. Ihr bleibt nur, weil Euer Skanderbeg Urbino heißt. Ich mache Euch keinen Vorwurf, aber winkt mir nicht mit einem Glorienschein.»

Sie saßen eine Weile schweigend da, während Tobie Nicolaas aufmerksam musterte. «Wollt Ihr, daß ich Euch sage, warum Ihr beim Kampf Zuflucht sucht?»

Ein einzelnes Grübchen zeigte sich: ein Zeichen, daß man sich in acht nehmen mußte. «Wenn Ihr mich nicht auseinandernehmt, nehme ich Euch auch nicht auseinander», begann Nicolaas. «Ich will Skanderbeg kennenlernen. Ich will Maschinen bauen. Ich will . . .»

«Was?» fragte Tobie, als die Pause zu lang wurde.

«Mich vergewissern, daß Thomas in die Abruzzen zurückgeht. Warum marschiert Urbino nicht nach Süden, um Skanderbeg und Ferrante zu helfen?»

«Weil die Männer zu erschöpft sind, Ihr Narr. Und auch weil er Kräfte hier braucht, die Malatesta in Schach halten.»

«Ich habe ein Schiff», sagte Nicolaas.

Die Sonne brannte durch das Tuch hindurch. In der Ferne krähte ein Hahn, und das schläfrige Wiehern eines Pferdes drang ins Zelt. Die einzigen Stimmen waren die der Lagerdiener, die sich zwischen den Zeltreihen bewegten, und auch sie klangen gedämpft. Tobie sagte: «Es ist zu spät. Piccinino rückt nach Norden gegen sie vor. Die Schlacht ist vorbei, ehe Ihr dort sein könntet.»

«Und das wolltet Ihr mir verschweigen!» sagte Nicolaas.

«Jetzt wißt Ihr's», entgegnete Tobie. «Wenn Ihr Schlachtfelder sammelt, dann vergeßt dieses nicht. Astorre, siebentausend wilde Albaner und der liebe Ferrante, der den Thron von Neapel beansprucht, gegen Graf Jacopo Piccinino, den erfolgreichsten Sohn des erfolgreichsten Condottiere in Italien. Reichlich Geschäft für Wundärzte.»

«Das Schiff könnte rechtzeitig dort sein.»

«Könnte. Bei gutem Wind. Aber haltet Euch heraus. Sie werden ihre Schlacht allein schlagen. Auf euch wartet vielleicht Schlimmeres. Simon mag die Lust verloren haben, seine Gemahlin aber nicht. Sie wird nicht umsonst in Anjou gewesen sein. Wen würde Johann von Kalabrien nicht töten, um sich Vorräte und Geld zu verschaffen?»

«Geld von *Katelina*?» fragte Nicolaas.

«Von Simons Vater», sagte Tobie. «Habt Ihr den Verstand verloren? Der dicke Jordan war es, der Berater des französischen Königs in Geldangelegenheiten, der Euch die Narbe im Gesicht beigebracht hat.»

Nicolaas sann eine Weile über Simons Vater nach. Dann erhob er sich vorsichtig und etwas steif und stand schließlich mit gebeugtem Nacken unter der Zeltleinwand. «Nun, ich rechne nicht damit, Johann von Kalabrien in persona zu begegnen, und ich glaube kaum, daß ein gedungener Mörder mich mitten im Kampfgewühl finden würde. Wenn Ihr wollt, kleide ich mich in Rosa und gebe mich als Trompeter aus. Welches ist Paltronis Zelt?»

Tobie warf den Kopf zurück. «Ihr macht ein Angebot?» fragte er. «Ihr wollt ihm Euer Schiff anbieten und seine Truppe in die Abruzzen hinunterschaffen?»

«Einen Teil davon», sagte Nicolaas. «Den Rest braucht er gegen Malatesta. Es gibt noch immer einige Wunden und Schrammen, um die Ihr Euch kümmern müßt.»

Einige Augenblicke lang verharrten beide regungslos. «Ich will Euch offen sagen, was ich denke», sagte Tobie schließlich. «Ihr mögt Euch vor Katelina in acht nehmen, aber auf Eure keineswegs einfältige Art fühlt Ihr Euch im Bann des Erfolges Eurer Schürzenjägerei. Ihr möchtet sie ohne ihren Ehemann Simon treffen. Katelina ist schließlich die Mutter Eures Sohnes.»

Nicolaas blickte lange zu ihm hinunter. Schließlich sagte er: «Des Sohnes von Simon. Das ist alles, woran Ihr Euch auf Eure keineswegs einfältige Art zu erinnern habt.»

Er ging. Tobie blieb zurück, die Hand neben der halb geleerten Flasche, und starrte mit weit geöffneten Augen ins Leere. Dann stieß er einen wütenden Seufzer aus, erhob sich schwankend, brachte ein, zwei unsichere Schritte hinter sich und ließ sich auf sein Lager fallen.

Kapitel 7

In Gent zurückgelassen, hatte Thomas in Gesellschaft der auserlesenen Kurtisane Primaflora inzwischen einen schwierigen Winter hinter sich gebracht.

Das Ärgerliche war, daß er die junge Frau weder abschütteln noch sich mit ihr vergnügen konnte, da sie verschiedenen Standes waren. Sie wollte, daß er sie nach Italien brachte, wo sie Freunde hatte. Sie mußte sich, wie sie sagte, vor Carlotta von Zypern verstecken, bis sie einen neuen Beschützer fand. Doch die Zeit verging, und sie fand keinen. Thomas begann dem fernen Meester Nicolaas zu grollen, denn hätte dieser sich bereit erklärt, in den Dienst dieses kleinen Drachens von einer Königin zu treten, wäre die schöne Primaflora gewiß mit ihm gegangen.

Als Reisegenossin konnte sie ihn zur Verzweiflung bringen. So, wie sie vorankamen auf ihrem Weg nach Italien, wäre eine Schnecke an ihnen vorübergehuscht, und in Tirol dann saßen sie fest, weil sie im Schnee nicht weiterreisen wollte. Als sich der Schnee schließlich für ihre Begriffe weit genug zurückgezogen hatte, war es fast Frühling, und er hatte das Geld zur Hälfte verbraucht, und sie hatte keinen gefunden, der sie für länger als eine Nacht oder zwei aufnehmen wollte.

Er wurde unruhig. Bis zum Frühjahr hatte er längst wieder bei den anderen sein wollen. Er erkundigte sich überall nach Hauptmann Astorre und sorgte dafür, daß sie davon erfuhr. Plötzlich dann nahm sie Vernunft an und war für ein schnelleres Vorwärtskommen, obgleich sie weder in Mailand noch in Florenz mehr Glück hatte. Erst in Rom, als es inzwischen Sommer geworden war, wurde er sie los. Er wußte nicht, bei wem sie schließlich unterkam, wenn er auch hörte, man habe sie mit einem Kardinal zusammen gesehen. Es fiel ihm nicht schwer, das zu glauben, war doch der Papst auch kein Frauenverächter gewesen. Thomas bekreuzigte sich rasch für den Fall, daß ihm dieser Gedanke oben angekreidet wurde und bei seinem nächsten Kampf zum Schaden gereichte. Er gestattete sich eine Woche wohlverdienten und hemmungslosen Wohllebens und machte sich dann frohgemut auf den Weg zur Adriaküste, wo er endlich zu Hauptmann Astorre und Skanderbeg und der vereinten Streitmacht Neapels und Albaniens zu stoßen hoffte.

Astorre und Skanderbeg waren in Bari, und der Hauptmann hieß ihn willkommen und stellte ihn wieder ein. Hauptsächlich deshalb, wie er sagte, weil er wissen wollte, wie das war, wenn man dafür bezahlt wurde, wochenlang in Begleitung eines Flittchens zu reisen. Er tat so, als glaube er nicht alles, was Thomas ihm erzählte, hörte sich aber aufmerksam alles an, was er von der Königin von Zypern, von Silla und von Brügge zu berichten wußte. Er wollte auch alles über die Kapelle in Dijon wissen. Hauptmann Astorre hatte große Hochachtung vor der verstorbenen Demoiselle de Charetty, selbst nachdem sie Nicolaas geheiratet hatte. Ohne Hauptmann Astorre hätte Nicolaas nicht einmal auf einem Pferd reiten können. Thomas beantwortete alle Fragen nach Nicolaas, die ihm gestellt wurden, allerdings ohne große Begeisterung.

Auf dem Marsch nach dem nördlich gelegenen Orsara war Thomas dennoch froh, daß er wieder an der Seite seines alten Kommandeurs ritt. Nach jahrelanger vertraglicher Bindung an das Haus Charetty war der Söldnerhauptmann Astorre endlich sein eigener Herr und schien das zu genießen. Er kämpfte an der Seite Skanderbegs, des großen albanischen Helden. Wie man zu der Kleidung und den Manieren dieser Männer auch stehen mochte, die sich da Krieger nannten, ihr Anführer, das mußte man zugeben, war eine Legende.

Das konnte man von König Ferrante nicht sagen, dessen Streitmacht sie sich anschlossen. Der König hatte viel Hilfe gebraucht, um sich in Neapel zu halten und Johann von Kalabrien abzuwehren, dessen Vater König René von Anjou war. Und er brauchte noch immer Hilfe. Den Papst an seiner Seite zu haben, war ein bedeutender Vorteil, und es wurde ein guter Lohn gezahlt. Doch Hauptmann Astorre – und das galt auch für Thomas – kämpfte in diesem Krieg eigentlich nicht für den Papst oder Ferrante oder Skanderbeg, er wollte zuvörderst Piccinino einen Schlag versetzen, dem Söldnerführer von der anderen Seite, der mit den vereinigten angevinischen Streitkräften achtzehn Meilen nordöstlich bei Lucera Stellung bezogen hatte. Und wie es schien, hatte sich Johann von Kalabrien ihnen jetzt zugesellt.

Was auf sie wartete, mochte sehr wohl die Schlacht sein, die darüber entschied, ob Ferrante Neapel behielt oder verlor. Nach außen hin gaben sich Astorre, Ferrante und Skanderbeg als siegessichere Kämpfer, die ihres Bundesgenossen Urbino kaum bedurften. In Wirklichkeit jedoch hatten sie die Verbindung zu Urbino verloren. Es hieß, der Graf halte sich im Norden auf und setze einen alten Streit mit Malatesta fort. Wenn dem so war, konnte er keinesfalls rechtzeitig im Süden eintreffen – wenn er es tatsächlich schaffte, würden seine Truppen Tage brauchen, bis sie sich erholt hatten. Man mußte deshalb Piccinino ohne ihn entgegentreten.

An Gesprächen über Angriffspläne war Thomas nicht beteiligt. Er besuchte gerade den Schmied, als Astorre aus dem Hauptmannszelt herauskam, ein breites Grinsen auf dem Gesicht. Er schlug Thomas auf den wuchtigen Rücken. «Thomas! Du hast gesagt, du wüßtest nicht, wo der junge Nicolaas ist. Ich weiß es aber.»

«In Brügge?»

«In Manfredonia. Drei Tage von hier. Zwei, wenn sie sich beeilen. Nicht einmal zwei, wenn sie schon unterwegs sind. Und er hat einen Teil von Urbinos Männern mitgebracht.»

Das klang unwahrscheinlich. Das schien auch irgendwie unrecht. «Sie werden zum Kämpfen zu erschöpft sein», sagte Thomas. Er hatte das gesamte Geld verbraucht. Er hatte sich der Frau entledigt. Warum war Meester Nicolaas in sein Leben zurückgekehrt?

«Das werden sie nicht sein», widersprach Astorre. «Sie sind gerade an Bord seiner Kogge eingelaufen, mit Mick Crackbene als Kapitän. Dieser Nicolaas, dieser schlaue junge Teufel! Er wird für das Schiff bezahlt werden, und er wird von Ferrante bezahlt werden, wenn er erst hier ist. Einen solchen Profit lob ich mir. Und er hat den Arzt dabei, Doktor Tobias. Für den wird er auch bezahlt werden.»

«Er wird uns kaufen wollen», sagte Thomas. «Wäret Ihr einverstanden, wenn er die Kompanie übernehmen will?»

«Ich weiß es nicht», entgegnete Astrore. «Er wird bezahlen müssen. Er wird einiges verbessern, einiges Gerät anschaffen müssen. Aber ich folge immer einer sehr guten alten Regel: Weise nie Geld zurück. Schicke nie einen Mann fort, der Geld ausgeben will, Thomas.»

Wenn es nur das Geld gewesen wäre, hätte es Thomas nichts ausgemacht. Aber er wußte auch, daß Astorre sehr zufrieden war.

Astorre freute sich, daß er seinen Jungen wieder hatte, und es erfüllte ihn mit Stolz, daß sich Nicolaas als neues Betätigungsfeld gerade seine Söldnertruppe ausgesucht hatte.

Urbinos Männer, Fußtruppen und Reiterei, trafen binnen Stunden ein. Bei ihnen waren der Arzt Tobie und Nicolaas. Nicolaas hatte eine blaue Hand, an der die Quetschungen erst halb zurückgegangen waren. Tobie hatte eine Narbe am Hals, die vorn unter seinem zerknitterten besten Hemd verschwand. Wegen der Hitze hatte er sein Gewand abgelegt, und sein Kahlkopf glänzte. Er bemerkte Thomas und ging zu ihm hinüber. Auf Nicolaas hatte sich sogleich Astorre gestürzt. «Konntet einem anständigen Krieg nicht widerstehen! Ich wußte es ja!»

«Ist es denn ein anständiger Krieg?» erwiderte Nicolaas.

«Ich habe schlimmere erlebt.» Über dem Bart mit seinen vereinzelten grauen Haaren war Astorres Gesicht von rosiger Farbe. «Einiges Geschütz, einige Handfeuerwaffen und Armbrüste. Reichlich Spielzeug. Wir besetzen heute nacht diese Anhöhe dort. Geben Piccinino eine kleine Nuß zu knacken. Seid Ihr gekommen, um zu bleiben?»

Nicolaas entgegnete: «Habt Ihr bei Ferrante und Skanderbeg unterschrieben?»

«Bis zum Herbst. Vorläufig. Wir brauchen diesen Burschen nur zu besiegen, und der Vertrag ist so gut wie erfüllt. Wenn Piccinino geht, wird auch Johann von Kalabrien aufgeben müssen.»

«Glaubt Ihr? Dann ist er also hier?»

«Er ist in Lucera», sagte Astorre. «Sie sind alle drüben in Lucera. Was tut's schon? Wir werden siegen. Ihr denkt schon an den nächsten Vertrag? Können uns aber nicht mehr Charettytruppe nennen.»

«Wir auch nicht», erklang Tobies Stimme.

Der Arzt trat näher. Thomas zögerte zuerst noch, wandte sich aber dann plötzlich um und ging davon. Astorre sah Tobie an. «Ihr habt ein, zwei schöne Hiebe abbekommen. Macht Euch

Ehre. Kann mich nicht erinnern, daß Ihr bisher in einen unserer Kämpfe hineingeschnuppert hättet. Dann habt Ihr also herausgefunden, wo die beste Truppe steht?» Er blickte zufrieden drein.

«Ich habe herausgefunden, wo die besten Leichen sind», sagte Tobie. Er blickte Nicolaas ganz fest an. «Ihr seid aus Brügge hinausgeworfen worden», sagte er.

«Ich bin aus dem Haus Charetty hinausgeworfen worden», sagte Nicolaas. «Da ist ein Unterschied.»

«Und habt eine Nacht im Turm verbracht», sagte Astorre. «Wieder einmal. Ich wollte Thomas zuerst nicht glauben, und dann dachte ich, das sieht dieser kleinen Madam ähnlich. Und sie wird sich in einen Narren verlieben, genau wie ihre Schwester, und das Geschäft herunterwirtschaften. Hier seid Ihr besser aufgehoben. Ich auch. Und der Doktor.»

Tobie und Nicolaas starrten einander noch immer an. Von ihnen beiden war Nicolaas der ruhigere. Tobie sagte: «Ihr habt sie einfach ohne Anleitung zurückgelassen?»

«Die Mädchen?» gab Nicolaas zurück. «Die haben Julius und Gottschalk. Und erfahrene Leute in der Färberei.»

«Thomas sagt, sie schickt jeden weg», fuhr Tobie fort.

«Sie hat John le Grant weggeschickt, aber ich nehme an, er hatte das herausgefordert. Julius wird darauf achten, daß sie kein Unheil anrichtet. Oder sie geben mir Nachricht.»

«Oh – und wo werdet Ihr sein?»

«Hier», sagte Nicolaas. «Ihr könnt nach Brügge zurückkehren, wenn Ihr wollt.»

«Es sind ja nicht meine Stieftöchter.»

«Nun, dann dankt Eurem Schicksal», sagte Nicolaas in beißendem Ton. «Sonst könnte man leicht auch Euch in den Kerker werfen. Wo ist Thomas?»

Tobies Gesicht entspannte sich ein wenig. «Er scheint Euch etwas übel zu nehmen. Irgendwo da drüben.»

Er sah Nicolaas nach. Astorre sagte: «Es war ihm peinlich, Euch davon zu erzählen. Einen solchen Streich gespielt zu bekommen – von einem Mädchen. Aber wenigstens weiß er jetzt, was sein wirkliches Geschäft ist.»

«Ja. Und ich dachte, das sei Katelina», entgegnete Tobie.

«Katelina? Simons Ehefrau Katelina? Nein. Das war irgendein anderes Weibstück, das er sich da geangelt hatte. Oder das sich ihn geangelt hatte. Das müßt Ihr Thomas fragen. Hat Nicolaas Euch das auch nicht erzählt?»

«Nein, das hat er nicht.»

«Und wenn er's getan hätte, wärt Ihr nicht mit in die Abruzzen gekommen», sagte der alte Kämpe scharfsinnig. «Und da wir gerade davon reden – warum seid Ihr gekommen?»

«Weil Nicolaas einen dazu nötigt», erwiderte Tobie in bitterem Ton. «Das brauche ich Euch doch nicht zu sagen, oder? Nur geht er jetzt schlauer zu Werke, um die Leute dahin zu bringen, wo er sie haben will.»

«Er wollte Euch bei sich in den Abruzzen haben. Nun, das will ich auch. Was ist daran verkehrt?»

«Gar nichts. Nur daß er mir nicht alles gesagt hat. Ich habe meinen Entschluß gefaßt, als ich nur die halbe Geschichte kannte.»

Astorre knurrte. «Wie ich ihn kenne, habt Ihr erst den zehnten Teil der Geschichte gehört, und den Rest erzählt er Euch nicht, weil Ihr sonst fortlaufen würdet, um schleunigst Euer Leben zu retten. Nun, wenn Ihr gehen wollt, dann schnell. Wir nehmen heute nacht diese Anhöhe da, und bald darauf wird der Kampf ausbrechen.»

Tobie ging natürlich nicht. Er ritt an Astorres Seite, als die vereinigten Heere vorrückten und fast ohne Widerstand auf dem Monte Cigliano Stellung bezogen. Auf dem Vormarsch umgingen sie vorsichtig die Mauern der kleinen Stadt Troia, einer einstigen byzantinischen Festung, die jetzt ein halb verlassener Ort war, wo die Lampen vor der Kathedrale schimmerten und Menschen für das Haus Anjou beteten. Das Heer, das gekommen war, eben diese Angeviner zu vernichten, rückte in Position und rastete dann, der Stadt den Rücken zuwendend, und die Männer blickten über die zwölf Meilen Land hinweg, die zwischen ihnen und Luceria Augusta lagen, der einst römischen Stadt mit ihrem Duomo, Schloß und Palast, der Provinzhauptstadt, in der Piccinino sein Hauptquartier aufgeschlagen hatte. Bei Morgengrauen wußten sie, daß Piccinino mit seiner Streitmacht das Lager verlassen hatte und im Anmarsch war. Wenig später trafen Berichte über seine Truppenstärke ein. Wie sie vermutet hatten, stand die angevinische Streitmacht unter dem Befehl Herzog Johanns von Kalabrien, des Sohnes von König René von Anjou.

«Aha», sagte Tobie später, als Nicolaas auf einmal neben ihm stand. «Und welche Vorsichtsmaßnahmen trefft Ihr da?»

«Wenn ich einem Krieger in Röcken begegne, werde ich besonders vorsichtig sein. Aber ich verschwende ohnehin meine Zeit. Piccinino besitzt alles schwere Geschütz.»

«Noch könnt Ihr die Seiten wechseln», sagte Tobie. «Ich bleibe, um meinen Spaß an den Albanern zu haben. Dieses viele Tuch. Und der Geruch. Und die Zeit, die sie sparen müssen, indem sie sich nicht den Bart scheren. Wo werden sie kämpfen?»

«Die Fußtruppen mit den anderen in der Mitte», sagte Nicolaas, «und die Reiterei am rechten Flügel; die Dibrier unter Moses Golento und die Mazedonier unter Giurize. Warum macht Ihr Euch Sorgen? Mit neunzehn Jahren hat Skanderbeg siebentausend Mann Reiterei für den Sultan angeführt und war später Befehlshaber für ganz Kleinasien.»

«Hat Türken befehligt», sagte Tobie. «Neffen und Vettern. Ich habe von Moses gehört. Er ist seit dreißig Jahren bei Georg Kastriota – bis auf die Zeit, die er fort war, um für die andere Seite zu kämpfen. Diese Burschen würden ihre Großväter betrügen.»

«Ich auch, wenn ich könnte», erwiderte Nicolaas. «Wollt Ihr bei uns bleiben, nach dem Kampf? Bei Astorre? Bei der Verstärkung der Kompanie helfen?»

«Warten wir erst einmal den Kampf ab», meinte Tobie. «Da sind sie ja schon. Piccininos Banner. Die Banner von Anjou. Drei Schlachtreihen gegen unsere zwei. Geschütz in vorderster Front. Piken, Arkebusen und Armbrüste in der Reihe dahinter und dann zwei Reihen Fußtruppen. Junge Kerle aus Neapel, aus Apulien, Genuesen, Franzosen . . . sie sollten uns überlegen sein:

sie sprechen eine gemeinsame Sprache. Sie haben auch die Reiterei aufgeteilt. Seht die Fähnchen. Anjou zu seiner Rechten, Neapel zu seiner Linken. Nicolaas, mein Junge, Ihr seid in dem Block gegenüber Anjou, wenn Ihr bei Ferrante bleibt. Geht zu den Albanern, kann ich Euch nur raten.»

«Nur, wenn Ihr mitkommt.» Gemeinsam kehrten sie den Albanern den Rücken und ritten zum linken Flügel des sich formenden Heeres hinüber, wo die Reiterei König Ferrantes Aufstellung nahm. Astorre erwartete sie schon, der mächtige Helmbusch wedelte über dem roten, bärtigen Gesicht. «Jetzt werden wir's ihnen zeigen!» sagte er. Sein zugenähtes Auge pochte vor Entzücken. Mit ungestümer Entschlossenheit nahmen Ferrantes Reiter ihre Plätze ein, und die zwei Reihen Fußkrieger versammelten sich unter aufgeregtem Getrampel.

Nicolaas lachte und fragte: «Was ruft Ihr bei der Attacke?»

Das boshafte Lächeln überzog das ganze Gesicht. «Niccolo!» sagte Astorre. «Das werde ich rufen: Niccolo!»

Tobie öffnete den Mund, doch er blieb wortlos offen. Dicht hinter ihnen war eine Trompete ertönt, sogleich gefolgt von einer zweiten und einem ohrenbetäubenden Trommellärm. Und augenblicks wurde alles noch übertönt von einem Gebrüll aus den Reihen der Albaner und dem Krachen der in die Luft abgefeuerten Handfeuerwaffen. Das Heer erbebte. Astorre sagte: «Attacke? Wir sind noch nicht –»

«Nur los», sagte Nicolaas. «Nur los. Das ist Skanderbegs Angriffsbefehl. Wir sind noch nicht fertig, aber der Feind auch nicht.»

Sie bewegten sich schon vorwärts, während er noch sprach. Wie wild, dabei erst noch die rechte Schlachtordnung suchend, wälzte sich die Streitmacht Ferrantes und Skanderbegs den Hang hinunter, rennend, galoppierend, kreischend, um in die völlig unvorbereitete Heeresmacht Piccininos hineinzustoßen.

Nicolaas, der seinem Pferd die Sporen gab, sah, wie Piccininos Geschütze feuerten, graue Wolken in der heißen Sonnenhelle, und sah dann, wie sie zur Seite gezerrt wurden, als die verängstigten Gespannpferde sich bei dem Lärm aufbäumten. Er hörte das Knattern und Blitzen von Arkebusen und das Schwirren von aufsteigenden Armbrustbolzen, aber in der gedrängten Menge um sich her sah er kaum einen hinstürzen. Mit einem Gefühl der verwunderten Scheu angesichts der nackten, schieren Frechheit des Ganzen wurde er sich der Lage bewußt, mit seinem Pferd an einem angevinischen Pferd vorbeischrammend, das Schwert eifrig beschäftigt, während Piccininos linker Flügel unter dem Ansturm der albanischen Reiterei zurückfiel. Nicolaas wünschte den Albanern viel Glück.

Hier, seinem Flügel gegenüber, stand diesmal nicht der unerfahrene Heerhaufen Malatestas. Dies hier waren Krieger aus der Provence und aus Anjou. Einige von ihnen waren Franzosen, die durch die Erhebung aus Genua vertrieben worden waren, aber auch Genuesen, die man als Franzosenfreunde hinausgeworfen hatte. Nicolaas fand noch Zeit, darüber nachzudenken, daß seine Kogge, die Urbinos Männer herangeschafft hatte, noch immer den in Genua berühmten Namen *Doria* trug, der den Genuesen wohlbekannt war. Dann hatte er keine Zeit mehr, die Gedanken schweifen zu lassen. Er kämpfte, wie es die Umstände von ihm verlangten, während die Geschosse von Armbrust und Arkebuse um ihn her niedergingen. Einmal wurde er getroffen, doch die Rüstung, die er aus Trapezunt mitgebracht hatte, ließ ihn dies nur als einen Schlag spüren. Er sah unter den Feinden kein bekanntes Gesicht, aber oft die aufmerksamen Augen eines seiner eigenen Leute, die ihm zwischen dem einen Hieb und dem nächsten einen Blick des Erkennens und Willkomms zuwarfen. Eines von Astorres Männern. Eines seiner eigenen, jetzt.

Nach einer unbestimmten Zeit wurde ihm bewußt, daß sein Flügel die Oberhand gewann. Zuerst lichteten sich nur die Reihen der gegnerischen Reiterei, dann gewannen sie selbst hier und da Boden, und schließlich gaben die Angeviner auf, und er und Astorre und die Männer Ferrantes brausten einem zurückweichenden Feind hinterdrein. Sie hieben vom Pferd, wen sie konnten, und hielten erst an, als der Trompetenruf ertönte, das Signal, das ihnen befahl, Piccinino von hinten anzugreifen.

Hinten war Piccininos dritte Linie Fußkämpfer, die aus Genuesen und Kalabriern bestand. Durch Skanderbegs Attacke gegen die zwei Linien vor ihnen zurückgedrängt, empfingen sie jetzt die Wucht von Ferrantes Angriff. Sie wichen kämpfend zurück und stießen Rücken an Rücken gegen die Abteilungen hinter ihnen. Da war es denn um jegliche Ordnung in den feindlichen Reihen geschehen. Augenblicke lang waren Freund und Feind nicht zu unterscheiden, und dann gaben die Streitmacht Piccininos und die Angeviner den Widerstand auf und flohen, entschlossen, nur noch die eigene Haut zu retten. Aus der wilden Flucht wurde eine blutige wilde Flucht und dann ein Sieg. Und dann das Nachspiel des Sieges.

Astorre, der sein Pferd zügelte, sagte zu jedem in Hörweite, den er kannte: «Ich hab's Euch gesagt! Das war ein Kampf, auf den wir stolz sein können. Sie kommen nie mehr zurück. Bestimmt kommen sie nicht mehr zurück. Diese Schlacht hat Ferrante zum König von Neapel gemacht. Und wir haben das geschafft.»

Er sagte es noch einmal zu Tobie, als sie sich zu gegebener Zeit sammelten und das stille Schlachtfeld nach ihren Toten und Verwundeten absuchten. Tobie erwiderte: «Ein großer Sieg. Fünfundzwanzig Fahnen erbeutet. Tausend Gefangene. Viertausend Tote auf der Seite des Feindes.»

«Ein Sieg», sagte Astorre befriedigt. «Und auf unserer?»

«Nur tausend», sagte Tobie. «Und natürlich ein paar hundert Verwundete. Man hat Johann von Kalabrien nicht gefangen?»

«Ist entkommen», sagte Astorre. «Nach Troia geflohen. Die Burschen haben ihn mit einem Seil herausgezogen, und er ist jetzt wahrscheinlich schon auf dem Weg nach Genua. Kein Verlust. Wo ist Nicolaas?»

Tobie hielt sein Pferd an. «Er hat doch in Eurer Nähe gekämpft.»

Astorre blickte ihn an. «Ja, und sehr gut. Hab ihn aus den Augen verloren, als die Angeviner Hals über Kopf davon sind. Da sind die Toten. Er ist nicht dabei.»

«Und bei den Verwundeten auch nicht.»

Astorre rieb sich die Nase. «Nun, nicht schlimm. Er wird bei

Ferrante oder bei Skanderbeg sein. Ohne die Leute, die er aus dem Norden mitgebracht hat, wäre alles vielleicht ganz anders ausgegangen. Sie sind ihm einiges schuldig.»

«Ihr meint, er betrinkt sich schon in irgendeinem Zelt? Möglich wär's. Aber ich möchte es doch wissen. Schließlich ist er jetzt wohl unser Dienstherr. Macht Euch mal auf die Suche. Ich werde jetzt alle Hände voll zu tun haben.»

Astorre musterte ihn ohne Groll. «Schon gut, geht Ihr nur. Ich werde ihn schon irgendwo ausfindig machen.»

«Jetzt», sagte Tobie. «Sucht ihn jetzt, sofort.»

Im Feldscherzelt verlor die Zeit wie im Kampf alle Form und Bedeutung. Doch einmal, auf dem Weg von einem Verwundeten zum anderen, dachte Tobie daran, einen Jungen zu rufen und mit einer Frage zu Hauptmann Astorre zu schicken.

Schließlich war es Astorre selbst, der durchs Zelt geschritten kam, stehenbleibend, wo er einen Mann sah, den er kannte, bis er neben Tobie stand. Tobie richtete sich auf.

Astorre sagte: «Das ist merkwürdig.»

«Was?»

«Er ist nicht da», fuhr Astorre fort. «Nicht im Lager, nicht auf dem Schlachtfeld, nirgendwo. Er ist nicht geflohen, er wurde nicht getötet.»

«Er könnte gefangengenommen worden sein», meinte Tobie.

«Von einer Truppe auf dem Rückzug? Wer würde so etwas tun?»

«Fast jeder», sagte Tobie müde.

Kapitel 8

Aus eigenem Antrieb war Nicolaas nirgendwohin gegangen außer in die Bewußtlosigkeit. Als er daraus emportauchte, war er sich zuerst nur eines starken Unwohlseins bewußt. Er spürte die Nachwirkungen eines Fiebers: das Schwächegefühl, den pochenden Kopfschmerz, das schweißnasse Hemd. Er lag im Dunkeln auf einem feuchten Lager – also konnte sich niemand um ihn kümmern. Das war eigenartig, weil selbst eine Taverne irgendeine Art von Pflege oder Fürsorge bieten würde. Er versuchte seine Lage zu verändern und hielt sofort wieder inne. Das war doch etwas anderes. Diese Steifheit, dieses brennende Wundsein war die Folge eines Kampfes. Und zwar eines Kampfes, den er verloren hatte, denn er war nicht unter Freunden. Was also war geschehen?

Es war gar nicht leicht, seine Denkbahnen einzufangen und seinen Verstand in Gang zu setzen. Am Anfang kamen wirre Bilder. Er hatte viele Kämpfe erlebt, an vielen fiebrigen Krankheiten gelitten. Er begann seiner lebhaftesten Erinnerung zu trauen, in der er mit jemandem zu Pferde gekämpft hatte und von seinen Gefährten getrennt worden war. Er glaubte sich zu entsinnen, daß er aus dem Sattel gerissen worden war und daß um ihn herum Stiefel gewesen waren und ihn dann der Schlag getroffen hatte, der ihn umwarf.

Und dieser Teil der Erinnerung wenigstens war ziemlich zutreffend. Er bewegte den einen Arm und hob langsam die Hand an den Kopf – sein Haar war verklebt von getrocknetem Blut über einer bösen Schnittwunde, die sich, obschon geschwollen, bereits wieder schloß. Also war Zeit verstrichen, seit dies geschehen war. Ja, natürlich. Verschwommen begann er sich an eine lange Reise zu erinnern. Man hatte ihn mißhandelt. Er erinnerte sich, daß er sich gefragt hatte, was aus seinem Schwert geworden war. An Gesichter aber erinnerte er sich nicht.

Er schlief und wachte auf und versuchte sich zu zwingen, wach zu bleiben und zu dieser Erinnerung zurückzukehren. Stück für

Stück stellte sich alles wieder ein. Da war eine Schlacht gewesen, in Italien. Astorre und Tobie. Ferrante und Skanderbeg. Und seine Seite hatte nicht verloren, seine Seite war im Begriff gewesen zu siegen. Die geschlagene angevinische Reiterei hatte schon begonnen, die Flucht zu ergreifen. Er hatte sich umgewandt und auf Piccininos genuesische Rückendeckung zugehalten. Er war eingefangen worden zwischen den Kriegern Anjous und Genuas, vor denen Tobie ihn so spöttisch gewarnt hatte. Katelina, die ihm nichts Gutes wünschte, war mit dem Vater ihres Gemahls in Anjou gewesen. Ihr Gemahl trieb Geschäfte mit Genua. Zwischen ihnen mochte ein kleiner Familienhandel abgeschlossen worden sein, der gerade seine Erfüllung gefunden hatte. Von fern wollte sich bei ihm so etwas wie Belustigung einstellen. Er hätte bei den Albanern bleiben sollen.

Seine geschlossenen Augen brannten vor Schweiß; der Ort, an dem er lag, war dunkel und stickig. Er fühlte sich abwechselnd schwer und körperlos; sein Kopf schwamm, indes der übrige Körper schwankte. Wie ein Kind, das in der Nacht aufwacht, wurde er sich erwachsener Stimmen irgendwo über ihm bewußt, unter denen auch die einer Frau war. Schritte deuteten auf Raum hin, im Gegensatz zu seiner abgestandenen Beengtheit. Er vermutete, daß er sich in einem Keller befand. Wieder hörte er die Frauenstimme.

Was er und Tobie auch geredet hatten – es war unwahrscheinlich, daß Katelina van Borselen selbst zu dem Sohn von König René in Italien gegangen war. Aber sie mochte einen Mittelsmann geschickt haben. Wahrscheinlich befand er sich in der Gewalt Herzog Johanns von Kalabrien. Der Herzog hatte die Schlacht verloren. Gewiß hielt er sich versteckt, und für ihn bedeutete Nicolaas vielleicht ein Vermögen. Jordan war in der Lage, ein Vermögen zu bieten, um Nicolaas loszuwerden.

Sein erwachendes Denken stellte sich die Frage, welcher Tag jetzt war. Der Kampf hatte an einem Dienstag stattgefunden. Astorre und Tobias mußten ihn vermißt haben. Vielleicht hatten ihn die Angeviner auf der Flucht nach Troia mitgenommen, das Anjou treu war. Und dann vielleicht nach Westen an die Küste gebracht. Von dort konnten sie ihn per Schiff überallhin in den Norden schaffen.

Schiff. Er stützte sich mit einem Ruck auf die Ellenbogen hoch und stieß dabei mit dem Kopf an. Das war die Erklärung für die Folge von Geräuschen, von Bewegungen: er war auf einem Schiff. Er war auf einem Schiff als Gefangener seines Feindes und wurde an ein von seinem Feind bestimmtes Ziel gebracht. War es ein angevinisches Schiff, würde er in wenigen Tagen in der Provence sein.

Das paßte ihm nicht. Wenn er nur genügend Verstand und Willenskraft aufbrachte, konnte er vielleicht aufstehen, sich eine Waffe suchen und sich einer anderen Person bemächtigen. Er begann einige schwerfällige Bewegungen zu machen. Er hatte bereits innegehalten, als eine Tür aufging und mit hellem Tageslicht ein Mann in einem abgewetzten Lederwams hereinkam. Er sagte: «Ihr seid wach. Wurde auch Zeit. Ich bringe Euch Kleider. Ihr sollt Euch waschen. Sie wollen mit Euch reden.» Mehr sagte er nicht. Er machte sich zu schaffen und ging auf Fragen nicht ein.

Nicolaas schickte sich drein. Die Wunde schmerzte, aber der Nebel um seine Sinne löste sich auf. Als er sich gewaschen und angekleidet und gegessen hatte, vermochte er schließlich dem Mann aus der Kajüte hinaus zu folgen. Die Beine tappten zwar noch unsicher, aber sein Kopf war fast klar. In der frischen Luft an Deck wurde ihm wohler. Er begann sich umzublicken.

Er war auf einer Kogge, die unter Segel gute Fahrt machte und hoch im Wasser lag. Ein Dunstschleier verwehrte den Blick auf die Küste, aber der Stand der Sonne besagte, daß es später Morgen war. So sich Krieger an Bord befanden, war von ihnen nichts zu sehen. Er bemerkte Seeleute, konnte aber ihre Herkunft nicht bestimmen. Auch Banner und Wimpel, die etwas hätten sagen können, waren nicht zu entdecken. Es war nur zu sehr verständlich, daß sich der geschlagene Thronbewerber so nahe bei Neapel bedeckt hielt.

Wer ihn auch in seine Gewalt gebracht hatte, er hatte sich der besten Unterkunft versichert. Schon von der Schwelle her sah

Nicolaas, daß die Kapitänskajüte so groß war wie die seine, aber schöner gestrichen. Innen fand er die üblichen hochlehnigen Sitzbänke vor und in der Mitte einen breiten Stuhl, auf dem ein kräftig gebauter Mann mittleren Alters saß, der einen mit Edelsteinen geschmückten Strohhut trug. Sein Wams aus dünnem Stoff hatte Goldknöpfe, und die breiten Schultern umspannte eine goldene Kette. Die beringten Hände auf den Knien der Strumpfhose waren dennoch die eines Kriegsmannes, und die Augen unter dem rauhen braunen Haar blickten gebieterisch. Dies konnte Herzog Johann von Kalabrien sein. Es konnte einer seiner Hauptleute sein. Neben dem Stuhl, auf der einen Seite, saßen ein junger und ein bedeutend älterer Mann. Beide waren nach italienischer Mode gekleidet. Auf der anderen Seite, auf einer Bank, saß Primaflora.

Nicolaas sah nur sie an. Sie trug ein purpurfarbenes Seidenkleid mit einem sparsam bestickten Miederteil, und ihr Haar war mit Spitzen, Bändern und Perlen geschmückt in der Art, die er von Gent her in Erinnerung hatte. Ihre Augen, die ihn anblickten, waren wie Aquamarine unter Wasser; ihre verschränkten Finger bewegten sich ein wenig. Während sie sprach, sah sie ihn unverwandt an. «Ihm ist nicht gut. Ihr hättet ihn nicht hierher bringen sollen.»

Sie sprach italienisch mit savoyardischem Akzent. Der Mann auf dem Stuhl sprach ein reineres Italienisch. «Dann möge er neben Euch Platz nehmen. Messer Niccolo?»

Nicolaas blieb stehen. «Ich weiß nicht, in wessen Gesellschaft ich da sitzen würde», sagte er.

Der Mann lächelte. «Bedienen wir uns des Französischen. Mein Name ist unwichtig, das gilt auch für meine Gefährten. Aber Madame Primaflora kennt Ihr wohl – ist das nicht genug?»

«Mehr als genug», entgegnete Nicolaas, «wenn sie meine Entführung geplant hat. Aber Ihr selbst hattet gewiß auch einen Anteil daran?»

«Nein, nein», sagte der Mann. «Ihr könnt die junge Frau freisprechen. Sie hat uns nur unwissentlich geholfen.»

«Dann seid Ihr durch sie auf meine Spur gekommen?» Er verhehlte nicht seinen Zorn, obschon er zu ihrer Bank schritt und sich setzte. Sie blickte auf ihre Hände.

«So ungefähr», sagte der Mann. «Ich entschuldige mich für Eure Behandlung, aber es mußte schnell gehen, und die Männer, die Euch herbrachten, waren nicht von der Art, die Ihr ausgesucht hättet. Eure Wunden zeigen, daß Ihr bei Troia wakker gekämpft habt.»

«Ich erinnere mich nicht, Feiglinge gesehen zu haben», erwiderte Nicolaas. Er hielt inne. «Die Angeviner müssen schwere Verluste gehabt haben.»

«So hatten sie es auch verdient. Sie wurden von einem Dummkopf angeführt. Und Piccinino, das weiß jeder, kämpft nur für Geld. Herzog Johann ist nach Ischia geflohen, wie es heißt, und König Ferrante hat seinen Thron in Neapel gesichert und wird wohl dort bleiben.»

Nicolaas wurde bewußt, daß ein Schweigen eingetreten war. Er zog die Hand vom Genick zurück. «Ich scheine das Zeitgefühl verloren zu haben. Welchen Tag haben wir heute?»

«Ihr wart krank. Es ist Samstag. Später Nachmittag des zweiundzwanzigsten Tages im Monat August. Ihr habt nur vier Tage versäumt. Wo wollt Ihr hin?»

Er hatte die Tür erreicht, ehe sie ihn aufhalten konnten. Er zog den Vorhang zur Seite und blickte hinaus. Die Sonne hatte sich ein Stück bewegt und stand jetzt mehr achteraus. Wenn es später Nachmittag war, konnte das nicht sein. Es sei denn, sie fuhren nicht nach Norden. Er sagte: «Wir fahren nach Osten.»

Die Stimme hinter ihm klang ganz ruhig. «Ihr seid nicht überrascht, Messer Niccolo? Ihr wußtet – habt gewiß geahnt –, daß Ihr nach Zypern fahrt?»

Zypern. Ihm verschlug es die Sprache ob seiner eigenen Unfähigkeit. Er hatte nichts geahnt. Er hatte nur die vielgestaltigen Pläne für seine Söldnertruppe im Kopf gehabt und darüber das Nächstliegende vergessen. Er war, wie Tobie gesagt hatte, neugierig darauf gewesen, was Katelina tun würde, und hatte dabei übersehen, daß seine schließlich getroffene Entscheidung nicht durch Katelina, sondern durch Carlotta von Zypern in Frage gestellt werden konnte.

Nicolaas wandte sich langsam um und schloß den Vorhang wieder. Er sprach zu Primaflora in einem Ton, der vielleicht sanfter war als üblich. «Meinen Glückwunsch. Colard Mansion würde den seinen anfügen, wenn er davon wüßte. Ihr wart die ganze Zeit für die Königin tätig. Ihr habt Thomas ausgefragt, Ihr habt mich aufgespürt, Ihr habt Königin Carlotta gesagt, wo ich zu finden bin. Nun, es hat Euch nichts genützt – ich begebe mich nicht in ihren Dienst.»

Primaflora schwieg. Der Mann auf dem Stuhl zupfte sich an der Lippe, und die Edelsteine an seinem Hut blinkten und zuckten. Er sagte: «Die Königin ist eine mächtige Frau und eine gefährliche Feindin.»

«Das glaube ich gern, wenn dies ihre Freundschaft ist», sagte Nicolaas. «Aber ich werde ihr nicht dienen.»

Der Mann sah ihn an. «Sie bietet Land, Stellung, Besitztümer – allen Reichtum der Welt, wenn sie erst wieder über die Insel herrscht. Der Papst steht hinter ihr. Ihr Onkel, der Herzog von Savoyen, unterstützt sie. Sie stellt Heere auf, die ihr helfen sollen. Ihr habt, glaube ich, eine sehr verdienstvolle Frau geheiratet und ihr Geschäft betrieben, ohne daß es Euch eine Plage gewesen wäre. Warum sperrt Ihr Euch gegen die Königin?»

«Der Grund ist unwichtig, die Antwort lautet: Nein», sagte Nicolaas. «Und was geschieht jetzt? Werde ich über Bord geworfen, oder schrecken ihre Leute davor doch zurück?»

«Nicht oft», erwiderte der Mann. «Also ist es vielleicht gut, daß ich keiner von ihren Leuten bin. Seid Ihr wirklich so sehr gegen sie eingestellt?»

«Ich bin weder für noch gegen sie eingestellt», erklärte Nicolaas. «Es ist einfach so, wie ich gesagt habe: ich will nicht nach Zypern gehen, und ich lasse mich nicht dazu zwingen.

«Aha», sagte der Mann. «Das ist etwas anderes. Aber früher einmal hattet Ihr nichts gegen Geschäfte im Osten, habe ich gehört. Ihr habt sogar an Zucker gedacht, soviel ich weiß.»

«Ich habe an vieles gedacht, bevor meine Ehefrau starb.»

«Auf Zypern», fuhr der Mann fort, «bauen wir das beste Zuckerrohr der Welt an. Wir brauchen einen fähigen, tatkräftigen Mann, der die Gewerbezweige wiederbelebt, denen der lange Krieg geschadet hat. Die Zuckermanufaktur ist einer davon. Die Hauptstadt bietet noch andere verlockende Aussichten. Wenn Ihr kämpfen wollt, ist Euch ein fürstlicher Vertrag sicher. Wenn nicht, bietet das Land weiten Raum für Eure anderen Geschicke und Fähigkeiten. Würde Euch das nicht reizen?»

«Was ist das für ein Angebot?» entgegnete Nicolaas. «Ihr haltet Kyrenia im Norden der Insel in Besitz. Die wichtigsten Zuckerrohrfelder sind alle im Westen oder im Süden. Die Hauptstadt ist Nikosia, und das ist auch nicht im Besitz der Königin. Meine anderen Geschicke und Fähigkeiten, wie Ihr sie nennt, könnte ich nur anwenden, wenn ich vorher für Euch kämpfte. Bis Ihr Zypern vom Usurpator und seinen ägyptischen Kriegern befreit habt, könnt Ihr derartige Posten gar nicht anbieten.»

Der Mann lehnte sich zurück und faltete die Hände. Er sagte: «Aber Messer Niccolo, ich spreche hier für den Usurpator, wie Ihr ihn nennt, und seine ägyptischen Truppen. Der Usurpator hat den Zucker wie auch die königliche Hauptstadt in der Hand. Der Usurpator hat Carlotta vertrieben, so daß sie kaum mehr als Kyrenia in Besitz hält. Der Usurpator, gegen dessen Leute Ihr so tapfer, so beunruhigend wirkungsvoll gekämpft habt damals vor Monaten südlich von Bologna, war höchst beeindruckt, als er hörte, wie hartnäckig Ihr den Überredungskünsten der Königin widerstanden habt – was ich jetzt selbst nur bestätigen kann.» Der Mann erhob sich plötzlich und fuhr fort: «Ich mache Euch kein Angebot im Namen von Carlotta von Zypern. Ich spreche hier für Jakob, ihren Halbbruder. Alles was sie Euch bietet, wird er Euch geben und noch mehr. Und noch viel mehr, wenn Ihr nach Zypern kommt und ihm helft.»

Nicolaas stand auf, ohne Rücksicht auf seinen schmerzenden Kopf, und versuchte zu fassen, was ihm da offenbart worden war. Was er verspürte, war vor allem Wut. Er schritt auf einen Hocker zu und setzte sich wieder. Er sagte: «Der Bruder der Königin ist schon früher an mich herangetreten. In Venedig.

Seine Abgesandten hatten beim Papst kein Glück, und da sprachen sie mit mir, als sie durch Venedig kamen.»

«Der Bischof und Messer Philipp Podocataro – sie kamen zur unrechten Zeit», sagte der Mann ruhig.

«Und wiederum in Silla? Dann waren es Leute ihres Bruders, die Königin Carlotta angegriffen und den Zucker fortgeschafft haben – natürlich.» Jetzt begriff Nicolaas die Worte des Zyprioten. *Venezianer? Genuesen? Die hätten den Zucker mitgenommen. Nur einer hätte ihn vernichtet.*

Und Königin Carlotta hatte ihn gleichfalls nicht mit Namen genannt, sondern von dem Rivalen gesprochen, der von ihren ägyptischen Feinden gestützt wurde. *Eine Marionette ... ein Glaubensabtrünniger, der sagt, das Evangelium sei eine Fälschung und Christus nicht der einzige und Maria keine Jungfrau.* Kein Wunder, daß die Marionette beim Papst kein Gehör gefunden hatte, die Marionette namens Jakob von Lusignan, ihr außerehelich geborener Bruder und Möchtegern-Usurpator. In dessen Händen er sich jetzt befand. Nicolaas sagte: «Ich habe in Venedig sein Angebot zurückgewiesen und bei Silla gegen ihn gekämpft. Sollte ich da jetzt bereit sein, mich ihm anzuschließen?»

«Der Mensch ändert seine Meinung», entgegnete der andere. «König Jakob wünscht Euch zu sehen. Er ist gnädig. Wenn Ihr keinesfalls bei ihm bleiben wollt, braucht Ihr nicht zu befürchten, daß er Euch dazu zwingt.»

Der Sprecher blickte zum erstenmal die zwei Männer an seiner Seite an. Der ältere, in dessen schwarzes Haar sich graue Strähnen mischten, gab den Blick unter grimmigem Schweigen zurück. Der jüngere rekelte sich und sagte, wie durch das Schweigen des anderen dazu gezwungen: «Es gibt dort Möglichkeiten, wie Ihr sie Euch vielleicht überhaupt nicht vorstellen könnt. Aber wir kennen den König gut. Ihr könnt ihm vertrauen.»

«Dann sollten wir keine Zeit verschwenden, weder seine noch meine», sagte Nicolaas. «Mich kann nichts überzeugen. Im nächsten Hafen möchte ich von Bord gehen.»

«Ich bedaure», entgegnete der andere. «Nicht nur mein Leben wäre in Gefahr. Wir haben die Hofdame zu bedenken, die in Carlottas Dienst steht.»

Gewiß. Durch seinen starken Kopfschmerz hindurch bedachte Nicolaas das Problem der Kurtisane Primaflora, die sich monatelang an Thomas geklammert und die zweifellos versucht hatte, zu ihm zu stoßen. Warum, das wußte er noch nicht. Wie der Mann auf dem Stuhl versicherte, hatte sie seine Häscher nicht wissentlich zu ihm geführt. Aber seine Entführer standen im Dienst von Carlottas Rivalen, und Primaflora mochte, auch wenn sie es bestritt, noch immer der Königin verbunden sein.

Er sah plötzlich wieder eine junge Frau im Schnee vor sich, mit Flecken vom Blut eines Mannes auf der Brust. In Brügge hatte er die Wahrheit in ihrem Gesicht zu sehen geglaubt und ihr die Hilfe zuteil werden lassen, um die sie bat.

Sie saß da, mit gesenktem Kopf, während er eines gegen das andere abwog. Nicolaas sagte: «Sie hat Königin Carlotta verlassen. Das müßt Ihr wissen.»

«Um Euch zurückzubringen», sagte der andere. In dem brauchbaren Französisch schwang eine gewisse Belustigung mit.

«Nein!» sagte die Kurtisane Primaflora. Sie stand auf.

«Warum aber dann?» fragte der Mann auf dem Stuhl.

Nicolaas schwieg. Die junge Frau sah zuerst ihn und dann den Mann auf dem Stuhl an. Sie sagte: «Die Königin hat mir befohlen, ihn für sie zu gewinnen, aber ich habe nur so getan. Ich wollte ihr entfliehen.»

«Indem Ihr dem Mann folgtet, dessen Diensten sie sich versichern wollte?»

Die junge Frau sagte: «Weil er verständnisvoll und freundlich war und ich nicht wußte, wo ich hingehen sollte.»

«Ihr habt eine Neigung zu ihm gefaßt», sagte der Mann auf dem Stuhl, für den Nicolaas einen gewissen Respekt zu empfinden begann.

Sie antwortete nicht sogleich. Schließlich sagte sie: «Nein. Mein Geliebter ist tot.»

«Dann verbinden Euch also keine Gefühle», erwiderte der Mann. «Andererseits ist Messer Niccolo zweifellos ein Mann von ritterlichen Regungen. Ich muß ihm deshalb sagen, daß wir die junge Frau als Geisel für sein Wohlverhalten betrachten. Solltet Ihr versuchen, das Schiff zu verlassen, wird sie getötet.»

«Getötet!» entgegnete Nicolaas. «Sie ist eine Kurtisane, eine Botin; sie verdient sich ihr Brot, indem sie sich zwischen Männern in hohen Stellungen bewegt. Sie hat mit nichts den Tod verdient.»

«Nein. Aber wer sich zwischen Männern in hohen Stellungen bewegt, dem drohen Gefahren. Ihr habt es selbst erlebt. Sie ist sich dessen bewußt. Im übrigen käme sie in Gefahr nur durch Euch. Ihr Leben liegt in Eurer Hand. Und jetzt habe ich genug gesprochen. Ihr habt gelitten. Ihr müßt essen, Ihr braucht frische Luft, Ruhe in einer zuträglicheren Kajüte. Wir haben eine, die zur Zeit von der Frau bewohnt wird. Sie wird sie gewiß gern mit Euch teilen.»

«Das ist nicht nötig» sagte Nicolaas. «Die meine genügt mir.»

Der Mann zog die Brauen in die Höhe. «Ich fürchte, darüber habt Ihr nicht zu entscheiden. Ihr sagt, Carlotta von Zypern habe Euch zusammengeführt. Wenn dies Euer Schicksal ist, wird Jakob von Zypern es nicht ändern.»

Jemand packte von hinten seinen Arm. Ein anderer kam und stieß die junge Frau zur Tür. Der Mann auf dem Stuhl sagte in scharfem Ton: «Achtung! Ich dulde keine grobe Behandlung mehr!»

Nicolaas wandte sich zum Gehen um und blieb gleich wieder stehen. Der Kapitänskajüte strebte gesenkten Kopfes ein Neuankömmling zu: ein blondhaariger untersetzter Mann mit backsteinroter Gesichtsfarbe, von der sich stachelig die Kinnstoppeln abhoben. Zielstrebig und leichtfüßig kam er dahergeschritten wie jemand, der sein Geschäft versteht. Dann blickte er auf und blieb stehen. Er riß die Augen auf. Sein Gesicht wurde noch röter. «Meester Nicolaas! Gott der Barmherzige, es geht Euch besser!» Es war sein eigener Kapitän Mick Crackbene.

Sie sahen einander an. Der Mann mit dem Strohhut stand plötzlich hinter ihm. Er sprach ganz ruhig. «Kapitän Crackbene hat zu tun. Bringt Messer Niccolo zu seiner Kajüte.»

Crackbene sagte: «Haben sie Euch gesagt . . .»

«Das genügt», sagte der Mann hinter Nicolaas.

«Nein, ich will das wissen», begehrte Nicolaas auf, ohne sich umzudrehen. «Wie kommt Kapitän Crackbene hierher?»

Crackbene holte Atem, doch abermals kam ihm sein Entführer zuvor. «Er ist nicht aus freien Stücken hier. Gebt ihm keine Schuld. Wir haben ihn bei Manfredonia angetroffen, als Kapitän eines Schiffes, das uns zu Hause in Zypern gute Dienste leisten mochte. Dem König war es auch gewiß lieber, daß wir es nicht, mit Getreide beladen, zu Carlotta weiterfahren ließen. Wir waren in voller Stärke zugegen, während Kapitän Crackbene alle seine Beschützer fortgeschickt hatte, damit sie für Ferrante kämpfen konnten. Wir haben das Schiff an uns genommen, als es im Hafen lag, und Kapitän Crackbene und seine Mannschaft dazu. Es ist Euch ja nicht verloren. Man wird dafür zahlen. Für einen zeitlich unbegrenzten Mietvertrag, sozusagen.»

Nicolaas blickte sich langsam um. Die Bauweise eines rundbauchigen Schiffes, die ihnen allen so vertraut war. Die große Kajüte, so ganz wie die seine, nur daß sie frisch gestrichen war. Das Gelaß, in dem er gelegen hatte, das, wie ihm jetzt bewußt wurde, eine Kammer der Kogge war, die er aus Trapezunt zurückgebracht hatte. Der *Doria*. Er befand sich auf seinem eigenen Schiff, als Gefangener, und fuhr nach Zypern. «Kann ich mit dem Kapitän sprechen?»

«Nein», sagte der Mann. «Wenigstens jetzt nicht. Alles hängt, wie ich Euch sagte, von Eurem Verhalten ab. Erklärt Euch einverstanden, und man hindert Euch an nichts.»

Als Nicolaas an Crackbene vorüberging, tat er dies mit einer Miene, die, wie er hoffte, ergeben und beruhigend sogleich war, und Crackbene seinerseits brachte ein schwaches, bekümmertes Lächeln zustande. Nicolaas vermutete, daß er Grund zur Sorge hatte. Er selber hatte sein Schiff verloren, das Schiff, mit dem Astorre und die anderen ihm hätten folgen können. Andererseits kannte er alle Leute der Besatzung.

Später, wenn er wieder besser beieinander war, mochte etwas

zu machen sein. Inzwischen konnte er sich über Primaflora den Kopf zerbrechen.

In der Kajüte, die sie sich ärgerlicherweise teilen sollten, fand Nicolaas schon ein zweites Lager zurechtgemacht, mit seinem Pferdegeschirr und seinem Ranzen daneben. Die Kleider, die er in der Schlacht getragen hatte, fehlten, ebenso sein Schwert und sein Messer. Die Kajüte, breit und niedrig, war getäfelt und freundlich eingerichtet. Sie hatte erst letztes Jahr Pagano Doria und seiner Stieftochter Catherine als Brautgemach gedient.

Primaflora blieb neben ihrem Bett stehen, bis sie beide hörten, wie die Tür abgeschlossen wurde. Dann sagte sie: «Sie werden uns später das Abendessen bringen. Danach können wir reden. Jetzt solltet Ihr schlafen.»

Er stand noch immer da, wenn auch eher verlegen. «Ich bedaure, daß ich als Eindringling komme», sagte er.

Sie machte ein Gesicht, als hielte sie ihn für einfältig, und sagte: «Ihr habt durch mich Eure Freiheit verloren. Ihr braucht Euch nicht zu entschuldigen. Legt Euch hin. Ich habe nicht die Absicht, Euch zu pflegen, zu verführen oder zu erdolchen.»

Nicolaas ließ sich niederfallen und streckte sich aus. Er spürte, wie ihm die Augen zufielen, und sagte: «Wie Ihr wollt. Was Ihr auch tut, ich werde dann schon schlafen.»

Das Versprechen wurde von beiden Seiten eingehalten. Sie rüttelte ihn schließlich wach, als das Essen kam, und er verschlang mehr davon, als er erwartet hatte. Die Lusignans hielten sich gute Köche. Astorre, der ein Feinschmecker war, hätte dieses Essen hier genossen. Er und Tobie würden sogleich von der Kaperung der *Doria* erfahren, aber würden sie sie auch mit seiner Entführung in Zusammenhang bringen? Und würden sie dabei an Zypern denken oder, wie er, irrigerweise an die persönliche Gefahr aus Anjou? Aber einlaufende Schiffe würden bald berichten, welche Häfen die *Doria* ansteuerte. Nur daß es viele Koggen auf See gab und ihr Name vielleicht verändert worden war. Vielleicht aber auch nicht. Die Dorias waren Genuesen, und die Genuesen standen auf der Seite von Königin Carlotta. An Bord eines Schiffes mit Namen *Doria* würde diese Mannschaft unbehelligt nach Zypern gelangen. Die junge Frau sagte: «So nachdenklich?»

Er blickte auf. «Eine ernste Sache, so eine Entführung. Weshalb haben Sie Euch wohl an Bord gebracht? Als sie mich erst hatten, war das doch nicht mehr nötig.»

«Ich glaube, ich kenne den Grund», sagte sie. «Ihr habt es ja gehört – indem sie mich bedrohten, hofften sie, Ihr würdet Euch still verhalten und nicht zu fliehen versuchen. Und sie glaubten auch, ich stünde noch im Dienst der Königin, und sie wollen nicht, daß die Königin erfährt, was geschehen ist. Ich weiß nicht, worum es ihnen mehr zu tun ist – ob sie Euch selbst brauchen oder ob sie nur Euch und das Schiff dem Zugriff der Königin entziehen wollen.»

«Danke», sagte Nicolaas.

Sie runzelte die Stirn. «Nun, Ihr seid sehr jung, und Ihr habt fast ein Jahr vergeudet.»

«Ihr auch.»

Sie zog die Schultern in die Höhe. «Was soll ich darauf antworten? Daß mein ganzes Leben vergeudet ist? Ich genieße mein Leben. Zumindest habe ich das getan. Und ich werde es wieder tun.»

«Auf Zypern?» sagte Nicolaas. «Ich dachte, wir könnten etwas anderes machen.»

«Wir?»

«Ohne Euch kann ich nicht fliehen.»

«Ihr werdet keine Gelegenheit dazu bekommen», erwiderte sie. «Bedenkt, dies ist eine Kogge, ein Segelschiff, das keine Ruder braucht. In den Laderäumen wird alles sein, was benötigt wird, und einen Hafen anzulaufen brauchen wir kaum. Man wird diese Kajütentür verschließen und Euren Freund Crackbene und seine Leute scharf bewachen. Und ich würde in keinem Fall mit Euch kommen.»

«Nein?»

«Würdet Ihr mich bei Euch behalten, wenn wir einmal entflohen wären? Wohl kaum. Und was sollte ich auf einer entlegenen venezianischen Insel tun? Wenn ich irgendwohin gehe, dann lieber gleich nach Zypern. Und Ihr habt ja gehört, was er sagte. Wenn es selbst dem König nicht gelingt, Euch umzustimmen, wollen sie Euch freilassen.»

«Und Gefahr laufen, daß ich zur Königin übergehe? Gewiß nicht. Wenn ich mich weigere, wartet der Kerker oder noch Schlimmeres auf mich.»

«Vielleicht, aber nicht auf mich», sagte Primaflora.

«Nein, nicht auf Euch», erwiderte Nicolaas langsam. «Euch wäre das gleich? Ihr würdet lieber an König Jakobs ägyptischen Hof gehen als mit mir fliehen?»

«Warum nicht? Aber vielleicht sollte ich es doch mit der Flucht versuchen. Glaubt Ihr, was sie mir androhen? Natürlich nicht. Wenn Ihr geht, werden sie mich als Beutestück für die Lusignans aufheben. Flieht also nur, wenn sich die Gelegenheit bietet. Soll ich Euch etwas vorspielen?»

«Was?»

«Ihr seid verwirrt und geschwächt. Dort ist Wein. Ich habe meine Laute dabei. Legt Euch hin und laßt Euch durch mein Spiel erfreuen.»

Die Melodien, die sie für ihn spielte, kamen aus Frankreich, und ein- oder zweimal sang sie dazu, neckisch, die Worte aufreizend deutlich aussprechend. Es waren recht eindeutige Lieder einer Kurtisane über Liebeständeleien. Wahrscheinlich rechnete sie nicht damit, daß er alle Worte verstand, aber bediente er sich für gewöhnlich auch des Flämischen, so war er doch in Burgund aufgewachsen, und seine Muttersprache war die gleiche wie die ihre. Er lag da und lauschte, das leere Weinglas neben sich, die Augen geschlossen. Es entging ihm nicht, daß die Klänge schließlich näher kamen, aber er ließ sich nichts anmerken, auch nicht, als sie, weiter singend und spielend, sich vorbeugte und behutsam auf die Kante seines Bettes setzte. Er hörte die eigenen Atemzüge und schlug endlich die Augen auf.

«Ihr habt ein Grübchen – nein, zwei», sagte sie.

Wenn er lächelte, dann über sich selbst. Sie nahm die Hand von den Saiten und berührte seine Wange. «Und eine Narbe.»

Im Lampenschein sah sie wie ein Gemälde aus, wie eine ätherische Komposition von Farbe und Linie. Ihre Brauen waren zart wie Fäden, in den Locken ihres Haares spiegelte sich die kleine Krümmung zwischen Nase und Wange mit ihrem karminroten Halbmond wider. Unter jedem Unterlid bemerkte er ein kleines Fältchen, teils Belustigung, teils Erschöpfung, teils Ausdruck von etwas, das, so glaubte er, unerschöpflich war. Königin Carlotta hatte früh geheiratet und war mit vierzehn Witwe geworden. Wohl niemand würde wissen, wann und wie Primaflora zur Frau erweckt worden war.

Ihr Haar war gelb wie Butter. Es faßte ihren Kopf ein wie eine Muschel. Er begann zu überlegen und hielt sogleich wieder inne. «Ich habe noch nie jemanden so gewandt spielen hören», sagte er.

Sie legte langsam die Laute aus der Hand und richtete sich wieder auf. «Und ich habe noch nie einen so schlechten Schauspieler gesehen. Dann habt Ihr das also alles verstanden?»

«Dann habt Ihr ihm also nicht lange nachgetrauert», sagte Nicolaas.

Sie saß sehr gerade aufgerichtet da, ohne zu antworten, und beobachtete ihn nur. Dann fragte sie: «Glaubt Ihr, ich biete Liebe an?»

Eine lange Pause. «Nein», sagte er.

«Nein. Ich biete dieses an: Befreiung, Erleichterung, Vergessen. Ihr braucht es nicht anzunehmen.»

«Ich würde es nicht annehmen», sagte er. Er sah ihre Hände nicht an.

Eine weitere Pause. «Aber?» sagte sie. Ihr Blick musterte ihn von Kopf bis Fuß und kehrte zu seinem Gesicht zurück. Sie lächelte nicht. «Aber Ihr braucht es. Also würde der Vorwurf mich treffen. Ihr betrügt niemanden.»

«Das würde ich auch nicht sagen», meinte er. «Wenn Ihr meine Freunde hört, habe ich nichts als Ränkeschmieden im Kopf.»

Sie erwiderte: «Dann sagt es.» Sie wich langsam zurück und blieb dann, ihn unverwandt ansehend, stehen. Ihre Finger glitten am Körper herunter und lösten eine nach der anderen die zarten Spangen des Gewands, das einen Augenblick lang zögerte und dann zu Boden fiel.

«Aber ich brauche es», sagte er.

Sie stand im Hemd da, hob die Arme und zog sich den dünnen Stoff über den Kopf. Sie kniete hin und legte sich dann auf sein Lager. Ihr schwebenden Brüste waren oval. Ihre Waden und Oberschenkel waren vollkommen, wie reifen Pfirsichen nachgebildet. Ihr Kopf ruhte schließlich auf seinem Arm. Er beugte das Handgelenk und berührte ihr straff gehaltenes Haar. Sie sagte: «Laßt es mich machen», und sie richtete sich auf, so daß sie neben ihm saß, löste die Bänder und Schnüre und entflocht das lange, seidige Haar.

Es war gelb, und die Brüste, die sich darunter erhoben, waren vollkommen gerundet und die Brustwarzen zart wie geschälte Früchte. Sie sagte: «Schließt die Augen. Dies ist mein Gewerbe, nicht Eures.»

Seine Arme schnellten hoch und umschlossen sie, daß ihr der Atem stockte. Er sagte, schmerzlich lächelnd: «Glaubt Ihr?»

Kapitel 9

Das Entfliehen lag Nicolaas, denn es erforderte Jugend, Kraft und Behendigkeit, und die besaß er alle drei und dazu noch jenen Verstand, der Rätsel löst. Dieses jedoch vermochte er nicht zu lösen. Irgendwer wußte irgendwo sehr genau, was für ein besonderes Wesen man da eingefangen hatte, und was er nach seiner vollen Genesung auch versuchte, nichts versetzte ihn in die Lage, sein Schiff zu übernehmen oder an Land zu gehen.

Er gedachte, Primaflora zu entführen, falls ihm die Flucht gelang, und wäre es nur, um sie vor den Gefahren ihrer eigenen

Philosophie zu bewahren. Falls er nur allein fliehen konnte, wollte er auf irgendeine Weise zurückkommen und sie in Sicherheit bringen. Er war sich keineswegs sicher, ob sie ihm für den einen oder den anderen Dienst danken würde. Natürlich besaß er nicht ihre Zuneigung. Er bezweifelte sogar, daß er ihre Freundschaft besaß. Er fühlte sich aus anderen Gründen für sie verantwortlich. Vielleicht sogar nur wegen eines Ausdrucks, den ihr Gesicht bisweilen annahm, wenn sie sich unbeobachtet glaubte.

Man griff zu außergewöhnlichen Vorsichtsmaßnahmen, um sie beide an der Flucht zu hindern. Lag man im Hafen, wurden sie in getrennten Kajüten eingesperrt. Auf See durften sie unter Bewachung jeder für sich allein an Deck gehen, aber nie gemeinsam. Um Primaflora kümmerte sich ihre Zofe, und er wurde von dem Mann im rauhen Lederwams bedient. Er genoß die Augenblicke unter freiem Himmel, nicht zuletzt, weil er jede Eigenart der *Doria* kannte und den Wind und die See einschätzen und die Anordnung der Segel beurteilen und mit der Hand über die Schoten streichen konnte, die er auf zwei gefährlichen Fahrten so schnell zu bedienen gelernt hatte. Es bot sich ihm jedoch keine Gelegenheit, sein Schiff jetzt zu übernehmen. Er bekam Michael Crackbene kaum einmal zu Gesicht und durfte nicht mit ihm sprechen.

Er hätte, wäre das sein Wunsch gewesen, jeden Tag zusammen mit jenen drei vornehm gekleideten Herren, die ihn gefangen hielten, in der großen Kajüte speisen können. Sie hatten sich enttäuscht gezeigt, als er ihre Einladung zum erstenmal zurückwies, aber bald aufgehört, ihr Angebot zu wiederholen. Ihm war an Zypern nichts gelegen, und er mochte seinen Vorurteilen nicht neue hinzufügen. Er verspürte jedoch eine leise Dankbarkeit dafür, daß sie seine Anwesenheit nicht erzwungen hatten, was sie sehr wohl hätten tun können. Aus dem Kurs, den sie fuhren, machten sie keine Geheimnisse, und einen großen Teil der Strecke hatte er im vergangenen Oktober in umgekehrter Richtung zurückgelegt. Sie fuhren um Griechenland herum, wobei sie in Korfu und Modon Station machten. Er kannte den venezianischen Statthalter von Modon und hatte geglaubt, wenn überhaupt, dann hier an Land gelangen zu können. Doch kein Mittel richtete etwas aus – weder Bestechung noch List, noch Schmeichelei. Und Crackbene, so erfuhr er später, hatte man gleich ihm eingesperrt, als das Schiff in den Hafen einlief. Er selbst wurde nicht nur gefesselt, sondern auch noch geknebelt.

Während er hilflos so dalag, machte ihm das aufgeregte Hin und Her draußen den Grund für diese Vorsichtsmaßnahme deutlich. Sie hatten den Statthalter an Bord geladen. Er hieß Bembo, und Nicolaas war seinem Vetter in Venedig begegnet. Ein anderer gleichen Namens hatte ein Mädchen aus der Familie Corner geheiratet, von deren früheren Palazzi eine dankbare Republik Nicolaas einen zum Geschenk gemacht hatte. Er besaß ihn, wie er annahm, noch immer, und sein Advokat Gregorio residierte dort jetzt wohl und führte Niccolos Bank ohne Niccolo. Mit anderen Worten, die Familie Bembo mochte einen Feldzug beginnen, in dessen Verlauf ihr mit einigem Glück die Signoria von Venedig zu Hilfe kommen würde. Es war deshalb Pech, daß Nicolaas gefesselt und geknebelt dalag, und dann entfernte sich auch die Stimme des Statthalters. Die Ankerkette ging hoch, man hörte das erste Klatschen der Ruder, gefolgt von dem Getrampel der Segelmannschaften. Und dann lag Modon hinter ihnen.

Es gab nur noch eine einzige Gelegenheit, die aber, wie sich herausstellte, gar keine solche war. Nachdem sie noch Kreta angelaufen hatten, begegneten sie einem anderen Schiff. Nicolaas befand sich zu der Zeit an Deck und verfolgte aufmerksam sein Näherkommen. Der Größe nach war es ein Frachtschiff, eines der größten, die er gesehen hatte, und es kam aus östlicher Richtung, was bedeutete, daß es von Alexandrien, Zypern oder Rhodos zurückkehrte. Als es dann näher kam, erschallte ein Trompetenruf über das Wasser, und die Flagge des Schiffes ging hoch.

Das Zeichen war das Kreuz der Johanniter von Rhodos. Doch mehr sah er auch nicht, denn da ertönte irgendwo hinter ihm eine zornige Stimme, und er wurde unter Deck gesperrt. Der

Mann, der ihn später wieder herausließ, lächelte. «Hat ihnen einen schönen Schrecken eingejagt, den Burschen in der großen Kajüte, was? Ist ja auch klar, wenn ein Schiff *Doria* heißt, dann lockt es auf See jeden Freund der Genuesen an. Und erst recht, wenn der andere Kapitän selber Doria heißt.»

«Ich dachte, es sei ein Schiff der Rhodeserritter», sagte Nicolaas.

«War es auch», erwiderte der Mann. «Ritter vom heiligen Johannes, die verdammten Burschen. Dauernd unterwegs, schaffen Vorräte herbei für dieses Aas von Carlotta. Ser Imperiale Doria war das, auf diesem Schiff eben. Bringt der Königin Vieh und Getreide und verpfändet ihr Silber, wenn sie nach mehr Geld schreit. Wollte an Bord kommen und uns erzählen, was die Türken auf Lesbos machen. Ich kann mir schon vorstellen, was sie dort machen, und wir werden sie nicht daran hindern, das könnt Ihr mir glauben. Euer reicher Freund in der großen Kajüte mußte diesem Messer Doria sagen, wir hätten eine ansteckende Krankheit an Bord, erst da hat er uns in Ruhe gelassen.»

«Wer ist der reiche Mann in der Kajüte?» fragte Nicolaas.

Der Mann kicherte abermals. «Das sagen sie Euch nicht, wie? Nun, von mir erfahrt Ihr's auch nicht, ich halte nichts von der Peitsche. Was schert's Euch schon, bei freiem Essen und Trinken, wann immer Ihr wollt? Wann immer Ihr mal von dieser Frau heruntersteigt, genauer gesagt.» Er wich zurück und rief: «Laßt das. Digi!»

Als Digi die Tür aufstieß, hatte Nicolaas sich schon wieder gefaßt. Die Männer gingen. Er warf sich auf eine Truhe, und einen Augenblick später wurde die Tür abermals aufgeschlossen und Primaflora gesellte sich wieder zu ihm. «Weshalb solch ein Lärm?» fragte sie.

«Nichts weiter. Ich hatte eine drohende Bewegung gemacht. Dumm von mir.» Er atmete noch immer schwer. Und war sich in seinem Zorn bewußt, daß sie wieder da war und der Nachmittag hingebracht werden würde, wie er immer hingebracht wurde, mit köstlichen Lehrstunden.

Nun, heute nicht. Als er sich erhob und zu ihr ging, entkleidete er sie nicht einmal. Er ignorierte alle Feinheiten, als ob er sie nie gelernt hätte, die Kniffe zum Hinauszögern, zum Verlängern und Steigern der Lust, und steuerte auf geradem Wege das an, was er wollte, als hätten sie keine Zeit. Und sie begegnete ihm, sich selbst auslöschend, mit fieberhafter Gier, als wäre nicht er, sondern sie in größter Not. Schließlich war es ihre Kunst, Freude zu spenden.

Nachher lag er mit dem Gesicht nach unten da. Sie sagte: «Ich kann nicht fortgehen. Ich könnte um eine andere Kajüte bitten. Ich weiß nicht, warum Ihr plötzlich glaubt, das sei verkehrt.»

Er hatte kein Wort der Erklärung gesagt. Sie verfügte über großes Einfühlungsvermögen. Er sagte: «Es ist nicht verkehrt. Aber es ist eine Vergeudung.»

«Vergeudung!» entgegnete sie. «Schon wieder dieses Wort. Was habt Ihr erlitten, daß Ihr Euch unerlöst fühlt, wenn Euch nicht jemand schlägt? Zehn Monate armseliges Leben waren eine Vergeudung, aber Lust ist es nicht.»

«Dann sagen wir, daß ich es nicht verdiene», gab Nicolaas zurück. «Der Mensch sollte arbeiten und sich dann von seinem Tun erholen. Das, meine Liebe, ist die flandrische Art.»

Sie war still, wie immer, wenn er sie von sich wies. Seine Gedanken waren die seinen und nicht die Primafloras. «Aber Eure Art ist besser, und ich war undankbar. Solange Ihr nur auf eine Trennung vorbereitet seid. Ihr wißt, daß ich diesem Mann nicht dienen werde. Jakob dem Bastard. Diesem Zweitkönig der traurigen Insel Zypern.»

«Wenn Ihr in seinen Dienst trätet, könntet Ihr Euch erholen und Eurem Gewerbe nachgehen. Auf die flandrische Art.»

Seine Augen lächelten nicht. «Ihr würdet bei mir bleiben? Dann muß da mehr sein . . .»

«Erwartet Ihr eine Liebeserklärung?» sagte sie. «Die werdet Ihr nicht bekommen. Den Fehler habe ich einmal gemacht und es mir dadurch mit meiner Dienstherrschaft verdorben. Jetzt brauche ich einen anderen Schutzherrn, und es würde mir gefallen, bei Euch zu bleiben. Auch braucht Ihr jemanden wie mich. Ihr lernt schnell. Ihr verbergt, was Ihr wißt. Ich hatte nicht erwartet . . .» Sie hielt inne.

«Was?»

«Daß wir miteinander sprechen», fuhr sie fort. «Abends, wenn wir miteinander sprechen, das genieße ich am meisten.»

Endlich lächelte er. «Sollen wir das niederschreiben und an die Tür heften? Es könnte mir die Achtung der Besatzung eintragen, aber ich bezweifle es doch sehr.»

«Dann werdet Ihr vielleicht doch Jakobs Angebot annehmen?»

«Nein», sagte Nicolaas. «Wenn ich nicht Carlotta diene, will ich auch Jakob nicht dienen. Ich werde mir anhören, was er zu sagen hat, und dann gehen, wenn er mich läßt. Und wenn er das tut, werdet Ihr dann bleiben?»

Ihr leichtes Gewand lag zerknittert um die Schultern, als sie sich, auf den einen Ellenbogen gestützt, zurücklehnte und ihn ansah. Er hatte ihr zum Entkleiden keine Zeit gelassen. Sie hatte sich nicht beklagt. Er setzte hinzu: «Ich sollte Angst um Euch haben.»

«Das würdet Ihr?» Sie hob den Kopf und fuhr ihm mit den Fingern über den nackten Arm. «Ich sagte ja, Ihr seid jung. Ich kann selber für mich sorgen. Was mit mir geschieht, berührt Euch nicht.»

«Aber Ihr würdet mich nicht begleiten, wenn ich gehe?»

Sie lächelte und ließ ihre Finger eine andere Bahn nehmen. «Ihr begehrt mich nicht. Wir teilen ein Verlangen und befriedigen es, so gut dies ein Mann und eine Frau können. Aber Euer Trachten ist auf den Krieg gerichtet, und ich brauche zum Leben ein großes Haus.»

Er ergriff ihre Hand und hielt sie fest. «Aber Ihr wart bereit, mit mir in Zypern zu bleiben», sagte er.

Sie blickte auf seine Hand, zog die ihre aber nicht darunter hervor. «Weil Euch dann ein großes Haus zugefallen wäre», sagte sie. «Ich will Euch nicht täuschen. Ich necke Euch wegen Eurer Jugend, aber Ihr habt das Feuer des Erfolgs in Euch. Ich sollte meinen Nutzen daraus ziehen, wie Ihr Euren Nutzen zieht aus – dem, was Ihr gerade gehabt habt. Ich will Euch etwas fragen: warum sperrt man uns zusammen in diese Kajüte hier?»

«Ich dachte, das wüßten wir», sagte Nicolaas. «Damit ich schön erschöpft und gefügig bin.»

«Wenn wir erst in Zypern sind, bin ich also nicht mehr vonnöten. Es sei denn, es gäbe einen anderen Grund, aus uns ein Liebespaar zu machen.»

Natürlich war sie nicht dumm. Sie hatte genauso darüber nachgedacht wie er. Er hatte nicht darüber gesprochen. Sie hätten um des Sinnenkitzels willen zusammengebracht worden sein können. Selbst aus zweiter Hand mochten solche Dinge schon die Phantasie von Männern erregen. Aber natürlich war es nicht nur das. «Vielleicht wissen sie nicht genau, wie sie uns einzuschätzen haben, und hoffen, Leidenschaft wird ihnen alle Hindernisse aus dem Weg räumen. Sollte ich König Jakob dienen, werdet Ihr Euch für immer von Carlotta abwenden und bei mir bleiben. Wenn ich gehe, werdet Ihr mit mir kommen und nicht zurückbleiben, um sie zu verraten.»

Sie wurde sehr still. «Ich bin keine Spionin. Ich tue nichts im Auftrag von Carlotta.»

«Das wissen sie nicht», sagte er.

Er beobachtete, wie ihre Anspannung nachließ. Die Lippen rundeten sich, die kleinen Fältchen der Ironie gruben sich tiefer ein. «Dann fürchten sie also nicht, ich könnte Euch zu Carlotta hinüberlocken?»

«Ich nehme an, ich habe meine Hartnäckigkeit bewiesen. Ich habe Euch in Gent verlassen.»

«Und für meine Freiheit bezahlt», sagte sie. «Glaubt Ihr, das hatte ich vergessen?»

«Eine Freiheit, die Ihr nicht genutzt habt», sagte er.

«Eine Freiheit, die ich nicht wollte.» Nach einer Pause fügte sie hinzu: «Damals gab es nichts für mich in Italien. Wie ich Euch sagte, habe ich gewisse Ansprüche. Es ist ein Gewerbe wie jedes andere.»

Eine Freiheit, die ich nicht wollte. Nicolaas verfolgte den Gedanken nur über Umwege weiter. «Wo wollt Ihr also hingehen, wenn ich Zypern verlasse? Wenn ich recht habe und sie Euch fortschicken?»

«Das sage ich Euch, wenn Ihr Zypern verlaßt. Trefft Eure Entscheidung für Euch allein. Niccolo, Niccolo, ich bin nicht Euer Geschäft.»

Seine Augen lächelten. Er wandte sich zu ihr um und machte sie mit zarten Gesten zu seinem Geschäft, als wären sie wahrhaftig Liebende gewesen. Es war ihr letztes Gespräch dieser Art, bevor sie Zypern erreichten.

Nicolaas hatte in den vergangenen Jahren viele schöne Inseln und das Kaiserreich Trapezunt gesehen, das goldene und elfenbeinerne Überbleibsel von Byzanz. Byzanz hatte einst auch über diese Insel geherrscht. Davor war Zypern Teil des hellenischen Königreichs Ägypten gewesen, dessen Küste ihren Ufern so nahe war. Dann war Rom gekommen mit seinen Apollo und Venus geweihten Schreinen, und nach Byzanz war die Insel von den Kreuzfahrern in Besitz genommen worden. Das reiche, schöne Zypern, eine schwimmende Festung in der Levante, so angenehm nahe bei Asien, Afrika, Europa: ein strategisches Juwel für jeden eingefleischten Krieger.

Auf seinem Weg zum dritten Kreuzzug hatte König Richard von England dort geheiratet, und später belehnte er mit der Insel den habgierigen Kreuzfahrer Guido von Lusignan, den Sohn eines französischen Grafen und letzten König von Jerusalem. Der englische König hatte kaum voraussehen können, wie zäh, wie fruchtbar die Lusignans sein würden, nachdem sie erst auf Zypern erneut Wurzeln geschlagen hatten. Die Nachkommen der Familie herrschten noch immer dort und nannten sich noch immer Könige von Jerusalem. Doch dieses Königreich war schon seit langem in der Hand der Ungläubigen.

Seit fast dreihundert Jahren herrschten die Lusignans jetzt über Zypern, holten Grundbesitzer, Bischöfe und Adlige aus romanischen Ländern an einen Ort, wo nicht französisch oder italienisch, sondern griechisch gesprochen und Gott nach den

Riten des orthodoxen Griechenland verehrt wurde. Die aus dem Westen bauten sich große Bergfestungen und übergaben Befestigungsanlagen und Besitztümer den Rittern des heiligen Johannes, die von ihrer Nachbarinsel Rhodos aus versorgt wurden. Auch ging es den Leuten von Zypern nicht besser, als die Herrschaft der Lusignans erlahmte, denn da bemächtigten sich die Genuesen der Hafenstadt, die dem Handel die größten Vorteile bot. Und später übten, was noch schlimmer war, die Mamelukkenherrscher von Ägypten solchen Druck auf die Könige aus, daß seit einer Generation jetzt die christlichen Herrscher Zyperns den muslimischen Herrschern Ägyptens schändlichen Tribut zahlen und ihnen den Vasalleneid leisten mußten.

Dies alles wußte Nicolaas. Carlotta, die Königin aus dem Haus Lusignan, reiste zur Zeit umher und bat um Geld und Bewaffnete zur Befreiung ihrer Insel von den Muslimen. Und als Bundesgenosse und Schützling des ungläubigen Ägypten war Jakob, ihr unehelicher Halbbruder, in Zypern eingefallen und hatte die ganze Insel erobert bis auf den Streifen im Norden, in den sich Carlotta und ihr Gemahl geflüchtet hatten. Carlotta besaß Kyrenia und konnte Famagusta benutzen, den Hafen, über den die Genuesen herrschten. Alles übrige gehörte Jakob und der Streitmacht der Ägypter. Es war ein schönes, doch zerrissenes Land, und Nicolaas van der Poele wollte nichts mit ihm zu tun haben.

Er stand an Deck, als sich die Kogge der Insel näherte, und sah aus teilnahmslosen Augen über die schäumende See zu den grünen Bergen und den rosigen Felsbastionen hinüber, die den Strand säumten. Dies war der Geburtsort der Venus, der Lohn Alexanders, das Liebesgeschenk des Römers Marcus Antonius an Kleopatra von Ägypten.

Neben ihm stand Primaflora. Sie sagte: «Habt Ihr von Zyperns Trauben gehört? Kennt Ihr das Lied der Lieder? Dort drüben sind die Weingärten von Engedi.»

Er schwieg. Doch im stillen, ohne Grund, sagte er sich: *Ich wollte, ich wäre tot und hätte keinen Samen gesät und ließe niemanden zurück, der leiden muß.* Er dachte nicht an den als Usurpator herrschenden königlichen Bastard und seine ägyptischen Horden, sondern an einen Griechen mit einem Holzbein, der irgendwo belustigt lauschte. Und an seinen Großvater Jordan. Er wußte nicht, warum er an sie dachte. Er wandte sich wortlos um und ging unter Deck und blieb dort, bis er zu dem Boot gerufen wurde, das ihn an Land bringen sollte.

Lange nachdem die Sonne zu ihrer Linken untergegangen war, brachten sie ihren Fang schließlich an die Südküste Zyperns. Voraus in der Dunkelheit erstreckte sich das Land, das von Jakob dem Bastard erobert worden war und in Besitz gehalten wurde, der Nicolaas mit Gewalt hatte hierher schaffen lassen. Jenseits des Meeres lagen in seinem Rücken Beirut und Damaskus und die syrische Küste. Unten auf dem Wasser lag das Boot, das für seine Fahrgäste heruntergelassen worden war. Obschon die Septembernacht schwülwarm war, hatte man Nicolaas beim Verlassen der *Doria* einen Mantel mit Kapuze anziehen lassen – und Primaflora und ihre Dienerin ebenfalls, wie er bemerkte. Die Zofe wirkte verschreckt. Primaflora stieg zu dem Ruderboot hinunter so erhaben wie ein Hofdame, die die Armen bewirtet. Er hatte gesehen, wie sie sich für die Rolle rüstete und sich dabei selbst von ihm zurückzog. Er glaubte, sie habe Angst, war aber zu klug, um sie zu trösten. Im Boot versuchte er einmal zu sprechen, aber statt einer Antwort blickte sie über die Schulter dorthin, wo die Herren aus der großen Kajüte saßen. Der Bootsführer sagte: «Ihr werdet still sein.»

Er konnte sich das nicht erklären und saß waffenlos da, umklammerte mit den Händen die Knie und dachte an Crackbene, der nicht bei ihnen und also noch an Bord war. Doch Crackbene, der sein Handwerk so gründlich erlernt hatte wie Astorre das seine, würde immer gut behandelt werden, ganz gleich, in wessen Dienst er stand. Und im Gegensatz zu Astorre hatte er früher in keinem Treueverhältnis zum Hause Charetty gestanden. Crackbene tat gewiß nichts Überstürztes, selbst wenn er genügend Helfer gehabt hätte. Nicolaas und Primaflora waren deshalb allein in der Gewalt des Bastards. Sollte Nicolaas sein Angebot ablehnen, werde ihm der Bastard Jakob – so war ihm gesagt worden – in seiner Gnade die Freiheit zurückgeben. Nicolaas hatte nicht ohne Schmerzen gelernt, daß man nie glauben durfte, was einem gerade von Fremden gesagt wurde.

Das Boot schien auf den Fluß zuzuhalten, wo der Cornersche Landungssteg sein solllte, doch dann steuerte es nach Südosten und umfuhr die ganze flache Halbinsel zwischen Episkopi und dem Flecken Limassol. In Limassol war eine Burg und der Sitz des Bischofs, der Jakobs Abgesandter in Rom gewesen war und vielleicht sogar Jakobs Beauftragter bei Silla. Doch wiederum änderte das Boot den Kurs, und die Fahrt war ganz plötzlich zu Ende, ohne daß sie Limassol erreicht hätten. Sie waren gleich hinter dem Kap an Land gegangen, an einer Stelle, wo die Küste zu einer schattendämmrigen flachen Landschaft zurückwich und ein Geflimmer von Lichtern auf eine Anzahl niedriger Gebäude hindeutete. Er mußte das Boot mit einem festen hölzernen Landesteg und die frische Seeluft mit einer drückenden, warmen Landatmosphäre vertauschen, die nach Zitrusfrüchten und Salzlake roch. Ein Seevogel rief, und ein leiser, sanfter Laut antwortete ihm. Über die bleiche Küstenböschung huschte ein Schatten, gefolgt von weiteren Schatten. Nicolaas blieb stehen, und jemand lachte leise. «Es gibt nichts zu befürchten, Messer Niccolo. Ihr kennt den Namen dieses Kaps nicht?»

Es war die Stimme des Mannes, der in der großen Kajüte mit ihm gesprochen hatte und jetzt in einem Rascheln von Seide an ihn herangetreten war. Heute trug er einen runden Samthut, unter dem ihm der Schweiß hervorrann. «Ich kenne ihn nicht», sagte Nicolaas.

«Ihr werdet ihn bald kennen. Wir bringen Euch zu einem Ort, an dem man seit elfhundert Jahren Euren Namenspatron verehrt. Dort drüben ist das Kloster des Ayios Nikolaos, wo der Abt ein Festmahl für uns bereithält.» Seine Stimme klang aufmunternd. «Ihr habt Geduld bewiesen. Bald werdet Ihr erfahren, was man von Euch will.»

Sie schritten über einen staubigen, sandigen Weg, der gesprenkelt war von den Schatten von Männern, die ihnen ohne Fackeln vorangingen. Die anderen zwei Männer aus der großen Kabine gingen stumm hinter ihnen – der eine so mürrisch wie zuvor, der andere von einer gewissen Unruhe erfüllt, wie Nicolaas scheinen wollte. Dahinter stapfte Primaflora in ihren Holzschuhen über den weichen Boden, und ihr folgten auf dem Fuß andere Männer. Nicolaas sah, daß sie keine Schwerter trugen. Sie mußten jetzt nicht mehr befürchten, daß er floh – was sie zu ihrer Verstohlenheit veranlaßte, würde er noch herausfinden. Dann roch er wieder Zitronen und einen Duft von Gewürzen oder auch Weihrauch, und er sah eine hohe Mauer mit einer Lampe in einer Nische auftauchen, dann ein Becken, das aus dem Kapitell einer korinthischen Säule gehauen war. Nicolaas wandte sich an seinen Begleiter. «Werde ich hier mit Jakob von Lusignan zusammentreffen?»

An einem Tor war ein bärtiger Mann in schwarzer Robe erschienen, der sich anschickte, sie willkommen zu heißen. Der Mann neben Nicolaas erwiderte: «Nein. Der König ist in Nikosia, seiner Hauptstadt. Dorthin werdet Ihr zu Pferd gelangen. Eine Eskorte kommt hierher und holt Euch ab. Sehr wahrscheinlich heute nacht.»

«Heute nacht?»

Der Mann fuhr fort: «Es sind zwei Tagesreisen, und es reist sich besser, wenn es kühl ist. Hebt Euch die Fragen auf, es wird noch genug Zeit dafür geben.» Sie schritten durch das Tor, und Primafloras Gesicht schimmerte im Lampenschein mit perligem Glanz auf.

Es war ein altes Kloster und in dieser flachen Region mit viel Raum gesegnet für seine Obst- und Gemüsegärten, seine Kirche und den Kreuzgang, seine Zellen, Stallungen und Amtsstuben, alles dick ummauert, rund und weiß und nach Weihrauch und Holzfeuer duftend. Es roch auch nach Früchten und Brotteig und gekochtem Fleisch, und hinter allem lauerte der scharfe Geruch von Salzlake und etwas Saurem, das schwer auszumachen war. In der Mitte des Hofs waren ein Brunnen und ein Waschplatz, beide aus verwittertem, behauenem Marmor, der viel älter war als das Kloster. Abermals bemerkte Nicolaas ganz kurz dahinhuschende dunkle Umrisse, sagte aber nichts.

Seine vom Zorn erstickte Neugierde stellte sich wieder ein. Er verspürte kaum Angst oder Besorgnis, eher ein Erwachen seiner Fähigkeiten, eine Klarheit, die immer mit der Aussicht auf einen Wettkampf mit Rivalen einherging. Vielleicht war das, was vor ihm lag, etwas so Überwältigendes, so Endgültiges, so Grobschlächtiges, daß ihm keine Findigkeit von welcher Art auch immer von Nutzen sein würde. Aber er konnte es versuchen, und wenn er überlebte, konnte er daraus lernen. Seit Troia war er ein Niemand gewesen, eine Sammlung von Handlungen, die nur Antworten auf Umstände waren. Er begann sich ganz plötzlich wieder als Person zu fühlen.

Er sah, daß die Dienstboten gegangen waren. Allein mit Primaflora und den drei Männern, die ihn entführt hatten, betrat er durch einen Torbogen ein altes Kloster mit Lampen, die einen Blick auf kecke stechginsterartige Pflanzen und das Scharlachrot des Hibiskus und den Schatten von Weinreben ermöglichten. Und da standen ein Mann mit dem Schleierhut, dem schwarzen Gewand und dem Bart eines Abts der orthodoxen Kirche und eine Nonne vor ihm. Die Frau trat lächelnd vor und faßte Primaflora an der Hand. Der Mann sagte: «Wir erwarten Euch seit langem. Seid willkommen, meine Tochter. Euer Zimmer steht bereit, und Schwester Eudocia wird sich um Euch kümmern.» Der Abt sah ihr nach und wandte sich sodann Nicolaas zu. «Wie ich höre, seid Ihr ein Kind meines Heiligen», sagte er. «Seid willkommen, seid glücklich, seid seiner würdig. Kommt und sagt Dank für Eure Reise.» Er hatte griechisch gesprochen. Er drehte sich um, als wäre eine Weigerung unvorstellbar und schritt ihnen voran in die Kirche.

Sein älterer Entführer neben ihm lächelte und sagte: «Ich sehe, Ihr zögert. Aber der brave Abt glaubt, Ihr kommt freiwillig, um uns zu helfen. Es kann gewiß nicht schaden, wenn Ihr dem Allmächtigen für Euren Schutz dankt.»

«Ich dachte, ich stünde unter dem Schutz Allahs», erwiderte Nicolaas.

Der andere zeigte keinerlei Verwirrung. «König Jakob stellt an das religiöse Gewissen derer, die ihm dienen, keine Ansprüche. Betet, zu wem Ihr wollt, oder auch zu keinem.»

Da der Abt wartete, ging er hinein. Es war eine kleine, nur schwach erhellte Kirche, und die Brüder füllten sie selbst schon zur Hälfte aus. Die Ikonostase, die Wand aus geschmiedetem Gold vor dem Allerheiligsten, warf ihr Licht in die dunkelgetönte Schüssel der Kuppel und erhellte die dicken, bemalten Säulen wie mit Sonnenlicht. Der schlichte, durchgeistigte Gesang der Komplet erfüllte den Raum. *Höre uns an, o Gott; wir flehen dich an, erhöre uns . . . Wenn wir dich besitzen, o Christus, eine Mauer, die nicht zerbrechen kann . . .*

Seine Gedanken waren weit fort, als ihm eine Berührung am Arm bedeutete, daß der Gottesdienst beendet war. Wer immer ihn berührt hatte, war nicht mehr da. Ein Mönch, der sah, wie er sich umdrehte, sagte auf griechisch: «Es war Otto – verzeiht. Wenn die Türen aufgehen, kommen sie herein, die kleinen Kinder Christi.» Er lächelte und hielt den Arm um etwas gebeugt. Das Ding, aus irgendeinem weichen Stoff bestehend, war weiß wie ein Hermelin und schien mit zwei Juwelen besetzt zu sein. Smaragde fingen den Glanz der Kerzen ein. Dahinter knurrte der Magen des Mönchs. Nicolaas machte eine Bewegung, und etwas Seidiges streifte an seinen Knöcheln vorbei. Eine Kerzenflamme krümmte sich. Der Mönch sagte: «Ihr habt keinen Abscheu vor ihnen? Entschuldige dich, Otto.» Und er streckte die Arme aus.

Die Smaragde waren keine Edelsteine, sondern die Augen einer großen und kräftigen Katze, die sich höflich in seine Arme fügte, das weiße Kinn auf seinem Unterarm, anmutig entschlossen den Schwanz zusammenrollend. Nicolaas lachte und streichelte die Katze hinter dem Ohr. Otto schnurrte, und Nicolaas ließ den Blick durch die halbleere Kirche schweifen. Zwischen den Füßen der Mönche war der Marmorfußboden wie ein Webstuhl bedeckt von Strängen aus feiner Seide, die sich bewegten und in Farben gehalten waren, von denen er sich nicht hätte träumen lassen: rauchgrau und silbrig und schwarz, cremefarben und schildpattfarben und orangerot und buttergelb. Aber die geschmeidigen Formen waren keine Seide, und die Farbtönungen kamen von Gott und nicht vom Menschen. Was seine Augen sahen, waren Katzen.

Katzen stolz und lässig, jung und verspielt, buckelten sich an Mönchsgewänder, hockten zwischen Ikonen und lagen ausgestreckt auf Simsen. Katzen spielten mit den Goldfransen von Teppichen, bewegten linkische Pfoten so zart wie Blütenkätzchen. Durch die offene Tür sah er sie drüben im Kreuzgang, wie sie in den Garten hinüberhuschten, die gleichen dunklen Umrisse, die er zuvor am Strand erblickt hatte. Otto streckte sich in seinen Armen mit höflich weichen Pfoten, setzte zum Sprung an und landete geschmeidig auf dem Boden. Der Mönch sagte: «Er ist der Anführer. Paßt auf. Sie gehen dorthin, wo er hingeht. Dieser Ort hier heißt Kap Gata. Hattet Ihr noch nicht davon gehört?»

«Warum?» fragte Nicolaas. Draußen sah er seine Entführer, die auf ihn warteten. Er schritt langsam hinaus, begleitet von dem Mönch. Der Mönch sagte: «Wegen der Schlangen. Es ist eine Insel der Vipern. Dann brachte die heilige Helena vom Kreuz, als das Kloster noch jung war vor langer Zeit, einen Wurf Katzen und sagte: ‹Die werden Euch von Nutzen sein.› Und so ist es seitdem gewesen. Bei Tage jagen die Katzen, und abends, wenn die Glocke läutet, holen sie sich ihr Fressen.»

«Es sind schöne Tiere», sagte Nicolaas.

«Sie verführen uns zur Sünde», entgegnete der Mönch. «Wir lieben sie zu sehr.»

Sie hatten die Tür fast erreicht. Nicolaas sagte: «Ich dachte, es sei eine Insel der Skorpione. Da gibt es auch eine Legende, nicht wahr? Der Großmeister von Rhodos zumindest kennt sie. ‹. . . hac in insula Cipri scorpionelis regie domus spurcicia surrexit?›»

Der Mönch blieb stehen. Seine Augen blickten wie die des Abts erstaunlich ruhig und klar. Er sagte: «. . . ‹est enim hac pestifera Jacobus de Lusignano.› Ich kenne natürlich das Zitat. Die Feinde Jakobs von Lusignan brauchen nur in der Sage nachzuschlagen und finden dort die verhexte Halbschlange Melusine, die Gattin von Raymondin von Lusignan, seinem Vorfahr.»

«Aber im Gegensatz zu den Johannitern seid Ihr nicht sein Feind?»

Der Mönch lächelte. «Wir haben zur Verteidigung unsere Katzen», sagte er. «Die und unseren Herrn. Das genügt uns.»

Nicolaas blickte sich noch einmal um, als ihn die drei Männer fortführten, und sah, daß der Mönch an der Kirchentür zurückgeblieben war. Die weiße Katze Otto kauerte wieder vor ihm, und der Mann zog sie in seine Arme und sprach leise mit ihr auf griechisch. Dann ging die Tür zwischen ihnen zu.

Das Gemach, in das Nicolaas geführt wurde, hatte Wände aus Stein, und es war kühl darin. Auf einer Anrichte sah er Melonen, Fleisch, Brot und einen Krug Wein. Bedienstete waren nicht zugegen, auch keine Mönche. Nicolaas zählte vier Hocker. Seine beiden stummen Entführer gingen ihm voran. Der ältere Mann schloß die Tür, schritt zur Mitte des Gemachs und sprach Nicolaas nicht auf französisch oder griechisch, sondern in reinem Italienisch an. «Wir haben den Abt gebeten, allein mit Euch speisen zu dürfen, da wir vielleicht wenig Zeit haben. Die Eskorte, die Euch nach Nikosia bringt, kann jeden Augenblick eintreffen.»

«Werde ich auch endlich erfahren, wer Ihr seid?»

«Beim Essen. Setzt Euch. Auch Ihr, Luigi. Vanni, wollt Ihr uns bitte bedienen?»

Der jüngste der drei war schon auf die Anrichte zugegangen und häufte Speisen auf Teller. Nicolaas nahm nicht auf dem Hocker Platz, der ihm angeboten worden war. Er sagte: «Luigi? Giovanni? Gute zypriotische Namen.» Der hagere Mann mit dem angegrauten Haar und dem strengen Gebaren stieß ein Knurren aus, aber der jüngere lächelte.

Der Mann im Samthut sagte: «Und ich heiße Paul. Wahrscheinlich ahnt Ihr schon, wo wir herkommen. Der ältere der Signori neben Euch ist Luigi Martini, der sich zusammen mit seinem Bruder seit langem in Kouklia und in Kolossi hier auf Zypern um die Zuckerernte kümmert. Vanni, der Euch gerade zu essen vorsetzt, hat den Familiennamen Loredano und ist Faktor von Messer Marco Corner in Episkopi und auch mein Stellvertreter. Und ich bin Paul Erizzo und trete erst jetzt auf Zypern mein Amt an.»

«Als was?» wollte Nicolaas wissen.

«Als venezianischer Handelskonsul. Wir sind alle Venezianer. Jakob verlangt nach Euch. Ihr werdet von Jakobs Leuten nach Nikosia gebracht und dort dem König vorgestellt werden. Uns wird man Anerkennung dafür aussprechen, daß wir Euch hergeschafft haben, aber Jakob hätte Euch auf jeden Fall gegriffen, ob wir dabei geholfen hätten oder nicht. Wir üben hier keine Gewalt aus.» Paul Erizzo hielt kurz inne und fuhr dann fort: «Wir sind hier nur geduldet, als Händler und als Pflanzer. Ohne uns würde es Jakob schwerfallen, zu den Erträgen und Erzeugnissen zu gelangen, die er braucht, aber wenn wir ihn zu sehr bedrängen, könnte er uns ohne weiteres gleich morgen umbringen lassen. Aber wir wissen genau, wie weit wir bei ihm gehen können und wie wir all das hegen und pflegen müssen, was wir geschaffen haben, damit es uns gutgeht, indes es ihm gutgeht. Aber natürlich darf Königin Carlotta nie zurückkehren, denn dann würden die Genuesen in Zypern einfallen.»

«Ja», sagte Nicolaas. Er dachte in stiller Wut an Modon. Nicht anzunehmen, daß der Statthalter von Modon ihm zu Hilfe geeilt wäre oder daß die Signoria – die dankbare Signoria – zu seiner Rettung ihre Kohorten ausgeschickt hätte. Die Signoria hatte seine Entführung hingenommen.

Paul Erizzo sagte: «So setzt Euch und eßt. Natürlich gefällt Euch nicht, was geschehen ist. Hätten wir Euch schon auf dem Schiff alles gesagt, hättet Ihr Euch vielleicht doch mit Gewalt befreit, ohne die Umstände so zu bedenken, wie sie es verdienen. Wir sind hier, um zu reden und Eure Fragen zu beantworten. Ihr habt Venedig verlassen, weil es Euch gut dünkte, aber jetzt ist ein Jahr vergangen. Ihr seid ein begabter junger Mann, klug, stark, und die Welt liegt Euch zu Füßen, wenn Ihr es nur richtig anstellt. Der Augenblick für Euren ganz großen Schritt vorwärts ist gekommen. Wir haben Euch dazu auserwählt, für Euch und für

Venedig das Beste zu tun. Wir bieten Euch eine Gelegenheit, die Ihr sonst nie gehabt hättet. Ihr werdet als ein ganz Großer aus diesem Abenteuer hervorgehen.»

«Ich ziehe es vor, mich nicht zu setzen», sagte Nicolaas. «Und ich will nicht in Eurer Schuld stehen, auch nicht um eines Tellers voll Essen willen. Gerade deswegen habe ich Venedig verlassen. Man hatte mich als Werkzeug benutzt. Aber kein zweites Mal.»

«Ihr wißt noch nicht, was wir Euch bieten», hielt ihm Paul Erizzo entgegen. «Wie solltet Ihr, nach allem, was Ihr wißt, jemandes Werkzeug sein? Der König wünscht Euch in seinen Dienst zu stellen. Ihr werdet ihm verantwortlich sein. Ihr werdet von ihm belohnt werden, königlich. Ihr werdet tun, was wir nicht tun können, und Zypern für Jakob und für Venedig retten. Ihr und Eure Bank werdet es nicht bereuen.»

«Nein», sagte Nicolaas noch einmal. Er hatte sich beruhigt. Er angelte mit dem Fuß einen Hocker aus der Viererrunde, kickte ihn zur Wand, setzte sich mit verschränkten Armen darauf und lehnte die Schultern an die Wand. «Nun, sehen wir, wie die Dinge stehen», sagte er. «Dies ist also kein Spiel von Euch, sondern der Bastard Jakob erwartet mich tatsächlich? Und er schickt Leute, die mich abholen – könnte die Eskorte das Geräusch sein, das wir da gerade hören?»

«Es wäre möglich», sagte Erizzo. Er sah die anderen an. «Aber sie werden warten.»

Giovanni Loredano erhob sich. «Ich kümmere mich darum.» Die Tür schloß sich hinter ihm.

«Aber Ihr reist nicht nach Nikosia? Weil König Jakob nicht weiß, daß Ihr hier seid?»

«Weil es für Euch besser ist, wenn Ihr allein geht», sagte Erizzo. «Wir kommen später nach.»

«Und Signora Primaflora?»

«Sie kann Euch begleiten.»

«Wozu?» sagte Nicolaas. «Sie ist jetzt zu nichts mehr nütze. Königin Carlotta kann mich nicht an der Reise nach Zypern hindern, ich bin schon da. Schickt die Frau mit dem nächsten Schiff nach Rhodos weiter.»

Die Tür ging auf. Der junge Mann namens Vanni sagte: «Sie wollen nicht warten.» Seine Stimme klang zornig.

Erizzo sagte: «Unsinn. Erklärt es ihnen.» Dann wandte er sich an Martini. «Luigi, versucht Ihr es.» Martini erhob sich, sah ihn an und ging dann mit Loredano hinaus. Die Tür schloß sich. Der venezianische Handelskonsul sagte: «Ja, die Signora. Ihr wollt sie nicht in Nikosia haben? Nun, sie ist ein freier Mensch. Wenn das Kloster sie haben will, könnte sie gewiß bleiben, solange sie nicht die Mittel zur Weiterreise hat.»

Er hielt bei diesen Worten den Blick auf die Tür gerichtet, hinter der ein gehöriger Lärm anhob, laute Rufe, das Krachen von Holz und etwas, das sich erstaunlicherweise wie das Klirren von Stahl anhörte. Nicolaas fragte, um sich zu vergewissern: «Primaflora kann Zypern verlassen?» Er konnte noch nicht glauben, daß Erizzo von seinem wichtigsten Trumpf keinen Gebrauch machte. Die Tür ging abermals auf, und Loredano stand auf der Schwelle.

Diesmal erhob sich der Konsul. Die lauten Stimmen kamen jetzt deutlich vom Kreuzgang her und dazu die Geräusche von Schlägen und eiligen Schritten und Schreien. Erizzo sagte: «Du lieber Gott – ich habe kein Schwert dabei.»

Der Mann auf der Schwelle war blutig im Gesicht. Er sagte: «Ich habe um fünf Minuten gebeten. Sie sagen, die Zeit sei um. Die Dienstboten sind gegangen. Die Mönche sind in der Kirche. Sie holen die Frau.»

«Wer?» fragte Nicolaas. «Wer holt sie?» Er war zur Tür gegangen, aber Loredano versperrt sie ihm, während ihm das Blut aus der aufgeschlitzten Backe lief. «Die Mamelucken», sagte Loredano. «Der König schickt Euch die Mamelucken. Ihr könnt jetzt nichts tun. Niemand kann etwas tun.»

«Natürlich kann man etwas tun», sagte Nicolaas, stieß die Tür auf und erblickte die halbnackte Primaflora in der Gewalt eines bewaffneten Mamelucken.

Nicolaas sah, daß er mit seinem Schrecken allein war. Die herrlichen nackten Brüste Primafloras waren nicht die irgendeiner Frau. In Venedig, so hatte er gehört, sahen die Kurtisanen ganz ähnlich aus mit ihren ausgezupften Augenbrauen und dem gefärbten goldenen Haar und den Kleidern, die so geschnitten waren, daß sie die Brüste sowohl hervorhoben wie verhüllten. Und Primaflora, den zerzausten Kopf hochgereckt, steuerte noch die erhabene Verachtung der Kurtisane bei.

Der Mann hinter ihr zwang sie auf die Knie. Er faßte in ihr langes, gelöstes Haar und hielt es wie eine Leine in der Faust. «Wem gehört sie?» rief er auf arabisch.

Er war, so schien es Nicolaas, nicht reinen Blutes. Stämmig gebaut und mittelgroß, war dieser Mameluck noch immer größer, als ein Ägypter sein sollte. Unter dem konischen Helm mit seinem Busch von kurzen Federn konnte man das Gesicht kaum erkennen. Der Mann trug ein Panzerhemd mit metallbesetztem Brokattuch darüber. Sein Krummschwert, das in Chagrinleder steckte, hatte einen Griff mit goldenen Gravierungen, und Gold prangte auch an seinem Gürtel.

Er trug das Gewand eines Emirs, und zwar eine Emirs von vierzig oder gar hundert Mann. Daß er sich des Arabischen bediente, einer den meisten fremden Sprache, war kein Zufall. Er wiederholte: «Wem gehört sie?» und Nicolaas antwortete sofort in der gleichen Sprache: «Sie gehört König Jakob. Wer seid Ihr, der Ihr da kommt wie ein Rüpel und es wagt, sie zu berühren?»

Da glaubte er schon, er habe seinen Arm verloren. Das Schwert des anderen blitzte auf, und er spürte, wie der Stahl in seine Schulter biß. Erizzo rief etwas, Primaflora lag zur Seite gestoßen da. Der Emir fragte mit verachtungsvoller Stimme: «Welcher Glaubensabtrünnige hat dich die Sprache des Propheten gelehrt?»

«Sultan Mehmed, Herrscher der Ottomanen», sagte Nicolaas. Das Schwert drückte und drückte, und er fühlte, wie das Blut zu laufen begann und den Stoff durchnäßte.

«Lügner», sagte der Emir, und seine Lippen zogen sich auseinander.

«Von dem König Jakob hofft, daß er ihm hilft», sagte Nicolaas. «König Jakob, der mich erwartet.»

Das Blut lief, aber das Schwert hatte aufgehört zu schneiden. «Ihr seid der Mann namens Niccolo», fuhr der Emir fort. «Freund des Sultans – nein, das glaube ich nicht. Aber Freund der Genuesen, habe ich gehört. Ihr habt ein Schiff mit Namen *Doria*?»

«Das ist der Name seines früheren Besitzers. Eines Mannes, dessen Tod ich herbeigeführt habe», erwiderte Nicolaas. «Seid Ihr hier, um über unbedeutende Dinge zu streiten, oder gibt es einen, der Euch Befehle erteilt und nicht erfreut ist, wenn Ihr sie mißachtet? Euer Herr Jakob rechnet mit mir in Nikosia. Er wünscht, daß die Frau auf ihn wartet.»

«Das stimmt nicht, ich werde die Frau zu ihm bringen», sagte der Emir. «Ich, Tzani-bey al-Ablak, Herr der Mamelucken von Zypern.»

«Und ich sage, das werdet Ihr nicht», erwiderte Nicolaas. Er schüttelte das Schwert ab und zog Primaflora hoch und hinter sich: Die Klinge des Emirs ging hoch und blitzte über ihm.

«Nein!» rief Vanni Loredano und warf sich auf den Schwertarm des Mamelucken. Martini und Erizzo sprangen beide vor. Was sie vorhatten, wurde nie bekannt, denn plötzlich standen mehrere Krieger auf der Schwelle. Loredano ließ den Emir los, Nicolaas blieb, wo er war. Der Emir hörte auf, Loredano anzustarren und hob abermals den Arm. Paul Erizzo sprach in deutlichem Griechisch. «Das ist der Mann, den zu holen König Zacco Euch geschickt hat. Bestraft ihn, wenn Ihr wollt. Aber wenn Ihr ihn tötet, müßt Ihr Euch dafür vor Zacco verantworten.»

Der Emir wandte sich um. Er sagte, ebenfalls auf griechisch: «Er soll die Frau loslassen.»

Nicolaas sagte: «Ich übergebe sie den Mönchen, nicht Euch. Holt die Mönche oder erschlagt mich und erfahrt, wie König Jakob Euch belohnt.»

Ein Schweigen trat ein. Hinter der offenen Tür grinsten die Krieger und murmelten untereinander; von ferne drangen die Geräusche anderer Männer herüber. Der Emir lachte und sagte: «Unterwegs auf der Straße kann ich tun, was ich will.»

«Ihr dürft ihn nicht töten», sagte Erizzo. Das Gesicht des Konsuls, eben noch vor Erhitzung gerötet, war jetzt bleich vor Zorn.

«Ich werde ihn nicht töten», sagte Tzani-bey. «Holt die Mönche.»

Der Mönch, der als erster kam, hatte geweint. Der Abt kam als nächster; er blieb auf der Schwelle stehen und begann mit hoher nasaler Stimme griechisch zu reden, bis Tzani-bey die Geduld verlor und ihn zur Seite stieß. Dann kamen andere. Sobald Nicolaas es für angebracht hielt, sagte er: «Herr Konsul, Ihr könnt nicht auf mich hoffen, wenn Ihr Euch nicht um die Frau kümmert.»

Erizzo sagte: «Ihr wird jetzt nichts mehr geschehen. Ich bin entsetzt. Der Emir verfügt über die Macht. Ich kann nichts für Euch tun, es tut mir leid.»

«Ihr habt genug getan», sagte Nicolaas. Er stieß die junge Frau zwischen die schwarz gewandeten Gestalten und blieb dann stehen. Der Emir gab mit dem Kopf ein Zeichen. Zwei Bewaffnete, die Säcke trugen, traten vor. Sie stellten die Säcke ab und ergriffen Nicolaas. Weitere Säcke standen draußen vor der Tür. Sie waren vollgestopft, und Blut lief aus ihnen heraus.

Verstümmelung und Diebstahl. Nicolaas, dem man die Handgelenke übereinander band, fragte sich, welches Schicksal Primaflora oder auch die Mönche erwartete, wenn König Jakobs Tyrannei von solcher Art war. Zacco schien man ihn auch zu nennen. Zacco, den Bastard. Einer der Mönche schluchzte laut. Tzani-bey, der Nicolaas schon gepackt hatte, drehte sich um. Er lächelte und sprach den Mönch an. «Welche war Eure? Ihr könnt sie haben.» Er nickte, und einer der Krieger packte den Sack, stülpte ihn um und begann ihn zu schütteln.

Rauchgrau, silbrig und schwarz, cremefarben und schildpattfarben, orangerot und buttergelb lagen die Kinder von Sankt Nikolaus wie ein seidener Teppich auf den Marmorplatten. Zuoberst, noch immer der Anführer, lag, weiß wie ein Hermelin, die kräftige Katze namens Otto. «Felle für den Winter», sagte der Mameluck. «Schoßtiere sind für Weiber und Lustknaben.

Euer Heiliger gab Euch Katzen, um Euch von dem Verkehr miteinander abzulenken. Jeder weiß, daß das wahr ist. Es gibt keine so bösartigen Vipern auf Zypern. Die Christen, die Schlange Melusine, den Stachel der Lusignans müßt Ihr fürchten.»

Er zog Nicolaas zur Tür hinaus und schlug ihm die flache Klinge über den Rücken. In Primafloras Gesicht stand Grauen geschrieben, in dem Erizzos Berechnung und in dem Loredanos Unsicherheit. Und in den Augen des Mönchs standen ganz einfach Tränen.

Den Stachel der Lusignans müßt Ihr fürchten.

Kapitel 10

Die Leute von Nikosia bedauerten es nicht gerade, wenn ihr König Zacco einmal nicht da war. Innerhalb der Mauern waren es die Griechen und die Westeuropäer – die «Franken» –, die in Nikosia wohnten und ihrem Gewerbe nachgingen, recht zufrieden, daß sie weiter Schuhe nähen, Silber schmieden, Kupfer hämmern, Leinen weben und Märkte abhalten durften, welche die Stadt als binnenländische Hauptstadt brauchte, um ihre Waren an den Käufer zu bringen. Die Bauern hegten und pflegten die Feigen-, Oliven- und Maulbeerbäume, die Orangen-, Zitronen- und Granatäpfelbäume, die in den tausend ummauerten Gärten und auf dem flachen Land um die Stadt herum wuchsen, und kümmerten sich um die Weinstöcke, die Gerste und die Herden von Schafen. Die Bewässerungsräder drehten sich; die Schmiede hämmerten, die Köche und die Metzger standen an ihren Öfen und Hackbänken. Diejenigen Kirchenmänner, die nicht zur Königin geflohen waren, setzten unbelästigt ihre Runden fort, und unter ihrem neuen Herrn verlangten die großen

Häuser weiterhin Nahrungsmittel und die Hilfe dienstbarer Geister und bezahlten dafür, auch wenn die alten Barone alle nach Kyrenia geeilt waren, um dort bei der Königin und ihrem Gemahl bessere Zeiten abzuwarten.

Die neuen Eigentümer waren die Sizilianer, Aragonesen und Katalanen, die vor zwei Jahren gekommen waren, als Zacco Nikosia und drei Viertel von Zypern eroberte. Zacco nannten ihn die Venezianer, weil sie mit dem Z weniger Schwierigkeiten hatten als mit dem J, und der Spitzname war haften geblieben. Die neuen Herren verbrachten im Kampf für Zacco so viel Zeit wie die alten bei der Jagd, nur kamen sie mit Tuchballen und Säcken voller Seide und Kisten voller Eisen zurück, die sie aus den Häusern der Anhänger Carlottas geraubt hatten. Sie machten die Weingärten um Famagusta herum dem Erdboden gleich, was den Traubenpreisen anderenorts keinen Schaden tat. Sie kaperten Schiffe und führten Männer in Ketten heim, die für ihre Freiheit gern Lösegeld bezahlten. Andernfalls ließ ihnen König Zacco die Köpfe abschlagen, die anschließend Pfosten auf der Prangerbrücke zierten. Und sie engten die Leute der Königin in Kyrenia in ihrer Bewegungsfreiheit ein, fingen ihre Versorgungstrupps ab, leiteten ihre Lebensmittellieferungen um und sorgten dafür, daß weder Carlotta noch ihr Gemahl je wieder in die Hauptstadt zurückgelangten.

Nicht daß die Leute von Nikosia etwas gegen Königin Carlotta gehabt hätten, die ja, wenn man's genau bedachte, die legitime Lusignansche Thronerbin war und griechisch sprach, auch wenn sie Gott nach dem römischen Ritus verehrte. Das mußte sie schließlich: nur die römische Kirche konnte christliche Herren veranlassen, die Türken fernzuhalten, nur die römische Kirche konnte auf die Hilfe der Ritter des Johanniterordens bauen. Zacco genoß diesen Vorteil nicht, obschon ihn sein liebender Vater bereits im Alter von dreizehn Jahren zum Erzbischof von Nikosia gemacht hatte, vier Jahre bevor er den Haushofmeister seines liebenden Vaters umbringen ließ. Zacco genoß diesen Vorteil nicht, weil er sich an die Mamelucken und nicht an den Papst gewandt und Horden von krummschwertschwingenden Sarazenen ins Land geholt hatte. Nun mochte man wohl sagen, daß Carlotta und der Papst die Türken vielleicht fernhalten konnten, Tatsache blieb aber, daß nicht die Türken, sondern die Mamelucken da waren und jemand über sie wachen mußte. Jemand wie Zacco.

Er nahm die Ägypter auch mit auf seine Feldzüge, und die Jungen in den Dörfern um St. Demetrios herum wurden alle beschäftigungslos und gingen in die Stadt. Zacco hatte jetzt die meisten Mamelucken bei sich im Feld, während einige wenige unter Tzani-bey unten im Süden einen Auftrag erledigten. Tzani-bey kam schließlich als erster zurück, und als er zum Dominikanertor hereinritt, brachte er einen Gefangenen mit, der eine an seinem Sattelgurt befestigte Kette um den Hals trug. Der Torwächter sagte, er habe sie alle gleich zur Zitadelle weiterziehen lassen und Tzani-bey sei hineingegangen, um Ohnenase Bericht zu erstatten. Ohnenase, Zaccos Mutter, die in Königin Carlottas Gemächern wohnte und, so sagte man, eine besondere Art im Umgang mit Zaccos Gefangenen hatte.

Die Frau namens Ohnenase saß auf einem Thronsessel, als Nicolaas hereingebracht wurde. Die meisten Dinge von Wert hatten entweder Carlotta oder die Dominikaner bei ihrer Flucht herausschaffen lassen, aber in zwei Jahren war der Mangel durch den Usurpator inzwischen mehr als wettgemacht worden. Die Bediensteten seiner Mutter standen an den mit Teppichen aus Seide und Wolle behangenen Wänden; auf dem holzgeschnitzten Tisch lag eine Decke, und darauf stapelten sich Gegenstände aus Bronze und Elfenbein, Silber und Gold und Glasurarbeiten aus Syrien. Auf einem Ständer, der wie ein Baum gemacht war, hockte angekettet ein Vogel mit roten und blauen Federn, der an seinem Fuß knabberte und ab und zu rasch den Kopf wandte.

Die Mutter des Königs, die die Griechen Komomutene nannten, sah aus wie der Papagei: hager und rasch in den Bewegungen, mit einer glänzenden Mütze auf dem Haar, das von stumpfem Hennarot war. Die schwarzen Augen unter hohen nachgezogenen Brauen waren mit Lidschatten umrandet. Unterhalb der Augen bedeckte ein am Saum mit Juwelen besetztes kirschrotes Tuch ihr Gesicht nach Art sarazenischer Frauen. Das Tuch bewegte sich unter ihren Atemzügen. Ein stämmiger Mann mit grobschlächtigen Gesichtszügen, der sich gegen den Rücken ihres Sessels lehnte, musterte die Ringe an ihren Fingern. Die Mutter des Usurpators sagte: «Was soll mein Sohn damit anfangen? Er ist tot.» Sie sprach in pfeifendem Griechisch, die einzelnen Worte kamen klanglos hervor, so stumpf wie die Farbe ihres Haars.

Der Emir Tzani-bey, der die Kette schlaff hatte hängen lassen, riß sie hoch, so daß Nicolaas am Hals vom Boden hochgezerrt wurde. «Tot, Madame Marietta? O nein, er wird uns noch gute Dienste leisten. Gestern allerdings stand es anders um ihn. Gestern war er frech. Jetzt ist er nur müde, ein wenig durstig, ein wenig wund an den Füßen, vielleicht. Meine Männer wollten gern sehen, wie schnell er laufen kann.»

Die Frau sagte: «Wie könnt Ihr es wagen, ihn so vor mich zu bringen? Ist er mißgestaltet? Ich kann ihn gar nicht sehen vor lauter Blut und Schmutz. Von welchem Nutzen kann er dem König sein? Markios?»

Der Mann hinter ihr sagte: «Ich würde ihn freilich auch nicht zum Großamtmann machen. Wozu wollte Zacco ihn denn haben?»

«Monseigneur, das wurde mir nicht gesagt.» «Der Mann kam an Land als Gefangener der Venezianer. Er hatte eine Frau bei sich, eine Kurtisane im Dienst von Carlotta.»

Da sagte der Mann mit Namen Markios: «Dann ist er einer von Carlottas Leuten, gefangengenommen zwecks Vernehmung. Es muß so sein, sonst hätte Zacco ihn kaum am Leben gelassen. Was hat er gesagt?»

«Er redet nur unverschämtes Zeug, Monseigneur, und gibt keine Geheimnisse preis. Ich besitze nicht das Geschick Seiner Majestät des Königs. Ich bekomme nichts aus ihm heraus.»

«Aber er ist Carlottas Gefolgsmann», sagte die Frau auf dem

Thronsessel. «Das kann er kaum abstreiten – oder?» Sie machte eine ungeduldige Bewegung. »Was für eine Sprache spricht er? Zieht an der Kette. Seid Ihr etwa nicht Carlottas Gefolgsmann?»

Hören und Sprechen waren zwei verschiedene Dinge. Nicolaas, der sie anstarrte, machte gar nicht den Versuch zu sprechen. Die nachgemalten Brauen zogen sich zusammen. Tzanibey sagte: «Er braucht wieder die Peitsche.»

Der Mann hinter dem Stuhl sagte: «Er hat gewiß eine Lehre verdient, aber ich möchte ihn zuvor sprechen hören. Löst die Kette von seinem Hals und gebt ihm Wasser. Wir danken dem Emir auch im Namen des Königs für die Ausführung eines ungewöhnlichen Auftrags. Wir wollen ihn nicht länger aufhalten.»

Der Emir stand da, die Hand an seiner Peitsche. «Er kann gewalttätig werden», sagte er. «Ich schicke zwei meiner Männer herein, zu Eurem Schutz.»

«Tut das», sagte der Mann hinter dem Sessel. Er blickte auf die Frau hinunter und zog sich einen Ring von der Hand und reichte ihn ihr. Sie hielt ihn ihrerseits dem Emir hin. «Seid unseres Dankes gewiß. Unsere eigenen Krieger werden uns beschützen. Geht und tut nach Eurem Belieben. Ihr werdet von Zacco hören, wenn er zurückkommt.»

«Von mir werdet Ihr jetzt hören», sagte Nicolaas. Er raffte sich mit all seinen Kräften auf die Knie hoch und stand dann auf. Mit wunder, ausgedörrter Kehle sagte er: «Sagt – ist dieser muslimische Sohn eines Schweins Euer Herr oder habt Ihr einen König?»

Der Schlag warf ihn wieder zu Boden. Er rappelte sich abermals hoch, auf die Knie, auf die Beine. Die Frau sagte: «Das ist höchst unklug. Ohne meine Milde stünde es dem Emir frei, Euch zu töten. Wer immer Euch zu reden befiehlt, Ihr werdet antworten. Was kümmert es Euch, woher Eure Befehle kommen?»

«Was kümmert es Euch?» sagte Nicolaas. Seine Kehle brannte. «Gehorcht Ihr diesem Mann oder Eurem Sohn? Wer ließ mich hierher bringen, dieser Mann oder Euer Sohn? Wem sage ich, daß ich Carlotta nicht diene und daß ich ihrem Bruder nicht dienen will? Diesem Mann oder Eurem Sohn? Wer ist der Diener?»

Früher hatte Nicolaas selten Zorn verspürt. Während der gemächlichen Reise, die jetzt hier zu Ende ging, hatte er geglaubt, zu seiner alten Gewohnheit der lässigen Nachsicht zurückgefunden zu haben. Er hatte sich getäuscht. Die Venezianer hatten ihn belogen: sie würden es bereuen. Desgleichen der Mann, dem die Venezianer halfen. Den Emir gedachte Nicolaas in den Tod zu schicken. Der Gedanke, dies könnte ihm mißlingen, kam ihm zu keiner Zeit.

Der Ägypter lächelte. Der Mann hinter dem Thronsessel sagte: «Verdient Abschaum eine Antwort? Nein. Hier sind alle Eure Herren, einschließlich dieses Emirs und meines Neffen, des Königs. Von ihnen hängt Ihr ab, was Euer Essen, Euer Obdach und Euer Leben selbst betrifft, ohne daß Ihr etwas erwarten oder Euch beklagen dürft, oder der Tod, den Ihr sterben werdet, wird das, worüber Ihr Euch beklagt, süß erscheinen lassen. Ist Eure Frage damit beantwortet?»

«Ja», sagte Nicolaas. «Ihr fürchtet Euch vor den Mamelukken. Ihr seid auf die Venezianer hereingefallen. Also was für ein Herrscher ist Zacco? Ein Kraftprotz wie Tzani-bey, aber ein tölpelhafter?»

Die Frau, die Ohnenase genannt wurde, blickte über ihn hinweg den Emir an. «Gebt ihm die Peitsche, ehe Ihr geht», sagte sie. «Euch steht Genugtuung zu. Oder meine Diener erledigen es, wenn Euch das lieber ist.»

«Es wäre wohl schicklicher», sagte Tzani-bey al-Ablak. «Sklaven sollten von Sklaven gezüchtigt werden. Ich gehe, mit Madames Erlaubnis.»

Er ließ die Kette fallen, als er sich umwandte. Das Gewicht, so leicht es auch war, zog Nicolaas doch abermals auf die Knie herunter, und er schloß die Augen und ließ den Kopf sinken.

Er wußte jetzt, daß er zumindest für kurze Zeit seine letzten Kräfte verbraucht hatte, und verhielt sich ruhig, um wieder neue zu sammeln. Geräusche brandeten an sein Ohr wie Wellen des Meeres. Eine große Tür wurde geschlossen. Der Emir war gegangen. Eine andere ging auf, viel behutsamer. Die Bewaffneten von Ohnenase, die sich mit ihm befassen würden. Eine Männerstimme, die sein vertrautes Französisch sprach, sagte: «Ich kann mir das nicht verzeihen. Ich kann mir das nicht verzeihen. Wasser, Wein, schnell. Und den Schlüssel für diese Ketten.» Nicolaas schlug die Augen auf.

Neben ihm kniete ein junger Mann. Er trug ein einfaches ledernes Schuppenhemd über einem Wams und Strumpfhosen wie Nicolaas. Das von der Sonne gestreifte Haar fiel ihm in langen hellbraunen Wellen in die Stirn, aus der er es ab und zu mit einer ungeduldigen Bewegung zurückschob. Er sagte: «Ganz ruhig.» Er beugte sich vor, einen Schlüssel in der Hand, und öffnete den Halsring. Jemand kam rasch hinzu und nahm das Eisen fort. Dann sagte er: «Spült Euren Mund aus und dann trinkt. Langsam. Später bekommt Ihr mehr.»

Es war Wasser. Nicolaas ließ es über die aufgeplatzten Lippen fließen und die staubige Mundhöhle ausfüllen, ehe er es ausspie. Beim drittenmal bewegte sich die wunde Kehle, und er konnte schlucken. Eine kleine Menge genügte. Der junge Mann lehnte sich zurück, und jemand kam, um den Becher an sich zu nehmen. Der junge Mann wandte den Kopf und sagte: «Mutter? Wie konnte das geschehen?»

Die Frau saß mit locker gefalteten Händen da. Ihr Gebaren war ein wenig sanfter geworden, aber sie zeigte sich weiterhin unberührt. «Sind wir irregeführt worden? Mir wurde gesagt, der Mann sei einer von Carlottas Leuten, den uns die Venezianer zur Befragung geschickt hätten. So glaubte Emir Tzani-bey. Wenn dem nicht so ist, wer ist er dann?»

Der junge Mann sagte: «Nein! Nein! Welche Tragödie! Tzani-bey wußte das bestimmt. Er muß es gewußt haben. Hat Messer Niccolo nicht versucht, es ihm zu sagen? Er ist keiner von Carlottas Leuten. Er ist ein Kaufherr, ein Hauptmann, ein Bankier. Er sollte dazu überredet werden, uns zu helfen, deshalb haben die Venezianer ihn hergebracht. Gegen seinen Willen, was schon Schimpf genug war, aber unvermeidlich. Und jetzt . . .»

Nicolaas, die Lider halb geschlossen, hörte zu. Dann hatten

die Venezianer nicht gelogen. Irgendein zyprischer Baron hatte etwas verkehrt gemacht. Tzani-bey hatte in Ermangelung von Anweisungen einen Fehler begangen. Nein: er hatte keinen Fehler begangen, er hatte die Gelegenheit ausgenutzt, um seinen Spaß zu haben. Nicolaas dachte darüber nach und war sich ganz sicher. Die Frau im Sessel unterbrach seine Gedanken. «Der Schaden kann wiedergutgemacht werden.» Ihre laute Stimme war nicht anders als zuvor. «Messer Niccolo ist jung. Er ist kräftig. Er ist gewiß klug genug, um zu begreifen, daß es ein Versehen war. Man soll ihn baden und seine Wunden einsalben und verbinden. Die Mönche sollen ihm einen Schlaftrunk und, wenn er sich ausgeruht hat, gute Speise geben. Am Abend werdet ihr euch zusammensetzen, du und er.» Gerade noch hatte sie den Emir aufgefordert, ihn auszupeitschen. Ihr Bruder, der jetzt schwieg, hatte ihm noch Schlimmeres angedroht.

Der junge Mann ließ sie ausreden und wandte sich dann wieder Nicolaas zu. «All das wird geschehen», sagte er. «Dann werden wir miteinander reden.»

Nicolaas erhob sich – eine Leistung, die er nicht für möglich gehalten hätte. Der Raum verschwamm und schwankte um ihn her. Der andere erhob sich rasch, wollte auf ihn zutreten, unterließ es dann. «Wer seid Ihr?» fragte Nicolaas. Wie viele weitere Neffen und Onkel würde er noch sprechen müssen?

Der junge Mann stand mit herunterhängenden Armen da wie ein Untergebener, der sich gegen einen Vorwurf rechtfertigen muß. «Ich bin der, den Ihr am Kap Gata hättet treffen sollen», sagte er. «Es ist alles meine Schuld. Ich muß Wiedergutmachung leisten, falls dies überhaupt möglich ist. Ich bin Jakob von Lusignan, König von Zypern. Man nennt mich auch Zacco.»

Eine kurze Zeitlang konnte er keinen klaren Gedanken fassen. Dann sagte er: *«Wiedergutmachung!»* Er schleuderte das Wort hinaus wie einen Fluch.

Über den Schleier hinweg hielt die nasenlose Frau die schwarzen Augen auf ihren Sohn gerichtet. Ihr Sohn, Jakob von Lusignan, usurpatorischer Herrscher von Zypern, umfaßte den Griff seines Schwerts. Er zog es aus der Scheide und ließ es auf seinem Arm ruhen, den Griff Nicolaas zugekehrt. Er sagte: «Tut damit, was Ihr wollt. Hier ist meine rechte Hand.»

Da machte die Frau eine Bewegung. Hinter ihrem Sessel trat ihr Bruder einen Schritt vor. Sein massiges Gesicht war gerötet. Der junge Mann fuhr sie an: «Bleibt stehen.» Sie erstarrten.

Nicolaas streckte seine Hand aus und legte sie auf den Schwertgriff. Die Goldverzierung daran war arabische Arbeit. Er blickte auf. Klar und gefaßt ruhte der Blick des Königs auf ihm, und die rechte Hand war so gedreht, daß ein kurzer Hieb sie abtrennen konnte. Nicolaas' Augen verweilten auf der Hand des Königs und fanden dann zu dem Schwert zurück. Er ließ den Blick über das Gold schweifen, zog nach einer Weile seine Hand von der Waffe zurück und ließ den Arm sinken. «Das Gewicht», sagte er. «Ich glaube, es wäre zu schwer für mich. Vielleicht morgen?»

Ein klein wenig blaß geworden unter seiner Bräune, öffnete sich das andere Gesicht zu einem Lächeln des Entzückens. Der junge Mann, den man Zacco nannte, sagte: «Morgen wird alles möglich sein.»

Als Nicolaas später nach langem Heilschlaf in der verlassenen Krankenstube der Mönche aufwachte, sann er lange über das nach, was geschehen war. Auf seine Fragen hatten die ihn pflegenden Brüder kaum Antworten zu bieten. Die wußte dann der Junge, der nach seinen Verbänden sah. Jorgin war der Kammerdiener des Königs und jemand, der gern schwatzte.

«Wie solltet Ihr wissen, wer er ist? Was er schon alles gemacht hat, das würdet Ihr ihm bei seinem Alter nie zutrauen. Vierundzwanzig ist er. Wir nennen ihn Zacco. Fast wäre er nicht geboren worden. Der letzte König und die Königin, die hatten nur eine Tochter. Carlotta. Die, die ihn in ganz Europa anschwärzt. Als Königin Helena herausbekam, daß die Geliebte des Königs schwanger war, da gab es einen Riesenkrach. Damals hat die Königin ihr die hübsche Nase abgebissen, damit sie eine Fehlgeburt bekommen sollte. Sie bekam aber keine, und als der

Junge geboren war und sich zu einem schönen und mutigen Jüngling entwickelte, da konnte der König gar nicht genug für ihn tun. Hat ihn zum Erzbischof gemacht, aber man hat ja schließlich auch Kinder zu Päpsten gemacht, nicht wahr?»

«Und er hat den Haushofmeister seines Vaters getötet?» sagte Nicolaas.

«Weil er sich gegen ihn verschworen hatte. Er war nicht der einzige, der ihn zu Fall bringen wollte, aber Zacco hat sich immer zur Wehr gesetzt, was ja auch nur recht und billig war. Eine wilde Gesellschaft, die Lusignans, aber das mußten sie auch sein. Und sie haben auch wilde Frauen geheiratet. Königin Helena war eine Byzantinerin aus der Morea, und Madame Marietta ist eine Griechin aus Patras. Der alte König Peter, ja, der hatte einen ganzen Harem von Mätressen, und *seine* Königin hat auch versucht, bei einer davon die Schwangerschaft zu unterbrechen. Sie ließ die junge Frau zu Boden werfen, und dann setzte man einen großen Mörser aus Marmor auf ihren Leib und zerstampfte darin ein Maß Salz. Als nächstes machte man auf ihr Mehl, wozu eine Handmühle benutzt wurde. Aber die Geliebte hat dem König trotzdem ein lebendiges Kind geschenkt. Aus solchem Holz ist Zacco geschnitzt. Ihr hattet Glück, daß Ihr Euren linken Arm behalten habt. Was ist damit geschehen?»

«Ich erinnere mich nicht mehr. Wie sind die neuen Kleider aufgetaucht?»

«Die Venezianer», sagte Jorgin. «Der König hat zu den Venezianern geschickt, und sie haben Kleider gebracht, die passen würden. Sie haben ein schönes Haus. Es wird Euch gefallen . . . Warum lacht Monseigneur?»

«Weil Monseigneur nichts anderes zu tun hat», sagte Nicolaas.

Der junge Usurpator von Zypern, der beinahe nicht geboren worden wäre, empfing ihn am Abend im ersten Geschoß in einer großen Kammer, die Nicolaas für sein Privatgemach hielt. Abgesehen von dem großen mit einem Vorhang versehenen Bett war die Einrichtung nicht gerade üppig, und nur wenige Gäste hätten noch Platz gefunden außer dem dunkelhäutigen Mann, der schon dort saß. Nicolaas hatte solche Gesichter bei den Sizilianern im Heer von König Ferrante gesehen: hagere und kraftvolle Züge und beunruhigend manchmal im Feuer des Ausdrucks. Dieser Mann hier konnte kaum älter als dreißig sein, aber er hatte Narben wie ein alter Krieger, und seine dunklen Augen, die Nicolaas unter der Drapierung der Schweifkappe heraus beobachteten, blickten feindselig und forschend. Er sah aus wie ein Söldner, der es zu einem höheren Amt gebracht hatte. Nicolaas fand es bemerkenswert, daß der König einen solchen Mann Zeuge ihres ersten Gesprächs werden lassen wollte. Er verneigte sich und blickte sich nach seinem Gastgeber um.

Der König hatte sich auf einen Sims am Fenster gesetzt, das verglast war. Draußen erblickte Nicolaas einen Altan und einen Garten bis zum Fluß hinunter, der einen breiten Burggraben bildete. Jakob von Lusignan, der jetzt ein helles Wams aus Brokatstoff trug, spielte mit der Schnur seines Hemds und blickte wie tief in Gedanken über die flachen Dächer und die Türme seiner Stadt hinweg. In ruhiger Pose hatte er nichts von dem lebhaften Temperament der Königin, seiner Halbschwester. Die Körpergröße des Vaters, der sie ermangelte, verband sich bei ihm mit der kraftvollen, beherrschten Anmut eines Jägers, und er hatte auch die langknochigen regelmäßigen Züge seines Vaters. Ein wippender Fuß, ein wachsamer Ausdruck um die Augen herum waren alles, was auf geschwisterliche Ähnlichkeit hindeuten mochte. Seine Mutter befand sich nicht in dem Gemach. Nicolaas sagte: «Ihr habt nach mir geschickt, Majestät.»

Der junge Mann wandte rasch den Kopf. Er erhob sich, kam auf Nicolaas zu, blieb vor ihm stehen und musterte ihn aufmerksam. Dann sagte er: «Gut. Ihr seht besser aus. Wir beide haben zu reden, aber ich habe einen meiner Ritter hinzubestellt, um Euch zu beruhigen. Messer Rizzo di Marino führt von Zeit zu Zeit meine Krieger an und berät mich, im Feld und zu Hause. Der Rat, den ich am häufigsten höre, empfiehlt mir, die Freundschaft eines Genies namens Niccolo zu gewinnen. Dieser habe in Trapezunt Wunder vollbracht und sein Handelshaus berühmt gemacht, es verlange ihn nach Abenteuern, und er werde von seinen Freunden hoch geschätzt und leide unter dem Verlust einer geliebten Ehefrau. Setzt Euch und erzählt. Ist das alles so?»

Nicolaas setzte sich. «Mein Leiden ist zur Zeit von anderer Art», sagte er. «Vielleicht sprechen wir zuerst davon.»

«Das entspricht meiner Absicht», erwiderte der junge Mann. Er nahm wieder seinen Platz am Fenster ein und sah auf den wippenden Fuß hinunter. Als er aufblickte, sprach aus seinem Gesicht die gleiche Sachlichkeit wie aus seiner Stimme. «Wir sind gleichen Alters, Ihr und ich, oder der Unterschied ist so gering, daß er nicht ins Gewicht fällt. Man hat Euch ohne Eure Einwilligung nach Zypern gebracht. In Bologna habt Ihr es abgelehnt, Euch meiner Schwester Carlotta anzuschließen – das ist uns bekannt; doch dies bedeutet nicht, daß Ihr bereit wart, zu mir zu kommen, oder auf unsere Bitte eingegangen wärt, hätten wir versucht, Euch dazu zu bewegen. Ja, Ihr wolltet in Venedig nicht einmal hören, was meine Boten zu sagen hatten. Deshalb beschlossen wir, Euch hierher zu holen, auf die Gefahr einer Zurückweisung hin, weil wir glaubten, Ihr würdet, erst einmal hier, nach eigenem Urteil zu einem anderen Schluß gelangen. Wollt Ihr Euch anhören, was ich Euch anzubieten habe?»

«Gern», sagte Nicolaas. «Wenn Ihr mir zwei Monate meines Lebens zurückgebt und Tzani-beys Kopf in einem Schweinetrog präsentiert.»

Zacco sagte: «Unsere Mütter glaubten, wir seien jung und sorglos, und wir unterlassen es, sie eines Besseren zu belehren. Wenn ich das Kind wäre, als das ich vielleicht erscheine, hätte ich nie Freunde wie Rizzo haben oder drei Viertel von Zypern erobern können. Um mehr auszurichten, dazu brauche ich Eure Hilfe. Ich wollte Euch nicht gegen mich aufbringen. Hätte ich Euch auf andere Weise herbringen können, hätte ich es getan. Soweit Geld und Ehrungen etwas auszurichten vermögen, seid Ihr nicht mehr zu verlocken. Es gibt ein Lehnsgut bei uns im Land, das seine Zinsgelder schon auf Eure Bank in Venedig einzahlt. Und daß ich Tzani-bey den Auftrag gab, Euch herzubringen, will ich nicht bestreiten. Aber Ihr glaubt doch wohl nicht, ich hätte ihn angewiesen, Euch dabei halb zu Tode zu quälen?»

«Dann hat er Euch also nicht gehorcht?» sagte Nicolaas. Der Sizilianer machte eine Bewegung.

«Was er tat, tat er ohne meinen Befehl», sagte Zacco.

«Und wie bestraft Ihr ihn?» wollte Nicolaas wissen. «Denn wenn er im Feld nicht gehorcht, wird gewiß mehr als nur ein Gefangener darunter leiden. Eure Machtbefugnis mag sogar in Zweifel gezogen werden.»

Es entstand ein Schweigen. Dann sagte Zacco: «Ja, natürlich. Wie würdet Ihr ihn bestrafen?»

Nicolaas holte tief Atem. «Jede Streitmacht hat ihre eigenen Regeln. In der meinen würde er öffentlich ausgepeitscht und entlassen werden, und seinen Vorgesetzten würde man wegen Verletzung der Aufsichtspflicht im Rang herabsetzen.»

«Aber Ihr würdet seinen Vorgesetzten fragen, ob er einen guten Grund dafür hatte?»

«Vielleicht – wenn ich nicht das Opfer wäre», sagte Nicolaas.

Der Fuß am Fenster hatte aufgehört zu wippen. Der junge Mann namens Zacco hielt die Simskante zu beiden Seiten umfaßt und überlegte; der Sizilianer beobachtete ihn stumm. Er erwiderte Nicolaas' Blick und sagte: «Ihr sprecht vom Brauch bei einer Kriegerschar. Aber was Euch zuteil wurde, war Mißhandlung und Schmach. Von Mann zu Mann, was verdient er da?»

«Von mir? Den Tod», sagte Nicolaas. «In einem ehrlichen Kampf, den er mir nicht gewährte.»

Es trat eine tiefe Stille ein. Der Sizilianer schwieg, die Augen auf den König gerichtet. Der junge Mann am Fenster regte sich nicht, aber Nicolaas spürte die Schwere seines Blicks und wußte, daß er geprüft und gewogen wurde wie die kostbarste Handelsware. Zacco sagte: «Von mir auch.»

Da sprach zum erstenmal der dunkelhäutige Mann. «Majestät – das könnt Ihr nicht tun.»

«Das dachte ich mir», sagte Nicolaas.

Diesen Worten folgte ein Knall, als Zacco mit den Füßen aufstampfte. «Ihr irrt – ich kann das tun.»

«Wie viele Leute hat er?» fragte Nicolaas.

Rizzo di Marino sagte: «Hier hundert Mann Reiterei und hundert Mann zu Fuß. In Ägypten eine Heeresmacht, die uns alle ins Meer werfen könnte.»

«Und warum tut sie das nicht?» sagte Nicolaas.

Der Sizilianer sah den König an. Der König sagte: «Sultan Khushcadam sitzt bei den Mamelucken nicht sehr fest auf seinem Thron. Er hat mächtige muslimische Nachbarn – in Persien den turkmenischen Fürsten Uzun Hasan, in Konstantinopel Sultan Mehmed, den Herrscher der ottomanischen Türken. Khushcadam rühmt sich seiner Freundschaft mit ihnen, aber in Wirklichkeit fürchtet er sie beide. Zypern dient ihm zur Zeit als Verbannungsort für seine unbotmäßigen Untertanen.»

«Wen würde es dann kümmern, wenn Tzani-bey nach Gebühr bestraft würde?» fragte Nicolaas.

Der König setzte sich wieder und sagte: «Zunächst einmal wäre es eine Beleidigung, die Ägypten gegenwärtig nicht hinnehmen könnte. Sodann brauche ich die Mamelucken. Die Genuesen halten noch immer Famagusta besetzt. Meine Schwester und ihr Gemahl haben noch immer ihren Hof in Kyrenia. Wenn Kyrenia und Famagusta beide gefallen sind, bekommen die Mamelucken, was sie verdienen.»

«Glaubt Ihr, Venedig schickt Euch eine Streitmacht? Das unbeteiligte Venedig?» Er hörte ein Geräusch und sah, daß der Sizilianer sich bewegt hatte.

«Ich habe Euch durch die Venezianer herholen lassen. Sie haben hier reiche Besitztümer und wollen nicht, daß die Mamelucken oder die Türken oder die Genuesen sie zerstören. Die Venezianer brauchen Euch auf Zypern so sehr wie ich. Vor allem brauchen sie erfahrene Verwalter und Geschäftsführer zum Ersatz für die, die zusammen mit Carlotta geflohen sind. Sie hätten die Genuesen gern aus dem Land. Sie brauchen die Insel als feste Bastion gegen Konstantinopel, aber gehalten von Christen, auch wenn diese Christen Kairo für sein Stillhalten Tribut zahlen müssen. Ihr habt die Erfahrung. Ihr habt die Krieger. Vielleicht habt Ihr Freunde unter den Genuesen? Ich gestehe, ich nicht. Vor achtzig Jahren sind die Genuesen in dieses Land eingefallen und haben es verwüstet und seinen König, meinen Urgroßvater, in einen Käfig gehängt. Sein Sohn mußte seine Kronjuwelen verpfänden, um ihren Geldforderungen nachkommen zu können. Sie halten Famagusta besetzt und führen sich dort wie die Herren auf. Sie haben Carlotta den Ehemann ausgesucht. Die Bank von Sankt Georg und die Ritter des Johanniterordens unterstützen Carlotta in allem, was sie tut. Ohne die Mamelucken besäße Genua ganz Zypern, und wir wären ein Vasall wie Chios.»

«Wärt Ihr dann schlimmer dran?» fragte Nicolaas.

Zacco erwiderte: «Fragt mich das noch einmal, wenn ich Kyrenia und Famagusta eingenommen und die Mamelucken außer Landes gewiesen habe. Unsere Insel ist reich. Wir brauchen und schätzen unsere Händler und Kaufleute. Aber es kann nur einen Herrscher geben, und das ist der Lusignan.»

«Ich verstehe – aber inzwischen können die Mamelucken tun, was ihnen beliebt. Tzani-bey geht straffrei aus, und Ihr redet davon, mir Ehre zuteil werden zu lassen?»

«Wir halten hier kein ritterliches Gericht ab», gab Zacco zurück. «Dieses Königreich hier kämpft um seinen Bestand. Man wird Tzani-bey sagen, daß er einen schweren Fehler begangen hat. Man wird ihn auffordern. sich bei nächster Gelegenheit in aller Öffentlichkeit bei Euch zu entschuldigen. Wenn Ihr für mich kämpft, werdet Ihr ihm gleichgestellt sein. Was die Wiedergutmachung betrifft: Eure Zeit wird kommen. Haben die Venezianer Tzani-bey zurückgehalten?»

«Nicht mehr als Ihr», sagte Nicolaas. «Wir haben kein Rittergericht, das ist gewiß. Soll ich als Einzelkämpfer gegen die Genuesen antreten um der Genugtuung willen, am Ende Tzanibey töten zu können?»

Der junge Mann lächelte und sah seinen sizilianischen Truppenführer an, der sich vorbeugte. «Nicht als Einzelkämpfer, Messer Niccolo. Die Nachricht traf gerade ein: Eure Streitmacht ist auf Rhodos.»

«Das will ich erklärt haben.» Nicolaas verspürte auf einmal Schmerzen am ganzen Körper.

Der Mann am Fenster sagte: «Warum werdet Ihr zornig? Nach dem großen Sieg bei Troia fehltet Ihr auf einmal. Da war es natürlich, daß sie sich an der Küste umtaten und sahen, daß Euer Schiff verschwunden war. Venedig sprang hilfreich ein – Messer Martelli von den Medici, Euer Advokat Messer Gregorio. Man fand eine Galeere, und Euer Hauptmann Astorre führte alle seine Krieger an Bord, samt allen Euren Oberen. Das Schiff ist auf Rhodos gelandet.»

Nicolaas nahm sich mit der Erwiderung Zeit. Zweihundertvierzig Meilen weiter westlich lag die Insel, auf der jetzt die Ritter vom Johanniterorden zu Hause waren, die Freunde Carlottas, Genuas und Anjous. Und jetzt schienen Astorre und seine ganze Truppe dort zu sein. Waren zu seiner Rettung aufgebrochen und hatten den falschen Ort angesteuert. Denn natürlich wußte man, daß es Carlotta war, die sich um seine Dienste bemühte. Thomas hatte gewiß Astorre und den anderen von Silla erzählt. Und Carlotta, in Europa unterwegs auf der Suche nach Geld, mochte genausogut nach Rhodos zurückgekehrt sein wie nach Zypern. Rhodos war sogar noch wahrscheinlicher, wie sich Astorre wohl gedacht hatte. Schließlich sagte Nicolaas nur: «Wie geht es jetzt weiter?»

Der junge Mann sagte: «Euch knüpfen starke Bande an Eure Gefährten. Sie machen sich Sorgen um Euch. Wenn sie in Rhodos nichts von Euch hören, könnten sie sehr wohl nach Kyrenia oder Famagusta fahren, in der Annahme, daß Ihr Carlotta auf Zypern erwartet. Tun sie das, werden sie abgefangen und getötet werden.»

«Von wem?»

«Von mir», sagte der junge Mann am Fenster. «Oder freilich, sollten sie mir entwischen, von Carlotta. Sie wird bis dahin erfahren haben, daß Ihr bei mir in Nikosia seid und daß sie sich auf Eure Krieger nicht verlassen kann.»

«Ihr werdet es ihr sagen.»

«Ja», sagte Zacco. Die nußbraunen Augen blickten hell und

klar. Er schob sich wieder einmal das Haar aus der Stirn. «Das geht einfach nicht anders. Ich war zu Euch so offen, wie ich nur sein kann. Es gibt nichts, was Ihr jetzt nicht wißt.»

Nicolaas fiel etwas ein. «Und Primaflora?»

«Sie ist noch bei den Nonnen, bei denen Ihr sie gelassen habt. Die Venezianer haben ihr Versprechen gehalten. Sie wünschen Eure Gefolgschaft. Ihr wißt jetzt genau, warum sie die wollen. Ihr mögt glauben, daß auch sie nicht mehr nur Händler sein wollen, wenn die Genuesen gehen, und sich für diesen Tag vorbereiten. Vielleicht brauche ich sie bis dahin weniger, ich weiß es noch nicht.» Er sprach zu Nicolaas, aber der dunkelhäutige Mann im Hintergrund hatte gelächelt.

Nicolaas erhob sich. Seine Wunden schmerzten. «Welchen Preis zahle ich also für das Leben meiner Leute?»

Und er wurde jäh daran erinnert, daß er diesen anmutigen jungen Mann nicht kannte und sich davor hüten mußte, ihn mit einem seiner sorglosen, stets zum Lachen aufgelegten Jugendfreunde zu vergleichen. Zacco sagte: «Der Preis ist nicht hoch. Wir gehen auf den Winter zu: sie werden jetzt noch nicht Segel setzen, zumal man auf Rhodos mit Carlottas Eintreffen rechnet. Sie werden auf sie warten. Deshalb werdet Ihr nach Rhodos berichten, wo Ihr seid. Ihr könnt auch selbst hinfahren, wenn Ihr wollt. Ihr werdet ihnen alles erzählen, was ich Euch gesagt habe. Wenn sie nach Hause fahren wollen, dann schickt Ihr sie nach Hause. Ich werde sie nicht zurückhalten. Wenn sie hierherkommen und für mich und für Euch kämpfen wollen, dann werde ich sie nach vollem Verdienst und noch darüber hinaus entlohnen. Aber die Entscheidung liegt bei ihnen und bei Euch. Aber auch dies sage ich: ich hoffe, sie werden kommen. Doch wahrhaftig brauche ich nur einen Mann – und der seid Ihr.»

«Und wenn ich es vorziehe, nicht zurückzukehren?»

«Ich habe es Euch ja schon gesagt», erwiderte Zacco. «Für das, was Ihr erlitten habt, wird Euch Wiedergutmachung in Jahrgeldern gezahlt werden, solange ich König bin. Euch wird nichts geschehen. Ich werde lediglich wissen, daß ich mich getäuscht habe.» Die braunen Augen strahlten. «Trotz meiner

Freunde mache ich viele Fehler, aber ich vertraue dennoch meinem Verstand. Habt Ihr genug gehört, um zu einer Entscheidung zu gelangen?»

«Wann wollt Ihr meine Antwort haben?» fragte Nicolaas.

«Wenn Ihr sie wißt. Ihr habt von Marco Corner gehört? Er und Giovanni Loredano haben Schwestern geheiratet. Sie teilen sich hier in Nikosia mit anderen Venezianern ein Stadtpalais: sie bieten Euch dort Unterkunft an, bis Ihr Euch entschieden habt. So habt Ihr Ruhe, fernab vom Hof. Und Ihr habt auch Zeit, um zu hören, wie die Venezianer über die Sache denken. Ich glaube, das ist ein anständiges Angebot.»

«Das ist das Wort, das auch mir in den Sinn kam», sagte Nicolaas.

Das aufmerksame Gesicht des Sizilianers blickte weiterhin streng. Nur der junge Mann unterdrückte ein Zucken um den Mund, aus dem sich langsam etwas formte, das kein Lachen war. «Kommt zu mir», sagte Zacco. «Versucht es. Ich brauche Euch an meiner Seite, nicht als Gegner. Ich brauche einen Menschen, der mit mir weit, weit voraus denken kann. Ich brauche noch einen Skorpion.»

«Das sehe ich», sagte Nicolaas.

Kapitel 11

Nach einer Nacht in der Krankenstube, die ihm zu neuen Kräften verhalf und Zeit zu ruhigem Nachdenken ließ, begab sich Nicolaas am nächsten Morgen zu den Venezianern.

Mit einem grüblerischen Wesen hätte man ihn nicht in Verbindung gebracht. Seit er die Küste Italiens hinter sich gelassen hatte, war er nur von Menschen umgeben gewesen, die ihn einzig vom Hörensagen kannten. Aber andererseits hätte selbst Jugendfreunde das, was ihm widerfahren war, nicht überrascht. Er war ohne seine Einwilligung von seinem geplanten Tun abgebracht worden; er hatte aufbegehrt, war mißhandelt worden, hatte erneut aufbegehrt. Er war nicht lammfromm gewesen, hatte aber aus Gewohnheit die schon als Kind geübte Haltung eingenommen. Wo alles nichts half und man sich nur fügen konnte, fügte er sich. Außer einmal, in diesem Fall, auf dem Weg vom Kap Gata nach Nikosia, als er sich widersetzt hatte, bis er mit seinen Kräften am Ende war. Bei dieser Gelegenheit jedoch hatte er gewußt, was geschehen würde, ob er sich nun auflehnte oder nicht.

Kurz bevor er aufbrach, hatte ihn Marietta von Patras am Morgen besucht. Sie trug ein anderes Schleiertuch, aber die pfeifende Stimme war die gleiche. Sie lehnte mit einer Handbewegung den Hocker ab, den er ihr anbot. «Ich habe keine Zeit. Mein Sohn sagt, Ihr habt Euch ihm noch nicht gleich angeschlossen? Wegen Tzani-bey?»

«Nicht nur deswegen», sagte Nicolaas. «Es war kein Willkomm, den ich noch einmal erleben möchte.»

Sie hatte ihn auspeitschen lassen wollen. Sie hatte weder Bestürzung noch Verlegenheit zu erkennen gegeben, als sie auf ihren Irrtum hingewiesen wurde, und er konnte auch jetzt nichts davon entdecken. Sie war gekommen, um ihm etwas zu sagen, und sah keinen Grund, sich zunächst zu entschuldigen. «Wenn ich dafür sorge, daß Tzani-bey getötet wird», sagte Ohnenase, «werdet Ihr Euch dann meinem Sohn anschließen? Mit Euren Kriegern?»

«Ganz gewiß nicht», erwiderte Nicolaas. «Wenn Euer Sohn Tzani-bey nach Gebühr bestraft, dann vielleicht. Aber vielleicht auch nicht. Aber wenn Ihr ohne Zustimmung Eures Sohnes handelt, werde ich mich ihm ganz bestimmt nicht anschließen.»

Das regungslose Schleiertuch hatte allein schon etwas Drohendes. «Ihr glaubt, mein Sohn sei klüger als ich?»

«Wahrscheinlich nicht – aber Ihr seid nicht der Thronanwärter von Zypern.»

Das Tuch wurde angesaugt und glättete sich dann wieder. Schließlich sagte sie: «Dann werdet Ihr also zu Carlotta gehen? Ihr habt genuesische Freunde, wie ich höre. Und portugiesische Freunde. Die Herzogin von Burgund kommt aus Portugal. Carlottas erster Ehegatte war auch Portugiese.»

Nicolaas seufzte. «Madame, ich habe die Zusicherung Eures Sohnes, daß er auf meine Antwort warten wird. Wenn ich mich entschieden habe, gebe ich sie ihm. Aber ich kann Euch versichern, daß ich mich nicht Königin Carlotta anschließen werde.»

Die Stimme klang wie eine Peitsche. «*Königin* Carlotta?»

«Sie ist noch immer Königin von Kyrenia», sagte Nicolaas. «Und der Papst nennt sie Königin. Nur Tzani-bey und der Sultan in Kairo erkennen Eurem Sohn den Herrschertitel zu. Tzani-bey ist für Euch zur Zeit wertvoller als ich.»

«Ja, das ist wohl so. Und er ist ein Mann, der Männer versteht. Geht nach Hause. Dies ist kein Ort für Kinder.»

Sie ging, ohne sich umzudrehen, sonst hätte sie zu ihrer Befriedigung gesehen, daß er ernst dreinblickte. Dennoch zeigte sich auf seinem Gesicht auf der einen Seite ein Grübchen. In ganz Zypern gab es keinen, der wie Tobie vielleicht hätte ahnen können, was dies bedeutete.

Das Haus der Venezianer erwies sich als ein alter Palazzo aus der reichen Zeit des Wohllebens, als die Kreuzfahrer geradewegs aus Jerusalem herübergekommen waren und all ihren Luxus mitgebracht hatten. Daneben waren Lagerhäuser und ein Hof mit vielen Kisten und zwei knienden Kamelen. Ein schönes Tor mit Marmorpfosten führte in einen Garten mit Orangenbäumen und einem Brunnen, aus dem zur Zeit kein Wasser floß. Er überlegte, wo er sein Maultier lassen sollte, und als er es versorgt hatte, blickte er sich um und gewann eine kleine Wette mit sich selbst. Von einer zurückspringenden Loggia aus beobachtete ihn Messer Giovanni Loredano, der junge Vizekonsul, der ihm am Kap Gata Essen aufgetischt hatte. Messer Loredano stieß einen Ausruf aus, verschwand und kam gleich darauf aus der Haustür gerannt, so daß er fast mit Nicolaas zusammenstieß. «Mein Gott, was hat man mit Euch gemacht?»

«Was man mit Euch hätte machen sollen», sagte Nicolaas. «Ich habe eine ausführliche Liste in meiner Tasche.» Die Sorge auf dem Gesicht des anderen schien echt zu sein. Nun da er Vanni Loredano ruhiger in Augenschein nehmen konnte, wirkte er auf Nicolaas wie das Urbild des venezianischen Patriziers. Er wurde ins Haus geführt und bekam einen Platz angeboten und sogleich einen ausgezeichneten Wein in einem silbernen Becher vorgesetzt. Er hatte den Eindruck, sich im Mittelschiff einer Kathedrale zu befinden. Loredano, der in seiner Besorgnis so dicht bei ihm saß, daß ihre Knie sich zu berühren schienen, sagte: «Was kann ich tun? Was soll ich sagen? Der Konsul wird sich morgen im Palast beschweren. Hat der König gesehen, wie man Euch behandelt hat?»

Nicolaas lehnte sich zurück und ließ sich den Wein in den Kopf steigen. «Was spielt es für eine Rolle? Ich gehe.»

Loredano räkelte sich ein wenig. «Natürlich», sagte er. «Wer wollte Euch einen Vorwurf daraus machen. Und Ihr werdet Eure Leute mitnehmen?»

«Welche Leute?»

«Wir haben es erfahren –» Loredano hielt inne und fuhr dann fort: «Ich bin sicher, das hat man Euch bei den Dominikanern gesagt. Euer Hauptmann und Eure Truppe sind auf Rhodos.»

«Gut», sagte Nicolaas. Er trank vorsichtig aus seinem Glas und wartete.

Der andere sagte: «Es wird Euch freuen zu hören, daß die junge Frau in Sicherheit ist. Primaflora.»

«Wo?»

«Im Süden. Ihr hattet recht, es war das sicherste. Da das Kloster in solchem Aufruhr war, haben wir sie bei den Johannitern in Kolossi untergebracht.»

In seinem mißhandelten und gequälten Körper begann sich eine köstliche weinselige Wärme auszubreiten. Aha. Er vollzog die nächtliche Debatte mit sich selbst noch einmal nach, wobei sich gewisse Punkte heraushoben. «Nun, das ist auch gut», sagte Nicolaas. «Carlotta will sie haben.»

Der Venezianer sagte: «Der Orden weiß natürlich nicht, daß

sie Königin Carlotta verlassen hat, aber ihr Aufenthalt in Kolossi ist nur vorläufiger Natur. Wie Ihr wißt, möchte sie nicht zur Königin zurückkehren. Sie hat das Gefühl, ihr Platz sei bei Euch.»

«Dann ist sie in einer schwierigen Lage», erwiderte Nicolaas.

Es folgte ein Schweigen wie jenes, in das Zaccos Mutter Ohnenase verfallen war. Dann sagte Loredano: «Wegen Tzani-bey habt Ihr Euch entschlossen, zu Königin Carlotta zu gehen?»

«Meine Krieger schließen sich ihr an – wurde mir gesagt.»

«Aber König Jakob! Hat er Euch nicht gesagt –?» Er hielt inne.

«Daß er sie alle abfangen und töten ließe, wenn ich nicht bleibe und für ihn kämpfe? Nein, das hat er nicht. Wenn er Euch dieses Versprechen gegeben hat, dann hat er es gebrochen. Ich kann mich jederzeit zu meiner Truppe begeben und gehen.»

Sie saßen nicht mehr Knie an Knie. Das breite sonnengegerbte Gesicht des Venezianers, braun und glatt wie eine Kastanie, hatte einen anderen Zug bekommen. Er schob seinen Becher von sich, stand auf und trat zwischen die bemalten Truhen und vergoldeten Hocker. Er drehte sich um. «Ich verstehe. Es steht Euch frei, das zu tun. Aber es geht um ungeheuer Wichtiges, und nicht nur für uns Kaufleute. Nicht nur für Venedig. Aber eines muß ich wissen. Zacco läßt Euch frei entscheiden, wenn ich auch nicht begreife, warum. Geht Ihr also zu Carlotta?»

«Wenn ich das beabsichtigte, wäre ich dann hierher gekommen, wo Ihr mich töten würdet?» sagte Nicolaas. «Und Ihr habt natürlich Primaflora. Ihr braucht den Rittern nur zu sagen, sie hätte Carlotta verraten, und sie würden schon dafür sorgen, daß die Königin es erfährt.»

«Kümmert Euch das?» fragte Loredano. In seinem glatten Gesicht stand ehrliches Erstaunen geschrieben.

«Ihr dachtet, das tut es nicht? Dann habt Ihr sie aus anderen Gründen nach Kolossi geschickt. Ich bin zum Beispiel sicher, die Johanniter wissen nicht, daß Venezianer sie ins Land gebracht haben. Natürlich nicht. Königin Carlottas Gefolge hat nichts mit Venezianern zu tun. Sie wurde vermummt, als sie an Land ging, und ich auch. So daß ich, wenn ich mich in Kolossi einfinde, auch für einen von Carlottas Leuten gehalten werden kann. Es sei denn, meine störende Söldnertruppe tritt in Erscheinung . . .»

Nicolaas hielt inne. Der Blick der braunen Augen des Venezianers wirkte wie gebannt. Nicolaas fragte sich, was der Mann erwartet hatte. Nach dem, was sie an Bord des Schiffes von ihm gesehen hatten, vielleicht nicht sehr viel. Er setzte seine Darstellung fort, was ihm einiges Vergnügen bereitete. «Denn Ihr habt nicht erwartet, daß Hauptmann Astorre und seine Männer so schnell folgen würden, nicht wahr? Und vor allem habt Ihr nicht vorausgesehen, daß er zu dem falschen Schluß gelangen und versuchen würde, mir auf die falsche Seite zu folgen. Aber immerhin bekam König Zacco dadurch eine Waffe in die Hand, mit der er mich auf seine Seite zwingen konnte. Aber da er sie nicht gebraucht hat, werdet Ihr jetzt auf Eure zweite Waffe zurückgreifen müssen: auf die Frau, mit der ich Euch gerade beschenkt habe. Und wenn das nicht zieht – wenn ich mir trotz aller Versicherungen wirklich nichts aus ihr mache, dann ist da noch das beste Lockmittel überhaupt: die venezianischen Handelsvorrechte. Ihr seid Faktor für den Zuckeranbau in Episkopi.»

«Die biete ich euch nicht an.» Loredanos Stimme hatte sich verändert.

«Schade», sagte Nicolaas. «Denn wie man mir immer wieder vorhält, habe ich tatsächlich Freunde unter den Genuesen und ihren portugiesischen Teilhabern. Als Lohn für Carlotta und den Genuesen geleistete Unterstützung hätte ich mit Zucker eine hübsche Summe verdienen können. Wenn nicht hier, dann auf Madeira, zum Beispiel, Portugals neuer Inselkolonie mit all diesen vielversprechenden Zuckerrohrfeldern. Madeira reizt mich. In Portugal ist zur Zeit ein . . . Verwandter von mir tätig, mit dem mich eine gewisse freundschaftliche Rivalität verbindet.» Über sein sonst unbewegliches Gesicht ging ganz kurz ein Lächeln.

«Vor einem Augenblick noch wolltet Ihr mit Carlotta nie etwas zu tun haben», entgegnete Loredano. «Euch war, wie ich mich erinnere, aufgegangen, daß Ihr ohne Freunde seid. Und Carlotta ist nicht auf dieser Insel.»

«Vor einem Augenblick», sagte Nicolaas, «habe ich allerdings angenommen, daß wir von Zucker reden. Ich habe vielleicht meine Neigung für die junge Frau übertrieben dargestellt, deren Kammer ich auf Euer Betreiben teilen sollte. Aber ich glaube, ich bin noch immer in der Lage, eine freie Entscheidung zu treffen. Zum Beispiel kann nur ich meine Söldnertruppe anweisen, nicht nach Kyrenia zu segeln. Und im Falle meines Todes würden sie ganz gewiß auf Carlottas Seite kämpfen. Und wenn Carlotta gewinnt, fällt die Ausbeutung der Zuckerrohrfelder an die Genuesen. Habt Ihr etwas gesagt?»

Der andere ließ eine Truhenkante los, die er umfaßt gehalten hatte. Seine Finger sahen verkrampft aus. Er schritt auf einen kreuzbeinigen Sessel ein Stück von Nicolaas entfernt zu und ließ sich vorsichtig darin nieder, ohne seinen Weinbecher mitzunehmen. Der Sessel war mit karminrotem, mit Goldbrokat verziertem Samt bezogen. «Ich erinnere mich», sagte Loredano, «daß der Konsul an Bord des Schiffes von Zuckerrohrgütern sprach, die einer besseren Leitung bedürfen. Natürlich nicht von denen, die sich in privater Hand befinden wie die in Episkopi. Aber es gibt noch andere. Die Güter der Johanniter werden verpachtet, ebenso die königlichen Zuckerrohrfelder. Zur Zeit liegen die Nutzungsrechte in beiden Fällen bei Venezianern.»

«Sie müssen sich große Sorgen machen», sagte Nicolaas. «Wenn Carlotta die Oberhand gewinnt, werden sie diese Rechte einbüßen. Welche Venezianer besitzen sie denn zur Zeit?»

Der stellvertretende Konsul blickte auf die Spitzen seiner knöchellangen Stiefel und hob dann, da ihm von dort keine Eingebung kam, wieder den Kopf. «Ihr seid Luigi Martini an Bord der *Doria* begegnet. Er und sein Bruder besitzen in beiden Fällen die Nutzungsrechte. Sie bewirtschaften Kolossi für die Ritter und die Zuckerrohrfelder von Kouklia und Akhelia für den König.»

Nicolaas bemühte sich um eine ernste Miene. Deshalb also Luigi Martinis grimmiges Gesicht in der großen Kajüte. Er war dagegen, daß man ihn, Nicolaas, mit Zucker anlockte, und deshalb war auch bald von Zucker keine Rede mehr gewesen. Nicolaas sagte: «Ich könnte schwerlich Zacco im Krieg und Carlottas Verbündeten, den Johannitern, auf den Zuckerrohrfeldern dienen. So scheinen nur noch die Güter des Königs übrigzubleiben. Glaubt Ihr, der König und die Martinis könnten bereit sein, sie mir zu übertragen?»

«Wenn sie es täten, würdet Ihr dann Eure Krieger nach Zypern an Zaccos Seite holen?»

«Ich weiß es nicht», sagte Nicolaas. «Aber wenn nicht, werde ich sie ganz gewiß nicht holen.»

Er beobachtete das Stirnrunzeln auf Loredanos glattem Gesicht. Loredano sagte: «Es wird schwierig sein. Für den König kann ich nicht sprechen.»

«Aber Ihr könntet versuchen, die ehrenwerten Martinis zu überreden?» sagte Nicolaas.

«Ich werde mit ihnen reden», entgegnete Loredano steif.

«Und in Erwartung eines glücklichen Ausgangs werde ich die Angelegenheit bei Seiner Majestät zur Sprache bringen», sagte Nicolaas. «Ich könnte mich auch nach der Färberei erkundigen. Wie ich höre, gibt es eine in Nikosia, die zur Zeit stilliegt. Wenn nicht auch sie schon vergeben ist?»

Loredano erwiderte: «Ich glaube, der Zuckeranbau, wenn Ihr ihn denn übertragen bekämt, würde Euch vollauf beschäftigen. Die Färberei, das stimmt, hat sich von den letzten Kämpfen noch nicht wieder erholt. Aber ihre Leitung liegt traditionell in venezianischer Hand.»

«Das dachte ich mir», sagte Nicolaas. «Und für Tradition spricht sehr viel. Andererseits würden wir noch in Höhlen leben, würde nicht bisweilen gegen sie verstoßen. Vielleicht sollte ich auch dies beim König erwähnen. Ich muß Euren Wein empfehlen. Er ist der beste, den ich je gekostet habe.»

Er war sehr mit sich zufrieden. Er ließ sich von Loredano, der etwas murmelte, Wein nachgießen und beobachtete, wie er den eigenen Becher füllte und rasch leer trank. Für ihn war das Wesentliche des Besuchs erreicht. Jetzt hatte er nichts dagegen, zusammen mit Vanni Loredano zu trinken.

Geraume Zeit später, kurz bevor er sich in sein prunkvolles Gemach zurückzog, stellte Nicolaas seinem Gastgeber, der nicht so munter, sondern eher erschöpft wirkte, über die geleerten Flaschen hinweg einige müßige Fragen. «Dann steht Ihr also den Gütern von Marco Corner vor. Man hat mir gesagt, Ihr und er hättet Schwestern geheiratet?»

Giovanni Loredanos Gesicht war gerötet, und ab und zu fielen ihm die Lider herunter. Er riß jetzt die Augen mit Gewalt auf. «Ja, das stimmt. Marco – Marco wird es bedauern, daß er Euch nicht begrüßen konnte. Er hat oft geschäftlich in Venedig zu tun.»

«Zypern verdankt seiner Familie viel und auch den anderen Familien wie der Euren, die schon so lange hier ansässig sind.»

Loredano stellte seinen Becher mit schwerer Hand auf den Tisch neben sich. Das Tuch über dem Tisch war aus goldgesäumtem Samt, und in seinem Schatten war ein weißer Schoßhund halb eingenickt. Beim Fenster lag stumm eine Laute, mit Noten daneben. Wie jedes venezianische Gebäude sprach auch dieses von den Frauen der Hausherren. Loredano nahm sich sichtbar zusammen. «Wo wäre Zypern ohne Venedig? Wir alle haben den Osten im Blut: Corner, Contarini, Duodo; Zorzi und Michiel; Bembo, Barbarigo und Loredano. Wir waren Kaufleute bei den Kreuzzügen, und wir sind Kaufleute geblieben, als die Mamelucken das Heilige Land eroberten.»

«Zorzi?» sagte Nicolaas. «Ich kannte einmal zwei Brüder dieses Namens. Bartolomeo beutete Alaunvorkommen aus und ist jetzt in Konstantinopel. Und Nicholai Giorgio, ein Grieche florentinischer Abstammung, hat ein Holzbein. Er schreibt den Familiennamen anders.»

«Nicholai Giorgio de'Acciajuoli. Ich habe von ihm gehört. Ein dritter Bruder lebt hier in Zypern. Jacopo Zorzi besitzt Weinberge. Wir kennen einander alle. Vor anderthalb Jahrhunderten hat einer meiner Vorfahren die erste Ladung Zucker nach England geschickt. Ein anderer Loredano war venezianischer Konsul hier. Durch uns erfährt Venedig alles, was sich in Konstantinopel abspielt: wie es Kaiser David mit seiner Kaiserin und den Kindern im Exil ergeht, wie sich sein Großkanzler Amiroutzes weit fort von Trapezunt vergnügt. Ihr kennt ja Trapezunt. Ihr steht nicht mehr mit ihm in Verbindung, wir aber sehr wohl. Natürlich erfahren wir alles, Marco und ich, durch ... durch unsere Familien.» Er zog ein Tuch aus dem Ärmel und betupfte sich damit die Lippen.

«Durch Eure Gemahlinnen Valenza und Fiorenza», sagte Nicolaas. «Ich beneide Euch beide. Nicht jeder Mann heiratet eine Prinzessin von Trapezunt. Ihr und Messer Marco holt Eure Ehefrauen nie nach Zypern?»

«Wenn die Kinder einmal älter sind, vielleicht.» Loredano machte eine Pause und schob dann das Tuch ordentlich wieder in den Ärmel. Er blickte auf und lächelte. «Das hatte ich vergessen – Ihr kennt ja eine ihrer Schwestern.»

«Flüchtig», sagte Nicolaas. «Es gibt so viele Töchter von Naxos. Aber wenn Ihr an Madonna Violante schreibt, so grüßt sie bitte von mir. Sie hat sich in allem als vollendete Byzantinerin erwiesen. Ich entbiete den Ehegatten ihrer beiden Schwestern alle Achtung, die sie mir bei unserer letzten unvergeßlichen Begegnung abrang. Richtet ihr das aus, ich bitte Euch.»

Er wußte nicht, ob Loredano die Botschaft deuten konnte, und es war ihm auch gleichgültig. Aus dem Augenwinkel heraus sah er, daß er den Sinn erfaßte. Loredano sagte langsam: «Ihr Narr – nach allem, was geschehen ist, betrachtet Ihr dies als ein Spiel?»

«Natürlich – Ihr ladet mich ein», erwiderte Nicolaas. «Ich prüfe jetzt das Brett und die Steine. Dann stellen wir die Regeln auf. Und ganz zuletzt entscheide ich, ob ich spielen werde und welche Seite ich will.»

Da Nicolaas sich nichts vormachte, war es ihm durchaus denkbar erschienen, daß er einen bedauerlichen Unfall erleiden würde, ehe er den Palazzo der Venezianer verließ. Wäre Marco Corner dagewesen, wäre er wahrscheinlich nicht mit dem Leben davongekommen. Venedig kam es aus vielen Gründen sehr darauf an, daß er und Astorre sich nicht auf Carlottas Seite schlugen. Es war offensichtlich bekannt, daß er mit Genuesen zu tun hatte. Anselm Adorne, Tilde de Charettys väterlicher Berater, war schließlich ein Verwandter der Dogen von Genua. Und obschon Pagano Doria in Trapezunt sein Feind gewesen war, war Nicolaas doch nicht gerade in gefügiger Stimmung nach Venedig zurückgekehrt. Wenn sie erfuhren, daß Herr Simon zusammen mit Verwandten in Portugal Geschäften nachging, mochten sie es sogar für möglich halten, daß Nicolaas den Wunsch hatte, sich ihm anzuschließen oder mit ihm zu wetteifern. Und schließlich hatte Astorre keinen der Häfen des Königs auf Zypern angesteuert, sondern war nach Rhodos gesegelt, wo die Ritter Carlottas Helfer waren. Was bedeuten mochte, daß Astorre seinen Herrn besser kannte als irgendein anderer.

Über all dies war sich natürlich auch Zacco im klaren. Er meinte es ernst, wenn er sagte, er werde jede zu Nicolaas gehörende Truppe angreifen und töten, die Kyrenia anzulaufen versuchte. Nicolaas hielt es für sehr schwer zu entscheiden, ob ein von Rhodos aus nach Süden fahrendes Schiff nun Kyrenia zum Ziel hatte oder beispielsweise König Zaccos Hafenstadt Salines. Möglicherweise war Zacco zu dem gleichen Schluß gelangt und nahm sich vor, Astorre auf jeden Fall in den Grund zu bohren, wenn er nicht stracks Kurs auf Italien nahm. Also mußte Astorre, was auch immer geschah, davor gewarnt werden, Rhodos zu verlassen, ehe Nicolaas zu ihm gestoßen war. Und der sicherste Weg, Astorre eine Nachricht zukommen zu lassen, führte über den Orden. Und die Vertreter des Ordens hielten sich in Kolossi auf, wohin man Primaflora gebracht hatte, die dort für ein unschuldiges Mitglied von Carlottas Gefolge galt. Primaflora, an die er, Nicolaas, zu wenig gedacht hatte nach all den Dingen, die ihm widerfahren waren – und dies vielleicht zum Teil wegen dieser Dinge. Was unbillig war. Sie war kein kleines Mädchen mehr, aber sie war auch kein Mann und hatte gewiß Angst.

Die ganze Nacht hindurch war er alle Schritte durchgegangen, die er tun würde, wenn er Zacco, Carlotta oder ein Venezianer oder selbst ein unangenehmer Mameluck vom Sultanat wäre, um zu entscheiden, ob er an dem Spiel teilnahm oder nicht, da er jetzt frei und ein Spieler war. Loredano war über seine Habgier und scheinbare Leichtfertigkeit bestürzt gewesen. Loredano wußte nicht, daß auch er schon Teil eines Spiels war, das in Brügge vor drei Jahren begonnen hatte oder auch schon früher. Und daß zu den unsichtbaren Spielern ein Mann mit einem Holzbein zählte und auch eine Frau, die Nicolaas zu tun eingeladen hatte, was die Kurtisane Primaflora nie erwartet, gefordert oder erlaubt haben würde. Wenn man dies alles wußte, gab es drei Möglichkeiten: man entwischte, man bekam es mit der Angst zu tun, oder man betrachtete alles als ein Spiel.

Er war vor zehn Monaten entwischt und jetzt wieder zurückgebracht worden. Er mochte die Art und Weise nicht, wie er zurückgebracht worden war. Er beabsichtigte, etwas dagegen zu tun, obschon er doch wußte – so sicher wußte, als ob der Grieche oder Violante es ihm gesagt hätte –, daß der an ihm verübten Brutalität, der immer wieder an ihn gestellten Herausforderung Absicht zugrunde lag. Ohne darauf stolz zu sein, war er sich bewußt, daß er auf jeden Fall für die anderen nicht länger mehr als frühreifer Lehrling gelten wollte. Er war fast zweiundzwanzig und erwachsen und besaß jetzt eine gehörige Menge Erfahrung. Er sollte zumindest der Welt vor Augen führen können, daß man nicht mehr mit ihm herumspielen durfte. Sodann mochte er sich für einen eigenen Weg entscheiden – wenn er nur gewußt hätte, welcher das war.

Inzwischen hatte er Giovanni Loredano die Bedingungen wissen lassen, die er von Venedig erfüllt haben wollte, bevor er für Zacco zu kämpfen gedachte. Loredano würde sie seinen Landsleuten mitteilen, die darüber nicht sehr glücklich sein würden. Er hielt den Konsul Erizzo für Manns genug, um sie zu überstimmen. Da sich die Bewirtschaftungsrechte auf königlichen Besitz bezogen, hing die andere Hälfte der Vereinbarung natürlich von der Einwilligung des Königs ab. Nicolaas gedachte sich jetzt zu den Dominikanern zu begeben und die Sache bei Zacco zur Sprache zu bringen. Dann würde er den König um die schriftliche Erlaubnis bitten, eine Botschaft nach Rhodos schikken und sich im Anschluß daran zu Astorre begeben zu dürfen, falls er dies wünschte. Dann würde er nach Kolossi reiten und den ersten vorsichtigen Zug tun in dem Spiel, das die Venezianer zu spielen glaubten. Ob es sein Spiel war oder nicht, blieb abzuwarten.

Die an ihr Keuschheitsgelöbnis gebundenen Ritter des heiligen Johannes in Kolossi ahnten nicht, daß sie eine Kurtisane beherbergten. Seit den Tagen der Kreuzzüge waren die Ritter im Land. Als Akkon fiel und es kein Heiliges Land mehr gab, dessen Pilger barmherzige Brüder brauchten, die sich um sie kümmerten, und Ritter, die sie beschützten, hatte der Orden, zwanzig Jahre bevor er nach Rhodos weiterzog, Zypern zu seinem klösterlichen Mittelpunkt gemacht. Zypern behielt er jedoch als wichtigen militärischen Stützpunkt bei und stemmte sich damit gegen die Türken von der drittgrößten Mittelmeerinsel aus, die auch eine der fruchtbarsten war. Die Kommende von Zypern war die reichste Besitzung des Ordens, und vom Verkauf ihres Weizens und ihrer Baumwolle, ihres Öls und ihres Weins und vor allem ihres Zuckers flossen alljährlich Tausende von Dukaten in die Truhen des Schatzmeisters auf Rhodos. Und von allen Besitztümern des Ordens auf Zypern war das Gut Kolossi mit seinen sechzig Dörfern und seinen Weingärten und Zuckerrohrfeldern das größte.

Eine Burganlage hatte es dort schon immer gegeben, versehen mit tiefen Brunnen, mit Stallungen und Amtsstuben, mit Gästehäusern und Gärten und der kleinen byzantinischen Kirche von St. Eustathios, die aufgeschlossen genug war, um auch den Rittern als Gotteshaus zu dienen. Auch Zucker gab es schon seit langer Zeit, die Araber hatten ihn noch vor den Tagen der Ritter herübergebracht. Die Ernte war nicht immer befriedigend gewesen, und in späteren Jahren hielten es die Ritter für angebracht, die Kosten aufzuteilen. Das heißt, ein sogenannter Magnifico einer venezianischen Genossenschaft von Pflanzern und Händlern kaufte die Ernte mehrerer Jahre im voraus auf, zahlte für Verpackung und Fracht zum Hafen und kümmerte sich um das mühsame Geschäft des Verschiffens und des Absatzes an den Kunden.

Als Konstantinopel an die Türken fiel und der Orden in die Tasche griff, um bei Kolossi einen neuen, starken Turm errichten zu lassen, der, wuchtig-kantig aus gelbem Stein erbaut, die Salzpfannen, die Ebene und die Küsten des gesamten Landes um Limassol beherrschte, vergaßen sie daher auch die Zuckermanufaktur nicht. Sie besserten den Viadukt aus, der das Flußwasser auf die Felder und zur Steinmühle leitete. Sie brachten die große, mit Gewölben versehene Faktorei wieder auf Glanz und machten die Lagerräume, in denen die Zuckerhüte in ihren Truhen aufbewahrt wurden, wasserdicht. Sie bauten auch neue Hospize, weil oft mächtige Männer als Gäste des Ordens nach Zypern kamen, und sie hatten ein kleines Spital und eine gut ausgestattete Waffenkammer und unter der neuen Festung Kellergewölbe für Vorräte im Falle einer Belagerung. Sie waren in der alten Burg ein-, zweimal von Genuesen oder Mamelucken belagert worden, aber erfolglos. Es hatte nur geringfügige Fälle von schlechter Verwaltung und dergleichen gegeben: ein paar Totschläge, übermäßigen Weingenuß (schließlich stellten sie den Wein selbst her) und natürlich das gelegentliche Mädchen aus dem Dorf. Recht oft das Mädchen aus dem Dorf. Aber noch nie eine Kurtisane, ins Haus gebracht mit Wissen des (jetzt abwesenden) Großkomturs und willkommen geheißen in seiner rauhherzlichen Unschuld von Bruder William, dem Burgmeister.

Das Gästehaus war kein Palast, genügte aber den Bedürfnissen Primafloras und ihrer Zofe, der Nonne und den zwei Dienstmägden, die sie vom sechs Meilen entfernten Kloster Ayios Nikolaos her begleiteten. Eine hochgeehrte Gesellschafterin Carlottas, von Gottes Gnaden Königin von Jerusalem, Zypern und Armenien, hatte jedoch Besseres verdient. Bruder William freute sich deshalb, wenn sich auf seine Einladung Madonna Primaflora und Schwester Eudocia zu ihm und seinen zwanzig Brüdern gesellten in dem bemalten Saal neben der Küche und in ihrem

Garten lustwandelten, so das Herbstwetter es erlaubte. Sie spielte auch auf ihrer Laute und trank Wein und plauderte mit ihnen, wenn sie an kühlen Abenden im Haus saßen und sich ausruhten. Von Zeit zu Zeit nahm sie an ihren Andachtsprozessionen teil und kniete in schlichter Frömmigkeit vor dem Altar des Heiligen Eustathios, wenn auch nicht ganz so oft wie die Ritter.

Den Rest der Zeit verbrachten die Brüder im Lagerhaus oder in den Amtsstuben, oder sie brüllten in der Faktorei jemanden an, weil jetzt die geschäftigste Zeit des Jahres war, die Zeit, da die Zuckerhüte der Güter des Ordens gewogen, gezählt und in Truhen gelegt und diese wiederum einzeln in Leinwand gehüllt und verschnürt wurden zur Verladung auf Schiffen: achthundert Doppelzentner Zucker, vierzehn davon für den Komtur.

Bruder William de Combort, ein tatkräftiger Mann mittleren Alters mit einem wachsamen Auge und einigen ehrenvollen Narben, war der jüngste von allen Rittern in Kolossi, was nicht heißen wollte, daß er jung war. Zypern war nicht weit vom Hauptsitz auf Rhodos mit seiner Streitmacht entfernt. In kriegerischen Zeiten, wenn Sultan Mehmed von Konstantinopel aus die Trommel rührte, pflegte Kolossi jene Ritter zu beherbergen, die sich am besten für die Landwirtschaft, das Bauen und die Kontorstuben eigneten. Natürlich konnte man nicht sagen, daß auf Zypern selbst Friede herrschte angesichts der Genuesen und der Mamelucken und des um sich greifenden Streits zwischen den unglücklichen Lusignan-Geschwistern mit seinem Höhepunkt zwei Jahre zuvor, als Jakob der Bastard mit seiner siegreichen ägyptischen Armee zurückkehrte. In jüngerer Zeit ernannten die Johanniter zum Befehlshaber von Kolossi einen Mann, der notfalls eine militärische Entscheidung treffen konnte und der wußte, wann er Hilfe erbitten mußte.

Bis jetzt hatte er das noch nicht zu tun brauchen. Wann immer Südzypern den Besitzer wechselte, folgte der Orden einer bewährten Übung. Er wurde beim Sieger vorstellig, verlangte uneingeschränkte Bewegungsfreiheit für die führenden Männer der Komturei und versprach dafür die gleiche Botmäßigkeit, die schon den früheren Herrschern erwiesen worden war. König

Zacco war sogleich einverstanden gewesen, ebenso der Sultan von Kairo. Auf Zypern kamen und gingen die Brüder auf dem Weg zwischen Kolossi und Rhodos, gelegentlich begaben sie sich auch nach Nikosia und sogar, unter Geleitschutz, nach Kyrenia. König Zacco im Süden wußte, daß sie Spione waren, und hatte ein wachsames Auge auf sie. Im Norden benutzte Königin Carlotta sie als Boten und gelegentlich zur Verbreitung falscher Nachrichten, wovon ihr Bruder aber unterrichtet war. Auf Rhodos wußte der Großmeister ganz genau, daß seine Ritter auf Zypern eine gewisse Grenze nicht überschreiten durften, wenn er nicht all das Geld einbüßen wollte, das sie ihm schickten. Die Lage war deshalb zwar nicht ideal, doch solange es den Rittern mehr ums Geldverdienen als ums Unruhestiften ging, verspürte niemand das Verlangen, sie zu stören.

Die Folge war jedoch, daß die derzeitigen Ritter schon in einem gewissen Alter waren, und für Primaflora wäre der Aufenthalt vielleicht doch recht langweilig gewesen, hätten sich nicht gleichzeitig auch der junge Portugiese und sein Vater dort aufgehalten. Sie fand sie schon bei ihrer Ankunft vor: auf dem Weg von ihrem Heimatland nach Rhodos waren sie hier gestrandet und warteten auf ein Schiff, das sie mitnahm. Sie schienen es damit aber nicht eilig zu haben und waren gern bereit, sich für die erwiesene Gastfreundschaft durch Mithilfe auf den Feldern und in den Lagerhäusern erkenntlich zu zeigen. Der Junge, recht dunkelhäutig und anmutig in seinen Bewegungen, warf sich sofort zu Primafloras Beschützer auf und folgte ihr überallhin wie eine Gazelle. Der Vater selbst, gutaussehend auf die kühle, überlegene Art des Aristokraten, duldete die Vernarrtheit des Sohnes mit erfahrenem Blick und war zu Primaflora höflich – aber auch nicht mehr als das. Mochten die Ritter auch im unklaren sein, Senhor Tristão wußte, was diese junge Frau war.

Sie wünschte, die beiden Portugiesen hätten weniger Zeit in den Weinbergen und auf den Zuckerrohrfeldern verbracht, von denen sie gelegentlich samt ihrer Dienerschaft mit Säcken zurückkamen, aus denen Erde rieselte. Sie mochten sich dann nicht aufhalten und plaudern, sondern entschuldigten sich, bis sie wieder präsentabel seien. Und präsentabel war eine Untertreibung, wenn man bedachte, wie sie später bei Tisch gekleidet waren. Gewöhnlich eilte der Junge sogleich an die Seite von Primaflora, während der Vater gegenüber Platz nahm, zwischen dem Burgmeister und dem Priester namens Pater John, der Verwandte von Senhor Tristão kannte und sich mit ihm, da er nicht portugiesisch sprach, in einem gräßlichen Englisch unterhielt.

Und von Niccolo traf keine Nachricht ein, auch keine geheime. Zuerst hatte sie im Kloster aufbegehrt und auf die Venezianer geschimpft, die es zuließen, daß Niccolo in solcher Begleitung nach Nikosia gebracht wurde. Sie hatte sich sogar geweigert, das Kloster zu verlassen, bis schließlich eines Morgens in aller Frühe die Nachricht kam, daß sich Niccolo bei König Jakob befand und wohlauf war. König Zacco, wie ihn alle nannten. Bevor sie aufbrach, sagten ihr die Venezianer, Niccolo werde nach ihr schicken und sie solle auf ihn warten. Da die Mönche sie nicht länger in ihrem zerstörten Kloster beherbergen konnten, sollte sie nach Kolossi gebracht werden, wobei man sagen wollte, sie warte auf eine Nachricht, wie sie zu Königin Carlotta gelangen könne. Die Ordensleute hatten keine Venezianer gesehen. Es gab nichts, was sie oder Niccolo mit ihnen hätte in Verbindung bringen können. Für die Johanniter war sie noch immer Königin Carlottas Hofdame, von der sie schon früher gehört hatten. Und Niccolo – so sollte sie ihnen sagen – war gekommen, um sich Carlotta anzuschließen.

Die Mönche in ihrem Jammer hatten keinen Anteil an dieser Verschwörung. Die Ausbesserungsarbeiten am Kloster Ayios Nikolaos hatten begonnen, ehe sie fortging, nachdem die verletzten Katzen versorgt und die toten begraben waren. Sie hatte in jener ersten Abenddämmerung zugesehen, wie die Mönche die Lampen anzündeten und dann wie üblich behutsam die bronzene Glocke läuteten. Sie sah nicht mehr, wie wenige Katzen es noch waren, die vom Strand oder zwischen den Kräutern und Zitrusbäumen heraus herbeihuschten. Wenn es tatsächlich Vipern in der Nähe gab, würden sie sich jetzt vermehren.

Es verging einige Zeit, und anstatt nach ihr zu schicken, erschien Niccolo selbst vor dem Tor mit drei beladenen Maultieren und zwei Dienern. Er hinkte. Vom Gästehausfenster aus sah sie, wie er über den Hof geleitet wurde und dann die Stufen zu Bruder William hinaufstieg, den man gerufen hatte und der oben wartete, um ihn zu begrüßen. Er war ordentlich gekleidet und stieg die Stufen stetig hinauf, aber nicht so kraftvoll, wie dies ein völlig gesunder Mensch getan hätte. Ihre Zofe sagte: «Sie haben ihn geschlagen. Seht Euch sein Gesicht an.»

Selbst von ihrem Fenster aus bemerkte sie die Stellen, wo die aufgeschundene Haut wieder verheilt war. Seine Augen wirkten sehr groß, so wie während des Fiebers. Primaflora sagte: «Wozu ist er hier? Sollte er zur Königin übergegangen sein? Du mußt es herausfinden. Geh hinüber und hör dich um.»

Ihre Zofe kam schon bald wieder zurück, eine Münze in der Hand. Sie lächelte. «Er hat mich gleich gesehen und zu sich gerufen und gefragt, ob es meiner Herrin gutgeht. Er ist auf König Zaccos Seite, gibt aber an, mit dem Schiff hierher gekommen zu sein, um sich Königin Carlotta anzuschließen.»

«Und sein Aussehen? Wie erklärt er das?»

«Von den Mamelucken gefangengenommen. Stimmt ja auch fast, nur hat er nicht gesagt, daß sie ihn zu Zacco gebracht haben. Die Venezianer wurden mit keinem Wort erwähnt. Er behauptete, er sei unterwegs geflohen.» Die Zofe lächelte erneut. «Er ist ein ganz Durchtriebener. Er fragt, ob Ihr mit ihm nach Rhodos gehen wollt oder ob Ihr andere Schutzherren gefunden habt.»

Primaflora lachte. Sie holte ihren Beutel hervor und nahm eine Münze heraus, die sie zu der anderen in der Hand der Zofe legte. «Warum Rhodos? Aber richte ihm nur aus, ich ginge überall mit ihm hin, wenn mir nur ein Grund einfällt. Wem ist er begegnet? Pater John war wohl nicht da?»

«Das habt Ihr vergessen», sagte die Zofe. «Er ist fort. Sie haben ihn nach Kouklia geschickt mit einer Botschaft für die Martinis. Er wird in vier Tagen zurück sein. Ich weiß nicht, mit wem Messer Niccolo zusammengetroffen ist. Er wird sie auf jeden Fall beim Abendessen treffen. Denkt daran, daß sie glauben,

Ihr seid es gewesen, die ihn dazu gebracht hat, Carlotta zu dienen. Die Königin geht nach Rhodos. Er wird sagen, daß er deshalb dorthin muß.»

«Und der wahre Grund?» fragte Primaflora.

«Ihr ratet es nicht. Seine Söldnertruppe ist dort. Er will zu ihr.»

«Seine Söldnertruppe!» Sie starrte die Zofe an. «Die Leute, die er bei Troia zurückgelassen hat? Zu denen will er gehen? Und was dann? Will er sie König Zacco zuführen?»

«Ja, natürlich. König Zacco hat ihn an einer sehr langen Kette herausgelassen, aber eine Kette ist es trotzdem. Von ihr kommt selbst ein Mann wie dieser Niccolo nicht los.»

«Dann frage ich mich, warum sie ihn geschlagen haben», sagte Primaflora.

Kapitel 12

Welches Schicksal auch immer über Nicolaas wachte, es war kein gütiges, sonst hätte es ihn vor dem Gang nach Kolossi gewarnt. Er hatte keine Vorahnungen. Er traf dort ein im Anschluß an einen guten Erfolg, zunächst bei Vanni Loredano und dann bei einem viel längeren und lebhafteren Gespräch mit dem König selbst. Ihm waren dabei alle Zugeständnisse versprochen worden, um die es ihm ging, unter der Voraussetzung, daß er mit seiner Streitmacht zu Zacco zurückkehrte. Die Verve, mit der Zacco dieses Versprechen gegeben hatte, machte noch jetzt sein Blut schneller pulsieren, wenn er daran dachte.

Mit solchem im Sinn traf er in Kolossi ein, und noch zwei andere Dinge beschäftigten ihn. Das eine war das Wohlergehen Primafloras, das ihm ihre Zofe erfreulicherweise sogleich bestätigte. Das andere war eine mögliche Begegnung mit Luigi Martini, dem schweigsamen Venezianer von der *Doria*. Martini hatte die Zuckerrohrgüter der Ritter unter sich und würde Nicolaas' wegen bald nicht mehr für den Zuckerrohranbau des Königs zuständig sein. Da er auf offen zutage tretenden Groll gefaßt gewesen war, nahm er mit einiger Erleichterung zur Kenntnis, daß sich Martini nicht in Kolossi aufhielt und daß ihn nichts weiter erwartete als eine freundliche Begrüßung durch den Burgmeister und seine Ordensbrüder.

Er hatte keine Mühe mit seiner Rolle, das heißt der eines Söldnerführers auf dem Weg zu Königin Carlotta. Er mußte die Geschichte von seiner Gefangennahme durch die Mamelucken erzählen, und seine Verletzungen wurden begutachtet und versorgt. Er erkundigte sich höflich nach Demoiselle Primaflora, die zusammen mit ihm nach Zypern gereist war. Sie hatte sich, wie es schien, sehr erleichtert gezeigt, als sie erfuhr, daß er in Freiheit war und bald nach Rhodos aufbrechen wollte – denn auch sie war auf dem Weg zu ihrer Herrin, der Königin. Die Ritter erblickten in Demoiselle Primaflora eine höchst bescheidene und fromme junge Frau. Darin pflichtete ihnen Nicolaas bei. Es hieß, er werde sie beim Essen sehen. Nicolaas zeigte sich erfreut.

Und dieses Gefühl zumindest war echt. Während er sich von seinem Martyrium erholte, stellte sich die zeitweilig verblaßte Erinnerung an das wieder ein, was sie aus freien Stücken miteinander geteilt hatten. Ihm wurde bewußt, daß er bei dem Gedanken an ein Wiedersehen eine gewisse Vorfreude verspürte. Er holte ihretwegen für das angekündigte Essen das pelzgesäumte Wams hervor und fand sich zu gegebener Zeit im Remter unter dem großen Kreuzigungsgemälde mit dem Wappen des abwesenden Louis de Magnac ein.

Sie war schon da. Zu einer anderen Zeit hätte er laut gelacht, weil ihr Kleid so schlicht und langweilig und ohne Zierat war und ihr Haar, in das strenge, bauschige Netz eingesperrt, nichts mehr von der kunstvollen Tracht hatte, die Männer danach verlangen ließ, es zu lösen. Eine sittsame Primaflora war entstanden für die Ordensritter, so wie eine schüchterne Primaflora entstanden war für Thomas und – so vermutete er – eine verführerische für ihn, Nicolaas. Sein Herz schlug anders jetzt bei ihrem Anblick, und er sah, wie ihr Gesicht, das sich ihm zuwandte, einen lebhaften Zug bekam. Aber sie sagte, wie es einem wohlerzogenen Mädchen angestanden hätte: «Ich bin so froh, Euch zu sehen, Monseigneur! Ich hatte Angst um Euch.»

«Dessen bedurfte es nicht, Demoiselle. Man ist ein wenig rauh mit mir umgesprungen, aber ich gewann wieder die Freiheit, ehe Ärgeres geschehen konnte. Und wie befindet Ihr Euch?»

«Mir geht es gut», sagte sie. «Eine Prinzessin von königlichem Geblüt könnte nicht besser behandelt werden, was meine Königin gern hören wird. Und Ihr? Ihr reist nach Rhodos?»

«Ja, zu meiner Söldnertruppe. Vielleicht reisen wir zusammen. Bruder, wir sind Gast an Eurer Tafel. Weist uns unseren Platz zu.»

Man setzte ihn an ihre Seite. Sie unterhielt sich mit ihrem Tischnachbarn und er mit dem seinen. Unter dem Tisch ertastete ihre Hand die seine, und ihr Fuß stieß an seinen Fuß. Er lächelte die ganze Zeit, während er sprach. Dann schließlich wandte sie sich zu ihm um. «Was hat er getan?» fragte sie.

«Tzani-bey? Genug, damit ich mich meinerseits mit ihm beschäftige, früher oder später. Wie Ihr seht, bin ich am Leben, mit heilen Gliedern, und es steht mir frei, mich zu meinen Kriegern zu begeben.»

«Um dann was zu tun?»

«Um eine Entscheidung zu treffen», sagte Nicolaas. «Aber darüber reden wir vielleicht unter vier Augen. Warum sitzen so wenige bei Tische?»

«Die Hälfte der Brüder ist bei der Arbeit. Man erwartet das Zuckerschiff. Und einige sind nach Kouklia geritten, unter ihnen einer, den Ihr kennt. Erinnert Ihr Euch eines Priesters namens John de Kinloch in Brügge? Ich bin ihm dort bei den Johannitern begegnet. Er hat natürlich keine Ahnung, daß Ihr in Zypern seid, und ich habe es ihm nicht gesagt. Er wird sehr überrascht sein, wenn er zurückkommt. Ist das schlimm?»

Sie wußte so wenig von ihm. Er brauchte ihr nicht ausführlich von dem schmalgesichtigen Schotten mittleren Alters zu erzählen, der in Brügge am Altar von St. Ninian die Messe zelebriert hatte. John de Kinloch wußte über die Jugendjahre des Lehrlings Claes in Brügge genau Bescheid: wie oft er wegen seiner Eskapaden verprügelt worden war, mit wie vielen Mädchen er geschlafen und wen er bis zur Raserei in Wut gebracht hatte. Es tat nichts zu Sache, was er wußte. Das lag alles hinter ihm. Nicolaas sagte: «Keineswegs. Ich bin entzückt. Ich wäre vielleicht noch entzückter, wenn Pater John kein Dummkopf wäre. Aber schließlich wußte ganz Brügge, daß wir auf dem Weg zu Carlotta waren, und er wird nichts anderes tun können, als unsere Angaben zu bestätigen. Wann wird er zurück erwartet?»

«In vier Tagen, sagte er mir. Ihr habt Zeit, Eure Geschichte noch ein wenig auszuschmücken. Ist Eure Söldnertruppe wirklich auf Rhodos?»

«So habe ich gehört. Genaues werde ich wissen, wenn ich dort bin. Sind wir die einzigen Gäste?»

«Es sind noch zwei Portugiesen da. Sie essen wohl draußen.»

Er würde sehen müssen, wer sie waren. Auch jetzt hatte er noch keine Vorahnung von einer Gefahr. «Ich muß sie kennenlernen. Von Brügge oder vom Gefolge der Herzogin von Burgund? Sind sie John de Kinloch bekannt?»

Sie lächelte. «Nein. Es sind Portugiesen aus Portugal, die nach Rhodos wollen: ich habe ihnen nichts Finsteres anmerken können. Der Sohn würde gern mit mir schlafen.»

«Ich auch», sagte Nicolaas. «Wir müssen sehen, wie wir das einrichten.» Ihre Augen zeigten ihr Einverständnis; er lächelte und wandte seine Aufmerksamkeit wieder den anderen Tischgenossen zu. Seine Gedanken weilten, was sie nicht hätten tun sollen, weiter bei Primaflora. Es kostete ihn Mühe, an etwas anderes zu denken, als das Essen zu Ende ging. Er nahm sie mit, als er die Burg verließ, um sich bei der Zuckermanufaktur umzusehen. Es war ein trüber Nachmittag, und sie hatte sich einen Umhang umgelegt. Sie waren gerade am Mühlkanal angelangt, da machte sie ihn auf die zwei Portugiesen aufmerksam, die bei dem kalten, dahinrauschenden Wasser standen und miteinander sprachen. Als der jüngere Primaflora erblickte, kam er rasch näher. Sein Gesicht kam Nicolaas von fern vertraut vor. Den älteren Mann hatte er sogleich erkannt. Er gehörte zu der Familie, die wie keine andere Nicolaas van der Poele haßte. Nicolaas sagte zu Primaflora: «Ihr habt mir nicht gesagt, daß der Sohn noch ein Kind ist.»

Er verspürte, ohne es erklären zu können, eine flüchtige Überraschung, gefolgt von Freude. Dann sagte sie: «Sechzehn und noch unschuldig. Soll ich mich seiner annehmen? Es wäre anstrengend, aber man muß etwas tun. Ihr seht wirklich nicht gut aus.»

«Wie heißt er?» fragte Nicolaas. Er war sich zwar sicher, doch es schadete nichts, sich dies bestätigen zu lassen.

«Diniz. Ein hübscher Name. Senhor Tristão, Senhor Diniz, ich stelle euch einen flandrischen Seigneur vor, Messer Nicolaas van der Poele.»

Er hatte sie nicht mehr davor zurückhalten können, seinen Namen zu nennen. Es hätte auch kaum etwas genützt. Es bestand die ganz geringe Hoffnung, daß sie noch nie seinen vollen Namen gehört, noch nie einen Färberlehrling zur Kenntnis genommen hatten. Nicolaas wartete, verhielt sich still. Der ältere Mann machte eine leichte Verbeugung, begleitet von einem Lächeln. Der jüngere hörte auf zu lächeln und streckte die Hand aus, die schmutzig war. Nicolaas schüttelte sie, während seine Augen wie von sich aus in dem Gesicht des Jungen forschten. Der Vater sagte: «Verzeiht, aber wir Portugiesen sind im Grunde Landleute und verbringen die ganze Zeit im Freien. Ist Niccolo ein flämischer Name?»

Sie wußten nicht, wer er war. Der Mann sprach französisch, die Sprache, die Primaflora gebraucht hatte, und er sprach mit natürlicher Zurückhaltung. Er war dunkelhäutig und hatte dunkle Augen, und der Junge schlug ihm nach. «Ich bin Kaufmann», sagte Nicolaas, «und halte mich oft in italienischen Städten auf. Ihr reist nach Rhodos?»

«Wenn ein Schiff kommt, das mich mitnimmt», sagte der andere.

«Rhodos ist eine schöne Insel – mein Aufenthalt wird freilich nur von kurzer Dauer sein.»

«Oh, ich will auch nicht dort bleiben», sagte Senhor Tristão. «Ich muß mich um einige geschäftliche Dinge bekümmern. Ein Genosse wartet schon auf mich und wird mir helfen. Bis zum Frühjahr hoffen wir alle wieder heimsegeln zu können.»

«Aber Ihr werdet gewiß Ursache haben, später wieder zurückzukehren, Ihr oder Euer Sohn oder Euer Genosse? Alle Männer von Geist sollten einen Grund haben, in den Osten zu reisen. Oder trittst du in Portugal in das Geschäft der Familie ein?» Er wandte sich damit an den Jungen, der errötete und seinen Vater ansah.

Der Vater sagte: «Diniz würde lieber von zu Hause fortgehen – welcher junge Mann wollte das nicht? Aber wir werden sehen. Doch was können wir Euch jetzt zeigen? Möchtet Ihr etwas von den Gütern des Ordens sehen? Die Brüder werden nichts dagegen haben.»

«Ja, das möchte ich gern», erwiderte Nicolaas. «Wenn die Demoiselle mich entschuldigen will. Ihr kann das ja nichts Neues mehr sein. Vielleicht würde Diniz ihr Gesellschaft leisten?»

Ehe er sich umwandte, sah er, wie das Gesicht des Jungen aufleuchtete, und er lächelte ihn an. Kurz darauf lächelte der junge Mann zurück. Der Vater sagte zu Nicolaas, während sie sich auf den Weg machten: «Er ist noch jung.»

«Ich verbürge mich für das gute Benehmen der Demoiselle», meinte Nicolaas. «Er braucht in mir keinen Rivalen zu erblikken. Wart Ihr einmal in Flandern?»

«Ich habe mich einmal dort aufgehalten», sagte der Portugiese. «In der Umgebung der Herzogin von Burgund. Dabei bin ich meiner Gemahlin begegnet. Aber das war schon vor einiger Zeit, wie Ihr am Alter meines Sohnes erkennen könnt, ich bin selten zurückgekehrt. Und Ihr? Seid Ihr schon lange fort?»

«Lange genug. Wenn wir Zeit haben, wollen wir dann nach Limassol gehen?» Er bemühte sich um einen sorglosen Ton und wünschte aus mehreren Gründen zu hören, ob Vasquez ablehnen würde. Aber der andere war einverstanden und machte keine Gegenvorschläge. Ihr Spaziergang war nicht lang, wenn man seine Auswirkungen bedachte. Nicolaas konnte zum Beispiel sehen, was er hatte sehen wollen. Und unterwegs wurde eifrig geplaudert. Senhor Tristãos Handelshaus, so erfuhr Nicolaas, nannte sich St. Pol & Vasquez. Es hatte Besitz auf der Insel Madeira, wo es Weinberge und Zuckerrohrfelder bewirtschaftete. Es war Lieferant der Herzogin Isabelle von Burgund, deren Bruder Heinrich mit den Pflanzungen auf Madeira begonnen hatte. Und der Schotte Simon, der Bruder von Senhor Tristãos Gemahlin, war selbst im Handelshaus tätig. «In Portugal?» fragte Nicolaas. «Oder wohnt Ihr beide in Madeira?»

«Wir haben da wie dort Häuser», sagte Tristão Vasquez. «Meine Gemahlin zieht Portugal vor, desgleichen wohl auch Senhora Katelina, die Gemahlin ihres Bruders. Es ist angenehmer, wenn wir, wie jetzt, beide fort sind.»

«Begleitet Ihr Eure Ware?» Er hatte sein einfältiges Gesicht aufgesetzt und spürte, wie es starr wurde.

«Manchmal», antwortete der Portugiese. «Manchmal, so wie jetzt, reisen wir, um für ein neues Erzeugnis, das wir auszuführen gedenken, einen Markt zu erforschen. Das ist der Zweck dieser Reise, obwohl Simon mir schon vorausgereist ist. Wenn Ihr nach Rhodos kommt, werdet Ihr ihm begegnen. Vielleicht habt Ihr von ihm gehört. Zu Hause in Schottland ist er ein berühmter Turnierkämpfer. Simon de St. Pol, von einem Familienbesitz mit Namen Kilmirren.»

«Ich glaube, ich habe von ihm gehört», sagte Nicolaas.

Bei der Rückkehr in die Festung erfüllten ihn Schmerzen, als hätte man ihn abermals mißhandelt. Er ging schnell auf seine Kammer, legte sich nieder und versuchte nachzudenken. Wenn er nicht rasch etwas tat, erwartete ihn Schlimmes, hier wie auf Rhodos. Hier, weil John de Kinloch Vasquez von der Fehde zwischen Simon und Nicolaas berichten und den Rittern sagen würde, daß Nicolaas deshalb schwerlich auf der Seite Carlottas stehen konnte. Und auf Rhodos, weil dort Simon wartete. Wenn Nicolaas seine Truppe abholte, mußte er ihm begegnen. Und auch für Simon würde feststehen, daß Nicolaas nur gekommen war, um die Königin und St. Pol & Vasquez zugrunde zu richten.

Er mußte aber nach Rhodos reisen. Ohne klare Anweisung würde Astorre eine Beute der einen wie der anderen Seite werden. Mit Simon konnte er vielleicht fertig werden, wenn er auf Rhodos an Land ging, denn er hatte Primaflora, deren Wohlwollen jetzt zu seiner wichtigsten Hilfe wurde. Andererseits mußte er den Kaplan zum Schweigen bringen. Er fragte sich mit für ihn ungewöhnlicher Bitterkeit, warum sein Spiel schon gleich zu Anfang gestört wurde durch die Hand, die eingriff und die Karten neu mischte. Seinen Lebensfaden aufzunehmen hatte ihm unvorhergesehenes Vergnügen bereitet, versprach ihn sogar vollauf zu beschäftigen. Er hatte Brügge, Gent und Venedig hinter sich gelassen, doch die Vergangenheit hatte ihn abermals eingeholt und ließ ihm keine Ruhe.

Er verbrachte, Rivale von Diniz oder nicht, die Nacht bei Primaflora, und am Morgen war er gelöster. Sie wußte jetzt alles, was er ihr sagen mußte – bis auf eines. Das hob er sich bis zum Morgen auf. «Die Portugiesen.»

Sie strich sich mit seiner Hand über die Brust. «Und?»

«Sie heißen Vasquez.»

«Ja. Tristão und Diniz. Ihr kennt sie?»

«Ich weiß, wer sie sind. Sie kennen mich nicht und auch nicht meinen Namen, und es ist wichtig, daß sie nicht mehr über mich herausfinden. Nun will es das Unglück, daß John de Kinloch in der Lage wäre, ihnen mehr über mich zu erzählen. Wenn er es tut, könnte dies alle unsere Pläne zunichte machen.»

«Wie?» Sie schloß seine Finger um ihre Brustwarze und beobachtete, wie diese sich aufrichtete.

«Es hat mit einem alten Streit zu tun. Der ist jetzt nicht wichtig, könnte aber dazu führen, daß sowohl Pater John wie die Portugiesen zu dem Schluß kommen, daß mich Carlotta, Madeira oder Genua gar nicht bekümmern. Sie könnten den Ordensrittern sagen, ich stünde wahrscheinlich im Dienst von Zacco. Und die Ritter könnten mich an der Abreise hindern.»

Sie sagte: «Ich dachte, Ihr wüßtet noch nicht, wem Ihr dienen wollt.» Diesmal schob sie seine Hand an eine andere Stelle, so daß er zusammenzuckte. Einen Augenblick lang ließ seine Aufmerksamkeit nach.

«Nach dieser Nacht?» sagte er. «Ich dachte, es sei nur allzudeutlich, in wessen Dienst ich stehe. Durch und durch. Auch heute morgen merke ich das. Herr im Himmel. Wenn Ihr nicht aufhört, findet die Messe ohne uns statt.»

«Ich habe meine eigene Art zu beten», sagte sie. «Was kann also mit Pater John gemacht werden?» Sie lag still da.

«Sehr wenig – ohne mehr Hilfe, als uns zur Zeit zu Gebote steht.» Er sah sie an, wie sie so still dalag. «Wo ist die *Doria*?»

Sie rückte von ihm ab, schob seine Hand beiseite und setzte sich mit einer Heftigkeit auf, die ihr im allgemeinen fremd war. «Ihr habt mir die Stimmung verdorben. Die *Doria*? Wahrscheinlich liegt sie in der Bucht von Episkopi. Warum? Wollt Ihr den armen Pater John entführen?»

Er schüttelte den Kopf und sagte: «Ihr habt recht, das hat nichts mit Euch zu tun.» Doch als er ihr wieder näher kam, wehrte sie ihn ab.

«Ich will Eure ganze Aufmerksamkeit, nicht nur die halbe. Fahrt fort. Fahrt fort. Ich höre wirklich zu.»

Da lächelte er, und er setzte sich auch auf und sagte: «Ich ziehe das Süße nach dem Pikanten vor. Und es ist besser, Ihr wißt Bescheid. Es wäre wirklich unserer Sache abträglich, wenn ich Pater John begegnete und er mit den Vasquez über mich spräche. Es würde eine äußerst milde Haft sein. Wenn er mich nicht sieht, wird er nie erfahren, wer dafür verantwortlich war.»

«Die Ritter könnten Euren Namen erwähnen. Würden sie ihn nicht vermissen?» meinte sie.

«Er will vier Tage lang fortbleiben», sagte Nicolaas. «Werden sie sich beunruhigen, wenn er etwas länger unterwegs ist? Wohl kaum, wenn Pater John eine gebieterische Rolle in ihrem Tagesablauf spielt. Oder täusche ich mich da?»

«Nein», erwiderte sie. «Er ist sehr selbstherrlich. Aber wie könntet Ihr das allein bewerkstelligen?»

«Ich würde nicht allein sein. Crackbene würde mir helfen

oder wer sonst auf dem Schiff gelassen wurde. Wo ist dieser Ort, den John de Kinloch aufgesucht hat?»

«Kouklia? Das ist der Mittelpunkt der königlichen Zuckerrohrpflanzungen. Die Brüder Martini besitzen die Nutzungsrechte . . .» Sie hielt inne, das Haar halb hochgeschlungen. «Nein, sie besitzen sie nicht.»

«Ich besitze sie», sagte Nicolaas. «Oder doch die Genehmigung, sie zu erwerben, wenn ich meine Krieger Zacco zuführe. Aber wie weit weg ist Kouklia?»

«Nicht weit. Ihr müßtet in einem Tag dort und wieder zurück sein. Ihr könntet sie sogar alle in den Lagerhäusern der Martinis in Episkopi antreffen. Dort legt das venezianische Zuckerschiff an. Die Ritter schicken ihren Zucker auch dorthin.»

«Das habe ich gehört. Die Martinis treten als ihre Sachwalter auf. Ich reite hin. Könnt Ihr mich unter irgend einem Vorwand bei den Rittern entschuldigen? Ich besorge mir im Dorf ein Pferd oder ein Maultier.»

«Ihr könntet mich mitnehmen», sagte sie. «Ich könnte Euch die Geburtsstätte der Venus zeigen.» Sie verschränkte ihre Hände über den Kopf. Ihre Brüste erhoben sich unter dem leichten Gewand.

Wie sehr er sich auch auf anderes konzentrierte, ihr Körper nahm seine Sinne gefangen. «Ich fürchte, Ihr würdet mich ablenken», sagte Nicolaas. «Nein, Ihr bleibt hier und laßt Euch von Diniz ermüden – falls das nicht schon ein anderer getan hat.»

Schließlich mußte er nicht weiter als Episkopi reisen, um Neues von John de Kinloch zu erfahren. Die Straße war eben und bequem, und ohne Primaflora, die ihn vielleicht abgelenkt hätte, konnte er sein weiteres Vorgehen planen.

Was Tristão und Diniz Vasquez für ihn bedeuteten, mochte er der reizvollen Frau, die jetzt wohl seine anerkannte Mätresse war, nicht anvertrauen. Sie hatte schon über Katelina noch mehr wissen wollen. Er hatte ihr weder gesagt, daß Katelina verheiratet war, noch daß der Portugiese, den sie gerade kennengelernt hatte, Katelina van Borselens Schwager war. Vor siebzehn Jahren war Tristão Vasquez nach Brügge gekommen und hatte dort Lucia getroffen und geheiratet, deren Bruder Simon Jahre später Katelina zur Frau nahm. John de Kinloch wußte das. Er wußte von Simons Haß auf Nicolaas. Wenn Simon und Tristão Vasquez in Portugal Geschäftsteilhaber waren und also auf der Seite Genuas und Carlottas standen, durfte John de Kinloch sicher sein, daß Nicolaas, was immer er auch behauptete, Zacco zu unterstützen gedachte. Wurde dies bekannt, würde man Nicolaas nicht nach Rhodos zu seinen Kriegern ziehen lassen und Carlotta würde sich imstande sehen, über sie zu verfügen. Und dann mochte Zacco, seiner Hilfe beraubt, Carlottas Ansturm erliegen.

Deshalb mußte Pater John irgendwie zum Schweigen gebracht werden. Und es schien Nicolaas angebracht, alle Venezianer, denen er begegnete, darauf hinzuweisen, daß in diesem Fall seine Ziele auch die ihren waren.

Er kannte niemanden in Episkopi, lenkte aber sein Pferd hinunter zur Landungsbrücke, wo die Lagerhaustüren offen standen und Wagen und Schubkarren durch den Sand und den Schlamm rollten. Draußen lagen mehrere Schiffe vor Anker, aber von der *Doria* oder ihrem stämmigen blondhaarigen Kapitän Mick Crackbene war nichts zu sehen. Das Zuckerschiff war noch nicht eingetroffen. Er band sein Pferd an und ging auf eine Gruppe von Bediensteten zu, die ihre Arbeit verrichteten. Er traf zwei Männer von den Gütern der Familie Corner und einen, der für den Bischof von Limassol tätig war. Er sprach mit ihnen allen dreien. Über den Kaplan John de Kinloch konnten sie ihm nichts sagen, aber sie hörten sich gern an, was Nicolaas ihnen zu anderen, äußerst wichtigen Dingen zu berichten hatte. Er hatte sich gerade wieder von ihnen abgewandt und ging zu dem größeren Lagerhaus und seinem Pferd zurück, als ihm der Besitzer des Lagerhauses über den Weg lief. Es war Luigi Martini.

Im Kloster und auf der *Doria* hatte Luigi Martini unzufrieden gewirkt. Und das hatte sich nicht geändert. Sein fahles, faltiges Gesicht zeichnete sich durch ein eigensinniges eckiges Kinn aus.

Seine mit einer Krempe versehene Kappe und das dicke plissierte Wams waren zwar aus gutem Stoff gefertigt, hätten aber wieder einmal geplättet werden können. Er erweckte den Eindruck eines Mannes, der mit dem Geschäft verheiratet war und jedes andere Tun verachtete. «Messer Niccolo», sagte er. «Wie ich höre, hat Euch die rohe Behandlung einen Nutzen eingetragen. Ihr übernehmt im Namen des Königs Kouklia.»

Nicolaas erwiderte: «Vielleicht. Ihr hättet noch immer die Ertragsrechte von Kolossi. Aber ich hoffe, der König hat sich mit Euch besprochen.»

«Ich erhielt eine Nachricht», sagte der Venezianer. «Wie der König zu bemerken so freundlich war, ist mein halber Profit noch immer besser als das, was ich hätte, wenn Carlotta zurückkehrte. Ich höre, Ihr wißt noch nicht, ob Ihr das Angebot annehmen sollt. Wie herrlich, jung und sorgenfrei zu sein und zu überlegen, womit man spielt und was man als unbedeutend wegwirft.»

«Ich gehe solchen Zwangslagen gewöhnlich aus dem Wege», gab Nicolaas zurück. «In diese hier, ich muß Euch daran erinnern, bin ich nicht freiwillig geraten. Ich verspüre nicht das Bedürfnis, mich zu entschuldigen.»

«Das habe ich auch nicht erwartet», sagte Luigi Martini. «Sucht Ihr ein Schiff nach Rhodos? Eure eigene Kogge ist, wie ich höre, in einem Auftrag unterwegs.»

«Meine Kogge? Ich habe keine Ahnung, wo mein gestohlenes Schiff ist. Ich bin nicht hier, um es zu suchen. Ich bin hier, um einen Mann zu suchen und zum Schweigen zu bringen, der mich daran hindern könnte, meine Söldnertruppe von Rhodos herüberzubringen. Er ist bei den Ordensrittern, und er heißt John de Kinloch. Kennt Ihr ihn?»

«Ich kenne ihn», sagte Martini. Er trat ein paar Schritte zur Seite, rief nach jemandem, kam dann wieder zurück und blieb vor Nicolaas stehen, die Hände in die Hüften gestemmt. «Aber warum? Die Ritter glauben doch, daß Ihr für Carlotta kämpfen wollt. Warum sollten sie Eure Streitmacht daran hindern, nach Zypern zu fahren? Sie will doch, daß Ihr Zypern für sie erobert.»

«Dieser Priester hat Grund zu der Annahme, daß ich auf jeden Fall nicht für Carlotta kämpfen werde», erklärte ihm Nicolaas. «Er wird deshalb die Ritter in Kolossi warnen. Er wird es auch die Königin wissen lassen, und sie wird meine Söldner am Auslaufen hindern.»

Luigi Martini musterte ihn. «Ihr wollt nicht für Carlotta kämpfen?»

«Nein. Ich kämpfe vielleicht auch nicht für Jakob von Lusignan, doch da habe ich mich noch nicht entschieden. Aber wo ist dieser Mann jetzt?»

Der Venezianer antwortete nicht sofort. Sein mißtrauisches Gesicht war nachdenklich geworden. Nicolaas hoffte, er folgte logischen Gedankengängen. Weigerte er sich, ihm zu helfen, würde er Zaccos Unwillen erregen. Erklärte er sich zur Hilfe bereit, mochte der Plan dennoch scheitern und Nicolaas daran gehindert werden, sich Zacco anzuschließen – in diesem Falle würde Luigi Martini die Ertragsrechte von Kouklia behalten. Martini sagte: «Ihr habt den Kaplan gerade verpaßt. Er ist auf dem Rückweg nach Kolossi. Mit einem guten Pferd könntet Ihr ihn einholen.»

«Ich würde mehr als nur ein gutes Pferd brauchen», entgegnete Nicolaas. «Ich will nicht erkannt werden. Ich brauche einen Mann, der John de Kinloch vom Sehen kennt und der mithilft, ihn für mich einzufangen und festzuhalten, bis ich mit meinen Leuten Rhodos verlassen habe. Ich will dem Priester nichts antun, und ich würde jeden Vorwurf auf mich nehmen, der sich daraus ergibt. Keiner braucht etwas von Eurer Beteiligung zu wissen, außer Zacco natürlich. Wollt Ihr mir helfen?»

Es war schwer, ruhig zu bleiben und ruhig zu sprechen. Nur zwei Meilen waren zurückzulegen, und der Priester war schon aufgebrochen. Wäre mehr Zeit gewesen, hätte er einen weiteren Anreiz vorgebracht. Er hatte sichergestellt, daß Martini später davon erfahren würde. Da sagte der Venezianer: «Ja, ich helfe Euch. Es gibt einen Mann, der Pater John kennt, ohne daß dieser ihn kennt. Dieses Pferd ist schnell: er kann es nehmen. Sagt ihm unterwegs, was Ihr von ihm wollt. Und denkt daran, daß ich bei den Ordensrittern im Dienst stehe.»

«Ich nehme die Tat auf mich», sagte Nicolaas. «Ihr braucht nichts davon zu wissen. Ich danke Euch.» Er saß bei diesen Worten auf und wartete, während Martinis Mann herangetrabt kam, und dann ritten sie die Straße hinunter. Irgendwo vor ihnen war John de Kinloch. Und Nicolaas mußte ihn noch vor Kolossi abfangen.

Vielleicht wäre es ihm gelungen, wenn der Priester sich an die Straße gehalten hätte. Nicolaas erfuhr nie, weshalb Pater John einen anderen Weg nahm. Er wußte nur, daß er und sein Begleiter im Galopp bis Kolossi ritten, ohne ihn auch nur einmal zu Gesicht zu bekommen. Der erste Mensch, dem Nicolaas jenseits der Zugbrücke begegnete, war Primaflora. Sie blieb stehen. «Der Priester? Habt Ihr ihn nicht gefunden?»

«Ist er nicht hier?» fragte Nicolaas. Als sie den Kopf schüttelte, fuhr er fort: «Er hatte sich auf den Rückweg gemacht. Ich muß ihn verpaßt haben. Wir müssen zurückreiten und ihn suchen.»

«Nein, das müßt Ihr nicht», sagte Primaflora. «Eure Schwierigkeit ist aus der Welt geschafft. Ein Schiff des Ordens ist gekommen, um den Wein der Kommende an Bord zu nehmen. Es fährt nach Rhodos. Es wird Euch und mich und die beiden Portugiesen mitnehmen, und Ihr werdet Kolossi hinter Euch gelassen haben, ehe John de Kinloch Euch begegnen kann.»

Ihre Stimme klang zum Schluß verärgert, weil er über ihre Schulter hinwegblickte. «Was wollt Ihr wetten?» sagte Nicolaas. «Da ist John de Kinloch – gerade reitet er über die Zugbrücke. Und sitzt ab. Er hat mich gesehen. Wo sind die Portugiesen? Drinnen? Geht und haltet sie irgendwie fest. Redet mit ihnen. Treibt's mit ihnen meinetwegen auf dem Fußboden der Vorhalle, aber haltet sie drinnen fest. – Und Ihr kommt mit mir.»

Gefolgt von Martinis Mann überquerte er den Hof. Er wandte sich um. «Wann und wo läuft das Schiff ein?»

Primaflora sagte: «Morgen abend in Limassol. Ihr könnt nicht . . .»

«Doch, ich kann», sagte Nicolaas. Er sah sie auf die Eingangsstufen zugehen. Falls der Priester sie überhaupt zusammen beobachtet hatte, mußte es wie eine ganz flüchtige Begegnung ausgesehen haben. Er wandte sich abermals um und ging weiter. «Pater John! Erinnert Ihr Euch meiner?» Er sprach flämisch. Keiner, der im Dienst der Brüder Martini stand, würde flämisch verstehen.

Der Kaplan blieb stehen. Das schmale Gesicht und der hagere Körper waren angesichts des kalten Wetters warm eingehüllt: die Ärmel des Priestergewands sahen unter denen der Robe hervor, und um dies alles war noch ein Barchentumhang geschlagen, der bis zum Boden reichte. Auf der Kapuze trug er einen breitkrempigen schwarzen Hut mit einer gerissenen Schnur. Sein Mund ging auf und ließ schief gewachsene Zähne erkennen. «Claes!» sagte er. «Es ist fürwahr der Schelm namens Claes, aus der Färberei. Sieh da!» Er grinste. «Man sieht, Ihr seid zu Geld gekommen!»

Die Sprache, die er gebrauchte, war nicht das Flämische, sondern das Schottische, wie es in Fife gesprochen wurde. Vor vierundzwanzig Jahren war John de Kinloch Kaplan des Großmeisters der Johanniter in Schottland gewesen. In jüngerer Zeit hatte er den schottischen Kaufleuten in Brügge als Geistlicher gedient, und er hatte keine Ursache gehabt, einem anmaßenden schottischen Adligen und einem emporgekommenen Färberlehrling besonders zugetan zu sein. In der bösen Fehde zwischen Simon und Nicolaas reizte Pater John beide Seiten auf. Natürlich ohne den wahren Grund des Streits zu kennen.

Er war kein sehr aufgeweckter Mensch. Zuerst erfaßte er die Lage noch gar nicht. Nicolaas fragte: «Und was bringt Euch hierher? Geschäfte des Ordens?»

Die schiefen Zähne blitzten. «Kann man schon sagen. Der Kanonikus von Aberdeen hatte Annaten an Rom abzuliefern. Der junge Scougal ist zum Ritter erhoben worden und brauchte einen, der ihn nach Rhodos begleitete. Ich habe diese Gelegenheit ausgenutzt. Und Ihr?» Da erstarrte sein Gesicht. Er sagte: «Allmächtiger! Herr Simon ist auf Rhodos. Ihr seid hinter seinen portugiesischen Verwandten her!»

«Ihr irrt Euch», entgegnete Nicolaas. «Wir sind uns hier zufällig begegnet.» Eigentlich hatte es keinen Zweck, das zu sagen. Niemand, der seine Vergangenheit kannte, würde ihm glauben. Er fing den Blick seines Helfers ein und wandte gleich darauf wieder den Kopf. «Ich will Tristão Vasquez nicht schaden – was könnte ich ihm denn antun? Er braucht nicht einmal zu erfahren, wer ich bin.»

Der Priester machte ein verblüfftes Gesicht. «Sie wissen es nicht? Ihr habt es ihnen nicht gesagt? Was für eine Schurkerei habt Ihr im Sinn? Natürlich, Ihr wollt unterbieten, was sie auf Madeira anbauen. Ihr seid hinter dem zyprischen Zucker her.»

«Vielleicht», sagte Nicolaas. «Ich habe mich noch nicht entschieden. Aber was könntet Ihr Tristão Vasquez schon sagen? Er hat nie von Nicolaas van der Poele gehört – oder von Claes. Er würde Euch für verrückt halten. Ja, ich müßte ihnen sogar sagen, daß Ihr das seid.»

«Nur zu», entgegnete der Priester. «Ich kann ihnen sagen, daß Ihr in Sluys versucht habt, Simon zu erstechen. Ich kann ihnen sagen, daß Ihr in Trapezunt sein Geschäft zugrunde gerichtet und in Venedig das Schwert gegen ihn erhoben habt – ich hörte davon. Wenn sie wissen wollen, was für ein Mensch Ihr seid, kann ich ihnen sagen, welche von Euren Verwandten Ihr um ihr Vermögen gebracht oder getötet habt und wie Ihr euch beinahe das Haus Charetty angeeignet hättet, als Eure Gemahlin plötzlich starb und Ihr entdecktet, daß sie alles ihrer älteren Tochter vermacht hatte. Werden sie sich da nicht fragen, warum? Werden sie sich nicht fragen, warum die Töchter, die um ihr Leben fürchteten, Euch aus Brügge vertrieben? Diese Geschichte erzählt man sich allgemein.»

«Und Ihr glaubt sie?» sagte Nicolaas. «Fragt das nächste Mal vorher Pater Gottschalk. Einstweilen – ich bedaure es sehr, aber ich möchte Tristão Vasquez nicht ohne Grund bekümmern.»

«Ihr seid hierher gekommen, um ihn zu töten, ich verstehe», sagte John de Kinloch. «Das werdet Ihr nicht tun, ich verbiete es.»

Er besaß den Mut – wenn auch nur den törichten Mut – der

Rechtschaffenheit. Nicolaas sagte: «Gut. Kommt mit mir zum Burgmeister. Wo sind Eure Satteltaschen?»

Sie waren auf seinem Pferd, das irgendwie den Weg in den Stall gefunden hatte. Nicolaas sagte: «Ich warte auf Euch.» Er wartete, bis er das Gerangel hörte, und schlüpfte dann dem Kaplan hinterdrein durch die Tür. Der Venezianer hatte den Priester schon niedergeworfen und gefesselt. Nicolaas sagte: «Pater John – es tut mir leid. Ich kann es mir nicht leisten, daß mir meine Geschäfte durch Geschwätz verdorben werden. Euch wird nichts geschehen, auch den Portugiesen nicht. Ihr werdet an einem sicheren Ort festgehalten und dann so bald wie möglich freigelassen werden. Ich weiß, es ist eine schwere Kränkung, und ich werde tun, was ich kann, um sie wiedergutzumachen. Versteht Ihr mich?»

«Mörder!» sagte John de Kinloch.

«Ich glaube, wir sollten ihm etwas über den Mund binden.»

«Ja, das solltet Ihr wohl», sagte hinter ihm die leise Stimme Primafloras. «Welch abscheuliche Vergangenheit! Mit wem habe ich mich da eingelassen!»

Nicolaas verknotete die Strickenden und drehte sich um. Sie wartete, in ihren Umhang gehüllt, an einer Stelle, die dem Blick des Priesters entzogen war. Er sagte genauso leise: «Mit einem Mann. Was ist mit unseren portugiesischen Freunden?»

«Sie sitzen bei Tisch und bedeuten keine Gefahr. Wollt Ihr den armen Mann umbringen?»

«Nicht sofort», sagte Nicolaas. «Wir bringen ihn in der Form eines Mehlsacks zu einem Haus, das dieser Bursche kennt. Ihr könnt Eure Fragen später stellen.»

«Eine stelle ich schon jetzt», entgegnete Primaflora. «Gebt Ihr deshalb Jakob vor Carlotta den Vorzug – weil Ihr eine Fehde mit jemandem auf Carlottas Seite habt? Mit diesem Mann namens Simon, der jetzt auf Rhodos wartet?»

Das Pferd stampfte. «Sagen wir», antwortete Nicolaas ein wenig außer Atem, «sagen wir, jemand mit Geschäften in Genua und Portugal hat eine Fehde mit mir.» Sie warfen den Priester, ein zappelndes Bündel, in einen Korb.

Sie stand noch immer auf der Schwelle. «Zweimal hat jemand in Brügge von einer Frau mit Namen Katelina gesprochen.»

Verdammter Colard. «Ja», sagte Nicolaas, «und jetzt scheint Ihr auch von Simon gehört zu haben. Vasquez hat seine Schwester geheiratet. Katelina ist Simons Frau. Seine zweite Frau.»

«Und Ihr haßt sie alle?» fragte Primaflora.

«Nein», entgegnete Nicolaas in jähem Zorn. Er wandte sich schwer atmend um. «Ich hasse keinen Menschen. Nun, bei Tzani-bey al-Ablak mache ich eine Ausnahme.»

Sie sah ihnen nach, wie sie das Pferd über die Zugbrücke auf die Straße hinaus führten. Dann ging sie zurück und war besonders liebenswürdig zu Diniz.

Kapitel 13

Nicolaas schiffte sich am frühen Morgen des nächsten Tages, begleitet von seiner Mätresse Primaflora, nach Rhodos ein. Die beiden Vasquez, Vater und Sohn, gingen mit ihnen an Bord, und kein kreischender, fuchsteufelswilder Priester erschien, um diese vor der Fahrt mit einem Mörder zu warnen. Vor der Abreise traf Nicolaas sich noch einmal mit dem Mann, den Martini ihm beigegeben hatte, und schickte ihn mit Ratschlägen und einer Botschaft zu dem Venezianer zurück. Er hoffte dadurch zu erreichen, daß John de Kinloch in sicherem Gewahrsam gehalten und gut behandelt wurde, bis er ihn nicht mehr zu fürchten brauchte. Er hoffte es nicht nur, er glaubte fest daran.

Die Galeere mit dem Kreuz des Johanniterordens in ihrer Flagge war geradewegs aus Rhodos herübergekommen. Sie schien, was bemerkenswert war, schon beladen zu sein. Nicolaas, der auf dem Dach der Festung gewesen war, hatte am Tag zuvor kein Herbeischaffen von Gütern beobachtet, und die Felder, die sich nach Süden zum Meer hin erstreckten, hatten sogar eigenartig friedlich gewirkt. Über dem fernen Kloster Ayios Nikolaos hatte ein Rauchfleck geschwebt, und ein rosig angehauchter weißer Streifen kündete von den Salzseen mit ihren Winterflamingos.

Nicolaas mußte daran denken, daß er Zypern nur im Herbst und im Winter kannte. Er hatte Zypern überhaupt nie richtig gesehen. Die Geburtsstätte der Venus war ihm unbekannt, desgleichen die Weingärten von Engedi. Er war aus mehreren Gründen geneigt gewesen, zurückzukommen, wenn Astorre zustimmte. Jetzt war er sich Simons wegen nicht mehr so sicher. Was auch immer geschah, er hatte die Ordensritter getäuscht und konnte nie mehr nach Kolossi zurückkehren.

Er hatte einen recht ungenauen Plan für den Umgang mit Simon entworfen, der auf Rhodos auf seinen Geschäftsteilhaber Tristão wartete. Astorre sollte mit seiner Kompanie gleichfalls noch auf der Insel sein. Er war durch Botschaften, die der Orden besorgt hatte, zum Bleiben aufgefordert worden. Man hatte ihm ausrichten lassen, Nicolaas komme von Zypern herüber. Fischerboote überbrachten solche Botschaften. Nicolaas konnte nur hoffen, daß die Anweisung ihn erreicht hatte. Wenn sich Astorre ahnungslos nach Kyrenia einschiffte, würde Zacco ihn abfangen und vernichten.

Aber wo Astorre und die anderen sich nun auch aufhielten, es war unwahrscheinlich, daß Simon sie noch nicht bemerkt hatte. Rhodos war eine kleine Insel, besaß nur ein Achtel der Größe Zyperns. Vermutlich waren die Würfel schon gefallen, so schien es Nicolaas, und die Königin und auch der Orden wußten, daß er für Zacco kämpfte. Simon würde damit rechnen, daß er kam, um Astorre und seine Streitmacht von der Insel zu holen. Simon würde erkennen (und dem Orden sagen), daß Astorre Nicolaas fälschlicherweise der Anhängerschaft der Königin zuordnete. Wenn Simons Gruppe die Königin unterstützte, dann würde Nicolaas sich bestimmt für die andere Seite entscheiden. So würde Simon schließen. Simon, der Nicolaas verachtete und verabscheute, weil er von seiner ersten Ehefrau geboren worden war.

Davon wußte Primaflora nichts; und auch Tristão und Diniz Vasquez nicht, die er Onkel und Vetter hätte nennen können. Nicolaas klärte weder Primaflora noch die beiden Portugiesen auf. Er gab nur ab und zu der Versuchung nach, mit dem Jungen zu reden, der nicht mehr ganz so eifersüchtig war, seit Nicolaas und Primaflora im Umgang miteinander betont förmlich waren. Primaflora reiste in prachtvollem Aufzug, wie dies ihrem Rang als Hofdame der Königin zukam, und sprach so oft mit Diniz wie mit jedem anderen. Dies belustigte Nicolaas – die verschlossene Tür ihrer Kajüte freilich nicht. Sie wußte, wie man jemanden zappeln ließ. Um seines Friedens willen ging er ihr schließlich aus dem Weg.

Die Gesellschaft des Jungen war fast ebenso anstrengend, da Nicolaas vorsichtig zu Werke gehen mußte. Er hatte die engen Bande zwischen dem vornehmen, zurückhaltenden Vater und dem gerade erst dem Schulzimmer entwachsenen Jungen schon geahnt. Er fragte nicht nach Lucia, der Mutter des Jungen, sondern behielt nur im Gedächtnis, was er erfuhr. Er wußte, sie war früh in königlichen Dienst geschickt worden, hatte sie sich aber weltlicher gesinnt vorgestellt, als sie offenbar war. Tristão Vasquez hatte seine Gemahlin von einer Pflicht erlöst, die sie haßte, und ihr Frieden und ein ruhiges Familienleben geschenkt fern von ihrem ungezügelten Bruder Simon und de Ribérac, dem tyrannischen Vater. Der Junge hätte so weitererzählt, doch Nicolaas kam sich plötzlich wie ein Lauscher vor. Er sagte: «Starke Väter haben manchmal ungezügelte Söhne, bis diese eines Tages wissen, was sie eigentlich wollen. Was willst du denn in Zukunft tun? Deinem Vater nachfolgen?»

Diniz ließ sich noch nicht sofort ablenken. Er fuhr fort: «Mein Onkel Simon ist nicht sehr weise. Mein Vater gibt wie Ihr seinem Vater die Schuld. Zudem hat er eine sehr junge Ehefrau, die ihn nicht zu zügeln vermag. Meine Mutter sagt, sein Verhalten den Frauen anderer Männer gegenüber grenzt ans Schändliche.»

Simons Ehefrau Katelina war zweiundzwanzig, nur wenige

Monate älter als Nicolaas. Nicolaas sagte: «Willst du im Osten bleiben und dort eurem Handelshaus dienen? Manche tun das, um Erfahrung zu sammeln. Nach ein, zwei Jahren gibt es dann zu Hause wieder mehr zu lernen.» Er hätte fast von Brügge erzählt. Sie wußten nicht, woher er kam: Simon hatte ihn offenbar nie erwähnt. Sie wußten, daß seine Bank in Venedig war, und sie wußten von Trapezunt.

Vor allem Trapezunt galt auch die Neugierde des Jungen, die Nicolaas schließlich mit einer kurzen Schilderung zu befriedigen versuchte. «Du weißt, daß Konstantinopel die Hauptstadt eines großen byzantinischen Kaiserreichs war und daß es vor acht oder neun Jahren von den Türken erobert wurde? Trapezunt war auch ein byzantinisches Kaiserreich, mit Herrschern aus dem gleichen Fürstengeschlecht. Als Konstantinopel gefallen war, lag es im Zugriff der Türken. Es war sehr reich wegen seines Handels mit dem Osten, und Venedig und Genua und Florenz lag viel daran, daß ihm nichts geschah. Das galt auch für seine nichtchristlichen Nachbarn wie den turkmenischen Stamm der Weißen Schafe. Wegen seiner Bundesgenossen und weil es zwischen Gebirge und Meer auf einem Felsen erbaut war, glaubte man, es sei sicher und der kaiserlichen Familie drohe keine Gefahr. Zudem ließ man Söldner kommen, die bei der Verteidigung helfen sollten, und so begab ich mich dorthin mit meiner Kompanie und in der Absicht, für mich und für Florenz Handel zu treiben. Das war im Frühling des vergangenen Jahres.»

Er hielt inne. Der Junge sagte: «Aber die Türken haben es angegriffen und eingenommen. Wie haben sie das geschafft, wo Ihr da wart, zumal es zwischen dem Gebirge und dem Meer lag und all diese Völker seine Freunde waren?»

Eine Stimme sagte: «Warum solch ernstes Gespräch? Diniz, du ermüdest unseren Freund.»

Es war der Vater des Jungen. Der Junge sagte: «Nein! Er erzählt mir von Trapezunt.»

«Ah», sagte Tristão Vasquez. «Ich bin froh, daß ich nicht dort war.»

Der Junge war enttäuscht. «Du hättest gekämpft!»

Der Portugiese zögerte. Nicolaas sagte: «Dein Vater meint, er ist froh, daß er nicht dort war und schwere Entscheidungen treffen mußte. Es war nämlich nicht so einfach. Es war ein prächtiges Reich, aber das Blut des Herrschergeschlechts war dünn geworden, und die Adelsherren waren schwach und treulos. Sie hatten nicht mehr den Willen zum Kampf und waren zu verwöhnt, um sich mit Entbehrungen abfinden zu können. Die Handelsleute aus dem Westen verabscheuten einander, und die Weißen Schafe, die zu den Beschützern des Reichs hätten werden können, waren allein nicht stark genug, um es den Türken zu verwehren. Selbst Georgien, das hätte helfen können, griff nicht ein. Es gab einen Augenblick, in dem vielleicht alles möglich gewesen wäre und eine Entscheidung so oder so sein Schicksal hätte bestimmen können. Nur weil ich zufällig dort war, habe ich bei den Ereignissen eine gewisse Rolle gespielt.»

Tristão Vasquez blieb stumm. Der Junge sagte: «Was habt Ihr getan?»

«Das ist jetzt eigentlich nicht mehr wichtig. Schließlich wurde dem Kaiser von seinem Großkanzler Georg Amiroutzes empfohlen, sein Reich zu übergeben. Für Geld verkaufte der Kaiser Trapezunt in die Sklaverei und durfte dann nach Adrianopel in eine angenehme Verbannung gehen. Dort ist er noch immer, zusammen mit seinen jüngeren Kindern. Die älteren Mitglieder seiner Familie wurden dem Harem oder den Wesiren übergeben.»

Er hatte alles so genau und gewissenhaft erzählt wie möglich. Nichts gesagt hatte er von der Freundschaft, die er mit der Mutter Uzun Hasans, des Fürsten der Turkmenen, geschlossen hatte und die vielleicht Trapezunts Rettung gewesen wäre, hätten die Turkmenen sich auf weitere Bundesgenossen stützen können. Er sprach nicht von dem versuchten Verrat eines Mannes, der von Simon de St. Pol dafür bezahlt worden war, daß er ihm, Nicolaas, folgte und ihn herausforderte. Der Mann hatte den Tod gefunden, und er, Nicolaas, besaß jetzt sein Schiff, die *Doria*.

Was in Trapezunt geschehen war, hatte Nicolaas eine Lektion in der Beurteilung seiner Mitmenschen erteilt, die ihm nur sehr schwer eingegangen war. Als Nicolaas geendet hatte, schwieg der Junge eine ganze Weile. Dann sagte er: «Ich bin froh, daß ich nicht dort war. Wer hätte da gewußt, was er tun soll?»

«Jemand muß etwas tun, auch wenn es das Falsche ist», erwiderte Nicolaas. «Wir haben unser Bestes getan, und als uns die Sache aus den Händen genommen wurde, haben wir uns und unsere Handelsgüter und so viele Menschen aus dem Westen gerettet, wie wir konnten. Was wir taten, war möglicherweise falsch. Ich weiß es nicht. Aber am Ende hätte nur der Kaiser den Gang der Dinge verändern können.»

«Warum hat er das nicht getan?» wollte Diniz wissen.

«Wahrscheinlich glaubte er, die Sklaverei für sein ganzes Volk sei besser als der Tod für einige oder sogar die meisten. Vielleicht hat er nicht daran gedacht, was sein Volk wollte. Oft vermag ein Herrscher die volle Auswirkung der Befehle, die er gibt, nicht zu ermessen. Er sieht nur seine Freunde und seine Familie. Er sieht nicht den Mann, der seine Schuhe macht, den Ochsen für seine Tafel schlachtet und ihm das Wasser vom Brunnen bringt. Die Krieger, die er herbeiruft, sehen das alles. Sie können ihr Geld annehmen und tun, was er sie heißt. Oder sich weigern. Wenn ich mich zwischen König Jakob und Königin Carlotta entscheiden müßte, das wäre nicht einfach.»

Er sah Tristão nicht an, aber seine Worte waren für ihn gedacht. Diniz sagte: «Aber sie ist die rechtmäßige Königin! Da gibt es doch keinen Zweifel.»

Nicolaas erwiderte: «Wo ein Bastard besser ist, regiert er. Hast du das nicht bemerkt? Man schaut nicht auf die Geburt. Man sagt: ‹Zypern ist meine teure Heimat. Wer kann es am besten regieren?›»

Diniz meinte: «Ich würde fragen: ‹Wer kann es am besten gegen Sultan Mehmed beschützen?›»

«Und wer ist das?» entgegnete Nicolaas. «Der Papst muß zuerst König Ferrante sicher auf dem Thron von Neapel wissen und Malatesta von Rimini endgültig überwunden haben, ehe er an einen Kreuzzug denken kann. Der Herzog von Burgund ist krank und schwach und muß sich Ludwig von Frankreich vom

Leib halten. Frankreich sieht sich von England bedroht, und England ist seit dem Krieg zwischen York und Lancaster zerrissen. Genua würde Zypern als Kolonie übernehmen. Ebenso Venedig. Ebenso Kairo. Die einzigen angestammten Herrscher auf Zypern sind die Lusignans, und die sind uneins: König Zacco wird von Venedig unterstützt und Königin Carlotta von den Genuesen. Wissen wir wirklich, wer herrschen sollte? Wissen wir wirklich, wer die Türken am besten fernhalten kann?»

«Ihr glaubt nicht, daß das Carlotta ist?» fragte der Junge.

«Ich glaube, daß Carlotta verlieren wird. Ich kann dir nur sagen, daß die Zyprioten nicht gewinnen werden, was auch geschieht.»

«Dann wären die Türken oder Zacco genauso schlimm wie Carlotta?»

Nicolaas lächelte über Diniz' Kopf hinweg den Vater an. «Ihr zieht Euch da einen Advokaten groß. Nein, sie sind nicht gleich. Ich wollte sagen, die Insel hat solche Bedeutung, daß das Land stets das Schlachtfeld ist, wer es auch regiert, und daß es die Menschen auf den Feldern und in den Dörfern sind, die zu leiden haben. Auch würde ich Sultan Mehmed nicht über ein christliches Volk setzen.»

Tristão Vasquez sagte: «Aber was die beiden anderen betrifft, haltet Ihr mehr von Zacco?»

«Das habe ich nicht gesagt», erwiderte Nicolaas. «Ich habe gesagt, ich glaube, daß Zacco gewinnen wird. Was, glaubt Ihr wohl, ist das für ein Schiff?»

Das Schiff war eine Kogge unbestimmter Herkunft, die aus dem Regen heraus auftauchte, ihre schimmernden Kanonen in Breitseite zeigte und sie anrief. Tristão Vasquez wandte sich um. «Hm – droht da Gefahr?»

«Gewiß nicht«, sagte Nicolaas und ließ sich flach hinfallen. Die Explosion, die der Rauchwolke folgte, rüttelte im Takelwerk. Ein Schwall Meerwasser spülte über Deck. «Aber es scheint, sie wollen etwas von uns. Sind es Mamelucken?»

«Sie reden italienisch», sagte der Junge. «Sie wollen uns entern. Man muß die Demoiselle beschützen.»

«Richtig», sagte Nicolaas. «Ich gehe schon zu ihr. Habt Ihr wertvolle Habe dabei?»

«Ja», sagte Diniz.

«Nein», sagte sein Vater. «Landwirtschaftliche Probemuster, weiter nichts. Was tun unsere Schiffsleute? Und die Ordensritter – fügen sie sich?»

«Hier ist nur ein Ritter – und er weiß, wann er sich überlegener Feuerkraft beugen muß. Er mag seine Fracht verlieren, behält aber wenigstens seine Galeere. Ja, die von der Kogge entern tatsächlich unser Schiff.»

«Sie wollen den Wein haben», sagte Diniz. Sein junger Mund verzog sich spöttisch.

«Mir ist es lieber, wenn sie den Wein wollen und nicht mein Blut», erwiderte Nicolaas. «Oder das von Demoiselle Primaflora. Da kommen sie und öffnen die Luken. Piraten. Wie riechen sie nur immer ihre Beute?»

Seite an Seite liegend, von Eisenklammern gehalten für die Dauer des Umladens, rieben die Galeere und die Kogge ihre Fender aneinander. Man nahm den Wein mit und auch die Truhen, die einen ganzen Laderaum ausfüllten. «Sind das wertvolle Sachen?» fragte Diniz.

«Wer weiß?» sagte Nicolaas. «Goldfaden oder gefärbte Seide oder Dukaten. Die Ritter sind reich. Nichts, wofür es sich zu sterben lohnte. – Nein! Vorsicht!» rief er Diniz hinterher, der die Absperrung, die sie zurückhielt, durchbrochen hatte und auf eine der Luken zugestürzt war. Als sein Vater ihm zu folgen versuchte, hob einer von der Entermannschaft eine Keule und schlug den Jungen nieder. Der Vater stieß einen Schrei aus.

Nicolaas machte einen Satz und packte Tristão Vasquez am Arm. «Bleibt hier, reizt sie nicht. Der Junge erholt sich wieder. Er war mutig, aber so hält sie niemand auf.»

Der Portugiese versuchte sich loszureißen, gab es aber dann auf. Der Junge lag regungslos da. Der Mann, der ihn niedergeschlagen hatte, beugte sich wieder zur Seite und reichte weiter andere Sachen aus der Luke heraus. Tiefe Schalen mit Erde und kleinen Pflanzen darin wanderten jetzt von Hand zu Hand, bis an die Schiffsreling. Einer der Piraten warf einen musternden Blick darauf, schnaubte und zeigte mit dem Daumen nach unten. Der Träger der ersten Schale trat zu Seite und ließ seine Last fallen. Die anderen Schalen folgten.

Tristão Vasquez blickte steinern. Nicolaas sagte: «Das tut mir leid. Dort hattet Ihr Euer Gold vergraben. Ihr hättet besser wie ich ein Mieder für eine Frau daraus gemacht.»

«Das respektieren sie?»

«Nicht zwangsläufig. Aber wenn sie es finden, verschonen sie vielleicht die Frau.» Er fühlte sich zum erstenmal seit geraumer Zeit und allen Umständen zum Trotz erstaunlicherweise glücklich.

Es war dunkel geworden, als die Kogge ablegte und die Galeere ihre Fahrt nach Rhodos fortsetzte. Der Kapitän kam, nachdem er alles überprüft hatte, zu seinen vier Fahrgästen, um mit ihnen über den Überfall zu sprechen. «Sie haben alles mitgenommen, was von Wert war. Man könnte meinen, sie hätten gewußt, was wir geladen hatten.»

«Ich kann mich dafür verbürgen, daß sie den Wert von nichts kannten», sagte der ältere Portugiese voller Verachtung.

«Sie haben den Wein mitgenommen», sagte der Kapitän. «Und den Zucker.»

«Das ist das wenigste», sagte der Portugiese.

«Zucker? Welchen Zucker?» wollte Nicolaas wissen.

«Den Zucker für Rhodos», antwortete der Kapitän. «Ihr kommt doch von Kolossi, Ihr müßtet es wissen. Achthundert Doppelzentner Zucker, abzüglich vierzehn für den Haushalt des Komturs. Sie warten darauf. Alles ist schon abgesprochen. Sie reißen mir den Kopf ab, wenn ich keinen Zucker mitbringe.»

Primaflora sah Nicolaas an, und er gab ihr den Blick nicht zurück. Er sagte: «Ich dachte, die Zuckerernte wird nach Episkopi geschafft, wo alljährlich die venezianische Galeere anlegt.»

Der Kapitän zuckte die Achseln. «Wer weiß? In normalen Zeiten, vielleicht.»

Nicolaas fuhr fort: «Ich dachte, die Venezianer hätten im voraus für das Recht bezahlt, den Zucker von Kolossi zu verkaufen? Für viele Jahre im voraus.»

Der Kapitän musterte Nicolaas von oben bis unten. «Meint Ihr, Königin Carlotta sollte darunter leiden, daß die Venezianer habgierig sind? Wenn wir nichts getan hätten, wäre der Zucker nach Episkopi gegangen und stracks in die Taschen der Brüder Martini. In die Taschen Venedigs und jener, die insgeheim Jakob von Lusignan unterstützen. Auf diese Art kommt er dorthin, wohin er gehört. Nach Rhodos, wo er von den Rittern verkauft wird. Von den Rittern, auf die sich Königin Carlotta verläßt, was ihre Schiffe und sonstigen Mittel betrifft.»

«Und was machen die Piraten damit?» fragte Nicolaas.

«Wer weiß – vielleicht essen sie ihn. Trinken den Wein, essen den Zucker und sterben, so Gott will, am Durchfall. Entschuldigt. Ich muß mich sammeln. Ich muß darüber nachdenken, wie ich vor den Schatzmeister des Ordens hintrete und ihm alles erkläre.»

Später schob Primaflora einen überraschten Nicolaas über die Schwelle ihrer Kajüte, die bis dahin eine Einzelkajüte gewesen war. «Was werden die Piraten tun – was glaubt Ihr?»

«Ich weiß es nicht», sagte Nicolaas. «Nach Kreta fahren, vermutlich.» Er machte ein verschlagenes Gesicht. «Dort ist der andere der Brüder Martini.»

«Dann wußten sie also von den betrügerischen Absichten der Ordensritter?»

«Es sieht ganz so aus.» Nicolaas' Gesicht entspannte sich wieder. «Letztes Jahr wollte Carlottas Gemahl mit der königlichen Ernte betrügerische Geschäfte machen. Hat sie aus Kyrenia herausgeschmuggelt und zu verkaufen versucht. Auch die gehörte den Brüdern Martini. Aber das wißt Ihr ja. Ihr wart ja bei Königin Carlotta.»

«Der Zucker, den sie nach Bologna brachte?»

«Der Zucker, den sie nach Bologna zu bringen versuchte», verbesserte er sie mit melodischer Stimme. «Sie konnten ihn nicht in Venedig verkaufen, weil er den Brüdern Martini gehörte. Sie hörte, daß Bologna mit dem Raffinieren begonnen hatte, und wollte ihn dort verkaufen. Aber Zaccos Leute versuchten sie natürlich daran zu hindern. Haben sie eigentlich je herausbekommen, daß in den Truhen im Fluß nur Schnee war? Und was ist aus all den schönen Zuckermännern geworden?»

«Sie hat ihn dem Haus Vatachino verkauft. Raffineuren in Bologna. Sie haben sie heruntergehandelt, weil der Zucker sehr unrein war. Sie hatten die Augen und die Knöpfe drin gelassen. Ihr seid gestern nach Episkopi geritten.»

«Ja, natürlich. Ich mußte John de Kinloch ausfindig machen.»

«Ja, und jetzt wissen wir, daß John de Kinloch recht hatte. Ihr habt Euch aus persönlichen Gründen gegen die Königin entschieden, nicht weil Ihr glaubtet, sie sei im Unrecht. Vielleicht fürchtet Ihr auch tüchtige Frauen.»

«Ich war mit einer verheiratet», sagte Nicolaas.

«Ja, aber die war keine vierundzwanzig.»

«Ich glaube, Ihr habt's getroffen», sagte Nicolaas. «Mit Ohnenase kam ich gleich gut aus. Und mit Euch, natürlich; aber Ihr seid unfähig. Wie sich jetzt zeigt. Nun ja, bei offener Tür. Vielleicht sogar jetzt, bei geschlossener Tür. Oder es sind in Wirklichkeit alle diese Kleider, die im Weg sind.»

Sie wußte, wie man ein Gespräch beendet. Es war ihr noch nie so schwer gefallen, eines wieder in Gang zu bringen. Und als sie ihm, da er ohne dies nicht gehen wollte, gefällig gewesen war, zog er sich sofort an und verließ die Kajüte, damit, so sagte er, seine Abwesenheit keine Aufmerksamkeit erregte. Und danach machte er sich auf dem Schiff zu schaffen, half dem Kapitän bei der Pflege der Verwundeten, denn es war kein Arzt an Bord, und suchte zu guter Letzt die Kajüte der beiden Portugiesen auf, wo er die Kopfwunde des jungen Diniz mit Salbe behandelte und neu verband.

Als Primaflora ihn dort entdeckte, blieb sie auf der Schwelle stehen und sah zu, während der Vater des Jungen sagte: «Ihr versteht sehr viel davon. Seid Ihr wirklich kein Hospitaliter?»

«Nein», sagte Nicolaas. Er ließ den Kopf des Jungen behutsam aufs Kissen sinken und erntete ein schwaches Lächeln. «Ich hatte oft die Gelegenheit, einem sehr tüchtigen Feldarzt zuzuschauen. Einem Neffen von Ferrari da Grado.»

Der Vater blickte auf. «Dem Professor? König Ludwig, der Herzog von Mailand sind seine Patienten. Was macht sein Neffe – entschuldigt.»

«Bei mir? Ihr müßtet Tobie kennenlernen, um das zu verstehen. Er verehrt Urbino und war grundsätzlich gegen Malatesta eingestellt. Er schließt sich einem Heer an und haßt den Krieg. Sein Onkel verachtet ihn, aber er ist anders, als er scheint. Er hat mich gelehrt, keine voreiligen Schlüsse zu ziehen. Ich hoffe zuweilen, daß auch die anderen nicht alles glauben, was sie vielleicht über mich hören.»

«Aber doch gewiß nur Gutes», sagte Senhor Tristão. Mit so warmer Stimme hatte Primaflora ihn noch nie sprechen hören, und der Stimme entsprach sein Lächeln.

Nicolaas dagegen lächelte nicht. «Glaubt Ihr? Nun, schließen wir keine Wette darauf ab. Ich gehe. Er soll sich jetzt ausruhen. Er wird bald wieder gesund sein.» Er berührte den Jungen noch einmal vorsichtig, wandte sich um und verließ die Kajüte, gefolgt von Primaflora.

«Ihr habt mir meinen Jungen gestohlen», sagte sie.

«Eine vorübergehende Verirrung. Morgen erhaltet Ihr seine Hingabe zurück.»

Er hatte gesagt, was zu erwarten gewesen war. «Und wenn sie von Freund Simon erfahren, wer Ihr seid? Sie werden beide bekümmert sein. Ihr wollt es ihnen nicht selbst sagen?»

«Nein.»

«Und Ihr rechnet noch immer damit, als Mann Zaccos ergriffen und hingerichtet zu werden? Ist Euer Simon so mächtig? Ich sehe nicht, wie die Königin oder der Orden Euch ohne Beweise nachstellen könnten.»

«Was würdet Ihr tun», sagte er, «wenn Ihr die Königin oder der Großmeister der Johanniter wärt?» *Was würde der andere tun.* Immer, immer diese Frage.

Sie dachte nach. «Wenn ich wüßte, Ihr kommt, aber nicht,

wann? Ich würde den Befehl geben, alle von Zypern kommenden Schiffe zu überprüfen. Ich würde noch immer hoffen, Euch auf Carlottas Seite ziehen zu können, und deshalb würde ich Euch höflich behandeln, aber unter einer gewissen Bewachung halten, bis Eure Treue zweifelsfrei bewiesen werden könnte. Wenn ich dann herausfände, daß Ihr Zaccos Mann seid, würde ich Euch töten.»

«Genau das dachte ich auch», sagte Nicolaas.

«Wie wollt Ihr Euch also verhalten?»

«Oh, ich würde mich Carlotta sofort anschließen. Es gibt keinen anderen Weg.»

«Nein, wahrscheinlich nicht», sagte sie. Sie verließ ihn bald, und er sah sie erst wieder, als die Trommeln erdröhnten zum Zeichen, daß Land gesichtet worden war. Da standen sie dann an Deck, umgeben von ihren Beuteln, Truhen und Taschen, und sahen, wie das Land langsam näherkam – die blaue Linie des Gebirges, die beiden Häfen mit ihren Festungen und langen Reihen von Windmühlen und dahinter das ansteigende Gelände, auf dem, umgeben von ihren dicken Wällen, die Häuser, Kirchen und Paläste der Hauptstadt der rhodischen Insel standen, der Insel von Helios und Hyakinthos, der Insel der Rosen, Heimstatt der Ritter des heiligen Johannes.

An der einen Seite lag die Kriegsflotte der Ordensritter. Dies war der Mandraki-Hafen mit der Kette vor seinem Eingang. südlich davon war der Handelshafen von Rhodos, in dem viele Schiffe lagen. Auf einer langen Mole an seinem Ende wurden neue Befestigungen gebaut. «Die Bastion von St. Nikolas», sagte Primaflora. Erregung oder Angst hatten ihrer Haut eine leichte Röte verliehen; ihre Augen leuchteten. Heute hatte sie auch anstelle der düsteren Sachen Kleider im Stil des Hofes angelegt. Ihre Ärmel waren bebändert unter dem Umhang, der seinerseits mit Hermelinfell gesäumt war, und ihr Haar steckte unter einem hohen runden Hut, der die reinen Linien ihres Gesichts zur Geltung brachte. Auch Nicolaas hatte sich ausnahmsweise festlicher gekleidet, um sie an Land begleiten zu können. Sie wußte dies zu schätzen, aber es belustigte sie auch. Sie kam noch einmal auf die Bastion zurück. «Seid Ihr stolz auf das Werk Eures Heiligen? Seht, wie das Schiff sich im Vorüberfahren verneigt. Erbaut mit dem Geld des Herzogs von Burgund. Er wollte der Welt größten Kreuzzug ins Werk setzen, aber zum Schluß war es einfacher, für Rhodos einen neuen Turm zu bauen.» Sie hielt inne und setzte dann hinzu: «Wie sieht dieser Simon aus?»

Auch Nicolaas hatte den Hafendamm näher kommen sehen und ließ den Blick über die Leute schweifen, die dort standen. Da waren natürlich einige Ordensritter, die das Schiff und seine Leute begrüßen wollten und einen Bericht des Kapitäns erwarteten. Dann die Brüder, deren Geschäft die Einfuhr war. Die Händler, die nach ihren Gütern sehen wollten. Die Schauerleute, Kranführer und Leichterschiffer. Die Zollbeamten und Prüfer und der Hafenmeister und seine Leute. Und dahinter, bei den Mauern, die Stände der Schreiber und Geldwechsler. Die Straßenschreier, die Brot und Früchte und Unterkunft anzubieten hatten. Die Freunde und Angehörigen der Mannschaft, die Geschenke und Löhne in Sicherheit zu bringen gedachten, ehe alles vertrunken wurde. Vielleicht ein Abgesandter von Luis, dem Gemahl der Königin von Zypern, der die unerlaubten Waren inspizieren wollte, die man Zacco und den Venezianern vor der Nase weggeschnappt hatte. Ein Abgesandter der Königin oder des Ordens, der sehen wollte, was vielleicht sonst von Zacco noch eingetroffen war.

Und wahrscheinlich irgendwo Simon de St. Pol of Kilmirren, weil schließlich der Ehemann seiner Schwester und sein halb portugiesischer Neffe zu begrüßen waren. Aber, so hoffte er inständig, nicht Astorre oder Thomas oder Tobie – er brauchte keinen, der dabei war, wenn Simon aufsah und das von seiner ersten Gemahlin geborene Kind erblickte, das sich, zu vollem verhaßten Mannestum herangereift, Nicolaas van der Poele nannte.

Aber er war inzwischen etwas gefragt worden. Nicolaas antwortete: «Wie Simon aussieht? Haltet nach dem schönsten Mann Ausschau, der Euch je begegnet ist, Zacco vielleicht ausgenommen. Er hat Eure Gesichtsfarbe, nur sind seine Augen blau.»

Er merkte ihr die Überraschung an. «Ich nahm, nach allem, was ich hörte, an, er sei auf Euch neidisch», sagte sie.

Er lachte. «Danke. Nein, das ist er nicht. Er ist aber älter. Etwa so alt wie Tristão.»

«Der Junge ist dunkel», sagte sie. «Aber ja – auch ein hübsches Gesicht und ein köstlicher Körper. Ein Jammer, daß Ihr immer zwischen uns wart.»

Er gab darauf keine Antwort. Das Schiff wurde bei eingeholten Segeln in den Hafen gerudert, in dem es von Masten und Bannern wimmelte. Am Kai wehten noch andere Banner. Dann sah er eins, das er kannte, und er verspürte abermals den Schmerz. Primaflora sagte: «Dort, wo Ihr hinschaut? Ich sehe keinen Apollo.»

«Nein», sagte er. Weil er jetzt sah, daß Simon nicht dort war, wo die Bediensteten in Tracht unter dem Zeichen von St. Pol warteten. Statt Simon stand vor ihnen eine braunhaarige junge Frau von mittlerer Größe in einem Umhang aus Samtmusterchiffon über einem Gewand, das nicht weniger prächtig aussah. Ihr ausdrucksvolles Gesicht hätte schön sein können, wäre es nicht gerade von einer fast zornigen Strenge erfüllt gewesen. Aber sie war in vollendeter Weise zurechtgemacht; ihr Haar war geschickt unter einen zweiflügeligen Kopfputz mit dünnem Schleier gesteckt, den man keinesfalls mit einem Hennin verwechseln konnte. Sie hielt das Kinn hochgereckt, und die Brauen waren zusammengezogen, während sie angestrengt dem Schiff entgegenblickte.

Er sah sie lange an. Er hatte sie auch lange nicht mehr gesehen. Wer ist Katelina? Das dort, meine Liebe, ist Katelina. Das Mädchen, das einen Lehrling namens Claes aufforderte, es in die Bräuche der Liebe einzuführen – nicht einmal, sondern zwei Nächte hindurch. Das Mädchen, das als Folge davon einen Sohn empfing und nach der Heirat mit Simon diesen in dem Glauben ließ, das werdende Kind sei seines. Das Mädchen, das dann (unglücklicherweise) entdeckte, daß Nicolaas' Mutter Simons erste Ehefrau gewesen war. Und daß Nicolaas in dem Glauben aufgewachsen war, Simon sei sein Vater. Simon haßte Nicolaas, weil er ihn an das erinnerte, was er für die Untreue seiner ersten Gemahlin hielt. Katelina van Borselen haßte ihn mit viel, viel mehr Grund.

Sie stand am Kai, die junge Frau namens Katelina, die, wie es schien, an Stelle von Simon nach Rhodos gekommen war und die wußte, was Simon zu seinem Schaden wußte, und davon Gebrauch machen würde. Allem anderen völlig entrückt stand Nicolaas da und starrte zu ihr hinüber, ohne sie zu sehen, und erinnerte sich zweier langer, herrlicher Nächte. Er sah auch Primaflora nicht, die ihn aus weit aufgerissenen Augen anblickte.

Das Schiff bewegte sich zu seinem Ziel hin. Die Bediensteten des Hauses St. Pol traten unruhig von einem Bein aufs andere. Katelina wartete, während das Schiff anlegte, und achtete nicht des kalten Windes, der an ihrem Umhang zerrte. Sie harrte höflich lächelnd aus, indes die Laufplanke heruntergelassen wurde und sehr überrascht Tristão Vasquez auf sie zukam, gefolgt von dem Jungen. Sie ließ es zu, daß Vasquez ihr nacheinander beide Hände küßte und der Junge ihr sodann die Lippen auf die Wange drückte, wobei sie lächelte. Man sah von Deck aus, wie sich lebhaft ihre Brauen hoben, als Fragen gestellt und beantwortet wurden. In Portugal und auf Madeira betrieben sie und Simon mit Tristão Vasquez ein gemeinsames Geschäft. Sie mußte mit Simons Schwester und ihrer Familie gut bekannt sein. Vielleicht benutzten sie denselben Fondaco, wenn sie sich dort aufhielten. Es sah so aus, als wäre die Verbindung eher kühl als eng. Der Junge begann zu erzählen, und ihr Gesicht veränderte sich, bekam einen höflichen Zug. Sie lauschte zweifellos einem Bericht von dem Überfall der Piraten.

Es konnte nur einen Augenblick dauern, bis sie von der Wunde des Jungen erfuhr, und dann davon, wie sie versorgt worden war. Da die Entfernung zum Lippenlesen zu groß war, konnte Nicolaas ihre Fragen nur vermuten, und dann sah er, wie sich ihr Gesichtsausdruck wiederum veränderte. Früher als er erwartet hatte, wandte sie sich um, blickte zum Deck hinauf und das Deck entlang und erkannte ihn. Über den von Geräuschen erfüllten Raum hinweg begegnete er ihren Augen.

Primaflora sagte: «Euer Simon ist nicht da.»

«Nein», sagte Nicolaas. «Das ist Katelina, seine Gemahlin. Seine zweite Gemahlin. Kommt, ich stelle sie Euch vor.»

Kapitel 14

In den zwei Jahren, die seit ihrer letzten Begegnung in Brügge verstrichen waren, hatte Katelina nicht daran gezweifelt, daß sie eines Tages an einem Ort ihrer Wahl dem gefühllosen, herumhurenden Lehrling gegenübertreten würde, der sie dazu benutzt hatte, ihrem Gatten ein blutschänderisches Kind aufzuzwingen. Während eines Teils dieser Zeit war Nicolaas außerhalb ihres Zugriffs gewesen, zuerst in Trapezunt und dann auf der Wanderschaft irgendwo. Einmal, in Venedig, hatte Simon ihn gestellt, aber es war nichts daraus geworden, und seitdem hatte Simon mit seinen eigenen Geschäften zu tun gehabt, aber dabei immer wieder daran gedacht, mit Nicolaas in Wettbewerb zu treten und ihn in allem, was er tat, zu überlisten. Da er das Kind für das seine hielt, wußte er nicht, daß Nicolaas ihn schon übertrumpft hatte, jetzt und für alle Zeit. Simon verachtete Nicolaas und mochte ihn im Zorn angreifen. Sie aber hatte einen ganz anderen Grund, Nicolaas zu verfolgen und mit dem Leben für seine Tat bezahlen zu lassen.

In Anjou erfuhr sie, daß Nicolaas in Italien zu seinen Söldnern stoßen mochte, und sie hoffte, daß die von Jordan entsprechend angewiesenen Angeviner ihn töteten. Sie taten es nicht. Man hatte ihr berichtet, Nicolaas sei eingeladen worden, sich der Königin von Zypern anzuschließen, und als sie hörte, daß er aus

Italien verschwunden war, nahm sie an, daß er sich nach Zypern begeben hatte. Dann hatte sie erfahren, daß die von ihrer Bittreise zurückgekehrte Carlotta von Zypern von Rhodos aus erneut ihren Anspruch auf ihr Königreich stellen würde.

Das Haus St. Pol & Vasquez hatte Geschäfte in der Levante. Es erzeugte auch Wein und Zucker und hatte Grund, seine Mitbewerber auf diesem Gebiet im Auge zu behalten. Es war ein leichtes gewesen, Tristão, der nichts von Nicolaas wußte, zu einem Besuch der Insel Rhodos mit dem Umweg über Zypern anzuregen. Nach einigem Zögern hatte er sich dazu bereit erklärt. Als er sich zusammen mit seinem Sohn auf die Reise machte, hatte er damit gerechnet, bei seinem Eintreffen in Rhodos Simon vorzufinden.

Früher einmal hätte Katelina Simon gehen lassen, damit er allein den Streit mit Nicolaas zu Ende brachte. Jetzt war sie entschlossen, dies selbst zu tun. Wie sie herausfand, wußte Simon nicht, daß Nicolaas aufgefordert worden war, für Carlotta zu kämpfen, und sie sah keinen Grund, es ihm zu sagen. Als Tristão abgereist war und Simon, der klugen lenkenden Hand des Schwagers beraubt, seiner Mätresse wieder mehr Zeit zu widmen begann als seinem Kontor, hatte Katelina sich erboten, statt seiner nach Rhodos zu reisen, um sich dort mit seinen Geschäftspartnern zu treffen. Da er ihre Abneigung gegen die Hitze und das Reisen kannte, war er zunächst erstaunt gewesen, hatte aber dann recht bald zugestimmt.

Eine Seereise war ihr noch nie bekommen, und diese hier war schrecklich gewesen. Auf Rhodos gelandet, hatte sie festgestellt, daß Nicolaas abermals verschwunden war. Er war nicht auf Rhodos, und man sprach nirgendwo von ihm. Erst als sie bei Hofe nachforschte, hegte sie wieder Hoffnung. Seine Söldnertruppe befand sich auf der Insel. Sie war gekommen in der Erwartung, ihn hier zu treffen und in den Dienst der Königin Carlotta zu treten. So wurde berichtet, aber das stimmte natürlich nicht. Katelina hatte die Ordensritter und die Königin aufgesucht und ihnen gesagt, was und wer Nicolaas war und warum sie ihm mißtrauen sollten.

Man hörte auf sie. Sie war eine van Borselen, gehörte einer Familie an, die mit Herrscherhäusern und den Ratgebern Herzog Philipps von Burgund verbunden war. Ihr Gemahl verfolgte Geschäfte in Genua, Schottland und Portugal. Er war auch der Sohn von Jordan de Ribérac, Frankreichs bedeutendstem Finanzberater. Deshalb hörten die Königin und der Großmeister sie an und stellten Fragen und zeigten sich enttäuscht. Nicolaas' Streitmacht unter ihrem Hauptmann Astorre wurde unter Bewachung gestellt, bis über ihr weiteres Schicksal entschieden war. Katelina fand einen Platz im Kreise der Kaufleute von Rhodos und betrieb inzwischen die Geschäfte ihres Hauses. Und im Wind und im Regen eines feuchten Winters richteten sich der Hof und der Orden auf die früher oder später zu erwartende Ankunft dieses durchtriebenen Lehrlings ein, der sich zu einem reichen und gefährlichen Handelsherrn namens Nicolaas aufgeschwungen hatte.

Trotz alledem traf die Art seines Kommens Katelina unvorbereitet. In Erwartung eines Schiffes aus Kolossi gesellte sie sich zu den anderen Kaufleuten, die sich zum Kai begaben. Mit dem Schiff kamen, wie sie gehofft hatte, Tristão Vasquez und sein junger Sohn. Sie sah, daß sie überrascht waren: sie hatten mit Simon gerechnet. Tristão in seiner portugiesisch-höflichen Art wollte sich nicht bei den Begrüßungsformalitäten mit ihren Erkundigungen und Antworten drängen lassen. Der vor Neuigkeiten überschäumende Junge unterbrach dieses Spiel. Das Schiff war geentert worden; es war zum Kampf gekommen; er war verletzt worden. Sie ließ ihn erzählen, bis ihr beim Zuhören ein verwirrender Verdacht kam. Als der Junge gerade Atem holte, sagte sie: «So, da hattet ihr also einen Barmherzigen Bruder an Bord? Mit einer jungen Frau?»

«Nein, da haben wir uns falsch ausgedrückt», sagte Tristão. «Unser Samariter war ein weltlicher Reisegefährte, ein junger Kaufmann aus Flandern. Niccolo van der Poele ist sein Name. Er hatte von Simon gehört; kennt Ihr ihn vielleicht? Er ist noch an Bord.»

Er war in die Falle gegangen. Aus Überheblichkeit war er in

die Falle gegangen, obschon er annehmen mußte, daß Simon hier war und auf ihn wartete. Und Tristão Vasquez wußte offensichtlich nicht, wer er war. Sie sagte: «Diniz, der Herr in den langen Gewändern dort ist der Großkomtur von Zypern. Würdest du ihn von mir grüßen und ihn bitten, zu uns zu kommen?»

Der Junge zögerte, tauschte einen Blick mit seinem Vater. «Bitte, geh zu ihm», sagte Katelina van Borselen.

Der Junge ging. Tristão Vasquez sagte: «Verzeiht – Ihr kennt den jungen Mann, Senhor Niccolo?»

«Ja», erwiderte Katelina. «Er wußte, wer Ihr wart, mochte es Euch aber nicht sagen. Ihr seid beide getäuscht worden.»

Den Blick auf das Schiff gerichtet, sprach sie mit einer Heftigkeit, die sie sich in ihrem übrigen Gebaren nicht anmerken ließ. Nicolaas glaubte, daß Simon hier war. Offen oder heimlich würde er bestimmt nach ihm Ausschau halten. Und ganz offen und gar nicht heimlich war er da, Nicolaas, Claes, unübersehbar durch seine Größe und eine gewisse Neigung des Kopfes, an die sie sich erinnerte. Sehr gut erinnerte.

Natürlich hatte er sie beobachtet. Während sie noch hinsah, trat er vor, erreichte die Laufplanke, ging sie sicheren Schrittes hinunter. Sein Gesicht blieb ihr zugekehrt, halb verdeckt durch einen großen Pelzhut mit hinten hochgeschlagener Krempe. Hinter ihm schritt eine Frau, eine schöne Frau. Louis de Magnac, geleitet von dem Jungen, näherte sich Katelina. «Madame?»

Katelina sagte: «Der junge Mann, der da die Laufplanke herunterkommt – das ist Niccolo van der Poele. Er ist mit einem Schiff des Ordens gekommen – wie, das weiß ich nicht.»

Der Großkomtur von Zypern wandte sich um und blickte zu der fraglichen Person hinüber. «Ich auch nicht. Ich weiß nichts davon. Ich werde dem Palast Nachricht geben. Könnt Ihr ihn aufhalten?»

«Wahrscheinlich nicht. Ihr werdet irgendeinen Vorwand brauchen. Und einige Bewaffnete. Ist der Schatzmeister frei?»

Der Großkomtur sprach schon mit seinem Sekretär. Er wandte sich um. «Im Augenblick nicht. Ich bleibe bei Euch.»

Tristão Vasquez sagte: «Ich begreife das nicht. Da kommt Messer Niccolo. Was soll ich zu ihm sagen und zu der Demoiselle?» Der Junge schwieg.

Katelina sagte: «Ich glaube nicht, daß sie stehenbleiben werden. Das würde er nicht wagen.»

Sie hatte sich getäuscht. Anstatt zu versuchen, an ihnen vorbeizugelangen, kam Nicolaas geradewegs auf sie zu, mit der jungen Frau am Arm. Er unterhielt sich mit ihr. Was erzählte er ihr wohl? Und wer war sie? Niemand hatte etwas von einer Frau gesagt. Katelina versuchte, in seinem Gesicht zu lesen. Das runde Gesicht des Lehrlings Claes war verschwunden, wenn es auch seine besonderen Merkmale behalten hatte: die vollen Lippen, die gewölbten Nasenflügel, die Augen so groß und leuchtend wie Seerosenblätter. Sie konnte gerade noch die weiße Narbe auf der einen Wange erkennen, das Vermächtnis, das er Jordan de Ribérac verdankte. Er blieb stehen und sah sie an. Dann lächelte er Tristão an und sagte: «Ich kenne den Gemahl der Demoiselle. Ich hätte es Euch sagen sollen. Demoiselle Katelina, ich möchte Euch mit der Demoiselle Primaflora bekannt machen, die sich wieder dem Gefolge der durchlauchtigen Königin von Zypern anschließen will. Und wenn ich mich nicht täusche, spreche ich in Euch den Großkomtur an?»

Er hatte bei diesen letzten Worten den Mann neben Katelina angesehen. Der Großkomtur von Zypern musterte sein Gegenüber – ein erfahrener Krieger schätzte den anderen ein. Hinter ihm, die Schwerter in den Scheiden, standen die Leute seiner Eskorte. Er sagte: «Louis de Magnac. Wir sind uns noch nicht begegnet?»

«Ich hatte noch nicht die Ehre», entgegnete Nicolaas. «Ich habe Euer Wappen von Kolossi her erkannt. Aber ich glaube, die Demoiselle Primaflora ist Euch bekannt.»

«Ja», sagte Louis de Magnac. «Ja, sie zählt zum Gefolge der Königin. Ich erinnere mich natürlich an sie.»

Er hatte mit der Antwort gezögert, was verständlich war. Wie war Nicolaas an diese Frau gekommen? Katelina sagte rasch: «Der Großkomtur sorgt dafür, daß die Demoiselle sogleich zum

Palast gebracht wird. Dann bleiben ihr die lästigen Umstände erspart.»

Da sprach die junge Frau. Die Klangfarbe ihrer Stimme entsprach ihrer Haltung und ihrer äußerst geschmackvollen Kleidung. Katelina begriff plötzlich. In Rom war über das Auftreten von Königin Carlottas Hofdamen geredet worden. Primaflora sagte: «Ich habe nichts gegen Umstände. Ich bleibe lieber noch bei Messer Niccolo.»

Tristão Vasquez fragte: «Welche Umstände?»

Katelina stellte Überraschung zur Schau. «Der Schatzmeister und der Großkomtur werden es besser wissen als ich, aber wenn ein Schiff überfallen wurde, müssen dann nicht die Fahrgäste angeben, was geraubt wurde und was sie gesehen haben, damit man vielleicht auf die Spur der Piraten kommt?»

«Das haben wir schon getan», sagte Nicolaas. «Wir sind jetzt müde nach der Reise und würden am liebsten eine Herberge aufsuchen. Senhor Tristão hat uns eine empfohlen.»

«Dessen bedarf es nicht», sagte der Großkomtur. «Hier ist ein Diener, der sich Eurer Habschaft annehmen wird, und meine Leute werden Euch geleiten. Ich bitte Euch nur zu warten, bis mir der Kapitän bestätigt hat, daß weiteres Zeugnis von Euch nicht vonnöten ist.»

Er machte eine kleine Verbeugung und schritt davon, gefolgt von seinem Sekretär. Die Gruppe der zurückgelassenen Bewaffneten bildete einen kleinen und keineswegs zufälligen Kreis. Katelina wandte sich an Tristão Vasquez. «Wir brauchen nicht zu warten. Da sind Träger. Das Haus, das ich gemietet habe, ist ganz in der Nähe, in der Khora.»

Der Portugiese sagte: «Ich wünsche zu erfahren, was hier geschieht? Warum wird dieser Senhor festgehalten? Er stellt seine Streitmacht in den Dienst Königin Carlottas. Seinen Wünschen sollte entsprochen werden.»

Wie hatte Nicolaas Vasquez für sich eingenommen? Aber natürlich. Er hatte dem Jungen einige Aufmerksamkeit gewidmet. Schlauer, scharfsichtiger Nicolaas. Aber wenigstens war der Großkomtur gegangen. Katelina sprach gerade so laut, daß ihre

Verachtung deutlich wurde. «Ich sehe, Ihr habt von Claes eine hohe Meinung. Ja, er wurde Claes genannt, als er noch Färberlehrling war. Dann brachte er eine recht kurze Ehe zustande, aus der er mit einem neuen Namen und Reichtümern hervorging. Er betrachtet sich gern als einen von Simons beharrlichsten Rivalen. Deshalb hat er sowohl Euch wie dem Orden seine wahren Verhältnisse verschwiegen. Deshalb kann man verstehen, daß die Königin von Zypern sich fragt, auf welcher Seite er wirklich kämpfen will – auf ihrer oder auf der Zaccos.» Sie wandte sich an Nicolaas. «Ihr könnt Euch auch gleich in den Palast begeben. Jeder andere Ort ist Euch verboten. Astorre und die anderen sitzen seit ihrer Ankunft hinter Schloß und Riegel.»

Nicolaas trug Ruhe zur Schau. «Wie unklug, wenn man erwartete, daß die Truppe für Carlotta kämpft.» Mehr sagte er nicht. Er fragte nicht, wo sie festgehalten wurden. Tristão sah noch immer Katelina an. Der Großkomtur kam gemächlichen Schrittes zurück. Gleichermaßen gelassen beobachtete Nicolaas, wie der ihm zugeteilte Diener Truhen und Kisten auf einen Karren hob. Diniz wandte sich an Nicolaas: «Davon habt Ihr uns nichts gesagt.»

Nicolaas kehrte ihm das Gesicht zu. «Nein. Es war ein mißliches Ding. Dein Onkel Simon und ich haben ein paarmal die Klingen gekreuzt, geschäftlich und aus persönlichen Gründen. Ich dachte, der Streit sei vorüber, sonst wäre ich jetzt schwerlich hier.»

«Und meine Gemahlin?» sagte Tristão Vasquez. «Erstreckt sich diese Fehde auch auf sie?»

«Natürlich nicht. Sie hat wahrscheinlich noch nie von mir gehört. Ich führe weder gegen Euch noch gegen Euren Sohn etwas im Schilde, wie ich Euch wohl bewiesen habe. Und auch nicht gegen Herrn Simon, ob Ihr mir glaubt oder nicht. Ich möchte nur meine Männer holen und wieder abreisen.»

Louis de Magnac hatte sich wieder zu ihnen gesellt. «Und das wünschen wir auch, Messer Niccolo. Ich bin sicher, Eure Treue zur Königin steht außer Zweifel. Sobald sie selber davon überzeugt ist, dürft Ihr zu ihnen.»

«Die Königin ist hier?»

«Ja», sagte der Großkomtur von Zypern. «Und sie erwartet Euch jetzt im Palast.»

«Ich fühle mich geehrt», sagte Nicolaas. «Natürlich werde ich mich zu ihr begeben. Aber Ihr werdet mir verzeihen, wenn ich an meinem ursprünglichen Plan festhalte. Ich möchte zuvor die Demoiselle, unsere Diener und unser Reisegut in einer guten Herberge unterbringen. Wir sind nicht für den Hof gekleidet.»

«Gut», erwiderte Louis de Magnac, «eine Herberge soll es sein. Wir werden Eure Diener hinschicken und Eure Habschaft und die der Demoiselle. Wenn Ihr sie benötigt, wird man darum schicken. Doch jetzt dürfen wir die Königin nicht warten lassen. Wollt Ihr zu Fuß gehen? Oder wünscht die Dame getragen zu werden?»

Nicolaas sagte: «Die Königin ist zu liebenswürdig. Als zukünftiger Führer ihrer Hilfstruppe möchte ich sie nicht herabsetzen, indem ich nachlässig gekleidet vor sie trete. Ich nehme gern eine Eskorte zur Herberge an. Eure Leute können warten und uns dann weiter zum Palast geleiten. Und es wäre vielleicht angemessener und ginge schneller, wenn die Demoiselle und ich gute Pferde bekämen. Wie Ihr seht, habe ich keines meiner eigenen dabei.»

Noch nie zuvor hatte es Katelina van Borselen erlebt, daß Claes einer hochgeborenen Person von gleich zu gleich begegnete oder ihr gar Bedingungen stellte. *Wenn du nicht zustimmst, wirst du mich festnehmen und die Hoffnung auf meine Söldnertruppe begraben müssen.* Sie sah, wie sich der Großkomtur fürs Nachgeben entschied. Die Herberge konnte bewacht, eine Verständigung mit anderen verhindert werden. «Aber natürlich», sagte Louis de Magnac. «Wenn Ihr nur nicht die Geduld ihrer Majestät auf eine zu harte Probe stellt. Sie ist eine Frau. Sie hat es nicht gern, wenn man sie lange warten läßt.»

«Dann ist es schade», sagte Nicolaas, «daß Ihr mich gleich angemeldet habt, ohne mich vorher zu fragen. Wohin gehen wir also?»

Man brachte sie zu einer großen Herberge, die nicht in der Khora gelegen war, dem unteren Teil der ummauerten Stadt, in dem die Kaufleute, die Juden, die Vertreter der westlichen Länder ihren Handelsplatz und die Ritter die privaten Gebäude hatten, die sie sich leisten konnten. Oberhalb der Khora lag die befestigte Stadt der Ordensritter, in der sie zu Rate saßen. Dort standen auch ihre Kirche, das Hospital zum heiligen Johannes und die Burg des Großmeisters, desgleichen die Palais für die Diplomaten, die Botschafter und die Gäste der Ritter. Das Hospiz, zu dem Nicolaas und Primaflora gebracht wurden, war eines dieser Gebäude. Und recht weit davon entfernt lag, wie Nicolaas von Primaflora erfuhr, der Palast Carlottas und Luis' von Zypern, wo er später erwartet wurde.

Dies war das einzige Mal, daß sie beide miteinander sprechen konnten auf dem kurzen Weg hinauf durch die dicken, turmbewehrten Tore und die geradezu klassizistischen Straßen mit ihren so gar nicht klassizistischen levantinischen Gebäuden. Sie hatten sich am Kai von Katelina und ihren Verwandten getrennt. Nicolaas folgte der zornige, funkelnde Blick des jungen Diniz hinterdrein. Nun, er hatte gewußt, daß es dazu kommen würde. Tristão Vasquez hatte nichts mehr gesagt, aber er schuldete Vasquez etwas für den Einspruch, den er immerhin erhoben hatte. Er würde in Zukunft nichts dergleichen mehr tun, das war gewiß. Und Katelina? Sie war, als sie sich damals begegneten, neunzehn Jahre alt gewesen, gerade aus einem ungewollten Verlöbnis ausgebrochen, auf Kriegsfuß mit den Eltern, auf Kriegsfuß mit der Männerwelt. Jetzt war sie Simons Ehefrau und Mutter, aber nur drei Jahre waren vergangen. Was angriffslustig, geradeheraus, kindlich eitel gewesen war, hätte nicht so schnell zu einer verbitterten, starren Gemütsverfassung werden sollen; ein Gesicht von eigenständiger Schönheit, jetzt voller unterdrückter Empfindungen. Auf dem Weg den Kai entlang hatte Primaflora gesagt: «Das ist die Ehefrau des schönen Simon?»

Und er hatte gesagt: «Sie hat Nebenbuhlerinnen, wie Ihr Euch denken könnt», und es dabei belassen. Primaflora mußte erkennen, daß ihm nach Katelina nicht der Sinn stand. Es war sehr wichtig, daß ihr das klar wurde.

Im Gästehaus wurden er und sie in getrennten Kammern untergebracht, mit einem Bediensteten vor jeder Tür. Primaflora durfte ihre Zofe bei sich haben, ihm aber standen nur die Dienste des Mannes aus dem Haushalt des Großkomturs zur Verfügung. Die aufmerksamen Dienste: der Neger folgte ihm mit dem Gepäck hinein und schloß dann die Tür von innen ab. Er wandte sich um. Außer ihnen beiden war niemand in der Kammer. Nicolaas sagte: «Ich kann's nicht glauben. Für Geld würdest du alles tun.» Er versetzte dem anderen einen leichten Stoß gegen die Schulter und hielt ihn dann auf Armeslänge von sich, während beide einander angrinsten.

Der Neger namens Loppe sagte: «Ihr müßt Seigneur de Magnacs Lohn überbieten. Was hat Euch so lange aufgehalten?»

Nicolaas schob ihn in einen Sessel und ließ sich zu Boden fallen und streckte genüßlich die Arme über dem Kopf aus. «Das ist jetzt nicht wichtig. Wie kommst du hierher? Wo sind die anderen? Und was geht vor?»

Vom Sklaven hatte es der Mann namens Loppe zum Freund und zum Haushofmeister des Fondaco in Trapezunt gebracht und war mitten in das Haus Charetty hineingewachsen – hatte ihm noch angehört, als Nicolaas ihn das letzte Mal in Tilde de Charettys Kontor in Brügge gesehen hatte. Von Brügge war er, so schien es jetzt, nach Venedig gereist. Und dann hatte er, sich von Astorre fern haltend, bei Louis de Magnac von Zypern Anstellung gefunden, bei dem alle Nachrichten von Zypern eingehen mußten. Keine maßgebliche Person kannte ihn hier oder erinnerte sich an ihn, nicht einmal Katelina van Borselen. Nicolaas sagte: «Es war dennoch gewagt. Und die Arbeit eines Trägers! Du weißt, wie man Sachen fallen läßt.» Er hielt inne und setzte dann hinzu: «Hast du ihnen in Brügge gesagt, wo du hingehst?»

Loppe wiegte den Kopf hin und her. «Ich wußte nicht, wo ich schließlich hingehen würde. Ich habe Meester Julius gebeten, mich zu Advokat Gregorio nach Venedig gehen zu lassen. Er hatte nichts dagegen. Er hatte genug mit den Mädchen zu tun. Nichts Unangenehmes – sie führen sich sehr anständig auf, und Pater Gottschalk behält sie im Auge und Ser Adorne auch.»

«Und Gregorio?» fragte Nicolaas. Loppe wußte gefühlsmäßig immer, was er wissen wollte.

«Er hat seine Bank eröffnet, die gut geht. Eure Bank. Er war ein wenig besorgt. Das waren wir alle. Wir wollten nicht für alle Eure Schulden haften.»

«Dann hättet Ihr keine Anteile erwerben sollen», sagte Nicolaas in beiläufigem Ton. Die Mißgeschicke seiner Ankunft rückten für ihn schon in den Hintergrund und machten einem Kitzel der Erregung Platz. «Ihr meint also, ich sollte etwas für das Konto tun. Nun, ich streite nicht ab, daß ich schon daran gedacht habe. Ich brauche freilich Hilfe, wenn du nicht dein Leben lang Träger bleiben willst. Wie nennst du dich jetzt?»

Der andere lächelte. «Lopez. Ihr erinnert Euch, ich gehörte Portugiesen. Ich rechne nicht damit, daß ich lange Zeit dienen werde. Vielleicht erteile ich Euch später Befehle.»

«Versuch's nur.» Nicolaas streckte auf dem Fußboden die Beine aus. «Schön. Erzähle. Von Astorre, von Katelina und der Kompanie.»

«Ihr habt tatsächlich mit ihr gerechnet.»

«Ich hatte Simon erwartet», sagte Nicolaas. «Aber wir bekommen nicht immer, was wir wollen. Wie kam Astorre in Schwierigkeiten?»

«Durch sie», sagte Loppe. «Hauptmann Astorre war ganz geschickt. Er kam hierher auf der Suche nach Euch, während er nach außen hin so tat, als wollte er einen neuen Dienstherrn ausfindig machen. Ihr wart nicht da, also wartete er – und blieb zu lange. Als die Demoiselle Katelina eintraf, war schon bekannt, daß Ihr Italien vor Astorre verlassen hattet. Also sagte die Demoiselle der Königin, daß Ihr vielleicht gar nicht die Absicht gehabt hattet, auf ihrer Seite zu kämpfen. Und wenn Ihr zu Astorre kämt, so vielleicht nur, um die Söldnertruppe Zacco zuzuführen.»

Er hielt inne. Nicolaas lächelte, sagte aber nichts. Loppe fuhr geduldig fort: «Da wurde die Kompanie dann unter Aufsicht gestellt. Der Vorwand war verständlich. Beschäftigungslose Söldner sind eine Gefahr für jedes Land. Entweder unterschrieb Astorre einen Kontrakt, oder die Truppe wurde in Gewahrsam genommen. Astorre ließ sich nicht davon abbringen: sie warten auf Eure Ankunft, und sie gedenken für die Ritter oder für die Königin zu kämpfen. Sie sind im alten Hospital und nachts eingesperrt, wenn ihnen der Orden auch erlaubt, sich tagsüber ihren Unterhalt zu verdienen. Le Grant hat die Verteidigungsanlagen verbessert.»

«Le Grant?» sagte Nicolaas. John le Grant und er hatten einmal halb Trapezunt in die Luft gejagt. Aber dann war der Schotte nach Brügge gegangen und gleich ihm von Marians Töchtern vor die Tür gesetzt worden.

«Euer früherer Geschützmeister», bestätigte Loppe. «Er kam zur gleichen Zeit wie ich aus Venedig herüber. Er sagte, das Leben werde ohne Euch zu bequem.»

Astorre und Le Grant. Thomas, Tobie und Loppe. War er gerade noch allein gewesen, so war er jetzt Teil einer Gemeinschaft. Eine Gruppe, die mitreden und Forderungen stellen würde, wenn er sie gewähren ließ. Eine Gruppe, die tun würde, was er wollte, nun da er ganz genau wußte, was er wollte. Er war nicht Teil der Gemeinschaft. Er gebot über ein Arsenal an Eröffnungszügen in einem perfekten Kriegsspiel. Er sagte: «Wie denkt Carlotta?»

«Die Königin? Die Ritter verfluchen sie, geben ihr aber, was sie will. Sie ist eine Kämpferin. Sie wird von Konstantinopel und von ihrem Bruder bedroht. Sie braucht Astorre und seine Männer, genauso wie die Ritter. Aber ehe sie sie ihrem Bruder überläßt, würde sie sie lieber umbringen.»

«Und die junge Frau, die ich mitgebracht habe? Wird von ihr gesprochen?»

Loppes Gesicht veränderte sich kaum. «Die Hofdame Primaflora wurde ausgeschickt, um Euch für die Königin zu gewinnen. Ihre Abwesenheit wie auch die Eure verursachten einiges Gerede. Das ist alles, was mir gesagt wurde.»

«Ich habe Zacco getroffen», sagte Nicolaas. «Er hat mich eingeladen, zu ihm zu kommen, mit oder ohne Astorre. Primaflora wird dahin gehen, wo ich hingehe.»

Loppe sprach langsam. «Er hat Euch eingeladen, aber nicht dortbehalten?»

«Er ist ein Mann meines Alters oder deines und voller Zuversicht. Eine Frau wäre inzwischen vorsichtig geworden.»

Es entstand ein Schweigen. Loppe sagte: «Und Eure junge Frau ist ebenfalls bereit, den Bastard zu unterstützen, wenn Ihr Euch dazu entschließt?»

«Sie ist nicht meine junge Frau», sagte Nicolaas. «Genausowenig wie er mein Herr ist. Primaflora wollte nicht zur Königin zurückkehren. Wenn sie es jetzt tut, dann nur zum Schein. Sie wird gehen, sobald sie kann.»

«Sie ist Eure Trumpfkarte bei der Königin?»

Er hörte sich an wie Tilde. Nicolaas lachte. «Oh, mach dir keine Sorgen. Sie ist genug meine junge Frau, um die Königin in Sicherheit zu wiegen. Primaflora war ausgeschickt worden, um mich zurückzubringen, und hat jede ihr zur Verfügung stehende Waffe gebraucht, wenn auch aus entgegengesetztem Grund.»

Loppe sagte: «Das freut mich», und setzte rasch hinzu: «Ich höre Pferde. Was kann ich Euch noch berichten?»

«Nichts weiter.» Nicolaas stand auf und begann sich zu entkleiden, während Loppe einen Kasten öffnete und Kleider herausholte.

Loppe richtete sich auf, ein Wams in den Händen. «Also?»

Nicolaas streifte sich ein frisches Hemd über und griff nach dem Wams. «Also was?»

Loppe machte ein schnaubendes Geräusch. «Die Königin, die Genuesen, der Orden? Der Bastard Zacco? Oder nach Hause?»

Nicolaas schlüpfte in die Strumpfhose und knüpfte Knoten. «Willst du nach Guinea zurück?»

Loppe sagte: «Ich will wissen, worauf ich gewartet habe. Und Astorre auch.»

Nicolaas knöpfte das Wams zu, griff nach einer Bürste und bändigte sein Haar zu einem höckrigen braunen Hügel, der sich sogleich an den Schläfen und im Nacken zu kräuseln begann. Er setzte den Pelzhut auf. «Ich dachte, ihr habt auf mich gewartet. Ich sag's dir, wenn ich bei Königin Carlotta war.»

«Vielleicht bekommt Ihr nicht die Gelegenheit dazu.»

Nicolaas war fertig. Er lächelte. «Ich gehe jede Wette mit dir ein, daß ich für mehrere Tage ins Hospiz zurückkehren kann. Ich werde dich sehen, und ich werde Astorre sehen. Mit Primaflora werde ich vielleicht nicht zusammenkommen dürfen, aber damit werde ich mich abfinden müssen. Inzwischen kannst du zweierlei für mich tun. Zum einen gibt es ein Päckchen, das seinem Empfänger zugestellt werden muß, und zum anderen gilt es herauszufinden, was die Demoiselle Katelina und ihr Neffe Diniz und sein Vater tun. Du hast sie am Kai gesehen.»

«Ich kenne sie», sagte Loppe. «Ihr wollt ihnen Ungelegenheiten bereiten?»

«Im Gegenteil, ich zolle ihnen allen große Achtung. Ich will nur immer wissen, wo sie sind. Kannst du das machen?»

«Sie haben Dienstboten», sagte Loppe. «Ja, das kann ich machen. Was wird denn geschehen? Was erwartet Ihr?»

«Was ich erwarte, macht mir keine Sorgen. Womit ich nicht rechne, darin steckt der Teufel. Und glaube nicht, wenn du mich im Stich läßt, könntet Ihr, du und John le Grant, das ganze Ding allein bewerkstelligen, denn das könnt Ihr ganz bestimmt nicht.»

«Was bewerkstelligen?» Loppe sah ihn aus großen Augen unschuldig an.

«Was meinst du wohl? John ist Geschützmeister. In deinen portugiesischen Tagen hast du keine Zeit verschwendet, oder? Mich überrascht nur, daß Lorenzo Strozzi nicht mit dir gekommen ist.»

«Wir haben ihn gefragt», sagte Loppe, «aber er wollte nach Neapel.» Er wog das Päckchen mit mutmaßender Geste in der Hand. «Aber natürlich, seine Mutter ist in Florenz, zusammen mit Euren Pferden.» Er hielt inne. «Das ist noch ein Spiel, nicht wahr? Ihr kehrt nicht nach Hause zurück?»

«Natürlich kehre ich nicht nach Hause zurück», erwiderte

Nicolaas. «Genausowenig wie du. Und was das Spiel angeht, müssen wir abwarten. Bis nach meiner Audienz bei Königin Carlotta.»

Astorre war der nächste, der von der Ankunft seines Dienstherrn erfuhr. Er machte sich sofort auf den Weg zu den anderen. John le Grant, der oben auf dem halb fertigen St.-Nikolaos-Turm beschäftigt war, ärgerte sich über die Rufe von unten. Als er hörte, daß Astorre tatsächlich an dem Mauerwerk hinaufkletterte, rief er «O Gott!» und warf einem anderen seine Hebelstange zu, der sie festhalten sollte. Dann beugte er sich über das Gerüst hinaus vor und rief: «Wenn Ihr noch einen Schritt näher kommt, mache ich Hackfleisch aus Euch!»

Astorre funkelte ihn wütend an, blieb aber, wo er war. Es regnete. Die Luft zitterte mit dem Klappern der Windmühlen. Astorre blickte zu der Bastion hinauf und sagte spöttisch: «Das soll die Türken aufhalten? Das blasen sie ja durch ihre Zahnlükken weg. Ich dachte, Ihr wollt vielleicht wissen, was Euch die Zukunft bringen könnte. Der junge Bursche ist aufgetaucht.»

John le Grant packte die zwei Pfosten, zwischen denen er stand, und ließ sich zu der Bohle darunter hinunterbaumeln. Ohne sie mit den Füßen zu berühren, vollführte er zwei Überschläge und pendelte dann vor und zurück, die Beine in ihren schlammigen Stiefeln vor sich ausgestreckt. «Fangt mich», sagte er und ließ sich fallen. Astorre purzelte beinahe in Meer, taumelte, fing ihn auf und stellte ihn vor sich aufs Pflaster. Er sagte: «Wenn die hier nur einen Funken Verstand haben, dann mauern sie Euch oben in dem Ding da ein. Habt Ihr gehört, was ich gerufen habe? Nicolaas ist aus Kolossi herübergekommen. Mit einer Frau.»

«Das habe ich Euch nicht sagen hören», gab John le Grant zurück. «Nun, gut für Nicolaas. Wo ist er jetzt?»

«Bei Carlotta. Simons Gemahlin, diese Hexe, hatte zusammen mit Louis de Magnac auf ihn gewartet. Macht auf sanft und schön, aber er steht unter Bewachung.»

«Ihr scheint Euch gar keine Sorgen zu machen.» Der Geschützmeister setzte seine Filzkappe ab und wrang sie aus.

«Er ist gekommen, wir brauchen uns keine Sorgen zu machen», sagte Astorre. Sein Auge funkelte, und sein Bart reckte sich vor. «Die Frau ist die, mit der Thomas durch Italien gereist ist. Thomas wurde ganz aufgeregt, als Loppe es ihm erzählte.»

«Lopez», sagte John le Grant. «Er ist bei Nicolaas?»

«Ja, er hat mir doch alles erzählt. Und noch etwas Neues. Loppe glaubt, es geht nach Zypern.»

John le Grant setzte die Kappe wieder auf. «Das hat mir noch gefehlt: ein Todesurteil. Kommt. Wenn ich das Ding nicht zu Ende baue, sehe ich nicht ein, weshalb ich naß werden soll.»

Hauptmann Astorre blickte zum Turm und zu dem Gerüst hinauf. «Was habt Ihr zu dem Burschen gesagt? Er soll etwas halten?»

Der Geschützmeister folgte seinem Blick, fluchte und brüllte eine Anweisung hinauf. Der Mann machte ein finsteres Gesicht und ließ fallen, was er in der Hand gehalten hatte. Es glitt herunter und riß ein paar Steine mit. Ein Brocken fiel ihm vor die Füße. «Ich maure Euch ein, wenn Ihr nicht vorsichtig seid, ich hab's Euch gesagt. Ich dachte, Ihr seid neugierig auf solche Nachrichten.» Mit diesen Worten kletterte Astorre zum Boden herunter. «Nicht, daß ich viel von Loppe erfahren hätte.»

«Lopez», sagte le Grant.

«Lopez. Er mußte zum Hafen hinunter.»

«Warum?» fragte der Geschützmeister. Er wischte sich die Hände an seiner Felljacke ab und öffnete die Tür zu der Hütte, in der er seine Flasche aufbewahrte.

«Ich weiß es nicht», sagte Astorre. «Aber ich habe ihn bei dem florentinischen Schiff gesehen. Dem aus Konstantinopel. Es hatte Alaun an Bord.»

«Ich wußte gar nicht, daß wir welchen übriggelassen hatten.» Le Grant wischte sich über den Mund und reichte die Flasche weiter.

«Viel haben wir auch nicht übriggelassen», sagte Astorre. «Aber doch schön, was? Er ist gekommen. Jetzt werden wir etwas erleben.»

Kapitel 15

Auf einem verschneiten Gehöft südlich von Bologna hatte die Königin von Zypern Nicolaas für ihre Sache gewinnen wollen, und sie hatte dann Primaflora ausgeschickt, die ihn überreden sollte. Das war vor einem Jahr gewesen. Jetzt war ihre Lage ernster, und die Bemühungen der Königin mußten deshalb energischer ausfallen. Dies wurde Nicolaas deutlich, als er das Hospiz der Ritter verließ und die Größe und Art seiner Eskorte sah. Unter den gekräuselten Federn ihrer Helmbüsche war das Gebaren der Krieger bemerkenswert höflich. Mit seinem schwarzen Diener zu Fuß neben dem Steigbügel wurde er recht schnell durch schmale Gassen geführt, zwischen weißen levantinischen Häusern hindurch, über deren Mauern tropfende Palmen hinausragten. Die Kavalkade trabte über Märkte voller Maulesel, Kamele und Menschen, vorüber an Ständen mit abgehangenem Wildbret, mit Kupfer und Arzneien, vorüber an Teppichen von Kräutern, Getreide und zum Braten dressiertem Geflügel.

Sie schlängelte sich zwischen Schmieden und Backöfen hindurch und Straßen hinauf, die besät waren von den Spänen der Holzschnitzer oder gesäumt von den Schragentischen und Brennfeuern der Töpfer. Sie kam an zahllosen Schreinen und vielen kleinen Kirchen vorüber. Sie stieß durch Hitzewehen und Luft, die schwer war von Gerüchen: Ziegendung, Schaf, Weihrauch, Zitrone, Johannisbrot, Blut. Sie überquerte Straßen, die aufwärts führten, abwärts und seitwärts, und die einzigen Straßen, die sie nie hinaufritt und nie kreuzte, waren die aus Marmor gebauten Straßen der Ritter, die, so hatte man ihm gesagt, die Anhöhe zur Großmeisterburg hinauf säumten. Er fragte sich, warum.

Sie hielten nur zweimal an. Einmal tauchte an einer Kreuzung in der Ferne eine Reihe von Reitern in Schwarz auf, und da wartete die Kavalkade der Königin, bis sie verschwunden waren. Beim zweitenmal versperrte ihnen an einer Kreuzung ein Maultier den Weg. Tief in seinem Sattel, die in Sandalen stekkenden Füße abgespreizt, saß ein Mann von massiger Gestalt in einem Umhang. Darunter trug er das weiß gegürtete Gewand eines Franziskaners.

Nicolaas stöhnte leise auf, als er ihn erkannte: der Mann gehörte zu jenem Kampf im Schnee bei Silla. Er erinnerte sich an ein in knappem Ton geführtes Gespräch, in dessen Verlauf er behauptete, Carlotta entronnen zu sein. Er erinnerte sich an den Spott in den grimmigen Augen des Mönchs, der jetzt wieder zu erkennen war. Der Mann blickte auf, und der Regen stieß gegen seine stoppelige Tonsur und die Hängebacken.

«Bruder Ludovico da Bologna», sagte Nicolaas resigniert.

Der Mönch, der einige Worte mit dem Führer ihres Zugs gewechselt hatte, lenkte sein Tier auf Nicolaas zu und brachte es neben ihm in Trab, als die Kavalkade sich wieder in Bewegung setzte. «Nicht mehr ganz zutreffend», sagte er. «Ihr mögt mich jetzt Pater nennen. Oder Monseigneur, natürlich.» Er hatte eine derbe, polternde Stimme. «Die Venezianer haben mich zum Priester gemacht. Seid Ihr nicht überrascht?»

«Daß die Venezianer Euch zum Priester gemacht haben?»

Der Franziskaner räusperte sich und spie aus. Er schien belustigt. «Daß Ihr mich hier seht. Ihr sprecht mit dem Patriarchen der Lateiner in Antiochia, und das ist Antiochia, da drüben über Eurer Schulter, eine Seereise von ein paar hundert Meilen von hier. Die Levante ist meine Gemeinde. Habe mir gedacht, daß Ihr auf den Zucker scharf seid. Habt der Königin in Bologna ja auch einen guten Dienst erwiesen. Ihr werdet es nicht bereuen.»

«Ihr steht auf der Seite Carlottas? Noch immer? Wieder?»

«Ich mache keine Unterschiede», erklärte der Franziskaner. «Schwarz oder Weiß, Mann oder Frau, Tölpel, Verräter oder Zelot – ich stehe auf der Seite eines jeden, der den Sultan, diesen stinkenden Hund, daran hindert, nach Christen zu schnappen. Aber laßt Euch dadurch nicht anfechten. Ich habe andere junge Leute wie Euch gesehen, die verrückt waren auf Land und Geld und Titel.»

«Und Frauen», sagte Nicolaas.

«Und Frauen. Ihr werdet sie alle bekommen. Sie werden Euch in der Hölle nicht zu Abkühlung verhelfen.»

«Das ist schon gut – ich wollte sie ohnehin nicht haben», sagte Nicolaas. «Noch etwas?»

Ludovico da Bologna musterte ihn. «Und was macht Euch zu einem so frechen jungen Kerl? Hat der Großmeister Euch eingefangen? Oder die Genuesen? Oder dieser liebreizende junge Knabenschmecker Zacco? Ihr wart in den Freudenhäusern von Trapezunt. Nichts an Kaiser David ist mir neu.»

«Das höre ich mit Bedauern», sagte Nicolaas. «Ich dachte, er liebt eher etwas Jüngeres. Lohnt es sich, weiterzumachen, oder sollte ich mich einfach umdrehen und heimfahren?»

Sie hatten vor einem hohen Tor angehalten. Das Gesicht des Mönchs, das an eine mißratene Knolle erinnerte, blieb dem seinen ganz nah. Dann sagte da Bologna: «Argwöhnt Ihr keine Überraschung? Ihr seid ein schlauer Bursche, aber Ihr kennt Carlotta noch nicht. Gehabt Euch wohl.»

Er wandte sich um. «Ihr kommt nicht mit herein?» fragte Nicolaas.

Der Mönch lachte. «Ich werde schon hören, wie's war. In ein paar Tagen segle ich nach Hause. Mein Geschäft ist es, Kriege auszulösen, mein Junge, nicht den Friedensstifter zu spielen.»

«Das habe ich bemerkt», sagte Nicolaas. Der Mönch ritt auf seinem Maultier davon. Loppe, der verschwunden gewesen war, tauchte wieder an seiner Seite auf. Er sagte nichts. Das Tor ging auf, und sie sahen einen Hof, bepflanzt mit Palmen und behangen mit zeremoniellen Tüchern aus nasser Seide. Als Nicolaas hindurchritt, ertönten Trompeten, und ein Mann in einem schweren pelzbesetzten Gewand kam auf ihn zu und streckte ihm die Hand hin. «Ser Niccolo? Sitzt ab und seid willkommen.»

Bei dem *Ser* zitterte Loppes Kinn, und Nicolaas funkelte ihn an, als er absaß. Die Trompeten erklangen erneut und hallten von den Mauern eines herrschaftlichen Hauses wider, das einmal einem Adligen mit einigem Geschmack und Geld gehört haben mußte. Jetzt, mit gemalten Symbolen ausstaffiert, war es der zeitweilige Wohnsitz der Monarchen von Zypern, die, so sagte sich Nicolaas, recht viel für selbstverständlich zu erachten schienen.

Nicolaas schritt durch eine zweiflügelige Tür, dem Mann im pelzbesetzten Gewand hinterdrein, der einen Amtsstab trug. In der Vorhalle drehte der Mann sich um und schnipste mit den Fingern. Ein Page erschien mit einem Ballen blauen Tuchs. Der Ballen erwies sich, als er auseinandergefaltet wurde, als ein prachtvoller ärmelloser indigofarbener Umhang mit Stickereien auf der einen Seite in zyprischem Goldfaden. Der Mann, bei dem es sich, wie sich zeigte, um Montolif, den Marschall von Zypern handelte, sprach ihn an. «Euer Mantel hat durch den Regen Schaden genommen. Ihre Majestäten wünschen, daß Ihr ihn durch dieses hier ersetzt.»

Nicolaas verneigte sich, wurde eines Umhangs entledigt und mit einem anderen bekleidet und verneigte sich erneut. Er begann sich wie eines seiner mechanischen Spielzeuge vorzukommen. Er vermied es, Loppe anzusehen, schritt durch eine Tür und stieg eine Treppe hinauf, an deren oberem Ende ein weiterer Trompeter stand. Während ihm die Ohren dröhnten, betrat er einen Saal.

Wenn auch nicht von den gewaltigsten Ausmaßen, war das Fachwerkgemach mit seiner gewölbten Decke und den schönen Fenstern doch ein angemessener Rahmen für die Königin von Jerusalem, Zypern und Armenien und ihren Gemahl und Vetter, König Luis. Unter einem Baldachin saßen sie am gegenüberliegenden Ende nebeneinander auf einer kleinen Estrade, umgeben von ihrem persönlichen Gefolge. Zu beiden Seiten standen gewiß fünfzig Männer von Rang. Die an der Fensterseite trugen allesamt blaue Umhänge, wie Nicolaas jetzt einen besaß, die an der Wandseite stellten Kostüme zur Schau, wie sie eher in Frankreich und Savoyen üblich waren als auf Zypern. Überraschenderweise hatten zwei oder drei den schwarzweißen Umhang des Ordens übergestreift. Aber der Orden besaß ja Land in Savoyen und hatte seinen savoyardischen Brüdern gewiß erlaubt, König Luis zu Hilfe zu kommen.

Außer der Königin und ihren Ehrendamen waren keine Frauen anwesend. Sie hielten sich zu ihrer Rechten auf, und unter ihnen war auch Primaflora. Sie stand, die Augen niedergeschlagen, in ihrem schweren Hofgewand da, als hätte sie nie daran gedacht, ihrer Herrin davonzulaufen. Von Katelina war nichts zu sehen. Da sagte der Marschall in feierlichem Ton: «Serenissima, erhabener König – Herr Niccolo van der Poele, Kommandeur, Bankier und Kaufherr von Venedig.»

Man näherte sich nicht auf dem Bauch wie in Trapezunt, man küßte auch weder Boden noch Schuh oder nur die Hand, doch Carlotta war so byzantinisch, wie jener Hof gewesen war, und legte Wert auf großes Zeremoniell. Er nahm sich Zeit auf dem Weg von der Tür bis zum Fuß der Estrade und mußte daran denken, daß die Person, die ihn damals in die Hofetikette eingeführt hatte, Violante von Naxos gewesen war, deren Schwäger auf der Seite König Zaccos standen.

Er hatte Carlotta in Bologna und in Venedig gesehen, und sie schien sich kaum verändert zu haben, wenn sie auch jetzt in engem Brokat mit hochsitzender Gürtellinie eingezwängt war und auf dem Kopf ein fransengesäumtes Diadem trug. Vielleicht wirkte das lebhafte Gesicht abgespannter, vielleicht traute man den geschminkten Augen einen mürrischen Blick schneller zu als früher. Sie sah aus wie eine wilde, verwelkende Blume. Tochter eines Vaters aus dem Hause Lusignan und einer Mutter aus dem Geschlecht der Palaiologen, schien sie ganz Griechin.

Und Luis, Gemahl und Vetter, Sohn des Herzogs von Savoyen und einer unbeherrschten Mutter aus dem Hause Lusignan? Mit zweiunddreißig, sieben Jahre älter als seine Gemahlin, war Ludwig breitschultrig groß mit einer unruhig-gereizten Miene. Sein Fuß tappte auf die Estrade. In dem sandfarbenen Gesicht führten Lippen und Kinn ein kleines Eigenleben, als kauten sie Worte in einem unerfreulichen Gespräch mit einem Abwesenden. Er war recht prächtig, aber ein wenig unordentlich gekleidet, und seine Nase war vom Schnupfen geschwollen. Luis war einmal mit einer schottischen Prinzessin verlobt gewesen, und Savoyen zahlte noch immer für den Kontraktbruch. Man mochte annehmen, daß Katelina, die einen Schotten geheiratet hatte, einiges mit Luis gemein hatte. Aber Katelina war beunruhigenderweise nicht anwesend.

Die Königin sagte: «Messer Niccolo – Zypern hat Euch gerufen, und Ihr seid gekommen. Der Entschluß, wir wissen es, ist Euch nicht leicht gefallen, und wir ehren Euch dafür. Wir ehren Euch um der tapferen Männer willen, die Ihr hierher geschickt habt und deren Ruf ihnen vorausgeeilt ist: sie haben schon im Osten den Türken bekämpft. Wir ehren Euch um Eures mutigen Eingreifens in Italien willen, als Ihr unter Gefahr für Euer Leben unser kostbares Gut gerettet habt. Damals konntet Ihr sehen, wozu ein Gotteslästerer fähig ist, wenn er Krieger auf seine Schwester hetzt. Ihr habt den unheiligen Bund von Zacco und Muslimen zurückgewiesen. Ihr habt, wie es sich schickte, den tapferen Rittern von Kolossi Eure Aufwartung gemacht, aber Ihr seid zu dem Schluß gekommen, daß ihr Krieg nicht der Eure ist. Ihr hättet nach Famagusta segeln und Euer Schwert den Unentwegten dort, den Genuesen, anbieten können. Ihr habt nichts dergleichen getan. Ihr seid nach Rhodos gesegelt und erscheint hier vor uns. Damit tut Ihr mehr, als die großen Könige des Westens getan haben. Vergeblich baten wir um eine Streitmacht. Keiner wollte hören. Keiner kann gleich uns die bluttropfenden Fänge des Türken vor unserer Tür sehen, noch die Schreie der Mamelucken hören, die unsere Untertanen auf Zypern verschlingen. Ihr und Eure Krieger seid gekommen, um zu tun, was sie nicht tun wollten, und dies wollen wir durch unsere besondere Gunst auszeichnen. Land und Reichtum sollen Euer werden: das haben wir Euch versprochen. Einen Kontrakt werdet Ihr bekommen: wir sind nicht ohne Freunde; Geld wird sich für Euch und Euren Hauptmann finden. Aber zunächst haben wir Euch etwas anderes anzubieten. Kniet nieder.»

Jemand brachte einen Schemel. Er kniete auf einem Knie nieder und wollte aus Gewohnheit das Schwert zurechtrücken, das nicht mehr da war. Die Königin stand auf, und gleich darauf erhob sich auch ihr Gemahl. Ein Abt, von Bellapaïs, wie Nicolaas annahm, kam näher und reichte dem König einen langen

Gegenstand. Daran war ein Gehenk, das über den Boden schleifte. Ein Diener der königlichen Familie stürzte herbei und hob es auf. Der Gegenstand war ein Schwert.

Luis sagte: «Nun, nehmt es.»

Nicolaas blickte die Königin an. Die Königin sagte: «Geben wir es ihm gemeinsam.» Und sie streckte die Hand aus und führte ihren Gemahl die Stufen hinunter, bis sie vor Nicolaas standen. Sie sagte: «Als das Heilige Land verlorenging, gelobten viele Ritter, es zurückzuerobern, und viele Ritterorden wurden gegründet. Der unsere ist über hundert Jahre alt. Er wurde gestiftet von unserem Vorfahrn Peter, um jene zu ehren, die ihre Schwerter der Sache gewidmet haben: er heißt der Orden vom Schwert, und dies ist sein Zeichen.» Sie drehte sich um, zog die Klinge und berührte Nicolaas damit einmal an jeder Schulter. «Und so seid Ihr denn einer seiner Ritter geworden. Nehmt dieses Schwert und tragt es. Nehmt diese Kette, die der König Euch um die Schultern legen wird. Nehmt dieses Abzeichen und lebt nach seinem Wahlspruch: *C'est pour loïauté maintenir.* Und dann besiegelt durch diesen Kuß die Versicherung Eures Dienstes.»

Die Hexe. Die schlaue Hexe. Jemand kam, um den Schemel zu holen, und Nicolaas erhob sich. Sie stand da und kehrte ihm die eine parfümierte Wange zu. Ihre zartgeschminkten Augen waren abgewandt. Nicolaas zögerte kurz. Der Schwertgürtel umspannte seine Brust, er spürte die Glieder der Ordenskette auf den Schultern, und über seinem Herzen funkelte das silberne Abzeichen. Dann beugte er sich vor und gab der Königin entschlossen den Treuekuß, den sie verlangte.

Da wandte sie sich mit glänzenden Augen an ihren Gemahl und sagte: «Luis, gebt ihm Eure Hand und führen wir ihn zum Festmahl. Er ist unser neuester Ritter, der Zypern retten wird. Und dort ist Primaflora, unsere Hofdame, an die wir ihn in fruchtbarer und geheiligter Ehe binden wollen.»

Loppe (Lopez) eilte mit der Nachricht in das Haus an der Ecke des nach dem heiligen Sebastian genannten Platzes, das einmal einer Cousine der Königin namens Eleanor und dann dem Großkomtur von Zypern gehört hatte und jetzt auf besonderen Wunsch der Königin (und zu de Magnacs Leidwesen) den Führern von Nicolaas' Truppe zugewiesen worden war.

In diesem Haus waren keine Schlösser an den Türen, und man genoß viele Annehmlichkeiten, was die Bedienung und das Essen betraf. Astorre zeigte sich befriedigt, er hatte sich von Nicolaas' Eintreffen auch ähnliches versprochen. Was Astorre freute, hatte Thomas schwerlich zu beanstanden. Nur der Geschützmeister und Feuerwerker nahm die Veränderung mit allenfalls gedämpfter Begeisterung auf, und Kompaniemedicus Tobie blickte grimmig drein. «Mir gefällt das nicht.»

«Es braucht Euch auch nicht zu gefallen», sagte John le Grant. «Betrachtet es als einen Feiertag. Morgen sind wir wieder hinter Schloß und Riegel.»

Vier Monate waren seit der Schlacht von Troia vergangen, nach der Nicolaas so plötzlich verschwunden war. Vor mehr als einem Jahr hatte sich John le Grant in Venedig von ihm getrennt, ehe er sich auf die Reise nach Brügge machte. Seit Nicolaas in Rhodos eingetroffen war, hatte nur Loppe ihn gesehen.

Von ihnen allen hätten aus freien Stücken wohl nur Astorre und Loppe in Rhodos auf ihn gewartet. Astorre wußte, daß er, was immer Nicolaas widerfahren mochte, hier jederzeit als Söldnerführer einen Kontrakt bekommen konnte. Er glaubte auch nicht, daß Nicolaas etwas Schlimmes zustoßen würde, und er war sicher, daß Nicolaas, wenn er nur konnte, sich aufmachte und früher oder später zu ihnen stieß. Als seine Glaubwürdigkeit durch Katelina in Zweifel gezogen wurde, war er wohl verärgert, aber nicht verzweifelt gewesen. Er war einigermaßen gut untergebracht und mußte sich dafür nur ein klein wenig nützlich machen. Die Pause würde seiner Laufbahn und seinen Ersparnissen nicht gerade förderlich sein, aber die Ankunft von Nicolaas würde das alles mehr als ausgleichen.

Der Arzt und vielleicht auch John le Grant waren sich dessen weniger sicher. Tobie hatte die harten Worte von Venedig noch nicht vergessen und bedauerte oft, daß er Urbino und Ferrante um einer ungewissen Zukunft an der Seite dieses Meteors willen verlassen hatte. Diesem Gefühl gesellte sich eine zornige Unruhe, die ihn, wäre er in seinen Entscheidungen frei gewesen, dazu getrieben haben würde, Nicolaas in jeder sybaritischen Höhle aufzuspüren, in der er sich verkrochen haben mochte, um sich darauf erneut von ihm zu trennen.

John sprach selten von Nicolaas und traf seine Entscheidungen auf Grund von Überlegungen, die er den anderen nicht mitteilte. Astorre war, vielleicht nicht zu Unrecht, der Meinung, der Geschützmeister warte alles in Ruhe ab, weil er gleich ihm sicher sein konnte, jederzeit einen lohnenden Kontrakt zu bekommen. Tobie neigte zu der gleichen Ansicht, wenn auch aus anderen Gründen. Tobie schien, John wolle sich nicht an einen in seinen Entschlüssen so unvorhersehbaren Menschen wie Nicolaas binden, vielleicht auch nicht an einen, der andere so stark an sich zog wie Nicolaas. Thomas, der außer Astorre niemandem besonders nahegestanden hatte, wünschte nur, sie wären irgendwo, wo gekämpft wurde oder wo er den Lohn fürs Kämpfen ausgeben konnte. Er liebte das Geld, aber ihm war deutlich bewußt, daß ein Leben bei Nicolaas nicht einfach war.

Und so warteten die vier in ihrem neuen Quartier auf Neuigkeiten, die Loppe bringen mochte, und fragten sich, ob sie noch einen Führer hatten und wann sie ihn wiedersehen würden. Endlich war er gekommen und hatte sie gefunden. Man konnte zuversichtlicher in die Zukunft schauen, zufrieden sein, sich vielleicht sogar insgeheim freuen. Und da kam Loppe und erzählte eine unwahrscheinliche Geschichte.

Er hielt sogar mitten im Erzählen inne, weil er prusten mußte. Tobie saß gerade aufgerichtet da. Astorre starrte vor sich hin und brach dann in ein schallendes Gelächter aus. «Sie haben den Spitzbuben zum Ritter geschlagen! Oh! Oh! Urbino wird vor Lachen der Schlag treffen.»

«Nun, Urbino ist Graf», sagte John le Grant. Seine Haut war so rot wie sein Haar, obschon sein sommersprossiges Gesicht nur gequält wirkte. «Andere Leute müssen irgendwo anfangen. So, darauf war unser Nicolaas also aus? Wer hätte das gedacht?»

«Ich hätte daran denken können, hab's aber nicht», sagte Tobie kurz angebunden. «Ich glaube, ich gehe zu Urbino zurück.»

Der Geschützmeister wandte den auffälligen Kopf mit den gestutzten Haaren. John le Grant war so geschickt und flink wie ein Advokat. «Überlegt Euch das – sicher könnte er auch Euch zum Ritter schlagen lassen.»

Loppe – oder Lopez – stocherte im Kohlebecken herum, legte einige Kissen zurecht und streckte sich in der Wärme aus. Seine Ohren hatten ein Geräusch eingefangen. Er sagte: «Und er wird heiraten. Die junge Frau namens Primaflora, Meister Thomas.»

«Nein, das werde ich nicht», sagte Nicolaas im Hereinkommen. Er schnallte sein Schwert ab und ließ es zu Loppe hinuntersinken, der eine träge Hand hob und es entgegennahm. Nicolaas klinkte seine Kette auf und überreichte sie samt dem Abzeichen Tobie. Tobie griff nach dem Abzeichen und las die Inschrift.

«Zum Bewahren der Treue», übersetzte er. «Ich hatte schon immer gedacht, das müßt Ihr irgendwo schriftlich haben. Gibt's da auch eins für die Ehefrau?»

Nicolaas warf ihm einen verächtlichen Blick zu und schob dann seinen Biberhut aus der Stirn zurück. «Ihr seid neidisch», sagte er. «Manche von uns haben eben Glück, und manche sind dazu geboren, Salbenkräuter zu zerstampfen. Ihr seid doch hierher gekommen, Herrgott noch mal, weil Ihr glaubtet, ich gehe zu Königin Carlotta.»

«Nein», entgegnete John le Grant. «Wir dachten, sie war so schlau, Euch zu entführen. Wo habt Ihr Euch also herumgetrieben?»

«Das hat mich König Luis auch gefragt.» Nicolaas legte den Umhang und das Wams ab, zog eines von Loppes Kissen näher und streckte sich mit einem Seufzer auf dem Boden aus. «Das ganze Bankett hindurch hat er immer wieder gefragt: ‹Warum seid Ihr nach Kolossi gesegelt und nicht nach Kyrenia? Warum habt Ihr Euch nicht sofort zur Königin begeben?›»

«Und was habt Ihr gesagt?» fragte le Grant.

«Wer eine dumme Frage stellt . . . Habt Ihr Primaflora *gesehen*? Wir sind nach Rhodos gekommen einen Monat, bevor wir bereit waren, von Kyrenia ganz abgesehen.»

«Und König Luis hat Euch geglaubt», sagte Tobie.

«Nun, ich hoffe, jemand hat das. Ich bin zum Palast gegangen, um mich der Gruppe der Königin anzuschließen. Ich werde mich nicht beschweren, wenn sie mich als Zugabe zum Bohnenkönig machen.»

«Natürlich nicht», meinte Tobie. «Aber Ihr habt Euch für die Königin entschieden, ohne uns vorher zu fragen. Ich bin nicht so sehr von Carlotta von Zypern angetan.»

«Nun, da bin ich erleichtert», sagte Nicolaas. «Noch jemand?»

John le Grant fragte: «Habt Ihr Euch für eine Seite entschieden?»

Tobie blickte ihn an. «Wie Loppe sagt, hat er der Königin und ihrem Gemahl Treue geschworen.» Er drehte sich langsam um und sah Nicolaas an. «Oder war das wieder ein Spiel? Ist ein Eid nicht wichtig?»

«Ich habe mich entschieden», sagte Nicolaas. «Aber das verpflichtet Euch zu nichts. Ihr könnt heimfahren. Ihr könnt beim Orden bleiben. Wenn es sein muß, werdet Ihr für die Zeit bezahlt, die Ihr hier zugebracht habt. Ich habe nicht erwartet, daß Ihr mir folgt. Ich bin froh, daß Ihr es getan habt, aber jetzt liegt die Entscheidung bei Euch.»

Sie starrten ihn alle an. Tobie sagte: «In Brügge habt Ihr mit Anselm Adorne gesprochen. Er behält die Charetty-Mädchen im Auge. Wollt Ihr Euch zu einem bestimmten Zweck mit den Genuesen anfreunden?»

«Das wäre schwierig», antwortete Nicolaas. «Ich wurde von Venezianern entführt. Und ich habe mit ihnen eine Vereinbarung getroffen. Wer ein reicher Schurke werden will, wird zusammen mit mir auf der Seite kämpfen müssen, auf der die

Venezianer ihren Nutzen sehen. Wer sich ritterlich erweisen will, sollte sich natürlich entweder für die Königin oder für die Johanniter entscheiden. Als Ritter könnte ich zu den Feinheiten einer solchen Entscheidung einiges sagen.»

Tobie legte die Ordenskette und das Abzeichen hin und verschränkte die bleichen, haarigen Arme über dem Wams. «Darf ich zusammenfassen? Ihr habt den Ritterstand angenommen und Carlotta den Treueeid geleistet. Ihr habt aber vor, nicht der Königin, sondern ihren Widersachern, den Venezianern, zu dienen. Letztes Jahr habt Ihr es abgelehnt, mit den Venezianern zusammenzugehen. Die Venezianer haben Euch entführt, und jetzt laßt Ihr Euch von ihnen die Stiefel losbinden und verheiraten. Was hat sich geändert? Wie und warum wollt Ihr ihnen dienen?»

«Ich gedenke ihnen überhaupt nicht zu dienen», sagte Nicolaas. «Ich gedenke, ihren Zuckerhandel und ihre Farben und alles andere an mich zu bringen, was sie zurücklassen, wenn sie abziehen und gegen die Türken Krieg führen müssen. Die Person, die mich bezahlen wird, ist Carlottas Halbbruder, König Zacco.»

Das Beckenfeuer wisperte, und man hörte die Stimme der Dienstboten durch die dicken Wände. «Ihr habt ihn getroffen?» fragte Tobie.

«Ja.»

«Und hat er Euch in den Ritterstand erhoben?»

«Er hat mir ein Lehensgut gegeben und ein Haus in Nikosia. Und er hat mir die Leitung der königlichen Färberei übertragen und die Nutzungsrechte an den Zuckerrohrfeldern von Kouklia und Akhelia zugesprochen.»

John le Grant sagte: «Ihr würdet das Geld der Königin verlieren, Eure Ritterwürde, Eure Ehefrau. Ihr habt heute einen Kontrakt besiegelt.»

«Bohnenkönig», wiederholte Nicolaas spöttisch-freundlich. «Beschwörungen, Hexenkessel und Spiegel. Alles war eine Vortäuschung.»

«Luis hielt es für echt», sagte Loppe leise. «Und die Ritter werden das auch so sehen. Sie hat Euch ihnen abspenstig gemacht.»

Eines von Astorres Ohren war vor langer Zeit am Ohrläppchen abgerissen. Wenn er angestrengt nachdachte, befingerte er so wie jetzt diese Stelle. «Ich würde dem Orden vor Zacco den Vorzug geben. Unter Mamelucken mag ich nicht kämpfen.»

«Das braucht Ihr auch nicht», sagte Nicolaas. «Ihr würdet unter mir kämpfen, und ich würde unmittelbar Zacco unterstehen wie auch der Mameluckenführer Tzani-bey al-Ablak. Auf diese Art trifft Euch kein Vorwurf, wenn ich ihn töte.»

Astorres gutes Auge verengte sich so sehr wie das zugenähte. John le Grant sagte: «Tatsächlich? Was hat dieser Tzani-bey denn getan?»

«Er hat Katzen umgebracht», sagte Nicolaas. «Ihr wart auch bereit, unter Uzun Hasan zu kämpfen. Die Mamelucken sind nicht viel anders. Sie werden die Insel verlassen, wenn Zacco sie ganz in Besitz hat. Und dahin wird es kommen. Mit oder ohne uns, Carlotta wird ihren Brückenkopf verlieren.»

Astorre knurrte. «Ich mache mir nicht viel aus den Johannitern, und die Genuesen kann ich nicht ausstehen. Alles in allem habe ich es lieber mit einem Mann zu tun. Die Demoiselle selig war eine Ausnahme.»

«Ich weiß. John? Ihr habt unter einem genuesischen Vorgesetzten gedient.»

«Und ich hatte einen Großvater, der in Schottland im Sold des Ordens stand. Außerdem – schließlich ist alles eins. Vielleicht sollte ich es einmal mit diesem Zacco versuchen. Ich habe eine Frage: Was ist mit der Familie dieses Herrn Simon? Den beiden Vasquez? Und seiner Ehefrau Katelina? Sie hat uns zuerst hinter Schloß und Riegel gebracht – weshalb läßt sie es jetzt zu, daß Königin Carlotta uns in Dienst stellt? Und eine Ordenskette würde sie Euch doch kaum um den Hals hängen.»

«Sie war nicht da», sagte Nicolaas. «Die Königin braucht uns schließlich dringend, und da läßt sie sich durch die Demoiselle Katelina nicht behindern. Ich weiß nicht, wo Katelina sich aufhalten wird, aber die beiden Vasquez fahren jedenfalls in ihre

Heimat zurück. Ich habe mit der Königin darüber gesprochen. Sie glaubt, sie können zusammen mit Ludovico da Bologna reisen.»

Der Ablenkungsversuch mißglückte, mußte mißglücken, weil Tobie als einziger von ihnen allen wußte, was zwischen Nicolaas und Katelina gewesen war. Tobie sagte: «Wenn Ihr schon Leute loswerden wollt, warum dann nicht auch Katelina? Sie wird Euer Spiel verderben, wo sie kann. Glaubt Ihr nicht, sie und dieser gräßliche Mönch würden zueinander passen? Ist er wirklich hier?»

«Ja, und ich kann von Glück sagen, wenn ich die beiden Vasquez loswerde, mit ihrer Schwägerin und Tante Katelina muß ich mich abfinden. Sie wird nicht gehen, solange wir hier sind.»

«Was führt sie denn im Schilde?» wollte John le Grant wissen.

«Nichts, womit man nicht fertig werden könnte», sagte Nicolaas ruhig. Er wich Tobies Blick aus und versuchte, Zorn auf ihn gar nicht erst aufkommen zu lassen. «Ich werde Euch sagen, was ich vermute. Dann könnt Ihr mir sagen, ob Ihr Euch Zacco und seinen ägyptischen Horden anschließen wollt. Dann planen wir etwas Fröhliches für die wenigen Tage, bevor die Königin es sich anders überlegt. Und dann will ich Euren Rat zu meiner bevorstehenden Heirat.»

Tobie sagte mit rosigrotem Gesicht: «Ich bin mit Fingerzeigen immer gern zu Diensten. Da wollt Ihr also jetzt Primaflora haben? Astorre sagt, sie sei eine Kurtisane.»

«Ich habe sie – oder nicht?» entgegnete Nicolaas. «Aber die Königin besteht auf einer Heirat.»

«Der Orden vom Schwert kennt wohl kein Keuschheitsgebot? Ihr könntet Euch den Johannitern anschließen.»

«Ihr habt schon bessere Vorschläge gemacht», meinte Nicolaas.

«Ich habe nachgedacht», sagte Tobie. «Ich habe *die* Lösung. Stellt sie Katelina van Borselen vor. Sie wird Euch eher als Leiche sehen wollen, als daß sie Euch ein zweites Mal heiraten läßt.»

«Ich werde es mir überlegen. Eine drastische Lösung. Sie könnte mit einem Gemetzel enden – wie die Katzen und der

Emir. Vielleicht sollte ich statt dessen einfach die Fee Melusine umwerben.»

«Die Fee Melusine? Wer ist das?»

«Oho», sagte Nicolaas in sanftem Ton. «Fragt Ludovico da Bologna, wenn Ihr ihn das nächste Mal seht.»

Kapitel 16

In dem stickigen Haus, das sie in der Khora gemietet hatte, erfüllte Katelina van Borselen ungeduldig ihre Pflichten gegenüber Tristão Vasquez, dem Verwandten und Geschäftspartner ihres Gemahls. Den launischen Jungen ließ sie kommen und gehen, wie er wollte. Sie fühlte sich zu keinem von ihnen besonders hingezogen. Sie dachte vor allem an das, was sich jetzt im Palast zwischen der Königin von Zypern und Nicolaas van der Poele ereignete, der einmal Claes gewesen war.

Natürlich hätte Nicolaas überhaupt nicht im Palast, sondern im Gewahrsam des Ordens sein sollen. Sie hatte am Morgen im Hafen unten einen Fehler gemacht. Sie hatte Louis de Magnac zu Hilfe gerufen, der in erster Linie ein Freund Zyperns und erst in zweiter Ordensritter war. Die Folge war gewesen, daß er Nicolaas zur Königin geführt und nicht zusammen mit seinen Leuten eingesperrt hatte. Der Orden hatte Katelina geglaubt, als sie die Ritter vor Nicolaas und den Absichten seiner Truppe warnte. Auch die Königin schien mißtrauisch gewesen zu sein. Aber sie brauchte Nicolaas dringender, als die Johanniter seiner bedurften. Sie war eitel, Nicolaas wirkte glaubhaft – sie würde sich täuschen lassen. Katelina fürchtete, daß ihre Warnung noch nicht genügt hatte. Wenn sie Nicolaas' Verderben herbeiführen wollte, brauchte sie Beweise.

Sie und Tristão saßen gerade in ihrem kleinen Kontor und sprachen über unwichtige geschäftliche Dinge, als die Nachricht aus dem Palast eintraf, auf die sie gewartet hatte. Ihr Bote war ganz atemlos, als er sie überbrachte. «Ihre Majestät die Königin hat den Flamen empfangen, Demoiselle. Der Mann ist nicht öffentlich verurteilt worden. Er und seine Unterführer sind freie Leute, und man hat ihnen das Haus des Großkomturs de Magnac zugewiesen. Der Mann hat Königin Carlotta den Treueeid geleistet. Und die Königin hat ihn zum Ordensritter gemacht.»

«Zum Ordensritter?»

Der Mann erläuterte rasch. «Des Ordens vom Schwert. Eine Ehrung, die Fremden zuteil wird, für gute Dienste und Eifer im Kampf gegen Heiden. Der Titel ist bedeutungslos, Demoiselle.»

Katelina setzte sich. «Ist bekannt, wo er hingeschickt wird?»

«Nach Kyrenia, Demoiselle», sagte der Mann. «Binnen eines Monats wird er mit seiner Streitmacht die Segel setzen, um Zypern vor den Türken zu schützen und den Hochstapler Zacco zu verjagen.»

Er wartete, und schließlich ließ sie ihn gehen. Tristão Vasquez sagte: «Ihr mißtraut Senhor Niccolos Absichten. Aber vielleicht irrt Ihr Euch? Der junge Mann hat kein böses Wort über Simon gesprochen. Er sagte, die Fehde sei abgeschlossen.»

Er war unter seinem förmlichen Gebaren ein freundlicher Mensch. Wenn Katelina weniger von Zorn gequält gewesen wäre, hätte sie Mitleid mit ihm gehabt. Sie sagte: «Ihr gebt ihm einen Herrentitel, den er nicht verdient. Der Mann hat meine Familie bedroht. Ob er aufgibt oder nicht, die offene Rechnung zwischen uns muß beglichen werden. Simon ist in Portugal und kann es nicht tun. Ich bin hier, und ich kann es tun.»

Der Portugiese zögerte. Dann sah er Katelina an. «Möchtet Ihr mir nicht sagen, was diesem Mann vorgeworfen wird?»

«Ihr fandet ihn einen angenehmen Gesellschafter? Das tun die meisten. Es fällt ihm leicht, sich beliebt zu machen. Aber er ist verschlagen. Wer sich ihm widersetzt, wird zugrunde gerichtet oder getötet. Wenn er kann, wird er auch Euch und Diniz Schaden zufügen. Mehr kann ich nicht sagen.»

Tristão Vasquez war nachdenklich geworden. «Ich kann es kaum glauben, muß es aber wohl. Ich werde Diniz warnen. Er ist dieser Frau bereits sehr zugeneigt. Mich beunruhigt das. Ah, da ist er ja.»

Er schien überrascht zu sein. Sein Sohn, obschon aufsässig, hielt sich wenigstens an die Umgangsregeln. Doch jetzt kam er ungestüm hereingestürzt. Er sagte: «Vater!» und blieb stehen.

«Komm herein, Diniz», sagte Katelina höflich.

Der Junge errötete und hielt die Tür fest. Dann sagte er: «Ich habe Euren Boten gesehen. Den Mann, der im Palast war, Senhora.»

«Ja?»

Der Junge sah seinen Vater an. «Er hat seinen Freunden erzählt, die Königin habe aus diesem Niemand von Niccolo einen großen Herrn gemacht. Und einer Hofdame der Königin sei gesagt worden, sie solle ihn zum Manne nehmen.» Er wandte sich um. «Vater! Dieser Niccolo ist ein Schurke! Meine Tante sagt, er ist ein Schurke – und er soll sie heiraten!»

«Er soll Demoiselle Primaflora heiraten?» Tristãos Stimme klang behutsam.

Der Junge nickte. Der Vater wandte sich zu Katelina um. Sie sagte rasch: «Das muß verhindert werden. Sie ist eine – eine –»

«Ich weiß, was sie ist», sagte Tristão, ohne seinen Sohn dabei anzusehen.

Katelina errötete. «Van der Poele könnte sich glücklich schätzen, bekäme er sie. Ich dachte an das Wohlergehen der Frau. Dieser Mann heiratet nur aus Zweckdienlichkeit. Seine letzte Ehefrau hat ihn zu einem reichen Mann gemacht und ist ein Jahr später gestorben.» Sie war außer Atem geraten. Sie holte tief Luft und setzte hinzu: «Man müßte es ihr sagen.»

«Würdet Ihr das tun?» sagte der Junge. «Und sie warnen?» Aber sein Vater sah sie an und schütelte stirnrunzelnd den Kopf.

Sie achtete nicht auf ihn. Sie dachte an Primaflora, die Tage, vielleicht Wochen, ja Monate in der Gesellschaft – im Bett, sie wußte es – von Nicolaas verbracht hatte. Sie glaubte inzwischen wohl alles, was er ihr erzählte. Nicolaas hatte gewiß sehr überzeugend gewirkt, im Bett wie im Thronsaal. Aber es würde Primaflora sein, die als vertraute Gesellschafterin ihre Königin zu der Ansicht brachte, daß Nicolaas wirklich der treue Ritter war, der er zu sein schien. Katelina sah Diniz an. «Wir sind Kaufleute», sagte sie. «Wir können uns nicht in die Angelegenheiten eines königlichen Haushalts einmischen. Eine Hofdame muß ihrer Königin gehorchen. Aber vielleicht kann man außerhalb des Palasts etwas tun. Ich werde der jungen Frau eine Botschaft schicken. Dieser Mann ist böse, und keine Frau verdient es, an ihn gebunden zu sein.»

Als die Botschaft von Katelina eintraf, ging Primaflora sogleich lächelnd mit ihr zu ihrer Herrin Carlotta.

Seit ihrer Ankunft in Rhodos hatte sie sorgsam darauf geachtet, sich wieder als die gepflegteste, gefügigste, nützlichste aller Bediensteten der Königin zu erweisen, und dieser keinen Anlaß gegeben, daran zu zweifeln, daß ihrer Herrin allein ihre ganze Beflissenheit galt. Sie hatte einmal ihre innersten Gefühle verraten – im Falle Ansaldos –, und sie wußte jetzt, welch ein Fehler das gewesen war. Sie war auch sehr lange vom Hof ferngeblieben, obschon sie nicht vergessen hatte, aus Italien beruhigende Botschaften zu schicken, damit Carlotta sie gewähren ließ.

Die Folge war natürlich ein gewisser Vertrauensverlust gewesen, und sie vermochte nicht zu ermessen, wie lange es dauern würde, bis das alte Verhältnis wiederhergestellt war, falls man dies überhaupt hoffen konnte. Carlotta vertraute einem anderen nie bis zum letzten. Seit sie wieder zusammen waren, hatte Carlotta ihre frühere Gesellschafterin, die anmutige, gefällige Primaflora, nie aus den Augen gelassen.

Angesichts der Anwesenheit von Luis fiel es Primaflora jedoch leichter, sich unentbehrlich zu machen. Der König und seine Höflinge machten sich im Palast breit und erfüllten ihn mit geistlosem Lärm, und unter solchen Umständen war seiner königlichen Gemahlin die verständnisvolle Gegenwart Primafloras eine besänftigende und zugleich anregende Ablenkung. Die Königin genoß es, die junge Frau auf die Probe zu stellen, und Primaflora ließ sich auf den Zweikampf ein – sie hielt sich für gewitzter.

Sie sah deshalb, als sie sich im Gemach der Königin einfand, über die dort herrschende Unordnung und über die Röte im jungen Gesicht der Königin mit seinen scharfen Zügen hinweg. Das Königreich brauchte einen Erben, und nachdem sie die Prinzen Europas umworben hatte, bestand jetzt nach Ansicht ihrer Dienerschaft Carlottas schwerste Prüfung in der Pflicht, den eigenen Vetter und Gatten zu umwerben. Primaflora trat also ein, machte einen Knicks und sagte: «Ihr habt richtig vorausgesehen, Serenissima. Die flandrische Demoiselle stört die Gunst, die Messer Niccolo erwiesen wird. Sie wünscht mit mir zu sprechen. Würde mir die erhabene Königin die Erlaubnis dazu erteilen, wenn der Ehekontrakt erst unterzeichnet ist?»

Die Königin streckte ihre kleine beringte Kralle aus. «Zeigt her. Nein, übersetzt es ins Griechische.» Primaflora zog einen Hocker heran, setzte sich und las die Botschaft vor, während sich die Fingernägel der Königin in ihre Schultern gruben. Als sie zu Ende war, verstummte sie, und die Königin dachte nach.

Das Gemach war voller Ikonen. Bei dem Schrein in der Ecke stand eine silbern eingefaßte Reliquie unter dem juwelenbesetzten Kreuz. Jeder, der vor den Ungläubigen floh, erkaufte sich mit heiligen Gebeinen irgendwelcher Art Gunst und Gnade. Überall im Westen füllten sich die Kathedralen mit Apostelschädeln, und Carlotta verschmähte nie eine marktgängige Ware. Sie war auch fromm. Aber sie war nicht ganz so fromm, wie sie klug war.

Während Primaflora wartete, dachte sie an ihre letzte Audienz, als zum erstenmal von Niccolos Beförderung in den Ritterstand die Rede gewesen war und gleich darauf davon, daß die Königin sie mit dem jungen Mann verheiraten wollte.

Der Vorschlag hatte Primaflora verwirrt. Gewiß, Niccolo war ein Liebhaber, der ihr zusagte. Sie war natürlich gewöhnt, aus allem das Beste zu machen, aber gelegentlich fand man in ihrem Beruf einen an Phantasie und Geschick, wenn nicht Erfahrung ebenbürtigen Mann. Eine solche Entdeckung entzückte und mußte über die Jahre hin ausgebeutet und genossen werden.

Aber für eine Ehe war im Leben einer Kurtisane kein Platz, und kein Mann von Stand würde daran denken, sie, Primaflora, zur Ehefrau zu nehmen. Nur weil er jung war und von niederer Geburt und wahrscheinlich unwissend, glaubte die Königin eine solche Ehe als Bedingung für Niccolos Dienst oder gar als Belohnung verfügen zu können, die seine Treue verbürgen würde. Die Königin pflegte Primafloras Verführungskünste nicht zu unterschätzen.

Der Plan bot natürlich weitere Vorteile. Als seine Ehefrau konnte Primaflora für Carlotta spionieren. Und als seiner Ehefrau war Primaflora auch eine selbständige Laufbahn verwehrt, und sie würde tunlichst darauf achten müssen, daß ihr Gatte den richtigen Weg einschlug und es zu etwas brachte. Primaflora war völlig klar, daß die Königin sie nach ihrer Bereitschaft beurteilen würde, diese Ehe einzugehen, und daß sie sich wohl würde fügen müssen. Und wenn dem so war, konnte sie auch gleich das Beste daraus machen. So sollte zum Beispiel einem liebenden Paar nicht verboten werden, zusammenzukommen.

So hatte Primaflora, als ihr die Ehe mit Niccolo angeboten wurde, nur einen Augenblick gezögert. «Wie die Serenissima wünscht.»

«Wie die Serenissima wünscht?» hatte die Königin gesagt. «Wünscht Ihr es nicht? Er hat sich doch, denke ich, als gut bei Kräften erwiesen?»

«Das sehr wohl», hatte Primaflora erwidert. «Aber er mag versuchen, sich aus der Ehe herauszureden. Andererseits ist er jung und eitel: auf eine Vaterschaft würde er ansprechen. Deshalb glaube ich, daß er und ich nicht getrennt werden sollten.»

Die Königin hob die Hand, fuhr über eine Strähne des blonden Haares der anderen Frau und zupfte daran. «Ich kenne Euch», sagte sie. «Wir müssen wirklich die Anstandsregeln beachten, bis der Kontrakt unterzeichnet ist. Andererseits . . . Er weiß nicht, daß Ihr unfruchtbar seid?»

Sie schüttelte den Kopf. Daß sie keine Kinder hatte und keine bekommen konnte, war in mancher Hinsicht ihr größter Vorzug.

«Dann müßt Ihr es bewerkstelligen, daß Ihr ihn seht», sagte die Königin. «Aber unauffällig. Es ist höchst wichtig, ich befehle es Euch.» Primaflora hatte sich wieder einmal bewiesen, daß sie die gewitztere war.

Nun wartete sie auf die Entscheidung, die die Königin zu der Botschaft der Flamin treffen würde. Und schließlich kam sie. «Ihr trefft Euch mit Ihr. Wir können nicht warten, bis der Kontrakt unterzeichnet ist. Sprecht mit dieser Katelina van Borselen. Sie hat wohlmögende Freunde, und wir dürfen sie nicht kränken. Sagt ihr die Wahrheit: daß wir uns der Unsicherheiten bei der Einstellung dieser Söldnertruppe bewußt sind und darauf achten werden, daß der Mann uns nicht betrügt. Stellt sie zufrieden.»

«Ich glaube nicht, daß sie sich zufrieden stellen lassen wird.»

«Wahrscheinlich nicht», pflichtete ihr die Königin nachdenklich bei. «Dann müssen wir eben herausfinden, was sie will, und es für unsere Zwecke nutzbar machen.»

«Sie mag es auf seinen Tod abgesehen haben», sagte Primaflora.

«Oder auf Euren. Seid vorsichtig. Sie muß begreifen, daß es sich bei Eurer Ehe mit diesem Niccolo nicht um eine Liebesheirat handelt. Sie darf nicht annehmen, daß Ihr ihn begehrt. Meine Ratgeber streiten es zwar ab, doch ich glaube, diese Katelina van Borselen ist eine verschmähte Frau. Sie könnte uns nützlich sein. Wenn dieser junge Bursche uns tatsächlich betrügt, können wir ihr bei seiner Bestrafung helfen. Oder hättet Ihr etwas dagegen?»

Primaflora zeigte sich belustigt. «Die Welt ist voller junger Männer.»

Die Königin blickte weiter recht nachdenklich. «Ja, ich kenne Eure Schwäche, Primaflora. Aber denkt daran, Ihr seid jetzt mein Schützling, und Euer Verhalten muß untadelig sein.»

Beim Verlassen des Gemachs bemühte sich Primaflora, ihre Schritte zu zügeln. Sie hatte eine Zusammenkunft mit Niccolo erreicht – vielleicht nicht nur eine. Die Königin kannte sie, das stimmte. Beneidete sie sogar, denn sie, die Königin, vermochte dem schlaffen Fleisch ihres armen Vetters Luis keinen Erben zu entringen. Selbst so war es unwahrscheinlich, daß sie sich vorstellen konnte, wie sehr Niccolo sich von anderen Männern unterschied. In gewisser Weise empfand Primaflora Mitleid.

Und Katelina, die Frau, der sie begegnen sollte? Die Königin irrte. Der junge Lehrling aus Brügge würde schwerlich das Mädchen verschmäht haben, das Katelina vor einigen Jahren gewesen sein mußte. Und wenn er das tatsächlich getan hatte, konnte seine erstaunliche Enthaltsamkeit kaum die bekannte Feindschaft zwischen ihm und Simon, dem schönen Ehemann der Flamin, ausgelöst haben. Hatte Niccolo Simon dann vielleicht Hörner aufgesetzt? Das schien unwahrscheinlich. Die Fehde rührte aus der Zeit vor der Heirat der Demoiselle her, und seit der Eheschließung hatte er sie angeblich nur einmal in der Öffentlichkeit gesehen. Aber vielleicht stimmte das nicht. Wenn Primaflora nun die hochgeborene Demoiselle aus Flandern aufsuchte, so auch deshalb, weil sie die Wahrheit herausfinden sollte. Denn darin hatte die Königin recht: wo es um Niccolo ging, war Primaflora nicht unbefangen.

Die Basilica Mercatorum war der Mittelpunkt des Geschäftslebens der Stadt. Hier kamen die Kaufleute zusammen, hier schlichtete der Oberamtmann Streitigkeiten. Hinter der Hafenmauer erbaut, lag sie nicht weit entfernt vom Platz des heiligen Sebastian und dem Haus Louis de Magnacs. Natürlich wurde Primaflora zur Basilica von einer Eskorte begleitet, aber sie durfte ihre Beschützer vor dem mit einem Portikus versehenen Eingang zurücklassen und hatte dann nur noch ihre Zofe bei sich. Die Männer, das wußte sie, standen im Sold des königlichen Haushalts. So wie es Zacco mit Niccolo tat, hatte die Königin sie an einer Kette herausgelassen. Nachdem sie sie einmal aus den Augen verloren hatte, mochte Carlotta nichts mehr dem Zufall überlassen.

Drinnen herrschte in den einzelnen Kontoren und Sälen reges Treiben, denn Schiffe liefen während des ganzen Winters ein und aus, und man tauschte die Waren aus Griechenland und Italien, Asien und Afrika. Es gab immer Geld zu wechseln und Wechsel zu unterschreiben. Sittsam gekleidet schritt Primaflora zwischen den Händlern aus Venedig und Genua hindurch, aus Marseille und Ancona, aus Damaskus und Chios, Kreta und Sizilien, und nahm die Aufmerksamkeit, die sie erregte, kaum zur Kenntnis. Auch ein, zwei Portugiesen waren da, aber keiner von den Vasquez, die ihre Geschäfte wohl schon beendet hatten. Sie sah auch keine Kaufleute aus Florenz. Das Schiff aus Konstantinopel war ausgelaufen, und ihre Käufe und Verkäufe waren abgeschlossen. Schließlich kam ein Junge in der Tracht des Hauses St. Pol und führte sie zu einer Galerie hinauf. In einem ihrer vielen kleinen Kontore wurde sie abermals Katelina van Borselen vorgestellt.

Die Frau aus Flandern hatte diktiert, und ein Schreiber ging gerade mit Papieren hinaus. Er trat zur Seite, um Primaflora Platz zu machen, und seine Augen zuckten. Primaflora lächelte und lächelte dann den Pagen an, der vor sich und der Zofe die Tür schloß. In der Stube standen ein Schreibtisch, ein kleinerer Tisch, eine Bücherkiste und zwei Stühle. Katelina van Borselen sagte: «Es ist freundlich von Euch, daß Ihr gekommen seid. Ich bitte Euch, nehmt Platz. Ich habe etwas kretischen Wein da. Ihr seht in mir eine Fürsprecherin meines jungen portugiesischen Neffen. In Diniz habt Ihr einen Jünger fürs Leben.»

Primaflora setzte sich und schob ihren Umhang zurück. Sie hatte einen heftigen Ausbruch erwartet, aber die junge Frau wirkte erstaunlich ruhig. Dann sah sie den Wein aus der Flasche spritzen, und ihr wurde klar, daß die andere gleich ihr die höfische Art gut kannte und die Verstellung gewöhnt war. Und daß sie in Wirklichkeit erzürnt war und sogar in gewisser Weise Angst hatte.

«Ich dachte, Euer Neffe hätte seine Meinung geändert», sagte Primaflora. «Mein junger Freund Niccolo sagte, das werde er. Das Kind wähnte sich verliebt in mich und glaubt zweifellos, ich hätte mein Herz einem anderen geschenkt.» Sie zuckte die Achseln und lächelte. «Wie schwierig, wenn Ehen wirklich so wären!

Oh, die Eure, Demoiselle, ist natürlich gewiß von dieser Art. Ich dachte an meinen jungen Verlobten, dessen zweiter Eheversuch dies ist. Und vielleicht an meine Bekannten, die sich gleich mir die Annehmlichkeit einer Ehe nur aus Gründen der Zweckdienlichkeit leisten können.»

Die Weinflasche klirrte, als Katelina sie wieder hinstellte. Sie hob ihren Becher, und beide tranken. Katelina sagte: «Ich kannte Nicolaas recht gut in Flandern. Ihr habt vielleicht von seiner ersten Ehe gehört? Sie war gut, bis seine Gemahlin starb.»

Primafloras Ton war weiterhin höflich, aber es schwang ein Lächeln darin mit. «Daran war doch gewiß nichts Verdächtiges? Er war zu der Zeit abwesend, soviel ich weiß.»

Die Flamin errötete, sprach aber in ruhigem Ton. «Er war abwesend, zusammen mit seiner Stieftochter. Er verdankt sein gesamtes Vermögen der Hilfe seiner Ehefrau, wenn er auch zufälligerweise ihr ursprüngliches Geschäft nicht an sich bringen konnte. Das besitzen jetzt die Stieftöchter oder doch eine von ihnen, und sie wollen keinesfalls etwas mit ihm zu tun haben. Er hat es in Italien zu etwas gebracht, nachdem das Geschäft seines Onkels zugrunde gerichtet war. Er hatte Erfolg in Trapezunt, nachdem sein genuesischer Rivale gestorben war.» Sie hielt inne und setzte dann hinzu: «Er würde durch Euren Tod nichts gewinnen, das weiß ich. Aber natürlich will er sich durch die Ehe mit Euch der Gunst Eurer Königin versichern. Angesichts dessen, was ich ihr berichtet habe, möchte ich Euch nur sagen, daß die Gunst der Königin vielleicht nicht von Dauer ist. Und vielleicht auch diese Ehe nicht.»

Primaflora stellte ihren Becher ab. «Wollt Ihr damit andeuten, Niccolo könnte Gewalt gebrauchen, um seine Ziele zu erreichen? Gewalt, die sich gegen mich richten würde?»

Die Flamin blickte zu Boden. Sie war durchaus reizvoll mit ihrem schlanken Hals, den kräftigen Zügen und der schönen, natürlichen Gesichtsfarbe. Wenn sie sich nur ein wenig mehr pflegte, konnte sie überall Liebhaber haben. Sie sagte: «Ich habe Königin Carlotta schon vor seiner Gefährlichkeit gewarnt. Männer nehmen ihn nicht ernst wegen seiner niederen Herkunft. Aber selbst in Brügge hat er mit seiner Schläue jeden aus dem Feld geschlagen, den er nicht leiden konnte. Das hat bei ihm nichts mit Ehrgeiz zu tun. Das ist seine Vorstellung von ... einem Spiel.»

Primaflora nippte nachdenklich an ihrem Wein. «Er hat Treue geschworen, hat sich zum Ritter schlagen lassen. Warum sollte er das tun, wenn er nicht bei ihr zu bleiben gedenkt? Und wenn er bei ihr bleibt, droht mir bestimmt keine Gefahr.»

Katelina van Borselen erwiderte: «Natürlich hat er Treue geschworen! Er muß seine Leute von der Insel bekommen, und das wird ihm kaum gelingen, wenn er sich für die Venezianer und Zacco erklärt. Gebt ihm ein Schiff, und er fährt schnurstracks zu Königin Carlottas Bruder. Und Ihr werdet bei ihm sein und nicht mehr gebraucht werden.»

Primaflora lächelte. «Ihr unterschätzt mich. Wenn ich ihn nun umerzöge? Aber warum sollte er überhaupt zu König Zacco wollen? Vielleicht könnte ihm die Partei der Königin mehr anbieten.»

Das Gesicht der jungen Frau, eben noch rot, wurde bleich. «Ihr wärt sehr überzeugend, dessen bin ich sicher. Vielleicht glaubt Ihr wirklich, seine Freundschaft zu besitzen. Aber Nicolaas hat keine Freunde, die ihm nahe stehen, Männer oder Frauen, er hat nur Leute, die er benützt. Er hat Marian de Charetty geduldet, aber diesmal wird es seine Mannhaftigkeit nach einem Gebieter verlangen, nicht nach Königin Carlotta oder einer neuen Ehefrau, der er zu Gefallen sein muß. Und ich weiß – ich habe mit denen gesprochen, die Euch auf der Fahrt von Kolossi hierher begleitet haben, und werde es bald beweisen können –, ich weiß, daß er noch immer mit den Venezianern im Bunde ist und sein Streit mit meinem Gemahl so heftig weitergeht wie zuvor. Er wird sich jeder Seite anschließen, die für die Venezianer und gegen meine Familie eingestellt ist. Er wird sich Zacco anschließen. Ich habe es der Königin gesagt. Ihr müßt es ihr auch sagen. Es ist wahr.»

Primaflora sagte: «Wenn dies seine Absicht ist, werde ich ihn nicht daran hindern, indem ich mich weigere, ihn zu heiraten.

Und inzwischen kann ich vielleicht etwas über seine Pläne in Erfahrung bringen.»

«Ihr kennt ihn nicht», entgegnete die Flamin. «Ihr werdet nie seine wahren Ziele erfahren. Und wenn Ihr auf die Heirat verzichtet, endet Ihr wenigstens nicht in Nikosia in den Händen eines Mameluckenemirs.»

Der Atem ging rasch. Primaflora sagte: «Ihr haßt ihn sehr. Ihr müßt Eurem Gemahl sehr zugetan sein, daß Ihr Euch so tatkräftig gegen seinen Feind stellt.»

Es trat nur eine ganz kurze Pause ein, dann sagte die Flamin: «Simon hat im Kampf mit Nicolaas viele Male sein Leben eingesetzt. Vielleicht kann ich, was er mit dem Schwert versucht hat, ohne Schwert erreichen. Mit Eurer und der Königin Hilfe könnten wir ihn schlagen.»

Primaflora sah sie an. «Wenn Niccolo zu König Zacco überzuwechseln versucht, wird die Königin ihn samt seinen Leuten töten lassen. Möchtet Ihr das erreichen?»

«Er hätte es verdient.»

«Warum laßt Ihr dann die Dinge nicht ihren Lauf nehmen? Laßt mich zur Königin gehen und alle Eure Warnungen wiederholen. Bringt mir, wenn Ihr sie habt, alle Beweise für seine Falschheit, die Ihr finden könnt. Wenn er so ist, wie Ihr ihn beschreibt, wird weder die Königin noch der Orden etwas mit ihm zu tun haben wollen. Man wird mir erlauben, die Heirat aufzuschieben. Und Ihr dürft sicher sein, daß man ihn daran hindern wird, zu Zacco zu gehen.»

Ein langes Schweigen. Dann sagte die Flamin: «Gut, ich werde Euch die Beweise bringen. Und wenn ich sie Euch gebracht habe, dann heiratet ihn. Ihr werdet eine sehr reiche Witwe werden.»

«Gebt Ihr mir da nicht einen gefährlichen Rat?» entgegnete Primaflora. «Wenn er mich nun von meinem Vorhaben abbringt?»

Katelina erhob sich. «Das hat er wahrscheinlich schon getan. Aber was ich an Beweisen beschaffen kann, gebe ich auch der Königin. Wenn er zu Zacco geht, würdet Ihr mit ihm sterben.»

«Und wenn er das nicht tut? Wenn ich ihn heirate und er bei Königin Carlotta bleibt?»

«Dann würdet Ihr noch immer eine reiche Witwe werden», sagte Katelina. «Weil ich Euch dazu machen würde.»

Langsam erhob sich Primaflora ihrerseits, den Blick auf die andere Frau gerichtet. «Was hat er Euch getan?»

Katelina machte eine kurze, wegwerfende Geste. «Da war einmal etwas. Es wurde getan, um meinen Gemahl zu verletzen, nicht mich. Niemand sonst weiß davon, weil es von Nicolaas geplant war, damit es nur von Nicolaas ausgekostet werden könnte. Ihr seht Nicolaas als einen Abenteurer. Er ist ein Mensch, ich sagte es Euch, der anderen weh tut, weil es für ihn ein Spiel ist.»

Primaflora hörte zu. Die Königin hatte recht. Diese Frau war gefährlich, hatte etwas von einer Besessenen. Doch jetzt war nicht der Augenblick, der Ursache dieses Umstands nachzuspüren. Sie legte ihre gepflegte Hand auf den Seidenärmel der anderen Frau. «Überlaßt alles mir. Aber inzwischen soll er sich sicher fühlen. Haltet Euch um der eigenen Sicherheit willen von ihm fern. Er muß wissen, daß Ihr und Tristão Vasquez seine Feinde seid. Er ist frei, und Ihr sagt, er ist grausam. Wenn dem so ist, seid Ihr in Gefahr.»

«Vielleicht», sagte Katelina van Borselen. «Er ist ein Verräter, ich werde es beweisen. Und nichts wird mich zurückhalten.»

An der Tür blieb Primaflora stehen und sah sie an. Dann faßte sie einen Entschluß. «Ihr seid Euch meiner noch immer unsicher, also will ich ganz offen sein. Dieser Niccolo ist ein Liebhaber, den ich mag, aber das bedeutet nicht viel. Ich bin Hofdame der Königin, aber ich bin auch eine Kurtisane. Die Königin benutzt mich, um Ritter an sich zu ziehen und an sich zu binden. Ich war bei einem solchen Mann in Bologna, als er getötet wurde, und die Königin gab mir den Auftrag, mich an van der Poele zu hängen.»

Eine weitere Pause. «War es schwierig?» fragte die Flamin. Erkennbarem Bemühen zum Trotz klang die Verachtung durch.

«Nein. Er geht mit jeder ins Bett. An dem Abend, an dem er

vom Tod seiner Gemahlin erfuhr, fand er bis zum Morgengrauen Trost in den Armen einer hochgestellten verheirateten Griechin.»

«Hat er Euch das erzählt?»

«Ich habe es von einem seiner Leute erfahren. Ist das Euer Page oder meine Zofe?»

Katelina ging zur Tür, an der es geklopft hatte. «Eure Zofe, Madonna. Jemand erwartet Euch.»

Ausnahmsweise hatte die Zofe es richtig gemacht. Jetzt war der rechte Augenblick zum Gehen, nachdem sie diese Neuigkeit noch hinterlassen hatte. Sie verabschiedeten sich freundlich. Gefolgt von ihrer Zofe schritt Primaflora auf die Treppe zu und wurde fast von dem Pagen vom Haus St. Pol zur Seite gestoßen, der an ihr vorbeistürzte. In der Halle unten war ein kleiner Aufruhr, und sie hörte Stimmenlärm. Ihre Zofe sagte: «Nicht die Treppe hinunter, Madonna. Der Herr ist in einer der Kammern auf dieser Galerie.»

Primaflora blieb stehen. «Wer ist in einer der Kammern?»

Die Frau blieb ebenfalls stehen und machte ein überraschtes Gesicht. «Herr Niccolo, Euer Verlobter. Ich habe ihm Eure Botschaft übermittelt, und er wartet jetzt auf Euch. Ihr könnt Euch freuen. Er ist voller Feuer, Madonna.»

«Aber er hätte mich doch erst später hier treffen sollen. Er ist zu früh gekommen! Er muß verrückt sein!»

Das Kontor, das sie gerade verlassen hatte, lag hinter ihr. Während Primaflora sprach, hörte sie den Pagen die Tür öffnen. Sie hörte die Stimme des Jungen von drinnen heraus und die Stimme Katelinas, die etwas antwortete. Die Stimme der Flamin klang näher: sie war offenbar im Begriff, auf die Galerie hinauszutreten. Primaflora blickte sich beunruhigt um. Eine widerstrebende Braut verabredete sich nicht mit ihrem verachteten zukünftigen Ehemann. Vor ihr begann sich eine andere Tür zu öffnen. Es war die Tür zu der Kammer, auf die ihre Zofe gewiesen hatte: sie wartete nicht, um zu sehen, wer herauskommen würde.

Sie war die Treppe schon halb hinuntergeflohen, als eine Männerhand sie ganz ruhig am Arm faßte und eine Männerstimme sagte: «Meine liebe zukünftige Braut! Eilt Ihr zu mir oder vor mir davon?»

Sie drehte sich um. Es war natürlich Niccolo. Die Grübchen waren da und die großen Augen mit ihren schelmischen Fältchen und die dagegen so strenge Nase mit den angespannten Nasenflügeln. Sein Gesicht war eingerahmt von zwei flachsenen Zöpfen mit einem Schleier daran, und seine Stiefel sahen unter einem langen Kleid aus weißem Batist hervor. «Ginevra», sagte er. «Ich war gerade auf dem Weg zu einem Tjost mit den Rittern, aber ich hätte viel lieber einen mit Euch. Was blickt Ihr so finster?» Er sah sich um. «Ist etwas im Gange?»

Im übrigen Gebäude schien tatsächlich etwas im Gange zu sein. Bei der Aufregung, die unten herrschte, hatte kaum ein Gesicht zu Niccolo hingeblickt. Sie hatte keine Ahnung, was die Menschen erregte, und es war ihr auch gleichgültig. Sie sagte: «Es wird etwas geschehen. Eure Freundin Katelina kommt hinter uns her. Ich habe ihr gesagt, ich würde ihr im Kampf gegen Euch helfen.»

«Oh, gut», sagte Niccolo. Zwischen den blonden Zöpfen war sein Blick noch immer nach unten in die Halle gerichtet. «Da *ist* etwas im Gange.»

«Nicolaas!» sagte die Stimme der Flamin. Sie war aus ihrem Kontor zur Treppe gerannt und kam jetzt eher langsam die Stufen herunter.

Niccolo drehte sich um. «Ginevra», sagte er noch einmal gefällig. «Ich war gerade auf dem Weg zu einem Tjost . . .»

Katelina sagte: «Wart Ihr das? Der sie getötet hat?»

Unter dem Schleier gingen die Augen weit auf. «Sie? Wen?»

«Tristão und Diniz», sagte Katelina. «Sie sind heute morgen zur Jagd aufgebrochen. Jemand hat sie in die Irre geführt. Sie sind verschwunden.»

«Wer hat das gemeldet?» fragte Niccolo. Seine Stimme klang wie in Kolossi, als er im Begriff war, sich des Priesters zu entledigen.

«Wart Ihr es?» wiederholte Katelina. Sie war ganz weiß im Gesicht.

«Nein», sagte Nicolaas, «ich war es nicht. *Wer hat das gemeldet?*»

«Einer von der Jagdgesellschaft. Er ist zur Burg hinaufgegangen. Sie brauchen Männer für die Suche, ehe es dunkel wird. Ich brauche ein Pferd.»

«Nehmt meines», sagte Niccolo. «Es ist draußen, bei Lancelot und Iwain und den Schildknappen. Ich habe ein Ersatzpferd. Wer will noch mitkommen?»

Er hatte laut die Stimme erhoben, während er die Treppe hinuntersprang. Unter der scheinbar unbekümmerten Art steckte etwas ganz anderes. Jemand meinte: «Zu Pferd? Laßt das die Ritter machen.»

Niccolo sagte: «Die kommen ja auch, aber vielleicht sind wir zuerst da. Kommt, die Vasquez sind portugiesische Kaufleute. Sie müssen doch jemandem Geld schulden.»

Da traten sie vor, ihrer fünf oder sechs, griffen schnell nach ihren Umhängen und schickten ihre Lehrjungen nach Pferden. Katelina starrte Niccolo an. Sie war noch immer bleich. Primaflora fragte rasch: «Habt Ihr ein übriges Pferd für mich?»

Nicolaas wandte sich zu ihr um. Sie vermochte nicht zu sagen, ob er in ihrem Gesicht las, was sie dachte. Sie war auf ein ungehaltenes Erstaunen vorbereitet. Er sagte nur: «Ich denke doch. Ich nehme Euch sogar auf meinem mit. Wenn etwas Diniz von den Toten zurückbringt, dann seid Ihr es mit aufgelöstem Haar.»

Sie hielt seinen Blick fest, noch immer ihre Warnung übermittelnd. «Wer sind Lancelot und Iwain?»

«Mein Hauptmann Astorre und Euer alter Freund Thomas», sagte Niccolo. «Mein Geschützmeister ist der Löwe, und die Gräßliche Maid ist ein Arzt namens Tobie. König Arthur wollte nicht mitkommen. Können wir losrennen? Oder sind wir beide zu gottverdammt vornehm?»

Primaflora blieb stehen. Neben ihr hielt auch Katelina inne. Dann ergriffen sie ihre Röcke und begannen Nicolaas aus ganz verschiedenen Gründen nachzurennen.

Kapitel 17

Der Hof König Arthurs, auf dem Weg zu einem Turnierkampf um einen kurzen Aufenthalt gebeten, wartete vor der Kaufmannshalle mit einiger Ungeduld auf seine Ginevra. Vor allem die Gräßliche Maid war unruhig. «Ich spüre, wie ich wieder nüchtern werde», sagte Tobie. «Und mit klarem Kopf mache ich dabei nicht mit, das sage ich Euch. Wenn er nicht bald kommt, reite ich zurück.»

«Spielverderber», sagte der Löwe. «Außerdem verweigert Ihr Euch einer bedeutsamen Wiederholung der Geschichte. Im Jahre 1223 . . .»

«. . . veranstaltete der verrückte Machthaber von Beirut auf der Insel Zypern ein Turnier in Kostümen des Hofes von König Arthur – ich weiß. Aber wir sind hier nicht auf Zypern, in Beirut sind die Sarazenen, und die einzige Ähnlichkeit – das muß ich freilich zugeben – ist die, daß auch der Veranstalter *dieses* Turniers verrückt ist. Was macht er denn?»

«Es geht das Gerücht, er habe Gelegenheit gehabt, mit seiner jungen Frau ein Stelldichein zu verabreden», sagte der Löwe. «Ich bezweifle, daß es in dieser Aufmachung sehr ersprießlich verlaufen wird.»

«Mit welcher Frau?» fragte Hauptmann Astorre mit einem glucksenden Lachen.

«Mit der, die Thomas durch ganz Europa eskortiert hat», sagte Tobie. «Erzählt weiter, Thomas, Ihr habt es ja genossen.»

Thomas, in einer gewöhnlichen Rüstung mit einem ausgefallenen Helm, blickte mürrisch drein. Le Grant schob den Kinnschutz zurück. Er sagte: «Ohne Thomas würde Primaflora jetzt vielleicht das Haus Niccolo regieren. Ich hörte, sie hat versucht, Katelina van Borselen in die Hand zu bekommen.»

Tobie blickte ihn schwer atmend an und hörte auf, sich unter der Perrücke zu kratzen. «Das ist eine erschreckende Vorstellung.»

«Wirklich?» sagte John le Grant.

Lancelots einziges Auge funkelte. «Zwei Frauen, ein Mann. Kratzen sich gegenseitig die Augen aus oder gehen zusammen auf ihn los.»

Da kam Nicolaas aus der Basilica herausgerannt zusammen mit zwei jungen Frauen. Die eine war blond und die andere braunhaarig, und beide waren hübsch anzusehen. Andere Männer kamen ohne Frauen herausgerannt und zerstreuten sich. Man hörte Rufen. «Das Turnier ist abgesagt. Die Vasquez, Vater und Sohn, sind in Not.» Er beugte sich leicht vor, hielt der blonden Frau die Hand hin, damit sie beim Aufsitzen ihren Fuß daraufstellen konnte, und wollte dann der anderen Frau den gleichen Dienst erweisen. Da eilten zwei Bewaffnete herbei und packten die Zügel der blondhaarigen Frau, die sich lächelnd Thomas zugewandt und mit ihm zu sprechen begonnen hatte. Nicolaas kam rasch zu Primaflora zurück. «Eure Eskorte? Für sie haben wir keine Pferde.»

Sie blickte zu den zwei Männern hinunter. «Dann werden sie hier bleiben müssen.»

Der eine der Männer ergriff die Zügel ihres Pferdes und packte dann ihren Ellenbogen. «Wir haben unsere Befehle», sagte er. Die junge Frau sah Nicolaas an.

Nicolaas sagte: «Wollt Ihr noch immer mitkommen? Gut, sie können das freie Pferd nehmen und uns begleiten. Tobie, nehmt die Demoiselle Katelina hinter Euch in den Sattel.»

Katelina trat zur Seite, um zu sehen, wo Nicolaas hindeutete. Tobie, der zurückfuhr, sah, daß auch sie zurückfuhr. Er schälte seine Nase ab und warf sie weg. «Die Gräßliche Maid», sagte Nicolaas. «Kommt. Er ist Arzt, aber er wird Euch nicht vor allen Leuten vergewaltigen. Wer weiß, wo es hingeht?»

«Ich», sagte Katelina van Borselen. «Wir reiten zum Berg Phileremos. Die Ritter von Trianda werden uns den Weg zeigen. Warum wollt Ihr mitkommen?»

«Weil Ihr, wenn ich nicht mitkomme und ein Unglück geschehen ist, ganz gewiß sagen werdet, das hätte ich ins Werk gesetzt. Das werdet Ihr zwar in jedem Fall sagen, aber ich will dabei sein, um es abzustreiten.» Sein Blick ging von Katelina zu Tobie. «Wenn Ihr beide im Damensitz reitet, fällt das Pferd um.»

Der Arzt Tobias Beventini riß sich die Perücke vom Kopf, hob zwei Taftröcke in die Höhe und bestieg fluchend sein Pferd. Der Schleier, der sich nicht mit der Perücke gelöst hatte, drohte ihn mit seinem Draht die Kehle zuzuschnüren. Er sah, daß Nicolaas, der inzwischen aufgesessen war, von der schönen blondhaarigen Primaflora recht artig umfaßt wurde. Hinter Tobie dagegen saß die andere junge Frau im Damensitz und suchte nach etwas, woran sie sich festhalten konnte. Sie entschied sich schließlich für seinen Gürtel: er spürte ihre Fingerknöchel. Katelina van Borselen, die er zuletzt flüchtig in Brügge gesehen hatte, damals noch nicht lange mit Simon verheiratet und schwanger. Er hatte nie mit dem Mädchen gesprochen, das Nicolaas verletzt hatte, und er hatte gehofft, dies auch nie tun zu müssen. Sie war, wie er jetzt sah, wohl im Stande, einem Mann den Kopf zu verdrehen.

Doch von den beiden Hauptpersonen abgesehen wußte hier niemand, was er wußte. Lancelot drehte sich um und sagte zu ihr: «Nun, Demoiselle, Ihr seht, wir vergelten es Euch mit einem Gefallen, daß Ihr für seinen schlechten Empfang für uns hier auf Rhodos gesorgt habt.» Sein Kinn stieß energisch unter dem silbernen Helm hervor.

Die Demoiselle ließ sich nicht einschüchtern. «Dafür gebt Eurem ersten Mann die Schuld, nicht mir», sagte sie in knappem Ton. Das letzte Wort endete unvermittelt, weil Tobie dem Pferd die Sporen gab und die ganze Truppe sich nun recht schnell auf das Stadttor zu bewegte.

Nach den Wochen im Gewahrsam war es eine Erleichterung, die Stadt hinter sich lassen, die dicken Mauern, die stattlichen Gebäude, die glanzpolierte Hofetikette des ritterlichen Europas mit der freien Landschaft einer levantinischen Insel, mit ihren Feldern und Weilern, ihren Fischerdörfern und den geborstenen Säulen als Erinnerung an eine wenigstens ebenso große Vergangenheit vertauschen zu können.

Von einem Ende zum anderen maß Rhodos keine fünfzig Meilen. Ein Suchtrupp, der von der nördlichsten Spitze aufbrach, mochte erwarten, recht bald zwei Personen zu finden, die sich verirrt hatten, die aber nicht dumm waren, Waffen bei sich trugen und um Hilfe rufen konnten. Doch während sie den Sandstrand entlangritten der bewaldeten Anhöhe entgegen, die Phileremos hieß, wurde Tobie daran erinnert, daß die Insel auch gebirgig war. Der lange Kamm aufgeforsteter Höhen bildete im Sommer einen rauhen, staubigen Rücken von der einen Seite der Insel zur anderen. Jetzt im Winter war es schwieriges Gelände mit angeschwollenen Bächen, glitschigen Hängen und Schlamm.

Wahrscheinlich waren Unfälle keine Seltenheit, und gewiß war es üblich, daß die Johanniter vornehmen Gästen in Not zu Hilfe kamen. Tobie wußte, daß Katelina glaubte, diese beiden Gäste hier seien Opfer einer Arglist. Es war möglich. Andererseits mochte ihr Verdacht sehr viel mit ihrer allgemeinen Einschätzung Nicolaas' zu tun haben. Ungeachtet seiner eigenen Einschätzung war offenkundig, daß Ginevra alles in allem so gehandelt hatte, wie wahrscheinlich jeder arglose Mensch in einem Notfall handeln würde, der sich noch nicht als Ernstfall erwiesen hatte.

Neben dem weißen Strand herreitend, die niedrige Sonne zu seiner Rechten, ertappte sich Tobie dabei, daß er Nicolaas und die junge Frau beobachtete, deren goldenes Haar wie ein Wimpel wehte. Die flatternden Zöpfe Ginevras klatschten Nicolaas den Staub von den Schultern, und seine Ohrringe schepperten wie Eimer. Primaflora, die sich fest an ihn klammerte, sprach mit ihm, den Mund an seinem Ohr. Auch Katelina sprach über Tobies Schulter hinweg. «Könnt Ihr nicht schneller reiten? Ich soll dafür sorgen, daß wir den richtigen Weg finden.» Wenn sie Nicolaas belauschen wollte, so hatte Tobie nichts dagegen. Er trieb sein Pferd an, und dann ritten sie neben Ginevras flatternden Gürtelbändern und Ärmeln. Primaflora lächelte ihn liebreizend an und hörte sofort auf zu sprechen. Sie war eine erstaunlich schöne Frau.

Sie ritten von der Küste fort, und der Weg wurde schwieriger. Von Norden her wehte ein brausender Wind, und Schlammspritzer flogen ihnen ins Gesicht. Andere Männer gesellten sich zu ihnen, und ehe sie noch eine große Strecke zurückgelegt hatten, fanden sich zwei, drei Ordensritter ein. Einer von ihnen war ein schottischer Johanniter namens Scougal, den Tobie kannte. Tobie fragte ihn: «Was glaubt Ihr ist geschehen?»

Der Ritter hatte die Frage wohl verstanden, warf Katelina aber einen unschlüssigen Blick zu. Sie sagte: «Ihr braucht Euch keine Hemmungen aufzuerlegen. Wie ich gehört habe, sind die Hunde der Jagdgesellschaft verletzt zurückgekommen, aber die Pferde hat man noch nicht gefunden.»

Der Ritter sagte: «Man scheint dem Senhor und seinem Sohn absichtlich einen Weg gewiesen zu haben, auf dem das Reiten schwierig ist. Sie hatten zwei Führer bei sich, die gleichfalls verschwunden sind. Und wenn sie aus den Bergen zurück ans Ufer gefunden haben, könnten sie einer Seeräuberbande in die Hände gefallen sein. Ohne Führer ist dies eine gefährliche Insel.»

«Seeräuberbande?» fragte Tobie verblüfft. «Türken?»

Der Ritter entgegnete: «Habt Ihr nicht die ausgebrannten Häuser und die verwüsteten Felder an der Küste gesehen? Die Küste Kleinasiens ist nur sieben Meilen entfernt. Die Piraten gehen rasch an Land und plündern und zerstören, was sie können. Wenn jemand der Familie der Demoiselle übelwollte, wäre es nicht schwer, sie einzufangen und Lösegeld für sie zu fordern. Tristão Vasquez soll ein vermögender Mann sein. Und die Muslime schätzen hübsche Knaben.»

«Das genügt», sagte Tobie. «Wahrscheinlich irren sie einfach in den Bergen umher.»

Doch Astorre, der ganz in ihrer Nähe ritt, schüttelte den Kopf. «Rhodos ist klein. Der erste Suchtrupp muß Hunde dabei gehabt haben. Wenn die sie nicht gefunden haben, sind sie entweder verletzt oder in einem Versteck oder nicht mehr auf der Insel.»

Ginevra zog sich eine Haarsträhne aus den Zähnen. «Wenn ich ein Türke wäre, hätte ich wohl kaum etwas von den Vasquez gehört. Wenn sie absichtlich abgefangen wurden, war das nicht das Werk von zufällig vorbeikommenden Piraten. Demoiselle, wer hatte etwas gegen den Senhor und seinen Sohn?»

«Ihr», sagte sie. «Und Eure Leute.»

«Aber uns hielt man doch in der Stadt fest. Geschäftsrivalen vielleicht? Oder wer sonst?»

«Niemand sonst.» Ihre Knöchel stießen in Tobies Rücken.

«Niemand sonst, den Ihr kennt. Welcher Art waren die Verletzungen der Hunde? Hat der Page das gesagt?»

«Nein», sagte Katelina. «Sie werden in Trianda sein, dort ist die Feste, das Kloster. Die Ritter schicken einen Diener, der uns führt. Ihr hättet einen dingen können, der es für Euch tut.»

«Ich hätte an Bord einen dafür dingen können, aber ich hab's nicht getan», erwiderte Nicolaas. Sein Ton war nicht leichtfertig, und die Ohrringe wirkten weniger unpassend als belanglos. Tobie erblickte ein Stück voraus die bewaldete Anhöhe, die wohl der Berg Phileremos war mit der Festung, den Ruinen, dem Kloster auf seinem Gipfel. Aus dem Wald kamen Männer auf sie zugerannt. Ihr Anführer war eine große, schwarze Gestalt, die er erkannte. Tobie lockerte die Spannung in den Knien und spürte, wie sich hinter ihm das Gewicht verlagerte, als Simons Gemahlin sich um seine Schulter herum vorbeugte.

Katelina van Borselen wandte sich an Nicolaas. «Ich kenne diesen Schwarzen. Er ist Euer Diener.»

Tobie öffnete den Mund und schloß ihn wieder. Astorre, der noch weiterritt, schwieg ebenso wie le Grant und Thomas. Nicolaas spie wieder Haare aus und sagte: «Ihr meint, er ist der Spion, den Großkomtur Louis de Magnac mir beigegeben hat. Mich stört das nicht. Er kann gut mit dem Barbiermesser umgehen.»

«Vielleicht zu gut», meinte John der Löwe.

«Nein. Er heißt Lopez. Er ist Portugiese, wie die Vasquez. Er würde ihnen nichts tun. Es sei denn, Ihr glaubtet, er handele auf Befehle von Louis de Magnac? Aber die Ritter in Kolossi waren uns allen wohlgesinnt.»

Loppe kam näher. Loppe, der – wie Tobie wußte, wie Astorre wußte – tatsächlich Nicolaas' Diener war und alles tun würde, was Nicolaas wollte. Loppe ging auf Scougal mit seinem schwarzen Mantel zu und sagte: «Senhor, seid Ihr der, den die Ritter geschickt haben? Man hat die Pferde gefunden und zwei der vier Männer. Sie sind tot. Ich soll Euch zu der Stelle bringen, an der sie liegen. Es gibt Spuren, ein ganzes Gewirr von Spuren. Wir brauchen viele Männer, die ihnen folgen können, ehe es dunkel wird.»

Jetzt war aus dem Notfall ein Ernstfall geworden. Der Ritter sagte: «Sitz hinter mir auf. Wer sind die Toten?»

«Ich laufe nebenher», sagte Loppe. «Nicht die Portugiesen. Die Männer, die tot sind, das waren offenbar Bedienstete. Sie wurden mit Pfeilen getötet, wie die Hunde. Seid Ihr alle gut bewaffnet?» Er ließ den Blick über den Rest der Gruppe schweifen und riß dabei die Augen weit auf.

Nicolaas sagte: «Wir sind alle bewaffnet. Wir waren gerade auf dem Weg zu einem Tjost. Beeilen wir uns. Es ist nicht mehr lange Tag.»

Tobie rührte sich nicht, griff Ginevra sogar in die Zügel. «Das hier ist weit genug für die Frauen. Es wird bald dunkel werden; es ist gefährlich, und wir kommen ohne sie schneller voran.»

Primaflora sagte: «Ich bleibe gern zurück, wenn –»

«Ich reite weiter», sagte Katelina. «Gebt mir ein Pferd.»

Die Kurtisane lächelte. «Dann reite ich auch weiter. Zwei Pferde.»

Tobie glaubte, Nicolaas werde die Frau zum Absitzen zwingen, doch er schob sich nur die Ärmelfalten hoch und sagte: «Dazu ist keine Zeit. Jede ein halbes Pferd, so wie jetzt. Weiter.» Er gab seinem Pferd die Sporen. Das doppelt belastete Tier machte einen Satz und ging dann zu einem kurzen Galopp über. Tobie zögerte. Die Frau hinter ihm im Damensitz hob beide Füße und trat ihrem Reittier in die Flanke, daß es zuerst scheute, sich dann wieder faßte und dem anderen Pferd nachzugaloppieren begann. Astorre stieß so etwas wie ein kurzes bewunderndes Bellen aus und folgte mit den anderen schnell nach.

Gegen Katelinas Verhalten war nichts zu machen. Gerade Tobie konnte ihr aus ihrer Abneigung gegen Nicolaas keinen Vorwurf machen. Dennoch beunruhigte es ihn, und ihm wurde unbehaglicher zumute als zuvor schon. Das Kostüm der Gräßlichen Maid war mit Dreck bespritzt, und es begann auf seinen Kahlkopf zu regnen. Tobie ließ sein Pferd in einen Galopp übergehen und verfluchte Nicolaas und alle seine Frauen.

Es war nicht weit bis zu der Stelle, wo die toten Diener lagen. Der Neger, der vorausgerannt war, blieb stehen und winkte. Tobie hielt das Pferd an, aber die Frau hinter ihm sagte nichts und saß auch nicht ab. Männer schritten vorgebeugt durch das Gras. Er sah, wie Loppe sich aufrichtete, seine Augen begegneten denen Nicolaas', obwohl kein Wort gesprochen wurde. Tobie sagte: «Zum Teufel! Was machen die da?»

Astorre, der wieder aufgesessen war, antwortete ihm. «Zwei Tote: die Diener. Sie wurden durch Pfeile getötet, aus einiger Entfernung. Sie hatten ihre Schwerter noch umhängen. Wir haben Spuren von den Pferden der zwei Vasquez und eine Menge Fußspuren, und wir haben eine Stelle da drüben, wo andere Pferde gewartet haben.»

«Also hat jemand die Portugiesen verschleppt?» fragte Tobie.

Primaflora kam zu ihnen herüber. Sie hatte die Röcke ihres Kleides hochgebunden und stellte zarte Leinenstrümpfe voller Löcher und feiner Stickereien zur Schau. Ihre Kapuze war zurückgeschoben, und ihr Haar zerfloß in der Nässe wie goldener Sirup. Sie sagte: «Messer Niccolo und der Neger glauben das nicht. Sie glauben, sie konnten bei dem Kampf zu Fuß fliehen, und die Angreifer sind ihnen dann nachgesetzt. Der erste Suchtrupp hat bei Kalamonas Hufspuren entdeckt, aber die meisten hat der Regen verwischt. Das heißt, man muß in kleinen Gruppen weit ausholen, und bis zum Einbruch der Dunkelheit ist dazu nur wenig Zeit. Die Ritter werden gleich den Befehl dazu geben.»

«Reitet Ihr weiter mit, Madonna?» fragte Tobie.

«Warum nicht?» Sie lächelte nicht. «Es ist schneller, als umzukehren.» Zu Katelina sagte sie: «Demoiselle, Eure Verwandten sind vielleicht entkommen. Vielleicht hören sie uns und kommen aus ihrem Versteck heraus.»

«Vielleicht sehen sie uns und verstecken sich», sagte Nicolaas. «Wenn Ihr mitkommen wollt, so sitzt auf.»

Als sie sich in den Sattel schwang, erhaschte Tobie einen Blick auf ein sich krümmendes Bein, vom Knöchel über das Strumpfband bis zum Oberschenkel. Zum weiß und golden aufschimmernden Oberschenkel. Er ließ einen Zügel fallen und verfluchte Nicolaas erneut, während er nach ihm suchte.

Sie waren jetzt nur zu siebt in ihrer Gruppe. Zu Pferde Astorre und Tobie, Nicolaas und ein Mann von Primafloras Eskorte, mit den zwei Frauen hinter ihrem jeweiligen Reiter, und zu Fuß Loppe, den man unter dem Namen Lopez kannte. Als die Nacht hereinzubrechen begann, wurde es in der Gruppe immer stiller. Loppe, der vorausging, sprach oder rief nur mit leiser Stimme, und manchmal sagte einer der Männer etwas zu ihm oder zu einem anderen. Manchmal hielten sie an, und der salzige Wind zerrte ihnen an den Kleidern, während zwei oder drei zu Fuß umherschweiften. Weit fort taten andere das gleiche. Durch das Brausen der Elemente hindurch waren ferne Stimmen zu hören – aber nicht das Trompetensignal, welches das Ende der Suche geblasen hätte.

Es war ein unwirtliches Land im Winter, wenn die Sonne nicht mehr auf ihre Kinder herablächelte, die Oleanderbüsche tot waren und die Hütten am Strand in Asche lagen. Die Windmühlen knarrten. Die Burgen standen auf ihren Hügeln und die gefallenen Tempel der Griechen, die massigen Wohntürme der Genuesen, die Festungen der Ritter, und um sie herum kuschelten sich die kleinen Höfe mit den Schweinen im angebauten Stall und den vor dem Fuchs und den Türken sicher eingepferchten und verwahrten Ziegen, Gänsen und Hühnern.

Sie sahen nur wenige solcher Häuser, denn ihre Aufgabe war es, die sumpfigen Gegenden abzusuchen, wo Menschen zu Fuß versuchen mochten, Menschen zu Pferde zu entkommen. Auf ansteigendem Gelände kamen sie an umgepflügten Feldern vorüber, stöberten Hasen auf und rochen eine Pflanzung von Johannisbrotbäumen. Auch Olivenbäume standen hier, einige längst abgeerntet, unter anderen lag noch die halbe Januarfallfrucht. Zweimal fand Loppe Rotwildspuren. Dann fand er etwas anderes: den deutlichen Abdruck eines gespornten Stiefels im Schlamm.

Der Mann mußte seitlich ausgerutscht sein und sich dann wieder gefangen haben. Ein Stück weiter war ein Abdruck der gleichen Sohle, diesmal überlagert von einem anderen. Nicolaas saß ab, beugte sich vor, richtete sich wieder auf, riß sich am Zopf die Perücke herunter und schleuderte sie in die Dämmerung hinein. Hochstimmung? Nein, Befriedigung, diagnostizierte der Arzt. Die Befriedigung eines Maschinenbauers, wenn die Maschine läuft. Der Löwe schwieg, aber Astorre sagte: «Seht nur, Demoiselle, wir finden sie schon!»

Der Himmel im Osten war dunkel geworden, und der Zukkerhutberg vor ihnen war jetzt nur verschwommen zu erkennen. Die Ritter hatten für Pechfackeln gesorgt. Als sie diese anzündeten, sahen sie andere in der Ferne aufblinken wie Funken. «Sollen wir sie rufen?» fragte Astorre.

«Wie viele wir sind, ist im Augenblick nicht wichtig», sagte Nicolaas. «Wir rufen sie, wenn wir etwas gefunden haben. Schaut her! Die Spuren führen zu dieser Senke dort.»

Der eine Mann von Primafloras Eskorte sagte: «Vielleicht haben sie gehofft, zum Kloster zu gelangen. Sie wollten nach Kalopetra und wurden abgedrängt. Die Senke dort ist eine Schlucht, eine halbe Meile lang, mit zahlreichen Verstecken. Aber der erste Suchtrupp kam hier durch, und niemand hat auf ihre Rufe geantwortet.»

«Hier», sagte Loppe. «Sie sind die Böschung heruntergekommen und dem Wasser gefolgt, um den Berittenen zu entwischen. Einer ist verletzt.»

Er sprach zwar zu dem Krieger, aber Tobie hatte immer das Gefühl, daß die Worte für Nicolaas gedacht waren. Die Gruppe zog sich auseinander, und die Männer saßen ab. Hier und da vermochte Tobie in dem matten Licht, halb Zwielicht, halb Flammenschein, die unregelmäßige Spur zu erkennen, die Loppe beschrieben hatte. Einer der Männer war in der Tat verletzt. Tristão, der die Schwester des verhaßten Simon geheiratet hatte?

Oder Tristãos Sohn Diniz, den Nicolaas – vielleicht – als seinen Vetter betrachtete?

Deshalb sprach Loppe zu Nicolaas. Deshalb oder weil alles, was er sagte, etwas bestätigte, womit Nicolaas rechnete. Der Tod schien es auf Verwandte von Nicolaas recht häufig abgesehen zu haben.

Die Schlucht schlängelte sich weiter, wurde bisweilen breiter, so daß Bäume, Büsche und ein Stück Wiese Platz hatten, und verengte sich bisweilen zur Breite eines Fußpfads neben einem tiefen, tosenden Wasser. Das Brausen des Wassers wurde zu beiden Seiten von den Klippen zurückgeworfen, und die Gruppen von Eichen und Kiefern verbargen den sich verdunkelnden Himmel mit ihrem dichten Astwerk. Auch andere Bäume gab es hier, glatt und ohne Laub und von achtfacher Mannesgröße, die Tobie noch nie zuvor gesehen hatte. Plötzlich schossen Dinge über seinen Kopf und schwirrten durch die Luft. Katelina schrie ihm etwas ins Ohr. Ihre Hände krallten sich in Tobies Hüften, gruben sich in Stoff und Haut. Das Pferd machte einen Satz, und Tobie riß sein Schwert aus der Scheide. «Vögel», sagte Nicolaas.

Primaflora legte die Wange an seinen Rücken und lachte atemlos. Dann faßte sie sich und wandte sich an Katelina. «Es hätte gefährlich sein können. Sie sahen wirklich aus wie Bolzen, Pfeile oder Steine.»

Nach einer Pause sagte Katelina: «Ich hielt sie für Insekten.»

Astorre, der neben ihr ritt, brummte ohne aufzusehen: «Insekten töten keinen.»

«Nein», sagte Katelina.

Tobie spürte sie hinter sich wie ein bleiernes Gewicht. Sie hatte Angst gehabt, und Primaflora hatte sie beruhigt. Sie hätten Schwestern sein können, so aufmerksam hatte Primaflora die andere Frau beobachtet. Katelina achtete natürlich nur auf Nicolaas. Aber wenn sie Primafloras Gesellschaft nicht suchte, so ging sie ihr doch auch nicht aus dem Wege. In dem nassen Dunkel sann Tobie darüber nach. Da sagte Nicolaas plötzlich: «Das ist Lopez. Hört nur. Er ruft.» Er rief zurück und schritt schnell weiter. Katelinas Pferd am Zügel führend, stapfte Tobie ihm nach.

Das Brausen des angeschwollenen Bachs wurde lauter und wurde noch übertönt von einem tosenden Rauschen. Hinter einer Biegung erblickte Tobie einen Wasserfall, der in einen schäumenden Tümpel hineinstürzte. Die zu beiden Seiten hoch aufragenden Klippen schlossen einen von Wolken überzogenen dunklen Himmel ein. Am Boden beleuchtete Loppes Fackel den Uferrand.

Zu Loppes Füßen lag eine regungslose Gestalt, halb auf dem Ufer, halb im Wasser. Astorre gesellte sich zu Nicolaas. Tobie ließ die Zügel fallen, stapfte durch den Schlamm voran und überließ es den Bewaffneten, die Pferde anzubinden. Primaflora blieb im Sattel sitzen, und Tobie hoffte, sie werde Katelina daran hindern, abzusitzen. Aber als er neben dem am Ufer liegenden Mann niederkniete, hörte er Schritte, die auf ihn zuhielten.

Ehe er den Mann noch berührt hatte, wußte er, daß er tot war. Der Pfeil, der ihn getroffen hatte, lag zerbrochen unter ihm, und Blut, schon halb weggespült, färbte schwarz das Gras und die Erde neben dem leblosen Körper. Die Jagdmütze war zur Seite gefallen, und man sah das dichte, schwarze Haar, die olivfarbene Haut, das ruhige, vornehme Profil. Tobie erhob sich langsam, als Katelina näherkam, das Gesicht gezeichnet von Angst und Schlammspritzern. Er sagte auf flämisch: «Es tut mir leid, Demoiselle – es ist Ser Tristão, und er ist tot.»

Kapitel 18

Der Regen klatschte in die Schlucht hinein und zischte ins Wasser und prasselte kaum wahrgenommen auf die Gruppe von Männern und Frauen und den dunkelhaarigen Mann zu ihren Füßen. Nicolaas, der eine Bewegung hatte machen wollen, blieb ganz still stehen. Astorre fluchte. Der Krieger trat vor, als wolle er Katelina stützen, aber sie stand starr da und wies ihn zurück. Tobie sagte: «Der Pfeil ist mitten durchs Herz gegangen. Es muß ein schneller Tod gewesen sein.»

Die weiche, dunkle Stimme des Negers sagte: «Sie haben ihn aus der Entfernung getötet und sind dann hergekommen, um sich zu vergewissern. Da sind ihre Fußabdrücke. Drei Männer, wenn nicht vier. Er hatte sein Schwert gezogen.»

«Und der Junge?» Nicolaas' Stimme klang so ruhig und leise, daß Tobie sie kaum hörte.

«Ich habe einen Stiefelabdruck gefunden – wartet», sagte der Neger. Seine Fackel bewegte sich fort. Die anderen verharrten an der Stelle und blickten nach unten. Tobie, der die junge Frau beobachtete, sah, daß in ihren Augen keine Tränen standen, ihr Gesicht aber sehr bleich war. Der Tote war der neue Geschäftsgenosse ihres Gemahls gewesen und auch sein Schwager. Katelina mußte Tristão Vasquez ein wenig näher gekannt, mußte bisweilen in der gleichen Kaufmannsunterkunft wie er gewohnt haben, wenn dies vielleicht auch alles gewesen war. Sein Tod war für sie mehr eine Erschütterung als ein Verlust. Und eine Erschütterung, die nicht dadurch gemildert wurde, daß sie damit gerechnet hatte. Simons Schwester war jetzt Witwe, und der Junge, wenn er noch lebte, hatte keinen Vater mehr. Und was war mit Nicolaas? War er vielleicht zufrieden? Tobie blickte sich angriffslustig um.

Nicolaas war in die Hocke gegangen und sah in das tote Gesicht. Er hatte den Mann, wie es schien, in Kolossi kennengelernt und war mit ihm auf dem Schiff von Zypern herübergekommen. Eine kurze Bekanntschaft, auf einer Täuschung beruhend. Sein Gesicht war in diesem Augenblick ernst, die Ohrringe bewegten sich nicht. Schlamm befleckte bis zu den Knien seinen Batistrock, der stark nach Pferdeschweiß zu riechen begonnen hatte. Katelina sagte: «Dann muß der Junge auch tot sein.»

Nicolaas erhob sich langsam und sprach, als denke er laut vor sich hin. «Er hatte sein Schwert gezogen. Er mag den Jungen geschützt haben. Als er starb, ist der Junge vielleicht geflohen.» Er wandte plötzlich den Kopf.

Primaflora sagte: «Ich hab's auch gehört.» Sie trieb ihr Pferd an, und der Fackelrauch verschleierte ihr Haar. «Die Mörder sind vielleicht noch hier, unter den Klippen, in den Büschen.»

Der Krieger sagte: «Dann ist das schnell besorgt», und zog den Arm mit der Fackel zurück.

Nicolaas packte ihn an der Schulter. Sein Gesicht, schlammbespritzt und mit Rußflecken, schien nur wachsam zu blicken. «Das würde ich nicht tun. Der Neger ist dort hinübergegangen, und er ist im Dunkeln nicht zu sehen. Tobie?»

Aber Tobie rannte schon zur Klippe hin und tastete mit glitschigen Händen nach seinem Schwertgriff. Er hörte Nicolaas hinter sich. Nicolaas sagte: «Lopez? Hörst du mich? Sei vorsichtig. Tobie, zieht nicht Euer Schwert. Astorre, bleibt Ihr bei den Frauen, und Ihr auch, Krieger. *Lopez!*» Seine Stimme klang heiser bei diesem einen Wort.

Die Stimme des Negers antwortete ihm. «Hier ist eine Höhle, Senhor. Und da ist jemand drin. Ah! Ich habe ihn!»

Jemand in der Höhle schrie. Nicolaas rief etwas und stürmte an Tobie vorbei, dessen Fackel nur wasserglänzende Steinwände und Felsbrocken erleuchtete. Dann sah er den dunklen Eingang, Nicolaas verschwand darin, und die Höhlendecke wurde rosigrot. Er rannte hinterher.

Es war keine große Höhle, aber doch ein recht langer Gang, ausgespült von Flutwasser und vorbeitreibendem Gestein. Am hinteren Ende hob ein Licht den gelockten Kopf und die breiten Schultern Loppes heraus, der sich über etwas beugte. Er sagte auf portugiesisch: «Senhor, wir sind Freunde. Die Ritter suchen nach Euch. Eure Tante Senhora Katelina wartet draußen. Seid Ihr verletzt?»

Der Junge. Nicht sein Mörder, sondern der Junge selber. Den Kopf vorgeneigt, tastete Tobie sich weiter hinein. Sein Haar zischte, und er legte die Fackel aus der Hand. Vor ihm war Nicolaas stehengeblieben. An ihm vorbei konnte er nur Loppes breiten Rücken ausmachen, aber er hörte das Gemurmel von Stimmen. «Laßt mich vorbei», sagte er zu Nicolaas. «Ist er verletzt?»

«Nein – nur ein verstauchter Knöchel. Sie haben auf sie beide von oben geschossen und gedacht, er sei weggelaufen, als sie herunterkamen, um nachzusehen. Vier Mann, sagt er.»

Die Stimme des Jungen sagte: «Das ist Senhor Niccolo.»

Loppe drehte sich um und gab Tobie den Blick frei. Diniz lag wie regungslos auf dem Felsboden, das schlammverschmierte Gesicht von Tränen gestreift. Loppe sagte: «Er hat die Gruppe angeführt, die Euch jetzt gefunden hat. Und da ist Doktor Tobie, sein Arzt, der nach Euch sehen will.»

Tobie drängte vorwärts. Der Junge rührte sich nicht. Er sagte: «Mein Vater ist tot.» Sein Blick ruhte auf Nicolaas.

Nicolaas sagte: «Er ist den Tod eines Edelmanns gestorben. Ich will herausfinden, wer ihn getötet hat.»

«Warum?» fragte Diniz.

«Warum sollten die Mörder am Leben bleiben?»

Der Junge befand sich noch unter dem Einfluß des Schrecks. Tobie befühlte den geschwollenen Knöchel und lehnte sich dann zurück. Der Junge sagte: «Sie sind noch in der Nähe. Zwei Männer. Zwei andere haben Angst bekommen und sind geflohen.» Er schluckte und fuhr fort: «Hier gibt es Schlangen. In der Höhle und draußen. Mein Vater ist auf eine getreten und hat aufgeschrien. Die Männer haben das gehört und ihn getötet.»

«Suchen sie noch immer nach Euch?» fragte Nicolaas. «Was . . .»

Er hielt inne wegen des Schreis, der von draußen hereindrang. Der Junge schluchzte. Loppe wandte sich um. Nicolaas sagte: «Bleibt hier», und stürzte ohne die Fackel zum Höhleneingang vor. Tobie hielt sich nicht an die Anweisung und folgte ihm.

Katelina lag auf dem Boden neben dem Toten. Neben ihr

erhob sich gerade Hauptmann Astorre, ein verschwommener Umriß von Silber und Weiß. Die Fackeln waren ausgelöscht. «Sie haben auf sie geschossen», sagte Primaflora. «Von einer Stelle über dem Wasserfall.» Ihre Stimme klang schrill. Ein Pferd stampfte, und Tobie erblickte den Krieger aus dem Palast, der den einen Fuß im Steigbügel hatte.

«Nein – bleibt», sagte Nicolaas. Er beugte sich über Katelina. Astorre sagte: «Ihr ist nichts geschehen. Ich habe sie weggestoßen. Der Pfeil ist ihr nur durch den Umhang gegangen. Wie meint Ihr das – bleibt? Sie sind dort oben, die Mordbuben.»

«Ich meinte, unser Freund sollte bei Lopez und den Frauen bleiben. Ihr und ich, wir gehen und schnappen sie.»

«Nein!» sagte Primaflora. Nicolaas, der schon im Sattel saß, sah sie an, und sie sagte: «Wenn etwas mißglückt, wird man Euch die Schuld geben.»

«Astorre wird bei mir sein.» Nicolaas machte ein verblüfftes Gesicht.

«Und ich auch», sagte Tobie. Er erhob sich, während Katelina sich wieder zu bewegen begann, und rannte auf sein Pferd zu. «Warum bläst niemand das Signal?» Er saß zugleich mit Astorre auf, und sie folgten beide Nicolaas, der sein Pferd schon auf dem kürzesten Weg aus der Schlucht hinaus lenkte. Hinter ihnen ertönte jetzt das Signal. Bald würde Hilfe kommen. Und jetzt, da das Wasser nicht mehr neben ihnen rauschte, fingen Tobies Ohren das Geräusch galoppierender Pferde ein. Es waren nur zwei Pferde. Und das Geräusch entfernte sich. Er versuchte Nicolaas einzuholen, der ihnen schon nachsetzte.

Es war jetzt fast ganz dunkel. Sie trugen ihre Fackeln unangezündet bei sich: die Gefahr unbekannten Geländes war geringer als die eines Pfeilschusses. Die Männer vor ihnen, unsichtbar vor dem Hintergrund des ansteigenden Bodens, waren im Vorteil, weil sie sich hier auskannten. Es war eigenartig, daß Nicolaas den einzigen Mann zurückgelassen hatte, der mit der ganzen Insel vertraut war. Nicht eigenartig war es, wenn Nicolaas nicht wollte, daß Primafloras Begleiter den Mördern von Tristão Vasquez begegnete und erfuhr, wer sie bezahlt hatte.

Aber warum ließ man in diesem Falle die Mörder nicht entkommen? Warum jetzt so verrückt durch Weingärten preschen, zwischen kaum sichtbaren Olivenbäumen hindurch, in strudelnde Bäche und durchweichte Pflanzungen hinein? Es hatte eine Zeit gegeben, da konnte Nicolaas nicht einmal reiten, bis Astorre es ihm dann beibrachte. Astorre, der jetzt an seiner Seite galoppierte, würde nicht dawiderreden, was Nicolaas auch tat: sein närrischer Junge, sein schurkischer Junge, sein Junge, der immer Glück hatte. Andererseits hatte derselbe Junge ihn, Tobie, mitgenommen und Loppe zurückgelassen. Loppe, der jetzt bei Katelina und Diniz war. Aber dort waren auch der Krieger von Primafloras Eskorte und Primaflora selbst. Da konnte gewiß nichts geschehen.

Ein Baum ragte plötzlich aus dem Dunkel auf, und Tobie riß das Pferd herum. Er hörte Astorre mit einem Unterton von Befriedigung fluchen. Sie schienen den Abstand verkürzt zu haben. Und vor ihnen ritten nur zwei Männer, während sie zu dritt waren. Nicolaas galoppierte noch immer an der Spitze. Tobie konnte sich nicht denken, was er vorhatte. Gerade erst hatte Nicolaas Tristão tot und Katelina anscheinend tot vor sich liegen sehen und sich nichts anmerken lassen, wenn man von dem ein wenig rauhen Klang seiner Stimme absah. In der Höhle, als er Loppe anrief, da war ein echtes Gefühl durchgebrochen. Es hatte wie Angst geklungen. Aber war es wirklich Angst gewesen? War es Angst, was ihn jetzt trieb, und nicht eine Art ritterlicher Verpflichtung, Missetäter zu bestrafen? Denn man durfte natürlich nicht vergessen, daß er jetzt einem Ritterorden angehörte und auf die Christenheit, die Ehre und die Königin von Zypern eingeschworen war. Nicolaas war ein Ritter und ritt, als Ginevra verkleidet, über die Insel Rhodos in der Absicht, jemanden zu töten.

Sie waren den anderen, deren Deckung lückenhaft wurde, jetzt dicht auf den Fersen. Gelegentlich, wenn sie sich von einer bleichen Felsfläche oder einem Stoppelfeld abhoben, konnte Tobie die zwei vor ihnen dahinfliehenden Reiter mit ihren stumpf aufblinkenden Helmen erkennen. Sie mußten jetzt wissen, daß an ein Entkommen nicht mehr zu denken war. Schwarz hob sich vor ihnen ein Kiefernhain von einem indigoblauen Hintergrund ab, und dahinter schienen sich die Umrisse einfacher Gebäude abzuzeichnen. Die Pferde der Mörder verschwanden in den Bäumen, und ihr Hufschlag klang nur noch gedämpft und unregelmäßig. Dann, jenseits des Hains, wurde er wieder hell und deutlich. Als die drei Verfolger unter den Bäumen heraus die zwei Pferde wieder sahen, sagte Astorre in scharfem Ton: «Halt!»

Nicolaas hatte schon angehalten. Sie hörten deutlich das entschwindende Hufeklappern. Deutlich und leicht, wie von einem Gewicht befreit. «Das ist eine alte List», sagte Astorre. «Sie sind unter den Bäumen abgesessen und haben die Pferde allein weiterlaufen lassen, damit sie uns ablenken. Sie sind hier irgendwo. Wir werden sie schon erwischen. Sie können nicht weit sein ohne Pferde.»

«Sie könnten sich noch immer die unseren greifen», sagte Nicolaas. «Sie sind mit Bogen bewaffnet. Was meint Ihr also, sollten wir tun?» Astorre gegenüber achtete Nicolaas immer auf den richtigen Ton.

«Richtig», entgegnete der Hauptmann. «Sie brauchen eine Deckung, und sie wollen uns im freien Gelände haben. Sie sind entweder noch in diesem Wäldchen oder dort drüben in diesen Gebäuden. Ich brauche einen Freiwilligen.»

«Das dachte ich mir», sagte Nicolaas. «Dann bleibt hier bei Tobie. Wenn ich nicht zurückkomme, könnt Ihr mein Kostüm haben.» Er war schon abgesessen. Er zog sich das Gewand Ginevras über den Kopf und ließ es zu Boden fallen. Im nächsten Augenblick war er schon verschwunden, und Astorre und Tobie saßen ebenfalls ab und standen dann unter den Bäumen und hielten ihre Pferde an den Zügeln. Tobie, der sich den Schleier heruntergezogen hatte, hakte seinen Schild los und begann zu lauschen.

Es hatte aufgehört zu regnen. Die Bäume raschelten. Dort, wohin Nicolaas verschwunden war, konnte er nichts erkennen als flaches Gelände, das von unbestimmten Formen unterbrochen wurde, und weiter fort eine Ansammlung von Umrissen, zu denen ein längliches Gebäude zu gehören schien, das ein Stall sein mochte. Astorre, hinter sich einen dicken Kiefernstamm, hielt in der einen Hand sein Schwert und in der anderen seinen Schild und die Zügel. Draußen vor dem Hain surrte der Wind durch die Heide und die Dornbüsche, und zwischen den Gebäuden pfiff es.

Das Pfeifen war schnell und schrill und endete mit einem dumpfen Aufschlag. Es war nicht der Wind gewesen, sondern ein Pfeil, dem sogleich weitere folgten. Sie kamen von dem rechteckigen Schatten her und hatten die Fläche zwischen den Beobachtern und den Gebäuden zum Ziel. Niemand stieß einen Ruf aus, und von Nicolaas war nichts zu sehen. Tobie fragte: «Sind die Bogenschützen in dem Stall?»

«Wenn sie dumm genug sind», entgegnete Astorre. «Narren! Sie könnten sich genausogut gleich ergeben.»

«Dann haben sie Nicolaas also entdeckt.»

Astorres Kopf ging herum. «Wie? Na, deshalb ist er ja dort – um sich entdecken zu lassen. Bindet die Pferde an, und dann machen wir uns auf die Suche nach ihm.»

Nicolaas fand sie zuerst – barhäuptig tauchte er geduckt im Dunkeln neben Astorre wieder auf. «Sie sind im Kuhstall. Lehmziegel, Schilfdach, quergeteilte Tür und ein Fenster, durch das sie schießen. Es ist das noch heile Gebäude. Der Bauernhof liegt in Trümmern. Ein Brunnen ist da, ein zerbrochenes Wasserrad, ein Stampftrog. Jemand benutzt das alles noch bei der Olivenernte. Hauptmann?»

«Wenn sie ihre Pfeile verschossen haben, müssen sie sich ergeben», sagte Astorre.

«Warum warten wir nicht auf die Ritter?» fragte Tobie.

Keiner schien hinzuhören. «Ja», sagte Nicolaas zu Astorre. «Aber selbst dann werden sie nicht herauskommen wollen.»

«Da gibt es Wege», sagte Astorre.

«Allerdings», bestätigte Nicolaas. Sie hörten sich beide zufrieden an. Nicolaas fuhr fort: «Tobie, wollt Ihr bleiben, oder wollt Ihr zu den Rittern zurückreiten?»

«Ich möchte bleiben.» Der Schleier, der wieder hochgerutscht war, störte Tobie am Kinn. Nicolaas sah ihn an, aber Tobie vermochte seinen Gesichtsausdruck nicht zu erkennen. «Gut», sagte Nicolaas. «Um so besser. Dann sind wir drei gegen zwei: wenn sie das sehen, werden sie wohl erst herauskommen, wenn sie wenigstens einen von uns außer Gefecht gesetzt haben. Wir werden ihr Feuer auf uns lenken. Ihr braucht Euch nur dann und wann zu zeigen, damit sie wissen, daß Ihr noch da seid. Aber seid vorsichtig. Diese Bogen haben eine große Reichweite.»

«Ich werde aufpassen», sagte Tobie.

Er sah kurz Astorres schlechte Zähne aufblitzen. «Guter Junge», sagte Astorre. Es ärgerte Tobie, gleichfalls Astorres Junge zu sein.

«Und noch etwas, Hauptmann», sagte Nicolaas.

Sie bewegten sich davon. «Ja?» sagte Astorre.

«Ich will sie lebend haben. Lebend. Hört Ihr?»

«Natürlich», sagte Astorres Stimme. Sie sagte es im beruhigenden Ton dessen, der sein Handwerk versteht.

Tobie war jetzt allein. Wohin Nicolaas und Astorre auch gegangen waren, er konnte sie nicht sehen. Vom Stall und seiner Umgebung drang kein Geräusch herüber: es flogen keine Pfeile mehr. Es wurde wieder sehr still. Irgendwo im trüben Dunkel rieselte ein Wasserkanal, und noch weiter fort schrie ein Esel gleich mehrmals in kläglichen Tönen. Ein Windstoß schüttelte die Bäume, und Tobie erschauerte. Das Überkleid der Gräßlichen Maid behinderte ihn in seinen Bewegungen. Er knüpfte es hoch und bewegte sich, den Arm mit dem Schild schützend in die Höhe haltend, von Busch zu Busch. Er nahm beinahe das Schwirren des Pfeils nicht wahr, als er schließlich kam. Der Pfeil traf den Schild und glitt harmlos an ihm ab. Noch ehe er zu Boden fiel, rannte er schon und warf sich im Schutz von etwas Festem und Kaltem nieder, das stark nach Oliven roch. Der Stampftrog. Während er noch dalag und Atem holte, hörte er abermals das Schwirren und Aufprallen von Pfeilen. Er blieb regungslos liegen. Diesmal kam das Geräusch aus größerer Entfernung. Astorre und Nicolaas hatten die Aufmerksamkeit der Bogenschützen auf sich gelenkt.

Ihm wurde bewußt, daß er in einem Brei von zerstampften Oliven lag. Das würde sein Kleid verderben. Er ertappte sich dabei, daß er lächelte, und hielt inne. Er war Arzt. Dort hinten lag in diesem Augenblick ein Toter. Der Wunsch, seine Mörder zu jagen, war natürlich. Man sollte jedoch nicht anfangen, es zu genießen. Tobie runzelte die Stirn, bewegte sich und tat zur Unterstützung der anderen einen weiteren Sprung ins Dunkel hinein. Dann blieb er, wo er war.

Ein Pferd näherte sich im Galopp von dem Kiefernhain her, begleitet vom Schein einer Pechfackel. Der verschleierte Reiter trug den wehenden weißen Musselin von Ginevra. Das Pferd stob über die ebene Stelle auf den Stall zu. Trog, Brunnen, Hoftrümmer standen in flackernder Goldhelle da. Einen Augenblick lang sah Tobie das Stallfenster mit dem Schützen darin, der gerade mit gekrümmtem Bogen zielte. Tobie rollte sich auf den Boden in den Schatten. Während er sich noch bewegte, sah er, wie die ersten Pfeile den Reiter durchbohrten. Sie trafen ohne Unterlaß Schleier, Gewand, das Pferd selbst. Das Tier wieherte und bäumte sich auf. Die Fackel, zweifellos für das Schilfdach gedacht, fiel zu Boden und wurde ausgelöscht. In der jähen Dunkelheit war wenig mehr zu sehen als die ausschlagende Masse des sterbenden Reittiers und die Fetzen weißen Tuchs unter ihm. Tobie begann sich zu erheben, um hinzurennen, und hielt inne, als sich sein Verstand meldete. Was auch immer auf diesem Pferd gewesen war, Nicolaas war es nicht. Aber für eine einzige bedrohliche Sekunde lang von den Männern im Stall geschaut, war es gut genug gewesen, um echt auszusehen. Die Bogenschützen würden einen ihrer Verfolger für tot halten. Und sie waren mehrere Pfeile ärmer. Er sah gebannt hin, als das Trommeln von Hufen ein zweites Pferd ankündigte.

Diesmal trug der Reiter Astorres schimmernden Helm, aber er hatte keine Fackel dabei. Der unsichtbare Bogenschütze schoß abermals, und die Gestalt ritt noch eine Weile und stürzte dann zu Boden. Der Helm rollte zur Seite. Das Pferd brach aus, zögerte und trabte dann davon. Das Hufetrappeln wurde leiser, und bald war es wieder still. Tobie erhob sich und kroch, den

Trog hinter sich lassend, ein Stück auf den Stall zu. Er war jetzt so nahe, daß er die Pferdedecke sehen konnte, die in Ginevras Gewand gesteckt hatte. Er war sich auch des klebrigen Geruchs nach Olivenöl bewußt, der von dem Brei an seinen Stiefeln und seinen Kleidern ausging und in ihm ein Hungergefühl auslöste. Er blieb, wo er war, und wartete auf das, was Nicolaas und Astorre als nächstes versuchen würden. Während er so noch wartete, wehte ihn erneut ein Ölgeruch an, diesmal von rechts. Der Trog war aber nicht zu seiner Rechten. Also war noch jemand anderer in die Oliven hineingetreten.

Dieser Gedanke ging ihm gerade durch den Kopf, als er vom Stall her ein Knarren hörte. Eine der Türen mußte aufgegangen sein. Ein Mann, der griechisch sprach, sagte: «Takis? Es ist nur noch einer übrig. Den nehmen wir uns zusammen vor.»

Seine Stimme brach mit einem Schrei ab. Astorre mußte unmittelbar neben ihm gestanden haben. Tobie hörte die Geräusche des Kampfes und sah die beiden ineinander verkrallten Gestalten vorwärts und rückwärts tappen. Tobie begann zu rennen und hielt im Dunkel nach Nicolaas und dem Mann namens Takis Ausschau. Jetzt konnte er die Köpfe der beiden Kämpfenden neben der Stalltür sehen, den behelmten des Bogenschützen und den angegrauten helmlosen Astorres. Er sah einen Dolch aufblitzen in der Hand, die den Bogen gehalten hatte. Sie ging in die Höhe und wurde dort von der Hand Astorres festgehalten. Tobie sah, wie Astorres rechte Faust mit dem Schwert weit ausholte.

Wenn der Hauptmann sich noch daran erinnerte, was Nicolaas verlangt hatte, so war davon jetzt nichts zu merken, und von Nicolaas war auch kein Einhalt gebietendes Flüstern zu hören. Astorres Schwert kam mit einem Pfeifen herunter und traf den Mann genau am Hals. Er stürzte zu Tode getroffen zu Boden. Astorre blickte sich um. Tobie zögerte, schob sich dann weiter vor und bemühte sich angestrengt, im Dunkeln etwas zu sehen. Er nahm abermals einen Öldunst wahr, der nicht von ihm selbst ausging. Da packte jemand seine Arme, drehte sie ihm brutal auf den Rücken und hielt ihm etwas an die Kehle, das glänzte und eine scharfe Schneide hatte. Eine Stimme in seinem Rücken rief in gräßlichem Italienisch: «Zugehört! Lukas ist ein Narr, der einen Mann nicht von einer Puppe unterscheiden kann. Ich bin einer gegen drei, und ich habe keine Angst. Ich habe ein Messer an der Kehle eines Kahlkopfs. Tut, was ich sage, oder er stirbt.»

Tobie hörte auf, sich zu wehren. Der Mann hinter ihm war groß. Tobie spürte seine dicke Lederjacke, und er zuckte zusammen, so fest hielt der Mann seine Arme gepackt. Astorres Stimme sagte voller Bewunderung: «Von Euch war einer die ganze Zeit draußen! Schlau gedacht!»

«Ja, von mir», sagte der Mann. «Ich bin kein Dummkopf. Legt Euer Schwert nieder und bringt mir das letzte Pferd. Wo ist der dritte Mann?»

«Hinter Euch», sagte die ruhige Stimme von Nicolaas. «Wenn ihr dem Kahlkopf die Kehle durchschneidet, schlage ich Euch mit meinem Schwert den Kopf ab. Wir können das auch gleichzeitig machen, wenn Ihr wollt. Wenn Ihr es lieber nicht tun möchtet, laßt Euer Messer fallen.»

Er ließ es fallen. Mit der gleichen Bewegung stieß er Tobie zu Boden, wirbelte herum und zog gegen Nicolaas das Schwert, als hätte er es nicht mit drei Gegnern zu tun. Einen Augenblick lang war Astorre noch zu weit entfernt, um eingreifen zu können, und Tobie lag am Boden. Nicolaas sagte: «Seid kein Narr!» und parierte stirnrunzelnd einen heftigen Schwerthieb. Die Klingen klirrten. Nicolaas wehrte noch zwei Hiebe des anderen ab. Astorre sagte ganz ruhig: «Das reicht», und trat vor.

Das lenkte Nicolaas einen Augenblick lang ab. Er wandte, noch immer stirnrunzelnd, den Kopf und sagte: «Nein!» Das Schwert des anderen zuckte auf seinen ungeschützten Körper zu. Tobie stieß einen Ausruf aus, und Astorre sprang mit der Schnelligkeit des erfahrenen Kriegers vor, schleuderte den Mann herum und stieß ihm, ehe er daran gehindert werden konnte, die Klinge in den Hals. Nicolaas sah ihn keuchend an und fluchte.

Astorre zog sein Schwert aus dem Hals des Toten, riß ein Büschel Gras aus und wischte damit die Klinge ab. «Er hätte

Euch getötet», versicherte er. «Wozu wolltet Ihr ihn aufheben? Für einen langen, häßlichen Prozeß und den Galgen?»

«Ja», sagte Nicolaas.

«Ich hätte den anderen Burschen verschonen können, wenn Ihr mich daran erinnert hättet», sagte der Hauptmann vorwurfsvoll. «Ich habe mich einfach hinreißen lassen.»

«Er wollte Euch nicht daran erinnern», sagte Tobie.

Nicolaas starrte ihn an. Er sagte: «Ich hatte auf dem ganzen Hof Olivenölspuren hinterlassen und hatte gerade diesen Burschen entdeckt, der Euch den gottverdammten Schleier abschneiden wollte. Wie konnte ich da rufen, ohne mich zu verraten?»

«Ich glaube Euch nicht», entgegnete Tobie. «Ihr habt gewiß alles so bekommen, wie Ihr es haben wolltet.»

«Nun, Ihr wißt es am besten», sagte Nicolaas. «Drei wurden nach Plan getötet, und zwei leben aus Versehen noch: bei Katelina und Diniz habe ich versagt. Aber keine Angst, inzwischen wird Loppe sie aus dem Weg geräumt haben.» Seine Stimme klang bitter.

Tobie stand regungslos da. Astorre stieß ein leises Lachen aus und bückte sich nach seinem Helm. «Habt wohl das Lachen verlernt, Meister Tobie? Der Junge hat Euch gerade das Leben gerettet. Nicht, daß Ihr Eure Sache nicht gut gemacht hättet. Ihr wart schon tüchtig. War gut, daß wir Euch dabei hatten.»

«Ja, das denke ich auch», bestätigte Nicolaas, dessen Zorn sich ganz plötzlich wieder gelegt hatte. «Kommt zur Vernunft, Tobie. Die Gefahr setzt jedem zu, das wißt Ihr doch. Jetzt gehen wir zu den anderen zurück, und Ihr könnt uns etwas zur Beruhigung unserer Gemüter verschreiben.»

Sie warfen die Bogenschützen über das letzte Pferd und trafen unterwegs eine Abteilung Reiterei, die man ihnen zu Hilfe geschickt hatte, und sie machten sich gemeinsam auf den Rückweg. Die Ritter hatten inzwischen die Schlucht gefunden und Opfer und Hinterbliebene nach oben gebracht. Auf Schilden liegend machte der tote Tristão Vasquez seine letzte Reise zu Pferd. Neben ihm teilte sich sein Sohn Diniz, den geschwollenen

Fuß notdürftig verbunden, ein Reittier mit seiner Tante Katelina. Um sie her versammelte sich bei flammenden Fackeln der Rest des Suchtrupps zum Ritt zurück zur Feste und zur Stadt. Primaflora beobachtete Nicolaas, wie er näherkam, und ihre Augen und ihr Gesicht sprachen für sie. Katelinas Gesicht blickte düster, als sie ihn ansprach. «Ihr habt die Männer nicht gefunden, die Tristão gemeuchelt haben? Oder waren sie schon tot?»

«Wir haben sie getötet», sagte Nicolaas. «Ehe sie uns sagen konnten, wer sie bezahlt hatte und wer die beiden anderen waren.»

«Das hatte ich mir gedacht», erwiderte Katelina. «Seid Ihr zufrieden?» Der Junge, der vor ihr saß, wandte den Kopf.

Nicolaas saß auf. Ohne das Gewand hatte er nichts auf dem Leib als ein ärmelloses Wams, Strumpfhosen und Stiefel. Er sah schmutzig und verfroren aus. Er hielt einen Augenblick inne, die Hände am Zügel und am Sattelknauf, ehe er sich in den Sattel sinken ließ. Er kehrte das Gesicht dem Jungen zu. «Diniz? Keiner von uns hat deinem Vater ein Leid angetan oder euch ein Leid anzutun versucht. Du wirst es anders hören. Du mußt an Vorsichtsmaßnahmen ergreifen, was du für gut hältst, aber dies ist die Wahrheit.»

Der Junge blickte ihn seinerseits an. Gab es eine Ähnlichkeit zwischen Nicolaas und dem Jungen? Schwarz und braun, dunkelhäutig und hellhäutig: gewiß nicht. Katelina legte ihrem Neffen die Hand auf die Schulter. Es war eine abwehrende, keine mütterliche Geste. Sie sagte: «Ihr werdet nie mehr in seine Nähe kommen.»

«Wie Ihr wollt», sagte Nicolaas. Er und der Junge sahen einander noch immer an. Tobie kam zum Bewußtsein, daß Nicolaas als einziger von ihnen allen wußte, was er tat. Der Junge hatte im Grunde keine Angst vor ihm. Hätte Nicolaas ihn in die Arme genommen, wäre er an seiner Brust in Tränen ausgebrochen, wie es seine Ordnung gehabt hätte.

Aber davon wollte Katelina schon gar nichts wissen. Der Junge blieb in ihrem Zugriff, Gegenstand des Mitleids, aber nicht des verstehenden Mitgefühls. Und er biß die Zähne zusammen und brach nicht in heilende Tränen aus. Dann ritten sie los, und Primaflora lenkte ihr Pferd heran und sprach zu Nicolaas. «Sie sollten Euch danken. Ohne Euch und Lopez wäre der Junge vielleicht nicht gefunden worden. Und Ihr habt bei der Verfolgung der Mörder Euer Leben eingesetzt. Seid Ihr verletzt?»

Nicolaas ritt zunächst wortlos weiter. Dann sagte er: «Wir haben alle Kratzer abbekommen. Ihr auch.»

Sie entgegnete: «Ich hätte es nicht missen wollen. Ich kannte Euch bis jetzt nicht. Wann können wir uns treffen, Niccolo?»

Die Worte waren leise gesprochen, und Tobie glaubte nicht, daß jemand außer ihm sie mitangehört hatte. Nicolaas sagte: «Wann die Königin Euch kommen läßt. Und das wird sie. Wir sind verlobt.»

«Ich wünsche stärkere Bande.»

Ein Grübchen brach sich durch den Schmutz Bahn. «Bald», sagte er. Sie sah ihn an und rückte dann ein wenig von ihm ab. Nicolaas sagte, ohne lauter zu sprechen: «Tobie – der Junge wäre bei Euch besser aufgehoben.»

«Ich hatte auch daran gedacht», erwiderte Tobie. «Die Demoiselle ließ es nicht zu. Wieviel waren es – vierzehn Meilen, fünfzehn? Er müßte es schaffen.»

Schweigen trat ein. Auf seiner anderen Seite sprach Astorre öfter mit seinen Nachbarn, erzählte von diesem und jenem vor kurzem erst bestandenen oder schon lange zurückliegenden Kampf. Manchmal bezog er Tobie in das Gespräch mit ein, bis ihn dessen einsilbige Antworten zu sehr ärgerten. Nicolaas sagte überhaupt nichts, bis sie den Berg Phileremos hinter sich hatten und in der Ferne das Leuchten am Himmel sehen konnten, das von der Stadt Rhodos kündete.

Jetzt war die Kavalkade viel kleiner, da die Ritter von der Bergfeste nicht mehr dabei waren. Zum erstenmal seit einer langen Zeit sagte Nicolaas wieder etwas. «Wo sind le Grant und Thomas?»

Tobie blickte sich um. Im schwachen Licht erkannte er mehrere der Ritter, die mit ihrer Gruppe aufgebrochen waren, aber ihre eigenen beiden Männer waren nicht zu sehen. Er sagte: «Sie werden sich allein auf den Heimweg gemacht haben.»

«Ohne ein Wort? Schaut Euch noch einmal um.»

Tobie tat dies. Der Zug erstreckte sich noch immer ein ganzes Stück nach vorn und nach hinten, verschleiert durch Fackelrauch und Dunkelheit. In Tobies Nähe hatte er sich verändert. Wo Katelina und der Junge gewesen waren, trabten jetzt ihm völlig fremde gutbewaffnete Reiter. Hauptmann Astorre hielt sich noch an seiner Seite, doch neben ihm ritten zwei gutausgerüstete Ordensritter und hinter ihm die zwei Krieger von Primafloras Eskorte. Primaflora selbst war so wenig zu sehen wie Loppe oder eines der anderen ihm bekannten Gesichter.

Tobie wandte sich wieder an Nicolaas. «Wie sagtet Ihr? Zaubersprüche, Hexenkessel und Spiegel?»

Nicolaas drehte sich um. Was es auch an Anstrengung gekostet hatte, die Müdigkeit war verbannt, und an ihrer Stelle zeigte sich ein Grübchen. «Ihr habt Euch daran erinnert. Hättet Ihr es nicht, wäre ich eine kleine Wette eingegangen. Unsere Stellung hat sich verändert, wie ich vorausgesagt hatte.»

«Wandern wir wieder hinter Schloß und Riegel?»

«Wir haben jemandes Pläne durchkreuzt», sagte Nicolaas. «Also wartet vielleicht noch Schlimmeres auf uns. Sagt Astorre Bescheid. Wir leisten keinen Widerstand. Wir bringen keine Entschuldigungen vor. Ich bin der einzige, der redet. Wir werden wahrscheinlich am Tor empfangen werden. Ah, da haben wir es schon. Man erwartet uns beim Tor. Seht Ihr jemanden, den Ihr kennt?»

Tobie drohte jäh übel zu werden. Nur Nicolaas brachte so etwas fertig. Nur Nicolaas konnte diese Art von Unheil heraufbeschwören. Dort vorn, vor den hohen, dicken Rundtürmen des Stadttores, stand mit blitzenden Speeren eine Schwadron Reiterei. Er sah den Großkomtur von Zypern und den Schatzmeister des Ordens und einen Mann in Schwarz, der über der Kapuze seines Umhangs einen breitkrempigen schwarzen Hut trug. Der Mann in Schwarz hatte schiefe Zähne und lächelte.

Auch Nicolaas lächelte. Tobie gefiel weder das Lächeln des einen noch das des anderen.

«John de Kinloch», sagte Nicolaas. «Ein schottischer Kaplan aus Brügge. Er kennt die Demoiselle Katelina.»

«Er freut sich offenbar, Euch zu sehen», sagte Tobie.

«Ja. Ich habe ihn auf Zypern entführt, damit er den Vasquez nicht sagt, wer ich bin. Und auch den Rittern nicht. Wenn Katelina mich nicht an den Galgen bringt wegen Tristãos Tod, dann wird dieser Bursche das besorgen.»

Kapitel 19

Um den Urteilsspruch Pierre-Raimond Zacostas, des Großmeisters des Ordens der Ritter vom heiligen Johannes zu Jerusalem, zu empfangen, mußte man durch das Tor des Castello, der inneren Stadt der Frömmigkeit, schreiten und zwischen den hochaufragenden Herbergen der Ritter mit ihren spitzen Türrahmen und den Steingitterfenstern hinaufsteigen zu dem strengen gotischen Bogen ganz oben. Dort, neben der Loggia und der Kirche, stand der befestigte Großmeisterpalast, auf dessen Hof die Paladine König Arthurs zwei Tage zuvor ihr martialisches Können hätten vorführen sollen.

Nicolaas schritt zu seiner Verabredung zwischen zwei Reihen von Bewaffneten, und bei ihm waren die vier Gefährten, die zu jenem mißlungenen Tjost aufgebrochen waren, denn John le Grant und Thomas waren gleich den anderen sofort nach ihrer Rückkehr von Kalopetra in Gewahrsam genommen worden. Die beiden Tage hatte Nicolaas zum größten Teil bei Astorres Leuten verbracht. Von einigen Neulingen abgesehen kannten ihn alle – entweder als den ungebärdigen Färberlehrling oder als den Ehemann der Marian de Charetty, ihrer Dienstherrin, oder als den Mann, der sie nach Trapezunt geführt und von dort wieder zurückgebracht hatte, reicher, als sie je zuvor gewesen waren. Und seitdem natürlich als den zukünftigen Patron, der mit ihnen zusammen in Italien gekämpft hatte, ehe er in Rhodos aufgetaucht war.

Sie kannten ihn, und sie vertrauten Astorre so, daß sie auf lange Sicht nichts befürchten zu müssen glaubten. Zwei Tage lang war er bemüht, sich ihnen wieder vorzustellen und sie wiederum noch besser kennenzulernen. Bei manchen war es nicht schwer, das alte Kameradschaftsgefühl wiederzubeleben. Bei anderen fuhr er das ganze Geschütz von derb-zotigen Reden und rauh-herzlichem Umgang, Austausch von Erinnerungen und ernsthaften Gesprächen bis tief in die Nacht hinein auf. Er konnte nicht zu den Mitteln seiner Jugendzeit zurückkehren – sie mußten ihn respektieren und gleichzeitig gern in seiner Gesellschaft sein. Menschen einzuschätzen war eine Kunst, die er hervorragend beherrschte, und er genoß es, sie auszuüben. Er hätte gern noch zwei Tage länger Zeit gehabt, aber er vermochte sie doch auf sich einzuschwören, als er ihnen schließlich von der nächsten Zukunft sprach.

Natürlich sagte er ihnen – genausowenig wie Tobie, Astorre und den anderen – nicht alles, aber den größeren Teil seiner Pläne breitete er doch vor ihnen aus, weil er sah, daß zumindest Tobie ihm nicht weiter blindlings folgen würde. Und sie mußten Bescheid wissen, sonst mochten sie alles verderben.

Wären die Fehler von Kalopetra nicht gewesen, hätte er in Hochstimmung sein können. Stufe um Stufe schritt er weiter. Er wußte, wie gefährlich es war und daß seine ganze Zukunft von der Begegnung mit dem Großmeister und ihren Ergebnissen abhing. Bei einer weiteren Fehlkalkulation konnte er alles verlieren. Aber natürlich war das gerade der Reiz. Und die Verantwortung war allein die seine. Er hatte das Spiel ausgewählt, und andere hatten sich für ihn oder die Gegenseite entschieden. Das Spielen war keine Pflicht.

Der Palast von Rhodos war prächtig. Keiner sprach, als sie das

Portal zwischen den Rundtürmen durchschritten in den Lärm des großen Innenhofs hinein, der voller Menschen und Tiere, Banner und Rüstungen war. Sie trugen keine Waffen, er und seine Gefährten, und traten unauffällig gekleidet auf, in schlichtem Wams und Umhang, einfacher Strumpfhose, fast schmucklosem Hut und keineswegs blitzenden Knöpfen. Nicolaas trug das blaue und silberne Abzeichen seines zyprischen Ordens, da er noch immer dessen Ritter war. Als sie den Hof überquerten, blieben Leute stehen und schauten hin, und er hörte, wie ihre Schritte in den Arkaden widerhallten und sah auch von den Galerien Männer herunterblicken. In der hinteren Ecke erhob sich auf ihren ungleichen Bögen die Treppe, deren Stufen zu den großen Gemächern des Nordflügels hinaufführten. Von diesem höchsten Punkt des Castello aus überwachten die Ritter die Stadt, die Häfen, die feindliche See im Osten und Norden. Als Schurken, als verdächtige Personen wurden der Handelsherr Niccolo und seine Gefährten zu der mit Säulen versehenen Tür am oberen Ende der Treppe geführt, wo sie einen Augenblick warten mußten, bis man sie schweigend in den Rittersaal geleitete, in dem der Großmeister sie erwartete.

Die Wände waren kariert und so hoch, daß die Blöcke aus gelbem und ockerfarbenem, weißem, dunkelbraunem und rotbraunem Stein auf Dunkel und Licht so ansprachen, als wären sie von einem Damastmuster überzogen. Die Höhe des Saals ließ die Chorstühle der Ritter klein erscheinen. Neben dem Schwarz und Weiß der Ritter sah man die Priester und Männer in gewöhnlicher Kleidung, die Kaufleute oder Zeugen sein mochten. Am Ende des Saals saß auf seiner Estrade der Großmeister, bärtig, von gelblicher Gesichtsfarbe, in Schwarz gekleidet, mit einem riesigen Schleierhut auf dem Kopf, dessen Krempe ringsherum hochgebogen war wie bei einem Pilger.

Pierre-Raimond Zacosta war Spanier und gerade erst in dieses Amt berufen. Als Katalane hatte er sich lange in Barcelona aufgehalten, ehe er aufgebrochen war, um seine Pflichten zu übernehmen. Es hieß, er habe gezögert, auf die Einkünfte zu verzichten, die er bereits bezog. Es hieß weiter, er habe das freundliche Angebot Carlottas von Zypern abgelehnt, an Bord des Schiffes der Königin nach Rhodos zu fahren. Und als Katalane hatte er natürlich nichts für Ferrante von Aragon, den König von Neapel, übrig, für den Hauptmann Astorre und seine Kompanie gerade so siegreich gestritten hatten. Dennoch hatte der Großmeister Astorre bei seinem Eintreffen nicht abgewiesen, und er hatte, Katelina zum Trotz, die Truppe nicht von der Insel gejagt. Wo Sultan Mehmeds Flotten von Konstantinopel aus zu Eroberungsfahrten aufbrachen, war jeder Krieger willkommen, der die Religion verteidigte, und bei einem geeigneten Vorwand hätte er vieles übersehen. Man hatte ihm jedoch keinen Vorwand geliefert.

Sie sollten sich vor der Estrade aufstellen. Nicolaas schritt voran und ließ den Blick über die Männer zu beiden Seiten des Saales schweifen. Da war natürlich John de Kinloch, zusammen mit Louis de Magnac und einem anderen Ritter, den er von Kolossi her kannte. Ferner Scougal, der hochgeborene Schotte aus East Lothian, der sie vor zwei Tagen begleitet hatte und der John de Kinlochs Gefährte gewesen war. Und ein Mann, dessen Namen er am Kai gehört hatte – Tobias Lomellini, der genuesische Schatzmeister des Ordens. Und neben ihm mehrere andere, die recht genuesisch aussahen und von denen einer gewiß ein Genuese war: Tomà Adorno von Chios, der vor langer Zeit in Mailand beim Abschluß eines Alaunvertrags geholfen hatte. Tomà Adorno, der natürlich ein Verwandter von Anselm Adorne war.

Nicolaas fand das verwirrend. Erst als er in der Reihe vor der Estrade stand, dachte er daran, nach Gefolgsleuten der Königin Ausschau zu halten, und als er sie entdeckte, sah er, daß sie recht zahlreich waren. Die Gesichter von Guichard, Piozasque, de Bon, de Montolif, Pardo und Sor de Naves, ihrem Flottenbefehlshaber, waren alle neugierig ihm zugekehrt. Einigen dieser Höflinge war er zusammen mit Carlotta im italienischen Schnee begegnet, andere hatte er an der Seite ihres Gemahls beobachtet.

John le Grant, der in die gleiche Richtung geblickt hatte, kehrte die rotblonden Wimpern zu den Deckenbalken hinauf und zischte fast unhörbar durch die Zähne. Astorre stand starr da, Brust und Hinterteil herausgedrückt wie ein Spatz, den Bart vorgereckt. Tobie, den Kahlkopf umhüllt, stellte ein Gesicht zur Schau, das dem Gewand seines Berufs angemessen war. Nicolaas hob zu dem Großmeister den gleichen ruhigen Blick auf, der ihm schon am Hof des byzantinischen Kaiserreichs gut gedient hatte, und legte sein Schicksal in den Schoß des Sonnengottes, dessen Insel dies (im Sommer) war.

Der Großmeister sprach lateinisch. Das Herzogtum Burgund habe den Inseln der Frömmigkeit zwölftausend Goldécus geschickt. Es habe wie ein Geschenk des Himmels ausgesehen, als aus den gleichen Landen eine Truppe erfahrener Krieger eingetroffen sei, um hier auf ihren Führer zu warten. Man brauche keine ritterlichen Gelübde abzulegen, um für die Kirche streiten zu können: die Christenheit nahm in ihrer Not mit Demut an, was immer sich ihr an Hilfe anbot. Deshalb habe es ihn mit Kummer, ja mit Grauen erfüllt, als er hören mußte, daß diese Männer nicht die waren, als die sie sich ausgaben – daß sie vielmehr üble Männer waren, die dem Orden und denen, die unter seinem Schutz standen, Schaden zugefügt hatten.

Es war jedoch, wie der Großmeister hinzusetzte, nicht Art der Ritter, Menschen zu verurteilen, ohne sie zuvor angehört zu haben. Einer von ihnen trug zudem das Abzeichen eines anderen Ritterordens und hatte sich zum Dienst als Krieger Gottes und Pilger verpflichtet. Aus diesen Gründen habe er Niccolo van der Poele zu sich bestellt, damit er sich zusammen mit seinen Gehilfen vor ihm verantworten konnte. Hatte der Ritter Niccolo van der Poele dazu etwas zu sagen?

Man wollte sie damit natürlich herabwürdigen, denn allein von dem Arzt war zu erwarten, daß er das zu dem Verstehen einer solchen Ansprache erforderliche Wissen besaß. Doch war John le Grant kein schlechter Lateiner, und Nicolaas hatte in Löwen gemeinsam mit Felix Lateinunterricht genossen und sich anschließend recht ausgiebig in dieser Sprache geübt. Ehe der Übersetzer noch etwas sagen konnte, ergriff Nicolaas das Wort in dem gleichen gewöhnlichen, dienlichen Latein, das auch die

Ritter gebrauchten. «Durchlauchtiger Großmeister, wir schätzen die Gelegenheit, unsere Ankläger hören und unsere Sache vertreten zu können. Wenn es Euch beliebt, möge die Verhandlung in der zweiten Sprache des Ordens, Französisch, geführt werden.»

Der Großmeister blickte ihn und dann seinen Kanzler an und sagte dann: «Wie Ihr wünscht. Man fange an.» Was alles beschleunigte und bedeutete, daß Astorre und Thomas weniger Zeit hatten, zornig zu werden.

Es war gut, daß er allen seine Vergehen geschildert hatte, denn man begann jetzt mit John de Kinloch, und das klang verrückt genug. Der Priester berichtete selbst, und der Mann aus Kolossi bestätigte seine Worte. Der Mann namens Niccolo war auf Zypern eingetroffen und hatte den Rittern von Kolossi gegenüber behauptet, er beabsichtige mit seiner Kompanie in den Dienst von Königin Carlotta zu treten. Der Demoiselle der Königin hatte er das auch weisgemacht. Er hatte dem portugiesischen Kaufmann Tristão Vasquez verschwiegen, daß er, Niccolo, seit langem mit Senhor Tristãos Geschäftsgenossen und Verwandten Simon in Fehde lag. Der Grund für das Verschweigen dieser Fehde war zweifellos der Umstand, daß der erwähnte Simon viel mit dem genuesischen und portugiesischen Handel zu tun hatte und deshalb von vornherein ein Anhänger von Königin Carlotta und nicht ihres unehelichen Halbbruders, des selbsternannten Königs Zacco war. Als die Gefahr bestand, daß diese Täuschung durch das Erscheinen von Pater John de Kinloch aufgedeckt wurde, der von der Sache wußte, hatte sich Niccolo van der Poele Pater Johns entledigt, indem er ihn mit Unterstützung eines Helfers der Freiheit beraubte und einsperrte. Niccolo war sodann nach Rhodos aufgebrochen, ohne Tristão Vasquez etwas von diesen Dingen zu sagen. Glücklicherweise hielt sich Herrn Simons Gemahlin auf Rhodos auf und war in der Lage, ihn aufzuklären. Inzwischen war, wie man wußte, der portugiesische Kaufmann getötet worden, und sein Sohn und Herrn Simons Gemahlin hatten dem Anschlag glücklicherweise entrinnen können.

An dieser Stelle mischte sich Nicolaas ein. «Exzellenz, meine Leute und ich haben ihnen dabei geholfen.»

Der Kanzler, den er nicht kannte, blickte ausdruckslos. «Wie ich hörte, war Senhor Tristão tot, als Ihr hinzukamt, und die Mörder warteten darauf, seinen Sohn und die Demoiselle Katelina umzubringen, zu deren Schutz Ihr keine Hand rührtet. Wie ich weiter hörte, habt Ihr die beiden Mörder ohne Zeugen getötet. Wir wissen deshalb nicht, wer sie gedungen hatte.»

«Deshalb habt Ihr keinen Beweis dafür, daß ich sie gedungen hätte», sagte Nicolaas.

«Keinen», bestätigte der Kanzler. «Aber Ihr hattet einen Beweggrund. Oder weshalb sonst hättet Ihr Euch so sehr bemühen sollen, Euer Verhältnis zu Herrn Simon zu verbergen? Pater John ist Priester, Kaplan des Ordens und ein in Schottland, Brügge und Rhodos hochgeachteter Mann. Er wurde in der dem Orden gehörenden Burg von Kolossi angegriffen und mißhandelt. Warum? Und wer waren Eure Helfer?»

«Männer, denen ich in Episkopi begegnete», sagte Nicolaas. «Ich habe ihn fortbringen lassen, weil Tristão Vasquez, ein Fremder, sehr leicht zu den gleichen Schlüssen wie Ihr hätte kommen und dann bei der erhabenen Königin Carlotta ein Mißtrauen gegen meine Kompanie bewirken können. War ich erst einmal mit Senhor Tristão bekannt, hatten wir uns erst als treue Diener der Königin erwiesen, wäre ein Täuschung nicht mehr nötig gewesen. Wurde Pater John verletzt?»

«Mein Knie», sagte John de Kinloch. Er sah lebendiger, lebhafter und selbstsicherer aus als auf Zypern. «Mein Knie wurde aufgeschunden. Und ein Ellenbogen. Ich hätte mir einen Zahn ziehen lassen können.»

«Er wurde nicht ernsthaft verletzt», sagte Nicolaas. «Er wurde höflich behandelt, wie er, so hoffe ich, selbst bestätigen wird, und gut versorgt. Er wäre früher oder später freigelassen worden. Vor allem – ich hoffe, das wird anerkannt – wurde er nicht getötet.»

«Der Bube!» sagte John de Kinloch.

«Das ist wahr, aber hier nicht sehr erheblich», sagte der Kanzler. «Dann hattet Ihr also die Absicht, Euch der erhabenen Königin anzuschließen?»

«Wie ihre Hofdame bestätigen wird.» Primaflora war nicht anwesend.

«Wir Ihr gewiß der Hofdame eingeredet habt», verbesserte ihn der Kanzler. «Aber warum habt Ihr nicht Kyrenia oder Famagusta angesteuert? Ihr seid nach Episkopi gefahren, in die Bucht der Venezianer.»

«Ich bin bei Kap Gata gelandet, desgleichen die Hofdame der Königin», erwiderte Nicolaas. «Das Schiff hatte Fracht geladen. Wir hofften auf die Gastfreundschaft der Ritter. Wir glaubten, es sei möglich, unter dem Schutz der Ritter nach Norden zu reisen. Erst später erfuhren wir, daß die Königin in Rhodos war.»

Der Kanzler sah ihn an. «Soll das heißen, Ihr hättet nicht gewußt, daß die Königin nicht in Zypern war, als Ihr die Hofdame im Süden verlassen und Euch auf den Weg nach Nikosia gemacht habt?»

«Ich wußte gar nichts», erklärte Nicolaas. «Ich hielt es für das beste, mich bei ihrem Marschall in Kyrenia einzufinden und um Befehle zu bitten.»

«Ihr wußtet nicht, daß Eure Kompanie auf Rhodos auf Euch wartete?» fragte der Kanzler.

«Wir hatten die Verbindung zueinander verloren. Sie wußten im Gegensatz zu mir, daß die Königin nach Rhodos kommen würde.»

«Soso. Da hattet Ihr die Verbindung miteinander verloren. Wie kam das?»

Dann wußten sie das also. Aber natürlich wußten sie das. Nicolaas sagte: «Meine Kompanie ist eine Truppe von Söldnern. Sie stand in Italien unter Vertrag, und nach der Schlacht gab es ein Durcheinander, in dem wir getrennt wurden.»

«Ihr habt wohl auf der Seite Ferrantes von Aragon gekämpft», fuhr der Kanzler fort. «Wie schon bei früheren Gelegenheiten vor Jahren in den Abruzzen. Dieser selbsternannte König von Neapel erblickte, wie ich sehe, in Eurem Hauptmann Astorre einen treuen und tüchtigen Krieger. Ich frage mich deshalb, was Euch zur Königin von Zypern und dem Orden vom heiligen Johannes hinzog, denen sich König Ferrante doch keineswegs geneigt gezeigt hat?»

Astorre hatte schwer zu atmen begonnen. Nicolaas sprach weiter in seinem ruhigen Ton. «Ich war der erhabenen Königin begegnet. Ich war den Rittern von Kolossi begegnet. Ich hatte Zeit zum Nachdenken gehabt. Ich hatte auch, wie Ihr vielleicht wißt, Gelegenheit, die Art König Zaccos zu ermessen. Die Ritter von Kolossi werden es Euch berichten.»

«Wie ich hörte», sagte der Kanzler, «sandte der Bastard Zacco den Emir seiner Mamelucken aus, der Euch auflauerte und gefangennahm. Und Ihr seid nur nach schwerer Mißhandlung entkommen. Ich vermerke jedoch, wie in einem ähnlichen Zusammenhang hervorgehoben wurde, daß man Euch nicht getötet hat.»

«Wäre ich dem Bastard begegnet und hätte ich mich geweigert, ihm zu dienen, wäre ich jetzt wohl kaum noch am Leben», entgegnete Nicolaas. «Ehe ich fliehen konnte, hatte ich jedoch über mehr als Schrammen an Knien und Ellenbogen zu klagen. Ich gedenke dafür eine Entschädigung zu verlangen.»

«Aha», sagte der Kanzler. «Und dafür würdet Ihr Eure Fehde mit dem Herrn Simon aufgeben?»

Nicolaas breitete die Hände aus. «Es ist eher seine Fehde als die meine. Er hat Geschäfte in Portugal. Wenn es eine Rivalität zwischen uns gibt, kann ich sie genausogut und wahrscheinlich besser pflegen, wenn ich mit Nachrichten von der gleichen Seite versorgt bin. Der Handel ist mein Geschäft. Wenn Herr Simon ihn stört, kann ich zurückschlagen auf eine Weise, die nicht ganze Völker in den Streit hineinzieht.»

«Handel», sagte der Großmeister. Es war das erste Wort, das er seit seiner Eröffnungsrede sprach. Ein runzliger Finger klopfte wie ein gewichtiger Hammer auf die Armlehne seines Sessels. «Ihr behauptet, auf der Seite der Königin und des Ordens zu stehen. Die Art, wie Ihr in Dingen des Handels verfahrt, scheint dem jedoch zu widersprechen.»

Und jetzt kam es. Nicolaas spürte, wie sich Mutlosigkeit gleich

Ruß auf die vier neben ihm herabsenkte. Von allem, was er getan hatte, war ihnen dies als die unverantwortlichste Handlung erschienen, als er ihnen davon erzählte. Nur John le Grant, der auch von Kunstgriffen lebte, hatte ihn bloß stumm angesehen. Beim einfachsten Teil beginnend, sagte Nicolaas: «Exzellenz, ich habe vor zwei Jahren Königin Carlottas Zucker gerettet. Es gab da einen Kampf südlich von Bologna. Sie wird es Euch bestätigen.»

Der Kanzler blickte sich um, aber der Finger klopfte weiter. «Das hat sie getan», sagte der Großmeister. «Aber wie mir berichtet wurde, fiel die ganze Ladung in den Fluß, während Ihr sie zu retten vorgabt. Hätten ihre Dienstboten keinen Austausch vorgenommen, wäre der Zucker verloren gewesen.»

«So könnte man es sehen», bestätigte Nicolaas. «Andererseits haben wir die Diebe gestört und dafür gesorgt, daß sie die Beute im Stich ließen. Ich wußte nicht, daß es Zucker war und im Wasser löslich. Und die Königin blieb am Leben. Ich bin sicher, der Großmeister mißt dem einige Bedeutung bei.»

«Ihr glaubt, ihr Leben sei in Gefahr gewesen? Ich meine, es ging dabei nur um Geld. Die Königin suchte Mittel für die Befreiung von Zypern, und der Bastard Zacco wollte sie dabei behindern. Mit Eurer Hilfe hätte es ihm gelingen können.»

«Exzellenz», erwiderte Nicolaas, «ich gebe zu, daß ich sie vielleicht nicht vor dem Tod bewahrt habe, aber ich versichere, daß es meine Absicht war, ihr Vermögen zu retten.» In Gewahrsam gehalten, hatte er sich nicht mit Primaflora treffen können. Er wußte, wie sehr sie nach der Begegnung verlangt hatte, denn er verlangte danach aus dem gleichen Grund. Sie hatten nicht miteinander sprechen können, und deshalb wußte er nicht, was sie gesagt hatte, und mußte auf gut Glück weitermachen. Er fuhr in dem gleichen ruhigen Ton fort: «Der Vorfall scheint das Vertrauen der Demoiselle nicht erschüttert zu haben, der die List zur Rettung des Zuckers einfiel. Sie war es, die mit mir nach Zypern reiste und, wie der Kanzler sagte, weiterhin überzeugt war, daß ich mich der Königin anschließen wollte und nicht Zacco.»

Die Finger des Großmeisters verschwanden in der Hand. Für ihn sprach in trockenem Ton der Kanzler weiter. «Wir haben den Eindruck, daß das Urteilsvermögen der Demoiselle beeinträchtigt gewesen sein könnte. Ihr scheint zum Nachteil der Königin gehandelt zu haben.»

«Die Königin selbst war nicht dieser Ansicht», erwiderte Nicolaas. «Sie versuchte danach, mich mit sehr verlockenden Angeboten auf ihre Seite zu ziehen. Das gleiche versuchte ihr Bruder in Venedig. Ich habe beide Male abgelehnt. Ich war noch nicht bereit.»

«Aber als Ihr nach Zypern fuhrt, da wart Ihr bereit?» fragte der Kanzler. «Da hattet ihr Euch entschlossen? Da wolltet Ihr Eure eigene Person und Eure Leute der Königin zuführen oder wenn nicht der Königin, dann dem Orden?»

«Gewiß.»

«Warum habt Ihr dann ein Schiff dafür bezahlt, daß es das Schiff des Ordens mit Euch und einer Ladung Zucker an Bord – Zucker, erzeugt von den Ordensrittern – abfing und enterte und nach blutigem Kampf das Gut der Ritter fortschaffte? Zum Schaden aller, die im Osten dem Kreuz dienen?»

Ringsum im Saal raschelte es. Das war den meisten neu. Nicolaas erinnerte sich der Art, wie der Bürgermeister von Brügge auf die neuesten Anklagen des Vertreters von Herzog Philipp geantwortet hatte. Seine Stimme klang verletzt und überrascht zugleich. «Das soll ich getan haben? Warum hätte ich für dergleichen Geld verschwenden sollen? Ich erinnere mich natürlich an den Kampf. Ich versuchte den jungen Vasquez zu beschützen.»

«Ihr streitet es ab?» fragte der Großmeister.

«Zeigt mir Beweise, Exzellenz», sagte Nicolaas. «Hat der Kapitän des angreifenden Schiffes Euch davon berichtet? Wo ist die Anweisung an meine Bank, mit der dafür bezahlt wurde? Was wurde aus dem Zucker?»

«Ihr wollt Beweise?» entgegnete der Kanzler. «Wir haben dem Schiff nicht nachgespürt, wohl aber dem Zucker. Das Haus Vatachino besitzt viele Raffinerien: eine im Norden von Zypern und eine auf Kreta. Der Zucker – es war genau die gestohlene Menge – wurde der kretischen Raffinerie zugeliefert, und der Mann, der ihn dorthin schickte, war Luigi Martini aus Venedig. Venedig, die Republik, die, obzwar angeblich keiner Seite zuneigend, alles in ihrer Macht Stehende tut, um den unehelichen Zacco auf den zyprischen Thron zu bringen. Ihr habt den Zukker geraubt, und Zacco ist Euer Dienstherr.»

Nicolaas wartete einen Augenblick. Dann sagte er: «Dann wäre also das Gold, als der Zucker verkauft wurde, an Zacco gegangen statt an den Orden?»

Dem Großmeister, der etwas sagen wollte, kam sein Kanzler zuvor. «Wir sagen nur, daß der Orden beraubt wurde.»

«Aber das Geld ging an Zacco?» bohrte Nicolaas weiter.

Diesmal überließ der Großmeister die Antwort von vornherein dem Kanzler: «Nein. Nicht unmittelbar.»

«Nicht unmittelbar?» sagte Nicolaas. Er nahm deutlich die Unruhe war. Er wußte, daß er die nächste Frage nicht selbst zu stellen brauchte.

«Wohin ging es nun?» wollte der Großmeister wissen. «Damit da kein Irrtum entsteht.»

«Es ging auf das Konto der Brüder Martini in Venedig», antwortete der Kanzler.

«Es ging nicht an den Bastard Jakob von Lusignan?»

«Nein, Exzellenz.»

«Es ging nicht an die Bank von Messer Niccolo?»

«Nein, Exzellenz.»

«Gab es eine Abhebung von Messer Niccolos Bank, die für die von ihm abgestrittene Anheuerung dieses Piratenschiffes sprechen könnte?»

«Nein, Exzellenz», sagte der Kanzler geduldig. Er wandte sich um und sah Nicolaas an, und der wußte, was er sagen würde. «Aber seit dem Herbst werden in regelmäßigen Abständen beträchtliche Summen an die Bank von Messer Niccolo in Venedig gezahlt. Die Zahlungen gehen auf sein persönliches Konto, und sie stammen von Mittelsmännern von Jakob von Lusignan und stellen die Einkünfte aus einem Lehnsgut außerhalb von Nikosia dar. Dieses Lehnsgut gehört, wie es scheint, dem Ritter, der hier vor Euch steht. Dem Niccolo van der Poele, der sagt, er kenne den Bastard Zacco nicht und sei ihm nie begegnet.»

Das war ein hübscher kleiner Streich. Selbst verteilt unter der hohen Balkendecke war die Sturzwelle von Bemerkungen und Ausrufen lauter, als sich für diesen Versammlungssaal der Ritter schickte. Nicolaas sah, daß sich auf den Gesichtern von le Grant und Tobie Bestürzung und Überraschung abzeichneten. Astorre mußte mit dem Fuß angestoßen werden. Nicolaas sagte: «Das hatte ich befürchtet. Von den Abgesandten des Bastards wurde mir eine solche Bestechung angeboten. Königin Carlotta bot eine gleichermaßen großzügige Vergütung an, aber ich habe in beiden Fällen abgelehnt. Nur der Bastard scheint Geld eingezahlt zu haben, als eine Art Zwangsmittel. Habt Ihr entdeckt, daß ein Teil dieses Geldes abgehoben und mir geschickt wurde?»

«Derartiges wäre sehr schwer zu beweisen», sagte der Kanzler. «Ihr habt gewiß Beträge von Eurem Konto abgehoben.»

Nicolaas fragte: «Habt Ihr herausgefunden, daß meine Mittelsleute mich davon verständigten?»

«Nein. Aber Eure Leute sind äußerst vorsichtig, Messer Niccolo.» Seit kurzem redete er ihn wieder förmlich an. Nicolaas nahm es mit Befriedigung zur Kenntnis.

«Dann steht also in diesem Falle mein Wort gegen Eure Auslegung», sagte Nicolaas. «Ich habe Euch gesagt, daß ich das Schiff nicht bezahlt habe, welches das Eure überfiel. Ich weiß nicht, wer das getan hat. Aber wer es auch war, er könnte doch gewiß einiges zu seinen Gunsten anführen. Der eine oder andere mag sogar sagen, er habe der Gerechtigkeit zum Sieg verholfen.»

«Der Gerechtigkeit?» sagte der Großmeister. Der Kanzler sah auf seine Pantoffeln.

«Schließlich», fuhr Nicolaas fort, «gehörte der Zucker überhaupt den Brüdern Martini. Sie hatten ihn im voraus gekauft. Achthundert Doppelzentner Kristallzucker, verpackt und fertig zum Verschiffen. Sie zahlten den Rittern fünfundzwanzig Dukaten für den Doppelzentner. Sie warteten auf das Eintreffen des venezianischen Schiffes, das die Fracht an Bord nehmen sollte. Statt dessen beluden die Ritter, aus Versehen, natürlich, ein eigenes Schiff und schienen den Zucker nach Rhodos bringen und sogar noch einmal verkaufen zu wollen. So –» Nicolaas sprach in eher zurückhaltendem Ton – «könnte man trotz der unglücklichen Umstände sagen, die Brüder Martini hätten ihr Recht bekommen, und die Ritter, was sie verdienten.» Er hielt kurz inne. «Ich glaube, die Königin hat das gleiche Spiel getrieben . . . hat den gleichen Irrtum begangen vor zwei Jahren, als sie den Zucker der Brüder Martini nach Bologna brachte. Ich kann mich natürlich irren.»

Diesmal sprach niemand. Der Großmeister nahm ganz langsam den Blick von Nicolaas und richtete ihn auf seinen Kanzler. Dieser sagte: «Exzellenz, ich werde dem nachgehen.»

«Tut das.» Die eine Hand des Großmeister ging von der Armlehne in die Höhe und schob sich in den Bart unter dem Kinn. «Wir müssen natürlich noch immer fragen, wie die Räuber – wer immer sie waren – erfuhren, wann das Schiff auslaufen würde und was es geladen hatte.»

«Wie hätten sie das erfahren sollen, Exzellenz?» entgegnete Nicolaas. «Gewiß waren sie, wie gesagt wurde, bloße Seeräuber und nahmen einfach mit, was sie an wertvollen Dingen vorfanden. Die Brüder Martini hätten ihnen wahrscheinlich den Zukker gern abgenommen zu einem Preis, der ihnen immer noch einen Gewinn bescherte. Exzellenz, ich habe diese Anklage gehört und darauf so gut geantwortet, wie ich konnte. Doch wenn dies alles ist, was hinter den Klagen steht, dann, so scheint mir, beraubt Ihr Eurer Sache meine Krieger aus Gründen, die ebenso zweifelhaft wie leichtgewichtig sind.»

Er wartete. Beim alten Großmeister hätte er sich keine Hoffnungen zu machen brauchen, das wußte er. Er hatte Glück gehabt. Nein. Glück spielte nicht mit hinein oder sollte es nicht. Die Pause zog sich hin, während der Großmeister, den Finger krümmend, seinen Kanzler zu einer Beratung zu sich winkte. Sie murmelten miteinander. Thomas, dessen Kriegerfranzösisch einen anderen Wortschatz hatte, schien plötzlich aus einem Traum emporzutauchen und rülpste kurz. Tobie machte ein Geräusch, das alles ausdrücken konnte. Der Kanzler richtete sich auf und schritt davon, und der Großmeister hob den Kopf. «Messer Niccolo», sagte er, «Ihr habt die Klagen gehört. Eure und Eurer Kompanie Aufrichtigkeit wurde angezweifelt. In manchem fehlt der Beweis, aber in anderen Fällen ist die Anklage unerschüttert. Ihr habt ohne Zweifel einen Kaplan dieses Ordens gegen seinen Willen ergriffen und gefangengehalten. Ihr erhaltet seit Monaten Gelder von Jakob, dem Bastard, der auf Zypern Anspruch erhebt. Eure Taten und Schritte bisher waren eher zum Schaden der Königin und des Ordens als zu deren Nutzen.

Ihr sagt – und das zu Recht –, unsere Sache bedürfe der Helfer, und Ihr behauptet, ihr dienen zu wollen. Sosehr wir Hilfe auch nötig haben, glaube ich doch nicht, daß wir es uns auf dieser Insel leisten können, eine Kompanie von so zweifelhafter Treuebindung zu unterhalten. Ihr werdet deshalb Rhodos verlassen. Ihr werdet an Bord eines Schiffes des Ordens gehen, welches dafür sorgen wird, daß Ihr Euch nicht zu Jakob von Lusignan oder zu den Ungläubigen von Konstantinopel oder Kairo begebt. Ihr werdet mit Arbeit für die Überfahrt bezahlen. Und wir werden dort, wo Ihr auch immer eintrefft, im voraus zu wissen geben, daß diese Kompanie, wie ihr Wert als Söldnertruppe auch eingeschätzt werden mag, sich in anderer Weise als fragwürdig erwiesen hat. Dies ist unser Urteil. Ich lasse dagegen keine Berufung zu.»

Er hatte verloren. Hatte er verloren? Jemand erhob sich, trat von den Stühlen her vor, den Blick auf den Großmeister gerichtet. «Exzellenz.»

Ein hochgewachsener Mann mit viel Goldbehang, der auf dem Wams unter der Robe glitzerte. Einer von den Genuesen. Aber wer?

«Exzellenz», sagte der Mann. «Ihre Majestät, meine Herrin, bittet Euch, mich anzuhören.»

«Signor Imperiale», sagte der Kanzler. Der Großmeister zeigte sich zu Recht verärgert über diesen Hinweis. Imperiale Doria, Kommandeur und Seemann, war eine bekannte Person sowohl im Gefolge der Königin wie im Umkreis des Ordens. Im letzten Herbst hatte sein Schiff den Kurs der *Doria* gekreuzt, als diese Nicolaas gerade nach Zypern entführte. Noch ein Doria, aber einer, dem er noch nicht begegnet war.

«Ja?» sagte der Großmeister.

Nicolaas stand ganz still da. Was man auch tat, was man auch plante, immer wieder geschah das Unerwartete. Der Mitspieler, den er nicht kannte und nicht anerkennen wollte, beugte sich vor und brachte eine neue Karte ins Spiel, und alles veränderte sich und mußte neu durchdacht werden. Der Genuese Imperiale Doria sagte: «Meine Herrin, die erhabene Königin von Zypern, hat Mitleid mit diesem jungen Mann. Sie glaubt, daß er sich in der Vergangenheit wahrhaftig bemüht hat, ihr zu helfen. Sie glaubt, daß er zwar von dem Bastard Zacco mit Ansuchen belästigt wurde, im ganzen aber seinen Angeboten widerstanden hat. Sie hält ihn für hochbegabt, aber unbeständig, so daß seine Kompanie ihre Kraft erst ganz entfalten kann, wenn der junge Mann selbst unter Bewachung gestellt wird.»

Er hielt inne und wandte sich um und musterte zuerst Nicolaas und dann die anderen Männer neben ihm. «Bevor man dieses Geschenk in den Schmelzofen zurückwirft, soll ich im Namen der Königin sagen, daß sie, so Eure Exzellenz zustimmt, bereit ist, es für kurze Zeit nach Zypern zu bringen, unter strengen Vorsichtsmaßnahmen, welche den Gewahrsam des jungen Mannes selbst einschließen. Er ist bei seinen Männern hochangesehen, und sie werden ihn, so glaubt sie, nicht verlassen, während er in Haft gehalten wird. Beim ersten Anzeichen der Abtrünnigkeit würde sie natürlich zurückschlagen. Jeden Aufrührer würde der ehrlose Tod erwarten.»

Der Großmeister kratzte sich durch den Bart am Kinn. «Ist es ihrer Majestät ernst? Sie handelt sich vielleicht ein trojanisches Pferd ein.»

«Sie ist guter Zuversicht», sagte der Admiral der Königin.

Der Großmeister überlegte. Der Kanzler neben ihm zog seine Aufmerksamkeit auf sich und nickte. Der Blick des Großmeisters ging zu Lomellini hin, und nach kurzem Zögern nickte auch der

Schatzmeister. Der Großmeister sagte: «Ser Niccolo, mir bleibt eine Wahl. Ich kann Euch fortschicken, und ich kann Euch in den Gewahrsam der Königin von Zypern entlassen, der es dann freistünde, mit Euch nach Belieben zu verfahren. Ihr habt die Worte des Admirals gehört. Nach meinen Bedingungen würdet Ihr der Insel verwiesen und wärt frei, wenn auch mit geschädigtem Ruf, nach den ihren bekämt Ihr Gelegenheit zu beweisen, daß Ihr die Wahrheit gesagt habt. Aber wenn Ihr sie betrügt, wäre die Strafe der Tod, für Euch, für Eure Genossen und für Eure Krieger, als wärt Ihr im Krieg gefangengenommen worden.»

Er hielt inne. Nicolaas lockerte seine Hände und hoffte, daß Thomas abermals mit seinem Französisch nicht mitgekommen war und Astorre sich noch ein paar Augenblicke lang beherrschen konnte – nur noch ein paar Augenblicke lang. Der Großmeister fuhr fort: «Ihr wart kühn in Eurem Auftreten: manche könnten sagen, zu kühn für einen jungen Mann, der neu ist in seinem Amt und einer solchen Versammlung gegenübersteht. Ihr werdet deshalb der Sache verpflichtet werden, der dienen zu wollen Ihr versichert habt. Ihr werdet der Königin von Zypern übergeben, die Euch nach Kyrenia oder an einen anderen Ort auf Zypern schicken wird, wo man Euch in Gewahrsam hält, während Eure Krieger für die Sache der Königin kämpfen, bis Ihr Eure Treue bewiesen habt. Mit der Zeit mögt Ihr Euch des Ordens würdig erweisen, dessen Abzeichen Ihr tragt. Bis dahin muß das Oberhaupt dieses Ordens darüber entscheiden, ob Ihr seinen Namen befleckt oder nicht, wenn Ihr Euch seinen Ritter nennt. Ihr seid entlassen.»

Wieder ging Stimmengemurmel durch den Saal. Man konnte an den spöttischen, verwirrten, enttäuschten oder nachdenklichen Gesichtern die drei Gruppen erkennen, deren Ziele den Ausgang der gerade abgeschlossenen Verhandlung beeinflußt hatten. Natürlich waren die Johanniter zornig: sie sahen die zunächst von ihrem Großmeister verfügte Ausweisung durch die Königin aufgehoben und mochten es noch erleben, daß diese zweifelhafte Söldnertruppe durch welche Mittel auch immer auf

Zypern zu Macht und Reichtum kam. Die von Katelina gewarnten Genuesen mußten gleich dem Orden der Ansicht zugeneigt haben, daß eine Ausweisung der sicherste Weg war, und wollten sich mit dieser Lösung jetzt noch nicht ganz abfinden. Wie Nicolaas sah, machten nur die Vertreter der Königin zufriedene Gesichter.

Neben Nicolaas bewegte John le Grant die Schultern, aber Astorre stand noch immer stocksteif da. «Ist alles gut?» fragte Thomas.

«Ja», sagte Tobie. «Natürlich ist alles gut. Wir unterstehen wieder einer Frau, und sie verspeist uns zum Abendessen.»

Sie mußten sich verneigen, zurücktreten und sich dann umdrehen und zwischen Wachen den Saal verlassen. Zu fröhlich durfte man nicht aussehen. Aber Nicolaas konnte ohnehin nicht ganz froh sein, solange er nicht wußte, ob das letzte Stück seines Plans auch glückte. Er brachte einen Gesichtsausdruck zustande, in dem sich Schlichtheit, Würde und Zuverlässigkeit mit vielleicht einer Spur Bußfertigkeit mischten. Er fing zufällig den Blick von Tomà Adorno auf und mußte abermals an die Genuesen denken. Er hatte damit gerechnet, daß sie der Ansicht des Ordens beipflichten und seine Ausweisung betreiben würden. Als Imperiale Doria vortrat, hatte er geglaubt, er werde genau dies tun. Statt dessen hatte er, ein Genuese, Königin Carlottas Vorschlag vorgetragen und alle seine Pläne vor dem Scheitern bewahrt.

Er fand das eigenartig und vergaß einen Augenblick lang, zuverlässig auszusehen.

Kapitel 20

Das Schiff, das den Söldnerführer Niccolo van der Poele und seine Krieger nach Zypern bringen sollte, dümpelte zusammen mit den anderen im Mandraki-Hafen, während sich der Wind, der in der Nacht von Kalopetra eingesetzt hatte, zum Sturm auftat. Im Handelshafen gelang es der Kogge mit dem einbalsamierten Leichnam von Tristão Vasquez an Bord, auszulaufen, noch ehe der Sturm seinen Höhepunkt erreichte, was zweifellos den inständigen Gebeten des Patriarchen von Antiochia zuzuschreiben war, der möglichst bald nach Italien zurückkehren wollte. Von dort konnte der Jüngling Diniz mit einem anderen Schiff nach Portugal gelangen, wo er bei seiner Mutter Trost finden würde.

Von ihrem letzten Gewahrsamsort aus konnten die vier engeren Gefährten von Nicolaas, wenn sie neugierig genug waren, einen Blick auf die Schiffe im Hafen werfen. Während er auf die See hinausstarrte, die weiß gegen die Felsen unter dem halbfertigen neuen Turm klatschte, beobachtete Tobias Beventini von seinem einzigen vergitterten Fenster aus die robenflatternde Prozession von Rittern und von Mönchen, die den Sarg zum Kai begleiteten, und sah bei ihnen auch den schwarzgekleideten jungen Diniz, der neben seiner Tante Katelina dahinschritt. Später sah er dann das Schiff langsam aus dem geschützten Bereich hinausgleiten und auf dem dampfenden traubenfarbenen Wasser tanzen. Leb wohl, armer Junge. Leb wohl auch, Ludovico da Bologna.

Noch später kam die Prozession wieder zurück, durchnäßt und eilenden Schrittes. Die Demoiselle und ihre Zofe kamen auch mit zurück – und neben der Demoiselle ging aller Wahrscheinlichkeit zum Trotz der schwarzgekleidete Diniz Vasquez.

Das Gesicht des Jungen war von Tränen geschwollen. Mit seinem Arztauge musterte Tobie den jungen Portugiesen und war beruhigt. Doch dies machte einem weniger achtbaren Gefühl Platz. Tobie sagte: «Das gehörte *nicht* zum Plan.»

«Was denn?» Astorre hob den Kopf. Während er mit Einzelteilen einer Pistole hantierte, besprach er etwas mit John le Grant. Sie hatten beide schwarze Hände, und schwarz war auch die Nase des Geschützmeisters und Feuerwerkers, an die er sich immer wieder faßte, wenn er etwas erklärte.

«Der Junge ist nicht mitgefahren – und das hätte er gesollt», sagte Tobie. «Daß Katelina van Borselen hierbleibt, das hat Nicolaas erwartet. Sie will sehen, wie wir weggebracht werden. Aber der Junge hätte mit dem Sarg heimreisen sollen.» Tobies rosige Lippen zogen sich zusammen. «Da wird sich Nicolaas ärgern», sagte er unwirsch.

«Wo immer er ist», gab John le Grant zurück.

Sie wußten nicht, wo Nicolaas war. Er war gleich nach der Audienz am Tor des Großmeisterpalastes unvermittelt von ihnen getrennt worden. Da man Nicolaas dem Gewahrsam Königin Carlottas übergeben hatte, war es, wenn man es recht bedachte, verständlich, daß er, von einer eigenen Wache begleitet, gleich im Anschluß an die Audienz zu ihrer Residenz gebracht wurde. Sie sahen ihm nach, wie er fortgeführt wurde. Er leistete keinerlei Widerstand, sondern warf ihnen sogar noch eine Grimasse zu, die sie zweifellos beruhigen sollte. Einen Augenblick später war eine zornige Menge auf ihn losgestürzt, und Steine wurden geschleudert.

Das geschah vor dem Tor, und Astorre und die drei anderen konnten, von Bewaffneten umgeben, nur rufen und versuchen, sich zu ihm durchzukämpfen, um ihm zu helfen – vergeblich. Die Angreifer schienen ihrer Sprache nach Portugiesen zu sein. Einen beklemmenden Augenblick lang schien Nicolaas in der Menge zu verschwinden, während die Krieger des Großmeisters tatenlos zusahen. Dann war der Aufruhr jäh beendet gewesen, und ehe sie dafür noch eine Erklärung hatten, traf die für Astorre und die anderen bestimmte Eskorte ein und wollte sie ihrerseits abführen. Doch Astorre wollte nicht den Platz vor dem Tor des Großmeisterpalastes verlassen, ehe man ihm gesagt hatte, was geschehen war.

Der Anführer der Eskorte hatte das alles als unwichtig abgetan. «Der portugiesische Senhor Tristão Vasquez wurde getötet, und Euer Freund wird in gewisser Weise dafür verantwortlich gemacht. Es ist zweifellos nicht wahr, aber die Portugiesen sind ein leicht erregbares Volk.»

«Ich kann nicht sagen, daß mich das überrascht», hatte Astorre gemeint, «wenn man nicht entschiedener gegen sie einschreitet. Wer hat ihnen denn jetzt Einhalt geboten? Männer vom Orden waren es nicht, denn ich habe keine gesehen.»

«Ich weiß es auch nicht», hatte der andere gesagt. «Können wir jetzt gehen? Ich glaube, einige vorüberkommende Genuesen haben eingegriffen. Ich bin sicher, Eurem Freund geschieht nichts.»

«Glaubt Ihr? Mir wäre trotzdem wohler, wenn Ihr so freundlich wärt, Euch zu vergewissern.»

Sie erhielten eine Versicherung, mit der sie zwar nicht ganz zufrieden sein konnten, mit der sie sich aber begnügen mußten. Dann waren sie zum Rest der Kompanie ins Arsenal gebracht worden, wo die Vorhängeschlösser größer waren, wie John le Grant sagte, und wo es die Ambosse, Werkstätten und Schmelzöfen gab, die sie brauchten, um unter Aufsicht ihre Waffen zu justieren und aufzupolieren. Denn schließlich hatten sie seit Troia keinen richtigen Kampf mehr geführt und wollten, wenn sie in Zypern waren, mit scharfem Schwert antreten.

Thomas wollte, selbst wenn man englisch auf ihn einredete, ihre Bindung an Zypern nicht recht begreifen. Wenn er draußen mit den Männern zusammen am Werke war, behielt er seine Zweifel für sich. An dem Tag, an dem die Kogge auslief, saß er mit Astorre und den anderen um die zerlegte Pistole herum und kam auf das zurück, was ihm keine Ruhe ließ. «Alle diese Dinge, die sie vorgebracht haben – die hat Nicolaas getan, nicht wir.»

John le Grant hatte die größte Geduld. Er faßte sich wieder an die Nase, wovon sie noch schwärzer wurde. «Das stimmt. Katelina van Borselen hat der Königin erzählt, was sie über Nicolaas wußte. Katelina van Borselen, die Nicolaas kannte, kam die Geschichte mit der von den Piraten geraubten Fracht nicht ganz geheuer vor. Sie glaubte, da müsse noch viel mehr herauszufinden sein, und wahrscheinlich hat sie dazu jemanden angestellt. Die Spur des geraubten Zuckers führte nach Kreta. Dieser Wichtigtuer von einem Kaplan entwischte und wurde schnell mit seinen Anklagen nach Rhodos gebracht. Der Bericht gelangte an die Königin, und die Königin benutzte ihn, um den Orden davon zu überzeugen, daß er mit Nicolaas eigentlich nichts anfangen konnte, und angelte sich Nicolaas selber – diesmal mit gebundenen Händen.»

Thomas sagte: «Aber die Königin hatte ihn doch schon vorher. Er hatte ihr den Treueid geleistet.»

Tobie stieg vom Fenster herunter. «Sie hat ihn zum Ritter erhoben, damit er sich still verhält, bis sie ihn in der Zange hat.»

Der rothaarige Geschützmeister blickte auf. «Hat sie das?»

Tobie sagte: «Ich habe herausgefunden, wer die Fee Melusine war. Sie hat ihn in der Zange. Und uns dazu, da wir dem Plan zugestimmt haben. Auch Ihr, Thomas. Geht unter oder schwimmt oder laßt Euch von Schwarzen in Turbanen entzweisägen. Da wir gerade bei Schwarzen sind – glaubt Ihr, Loppe hat Vasquez getötet?»

Hauptmann Astorre runzelte die Stirn. «In Notwehr?»

«Auf Befehl von Nicolaas. Ich habe Loppe auf dem Heimweg gefragt. Er will ihn nicht getötet haben. Zugegeben hat er, daß Nicolaas ihn beauftragt hatte, die beiden Vasquez und Katelina zu beobachten. Den zwei toten Dienern hatte Loppe zu diesem Zweck Geld gegeben.» Tobie sah den Gesichtsausdruck des Geschützmeisters und spürte, wie er vor Zorn errötete. «Sagt mir nicht, Nicolaas hätte Katelina nicht davon abhalten können, an diesem Abend mitzukommen, wenn er das gewollt hätte. Vasquez kam trotz all der sogenannten Vorsichtsmaßnahmen ums Leben. Und Nicolaas sorgte dafür, daß wir die Mörder nicht befragen konnten.»

«Er war verärgert, als ich den einen tötete», sagte Astorre. Er hörte sich überrascht an, aber dabei wie immer nachsichtig gegenüber den Gefährten, die nicht dem Kriegerstand angehörten. Astorre hatte sich nie wegen der häufigen Todesfälle in Nicolaas' Verwandtschaft Sorgen gemacht.

«Er schien verärgert», sagte der Arzt in knappem Ton.

«Und jetzt ist Diniz noch immer auf der Insel», sagte John le Grant, der kaum mehr wußte als Astorre, dessen Gedanken aber verschlungenere Pfade gingen. Er umfaßte die Knie mit beiden Armen. «Aber Ihr glaubt, Nicolaas wollte, daß der Junge heimfährt? Und seine Tante Katelina?»

«Nun, Diniz könnte er jetzt nichts antun oder Katelina», sagte Tobie mit einiger Befriedigung. «Nicht wenn er in Königin Carlottas Kerker sitzt, umgeben von Wachen.»

«Aber auch Katelina kann ihm nichts antun», sagte der Geschützmeister. «Wie ärgerlich für sie. All diese viele Mühe, und sie ist genauso weit wie zuvor. Glaubt Ihr, sie hat die Portugiesen angestiftet, ihn zu steinigen?»

«Glaubt Ihr, sie hat die Genuesen dazu bewogen, ihn zu retten?» entgegnete Tobie. «Ich wette, die Genuesen haben ihm mehr zu schaffen gemacht als die Steine. In der Öffentlichkeit mögen sie ihm einen Dienst erweisen, aber hinter der nächsten Ecke, was ist da? Vielleicht wieder ein Doria-Dolch mit seinem Namen darauf.»

Astorre knurrte. «Alles Gerede! Wir haben gehört, es kann ihm nichts geschehen.»

«Nun», meinte Tobie, «die Nachricht wäre wohl zu uns durchgedrungen, wenn sie ihn getötet hätten. Aber wenn Ihr mich fragt: je früher wir auslaufen, desto besser für diesen streitlustigen jungen Burschen.»

«Desto besser für uns alle», sagte John le Grant, «vorausgesetzt, seine Kalkulationen sind richtig. Glaubt Ihr, seine Kalkulationen sind richtig?»

«Wir können es nur hoffen. Wir haben gesagt, wir bleiben bei ihm. Für alles andere ist es jetzt zu spät.»

In einer sicheren Kammer des Palasts von Zypern hatte Nicolaas zwar keinen Blick aufs Meer, aber er konnte sich gut vorstellen, worüber Astorre und die anderen jetzt redeten. Der Steinhagel, der ihn begrüßt hatte, als er von der Audienz beim Großmeister kam, hatte ihn ebenso verblüfft, wie er seine Gefährten beunruhigt haben mußte. Unbewaffnet und im Freien überfallen, konnte er nichts zu seinem Schutz tun. Seine Eskorte, die es offenbar mit den Steinwerfern hielt, sah zu und tat nichts, um dem Treiben ein Ende zu machen. Einen Augenblick lang sah es so aus, als könnte dies eine Finte sein, der eine unbesonnene Rettungsaktion folgen würde. Dann bemerkte Nicolaas, daß unter seinen Verfolgern auch Frauen waren, und er hörte die Drohungen, die sie ausstießen. Es waren Portugiesen und Freunde von Tristão Vasquez. Es hatte sich alles schnell herumgesprochen. Dann konnte er kaum noch an etwas anderes denken, weil sie immer stürmischer auf ihn eindrangen.

Rannte er davon, hatte seine Eskorte einen guten Grund, ihn zu töten. Rannte er nicht weg, würden die Portugiesen das für sie tun. Er wich rasch zurück in der Absicht, wieder in den Palast zu gelangen oder zumindest einem Krieger einen Schild abzunehmen. Er begegnete nur drohend gezogenen Schwertern. Katelina oder ein anderer hatte das Gerücht verbreitet, er sei ein Mörder, mit dem man kurzen Prozeß machen mußte.

Und wenn er rannte – wohin? Unter ihm lag die Ritterstraße, zur Rechten waren die Kirche und der Weg zum Palast von Zypern. Auf beiden Straßen standen Gruppen von Männern und Frauen. Er entschied sich für den Weg zu Carlotta und rannte los. Der Steinhagel wurde dichter, und die Männer drängten von beiden Seiten an ihn heran. Doch da hörte alles unvermittelt auf. Mit einemmal sah er sich nicht mehr von Steinwerfern umringt, sondern von einem Kreis eifriger wohlmeinender Genuesen.

Seine erste gefühlsmäßige Antwort, die vielleicht kein anderer hätte voraussagen können, war eine kalte Wut über ihre Anmaßung. Einen törichten Augenblick lang spielte er tatsächlich mit dem Gedanken, lieber auch vor ihnen zu fliehen, anstatt seine fein abgestimmten Pläne durcheinanderbringen zu lassen.

Nun, sie waren durcheinandergebracht worden. Die Genuesen hatten ihn in ihre Mitte genommen und, blutend und zerschunden, wie er war von den Steinwürfen, in ihre landsmannschaftliche Herberge gebracht. Natürlich hatten sie, wie es sich gehörte, Königin Carlotta durch einen Boten verständigt, aber entweder nahmen sie sich Zeit mit dem Losschicken des Boten, oder die Königin nahm sich Zeit mit dem Losschicken einer neuen Eskorte, denn er wurde eine volle Stunde lang in der Herberge festgehalten, während die Genuesen dafür sorgten, daß er Stoff zum Nachdenken hatte.

Sie hatten ihn in ein Beratungskabinett gebracht, das gerade groß genug war für ihn, ein Dutzend Genuesen und zwei, drei stumme Bedienstete. Sie waren äußerst höflich. Seine Schwellungen wurden gekühlt, die Schnittwunden betupft und mit Pflaster versehen. Er kannte drei der anwesenden Personen: Imperiale Doria, den Schatzmeister Lomellini und Tomà Adorno. Von einem wußte er, daß er ein Spinola, von einem anderen, daß er ein Pallavicino war. Die Hälfte von ihnen war untereinander verwandt. Alle besaßen sie bekannte Geschäftsverbindungen – im Handel mit Alaun, Wein, Korkrinde. Im Verkehr mit der Genueser Bank von St. Georg und mit Chios. Mit Madeira und Schottland, mit Brügge und sogar mit Anjou. Kein Wunder, daß die Genuesen ihn beschützt hatten. Die Republik Genua hielt in der Levante eine gut geölte Maschine in Gang, in der er ein recht großes Rad, aber auch eine Brechstange sein konnte.

Imperiale Doria war es, der seinen Stuhl in den Kreis seiner Genossen rückte und in ruhigem, freundlichem Ton das Gespräch begann. «Wir hatten schon gefürchtet, keine Gelegenheit mehr zu haben, allein mit Euch zu sprechen, Messer Niccolo. Ich kann nur sagen, ich bin froh, daß sie nun doch noch gekommen ist, wenn ich auch die Umstände bedaure, die sie möglich gemacht haben. Wir haben nicht viel Zeit, verzeiht also, wenn ich gleich zur Sache komme. Ihr werdet bald für Königin Carlotta auf Zypern kämpfen. Zacco der Bastard hat zwei Drittel der Insel in seiner Gewalt. Natürlich fürchtet die Königin, sie könnte ihre Stadt und Festung Kyrenia verlieren. Gegen Famagusta jedoch, den Handelshafen, die Genuesenstadt, wird der Feind seinen Hauptstoß richten, und das geht uns an, wie Ihr Euch denken könnt.» Er hielt kurz inne und lächelte. «Verzeiht mir eine Bemerkung. Ihr mögt die Venezianerinnen, Messer Niccolo?»

«Wer mag sie nicht? Warum fragt Ihr?»

Der Admiral hatte einen üppigen Bart und eine lange, blanke Nase, die gespalten war wie ein Schweinsfuß. Er hatte gar nichts von Pagano Doria, dessen Tod Nicolaas herbeigeführt hatte. Der Admiral sagte: «Es ist wichtig, Messer Niccolo. Ihr habt eine Verbindung zu Violante von Naxos. Caterino, ihr venezianischer Ehemann, hat ein kurzlebiges Alaunmonopol für Euch unterzeichnet: Adorno hat es mir gesagt. Ihre beiden Schwestern sind mit venezianischen Kaufherren auf Zypern verheiratet. Denkt man an den Alaun, an Euer Verhalten in Trapezunt, an die Frauen, so scheint Ihr die Venezianer deutlich zu bevorzugen, Messer Niccolo.»

«Ich bin bereit, die venezianischen Frauen aufzugeben.» Nicolaas setzte ein strahlendes Lächeln auf.

«Ein großes Zugeständnis», gab Imperiale Doria zu. «Aber mir geht es um Eure Geschäfte mit ihren Ehemännern, Geschäfte, die zweifellos versüßt werden durch die Wertschätzung, die ihre Gemahlinnen Euch entgegenbringen. So wie Ihr weiter Eure Truppe habt, betreibt Ihr auch weiter Handel.»

«Notgedrungen», sagte Nicolaas. «Meine Leute haben seit sechs Monaten nichts verdient. In Italien hätten sie unter Kontrakt gestanden. Aber das ist meine Schuld, nicht die ihre.»

«Ihr wurdet aufgehalten, wir hörten davon. Ja, für das, was sie brauchten, kam der Schatzmeister auf, und nun da sie unter Kontrakt stehen, ist der Schatzmeister angewiesen, mehr als großzügig zu sein. Die Königin hat Euch Land angeboten. Wenn die Insel erst ganz erobert ist, werdet Ihr alle Handelsmöglichkeiten genießen, die Ihr nur wünschen könnt. Bis dahin liegt der größere Teil der Weinberge, der Zuckerrohrfelder im Süden, wie Ihr wißt, im Machtbereich des Bastards Zacco, den die Venezianer unterstützen. Ihr werdet deshalb verstehen, daß Ihr keinen Handel treiben könnt. Ihr werdet auf den Handel verzichten. Ihr werdet all Eure Kräfte und die Eurer Streitmacht auf die Befreiung Famagustas richten, und wenn

Zacco erst geschlagen ist, werdet Ihr nach Verdienst belohnt werden.»

Nicolaas erwiderte: «Die Venezianer bewirtschaften diese Felder mit amtlicher Genehmigung und verkaufen, was sie erzeugen. Sie kaufen die Ernte der Ritter in Kolossi auf. Sie haben früher mit Erlaubnis von Königin Carlotta ihr Geschäft betrieben. Marco Corners Felder liegen im Süden, im Machtbereich des Bastards, während sein Bruder im Norden für Königin Carlotta wirtschaftet. Mich dünkt, auf dieser Insel kennen Handel und Wirtschaft keine Grenzen.»

«Darum geht es hier nicht», sagte der Schatzmeister. «Die Venezianer haben auf Zypern keine Streitmacht. Ihr werdet eine haben. Ihr kämpft für die eine Seite, und da könnt Ihr nicht mit der anderen Handel treiben. Wenn der Handel Euer Geschäft ist, so wird diesem Geschäft am besten durch das aufblühende Famagusta gedient sein, wenn die Venezianer erst abgezogen sind, was sie bestimmt tun werden, um gegen die Türken zu kämpfen.»

«Ihr rechnet damit, daß die Venezianer gehen?» Nicolaas zeigte sich erstaunt. «Sie werden Zypern eher brauchen.»

Imperiale Doria sagte in seinem gewohnt nachsichtigen Ton: «Warum verbringt Marco Corner so viel Zeit in Venedig? Venedig weiß, daß es zum Krieg kommen muß, wenn es verhindern will, daß die Türken alle seine Handelsposten erobern und sich vielleicht noch weiter nach Westen ausbreiten und die Republik selbst bedrohen. Durch die Verlängerung des Widerstands von Trapezunt habt Ihr Venedig Zeit gegeben, sich gegen Sultan Mehmed zu wappnen. Wenn die Kriegszeit dieses Jahr beginnt, wird Venedig seine ganze Kraft brauchen, auch wenn seine Vertretung auf Zypern dadurch geschwächt wird.»

«Und Ihr glaubt, die Türken unter Sultan Mehmed werden Zypern in Ruhe lassen? Der Sultan von Kairo betrachtet Mehmed wohl als Bundesgenossen. Aber vielleicht erweist sich, daß der Türke kein Bundesgenosse ist, sondern eher ein beutegieriges Raubtier. Wenn Sultan Mehmed den Sultan von Kairo als Oberherrn über Zypern ablöste, würde er Einkünfte aus Tributzahlungen und aus dem Handel beziehen. Und wenn er schon die Mamelucken dort durch seine Türken ersetzte, würde er vielleicht lieber mit den Venezianern Geschäfte machen. Das hat er nach der Eroberung von Konstantinopel getan.»

Doria sah den Schatzmeister an. Der sagte: «Was der ottomanische Sultan auch gern hätte, er wird zuviel zu tun haben, um uns diesen Sommer angreifen zu können. Wir haben diesen Sommer zur Verfügung, um Zypern von Zacco und seinen Ägyptern zu befreien. Und sollte das Bündnis zwischen Kairo und Konstantinopel in die Brüche gehen – das kann uns doch nur nützen. In diesem Fall wird der ottomanische Sultan nicht eingreifen, wenn wir die Streitmacht des ägyptischen Sultans vertreiben. Im besten Falle trifft dann sogar aus dem Westen eine christliche Flotte ein, die Sultan Mehmed schlägt, ehe er uns angreifen kann. Im schlimmsten könnte Sultan Mehmed auf Zypern wohl die Oberhoheit ausüben – vorübergehend allenfalls –, aber seine Forderungen würden durch die Entfernung gemildert werden. Kairo ist nah, Konstantinopel ist weit. Die Königin hat an alle diese Dinge gedacht. Sie hat schon einen Boten nach Konstantinopel geschickt und Tribut und Land angeboten als Gegenleistung für Sultan Mehmeds Zurückhaltung.»

Nicolaas nickte. «Den Grafen von Jaffa, wie ich hörte.» Er setzte in bedauerndem Ton hinzu: «Ich dachte, der Sultan hätte ihn in zwei Stücke gesägt.»

Tomà Adorno blickte ein wenig zu spät zur Seite. Imperiale Doria ließ sich nichts anmerken. Der Schatzmeister sagte: «Es ging bei dem Todesfall um einen persönlichen Streit, der unsere Hoffnungen auf die ottomanischen Türken nicht beeinträchtigt. Wenn sich die Dinge beruhigen, wird das Schicksal Famagustas auch das Schicksal Zyperns sein.»

«Mich bringt man aber nach Kyrenia», entgegnete Nicolaas.

«Kyrenia ist das Ziel Eurer Streitmacht», erklärte Imperiale Doria. «Ihr selbst werdet nicht in Kyrenia in Gewahrsam gehalten werden, sondern in der genuesischen Stadt Famagusta, auf die es, wie wir hier glauben, der Bastard zuerst abgesehen hat.»

Nicolaas schwieg eine Weile. Dann sagte er: «Es gilt zu bedenken, daß meine Truppe nur kämpfen wird, wenn sie weiß, daß ich am Leben bin. Famagusta wird belagert und leidet Hunger.»

Der Mann von der Bank von St. Georg bemerkte: «Unsinn. Die Stadt wird durch Signor Imperiale und die Schiffe des Ordens gut versorgt. Die Belagerung ist eine Farce und wird immer wieder unterbrochen. Zu verhungern braucht niemand. In jedem Fall liegt die Entscheidung nicht bei Euch.»

«Die hat wohl die Königin getroffen?»

«In der Tat», bestätigte Doria. «Aber die Männer, die mit Euch reisen werden, sind Diener von König Luis. Und der König verdankt seine Stellung Genua.»

«Das habe ich gehört», erwiderte Nicolaas. «Aber der König befiehlt nicht meinen Leuten. Ihr könnt sie natürlich töten, aber Ihr braucht sie. Als Geisel in Kyrenia könnte ich ihnen vielleicht vom Gewahrsam aus Anweisungen geben. Als Geisel in Famagusta bin ich für Euch nichts wert, es sei denn, sie kämpften auch in Famagusta. Es sind erfahrene Leute. Sie würden sich der Stadtbesatzung anschließen, wenn ich es verlange. Aber mich und sie der zusätzlichen Gefahr aussetzen ohne den Ausgleich von Einkünften aus dem Handel? Die Königin würde das nicht verlangen.»

«Die Königin beherrscht nicht den Zuckerhandel von Madeira», sagte Imperiale Doria.

Nicolaas war immer ein guter Schauspieler gewesen, aber er bedurfte seines ganzen Geschicks, um sich jetzt seine Belustigung nicht anmerken zu lassen. Weit fort, vor der afrikanischen Küste, war die Insel Madeira eine portugiesische Kolonie, zu der Genua viele Verbindungen hatte. Am Handel mit Venedig und Zacco verhindert, wurden ihm statt dessen Geschäfte mit dem Heimatort des Hauses St. Pol & Vasquez vorgeschlagen. Nicolaas fragte sich, was die steinewerfenden Portugiesen zu diesem Angebot gesagt haben würden. Er erinnerte sich, daß er einmal kurz an die Möglichkeit gedacht hatte, das Steinewerfen könnte eine Finte gewesen sein. «Das sollte mich reizen», sagte er. «Ihr bietet mir Besitz auf Madeira an?»

Imperiale Doria sagte: «Das steht nicht in meiner Macht. Aber Ihr seht hier mehrere Männer, die auf der Insel Einfluß ausüben und die bereit sind, Euch eine Art Konzession zu sichern, wenn Ihr erst Eure Zeit der Bewährung hinter Euch habt. Wenn Ihr erst Eure Treue bewiesen habt zu ...»

«König Luis», ergänzte Nicolaas hilfsbereit. «Und auf Zypern: die Zuckerrohrfelder im Süden, wenn der Bastard erst fort ist?»

«Natürlich würden alle früheren Verträge für null und nichtig erklärt werden», sagte Imperiale Doria, «und der König und die Königin würden sie neu vergeben können. Ihr könnt damit rechnen, daß Ihr zu denen gehören werdet, die auf solche Weise bedacht werden. Der Umfang der Konzession würde der Schnelligkeit entsprechen, mit der Ihr Famagusta entsetzen helft. Versteht Ihr mich?»

«Ich fühle mich geehrt», sagte Nicolaas. «Wir verstehen uns. Ich werde tun, was ich kann. Ich nehme an, wir setzen die Segel, sobald das Wetter es erlaubt?»

Doria erhob sich. «Ah, da sind die Männer der Königin, die Euch abholen wollen. Euch drängt es zum Aufbruch? Der Wind weht zur Zeit aus einer üblen Ecke. Ich gebe ihm noch eine Woche. Doch, ja, eine Woche.»

Die anderen standen auf, aber nur der Schatzmeister ergriff noch einmal das Wort. «Zeit zur Muße», sagte er. «Zeit zum Nachdenken. Zeit zum Essen, wenn das Eure Freude ist.» Er lächelte zum erstenmal. Er gewann dadurch nicht.

Die Königin von Zypern ließ ihn nicht warten, sondern empfing ihn sogleich nach seinem Eintreffen im Palast. Wie zuvor saß ihr Gemahl an ihrer Seite, und die Begegnung fand abermals im Audienzsaal statt. Diesmal war Nicolaas natürlich nicht nur ihr Dienstmann, sondern auch ihr Gefangener. Niemand reichte ihm einen goldbestickten blauen Umhang, und er wurde auch nicht vom Marschall von Zypern angekündigt, sondern von einem Mann geringeren Ranges. Sein zerschundenes Gesicht gab weder zu erstaunten Äußerungen noch zu Mitgefühl Anlaß und trug, wie er vermutete, nichts zur Hebung seines derzeitigen verminderten Ansehens bei. Vor der Tür standen wohl Krieger, aber es waren keine Trompeter darunter. Drinnen hielten sich weitere Bewaffnete auf, aber von Pagen und Beratern abgesehen nur wenige andere Personen. Von Primaflora war nichts zu sehen.

Seit der Rückkehr von der Schlucht war er in Haft gewesen, und sie hatte offenbar nicht die Möglichkeit gehabt, ihm eine Botschaft zu schicken, so daß die Begegnung, die sie beide erstrebt hatten, nicht zustande gekommen war. Inzwischen mochte sie sich an Vergnügen suchen, was ihr beliebte, und er nahm an, daß sie dies auch tat. Ihm blieb solche Freiheit verwehrt. Der Junge in Brügge hatte nie hungern müssen, sondern hatte sich Mädchen genommen, wann immer er sie brauchte. Während der Wochen mit Primaflora hatte er wieder so gelebt, und jetzt bedauerte er dies. Nicht ohne Grund. Es gab einen Unterschied zwischen Befriedigung und Unmäßigkeit.

Aber er war nicht hier, um über Primaflora nachzudenken, er war hier, um seine Truppe sicher von Rhodos fortzubringen. Vor ihm saßen die Königin und ihr Gemahl, und beider Gebaren war nicht mehr das alte. Luis blickte ihn diesmal streitsüchtig an, und die Art der Königin war lebhaft, aber auf eine unbestimmte Weise unruhig. Sie wollte am Anfang keine Rechtfertigung für seine angeblichen Verbrechen hören (er bot ihr auch keine an) und sich nicht daran erinnern, daß sie ihn bei ihrer letzten Begegnung in den Ritterstand erhoben hatte. Sie wünschte nur zu bestätigen (sagte sie), daß seine Kompanie für sie in Kyrenia kämpfen sollte. Die Krieger würden unter dem Befehl Hauptmann Astorres stehen, und solange sie tapfer kämpften und ihr ergeben blieben, würden sie ihren Sold erhalten und alles, was sie sich wünschen konnten. Bis sie und Messer Niccolo sich als treue Gefolgsleute erwiesen hatten, würde er, Messer Niccolo, unter der Aufsicht Napoleone Lomellinis verbleiben, des Hauptmanns von Famagusta.

Schon wieder Famagusta. Er mußte vorsichtig zu Werke gehen. Vor allem mußte er erreichen, daß er nicht an einen anderen Ort gebracht wurde als seine Krieger. Nicolaas dachte an Madeira und daran, daß es nicht schaden konnte, Imperiale Doria ein kleines Geschenk zu machen. Er sagte: «Madonna, meine Kompanie wird kämpfen, wie ich sie anweise. Wenn meine Leute mich nicht sehen oder nichts von mir hören oder nicht wissen, wie ich behandelt werde, besteht für sie kein Anreiz, treu zu sein. Wenn Ihr mich nach Famagusta bringt, müßt Ihr meine Krieger auch dorthin bringen. Sollen sie nach Kyrenia geschickt werden, dann gebt mich dem Marschall dort in Gewahrsam.»

Königin Carlotta öffnete den Mund. Dann schloß sie ihn wieder und blickte ihren Gemahl an. Die rötlichen Kinnbacken bewegten sich. Der König sagte: «Ihr gebt an, treue Gefolgsleute zu haben. Es ist an ihnen, um so tapferer zu kämpfen, damit Zacco dazu gebracht wird, seine beiden Belagerungen aufzugeben und auf seine Ansprüche zu verzichten. Wenn sich Eure Leute nicht anstrengen und Famagusta fällt, während Ihr dort seid, so ist das natürlich Euer Pech.»

Luis wich also aus. Da wandte sich die Königin an ihn. Sie sprach schneller als gewöhnlich. «Und Ihr werdet Euren Männern sagen, wenn sie überlaufen, sind sie des Todes. Ich sorge dafür. Ich habe die nötigen Anordnungen gegeben. Ihr kennt diesen Jakob? Den Bastard von Lusignan? Zacco?»

«Ich habe von ihm gehört», sagte Nicolaas.

«Und von der nasenlosen Hure, seiner ledigen Mutter», fuhr Carlotta fort. «Ihr werdet erzählen hören, Zacco besitze Anmut. Er kennt das sündhafte Verlangen von Männern; er ermutigt die Habsucht. Es gab Männer, die in Versuchung gerieten und sich ihm anschlossen. Er glaubte, Sor de Naves sei ein solcher».

«Er brachte Euch nach Eurem Besuch in Savoyen zurück», sagte Nicolaas.

Die Königin saß still da, die Hände im Schoß, die hellen Augen auf Nicolaas gerichtet. «Jakob von Lusignan glaubte ihn verleiten zu können. Er überedete Sor de Naves dazu, uns zu verlassen, nach Syrien zu gehen und von dort Krieger und Kriegsgüter mitzubringen. Signor de Naves brachte in der Tat Krieger mit. Er brachte auch Waffen und Schießpulver und

Bombarden mit. Und er segelte damit nach Zypern. Aber er gab die Bombarden nicht Zacco, sondern den Genuesen, und fuhr mit dem Rest zu uns nach Kyrenia weiter.»

Nicolaas neigte in gebührend beeindruckter Manier den Kopf. Er kannte die Geschichte. Der Bruder von Sor de Naves hatte der Königin schon vor langer Zeit den Rücken gekehrt und diente jetzt als wohlhabender Mann unter Zacco. Aber Sor hatte Carlotta die Treue gehalten, obwohl sein auf der Seite Zaccos stehender Bruder vielleicht dafür bezahlte. Vielleicht waren die Brüder Rivalen. Doch nein, das war einfältig gedacht. Viele Familien halbierten die mögliche Einbuße, indem sie beide Seiten unterstützten: Marco und Andrea Corner zum Beispiel. Man mochte damit nicht immer Erfolg haben, aber wer geschickt vorging, konnte es dahin bringen, daß er geschätzt wurde. Von Zacco, der Anmut besaß, oder von Carlotta, die für Anmut nichts übrig hatte. Nicolaas hielt den Blick gesenkt und versuchte, dienstbar zu wirken.

Die Königin sagte: «Wir haben Euch zum Mitglied eines Ritterordens gemacht, und wir stehen weiterhin dazu. Wir haben Euch Land und einen Titel versprochen. Das Land besitzen wir noch nicht, es muß zuvor erkämpft werden. Aber wir halten unser Wort. Wir machen keine leeren Versprechungen. Wir verlassen uns auf unseren rechtmäßigen Anspruch und die Fürsten, die uns unterstützen. Wir wissen, der Tag wird kommen, an dem Ihr Euren Platz als unser Ritter in Nikosia einnehmt. Wir haben Euer Treuegelöbnis. Ihr braucht Euch nur zu bewähren.»

«In Famagusta», sagte Nicolaas.

Sie blickte ihn kalt an. «Ihr seid ein Ritter, und dies ist Eure Prüfung.»

«Und meine Eheschließung?» fragte Nicolaas behutsam.

Die Königin schien verärgert. «Die kann natürlich nicht stattfinden. Primaflora wird hier auf Rhodos gebraucht, um uns aufzuwarten. Haltet, wenn Ihr wollt, um ihre Hand an, wenn Zacco tot oder besiegt ist.»

«Ich verstehe. Eure erhabenen Exzellenzen bleiben also auf Rhodos?»

Sie hatte alles gesagt, was sie ihm zu sagen gedachte, und beendete das Gespräch. «Wie sonst könnten wir die freie Welt und ihr Gewissen ansprechen? Ihr werdet fahren, sobald es das Wetter erlaubt. Ihr habt einen Treueschwur zu erfüllen.»

Das hatte er vergessen. Er hatte auch einen Augenblick lang sein aufgeschundenes Gesicht vergessen. Er mußte daran denken, daß er vor kurzem einige sehr gute Angebote erhalten hatte, wenn sie auch nicht über seine Erwartungen hinausgingen. Wenn man in einem Spiel mitmachte, erkundigte man sich zuvor, welche Preise winkten.

Ehe der Sturm sich noch gelegt hatte, verließ die Kompanie des Bankiers Niccolo Rhodos an Bord einer Kogge mit Louis de Magnac, dem Großkomtur von Zypern, als Befehlshaber und den besten Seeleuten des Ordens als Besatzung. Auf dem Marsch hinunter zum Mandraki-Hafen schritten die hundert ausgesuchten Krieger in einem Gefunkel von Kürassen und Helmen dahin. An ihrer Spitze gingen Astorre und Thomas, deren Helmbüsche wie wild im Wind flatterten, und selbst John le Grant an der Seite des scharlachrot gekleideten Tobie glänzte in seiner gehämmerten deutschen Rüstung, die ihm Thomas schon zweimal abzukaufen versucht hatte. Hinter ihnen kamen ihre Schreiber, Pferdeknechte und Bediensteten, und diesen folgten die mit ihren Waffen und all ihrer Habe hoch bepackten Wagen.

Nicolaas fehlte noch. Man nahm an, daß er die Woche hinter Schloß und Riegel im Palast von Zypern verbracht hatte. Die Söldner, die für ihn kämpften, neigten jedoch zu der Ansicht, daß der glückliche Bursche bei der schönen Blondine im Bett war, so daß sie ihn wohl völlig erschöpft vorfinden würden, wenn sie erst an Bord waren. Astorre hatte nichts getan, um diese Legende zu zerstören, zumal sie ja vielleicht gar keine solche war. Die hohe Meinung, die die Leute von dem jungen Kerl hatten, überraschte ihn. Andererseits war sie ganz natürlich. Der Junge hatte Verstand. Er war umgänglich. Er sorgte für Geld. Seit Brügge hatte er es weit gebracht, soviel war sicher.

An Bord war noch immer nichts von Nicolaas zu sehen oder zu hören. Sie sahen, daß das Schiff schwer beladen war, obschon außer ihnen nur drei Dutzend andere Krieger mitreisten, die im Gegensatz zu ihnen bewaffnet waren. Ihre eigenen Waffen und Rüstungen waren nach dem Verladen sofort verschlossen worden, und die hundert Männer der Kompanie waren in einem anderen Teil des Laderaums ebenfalls hinter Schloß und Riegel untergebracht. Die vier Amtspersonen des Hauses Niccolo bekamen eine Kajüte. Mit ihnen reisten, so erfuhren sie, Sekretäre, die der königlichen Standortbesatzung von Kyrenia zugeteilt waren, einige Kaufleute und Tomà Adorno, ein Genuese, bei dessen Namensnennung sich Tobies Miene aufhellte. Zu dieser Gruppe von Reisenden kamen noch die entsprechenden Dienstboten sowie mehrere Frauen, bei denen es sich vielleicht um Ehefrauen handelte, vielleicht aber auch nicht. Diese teilten sich den Platz unter Deck mit einer vollen Ladung von Waffen, Schießpulver und Lebensmitteln, die für die der Königin auf Zypern noch verbleibenden Festungen bestimmt waren. Und außerdem an Bord, bei seinem Schiffsführer untergebracht, war natürlich Louis de Magnac, der Befehlshaber. Sie konnten nur hoffen, daß er seinen vielseitigen schwarzen Diener mit Namen Lopez bei sich hatte.

Soweit waren sie mit ihrer Bestandsaufnahme gekommen, als eine Folge von dumpfen Schlägen von oben anzeigte, daß die Zeit der Abreise nahte. John le Grant hatte für sie vier die Erlaubnis zum Luftschnappen an Deck bis zum Auslaufen erhalten, ein Privileg, um das sich außer ihnen keiner bemühte, da es zu dieser Zeit waagerecht regnete. Sie standen an der Brustwehr und blickten sich um. Rhodos, das vier Monate lang ihr Gefängnis gewesen war, schickte sich endlich an, sie zu entlassen. Sie hätten sich freuen müssen. Der Wind kreischte, und die See wogte, schiefergrau und weiß bis zum dunstigen Horizont. Man vernahm mehrfaches himmlisches Grollen, und ein senkrechter weißer Riß erschien zwischen Himmel und Meer, gefolgt von einem alles erschütternden Krachen. Astorres Wimpern zuckten im prasselnden Regen. «Wo bleibt der Bursche nur?»

Diese Frage lag ihnen allen auf der Seele. Wenn Nicolaas schon an Bord war, so wußten sie nichts davon. War er noch nicht an Bord, dann stimmte etwas nicht, und keiner außer Astorre mochte an dergleichen denken. Stumm beobachteten sie deshalb den Kai, die Pier und alles, was aus der Stadt herauskam. In starrem Schweigen sahen sie durch den Regen eine Abteilung Bewaffneter zum Tor herauskommen und schneidig den Kai entlangmarschieren. Sie langten unten bei der Landungsbrücke an, und zwei von ihnen kamen an Bord, gefolgt von einem Mann in einem schweren Mantel.

Neben dem Mann im Mantel schritt Nicolaas, ohne Hut, ohne Umhang, in einem unordentlichen Wams. Vom gekräuselten Haar hüpfte der Regen über die Stirnfalten und spülte dann das vertraute Gesicht hinunter, auf dem sich da und dort Schorf gebildet hatte. Er erblickte sie und reckte mit einem Achselzucken die gebundenen Hände in die Höhe. Er sah fröhlich aus. Als Tobie sich umdrehte, sah er, weshalb das so war. Auf ihn zu schritt der Großkomtur von Zypern, Louis de Magnac, und ihm folgte, die Augen niedergeschlagen, Loppe. Astorre sagte: «Ha!» und John le Grant trat ihm auf den Fuß. Nicolaas sagte überhaupt nichts und stellte ein leeres Lächeln zur Schau.

Der Neuankömmling sprach mit de Magnac. Der Fremde war eher breit als groß, und der Pelz in seinem Mantel ließ ihn dicker erscheinen. Die Handgelenke sahen kräftig aus, und er trug an mehreren Fingern Ringe. Das Gespräch dauerte länger, als man hätte erwarten sollen, aber schließlich wurden die zwei bewaffneten Begleiter durch zwei Männer vom Schiff abgelöst, die den Gefangenen übernahmen und ihn Richtung Hinterdeck fortführten. Im Vorübergehen wandte Nicolaas den Kopf und zog wieder grinsend die Achseln hoch. Dies schien seine übliche Pose geworden zu sein. Man sah aber, daß er sich bei allem Grinsen sehr aufmerksam umblickte.

Der Mann im Mantel kam vom Großkomtur zu ihnen herüber. «Ihr seid Messer Niccolos Amtsträger? Ich bin Napoleone Lomellini. Ich habe die Pflicht, Euren Dienstherrn in meine

Stadt Famagusta zu bringen. Ich bedaure den Gewahrsam, aber Ihr könnt nachher mit ihm sprechen. Es wäre, wie Ihr Euch wohl denken könnt, nicht gut, wenn Niccolos Kompanie das Schiff in ihre Gewalt bekäme und an einen anderen Ort als Zypern brächte.» Er lächelte und drehte sich um. Seine Brauen waren wie sein Haar dicht und dunkel. «Laßt ablegen, Kapitän.»

Der Schiffsführer zögerte, richtete den Blick auf de Magnac. Der Großkomtur nickte, und der Schiffsführer drehte sich um und gab seine Befehle. Astorre sagte: «Habt Ihr das gesehen? Befehle von einem Genuesen? Dem anderen hat das nicht gefallen, wie? Nun, wir fahren. Es läuft alles so, wie der Junge gesagt hat.»

«Wirklich?» entgegnete John le Grant. «Von Famagusta war nicht die Rede.»

«Ist das so wichtig?» meinte Tobie.

«Gewiß», sagte le Grant. «Es wäre schon dumm, wenn sie ihn und uns an zwei verschiedenen Stellen an Land setzten.»

«Das würde er nicht zulassen», versicherte Astorre.

«Vielleicht könnte er sie nicht daran hindern», sagte John le Grant. «Mir gefällt's nicht, wenn er so fröhlich dreinschaut.» Inzwischen hatte das Schiff abzulegen begonnen, die Ruder wurden in der Schwebe gehalten, die Männer am Anker waren am Werk. Nicolaas, der im Begriff gewesen war, in einer Kajüte zu verschwinden, hatte seine Bewacher dazu gebracht, daß er sich noch einmal umdrehen und den Blick landwärts wenden durfte.

«Dann ist das in Ordnung«, sagte Tobie. «Er sieht jetzt nicht mehr fröhlich aus.» Er blickte zu Nicolaas hinüber. «Er bedauert irgend etwas. Ich frage mich, was das sein kann – außer, daß es nach Famagusta gehen soll, natürlich. Was könnte ihn ärgern? Daß er John de Kinloch nicht umgebracht hat? Daß ihm bei der Familie Vasquez nicht alles geglückt ist? Daß die Portugiesen mit Steinen nach ihm geworfen haben? Oder daß er Primaflora nicht behalten konnte? Aber vielleicht hat er das ja. Vielleicht ist sie an Bord. Vielleicht sind sie verheiratet.»

«Sie ist nicht verheiratet, ich habe gefragt», sagte Thomas zu ihrem Erstaunen. Er errötete.

«Ihr habt gefragt?» sagte Tobie.

«Ja. Die Königin hätte sie ja gezwungen haben können, ihn zu heiraten. Aber sie haben gesagt, das hat sie nicht. Sie soll zusammen mit den anderen auf Rhodos bleiben.»

«Ich dachte, Ihr hättet von der Frau genug gehabt, Thomas», meinte John le Grant.

Thomas errötete noch mehr. «Das hatte er auch», sagte Tobie. «Und es hätte ihm wahrscheinlich nicht gepaßt, wenn sie die Kompanie kommandiert hätte, was, Thomas? Warum also macht unser Nicolaas so ein Gesicht, wenn er nicht gerade entdeckt hat, daß sie nicht an Bord ist?»

Sie blickten alle zu Nicolaas hinüber. Er sah keinesfalls mehr fröhlich aus, während er auf die lange Mole hinter ihnen hinunterstarrte. Das Schiff schwankte, die Ruder griffen ins Wasser, und der Abstand zwischen Schiff und Landungsbrücke vergrößerte sich. «Da ist der Turm, an dem John gebaut hat», sagte Tobie. «Schaut ihn euch an. So schief wie der von Pisa.»

«Er vermißt die Königin», meinte Astorre. Er lachte kurz auf. «Ordensritter!»

«Herrgott, er sieht wieder glücklich aus!» sagte Tobie. «Was er auch vermißt hat, er scheint es entdeckt zu haben. Wo sieht er denn jetzt hin?»

«Da ist ein Boot», sagte John le Grant. «Kommt von der Galeere da herüber. Ruft uns an.»

Nicolaas hatte den Kopf zurückgeworfen. Sein Gesicht war das Gesicht eines Kindes auf einem ausgelassenen Volksfest. Der Schiffsführer trat an die Brustwehr. Ein Mann in der Schaluppe rief noch einmal und schwenkte weiter die Arme. Der Schiffsführer gab seinem Trompeter ein Zeichen, und die Ruder bremsten. Die Schaluppe kam näher. «Da soll mich doch der Teufel holen!» murmelte John le Grant vor sich hin.

In der Schaluppe war die Kurtisane Primaflora. Ihre Kapuze war zurückgefallen, sie ließ sich den Regen ins Gesicht prasseln, während sie zum Deck der Kogge hinaufblickte. Nicolaas hob die gefesselten Arme zu einer Geste echten und uneingeschränkten Entzückens, und als sie ihn sah, strahlte über ihr Gesicht ein Lächeln, daß jeder Mann neidisch werden mußte. Er stand, an der Bewegung gehindert, da und sah sie an. Die unruhige See hob die Schaluppe hoch, und Primaflora und ihre Zofe klammerten sich fest und bemühten sich, an Bord zu gelangen. Kisten wurden umgeladen. Dann war Primaflora an Deck und begrüßte den Schiffsführer, den Großkomtur, Lomellini.

Sie blickten verwundert, wollte Tobie scheinen. Er sagte: «Sie haben nicht mit ihr gerechnet. Glaubt Ihr . . .»

«Daß sie sich über ein Verbot der Königin hinweggesetzt hat?» meinte John le Grant. «Daran habe ich auch gerade gedacht. Und seht Euch Nicolaas an. Er hat sie wieder – und ohne Heirat. Wahrhaftig, dieser Junge, wenn er so etwas plant . . .»

«Es war wohl eher ihr Plan», sagte Tobie. «Und entweder war eine überzeugende Lüge oder ein hübscher Batzen Geld dabei im Spiel, sonst hätte man bestimmt nicht zugelassen, daß sie an Bord geht. Sie kommt zu uns.»

Sie hatten sie nicht mehr gesehen seit der schlimmen Nacht, als der Hof König Arthurs mit dem toten Tristão Vasquez heimgekehrt war. Damals war sie Gesellschafterin der Königin gewesen, hatte aber vielleicht nicht das volle Vertrauen der Königin besessen. Tobie erinnerte sich, daß sie immer von Bewaffneten umgeben gewesen war, die offenkundig den Auftrag hatten, ihr überallhin zu folgen.

Jetzt hatte sie nur ihre Zofe bei sich. Sie ließ den Großkomtur, den Genuesen und den Schiffsführer stehen und kam zu ihnen herüber. Sie sagte: «Die Königin wollte mich zuerst nicht gehen lassen. Ich fürchtete schon, ich erreiche das Schiff nicht mehr. Ich habe Eure Abreise verzögert, das tut mir leid.» Sie ging weiter, während sie sprach, und zog die vier so aus der Hörweite der Schiffsoberen heraus. «Sie wollen mich nicht mit Niccolo sprechen lassen oder doch noch nicht gleich», fuhr sie fort. «Könnt Ihr ihm etwas ausrichten?»

«Natürlich», sagte John le Grant. Tobie blickte ihn argwöhnisch an.

Sie lächelte. «Ich vertraue darauf, daß Ihr mich nicht verratet. Ich bin ohne Erlaubnis der Königin gekommen. Ich habe die Königin verlassen, aber das dürfen sie erst erfahren, wenn wir gelandet sind. Wollt Ihr das Niccolo ausrichten?»

«Werden sie Euch nicht zurückschicken?» fragte Tobie.

«Das dürfte ihnen schwerfallen», erwiderte sie. Der Großkomtur war neben sie getreten. Sie lächelte sie an, wandte sich um und lächelte auch Nicolaas zu und verließ dann das Deck.

«Glaubt Ihr das?» sagte Tobie. «Wovon reden wir da? Wir können doch Nicolaas nichts ausrichten.»

«Wir vielleicht nicht, aber Loppe», sagte John le Grant. «Habt Ihr das nicht gesehen? Nicolaas wird in der Kajüte des Großkomturs untergebracht, weil sie bei ihm ganz sichergehen wollen. Während der ganzen Überfahrt kann Loppe zwischen uns den Boten spielen.»

«Und zwischen Nicolaas und Primaflora», meinte Tobie. «Da ist mir schon viel wohler. Nein, ist mir nicht.»

«Keine Sorge», beruhigte ihn Hauptmann Astorre. Als sie die Hafenbarre überquerten, schlingerte das Schiff erneut und schien diese Angewohnheit auch beibehalten zu wollen. «Keine Sorge. Merkt Euch nur, welches die Leeseite ist, und denkt nicht an Nicolaas. Im Nu habt Ihr Eure Seefestigkeit wieder.»

Schon bald darauf hatte der gefällige schwarze Diener Lopez Anlaß, auf der Suche nach einem langen Schiffsmantel die Kajüte seines Herrn aufzuschließen. Nicolaas, der auf einer der Bänke lag, sagte: «Aha, aha. Nun, war Tobie schon übel?»

Loppe sah ihn an mit einem Blick, den Tobie manchmal hatte und der Nicolaas an einen Kunstsammler erinnerte, der nach abgestoßenen Ecken, Kratzern und sonstigen Anzeichen unbefriedigender handwerklicher Arbeit Ausschau hielt. Ohne auf die Frage einzugehen, sagte der Afrikaner: «Die Demoiselle Primaflora läßt Euch bestellen, daß sie ohne Erlaubnis der Königin hier ist, obschon sie es dem Großkomtur anders geschildert hat. Sie will sich Euch auf Zypern anschließen.»

«Damit habe ich auch gerechnet. Wenn du willst, kannst du ihr das ausrichten.»

«Es war offenkundig», fuhr der Neger fort. «Ich frage mich nur, ob man ihr erlaubt zu bleiben. Wer immer Euch in Dienst stellt, wird Eure ungeteilte Aufmerksamkeit verlangen.»

«Die bekommt man nicht, wenn man nicht tut, was ich mir ausbedinge. Primaflora wird bleiben. Loppe, ich muß mit ihr sprechen.»

Der klangvollen, melodischen Stimme war nichts anzumerken. «Ich will sehen, ob ich das einrichten kann. Sie hat keine Kajüte für sich allein, aber die andere Frau verträgt die Seereise nicht, wie ich gehört habe. Ihr wißt doch, daß auch die Demoiselle an Bord ist?»

«Wer?» Nicolaas erkannte an dem Blick in Loppes Augen, daß die Frage zu schnell gekommen war.

«Katelina van Borselen», sagte Loppe. «Sie reist aus eigenem Entschluß nach Kyrenia. Und auch der Junge.» Er hielt inne und fuhr dann fort: «Ich sehe, ich habe Euch einige schlechte Neuigkeiten gebracht, das tut mir leid.» Dann fügte er hinzu: «Messer Niccolo? Ich muß gehen.»

«Ja, natürlich. Der Junge?»

«Diniz Vasquez. Er ist nicht zusammen mit Ludovico da Bologna nach Hause gefahren. Er ist bei seiner Tante auf Rhodos geblieben. Ich nehme an, er will sie beschützen bei der Rache, die sie sich geschworen hat. Sie macht Euch für den Tod seines Vaters verantwortlich.»

«Ich bin ein Narr», sagte Nicolaas. «Und es ist zu spät. Sie ist hier.»

Er hatte mit sich selbst gesprochen, aber er sah an Loppes Augen, daß der Schwarze ihn verstand.

Loppe sagte: «Damit kann man fertig werden. Nur eines ist jetzt wichtig. Viele Menschenleben liegen in Eurer Hand – es wäre klug, diese Familienangelegenheiten zu vergessen, bis Ihr sicher auf zyprischem Boden seid.»

«Natürlich», sagte Nicolaas. Loppe zögerte, ging dann und schloß die Tür hinter sich ab. Nicolaas blieb in der schaukelnden

Kammer zurück, starrte zu der Stelle hin, an der er gestanden hatte, und sah nichts. Katelina, Diniz, Primaflora. Sie überschatteten seine geschickten, durchdachten Pläne und versprachen nichts Gutes.

Kapitel 21

Die Aussicht, vier oder gar fünf Tage und Nächte lang in der Kajüte Louis de Magnacs eingesperrt zu sein, hätte Nicolaas vielleicht als niederdrückend empfunden, hätte er sich nicht mit noch Schlimmerem befassen müssen.

Wohlhabend, grauhaarig, vornehme Erscheinung, war der Großkomtur von Zypern seit zwölf Jahren Besitzer des Lehens von Kolossi, und er war es, der die jetzige feste Burg der Ritter dort hatte bauen lassen. Und de Magnacs eigene Domäne war es, die Nicolaas durch seinen Überfall auf John de Kinloch und die – viel schwerer wiegende – Umleitung des Zuckers befleckt hatte. Geschmückt mit dem Orden vom Schwert war Nicolaas erlaubt worden, seine Amtsträger in Louis de Magnacs Palais auf Rhodos einzuquartieren. Selbst seine Verurteilung und Verbannung durch den Großmeister war durch Carlotta umgewandelt worden, die Louis de Magnac verehrte und deren ergebener Diener er war. Die Königin bedurfte der Dienste der Söldnertruppe dieses Niccolo, und er war durchaus willens, ihn an seinen Bestimmungsort zu bringen. Er war jedoch nicht bereit, dem Burschen die Überfahrt zu einer Vergnügungsreise zu machen.

So schätzte Nicolaas die Einstellung seines Gastgebers ein, und der stummen Verachtung, mit der er behandelt wurde, entnahm er, daß er sich nicht getäuscht hatte. Sie nahmen die Mahlzeiten nicht gemeinsam ein, und tagsüber war de Magnac meistens an Deck. Nachts schliefen sie auf ihren eigenen Bettlagern zusammen mit den Leibdienern des Großkomturs. Wann immer Nicolaas allein war, wurde die Tür abgeschlossen. Die ersten anderthalb Reisetage bekam er sonst niemanden zu Gesicht.

Er hatte Loppe gebeten, ein Wunder zu wirken und bei Louis de Magnac zu erreichen, daß er mit Primaflora sprechen konnte, und war dann doch völlig überrascht, als ihm am zweiten Nachmittag knapp mitgeteilt wurde, die Gesellschafterin der Königin wünsche ihm einige Fragen zu stellen und der Großkomtur habe seine Erlaubnis dazu erteilt. Sie fand sich begleitet von zwei Bewaffneten ein, die mit einiger Mühe auf dem schwankenden Fußboden der Kajüte Aufstellung nahmen. Der Großkomtur war wie üblich abwesend.

Die See war weiterhin sehr stürmisch. Während der wenigen Schritte an Deck hatte sich das Haar seiner Mätresse aus dem Haarnetz gelöst, und der Wind hatte unter der dünnen Schminke Farbe in ihre Wangen getrieben. Ihre Augen strahlten. Er lächelte zurück, ergriff ihre Arme, als sie das Gleichgewicht zu bewahren versuchte. Er brachte sie zu einer Sitzbank, nahm neben ihr Platz und sprach sie auf griechisch an. «Es ist wie in alten Zeiten. Wen habt Ihr diesmal betört?»

Die Männer runzelten die Stirn. Sie zog ihre Hände zurück und antwortete gesetzten Tones in der gleichen Sprache. «Der Großkomtur glaubt, ich stehe noch im Dienst der Königin und gehorche ihren Wünschen. Ich soll Euch an Eure Pflichten Carlotta gegenüber erinnern und mich vergewissern, daß Ihr keine aufrührerischen Gedanken hegt.»

«Aufrührerisch wäre nicht ganz das richtige Wort», sagte er. Das hörte sich scherzhaft an, doch so war ihm gar nicht zumute. «Ich glaubte schon, wir hätten uns verloren. Aber was habt Ihr getan? Wollt Ihr wirklich mit mir kommen?»

«Ich bin hier», sagte sie, und die Fältchen in den Winkeln des vollen Mundes hatten sich wieder gebildet. «Stellt Ihr in Frage, was die Götter schicken?»

«Nicht wenn sie verrückt werden und mir eine Göttin schikken», sagte Nicolaas. «Aber der Preis? Und es muß schwierig sein. Hat man Euch zu Katelina in die Kajüte gewiesen?»

«Es ist nicht schwierig. Ihr ist unwohl, und ich kann ihr helfen. Manchmal vermag sie fast zu glauben, daß die Königin ihre Meinung geändert und mich beauftragt hat, auf Euch aufzupassen. Manchmal glaubt sie, Ihr hättet mich ohne Wissen der Königin zu Euch gelockt. Ich bedaure es aber, daß sie hier ist. Sie will Euch schaden. Nur zu dem Zweck ist sie hier. Sie und der Junge.»

Nicolaas sagte: «Ich könnte ihr alles verzeihen, aber nicht, daß sie den Jungen von seiner Familie fernhält.»

Ihre hellen Augen sahen ihn an. «Er ist erwachsen und weiß, was er will. Daß er nicht mit Ludovico da Bologna abgereist ist, war seine Entscheidung. Da seine Tante die Fehde nicht aufgeben will, hat er sich zu ihrem Beschützer gemacht. Vielleicht hatte er nicht vor, Euch nach Zypern zu folgen, aber er wird bleiben, solange er glaubt, ihr drohe von Euch Gefahr.» Sie hielt inne und fuhr dann fort: «Ihr seid sehr nachsichtig gegenüber all diesen Leuten, die es darauf abgesehen haben, Euch zu schaden. Ich erinnere mich, Ihr sagtet einmal, Ihr haßtet nur einen einzigen Menschen. Laßt Ihr Euch deshalb von der Königin nach Zypern schicken?»

«Ihr denkt an Tzani-bey al-Ablak? Wenn Ihr Euch fragt, ob ich vergessen habe, was er sowohl Euch wie mir angetan hat, so seid versichert, das habe ich nicht. Hättet Ihr gern, daß ich da etwas tue?»

Sie lächelte. «Eines Tages müßt Ihr mir Euren Plan verraten. Ich frage nicht erst, ob Ihr einen habt.»

«Ja, ich habe einen», sagte Nicolaas. «Aber er ändert sich immer wieder von Zeit zu Zeit, je nach den Umständen. Ich kann Euch aber versichern, er wird Zeit haben, alles zu bedauern. Da ist noch etwas anderes, Primaflora. Man schickt mich nach Famagusta. Das ist nicht der Ort für Euch. Bis ich zu Euch kommen kann, werden wir eine Zeitlang getrennt sein.»

Sie war ganz still geworden. «Famagusta wird belagert. Wer schickt Euch dorthin?»

«Die Genuesen. Und König Luis. Die Königin mußte dem zustimmen. Napoleone Lomellini ist Kommandant von Famagusta, deshalb ist er hier. Wenn sie mich dort an Land gesetzt haben, müßt Ihr mit den anderen nach Kyrenia fahren. Man braucht nicht zu hungern in Famagusta. Mir geschieht nichts, und ich komme zu Euch, sobald ich kann. Man will Astorre zwingen, wirklich nach besten Kräften zu kämpfen, das ist alles.»

«Dann muß er das tun», sagte sie. Gleich darauf setzte sie hinzu: «Wenn sie auf diese Weise Eure Treue auf die Probe stellen wollen, dann geht darauf ein. Unter den Genuesen würde es Euch gutgehen, wenn sie gewinnen. Sie müssen Euch Versprechungen gemacht haben.»

«Das haben sie.»

«Dann bleibt in Famagusta. Sonst werden die Genuesen oder die Leute der Königin Euch alle niedermetzeln. Und Katelina wird sie noch dazu anfeuern.»

«Ich habe ihnen gesagt, ich bleibe dort», erwiderte Nicolaas. «Zumindest bis Kyrenia befreit ist. Dann werde ich gewiß zu Euch kommen können.»

Sie hatte manchmal einen Blick, den er inzwischen kannte. Sie trug ein Parfüm, das er auch kannte, so wie er jedes Geheimnis ihres Körpers kannte. Sie sagte: «Aber ich werde doch dann schon bei Euch sein. Wenn Ihr nach Famagusta geht, gehe auch ich dorthin.»

«Nein», sagte Nicolaas.

«Warum nicht, wenn dort keine Not herrscht?»

Über das Lächeln hinweg erforschten ihre Augen sein Gesicht. Nicolaas sagte: «Wo ist das große Haus, das Ihr führen wolltet, und wo sind die feinen Kleider zum Aussuchen?»

«Die kommen schon», entgegnete sie. «Aber nicht, wenn Ihr Euch über alle hinwegsetzt, indem Ihr zu mir zu kommen versucht. Ich komme mit Euch nach Famagusta.»

Das Schiff stieg mit den Wogen in die Höhe und schlug dann krachend nieder und erzitterte, ehe es erneut hochstieg und schlingerte. Einer der Bewaffneten öffnete plötzlich die Tür und stürzte hinaus. Der andere grinste. Primaflora merkte man überhaupt nichts an, ja, ihr schien es, vielleicht weil sie in seinem Gesicht eine Veränderung sah, eher noch besser zu gehen. Er sagte: «Ich werde Euch jetzt etwas eingestehen. Ich will Euch in Famagusta haben. Und hier.»

«Das wäre meiner Eskorte nicht genehm.» Ihr Gesicht hatte sich wieder gerötet.

«Glaubt Ihr? Sie könnten berichten, daß Ihr meine Treue geprüft habt. Primaflora, was wird die Königin jetzt tun? Sie wird alle wissen lassen, daß Ihr den Dienst bei ihr quittiert habt. Werdet Ihr dann noch bei mir bleiben können?»

«Bis dahin werde ich in Famagusta sein», sagte sie. «Wenn sie wollen, daß Ihr tatkräftig kämpft, dann müssen sie Euch doch angemessene Erquickung gönnen. Ich glaube nicht, daß sie mich wegschicken würden. Ist das Euer letzter Einwand?»

«Ich glaube schon. Ich gebe immer rasch nach.»

«Das habe ich bemerkt. Dann gehe ich jetzt. Niccolino, werdet Ihr Euch gut vorsehen? Katelina ist entschlossen, Euch irgendwie zur Strecke zu bringen.»

«Ich weiß. Katelina glaubt, ich verführe die Frauen. Sie weiß nicht, daß es umgekehrt ist.»

Sie wandte sich um und sprach zu dem Bewaffneten auf französisch, und dann wurde sie hinausgeleitet, und er war wieder allein und wurde sich zum erstenmal der schrecklichen Bewegung des Schiffes bewußt. Er hatte sich nicht nach seinen Männern erkundigt, obschon Primaflora ihm Neuigkeiten von ihnen hätte bringen können. Er seinerseits hatte ihr mehrere Dinge erspart.

Sie brauchte nicht zu wissen, was seine Kompanie wußte, nämlich daß sie Kyrenia oder Famagusta vielleicht nie lebend erreichten. Jakob von Lusignan hatte ihn als Gefangenen nach Zypern geholt und ihn nur unter der Bedingung freigelassen, daß er mit seiner Streitmacht entweder nach Hause zurückkehrte oder Zacco half, seine Schwester zu vertreiben. *Wenn Eure Leute Kyrenia oder Famagusta ansteuern, wird man sie abfangen und töten,* hatte der König gesagt.

Nicolaas war gewarnt worden: was er jetzt tat, konnte böse enden.

Der dritte Tag verging. Einmal durfte er kurz an Deck, und dabei sah er Astorre und Tobie, die auch gerade Luft schnappten. Sie winken einander stumm zu. Gegen den Wind hätte man schreien müssen. Auch ohne es sich bestätigen zu lassen wußte er, daß sie innerlich genauso angespannt sein mußten wie er. Noch zwei Tage, vielleicht auch drei, bis zu seiner Ankunft in Famagusta, als Gefangener. Doch vielleicht tauchten noch vorher die Masten eines Schiffes am Horizont auf, und die Kanonen Jakobs von Lusignan richteten sich auf sie und auf ihn. Eine Vorsichtsmaßnahme hatte er getroffen – ob sie ausreichte, wußte er nicht.

Auf dem Rückweg zur Kajüte zusammen mit seinem Wachtposten hatte er ein weiteres Gesicht erblickt, das er kannte. Vom Mast halb verborgen stand da Diniz Vasquez und beobachtete ihn. Der Junge sah müde aus. Nicolaas blieb stehen und leistete Widerstand, als sein Begleiter ihn weiterziehen wollte. «Diniz? Geht es der Demoiselle besser?»

Der junge Portugiese machte ein überraschtes Gesicht. Nach kurzem Zögern sagte er: «Sie ist krank. Sie ist nur Euretwegen hier.»

Sein Bewacher wollte ihn abermals weiterzerren, und Nicolaas legte ihm die Hand auf den Arm, während er schnell mit Tristãos Sohn sprach. «Hör mir einen Augenblick zu und versuch mir zu glauben. Ich hatte nichts mit dem Tod deines Vaters zu tun. Wenn ich kann, helfe ich dir bei der Suche nach seinem Mörder. Aber wenn du mir nicht traust, dann rede mit dem Arzt. Du erinnerst dich gewiß noch an ihn. Sprich mit ihm. Frag ihn, was du willst. Und geh zu ihm, wenn du Hilfe brauchst.»

«Ich habe mit ihm gesprochen», sagte der Junge. «Er weiß nicht, ob Ihr ihn getötet habt oder nicht. Er hat mir Hilfe angeboten, und ich habe sie angenommen.»

«Er ist ein braver Mann», erwiderte Nicolaas. Sein Bewacher zog ihn jetzt heftig an den Armen, und er ließ sich wegführen. Der Junge sah ihm nach. Nicolaas fragte sich, wie oft er Anlaß gehabt hatte, Tobie zu verfluchen und sich doch in seiner Schuld zu fühlen. Tobies Zweifel hatten Diniz dazu gebracht, ihm zu vertrauen. Katelina vertraute natürlich keinem. Katelina würde seinen Tod besorgen, wenn er es zuließ und wenn sein Ende nicht schon beschlossen war von den viel mächtigeren Kräften, die sich jetzt alle gegen ihn stellten.

Er legte sich an diesem Abend wie immer halb angekleidet unter seiner Decke schlafen, und er schlief auch fest wie immer, wachte aber früh auf und bemerkte, daß das Ächzen und Schwanken des Schiffes nachgelassen hatte. Es war eine alte und nicht gut gebaute Kogge, die man ihnen da gegeben hatte, und dies war die erste Nacht, in der de Magnac nicht wenigstens einmal aufgestanden war, um gemeinsam mit dem Kapitän nach einem Schaden zu sehen. Jetzt lag der Großkomtur in tiefem Schlaf, obschon das graue Licht zeigte, daß der Tag anbrach. Nicolaas lag da und versuchte nach dem, was er hörte und fühlte, das Wetter einzuschätzen. Wie auf der Reise von Italien herüber wurde ihm bewußt, daß es ihn danach verlangte, seine Hände an den Schoten, am Steuerruder zu versuchen. Er hatte vor einiger Zeit eine Leidenschaft für die Seefahrt in sich entdeckt, für die Navigation, für die Arithmetik des Himmels.

Er hatte ein-, zweimal gefürchtet, der eigenen Faszination ins Netz zu gehen. Man mußte solche Gefühle in die Zucht nehmen, das hatte er im byzantinischen Trapezunt erkannt. Primaflora, obschon keine Byzantinerin, hatte ihn mit ihrem inneren Abstand der Kurtisane wieder an die Tugenden der Selbstbeherrschung erinnert – die zum Glück nicht das gleiche war wie Keuschheit. Wenn man sein Denken im Zaum hielt, brauchte man sich nicht allem hilflos ausgeliefert zu fühlen. Er bemerkte mit einiger Verärgerung, daß seine Gedanken, ob mit oder ohne Zaum, wieder zu Primaflora wanderten. Genau in diesem Augenblick klopfte es gebieterisch an die Kajütentür. «Exzellenz?» Es war die Stimme von Napoleone Lomellini.

Die Diener sprangen auf. De Magnacs weißbemützter Kopf bewegte sich, und er stützte sich auf den einen Ellenbogen hoch und nickte. Die Tür wurde geöffnet. Seit Nicolaas an Bord gegangen war, hatte er von dem Stadtkommandanten von Famagusta, von Tomà Adorno und den anderen Genuesen nichts mehr gesehen. Seine Absonderung, zu der Ansicht war er gelangt, war kein Zufall gewesen. Jetzt suchten Lomellinis scharfe Augen unter den dichten Brauen zuerst ihn, ehe sich ihr Blick auf Louis de Magnac heftete. Statt eines teuren pelzgefütterten Mantels trug der genuesische Hauptmann einen Küraß. «Ich muß Euch leider wecken. Wie der Kapitän sagt, nähern sich uns zwei Galeeren.»

«Von welcher Art?» fragte der Großkomtur. Er schwang die Füße auf den Boden und griff nach dem Wams, das er unter der Rüstung trug. Ein Diener stolperte herbei und kniete mit seinen Stiefeln nieder.

«Es scheinen Sarazenen zu sein», sagte Napoleone Lomellini. Er warf Nicolaas wieder einen Blick zu, während er mit de Magnac sprach. «Wir haben fünfzig Seeleute, zwei Dutzend Krieger – das wird nicht genügen, wenn sie uns entern. Vielleicht sollten wir Messer Niccolo und seine Männer aus dem Gewahrsam lassen?»

«Noch nicht», sagte der Großkomtur. «Eine Kogge entern? Das sollen sie erst einmal versuchen. Kommt mit mir.» Seine Diener standen schon angekleidet neben ihm, als er sich von der Tür her umblickte. «Schließt ihn ein.» Und die Tür ging zu, und Nicolaas, jetzt allein, starrte sie an.

Sarazenen. Welche? Nicht Sultan Mehmed – seine Halbmondflaggen hätten ihn angekündigt. Also ägyptische Freibeuter? Korsaren aus einem syrischen oder turkmenischen Hafen? Es spielte kaum eine Rolle. Es kam nur darauf an, daß es nicht Jakob von Lusignan war, der sich einen jungen Mann vornehmen wollte, mit dem er Freundschaft geschlossen zu haben glaubte. Nicolaas legte den schwertlosen Gürtel an, die Stiefel und die Lederjacke – alles, was er über Hemd und Strumpfhose anzuziehen hatte. Sein Küraß und seine Waffen lagen unten verstaut, zusammen mit der Ausrüstung seiner Männer. Er dachte an sie und an die Kaufleute und die hohen Beamten von Kyrenia und die Frauen. Vor allem an die Frauen: an die seekranke Katelina und die mit ihr eingesperrte Primaflora.

Und natürlich an den Jungen, den Muslime so verlockend fanden.

Das Schiff schlingerte. Er hörte das dumpfe Geräusch von Füßen auf Spanten und den Lärm von Befehlen, dann Trommeln und Trompetenstöße. Nicolaas saß aufgerichtet auf seinem Lager und lauschte. Weitere Befehle. Das Stampfen vieler Füße, in schwerem Schuhwerk diesmal. Und bald darauf das Klirren von metallenen Harnischen, Männerstimmen im Befehlston. Die Krieger des Schiffes waren an Deck und bewaffnet. Nun, Gott sei gedankt dafür. Wie weit war der Feind weg? Zwei Schiffe, hatte es geheißen. Zwei Galeeren, niedrige Schiffe, leicht zu lenken. Er wußte, was er an ihrer Stelle tun würde.

Die Tür ging wieder auf. Es war Louis de Magnac und noch jemand, der kurz hereinschaute und dann draußen stehenblieb. Loppe. De Magnac sagte: «Wir werden von mameluckischen Schiffen angegriffen. Tut, was Ihr wollt. Die Tür steht offen. Ich habe auch Eure Amtsträger freigelassen.»

«Entlaßt meine Männer aus dem Gewahrsam», sagte Nicolaas. «Hundert Mann ändern die Lage völlig.»

«Das stimmt», sagte der Großkomtur. «Wenn sie den Kopf verlieren; wenn sie sich ergeben. Ich lasse sie erst frei, wenn wir sinken.» Er wollte gehen.

Nicolaas packte bittend seinen Arm, drehte ihn halb zu sich herum. «Es sind Christenmenschen. Ihnen droht die gleiche Gefahr wie Euch. Laßt sie frei, damit sie Euch retten können.»

Der Großkomtur hob den Ellenbogen und stieß ihn zur Seite. «Jetzt nicht.» Er stand da, sah Nicolaas an, und Überraschung zeigte sich auf seinem Gesicht. Als er nach vorn fiel, fing Nicolaas ihn auf.

Loppe kam herein und schloß die Tür, während Nicolaas den Ritter auf den Boden sinken ließ. Loppe sagte: «Er hat den Schlüssel, hier ist er.» Er kniete neben dem Bewußtlosen nieder. «Ich habe versucht, ihn nicht zu hart zu treffen. Soll ich ihn fesseln?» Er blickte auf, als Nicolaas zögerte. «Er wird Euch in Ketten legen lassen.»

«Nicht mehr, wenn erst der Kampf begonnen hat. Nein, wir

sperren ihn vorerst hier ein und lassen ihn dann heraus. Er ist ein erfahrener Mann, wir alle brauchen ihn.» Auf der Schwelle blieb er stehen. «Die Schiffe haben mameluckische Besatzungen?»

«Ja, es sind keine Korsaren. Sie könnten von Ägypten oder von Zypern sein.» Seine Stimme klang ganz ruhig. «Ich habe gesehen, wie die Botschaft an Bord gebracht wurde. Ob sie auch angekommen ist, kann man natürlich nicht wissen.»

«Du hast getan, was du konntest», sagte Nicolaas. «Entweder es gelingt oder es gelingt nicht. Außerdem – wenn diese Galeeren aus Ägypen oder Syrien kommen, dann sind sie darauf aus, ein christliches Schiff zu zerstören, und haben nichts mit Jakob von Lusignan zu tun. Kommen sie von Zypern, dann hat Zacco sie geschickt. Also kann ich dir nicht sagen, was zu tun ist, außer daß wir uns auf das Schlimmste gefaßt machen müssen. Kommen wir an die Hakenbüchsen heran?»

«Den Schlüssel hat der Kapitän», sagte Loppe. «Aber ich könnte einbrechen, jetzt hat keiner Zeit, um darauf zu achten.» Das Schiff schlingerte, und Gischt klatschte herab. «Sie zielen jetzt besser.»

«Ja, laß die Männer frei. Wenn es Zacco ist, der uns vernichten will, können sie wenigstens um ihr Leben kämpfen. Besorge ihnen Waffen, wenn du kannst, aber sie sollen unten bleiben. Ich schicke Astorre, vielleicht nimmt jemand Vernunft an.» Er taumelte, und auch Loppe hatte Mühe, sich auf den Beinen zu halten.

Loppe sagte: «Die Geschütze der Kogge sind zu hoch eingerichtet. Meister John will sehen, was er machen kann. Hauptmann Astorre wartet draußen vor der Tür. Ich gehe.»

Er öffnete die Tür und verschwand. Einige Augenblicke später folgte ihm Nicolaas und schloß die Tür hinter sich ab. Der Wind schlug ihm ins Gesicht. Die Segel waren unten, und die Ruder waren draußen und tauchten ins Wasser und hielten das Schiff auf der Stelle. Das Deck erzitterte, als ein weiteres Geschütz feuerte. Astorre tauchte vor ihm auf und sagte etwas. Nach einem Augenblick erst verstanden seine Ohren die Worte.

«Mameluckenschiffe, da und da. Fünfmal ins Wasser geschossen. Größere Ruderkraft. Niedrigeres Freibord, schwer zu treffen. Versperren den einzigen Weg, den wir segeln könnten.»

«Wo ist Diniz?» fragte Nicolaas.

«Wer? Oh, der Junge. Der ist bei John le Grant im Bug.» Astorres Gesicht hatte sich vor Kampffreude gerötet. Er begann zu lachen. «Diese Frau!»

«Ich habe Loppe hinuntergeschickt – er soll die Männer freilassen und das Waffenlager aufbrechen. Holt sie herauf, wenn sie fertig sind. Ich bereite bis dahin Lomellini und den Kapitän auf sie vor. Welche Frau?»

«Diese Primaflora», sagte Astorre. «Hat alle Frauen in eine Kajüte geschafft und eingeschlossen. Sie war es, die Loppe gesagt hat, wo der Schlüssel war.»

«Gut. Geht hinunter.» Er sah jetzt die zwei Galeeren. Die See war so rauh, daß manchmal die eine oder die andere den Blicken entzogen war, aber meistens konnte man sie beide sehen, da die Kogge so weit über die Wasserfläche hinausragte. Sie funkelten von Helmen, Kettenpanzern, Schilden und den Krummschwertern des Ostens, und ihre Ruderer arbeiteten wie die Sklaven, die sie gewiß waren. Das Schiff nördlich von ihnen hatte einen kunstvoll mit Blattgold verzierten Bug. Auf dem Weg zu Lomellini schwang sich Nicolaas zu einer Stelle mit einem besseren Ausblick hinauf und spähte dann hinüber, mit flatternden Hemdsärmeln, die Augen gegen Gischt und Wind zusammengekniffen.

Da hörte er Lomellini rufen: «Wollt Ihr einen Speer durch die Brust haben? Was macht Ihr hier?» Er sah mehr denn je wie ein Krieger aus, der im Begriff ist, sein Handwerk auszuüben.

Nicolaas glitt wieder herunter und richtete sich auf. «Der Großkomtur hat seine Meinung geändert. Er hat mich aus dem Gewahrsam entlassen und nach meinen Männern geschickt. Wir brauchen ihre Handfeuerwaffen, sonst kommen uns die Galeeren zu nahe.»

Der Genuese starrte ihn an. Seine Rüstung war zerbeult und glänzte nur matt, als hätte sie schon lange und schwere Dienstjahre hinter sich. «Wo ist der Großkomtur?»

Er hatte es also geahnt. «Er ist unverletzt», sagte Nicolaas.

Lomellini starrte ihn weiter an. «In fünf Minuten wird ein Diener nach ihm sehen. Verzieht Euch.»

«Nicht nötig», sagte Nicolaas. «In wenigen Minuten werden wir nur noch an eines denken. Oder – nein – *runter!*»

Sie warfen sich gerade rechtzeitig zu Boden, als eine Kugel des feindlichen Schiffes die Brustwehr durchschlug und ein großes Loch hinterließ und Splitter von Holz und Eisen davonstoben. Eine der Bombarden war getroffen worden. Zwischen Staub und Rauch flackerte plötzlich Feuer auf. Während Nicolaas sich aufrappelte, hörte er John le Grant fluchen, und da begann er wieder zu atmen. Ehe er noch hinrennen konnte, war schon ein Dutzend Männer da, und das Feuer war gelöscht. Es waren seine eigenen Leute, bewaffnet und kampfbereit. Nicolaas wandte sich um und sah, daß auch Lomellini wieder auf den Beinen stand. Nicolaas sagte: «Wir könnten sie schlagen.»

«Versuchen werden wir's jedenfalls», erwiderte Lomellini. «Aber selbst Eure hundert Mann werden uns nicht retten, wenn sie unter unseren Kanonen hindurch herankommen und uns entern. Auf diesen zwei Galeeren sind wenigstens vierhundert Krieger, und das hier ist eine alte Einmast-Kogge. Jedesmal wenn sie wendet, müssen fünfzig Mann diese Rah herumschwenken. Und ihre Geschütze sind nicht auf Drehgestellen montiert.»

«Dann müssen wir sie uns weit genug vom Leib halten. Gegen zwei von ihnen können wir ohnehin nicht steuern, nicht bei diesem Wind und der Art, wie sie uns gegenüberliegen. Können wir die Kanonen besser einrichten? Meinem Feuerwerker und dem Geschützmeister des Ordens gelingt das vielleicht. Und dann nehmen wir Hakenbüchsen – wir haben genug davon und können damit umgehen – und sorgen für einen Schutz gegen Pfeile. Wie wäre es mit einer Abstimmung zwischen Steuerruder, Kanonieren und Handfeuerwaffen? Würdet Ihr mich das machen lassen? Wenn der Schiffsführer einverstanden ist? Wo ist er?»

«Ich habe zugehört», sagte der Kapitän. Er war ein Rhodier und verstand sein Handwerk. «Das klingt vernünftig, Ser Napoleone. Ich nehme diesen Mann mit nach hinten zur Ruderpinne, wenn Ihr und der Großkomtur die Krieger dorthin führt, wo Ihr sie haben wollt. Ich will nicht, daß mir ein Bug in die Seite kracht, während wir reden.»

«Und was Ihr noch an übrigen Ruderern habt», sagte Nicolaas. «Es wird den Kanonieren eine Hilfe sein, wenn das Sturmsegel herunterkommt.» Ein Donnern erschütterte das Schiff, und sie taumelten, fingen sich wieder und blickten zum Bug hin. John hatte eine ihrer Bombarden abgefeuert. Während sie noch so da standen, rührte sich eine zweite. Zwei Meerwasserfontänen stiegen auf, eine vor jeder Galeere. Sie sahen, wie sich in der Ferne Männer in Turbanen hinwarfen.

Der Schiffsführer sagte: «Wird wohl nach Süden treiben. Aber das nützt uns eher. Kommt, weiter.» Er rannte los, Befehle brüllend, und Nicolaas folgte ihm zu einem Trommelwirbel mit Trompetenklang. Ehe sie das Heck erreicht hatten, rasselte die Rah herunter, und Männer begannen zu rennen. Er gab einem seiner eigenen Leute im Vorübereilen einen Klaps auf den Rükken, und der Mann blickte sich um und grinste. Auch wenn wie hier fast alles gegen sie sprach, war das doch gleichgültig, hatte nur der Kampf erst einmal begonnen. Nicolaas war so froh, wieder frei zu sein und etwas tun zu können, daß er einen Freudenschrei ausstieß. Köpfe gingen herum, man sah auch verärgerte Gesichter.

Dann war er beim Heckkastell, wo der Steuermann sich seine Befehle anhörte, während der Trompeter sie in kühne Klänge umsetzte. Die Heckflagge wehte unveränderlich von Norden, und die Strömung stieß gegen das Schiff. Unten bildeten Männer auf jedem der zwei Schandecks eine Reihe, die langen Schäfte ihrer Büchsen in den Händen, die Helme über Pulverbeutel und Lunten gebeugt. Die Galeeren zu beiden Seiten begannen eine andere Stellung zu beziehen. Der Steuermann der Kogge schwang die Ruderpinne herum, die Strömung ausnutzend, und die wenigen Ruderer legten sich in die Riemen. Die Kogge deutete nicht mehr in die heranwogende See, sondern kehrte beiden Galeeren die Breitseite zu. Während sie heftig schwankend auf der Stelle lag, feuerten die Hakenbüchsen zuerst auf der einen, dann auf der anderen Seite. Mit dem bloßen Auge war einige Verwirrung auf den feindlichen Schiffen zu erkennen, und dann gingen allzu schnell die mameluckischen Bögen in die Höhe, und ein doppelter Schauer schneller, tödlicher Pfeile kam über das Wasser geflogen.

Auf dem Deck der Kogge schrien Männer auf und stürzten hin, trotz ihrer Rüstung. Einige von ihnen gehörten zu seiner Truppe, das wußte Nicolaas, aber erkennen konnte er vorerst keinen. Doch schon ging das Rahsegel wieder den Mast hinauf, wurde festgemacht, füllte sich mit Wind, und das Schiff begann sich zu drehen und kehrte den Galeeren abermals Bug und Heck zu, und inzwischen wurden da wie dort die Kanonen bedient.

Nicolaas rannte hinunter, wo seine Leute waren, nahm die Verwundeten in Augenschein, sprach kurz mit den Amtspersonen, die er antraf, und machte sich auf den Weg zum Bugkastell. Dabei begegnete er Loppe, der ihm eine Rüstung zuwarf. Es war seine eigene, und auch sein Helm, der dazugehörte. Er legte beides an, ohne die Schnallen zu schließen, und rannte mit großen Sätzen weiter nach unten. John le Grant begrüßte ihn neben dem Einschußloch. «Nun?» sagte Nicolaas. Ihm war trotz allem so wohl wie seit Troia nicht mehr.

«Beruhigt Euch und hört zu», sagte John le Grant. Der Geschützmeister sah aus wie immer, weißbewimperter, abwägender Blick in einem ölverschmierten sommersprossigen Gesicht. Seine Stimme war nicht, wie sie immer war. «Die zwei Galeeren, die Ihr da seht, kommen aus Salines de St. Lazare. Sie gehören Jakob von Lusignan.»

Nicolaas wandte sich um und zog sich rasch das Takelwerk hinauf. Dann hielt er inne und spähte über das Wasser hinüber. Er sah die Flanke der vergoldeten feindlichen Galeere mit dicht gedrängt stehenden Muslimen. Neben den Kürbisturbanen und Krummschwertern hing das samtene Tuch des Baldachins, bestickt mit den Emblemen des Besitzers. Im winterklaren Licht erkannte man das große Kreuz und die vier kleinen Kreuze von Jerusalem und die drei karminroten Löwen der Christenheit:

einen für Zypern, einen für Armenien und den letzten für das königlich-fränkische Geschlecht der Lusignan. Das Wappen – John hatte recht – von Jakob, König von Zypern, von dem er gehofft hatte, er sei sein Freund.

Einen Augenblick lang machte Nicolaas keine Bewegung. Dann holte er ganz langsam Atem und musterte das feindliche Schiff genauer. Es schwankte auf und nieder. Er ließ den Blick ganz langsam das Mitteldeck der Galeere entlangwandern, erkannte die Dickichte von Bögen und die hellen turbanumschlungenen Helme darüber, ließ den Blick weiterwandern zum Bug hin und schließlich zum Vorderdeck hinauf und entdeckte dann die Gestalt, die dort allein stand, im glänzenden goldenen Gürtel, vom schweren Umhang umweht. Nicolaas hielt sich sinnend die Hand über die Augen, erfaßte noch einmal die große Jägergestalt, den kräftigen Nacken, das gleichsam von Zielstrebigkeit umrahmte Gesicht, das er immer sofort wiedererkennen würde. Auch Nicolaas stand so, daß man ihn deutlich sehen konnte. Was auch geschehen würde, es konnte kein Zweifel daran bestehen, worum es ging.

Die Gestalt, zu der er hinüberblickte, war nicht groß, aber doch größer, als Angehörige seines Volkes gewöhnlich waren. Sein Schild war mit Gold eingelegt, und sein Helm war wie ein Kegel geformt, mit Straußenfedern daran, die im Wind flatterten. Zwischen den Backenstücken des Helms waren der schwarze Schnurrbart und das dunkle, böse Gesicht unverkennbar.

Nicolaas ließ die Hand sinken, hielt aber den Blick weiter auf die ferne, selbstherrliche Gestalt gerichtet. Vor ihm lag die Kriegsflotte des Bastards von Zypern, Jakob von Lusignan, ausgesandt einzig zu dem Zweck, Nicolaas und seine Kompanie abzufangen. Nur war Jakob nicht selbst mitgekommen. In kaltem Zorn – in verzeihlichem Zorn – hatte er damit den Emir Tzani-bey al-Ablak beauftragt.

Also bestand keine große Hoffnung mehr, es sei denn, er konnte entfliehen. Die Vorsichtsmaßnahme hatte nicht ausgereicht, und Zaccos Botschaft war eindeutig. *Ich habe dir das Leben geschenkt, und du hast mich verraten. So nimm denn hier dein Schicksal entgegen aus der Hand des Mannes, den du am meisten dafür hassen wirst.* Er erinnerte sich, daß Primaflora an Bord war. Und Katelina. Und Diniz. Er rief: «Wir müssen Sieger bleiben. John, wir müssen uns herauskämpfen.»

«Schaut noch einmal hin», erwiderte John le Grant.

Er hatte zuvor nur nach einem Mann Ausschau gehalten, jetzt sah er auch das Funkeln paralleler Rohre an Bord der Galeere. Es waren Kupferrohre, lang und schmal, und sie waren auf die Flanke der Kogge gerichtet. «Seht Ihr sie?» fuhr John le Grant fort. «Die andere Galeere ist auch damit ausgerüstet.»

Lomellini war zu ihrem Deck heraufgekommen. Als Nicolaas zu ihm hinuntersprang, spähte auch der Genuese aufmerksam zu dem feindlichen Schiff hinüber. Er nahm die Hände herunter, mit denen er die Augen abgeschirmt hatte. «Ja . . .»

«Rohre für griechisches Feuer», sagte Nicolaas. «Sie haben mit uns gespielt.»

«Es sieht ganz so aus», bestätigte John le Grant. «Ein paar Schüsse, um uns in Verwirrung zu stürzen. Jetzt brauchen sie nur eines von diesen Dingern abzufeuern, und dann haben sie uns.»

Astorre kam herauf. «Es sind Zaccos Mamelucken.»

«Ja», sagte Nicolaas. «Aber wir können nichts gegen sie machen. Sie haben griechisches Feuer. Diniz . . . Wo ist Diniz Vasquez?»

«Hinter Euch», sagte die Stimme des Jungen. Sie klang leise in all dem Lärm.

Nicolaas wandte sich um. «Deine Tante und die anderen Frauen sind in eine Kajüte eingeschlossen. Geh hinunter, schließ ihnen auf und bleib bei ihnen. Die Demoiselle Primaflora wird den Schlüssel haben. Thomas, Ihr geht zur Kajüte des Großkomturs und laßt den Ritter frei – bestellt ihm meine Entschuldigung. Messer Napoleone –» Er hielt inne. «Da – horcht.»

Von der ihnen am nächsten gelegenen Galeere her rief sie ein Mann an. Das Gesicht über dem Sprachrohr war kein ägyptisches, und die Botschaft, die in Stößen über das Wasser kam, war in bestem Französisch gehalten. «Hier spricht der Sprecher von Emir Tzani-bey al-Ablak, Befehlshaber der mameluckischen

Streitkräfte König Jakobs von Zypern. Ich rufe ein Schiff des Ordens der Johanniter an. Wer hat dort den Oberbefehl?»

Lomellini zögerte. Der rhodische Schiffsführer, das Horn in der Hand, kam auf ihn zugerannt. Der Genuese nahm ihm das Horn ab und hob es an den Mund. «Wir sind ein Schiff des Ordens der Ritter des heiligen Johannes. Wir haben den Großkomtur von Zypern, den Ritter Louis de Magnac, an Bord. Der Orden befindet sich mit dem Sultan von Kairo nicht im Krieg. Wir fordern, daß wir ohne Behinderung weiterfahren können.»

Der Wind dröhnte und heulte. Das Schiff knarrte, stieg mit jedem Wellenkamm empor, sank in jedes Wellental hinunter. An Bord war kein Laut zu vernehmen von den Seeleuten, Kriegern und Kaufleuten, während sie dastanden und sich bemühten, das Gleichgewicht nicht zu verlieren. Der feindliche Sprecher sagte: «Der König, für den der Emir spricht, hat keinen Streit mit dem Orden. Aber es ist dem König zu Ohren gekommen, daß Ihr Getreide und Schießpulver und Waffen zu denen hinschafft, die weiterhin die Landstriche seiner Schwester Carlotta gegen ihn in Besitz halten. Außerdem befördert Ihr eine Söldnerstreitmacht unter dem flandrischen Makler Niccolo von Venedig und Brügge. Seine Majestät wünscht den Ordensrittern nichts Übles, besteht aber auf seinem Recht, den Orden an einer Einmischung in einen Krieg zu hindern, der nicht seine Sache ist.

Demgemäß habe ich Euch zu sagen, daß Ihr und Euer Schiff Gefangene des Königs seid. Euch gegenüber sind Geschützrohre, die Euch in den Himmel schicken, ehe Ihr noch Zeit habt zu beten. Ihr werdet seiner Exzellenz dem Emir erlauben, an Bord zu kommen und einen seiner Männer ans Ruder zu stellen. Ihr werdet sodann zum königlichen Hafen von Salines gebracht. Wer frei von Arglist und Tücke ist, dem wird nichts geschehen, und er kann dort an Land gehen und seines Weges ziehen. Eure Fracht wird natürlich beschlagnahmt. Diejenigen, die gekommen sind, um für Gold die Waffen gegen König Jakob zu ergreifen, haben keine Gnade verdient und werden entsprechend bestraft. Ihr habt keine Hoffnung zu entrinnen. Beim ersten Anzeichen einer Widersetzlichkeit haben die Galeeren des

Königs den Befehl, Euch bis zum Wasser niederzubrennen, ganz gleich, wen oder was Ihr an Bord haben mögt. Habt Ihr verstanden?»

Louis de Magnac war gekommen. Er sah bleich aus. Er blickte Nicolaas an und ergriff dann das Sprachrohr und erwiderte: «Hier spricht der Großkomtur von Zypern. Ihr seid völlig im Irrtum. Wir haben nichts für Kyrenia geladen. Unsere Reise dient der Versorgung der Ritter von Kolossi. Wir verlangen freie Fahrt.»

Diesmal dauerte es eine Weile, bis die andere Stimme wieder ertönte, und als sie sprach, konnte man erkennen, daß eine Beratung stattgefunden hatte. «Habt Ihr nicht Niccolo van der Poele und hundert seiner Männer an Bord?»

Auf einen funkelnden Blick des Großkomturs antwortend, sagte Nicolaas rasch und ganz leise: «Wir sind auf der Heimfahrt.»

Der Großkomtur hob abermals das Sprachrohr an den Mund. «Ja, sie sind an Bord, aber sie sind auf der Heimfahrt. Sie stellen keine Bedrohung dar.»

Auf dem anderen Schiff wandte sich der Sprecher wieder zu dem Emir um. Dann bediente er sich erneut des Sprachrohrs. «Ihr seid weit von den Schiffahrtslinien entfernt, Großkomtur. Ihr werdet verzeihen, aber seine Exzellenz der Emir glaubt Euch nicht. Ihr fahrt nach Salines samt Eurem Söldnerführer. Sind sie erst an Land, werden er und seine Mitabenteurer den verdienten Lohn erhalten.»

Der Großkomtur, die Augen noch immer auf Nicolaas gerichtet, machte ein nicht mehr ganz so grimmiges Gesicht. Er entgegnete: «Ich kann nicht mehr sagen. Jetzt ist es an Messer Niccolo, seine Sache vorzutragen. Wir begeben uns nur unter Protest nach Salines und unter der Voraussetzung, daß dort alle anderen an Bord freigelassen werden. Es sind auch Frauen unter ihnen.»

«Wir werden sie ehrenvoll behandeln», sagte die Stimme von der Galeere herüber. Damit übersetzte sie wohl die Worte des Emirs, nicht aber, wie sich Nicolaas sagte, den Spott, der sich dahinter verbarg. Für Zaccos Maßregelungen, für den Zwang, den er sich anschließend Nicolaas gegenüber auferlegen mußte, wollte Tzani-bey jetzt Wiedergutmachung einfordern.

Das war das Ende des Gesprächs über das Wasser hinweg. Auf dem anderen Schiff schritt der Emir zur Brüstung, wo das Beiboot der Galeere herausgeschwenkt und heruntergelassen wurde. Auf der Kogge wandte sich Louis de Magnac zu Nicolaas um. «Ich könnte Euch an der Rahnock aufknüpfen lassen, und keiner im Orden würde mir einen Vorwurf daraus machen. Der Tod, dem Ihr nun entgegenseht, ist, fürchte ich, nicht unverdient. Die Königin wird auf Eure Dienste verzichten müssen, und ich kann nicht sagen, daß ich das bedaure.»

«Ich hatte auf Euer Verständnis gehofft», sagte Nicolaas. Er sprach ruhig, seinen Zorn unterdrückend. «Als Krieger im Dienst Königin Carlottas befand sich meine Kompanie in größerer Gefahr als alle anderen an Bord, und es war ihr Recht, freigelassen zu werden, um sich verteidigen zu können. Wenn wir jetzt wegen unserer Treuebindung allein sterben müssen, kann ich unser Ende weder als verdient noch als unehrenhaft betrachten. Doch darüber sollen andere urteilen. Jetzt ist das Schiff Euer, und wir sind es auch. Ich werde tun, was Ihr wünscht.»

«Was können Gefangene schon tun, außer den Mut von Kriegern an den Tag legen, die unter Zwang stehen? Meine Leute werden an Deck stehen und den Heiden erwarten. Wenn Ihr wollt, könnt Ihr Eure dazustellen. Und die Damen und die übrigen Reisenden sollten unten bleiben, wo sie jetzt sind.»

«Ihr wollt nicht doch noch Widerstand leisten?»

Unter dem silbrigen Haar wurde das angenehme Gesicht des Großkomturs zuerst bleich und dann rot. «Das würde zweifellos für Euch und Eure Leute einen schnelleren Tod bedeuten, aber einen beklagenswerten für unschuldige Reisegenossen. Sie werden nicht durchs Feuer umkommen, damit Euch die Folter erspart bleibt.»

«Mein Gedankengang war ein anderer», sagte Nicolaas. «Auch der Emir könnte zu der Ansicht kommen, der Tod durch das Feuer sei zu gnädig. Wenn Ihr Eure Geschütze auf ihn richtet, verzichtet er vielleicht auf sein ursprüngliches Vorhaben. Aber gewagt wäre es freilich.»

«So würde nur ein Irrer handeln», sagte Louis de Magnac. Und Nicolaas sagte sich, daß er wahrscheinlich recht hatte.

Schweigend stellten sie sich auf. Vorn standen die Seeleute, dahinter kamen die Krieger des Schiffes und hinter diesen Nicolaas' Truppe. Vor allen postierten sich der Großkomtur, der Stadtkommandant von Famagusta und der rhodische Kapitän, der ein ausdrucksloses Gesicht zur Schau stellte. Neben ihm standen Nicolaas und seine vier Amtsträger. Das feindliche Boot kämpfte sich über das Wasser, und sie sahen den Emir deutlich vorn im Bug, von seinem Umhang umwallt. Er sah hinauf zu Nicolaas. Nicolaas gab ihm den Blick zurück, ohne sich zu bewegen. Das Boot machte fest, und der Emir begann die Kajüttreppe hinaufzusteigen. Diniz Vasquez sagte: «Ist das der Mann, der Euch mißhandelt hat, ehe Ihr nach Kolossi kamt?»

Nicolaas wandte sich um. «Geh hinunter! Was machst du hier?»

«Ist er's?»

«Ja. Geh hinunter, Diniz, und bleib bei den anderen.»

Das Gesicht des Jungen war gerötet. «Aber Ihr sollt dafür bestraft werden, daß Ihr Euch nicht Zacco anschließt. Also seid Ihr der Mann der Königin. Sie haben alle an Euch gezweifelt.»

«Der Großkomtur tut das jetzt noch», sagte Nicolaas. «Diniz, du bist hier oben nicht sicher.»

«Warum?» sagte eine Stimme auf arabisch. «Einer Eurer entkräfteten Lustknaben wird mich kaum verlocken. Aber er ist hübsch. Macht er es gern afrikanisch?»

Der Emir war die Stufen hinaufgestiegen und stand jetzt vor ihnen allen an Deck. Der Mund mit dem schwarzen Schnurrbart war zu einem Grinsen verzogen, die dunklen Augen glänzten feucht. Nicolaas sagte: «Verschont ihn.»

Das Gesicht des Emirs veränderte sich kaum, aber der Mann hinter ihm trat vor und schwang seine mächtige Keule. Obschon Nicolaas den Arm hochwarf, trieb sie ihn aufs eine Knie hinunter. Er erhob sich wieder und setzte erneut sein harmloses

Lächeln auf. Seine Hand griff nach Astorres Arm. Thomas knurrte etwas. Der Emir stand da, den Kopf zur Seite geneigt. Dann sagte er: «Vielleicht genügt das fürs erste. Fürs weitere ziehe ich eine große Zuhörerschaft und festen Boden unter den Füßen vor. Wer ist der Narr, der hier den Oberbefehl hat? Dieser Tattergreis? Ah, ich erinnere mich.» Und dann ging er zu einem Französisch mit starkem Akzent über und begann seine Forderungen aufzuzählen.

Man gehorchte ihm. Hauptleute und Mannschaften schnallten ihre Rüstungen ab und legten ihre Waffen nieder. John le Grant sah schweigend mit an, wie die Geschütze eines nach dem anderen ihrer Munition beraubt und alle ihre Verteidigungsanlagen abgebaut wurden. Schließlich kam Tzani-bey zurück und trat vor den Großkomtur hin. «Und jetzt will ich Eure Fracht sehen und Eure Mitreisenden. Der Genuese kommt mit mir. Ihr, Messer Napoleone. Und unser armer junger Flame. Die Keule hat Euch den Kopf blutig geschlagen. Tut es weh? Ich werde bald dafür sorgen, daß Ihr den Schmerz vergeßt.»

«Ich soll mit Euch kommen?» sagte Nicolaas. Er sprach weiter arabisch.

Tzani-bey zeigte sich überrascht. «Natürlich. Habt Ihr keine Frauen dabei? Ich möchte sie sehen.»

Es war natürlich Primaflora, die er sehen wollte. Katelina auf ihrem Krankenbett würdigte er kaum eines Blicks. Die Kaufmannsgattinnen kreischten auf, als er ihre Kajüte betrat: er packte eine am Mieder und zog sie an sich, um sie zu mustern, und stieß sie wieder fort. Primaflora sah er ganz zuletzt, weil sie hinter den anderen saß und sich nicht gerührt hatte. Der Emir schob die anderen beiseite und stellte sich vor sie hin.

Sie sah auf. Nicolaas beobachtete, wie ihr Blick zuerst zu ihm ging und dann weiterwanderte und mit dem Ausdruck größter Langeweile auf dem Emir ruhen blieb. Sie war äußerst fein gekleidet und hatte ein kleines Klöppelkissen im Schoß liegen. «Oh, der Emir, der Frauen befingert. Darf ich mich für Euch auskleiden? Ich möchte nicht, daß meine Sachen zerrissen werden.»

Sein Lächeln verschwand. Der Mann mit der Keule bewegte sich. Tzani-bey sagte: «Nein, das ist nicht nötig. Ich habe alles gesehen.» Und er ging weiter.

In seinem Schlepptau löste sich Napoleone Lomellini aus der Gruppe und verneigte sich tief vor den Frauen. Nicolaas, der so langsam ging, wie er konnte, fand Primaflora an seiner Seite. Sie fragte rasch auf italienisch: «Was werden sie tun?»

«Euch und den anderen Reisenden und dem Schiff nichts. Die Fracht und mich und meine Kompanie werden sie mitnehmen. Wie sie es sehen, war ich im Begriff, für die Königin zu streiten.»

«Aber Ihr hattet doch keine Wahl, man hatte Euch gezwungen! Sagt ihm das doch! Sagt es ihm! Der Usurpator braucht Euch dringender als die Königin.»

«Ich glaube nicht, daß ich Tzani-bey davon überzeugen könnte», sagte Nicolaas. «Und wenn, dann würden der Orden und die Genuesen, fürchte ich, niemals dulden, daß ich von Bord dieses Schiffes gehe. Ihr seid meinetwegen hier, und das tut mir sehr leid. Geht zur Königin zurück. Sie wird Euch verzeihen. Irgendwo wartet schon ein angenehmer und reicher Mann, der glücklich zu machen ist.»

Er lächelte ihr noch zu, als er schon grob von ihr getrennt und an seinen Platz beim Emir gestoßen wurde. Als er sich noch einmal umblickte, sah er sie noch in der Tür zur Frauenkajüte stehen. Sie machte ein betroffenes, sogar ein wenig erschrecktes Gesicht.

Niemand sonst drängte ihn, seine Haut zu retten, indem er zu Zacco überging. Wenn sie dies für möglich hielten, würden der Orden und die Genuesen, wie er Primaflora gesagt hatte, niemals zulassen, daß er und seine Kompanie Salines lebend erreichten. Andererseits würde ihre Hinrichtung schnell vonstatten gehen, verglichen mit dem, was Tzani-bey für sie vorgesehen hatte. Er begann im Gehen nachzudenken. Salines. Wie konnte er sich und die anderen in Salines aus der Sache herauswinden? Oder würde der Emir sie in Salines festhalten? Er hatte von einer größeren Zuhörerschaft gesprochen für das, was immer geschehen mochte. Nun, sie würden es bald erfahren.

Der Rundgang war zu Ende. Lomellini wurde fortgeschickt, und Nicolaas hatte Zeit, sich zu fragen, warum der Genuese hatte mitkommen müssen und nicht der Großkomtur. Aber Zacco und der Orden in Kolossi hatten eine Art stillschweigendes Übereinkommen, während die Genuesen in Famagusta Zaccos unerbittliche Feinde waren. Dem Emir machte es gewiß Spaß, Lomellini seine Macht zu zeigen. Vielleicht ging er sogar noch ein wenig weiter. Zweifellos rechnete Lomellini damit. Er ließ sich jedoch keinerlei Furcht anmerken, als er sich von Nicolaas verabschiedete und wieder seine tiefe Verneigung darbot. «Famagusta hätte Eure Hilfe gut gebrauchen können. Ich bedaure, was geschehen ist. Ich werde an zuständiger Stelle von Eurem Verhalten berichten.»

«Ich hoffe, Ihr habt Gelegenheit dazu, Ser Napoleone», sagte Nicolaas. Dann wurde er gleichfalls abgeführt.

Und jetzt war er endlich unter Freunden, denn sie steckten ihn in die fensterlose Abteilung unten im Laderaum, in der sie schon Astorre und alle anderen eingesperrt hatten. Er entnahm dies den Stimmen, die er hörte, denn Lampen oder Kerzen gab es nicht. «So, so», sagte Tobie. «Ja, sie haben uns die Lichter abgenommen, damit wir das Schiff nicht in Brand stecken, sonst könntet Ihr sehen, wie glücklich wir sind. Was war das alles mit diesen Vorsichtsmaßnahmen?»

«Das ist alles eine Probe», sagte Nicolaas. «Wir bekommen zwei Tage Zeit, um den Koran zu lernen, Loppe wird zum Muezzin gemacht, und jedem richten sie seinen eigenen Harem ein. Gibt es was zu essen?» Das war keine gespielte Unbekümmertheit. Die Gefahr hatte ihn hungrig gemacht.

«Noch nicht», sagte Astorre. «Aber stecken wir mal die Köpfe zusammen. Ihr habt Zacco versichert, Ihr würdet ihm oder keinem dienen. Zacco hat gesagt, wenn Ihr uns als Helfer der Königin herüberbringt, sorgt er dafür, daß wir abgefangen und getötet werden. Ihr dachtet, er tut's vielleicht nicht. Sieht aber so aus, als würde er's doch tun.»

«Scheint so.»

«Scheint so? Er hat uns und die Leute der Königin tatsächlich abgefangen. Er hat uns die Mamelucken mit ihren verdammten Feuerkanonen auf den Hals gehetzt. Er hat uns diesen Emir geschickt, der nicht Euer größter Bewunderer ist. Und wir haben Drohungen und Mißhandlungen über uns ergehen lassen, offene und versteckte. Alles in allem läßt das nur einen Schluß zu: König Zacco ist auf unser Blut aus. Auf Eures und auf unseres. Hab ich recht?»

«Ich glaube schon», meinte Tobie. «Ich beklage mich nicht. Oder doch nicht mehr als gewöhnlich. Wir wußten, daß es ein gewagtes Spiel war, und anders hätten wir Rhodos nicht verlassen können. Also was jetzt? Wie lange bleiben wir hier auf See?»

Er sprach recht laut gegen das Quietschen und Knarren des Schiffes an, weil das etwas war, das alle Männer hören sollten. Immer wenn Nicolaas nahe daran war, Tobie den Hals herumzudrehen, erinnerte er sich daran, was für ein guter Arzt er war. Jetzt sagte Nicolaas: «Einen Tag. Höchstens zwei. Der Hafen ist unten im Süden. Danach kommt es darauf an, ob der Emir oder Zacco für unser weiteres Schicksal sorgt. Der Emir sehnt sich danach, seinen Leidenschaften freien Lauf zu lassen, wie Ihr gesehen habt.»

«Ein übler Kerl», sagte Hauptmann Astorre. «Ich habe gegen einige von seiner Art gekämpft. Und Ihr auch, John, wie? Warum brechen wir nicht aus und nehmen die Mamelucken als Geiseln? Vielleicht denkt auch der Großkomtur daran, wenn wir es nicht können.»

«Ich hoffe, er denkt nicht daran», sagte Nicolaas. «Der Emir wird inzwischen wieder auf seinem Schiff sein, und ich bin sicher, seine Worte waren ernst gemeint. Wenn wir einen falschen Schritt tun, schießen uns die Männer auf diesen zwei Galeeren in Brand, ganz gleich, wer an Bord ist. Die Krieger des Emirs wandern schnurstracks ins Paradies, und der himmlische Hof wird zu König Zaccos großem Kummer auch den Stadtkommandanten von Famagusta und eine Anzahl von Carlottas höheren Amtspersonen aufnehmen.»

«Dann spazieren wir also einfach an Land, unserem Schicksal

entgegen?» fragte Tobie. «Und die anderen? Der Junge? Sie glauben, er gehört zu Euch. Das wird ihn nicht retten.»

«Kommt darauf an, wovor Ihr ihn retten wollt», erwiderte Nicolaas. «Ich frage mich, was Simon sagen würde. Lieber Tod als Ehrlosigkeit?»

«Wahrscheinlich», meinte Tobie, «wenn er die Gelegenheit hätte. Ich für meine Person fühle mich eher zur Ehrlosigkeit hingezogen.»

«Ihr seid zweiunddreißig Jahre alt», hielt ihm Nicolaas entgegen. «Senil, kahlköpfig – und Ihr redet zuviel. Ihr seid über die Ehrlosigkeit hinaus. Denkt lieber einmal ans Überleben. Wenn wir in Salines landen, gibt es drei Möglichkeiten. Nehmen wir uns die mal vor.»

Er spürte, wie Hoffnung aufkam. Er versuchte sich selbst Hoffnung zu machen. Es war nur ein Spiel. Es ging nur darum, sich den nächsten Zug auszudenken. Sich auszudenken, was man tun würde, wenn man jemanden so sehr haßte, wie Tzani-bey Niccolo van der Poele haßte. Und umgekehrt, natürlich.

Kapitel 22

Vierundzwanzig Stunden später und noch immer mit heiler Haut traf Nicolaas' Söldnertruppe im Hafen von Salines auf Zypern ein. Sie hatten unterwegs zu essen bekommen, aber kein Licht, und sie hatten den letzten Teil der Reise größtenteils schlafend verbracht. Die Mamelucken, die sie ans blendende Tageslicht heraufholten, hatten Keulen zur Hand und beantworteten keine Fragen. Von den Frauen und den Kaufleuten war nichts zu sehen. Andererseits sprach auch nichts von Verzweiflung oder Verwirrung. Der rhodische Kapitän, der sich noch immer unter

Bewachung im Heck aufhielt, zeigte sich beim Anblick von Nicolaas erleichtert und schien durch ein kleines Zeichen zu verstehen zu geben, daß bis jetzt nichts Schlimmes geschehen war. Und dann standen Nicolaas und Astorre und alle anderen vor Kälte zitternd an der Brustwehr und konnten schauen, was sich ihnen dort bot.

Der Salzsee, der Salines seinen Namen gegeben hatte, war von dem einzigen Zacco verbliebenen südöstlichen Hafen aus nicht zu sehen. Unterhalb einer Reihe nicht weiter bemerkenswerter Berge erhob sich jäh eine kleinere Anhöhe mit den Überresten einer Akropolis darauf, und unterhalb der Anhöhe sah man die drei Kuppeln der Kirche neben den niedrigen Dächern eines schlichten Hospizes und den Ruinen eines Turms. Ein zweigeschossiges Gebäude ein Stück weiter weg mochte eine Taverne, ein Amtshaus oder beides sein. Daneben war ein Gewirr von Hütten von der Art, wie sie von Lastenträgern, Bootsführern und Fischern bewohnt wurden. Ein Weg führte über das von einzelnen Palmen bestandene flache Land bis zum Strand, wo man zwei Lagerhäuser und eine kurze hölzerne Landungsbrükke errichtet hatte. Auf dem groben Sand lagen einige Boote.

Da die Genuesen Famagusta besetzt hielten, hatte der König keine richtigen Häfen außer Salines und Limassol und überhaupt keinen, in dem ein Schiff bei jedem Wind liegen konnte. Dennoch hätte man meinen sollen, er werde das, worüber er verfügte, auszubauen versuchen. John le Grant sagte: «Die Sarazenen haben vor vierzig Jahren alle diese Küsten durch Feuer verwüstet, und sie haben inzwischen viele Landungen erlebt. Alle brauchbaren Häuser und der Markt sind hinter dieser Anhöhe da drüben bei Aliki. Dort ist man vor Überfällen eher geschützt.»

John le Grant war mit Zypern vertraut, die anderen wußten weniger von ihm als Nicolaas. Dennoch hatten sie sich im Bewußtsein des Wagnisses freiwillig für diesen Dienst entschieden. Die Gefahr war in den zwei großen Galeeren verkörpert, die jetzt neben ihnen ankerten. Von der einen war schon ein Beiboot zum Land gerudert. In der kalten, klaren Luft konnte Nicolaas die prächtige Kleidung des Emirs vorn im Bug erkennen, und an Land kam eine Kavalkade näher, und Bewaffnete saßen ab, um ihn zu begrüßen. Astorre mit seinem einen Auge sagte: «Seht Ihr diesen Trupp da? Hat das Banner der Lusignans dabei. Ein schlanker, dunkelhäutiger Bursche an der Spitze. Könnte das der König sein?»

«Nein», sagte Nicolaas. Er erinnerte sich an den Sizilianer Rizzo di Marino und das stille Schlafgemach des Königs in Nikosia und daran, daß er damals vom Aufenthalt seiner Streitmacht auf Rhodos erfahren hatte. Damals hatte er geglaubt, di Marino mißtraue ihm. «Es könnte ein Adliger sein, der Befehle überbringt.»

«Zum Beispiel, ob sie uns die Leber sofort herausreißen oder bis zum Abendessen damit warten sollen?» sagte Tobie.

«So ungefähr», erwiderte Nicolaas. Er lauschte einem Trompetenstoß vom Ufer her. Es war ein Signal gewesen. Männer rannten los. Unmittelbar darauf wurde das Boot ihres Schiffes zu Wasser gelassen, und Nicolaas und seine Amtsträger wurden die Bordtreppe hinuntergeschoben und mußten es besteigen. Während ihr Boot auf das Land zuhielt, nahm ein zweites Boot den Platz am Fallreep ein, und man sah, wie Astorres Krieger Anstalten machten, zu ihm hinunterzusteigen. Tobie sagte: «Nun, er hält sein Wort, dieser kecke Räuberkönig. Er hat gesagt, er werde dafür sorgen, daß wir es bereuen, wenn wir für die Königin kämpfen, und er hat nicht nur Euch und mich gemeint. Wo hat er denn seine Höhle? In Nikosia?»

Sie waren jetzt dem Ufer schon recht nah. Auf der Landungsbrücke stand der Emir Tzani-bey neben einer Reihe von Pferden und Männern in metallener Rüstung; der Ritter Rizzo di Marino, wenn es sich denn um ihn gehandelt hatte, war nicht mehr dabei. John le Grant sagte: «Sie werden uns irgendwo in der Nähe unterbringen, fürs erste. Vielleicht auch fürs letzte. Die Lusignans haben da ein Haus in Aradippou. Dann ist da das Kloster St. Georg. Oder das halb zerfallene Schloß in Kiti, das der Bastard einem Anhänger seiner Schwester weggenommen hat. Dort können wir die Nacht verbringen.»

«Das möchte ich lieber nicht», sagte Tobie. «Und wenn das Salines ist, will ich nichts von seinem Salz auf meinem nächsten Ei haben. Was ist das für eine Kirche?»

«Sie ist nach Lazarus genannt. Er hatte sich nach der Auferstehung von den Toten hier angesiedelt.»

«Gut», sagte Tobie. «Hat er Aufzeichnungen hinterlassen?»

Nicolaas war noch nie zuvor in Salines gewesen. Er war überhaupt auf Zypern nirgendwo anders gewesen als am Kap der Katzen, wohin ihn die Venezianer gebracht hatten, und im benachbarten Gebiet von Kolossi. Und natürlich in Nikosia, wo er einem jungen Mann namens Zacco versprochen hatte, ihm zu dienen oder sich aus dem Kampf herauszuhalten. Er vermutete, daß John le Grant von ihnen allen derjenige war, der wußte, wie man Zacco einschätzen mußte.

Da stieß das Boot an die Landungsbrücke, und Nicolaas begegnete dem Blick des Emirs. Der Mameluckenumhang rauschte, und sein Helmbusch fauchte wie ein Blasebalg. Der Emir sagte: «Glaubt Ihr hier den Tod zu finden? Ich bin nicht gierig. Man sollte ein Bankett genießen. Ihr reitet mit mir nach Kiti.»

«Und die Männer?» fragte Nicolaas. Die Landungsbrücke schien zu schwanken wie das Meer, als er auf ihr stand.

«Sie marschieren zu Fuß dorthin», sagte der Emir. «Für sie besteht keine Eile. Für sie wird auf ganz einfache Weise gesorgt.» Unter dem Umhang trug er über seinem Panzerhemd einen islamischen Mantel. Die spielerische Drohung in seinem Gebaren wirkte fremdartig und eisig zugleich.

«Ich bleibe lieber bei meinen Kriegern.»

Der Emir musterte ihn. «Man meldet Wünsche an? Es sind nur vier Meilen bis zum Schloß. Euer Hauptmann schafft das mit Euren hundert Leuten gut zu Fuß. Wir haben Reittiere für Euch und Eure Gefährten. Euren Arzt. Euren Geschützmeister. Eure reizende Mätresse. Euren köstlichen Lustknaben.» Er grinste höhnisch zwischen den Backenstücken seines Helms.

Nicolaas sagte: «Habe ich Euch mißverstanden? Die Kaufleute und die Frauen gehen frei aus?»

«O ja», erwiderte Tzani-bey. «Die Kaufleute und ihr Viehzeug bleiben an Bord und gehen später an Land. Nur die Auserwählten sind nach Kiti eingeladen. Ihr und Eure Kompanie aus Gründen, die Euch bekannt sind, und die übrigen als Zuschauer. Jede Urteilsvollstreckung bedarf der Zeugen, nicht wahr?»

«Auszuführen durch Euch, erhabener Emir?» sagte Nicolaas. Hinter ihnen traf ein zweites Boot ein.

«Durch mich? Natürlich hätte ich nichts dagegen, aber wenn ein Unrecht begangen wurde, ist es üblich, daß der Geschädigte sich selbst seine Genugtuung verschafft. Nein, ich bin nicht Euer Scharfrichter. Ich habe den Befehl, Euch nach Kiti zu bringen. Dort wartet König Jakob auf Euch. Auf Euch, Eure Männer und Eure Reisegefährten.»

Sein Blick, der voller Bosheit war, bohrte sich in Nicolaas' Augen und ging dann zu dem Boot hin, das gerade die Landungsbrücke erreicht hatte. Nicolaas drehte sich um. In ihm saß, stocksteif und mit finsterem Gesicht, der Großkomtur von Zypern mit Napoleone Lomellini an seiner Seite. Im vorderen Teil des Boots lag Katelina van Borselen. Primaflora kniete neben ihr und gab ihr ein wenig Halt. Bei ihnen waren mit bleichen, angstvollen Gesichtern ihre Zofe und ihr junger Neffe Diniz.

Nicolaas kehrte sich wieder zu Tzani-bey um und sagte auf arabisch: «Ihr überschreitet den Rahmen Eures Befehls. Der König, Euer *ustadh*, hat mit diesen Frauen nichts zu schaffen. Und die eine ist krank.»

«Könnt Ihr von Salines aus die Gedanken meines Herrn lesen?» erwiderte der Emir. «Er hat von der geschminkten Frau Primaflora erfahren. Und sagtet Ihr nicht einmal, sie gehöre ihm? Und die andere muß, wie Ihr seht, an Land gebracht werden. Die Reise unter Deck ist ihr nicht bekommen.»

«Aber wenn sie wieder gesund ist? Katelina van Borselen ist die Gemahlin eines Kaufherrn und mit Fürsten verwandt. Der König wäre schlecht beraten, wenn er ihr einen Schimpf antäte.»

«Was das betrifft», sagte der Emir, «wird der König zweifellos selbst eine Entscheidung treffen. Wenn sie eine so hochgestellte

Person ist, wäre sie zweifellos eine lohnende Geisel. Inzwischen wird sich das Hospiz St. Lazarus ihrer annehmen. Der Junge und die andere Frau werden in Kiti erwartet. Wollt Ihr, ein toter Mann, dem widersprechen?»

Nicolaas schwieg. Seine Fesseln schnitten ein, als er mit Tobie und John zu den Pferden gestoßen wurde. Lomellini und de Magnac saßen auch auf. Während sich ihr Zug noch bildete, wurde Katelina an Land gehoben. Man trug sie auf einer Bahre an Nicolaas vorbei, begleitet von ihrer Zofe. Die Kranke schlug die Augen auf. Nicolaas sagte: «Werdet bald gesund. Wir sind ganz in der Nähe.»

Ihre Lippen waren weiß. Sie sagte, kaum atmend: «Ihr droht mir?»

Ehe er etwas erwidern konnte, war die Bahre schon fort. Primaflora sagte: «Laßt sie. Die Nonnen werden sie versorgen. Wollt Ihr Euch um diesen törichten Jungen kümmern?» Sie stand noch neben ihrem Pferd und blickte sich nach hinten um, wo es zu einem Handgemenge gekommen war. Man sah den hutlosen Kopf und die wedelnden Arme von Diniz Vasquez, der sich nicht davon abhalten lassen wollte, der Bahre zu folgen. Ehe Nicolaas eingreifen konnte, wurde eine eiserne Faust erhoben, und der Junge stürzte bewußtlos hin. «Ich habe schon manchmal gedacht, daß Gewalt in dieser Familie mehr überzeugt als Worte», sagte Primaflora. «Jetzt werden sie ihn auf seinem Pferd festbinden müssen. Wohin bringen sie uns?»

«Zu einem Schloß der Lusignans in Kiti, nicht weit von hier. Dort ist der König. Habt keine Angst.» Nicolaas bemühte sich um einen sorglosen, beruhigenden Ton.

Ihr Gesicht rötete sich. «Angst! Der König wird einer Kurtisane nichts tun. Schlimmstenfalls benutzt er mich dazu, seine Schwester zu verhöhnen. Aber Ihr! Was werdet Ihr tun? Was Ihr auch vorbringt, Lomellini und de Magnac werden schwören, daß Ihr für Carlotta zu kämpfen gedachtet. Sie werden Euch keine Gelegenheit geben, auf Zaccos Seite überzuwechseln. Ihr müßt fliehen.»

«Und meine Männer?» gab Nicolaas zurück. Ihr Zug hatte

sich in Bewegung gesetzt. Er sah, wie der Emir den Kopf umwandte und sich auf seinem Pferd näherte.

«An Euch denke ich vor allem», fuhr sie fort. Nach einer kurzen Pause setzte sie hinzu: «Würde man sie töten? Ich sehe, Ihr glaubt das. Und natürlich wollt Ihr sie nicht im Stich lassen.»

«Keiner von uns kann gehen», sagte Nicolaas. «Wer auch immer flieht, die anderen würden bestraft werden.»

«Also?» sagte sie. Der Emir war inzwischen bei ihr und hatte ihre Zügel ergriffen.

«Ich weiß es nicht», sagte Nicolaas. Er hatte keine Gelegenheit, etwas Tröstliches zu sagen, selbst wenn ihm die rechten Worte eingefallen wären. Der Emir führte sie fort, und er ritt stumm seiner Begegnung mit Zacco entgegen.

Sie waren kaum zwei Stunden eingekerkert, da hatte Tobie schon fünfmal die Latrine aufgesucht, und selbst der zähe Astorre ging inzwischen in ihrer Zelle auf und ab, einem Gelaß, das für sechs Personen viel zu klein war.

Bei ihrer Ankunft im Palast von Kiti war es schon dunkel gewesen. Selbst Nicolaas, Tobie und John, die als erste abgesessen waren, hatten wenig mehr gesehen als eine Bohlenbrücke, einen kleinen Hof und ein mehrgeschossiges dunkles Gebäude. Man sank in dem schlammigen Boden ein, was Tobie zu der Bemerkung veranlaßte, Noahs Urenkel, nach dem der Ort genannt war, könnte es ratsam erschienen sein, die Arche mitzubringen. Diniz Vasquez, der als vierter eintraf, hatte überhaupt nichts gesehen, da er, halb bewußtlos, noch an sein Pferd gefesselt gewesen war. Diniz teilte ihr kleines Gelaß. Wo man Primaflora, den Großkomtur und den Genuesen hingebracht hatte, wußte keiner von ihnen.

Als ihre hundert Krieger ankamen, war hinter dahinjagenden Wolken der Mond aufgegangen. Die Nachricht von ihrer Ankunft brachten Astorre und Thomas mit, die zu ihnen gesperrt wurden. Diniz war inzwischen wach geworden und, wenn auch noch blaß, genügend wiederhergestellt, um sich zu wehren, als bewaffnete Männer hereinstürzten und sie wortlos zu einem Badehaus trieben.

Der Bastard schien, wie Tobie bemerkte, eigenartigerweise Wert darauf zu legen, daß sie in gereinigtem Zustand vor ihren Schöpfer hintraten. Als Kriegsleute fanden sie im Gegensatz zu Diniz nichts dabei, entkleidet und in heißes Wasser geworfen zu werden. Als sie herauskamen, erhielten sie saubere Unterhosen und sonst nichts. Dann wurden sie in ihr Gelaß zurückgeführt, das einmal ein Aufbewahrungsort für Wertgegenstände gewesen war und wohl über vergitterte Fenster und Türen, aber über keine Bequemlichkeiten außer einem Kohlebecken verfügte. «Wenn Nicolaas reden könnte, dann könnte er uns natürlich sagen, was wir von diesem Zacco zu erwarten haben», meinte John le Grant.

Nicolaas, der mit seiner guten Laune gewöhnlich eine ganze Trauergesellschaft in ausgelassene Stimmung versetzen konnte, war seit ihrer Ankunft in Salines erstaunlich wortkarg. Unterwegs hatten sie kaum reden dürfen, und inzwischen hatte er nur, die Arme um die Knie geschlungen, in sich gekehrt dagesessen. Diniz, der außer mit einem schmerzenden Kopf auch noch mit Gefühlen der Angst und Unzulänglichkeit zu kämpfen hatte, begehrte gegen die Lage auf, in der sie sich befanden. Nachdem er eine Zeitlang auf und ab gegangen war, blieb er plötzlich mit verschränkten Armen vor Nicolaas stehen. «Sie war krank, und Ihr habt nichts für sie getan! Ihr habt Eure eigene Frau mitgenommen und sie im Stich gelassen!»

«Du hast alles getan, was du konntest», erwiderte Nicolaas. «Deine Tante hätte nicht mit uns reiten können. Sie können hier nichts mit ihr anfangen, Diniz. Sie werden sie gehen lassen. Die Mönche werden dafür sorgen.»

«Wer ernährt die Mönche und schützt sie?» fragte der junge Portugiese.

«Der Gott des heiligen Lazarus, nehme ich an», sagte Nicolaas. «Im übrigen wirst du dich auf mich verlassen müssen. Ich werde deine Tante beschützen, so gut ich kann.»

«Wie Ihr meinen Vater beschützt habt», entgegnete Diniz.

«Bei dir ist es mir gelungen. Laß mich nur noch eines sagen. Ich bin dem König schon begegnet. Wenn er uns ruft, so laß mich sprechen. Wenn ich fertig bin, dann sag, was du willst, wenn du nicht zufrieden bist.»

«Warum sollte er mich anhören, wenn er gehört hat, was Ihr zu sagen habt?» fragte Diniz.

«Warum?» erwiderte Nicolaas. «Weil er Augen hat, wie der Mamelucke.»

Alle schwiegen. Der Junge zuckte zurück und schlug die Augen nieder. Astorre hüstelte. Du Bursche, dachte Tobie. Wie willst du das wissen? Wie willst du wissen, wie du deinen Willen bekommst? Thomas in der Ecke runzelte die Stirn wie immer, wenn etwas über seinen Verstand ging. Nur John le Grant sah Nicolaas weiter an, und Nicolaas, der diesen Blick spürte, hob den Kopf und gab ihn zurück. Der Geschützmeister sagte: «Jemand kommt, um uns abzuholen.»

Die zwei Krieger sprangen sofort auf: Astorre mit seinen runzligen Narben, Thomas mit seinem Haarteppich vom Hals bis zum Nabel. Tobie, rosig wie Marzipan und mit einem Haarflaum, von dem träge Tränen tropften, war etwas langsamer. Le Grant wartete, bis Nicolaas sich rührte, und erhob sich dann im gleichen Augenblick. Und mit ihnen beiden erhob sich zwangsläufig Diniz, den Nicolaas unterm Ellenbogen packte.

Die Tür ging auf, und man sah ein Blitzen von Waffen, aber herein kamen nur Kleider, herangeschafft von Gestalten, von denen man zunächst nur die Beine sah: Hemden und Wämser, Strumpfhosen und Pantoffelschuhe, Hüte und Roben. Die letzte Gestalt, die sich näherte, war ein Mann in den Gewändern eines Kammerherrn. Er sagte: «Das Hohe Gericht verlangt, daß alle Anwesenden angemessen gekleidet sind. Haltet Euch bereit für den Aufruf.»

Eine passende Bemerkung stieg in Tobies Kehle hoch und verdunstete auf einen Blick von Nicolaas hin. Nein. Wenn der König Marionetten wünschte, sollte er sie haben. Aber wenigstens würde er Marionetten mit Stimmen bekommen.

Sie kleideten sich bei sarkastischen Witzen an, Kleidungsstükke gegen andere austauschend, die besser saßen. Nicolaas, der größte von ihnen, erwischte einen Überwurf, der eigens für ihn hätte gemacht sein können. Aber schließlich kannte der König ja auch Nicolaas. Deshalb waren sie alle hier. Tobie sagte: «Ich brauche . . .»

«Keine Zeit mehr», fiel ihm Astorre ins Wort. «Da kommen sie schon.»

Als diesmal die Tür aufging, sah man nur Krieger: ein Spalier den Gang entlang und eine Treppe hinauf, wo Wandleuchter flackerten. An ihrer Spitze war der Mameluckenemir. Er sagte lächelnd: «Jetzt ist die festgesetzte Zeit. Der König wartet. Ihr werdet folgen.»

Sie hatten nicht weit zu gehen. Das Schloß war einst größer gewesen, und die Erneuerungsarbeiten waren in aller Eile und für wenig Geld ausgeführt worden. Sie kamen an geschwärzten Wänden vorüber, wo der Wind irgendwo durch Ritzen fauchte und heulte, und die Fackelflammen fingen ihren Atem ein und brannten gelb und wellig. Einmal tat sich zu ihren Füßen schwarz eine Lücke auf, durch ein Geländer gesichert. Aber die Saaltür, zu der sie gelangten, war unversehrt, wenn auch die Balken Sprünge hatten und das Wappen zerkratzt war. Tzanibey schlug an die Tür, und die beiden Flügel gingen auf. Blendendes Licht fiel auf Nicolaas, und er hielt verwirrt inne.

«Ihr zögert?» sagte der Emir. «Hört wohl das Geräusch der Säge, der Zange in der Glut? Nur Mut. Denkt an Eure Männer. Tretet tapfer Eurem Schicksal gegenüber.» Er hatte arabisch gesprochen. Noch immer lächelnd schritt er an Nicolaas vorbei über die Schwelle, nahm auf einem türkischen Teppich Aufstellung und verneigte sich. «Majestät – Niccolo van der Poele, Ritter vom Schwert Carlottas, und seine Söldner.»

Es war zu spät, um sich von Boshaftigkeit berühren zu lassen. Es war zu spät für irgend etwas, worauf er zählen konnte, und ganz gewiß zu spät, um sich an den Augenblick zu erinnern, als er sich geschworen hatte, keiner Gemeinschaft mehr anzugehören. Als er sich gesagt hatte, er verfüge jetzt über ein

Arsenal von – von was? – *von Eröffnungszügen in einem perfekten Kriegsspiel.*

Er trat in einen kleinen Saal, der zwar sein Balkenwerk eingebüßt hatte, dessen strahlende Lichter aber auf teure Wandbehänge und den leuchtenden Samt und die glänzende Seide der Höflinge fielen, die sich zu beiden Seiten aufgestellt hatten. Einige kannte er mit Namen. Da war Rizzo di Marino, der als sein Vorbote vorausgeritten war und noch immer den Umhang von Salines trug. Neben ihm stand ein Mann im Erzbischofsornat: Wilhelm Goneme, des Königs listiger zyprischer Ratgeber. Und dort war Conella Morabit, der andere sizilianische Ritter. Und dann Männer, von denen die Venezianer ihm erzählt hatten: Zaplana und Galimberto, Salviati und Costanzo. Und zu Füßen des Throns sogar der Page Jorgin, der ihm geholfen hatte, seine Wunden zu pflegen damals, als er auf Zaccos Befehl zum erstenmal in mameluckische Hände geraten war. Ohne den Blick zu erheben, legte er die geforderte Anzahl von Schritten zurück und blieb dann vor dem Thron stehen, indes auch seine Freunde hinter ihm anhielten. Er hörte, wie einem – le Grant oder Tobie – der Atem stockte. Diniz, in Astorres Schatten, blieb stumm.

Nicolaas blickte zum König auf, und die Augen, die er in Erinnerung hatte, sahen in die seinen.

Er hatte keinen seiner Gefährten auf die Schönheit vorbereitet, die sie auf dem holzgeschnitzten Thron auf seinem Podium erblicken würden. Gleich ihm sahen sie auf zu einem strahlenden König in der Blüte seiner Jugend, die herrliche Gestalt in Zobel, Samt und Gold gehüllt. Das braune, unbekümmerte Haar war jetzt unter einem Hut gebändigt. Neben dessen herabfallendem Schleiertuch, das mit einer Rubinnadel befestigt war, bewahrte die zarte Haut die Röte des Hochsommers, und die Wärme des Herbstes trat in den hellen nußfarbenen Augen zutage. Trat zutage und erstarb dann. Jakob von Lusignan sagte: «Kniet nieder.»

Er sah Nicolaas nicht an. Nach einem Augenblick des Zögerns ging neben ihm der Emir Tzani-bey auf das eine Knie hinunter. Sein Gesicht war ausdruckslos.

Der König wandte den Blick wieder Nicolaas zu und fragte ihn: «Seid Ihr mißhandelt worden?»

Nicolaas sah Tzani-bey an. «Nein, Majestät.» Er hörte, wie Diniz hinter ihm eine jähe Bewegung machte und sah aus dem Augenwinkel heraus, wie Astorre den Jungen am Arm packte.

Das sonnengebräunte Gesicht des Königs veränderte sich nicht. Der König sagte: «Aber Eure Augen sprechen: *Noch nicht.*»

Nicolaas zögerte. Dann sagte er: «Und mein Verstand auch, Majestät. Wir brachen auf, um Euch zu dienen, und uns wurden Folter und Tod angekündigt. Ich bitte einen Mamelucken nicht um mein Leben. Ich möchte es, zusammen mit meiner Schilderung, dem König zu Füßen legen.»

Alle schwiegen. Langsam wandte der König den Kopf, und seine Brauen gingen in die Höhe. Da erhob der knieende Emir die Stimme. «Majestät, solange sie auf dem Schiff waren, blieben sie gebunden. Ihr hattet es so verfügt. An Land dann wurden ihre Fesseln gelöst. Ihr hattet es so gefordert. Sie wurden untergebracht, gebadet und gekleidet. Mehr hattet Ihr nicht verlangt.»

«Nun», sagte der König, «kennt Ihr nicht meine Absichten, auch von so weit fort wie Salines? Ihr sagt, Ihr habt meine Anweisungen befolgt. Haben wir Euch angewiesen, ihnen vor meinem Zorn angst zu machen?»

Das Gesicht des Emirs stellte Demut zur Schau. «Messer Niccolo van der Poele, Majestät, steht an der Spitze einer beträchtlichen Streitmacht. Hätte man ihm keine Zügel angelegt, hätte er uns vielleicht angegriffen. Außerdem hätten sich die Männer der Königin auf dem Schiff gegen ihn gewandt, wenn ich nachsichtig gewesen wäre. Es ging Euch vor allem darum, daß er bei guter Gesundheit zu Euch gebracht wird.»

Der König hob den Blick und ließ ihn auf Nicolaas ruhen. «Wir sehen», sagte er, «daß er eine selbstzugefügte Wunde am Kopf hat. Sollen Wir uns um eine Bestätigung bemühen? Wie Wir hören, ist Messer Napoleone Lomellini im Schloß. Man hole ihn.»

Ein Dienstbote ging hinaus. Auf den Saal senkte sich völlige

Stille herab. Der König ließ den Blick über die Fremden wandern, die vor ihm standen. Er gab dem Emir nicht die Erlaubnis, sich wieder zu erheben, und er sah nicht wieder zu Nicolaas hin. Es entstand eine Pause. Dann trat der breitschultrige Genuese ein, der wieder die prächtigen Kleider und Ringe seines Landanzugs trug. Er schritt in steifer Haltung näher und verneigte sich.

«Messer Napoleone», sagte der König mit sanfter Stimme. «Wir sind uns schon begegnet. Ihr habt vielleicht gehört, daß Wir nicht immer Milde walten lassen, aber doch versuchen, gerecht zu sein. Ihr seid der Kommandant von Famagusta, einer Stadt, die sich in Waffen gegen uns stellt. Befändet Ihr Euch nicht in Unserer Gewalt, würdet Ihr zweifellos in diese Stadt zurückkehren und sogleich Euren Widerstandsfeldzug gegen Uns fortsetzen. Trifft das zu?»

«Ich bin Bürger von Genua», antwortete Lomellini. «Und Famagusta gehört der Republik. Ja, ich würde, erst wieder frei, zu meiner Pflicht zurückkehren.»

«Wir hatten nichts anderes erwartet. Es ist kein Posten, den Wir Uns aussuchen würden, in den kommenden Monaten. Wir tun Euch keinen großen Gefallen, wenn Wir Euch sagen, daß Ihr gegen ein gewisses Entgelt auf ihn zurückkehren könnt. Ihr seid hier als Gefangener, Messer Napoleone, und es ist Brauch, daß Gefangene sich ihre Freiheit erkaufen. Wir verlangen von Euch oder Eurer Republik einen Betrag, der dem doppelten Kaufpreis eines gesunden, ausgebildeten Mamelucken entspricht. Der Herr Emir wird Uns den derzeit üblichen Preis nennen können. Ist er bezahlt, könnt Ihr jeden Ort Eurer Wahl aufsuchen, auch die Stadt Famagusta. Ist das genehm?»

Der Stadtkommandant war errötet. «Seine Majestät ist großmütig. Ich nehme dankend an.»

«Sind Wir großmütig?» erwiderte der König. «Wir glauben, Ihr werdet es noch bezweifeln. Doch nun zu etwas anderem. Ihr seht hier Messer Niccolo und seine Männer?»

«Ja.» Lomellini runzelte die Stirn.

Der junge Mann schien es sich genüßlich auf dem Thron bequem zu machen. «Messer Niccolo und seine Krieger waren auf Rhodos. Und jetzt waren sie auf dem Weg nach Kyrenia, wo sie für Unsere Schwester kämpfen sollten. Stimmt das?»

«Ja», sagte Lomellini.

«Ihr müßt lauter sprechen. Stimmt das?»

«Ja, das stimmt», sagte Lomellini. Er hielt den Blick auf den König gerichtet.

«Und», fuhr der König fort, «sie traten in den Dienst Carlottas aus eigenem Antrieb und ohne äußeren Zwang?»

Lomellinis Gesicht war noch immer gerötet, aber das kantige Kinn reckte sich entschlossen vor. «Messer Niccolo wurde in den Ritterstand erhoben und leistete Königin Carlotta einen Treueeid. Es gab keinen Zwang. Fragt Euren Emir. Für ihn stand fest, auf welcher Seite diese Söldnertruppe kämpfen würde.»

«Wir fragen Unseren Emir», sagte Jakob von Lusignan. «Herr Tzani-bey, Ihr könnt Euch erheben.»

Der Mamelucke richtete sich auf, wobei er eine gewisse Steifheit nicht zu verbergen vermochte, und sah mit seinem schwarzen Blick abwechselnd den König und den Genuesen an. «Ich verfuhr mit dem Flamen nach außen hin absichtlich grob, Majestät. Ich gebe zu, eine kleine Verletzung verursacht zu haben. Es ließ sich nicht vermeiden. Wie Ihr seht, wäre jedes Anzeichen von Milde gefährlich gewesen.»

Die Augen des Genuesen gingen vom König zum Emir und blieben dann auf Nicolaas ruhen. Lomellini sagte: «Dieser Mann ist ein Mann der Königin, ich habe es Euch gesagt. Wenn Ihr etwas anderes glaubt, irrt Ihr Euch.»

Zacco lächelte. «Wir irren Uns so oft. Wir schätzen Uns glücklich, Männer um Uns zu haben, die Uns die Wahrheit sagen. Manchmal stellt Uns selbst eine Halbwahrheit für den Augenblick zufrieden. Emir, Wir glauben, Wir haben Euch lange genug aufgehalten. Wir haben gehört, was Ihr zu sagen hattet. Wir empfehlen, daß Ihr bei künftiger Gelegenheit Unsere Anweisungen genauer befolgt. Ihr könnt gehen.»

Der Mamelucke verneigte sich, entfernte sich rückwärts und verneigte sich dabei noch einmal und noch einmal, ehe er sich umwandte und den Saal verließ. Aber als er an Nicolaas vorüberkam, sah er ihm in die Augen. Ein Blick, in dem fast so etwas wie Hohn lag. Die Tür ging hinter ihm zu, und einige der Männer rührten sich.

Auch der König auf seinem Thron hatte sich bewegt. Er hatte die Robe hinter sich abgelegt, stand einen Augenblick auf der Estrade und eilte dann behende die Stufen hinunter. Ehe er den Teppich erreichte, kniete Nicolaas nieder. Der König blieb stehen und legte ihm die Hand auf die Schulter. Dann wandte er den Kopf zu Lomellini um. «Ser Napoleone, Ihr dient der Republik, so gut Ihr könnt, und Wir rechnen Euch die Lügen, die Ihr erzählt habt, nicht an. Aber Wir wissen zufällig von dem Treueeid, der unserer Schwester geleistet wurde, und von den Umständen, die Ser Niccolo und seine Männer zwangen, Rhodos mit Ziel Kyrenia zu verlassen. Wir wissen davon, weil Uns Ser Niccolo selber eine Botschaft schickte, in der er Uns seiner Treue versicherte und Uns bat, ihm bei der Fahrt hierher zu helfen. Das haben Wir getan.» Er sah zu Nicolaas hinunter und sprach ihn direkt an. «Wir haben einen Fehler gemacht, als Wir den Emir schickten. Er war übereifrig. Er fürchtete, zu Eurem Schaden als Euer Freund angesehen zu werden. Deshalb wurde Euch nicht gesagt, daß das florentinische Schiff mit Eurem Brief eingetroffen war und daß Rizzo in den Gewässern um Rhodos auf Euch wartete. Wenn Ihr dem Emir nicht verzeihen könnt, so werdet Ihr gewiß unsere Entschuldigung annehmen.»

Nicolaas lächelte, den Blick zu Boden gerichtet. «Von ganzem Herzen, Majestät. Es war gleichzeitig auch eine unvergeßliche Reise.»

«Eine schreckerfüllte, das geben Wir zu, denn hätten Wir annehmen müssen, daß Ihr wirklich nach Kyrenia fahrt, hätte ich befohlen, Euch alle zu töten. So aber könnt Ihr Euch erheben.»

Nicolaas stand auf. Von ihnen beiden war er ein klein wenig größer. «Ihr habt Uns ein Schiff voller Güter gebracht, die Wir gewiß an Uns nehmen werden», fuhr Zacco fort. «Voller Waffen, über die wir Uns freuen. Es sind auch Kaufleute an Bord, glauben Wir, mit ihren Ehefrauen, und Amtsträger meiner Schwester, die Wir freizulassen und bis zu den Toren von Kyrenia oder Famagusta zu eskortieren gedenken. Und da Wir den Orden hochschätzen und das Wächteramt, das er auf den Meeren ausübt, werden Wir sein Schiff nach Rhodos zurückschicken samt Kapitän, Kriegern und Seeleuten. Erscheinen diese Verfügungen annehmbar?»

«Sie sind großzügig, Majestät», sagte Nicolaas. «Und die Frauen?»

Die klaren Augen blickten wie zuvor. «Die Hofdame Primaflora ist hinter Euch», sagte Jakob von Lusignan. «Wir haben mit ihr gesprochen. Wir haben auch der Kranken, Katelina van Borselen, Nachricht gegeben, die im Hospiz St. Lazarus liegt. Wir haben verfügt, daß die Demoiselle Primaflora zu ihrer Herrin, Unserer Schwester, nach Rhodos zurückkehrt. Die Demoiselle aus Flandern bleibt hier.»

Zacco der Unerforschliche, das Chamäleon. Nicolaas stand völlig entspannt da, aber alle Sinne so wachsam wie auf der Wildschweinjagd. Hinter ihm schritt langsam wie in einer königlichen Prozession Primaflora heran, bis sie neben ihm stand: er roch ihr Parfüm und sah ihr Gesicht, es war bleicher denn je, und zwischen ihren Brauen zeigte sich eine Falte. Sie sagte mit leiser Stimme: «Ihr habt mich getäuscht. Ihr habt mich Eures Schicksals wegen Qualen leiden lassen, und Ihr wußtet, daß Zacco sich als Euer Freund erweisen würde, denn Ihr hattet ihn verständigt. Ich kann Euch nicht verzeihen.»

«Die Demoiselle schilt Euch aus.» Der König blickte belustigt. «Sie verdiente in der Tat Euer Vertrauen, wenn sie, wie sie sagt, alles aufgegeben und Unsere Schwester verlassen hatte, um ihr Schicksal mit dem Euren zu verbinden. Glücklicherweise weiß Unsere Schwester nichts von ihrem Treuebruch und wird sie wieder bei sich aufnehmen.»

«Majestät, Primaflora hat mein Vertrauen», sagte Nicolaas. «Ich glaubte, meine Nachricht an den König sei verlorengegangen. Das Verhalten des Emirs bestätigte mir dies. Ich sah keinen Grund, falsche Hoffnungen zu erwecken. Wir haben eine schlimme Reise durchlebt, und sie hat viel gelitten. Ich hoffe, ihre

Vergebung zu erlangen. Wenn ich schon nicht gut behandelt wurde, so könnte ich mir keine bessere Wiedergutmachung vorstellen, als die Demoiselle bei mir zu haben, wie es in ihrer Absicht lag.»

Die klugen Augen lächelten fast. «Was hören wir da? Ihr bittet darum, daß Eure zarten Eroberungen *beide* bei Euch bleiben? Wir finden, das wäre unmäßig.»

«Die Demoiselle hier ist seit langem meine Begleiterin, während die andere aus dem Westen kommt und zu ihrem Ehegatten gehört. Vielleicht würde Majestät die Freundlichkeit haben, Katelina van Borselen samt ihrem Neffen heimzuschicken.»

«Vielleicht, am Ende», sagte Jakob von Lusignan. «Wir sehen eine Zeit kommen, da wir Euch nur wenig abschlagen werden. In diesem Fall jedoch habe ich beschlossen, die Hofdame Primaflora zurückzuschicken, und sie wird sich sofort nach Rhodos einschiffen. Was den Jungen und seine Tante betrifft, haben wir im Sinn, für sie Lösegeld zu fordern. Bis es eintrifft, bleibt die Kaufmannsgemahlin Katelina van Borselen auf Zypern, in guter und ehrenvoller Obhut, dessen seid versichert. Und der Junge wird Uns als Page dienen. Oder Euch, wenn Ihr dies wünscht. Er ist reizend.»

«Ich bin niemandes Page», sagte Diniz Vasquez.

Der König sah ihn an. Er hob einen Finger, und der Junge wurde nach vorn geschoben und blieb dann vor ihm stehen. Zacco neigte den Kopf. Schließlich sagte er: «Nein, du bist niemandes Page. Du bist ein Gefangener. Da dem so ist, wirst du dich benehmen, wie dies einem Edelmann ansteht, und kannst dafür, dessen bin ich sicher, Höflichkeit erwarten und wirst sie auch erwiesen bekommen. Hab keine Angst. Wer in meiner Obhut ist, dem tue ich keinen Schimpf an.» Er wandte den Kopf. «Und jetzt sollten wir wohl mit dem Großkomtur sprechen.»

Der Junge, der errötet war, wurde zurückgezerrt. Primaflora, die zum Sprechen ansetzte, machte plötzlich eine kleine Bewegung und fügte sich dem Diener, der sie behutsam, aber entschlossen am Arm faßte, um sie hinauszuführen. Nicolaas machte einen Schritt auf sie zu, spürte aber sogleich die Hand des Königs auf seiner Schulter, zuerst nur leicht, dann fester zupackend. «Ihr wartet», sagte Zacco. Einen Augenblick später wurde ein grauhaariger Mann in Robe und schwarzem Hut hereingeführt, von einem Schatten begleitet.

Der König wandte sich um und ließ den Arm fallen. Nicolaas blieb stehen, wo er stand, im Blick des Neuankömmlings, dessen Augen sich in zornigem Argwohn verengten. Primaflora war gegangen. Der König sagte: «Herr Großkomtur von Zypern, Ihr glaubtet, Unserer Schwester eine Streitmacht zuzuführen, statt dessen hat Euch, wie Ihr seht, ein mutiger und tüchtiger Mann mit List dazu gebracht, Uns die Krieger herbeizuholen, die wir brauchen. Es gibt nichts, was Ihr Euch vorwerfen müßtet. Ihr könnt mit Eurem Schiff und Eurer Begleitung fahren, wohin Ihr wollt. Wir haben Euch hierher gebracht, um mit Euch zu reden. Wir haben nicht die Absicht, gegen den Orden oder die Brüder, die hier in Zypern leben und wirken, Krieg zu führen. Wenn Ihr nach Kolossi weiterreisen wollt, so steht Euch dies frei, und wir lassen Euch gern durch ein Ehrengeleit hinbringen. Heute abend seid Ihr unser Gast beim Bankett. Morgen braucht Ihr nur Eure Wünsche kundzutun. Ist Euch dies genehm?»

«Majestät ist großmütig», sagte Louis de Magnac. Er sprach die Worte zum König, aber Nicolaas spürte die Hitze seines Blicks. De Magnac murmelte: «Bube und Scharlatan! Mörder!»

«Ich bin ein Söldner», sagte Nicolaas. «Ihr habt mir einmal einen guten Diener gegeben.»

De Magnac entblößte die Zähne. «Er hat mir über jeden Eurer Schritte berichtet, Junge.»

«Ich weiß, was er Euch berichtet hat», sagte Nicolaas. «Und ich glaube, es ist Zeit, daß er zu mir zurückkommt.»

Der Großkomtur, von ernstlichem Zorn verzehrt, entdeckte eine gewisse Unverschämtheit, tat sie aber mit einem Schnauben beiseite. Sein afrikanischer Diener sagte: «Herr?»

Der Bursche war hinter dem Großkomtur hervorgetreten. Ein prächtiger Neger, der beste, den er je gehabt hatte, in einem Wams vom Schneider der Königin. Der Großkomtur bellte: «Lopez?»

«Herr?» wiederholte der Neger. Er war an de Magnac vorbei vorgetreten, und die Frage war an Nicolaas gerichtet.

Nicolaas lächelte. Er sagte zu Zacco: «Unser eigener Spion beim Orden. Sein Einfall. Er war es, der dem florentinischen Schiff, das Rhodos angelaufen hatte, die Nachricht an Euch mitgab. Darf ich den Majordomus meines Haushalts vorstellen? Und meine übrigen Amtswalter sind euch unbekannt. Und hundert Krieger warten noch draußen.»

«Wir werden sie alle kennenlernen», sagte Zacco. «Aber Wir haben Euch noch nicht gesagt, wie Wir über Euch denken. Kommt.»

Er streckte beide Hände aus. Seine Hände, die Nicolaas' Hände umfaßten, waren warm und fest und bedrohlich stark. Er neigte sich vor, und Nicolaas spürte den Druck seiner Lippen auf beiden Wangen und dann, fest und heiß, auf der Stirn.

«Lieber Niccolo, willkommen», sagte er. «Ihr habt Uns Euren Verstand und Eure Treue gebracht. Nehmt dafür das Herz und die Seele eines Freundes entgegen.»

Fünf Augenpaare beobachteten dies voller Verdrießlichkeit. Sechs, wenn man die des Jungen Diniz mitrechnete. Beherrschung war angesagt bei den Anteilhaltern und Teilhabern des Hauses Niccolo, bis sie nach dem Festbankett, das wirklich diesen Namen verdiente, endlich allein, unbewacht und unbeobachtet in dem Palastgemach waren, das ihnen als neue Schlafkammer dienen sollte.

Nicolaas war nicht bei ihnen.

«Überrascht das einen?» meinte Tobie. Er fuhr le Grant an. «Ihr habt über Zacco Bescheid gewußt! Ihr habt nichts davon gesagt, daß er noch so jung ist! Und Nicolaas auch nicht.»

«Ich wußte es», sagte Astorre. Er hatte seine Kleider ausgezogen und bewunderte sie. «War doch klar. Unser Junge will keiner anderen Frau Rechenschaft schuldig sein. Unser Junge will seinen Spaß.»

«Nun, er hat die Frau verloren, die er hatte», sagte John le

Grant. «Primaflora ist schon auf dem Weg zurück zu Carlotta. Er scheint mit Rivalen einen besonderen Umgang zu pflegen, dieser Zacco.»

«Gut, daß wir sie los sind», sagte Thomas.

«Nun, das kommt darauf an», sagte Tobie. «Aber habe ich das richtig verstanden? Nach einigem kunstreichen Hin und Her zwischen dem achten und neunten Gang wurde abgemacht, daß der schöne Diniz nicht mehr irgend jemandes Page sein, sondern bis zum Eintreffen des Lösegelds in Nikosia eine Beschäftigung erhalten soll. Desgleichen die edle Katelina, die der König seiner Mutter anvertrauen will. Inzwischen verdienen wir, Ihr und ich und die anderen, unseren Lebensunterhalt als die Retter von Zypern. Was ich wissen möchte: werden wir von Zacco und Nicolaas begleitet?»

«Sicher im Geist», sagte der Geschützmeister. «Was ich wissen möchte, ist: Wo kommt Tzani-bey al-Ablak ins Spiel? Diese Art, wie der König unseren Emir heruntergeputzt hat? Ich glaube das nicht. Schaut doch, was geschehen ist. Niemand hat uns gesagt, daß Loppes Nachricht durchgekommen war, und die Mamelucken haben uns behandelt, als wäre sie nicht angekommen. Verdammte Gesellschaft, sie wollten uns Angst einjagen.»

«Was?» Astorre hob den Kopf.

Tobie sagte: «Ich habe das Zitat erkannt. Der König hatte in Salines einen Spion.»

«In Salines?» entgegnete le Grant grimmig. «Von dem Augenblick an, als unser Schiff gestellt wurde, hat der König hinter allem gesteckt, was geschah, da gehe ich jede Wette ein. Dieses Quälen und Drangsalieren, das war von den Mamelucken nicht vorgesehen, dahinter hat unser Freund Zacco gesteckt. Angst als Waffe.»

«Und Liebe», sagte Tobie. «Ein gefährliches Arsenal. Glaubt Ihr, Nicolaas hat das durchschaut? Oder ist er betört? Oder ist er nicht betört und sehnt sich nach Primaflora und führt mit Hilfe von raffinierten Fallen den Tod von Diniz und seiner vielgehaßten Tante Katelina herbei?»

«Unsinn», sagte Astorre. Er war schon unter seiner Decke. «Wir sind zum Kämpfen hier. Er liebt den Kampf.»

«Ich glaube, das meint Tobie», sagte John le Grant. «Und er macht gern Geschäfte, das sollte keiner von uns vergessen. Was in Zypern auf dem Markt ist, das hat Nicolaas bald aufgekauft.»

Tobie knurrte, als er sich ins Bett rollte. «Mir scheint, das wird Nicolaas kostenlos angeboten. Aber ich bin verdammt sicher, es ist kein Monopol.»

Kapitel 23

Umgeben von Feinden allein und krank zu sein würde einen Mann nicht kümmern: es sollte deshalb auch eine Frau von zweiundzwanzig Jahren mit einem außerehelichen Sohn und einem ausschweifenden Gemahl nicht kümmern. Dennoch kam Katelina van Borselen zum Bewußtsein, daß sie mit geschlossenen Augen dalag und gegen eine Erinnerung ankämpfte, die mit Angst verbunden war. Mit Angst und einer Stimme, die sagte: «Wir sind ganz in der Nähe.» Es war die Stimme von Nicolaas. Claes.

Wo hatte sie sie gehört? Gewiß auf dem Schiff. Sogar hier in ihrer Kajüte, da sie sie nie verlassen hatte. Sie erinnerte sich, daß es gestürmt hatte bei der Ausfahrt aus dem Hafen von Rhodos, und daß ihr danach übel geworden war. Sie war ein wenig bestürzt gewesen, als sie sich schließlich in der Obhut der Kurtisane Primaflora wiederfand, deren Aufmerksamkeiten, ebenso selbstverständlich wie zurückhaltend erwiesen, die einer menschlich gesinnten Mätresse von Nicolaas oder auch, wenn es das Schicksal gut meinte, die einer Spionin der Königin sein mochten, der an der Gesundheit einer Verbündeten gelegen war.

Katelina wußte, daß Nicolaas unter starker Bewachung nach Zypern gesandt wurde, wo er für Carlotta kämpfen sollte. Es war auf See zu einem Kampf gekommen, aber sie hatte dies zu der Zeit kaum wahrgenommen und wußte nicht, wie er ausgegangen war. Aber im Augenblick lag sie wach in einem Bett und wurde nicht belästigt. Wie immer also der Kampf auch geendet hatte, das Schiff fuhr offenbar recht ruhig weiter, und sie befand sich auf dem Wege der Genesung. Und wenn Nicolaas in der Nähe war, würde sie sich schon irgendwie vor ihm schützen können. Sie döste vor sich hin. Ihr Gehörsinn vermittelte ihr den schwachen Flügelschlag eines Nachtfalters und die verwandten leisen Zischgeräusche, die auch darauf hindeuteten, daß es Nacht war und daß Kerzen brannten. Oder Lampen. Auf einem Schiff waren es in der Regel Lampen.

Aber sie war nicht auf einem Schiff. Das Bett unter ihr bewegte sich nicht. Außerdem lockte im Winter das Licht keine Falter an. Noch nicht beunruhigt schlug Katelina die Augen auf. Sie war in einem angenehm eingerichteten, von einem offenen Feuer erleuchteten Gemach, dessen Fenster die blasse Helle eines kühlen, verhangenen Tages hereinfallen ließ. Das Gemach war warm, still und sauber und offenbar leer. Ein Kloster. Ein Hospiz. Vielleicht das Haus genuesischer Gönner. Ein Hafen hoffentlich in sicherer Entfernung von Nicolaas' bedrohlicher Gegenwart. Sie schloß die Augen wieder und dachte nach.

Immer hatte sie die See gehaßt, ob es nun nach Schottland gegangen war oder mit ihrem Ehemann nach Portugal. Auf See büßte sie Simons Aufmerksamkeit ein. An Land hatte sie ihn körperlich erschöpft mit ihrem leidenschaftlichen Verlangen nach einem zweiten Kind. Zunächst war er begierig darauf eingegangen, aber dann war er allmählich zu seinem alten ausschweifenden Lebenswandel zurückgekehrt, dem ein Mann von seinem Äußeren so leicht verfiel, der aber, wie sie entdeckte, unfruchtbar blieb und keine Folgen hatte.

Natürlich mußten sich Frauen immer vor einer Schwangerschaft hüten, aber Katelina erkannte auch, daß die Frauen, mit denen Simon verkehrte, durchaus nichts gegen ein Kind von ihrem schönen Gemahl hatten und daß es für sie eine Überraschung und Enttäuschung war, daß sie nicht schwanger wurden. Während sie beobachtete, wie er unablässig den Frauen nachstellte, gelangte sie allmählich zu der Erkenntnis, daß es dabei um die Manneskraft ihres Gemahls ging – ihrer beider gemeinsame Unfruchtbarkeit war dem Ursprung nach die seine, und diese Zeugungsunfähigkeit mußte ihn seit seiner ersten fruchtbaren Ehe verfolgt haben. Sie sprachen nie darüber. Für ihn war ein solcher Makel unvorstellbar, und sie dankte dem Schicksal für seine Eitelkeit. Ohne diese mochte er sich und dann sie fragen, wer der Vater des Erben war, den sie ihm geschenkt hatte. Bei diesem Gedanken öffneten sich ihre Lippen, und sie machte im Bett eine jähe Bewegung und versuchte ihre Lage zu verändern.

«Sie ist nicht geheilt, Schwester», verkündete ärgerlich eine Männerstimme. Sie war heiser und gebrauchte ein gut verständliches, griechisch gefärbtes Französisch. «Wir wollen ihren Leichnam nicht hier haben. Schick sie zum Sterben nach Famagusta.» Rasch schlug Katelina die Augen wieder auf.

Gegen das Licht sah der Sprecher wuchtig aus: ein grauhaariger Mann in goldverziertem Samt, die Hängebacken überwuchert von unordentlichen Barthaaren, in denen er mit einem Fingernagel kratzte, während er zu ihr hinuntersah. Hinter ihm in einem Stuhl mit einer bemalten Rücklehne aus Holz saß die Person, zu der er sprach: eine junge Frau mit kastanienbraunem Haar, die zwischen ihren Edelsteinen und dem Zucken des Feuerscheins einen Fächer wie einen Flügel hin und her bewegte.

Der Fächer hielt inne. «Hat sie sich bewegt?» Die junge Frau erhob sich. «Sie scheint wach zu sein. Geh, Dummkopf. Sie will mit mir sprechen. Seekrankheit bringt keinen um. Schon gar nicht Flamen, die von Heringen leben.»

Der Umriß des Mannes verschwand und wurde ersetzt durch den der Sprecherin, die rasch an ihr Bett trat. Sie beugte sich vor. Aus der Nähe betrachtet wirkte das Gesicht nicht mehr jung. Das Haar unter dem starren Kopfputz war gefärbt, Lippen und Augenlider geschickt geschminkt, und die Haut der geraden

Nase und der hohen Backenknochen war rosiger als von Natur aus. Die Frau sagte: «Ihr seid Katelina van Borselen, deren Gemahl Simon die Genuesen liebt und mit den Vasquez in Portugal ein Handelsgeschäft betreibt. Wißt Ihr, wo Ihr seid?»

Die Stimme, die Worte, das Gebaren sagten ihr, daß sie sich in keinem freundlich gesinnten Haus oder Hospiz befand. «Bei seinen Feinden», antwortete sie. Sie richtete sich, so gut es ging, in den Kissen auf.

«Ihr seid noch schwach», sagte die Frau, «aber bei gutem Essen seid Ihr bald wieder ganz gesund. Schließlich können wir Euch nicht gegen Ranzion freilassen, wenn Ihr tot seid.»

Ranzion! Sie hörte das Wort und konnte nichts damit anfangen. Verzweifelt versuchte sie ihre Unkenntnis zu vertuschen. «Wir besitzen keine Ländereien.»

Die Stirn wurde gerunzelt. «Wie mein Bruder Markios sagt, sind die van Borselens durch Heirat mit Königshäusern verbunden. Und dem Vater Eures Gemahls gehört viel Land. Gemeinsam könnten Eure Verwandten doch wohl Euch und Euren Neffen freikaufen?»

«Bin ich auf der Insel Zypern?»

«Kairo wäre schlimmer», sagte die Frau. «Ja, Euer Schiff ist in zyprische Hand gefallen. Ihr seid in Salines an Land gebracht und dann in die Hauptstadt geschafft worden. Ihr seid in Nikosia, Demoiselle, in der Obhut Jakobs, eines christlichen Monarchen. Ihr werdet hierbleiben, bis Eure Ranzionierung stattgefunden hat. Ihr werdet sehen, daß wir keine strengen Kerkermeister sind. Hier sind gebildete Frauen, die uns dienen und der königlichen Kinderstube vorstehen. Die Kinder des Königs sind wohlerzogen und folgsam. Wenn er einmal heiratet, werden sie ihm nicht zur Schande gereichen. Ihr habt Eurem Gemahl gewiß eine stattliche Nachkommenschaft geschenkt?»

«Ich habe einen Sohn», sagte Katelina. Die Frau wußte das schon: sie spürte es. Wußte, daß sie zweiundzwanzig und nur einmal niedergekommen war und dem Alter entgegenging.

«Mein Beileid», sagte die Frau. «Aber Euer Gemahl will vielleicht noch mehr haben. Er wird Euch zweifellos zurückhaben wollen. Bis er antwortet, könnt Ihr, wie ich schon sagte, gern im Kreis unserer Frauen verweilen. Oder kann ich Euch eine Zelle bei den Klarissinnen anbieten?»

Ein Kloster oder die Gemächer der königlichen Mätressen und ihrer Bastarde. Katelina spürte, wie sie errötete. Sie sagte betont kühl: «Ein Kloster wäre nach meinem Geschmack. Aber wenn die Frage erlaubt ist – wo sind die, die auf dem Schiff bei mir waren?»

«Der Genuese, die Kaufleute und die Streiter Christi? Die haben sich alle zerstreut, ohne daß ihnen ein Haar gekrümmt wurde, und ihr Schiff wurde nach Rhodos zurückgeschickt. Wie ich sagte – unser König ist ein christlicher Herrscher und barmherzig. Den Kaufmann Niccolo und seine spitzbübische Kriegertruppe traf natürlich ein anderes Schicksal.»

Katelina setzte sich auf. Das Feuer glühte rot und heiß. Ihre Haut war feucht; ein Schweißrinnsal floß zwischen ihren Brüsten hinunter. «Das hätte ich auch nicht anders erwartet. Er hat sich für die Ritterwürde an die Königin verkauft.»

«Törichter Bube», sagte die Frau. «Aber das war natürlich die einfachste Art, sicher von der Insel Rhodos herunterzukommen. Jetzt ist er hier, wie es von Anfang an geplant war. König Jakob hat ihn wieder in den gleichen Orden aufgenommen und ihn mit Privilegien und Ländereien beschenkt, die weit über Carlottas Angebote hinausgehen. Madame ist nicht gut?»

Katelina war plötzlich schwindelig. Der Schweiß auf ihrer Haut war kalt geworden, und das Gesicht ihrer Peinigerin verschwamm ihr vor den Augen. «Nicolaas und seine Männer sind am Leben?»

«Gewiß», ließen sich die undeutlichen Gesichtszüge vernehmen. «Der junge Mann hatte aus Rhodos eine Botschaft geschickt. Sie sagte den versprochenen Dienst zu und hatte zur Folge, daß der König seinem Schiff auflauerte und die Hand auf seine Fracht legte. Ihr bewundert Carlotta, wie es scheint. Dieser junge Schlingel tut das nicht.»

Sie fühlte sich so elend wie auf See. *Wir sind ganz in der Nähe*. Es stimmte. Er hatte ihr gedroht. «Mein Neffe Diniz – wo ist er?»

Das rosige, flüssige Gesicht rang sich ein nachsichtiges Lächeln ab. «Dort, wo er sich nützlich machen kann. Auf den Feldern vielleicht, beim Graben und Begraben.»

«Begraben?»

«Beim Graben von Gräbern und Begraben von Hüpfern. Der Jungen und der Eier von Heuschrecken. Wenn sie nicht sterben, vernichten sie die Ernte.» Sie hielt inne und gelangte vielleicht zu einer Einschätzung und vielleicht zu einer Entscheidung. «Ihr habt das noch nie gesehen? Die Eier werden mit der Hand eingesammelt. Sie schwellen an und knistern und knacken, Madame. Sie wollen unbedingt Beine und Flügel hervorbringen und ihrem Fänger ins Gesicht springen. Die Bauern sammeln sie nicht gern ein. Wir heben diese Arbeit für unsere Gefangenen auf. Für Euch. Für Euren Neffen. Für Eure Dienerschaft. Wollt Ihr mich sonst noch etwas fragen?»

In der Stimme schwang bewußte Boshaftigkeit mit. Wer hatte dieser Frau von ihrer Schwäche erzählt? Ihre Zofe? Katelina spürte, wie ihr das Blut aus der Haut zurückwich und ein Zittern sie überfiel. Sie sagte: «Ich begreife nicht, was geschehen ist.»

«Mit den Heuschrecken?» erwiderte die Frau belustigt. «Ach nein, Ihr denkt an Niccolo. Nun, er wurde an Bord grob behandelt, sonst wären weder er noch seine Leute den genuesischen Schwertern und dem Orden entronnen. Ein ganz raffinierter Bursche, dieser Niccolo. Es wäre gut, wenn Euer Neffe sich mit ihm anfreundete. Er hat jetzt Gelegenheit dazu.»

«Wo?» Katelina kehrte gleich einem Automaten zu der einen Frage zurück, die zu stellen ihre Pflicht war. «Wo ist Diniz?»

«Hier, in Nikosia. In Messer Niccolos Herrenhaus, vielbewundert und wohlbehütet. Auch verbringt er nicht seine ganze Zeit bei den Heuschrecken. Die Stadt rühmt sich einer königlichen Färberei, die unter den kriegerischen Ereignissen stark gelitten hat. Messer Niccolo will Euren Neffen dort beschäftigen. Was habe ich jetzt schon wieder gesagt? Euch ist schlecht geworden. Bei dem Gedanken an Messer Niccolo wird Euch schlecht. Ich finde, er ist ein geistreicher junger Mann.»

Katelina wollte das Blut in den Kopf steigen. «Er ist niedergekniet. Er hat Carlotta den Treueid geschworen.»

Die Frau blickte sie an. «Ihr doch auch», sagte sie. «Und Euch war es Ernst damit. Was sollte ich da mit Euch machen? Euch die Haut abziehen, wie das die Mamelucken tun, und aus den Fetzen Trossen machen?»

Ihre Stimme hatte einen fremdartigen Klang bekommen. Der Feuerschein leuchtete, der Fächer schwirrte, und die Läden knirschten und knarrten, als setzten ihnen Schwärme von Heuschrecken zu. Das Gesicht der Frau schien in der Hitze zusammenzusacken. Die Frau hob die eine Hand und zog sich eine Maske vom Gesicht. Dahinter kam der Rüssel eines Schweins zum Vorschein: eine verzerrte Hülle toten Fleisches mit zwei Löchern darin. «Carlotta?» sagte die schnaufende, schnüffelnde Stimme. «Carlottas Mutter hat mir die Nase abgebissen. Ich habe damals nicht gejammert und tu's jetzt nicht. Ich kann Euch Barmherzigkeit anbieten, Flamin mit dem schwachen Magen, aber mit Mitgefühl kann ich nicht aufwarten.»

Die Tür schloß sich fast lautlos hinter ihr und ließ den Sturm, den schwindelmachenden Sturm, in der Kammer zurück.

Wenige Tage später bezog die Demoiselle Katelina van Borselen das freundliche Stift der Klarissinnen, wo sie ihre eigene Wohnung hatte und wo sie von Zeit zu Zeit den Besuch des in fleckigen Kleidern steckenden, ungepflegten Jünglings empfangen durfte, der einmal der zarte und höfliche Diniz gewesen war.

Die nasenlose Frau hatte die Wahrheit gesagt. Diniz war in der Gewalt ihrer Feinde. Diniz war als Färberlehrling angestellt worden, so wie man dies einst mit Nicolaas gemacht hatte. Lustlos und durchnäßt rackerte er sich ab auf dem holprigen Hof und in den heruntergekommenen Gebäuden der königlichen Färberei von Nikosia. Er widersetzte sich nicht, wenn er gezwungen wurde, Tuch durch die Bottiche zu ziehen oder Alaun abzuwiegen oder fröstelnd über schlecht geführten Hauptbüchern zu sitzen. Er machte von seiner beschränkten Freiheit guten Gebrauch. Er sprach mit den Sklaven und den Zyprioten, mit Hausmädchen und Dienstboten und mit den kaum ausgebildeten trägen Männern, die von den früheren Handwerkern und Gesellen noch übrig waren. Dadurch erfuhr er von Ereignissen, und er hoffte inständig, eines Tages mit seinem Wissen etwas anfangen zu können. Was er an Neuigkeiten erfuhr, berichtete er Katelina, der Gemahlin seines Onkels mit dem strengen Gesicht. Denn Diniz hatte nur zwei Ziele: sich und seine Tante zu befreien und Nicolaas zu töten.

Nicolaas selbst war im Norden und einen Monat lang außer Reichweite seiner Opfer. Er unterzog sich während dieser ersten Wochen einer Reihe von Prüfungen, die Diniz Vasquez in Schwierigkeiten gebracht hätten. Die Prüfungen heckte Zacco aus, und ihr Ziel war es, zu töten oder zu bestricken.

Den ganzen Winter hindurch hatten Zaccos Zelte jene Ebenen im Norden belebt, die sich von Nikosia zu den feindlichen Festungen an der Küste hin erstreckten. Vor der Jahreswende hatte der König, wie Nicolaas vermutete, einen großen Teil seiner Zeit im Palast verbracht und es seiner Mameluckenstreitmacht überlassen, die Küstenstädte mit einer halbherzigen Abschnürung zu umschließen. Nicolaas mit sich reißend führte jetzt ein neu gestärkter Zacco Astorre und seine Krieger hinaus ins Feldlager, gab ihnen Pferde, Vorräte und Zelte und machte sie mit Land und Leuten vertraut.

Solch vernünftige Übungen unterbrach der König jeweils aus einer Laune heraus mit seinen unberechenbaren Vergnügungen. Hatte er einen Rat einberufen, warf er rasch seine Papiere beiseite, verlangte seine Leoparden und streifte mit seinen Gefährten tagelang durch die Berge, jagte auf den Gipfeln mit Fallen und stellte zwischen den schneebeladenen Kiefern der Täler dem starken wilden Mufflon nach. Die Leoparden, knurrend und mit verbundenen Augen auf Ochsenkarren verladen, mußten sich den gleichen Launen unterwerfen wie ihr Herr, der sie abwechselnd auf die mit goldverzierten Riemen umspannten Mäuler schlug und küßte. Nicolaas war, obschon er sehr schnell lernte, am Anfang doch noch Neuling genug, um einen von

Krallen zerkratzten Oberarm nach Hause zu bringen. Es war ein tödliches Spiel, wenn auch nicht ohne Logik in Zeiten der Muße. In solchen Augenblicken starben einige der Krieger des Lusignansprosses oder wurden verstümmelt: es kam zu Rivalitäten. Doch aus solchen Grillenhaftigkeiten gingen Männer härter gemacht hervor, an rauhes Wetter gewöhnt, erfahren im Suchen von Nahrung und im Überleben an unwirtlichen Orten. Wer versagte, wurde ausgeschieden. Wer überlebte, wurde neuen Prüfungen unterzogen, strengeren und plötzlicheren, bis er triumphierte oder den Tod fand oder zur Rebellion getrieben wurde.

Nicolaas entschied sich für das Rebellieren. Allnächtlich aufgejagt, um irgendeine Tat zu vollbringen – eine Maultierkarawane einzufangen, das Haus eines Überläufers in Brand zu stecken, bei einem wilden, irren Pferderennen bei Fackelschein als Schiedsrichter mitzuwirken –, kehrte Nicolaas vom letzten Ereignis dieser Art nicht zu seinem Zelt zurück, sondern trat, ohne Robe oder Rüstung barhäuptig im schlichten Wams, vor das Zelt Zaccos und begehrte Einlaß.

Er bedurfte nicht des Aufleuchtens von Männeraugen im Feuerschein, um zu wissen, wer es gesehen hatte, wer zuschaute. Gewiß waren darunter seine eigenen Leute. Nicolaas war jetzt seit Wochen auserwählter Gefährte dieses jungen, verwirrenden Königs und hatte seine Ausritte, seinen Zeitvertreib und seine Vergnügungen mit ihm geteilt, aber nicht sein Bett. Jakob von Lusignan verkehrte mit den Liebhabern beiderlei Geschlechts, die er hatte, und sprach keine neuen Einladungen aus. Nicolaas, der sich auch aufs Warten verstand, war darüber froh gewesen, obschon seine Miene gerngeübten Gleichmuts irreführend war. Primaflora war fort, nach Rhodos geschickt allen seinen Bemühungen zum Trotz. Ihr körperliches Fehlen hatte ihn in unerwartet starkem Maße berührt, aber er hatte seitdem nach keinem Ersatz gesucht. Die Keuschheit war eine Prüfung, eine Mahnung, eine Strafe, und er kam ganz gut damit zurecht, gelegentlich mit Hilfe des Bechers. Astorre gefiel es, wenn er in Trinklaune war; Loppe gefiel es nicht.

Jetzt, in dieser Nacht, war er nüchtern, als er das königliche Feldzelt betrat, dessen brokatene Nischen verunstaltet waren mit umgestürzten Hockern, verschütteten Speisen und schiefen Kerzen. Das Pferderennen war einem Streit entsprungen, den es hier gegeben hatte, hieß es. Jetzt war im Zelt niemand außer dem König mit seinem schwerlidrigen Blick unter dem zerzausten welligen, braunen Haar, die noch jünglingshafte Hand auf die Lehne seiner Sitzbank gestützt. Zacco blickte auf: der Diener, der Nicolaas eingelassen hatte, verschwand. Zacco sagte: «Nun, Niccolo – seid Ihr gekommen, um Euren Abschied zu nehmen?»

Nicolaas war kein Hocker angeboten worden, und so blieb er stehen. «Tun sie das alle, Majestät?» fragte er.

Die Augen des Königs waren wie die eines Chinesen halb geöffnet. Er sagte: «Manchmal schreien sie und werfen ihre Schilde hin. Man sieht sie verstohlen mit Priestern reden oder mit meinen Hauptleuten. Die Hauptleute hören natürlich zu und kommen damit zu mir. Ich bin nachsichtig bei dem Tod, den ich kleine Leute sterben lasse. Ihr Irrtum ist, wie der Eure, ein schlichter. Sie vergessen, wer der König dieses Landes ist.»

«Das ist bedauerlich», erwiderte Nicolaas. «Es ist meine Pflicht und vielleicht sogar die Eure, dafür zu sorgen, daß sie es nicht vergessen können.»

Es trat ein Schweigen ein, das ihm nicht gefiel. Dann sagte Zacco: «Fahrt fort, wenn Ihr es für ratsam haltet.»

Nicolaas sprach sehr vorsichtig. «Wenn ich eine Maschine haben will, Majestät, entwerfe ich sie zunächst, und dann fertige ich die dazu nötigen Werkzeuge an. Ihr bildet Männer heran, ohne zu wissen, wozu Ihr sie braucht. Ihr habt es nicht nötig, sie zuvor an Euch zu binden. Sie werden Euch ohnehin folgen, und wenn Ihr ihnen ein Ziel weist, werden sie bei Euch bleiben.»

«Um dessentwillen, was ich ihnen geben kann?»

«Um dessentwillen, was Ihr seid», sagte Nicolaas. «Warum jetzt daran zweifeln?»

«Weiter», sagte Zacco.

Nach einer Pause fuhr Nicolaas fort: «Majestät, Königreiche

können verspielt werden durch Männer, die um Gunstbeweise wetteifern. Es ist besser, das Ziel deutlich zu bezeichnen. Die das schaffen, verdienen die beste Gefolgschaft.»

«Sprechen wir vom König oder von einer Frau mit Freiern?»

«Majestät, wir sprechen von tapferen Männern, die voller Begeisterung sind, und davon, wie sie den besten Dienst leisten können.» Nicolaas sah den König an und fuhr fort: «Wenn Majestät gestattet – ich wurde zu einem bestimmten Zweck hierher gebracht und möchte ihn erfüllen. Es ist jetzt Zeit für einen Plan. Eine einzige Besprechung würde genügen, vorausgesetzt, Eure Männer haben sich vorbereitet. Ich habe eine Liste mit Fragen für jeden Eurer Hauptleute. Ich möchte, daß sie mit ihren Antworten darauf zu Euch kommen. Mit dem Wissen, das wir daraus schöpfen, könnte der Feldzug für den Frühling jetzt geplant werden. Bis zum nächsten Jahr könnte Majestät König von ganz Zypern sein.»

Wieder trat ein Schweigen ein. Dann sagte Zacco: «Wo sind die Fragen?»

Sie waren in dem Ranzen, den er sich umgehängt hatte. Obschon zusammengefaßt, füllte die der Lesbarkeit halber mit Zwischenräumen versehene Niederschrift noch immer mehrere Seiten. Er gab sie Zacco, der ihm mit einem Finger bedeutete, sich zu setzen, was er tat. Er entspannte sich mit einiger Mühe. Zacco las.

Zwei Wochen hatte er gebraucht, um einige der Gründe für Zaccos Zögern zu ahnen. Eitelkeit, Wollust, Unbeständigkeit – ein Lusignan, der Ohnenase zur Mutter hatte, mußte Schwächen dieser Art haben und hatte sie auch. Aber Zacco lenkte seine Impulse oft in feste Bahnen. Es bestand die einfache Notwendigkeit, Männer von unsicherer Ergebenheit an sich zu binden. Zacco mußte auch auf die Wünsche seiner Anhänger eingehen – der ägyptischen Streitmacht, die lieber plünderte als kämpfte, der einheimischen Zyprioten, die sich weiße Venezianer nannten und ihre Ländereien nicht verheert sehen wollten. Und der venezianischen Kaufleute selber, die den zukünftigen Reichtum der Insel verkörperten und ihre alltäglichen Geschäfte ohne Störung fortzuführen wünschten. Wenn Zacco den Großtürken von Zypern fernhalten wollte, mußte er die Venezianer beschwichtigen und ihnen zu Gefallen sein.

Militärisch gesehen war die Lage ganz klar. Zacco hatte die Insel bis auf zwei Brückenköpfe in Besitz. Er mußte die Krieger der Königin aus Kyrenia verdrängen, das zwischen dem Meer und dem Gebirge gelegen und über einen Paß zu erreichen war, den eine Festung versperrte. Und er mußte die Genuesen aus Famagusta vertreiben, dem Hafen, auf den sich Kyrenia stützte. In jeder Enklave war eine starke feindliche Burganlage, gut geschützt von der See her und gut verteidigt auf der Landseite.

Diese zwei Burgen mochten fallen durch eine große Flotte, durch eine große Heeresmacht, durch eine List oder durch starkes Geschütz. Verfügte man nicht über diese Mittel, konnte eine Abschnürung zu Wasser und zu Land sie in die Knie zwingen. Jetzt, zu Beginn der neuen Jahreszeit, mußte man seine Möglichkeiten abwägen und eine Entscheidung treffen. In solchen Dingen ging man nicht von Mutmaßungen aus. Man stellte Berechnungen an. Man setzte sich insbesondere mit dem Paß auseinander, der nach Kyrenia hinunterführte und der durch die Feste St. Hilarion geschützt wurde. Und zum Schluß kümmerte man sich gar nicht mehr um Kyrenia, sondern um den Schlüssel zum Land, der Famagusta hieß.

Der König, das wußte Nicolaas schon, zog das Handeln den theoretischen Überlegungen vor. Die Aufzeichnungen zu lesen kostete Zeit. Nicolaas wartete. Schließlich blickte Zacco auf. «Ihr glaubt, Ihr kennt die Antworten. Für Euch steht schon alles fest.»

«Nein», entgegnete Nicolaas. «Ich weiß jetzt, was vorher schiefgegangen ist. Ich weiß nicht, was man tun kann, um es besser zu machen.»

«Woher stammt Euer Wissen?» fragte Zacco.

«Von den Genuesen. Sie haben auf Rhodos darüber gesprochen. Ihr wißt ja – sie dachten, ich würde für Carlotta kämpfen.»

Er erwähnte Lomellini, der eine Reihe lebendiger und nützlicher Geschichten von früheren Angriffen und genuesischem

Einfallsreichtum erzählt hatte, nicht mit Namen. Auch sagte er nichts von Tomà Adorno, der – da er Nicolaas von früher kannte – von ihnen allen am wenigsten sicher gewesen war, daß er für Carlotta kämpfen würde. Durch ihn war er über die Tiefe des Wallgrabens von Famagusta und den ausgezeichneten Zustand der Mauern der geräumigen Zitadelle unterrichtet, die siebenhundert Bewaffneten Platz bot und mit den Kugeln ihrer Turmgeschütze Schiffe zerschmettern konnte. Einmal hatten sechstausend Mann und dreizehn katalanische Galeeren Famagusta einzunehmen versucht und waren damit gescheitert. Tomà Adorno kam es natürlich darauf an, möglichen Feinden von Famagusta vor Augen zu führen, daß die Sache hoffnungslos und die Stadt uneinnehmbar war. Nicolaas hatte diese Hinweise bemerkenswert gefunden, wie allein schon die Tatsache, daß sie ihm gegeben wurden.

Zacco gegenüber sprach Nicolaas jetzt ausführlicher über diese Dinge. «Zur Eroberung von Famagusta würdet Ihr einer Flotte und einer Heeresmacht aus Kairo oder vom Großtürken in Konstantinopel bedürfen. Ihr müßt wissen, ob das wahrscheinlich ist.»

«Den Großtürken einzuladen wäre Selbstmord», sagte Zacco. «Sonst ist alles möglich. Selbst Hilfe aus dem Westen. Kennt Ihr einen Mönch mit Namen Ludovico da Bologna? Er findet nichts dabei, für eine christliche Sache Muslime zu verwenden.»

«Ich glaube eher, daß der Papst da nicht auf seiner Seite ist», entgegnete Nicolaas. «Wird Kairo helfen?»

«Nein. Ich habe die Mamelucken hier, die der Sultan schon geschickt hat und die ich nicht kränken darf. Das wißt Ihr.»

«Ich verstehe», sagte Nicolaas. «Dann kann auch Kyrenia nicht erstürmt werden mit den Mitteln, die Ihr zur Verfügung habt. Ihr braucht Geschütze.»

«Wir hatten einmal Geschütze», bemerkte Zacco. «Venedig hatte insgeheim beiden Seiten Kanonen verkauft. Sie richteten keinen nennenswerten Schaden an, ehe sie vom Feind erbeutet wurden.»

«Ich habe einen Geschützgießer unter meinen Leuten», sagte

Nicolaas. «In sechzig Jahren ist manches verbessert worden. Wenn wir an eine Belagerung denken, könnten Geschütze sie abkürzen.»

«Wir haben schon eine Belagerung – oder vielmehr zwei», entgegnete Zacco. «Das habt Ihr nicht bemerkt. Ihr glaubt, wir jagen und spielen hier nur. Wir haben die Verbindungslinien zwischen den beiden Städten zerschnitten. Wir haben die Städte vom Umland abgeschnitten. Wir verfolgen sie, wenn sie ausbrechen und draußen Nahrung suchen. Wir verwüsten das Land ringsherum, so daß sie keine Vorräte vorfinden. Sie verhungern langsam.»

«Nicht solange Imperiale Doria sie übers Meer versorgt», hielt ihm Nicolaas entgegen. «Carlottas Gemahl ist gerade erst aus Kyrenia nach Rhodos gekommen. Kaufleute besuchen Famagusta noch immer. Den Händlern behagt zwar die schmale Kost nicht, aber verhungern müssen sie noch nicht. Wenn man sie nicht richtig in den Würgegriff nimmt, mögen beide Städte noch jahrelang aushalten.»

«Ihr wünscht mir einen Rat zu erteilen», sagte der König.

«Nein», erwiderte Nicolaas. «Nach der Besprechung werdet Ihr Eure Entscheidung treffen. Es ist Euer Land.»

«Ich glaubte schon, das hättet Ihr vergessen», sagte Zacco. «Es war mir entfallen. Seid Ihr Ringkämpfer?»

«Nein.» Nicolaas wurde zu Boden geworfen, während er noch sprach. Er hatte halb damit gerechnet und rettete sich durch eine Drehung und einen Stoß, ehe er sich ins Gedächtnis zurückrief, daß er von solchen Griffen ja nichts wissen durfte. Sein Arm wurde gepackt und herumgedreht, und er sorgte rechtzeitig dafür, daß er nicht brach, und stieß mit einem Bein dorthin, wo es weh tat. Zacco fluchte und wechselte den Griff. Seine Muskeln waren jung und elastisch und in der Anspannung so hart wie Buchsbaumholz. Nicolaas sagte zwischen zwei Atemzügen: «Mailändischer Lehrer?»

«Primaflora», entgegnete Zacco krächzend. Sie lachten beide, und er schrie auf, als ihm der Atem aus der Lunge gedrückt wurde. Zwei Daumen stießen ihm in den Nacken, und sein Kopf schlug gegen einen Pfosten, dann gegen einen Teppich. Er trat den König gegen eine Stelle haarscharf neben den Genitalien und rollte sich zur Seite. Ein Keulenkopf grub seine Dornen dort ein, wo er eben noch gewesen war. Der König stellte sich, die Keule packend, spreizbeinig über ihn. Nicolaas sagte: «Ich habe noch drei Seiten mit den Antworten darauf. Astorre verbrennt sie, wenn ich nicht zurückkomme.»

Einen Augenblick lang sah der junge Mann zu ihm hinunter. Das Haar, in dem Gerangel zerzaust, klebte ihm in Kringeln auf der Haut, und er keuchte vor Anstrengung. «Ihr habt den Tritt eines Verräters.»

Nicolaas lag da und blickte zu ihm auf. «Ich könnte es noch einmal tun.» Es klang nicht recht überzeugend. «Ich treffe, worauf ich ziele.»

«Ich auch», sagte Jakob von Lusignan langsam. «Ich auch. Also sagt mir, warum Ihr mich angreift. Euch gefällt nicht, daß ich die Frau fortgeschickt habe? Sie war eine Spionin.» Die Keule baumelte jetzt in der herabhängenden Hand, und er runzelte die Stirn.

Nicolaas sagte: «Das bezweifle ich. Aber ob Spionin oder nicht, sie war unter meiner und Eurer Aufsicht, und sie war in meinem Bett, zum Donnerwetter! Was nützt Euch Katelina van Borselen?»

Der junge Mann, der über ihm stand, trat langsam auf die eine Seite hinüber. «Nichts. Macht mit ihr, was Ihr wollt.» Er setzte sich mit ebenso langsamen Bewegungen auf den Fußboden, die Keule über den Knien, und musterte Nicolaas. Ihre Blicke begegneten sich. Nach einer langen Pause sagte der König ganz wie ein Junge: «Habt Ihr einmal eine Belagerung mitgemacht? Das ist so langweilig.»

«Für die Krieger», sagte Nicolaas. «Ist sie erst einmal eingerichtet, bedarf sie nur noch der regelmäßigen Überwachung. Astorre hat nichts gegen Langeweile. Ich könnte die Anlagen in Stellung bringen. John le Grant könnte sich um Gerät und Vorräte und um das Unterminieren kümmern, ehe er in den Süden geht.»

«In den Süden?» Der junge Mann fuhr sich über die Wange.

«Zu mir nach Kouklia und Akhelia. Ihr sagtet doch, ich sollte die Zuckerrechte bekommen? Wie ich höre, ist im nächsten Monat die zweite Ernte, und der Mai ist die Zeit für das Mahlen. Bis dahin ist die Belagerung eingerichtet, und man braucht sie nur noch zu überwachen. Tzani-bey wird das gewiß nicht zu langweilig finden.»

Zacco starrte ihn an, Daumen und Zeigefinger spielten mit verfilztem Haar. Er hatte das dünne Kragenband seines Hemdes geöffnet, und das Hemd selbst war zum Teil aufgeknöpft, und der dünne gefältelte Stoff war von ihrem Kampf befleckt und zerrissen. Die Strumpfhose war am rechten Unterschenkel aufgeplatzt. Das Schweigen zog sich in die Länge. Nicolaas machte keine Anstalten, es zu brechen. Zacco ließ die Hand sinken. Er nahm die Keule und wiegte sie in den Händen. Er sagte: «Ich habe nichts gegen habgierige Männer. Sie kämpfen gut. Aber sie müssen zuvor kämpfen. Ich habe nicht einen Einäugigen mit einem Bart gekauft, ich habe Euch gekauft.»

Nicolaas hielt seinem Blick stand, ohne sich zu rühren. «Majestät, Ihr werdet für Euer Geld den vollen Wert erhalten. Zuerst die Besprechung. Dann die Vorbereitungen für den Feldzug. Dann der Beginn des Feldzugs. Ich werde für all das da sein.»

«Und wenn ich sage, daß Ihr erst in den Süden gehen könnt, wenn die Sommerkämpfe vorüber sind?»

«Majestät, Ihr seid der König. Ihr könnt alles befehlen, und man wird Euch gehorchen. Nur – wie will Majestät seinen Krieg finanzieren, wenn die königliche Zuckerernte ausfällt?»

«Warum sollte sie das?» entgegnete Zacco.

«Ich habe eine Vorahnung», sagte Nicolaas. «Der Krieg hat schon Schäden angerichtet. Männer, die für die Venezianer gearbeitet haben, ziehen es vielleicht vor, auf venezianische Güter überzuwechseln. Die früheren Pächter könnten es übelnehmen, daß ein Fremder jetzt die Nutzungsrechte besitzt. Selbst die Ritter in Kolossi glauben, sie haben eine Rechnung zu begleichen. Es wäre besser, wenn ich dort sein könnte.»

«Wenn ein Krieg keinen Führer braucht, warum schickt Ihr

dann nicht Astorre zum Zuckermahlen hinunter?» entgegnete Zacco.

«Das werde ich sogar tun, zu gegebener Zeit», sagte Nicolaas. «Wenn ich Euch einen Gewinn versprechen kann.»

Zacco lächelte. «Ihr sprecht, als hättet Ihr das zu bestimmen. Soll ich es übersehen?»

«Ihr habt meinen Kopf gekauft. Er rackert sich für Euch ab und trägt Euch seine Schlußfolgerungen vor. Ihr braucht sie nicht zu übernehmen, wenn Ihr anderer Meinung seid.» Er gab das Lächeln, das nicht echt war, nicht zurück.

Zacco hob die Keule hoch, wiegte sie in der Hand und schleuderte sie, den Blick auf Nicolaas gerichtet, zur Zelttür hinaus. Man hörte einen Aufschrei und ein dumpfes Geräusch. Zacco sagte: «Ihr wollt St. Hilarion einnehmen. Ich konnte es in Euren Gedanken lesen.»

«Es sollte eingenommen werden», erwiderte Nicolaas.

«Ein unzugänglicher Berggipfel an einem Paß, der in der Hand des Feindes ist? Nun gut, nehmt ihn ein. Wenn Ihr ihn habt, könnt Ihr Euch um Eure Zuckerernte kümmern.» Und zu dem Sarazenen, der mit aufgerissener, blutender Backe hereinkam, sagte der König: «Hast du auch alles gehört, was du hören wolltest? Bring Fleisch und Süßigkeiten und Wein und wecke den Jungen mit der Flöte. Ich habe Hunger.»

Kapitel 24

Einen Monat später, als der Frühling in voller Blüte war, griff Nicolaas die Bergfeste St. Hilarion an. Durch orangefarbene, scharlachrote und gelbe Wiesen, zwischen den leuchtenden Grüntönen frischen Laubs und berauschenden Duftwehen hindurch schritten die Lastkamele mit ihren Säcken mit Schießpulver, und Maultiere und Ochsen zogen Wagenladungen von Mehl und Weinfässern und Pfeilen, Zelten und Eisengerät, Kugeln und tragbaren Essen, Sturmleitern und Katapulten über die Ebene bis zu den Vorbergen der Höhen um Kyrenia. Und neben ihnen trabten das ägyptische und das christliche Heer mit dem jungen König an der Spitze und Nicolaas auf einem Streitroß des Hauses Lusignan an seiner Seite.

In Italien, als gemeiner Krieger unter Urbino, hatte sich Nicolaas in den Krieg wie in ein reinigendes Abenteuer gestürzt – eine Flucht in die körperliche Auseinandersetzung. Die Erregung des Kampfes hatte noch immer etwas Verlockendes, aber sie brannte, wie er sah, auch in dem Bastard. Doch diesmal übernahm Nicolaas einen Teil von Urbinos Rolle. Bei Beratungen wurde seine Stimme gehört: die Pläne, nach denen sie vorgingen, verdankten seiner Strategie mehr, als den meisten bewußt war. Dennoch rückte ihm während der Wochen der Vorbereitungen diese göttliche innere Freiheit bisweilen aus dem Blick. Er verlor sich wie so oft zuvor in der Schönheit des Entwerfens: des Berechnens, des Zusammenfügens von Stücken zu einem Ganzen so vollkommen, wie es dem Vorausdenken nur möglich war, wobei man nie außer Acht lassen durfte, daß der Himmel mit Riesen ausgestattet war und dieses sterbliche Königreich mit Fallen für die allzu Selbstsicheren.

Die meisten dieser Stücke waren Menschen. Die einfachen Krieger erreichte er über ihre Vorgesetzten. Den Zyprioten, Katalanen und Aragonesen gegenüber, die als Hauptleute das Heer des Königs anführten, verhielt er sich höflich und offen, weder ehrerbietig noch unverfroren. Als Favorit des Königs hatte er sich schon ihren Neid zugezogen. Er mußte sich zumindest ihres Respekts sicher sein. Die Feindschaft Tzani-beys war älter und eine unversöhnliche, aber in der Öffentlichkeit wie unter vier Augen war die Art des Ägypters sanft, und er trug seine Meinungen mit Honigstimme vor. Nicolaas hatte weniger etwas gegen die Hauptleute, die brüllten: das betraf Markios, den Lusignanschen Onkel, der knurrte und schimpfte und von den

Mamelucken verehrt wurde, und auch Astorre, der, obschon sein Untergebener, stets sofort zeternd auf einen Fehler hinweis. Vor allem wurde Nicolaas aber von Zacco selbst in Bann gezogen, der, ganz in seinem Metier, zeigte, was der Flimmerglanz verborgen hatte.

Hier, so schien es, offenbarte sich ein gerechter Fürst, ein Mann, der auf Zucht Wert legte, ein Führer, der die Achtung wie das Herz eines Mannes zu gewinnen vermochte. An Jahren war Jakob, der Bastard von Lusignan, freilich noch unreif, belastet noch mit dem Übereifer der Jugend und bisweilen mit ihren Zornanfällen, ihren törichten Launen, ihrer Grausamkeit. Doch nur einem tüchtigen, fähigen Mann hatte es gelingen können, fast ganz Zypern zu erobern und in Besitz zu halten, zwei Heere zu befehligen, Siege zu erringen und seiner Schwester Gefolgsleute abspenstig zu machen. Indes Jakob und Nicolaas bis spät in die Nacht hinein diskutierten – die Stimme des Königs mochte ihm ins Wort fallen, Beifall spenden oder auch einmal in überraschtes schallendes Gelächter ausbrechen –, erkannte Nicolaas, daß es, was sich auch ereignet hatte, richtig gewesen war, hierher zu kommen und diesen Mann zu entdecken, so wie er spürte, daß Zacco, der ihn hatte haben wollen, nicht in jeder Hinsicht enttäuscht war. Aber er schlief noch immer getrennt von ihm.

Es wurde kaum wahrgenommen, so beschäftigt waren seine eigenen Leute in diesen Wochen. Der Kapitän Mick Crackbene wurde ausfindig gemacht und zurückgerufen von Loppe, der in den Süden gereist war mit Kreditbriefen und Einkaufslisten für Mittelsmänner in Venedig und Florenz, Mailand, Palermo und Ancona. Crackbene, ein selbstgenügsamer Mensch, schien sich ganz gern der Kompanie wieder anzuschließen. König Jakob kannte er offenbar schon. Seit der erzwungenen Reise der *Doria* nach Episkopi hatte das Schiff den halben Winter auf See verbracht mit Frachtfahrten und auch ein wenig Seeräuberei. Die Anweisungen für das Schiff kamen von Zacco, und es stand auch in Zaccos Dienst, nicht in dem der Venezianer. Crackbene und seine Besatzung erhielten Lohn ausbezahlt, und Pachtgeld ging, wie es seine Ordnung hatte, an Nicolaas' Bank. Crackbene blieb eine Weile im Lager des Königs und lieh den Besprechungen seine unparteiische Stimme. Dann traf nach einem langen Schweigen von Loppe für Nicolaas ein Päckchen ein, auf das man schon gewartet hatte. Es enthielt ein Dutzend eng beschriebene Seiten in Flämisch. Es kam von Loppe selbst, und man sah ihm an, daß sich jemand sehr vorsichtig und hoffentlich vergeblich daran zu schaffen gemacht hatte. Crackbene erhielt seine neuen Anweisungen und machte sich endlich recht nachdenklich wieder auf den Weg zu seinem Schiff.

Nachdem Hauptmann Astorre seine Bestandsaufnahme beendet hatte, beschäftigte er den Schmied mit dem Aufpolieren der Waffen, prüfte das Pferdegeschirr und schickte Thomas aus, Zugtiere und Wagen zu besorgen. Einen großen Teil seiner Zeit verbrachte er in Gesellschaft der Hauptleute anderer Kompanien, von denen er einige bereits kannte, und die militärischen Übungen im Lager hatten ihren Nutzen davon. Er erhielt eine Einladung von Zacco, die zu einem Meinungsaustausch führte, bei dem der Hauptmann seine Erfahrungen mit Skanderbeg, Piccinino und Urbino schilderte. Dem folgten Gaben – Leckereien – für seinen Tisch. Er überprüfte nun Säcke mit Bleischrot, während er Mandeln, Datteln und grüne Walnüsse kaute, und studierte auseinandergerollte Lagepläne, deren Ecken mit Orangen beschwert waren.

Auch Tobie war bisweilen mit Zacco zusammen, den er sowohl verlockend kühn wie aufnahmebereit fand. Bei seinem ersten Besuch bekam er Glühwein zu trinken und erzählte dann des langen und breiten von der Ruhr. Tobies Onkel, der Leibarzt von Königen war, wurde nicht erwähnt. Bei seinem zweiten Besuch hatte der König auch einen arabischen Arzt aus seiner Mameluckenschar zu Tisch geladen. Das Gespräch verlief höchst angenehm. In seinem Zelt trank Tobie anschließend weiter, bis Nicolaas sich einfand, um nach ihm zu sehen. Sogleich verkündete Tobie: «Wenn Ihr Zacco nicht haben wollt, ich will ihn. Ich weiß, wie man St. Hilarion einnimmt.» Danach endete der Abend noch recht fröhlich, denn Nicolaas half ihm vor lauter Entzücken, das Faß zu leeren.

Thomas, der gelegentlich mit den anderen Unterführern zechte und hörte, was sie sich von ihrem Herrn erzählten, empfand eine andere Art von Respekt. «Dieser Bursche, der beim Kartenspiel falsch gespielt hat», wußte er eines Abends den anderen im Zelt zu berichten, «den hat Zacco zu Boden geschlagen und ihm dann den gespornten Stiefel im Gesicht herumgedreht.»

«Kluger Junge – statuiert ein Exempel», sagte Astorre.

«Und die Kaufleute, die gleich von Salines aus weiterreisen durften – wißt Ihr, warum er die freigelassen hat?»

«Damit es bei einer Belagerung noch mehr hungrige Mäuler gibt – daran habe sogar ich gedacht», sagte John le Grant. «Er sieht gut aus und hat Verstand, unser Bastard, aber laßt Euch nicht täuschen. Wer das Skorpionenblut von dreihundert Jahren erbt, aus dem wird keine Butterblume.»

Von ihnen allen widerstand nur John le Grant der Versuchung, in den engeren Kreis des Königs vorzudringen. Er beantwortete die berechtigten Fragen des Bastards – und das waren nicht wenige –, aber sein Privatleben blieb davon unberührt wie auch seine Philosophie. Zumindest stellte er sich das vielleicht vor, da der Umgang mit Geschützen, Stollengängen und Bombarden ihm so natürlich schien wie das Atmen und er für unwichtig hielt, was jemand beobachten mochte, wenn er den Plan für ein Vorhaben zeichnete oder schweigend vor einer Esse stand und zusah, wie ein neues Werkzeug Gestalt annahm. Jakob von Lusignan war ein guter Beobachter.

Nur der Neger entzog sich – und dies absichtlich. War Zacco in der Nähe, verschwand Loppe im Hintergrund. Ehe er in den Süden ging, war es Loppe, der den Lusignansproß beobachtete, und nicht umgekehrt.

Inzwischen wußte die Besatzung von St. Hilarion natürlich, was vorging. Man wußte in Nikosia, wann die Festung ihre letzten Trupps auf Beutestreifzüge schickte und schließlich widerwillig die Tore schloß. Man wußte in St. Hilarion, daß sich die Streitmacht des Bastards von Lusignan nach Norden in Bewegung gesetzt hatte, um die elf oder zwölf Meilen zwischen Trakhona und dem Weiler Agridi zurückzulegen. Von dort führte der St. Katharinenpaß durch das Gebirge nach Kyrenia. Und auf der Höhe zur Linken des Passes stand die verzauberte Palastfestung St. Hilarion, byzantinischer Wachtturm, fränkischer Gewahrsam und Lusignansche Laube, erbaut zum Vergnügen und zum Töten.

Um die Mitte des ersten Tages war Agridi von Zaccos Zelten und Lagerfeuern umgeben, Kundschafter und Wachposten hatten ihre Aufträge, und das Banner des Bastards wehte über einem rastenden Heer. Über ihren Köpfen zogen sich die Berge dahin, die lange, ausgezackte Kette, die sich zwischen ihnen und dem schmalen Küstenstreifen erstreckte. Vom Lager aus war der Anfang des Passes zu sehen, der Weg, der nach Kyrenia führte, drei Meilen von seinem Ende aus. Kyrenia konnte nicht eingenommen werden mit den Mitteln, über die sie jetzt verfügten. Was sie brauchten, war die unangefochtene Herrschaft über die Paßstraße. «Wie hoch liegt sie?» fragte Tobie. «Die Burg.»

Er und Nicolaas warteten auf Essen; sie saßen in der Nähe der Öfen, und die Nachmittagssonne wärmte Tobies Kahlkopf. Es roch nach frischem Brot, nach Kamelen und nach Kot. «Zweieinhalbtausend Fuß über dem Meer. Man kann sie von hier aus nicht sehen. Ihr macht Euch doch keine Sorgen? Ihr, der Neffe des großen Physicus?»

Es roch auch nach Ringelblumen. Tobie hob eine Hand und nahm die Blume, die er sich übers Ohr gesteckt hatte. Als er sie herumzwirbelte, glänzte sein Küraß orangegelb auf. «Wie man so hört, gedenkt Ihr nach Kouklia zu gehen, wenn es Euch gelingt, St. Hilarion einzunehmen.»

«Ganz recht», sagte Nicolaas. «Ich werde dann fünfundsiebzig Meilen weit fort sein. Nachrichten zwischen uns werden Jahrzehnte brauchen.»

«Der König sagte, er habe uns zum Kämpfen eingestellt, aber wenn Ihr gern Handel treiben wolltet, werde er Euch nicht daran hindern. Ich beklage mich nicht.»

«Aber Ihr wollt nicht mitkommen.» Das war im Ton der Bestätigung gesprochen. Nicolaas fügte hinzu: «Ich nehme an,

Thomas will auch bleiben. Ich weiß nicht, wie ich es schaffen soll.»

Tobies Gesicht rötete sich. «Das Zuckerrohr wird Euch doch nicht beißen? Ich werde bei der Kompanie gebraucht.»

«Ja, wahrscheinlich», sagte Nicolaas. «Und wenn nicht, wie kann ich mich mit den Arabern messen? Aber Ihr könnt Euch so oder so freuen – wenn wir die Festung nicht einnehmen, bleibe ich hier, und wenn wir sie einnehmen, könnt Ihr hierbleiben und das Arzneimittelbuch neu schreiben zusammen mit diesem – wie heißt er noch? Abul Ismail. Ich würde ja zu Astorre hinübergehen und dort essen, aber ich schaffe nicht mehr als acht Gänge. Benehme ich mich unvernünftig?»

«Ja», sagte Tobie erleichtert.

«Das tut mir leid», sagte Nicolaas. «Ich muß einfach bald fort von hier.»

«Warum?» Tobie hatte das Wort kaum ausgesprochen, als er errötete.

«Mein Gott», sagte Nicolaas mit aufkeimender Verblüffung. Er nahm Tobie die Blume aus den Fingern. «Muß ich Euch das erklären? Ja, ich komme nicht darum herum. Ich muß bei unserer gemeinsamen Freundin Katelina vorsprechen. Und wenn Ihr wissen wollt, warum: um der heilenden Wirkung willen. Wenn ich mich so errege wie jetzt, brauche ich eine zornige Frau. Für wen hattet Ihr die gedacht?»

«Ich habe mich noch nicht entschieden», erwiderte Tobie nachdenklich. Er nahm die Ringelblume wieder an sich. «Wo sind Katelina und der Junge? Ich dachte, das Lösegeld sei gekommen.»

«Das dachte ich auch. Sie sollte auf der Heimfahrt zu ihrem Mann sein, aber das ist sie nicht. Jemand hält sie zurück.»

«Vielleicht will sie nicht fort», meinte Tobie und musterte seine Blume. «Aber man sollte den Jungen nach Hause schicken, wo er auch ist.»

«Ich dachte, das wüßte jeder. Er hilft als Lehrling in der Färberei. Und er wird nicht geschont. Er hört da erst auf, wenn ich es will.»

«Ihr scherzt», sagte Tobie.

«Wahrscheinlich. Da gab es heute noch ein Gerücht: der Sultan soll sich zu einem Krieg gegen Venedig rüsten.»

«Davon habe ich schon letzte Woche gehört», entgegnete Tobie. «Wenn es stimmt, bekommt Ihr alles, was Ihr bestellt habt. Aber ich nehme an, darauf habt Ihr gezählt.»

«Ich vertraue darauf, daß ich alles bekommen werde, was ich bestellt habe. Ich glaube, das werde ich auch. Ich habe das Gefühl, ich habe Glück. Ich habe so eine Ahnung, daß Ihr am Ende noch Eure Meinung ändert und zu mir nach Kouklia kommt. Natürlich müssen wir zuvor St. Hilarion erobern, in welchem Falle Ihr eine Pinte Nußöl und einen Kuchen geschickt bekommt. Wenn wir es nicht erobern, braucht Ihr Euch keine Sorgen zu machen. Zacco wird mich nicht gehen lassen, und Astorre und ich werden Euch ohnehin den Hals umgedreht haben. Mir ist wohler.»

«Gut», sagte Tobie in resigniertem Ton, hinter dem sich eine gewisse Befriedigung verbarg. Zu den Dingen, die ihm an Nicolaas am besten gefielen, zählten seine feigen Augenblicke.

Am Nachmittag bliesen die Trompeten zum Sammeln. Die Lagerproklamation wurde verlesen, und nach einer ein wenig unbehaglichen getrennten Andacht mit Segensspruch zog Jakob von Lusignans Heer zum Eingang des St. Katharinenpasses und weiter in den steilen und steinigen Engpaß zwischen den Bergen hinein, der von der Feste St. Hilarion beherrscht wurde. Sie betraten ihn wie ein Quecksilberfluß. Die Luft war versperrt von ihren Lanzen, und die spitz zulaufenden Helme der Reiterei bildeten vorn und hinten ein schaukelndes Muster. Die Trommeln dröhnten, und die Banner flatterten, während die Krieger auf Orchideen, Iris, Skabiosen, Ochsenzungen und Alpenveilchen traten, so daß die Kompanie roch wie ein ganzes Freudenhaus. Dann wichen die steilen Hänge ein wenig zurück, und voraus zu ihrer Rechten erhob sich der Fels, dem sie zustrebten, mit St. Hilarion auf seinem Gipfel.

Einst war dieser nach einem Einsiedler benannte Ort Gott heilig gewesen. Damals hatte hier ein Kloster gestanden, das jetzt verschwunden war. Statt dessen erhob sich hier nun das, was Tobie, den es kalt überlief, im Augenblick als die Höhle, den Bau der Lusignans wahrnahm: ein Palast der Meernixe Melusine mit Gewölben und Säulen aus Gold, einem grün eingefaßten Belvedere, einer Andeutung von Gärten, von Loggien, der strahlenden Kuppel einer Kirche. Es war ein nur vorübergehender Eindruck. Als der Kriegerzug näher kam, sah er, daß die Gebäude nicht aus Blattgold waren, sondern aus byzantinischem dünnem Mauerwerk und Quaderstein, mit Dächern, die mit Ziegeln oder mit Stroh gedeckt waren, und hohen Fenstern. Die Burg erhob sich stufenweise zu ihrer vollen Höhe: der breite untere Bereich war als Viehweide und für Turniere und Festspiele vorgesehen, der mittlere beherbergte Aufenthaltskammern, Kriegerquartiere und die Küche.

Ganz oben, hoch unter den kühlen Lüften aus dem Norden, war die Suite der Königin, die jetzt leer stand. Dort, das wußte Tobie, blickten die Maßwerkfenster zum Meer hinaus, und von dort aus sah man die Zitadelle von Kyrenia. Am Rand eines Abgrunds errichtet, bedurfte die Nordseite von St. Hilarion keiner Wehranlagen. Um die übrige Burg herum führte eine mit neun Türmen verstärkte Mauer. Eine Viertelmeile lang, überspannte sie den Südhang und zog sich dann bis zum Gipfel hinauf. Diese Mauer ragte jetzt vor ihnen auf, wuchtig und gut in Stand gehalten, mit einem Gefunkel von Stahl auf ihrer ganzen Länge. Man würde ihnen einen heißen Willkomm bereiten.

Jakob von Lusignan hob die Hand. Die Streitmacht hielt an, als sie gerade noch außer Bogenschußweite war. Ein Horn blies einen Ruf. Der Herold des Königs in seinem Wappenrock mit den Kreuzen und Löwen des Hauses Lusignan darauf ritt mit wehendem Helmbusch aus der Reihe vor, zügelte sein Pferd ein Stück unterhalb des Haupteingangs, blies in seine Trompete und rief etwas. Nach einer Weile ging das Tor auf, und ein Reiter in Waffen kam heraus und näherte sich langsam. Sie redeten miteinander, der abgemessene Schall ihrer Stimmen hallte in der stillen Luft wider. Dann trennten sie sich und ritten zurück. Jakob ließ sich von seinem Herold berichten und wandte sich dann zu Hauptleuten und Heer um. «Die Besatzung lehnt eine ehrenvolle Übergabe ab. Wackere Männer, Euer Wunsch wird erfüllt. Die Burg wird Euer sein samt allem, was darinnen ist.»

«Und das wird nicht viel sein», sagte Nicolaas, der plötzlich auftauchte, mit gedämpfter Stimme.

Tobie hatte in seiner Rüstung zu schwitzen begonnen. «Habt Ihr Eure Männer postiert?»

«Ich habe niemanden postiert», sagte Nicolaas. «Du liebe Güte, auf jedem Hügel da oben ist ein Späher und beobachtet uns. Ihr habt den Plan vergessen.»

«Das habe ich nicht. Wir reiten jetzt ins Lager zurück und lassen sie die halbe Nacht in Waffen stehen. Heute nacht und morgen dann kommen wir zurück, wobei wir uns abwechseln. Wenn sie schließlich völlig erschöpft sind, überrumpeln wir sie. Vielleicht sind wir auch schon vor ihnen erschöpft. Wer ist das?» Hinter Nicolaas hing ein Mann in Halbrüstung zusammengekrümmt in den Armen eines Kriegers.

«Einer der Späher, die uns beobachtet haben. Ich hatte ihn mir gegriffen. Der König wollte ihn befragen, und jetzt schickt er ihn zu Euch.»

«Zu mir?» sagte Tobie. Er ahnte etwas.

«Ja. Er hat schreckliche Bauchschmerzen, und das gilt für die halbe Burgmannschaft, sagt er.»

«Es hat gewirkt!» Tobie warf den Kopf zurück und kreischte mit gräßlicher Falsettstimme. «Es hat gewirkt! Es hat gewirkt!»

Nicolaas grinste, und ringsherum grinste alles mit. «Na ja, eine Wagenladung frisches Fleisch vor ihrer Nase, das war auch zu verlockend. Was habt Ihr denn in die Ochsenseiten hineingeschmiert?»

«Fragt Abul Ismail», sagte Tobie. «Kreuzdorn, Heliotrop, Tollrübenbeeren. Hundskamille und Nelken, Sandlilien und Alpenveilchenknollen. Hübsche Blüten. Poetische Inspiration. *Ilm-l'krusha*, das Wissen von den Gedärmen, ist das arabische Wort für poetische Inspiration. Ich kann Euch sagen, wenn die Burschen das Fleisch anrühren, dann scheißen sie, bis ihnen die Augen übergehen.»

«Eine gemeine, sehr anstößige List. Abul wird nie in meinen Orden aufgenommen werden, und Pavia wird Euch Eure Doktorwürde aberkennen. Was haltet Ihr vom Wetter?»

Tobie starrte ihn an. «Was sorgt Ihr Euch? Es wird nicht regnen. Es heißt, nach Einbruch der Dunkelheit erhebt sich der Wind von der See her, aber meine Decke kriegt Ihr nicht. Habt Ihr gesehen, was John le Grant zum Einwickeln hat? Zehn Lagen dickes Tuch, drei Lagen Wachstuch und eine Lage Kaninchenfell. Da wird ihm so heiß werden, daß er glüht.»

«Nun, jeder trägt seine Last mit sich herum», sagte Nicolaas und wandte sich ab, um mit Astorre zu sprechen.

Die erste Abteilung machte sich nach Mitternacht leise auf den Weg zurück nach St. Hilarion. Tobie war zu seinem Ärger nicht dabei, aber er sah Nicolaas in voller Rüstung mitreiten, ebenso alle Hauptleute. Bei ihm war der König. John le Grant und die Feuerwerker, alle in Leder oder Tuch eingehüllt, schattenhafte Teufel auf schattenhaften Reittieren. Er glaubte auch Kamele zu sehen. Das Fußgetrappel entfernte sich, erstarb, und im Lager wurde es wieder still. Eine Stunde verging und noch eine. Wind erhob sich und spielte mit den Zeltwänden. Tobie erhob sich fluchend und ging, in seinen Umhang gehüllt, zum Feldscherzelt hinüber, um dort nach dem Rechten zu sehen. Zwei seiner Gehilfen waren da, sie schliefen auf einem Strohlager, und ein Gehilfe von der Truppe des Königs, dessen Arzt seinen Herrn begleitet hatte. Bei Kerzenlicht über einem Buch saß Abul Ismail, der Ägypter. Er blickte auf und lächelte, das bärtige Gesicht in senkrechte Falten gelegt. Tobie sagte: «Der Wind hat mich geweckt.»

Abul Ismail legte sein Buch hin. «Euer junger Freund wird sich vorsehen müssen. Und Euer Geschützmeister und Minierer.»

Sie hatten einander längst zu dem auf ihre Art gewürzten Ochsenfleisch beglückwünscht. Tobie sagte: «Der Wind kann Hakenbüchsen nichts anhaben. Sie wollen nur Krach und Rauch machen, während John sich die Mauern näher ansieht.»

«Ja, ich weiß. Aber meine Vorfahren konnten sich verteidigen, wenn sie belagert wurden. In der Festung sind vielleicht Sklaven aus meinem Volk, und der Wind weht für sie günstig. Wachstuch und Pelz, mein Freund, dämpfen das Geräusch, sie sind aber kein Schutz gegen Naphta.»

Er hatte das arabische Wort *naft* gebraucht, und einen Augenblick lang glaubte Tobie, er meine Feuerwaffen. Dann begriff er. «Griechisches Feuer? Ihr glaubt, sie haben griechisches Feuer?»

«So wurden die Kreuzritter geschlagen. Es wird angezündet und in Tontöpfen fortgeschleudert. Oder mit Armbrüsten verschossen. Der ganze Hang würde brennen. Eure Feuerwerker kämen kaum davon. Eure Ritter, die zu Hilfe eilen wollten, würden in ihrer Rüstung kochen wie Krebse. Es ist eine schlimme Waffe.»

Tobie stand auf, machte einen Schritt zur Tür und drehte sich um. «Salben», sagte er.

«Sie sind hier. Der junge Mann und der König haben darüber gesprochen. Die Feuerwerker kennen die Gefahr. Euer Freund hat an Vorsichtsmaßnahmen getroffen, was möglich ist. Er ist ein vielseitig begabter Jüngling, aber wie der König auf der Jagd ein wenig sorglos.»

«Ja, das ist er», bestätigte Tobie.

«Er will, daß sein Plan gelingt. Es liegt nicht in seiner Natur, von etwas Angefangenem zurückzutreten. Wenn es geschafft ist, hört er wieder auf die Stimme der Vernunft.»

Tobie sah ihn schweigend an und dachte an Trapezunt. Der Araber nickte einmal. «Ich sehe, Ihr gebt mir recht. Solange er in Bann geschlagen ist, ist er verrückt. Vielleicht ist es eine von Gott geschickte Verrücktheit, vielleicht auch etwas ganz anderes. Ich glaube nicht, daß man es heilen kann, aber er bedarf des Zügels. Eine Leine für den Falken, ein Halfter für das Fohlen und das Pferd und die Jungen. Da kommen sie.»

Tobie sprang auf, dann schlug er erneut den Umhang um sich und ging schweren Schritts zur Zelttür, um die Rückkehr der Schwadron zu beobachten. Der erste, den er sah, war der

König, der nächste Nicolaas. Sie riefen laut. Er sah, daß sie dies vor Freude taten. Hinter ihnen saßen die Feuerwerker und Minierer ab. Er sah John in offen stehender Felljacke, die Filzkappe zum Auswringen naß in der Faust. Er rief auch umher. Durch den Lärm und durch Befehle aufgeweckt, taumelten Männer hoch und begannen ihre Rüstungen umzuschnallen: die zweite Abteilung traf Vorbereitungen zum Abrücken. Ein Mann kam herbeigehinkt und hielt sich den Arm, und zwei andere hoben einen dritten vom Pferd und trugen ihn ins Zelt. Er fluchte.

Nicolaas, den Helm unterm Arm, kam herein, während er sich durchs Haar strich. Er ließ die Hand sinken und sah Tobie an. «Das ist alles, was wir haben. Zwei Verwundete. Ihr seht enttäuscht aus.»

Tobie räusperte sich. «Ich wollte gerade Eure Blasen behandeln. Kein Naphta?»

«Das war ein völliger Mißerfolg», sagte Nicolaas. Er übergab Helm und Handschuhe einem Burschen und schnallte auch noch das Schwert ab. «Ich komme um vor Hunger. Wollt Ihr diesen zweiten Zug begleiten? Es hat nicht viel Zweck. Keiner trifft wen.»

«In diesem Falle bleibe ich», sagte Tobie. «Wie ist es gegangen?»

Er erhielt zuerst keine befriedigende Antwort, sah sich aber alsbald im Feuerschein in eine lässig herumhockende Gesellschaft kauernder, lärmender Männer einbezogen, die den König und Astorre und Thomas und John le Grant einschloß, dessen rotes Haar wie eine Bürste abstand. John sagte: «Feuerschutz? Sie hätten mich dreimal beinahe getroffen. Dann trieb der Rauch so weit den Hang hinauf, daß ich vor Husten keine Befehle mehr geben konnte.»

«Sie konnten Euch nicht sehen», sagte Zacco. «Die in der Burg konnten Euch nicht sehen. Und was habt Ihr getan? Ihr habt keine Stollen vorgetrieben, kein Schießpulver eingegraben . . .» Er mimte lustige Empörung, wobei seine Augen lächelten.

«Wie Ihr wohl wißt, Majestät», erwiderte der Geschützmeister. «Wer immer diese Mauern errichtet hat, war ein Meister auf seinem Gebiet. Da ist eine Stelle oben an der Seite . . . *vielleicht* ist da eine Stelle oben an der Seite. Aber ohne Geschütz ist es die Zeit nicht wert. Und wenn wir Kanonen bekommen, brauchen wir sie nicht bei St. Hilarion anzuwenden.»

«Also, was ist geschehen?» fragte Tobie geduldig.

«Er hat Knaller mit Zündschnüren angebracht», sagte Nicolaas. «Die Burg hatte nach der Aufforderung den ganzen Abend in Waffen gestanden, hörte uns dann in der Nacht kommen und machte sich schließlich auf die Abwehr eines Generalangriffs gefaßt. Und dann haben sie uns, wie sie glaubten, abgeschlagen davonziehen sehen. Sie werden anfangen, in Schichten zu schlafen. Eine Stunde nach unserem Abrücken werden sie es unter den Mauern von Johns Knallern krachen hören, geben Alarm und schießen in den Rauch hinein. Dann blasen sie den Alarm wieder ab.»

«Und dann trifft unsere zweite Schwadron ein», sagte Tobie. «Aber das nächste Mal haben sie vielleicht nicht mehr solche Angst vor Euch. Sie schicken ein Drittel ihrer Leute auf die Wehrgänge, während die anderen sich ausruhen.»

«Das hat er auch gesagt», meinte Astorre und deutete gleichzeitig mit dem Kinn und einem kleinen Bratspieß voller Nieren auf Nicolaas. «Aber jetzt werden sie sich nicht mehr lange ausruhen. Nachtangriff von vorn *und* von hinten.»

«Was?» sagte Tobie. Zacco lachte.

«Ziegen», erläuterte Hauptmann Astorre. «Ein kleiner Trupp mit einem Wagen voller Ziegen. Sie treiben die Tiere die hintere Klippe hinauf, feuern ein, zwei Pistolen ab und können dann sehen, wie der Rest der Verteidiger zu den hinteren Mauern rennt. Wenn sie sich bis dahin noch nicht die Hosen naß gemacht haben, dann ist es jetzt so weit. Die Kamele waren großartig.»

«Erzählt mir nicht, sie hätten die Ziegen den Berg hinaufgetragen», sagte Tobie.

«Mein lieber Doktor», sagte Zacco. «Ihr nehmt das nicht

ernst. Die Kamele waren abgerichtet. Sie sind unempfindlich gegen Lärm. Euer einfallsreicher Freund Nicolaas hat seine Arkebusiere auf die Kamele gesetzt, einen hinter jeden Höcker, und die sind dann vorübergerannt und haben auf die Burg geschossen.»

«Habt Ihr etwas getroffen?»

«Noch nicht», sagte Nicolaas. «Das kommt morgen. Morgen machen sie uns das Tor auf. Ich lege mich schlafen.»

«Wann morgen?» entgegnete Tobie. «Ihr meint doch nicht morgen, bei Tageslicht?» Aber das war eine rhetorische Frage, weil er wußte, daß Nicolaas ebendies meinte, desgleichen König Jakob, der sich von den Einfällen dieses verrückten Lehrlings hatte anstecken lassen, die vielleicht nicht ganz so verrückt waren. Morgen, noch am Vormittag, würde St. Hilarion mit seinen abgespannten, ermatteten Verteidigern reif für die Einnahme sein.

Tobias Beventini aus Grado stand deshalb am nächsten Morgen auf und schloß sich der Streitmacht an, als sie ausrückte, unter sich sein gutes Pferd, das sich an Kamele und Hakenbüchsenfeuer und das Pfeifen von Pfeilen, die über die Zinnen geflogen kamen, gewöhnt hatte. Der Weg bis zur Feste schien kurz, und es wurde weniger gesprochen als früher. Sie versammelten sich, Fußtruppen und Reiterei, am Fuß der Anhöhe von St. Hilarion. Die Trompeten bliesen, und Tobie verspürte einen Stich in der Magengegend.

Diesmal machten die Krieger unter König Jakob nicht in gebührendem Abstand halt, sondern rückten im Schutz von Rauchschwaden ständig feuernd die Höhe hinan vor. Ihr Feuer wurde erwidert, doch die Bolzen und Pfeile, die durch den Rauch daherkamen, waren wenig an Zahl und schlecht gezielt und fielen ins Gras oder stießen gegen Schilde oder sprangen in die Schutzschirme aus Fell, die die Fußkrieger trugen. Durch den Dunst hindurch sah man Zaccos Leuten die Erleichterung an. So wehrten sich Männer, die entkräftet waren. Wenn sie zu schwach waren, um Bogen zu spannen, würden sie einen Kampf Mann gegen Mann schwerlich durchstehen. Tobie beobachtete

Zaccos Hand, die in die Höhe ging, als er sich nach den Leitern umsah, die herbeigebracht wurden.

Langsam näher reitend, die Ohren betäubt von dem Klirren und Krachen von Metall und Feuerwaffen, vom Stampfen der Hufe und dem ständigen Lärm brüllender Stimmen, nahm Tobie zuerst nicht wahr, daß sich innerhalb der Burg eine Veränderung vollzog. Hinter den Mauern brach ein Geschrei aus, das sich gleich darauf an anderer Stelle wiederholte. Es begann ein dumpfes Rollen, wie von einer Lawine. Tobie hielt an und blickte nach oben.

Der Hakenbüchsenqualm begann sich zu verziehen. Man sah jetzt, daß die Wehrgänge halb leer waren und auf dem oberen Teil des Turnierplatzes Männer hin und her rannten. Dahinter war Rauch. Noch weiter dahinter und höher, ganz oben auf der Festung, züngelte eine helle, durchsichtige Flammenkrone. Während er noch hinsah, breiteten sich die Flammen aus, und Männer in brennenden Kleidern kamen vor ihnen her heruntergerannt.

Nicolaas war nirgends zu sehen. Zacco sagte: «Rückt bis zur Mauer vor. Steigt hinauf und öffnet das Tor.»

Er hatte noch nicht zu Ende gesprochen, da waren schon die Sturmleitern angestellt, und Männer kletterten hinauf und hinüber. Niemand stellte sich ihnen entgegen. Als die Torflügel aufgezogen wurden, waren die ersten, die herausstürzten, Angehörige von Carlottas Burgbesatzung – ohne Stimme, nackt, die Gesichter rohes Fleisch, mit schwarzen Kohleflecken. Der König rief: «Nehmt die Gefangenen in Gewahrsam. Und die Ärzte sollen ihren Verbandsplatz einrichten. Hauptmann, löscht diese Feuerbrände. Wollen wir denn in einer Ruine wohnen?»

Die Verbrannten und Sterbenden wurden in einen Stall mit Stroh gebracht, und Tobie und Abul stellten ihre Schragentische auf. Bald trafen einige Verwundete ein, aber keine mit schweren Verletzungen. Zacco war oben offensichtlich nur auf geringen Widerstand gestoßen. Während die Ärzte die Verwundeten versorgten, schwoll der Lärm draußen ab, bis man nur noch ein

Schluchzen hörte und gelegentlich einen Befehl, das Poltern von Holz und die scharfen Stimmen von Männern, die mit einer schwierigen Lage kämpfen. Man ging an die Zisternen. Bald hörte man ein Plätschern und ein Zischen, als Strohdächer und Vorratshäuser und Bottiche voll Korn und Öl mit Wasser bespritzt wurden. Tobie mußte an das Zischen des Plissiereisens denken, das knotige Hände in der Waschkammer im Hause seiner Mutter in Pavia bedienten. Über den Geruch von versengtem Haar und Fell und verkohltem Holz legte sich der Gestank von verbranntem Fleisch. Das Zischen eines Korbs von Skorpionen. Nachdem eine lange Zeit verstrichen war, ging Tobie zur Stalltür und blickte sich benommen um.

Die Brände waren gelöscht. Um ihn her war das untere Burggelände zwar angesengt, aber sonst unversehrt, ebenso ein Teil des Abschnitts darüber. Oberhalb dieses Abschnitts wiederum waren rußgeschwärzte Gebäude, und man sah einen Dunst von schwarzem Rauch, durch den hindurch kleine Dampfsäulen aufstiegen. Hier und da glühte es vor dem grauen Himmel karminrot auf. Die Kuppel der Kirche war halb golden, halb schwarz. Vor ihr stand Nicolaas, der aus der Entfernung klein wirkte. Tobie stand einen Augenblick wie erstarrt da, dann holte er tief Luft und stieß einen Ruf aus.

Nicolaas wandte sich um, aber was er antwortete, war nicht zu verstehen. Tobie rief noch einmal, seine Stimme klang schrill. Abul, plötzlich ganz in seiner Nähe, sagte: «Sie zählen die Toten. Geht hinauf, wenn er Euch hören soll. Geht nur, hier gibt es nicht mehr viel zu tun.»

Ein Wind hatte sich erhoben, der Seewind, der die Flammen von Norden heruntergedrückt hatte. Tobie stieg zur Kirche hinauf. Nicolaas stand noch an der gleichen Stelle, mit ausdruckslosem Gesicht. Er roch nach versengtem Haar und Stoff und war rußbedeckt, aber unverletzt. Tobie räusperte sich, es klang dienstlich und ordnungsgebietend wie bei der Eröffnung eines Tribunals. «Eure Männer haben die hintere Felswand hinauf angegriffen?»

Es war gewiß nicht die Rede, die Nicolaas erwartet hatte. Er zögerte, erwiderte dann in ebenso förmlichem Ton: «So hat es der Plan vorgesehen. In der Nacht wurden Ziegen hinaufgeschickt, um sie irrezuführen. Heute waren es Krieger, die hinaufkletterten. Wir haben sie hinten hinaufgeschickt, während Zacco vorn das Feuer auf sich zog.» In dem schwarzen und roten Gesicht waren die Augen groß und hell und klar.

«Die Krieger waren Mamelucken», sagte Tobie. «Welchen Befehl hatten sie?»

«Sie sollten um jeden Preis in die Festung eindringen. Einige sind gefallen. Einige gelangten hinein und wurden getötet. Wir haben die Festung genommen.»

«Ja, das habt Ihr», entgegnete Tobie. «Ihr müßt mir Eure Toten zeigen, dann zeige ich Euch meine Sterbenden.» Nach einer Pause setzte er hinzu: «Wie konntet Ihr das tun? Selbst Ihr müßtet Grenzen kennen.»

Nicolaas sagte langsam: «Ich habe das Naphta nicht befohlen.»

«Nein, aber Ihr wußtet, daß die Araber es benutzen. Ihr müßt gewußt haben, daß die Mamelucken das Zeug herstellen können. Ihr habt nichts getan, um es zu verhindern. Ihr habt sarazenische Mordbuben, Frauen und Kinder zu Tode verbrennen lassen. Wie viele?»

Nicolaas wandte den Kopf, wiederum langsam. «Sie sind alle da drin. Ihr könnt ihnen nicht helfen. Sprecht später mit mir.»

«Jetzt», sagte Tobie. Er ging an Nicolaas vorbei und betrat die Kirche.

Schon fünfhundert Jahre alt, hatte die byzantinische Kirche St. Hilarion längst die Mönche überlebt, denen sie einst als Gotteshaus diente, aber unter Carlottas wohlwollender Herrschaft funkelte vor dem Altar noch immer das kunstvoll bearbeitete Gold einer Ikonostase. Darüber schaute Christus als Pantokrator mit seinen Engelscharen herab, und die Propheten bewachten den Tambour der Kuppel. Heilige in Ocker, Krapprot und Gold wandelten ringsum die Wände entlang, und es gab auch scharlachrot gestiefelte und im Stil der Zeremonienmeister von Trapezunt gekleidete Engel. Im Stil der kaiserlichen Zeremonienmeister, die das Kaiserreich Trapezunt mit dem Kaiser verlassen hatten.

Der Mosaikfußboden zwischen acht mit Rebhühnern bemalten Säulen war mit Strohsäcken bedeckt. Auf jedem lag ein Toter. Es waren sechs Kinder darunter und viele Frauen. Keiner von ihnen war verbrannt. Tobie stand mit zusammengepreßten Lippen da. Dann ging er von Lager zu Lager und beugte sich steif hinunter, um zu prüfen, was sich ihm dort darbot. Schließlich gelangte er zum Altar. Es war sehr still, denn Nicolaas war vor der Tür stehengeblieben, und in der Kirche war sonst kein lebendes Wesen. Einmal hörte er Schritte, die an der Kirche vorbeigingen, und einmal sprach Nicolaas kurz mit jemandem, der aber nicht stehenblieb. Nach einer Weile verließ Tobie die Kirche wieder.

Nicolaas stand vornübergebeugt an der Stelle, an der er ihn verlassen hatte, und rieb sich langsam mit einem Tuch das Gesicht. Der Stoff war schwarz: als er sich dessen bewußt wurde, ließ er es fallen und blickte bei Tobies Näherkommen auf. Sein Gesicht war noch immer schmutzig. Tobie schritt an ihm vorbei und blieb dann stehen. Nicolaas sagte: «Meine Sterbenden, Eure Toten. Macht Abul keinen Vorwurf. Es liegt in der Natur der Araber.»

Kreuzdorn, Heliotrop, Alpenveilchenknollen. Keine Dosis, die nur Bauchzwicken verursachte, wie er geglaubt hatte, sondern eine, die tötete. Nach einer Weile fragte Tobie: «Hat Zacco davon gewußt?»

«Ich nehme es an», antwortete Nicolaas. «Und Tzani-bey auch. Sie haben bei Spielen keine große Geduld. Sie hielten es für sicherer, die ganze Besatzung zu vergiften oder so viele, wie es eben traf. Sie warten auf uns. Wenn sie uns herunterkommen sehen, werden sie nach Anzeichen der Schwäche Ausschau halten, um sie sich zunutze zu machen.»

Tobie sprach, ohne den Kopf herumzudrehen. «Wir dulden das stillschweigend? Gegenüber John, Astorre, unseren eigenen Leuten?»

«Wir sind Helden», sagte Nicolaas. «Das hier ist ein Krieg. Ihr habt Euch dafür entschieden, Krieger zu versorgen. Ich hatte einen Feldzug mitmachen wollen, um den Krieg hinter mir zu lassen. Ich bitte Euch noch einmal, mit mir nach Kouklia zu kommen. Ich habe mir jetzt meine Nutzungsrechte verdient. Ich habe St. Hilarion eingenommen. Laßt uns dem Herrn singen, denn er hat eine herrliche Tat getan.»

«Ihr wollt den Krieg nicht hinter Euch lassen. Ihr wollt beides. Abenteuer des Körpers und des Geistes.»

«Ihr auch», gab Nicolaas zurück. «Ich möchte nicht, daß Ihr Euch mit Abul zerstreitet. Ich will, daß Ihr ihn etwas fragt. Warum wirkt Zucker tödlich?»

«Zucker?» Tobie trat in die beißende Luft hinaus, die süß war nach der Luft in der Kirche. Sein Magen begehrte auf.

«Ja. Loppe hat mir von den Zuckerrohrfeldern einen Bericht geschickt. Ich habe aus Sizilien sechs Männer mit Erfahrung kommen lassen. Einer schläft den halben Tag, einer benimmt sich, als wäre er betrunken. Loppe hat das in Granada erlebt. Er sagt, sie sterben.»

Es hätte ihn nicht zu überraschen brauchen. Während er Zacco umwarb und Vorbereitungen für den Feldzug traf, hatte sich Nicolaas insgeheim schon längst um sein Geschäft gekümmert. Und Loppe, der einstige Sklave aus Guinea, der früher einen portugiesischen Herrn gehabt hatte, war sein Faktor. Tobie sagte: «Dann habt Ihr wohl auch die Färberei wieder eröffnet?»

«Ja, aber bis jetzt fehlt uns noch ein Meister. Ich hoffe, das ändert sich bald. Ich muß mit jemandem reden.»

«Wann?» fragte Tobie. Er blieb bei der Stalltür stehen.

«Morgen. Ich reite morgen mit Zacco nach Nikosia zurück. Wir beherrschen den Paß, sie können jetzt die Belagerung ohne mich ins Werk setzen. Wenn sie die Schiffe und das nötige Geschütz haben, können sie Kyrenia in die Knie zwingen.»

«Oder mit Feuer zerstören.» Tobie stockte schmerzlich berührt, dann setzte er hinzu: «Ich habe noch zu tun.»

«Ich weiß», sagte Nicolaas. «Aber denkt daran, was ich gesagt habe, wenn Ihr fertig seid. Ich suche auf dem kürzesten Weg mein Haus in Kouklia auf. Es sei denn, es geschieht etwas Schauerliches.»

«Denkt Ihr an Zacco?»

«Nein – an Katelina van Borselen», sagte Nicolaas, «deren Hände wie zwei gleiche Schwerter sind und die in Portugal sein sollte.»

Kapitel 25

Es waren jedoch nicht die zwei Schwerter Katelina van Borselens, die auf Nicolaas warteten, als er endlich in die Hauptstadt zurückkehrte.

Noch ehe sich die Nacht auf die erkaltende Asche von St. Hilarion herabsenkte, begannen in Nikosia die Siegesglocken zu läuten, und die Nachricht vom Triumph der Angreifer erreichte Diniz Vasquez, der sich im Schlamm und Gestank der Lusignanschen Färberei abmühte.

Ein Kriegsgefangener hat nicht zu feiern und tut gut daran, sich nichts anmerken zu lassen, wenn er erfährt, daß seine Freunde geschlagen wurden. Es hieß, am nächsten Tag werde der Bastard zurückkommen und vor Einbruch der Dunkelheit in der Kathedrale einen Dankgottesdienst besuchen. Wenn der Bastard heimkehrte, würde er Niccolo van der Poele mitbringen. Und van der Poele würde gewiß sein Haus aufsuchen, das auch Diniz' Gewahrsam war.

Als solcher war es nicht völlig unangenehm. Diniz hatte Zutritt zu Küche und Garten. Er hatte sogar die Hausherrengemächer erkundet mit dem Gedanken, eines Nachts mit einem Hammer bewaffnet zurückzukommen. Der Bursche würde einen wohlverdienten Schreck bekommen, wenn er seine marmornen Wandpaneele zersprungen vorfand, seine Fußböden zerschmettert, seine mit Einlegearbeiten verzierten gepolsterten Ruhebänke zersplittert und die bestickten Seidenkissen aufgeschlitzt. Nach reiflichem Nachdenken kam er jedoch zu dem Schluß, daß der Färberei der Vorrang gebührte. Unter verschwiegener Anleitung eines alten Gehilfen, der seinem neuen Dienstherrn nicht wohlgesonnen war, hatte Diniz rasch herausgefunden, an welchen Stellen eine Färberei zu treffen war: er wußte, wie man Stoffe verdarb, wie man die Hitze eines Bottichs herabsenkte, wie man ein Rohr oder ein Kühlgefäß zum Platzen brachte.

Dann war der Gehilfe plötzlich entlassen worden zusammen mit den üblichen zwei, drei Unruhestiftern, die ihm geholfen hatten, und ein neuer Mann war gekommen, ein Florentiner mit einer Schwäche für Goldfaden, der vom Färben zwar nicht viel verstand, aber sehr genau wußte, wann etwas nicht stimmte. Da wurde sich Diniz bewußt, daß er damit rechnen mußte, richtig eingesperrt oder an einen sehr viel ungünstigeren Ort gebracht zu werden, wenn er es allzu weit trieb. Und so schlenderte Diniz wohl von Zeit zu Zeit durch die Kammern und Stuben seines Feindes, öffnete seine Truhen und wühlte voller Verachtung in seinen schönen Kleidern, wandte aber seinen wachen Verstand daran, das Färbereigeschäft zu erforschen, zu lernen, was die alten Sklaven und Handlanger ihm beibringen konnten, und stieg damit von den niedrigen Arbeiten zu den höheren wie dem Mischen der Farben, der Überwachung schwieriger Vorgänge und schließlich dem Umgang mit den Hauptbüchern auf, wo sich, wenn es so weit war, der Schaden, den er anrichten konnte, wahrscheinlich vertuschen ließ.

Nun gingen, wie er feststellte, die Tage viel schneller herum. Er lernte das Kauderwelsch des Färbereigeschäfts und die Mischung von arabischen, italienischen und griechischen Begriffen, die der allgemeinen Verständigung dienten, zu den Sprachen hinzu, die er schon beherrschte – dem Französischen, dem Flämischen, dem Schottischen seiner Mutter Lucia und dem Portugiesischen seines Vaters, der ihn nie mehr etwas lehren oder auf eine Reise mitnehmen würde.

Sein Vater hatte mehrere Länder zu seiner Heimat gemacht und war überall geachtet und freundlich aufgenommen worden. Einmal hatte er sich kurz in Schottland aufgehalten und dabei natürlich seine spätere Gemahlin kennengelernt. Er hatte sich gewiß, wie dies jeder Mann getan hätte, viele Söhne erhofft von seiner schönen Lucia, aber nur Diniz, der Erstgeborene, war am Leben geblieben. Einige Jahre später hatte ihn sein Vater bei einer Reise in das Land seiner Mutter mitgenommen. An den König konnte er sich nicht mehr erinnern, aber der Bruder seiner Mutter hatte als strahlende, schlanke Gestalt auf dem Turnierplatz auf das Kind einen großen Eindruck gemacht. Er hatte als Junge seinen Onkel Simon verehrt. Die Fehde zwischen seinem Onkel Simon und dem ränkevollen van der Poele war es, die den Tod von Tristão Vasquez herbeigeführt hatte, für den Niccolo van der Poele bezahlen sollte. Bezahlen mußte er auch für andere schlimme Taten: für den Verrat an Carlotta, der er den Treueeid geleistet hatte, und für die Verführung der Hofdame Primaflora, deren Schicksal ohne ihn ein ganz anderes hätte sein können. Diniz träumte oft von Primaflora.

Seit Diniz nach Nikosia gebracht worden war, hatte er seinen Feind, sei es im Haus, sei es in der Färberei, nur selten zu Gesicht bekommen. Es war bekannt, wo der Bursche sich aufhielt und was er trieb, wie dies auch von dem Bastard bekannt war. Da van der Poele dem Kreis um den Bastard angehörte, war es unwahrscheinlich, daß er sich viel mit einem Haus, einem Geschäft, einem Gefangenen abgab. Ein- oder zweimal erzählten Leute von einem Mann, den sie, sehr spät oder sehr früh, im Dunkel hatten durch die Färberei wandern sehen, und in den Schuppen hatte man Lampen gefunden, die noch warm waren. Die Sklaven, die dort schliefen, behaupteten sogar, mit ihm gesprochen zu haben. Aber es war kaum van der Poele selbst, denn der kam, allenfalls, bei Tageslicht mit einer Keule und benahm sich herrisch.

Auf jeden Fall war es nicht leicht, Nikosia bei Nacht zu betreten oder zu verlassen. Diniz war einmal über die Mauern des Herrenhauses geflohen und hatte versucht, im allgemeinen Gedränge durch das westliche Stadttor hinauszugelangen, aber die

Wachen hatten ihn sogleich angehalten, denn seine Kleider und die Flecken an seinen Händen hatten ihn verraten. Seine gelben Kleider und seine blauen Hände. Danach begleitete ihn überallhin eine Eskorte, aber er hatte schon erkannt, daß eine Flucht so gut wie unmöglich war. Zwischen ihm und Famagusta lagen vierunddreißig Meilen offenen, von Kriegern bewachten Geländes. Er hatte kein Geld, und die Nonnen, die seine Tante Katelina um Hilfe gebeten hatte, besaßen auch keines.

Seine Tante Katelina tat ihm leid, aber er ärgerte sich auch über sie, weil sie solches Aufhebens wegen des Mädchens in der Küche machte und wegen des anderen, das mit Asche in die Färberei kam. Wie sich herausstellte, holte er sich nichts, und Andrea, der neue Meistergehilfe, der weniger engstirnig war, als er ihn eingeschätzt hatte, besorgte ihm eine saubere kleine Hure für das Haus. Einmal nahm er sie mit in Niccolos Kammer und trieb es mit ihr mehrere Male, so wie sie es gern hatte, bis ihre hübsche Haut vorn und hinten aufgescheuert war. Die Steppdecke war aus Seidenbrokat. Danach kehrte er zurück und strich die Decke beschämt wieder glatt. Das gestohlene Messer in seiner Kammer war ein würdiges Werkzeug seiner Rache, nicht dies hier.

Am Morgen nach den Glocken arbeitete außer ihm niemand so, wie er sollte, denn der Mann, den alle König Zacco zu nennen liebten, war gekommen und würde, wie es hieß, am Nachmittag zusammen mit seinen Hauptleuten zur Kathedrale reiten. Schon hingen Teppiche zu den Fenstern heraus bei denen, die sich solche leisten konnten, und man pflückte Frühlingsblumen zum Werfen. Diniz beobachtete dies, als er half, die Leitern auf die Straße hinauszutragen, um die Stränge gefärbten Tuchs höher zu hängen als gewöhnlich, wie die Bestimmungen es bei Prozessionen verlangten. Er dachte kurz an Flucht unter diesen Umständen, aber Andreas Helfer ließ ihn nicht aus den Augen. Mittags trennten sie sich, um essen zu gehen, und er wurde wie gewöhnlich zum Herrenhaus eskortiert.

Schon im Näherkommen sah er, daß das Tor offenstand. Im Hof standen Saumtiere und mehrere Pferde, darunter eines mit den Brandzeichen des Lusignanschen Gestüts. Sie wirkten unruhig. Dann hörte er das Bimmeln von Glöckchen und sah, daß vor einer Wand weiter hinten noch ein Tier stand, das sich geziert an seinem Haltestrick bewegte. Er sah eine Flanke wie gesponnene Seide und vier zarte, schlanke Beine und einen Hals, der wie ein Langbogen geschwungen war. Ein Rennkamel. Ein Traum von einem Rennkamel. Es blickte ihn unter gesenkten Lidern hervor geringschätzig an.

Dann war er also gekommen. Nur er konnte der Besitzer dieses Tieres sein.

Diniz betrat bleichen Gesichts das Haus. Alles war leer. Staub auf dem Terrazzofußboden zeigte, wo gespornte Stiefel gestapft waren, und im Innenhof lagen Satteltaschen umher. Von den Wohngemächern her kam ein schwacher Geruch von Pferd, verbrannter Wolle und Schweiß. Leise Geräusche und das Trippeln eiliger Füße veranlaßten Diniz, kehrtzumachen und sich der Küche zuzuwenden.

Hier war alles Hausgesinde versammelt, und auf den Tischen häuften sich frisches Fleisch und andere Nahrung. Er wich vor der Hitze zurück und stieß dabei an den neuen Haushofmeister, den Mann, der gekommen war, nachdem der freigelassene Neger das Haus verlassen hatte. Der neue Haushofmeister mit dem französischen Namen Galiot bemerkte: «Ihr werdet heute abend gut zu essen bekommen. Wie ihr seht, ist Messer Niccolo zurückgekommen.»

«Ich sehe ihn nicht», sagte Diniz.

«Er ist im Kochtopf», rief eine der Frauen, ohne in ihrer Arbeit innezuhalten.

Galiot sagte: «Er ist beim König. Er wird bald kommen. Nehmt Euch etwas zu essen. Da ist Brot, da ist Käse.»

«Es eilt nicht.» Diniz wußte, daß er, eben noch bleich, errötet war. «Die Färberei ist geschlossen, ich kann bleiben.»

Der Haushofmeister zögerte, dann sagte er: «Das muß ein Irrtum sein. Der Seigneur hat Anweisungen hinterlassen. Ihr sollt nach dem Essen in die Färberei zurückkehren und Euch dort weiter nützlich machen.»

«Der *Seigneur*?» erwiderte Diniz. «Wer ist das? Ich kenne einen flandrischen Lehrling von niederer Geburt namens Niccolo.»

Der Haushofmeister zeigte sich betroffen. Die Frau, die gerade zuvor gesprochen hatte, griff nach Brot und Käse, wandte sich zu Diniz um und drückte ihm beides in die Hände. «Geh und iß, Junge, und tu, was man dich heißt. Seigneur oder Lehrling, ich würde diesen flandrischen Unmenschen nicht reizen nach dem, was er in St. Hilarion getan hat.»

«Das nenne ich einen guten Rat», sagte Galiot. «Geht zum Essen dort hinüber, hier sind alle sehr beschäftigt.»

Diniz ging nur zögernd. «Ich dachte, die Festung hätte sich ergeben.»

«Dort hinüber», wiederholte der Haushofmeister. «Ja, sie hat sich ergeben.» Der Franzose schob ihn zur Tür hinaus, einen Krug mit verdünntem Wein in der einen Hand. Die Frau folgte ihm mit einem Becher. Sie sagte: «Ja, da hätte sich jeder ergeben, wenn die Frauen und Kinder vergiftet und die Männer mit Naphta zu Asche verbrannt waren. Er hat dafür gesorgt, der junge Barbar, daß diese armen kleinen Würmer nie mehr für Carlotta kämpfen können.» Sie gab Diniz den Becher. «Wenn er sagt, geh zurück in die Färberei, dann geh. Und wenn er kommt, dann sag bitte und danke und tu alles, was er verlangt.»

Diniz merkte, daß sie gegangen war und er noch immer an der gleichen Stelle stand. Der Haushofmeister sagte: «Sie haben Angst. Ich bin ihm begegnet. Er ist nicht schlimmer als andere auch. Eßt jetzt. Ihr geht am besten in die Färberei zurück, ehe die Prozession beginnt.»

«Die Siegesprozession», sagte Diniz.

Zwei Männer mußten ihm eine Gasse bahnen auf dem Weg zur Färberei, so groß war das Gedränge. Als er angelangt war, wurde sogleich das Tor hinter ihm abgeschlossen. Es war ein großes Gelände mit Schuppen und einem Kontor und Schutzdächern über den Winden und Küpen. Er hatte es noch nie zuvor menschenleer gesehen: eine Oase der Stille, während die Menge draußen brüllte wie das Meer. Der König ... der Bastard mußte mit seinem Gefolge den Palast verlassen haben. Wenn er sich auf eine Leiter stellte, sah er vielleicht gerade die Köpfe seiner Hauptleute, während sie die Straße zur Kathedrale hinunterritten.

Den größten Teil des Hofes nahm der Brunnen mit seinem Rad und der Zisterne ein. Der Boden darum herum war immer überspült. Er ging zu dem Regal mit den Holzschuhen und schlüpfte mit seinen Schuhen in ein Paar davon hinein. Bevor die Venezianer kamen, wurde das Einweichen in tonverkleideten Gruben im Erdboden besorgt, und bei winterlichen Überschwemmungen floß Wasser hinein und verdünnte die Lauge. Jetzt hatten sie kupferne Küpen. Heute morgen hatte man die Feuer darunter ausgehen lassen, weil sie ständig überwacht werden mußten, wenn die Farbe nicht verderben sollte.

Er erinnerte sich seiner ersten Tage in der Färberei und des Schadens, den er angerichtet hatte. Wenn es einen Teil von ihm gab, der sich darüber gefreut hatte, so wie die jungen Burschen, die ihm dabei halfen, so war er jetzt über ihn hinausgewachsen. Er war siebzehn und ein Mann, der jetzt für seine Tante und seinen Vater stand. Er fragte sich, was Niccolo van der Poele – der *Seigneur* – wohl trug. Zweifellos Goldbrokat, silberglänzende Rüstung und einen mit Diamanten besetzten Helmbusch. Man würde ihm Rosen und Zuckerwerk zuwerfen. Die Geistlichkeit würde schon bei der Kathedrale warten, und das Hochrufen würde aufhören und das Singen und Beten beginnen. An der Stille würde er erkennen, wann sie die Kirche betraten.

Wegen des Lärms hörte er nicht, daß hinter ihm das Hoftor aufgeschlossen wurde. Erst als es wieder zufiel, wandte er sich um.

Jenseits der schlammigen Hoffläche standen dort zwei Männer. Der eine, schwarzbärtig und klein, war ein Fremder. Den anderen kannte er, wenn er auch kein Goldbrokat trug, sondern ein fleckiges Hemd und ein Wams aus Sergestoff, und sein Schwert in einer schmucklosen Scheide aus Chagrinleder steckte. Unter dem Aufschlag seines weichen Filzhutes sah sein Haar spröde und kraus aus, und die dünne Narbe auf seiner Wange hob sich von einem eigenartigen rosigen Untergrund ab. Diniz sagte: «Ihr habt Naphta verwandt.» Mitten in diesem Satz stockte ihm für eine Sekunde der Atem.

Niccolo van der Poele sagte: «Heben wir uns das für später auf. Bartolomeo, das ist der Junge, von dem ich sprach.»

Diniz runzelte die Stirn. Dieser Bartolomeo, der ihm gleichgültig war, trug Samt, der zwar staubig, aber ganz gewiß juwelenbesetzt war wie auch das von seiner Kopfbedeckung herabfallende Tuch. Ohne ganz genau hinzusehen, bemerkte Diniz, daß der Schnitt seines Wamses fast venezianisch war. Unter einem dicken Rumpf standen seine Waden hervor wie Galläpfel. Der Mann sagte: «Macht mich bekannt.»

«Seid Ihr nicht bei der Prozession?» sagte Diniz. «Hat der Bastard Euch verstoßen?»

«Macht mich bekannt», wiederholte der Fremde.

«Wenn ich kann», sagte van der Poele. «Das ist Bartolomeo Zorzi, ein venezianischer Kaufherr aus Konstantinopel. Er hat sich bereit erklärt, die Färberei zu leiten. Du wirst uns herumführen.» Er wartete. Dann fuhr er in dem gleichen freundlichen Ton fort: «Von einer Kerkerzelle im Palast aus kannst du gar nichts tun.»

Diniz spürte, wie ihm vor purem Zorn Tränen in die Augen traten. Dann riß er sich zusammen und sprach den Mann namens Zorzi an. «Messer Bartolomeo hat in Konstantinopel eine Färberei gehabt? Er muß froh gewesen sein, daß er noch herauskam.»

Über dem schwarzen Bart waren die Wangen des Mannes von einem gesunden Braun; die Nase zwischen den weit auseinander stehenden Augen war stumpf und breit. Er sagte: «Ein schlauer Bursche, der junge Mann. Ja, Venezianer tun gut daran, sich von dort zurückzuziehen. Ich selbst war im Alaungeschäft. Alaun und Seide. Aber ich habe mich nebenbei um eine Färberei gekümmert, von der dein Herr weiß. Sie gehörte Giovanni da Castro, einem Patenkind von Papst Pius und Rivalen von Messer Niccolo.» Seine Augen, so glatt und schwarz wie Obsidian, gingen von Diniz zu seinem Gefährten. An den Flamen gewandt fuhr er fort: «Hat Euch das Geschäft verdorben, Niccolo, nicht wahr, der neugierige Messer da Castro? Hat den Alaun in Tolfa gefunden und damit Eurem Monopol ein Ende gemacht.»

«Es kam nicht unerwartet.» Van der Poeles Stimme klang leiser, als Diniz sie in Erinnerung hatte, und seine Art war zurückhaltend, als wäre das, was er tat, unwichtig oder in irgendeiner Weise unangenehm. Er setzte hinzu: «So wie Ihr wahrscheinlich die türkische Konzession verloren habt. Oder ist Euer Teilhaber noch in Konstantinopel?»

Der Venezianer wandte sich lächelnd an Diniz. «Girolamo? Er gedenkt auch abzureisen. Es ist traurig, aber nicht so traurig, wie es sein könnte. Er hat einen Bruder, Antonio, der in der besonderen Gunst eines der Wesire steht.»

«Und Ihr habt gewiß nicht versäumt, ausstehende Gelder einzutreiben», sagte van der Poele.

Aus dem Lächeln des Bärtigen wurde ein Grinsen. «Ihr habt davon gehört.»

«Daß Ihr gegangen seid, obwohl Ihr dem Sultan Tausende von Dukaten schuldet?» entgegnete der Flame. «Es gereicht Euch zur Ehre, daß Ihr der Macht Venedigs so sehr vertraut. Was ist, wenn der Sultan die Serenissima besiegt?»

«Dann wird er wahrscheinlich Zypern überrennen», sagte Zorzi. «Und ich werde abermals weiterziehen müssen, zum Schaden Eurer Färberei. Aber ich bin einer von drei tüchtigen Brüdern, die einander schätzen. Nicholai – Ihr erinnert Euch des einbeinigen Nicholai? – hat natürlich Verbindungen in Brügge. Jacopo besitzt Weinberge auf Zypern, die mir zugute kommen werden, zusätzlich zu dem fürstlichen Lohn, den Ihr mir zahlen wollt. Aber bekomme ich nun die Färberei zu Gesicht? Ich muß mich für das Bankett nachher noch umkleiden. Und Ihr müßt das wohl auch.»

«Ja», sagte van der Poele. Er wandte sich an Diniz. «Zeig uns, was du kannst. Dann gehen wir beide zurück ins Haus, wo wir zu reden haben. Ich habe die Klarissinnen gebeten, deine Tante dorthin zu bringen.»

Diniz rührte sich nicht. «Ist das Lösegeld eingetroffen?»

Der Flame hatte schon die schlammige Stelle betreten. «Es gibt Schwierigkeiten. Bartolomeo, das ist der Brunnen. Wenn der Fluß austrocknet, brauchen wir den Betrieb nicht einzustellen. Aber die Entwässerungskanäle taugen nichts, und der Boden muß bald bepflastert werden.»

«Was für Schwierigkeiten?» Diniz schritt an dem Mann aus Konstantinopel vorbei und packte Niccolo am Arm. «Was für Schwierigkeiten?» Er erinnerte sich zum erstenmal des Messers in seinem Stiefel.

Der Flame machte sich los und stellte sich auf die andere Seite des Rads. «Darüber möchte ich nachher mit dir sprechen.»

«Worüber?» Diniz ließ nicht locker. Er spürte, wie er errötete.

Bartolomeo Zorzi wandte sich von der Küpe ab, die er gemustert hatte, und schritt auf die Tür eines Schuppens zu. «Junger Mann, du hast doch Messer Niccolo gehört. Die Zeit ist knapp. Bewahrt Ihr hier Eure Tuche auf?»

«Antwortet», sagte Diniz.

Van der Poele ging zu Zorzi hin, schloß die Tür auf und öffnete sie, so daß der andere eintreten und sich umsehen konnte. Er selbst blieb, wie in Nachdenken versunken, draußen stehen und sah Diniz an. «Dein Großvater hat sich geweigert, Lösegeld zu zahlen. Er sagt, man müsse bis zum Herbst warten.»

Diniz starrte ihn an. Jordan de Ribérac war einer der reichsten Männer Frankreichs. Er sagte: «Das glaube ich nicht. Was ist dann mit Simon, meinem Onkel? Zahlt er nichts, damit seine Gemahlin frei kommt?»

Zorzi war wieder herausgekommen, und van der Poele schloß die Tür hinter ihm wieder ab. Er wandte sich zur Seite. «Diniz, über all das reden wir später. Inzwischen ist Messer Bartolomeo dein Dienstherr. Unter ihm kannst du ein leichtes oder ein schweres Leben haben. Ihn kümmern deine Schwierigkeiten nicht. Er wünscht, daß du dich anstellig zeigst.»

Diniz blieb stehen, wo er war. «Das Lösegeld ist gekommen, und Ihr habt es an Euch genommen. Mein Onkel Simon würde seine Gemahlin nie im Stich lassen.»

Der Mann aus Konstantinopel seufzte schwer und blickte den Flamen an. Van der Poele sagte: «Diniz, es sind keine Lösegelder gekommen. Dein Großvater will nicht zahlen oder noch nicht zahlen, und dein Onkel ist aus irgendeinem Grund nicht zu erreichen. Und anstatt mich auf deine Kosten zu bereichern, habe ich mich erboten, selbst die beiden Lösegeldsummen zu bezahlen.»

Ein kurzes Schweigen. Dann fragte Diniz: «Warum sind wir dann noch hier?» Der Venezianer machte eine ergebene Miene und verschränkte die Arme.

«Weil der König dazwischengetreten ist. Er läßt die Demoiselle nur frei, wenn ihre eigenen Leute sie auslösen.»

Diniz sah van der Poele an und hielt sich sehr steif. «Dann könnte ich auch nicht heimfahren. Auf jeden Fall möchte ich meine Freiheit nicht Euch verdanken. Wenn Ihr für mich gezahlt habt, dann laßt Euch Euer Geld zurückgeben.»

«Ich habe dein Lösegeld bezahlt, aber ich habe dir noch nicht die Freiheit angeboten», sagte van der Poele. «Ich brauche dich in diesem Sommer noch in der Färberei. Bis zum Herbst wirst du das Färben zu deinem Geschäft machen. Du sagst, du willst deine Freiheit nicht haben, nun, dann haben wir weiter keinen Streit mehr. Wollen wir also fortfahren?»

Diniz streckte die Hände aus. Kräftige blaue Farbe tönte Handflächen und Fingerspitzen, und jeder Fingernagel trug die Spuren einer anderen Prüffarbe. «Ihr versucht uns zu erniedrigen, aber wir können nie auf Eure Ebene herabsinken.»

Der Venezianer grinste und wandte sich mit übertriebener Höflichkeit zur Seite. Van der Poele stand allein da, mit gesenktem Kopf – ein plötzliches, unerwartetes Ziel. Diniz bückte sich, packte seinen Dolch und schleuderte ihn nach der Gestalt, die vor ihm stand.

Schneller als er für möglich gehalten hätte, wich van der Poele der Klinge aus, die sich in ein Faß bohrte, aus dem es dickflüssig herauszurinnen begann. Zorzi drehte sich rasch um und stieß einen Ausruf aus. Ehe er noch einen Schritt tun konnte, hatte sich Diniz schon auf den Flamen gestürzt und ihn zu Boden gerissen. In den nächsten Augenblicken, während er Schläge austeilte und einsteckte, dachte Diniz nur an seine Wut. Dann spürte er Zorzis harten Griff und wurde sich vor Zorn schluchzend bewußt, daß er natürlich gegen sie beide zusammen machtlos war. Kurz bevor van der Poele sich frei machte und Zorzi ihn zurückzog, war das versengte Gesicht des Flamen dem seinen ganz nah.

Da spie Diniz Vasquez aus. «Ein Ordensritter kämpft Mann gegen Mann. Nur ein Feigling kämpft zu zweit gegen einen. Ihr habt meinen Vater getötet und mich und meine Tante in die Gefangenschaft verkauft. Ich verlange Wiedergutmachung. Das ist eine Herausforderung, falls Euch jemand gelehrt hat, eine solche zu erkennen.»

Er war inzwischen, im festen Griff des Venezianers zurücktaumelnd, wieder auf den Beinen. Der Flame erhob sich aus dem Schlamm, fand ein Taschentuch und führte es sich langsam an die Lippen. Er sagte: «Schön, du hast versucht, es mir heimzuzahlen, wie töricht das auch immer war. Das genügt jetzt fürs erste.»

Der Venezianer lachte, obschon er Diniz noch immer schmerzhaft fest gepackt hielt. «Mein Freund, er hat Euch herausgefordert! Habt Ihr seinen Vater getötet? Ihr müßt darauf antworten, von Ritter zu Edelmann, sonst erwarten Euch unvorstellbare Strafen.»

«Ich kann sie mir vorstellen», sagte van der Poele. Er stand auf, bemerkte den Schmutz an seinem Wams und begann sich ohne Eile des Kleidungsstücks zu entledigen. Das Hemd darunter war stark zerknittert, und Schlamm und Staub beschmutzten seine Strumpfhose. «Ich muß einfach mit ihm reden. Lassen wir das für später. Machen wir mit dem Geschäftlichen weiter.»

Zorzi erwiderte: «Lassen wir das für später! Das Kind hat Euch ins Gesicht gespuckt! Auf welche Rede macht Ihr Euch danach noch Hoffnung? Dieses Bürschchen wird erst Ruhe geben, wenn Ihr seiner Forderung entsprecht. Kämpft es doch auf der Stelle aus, dann ist es aus der Welt. Er kann mein Schwert haben.» Seine Finger hielten Diniz' Schulter noch immer gepackt. Er schüttelte ihn. «Wenn es das ist, was du willst?»

«Ja», sagte Diniz. Er fühlte sich wie betäubt. Er war sicher gewesen, dieser Zorzi werde die Partei des Flamen ergreifen, statt dessen forderte er ihn auf fast beschämende Weise zum Zweikampf auf. «Mein Vater war Tristão Vasquez. Er wurde auf Rhodos ermordet wegen einer Fehde zwischen diesem Mann und dem Bruder meiner Mutter. Königin Carlotta wußte das nicht, als sie ihn zum Ritter schlug.»

Der Venezianer ließ ihn los. Er schien entzückt und sagte: «Mein teurer Niccolo! Königin Carlotta hat Euch zum Ritter vom Schwert gemacht! Ich dachte, das sei Zacco gewesen!»

«Man hat sich gedrängt. Ich kann nicht gegen ihn kämpfen.»

«Warum nicht?» fragte Zorzi. Er hatte sein Schwert aus der Scheide gezogen und hielt es in der Hand. «Zeigt mir Eures.»

«Sie sind nicht ebenbürtig», sagte der Flame. Unter den versengten Stellen schien sein Gesicht vor Zorn bleich zu sein. Er versuchte zu spät, Zorzi daran zu hindern, sein Schwert aus der Scheide zu ziehen und neben das andere zu halten.

Zorzi sagte: «Ihr habt recht. Aber warum überlaßt Ihr nicht der Jugend den Vorteil? Gebt ihm Eures und nehmt das kürzere.»

Und während er noch sprach, hielt er Diniz den Knauf von van der Poeles Schwert hin.

Diniz ergriff das Schwert. Er drehte sich um, und sein Atem ging schnell, als er die Klinge mit beiden Händen hochhob und den Flamen anstarrte. Beim zweiten Versuch bekam er heraus: «Messer Niccolo, ich habe Euch herausgefordert aus Gründen, die Euch bekannt sind. Ergreift das Schwert und wehrt Euch, oder ich schlage zu, und das Gesetz wird mich freisprechen.»

Er wartete nur einen Augenblick, aber schon beim ersten Hochgehen seines Arms trat der andere Mann rasch vor und packte die Waffe, die der Venezianer ihm hinhielt. Er sagte in ganz gewöhnlichem Gesprächston: «Der Teufel soll Euch holen, Bartolomeo. Aber ich bezweifle, daß Ihr damit rechnen könntet, die Nutzungsrechte übertragen zu bekommen. Versuchen könnt Ihr's natürlich.» Dann wandte er sich zu Diniz um, grüßte kurz und schnickte mit der Klinge, um zum ersten Hieb einzuladen.

Ein Zweikampf in einer Fechthalle oder auf einem gepflasterten Übungsplatz war etwas anderes als ein solcher auf einem Hof voller Schlamm und tückischer Hindernisse, doch Diniz genoß alle Vorteile, die er sich erhoffen konnte: den der Jugend, den der Tatkraft und den der Vertrautheit mit dem Austragungsort. Er hatte auch die bessere Waffe – sie war nicht nur länger, ihr Stahl besaß auch die bessere Schneidkraft. Es war eine byzantinische Arbeit, die er da in der Hand hielt, aber die Inschrift auf der Klinge war arabisch.

Er erinnerte sich an all das, was er auf der Fahrt von Kolossi nach Rhodos mit solch ehrfürchtiger Bewunderung aus dem Mund dieses Mannes gehört hatte, und verstand jetzt, was er damals nicht verstanden hatte. Van der Poele hatte in Trapezunt gekämpft, das war gewiß. Aber van der Poele, der willfährige Diener Zaccos, hatte in Trapezunt auch gelernt, wie man seinem Herrn zu Gefallen ist. Damit war schließlich zu rechnen – seine Tante Katelina hatte es ihm eindringlich vor Augen gehalten. Der Mann war einfach ein Lehrling von niederer Geburt, der es nur durch die Vermählung mit seiner verwitweten Dienstherrin zu etwas gebracht hatte. Und außereheliche Emporkömmlinge lernten nicht den Kampf im Duell, portugiesische Edelleute dagegen sehr wohl.

Eben aus diesem Grund, so mochte es scheinen, war dieser Mann erstaunlich schwer festzunageln. Er sprang zurück, wich aus, wehrte einen Hieb ab und wich abermals aus, ohne sich auf einen Kampf einzulassen. Diniz verfolgte ihn mit grimmigem Vergnügen. Mit den Füßen trampelnd, im Schlamm tänzelnd, schwang er sein Schwert voller Freude, den Angriffswinkel wechselnd, die Richtung wechselnd. Er kannte den Hof. Er wußte, wo die Kessel standen, deren Feuer kaum erloschen und die selbst noch zwischen warm und heiß waren. Er ging dem Schleifstein aus dem Weg, den Körben mit Zangen, Blasebälgen und Kellen – aber sein Gegner war, wie er sah, so klug, auf seine Bewegungen zu achten und ihnen ebenfalls auszuweichen.

Er wünschte, es wäre dunkel. Einmal, als er die Absicht des anderen nicht rechtzeitig erkannte, wurde er auf dem falschen Fuß erwischt und hieb mit seiner Klinge auf die Kante eines Bottichs hinunter. Dann wiederum rutschte der andere aus, und Diniz, der sogleich nachstieß, stützte sein Körpergewicht auf eine Schubkarre, auf der er davonrollte. Er hatte sich binnen weniger Sekunden gefangen, doch van der Poele stand schon wieder aufrecht und hielt sein Schwert in beiden Händen. Sie hatten sich inzwischen einmal über den ganzen Hof gekämpft.

Als Diniz sich dessen bewußt wurde, zögerte er zum erstenmal. Wie in einem Spiegelabbild hielt auch van der Poeles Schwert jäh inne. Der Hieb, der Stoß, zu dem er herausgefordert hatte, kam nicht. Doch als er einen Satz machte und seine Klinge heruntersausen ließ, wehrte der andere sie ab und folgte mit Schwertschwüngen zur Linken und zur Rechten nach, die nichts Gezieltes hatten und die Diniz seinerseits vorsichtig parierte.

Seine Hochstimmung wie sein Zorn klangen ab. Er sah, daß trotz aller Anstrengung van der Poeles Atem noch kaum schneller ging als gewöhnlich. Seine Hände hielten das Schwert fest gepackt, seine Augen blickten ruhig. Wenn da irgendwo ein Schatten über ihnen lag, hatte er nichts mit ihrem augenblicklichen Duell zu tun. Niccolo van der Poele kämpfte mit der Mühelosigkeit eines geübten Kriegers, der zudem einen guten Fechtmeister gehabt hatte. Er war ein Nichtswürdiger, aber nichtsdestoweniger ein guter Schwertkämpfer, der ruhig auf seine Gelegenheit wartete. Bartolomeo Zorzi hatte das gewußt oder vermutet und verfolgte den Kampf voller Neugier. Wenn Diniz sein Leben einbüßte, würde er nur einen Lehrling verlieren. Im Falle van der Poeles war die Sache schwieriger – da würde der König einen neuen Pächter für seine Färberei bestimmen müssen.

Diniz Vasquez ließ seinen Verstand arbeiten. Sorge bereitete ihm der Raum, von dem es zuviel gab und den van der Poele benutzte, um ihn zu ermüden. Deshalb würde er ihn jetzt in seinen Bewegungen einengen. Auge wie Arm waren mit siebzehn schneller als mit zwanzig oder zweiundzwanzig. Diniz war mit dem Hofgelände vertraut und der Flame nicht. Und wie er gerade erkannt hatte, bestand noch ein weiterer, ganz besonderer Vorteil: Bartolomeo Zorzi würde nicht in den Kampf eingreifen. Er und der Feind seines Onkels Simon waren hier so gut wie unter sich. Diniz ließ sich von diesen Gedanken nichts anmerken, doch jetzt stieß er zielstrebig in eine bestimmte Richtung vor.

Es war nicht leicht, den anderen zwischen die Gebäude zu locken, obschon hier der Untergrund fester war und ihre Schwerter sich öfter begegneten. Handgelenke, Schultern und Rücken begannen zu schmerzen, aber Diniz achtete nicht darauf. Wenn der andere das merkte, würde er nur Nutzen daraus zu ziehen versuchen. Van der Poele schien nicht im Sinn zu haben, ihn zu töten, sonst hätte er das wohl schon getan. Wahrscheinlich, so sagte sich Diniz, würde er sich damit zufrieden geben, ihn zu einem schmachvollen Aufgeben zu zwingen, indem er den Kampf einfach in die Länge zog. Mit Jugend und Geschmeidigkeit allein, so erkannte er jetzt, war gegen dieses unermüdliche Parieren nicht anzukommen.

Das Ende der Gebäude kam in Sicht, und dahinter lag der bis jetzt verborgen gebliebene Teil des Hofs. Diniz holte tief Atem, packte die Waffe fester, wechselte die Stellung und begann van der Poele zurückzudrängen, um das Gebäude herum und auf diesen Hofteil mit seinen Hindernissen zu. Denn hier hatten die Venezianer nichts erneuert, hier gab es noch die alten in den Boden eingelassenen Wannen voller Farbe, Fettwasser und Urin. Und dahinter kam der kupferne Ofen, der den ganzen Morgen gekocht hatte und dessen Feuer, das wußte er, noch nicht ganz erloschen war. Er schwang wieder und wieder sein Schwert, und van der Poele wich zurück, seinerseits die Klinge schwingend, den Hieben ausweichend oder sie parierend, bis sich hinter ihm die erste Grube auftat. Da sprach Diniz' Gegner zum erstenmal.

Van der Poele sagte: «Das nützt nichts, Diniz. Auch ich kenne den Hof.» Diniz runzelte die Stirn, hob sein Schwert. Der Flame setzte hinzu: «Laß es», und band mit einer plötzlichen schnellen Bewegung Diniz' Schwert, fuhr mit seiner Klinge an der anderen herunter, daß das Metall aufschrillte, und zog ihm mit einem Ruck, der ihm wie Feuer in die Schulter fuhr, das Schwert ganz aus den Händen. Einen Augenblick lang hielt van der Poele sie beide zusammen gepackt, und dann warf er sie mit einer heftigen Bewegung fort. «Genug», sagte er. «Du hast gezeigt, daß du ein Schwertfechter bist.»

Diniz atmete schwer. «Deshalb bin ich nicht hier.»

Der Flame stand auf der Kante einer eingelassenen Wanne. Er sagte: «Du bist hier wegen deiner Tante und deines Vaters. Warum reden wir also nicht über deine Tante und deinen Vater?»

Diniz hatte keine Waffe mehr zur Hand, doch neben seiner Schulter an der Wand war ein Wringhaken. Er ergriff ihn und schwang damit nach van der Poeles Knöcheln. Doch der andere stolperte nicht, sondern sprang zur Seite und schob dabei den Fuß in den Haken. Er zog daran, und Diniz fiel seitlich in die Wanne. Die Flüssigkeit klatschte über seinem Kopf zusammen; er schluckte und setzte sich auf und spuckte. Die Wanne war voller Urin. Dann wollte er aufstehen und konnte nicht, denn der Wringhaken steckte fest in seinem Gürtel, und der Flame hielt ihn in der Hand. «Was hattest du vor?» fragte van der Poele. «Wolltest du mir mit dem Haken ein Bein stellen und mich dann töten?»

Diniz saß in der stinkenden Brühe und hustete und würgte. «Ich wollte Euch töten», sagte er.

«Oder sollte der Kupferkessel die Arbeit für dich erledigen?» fuhr van der Poele fort. «Er ist da über dir und noch warm. Ich brauche nur den Stöpsel herauszuziehen. Die Flüssigkeit würde dich verbrühen und dann ertränken.»

«Dann tut's doch», sagte Diniz. Er sah es in den Tiefen der Wanne metallen aufblinken und erinnerte sich, was es war und wie es dort hineingekommen war. Eine Unachtsamkeit am Tag zuvor, gefolgt von einer Rauferei unter Böttchern mit unentschiedenem Ausgang. Was sie da hatten hineinfallen lassen, war ein Beil.

Der Flame redete, wie er hörte, noch immer. «Warum sollte ich dich töten? Du hast mir nichts getan. Du könntest mir nichts tun. Ich habe keinen Grund, dir den Tod zu wünschen. Ich habe dich gekauft, das habe ich dir ja gesagt, weil ich dich lieber hier in der gesunden Luft der Färberei habe.»

Jemand lachte – der Venezianer, der herbeischlenderte. Er sagte: «Mein lieber Freund, ich sagte kämpfen – und Ihr taucht das arme Kind ein wie ein Schaf. Ich glaube, Ihr solltet ihn fesseln, bis sein Zorn nachläßt.» Er hatte einen Strang blauer Wolle, die am einen Ende noch an ihrer Winde hing. «Laßt ihm das über die Schultern fallen, ich rolle ihn dann ein wie ein Mufflon. Grundgütiger, wie er stinkt!»

Diniz stieß einen würgenden Schluchzlaut aus. Der Haken zog an seinem Gürtel, und sein Körper begann aus dem schmutzigen Wasser emporzutauchen. Die schwere Wolle fiel ihm über Schultern und Oberkörper, den einen Arm einfangend, den anderen freilassend. Van der Poele schob die Wolle an die richtigen Stellen und hielt sie mit der einen Hand fest, während die andere weiter an dem Wringhaken zog. Der Flame unterhielt sich über den Arm hinweg mit seinem Gehilfen an der Winde. Er achtete in diesem Augenblick genausowenig auf Diniz wie Zorzi, der noch lauter lachte als zuvor. Diniz begann sich aus dem Bad zu erheben.

Er hatte das Beil schon gepackt. Als er auf Hüfthöhe des Flamen war, schwang er den Arm mit dem scharfen Werkzeug herum, das er kurz vor seinem Ziel, der Ader in van der Poeles Hals, losließ. Ein silbriges Aufblitzen war alles, was dem Flamen an Warnung zuteil wurde. Er setzte noch zu einer Bewegung an, konnte aber natürlich nicht mehr ganz ausweichen. Diniz hörte das Auftreffen und das Aufkeuchen van der Poeles. Der Flame taumelte. Der Hakenstock fiel zu Boden, und die Wolle lief ihm durch die Finger. Das Beil löste sich und fiel neben Diniz zu Boden. Er spürte den Griff unter seiner Hüfte, als er zum Grubenrand zurückfiel und dann dalag, zur Hälfte in der Wanne, zur Hälfte draußen, geblendet von der Flüssigkeit und vom karminroten Sprühen von Niccolos Blut. Er sah durch den Schleier hindurch, daß der andere Mann recht langsam hingestürzt war und mit abgewandtem Kopf in Lachen von Blut und Urin lag, vermischt mit Wollknäueln von leuchtendem Blau. Wie groß die Wunde war, konnte er nicht sehen. Er fragte, ohne aufzustehen: «Ist er tot?» Er begann zu zittern.

Zorzi, der noch neben der Winde kniete, blickte auf. Er mochte bleich geworden sein, doch sein Gesichtsausdruck war nicht der zornigen Entsetzens. «Keiner von uns hatte erwartet, daß du so etwas tust. Nein, er ist nicht tot. Aber er könnte es sein.»

Diniz starrte ihn an. Zorzi fuhr fort: «Wenn er dir tot lieber ist, brauchst du ihn nur so liegen zu lassen. In zehn Minuten ist er verblutet, und dir könnte nichts geschehen. Es war ein ehrlicher Kampf, und ob die Wunde von einem Schwert oder von einem Beil stammt, das sieht man einem Toten wohl kaum an.»

Diniz richtete sich so weit auf, daß er saß. «Das würdet Ihr tun? Mir helfen?»

Zorzi stützte das eine Bein hoch, die Hand lässig auf dem Knie. «Warum nicht? Ich habe mit dem Recht oder Unrecht deines Falles nichts zu schaffen, aber du scheinst ein guter Lehrling zu sein, und van der Poele selbst hat dich empfohlen. Es war ein ehrlicher Kampf oder ein Unfall.»

«Und es kümmert Euch nicht, wenn er stirbt.»

«Nein», sagte Zorzi nachdenklich. «Leider bin ich nicht frei in meinen Entscheidungen. Ich habe einen älteren Bruder und muß Anweisungen befolgen. Ich glaube, ich sollte mich vielleicht ein wenig anstrengen. Ich könnte mich natürlich sehr ernsthaft bemühen, aber zum Schluß könnte mich vielleicht die Natur schlagen?» Er blickte zu Boden. Die scharlachrote Lache wurde größer und dicker. Von jenseits der Gebäude drang ein Klopfen herüber. Bartolomeo Zorzi hob den Kopf. Dem Klopfen folgte das Klirren von Sporen, begleitet von Männerstimmen. Zorzi sagte: «Wer mag das sein? Vielleicht die Leute des Königs, die nach dem flüchtigen Günstling Ausschau halten. Der beim Schwertfechten einen Unfall hatte und den wir nach besten Kräften ins Leben zurückrufen. Versteck das Beil. Komm her. Ich brauche ein Stöckchen und einen Lappen. Ich drücke mit den Fingern hier drauf, und du bindest zu, so schnell du kannst. Was hast du?»

«Nichts», sagte Diniz durch schnatternde Zähne hindurch.

«Warum gibst du nicht zu, daß du weinst? Du kannst ruhig zeigen, daß du Angst hast. Ohne daß du etwas dazu konntest, hätte der König beinahe seinen guten Gefährten verloren.»

Männer tauchten am Ende des Schuppens auf. Diniz sagte, die Hände mit Blut beschmiert: «Er wird es ihnen sagen. Wenn er zu Bewußtsein kommt, wird er ihnen sagen, was geschehen ist.»

«Meinst du?» gab Zorzi zurück. «Vergiß nicht, er hätte dich töten können und hat es nicht getan. Er hätte dich freigeben können und hat es nicht getan. Er wollte dich in seiner Gewalt haben. Und das ist ihm jetzt gelungen in einem Maße, wie er es gewiß nicht für möglich gehalten hätte. Du bist van der Poele auf Gnade und Ungnade ausgeliefert. Und mir natürlich auch.»

Kapitel 26

«Dann seid Ihr also in Euer Beil gefallen?» sagte Tobie.

Dem entnahm Nicolaas, daß man jetzt erwartete, er werde weiterleben, denn es waren die ersten gewöhnlichen, vernünftigen Worte, die jemand während mehrerer Stunden großer Schmerzen und großer Verwirrung zu ihm sprach. Er konnte sich ganz schwach daran erinnern, daß er – wohl von Kriegern – in sein Zimmer im Herrenhaus zurückgetragen worden war. Sogleich hatte sich das Gesicht des Arztes eingestellt, und die Vielfalt von Empfindungen, die darauf folgten, war untermalt worden von Tobies Stimme, die bitteren Zorn, Ungeduld, Besorgnis und eine Art von aufmunternder Beruhigung ausdrückte, welche Nicolaas, der darauf nicht antworten konnte, dennoch zutiefst beunruhigte.

Ihm war bewußt, daß er jetzt ganz wach war nach einer Zeit tiefen Schlafs und daß er in seinem eigenen Bett lag, von dem ein deutlicher Latrinengeruch aufstieg. Die linke Seite seines Oberkörpers war in Verbände eingehüllt, vom Hals über die Schulter bis zur Brust hinunter. Die Stelle, auf die es anzukommen schien, war irgendwo zwischen Hals und Schulter. Er erinnerte sich sogar, zu jemandem gesagt zu haben, daß er von einem Felsbrocken getroffen und umgerissen worden sei und daß man den Brocken doch mit einem Zugwerk von ihm heben solle. Das war gewiß eines seiner weniger vernünftigen Gespräche mit Tobie gewesen. Sein Kopf klopfte, und er hatte nicht das Verlangen, ihn zu bewegen, oder auch nur das Gefühl, dies tun zu können, hätte er es gewollt. Ihm war, als hätte er viel, ja gefährlich viel Blut verloren. Und indes sich seine Gedanken klärten, fiel ihm auch wieder ein, wie das zugegangen war.

Tobies Gesicht, das einen düsteren Zug angenommen hatte, begann sich wieder zu erhellen. Nicolaas sagte: «Nun, ich bin nicht in mein Schwert gefallen.» Er setzte hinzu: «Kommt der Geruch von Euch oder von mir? Ich dachte, Ihr hättet in St. Hilarion bleiben wollen.»

Tobie runzelte die Stirn, während er gleichzeitig eine erfreute Miene machte. Über die letzte Bemerkung hinweggehend, erwiderte er: «War diese Frage ernst gemeint? Wir mußten Euch in alles mögliche Zeugs einwickeln, sonst hätte das Bett so gestunken wie Ihr. Selbst nachdem wir gewaschen hatten, was an Euch waschbar war, und noch den Fußboden geschrubbt und Eure Kleider verbrannt hatten, war zu riechen, daß Ihr aus einer Färberei kamt. Aber immerhin, was den Geruch betrifft, war Euch dieser dumme Kerl noch voraus. Wo er vorüberging, welkten die Blumen.» Nach kurzer Pause fügte er hinzu: «Der Portugiese. Das verzogene Kind, das alles daran gesetzt hat, Euch zu töten.»

Nicolaas wünschte, daß dieses Gespräch aufhörte. Dem eindringlichen Rat seiner inneren Stimme zum Trotz fragte er: «Wer hat Euch das gesagt?»

«Bartolomeo», entgegnete Tobie. «Dem Palast wurde eine ganz andere Geschichte erzählt, aber Bartolomeo sorgte natürlich dafür, daß wir die Wahrheit erfuhren. Ich mochte den Mann nicht, als er damals vor Konstantinopel an Bord kam, und ich mag ihn noch immer nicht. Ich weiß nicht, weshalb sich sein holzbeiniger Bruder seinerzeit die Mühe machte, ihn auszulösen. Und ich weiß auch nicht, weshalb Ihr ihn in die Färberei mitgenommen habt.» Er hielt inne, und auf sein Gesicht trat der prüfende Blick, den Nicolaas von früher kannte. «Ihr seid mir ein stummer Zuhörer. Schmerz in der Schulter? Im Kopf? Durst? Ein Schluck zu trinken?»

«Nichts von Eurem Zeug», sagte Nicolaas. «Aber etwas Flüssiges wäre schon gut. Ich hab jetzt einen neuen Eingang da oben.»

«Versuchen wir's einmal auf die übliche Weise.» Tobie stützte ihn. «Ihr hattet Euren Glückstag, wie immer Ihr Euch auch fühlt. Ihr habt Euch gerade weit genug fortbewegt, um vom Beil nicht voll getroffen zu werden. Ich möchte das noch einmal ausprobieren, mit dem Bengel am anderen Ende, diesmal.»

«Diniz?» fragte Nicolaas. Der Becher wurde zurückgezogen. «Er ist nicht verletzt?»

«Man hat mich jedenfalls nicht zu ihm gerufen. War ganz gut so, denn ich wäre auch nicht gekommen. Er sitzt hier in einer Zelle mit einem Hocker, einem Eimer und einer Schüssel mit kalt gewordenem Essen. Ich glaube nicht, daß man ihm schon ein Bad gebracht hat, aber vielleicht hat sich seine Nase inzwischen daran gewöhnt. Was habt Ihr denn erwartet, als Ihr in die Färberei kamt – ein Jubelgeschrei?»

«Ich wollte mit ihm reden», sagte Nicolaas. «Aber ich mußte zuerst Zorzi dort alles zeigen. Ich wollte mit ihm reden, mit ihm und mit . . .» Er hielt inne. Mit dem Kissen im Rücken konnte er jetzt einen kleinen Bereich des Gemachs überblicken. Beim Fenster saß jemand. Er sah, wer es war.

Tobie folgte seinem Blick. «Katelina van Borselen. Ihr hattet sie gebeten, hierher zu kommen, und seitdem ist sie da. Sie geht erst wieder, wenn sie weiß, was mit Diniz geschieht.»

«Nichts – sagt es ihr.»

«Ich hab's ihr schon gesagt. Sie glaubt mir nicht. Ich höre mich wahrscheinlich nicht sehr glaubwürdig an.» Tobie trug seine Kappe, wie er dies stets tat, wenn er seinen Beruf ausübte. Die Art, wie sich seine Lippen spitzten, paßte zu dem kleinen Schnörkel, den seine Nasenflügel machten, und alles zusammen zeigte jedesmal Tobies innerste Gefühle an. In Trapezunt hatte Tobie ihn einmal bei einer anderen Krankheit behandelt, was Folgen gehabt hatte, an die Nicolaas nicht zurückdenken mochte. Damals war Katelina nicht zugegen gewesen: man hatte nur von ihr gesprochen.

«Sie soll herkommen», sagte Nicolaas. Sie kam, nicht sehr schnell, und blieb neben seinem Bett stehen.

Ob man nun krank oder gesund war, man sah, wenn man in dieses Gesicht blickte, unter den äußeren Zeichen der Anspannung die schöne, hochgeborene junge Frau jener Zeit vor drei Jahren. Das Kleid über der schlanken Gestalt, die langen Ärmel, die strenge Haube sehen hieß sich des freigebigen Körpers erinnern, der zweimal dargeboten und viele Male heimgesucht worden war. Der Blick ihrer großen braunen Augen war zwingend. Sie sagte: «Der Grund dieses Streits war ich. Diniz war unschuldig, sein Handeln unüberlegt. Bestraft mich, aber nicht ihn.»

Seit St. Hilarion konnte er Gespräche gewisser Art nicht mehr ausstehen. «Wie möchtet Ihr bestraft werden?»

Ihre Augen gingen ganz weit auf. Mit einer gewissen Befriedigung sah er, daß auch Tobie die Augen aufriß. Dann sagte sie mit fester Stimme: «Macht mit mir, was Ihr mit ihm gemacht hättet.»

«Schön», erwiderte Nicolaas. «Er fährt nach Hause, und Ihr fangt am Montag in der Färberei an.» Er schloß die Augen, ohne es beabsichtigt zu haben, und empfand es als Erholung.

«Ihr spielt mit mir.»

Tobie sagte in gereiztem Ton: «Er spielt mit niemandem. Er ist müde vom Reden, und er hat Euch gerade die Wahrheit gesagt. Mehr als das droht Diniz nicht. Er muß eine Zeitlang mit den Farben umgehen. Und selbst das war schon vorher beschlossen.»

«Ist das wahr?» fragte Katelina.

Nicolaas schlug die Augen auf. «Ihr wißt, wie sehr ich mich meiner Erziehung geschämt habe. Jetzt bekommen die Vasquez einen Geschmack davon.»

Ihre Erleichterung war so groß, daß sogar, wie er sah, ihre Verachtung verflog. Sie sagte, während ihre Stimme an Sicherheit gewann: «Aber er ist in einer Zelle.»

«Das hat Tobie getan», sagte er. «Ein Zuschlag für nicht verlangte Dienste, ausgeführt unter unangenehmen Umständen. Ich sorge dafür, daß Diniz freigelassen wird. Er wird wie zuvor Kriegsgefangener mit eingeschränkter Bewegungsfreiheit sein. Natürlich nur, wenn er nicht noch einmal das gleiche versucht.»

«Ich werde ihn daran hindern», sagte sie.

Nicolaas blickte zu ihr auf. «Vielleicht ist das gar nicht nötig, wenn er einmal gründlich nachdenkt. Ihr könntet ihm sagen –» Er zögerte.

«Ja? Ich bin gern Euer Sprachrohr. Ich wirke nur vielleicht nicht sehr überzeugend.»

Es entstand ein Schweigen, bis Tobie sagte: «Fahrt fort.»

Nicolaas lag da und kam sich töricht vor. Weil er sich auch sehr krank fühlte, sprach er schließlich. «Sagt ihm, sein Vater sei nicht durch mein Dazutun ums Leben gekommen. Sagt ihm, ich sei, als ich meine Kompanie auf Rhodos vorfand, schon an König Jakob gebunden gewesen. Ich hatte ihm schon vorher das Versprechen gegeben, entweder ihm oder gar niemandem zu dienen. Wenn ich der Königin dies gesagt hätte, wären meine Männer niemals lebend aus Rhodos herausgekommen. Und noch ein letztes. Ich hatte keine Ahnung, daß Ihr und Diniz an Bord des Schiffes nach Zypern sein würdet. Das hatte ich nicht gewollt.»

«Warum haltet Ihr uns dann fest?» Er vermochte nicht zu sagen, ob sie ihm glaubte oder nicht.

Er antwortete: «Ich behalte Diniz zu seinem eigenen Nutzen

hier. Euch halte ich nicht fest. Das ist, vermute ich, die Schuld meines – von Jordan de Ribérac.»

Das war ein Schnitzer, der ihm unter gewöhnlichen Umständen nicht unterlaufen wäre, und sie stürzte sich mit einem Eifer darauf, dem zu entnehmen war, daß sich ihre Einstellung nicht im geringsten geändert hatte. «Eures Großvaters, hättet Ihr beinahe gesagt. Ihr tut noch immer so, als hieltet Ihr ihn für Euren Großvater?»

«Es ist gänzlich unwichtig», sagte er. Seine Augen waren erschöpft von dem Schmerz in seinem Kopf.

«Ihr glaubt das aber, und das kann ich Euch nicht verzeihen», sagte sie mit plötzlichem Ungestüm. «Ihr wußtet, was Ihr tut. Es war kein Zufall. Ihr habt wirklich geglaubt, Simon sei Euer Vater, und Ihr glaubt es noch, und Ihr habt Euch die übelste Rache ausgedacht, mit mir als Werkzeug.» Ihre Stimme wurde lauter. «Mit mir als Werkzeug!»

«Genug!» sagte Tobie entschlossen. Erregungen zu dämpfen war schließlich Teil seiner Kunst, und er verstand sich gut darauf. Nicolaas hörte ihn durch einen leichten Schleier hindurch, der es ihm erschwerte, einen klaren Gedanken zu fassen. Er argwöhnte, daß Tobie ihm vorhin doch nicht nur Wasser zu trinken gegeben hatte. Bis zum letzten Augenblick versäumte es sein Verstand, ihn vor dem zu warnen, was gleich kommen würde.

Katelina sagte noch einmal kreischend: «Mit mir als Werkzeug!» und Tobie griff ein. «Genug! Hört auf! Vergeßt, was er getan hat. Wie schrecklich es auch war, niemand ist der Leidtragende. Simon weiß nicht, daß Henry nicht sein Sohn ist. Der Junge wird als Adliger heranwachsen. Nicolaas stellt keine Ansprüche an das Kind oder an Euch. Warum wollt Ihr eine solche Fehde fortsetzen? Seht, was jetzt Diniz widerfährt!»

Nicolaas hörte das wohl, und zwar ganz deutlich. Er sagte: *«O Gott!»* Es kam erstickt heraus, eher wie ein kurzes Niesen. Katelina blieb zuerst stumm.

Dann sagte sie: «Ihr wißt es. Wem sonst hat – hat van der Poele noch davon erzählt?»

Zu spät war Tobie von einem Gefühl des Unheils erfaßt worden. «Nicolaas . . .» sagte er mit unsicherer Stimme. Dann faßte er sich langsam wieder. «Ich bin ein Narr. Ich bin ein Narr. Demoiselle, ich hätte mir diese Worte nie entlocken lassen dürfen. Nicolaas hat es keinem Menschen gesagt. Das würde er nie tun. Wir haben es durch Zufall herausgefunden. Er lag im Fieber und hat alles mögliche geredet. Wir ahnten, was war, und waren bekümmert, und er ließ uns schwören, daß wir das Geheimnis nie preisgeben würden.»

«Und wer außer Euch weiß es noch?» fragte Katelina van Borselen. Ihre Stimme, wieder dunkler und leiser geworden, war jetzt unnatürlich ruhig.

«Ein Priester namens Pater Gottschalk. Wir schlossen aus seinen im Fieber ausgestoßenen Worten, daß er Euch schwängerte und dann Marian de Charetty ehelichte, so wie Ihr die Gemahlin Simons wurdet. Und daß Simon diesen Euren Sohn für sein Kind hält.» Er hielt inne und setzte dann hinzu: «Euer Geheimnis ist bei uns und bei Nicolaas gut aufgehoben. Ihr dürft nicht glauben, daß er dies leichtnimmt.»

Nicolaas sagte: «Sie weiß nichts. Wir haben uns nicht mehr getroffen, seit es geschah.» Ihm war schwindelig, und sein Atem ging stoßweise. Was er schon immer hätte sagen, die Begegnung zwischen ihnen, die schon längst hätte stattfinden sollen – beides bestürmte ihn jetzt, und halb benommen von irgendeiner Tinktur und in Gegenwart eines Dritten mußte er die rechten Worte finden, jetzt oder nie. Er versuchte eine klare und schlichte Rede. «Wäre die Gelegenheit gewesen, hätte ich zu ihr gesagt, daß ich von ihrer Schwangerschaft nichts wußte. Sie hat es mir nicht gesagt. Sie konnte schließlich nicht das Kind eines Lehrlings zur Welt bringen. Später habe ich das begriffen.»

Katelina mußte es fast genauso schwierig erschienen sein. Sie sah Tobie an und richtete den Blick dann auf das Bett. Nicolaas wurde bewußt, daß sie ihn zum erstenmal richtig ansah. Katelina sagte: «Ich war in der Bretagne.» Ihre Stimme hatte sich wieder verändert. «Ihr wußtet, daß ich Euch nicht rechtzeitig erreichen konnte. Ihr wußtet, daß Simon mich zur Gemahlin nehmen wollte. Ihr wußtet, daß ich, um mich vor der Schande zu bewahren, Simon ehelichen würde. Und Ihr wußtet, daß ich nichts von der Verbindung zwischen Simon und Euch wußte.»

«Katelina», sagte er, «wie hätte ich wissen sollen, daß Ihr schwanger wart?» Er sprach nicht von den Versicherungen, die sie ihm in der Nacht gegeben hatte, als sie sich ihm in Brügge hingab. Er war derjenige gewesen, der von der Gefahr gesprochen, sie diejenige, die sie abgetan hatte. Aber es hatte nie ein Zweifel daran bestanden, daß das Kind die Frucht ihrer nächsten gemeinsamen Nacht und das seine war.

Vielleicht erinnerte sie sich daran. Es entstand ein langes Schweigen. Dann sagte sie: «Ich glaube, Ihr habt es gewußt. In der Bretagne war eine Frau, die es vermutete. Antoinette de Maignélais hieß sie. Ist Euch der Name bekannt? Ich glaube, sie stand mit dem in Verbindung, was Jordan de Ribérac unter dem letzten König von Frankreich widerfuhr. Mit seinem Dasein als Verfemter im Ausland – was Euch damals so gut zustatten zu kommen schien. Es überrascht mich nicht, daß der Seigneur de Ribérac kein Lösegeld für mich zahlen will. In dieser Familie trägt man lange nach. Aber was tut es schon zur Sache? Ob Ihr nun wußtet, daß es Euch gelungen war oder nicht, Ihr habt geheiratet, während ich in der Bretagne war.»

Nichts würde ihn dazu bringen, von Marian de Charetty zu sprechen. Seine Augen gingen zu, und er riß sie wieder auf. «Ich wußte nichts von dem Kind – mehr kann ich Euch nicht sagen.»

Er sah, daß sie seinen Blick erwiderte. Einen Augenblick lang schien es, als könnte etwas, das er gesagt hatte, sie berührt haben. Dann seufzte sie. «Wem habt Ihr es noch gesagt?»

Sie hatte den Blick von ihm genommen und sich ein wenig zur Seite gewandt, damit andeutend, daß die Sache zwischen ihnen abgeschlossen war. Mit einem Blick zu Nicolaas hin übernahm es Tobie, auf diese Frage zu antworten. «Niemandem», sagte er. «Was er spricht, ist die Wahrheit. Wir haben es durch reinen Zufall erfahren, Gottschalk und ich.»

«Und wann wird es den nächsten Zufall solcher Art geben?»

fragte sie weiter. «Er neigt zu Fieberanfällen. Was wird Henry da für eine Zukunft beschieden sein?»

«Was soll er denn tun?» erwiderte Tobie. «Tot umfallen wegen etwas, woran er keine Schuld hatte? Zu einem Sohn bedarf es *zweier* Eltern, Demoiselle.» Er sprach in zornigem Ton, was Katelina nicht verdient hatte.

Nicolaas, der das Gefühl hatte, gleich müsse ihm der Kopf platzen, erkannte dennoch das Lustige dieser Feststellung und glaubte es erklären zu müssen. Er sagte: «Redet keinen Unsinn, Tobie. Ihr wart immer insgeheim überzeugt, ich hätte alles sorgfältig ausgeheckt. Natürlich habe ich das. Ein Bastard für Simon. Üppiges Verbannungsleben für David von Trapezunt. St. Hilarion um jeden Preis für Zacco. Und die Ereignisse von heute für uns alle, von Liebe erfüllte Abkömmlinge einer vom Glück gesegneten Familie. Wer sagt, ich kann keine Pläne schmieden?» Sein Herz raste, und seine Sinne krampften sich zusammen zu einem Höhepunkt, der seinen Atem stocken ließ. In seiner begrenzten Erfahrung wollte ihm scheinen, die Lage steuere auf einen Endpunkt zu. Er sagte: «Ich glaube, die Zukunft ist vielleicht doch vor mir sicher.»

Eine zornige Stimme rief von der Tür her: «Ist das die Rede eines Mannes, oder soll ich Eure Ärzte fortschicken? Ein Mann schätzt sein Leben und gibt es nicht kampflos auf.»

Zacco war geradewegs vom Bankett gekommen. In Gold und Edelsteinen, Hermelin und Atlas stand er auf der Schwelle, groß und funkelnden Blicks. Durch Augen, über die wieder ein Schleier fiel, sah Nicolaas eine neue und verwickelte Lage aufscheinen, die er gewiß nicht in der Hand hatte. Mit unendlicher Müdigkeit beobachtete er, wie sie sich entwickelte. Katelina drehte sich um, das erschöpfte Gesicht bleich vor Erstaunen. Tobie errötete und sagte: «Majestät, ihn verlangt nicht danach zu sterben, und so Gott will, werden wir es verhindern.» Zacco blickte ihn an und eilte dann an ihm vorbei und kniete am Bett nieder.

Seine Edelsteine blitzten, doch keiner schenkte ihnen einen Blick, sondern alle waren gefesselt von Zaccos schönem, erstaunlichem Gesicht. Heute war es angespannt, und die Brauen waren zusammengezogen unter dem Haar, das sich wieder hervorgeschoben hatte aus der prächtigen Kappe, die er noch trug. Seine warmen Hände schlossen sich um Nicolaas' kalte Finger, und er hielt sie fest, während er ihn schweigend ansah.

Nicolaas blieb stumm, hielt aber die Augen geöffnet. Über Zaccos Gesicht zogen die Schatten vieler Gedanken, die ihn nun zu einem Entschluß brachten. Er ließ Nicolaas' eine Hand los und beugte sich vor. Das Licht wurde trüb. Es roch nach Seife und Pelz und warmer, sauberer menschlicher Natur. Zaccos erhobene Hand berührte seine Lippen, seine Schläfe, sein Haar, schloß sich dann, senkte sich ruhig herab. Nicolaas fühlte, wie die Handfläche über seine Lider strich, sie schloß. Ersehntes Dunkel kehrte zurück. Die Hand lag flach da, gewichtslos, und verbot jede Bewegung. Dann kam die Stimme des Königs: «Ihr bedürft des Friedens mehr als eines Freundes. Meine Börse gehört Euch und Eurem Arzt und alles, was mein Königreich aufbringen kann. Ich werde Euch jeden Tag besuchen.»

Königliche Worte; vielleicht meinte er sogar, was er sagte. Die Hände zogen sich zurück. Nicolaas lag da, die Augen geschlossen. Er hörte den König hinausgehen, und Katelinas Schritte schienen ihm zu folgen. Tobie sagte: «Ich bin noch hier.»

Es mußte etwas getan werden. Nicolaas zuckte mit den Lippen, ohne die Augen aufzuschlagen. Er sagte: «Ich hoffe, Abul Ismail kriegt Pisse aus Hermelin heraus.» Ehe er in die Bewußtlosigkeit eintauchte, nahm er gerade noch Tobies befriedigtes Knurren wahr.

Draußen wartend, wie man sie geheißen hatte, blickte Katelina van Borselen auf zu dem als König gewandeten Mann, der, jung und ansehnlich und kaum älter als Nicolaas, aus Liebe zu diesem hierher gekommen war. Das Vorzimmer, in dem sie standen, war das eines anderen, und er forderte sie nicht auf, sich zu setzen. Statt dessen schritt er stirnrunzelnd zum Fenster und wandte sich um.

«Wir haben nur wenig Zeit. Wir wollten Euch kennenlernen.

Wie Wir hören, gibt es eine Beziehung, eine gewisse Entfremdung zwischen Eurer Familie und Seigneur Niccolo?»

Seigneur Niccolo. Aber er war schließlich Ritter des Ordens vom Schwert. Zu ihm hatte Zacco wie zu einem Vertrauten gesprochen, jetzt gebrauchte er den Plural der Majestät, was kindisch hätte scheinen sollen, es aber nicht war. Sie sagte: «Ja, das ist wahr, Majestät, aber mein Neffe und ich, wir sind nicht durch eigene Schuld hier. Wir möchten abreisen.»

«Nach Kyrenia?»

«Diesen Plan habe ich aufgegeben. Wir wollen nach Hause, nach Portugal.»

«Ah, so.» Der König trug eine juwelenbesetzte Kette um den Hals, und seine kräftigen Finger spielten mit dem Anhänger. «Unsere Frau Mutter sagt, sie habe Euch gesehen.»

«Eure Frau Mutter, Majestät?»

«Im Palast, zusammen mit Seigneur Markios, ihrem Bruder. Als Ihr krank auf Eurem Zimmer lagt.»

Sie war im Palast nur einmal besucht worden. Was da geschehen war, hatte sie in ihrem Kopf ganz weit zurückgedrängt in der Hoffnung, daß es vielleicht eine Einbildung gewesen war. Die braunhaarige junge Frau, die sich dann als zynische, bissige alte Vettel offenbart hatte. Das zerfallende Gesicht, das von Heuschrecken gesprochen hatte. *Was sollte ich da mit Euch machen? Euch die Haut abziehen, wie das die Mamelucken tun, und aus den Fetzen Trossen machen?*

Es war eine wirkliche Person gewesen, das sagte ihr der Verstand. Aber – die Mutter dieses Mannes?

«Sie hat Euch erschreckt», sagte Zacco. «Ja, Wir fürchten, sie geht in dem Bestreben, Uns zu beschützen, bisweilen zu weit. Aber mit denen, die vernünftig sind, verfährt sie nicht streng. Sie sagt, Wir sollten Nachsicht üben und Euch schließlich auch ohne Bezahlung für Eure Unterkunft entlassen. Wir haben Uns einverstanden erklärt. Wir haben gesagt, daß Wir Euch im Herbst fortschicken werden, selbst wenn das Geld dann noch nicht gekommen ist. Inzwischen werdet Ihr im Süden Quartier nehmen, wo Ihr nicht in die Versuchung geratet, Euren Neffen aufzustacheln oder mit Kyrenia oder Famagusta in Verbindung zu treten. In der Nähe von Episkopi leben mehrere wohlgeborene Familien. Ihr werdet Eure Zofe mitnehmen und bei einer von ihnen wohnen. Es wird Euch an nichts mangeln.»

Ihr zitterten die Glieder, aber sie versuchte mit fester Stimme zu sprechen. «Und mein Neffe, Majestät?»

«Für ihn ist schon gesorgt. Er bleibt hier und hilft in der Färberei. Messer Bartolomeo ist bestimmt ein guter Dienstherr. Das ist alles.»

Sie sagte rasch: «Ich würde lieber bei den Klarissinnen bleiben. Oder in einem . . .»

Seine auf Ihr Gesicht gerichteten Augen waren von glänzendem Braun und kälter als Metall. «Wir haben gesprochen», sagte er und ging hinaus.

Aus Liebe zu Nicolaas war er gekommen. Katelina dachte an das, was sie gehört, und an die Liebkosung, die sie gesehen hatte. Sie hatte immer angenommen, die eine Art von Liebe schließe die andere aus. Sie hatte sich stets streng ferngehalten von dem plebejisch-bunten Kranz von Eroberungen dieses Lehrlings – von den Dienstmägden von Brügge bis zu seiner nicht mehr jungen Ehefrau und natürlich auch von Primaflora. Von Venedig war ein Gerücht herübergedrungen, desgleichen eines von Trapezunt, dem sie keinen rechten Glauben geschenkt hatte. Doch jetzt begann sie sich zu fragen, ob es Gründe für diese eigenartige Unbeständigkeit gab, die nichts mit bloßer Wollust, niederer Abstammung oder Ehrgeiz zu tun hatte.

Sie kehrte zu den Klarissinnen zurück und konnte weder beten noch zu einem Freund gehen, denn sie hatte keinen Freund, an den sie sich wenden konnte, weder hier noch anderswo.

Kapitel 27

Was er sagte und tat, wenn er krank war, lief, wie Nicolaas inzwischen wußte, oft dem zuwider, was er sich sorgfältig ausgedacht hatte, und konnte seine Pläne beträchtlich durcheinanderbringen. Während er wieder zu Kräften kam, gehorchte er daher Tobie aufs Wort und empfing erst wieder Besuche, als er sich seines Verhaltens sicher war. Die Ausnahme bildete natürlich Zacco, der ihn, wie versprochen, täglich besuchte. Jedesmal fand sich vorher ein Diener ein, der Früchte, Backwerk oder in Essig eingelegte kleine Vögel überreichte.

Einmal brachte der König selbst sein Geschenk mit: das Angebot, Primaflora herbeizuholen. Da sie auf Rhodos bei Carlotta war, wäre dieses Geschenk an Geld und Menschenleben wohl so teuer gewesen, wie er sich nur eines hätte ausdenken können. Aus diesen Gründen – aber nicht nur aus ihnen allein – lehnte Nicolaas höflich ab. Am Tag danach schickte Zacco zu Tobies Empörung ein blutjunges Mädchen ins Krankenzimmer und erklärte in einer Botschaft mit kurioser Rechtschreibung, daß er es, um flämische Ritterlichkeit zu befriedigen, zuvor habe entjungfern lassen. «Aber», wußte Nicolaas zu vermelden, «er schreibt, er ist bereit, es zu ersetzen, falls dies nicht richtig war.»

«Barbaren!» rief Tobie aus, dessen Einbildungskraft im Hinblick auf Zacco glücklicherweise nicht die lebhafteste war. «Es ist ohnehin zu früh», fügte er hinzu.

Wenn Nicolaas so allein im Bett lag, übte er sich in Denkaufgaben wie beispielsweise einer Abschätzung von Gewinn und Verlust. Wenn er sich dessen bewußt wurde, schnitt er ein Gesicht und erinnerte sich Tommaso Portinaris mit seinen Ringen und seinen Hauptbüchern. Oder er dachte, ohne zu lächeln, an Anselm Adorne. Oder Jaak de Fleury. Oder Julius und Marian, die ihn alles gelehrt hatten, was sie wußten. Alles, was sie wußten, nicht alles, was er wußte.

Seine Gewinne und Verluste wog er auf einer Waage ab, die sich von der ihren ein wenig unterschied. Gewinn: daß er auf

Königin Carlotta genügend Eindruck gemacht und diese ihm daraufhin Primaflora hinterdreingeschickt hatte. Gewinn: daß er wieder Söldner unter sich hatte. Gewinn: daß nach seiner Entscheidung für den Kampf am rechten Ort und zur rechten Zeit die für Zacco tätigen Venezianer (die von ihm ebenfalls beeindruckt waren) sein eigenes Schiff benutzt hatten, um ihn nach Zypern zu bringen. Gewinn: daß er als Gegenleistung für sich selbst und seine Truppe Land, Geld, einen Titel und die Nutzungsrechte für die königliche Färberei in Nikosia besaß. Gewinn: daß er die Kenntnissse Bartolomeo Zorzis gekauft hatte, der alles über nicht-päpstlichen Alaun wußte . . . und der ihm natürlich Chennaa, sein Kamel, zurückgebracht hatte. Und zum Schluß kam auf die Waagschale des Gewinns noch der ganz große Preis, Ziel all seines Handelns, das Ertragsrecht der größten Gerechtsame von Zypern, der königlichen Zuckerrohrfelder von Kouklia und Akhelia, das Zacco ihm verliehen hatte.

Es hatte natürlich auch Verluste gegeben, deren betrüblichster die Zeit war. Aber wenn er noch nicht sogleich reisen konnte, so vermochte er doch sehr bald seine Geschäfte vom Bett aus zu lenken. Er hatte schließlich aus beiden Gerechtsamen vom Tag seiner Landung in Salines an Nutzen gezogen. Bei jedem Spiel kam es entscheidend auf den Eifer an.

Bald konnte er einen Kriegsrat einberufen, bei dem es um Zucker ging, so wie es bei dem, den der König damals auf sein Betreiben einberufen hatte, um St. Hilarion gegangen war. Diesmal war die Hauptperson Loppe, der in Nikosia war, kaum daß man nach ihm geschickt hatte, begleitet von Michael Crackbene und dessen Buchhalter Umfrid. Inzwischen konnte Nicolaas stundenweise am Tisch sitzen vor seinen Kästen mit den Quittungen, Rechnungen und den Aufstellungen für seinen Krieg, die Färberei und das Zuckergeschäft. Dazu kamen in jüngster Zeit Berichte, die ihn jetzt oft aus Venedig erreichten. Ganz bald hatte Tobie einen bemerkt. «Der ist von Gregorio!»

Tobie mit seinem rosigen, forschenden Gesicht war der einzige, den er nicht aus seiner Kammer verbannen konnte. Nicolaas sagte: «Ich bin ganz froh, jetzt auch von ihm zu hören, wo er schließlich auf unserem Geld sitzt. Er scheint es zu Wucherzinsen zu verleihen. Ich muß ihn fragen, welcher Seite er damit den Rücken stärkt.»

«Es geht ihm gut?» Tobie schätzte Gregorio um seiner selbst willen und wegen seiner Verdienste als Advokat des Handelshauses. Nicolaas, der Gregorio viel mehr verdankte, dachte abermals daran, ihn nach Zypern zu holen, und entschied sich wiederum dagegen. Er hätte ihn gern bei sich gehabt, aber er brauchte ihn noch dringender als Verbindungsglied zwischen Venedig und Brügge.

«Ich denke schon», sagte Nicolaas. «Er hat sich im Palazzo Corner unten am Rialto eingerichtet. Der jetzt das Haus Niccolo ist. Er hat eine ganze Anzahl Leute eingestellt – bald sind es mehr, als das Haus Charetty hat.»

Er, Tobie, Astorre, Gregorio und Gottschalk hatten einmal alle dem Handelshaus Charetty angehört, bevor seine Ehefrau starb und seine Stieftochter es erbte. Wenn Tilde unverheiratet starb, würde er Besitzer des Hauses Charetty sein. Tobie sagte, wie Nicolaas erwartet hatte: «Ihr versucht nicht, ihnen Geschäfte wegzunehmen?»

«Nein», antwortete Nicolaas. «Gregorio hält sich an seine Anweisungen. Aber er hat auf dem Markt ein, zwei Zusammenstöße mit St. Pol & Vasquez gehabt, Simons Handelshaus. Wie er schreibt, liegt ein großer Teil ihrer Mittel fest, und sie müssen bei Ausgaben vorsichtig sein. Das erklärt das Ausbleiben des Lösegeldes für Katelina.»

Die Dinge lagen zwar anders, aber das war seine Sorge, nicht die Tobies. Während er noch recht schwach war, hatte er gegen die eigene Regel verstoßen und Diniz auf seine Kammer kommen lassen, wo er in behutsamem Ton auf ihn einsprach, eingedenk des Umstands, daß die Schuldigen immer die stärksten Rachegelüste verspürten. Diniz war stumm geblieben, voller Groll und gleichzeitig verängstigt, und er hatte nichts bei ihm erreicht. Katelina dagegen war nach ihrem Besuch nicht mehr gesehen worden, und die Klarissinnen schwiegen, wie nur Klarissinnen schweigen konnten, die vor Marietta Angst hatten. Er war überzeugt, daß Ohnenase etwas damit zu tun hatte.

Am Tag danach traf Loppe mit seinen Begleitern ein, und zur gleichen Zeit kam John le Grant von St. Hilarion heruntergeritten. Er setzte sich abermals über seine Regel hinweg und empfing sie in seinem Gemach. Sie wunderten sich alle über sein Aussehen, machten Witze und betranken sich gehörig, was Nicolaas mit Fieber und erneuter Blutung bezahlte. Tobie verordnete daraufhin strengste Bettruhe, und mehrere Tage lang bekam ihn niemand zu Gesicht. Er verbrachte die Zeit mit dem Aufstellen von Listen, die er zur Prüfung herumschickte. Sie hatten mit Hilfskräften, Gebäuden und Betriebsanlagen zu tun, mit Werkstoffen, Verpackung und Verladung. Er verfügte auch über Loppes Berichte, obwohl er Loppe noch nicht zu sich ließ. Denn Loppe war eine wichtige Person und bedurfte der sorgfältigsten Führung. Aber das galt für alle. Nicolaas war kein Junge mehr, den man nachsichtig gewähren ließ, auch kein junger Mann mehr, der noch bewies, was er konnte. Sie hatten ihn als jemanden angenommen, dem man folgte, und er mußte ihnen zeigen, daß er meistens recht hatte, wenn nicht sogar immer. Sonst ging das Spiel nicht so aus, wie er wollte.

Er hatte das Gefühl, jetzt über eine Mannschaft zu verfügen. Zweimal hatte er schon geglaubt, Tobie verloren zu haben: das erste Mal bei St. Hilarion, das andere Mal wegen der Sache mit Katelina. Aber aus keinem sehr angenehmen Grund war Tobie unfähig gewesen, wegen St. Hilarion mit Steinen zu werfen, und was immer bei dem unschönen, wirren Streit mit Katelina herausgekommen war, schien ihm eine Gnadenfrist eingetragen zu haben. Oder er hatte sich bei seiner eigenen körperlichen Verfassung und Tobies alles andere hintanstellendem ärztlichen Dafürhalten zu bedanken. Oder, was noch wahrscheinlicher war, bei der Sache mit den Tollrübenbeeren. Jedenfalls hatte Tobie, wie er sagte, nicht die Absicht, nach St. Hilarion zurückzukehren. Wenn jemand krank war, sollte sich dieser Geselle von Abul Ismail darum kümmern.

Und John le Grant? Bis vor kurzem war er wie Crackbene ein

Mann gewesen, der sich überall mit seiner Begabung verdingte um des reinen Vergnügens willen, Gebrauch von ihr machen zu können. John war ein rothaariger deutsch sprechender Schotte aus Aberdeen, der sich ihm seinerzeit in Florenz angeschlossen und während der Ereignisse von Trapezunt das gleiche eiserne Rückgrat bewiesen hatte wie zuvor schon beim Fall von Konstantinopel. Mick Crackbene mit dem skandinavischen Namen, Körperumfang und Blondhaar war zu Nicolaas gekommen, nachdem er vorher seinem Feind Pagano Doria gedient und, wie Nicolaas argwöhnte, einiges an Seeräuberei hinter sich gebracht hatte. Aber er war ein hervorragender Seemann und hatte sich bis jetzt als zurückhaltendes, aber gut eingefügtes Mitglied der Mannschaft erwiesen. Es war nicht seine Schuld gewesen, daß man ihn gezwungen hatte, nach Zypern zu segeln, und er hatte seine Pflichten seitdem einwandfrei erfüllt. Es gab gewiß einen Weg, seine Freundschaft und sein Verständnis zu gewinnen, aber bis jetzt hatte Nicolaas ihn noch nicht finden können. Er wußte von Loppe, daß Crackbenes Buchhalter von der gleichen Natur war.

Und so wurde er an Loppe erinnert, an seinen besonderen klaren Verstand und die Schranke, die seine Hautfarbe darstellte. Die Zeit schien lange zurückzuliegen, als sie sich das erste Mal begegnet waren, er ein Lehrling von achtzehn Jahren, Loppe ein Sklave auf einem venezianischen Schiff und weit von seiner Heimat Westafrika entfernt. Der athletische Körperbau mit seinem Spiel schwarzer Muskeln stammte zweifellos von den Vorfahren, die er verloren hatte, verdankte aber seine Entwicklung den verschiedenen Herren und Besitzern in Spanien und Portugal, die ihn Lopez getauft hatten. Loppe hatte ihnen körperliche Dienste geleistet und sich dafür ihre Sprachen und Kenntnisse angeeignet. Loppe war vielsprachig und kannte sich auf vielen Gebieten aus, darunter auf dem des Umgangs mit der Zuckerrohrpflanze.

Als Nicolaas endlich wieder ganz genesen war, ließ er sie alle in den Garten kommen: Tobie, John, Loppe und Crackbene, zusammen mit Umfrid. Die Küche hatte Essen zubereitet. Die

Frauen kannten ihn inzwischen, und sie waren immer fröhlich und ungezwungen, wenn sie auch nie die Grenzen des Schicklichen überschritten, und er glaubte, daß dies nicht deshalb war, weil sie vor dem Haushofmeister Angst gehabt hätten. Galiot, von Loppe dazu ausgesucht, führte den Haushalt erstaunlich gut und sorgte auch für das Essen der Leute in der Färberei. Unter Zorzis Leitung war man in der Färberei emsig tätig.

Heute traf sich das Handelshaus Niccolo auf Zypern unter einem Planendach, obwohl die Sonne sehr sanft schien und in der Luft noch die Frische des Frühlings lag. Einen Augenblick lang hatte Nicolaas den eigenartigen Eindruck, als fehle ein wesentlicher Bestandteil der Runde, und da erkannte er, daß er an seinen Garten in Trapezunt gedacht hatte und die fehlenden Personen Gottschalk und Julius waren.

Er sagte: «Hört mir gut zu, damit wir alle wissen, woran wir sind, und damit Ihr mir vielleicht mit Eurem Rat helfen könnt. John kann vorerst nicht bei uns bleiben. Wenn seine Geschütze gegossen sind, greifen wir Kyrenia an, und ich gehe dann nach Norden und stoße zu ihm. Die übrige Zeit bin ich im Süden, und Ihr seid bei mir. Bis der Krieg nach Famagusta weitergerückt ist, sollte die Zuckerernte eingebracht sein oder wenigstens ohne uns ihren Fortgang nehmen können. Wir müssen dafür sorgen, daß dieses Geschäft unabhängig gedeiht und eine gute Leitung bekommt. Ob wir selbst auf Zypern bleiben oder nicht, die Zukkergerechtsame kann uns auf Jahre ernähren, die Mittel für andere Geschäfte hergeben und uns gegen Verluste absichern.»

«Solange Zacco König ist», sagte John le Grant.

«Solange die Türken Venedig nicht besiegen», sagte Tobie.

«Solange die Venezianer sie uns nicht stehlen», sagte Nicolaas. Loppe lächelte. Es trat ein Schweigen ein.

«Was?» sagte Tobie. «Sie waren es doch, die Euch hierher gebracht haben.»

«Sie haben mich hierher gebracht, um Carlotta loszuwerden. Sie werden uns hier behalten, solange noch Gefahr droht. Aber sie wünschen kein starkes, fortbestehendes Geschäft, das für sie ein Rivale wäre.»

«Ein wie starker Rivale?» sagte Tobie. «Sie könnten hundertmal das verkaufen, was sie anbauen.»

«Sie können nicht viel mehr anbauen als bisher», erwiderte Nicolaas. Es fehlt ihnen an ausgebildeten Leuten und Sklaven. Jedes Schiff, das irgendeinen Hafen anläuft, könnte für den Krieg beschlagnahmt werden. Und Leute von draußen sind schwer zu bekommen – ich weiß das von der Färberei. Auch dort fehlt es an Handwerkern – die Familienverbindungen mit Töpfern und Webern gibt es nicht mehr. Vergeßt nicht, Zaccos Krieg zur Eroberung von Zypern hat in diesem Teil der Insel zu großen Verheerungen geführt. Viele sind mit Carlotta geflohen. Die Ereignisse haben den Zuckeranbau verändert. Loppe hat sich Zuckerpflanzungen auf der ganzen Insel angesehen. Die meisten sind klein, einige sind vernichtet, manche besitzen keinen rechten Zugang mehr. Die einzigen drei, die etwas wert sind, liegen im Süden, und eine davon haben wir. Die anderen zwei sind mittelbar oder unmittelbar in venezianischem Besitz. Die eine ist die Zuckerpflanzung der Ritter in Kolossi, deren Ernte von einer venezianischen Gesellschaft auf den Markt gebracht wird, die andere die Pflanzung von Marco Corner, dem venezianischen Kaufherrn.»

«Und sie liegen recht nah beieinander», sagte Loppe in sanftem Ton. Er hatte es vorgezogen, im Gras zu sitzen. Seine Mütze und die ärmellose Jacke waren rot, und sein Hemd war weiß wie auch die Lilie, die er in der Hand hielt. Er neigte ihren Stengel zu der Karte auf dem Tisch hinunter. «Die Ritter bei Limassol – ihre Ernte verkaufen die Brüder Martini. Der Besitz der Corners bei Episkopi – um ihn kümmern sich die Familie selbst und ein Faktor, und sie bringen ihr Erzeugnis auch selbst auf den Markt. Und am weitesten im Westen die königlichen Ländereien, für die wir die Nutzungsrechte haben.» Er klopfte leicht mit der Blume auf die Karte, so daß goldener Blütenstaub auf Kouklia herabfiel.

«Haltet an – ich habe eine Frage», sagte John le Grant. «Nicolaas, haben die Ritter die Martinis nicht letztes Jahr betrogen?»

«Sie haben es versucht», erwiderte Nicolaas, «aber ich habe sie daran gehindert. Trotzdem erneuern sie den Vertrag. Die Brüder Martini haben die Ernte der Ritter schon im voraus gekauft, und ihr Gewinn richtet sich nach dem Preis, zu dem sie sie absetzen.»

«Also halten uns die Ritter für üble Gesellen», sagte John le Grant. «Wir bringen ihre feinen Pläne durcheinander, mißhandeln ihren braven Pater Kinloch, strecken Carlotta die Zunge heraus und gehen zu Zacco, lassen ihr Schiff überfallen und seine Fracht an Zacco gehen. Und jetzt tretet Ihr mit ihnen im Zukkergeschäft in Wettbewerb. Wenn das so ist, warum bedienen sich dann die Ritter weiter der Brüder Martini? Ihr habt den Zucker der Martinis gerettet. Die Martinis müssen Eure besten Freunde sein.»

«Das stimmt nicht ganz», entgegnete Nicolaas. «Bis jetzt besaßen die Martinis die königliche Gerechtsame. Die Martinis mußten wieder zu den Rittern gehen, weil es für sie nichts anderes zu tun gab. Sie mögen mich überhaupt nicht.»

«Können sie Euch schaden?» fragte Tobie. «Die Ritter? Die Brüder Martini?»

«Höchstens im geheimen», sagte Nicolaas. «Wir haben das königliche Lehen.»

«Aber?» forschte John le Grant weiter.

«Es wäre wohl denkbar», sagte Nicolaas. «Stellt Euch vor, was Ihr tun würdet, wenn Ihr ein vorgeschobener Stützpunkt von Rhodos wärt und auf den Großmeister oder auf Carlotta Eindruck machen wolltet. Glücklicherweise sind da noch die Corners, die ebenfalls Venezianer sind und deren Ländereien zwischen uns und Kolossi liegen.»

«Aber auch sie sind auf der Suche nach guten Leuten und nach Gerät», meinte John le Grant. Sein Hut paßte nicht zu seinem Haar, und seine Haut glänzte unter den Sommersprossen. «Die Pflanzung Corner ist Privatbesitz. Sie führen ihr Geschäft allein. Aber sind wir nicht in der gleichen Lage wie die Brüder Martini? Die königlichen Güter erzeugen den Zucker, und unsere Aufgabe ist es nur, ihn mit dem Schiff fortzubringen und zu verkaufen. Deshalb sitzt wohl Crackbene hier bei uns. Weshalb sollten wir uns also mit all diesen Listen aufhalten, die ich da gesehen habe? Das ist Sache des Gutsfaktors, der dem König verantwortlich ist.»

«So sollte es sein», entgegnete Nicolaas. «Aber wegen des Krieges ist das Gut in schlechtem Zustand. Was an Leuten noch da war, ist mit den Martinis gegangen. Wenn ich nicht gleich nach unserer Ankunft tätig geworden wäre, hätten wir eine höchst kostspielige Gerechtsame für gar nichts erworben. Es ist noch immer viel zu tun, wie Ihr sehen werdet, aber wir haben die Stecklinge bekommen, die wir brauchen, und die Leute, die sich auf den Anbau verstehen, und die Gebäude und die Fässer werden ausgebessert. Und Loppe hat einen neuen Faktor eingestellt.»

«Wie?» fragte Tobie.

«Der Mann kam aus Syrien», sagte Nicolaas, um Loppe die Antwort zu ersparen. «Aller Zucker auf Zypern kam von den Handelsniederlassungen der Kreuzfahrer in Akkon und Tyrus und Beirut. Das Land steht jetzt unter der Herrschaft der Mamelucken, aber von Zeit zu Zeit lassen sie Gerät und fähige Leute herüber, vorausgesetzt, man bedient sich des rechten Mittelsmannes. Wir haben uns dazu an einen Franziskaner gewandt. Der Patriarch von Antiochia kann bisweilen von Nutzen sein.»

«Ludovico da Bologna!» rief Tobie aus. Er hielt inne. «Er ist in Ferrara, in Italien.»

«Ihr wundert Euch vielleicht», meinte Nicolaas, «aber Schiffe segeln tatsächlich gelegentlich zwischen Zypern und Italien hin und her. Und was glaubt Ihr, wo wir die erfahrenen Zuckerrohrleute herbekommen haben?»

«Ferrara», sagte Tobie, der nichts für Rätsel übrig hatte.

«Denkt nach», sagte Nicolaas. «Ferrara ist nicht weit von Florenz, und in Florenz ist eine einflußreiche Frau, deren Söhne beide in Neapel ihrem Beruf nachgehen. Der eine lernte sein Handwerk in Spanien und zählte in Brügge zu meinen Freunden. Der andere ging nach Palermo. Und die Familie heißt . . .»

«Strozzi», sagte John le Grant. «Ihr habt Euch von Lorenzo und Filippo Strozzi Männer aus Sizilien schicken lassen, Ihr schlauer Geselle.»

«Nicht nur Männer.» Nicolaas warf ein Blatt Papier hinüber, und le Grant fing es auf und breitete es auf den Tisch aus. Tobie reckte den Hals. Crackbene, der bis jetzt noch nicht den Mund aufgemacht hatte, sagte: «Das ist gut. Das ist der Plan einer Zuckermühle.»

«Es ist mehr als das», sagte John. «Es ist eine Dreiwalzenmühle, und ich habe noch nie zuvor eine gesehen. Gehört davon habe ich schon.» Er schnaubte. «Auf Sizilien. Natürlich. Die Universität. Soll ich Euch eine bauen?»

«Ich bitte Euch darum», erwiderte Nicolaas fröhlich.

Darauf folgte genau jene Art von Diskussion, wie er sie liebte – Gedanken und Überlegenen flogen hin und her, und Fäuste schlugen auf den Tisch oder auf ein Knie. Mittendrin meldete sich Umfrid zu Wort. Er war wohl so blond wie Mick Crackbene, aber klein und gepflegt. «Ihr erwartet einen Ertrag von 11,2 vom Hundert bei Eurem Zuckerrohr. Wenn die Flächengröße so ist, wie Ihr sagt, braucht Ihr eine neue Raffinerie. Ihr könnt Euch nicht diese und dazu noch die Anlage leisten, die Ihr bauen wollt.»

«Wir raffinieren nur einmal und vergeben den Auftrag weiter», sagte Nicolaas.

«Dann müßt Ihr aber sehr genau kalkulieren.» Ein verstörter Blick ging über Umfrids Gesicht, und er setzte sich wieder auf seinen Hocker und machte sich ganz klein. «Nein, fahrt ruhig fort», beruhigte ihn Nicolaas. «Ihr meint, irgendwann sollten wir unsere eigenen Raffinerien bauen. Verschafft mir Zahlen, und wir werden uns das ansehen. Aber ich glaube noch immer, daß es billiger kommt, wenn wir den Auftrag vergeben. Carlotta ging dazu nach Bologna.»

«Nur weil Venedig sich sperrte», sagte Mick Crackbene. «Es gibt eine Raffinerie hier und auf Rhodos. Und eine auf Kreta. Ich erkundige mich immer auf meinen Fahrten und berichte Euch davon.» Im Augenblick war Nicolaas ganz froh über diesen Einwurf.

Eine Weile später fuhr eine Brise unter das Planendach, und sie zogen sich ins Haus zurück und gingen ihren jeweiligen Beschäftigungen nach. Morgen würde John le Grant zum Heer zurückkehren, und Crackbene würde sich in den Westen der Insel begeben und mit Holzhändlern sprechen, ehe er zur Übernahme neuer Aufträge zurückkehrte. Die Flotte des Königs war nicht groß und weit auseinandergezogen – sie mußte Versorgungsgüter herbeischaffen und war zur Verteidigung der Insel und natürlich zur Absperrung der zwei Städte von See her eingesetzt. Das Pachtgeld für die beschlagnahmte *Doria* wurde, wie Nicolaas wußte, immer sehr gewissenhaft auf seine Bank in Venedig eingezahlt. Er hoffte, Gregorio freute sich.

Morgen würde auch er endlich in den Süden aufbrechen, und Loppe und Tobie würden mit ihm reiten. Er hatte schon in der Färberei nach dem Rechten gesehen und sich überzeugen können, daß sich dort alles gut einzuspielen begann und Zorzi keinen Grund zur Klage hatte. Einmal hatte er in der Ferne Diniz gesehen, aber der Junge hatte ihm den Rücken zugekehrt, und er hatte es dabei bewenden lassen.

Jetzt wartete noch eine letzte Aufgabe auf ihn, an die er mit einer Mischung von Belustigung und Abneigung dachte. Er wechselte das Hemd und streifte dann ein leichtes Taftgewand über, das verdeckte, was er noch an Verbänden trug. Er wußte, er ging noch immer ein wenig steif, aber Tobie hatte sich beruhigt gezeigt und ihm erlaubt, die verletzten Muskeln vorsichtig wieder zu bewegen. Es tat weh, aber nicht, wenn er an etwas anderes dachte. Er ließ sich von einem Diener seinen Hut bringen, und Tobie sagte: «Dieses Gespräch – soll ich es für Euch verschieben?»

Nicolaas sah ihn an. «Tobie, bei dem Kontrakt geht es um Millionen. Da kann ich mich nicht entschuldigen.»

Tobie zog seine Kappe ab, so daß sein Kahlkopf und Gesicht zusammen glänzten. «Ihr seid ein Narr. Trinkt nichts. Ihr seid müde.»

Nun, dort, wo er hinging, würde er kaum sehr gastfreundlich empfangen werden.

Marietta von Patras hatte mehrere Nasen: einige aus Wachs und einige in verschiedenen Formen aus bemaltem Holz. Als sie heute Nicolaas empfing, erschien sie wie bei ihrer ersten Begegnung mit einem Seidentuch unter den Augen und unter dem Gazeumhang, der ihr Haar und ihre Robe bedeckte. Sie hielt sich in einem einfachen Gemach auf, in dem ein Tisch, ein Sessel und mehrere Kisten standen sowie ein mit Samt bezogener Hocker, der ihm angeboten wurde. Sie selbst saß am Tisch. Sie sagte: «Hat mein Sohn Euch schon gehabt?»

Er zuckte nicht mit den Wimpern und bewegte weder eine Hand noch einen Fuß. «Ich grüße Euch, Hoheit. Nein, Hoheit.»

Der Schleier hüpfte, und ein Schnüffeln drang darunter hervor. Die Mutter des Königs sagte: «Es ist die Kunst des Fischers. Man fesselt die Aufmerksamkeit der Beute. Das Vergnügen liegt im Spiel, im Tändeln. Ist sie erst eingefangen, dann bleibt sie eingefangen. Ich werde Euch empfehlen.»

«Madame, ich dachte, Ihr empfehlt mir Euren Sohn», erwiderte Nicolaas.

Der Schleier blähte sich, aber nicht allzusehr. Die Augen, die ihn darüber hinweg beobachteten, blickten fast träge. «Ihr habt eine Neigung zu gefährlichen Gesprächen. Ich erinnere mich. Aber Tzani-bey hatte keine Mühe, Euch Manieren zu lehren. Ist er noch immer ein wenig grob? Entflieht Ihr deshalb in den Süden?»

«Gewiß», sagte Nicolaas. «Ich sah, daß er mich nichts mehr lehren konnte. Aber er hat den König zur Gesellschaft, während ich ebendiesem König im Süden diene. Aus diesem Grunde habe ich um die Audienz gebeten.»

Sie legte die verschränkten Hände auf den Tisch und schlug die Augen auf. «Ihr gebt dem Gespräch seine Richtung?»

Nicolaas stellte ein gedankenschweres Gesicht zur Schau. «Hoheit, die Gesprächsgegenstände bisher habt Ihr bestimmt.»

«Und Ihr wollt ihnen entfliehen?»

«Beiden?» Nicolaas minderte höflich die in seiner Stimme mitklingende Überraschung. «Hoheit, ich habe es zu erklären versucht. Ich reise rein geschäftlich in den Süden.»

Er wußte nicht, warum er derart auf Messers Schneide wandelte, spürte nur, daß sie eine Herausforderung liebte und sich langweilte und auch einen Spiegel haben wollte, mit dessen Hilfe sie ihren Sohn beobachten konnte. Er hatte sie nicht falsch eingeschätzt. Sie sagte: «Warum glaubt Ihr, ich würde Gerede dieser Art dulden?»

«Weil Ihr es jederzeit beenden könnt, Hoheit.»

«Nun?» sagte die Frau, die man Ohnenase nannte.

Nicolaas lächelte plötzlich, so daß sich beide Grübchen zeigten. «Ihr habt mir verboten, einen Gesprächsgegenstand zu bestimmen. Kehren wir zum Fischen zurück?»

«Wir kehren nicht zur Unverschämtheit zurück», sagte sie. Sie sah nicht beunruhigt aus. «Ihr bittet um die Erlaubnis, einige Dinge bei mir kaufen zu können.»

«In den Dörfern, die Eurer Hoheit gehören. Wie mir gesagt wurde, erzeugt man dort davon mehr als genug. Euer Faktor hat einen Preis vorgeschlagen, den er für angemessen hält. Ich benötige noch die Zustimmung Eurer Hoheit.»

«Und Ihr benötigt diese Dinge für das Geschäft meines Sohnes?»

Anstatt den Kopf zu neigen, ließ Nicolaas die Lider sinken. «Ohne sie kann es nicht gedeihen.»

«Ich verstehe», sagte sie. «Nun, Messer Niccolo, ich habe beschlossen, Rat einzuholen. Ich habe um die Meinung Eures Nachbarn in Episkopi gebeten.» Sie läutete eine Glocke. Die Tür ging auf. «Messer Loredano und Messer Erizzo mögen eintreten.»

Ohne sich zu bewegen, seufzte Nicolaas tief auf. Dann erhob er sich. Der eine kluge Schritt, den Diniz' Beil ihm verwehrt hatte, war die Erneuerung seines Verkehrs mit den Venezianern. Inzwischen hatte er angenommen, sie seien bis auf den Bevollmächtigten alle im Süden. Er hatte Erizzo am nächsten Tag aufsuchen wollen. Aber hier war er, der Vertreter der Serenissima auf Zypern: der Mann, der ihn auf der *Doria* gefangengehalten und den er zuletzt unter den Katzen von Ayios Nikolaos gesehen hatte in der Nacht, als Tzani-bey kam.

Bei Erizzo war Vanni Loredano, der natürlich auch auf dem Schiff und in dem Kloster und sogar in dem venezianischen Haus in Nikosia gewesen war, wo er und Nicolaas über Zucker gesprochen hatten. Das war nach Tzani-beys kleiner Einmischung gewesen. Nicolaas erinnerte sich an Loredanos Bestürzung. Loredano glaubte wahrscheinlich, er verbringe seine Zeit damit, sich niederschlagen zu lassen. Nicolaas verbeugte sich aus der Hüfte heraus, und Erizzo sagte: «Es geht Euch besser; wir waren bekümmert: ein unglücklicher Vorfall. Ihr werdet nichts davon zurückbehalten?»

«Nein – wie mir versichert wird. Ihr habt Euch mehrmals nach meinem Befinden erkundigt. Ich bin Euch zu Dank verpflichtet», sagte Nicolaas. Sie gaben sich beide recht umgänglich. Hocker wurden hereingebracht, und sie setzten sich. Einige Personen vom Haushalt der Mutter des Königs kamen und nahmen ihre üblichen Plätze ein, und Becher mit Wein gingen herum. Nicolaas kratzte sich am Ohr und nahm dann seinen Becher entgegen.

Sie sprachen vom Wetter, einem Gegenstand, den ihre Gastgeberin aufgegriffen hatte. Ehefrauen und Kinder wurden erwähnt, deren Gesellschaft so erfreulich war, bevor es zu heiß wurde. Paul Erizzo hatte eine Tochter mit Namen Anna. Marco Corners Tochter Caterina war bei ihren lieben Eltern in Episkopi. Vanni Loredano (der sowohl Marcos Faktor wie Erizzos Stellvertreter war) hatte zur Zeit auf dem gleichen Gut seine Gemahlin und seinen kleinen Sohn Matteo bei sich. Nicolaas hörte zu, ohne seinen Weinbecher zu heben. Ihm fiel ganz plötzlich ein, wer die Mütter von Caterina und Matteo sein mußten.

Die Mutter des Königs sagte: «Wir sind aber nicht hier, um die Zeit zu verschwenden. Messer Niccolo hat ein Anliegen vorgebracht. Er möchte alle überflüssigen Eier meiner Höfe kaufen und sie auf die königlichen Zuckerrohrfelder von Kouklia schaffen. Er möchte auch eine Anzahl von Legehennen und einige junge Hähne erwerben. Die Bitte hat nichts Ungewöhnliches. Es ist jedoch unsere Gepflogenheit, uns im Falle von vielleicht nicht in genügender Zahl vorhandenen Dingen zu vergewissern, daß unsere gute Freundin, die Republik, nicht darunter leidet. Ihr, Messer Loredano, verwaltet die benachbarten Zuckerrohrfelder für die Familie Corner. Hätten die Corners Einwände gegen ein solches Geschäft?»

Ein ungewolltes Lächeln huschte über Erizzos Gesicht. Vanni Loredano bot sich das Leben ernster dar. Er sah Nicolaas an, dann den Vertreter der Republik und blickte schließlich zu Boden. Dann sagte er: «Hoheit, soviel ich mich erinnere, haben wir genug Hennen, und sie legen auch gut. Wir möchten seiner Majestät dem König nichts vorenthalten, was erforderlich ist.»

Mariettas Schleier ging mit ruhiger Regelmäßigkeit vor und zurück. Sie blickte ihn nachdenklich an und bemerkte dann: «Gut! Und Messer Erizzo?»

Der Bevollmächtigte hüstelte und sagte: «Ich halte die derzeitige Anzahl von Vögeln für ausreichend, Hoheit. Aber es ist wahr, in Kouklia wurde die Zahl der Hühner . . . stark vermindert. Wir tragen natürlich gern unseren Teil dazu bei, daß die Ländereien seiner Majestät wieder einen Gewinn abwerfen.»

«Ausgezeichnet!» sagte die Mutter des Königs. «Jetzt, Messer Niccolo, kann ich Euch meine Antwort geben. Mein Sekretär wird die erforderlichen Schriftstücke aufsetzen, und die Vögel werden Euch zugeteilt, wie und wann Ihr es wünscht. Ihr mögt meinen Wein nicht?»

«Hoheit . . .»

«Dann sprecht ihm auch zu. Trinken wir auf Euer neues Unternehmen. Euer neues Unternehmen und Eure neuen Nachbarn. Habt Ihr gehört, daß Messer Marco und seine Gemahlin schon dort wohnen?»

«In Episkopi – ja, Hoheit», sagte Nicolaas.

«Und natürlich auch Messer Vanni hier und seine Familie. Und dazu noch ihr reizender Gast, Eure Landsmännin.»

«Gast?» sagte Nicolaas. Er hielt den Becher an die Lippen und tat sehr geschickt so, als trinke er.

«Die Demoiselle Katelina van Borselen», sagte Marietta von Patras. «Sie reist erst im Herbst nach Hause zurück, und in Nikosia ist es im Sommer so drückend. Ihr wird Episkopi gefallen, der Garten von Zypern, Heimat Apollos und der schaumgeborenen Aphrodite heilig. Ihr könnt sie mit Eiern versorgen.»

«Ich hatte Euch gewarnt», sagte Tobie. «Wenn das von einem Glas kommt, dann dankt Gott, daß nicht nachgeschenkt wurde.»

«Es war nicht der Wein allein», sagte Nicolaas, während er die Decke mit den Augen festzuhalten versuchte. «Es war der Wein und was ich erfahren habe.»

«Ihr habt die Legehennen nicht bekommen», sagte Tobie, während er Tücher auswrang.

«Doch – aber dazu bekomme ich noch Katelina van Borselen im Haus nebenan während des ganzen Sommers, zusammen mit zweien von den Naxos-Prinzessinnen. Diniz wußte, was er tat. Ich sage Euch, Diniz hatte von Anfang an den richtigen Gedanken.»

Kapitel 28

Nicolaas zog ans Meer und war froh, die bedrückende Stimmung Nikosias mit den verlockenden Reizen des Geschäfts vertauschen zu können. Katelina van Borselen gezwungen, die Klarissinnen zu verlassen und sich einem vornehmen venezianischen Haushalt in Episkopi anzuschließen, tauschte eine Zelle gegen eine Honigwabe ein und drohte in ihrer Süße zu ertrinken.

Das Landhaus von Marco Corner war weiß gestrichen, von Luft durchflutet und voller gefälliger Suiten, von denen Katelina und ihre Zofe eine und die kaiserlichen Schwestern eine zweite bewohnten. In einem Gezwitscher von kristallhellem Griechisch, Griechisch-Französisch oder Griechisch-Italienisch eilten die Gemahlinnen von Marco Corner und Vanni Loredano über die kühlen Parkettfußböden zwischen den zarten Möbelstücken und hinaus unter die blühenden Zitronenbäume, ihren flandrischen Gast im Gefolge.

Tagsüber nahmen sie Fiorenza und Valenza, deren ovale byzantinische Gesichter unter reizvollen Strohhüten leuchteten, mit auf die Vogeljagd, zu der man durch Wolken wilden Lavendels zu den Salzsteppen ritt. Oder sie galoppierten durch Mohnwiesen zu den Hainen mit den weißen Säulen hin, wo Apollo (Bewunderer des Ganymed) selbst vorzeiten verehrt wurde, oder stiegen durch Anemonen zu duftenden Wäldern von Pinien und Zedern hinauf. Oder sie schlenderten den Strand entlang und aßen Quark und Sesambrot bei den roten Felsen, wo Venus (ohne Umstände, Anstrengung und Nachgeburt) aus dem Meer geboren worden war, das über den Sand schäumte mit nur einer Spur von Salzgeruch, die sich dem Duft zerdrückter Myrten und Narzissen beimischte. Glückliche Venus. Glückliche Mutter der Venus.

Gegen Abend, wenn die Mauersegler kreischend dahinschossen, nahmen sie sie mit hinein und würfelten oder spielten Dame oder Puff oder machten Musik, lasen Gedichte oder unterhielten sich mit ihren venezianischen oder sarazenischen Freundinnen. Manchmal waren ihre Ehemänner anwesend, aber nicht immer. An den Nachmittagen, wenn sogar die Kinder schliefen, hörte man andere Schritte und nachts ebenfalls. Die Ehemänner, so sie davon wußten, sagten nichts. Gleich den prächtigen Kleidern, dem kostbaren Mobiliar, der Dienerschaft, die sie überallhin begleitete, gehörten solche Dinge zum Haushalt, in dem sie ein unfreiwilliger Gast war.

Sie taten alles, um es Katelina angenehm zu machen: sie hatten hervorragende Manieren. Nur nachts, wenn die Frösche quakten, die Eidechsen an den Wänden hingen und unbekannte fliegende Wesen gegen die Bettschleier stießen, hörte Katelina, von den silbrigen weiblichen Lauten befreit, die alte Stimme der

Insel um sich her atmen. Unter allem anderen neuen Getriebe waren noch immer die älteren Götter da und walteten und mußten noch immer besänftigt werden.

Der Schrein der Venus war hier. Die byzantinischen Stimmen, zitierend, lachend, singend, sprachen jeden Abend davon. Hier war die paphische Aphrodite geboren – nicht mühelos aus dem Schaum, sondern aus dem Glied ihres Himmelsvaters Uranos, das dessen eigener ungeheuerlicher Sohn mit einer Sichel abgeschnitten und ins Meer geworfen hatte. Hier, auf der Anhöhe oberhalb des Ortes ihrer Geburt, war das große Heiligtum, in dem die Riten der Göttin vollzogen wurden und zu dem ihre bekränzten Verehrer vom Strand singend und bei Fackelschein herbeiströmten. Hier wurde sie verehrt als Aphrodite, als Paphia, als Wanassa, als Kypris oder die Frau vom Kupfer, als Göttin der Liebe, Schönheit, Fruchtbarkeit und, noch weiter zurück, als die göttliche phönikische Astarte. Hier stand der Altar und hierher, der Göttin gehorchend, kamen einmal im Jahr Mädchen und ließen sich gleich Tauben auf dem Marmor nieder, hanfbekränzt und verpflichtet, sich jedem Fremden hinzugeben, der mit seinem Gold und seiner Männlichkeit die zahllosen Höfe ihres Heiligtums aufsuchte.

Hier standen die blubbernden Kessel, für die man aromatische Kräuter aus den Gärten Erythreas herbeiholte, vermischt mit Ölen und assyrischen Blumen. «*Und dort badeten sie die Grazien mit himmlischem Öl, wie es auf den Leibern von Göttern blüht. Und die dem Lachen holde Aphrodite legte alle ihre herrlichen Kleider an, verließ das süß duftende Zypern und begab sich eilends nach Troja* – wo sie natürlich», hatte die Stimme von Valenza an jenem Abend gesagt, «zum Anlaß des Trojanischen Krieges wurde. Wie schön die Gedichte sind! Sie fährt über das Land in ihrem goldenen Wagen, sie reitet auf den Wellen zwischen Naxos und Zypern. Sie nimmt sich zum Liebhaber den Adonis, dessen Vater Kinyras reicher war als Midas und Krösus. Und Kinyras, so sagt Ovid, war der Sohn des Gründers von Paphos, geboren von Pygmalion und seiner warmblütigen Statue. Im Westen – ich werde Euch dorthin führen – war ihre Quelle, wo sie badete, nachdem sie sich dem verkrüppelten Gott Hephaistos hingegeben hatte ... Aber wir müssen aufhören! Wie ermüdend wir sind, daß wir von Liebe reden! Wann würdet Ihr Euch gern die Zuckermühlen ansehen?» hatte Valenza gefragt. Die zwitschernden Stimmen von Valenza und Fiorenza, Kinder von Naxos, Enkelinnen des Kaisers Johannes von Trapezunt, die sagten, was sie nicht meinten.

Als Valenza am Tag darauf ihre Einladung zum Besuch der Zuckerrohrgüter von Episkopi wiederholte, nahm Katelina sie an. Irgendwo auf Zypern, im Herrenhaus einer Zuckerrohrpflanzung mit Namen Kouklia ging Nicolaas van der Poele seinem Bestreben nach, reich zu werden wie Krösus, reich wie Kinyras, der seinen schönen Sohn Adonis mit seiner eigenen Tochter zeugte. Was sein Geschäft war, war auch das ihre.

Sie wurde hingeführt, zu Fuß und zu Pferd, von Marco Corner selbst, einem Mann von derbem Körperbau und von herrischem Gebaren – außer, wie Katelina bemerkte, in Gegenwart von Prinzession Fiorenza, seiner Gemahlin. Der Urgroßvater von Marco Corner war Doge von Venedig gewesen, und seit drei Generationen prangten der goldene Stern und das rote Horn der Familie an ihren Palästen am Rialto und hier. Vierhundert Seelen, schwarze, weiße und braune, schwitzten auf Corners zyprischen Feldern, und er war ihr unbestrittener Herr. Sie erinnerte sich, daß ihr Vater in Brügge in sarkastischem Ton von Marco Corner gesprochen hatte.

Die Sonne verlor jetzt ihre Sanftheit. Nach dem willkommenen grünen Schatten des Schilfgebüsches flimmerten die Werkplätze von der Hitze der Siedeherde. Schlangengleiche Dampfschwaden schwebten über dem Staub dahin, durchbrochen von den Gestalten, die sich hin und her bewegten. In Mützen und Unterhosen, Überwürfen und Schürzen waren Männer und Kinder am Werk und verluden, trugen und schleppten. Über die langen Holztische gebeugt, glänzten die Rücken der Schneider wie mit Öl eingerieben. Das abgehackte Blitzen ihrer Klingen erinnerte sie an Kriegsflotten und Heere. Zerschlitzt und zerhackt wurde das Zuckerrohr von dort zu den Pressen getragen. Sie folgte mit Marco hinterdrein.

Die heiße Luft zitterte vor Lärm: da wurde gerufen, gehämmert, zerstampft, da rumpelten Räder und Fässer, spritzte Wasser, zischte Wasser, zischte Dampf. Von den Walzen ging der schwere, pflanzliche Geruch aus, der das Haus an manchen Abenden einhüllte, zusammen mit Dunstschwaden, die nach Zucker, Schweiß und süßen Orangenblüten rochen. Hier spritzte der Saft und zitterte dann in eingebeulten Bottichen mit Holzgriffen. Sonnenlicht blitzte von dem Kupfer auf, wenn Männer sich auf die Kippblöcke stützten, um Saft auszugießen in ihren steifen Fellschürzen, die Arme rosenfarbig vor ständiger Hitzeeinwirkung. Fliegen klebten ihnen in Trauben an der Haut und schwebten über den Kesseln: der Schleier, den Katelina über dem Hut trug, war straff gespannt, so fest hielt sie ihn gepackt. Ein Kind mit einer Rute ging hinter ihr und wehrte die Wespen ab, die sie umflogen.

Bienen, Wespen, Fliegen und Stechmücken summten auch in den Häusern, in denen der gekochte Saft sich setzte in konischen Formen auf langen Bänken wie Krippen, von denen dann der Dampf aufstieg. Hier roch es nach fauligem Holz und Stroh, nach der Melasse in den Untertöpfen und der stumpfen Ausdünstung von Lehm, nach den Stapeln von roten Trichtern und Vasen. Marco Corner öffnete die Tür zu einem Lagerhaus und zeigte Katelina die kostbaren weißen Kegel aus Kristallzucker, den Reichtum Zyperns, das teure Genußmittel von Königen. Katelina fand lobende Worte, wie sie sie bisher für alles gefunden hatte. «Wer kann sich mit den Corners in der Erzeugung von Zucker messen?» sagte sie. «Aber die Zuckerrohrfelder des Königs sind in anderen Händen. Das überrascht mich.»

Marco Corner faßte sie am Arm, als sie auf die Stallungen zusteuerten. «Ihr sprecht von Messer van der Poele? Er versteht natürlich nichts von Zucker, aber er kämpft für König Jakob und muß dafür seinen Lohn erhalten. Ich habe nichts dagegen einzuwenden. Ein Zyniker könnte sogar sagen, Kouklia und Akhelia seien in traurigem Zustand und kaum in der Lage, einen

Gewinn abzuwerfen. Andererseits gibt es Leute, die mit dem Nutznießer, den Zacco eingesetzt hat, nicht einverstanden sind. Habt Ihr das Feuer letzte Nacht gesehen?»

Der Himmel im Westen hatte rötlich geflackert. Ihre Zofe hatte es ihr gesagt. So nah? «Das war Kouklia?»

«Der Brand war rasch gelöscht. Van der Poele hat da eine Anlage eingerichtet, die ihr Wasser vom Aquädukt bezieht. Aber es hat noch andere derartige Vorfälle gegeben. Die Diener Gottes, Demoiselle, bieten ihr Erzeugnis Gott an und möchten keine Rivalen haben.»

Katelina trat aus dem Schatten ins Sonnenlicht. «Die Ritter von Kolossi würden einem königlichen Lehen Schaden antun?»

Marco Corner lächelte. «Louis de Magnac, der Großkomtur, wäre über Eure Worte entsetzt. Aber ihre Ernte haben die Ritter an die Brüder Martini verkauft, die den Verlust ihrer Gerechtsame von Kouklia beklagen. Es mag noch zu weiteren Unfällen kommen. Der junge Messer Niccolo sollte seinen neuen Besitz lieber gut bewachen. Jetzt ist es spät geworden, und Ihr seid blaß: ich habe Euch ermüdet. Ich suche schnell Vanni, der wird Euch zum Haus zurückbringen.»

Sie nahm das Angebot dankbar an und merkte erst in der Kühle des Herrenhauses, wie erschöpft sie war. Die Prinzessinnen waren bestürzt, führten sie zu einer Sitzbank, brachten ihr Sorbett. «Die Hitze! Wir hätten Euch gar nicht gehen lassen dürfen! Und was habt Ihr versäumt! Eine vornehme Abordnung aus Kouklia, auf schwarzköpfigen Pferden, die jemanden viel Geld gekostet haben. Wir sind morgen zu einem Besuch des königlichen Guts eingeladen. Kommt Ihr mit? Es stört Euch doch nicht, Niccolo van der Poele zu begegnen?» sagte Valenza.

Katelina saß da, und ihr war kalt. Geheilt also – wenn er je so krank gewesen war, wie er ausgesehen hatte – und schon wieder so gut im Stande, daß er eigene Entscheidungen treffen konnte. Sie erinnerte sich seiner Beteuerungen, die ihr jetzt fadenscheinig vorkamen. Er hatte gesagt, was jeder in seiner Lage gesagt haben würde. Und zum Beweis dafür hatte er Diniz weiter gefangengehalten und sie durch die Mutter des Königs hierher schicken lassen. Hierher zu den Prinzessinnen von Naxos, deren Schwester in Trapezunt mit ihm zusammen gewesen war und die sie beobachteten, während ihre schmalen Augen lächelten.

«Ich habe nichts gegen ein Zusammentreffen mit ihm. Ich habe gehört, es hat in Kouklia Unruhe gegeben.»

Fiorenza erhob sich und griff nach einer Bauchflasche. «Er hat uns benachrichtigt und Wachsamkeit empfohlen. Das war sehr freundlich. Aber Marco glaubt nicht, daß wir in Gefahr sind. Die Martinis sind schließlich aus Venedig. Reicht mir Euer Glas.»

«Der junge Mann muß sich selbst um das Gut sorgen», sagte Katelina. «Es ist ein königliches Lehen, und er muß es gut führen. Und er kann nicht immer hier sein.»

«Wegen des Krieges?» entgegnete Valenza. «Das stimmt, aber gewiß wäre Zacco der erste, der ihm das verziehe. Und sie werden Kyrenia bald eingenommen haben. Die Kanonen sind in Stellung gebracht, wie ich gehört habe, und der Hafen ist abgesperrt.» Sie warf Katelina einen Blick zu und stieß einen leisen Ausruf des Bedauerns aus. «Aber Ihr könnt ja nicht zu Zaccos Bewunderern zählen, wo er Euch hier festhält. Verzeiht. Wir tun, was wir können, aber Ihr sehnt Euch natürlich nach Eurer Freiheit.»

«Ich mache dem König keinen Vorwurf», sagte Katelina. «Mein Schicksal scheint aus irgendeinem Grund in den Händen seiner Mutter zu liegen.»

Diesmal war es Valenza, die lächelte. «Oh, das ist dasselbe. Wenn Frau Marietta Euch hierher geschickt hat, so deshalb, weil der König es wünscht.» Sie hielt inne und dachte nach. «Zacco ist natürlich kein Mann, wie Ihr ihn im Westen antreffen würdet – eine nach Medea genannte Stiefmutter, eine Schwester mit Namen Cleopatra. Er weiß, daß er einmalig ist. Er ist stolz auf sein Erbe und auf seine Schönheit.»

Sollte sie da irgendeine Verbindung mit Nicolaas heraushören? Der sanften Stimme schien kein Arg innezuwohnen. «Ich habe alle möglichen Geschichten gehört», sagte Katelina. «Er ist König, aber noch ohne Gemahl?»

Darauf antwortete Fiorenza. «Er hat eine Tochter, Charlotte. Und noch andere, nehme ich an. Die Geschichten, die Ihr gehört habt, sind wahrscheinlich wahr, aber Jakob von Lusignan vermag ein Heer von Muslimen und Christen zu beflügeln, was Carlotta wohl kaum gelingen würde. Und eines Tages wird er natürlich heiraten.»

Sie hatte in nachdenklichem Ton gesprochen. Katelina sagte sich, daß die passende Braut für den König natürlich eine der Prinzessinnen von Naxos gewesen wäre, wenn das Schicksal besser auf den Zeitpunkt geachtet hätte. Jetzt, zu früh vermählt und noch nicht verwitwet, würde keine von ihnen je Königin werden. Ehen konnten natürlich für nichtig erklärt werden, aber Valenza betete ihren Sohn an, und Fiorenza konnte schwerlich ihren Ehemann Marco fortschicken, wo sie die kleinen Violante und Cornelie, Regina, Caterina, Blanche und die anderen um sich hatte. Caterina, neun Jahre alt, war pummelig und blaß und lief den anderen wieder einmal ständig vor den Füßen herum. Fiorenza seufzte und fuhr ihrer Tochter mit einer Fingerspitze über das glatte Haar. Katelina sagte: «Es scheint, der König vertraut seinem Ordensritter Niccolo.»

Die Schwestern blickten sie an, die Köpfe leicht geneigt. Sie hätten aus Muschelschalen gemacht sein können. Valenza sagte: «Unklugerweise, meint Ihr? Ich glaube, die Menschen, die kämpfen, setzen Ihr Leben ein. Er scheint seine Treue bewiesen zu haben.»

«Er ist zumindest sich selbst treu.» Mehr konnte Katelina nicht sagen. Sie durfte noch nicht offen den Mann angreifen, der Diniz töten konnte, indem er zum König nur ein Wort sagte. Sie hatte in ihrem Schmerz und ihrer Verzweiflung fast schon zuviel gesagt.

«Aber Ihr würdet ihn eher mögen, wenn er Diniz, Euren Neffen, freiließe? Wie gut wir das verstehen!» sagte Fiorenza. «Und vielleicht kommt es dazu. Ihr werdet morgen mit ihm sprechen. Auch wir werden uns bei ihm für Euren Neffen verwenden. Und wir werden die anderen Gäste um Unterstützung bitten. Er hat Jacopo Zorzi, unseren Nachbarn, eingeladen, dessen Bruder jetzt die Färberei leitet. Wie schön, wenn es uns gelänge, diesen Diniz frei zu bekommen. Ein reizender Junge, genau das Richtige für diesen traurigen Frauenhaushalt.»

Die Worte machten sie erschauern. Und nicht nur die Worte. Sie konnte Nicolaas, dessen Schweigen sie es verdankte, daß Diniz noch lebte, nicht um einen Gefallen bitten. Aber davon durften die Prinzessinnen nichts erfahren. Sie konnte in den zwei elfenbeinfarbenen Gesichtern nur stilles Vergnügen lesen. Sie waren Nicolaas van der Poele noch nie begegnet. Katelina vermochte nicht zu sagen, ob sie dem, was sie über ihn gehört hatten, gleichgültig gegenüberstanden – oder ob sie ihre Schwester Violante beneideten oder verachteten. Oder ob sie – wie sie, Katelina – gelernt hatten, ihn zu fürchten.

Sie machten sich in der morgendlichen Kühle auf nach Kouklia, eine stattliche Gesellschaft vornehmer Venezianer, Männer und Frauen, begleitet von ihrer Dienerschaft. Unterwegs schloß sich ihnen der Weinbergbesitzer Jacopo Zorzi an. Katelina kannte seinen Bruder Bartolomeo nicht, bemerkte aber mit Unbehagen das spöttische Gesicht und die spreizbeinige Haltung. Die Prinzessinnen glaubten, dieser Mann könnte zu Diniz' Freilassung beitragen. Einst hätte Katelina die Aussicht freudig begrüßt.

Ihr Weg führte sie in westlicher Richtung durch die Getreidefelder, die das Meerufer säumten, am Apollostadion vorbei und oberhalb der schäumenden felsigen Küste entlang, an der Aphrodite geboren wurde. Ein Stein schien wie der andere zu sein im Sonnenlicht, und man hörte keine Stimmen, die nicht italienisch sprachen und munter klangen. Katelina lächelte, schwieg aber, schon ganz auf die bevorstehende Begegnung eingestellt. Kurz darauf führte die Straße vom Meer fort zu einem niedrigen Hügel aus Kalkgestein, auf dem sich ein langes, unregelmäßiges Gebäude ausbreitete. Wimpel flatterten am Himmel, und ein Funkeln von den flachen Dächern deutete auf ferne Beobachter hin. Von dort aus mußte man Meer und Land und den ganzen herannahenden Zug überblicken können.

Marco Corner und seiner Schar schienen der Weg und das

Gebäude vertraut zu sein. Ohne zur Seite zu blicken, folgten sie der Straße, die landeinwärts führte und anstieg, einen Bogen machte und an eine Mauer gelangte, welche die eines Klosters zu sein schien, und an noch eine Mauer und zu einem Tor, an dem sie von einer Gruppe von Personen erwartet wurden.

Ganz vorn saß Nicolaas regungslos auf einem edlen Rennkamel voller goldglänzendem Lederzeug und Troddeln und Seidentuch. Das Tier schwankte nach vorn und blieb stehen, damit der Reiter sie willkommen heißen konnte. Nicolaas van der Poele, der sich wie ein byzantinischer Scharlatan aufführte.

Sie sah, wie sein Blick die Gruppe der Besucher zählte, und er dünkte sie noch ein wenig blaß, obschon er ganz lässig im Sattel saß, die eine behandschuhte Hand am Zügel, und die Steifheit von Nikosia offensichtlich überwunden hatte. Er war nach venezianischer Art gekleidet, vom weißen Hemd mit dem hohen Kragen bis zum Wams aus feinem Doppeldamast in einem Graublau, das ganz anders war als das eher grelle Blau des Hauses Charetty. Als er seine Amtswalter und Helfer vorstellte, sah sie, daß sie in der gleichen Farbe gekleidet waren. Sie paßte gut zum Abzeichen seines Ordens. Unter der runden Kappe war sein Haar zu einem spinnenbraunen Kranz gestutzt. Er sagte: «Seid willkommen und tretet ein. Zuerst ins Haus, wo Erfrischungen warten. Dann werden wir, so Ihr dies wünscht, vor dem Abendessen durch den Gutsbesitz des Königs reiten. Ihr beehrt uns mit Eurem Besuch. Messer Marco, Madonna Fiorenza, Messer Giovanni, Madonna Valenza, Messer Jacopo, Demoiselle Katelina.»

Er schien sowohl Corner wie Loredano zu kennen. Seine Art war ungezwungen und ein wenig belustigt, die ihre zurückhaltend. Jacopo Zorzi und die beiden Prinzessinnen hatte er zuvor noch nicht gesehen. Die Schwestern begrüßten ihn mit dem scheuen Entzücken von zwei Rehkitzen. Fiorenza sagte: «Unsere Schwester hat uns von Euch berichtet.»

Die Grübchen ganz tief eingegraben, die Augen ganz weit geöffnet, sagte Nicolaas: «Ja? Aber sie übertreibt.»

Vor Katelina verneigte er sich nicht weniger und nicht mehr, als die Höflichkeit es erforderte. Dann wandte sich sein Reittier um, und sie ritten seinem Herrenhaus entgegen.

Zuerst sah alles so aus, wie sie es sich nach ihren bisherigen Erfahrungen vorgestellt hatte. Sie sah da und dort das gleiche sonnige Kupfer von Kesseln aufleuchten wie auf dem Cornerschen Gut, erblickte die gleichen langen Schuppen, die gleichen Tische und Schubkarren, wenn auch in anderer Anordnung. Marco Corner wandte den Kopf und sagte: «Hier hat sich einiges verändert.»

Nicolaas, der sie die Allee zu dem stark befestigten überwölbten Eingang seines Hauses hinunterführte, erwiderte ganz ruhig: «Zerstörung hat bisweilen ihre Vorteile – sie macht einem Neuerungen leichter. Später werdet Ihr eine bessere Ausgestaltung weiter den Hang hinunter bei Stavros sehen. Inzwischen kommt in den Schatten und laßt Euch erfrischen.»

Erst jetzt, als sie zwischen Myrtenästen und unter Bogen von Orangenbäumen und Mandelbäumen hindurchkamen, erblickte Katelina den blumenübersäten Innenhof, der sich zu ihrer Linken auftat und eingenommen wurde von herrlichen, halb zerbrochenen Terrassen, korinthischen Säulenreihen und zerfallenen Kammern, von abgetretenen Steintreppen und umgestürzten Trommeln, von Winden umgürtet. Leuchtend roter Oleander schob sich vor durch zerbröckelnden Marmor, und bei einer Arkade wartete ein nacktes Mädchen, die weiße Schulter und Hüfte gesprenkelt vom Lichtspiel unter den Feigenbäumen. In der Mitte, umgeben von glasig geschlagenen Marmorfliesen, stand ein einzelner kegelförmiger Stein, so schwarz, wie Zucker weiß war. Ein Duft von süßen Ölen und von Erde hing in der Luft, und eine tiefe Stille, abgeschwächt durch das Summen von Bienen. Am Horizont stand ruhig und blau das Meer.

Katelina sagte: «Wo sind wir hier?»

Nicolaas brachte einen leisen Kehllaut hervor. Das Kamel drehte sich um und blieb mit gesenktem Kopf stehen. Nicolaas sagte: «Demoiselle? Das ist Kouklia.»

«Hier?» wiederholte Katelina zornig. Sie streckte ihre Peitsche aus und deutete auf die Umgebung.

«Das ist Kouklia», sagte Nicolaas. Sein Gesicht hatte einen leeren Blick. «Den Alten war es als Paphos bekannt. Die königliche Zuckerpflanzung steht auf dem der Venus geweihten Heiligtum.» Seine Augen blieben auf ihr ruhen. «Der Kegel ist die Göttin. Ihr könnt vielleicht die Trankopfer sehen und die frisch vor ihr ausgelegten Blumen. Wir halten die Frauen, die kommen, nicht davon ab, wenn es auch störend ist. Hättet Ihr es gern aus der Nähe gesehen?»

«Nein!» sagte Katelina. «Nein, im Schatten wird es angenehmer sein.» Auch sie wandte die Augen nicht ab, obschon sie wußte, daß die perlfarbenen Muschelgesichter beobachtend blickten.

Kouklia war das alte Paphos. Kouklia war der auf der Insel gebräuchliche Name für Heiligtum und Tempel der paphischen Aphrodite, der Göttin von Quelle, Gärten und Liebe. Die Wurzeln der Insel waren hier, wo Nicolaas war; und die Prinzessinnen hatten das natürlich gewußt.

Teils Burg, teils Festung, teils Palais hatte das Herrenhaus von Kouklia über viele Zeitabschnitte hin viele Erbauer gehabt. Auf der Ostseite gehörten die gelben Mauerwerkblöcke zu der zweihundert Jahre alten fränkischen Burg mit ihrem großen gotischen Saal und den schönen oberen Wohngeschossen. Im Norden lagen die Wachstuben und das mit Kammern versehene Torgewölbe, durch das sie gekommen waren. Im Westen und im Süden lagen die Küchenräume und auch die herrschaftlichen Wohngemächer, die vor kurzem neu gebaut worden waren, wie Katelina sehen konnte, mit offenen Fenstern und langen hölzernen Loggien, durch die die frische Luft eindringen konnte. Als sie schließlich in der Kühle der Halle gegessen und genug geredet hatten, konnten sie sich nach Belieben in diesen Gemächern ausruhen. Als dann die Hitze der Sonne gebrochen war, brachte man ihre Pferde, und Nicolaas führte sie durch seine Ländereien. Von Diniz hatte noch niemand gesprochen.

Katelina beobachtete nicht Nicolaas, sondern Corner und Loredano, als sie durch die ordentlich angelegten Felder ritten im Schatten des acht Fuß dicken Aquädukts, dessen Kalksteinrinne Wasser auf die Felder und in die Faktoreien brachte von fernen Quellen im Oridheswald. Bald begannen sie Fragen zu stellen, und Nicolaas beantwortete sie ohne Mühe. Er zeigte ihnen besondere Kniffe: Mauern aus Lehm und Strohhäcksel zur Abwehr von Mäusen, mit Teer versetztes Wasser zum Schutz vor Raupen. Er ließ sich bereitwillig auf Diskussionen ein. Fiorenza sagte: «Aber Messer Niccolo, Ihr zeigt uns alle Eure Geheimnisse.»

Und er erwiderte lächelnd: «Aber Madonna, Ihr würdet sie ohnehin entdecken.»

«Ihr habt natürlich Glück», sagte Zorzi. «Der Aquädukt. Auch der Dhiarizos ist Euer, der den Sommer hindurch fließt. Wogegen der Kouris . . .»

«Wir haben mit unterschiedlichen Schwierigkeiten zu kämpfen», sagte Marco Corner in lebhaftem Ton. «Jetzt zu dieser Anlage bei Stavros, von der Ihr spracht. Es war ein Bauernhof. Ich erinnere mich an wenig mehr als einen kleinen Hof.» Und Nicolaas lächelte und führte sie weiter, und dann hatten sie ebenen Boden unter sich, und ferne Geräusche, jetzt vom Vortag her vertraut, wurden immer lauter. Bald gelangten sie zu einer hohen Mauer und einem Torhüter, und dann befanden sie sich schon auf einem großen Gelände, wo alles neu aussah.

«Die Mühle ist syrisch», sagte Nicolaas, «mit sizilianischen Verfeinerungen. John könnte Euch mehr darüber sagen, aber er mußte nach Kyrenia zurück. Der Aquädukt führt hier hinein – wenn Ihr gerade den Hang herunterkommen wollt – und wird zu einem überdeckten Kanal, der sich verengt und in die Mühle hineinführt. Dessen Wasserstrahl treibt, wie Ihr seht, das waagerechte Rad, das die Mühlsteine dreht. Der Fußboden liegt abgestützt über einem Gewölbe, und das Abflußwasser kommt dort heraus. Ihr seht, wie mit der Maische verfahren wird. Der Kanal – dort drüben – führt unter dem Mahlhaus hindurch, wo das Zuckerrohr zum erstenmal zerstampft wird. Ich baue für die nächste Ernte eine zweite

Mühle. Möchten die Damen mit ins Mahlhaus kommen? Es ist nicht sehr angenehm.»

«Ich möchte es mir ansehen», sagte Katelina.

Das Gebäude war groß, mit einer flachen, auf Gewölben ruhenden Decke, unter der Ochsen einherstapften. Sie sorgten dafür, daß sich ein Stein auf einer Mahlfläche von zwei Manneslängen drehte. Der Lärm war groß, und es roch übel. Nicolaas klopfte einem Mann auf die Schulter, und der Bursche stellte die Arbeit ein und grinste, als Nicolaas die Stimme erhob und mit seinen Erklärungen begann.

Katelina löste sich von der Gruppe. Sie trat an den Rand der Saftgrube heran und sah, wie die grünlich-schwarze Flüssigkeit hineinschoß und herumwirbelte. In Zisternen draußen war noch mehr Saft, und draußen waren auch klares Wasser und Stellen, wo Männer und Frauen Gefäße und Krüge spülten. Sie unterhielten sich bei der Arbeit, drehten die Köpfe und beobachteten die Besucher. Nicolaas rief etwas, als er herauskam, und die meisten lachten. Wenn man sich die Leute in den Gebäuden und im Freien ansah, so wirkten sie in ihr Tun vertieft und nicht unzufrieden. Wurden sie angesprochen, bemerkte man oft ein Lächeln, und die Frauen machten einen kleinen Knicks. Vor Nicolaas.

Sie gelangten zu Schuppen, die voller neuer Formen, Krüge und Töpfe waren. «Ich habe unsere eigene Töpferei eingerichtet», sagte Nicolaas. «Die Sachen taugen auch recht gut als Tafelgeschirr – Ihr werdet einen Teil davon beim Abendessen sehen. Und jetzt kommen natürlich die Kochbottiche und die Raffineriehäuser. Dort ändert sich nicht viel. Wir schätzen, daß wir mit unseren verschiedenen Kesseln zwei Tonnen Saft täglich kochen, aber wir möchten das noch beschleunigen. Die große Schwierigkeit ist, wie Ihr wißt, der Brennstoff.»

Die Vertrautheit des Raffinerievorgangs besänftigte die Männer von Episkopi: Marcos Gesicht verlor ein wenig von seiner Röte. Er sagte: «Und wie legen Eure Hennen?»

«Hennen?» Jacopo Zorzi blickte erstaunt. «Ich dachte, die Martinis hätten ihre Vögel bei Überfällen alle eingebüßt.»

«Messer Niccolo hat neue bekommen – er hatte seine Quellen», sagte Marco Corner. Er fing den Blick seiner Gemahlin auf. «Wenn Ihr öfter auf unser Gelände kämt, wüßtet Ihr, daß Eier den Zuckerrohrsaft läutern. Ich möchte Euch noch etwas fragen, Messer Niccolo, ehe wir weitergehen. Ihr habt von Eurem Werkshof aus hölzerne Schienen legen lassen?»

Die hölzernen Schienen versetzten ein Pferd offenbar in die Lage, drei Wagen mit je dreißig Zentnern geschnittenen Zuckerrohrs zu ziehen. «Oder Kästen mit Zucker in diesem Gewicht, natürlich», sagte Nicolaas. «Ein Lastpferd könnte nur zwei Zentner tragen. Und die Schienen können bis zur Landungsbrücke führen.»

Katelina stand stumm da: dies schien das barmherzigere Verhalten zu sein. Marco Corner war wieder errötet. Er sagte: «Ah, ich verstehe. Gut durchdacht. Und die Orte, an denen gearbeitet wird, gut eingerichtet für eine ständige Bewegung. Wo Hilfskräfte so knapp sind, war das eine solche Planung schon wert.»

«Hilfskräfte kann man jederzeit herbeiholen», entgegnete Nicolaas. «Ich gestehe meinen Zuckermeistern übrigens eine unbegrenzte Menge Käse, Weizen und Wein zu und außerdem einen bestimmten Hundertsatz, der sich nach der gesteigerten Erzeugung richtet. Wenn Ihr sie mir stehlen wollt, werdet Ihr ihnen etwas völlig Unwirtschaftliches bieten müssen. Ich glaube, die Damen werden müde. Aber vielleicht möchtet Ihr noch mehr sehen?»

«Nein», sagte Marco Corner. «Ihr habt Euch schon genug Mühe gemacht. Ich muß Euch beglückwünschen. Und den König dazu. Wir glaubten, wir hätten ihm eine Kriegerschar zugeführt.»

«Nun, ich weiß nicht», meinte Nicolaas. «Die Lenkung eines Zuckergeschäftes und die Lenkung eines Krieges – wie Ihr vielleicht schon gesehen habt, ist da kein allzugroßer Unterschied.»

Sie hatten das Tor erreicht, wo ihre Pferde warteten. «Und wann wird Zacco König von Zypern sein?» fragte Marco Corner.

«Vor der nächsten Sommerernte», sagte Nicolaas.

«Und baut Ihr darauf, daß König Zacco Euch weiterhin die

Einkünfte aus einem so schnell wieder Gewinn abwerfenden Besitz zugesteht? Die Lusignans sind berüchtigte Verschwender. Sie haben einmal das ganze Dorf Kouklia verpfändet samt dem Zucker, dessen Ernte sie schon in Pacht gegeben hatten.»

«Genau wie die Ordensritter», erwiderte Nicolaas. «Wem kann man trauen? Aber selbst wenn Zacco König von ganz Zypern ist, schwebt über uns noch immer die Bedrohung durch den Türken. Da mag er das Gefühl haben, daß es angebracht sei, seine Kriegertruppe bei Laune zu halten. Ich habe Durst. Reiten wir zum Haus.»

Weil sie ganz in der Nähe war, sah sie, wie Corner anhielt und dadurch bewirkte, daß auch Nicolaas ein Stück zurückblieb. Der Venezianer fragte: «Warum zeigt Ihr mir das alles?»

Ausnahmsweise einmal gab Nicolaas den Blick ganz ernst zurück. «Weil ich glaube, daß wir zusammenarbeiten sollten. Ich habe Euch lieber auf meiner Seite als gegen mich.»

«Aber gewiß nur, wenn ich Euch nicht Eure Zuckermeister wegnehme?» entgegnete der Venezianer, dessen Gesichtsausdruck sich entspannt hatte.

Nicolaas lachte. «Ja, alles, nur nicht das. Aber ich habe ein Schiff und gute Vorräte. Wir können einander helfen. Ich trage Euch nichts nach.»

«Aber ich höre, Ihr könnt doch gegen einen Menschen einen Groll hegen», sagte Corner.

«Nicht gegen einen Venezianer», erwiderte Nicolaas.

Beim Abendessen unterhielten sie maurische Tänzer, ein Gaukler und Akrobaten, die auf den Händen gingen. Man aß im Dämmerlicht unter Planen, während um den Hof herum Fakkeln brannten und Lampen auf den zwei langen Tischen standen mit ihren Silberbechern, ihrem Weißzeug und den großen Schüsseln mit den glasierten, verschwommenen Mustern in Blau und Braun. Fiorenza, der nichts entging, hatte Katelina schon vor einiger Zeit einen Fächer gegeben, mit dem sie sich schützen konnte, aber wie sie sah, hatte jemand Räucherstäbchen angezündet, und der nicht unangenehme Duft schien die Stechmükken abzuhalten. Es war ein milder Abend.

Ihr Platz war nicht in der Nähe von Nicolaas, der, wie es sich schickte, in der Mitte saß, zwischen den Prinzessinnen. Er trug einen ungewöhnlichen Gesichtsausdruck zur Schau, der sich immer wieder zu ändern schien. Als sie auf den Klang seiner Stimme achtete, erkannte sie, daß er eine Geschichte erzählte und dabei Personen nachahmte. Fiorenza stieß einen Schrei aus, bei dem es sich um ein lautes Lachen zu handeln schien.

«Er hat sich ans Werk gemacht», sagte Jacopo Zorzi zu ihrer Rechten. «Wart Ihr heute überrascht? Ihr wart nicht so überrascht wie unsere venezianischen Freunde damals auf dem Schiff. Dieser ungewöhnliche junge Mann zieht die Frauen an.»

«Auf dem Schiff?» sagte Katelina. Zu ihrer Linken drehte sich ein Mann im Arztgewand um, und sie sah, daß es der Doktor war, dessen Sattel sie an einem verzweifelten Abend auf Rhodos geteilt hatte. Der Mann, der in Nikosia eingestanden hatte, daß er ihr Geheimnis kannte.

Zorzi, das Gesicht durch Bartstoppeln verdunkelt, lächelte sie an und sprach weiter von Nicolaas. «Vanni und Paul Erizzo sind unserem Gastgeber zum erstenmal auf einem Schiff begegnet. Er reiste zusammen mit einer Frau namens Primaflora. Kennt Ihr diese Primaflora?»

«Wir kennen sie», sagte der Arzt, über sie hinweg zu Zorzi sprechend. «Die Hofdame Primaflora ist glücklicherweise nach Rhodos zurückgekehrt. Heißt das, Ihr glaubtet, sie hätte Nicolaas betört, und statt dessen war es andersherum?»

Zorzis Mund verzog sich zu einem noch breiteren Lächeln. «Das ist ein wenig ungehobelt ausgedrückt.»

«Ich bin ein ungehobelter Mensch», entgegnete der Arzt. «Ich bin nicht Eurer Ansicht. Ich glaube, sie sollte für Carlotta spionieren. Zacco hat sie fortgeschickt.»

Jacopo Zorzi schwieg einen Augenblick, dann sagte er: «Ja, natürlich. Geschwätz, Demoiselle Katelina. In der Levante leben wir vom Gerede. Ich wünschte, ich könnte mich zum Beispiel in der Kammer verstecken, wenn Ihr und Madonna

Valenza und Madonna Fiorenza über uns herzieht. Seid Ihr mit den Prinzessinnen schon bekannt, Doktor Tobias? Ihr seid ihrer Schwester in Trapezunt begegnet.»

Der Arzt hatte eigenartige schnörkelige Nasenflügel, die sich jetzt blähten, und blasse Augen wie eine unschuldige Katze. Er sagte: «Schon davor, in Brügge, zusammen mit ihrem Gemahl, und später auf dem Schiff mit ihrem Priester. Ich versichere Euch, wir haben die Feinheiten genau beachtet.»

«Und in Trapezunt gab es natürlich auch einen König Zacco», sagte Jacopo Zorzi. «Wie traurig jetzt die Kunde aus Adrianopel. Ist Euer Niccolo sehr bekümmert?»

«Welche Kunde?» fragte der Arzt. Katelina in der Mitte wandte den Kopf vom einen zum anderen um.

Zorzi zeigte sich überrascht. «Ihr wißt es noch nicht? Man hat David von Trapezunt mit allen seinen jüngeren Kindern in den Kerker geworfen. Ihr erinnert Euch gewiß, daß er sein Reich übergab gegen ein sicheres Leben in der Verbannung unter dem Sultan. Jetzt klagt ihn, wie es scheint, der Sultan des Verrats an, auf die Bezichtigung seines falschen Freundes und einstigen Kanzlers Amiroutzes hin.»

«Georg Amiroutzes!» zischte der Doktor. Katelina blickte ihn an. Er riß sich die Kappe ab, eine unschickliche Geste in Gesellschaft, und entblößte einen rosigen Kahlkopf. Er preßte die gleichfalls rosigen Lippen zusammen. «Das Schwein!»

Von dem Platz her, den Nicolaas einnahm, sagte eine belustigte Stimme: «Tobie!»

Der Arzt machte keine Anstalten, seine Kappe wieder aufzusetzen. Er sagte ganz laut: «Dieser Schurke von Amiroutzes hat dafür gesorgt, daß Kaiser David in den Kerker geworfen wurde. Samt seiner Familie.»

«Sechs Kinder, wie ich hörte», ergänzte Zorzi. «Und ihr Vetter Alexios. Seine Tochter Anna kam ja als Konkubine an den Statthalter von Mazedonien. Die Söhne wurden alle in Ketten gelegt bis auf den dreijährigen Georg. War es nicht Amiroutzes, der bewirkte, daß sich der Kaiser ergab?»

Über den Tisch hinweg sah Katelina, wie der Neger Loppe

dem Arzt einen Blick zuwarf, der seinerseits die anscheinend widerstrebende Aufmerksamkeit von Nicolaas zu erwecken versuchte. Der Arzt sagte in dem gleichen kämpferischen Ton: «Wir waren alle in Trapezunt, als Amiroutzes Kanzler war. Wie habt Ihr das alles erfahren, Messer Jacopo?»

Jacopo Zorzi gab sich überrascht, wobei er des Guten zuviel tat. «Nun, von meinem Bruder Bartolomeo natürlich, der gerade aus Konstantinopel kam. Messer Niccolo weiß davon. Er hat ihm ja angeboten, die Färberei zu übernehmen.» Er wandte sich um und strahlte Katelina an, die nur mit halber Aufmerksamkeit darauf ansprach.

Der Arzt sagte: «Natürlich.» Das Lampenlicht ließ seine Augen so hell erleuchten wie Kristalle. Vielleicht erinnerte er sich wie sie der Worte, die Nicolaas in Nikosia gesprochen hatte. *Ihr wart immer insgeheim überzeugt, ich hätte alles sorgfältig ausgeheckt. Natürlich habe ich das. Üppiges Verbannungsleben für David von Trapezunt* . . . Nicolaas hatte davon gewußt. Nicolaas, der, vorsichtig seinen Wein genießend, nichts sagte. Ihm wurde auf jeden Fall Rettung von unerwarteter Seite zuteil.

«Wie freundlich von Euch», sagte Fiorenza von Naxos. «Wir schätzen Eure Zurückhaltung: wir haben Euer unausgesprochenes Mitgefühl mit unserem Großonkel, dem Kaiser, und seiner Familie gespürt. Messer Jacopo, diese traurigen Dinge sollten die Gastfreundschaft, die wir hier genießen, nicht stören. Messer Niccolo, ich höre Flöten. Wird uns Musik geboten?»

Da leerte Nicolaas seinen Becher, drehte sich um und sagte etwas, und kurz darauf kamen die Musikanten und begannen. Es waren die Musikanten, die auch die Prinzessinnen einluden, wenn Gäste unterhalten sein wollten. Es gab nicht so viele Künstler auf der Insel. Sie spielten angemessene Weisen. Nicolaas sprach jetzt höflich mit Violenza, und sie lehnte sich lässig zurück und antwortete kühl mit einem neckischen Unterton. Jacopo Zorzi sagte: «Er weiß sich zu benehmen. Er hat an ihrem Hof gelernt und die gleichen Bücher gelesen.» Der Arzt neben ihr erhob sich plötzlich und ging hinaus. Zorzi sagte: «Ihr wolltet von Diniz sprechen.»

Katelina wandte sich um. Der Venezianer blickte ernst und ein wenig bekümmert. Sie antwortete rasch: «Die Prinzessinnen haben es mir gesagt. Euer Bruder ist sein Dienstherr. Andererseits stehen einer Freilassung besondere Schwierigkeiten im Wege. Ich möchte Euch nicht damit belästigen.»

Seine Augen glänzten im Lampenschein. «Ich war mir nicht sicher, ob man es Euch gesagt hatte. Mein Bruder ist verschwiegen, aber es kommt natürlich darauf an, daß der König nicht die Wahrheit über das Geschehen erfährt, nämlich daß Messer Niccolo nicht bei einem reinen Unfall verletzt wurde. Natürlich ist Messer Niccolo der letzte, den man bitten könnte, Euren Neffen freizulassen. Andererseits ist mein Bruder sehr verständnisvoll.»

«Das ist die beste Botschaft, die ich hätte vernehmen können», sagte Katelina. «Aber niemand kann helfen. Wenn Diniz flieht und wieder gefaßt wird, werden alle leiden, denn dann würde Zacco von Messer Niccolo die Wahrheit erfahren.»

«Habt Ihr einmal daran gedacht, selber Messer Niccolo zuzureden? Verzeiht.»

Ihre Empörung wurde zu beißender Belustigung. «Ich fürchte, er würde mir eine versuchte Verführung kaum abnehmen. Außerdem könnte ich zum Schluß selbst das Opfer sein, wie Primaflora.»

«Das Opfer dieses jungen Mannes?» erwiderte Zorzi. «Sicher nicht. Ihr könnt selbst entscheiden. Wenn Ihr je um Euer Leben fürchtet, wird es Euch nicht schwerfallen, die Insel zu verlassen. Es gibt immer zuverlässige Männer wie Luigi Martini, die Euch helfen würden. Andererseits hat man versprochen, Euch freizulassen, wenn der Sommer zu Ende ist.»

«Glaubt Ihr, ich sollte warten?»

Zorzi entgegnete: «Ich glaube, Ihr solltet tun, wovon Ihr sagt, es sei unmöglich. Ich glaube, Ihr solltet mit Niccolo reden. Ihr unterschätzt Euren Eindruck, Demoiselle, aber ich hatte nicht an ein Zureden solcher Art gedacht. Unser großzügiger Gastgeber hatte die entzückende Primaflora damals keineswegs verlieren wollen. Sie zurückzubekommen mag ihm einiges wert sein.»

«Dem König und seiner Mutter zum Trotz?»

Er sah sie nachdenklich an. «Vielleicht sogar auch dann. Er ist in einer Position der Stärke, und er ist jung und begierig auf Frauen.» Er lächelte und reichte ihr eine Schale mit Süßigkeiten. «Dazu hat er sich an einem äußerst günstigen Ort niedergelassen. Wir gehen in einer Stunde. Erlaubt Ihr mir, eine Begegnung zu vereinbaren . . .»

«Mit mir?» sagte hinter ihm Nicolaas' Stimme. Zorzi, schon halb aufgestanden, erhob sich ganz und drehte sich um. Katelina ließ sich auf ihren Sitz zurücksinken. Ein braungesprenkelter Falter kam durch den sich verflüchtigenden Rauch und ließ sich auf dem Tisch nieder. «Jung, wie ich bin», fuhr er fort, «und begierig auf Frauen? Wenn sie ihre Dienste gegen ihren mordlustigen Neffen eintauschen will, sollte sie morgen nach Kouklia zurückkommen. Heute und heute nacht bin ich versorgt.» Sie bemerkte die Schwere der ihr zugekehrten Augen und hörte das eine plumpe Wort in dieser Rede. Er setzte hinzu: «Hat er Euch zur Flucht überredet?»

«Nein», sagte sie und stand rasch auf. «Solange Diniz hier ist, bleibe auch ich. Ich bettele nicht.»

«Es würde auch nichts nützen. Wißt Ihr, wo er ist?»

«Sie weiß es», sagte der Venezianer ruhig. Er hatte sich wieder gefaßt.

«Sie weiß», sagte Nicolaas, «daß Bartolomeo von der Färberei Euer Bruder ist. Sie bringt Euch noch nicht mit Eurem anderen Bruder in Verbindung. Nicholai Giorgio de' Acciajuoli, der einst Euer Reisegefährte auf der Fahrt herüber von Schottland war, Demoiselle, und dessen guter Rat mich nach Trapezunt schickte. Der Grieche mit dem Holzbein. Das ich ihm bei Sluis brach. Daran müßt Ihr Euch erinnern, Katelina.»

Sie erinnerte sich. Sie erinnerte sich an den verrückten, fröhlichen Lehrling, der damals noch nicht Nicolaas hieß. Sie erinnerte sich an einen hochgewachsenen, vornehmen Griechen florentinischer Abstammung, dessen Angelegenheiten, wie sie immer verschwommen gewußt hatte, mit denen des Hauses Charetty in Verbindung standen, mit seinen großen neuen Unternehmungen, sogar mit der Heirat von Nicolaas und Marian, seiner Dienstherrin und Gemahlin. Sie sagte: «Wollt Ihr auch seine Brüder vernichten?»

Der Falter auf dem Tisch bewegte sich. Ihren Augen folgend, ergriff Nicolaas ein Mundtuch, legte es über den Falter und drückte darauf. «Ich vernichte nicht jeden, der mir schadet, das wißt Ihr besser als die meisten anderen. Ich weiß nicht einmal, ob die Zorzis mir wohlwollen oder das Gegenteil.» Er streckte die Hand aus, hob das zerknüllte Tuch vom Tisch hoch. Nichts rührte sich. «Was meint Ihr?» setzte er an den Venezianer gewandt hinzu.

«Ich glaube, er ist tot», sagte Jacopo Zorzi, «ob er Euch geschadet hat oder nicht. Und die Familie Zorzi? Ihr macht uns, ich weiß nicht, warum, den Verlust Eures Alaunmonopols zum Vorwurf. Ja, ich bin ein Freund von Giovanni da Castro, aber heißt das, daß er mit meiner Hilfe Alaunlager entdeckt? Und heute weiß ich von keiner heimtückischen Verschwörung gegen Euch, und Ihr werdet dergleichen auch nicht für wahrscheinlich halten, wenn Ihr wieder nüchtern seid. Bartolomeo macht aus dieser Färberei für Euch eine Goldgrube. Nicholai kann als Krüppel kaum ein ernsthafter Gegner sein. Und ich – ich lebe einfach hier in Zypern und betreibe meine Weinberge. Ihr müßt einmal kommen und sie Euch ansehen.»

«Liegen sie weit von hier?» fragte Katelina. Sie versuchte vergeblich Zorzis Blick einzufangen. Er hatte in gewisser Weise Hilfe gegen Nicolaas angeboten, und sie hatte nicht geahnt, daß es zwischen ihnen einen richtigen Streit gab.

Zorzi sagte, nicht sie, sondern Nicolaas anlächelnd: «Nicht allzuweit. In den Bergen, bei einem Ort namens Engedi. Ihr habt davon singen hören, in den süßesten Worten der Welt.» Er hielt inne und wartete. In der Ferne zupfte jemand an einem Saiteninstrument, und ruhige Stimmen drangen über den Hof hinweg. Die Tische, an denen sie gegessen hatten, waren leer, und für eine Weile war um sie her Stille.

Nicolaas sagte: «Ich werde schicken . . .» und hielt inne.

«Fahrt fort», sagte Zorzi leise. Sie machte eine Bewegung, und ohne ein Wort streckte der Venezianer den Arm aus und hielt sie zurück.

Nicolaas sagte: «Ich werde schicken Lapislazuli: ich werde ihre Felder zu Weingärten machen und das Feld ihrer Liebe zu Obstgärten. Meine Freundin . . .» Er hielt abermals inne. Katelina war, als erinnere er sich an etwas aus ferner Vergangenheit, oder als lausche er jemandem, der ihm etwas erzählte, was er nicht gewußt hatte. Nicolaas fuhr fort: «Meine Freundin ist mir eine Traube von Zyperblumen in den Weingärten zu Engedi . . .» Wiederum hielt er inne und setzte dann hinzu: «Meine Freundin ist tot.»

Zorzi hob die Lampe hoch. In ihrem Schein sah sie das Gesicht von Nicolaas van der Poele, und es war nicht sein Gesicht. Da sagte er: «Ich muß mich um meine Gäste kümmern», und ging davon.

Katelina sah ihm nach. Zorzi ließ die Hand sinken, drehte sich um und stellte die Lampe langsam wieder auf den Tisch. Dann holte er tief Atem und blickte sie nachdenklich an. «Meine Freundin ist tot? Wer?»

«Niemand», sagte Katelina. «Ich weiß von keiner.» Sie dachte an das Leben von Claes und das Leben von Nicolaas. *Er ist jung und begierig auf Frauen.* Vielleicht. Aber keine seiner Geliebten war tot.

Jacopo Zorzi sagte: «Aber hat er nicht seine Ehefrau verloren?»

Das Lied der Lieder und Marian de Charetty. Sie merkte, daß ihre Augen voller Tränen waren – der Angst, des Schmerzes, der Ungläubigkeit. Zorzi sah es und sagte: «Demoiselle, es tut mir leid. Wir haben Euch erschreckt. Man vergißt das immer wieder, Wein wirkt schnell nach einer Krankheit. Er war nicht er selbst.» Er lächelte, das Gesicht fleckig von den Schatten der Insekten auf der Lampe. Katelina sagte etwas und eilte stolpernd davon.

Die anderen Gäste verbrachten die letzte Stunde im Garten. Katelina zog sich, Müdigkeit vorschützend, ins Dunkel des Hauses zurück. *Ich werde ihre Felder zu Weingärten und das Feld ihrer Liebe zu Obstgärten machen. Hier stand der Altar und hierher, der Göttin gehorchend, kamen einmal im Jahr Mädchen . . . Wie ermüdend wir sind, daß wir von Liebe reden!*

Katelina van Borselen hatte es sich zur Gewohnheit gemacht, nicht von Liebe zu reden oder an Liebe zu denken. Sie hatte einmal so viel daran gedacht, daß sie den von ihren Eltern für sie ausgewählten Mann zurückgewiesen hatte. Weil die Liebe nicht so gekommen war, wie sie wollte – edel, unwiderstehlich –, hatte sie, aus Furcht, aus Trotz, die Erfahrung erkauft. Das heißt, sie hatte – zweimal – einen kleinen Teil ihres Stolzes in die blaugefärbten Hände eines anständigen, vertrauenswürdigen Handwerkers gelegt. Aber der Handwerker hatte sie verraten, und sie hatte zum letzten Mittel gegriffen, das ihr noch zur Verfügung stand. Sie hatte einen mürrischen Adonis geheiratet, der sie in eine armselige Welt geschleppt hatte, nicht hinauf zu den hohen Gipfeln des Entzückens und des Abenteuers.

Sie lag schnell atmend im schwülen Dunkel, doch wonach es sie verlangte, das war weder Simon noch das unbekümmerte Treiben einer zyprischen Nacht.

Sie setzte sich auf, als es an ihre Tür klopfte und nach einem Augenblick des Wartens ein Mann mit einer Fackel hereinkam. Der Doktor. Der Arzt, der so ungestüm vom Tisch aufgestanden war. Der sich im Gegensatz zu den anderen von Nicolaas nichts vormachen ließ. Der Mann sagte: «Nicolaas – wißt Ihr, wo er ist?»

«Nein», sagte Katelina.

Der Arzt blieb stehen, sah sie an. Er hatte seine Arztkappe wieder aufgesetzt. «Es war eine sehr schlimme Wunde. Gelegentlich . . .»

«Er war betrunken, aber nicht hilflos», sagte Katelina. «Ich weiß nicht, wo er hingegangen ist.»

Er zog sich zurück. Nach einer Weile ging sie selbst hinaus und suchte die kühle Nacht auf, wo am Horizont ein dunkelblauer Streifen an einen helleren stieß und der Rosenduft sich dem Salzgeruch des Meeres gesellte.

Zwischen ihr und dem Meer erhoben sich hohe Säulen, ein

Bogen und ein Sims, nur schwach erhellt von einem laubartigen Glühschein so rötlich wie Pfingstrosen. Sie nahm Wärme wahr und einen seit kurzem vertrauten Geruch. Aber sie befand sich nicht auf dem Zuckerhof. Sie stand auf dem Terrazzoboden des Heiligtums der Venus, wo süße Öle von den Grazien hingebracht wurden zu Kesseln, die von silbrigem Dampf umkränzt waren und apfelgolden leuchteten von der Glut ihrer Feuerstellen.

Das Kohlefeuer zuckte wie das Feuer des Hephaistos. In seinem Licht sah sie die weißen zerbrochenen Stufen und die Wege und die bleichen, halb verborgenen Sockelplatten mit ihren eigenartigen Statuen, gebeugt, kniend, aufrecht. Venus in den Armen des verkrüppelten Gottes. Venus, bei ihrem Geliebten Adonis liegend. Sie konnte unter ihren Füßen die Insel sprechen hören, und sie zitterte, während sie lauschte.

Ohne Sockel stand dort, den gelockten Kopf geneigt, ein Gott mit einem reinen, attischen Körper. Sanft murmelte in der Nacht eine Männerstimme auf griechisch: «Wer wagt es, sein Vieh zu weiden im Pferch des Herrn?» Das Feuer flackerte. Die See atmete in der Ferne. Die gleiche Stimme fuhr fort: «Wessen also ist das Opfer? Nur männliches Blut will der Altar trinken.» Dann, ganz leise: «Still.»

Katelina wußte inzwischen, wessen Stimme es war, konnte aber nur ahnen, wer zu Füßen des Mannes ruhte. Da sagte eine Frau: «Ihr seid töricht. Ihr müßt wissen, daß Marco und Luigi Martini Streit haben. Die Ritter und Martini haben den Kouris umgeleitet.»

«Wie traurig», sagte Nicolaas, noch immer auf griechisch. Der Feuerschein erleuchtete seine Haut, das über die Schulter geworfene Tuch und die ruhigen, klassischen Umrisse seines Körpers.

Kapitel 29

Am nächsten Morgen widerfuhr Nicolaas das rauhe Wecken, das er zweifellos verdiente. Beim zweitenmal sorgte Loppe dafür, daß er nicht auf seinem Lager liegenbleiben konnte, und so stand er auf, steuerte mit geschlossenen Augen auf die Latrine zu und übergab sich; was vermutlich alle befriedigte. Dann kam er zurück und zog leinene Kniehosen, eine lose Bluse mit einer Schärpe um die Leibesmitte und einen ärmellosen Überwurf an – das war alles, was seine Haut vertrug, ohne sich zu verziehen. Man sah einige Blutflecken – die gerade geheilte Wunde war wieder aufgegangen, was unter den Umständen nicht verwundern konnte. Er verlor darüber kein Wort und Loppe auch nicht. Tobie ließ sich nicht sehen. Ein wenig später fand sich John le Grant ein. Nicolaas hatte vergessen, sich auf seinen Besuch vorzubereiten, und es hatte ihn auch keiner daran erinnert. Inzwischen saß er zusammen mit Loppe in seinem Kontor, wo sie die wichtigen Zahlen für die Arbeit des Tages durchgingen. John kam herein wie ein rotköpfiger Spatz und sagte: «Nun? Wie ist es gegangen?» Er sah Nicolaas noch einmal an und setzte hinzu: «Oh, scheint in einer Orgie geendet zu haben.»

«So könnte man es ausdrücken», erwiderte Nicolaas, bedachtsam artikulierend. Er begann sich zusammenzunehmen. Er hatte vor einiger Zeit schließlich erkannt, daß er unwiderruflich allein war. Bis dahin hatten sich die anderen seinen besonderen Fähigkeiten gefügt und ihm deshalb erlaubt, sie anzuführen, aber die alte Kameradschaft und die verrückten Abenteuer hatten fortbestanden, ebenso die Stunden der Ruhe, da er als Junge unter Männern geneckt und mit Nachsicht behandelt und beleidigt wurde.

Doch inzwischen hatten andere sich ihm angeschlossen. John le Grant hatte den Lehrling in Flandern nie kennengelernt, und Crackbene auch nicht. Die Venezianer, unter denen er sich bewegte, die Mamelucken, der Lusignansche Hof – alle nahmen ihn für die Person, die er jetzt war, und er konnte nicht zurück, wenn er das Haus Niccolo voranbringen wollte. Zacco hatte das noch vor ihm erkannt. Zacco, der auf seine scharfsinnige Weise nach den eigenen Zielen forschte, hatte bei einem jener Besuche am Krankenbett in Nikosia zu ihm gesagt: «Warum folgt Ihr nicht Eurem eigenen Rat? Wenn ich mich geirrt habe, habt Ihr es auch. Ihr habt Eure Leute dazu gebracht, daß sie dem fröhlichen Meteor namens Nicolaas folgen anstatt einer Sache, einem Ziel oder einem Zweck. Natürlich kommen sie wegen des Geldes, vielleicht auch wegen des Abenteuers, aber vor allem machen sie Euretwegen mit. Und so erniedrigt Ihr sie, macht sie zu Kindermädchen. Was ist Euer Arzt anderes als jemand, der bei Euch die Mutterstelle vertritt? Was ist Euer Neger anderes als ein Mann, den Ihr eines Tages fortschicken oder zu Eurem Liebhaber machen müßt? Solltet Ihr kein richtiges Ziel haben, Niccolo? Hat das alles nur den Sinn, Euch mit einer Familie zu umgeben?»

Ein kluger Mann, dieser Zacco. Damals hatte Nicolaas gelacht und dann gesagt: «Majestät, Ihr meint es gut, aber Ihr kennt noch nicht alle meine Leute. Mein Advokat und mein Priester würden sich schwerlich als meine Kindermädchen vorkommen. Aber ich verstehe, was Ihr sagen wollt. Es ist etwas, das vermieden werden muß.»

Worauf Zacco nur entgegnet hatte: «Wenn Ihr es vermeiden könnt. Wenn Ihr ohne es auskommen könnt. Es gibt viele im übrigen starke Männer, die scharfen Winden ohne Liebesbande nicht zu trotzen vermögen. Denkt an die, die Ihr an Euch gebunden habt. Bedenkt, was sie verlieren, wenn Ihr fallt, oder Ihr strauchelt.»

Er hatte darauf irgend etwas geantwortet und, da er Zeit hatte, mehrere Nächte über die Sache nachgedacht, bis Tobie in seiner mütterlichen Rolle sich besorgt gezeigt hatte. Urteilte Zacco auch nicht unvoreingenommen, so steckte in seinen Worten doch etwas Wahres. Zehn Monate lang war Nicolaas allein gewesen, ohne einem Menschen Verantwortung zu schulden. Dann hatte er sich wieder seinen Leuten angeschlossen und die Gemeinschaft als angenehm empfunden. Vor Monaten schon hatte er erkannt, was vor sich ging. Er hatte sich nur mit einer Antwort darauf Zeit gelassen. Vielleicht weil er auf lange Sicht doch ein Ziel hatte.

Le Grants sommersprossigem Grinsen Trotz bietend, sagte Nicolaas nun: «Der Besuch war ein glänzender Erfolg. Wir haben Klein Venedig in ganz Stavros herumgeführt. Ich konnte Loppe nicht davon abhalten, die Sache zu übertreiben. Corner, Loredano und Zorzi kamen, und sie werden den anderen Venezianern davon erzählen. Sie haben den Eindruck mitgenommen, daß wir eine tüchtige, gut ausgerüstete und wahrscheinlich äußerst leistungsfähige Gesellschaft sind.»

«Und die Brüder Martini?»

«Waren nicht da. Ich glaube, zwischen ihnen und Episkopi gibt es Meinungsverschiedenheiten, was die Wassernutzungsrechte betrifft.»

«Stell dir vor.» John le Grant rieb sich die Nase, bis sie glänzte. «Nun, dann haben sie den richtigen Eindruck gewonnen; aber wir müssen uns unbedingt mit Zacco auch weiterhin gut stellen. Was habt Ihr wegen der neuen Stampfmühle entschieden?»

«Sie zu bauen», sagte Nicolaas. «Bei einer Ernte wie dieser verbrennen wir sonst noch unseren Überschuß, wenn es die Martinis nicht schon vorher tun.»

Loppe mit seiner samtenen Stimme sagte: «Wir wissen, daß wir beim Raffinieren Schwierigkeiten bekommen werden, aber auf diesem Gebiet müssen wir uns die Erweiterung für später aufheben.»

«Knapp an Geld?» fragte John.

«Nein», erwiderte Nicolaas, «aber an Brennstoff, Bottichen, erfahrenen Zuckersiedern und natürlich Zeit. Wir werden das Raffinieren zum Teil in Auftrag geben oder damit anfangen müssen, Saft loszuwerden. Das ist möglich. Wir haben zwei Stellen gefunden, die derartige Mengen übernehmen und weiterverarbeiten. Im nächsten Jahr läuft dann alles in geregelten Bahnen. Kommt Ihr mit nach Stavros? Ich sehe in einer Stunde nach der Krappernte für die Färberei und spreche dann mit einem Mann wegen Weins für unsere Krieger. Wie steht es dort?»

«Ich bin froh, daß Ihr danach fragt», sagte John le Grant. «Ihr seht lieber nach Eurem Krapp und überlaßt es Loppe, sich um den Wein zu kümmern. Der König wünscht Eure Anwesenheit.»

«Und wenn er etwas verfügt, sagt er nur ‹Es sei›, und so ist es – warum? Ich habe Crackbene hinaufgeschickt. Die Belagerung sollte greifen.»

«Nun, ihnen sind vielleicht der Dorschrogen und die Schweinenierchen und die feinen Wurstsorten ausgegangen», entgegnete le Grant, «aber sie sind, trotz allem, was man hört, noch nicht auf den Hund und die Katze gekommen. Die Festung verfügt über große Vorräte. Ich habe die Kanone gegossen, dank Crackbene und Eurem Holz. Zacco will sie einsetzen.»

«Das kann ich mir denken. Es dauert ihm zu lang, er wünscht ein rasches Ende, um sich anschließend Famagusta vorzunehmen. Was habt Ihr ihm gesagt?»

«Die Wahrheit», erklärte John le Grant. «Es ist eine hübsche große Kanone. Rollt man sie vor die Mauer, bläst sie ein Loch hinein, und Ihr könnt gleich hinterher Astorre und seine Leute hindurchjagen. Aber Kyrenia ist nicht St. Hilarion. Es hat große Nahrungsmittelvorräte und Hunderte von tüchtigen Kriegern, viele davon sind Ordensritter. Man bekommt die Kanone niemals nahe genug heran, um durch die Mauer schießen zu können. Sie muß außer Pfeilschußweite stehen bleiben und ständig ballern, während in der Stadt die Rationen kleiner werden. Nichts Dramatisches, nur Elend. Bis sie dann aufgeben. Hoffentlich.»

«Wie hat er das aufgenommen?» fragte Nicolaas.

«Zacco? Er muß es von Euch hören. Er wird nicht glauben wollen, daß die Abschnürung den Winter über so wenig bewirkt hat, und er wird nicht glauben wollen, daß sie jetzt vollständig ist. Aber sie ist es. Habt Ihr schon einmal gesehen, wie eine Stadt ausgehungert wird?»

«Für Carlotta?» sagte Nicolaas. «Es würde mich sehr wundern, wenn sie es so weit kommen ließen. Dazu ist Euer Geschütz da. Damit sie das Gesicht wahren können. Kyrenia wird sich ergeben. Den Ärger bekommen wir mit Famagusta. Die Genuesen werden nicht für Carlotta sterben, aber sie werden sich eher in die Luft jagen lassen, als daß sie ihren Hafen und ihren Besitz aufgeben. Ich schätze, wir werden Famagusta zur Zeit der nächsten Zuckerernte einschließen, also sollten die Zuckerpläne darauf abgestimmt sein. Und in der Färberei sollte alles wie am Schnürchen laufen. Habt Ihr in Nikosia vorgesprochen? Was macht Diniz?»

«Ich bringe Euch einen Bericht von Bartolomeo», sagte le Grant. «Und einen aus Venedig. Warum laßt Ihr den närrischen Burschen nicht laufen? Zorzi sagt, Ihr habt das Lösegeld für ihn bezahlt.»

«Ich warte noch, bis ich über meinen Zorn hinweg bin. Ein Bericht aus Venedig?»

«Von Gregorio. Ich habe ihn geöffnet. Er kam mit einer Galeere, die eines von Crackbenes Booten abgefangen hat. Wißt Ihr schon, daß Crackbene von Zacco in Dienst genommen wurde? Er hat jetzt zu unserer Kogge noch zwei königliche Galeeren unter sich.»

Nicolaas faltete den Brief auseinander und nickte, während er ihn überflog. Er war an das Haus Niccolo gerichtet und enthielt natürlich nichts Persönliches. Neuigkeiten von der Bank, die vielversprechend aussahen und mit denen er sich später noch eingehender beschäftigen würde. Neuigkeiten über Kreditbewegungen, wie sie durch größere Ereignisse bedingt wurden. Venedig befand sich mit den Ottomanen im Krieg: eine kurze Zusammenfassung mit einem Hinweis darauf, was das hieß. Schottland gewährte dem englischen Lancasterkönig und seiner Gemahlin Zuflucht; die flandrische Königinmutter hatte an Macht eingebüßt, Bischof Kennedy an Macht gewonnen. In Brüssel ging es Herzog Philipp besser, aber er war jetzt ein alter Mann, und Michael Alighieri von Trapezunt weilte dort auf wundersame Weise als sein Kammerherr.

In Brügge war Tommaso Portinari bemüht, sich und den Medici im Umgang mit Alaun einen Namen zu verschaffen. Anselm Adorne, zurückhaltend und wohlhabend wie eh und je, bekam aus unbekannten Gründen unter Herzog Philipp weniger öffentliche Aufgaben übertragen. Er stand aber noch immer in freundschaftlichster Verbindung mit dem Haus Charetty und den Demoisellen Tilde und Catherine, über die Bemerkungen von Julius beigefügt waren. Catherine, die keinen Anteil am Handelshaus besaß, versuchte dennoch sehr eigensinnig, alle seine Geschäfte zu überwachen. Tilde, älter und durch andere Dinge beeinflußt, schwankte zwischen herrischer Einmischung in die geschäftlichen Angelegenheiten und Geldausgaben für gesellschaftliche Ereignisse. Es gab da einige junge Männer ...

«Das mit den Medici ist ein Jammer», sagte John le Grant.

Es gab da einige junge Männer, denen sie zugeneigt war, und Julius – «Was?» sagte Nicolaas.

«Es steht dort. Das Bankhaus hat zuviel Kredit ausgegeben. Wenn Cosimo stirbt, werden sich seine Erben die Schuldner vornehmen. Zu denen gehören die Strozzi.»

Und Julius hatte einige Mühe, sie abzuwehren. Gottschalk unterstützte ihn dabei. Sie nahmen gewiß mit Bedauern von Cosimo de' Medicis Krankheit Kenntnis ... «Ich weiß nicht, warum ich mir die Mühe mache, das zu lesen», sagte Nicolaas, «wenn Ihr mir ohnehin alles erzählt. Dann werden die Strozzi also knapp an Mitteln sein. Und dann werden wir also eine Bestellung für Barilla aufgeben zu einem guten, großzügigen Preis, wenn es soweit ist. Loppe, kannst du das machen?»

«Jemand hat gesagt, heute trifft ein Schiff aus Alexandria ein», entgegnete Loppe. «Das wird Neuigkeiten aus Florenz mitbringen. Ich werde in Salines fragen. Wohin soll die Barilla geliefert werden?»

«Nach Venedig», sagte Nicolaas.

John le Grant funkelte ihn an. «Ihr müßt verrückt sein, habt Ihr das tatsächlich vor? Hat Gregorio die Insel gepachtet?»

«Ich hoffe es», erwiderte Nicolaas. «Habt Ihr das nicht im Brief gelesen? Ach nein, das war ja verschlüsselt. Hier steht es. Gregorio hat die Insel gepachtet. Er hält mich auch für verrückt. Er schreibt, alles denkt nur noch an den Krieg mit den Türken, und ich sollte auch daran denken. Wenn sie Zypern besetzen, kriegen sie all unseren Zucker.»

«Aber dann habt Ihr noch ein Geschäft in Venedig», sagte Loppe. «Das kommt mir vernünftig vor.»

Nicolaas blickte lächelnd von dem auf, was sonst noch verschlüsselt in dem Brief gestanden hatte – Dinge, die kaum persönlich genannt werden konnten, aber doch nur für seine Augen bestimmt waren. Gregorio, sein untadeliger Advokat, hatte geschrieben: *Die Republik hat sehr gute Nachrichten über Euer Zuckerunternehmen und das der Corners erhalten, Ländereien, die durch den Krieg zuvor solchen Schaden genommen hatten. Portugiesischer Zucker findet deshalb kaum noch Absatz, und die am schwersten getroffenen Gesellschaften sind die, die erst vor kurzem gegründet wurden und dies noch mit zu geringen finanziellen Mitteln wie St. Pol & Vasquez. Man ist sehr bekümmert über den Tod von Tristão Vasquez, und Simon of Kilmirren, der Bruder seiner Gemahlin, macht Euch öffentlich dafür verantwortlich und ebenso dafür, daß seine Ehefrau und Tristãos junger Sohn festgehalten werden. Ob an dieser Anschuldigung etwas Wahres ist, müßt Ihr am besten wissen. Es ist jedoch damit zu rechnen, daß Simon, wenn er ein Schiff und das Geld auftreiben kann, entweder selbst nach Zypern kommt oder jemanden schickt, der für ihn Klage erhebt. Ich brauche Euch auch nicht darauf hinzuweisen, daß er Eure Betätigung im Zuckergeschäft als einen unmittelbaren Angriff auf seinen Lebensunterhalt betrachtet.*

«Du liebe Güte», sagte Nicolaas laut. Er drehte das Blatt um. Dort standen noch ein paar Zeilen. *Mir sind gewisse Anzeichen für eine ungewöhnliche Geschäftstätigkeit aufgefallen, die zwar nicht St. Pol & Vasquez zuzuschreiben sind, wohl aber gegen die Bank oder Euch persönlich gerichtet zu sein scheinen. Ich werde die Augen offenhalten, und Ihr solltet das auch.*

«Du liebe Güte», sagte John le Grant.

«Gregorio. Er glaubt, jemand will dem Haus Niccolo schaden, hat aber keine schlüssigen Beweise. Kriegt Ihr eine Gänsehaut? Wahrscheinlich hat er von Diniz und seinem Beil geträumt.»

«Habt Ihr ihm von Diniz und seinem Beil geschrieben?» fragte Loppe in sanftem Ton.

«Nein», sagte Nicolaas, «das habe ich nicht. Simon wird sich ärgern, wenn er kommt und sieht, daß er einen kleinen blauen Neffen hat. Vielleicht sag ich's ihm dann.»

«Simon kommt?» entfuhr es Loppe.

«Gemach», sagte John le Grant, «da kann etwas nicht stimmen. Ich kann verstehen, daß dieser Simon Euch für den Tod des Portugiesen verantwortlich macht. Aber daß Ihr die Frau und den Jungen an der Heimreise hindern sollt? Bisher hieß es doch, der Großvater wolle sie nicht auslösen und Simon habe keine Lust.»

«Ganz so ist es nicht», sagte Nicolaas. «Es hieß, Jordan de Ribérac könne es sich vorerst nicht leisten, und Simon war offenbar auf Reisen und hatte nichts davon gehört. Wie es scheint, ist er jetzt zurückgekommen und hat es erfahren.»

«Wahrscheinlich, ja. Aber er kann es doch kaum Euch zum Vorwurf machen, wenn es die Schuld seines Vaters war. Es sei denn . . .»

«Es sei denn, Jordan de Ribérac hätte mir die Schuld zugeschoben, was er natürlich getan hat. Eines Tages muß ich Euch mit Jordan de Ribérac bekannt machen. Kein besonders kniffliges Stollengraben, Minieren oder Metallgießen wird Euch danach mehr schwierig vorkommen. Inzwischen will sein Sohn hierherkommen. Ich glaube, ich muß wirklich sehen, daß ich Katelina van Borselen bald loswerde. Einen Krieg, eine Färberei und eine Zuckerpflanzung, das schaffe ich, aber mit Simon noch dazu, da müßte ich gegen ein Stundenglas arbeiten.» Er hielt inne. Seine Stimme, so schien ihm, hatte einen schrillen Klang bekommen. Er dämpfte sie. «Gut. Ich sage Tobie lieber, daß ich gehe, wenn ich ihn finden kann.»

«Warum habt Ihr uns das mit Kaiser David nicht erzählt? Wir waren doch auch in Trapezunt», sagte John le Grant.

«Ich hab's vergessen», sagte Nicolaas. «Ich dachte, Ihr würdet Euch aufregen. Ich war nach der Verletzung durcheinander. Zorzi bat mich, ihn nie mehr daran zu erinnern.»

«Er hat daran gedacht, Euer Kamel mit herauszubringen», sagte John le Grant. «Der Kaiser hätte genausogut in seinem Palast bleiben und bis zuletzt kämpfen können. Oder Trapezunt wenigstens Uzun Hasan und den Weißen Schafen übergeben. Dann hätten wir bleiben und mit dem Geschäft weitermachen können.»

«Vielleicht», entgegnete Nicolaas. «Aber dann hätten wir Tzani-bey und Zacco verpaßt und Ohnenase und Valenza und Fiorenza und Katelina und Simon und Zorzi und die dem Lachen holde Aphrodite. Diesen verdammten schwarzen Kegel da draußen, der vor Lachen fast platzt.»

Sie sahen ihn an wie Kindermädchen. Nicolaas fluchte, stand auf und ging hinaus, um nach der Krappernte zu sehen.

Vier Tage später war er am entgegengesetzten Ende der Insel im Feldlager vor Kyrenia, und es kam zu langen versöhnlichen Besprechungen mit Zacco in dessen Zelt und zu eher stürmischen draußen, gefolgt von anderen sorgfältig durchdachten Begegnungen mit Astorre und Thomas, Crackbene und Umfrid und den anderen Truppenführern der Streitmacht, die jetzt Kyrenia eingeschlossen hatte.

Die Gespräche mit Zacco waren nicht schwierig: der König war klug genug, um zu wissen, daß John le Grant ihm die Wahrheit gesagt hatte. Er wollte es nur auch von Nicolaas hören, wollte mit ihm disputieren, ihn vielleicht auch erschrecken und ihm dann wieder gefallen. Begegnungen mit Zacco folgten nun einem gewissen Muster, mit einem gelegentlichen unvorhergesehenen Vorstoß ins Gefährliche und Unerwartete. Nicolaas genoß sie jedesmal.

Letzthin jedoch hatte er wieder Geschmack gefunden an etwas, das er schon fast vergessen hatte. Der Abend, der eine recht ausgefüllte Abend mit den Prinzessinnen von Naxos hatte ihn wieder an die beschwingten, anspielungsreichen Gespräche von Trapezunt erinnert, wo sich der Kaiser immer mit den klügsten Köpfen umgeben hatte. Nicolaas verstand inzwischen Urbino recht gut, der als Söldnerführer kämpfte, um mit dem Lohn Bücher für seine Bibliothek kaufen zu können. Andererseits erwarb man Weisheit nicht nur aus Büchern, wie Zacco ihm gezeigt hatte. Bis er so alt war wie Urbino, hatte auch er vielleicht ein ausgewogenes Verhältnis entdeckt, das ihn befriedigte.

Er fragte sich, ob ein solcher Gedanke auch als Ziel gelten mochte, und verneinte dies, und es war wohl besser, wenn er etwas Greifbares tat und zum Beispiel seine Männer daran erinnerte, daß sie Seite an Seite mit dem Emir Tzani-bey zu kämpfen hatten.

Es sprach, wenn man es genau bedachte, für Zaccos Geschick, daß nach acht Monaten Tzani-bey und er noch in demselben Lager waren, an demselben Feldzug teilnahmen. Natürlich erinnerte sich der Emir genau wie er an das, was beim Kloster der Katzen und danach geschehen war. Diejenigen, die davon wußten (und zu denen auch Primaflora gehörte), mochten den gegenwärtigen Waffenstillstand mit erstaunter Verachtung zur Kenntnis nehmen. Vor vier Monaten dann, beim Aufbringen des Schiffes der Johanniter, hatte Tzani-bey den Befehl gehabt, die Genuesen glauben zu machen, daß Zacco kein Freund von Nicolaas war, und diesen Befehl nach seinem Geschmack großzügig ausgelegt. Das hatten seine eigenen Leute beobachtet. Sie waren auch vor zwei Monaten Zeugen geworden, wie Tzani-bey ohne vorherige Befragung und ohne Bedenken griechisches Feuer eingesetzt hatte, um den Fall von St. Hilarion zu erzwingen.

In ihrem Verkehr untereinander war das Benehmen des Emirs ihm gegenüber damals und seitdem in der Öffentlichkeit im übrigen untadelig und von lächelnder Höflichkeit. Wo Zacco nicht hinsah, lagen die Dinge schon ein wenig anders. Nahrungsmittel gingen verloren, für Astorre bestimmtes Pulver wurde umgeleitet, die Umstände brachten es eigenartigerweise oft mit sich, daß Astorre und seine Leute behindert oder gar gefährdet wurden. Wollte man damit fertig werden, mußte man sich an die Stelle des anderen versetzen. Bis er Carlotta besiegt hatte, bis die ottomanische Gefahr gebannt war, kam Zacco nicht ohne die Hilfe der Mamelucken aus, konnte er es sich nicht leisten, Kairo zu kränken.

Tzani-bey seinerseits wußte, daß Kairo nur seine unbeliebten Leute nach Zypern schickte. Kämpften sie gut, mochten sie wieder in Gnaden aufgenommen werden. Versagten sie, würde

Kairo sie bedenkenlos fallenlassen. Er war auf Zaccos Wohlwollen angewiesen, bis Zacco König von ganz Zypern war. Ebenso würde er gut daran tun, zu verhindern, daß Zacco ägyptische Hilfe durch solche aus dem Westen ersetzte, was dazu führen konnte, daß Ägypten aus Zypern vertrieben wurde. So hatte sich Nicolaas denn vier Monate lang bemüht, Astorre und seine Krieger zu einem reibungslosen Umgang mit den Mamelucken zu erziehen und selber Tzani-bey gegenüber das Bild eines jungen flandrischen Söldners von begrenzten Fähigkeiten zu erwekken, mit dem Tzani-bey zusammenarbeiten konnte, ohne das Gesicht zu verlieren oder um seine persönliche Überlegenheit fürchten zu müssen. All dies setzte sich weiter fort während der ein, zwei Wochen, die es dauerte, bis die Kanone aufgestellt war und man mit dem Dauerbeschuß der Mauern von Kyrenia beginnen konnte. Es würde Zeit genug geben, um mit Tzani-bey abzurechnen. Zeit genug für den Protest zum Schluß, den er sich schon seit langem in liebevoller Kleinmalerei ausgedacht hatte. Zypern, Insel der Liebe. Er dachte an Katelina van Borselen in Kouklia und fragte sich, ob die Geister der Rache sich mit denen des Frühlings und der Fruchtbarkeit vertrugen oder nicht. Wie er argwöhnte, gingen sie Hand in Hand. Dies hielt ihn nicht zurück, genausowenig wie es Katelina zurückgehalten hatte.

Aus April war Mai geworden, und bald würde der Mai in den Juni und den Hochsommer übergehen. Die Blumen, einst so duftend und frisch, räumten das Feld und ließen Dorngestrüpp und trockene Erde zurück und Schlammrinnsale, wo die Flüsse gewesen waren. Der Wein, den er bestellt hatte, und das Futter für die Tiere begannen einzutreffen. Er veranstaltete Spiele, bei denen jede Abteilung der Streitmacht Gelegenheit hatte, sich auszuzeichnen. Er hatte von den Genuesen gelernt und von all denen in seiner Nähe, die sich an Belagerungen erinnern konnten, denen Langeweile und schlechte Versorgung den Erfolg vorenthalten hatten. Er fuhr fort, sich mit jedermann anzufreunden, und schloß in dieses Bemühen sogar den arabischen Arzt ein, dessen tödliche Mixturen Tobie so tief verletzt hatten. In diesem Fall war der erste Schritt jedoch nicht von Nicolaas, sondern von Abul Ismail ausgegangen, als Zacco dem Feldscherzelt einen seiner regelmäßigen Besuche abgestattet hatte, mit Nicolaas im Gefolge.

Während einer Belagerung gab es für die Ärzte nicht viel zu tun. Die wenigen Männer im Feldscherzelt litten an Fieber oder der Ruhr, gelegentlich kurierte einer auch eine Pfeilwunde aus. Zaccos Rundgang war bald beendet, und er ging mit seiner Begleitung hinaus. Der Arzt hatte Nicolaas zurückgehalten und gesagt: «Seigneur, macht Euch die Wunde keine Beschwerden mehr?»

In der leichten Bekleidung, die sie alle trugen, mußte, wie Nicolaas annahm, sein Zustand eigentlich offenkundig sein. «Nein, aber danke der Nachfrage», sagte Nicolaas.

Das faltige, bärtige Gesicht blickte nachdenklich. Abul Ismail fuhr fort: «Wärt Ihr so geneigt, sie mich sehen zu lassen? Ich fühle mich verantwortlich. Meinetwegen zieht es Euer eigener Arzt vor, abwesend zu sein.»

«Ich glaube eher meinetwegen», sagte Nicolaas. «Obschon Ihr zu radikalen Lösungen neigt, die er nie in Betracht ziehen würde – und ich auch nicht. Aber das ist Vergangenheit. Nein, er macht im Süden Experimente, die ihn stark in Anspruch nehmen.»

«Die Körper, die in Zucker ertrinken. Wir sprachen einmal davon. Wir haben in Damaskus das gleiche erlebt. Die Frage ist, wird es durch den Genuß von Zucker verursacht oder mildert der Zucker die Krankheit ab? Möchtet Ihr Euch dort hinsetzen, während wir darüber sprechen? Dies ist mein kleines Gemach, hier stört uns niemand. Und die Untersuchung dauert nur einen Augenblick.»

Abul Ismail war in der Tat sehr schnell und gewandt. Als Nicolaas die Schulter wieder bedeckte, sagte der Arzt: «Eine solch hervorragende Naht verdient eine bessere Pflege, als Ihr sie ihr habt angedeihen lassen. Man hat Euch gewiß gesagt, welch großes Glück Ihr hattet. Auch scheint Ihr bisher von Eurem Sumpffieber verschont geblieben zu sein. Auf dieser Insel hier hat man häufig diese schlimmen Lähmungsanfälle.»

«Ich scheine einen Schutzengel zu haben», sagte Nicolaas. Nun da der König gegangen war, herrschte Stille jenseits des Vorhangs – man hörte nur das dampfende Atmen siedenden Wassers und das Wispern eines Kohlebeckens, in dem Eisen erhitzt wurde. «Ich muß gehen.»

«Ohne daß wir alles besprochen hätten?» sagte Abul Ismail. Er hatte sich die Hände gewaschen und drehte sich gerade nach einem Handtuch um. Nicolaas sah seine Arztkiste mit Schalen voller Instrumente darin: Sonden und Pinzetten, Nadeln, Spritzen und Skalpellen. Dahinter stand ein Tisch gleich dem eines Raffineurs, durchbohrt zur Aufnahme von Schüsseln. Nur daß in den Schüsseln kein Zucker war, sondern Blut. Abul Ismail schlug seine Gewänder um sich und setzte sich. «Ich beobachte Euch», sagte er. «Ihr verdankt Euren Erfolg vielen Umständen, am meisten aber Eurer Begabung zum Erforschen der Gedanken Eurer Mitmenschen. Ich habe gerade vorhin von Büchern gesprochen, und sie waren Euch vertraut. Doktor Tobie erzählte vor unserer Entfremdung von den Manuskripten, die Ihr aus Trapezunt mitgebracht habt und in denen die Wahrheit der Araber in den Worten der Griechen festgehalten ist. Hier heile ich Muslime und Christen. Bei St. Hilarion habe ich etwas getan um des Wohles meines Volkes und dieser Insel willen und auch um der besonderen Rettung Doktor Tobies und der Euren willen. Ich fürchte mich nicht, über diese Dinge zu sprechen. Wir sind gebildete Menschen. Ein Austausch von Ansichten muß nicht zu Kränkungen geistiger oder körperlicher Art führen.»

«Könntet Ihr Euch vorstellen, daß ich Euch vielleicht von dem Irrtum überzeuge, der Eurem Standpunkt zugrunde liegt?» sagte Nicolaas.

Der Araber lächelte. «Ihr wißt wohl, daß wir von unseren Ansichten nicht um ein Jota abweichen werden. Aber ich werde Euch verstehen und Ihr mich. Wird uns das nicht für die Zukunft nützen? Wir müssen so lange miteinander auskommen, wie der Krieg dauert: vielleicht noch länger, wenn Ihr Euren Willen durchsetzt. Ihr habt zum Beispiel niemandem gesagt, daß Euer

Zuckermeister von dem großen turkmenischen Fürsten Uzun Hasan kam.»

Nicolaas hörte, wie sich das Schweigen ausbreitete, und tat nichts dagegen, denn dies bedurfte des Nachdenkens. Schließlich sagte er: «Ihr habt Freunde in Damaskus?»

Auch der Araber nahm sich Zeit mit seiner Erwiderung. «Und in Kairo. Und in Kharput.»

«Aber Ihr habt es Tzani-bey noch nicht gesagt.» Nicolaas' Stimme klang nachdenklich. Er saß sehr still auf dem Sitzpolster, kreuzbeinig, die Hände zwischen den Knien, wie er dies im Lager des ottomanischen Sultans gelernt hatte, in das er gekommen war, als er in den Untergangstagen von Trapezunt dem Schicksal von dessen Kaiser beiwohnte.

«Nein», sagte Abul Ismail. «Und auch nicht Eurem König Jakob, der Euch gleichfalls töten müßte, wenn er es wüßte. Sonst würde Venedig ihn fallenlassen.»

«Vielleicht auch nicht.»

Die braunfleckigen Augen des Arabers waren schwer und ruhig wie ein persisches Gemälde. «Weil Ihr die Prinzessinnen für stärker haltet als ihre Ehemänner? Oder ...» Er atmete tief ein und sagte: «Ich verstehe.»

«Vielleicht tut Ihr das», sagte Nicolaas. «Warum also habt Ihr es mir gesagt?»

Der Mann zog die dichten Brauen hoch und neigte den Kopf zur Seite. «Ist das nicht offensichtlich? Früher oder später würdet Ihr hören, daß ich es weiß. Ihr habt ein eigenartiges Verbindungsnetz eingerichtet, Messer Niccolo, mit Euren anspruchslosen umherreisenden Mönchen. Dann hätte ich irgendeinen Unfall erleiden können, ehe ich sagen konnte, wie ich das jetzt tue, daß diese Sache mich nicht berührt. Ich habe weder jetzt noch in Zukunft vor, sie zu offenbaren. Zum Beweis dafür habe ich mein Leben in Eure Hände gelegt. Ich hätte Euch viele Male vergiften können.»

Nicolaas ließ wieder ein Schweigen eintreten. Dann sagte er: «Ich hätte dergleichen schwerlich herausgefunden. Ihr habt es mir zu einem anderen Zweck gesagt.»

«In der Tat», erwiderte Abul Ismail. «Ein Zweck, erahnt von einem Zufall der Seele. In der Medizin lernt man, redet man, lehrt man. Auch im Leben ist das nötig. Ich hätte gern dann und wann Eure Gesellschaft, so wie Ihr, denke ich, die meine gebrauchen könnt. Es sei denn, Ihr glaubtet, Euer König werde eifersüchtig.»

Nicolaas lächelte. Abul Ismail lächelte ebenfalls und entblößte dabei auseinanderstehende gelbe Zähne. «Eifersüchtig auf mich, wer wäre es nicht?» setzte er hinzu. «Aber ich spreche natürlich von einem Verkehr anderer Art.»

Auch so war des Königs Charakter von solcher Art, daß sein Zorn nicht immer vermieden werden konnte. Anfang Juni setzte Nicolaas einen Vorstoß gegen Kyrenia in Gang zu dem Zweck, den Druck auf die Festung zu verstärken und zur Erschöpfung ihrer Munitionsvorräte beizutragen. Der König war abwesend, wie dies jetzt bisweilen geschah: die Tage der großen Hitze waren gekommen, und in den Bergen lockte kühlerer Zeitvertreib. Der kurze, hart zuschlagende Angriff auf die Festung fand statt, und als Nicolaas nach seinem erforderlichen Abschluß müde ins Lager zurückkehrte, erkannte er schon an der Veränderung der Geräusche, daß der König zurückgekommen war. Er hatte kaum sein Zelt erreicht, als ein Bote kam: der König reite ein neues Pferd zu und wünsche seine Unterstützung.

Die Anzeichen waren düster. Jakob von Lusignan wußte sehr wohl, wie gut er aussah, allein mit seiner Peitsche, einem Seil und einem noch nicht zugerittenen Hengst. Vor allem wenn er zornig war, benutzte er dieses gefährliche Mittel, um seine Stimmung umzusetzen. Jetzt, halb nackt in einem Nebel von weißem Staub, warf er seinem Söldner ein Seil zu und sagte zwischen den weißen Zähnen hindurch: «Ihr kommt mir schmutzig vor die Augen?»

«Ich habe für Euch gekämpft.» Das kam in einem Keuchen hervor. Er hielt den Zug des Seils aus, und seine Sehnen spannten sich. Das Pferd war kräftig gebaut und wild.

«Warum?» gab Zacco zurück. «Hatte ich das von Euch verlangt? Hatten wir nicht beschlossen zu warten? Warum sollten sich die Verteidiger die Mühe machen, auf einen Nadelstich zu antworten? Sie müssen wissen, daß wir wissen, daß sie noch immer über einige Nahrungsvorräte verfügen.»

«Das wußten sie nicht», sagte Nicolaas schwer atmend. «Sie glaubten, wir glaubten, sie seien am Verhungern. Sie glaubten, wir würden mit dem ganzen Heer gegen sie anrennen. Ihnen saß die Angst im Nacken.» Seine Schulter schmerzte brennend, wo das Beil sich eingegraben hatte.

Zacco drehte sich um, wurde halb von den Beinen gerissen, drehte sich noch einmal herum, schlang sich das Seil ums Handgelenk und knallte mit der Peitsche. Er rief: «Wenn die Abriegelung so gut ist, wie Ihr sagt, wieso wußten sie dann, daß wir das glaubten?»

Das Gespräch begann einem lustigen Stück zwischen Zwerg und Hofnarr zu gleichen. Nicolaas mußte lachen und ließ sein Seil los; Zacco blickte zornig, fing aber dann an zu lächeln und winkte schließlich mit einer Kopfbewegung einen Stallburschen herbei. Er übergab ihm das ausschlagende Pferd und warf einen Arm um Nicolaas' Schulter. «Ihr habt eine List angewandt?»

«Fragt Astorre», sagte Nicolaas. «Andrea Corner, Marcos Bruder, dient Königin Carlotta. Wir wissen, daß Marco zu Euch steht, aber niemand dort drüben in der Stadt wäre überrascht, wenn mit einem Pfeil ein Brief über die Mauer geflogen käme mit der Botschaft für Andrea, daß wir im Begriff seien, die Festung zu stürmen, weil wir glaubten, sie seien am Verhungern.»

«Und das haben sie geglaubt? Und haben Munition verschwendet, um den Angriff abzuweisen?» Zacco stemmte die Fäuste in die Hüften und atmete mehrmals tief ein. Dann reckte er das Kinn hoch und ging weiter zu den Zisternen. «Das ist Unsinn. Das habt Ihr erfunden, um der schweren Arbeit mit diesem Pferd aus dem Weg zu gehen. Ihr habt doch wohl kaum geglaubt, die Festung werde sich ergeben?»

«Majestät», erwiderte Nicolaas, «die königliche Streitmacht für eine müßige Hoffnung zu opfern, danach stand uns der Sinn gewiß nicht. Es gab eine berittene Attacke, der Kanonenbeschuß vorausgegangen war. Die eine Hälfte waren Ägypter, die andere Leute von uns, die als Ägypter verkleidet waren, mit Rüstungen unter den Gewändern. Und Hakenbüchsen, natürlich. Da die Männer auf den Mauern nicht mit Christen rechneten, hatten sie ihre Feuerwaffen nicht bereit. Wir haben ihre Bogenschützen heruntergeholt, Brandbolzen in ihre Palisaden geschossen und uns die Mauern aus der Nähe angesehen. Ein kurzer Überfall, der uns kaum Verluste gekostet hat.»

An der Waschrinne mußte er mit den Eimern die Rolle des Sklaven spielen, und während er den König mit Wasser übergoß, bemühte er sich weiter, ihn zu überzeugen. Kurz darauf wurde er zur Manege zurückgerufen, aber jetzt hörte Zacco ihm zu, und schließlich konnte Nicolaas sein zögernd ausgesprochenes Lob einheimsen. Ganz zum Schluß, als Nicolaas das Gefühl hatte, daß eine Ruhepause etwas sei, das Gott ihm gewähren müsse, gab Zacco seinen wahren Gefühlen Ausdruck: «Ihr seid träge. Ihr werdet alt und träge, und ich glaube, ich zahle Euch bald nichts mehr. Ihr laßt Euch durch die Lust am Abenteuer zu einem nicht vorher abgesprochenen Kampf verleiten und setzt das Leben Eurer und meiner Leute aufs Spiel. Ihr selbst hättet getötet werden können.»

«Ihr auch», hielt ihm Nicolaas entgegen. «In den Bergen. Ihr habt mich nicht eingeladen.»

«Es ist nicht Eure Zeit», sagte Zacco. Das zugerittene Pferd stand schwitzend und zitternd mit gesenktem Kopf neben ihm. Zaccos Blick war ruhig und kalt.

«Es gibt eine rechte Zeit zum Kämpfen, und in der bin ich», sagte Nicolaas.

«Für mich sind sie alle gleich», entgegnete Zacco. Er warf dem erschöpften Pferd das Zaumzeug über und führte es am Zügel langsam aus dem Ring. «Nun, Niccolo, wißt Ihr, daß Ihr beim Kriegspielen ohne Sinn und ohne Erlaubnis einen Boten aus Nikosia verpaßt habt? Es scheint, Euer törichtes Kind in der Färberei ist verschwunden. Jetzt können wir vielleicht mit diesem Krieg weitermachen.»

«Diniz Vasquez?» sagte Nicolaas. «Wann ist er gegangen und wohin?»

«Wie soll ich das wissen? Vor vier, fünf Tagen, nehme ich an. Man hat zu dieser Frau in Episkopi geschickt, aber die hatte schon davon gehört und war auch verschwunden. Doch das wird Euch wohl nicht bekümmern. Ihr wolltet ja, wie ich mich erinnere, mit Katelina van Borselen nichts zu schaffen haben. Geht und wascht Euch. Wenn ich Euch brauche, lasse ich Euch rufen. Morgen vielleicht oder übermorgen.»

Sie trennten sich. Nicolaas kleidete sich aus, während er zu seinem Zelt ging, und ließ sich draußen von seinen Dienern mit Wasser bespülen. Irgendwo über den geschäftigen Köpfen erblickte er kurz den federgeschmückten Helm Tzani-beys. In Astorres Quartier schien eine lebhafte Feier im Gange zu sein, ohne daß man seiner dabei bedurfte. Als sich die Sonnenhitze durch sein dünnes Gewand hindurch bemerkbar machte, zog sich Nicolaas in sein Zelt zurück, setzte sich an seinen kleinen Feldtisch und ergriff die Feder. Ein Schatten fiel auf das Blatt, und John le Grant sagte: «Wenn einer verloren hat, dann war es wohl das Pferd. Jedenfalls nicht Ihr. Da ist also der König verwirrt, der Krieg ein Stück weitergegangen, und Katelina und ihr Neffe sind hübsch aus dem Weg geschafft. Was kommt als nächstes?»

Nicolaas schrieb zu Ende, dann entgegnete er: «Ihr müßt diese Bombarde an eine andere Stelle schaffen und noch eine zweite aufstellen, eine kleinere, auf der anderen Anhöhe näher bei der Stadt. Nachdem sie jetzt ihren Schrecken erlebt und alle diese Pfeile eingebüßt haben, werden sie bald aufgeben. Ich werde Zacco vorschlagen, daß er die Seeabsperrung von Kyrenia lockert und dafür die bei Famagusta ab sofort sehr streng handhabt. Wenn erst die Mastixernte eingebracht ist, wird die Bank von St. Georg all ihr Geld und alle ihre Schiffe in Bewegung setzen, um die genuesische Kolonie zu retten. Für Königin Carlotta wird Genua da keine Hilfe mehr übrig haben. Kyrenia dürfte in zwei Monaten fallen, Famagusta bis zum Winter. Ich gehe in den Süden.»

John le Grant setzte sich zu ihm und verschränkte die rotflaumigen Arme. Er roch nach Metall und Schießpulver. «Der

Junge und seine Tante – sie sind nicht auf Euren Befehl gegangen?»

«Ich hätte den Jungen jederzeit freilassen können», erwiderte Nicolaas. «Ich habe Bartolomeo keine neuen Anweisungen gegeben. Die Demoiselle wurde entgegen meinem Wunsch von der Mutter des Königs festgehalten, und ich habe noch nicht mit ihr gesprochen. Wenn ich das getan habe, begebe ich mich hinunter nach Episkopi. Wenn Katelina und ihr Neffe, was die beste Lösung wäre, beide auf dem Weg zu Simon in Portugal sind, komme ich zurück.»

«Wo könnten sie denn sonst sein?»

Nicolaas streute Sand über seinen Brief und lehnte sich nachdenklich zurück. «Wer kann schon wissen, was geschehen ist? Da war eine Frau, die sich elend fühlte. Sie haßte mich, sie haßte Ohnenase, sie haßte die Gefangenschaft. Sie mag versucht haben, für Carlotta zu spionieren. Was sie auch getan hat, ihr waren die Hände gebunden, solange ich über Diniz bestimmen konnte. Jetzt ist Diniz entwischt, und da konnte sie tun, was sie wollte.»

«Sich verstecken, um Euch zu töten?» entgegnete John le Grant. «Ihr kommt mit dieser Frau nicht zurecht. Ihr wart beide in Kouklia.»

Das war weder eine Frage noch nur eine Feststellung. Als nichts weiter nachfolgte, sagte Nicolaas: «Ich habe sie in Kouklia nicht angefaßt.»

«Dann seid Ihr ein Narr. Oder Ihr wolltet sie erschrecken. War es das? Wen habt Ihr denn angefaßt, daß sie der ganzen Blutrache überdrüssig wurde?»

«Ich erinnere mich nicht, es war dunkel.» Nicolaas mußte an sich halten, um in einem ruhigen Ton zu sprechen. «Ich hoffe, sie hat die Insel verlassen. Es wäre nicht allzu schwierig. Sie wußte, daß von Zeit zu Zeit Schiffe einlaufen, und die Ordensritter hätten ihr gewiß geholfen und die Martinis natürlich auch. Wenn sie wirklich entschlossen war, hätten die Brüder Martini ihr bei der Flucht von Zypern geholfen.»

John le Grant löste die verschränkten Arme, streckte einen

Finger aus und hob das Medaillon vom Schwertorden an seinem Band hoch. Es drehte sich zuerst nach der einen, dann nach der anderen Seite. «Und würden sie sie auch nach Portugal schikken?»

«Wenn ein Schiff dorthin fuhr», sagte Nicolaas, «waren sie und Diniz gewiß an Bord. Wenn nicht, haben sie sich wohl beide schließlich nach Rhodos begeben. Rhodos ist ihnen freundlich gesinnt und in der Nähe, und dort konnten sie auf ein Schiff des Ordens warten.»

«Dann wäre also alles gut?» meinte der Geschützmeister. Einerseits war Nicolaas froh, daß es John le Grant war, mit dem er dieses Gespräch führte, andererseits war es ihm unangenehm. Er sagte: «Das kommt darauf an. Ich glaube nicht, daß Carlotta, die Genuesen oder die Johanniter ihr etwas antun würden.»

«Auch nicht, wenn sie Stecklinge mitnimmt?» entgegnete le Grant. «Darum ging es doch wohl? Die beiden Vasquez wollten Stecklinge nach Madeira schaffen, Zuckerrohr und Wein. Schön für die Genuesen und die Portugiesen, aber weniger schön für die Leute, die von ihren Ernten hier leben müssen. Aber hätte sie von Episkopi Stecklinge mitnehmen können?»

«Wahrscheinlich», sagte Nicolaas. «Vor allem, wenn die Martinis ihr geholfen haben.»

«Aber . . .» John le Grant hielt inne. Dann setzte er hinzu: «Die Martinis sind auch Venezianer. Ihr meint, sie hätten sie vielleicht auf ein Schiff nach Rhodos gebracht und dafür gesorgt, daß die Stecklinge nicht dort ankamen? Oder daß Katelina nicht dort ankam?»

«Sie hätten schon dafür gesorgt, daß sie dort ankam», erwiderte Nicolaas. «Wenn es sich so abgespielt hat, dann ist sie jetzt dort und in Sicherheit.»

Sie sahen einander an. John le Grant sagte: «Bis Ihr folgt und die Stecklinge verschwinden laßt? Wie Ihr das bei den Vasquez gemacht habt? Es wäre auch zum Schaden Eures Zuckergeschäfts, wenn sich die westliche Welt zukünftig in Madeira versorgte.»

Nicolaas schwieg.

Der Geschützmeister fuhr fort: «Wenn sie in Rhodos ist, werdet Ihr ihr folgen. Und das ist es, was die Venezianer wollen. Sie wollen Euch von Zypern fort haben, fort von Kouklia, fort von der Färberei, fort von Zacco. Das habt Ihr selbst gesagt. Kyrenia wird bald fallen, dann wird Famagusta ausgehungert. Zypern ist für die Venezianer gerettet, aber die Venezianer wollen nicht, daß die königlichen Gerechtsame bei einem Söldner verbleiben. Vor allem die Martinis nicht, die sie zuvor besaßen. Wenn sie in Rhodos ist und Ihr ihr dorthin folgt, dann ist es um Euch geschehen.»

«Dann folge ich ihr eben nicht», sagte Nicolaas. «Sie bleibt, auf Rhodos für teures Geld untergebracht, und der schneidige Simon kommt endlich und holt sie ab. Ich glaube, das ist eine gute Lösung.»

«Aber Ihr geht nach Nikosia», sagte John le Grant, «und von dort vielleicht in den Süden?»

«Um mich zu vergewissern, ob sie in Rhodos oder in Portugal ist, ja, so ist es. Laßt Ihr mich jetzt gehen? Da drüben ist eine wilde Feier im Gang, und ich hatte nicht einmal eine Pistazie.» Ihm war nicht nach einem weiteren Blickemessen zumute, und so senkte er die Lider, stand auf, ging aus dem Zelt, ehe John, der Mann mit den gewundenen Gedankengängen, herausfinden konnte, was gelogen gewesen war – und ehe dieser den Namen aussprechen konnte, den er vergessen wollte: Primaflora.

In Nikosia suchte Bartolomeo Zorzi ihn im Herrenhaus auf mit drei untadelig geführten Hauptbüchern unterm Arm und einer Reihe von berechtigten Beschwerden. «Sollen wir alles karmesinrot färben? Ich weiß, wir haben Krapp, aber seht, wie sich Eure Belagerung und Absperrung auf die Einfuhr auswirkt! Und alle Hafenarbeiter unten im Süden versorgen Kriegsgaleeren, die nichts herbeibringen als Metall und Pulver und Waffen. Was ist mit dem Jungen? Er hat versucht, Euch zu töten!»

«Nun, sein Onkel wird mich töten, wenn ich ihm nichts vorzeigen kann», sagte Nicolaas. «Herr Simon ist von Portugal her auf dem Weg, und ich muß den Jungen haben. Wo ist er hin?»

«Nach Portugal, wenn man der Nachricht glaubt, die er hinterlassen hat», erwiderte Bartolomeo. «Das hat er jedenfalls seiner Tante geschrieben – aber ich wüßte nicht, welches Schiff ihn mitgenommen haben sollte. Offenbar hat ihm jemand geholfen, aus Nikosia herauszukommen.» Die leichte Blässe, die Bartolomeo Zorzi aus Konstantinopel mitgebracht hatte, war inzwischen einem rosigen Braun gewichen. «Er hätte auch nicht zu Fuß so schnell zur Küste gelangen können. Jemand muß ihm ein Maultier, Geld, Kleider und Nahrung besorgt und ihm über die Mauer geholfen haben. Einer von den genuesischen Freunden seines Vaters vielleicht? Keiner hat ihn gesehen. Aber warum bekümmert Ihr Euch? Wenn Zacco erfahren hätte, was der Junge Euch antun wollte, wäre er schon längst tot. Ihr solltet zu Zacco zurückkehren. Stimmt Euren Dienstherrn zufrieden. Der Junge ist nicht wichtig. Und was ist ein Onkel?»

«Der hier meint es nicht gut», sagte Nicolaas. «Wo ist Jacopo? Ich dachte, er kommt hierher.»

«Ihr glaubt, Jacopo hätte etwas damit zu tun?» entgegnete Bartolomeo. Seine Zähne glänzten. «Nein, mein Freund. Ihr werdet sehen, daß er unten bei seinen Weingärten geblieben ist. Wir sind nur drei Brüder, Nicholai, Jacopo und ich, die ihr Brot verdienen, so gut sie können – und Euch ein kleines Alaunvermögen verschafft haben, wie ich mich erinnere. In dieser Sache hier können wir Euch nicht helfen.»

Er hatte mit dergleichen gerechnet. Womit er nicht gerechnet hatte, was er aber nach einigem Nachdenken verstehen konnte, das war der Umstand, daß es ihm nicht gelang, bei Frau Marietta, Zaccos Mutter, vorzusprechen. Nach drei Tagen vergeblichen Wartens brach er in den Süden auf.

Die Familie Corner in Episkopi half ihm auch nicht weiter, genauer gesagt, sie war zu drei Vierteln abwesend, da die Prinzessinnen Valenza und Fiorenza jetzt in der heißen Jahreszeit mit Vanni Loredano als Begleiter nach Venedig zurückgekehrt waren und Marco Corner ihm über die Frau, die in seinem Haus gewohnt hatte, nur sagen konnte, daß sie über Nacht verschwunden war, während er und seine Leute gerade mit einer vorübergehenden Schwierigkeit zu tun gehabt hatten.

Die Art dieser Schwierigkeit fiel jedem ins Auge, der durch die Zuckerrohrfelder von Episkopi kam. Nicolaas traf vier Vorkehrungen. Die erste war eine Nachforschung und bestätigte seine Vermutung, daß in letzter Zeit kein Schiff mit Fahrtziel Portugal die Insel angelaufen hatte. Die zweite führte ihn (in Tobies Abwesenheit) zu den Experimentiertischen, die Tobie in Kouklia eingerichtet hatte. Die dritte wies Loppe (in Loppes Abwesenheit) an, Messer Corner eine Gefälligkeit zu erweisen und vom königlichen Viadukt eine gewisse Menge Wasser zur Bewässerung der Felder von Episkopi abzuzweigen. Die vierte und letzte stellte sicher, daß an einem öffentlichen Ort Botschaften von ihm an Tobie und Astorre gefunden wurden sowie an König Jakob von Lusignan, dem allein zu dienen er sich unwiderruflich verpflichtet hatte.

Dann verließ Nicolaas van der Poele, einziger Planer des großen Spiels von Zypern, die Insel.

Kapitel 30

Diesmal standen die Windmühlen am Kai von Rhodos still in der Hitze, und keine Gischt verbarg die grüne und ockergelbe Masse der Stadt mit dem Großmeisterpalast an ihrer höchsten Stelle. Im Hafen war die Festung des heiligen Nikolaos fast fertiggestellt auch ohne die Hilfe eines Geschützmeisters aus Aberdeen und des weniger heiligen Nicolaas, der jetzt gerade zurückkehrte.

Im letzten Jahr war Nicolaas hier in Samt gekleidet angekommen an Bord einer Galeere und in der Gesellschaft von Tristão Vasquez und seinem liebeskranken jungen Sohn. Hier hatte er die Winterwochen vorüberziehen sehen und seine kleine Streitmacht am Leben erhalten. Und von hier aus war er nach Zypern zurückgefahren, als Gefangener der Genuesen und des Ordens und ohne Tristão Vasquez.

Sein Fahrzeug jetzt war ein Fischerboot, und er machte nicht den Versuch, es zu verlassen, als es zwischen den kreischenden Seemöwen und den kreischenden Rhodiern im Fischerhafen festmachte. Er griff mit den anderen zu, stand barfuß inmitten der Brassen, Meeräschen und Tintenfische, den wollenen Hut aus der Stirn geschoben. Auch als die Körbe voll und die anderen in die Tavernen gegangen waren, mußte er noch bleiben, um unter Fluchen die Suppe des Bootsbesitzers auf den kleinen Ofen zu stellen und die Lampe im Takelwerk anzuzünden.

So war es abgemacht worden, als er das Boot von seinem Besitzer kaufte. Der Besitzer sagte niemandem etwas und behandelte ihn wie ein Mitglied seiner Besatzung. Nicolaas pfiff bei der Arbeit, und Himmel und Meer wurden krapprot, und er dachte sich neue Antworten auf die Bemerkungen und Einladungen aus, die ihm dann und wann von anderen Booten oder vom Kai aus zugerufen wurden, wobei er alle Sprachen gebrauchte, die er kannte, und viele Wörter, die er in der letzten Zeit gelernt hatte. Seine Haut war von einem gleichmäßigen Mittelbraun vom Gesicht bis zu den Zehen, und er fühlte sich in den Kniehosen so unbehaglich wie wahrscheinlich alle anderen auch. Aber er beneidete die anderen nicht. Er war ein freier Mensch: er fühlte sich trunken vor guter Laune und Wohlbehagen, und als der Schiffer zurückkam, trug er einen Korb mit Speise und Rotwein bei sich.

Und Neuigkeiten brachte er auch mit. Als sie sich friedlich benebelt in dem nach Fisch stinkenden Heck des Bootes zurücklehnten und der Mond aus dem Meer aufstieg und Stimmen und Lachen aus der Ferne die Stille zwischen den Wellenschlägen unterbrachen, sagte der Schiffer: «Ich habe mich nach der Frau erkundigt. Sie ist auf der Insel.»

Nicolaas brummte etwas. Seine mangelnde Begeisterung war nicht nur klug, sie war auch echt. Rhodos diesen kleinen Besuch abzustatten war natürlich wichtig und nicht allzu schwierig gewesen, nachdem er das Spiel jetzt zu drei Viertel hinter sich gebracht hatte. Vielleicht hatte er die Atempause zu sehr genossen. Befreiung ohne Verantwortung: er hatte sie schon einmal gehabt, zehn Monate lang. Er hatte sie in gewissem Sinn die ganze Kindheit hindurch gehabt. Schließlich sagte er, als er den Mund leer hatte: «Die Flamin von St. Pol & Vasquez? Wo hat sie Quartier genommen?»

Der Fischer, der aus Apolakia kam, hatte ihn zuvor nicht gesehen und schien anzunehmen, er spiele für Geld den Liebesmittler für einen moralisch verkommenen Ordensritter. Bis er während der Fahrt unauffällig zurechtgewiesen worden war, hatte er sich recht genüßlich als strenger Diensther aufgeführt. Er gab noch immer gern Befehle, wogegen Nicolaas innerhalb bestimmter Grenzen nichts einzuwenden hatte, und redete ihn mit Nikko an – das hatte Nicolaas selbst vorgeschlagen, der schon früher von anderen bisweilen so genannt worden war. Jetzt sagte der Mann: «Eine Flamin namens Borselen? Sie ist nicht in der Stadt. Sie war da. Man hatte sie zu Carlotta gebracht. Es heißt, sie wartet auf ein Schiff, aber das Handelshaus, zu dem sie gehört, hat nicht genügend Kredit, und da hat man ihr empfohlen, die barmherzige Hilfe des Ordens in Anspruch zu nehmen, aber außerhalb der Stadt. Kein großer Fang, was, Nikko. Hat sie deshalb ihren Ehemann verlassen? Glaubt, Ihr verdient viel Geld auf dem Fischmarkt und haltet sie aus?»

«Was glaubt Ihr, wo sie hingegangen ist?» fragte Nicolaas, als er wieder sprechen konnte, ohne zu lachen.

«Die genuesische Herberge soll sie aufgenommen haben. Die Genuesen haben eine Burg bei Salakhos, aber ich bezweifle, daß das der rechte Ort für eine Dame ist. Die Ritter in Monolithos könnten sie aufnehmen oder die Leute von der Festung Pharaclos. Beide haben einen Komtur aus Genua. Wenn Ihr mehr wissen wollt, müßt Ihr in der Stadt herumfragen oder an der

Küste. Entlang der Küste erfährt man alles. Kommt darauf an, wie sehr es Euch eilt.»

«Nicht so sehr», sagte Nicolaas. «Wer an der Küste könnte etwas wissen?»

«Meine Mutter», erwiderte der Fischer, der Boulaki hieß. «Sie wäscht für Monolithos. Meine Tante Persefoni. Sie hat die besten Bratöfen in Pharaclos. Ich hatte daran gedacht, sie beide zu besuchen. Aber es ist Euer Boot.»

Der Weinkrug war leer. Nicolaas schüttete den letzten Tropfen über Bord und stellte das Gefäß hin. «Ich möchte Eure Frau Mutter kennenlernen – aber wie steht es mit einer Besatzung?»

Ein Lächeln zeigte sich, das einen Dunst von Alkohol freigab. «Laßt Boulaki nur machen. Hauptsache, Ihr habt das nötige Geld. Es gibt nichts, was man in Rhodos nicht kaufen kann. Könnt Ihr gehen?»

«Nein», sagte Nicolaas. Das war nicht ganz gelogen.

«Ich auch nicht, ein Jammer», sagte der Mann mit Namen Boulaki.

Nicolaas begann erneut zu lachen, diesmal unerbittlich, und kurz darauf stellten sie fest, daß sie zusammen eine ganze Menge fröhlicher Tavernenlieder kannten. Sie grölten darauflos, bis jemand über fünf Boote geklettert kam und ihnen einen Eimer Meerwasser über die Köpfe goß.

Boulakis Mutter war in ihrem Hof unter einer Weinlaube beim Fischeputzen. Die Bettücher und die Unterwäsche der Ritter von Monolithos lagen ausgebreitet über den Büschen bis hinunter zum Strand – das meiste davon war zu stopfen. Die Burg Monolithos selbst erhob sich im Norden im Dunst der Nachmittagshitze auf ihrem steilen Landvorsprung. Boulakis Mutter sah ihrem Sohn sehr ähnlich; verschwitztes Gesicht mit kräftigen Zügen, schwarzer Schnurrbart, mit einem Schal zusammengeknotetes Haar. Sie handhabte das Messer wie ein Balsamierer und die Zunge wie ihr Messer. Nicolaas blieb draußen, wo die Ziege angebunden war, bis Boulakis Stimme aus dem Wettbewerb auszuscheiden begann. Das Griechisch der Frau rasselte weiter wie ein ganzer Troßwagenzug. Dann kreischte sie: «Der Mann!»

Nicolaas trat näher. «Der Mann?» sagte sie. Sie hatte die Fäuste auf den Knien liegen, in einer blitzte aufrecht das Messer.

«Das ist Nikko», sagte der frühere Besitzer des Fischerbootes. Er war fast nüchtern.

Sie hatte runde Augen, gesäumt von stoppeligen schwarzen Wimpern. «Ihr hurt mit einer Frau herum? So einer armen Griechin?» Sie hörte sich an wie Ohnenase.

«Sehe ich aus wie ein solcher Tropf?» entgegnete Nicolaas. «Was würden da meine Frau und die fünf Kinder sagen? Gute Frau, meine Dienstherrin möchte wissen, wie es ihrer Base geht. Einer Flamin, einer Demoiselle Katelina van Borselen. Und einem Jungen, ihrem Neffen. Sie möchte ihnen helfen, wenn das nötig ist.»

Die schwarzen Augen musterten ihn von oben bis unten. Die Frau sagte: «Mein Sohn hat ein Hirn wie ein Fisch. Ihr habt sein Boot gekauft. Was habt Ihr ihm dafür bezahlt?»

Er sah neben ihr den Beutel mit Silber liegen, den Boulaki vom Boot mitgebracht hatte. Er nannte willfährig die Geldsumme, die er enthielt, erwähnte aber nicht den anderen, genauso schweren Beutel, über den Stillschweigen zu bewahren er Boulaki hoch und heilig versprochen hatte. Die Frau sagte «Huh» in einem verächtlichen Ton, unter dem sich Befriedigung verbergen mochte. «Und dafür soll ich Euch verköstigen und verstecken, bis Ihr von dieser Frau hört? Und werdet Ihr Euch auch über die Nachricht freuen, wenn sie kommt? Wenn die Ritter sie nicht vergewaltigt haben, tun's die Türken.»

Er sagte: «Nein. Sie ist Geld wert.»

«Und Eure Dienstherrin hat Geld? Nun, das freut mich. Boulaki, deine Vettern sind gekommen. Sie werden diesem alten verheirateten Mann zeigen, wo es ist. Der Schuppen neben dem Lagerplatz. Der steht leer, seit der Maulesel tot ist. Es sei denn, Ihr wollt lieber weiterfahren und anderswo suchen?»

Es war ein langer, sonniger Tag gewesen, und Nicolaas war

gleich Boulaki nicht ganz nüchtern. «Glaubt Ihr, Ihr könnt etwas erfahren?»

«Bis morgen, ja.» Die Frau wandte sich um, packte einen grauen, ledrigen Fisch und schlitzte ihn so auf, daß die Eingeweide hervorzuquellen begannen.

«Er wird bleiben», sagte Boulaki. «Und ich suche einen besseren Schlafplatz für ihn als den Stall.» Er führte Nicolaas zu dem niedrigen Haus und seiner Tür hin, wobei er sich duckte, und dann durch das Haus hindurch und hinten wieder hinaus, wo in Abständen andere Häuser standen, jedes mit einer Zisterne, einem Ofen, einem Gewirr von Netzen, Schwimmern und Kletterpflanzen, einem Stoß Körben und einem Stapel Paddel, verstreut umherliegender Wäsche und einem Geruch nach Fischen und Ziegen. Ein Stück weiter saßen Männer in Strohhüten kreuzbeinig im Kreis beim Würfeln und tranken dazu. «Das ist Nikko», sagte Boulaki.

Sie blickten erst auf, als von hinten seine Hand kam und eine Münze auf das kleine Häufchen legte. Da flogen dann, als die Reihe an ihn kam, die Würfel zu ihm hin, und kurz darauf wurde ihm ein hölzerner Becher über die Schulter gereicht mit einem grünlichen, herben Wein, den gleich zu trinken er immerhin durstig genug war. Bald fand er sich dann in jemandes Hof wieder und aß unter viel Lachen und Reden gebackenen Fisch, Brot und Melonenscheiben. Später wurde auch gesungen, und man zeigte ihm, wie man auf den Händen tanzte. Viel später wurde er dann zu dem Schuppen geführt, der Boulakis Vettern gehörte.

Das letzte, was Nicolaas sah, als er ins Stroh rollte und die Lampe fortgezogen wurde, war das Funkeln in Boulakis Augen. Er hatte sie vor Gier, vor Heiterkeit und vor Tränen funkeln sehen. Heute abend war ihm, als entdeckte er in ihnen Angst. Nicolaas seufzte und versuchte, an nichts mehr denkend, in Schlaf zu versinken, aber nicht so tief, daß er nicht geweckt werden konnte, falls Carlotta, die Ritter oder die Genuesen auftauchten, um ihn zu töten. Er erinnerte sich später deutlich, mit diesem Vorsatz eingeschlafen zu sein.

Was er als nächstes sah, das war Boulakis Hand, die sich in seine Schulter bohrte. Dann trat Boulaki mit dem Fuß nach ihm. Nicolaas seufzte abermals und hob, sich herumrollend, sein Schwert. Boulaki wich zurück, und das Licht ging aus. «Nein!» sagte der Fischer. «Gütiger Gott, ich wollte, ich hätte Euch nie hierher gebracht. Die Jungen sagen den Rittern Bescheid. Sie werden morgen früh gleich als erstes herunterkommen. Ihr müßt fort.»

«Eure Vettern?» sagte Nicolaas im Dunkeln. Er hatte sein Bündel schon zusammengerollt.

«Dreckspack», sagte sein Retter mit rauher Flüsterstimme. «Und meine alte Mutter würde ihre alte Mutter für einen Silberling verkaufen. Ich hab's später aus ihr herausbekommen. Die Flamin ist in Lindos, das ist auf der anderen Seite der Insel, zwanzig Meilen übers Gebirge. Nicht weit von Pharaclos, wo meine Tante wohnt, die ein Engel ist, so wie meine Mutter ein Teufel ist. Habt Ihr Yiannis gestern abend etwas gewinnen lassen?»

Nicolaas war so klug gewesen, diese Vorsichtsmaßnahme zu treffen, denn dieser Yiannis saß offenkundig der Würfelspielerrunde vor. Er nickte, und Boulaki fuhr fort: «Er sagt, Ihr seid ein braver Mann. Er verkauft Euch seinen Maulesel und gibt Euch seinen Enkel als Führer mit, für das nötige Geld. Ihr müßt jetzt gehen.»

Für das nötige Geld tappte Nicolaas gleich darauf barfuß von Schatten zu Schatten, bis in sicherer Entfernung vom Dorf eine Stimme zischelte und ein weiterer Schatten sich zu einem Jungen verdichtete, der ein Maultier bei sich hatte. «Herr? Für viel Geld renne ich neben Euch her nach Lindos.»

Nicolaas band sein Bündel an den Sattel, saß auf, bückte sich nach dem Jungen und hob ihn hinter sich auf das Reittier. Er sagte: «Für viel Geld, das ich deinem Großvater Yiannis gegeben habe, reitest du mit mir nach Lindos, und wir sind vor Morgengrauen dort und ohne daß uns jemand sieht. Hast du verstanden?»

«Und dann habe ich viel Geld?» fragte der Junge.

«Und dann bekommst du von mir vielleicht keine Prügel, sondern ein wenig Geld, wenn mir danach zumute ist. Auf jetzt!»

Der Maulesel war langsam und stur und folgte beim Klettern unsichtbaren Spuren zwischen Felsen, deren warmer Staub sich in die stille Luft erhob, die sie umgab. Bisweilen kamen sie an eine ebene Stelle und gingen dann in einen Trab über zwischen Dorngestrüpp, Heidekraut und Ginster, dann wieder ging es um einen dunklen Wald von Pinien, Zypressen oder Eichen herum oder auf schlängelndem Pfad zwischen Olivenbäumen hinunter und über ein ausgetrocknetes Bachbett. Ziegen raschelten, und der Maulesel zuckte beim Aufschrei einer erschreckten Eule zusammen. Falter flogen wie Distelwolle vorüber, und einmal roch Nicolaas einen Fuchs. Als sie den steilsten Abschnitt hinter sich hatten, gönnte er dem Tier eine Ruhepause, und der Junge holte Käse und eine Flasche aus einer Satteltasche, und sie hockten sich hin und teilten miteinander und sprachen kaum ein Wort. Der Junge wirkte unruhig oder ängstlich, vielleicht war er aber auch nur besorgt darum, was der große Fremdling tun mochte. Nicolaas ließ ihn in Ruhe, nachdem er ein paar einsilbige Antworten erhalten hatte, behielt ihn aber ständig im Auge. Yiannis' Enkel bekam keine Gelegenheit zum Davonlaufen, falls das seine Absicht gewesen war. Dann machten sie sich wieder auf den Weg.

Bald darauf wurde sich Nicolaas der ersten Veränderung bewußt. Die schwere Wärme der Nacht schien hier und da verdünnt zu sein, durchädert von so etwas wie Frische, und voraus glaubte er zum erstenmal Berg von Berg und Erde vom Himmel unterscheiden zu können – und Himmel von noch etwas anderem.

Der Junge sagte nichts. Unterhalb der Stelle, an der sie angehalten hatten, führten die Hänge unterschiedlich steil zur Küste hinunter. Vor dem leuchtenden Schleier des Meeres erhob sich eine Landzunge, gekrönt von einem jäh aufragenden Felsen, und auf diesem Felsen schwebte in der Luft ein Palast von schlanken Säulen so rosig wie das Licht auf dem Gesicht des Jungen hinter ihm, rosig wie das unkörperliche Licht auf seinen Händen, auf dem Pfad vor ihnen, auf den Geröllbrocken um sie her. «Das ist Lindos», sagte der Junge.

Und sogleich schienen den Felsen Gestalten zu entwachsen, die sich schwarz von den durchsichtigen Dämpfen dahinter abhoben – denn so wie er jetzt deutlich sehen konnte, konnte er natürlich auch gesehen werden. Drei oder vier Männer waren es und einer weiter unten, der Pferde am Zügel hielt. Sie warfen sich zusammen auf ihn. Er setzte sich stumm und voller Bitterkeit zur Wehr, aber sie sagten nichts, riefen sich nur Anweisungen zu, während sie ihm eine Decke über den Kopf warfen und ihn darin einhüllten, nachdem sie ihn aus dem Sattel gerissen hatten. Dann, an Händen und Füßen gefesselt, wurde er über ein Pferd geworfen, und eine breite Hand auf seinem Rücken hielt ihn dort fest, während das Reittier den Hang hinuntertrottete. Hinter sich, den Hang hinauf, hörte er die kleinen Füße des Maultieres davontrippeln und die Stimme des Jungen leiser werden. Des Jungen, der natürlich keine Anstalten gemacht hatte, ihm zu helfen.

Bald spürte er, daß sie ebenen Boden erreichten, und dann einen befestigten Weg, der einen leisen Echohall zurückwarf. Eine leichte Veränderung der Geräusche und der Luftwärme sagte ihm, daß er sich zwischen Gebäuden befand, und dann packte die Hand auf seinem Rücken fester zu, als der Weg wieder anzusteigen begann, recht steil diesmal. Bei einer jähen Wendung seines Pferdes fiel er beinahe herunter: die Hand, die ihn schob, kam diesmal von hinten. Er erkannte, daß er ein Tor passiert hatte, und daß der kleine Zug zum Stehen gekommen war. In der Ferne krähte ein Hahn, und irgendwo bellte zweimal ein Hund. In seiner Nähe saß jemand ab, und er hörte leise Stimmen, die er durch das Tuch hindurch nicht verstehen konnte. Dann ergriffen ihn mehrere Hände, und er wurde heruntergeschoben und über Kieselsteinpflaster hinweggeschleppt, halb getragen, halb gezogen, und dann auf den Boden fallen gelassen. Jemand schnitt seine Fesseln durch, und jemand zog ihm die Decke vom Kopf. Die Stiefel zogen sich zurück, und an ihre Stelle schoben sich ein kleiner Pantoffel mit hohem Rist und ein von sehr feinem Taft umhülltes Knie und eine Hand, die näherkam und ihn berührte. Er blickte in ein Gesicht, das er wohl kannte, kunstvoll geschminkt und heute eingefaßt von Haar, das halb lose herunterhing, halb in seinem kleinen juwelenbesetzten Netz steckte. «Nun, mein Freund?» sagte Primaflora.

Er schloß vor schierer Erleichterung die Augen und schlug sie dann wieder auf und begann zu lachen. Er hob seinerseits die Hand, mit einiger Mühe, tastete nach der ihren, küßte sie und hielt sie fest. Sie sagte: «Habt Ihr geglaubt, Carlotta hätte Euch eingefangen? Oder die Ritter?»

Die Männer, die ihn hergebracht hatten, waren gegangen. Er lag in einem Seitengemach der Eingangshalle eines bescheidenen, aber gepflegten Hauses; die verputzten Wände und die Holzdecke waren gestrichen, die Fenster gingen auf einen Garten hinaus. «Nein, sie waren zu ruhig», sagte er. «Und sie sind nicht hoch genug hinaufgeklettert. Warum habt Ihr mir keine Botschaft geschickt?»

«Hättet Ihr sie denn für wahr gehalten?» sagte sie. Er richtete sich auf, und sie erhob sich gleichzeitig und zog ihn hoch und stand dann da, beide Hände in den seinen, den Kopf zur Seite geneigt. «Ziegen? Ganz bestimmt Fisch. Und vielleicht auch Läuse und Flöhe. Ich glaube, ich muß Euch zurückschicken, mein lieber Niccolo.»

«Wasser ist alles, was vonnöten ist», erwiderte Nicolaas. «Ihr wußtet, daß ich Euch holen würde.»

Sie lächelte und ließ die Hände sinken. «Ich wußte, Ihr würdet kommen, wenn Ihr Euren Kontrakt erfüllt habt. Als ich hörte, die flandrische Demoiselle sei hier, da dachte ich, Ihr kommt vielleicht schon früher. Hat Boulaki Euch viel Geld abverlangt?»

Er lachte plötzlich und dachte nach. «Wahrscheinlich halb soviel, wie er Euch abverlangt hat. Hattet Ihr das alles geplant?»

«Ich kenne die Boote, die ständig nach Zypern fahren. Ihm wurde gesagt, er solle Euch nach Lindos bringen, falls Ihr zu ihm kommt.»

«Das hätte er wohl zu guter Letzt auch getan», sagte Nicolaas.

«Aber seine Mutter wollte sich bei den Rittern etwas verdienen, und ich vermute, Yiannis war daran auch beteiligt. Ein Glück, daß die Zuckerernte so gut ausgefallen ist, wo wir jetzt die Einwohner von Apolakia unterhalten. Ich bin zu steif, um mich selbst zu baden.»

«Daran habe ich gedacht. Zwei der Leute, die Euch hergebracht haben, werden Euch helfen. Danach bringe ich Euch etwas Öl. Habt Ihr Hunger?»

«Ja», sagte Nicolaas.

Das Lächeln lag in ihren Augen, nicht auf ihren Lippen. Sie hatte sich, wie er sah, nicht verändert. «Mitten im Überfluß Zyperns?»

«Wenn Ihr die Boote kennt, die nach Zypern fahren, werdet Ihr auch das erfahren haben», sagte er.

Das Lächeln war von den Augen herabgesunken. «Ja, aber bis ich Euer Gesicht sah, hatte ich es nicht geglaubt.» Sie wandte sich um. «Da ist mein Diener. Folgt ihm. Ich komme, wenn Ihr sauber seid.» Während er hinausging, fragte er sich, womit er sich verraten hatte. Ihn verdroß das, denn solange er es nicht wußte, konnte er es nicht eines Tages vortäuschen.

Hinter dem niedrigen Haus war ein kleiner Garten voller üppiger Blumen in eigenartigen Marmortrögen. Der Duft der Obstbäume und der Reben umflutete die Ruhebank, zu der sie ihn gebracht hatten. Es war noch immer so früh, daß sich die Luft wie Milch anfühlte auf seiner Haut. Er legte die Stirn auf die Arme, schloß die Augen und wartete. Obschon er gewöhnlich mit Schlaf sparsam war, wußte er, daß er noch nicht genug davon gehabt hatte, um die letzten Weindünste aus seinem Kopf zu vertreiben. Da Nachdenken nicht angeraten war, ließ er sich treiben, nur halb die leisen Geräusche eines zur Tagesgeschäftigkeit erwachenden Haushalts wahrnehmend und das helle Gezwitscher von Spatzen und das dunkle Summen von Bienen. Irgendwo in einiger Entfernung weinte ein Kind. Primaflora sagte: «Bleibt, wo Ihr seid. Habe ich Euch schon einmal damit verwöhnt? Das Öl kommt aus Alexandria.» Tropfen fielen von ihren Händen auf ihn hinunter. Die Flüssigkeit war warm und enthielt Düfte, die er nicht kannte. Einzelne Rinnsale verteilten sich langsam über seinem Körper. Wo Primafloras Schatten gewesen war, stach plötzlich blendende Sonne auf seine Schulter. Sie sagte: «Das hat er getan? Und Ihr habt ihn verschont?»

Es gab fünf hübsche Geschichten, die er abwechselnd zur Erklärung seiner Schulterverletzung erzählte. Hatte sie von dem Vorfall in der Färberei gehört? Ja, natürlich, sie kannte sogar die wahren Umstände, da Katelina jetzt keinen Grund mehr hatte, sie zu verschweigen. «Ihr habt davon gehört?» entgegnete er. Es schien angenehmer, sich kreuzbeinig aufzusetzen, während das Öl ihm die Hüfte hinunterrieselte.

Ihre Handflächen glänzten und tropften. Sie beugte sich vor und strich ihm über Brust und Rücken, die Augen auf die Wunde gerichtet. «Ja, das hat die Demoiselle der Königin gleich als erstes erzählt. Wie ihr tapferer Neffe versucht hat, den Söldnerführer zu töten, der sich an Zacco verkauft hat.»

Nicolaas verzog das Gesicht und blickte nachdenklich drein. «Ich habe ihn nicht gerade gewähren lassen – er hat schnell dazugelernt.»

«Aber Ihr habt Zacco nichts davon berichtet. Die Demoiselle sagt, Ihr hättet es aber vor, wenn der junge Mann genug gedemütigt sei. Vielleicht hättet Ihr auch eine Demütigung anderer Art im Sinn.»

Er spürte ihren Gedanken nach. «Das ist wirklich sehr verschlungen gedacht, und Ihr wißt, was für ein schlichtes flämisches Gemüt ich bin. Jedenfalls würde er nicht dazu kommen, Tzani-bey zu töten. Wo ist der Junge übrigens?»

«In Portugal, nehme ich an. Das hat er jedenfalls seiner Tante gesagt. Auf Zypern ist er bestimmt nicht mehr, sonst wäre sie nie von der Insel geflohen. Ich habe mich gefragt, warum er sie allein gelassen hat, aber sie sagt, Zacco habe versprochen, sie Ende des Sommers ohnehin freizugeben. Ihr wißt sicher, daß sie uns Berichte über alles geschickt hat, was Zacco getan hat?»

«Ich hatte damit gerechnet», erwiderte Nicolaas. «Aber warum ist sie denn fort?» Sie berührte seine gesunde Schulter und drehte ihn herum, während er noch sprach, und er preßte das

Gesicht wieder auf seine Arme und roch das Öl, als sie eine weitere Flasche öffnete.

«Sie hatte Angst», sagte Primaflora. «Vielleicht vor Euch. Vielleicht hat sie die Hoffnung aufgegeben, Euch je aus dem Weg räumen zu können. Vielleicht glaubte sie auch, Simon brauche sie, oder sie könnte allein nichts gegen Euch und Euer Geschäft ausrichten. Vielleicht wußte sie, daß Zacco sie zwingen würde, mit leeren Händen abzureisen, und daß die Genuesen verständnisvoller waren.»

Mit leeren Händen. Ihre kleinen Hände bearbeiteten seine Haut, und die Düfte stiegen ihm in den Kopf. Er öffnete die Augen.

Primaflora lachte. «Seid Ihr so müde? Die Zuckerschößlinge, mein Freund, die Euer und Zaccos Geschäft schädigen werden. Deshalb hat sie sich auf Gedeih und Verderb den Genuesen ausgeliefert. Sie sind alle dort oben, auf der Burg von Lindos, und werden auf Befehl von Imperiale Doria täglich gegossen, bis ein Schiff kommt und sie nach Portugal bringt. Weshalb sonst seid Ihr hier?»

«Euretwegen – wenn Ihr mitkommen wollt.»

Die Hände strichen über seine Haut, ohne innezuhalten. «Als Eure Mätresse?»

Er senkte den Blick. «Als meine Ehefrau, falls Euch das keine Herabwürdigung ist.»

Jetzt hielten die Hände inne. Sie sagte: «Niccolo.»

Er wandte sich um, und die Sonne, die seinen Körper erfaßte, blendete seine Augen. Sie stand von Licht umflutet da und sagte: «Dessen bedarf es nicht.»

«Ich muß zurück. Zacco würde Euch in Ehren aufnehmen. Nur die Pflanzen müssen vernichtet werden, und die Flamin muß mit dem ersten Schiff, das kommt, abreisen können. Sonst kommt ihr Gemahl und stiftet Unruhe.»

Sie sagte: «Ich verlange keine Ehe als Preis. Ich kehre mit Euch nach Zypern zurück.»

«Wann?» Er schlug die Augen auf.

Sie zog die langsam gleitenden Hände zurück und stand dann

über ihm und sah ihn prüfend an. «Wenn Ihr weniger träge seid, mein Freund. Wenn Ihr getan habt, weswegen Ihr gekommen seid. Ich kann Euch Zutritt zur Burg verschaffen. Ich kann ein Boot ausfindig machen, das uns nach Zypern bringt, wenn die Demoiselle erst heimgereist ist. Aber das kann lange dauern.»

«Führt mich zur Burg», sagte Nicolaas. «Und wenn ich weniger träge bin, dann bestellt uns eine Fahrt nach Zypern. Katelina soll selbst nach Hause finden.»

Kapitel 31

Katelina van Borselen hatte tatsächlich Angst. Die Angst war ihr hierher gefolgt auf die Felsenspitze am Meer bei Lindos, wo die Burg der Ritter des heiligen Johannes sich den Horst teilte mit den Steinen von Byzanz und den Tempelblöcken des Heiligtums der Athene, die noch älter waren. Ihre Angst galt nicht Simon oder Diniz oder dem Schicksal ihres Kindes. Sie fürchtete sich vor dem schwarzen Kegel des Heiligtums von Paphos und vor dem, was sie da empfunden hatte.

Nun hatte das Schicksal einen anderen Altar vor sie hingestellt. Dort, allein im Sonnenlicht, während die Ritter schlummerten oder beteten und die Geräusche vom Dorf unten sich kaum über das Gezirp der Zikaden erhoben, blickte Katelina den gezackten Felsen zum Meer hinunter und fragte sich, wie Athene oder Aphrodite mit einer scharfzüngigen Mutter ausgekommen wäre, die sie haßte, mit einer mürrischen Schwester und einem jähzornigen, unfruchtbaren Ehegatten. Aphrodite hätte es gewiß zur Verzweiflung gebracht.

Zu ihrer Rechten, jenseits des nach dem heiligen Paulus benannten Hafenbeckens mit seinen vielen Booten, erstreckte sich die See blau bis zur nächsten dunstigen Landspitze und verschwand dann im Süden hinter einem Hitzeschleier. Unterhalb des Felsens zu ihrer Linken lag das weiße Krummschwert eines Strandes mit an Land gezogenen Booten und ameisengleichen Gestalten, die in ihrem Schatten schliefen inmitten der Netze um sie her. Von oben gesehen war das Meer von einem dunklen, fast purpurnen Blau, das verblaßte, wenn es über traubenfarbenes Felsgestein den Strand hinaufspülte. An anderen Stellen war es blaugrün wie Malachit. Ein Färber wußte gewiß, wie man die Farbe mischte. Ein rinnender Schweißtropfen erinnerte sie daran, warum sie hier war, und sie wandte sich den glatten, abgewetzten Stufen zu, die vom Tempel hinunterführten. Als sie den Rock hob, sah sie, daß der Marmorstein von Eidechsen übersät war, und als sie rasch hinunterging, erblickte sie ein Tier, größer als alle anderen, das mit pulsklopfendem Hals den Kopf steif erhoben hielt. Es floh, ehe sie es tun konnte.

Im Schuppen bei den Pflanzen war es drückend schwül, trotz der offenen Fenster und der Plane, bei deren Aufstellen die Genuesen ihr geholfen hatten. Die Mulden wären tief in der Burg drinnen besser aufgehoben gewesen, aber Imperiale Doria war fort, und die anderen Brüder sorgten sich mehr um Kolossi als um das Schicksal der Weingärten und Zuckerrohrfelder anderer Ritter im kolonialen Westen.

Heute war ihr einmal jemand zuvorgekommen. Der schwere Geruch nasser Erde und warmer dampfender Blätter legte sich auf sie, als sie in den Schatten hineintrat, und wie sie die Gießflasche hob, den Daumen auf dem Ausguß, sah sie, daß sie noch feucht, aber leer war. Eine Stimme sagte: «Ich habe ihnen gegeben, was sie brauchen. Fürchtet Euch nicht, Katelina. Ich will nur mit Euch reden, weiter nichts.»

Sie brauchte nicht die sonnengeblendeten Augen anzustrengen, um dem Sprecher einen Namen zu geben. Schon bald sah sie ihn oder sein wirres, feuchtes Haar und das wache Weiß seiner Augen und die breiten Schultern, die heute in einfachem, schwarzem Tuch steckten. Er stand vor der hintersten Wand des Schuppens, hinter den Gestellen mit Grünpflanzen und durch sie von der Tür abgeschnitten. Der Ton der Flasche knackte zwischen ihren Händen. Er sagte: «Vorsicht! Ihr zerbrecht sie. Wie könnte ich Euch etwas tun? Ihr braucht nur zu rufen, und um mich ist's geschehen.»

Zuerst der Schreck, daß Nicolaas hier war, dann der Schreck, als sie sich bewußt wurde, daß er die Wahrheit sprach. Sie sagte: «Dann rufe ich.» Ihr klopfte das Herz.

«Gebt mir vorher fünf Minuten Zeit», sagte er. «Ich habe Zypern nicht verlassen müssen. Ich hätte nicht hierher zu kommen brauchen.»

«Fünf Minuten?» entgegnete sie. «Warum? Diniz ist in Sicherheit. Er ist auf der Heimreise. Ich fahre auch nach Hause.»

«Ist er in Sicherheit? Ganz bestimmt?»

Eine Welle von Angst und Zorn ergriff sie. «Glaubt Ihr, ich hätte Zypern verlassen, ehe ich mir dessen sicher war? Ich erfuhr, daß er abgereist war. Der Mann, der ihm geholfen hatte, sandte eine Botschaft. Man hat ein Schiff für ihn gefunden, das nach Westen fährt.»

«Wer?» fragte Nicolaas.

«Seid Ihr deshalb gekommen? Um das herauszufinden?»

«Ich wollte nur herausfinden, ob er in Sicherheit ist. Er hätte bleiben sollen. Und Ihr auch. Ich hätte dafür gesorgt, daß Ihr beide heimfahren könnt, Katelina.» Er holte tief Atem, verstummte aber.

«Wolltet Ihr sagen: ‹Wo immer das ist›?»

«Nein», entgegnete er in scharfem Ton. Dann setzte er hinzu: «Ich wollte sagen: ‹Es sei denn, Ihr hättet lieber auf Simon warten wollen.› Wußtet Ihr nicht, daß er vorhatte, Euch abzuholen?»

Sie lachte. «Das glaube ich nicht. Oder vielleicht doch. Er hat erfahren, daß wir Euretwegen gefangengenommen wurden. Wollt Ihr Euch deshalb vergewissern, daß Ihr uns losgeworden seid?»

Er war wieder ruhig. «Ihr habt es erraten. Und wenn Euer Gemahl endlich nach Zypern kommen könnte, werden die Genuesen Gefangene des Königs sein, und es könnte schwierig werden, Euch beide herauszubekommen. Oder Euch alle, wenn Diniz geblieben wäre.»

Die Pflanzen tropften: die Luft war dick wie zerstampfte Maische. Sie stellte die Flasche hin und stützte die Hände darauf. «Ihr glaubt wirklich, die Genuesen würden sich ergeben? Ihr solltet Imperiale Doria hören. Er hat Schiffe. Er hat Geld. Die Dominikanermönche haben der Königin all ihr Silber gegeben, und Piozasque hat es Doria für Silber verpfändet.»

«Wirklich?» entgegnete Nicolaas. «Ich hörte, Doria selbst müsse sich Silber leihen.»

«Vielleicht», sagte sie. «Aber er hat Sicherheiten, und er bedient sich verläßlicher Bankherren. Eines Hauses, das Geld genug hat, wenn es nötig ist.»

Die Bitterkeit mußte mitgeklungen haben. «Aber nicht für St. Pol & Vasquez, vermute ich», sagte Nicolaas langsam. «Heißen die Bankherren Vatachino?»

Trotz der Hitze ließ ihre Angst nach. «Ah! Ihr auch!»

«Ich wußte, das würde Euch gefallen.» Er fuhr mit den Fingern über die Pflanzen. «Ist Simon in Bedrängnis, Katelina? Macht ihm Tristãos Tod viel zu schaffen?»

«So viel, wie Ihr wohl beabsichtigt hattet», entgegnete sie. «Ihr kennt Simon. Ihr seid Tristão begegnet. Lucia hat Angst vor dem eigenen Schatten. Wen würdet Ihr da töten, wenn Ihr ein Geschäft schädigen wolltet?»

Sein Blick hob sich. «Ich bin unter anderem hier auf Rhodos, um herauszubekommen, wer Tristão getötet hat. Wenn mir jemand das Geschäft zu verderben versucht, mag ich wohl zurückschlagen – aber nicht auf solche Weise. Und wenn ich gewußt hätte, daß sich dies ereignen würde, hätte ich einiges anders gemacht. Wie es jetzt aussieht, seid Ihr die beste Kraft, die Simon haben könnte. Ihr seid frei. Fahrt schnell heim. Fahrt heim und nehmt Tristãos Stelle ein.»

Sie starrte ihn an. Er sprach, als läge nichts zwischen ihnen, sprach mit der Ernsthaftigkeit eines Bruders, der seiner Schwester einen Rat gibt. Er hatte Zacco und Zypern verlassen, um hierherzukommen, wo er, wenn er erkannt wurde, sofort getötet werden konnte. Und er war hierhergekommen, wo sie war, als hätte er nichts zu fürchten. Als dächte er, sie glaubte alles das, was er ihr auf dem Krankenbett in Nikosia versichert hatte, kurz bevor Zacco kam und sich über ihn beugte. Zacco, der sie nach Episkopi geschickt hatte, von wo aus so leicht zu fliehen gewesen war. Zacco, dem es vielleicht nicht recht gewesen war, daß Nicolaas Diniz' Lösegeld bezahlt hatte. Zacco, der Primaflora fortgeschickt hatte . . .

«Warum seid Ihr nach Rhodos gekommen?» fragte sie.

Und er antwortete, wie auf ihre Gedanken eingehend: «Primaflora ist hier.»

Das paßte gut zueinander. Sie erkannte jetzt, daß alles, was Primaflora ihr in der Kaufmannsbasilika gesagt hatte, gelogen gewesen war. Primaflora hatte die Königin verlassen, um zusammen mit Nicolaas nach Zypern zu entfliehen, und nur Zaccos Eifersucht verhinderte, daß sie jetzt zusammen dort waren. Doch wenn jemand wußte, daß Nicolaas nicht der Sklave einer Kurtisane war, dann war es Katelina. Sie hörte wieder das Murmeln der Kessel und sah den Dampf und sah die Gemahlin Marco Corners in seine Arme gleiten. «Aber man hat Euch beigebracht, Männer zu lieben.»

Er hatte gerade etwas anderes sagen wollen und hielt kurz inne. Dann sagte er: «Jakob von Lusignan?»

«Und David von Trapezunt. Ich habe die Gesichter Eurer Männer gesehen, als sie von seiner Einkerkerung hörten. Ihr macht von Frauen Gebrauch, weiter nichts. In Kouklia habt Ihr Marco Corner zeigen wollen, wer der Herr ist. Wieder habt Ihr Euch als der Herr erwiesen auf eine Weise, von der er nie erfahren wird. Ihr habt ihn zum Opfer gemacht – wie Simon. Wenn Fiorenza ein Kind bekommt, wird man wohl Corner für den Vater halten.»

Draußen im Hof zirpten die Zikaden im unterbrochenen Schatten der Kolonnaden, und die Olivenbäume und Dattelpalmen standen regungslos in der Hitze. Nicolaas holte kurz Atem. «So weltfremd seid Ihr doch nicht, Katelina. Die Prinzessinnen von Naxos spielen Spiele, und bei Spielen braucht man

Mitspieler. Und es geht Euch wohl nichts an, aber ich bin nicht der Liebhaber des Königs.»

Er war zornig. Sie sah ihn verwirrt an, weil er nicht nur zornig war, sondern es sich auch anmerken ließ. Sie sagte eigensinnig: «Aber er hätte es gern.»

Er begann sich wieder zu fassen. Auf seiner Wange bildete sich ein Grübchen, der Verzweiflung vielleicht oder auch des Spotts über sich selbst. Er sagte: «Schon möglich. Aber nicht seine Mutter. Ihr wurdet nicht nach Episkopi geschickt, weil man hoffte, Ihr würdet fliehen. Wißt Ihr das noch nicht? Mit Euch hätte ich mich in Kouklia abgeben sollen, nicht mit Fiorenza von Naxos.»

Sie starrte ihn an, glaubte, ihr müsse schlecht werden, ihre Augen verschleierten sich. Er machte unwillkürlich eine Bewegung, und sie zuckte zurück. Er sagte, während er stehenblieb: «Euch ist nicht wohl. Das ist die Hitze, es tut mir leid. Ich gehe. Ich wollte mich nur vergewissern, daß Ihr und der Junge in Sicherheit seid. Und Euch sagen, daß Ihr heimfahren sollt, sobald Ihr könnt. Ihr habt von mir nichts zu befürchten, Katelina. Nichts. Nichts.» Und vielleicht weil er das Gefühl hatte, mit zu großem Nachdruck gesprochen zu haben, lächelte er plötzlich und sagte: «Außerdem solltet Ihr Eure Pflanzen erst abends gießen. Hat man Euch das nicht gesagt?»

Sie erinnerte sich dieses tröstlichen Lächelns. Claes. Claikine pflegte seine Frau Marian ihn zu rufen, ehe sie seine Frau wurde; als sie nur seine Dienstherrin gewesen war. Um das Lächeln herum glitzerte sein Gesicht vor Tropfen von seinen Haarlocken. Sein Gewand schwang bei jeder Bewegung mit, entblößte ab und zu einen zerkratzten und sonngebräunten Unterarm, geformt und gerundet von der Arbeit, die Haare darauf gebleicht wie Eberborsten. Die jungen, kräftigen Arme und die Hände und die breiten Schultern. Ihr Denken entleerte sich, bis nur noch ein Echo darin war. Sie erschauerte, und das Echo war noch immer da.

Ihr solltet Eure Pflanzen erst abends gießen. Aber er hatte ihnen Wasser gegeben, aus der Gießflasche, die sie auf seine Warnung hin aus der Hand gelegt hatte und aus der ein kaum wahrnehmbarer, leicht säuerlicher Geruch drang. Da war noch ein anderer Geruch. Er ging von seiner Haut aus: eine Mischung kostbarer süßer Öle, die sie nur einmal wahrgenommen hatte, und zwar an einer Frau.

Ein schwarzer Kegel und süßes Öl und Zucker. Sie hatte nichts von ihm zu befürchten, er hatte recht. Sie sagte: «Ich habe gesagt, daß ich hier bin, man wird mich abholen kommen. Wartet, ich schicke sie fort.»

Draußen schwammen die weißen Säulen in der Hitze. Sie hatte natürlich versucht, die Pflanzen abends zu gießen, aber nur einmal. Ihre Dienerin hatte ihr eine Lampe gebracht, und die Ritter waren gekommen, schwarz und weiß, zu zweien und zweien von der Kirche des heiligen Johannes heraufschreitend, so daß Weihrauch und Myrrhe sich in der Akropolis mischten und Kerzenlicht alle ihre Säulen berührte. Dort, wo Athene, aus einem Beilhieb geboren, einst Opfer entgegennahm, war sie eingeladen worden, zusammen mit den Ordensrittern die Geburt des Mondes aus dem Meer zu beobachten. In ihre Gewänder gehüllt hatten sie schweigend zugesehen, vom Auftauchen des ersten unwahrscheinlichen Randes an, bis schließlich die ganze ungeheure Scheibe emporschwebte, golden und verwaschen grau und rostfarben in einer Nacht ohne Farbe. Als sie hoch oben hing, erschien eine Mondbahn auf dem Wasser mit Ketten von glitzerndem Wellenlicht, die darüber hinwirbelten, so sinnlich wie nubische Tänzer in goldglänzenden Tüchern. Tänzer so hinreißend wie eine Prinzessin von Naxos oder ein Sproß von Trapezunt oder Jakob, König von Zypern, König von Skorpionen. Und um die Lampen herum waren andere Tänzer geflattert.

Doch heute war das Meer blau, und die Sonne brannte, während sie ihren Gang machte. Sie glaubte, als sie zurückkam, den Schuppen leer zu finden, obschon sie kaum einen Augenblick fort gewesen war, aber er stand noch immer da, und seine Augen erforschten ihr Gesicht. Er trug, wie sie schon geahnt hatte, ein gestohlenes Gewand der Johanniter. Sie sagte zornig und angstvoll zugleich: «Warum seid Ihr geblieben?»

Nicolaas, der sich jetzt bewegte, erwiderte: «Falls Ihr mich gebraucht hättet. Aber dem ist nicht so.»

Sie hatte ihn verraten, und ein anderer hätte sie vielleicht geschlagen. Doch auf seinem Gesicht lag jetzt kein Zorn, allein der Ausdruck von Denken, das sich in Tun umsetzte. Einen Augenblick lang nur hatte es ein Schatten überflogen, der jedoch eher wehmütig war als bitter. Sie trat zur Seite, um ihn vorbeizulassen, als er stumm davonrannte, obschon sie wußte, daß es für ihn inzwischen kein Entrinnen mehr gab. Unten in der Komturei griff man auf ihr Wort hin schon zu den Waffen. Es gab nur einen Ausweg aus der Zitadelle, und der führte durch die Burg hinunter, an der Wache bei der Zugbrücke vorbei und die Treppe hinunter bis zur Exedra mit ihrem alten Felsrelief eines Schiffes und der Inschrift, die Hagesandros, Sohn des Mikion, bei Spielen für erworbene Verdienste einen Platz in der ersten Reihe zusicherte. Es schien, als sei Nicolaas, Sohn des Niemand, im Begriff, bei diesem Ritual einen solchen Platz ganz unverdient zu erhalten.

Er hatte erst eine kurze Strecke zurückgelegt, als sie in der Sonne ein Schwert aufblitzen sah und man ihm aus einer Tür in den Weg sprang. Nur ein Mann, aber bewaffnet. Da sah sie, daß auch Nicolaas Stahl in einer Hand hatte: ein Messer, das er unter dem Gewand getragen haben mußte und das er mit der linken Hand gepackt hielt, nicht mit der rechten, so daß der Stoß, als er erfolgte, den Krieger völlig überraschte. Der Mann taumelte und stürzte hin. Nicolaas entriß ihm das Schwert und rannte weiter.

Inzwischen dröhnten Rufe durch die Luft: rasselndes Griechisch von der Burgbesatzung, lautes, vornehmes Griechisch von so vielen der zwölf Ritter, wie mit gezogenen Schwertern auf den Beinen waren. Sie hatte ihren Peiniger der Gerichtsbarkeit des Ordens überantworten wollen. Sie hatte irgendwie für alle Zeit die Tür zwischen Nicolaas und sich schließen wollen. Jetzt erkannte sie, daß jedem übereifrigen Bewaffneten verziehen werden würde, der seine eigene summarische Justiz ausübte. Sie stand erstarrt unter dem Dachvorsprung der Kirche mit seiner Reihe von Vogelnestern und erblickte Nicolaas van der Poele kurz, als er die Stufen hinunterrannte, und sie hörte die Männer, die ihn anriefen, und dann das Klirren von Schwertern. Sehen konnte sie jetzt nichts mehr. Sie hörte weiter Stimmen, schnelle Schritte, weiteres Schwertergeklirr und dann lange Zeit nur noch rufende Stimmen. Sie schienen abwechselnd von verschiedenen Stellen im unteren Burgbereich heraufzudringen, einmal näher, einmal von weiter fort. Katelina stand da und starrte über die blendenden Ruinen hinweg und sah, daß die Eidechsen schon wieder in ihre glasig abgeschliffene Arena zurückhuschten und das Zirpen der Zikaden wieder einsetzte. Zwischen den Säulen sprang ein nacktbeiniger Diener in Weiß die flimmernde Spanne der himmlischen Treppe zum Propylaeum hinauf. Darüber lag die Terrasse mit dem Altar und dem Tempel der Athene, der Kriegsgöttin, Athene, die Göttin der Goldschmiede, Athene, die Göttin der Weisheit, die ihren eigenen Vater tötete. Und dahinter wiederum war der Rand des Abgrunds vor dem Meer. Wenn er sich nicht das Leben nehmen wollte, gab es nichts, was jemanden dorthin treiben konnte.

Sie wartete, aber er kam nicht zurück, und als sie eine ganze Weile später langsam die gleiche Treppe hinaufstieg, war dort niemand zu sehen. Man fand sie kurz darauf dort oben und sagte ihr, daß der Spion der Lusignans irgendwie entwischt war. Sie kehrte mit den anderen zusammen zur Burg zurück, und sie blickte weder jetzt noch später über die Mauer hinunter.

Die Ordensritterburg von Pharaclos erhob sich auf einer grasbewachsenen Anhöhe im Norden. Von ihren Zinnen hatte man einen guten Blick auf das ferne Lindos und einen nach Nicolaas' Ansicht viel zu guten Blick auf die roten Dächer der Hütten auf der landwärtigen Seite der Burg. Als er erst an den Kühen, den Hunden und den Ziegen, den Maultieren und dem Federvieh, den Melonen und den Bohnen und dem Brunnen vorbeigehinkt war, ließ sich das Haus von Persefoni leicht finden, das Haus der Frau mit den besten Bratöfen von Pharaclos. Sie war nicht erfreut über den Besuch.

«Boulaki! Boulaki hat Euch geschickt, dann geht auch zurück zu Boulaki. Ein übler herumhurender Fischer, der die eigene Mutter verhungern läßt!»

«Ich habe sein Boot gekauft», sagte Nicolaas. «Er sagt, Ihr wärt ein solcher Engel, wie seine Mutter ein Teufel sei. Ich muß mich verstecken, bis ich wieder gehen kann. Und ich muß einiges in Erfahrung bringen.»

Sie fragte nicht, was ihm fehle, denn sie sah sein Schienbein, an dem der Knochen herauskam. Er behielt die Arme hinterm Rücken für den Fall, daß sie erwartete, er werde auf den Händen tanzen. Sie sagte: «Wieviel?» Und er sagte: «Boulakis Boot und noch einmal soviel, wie ich dafür bezahlt habe, zu Händen von Yiannis' Enkel.»

«Ah! Er hat Euch dem Jungen anvertraut?»

«Er ist dafür bezahlt worden. Doppelt.»

Sie warf ihm einen Blick zu. Er hoffte, daß er so aussah, wie er sich fühlte, nämlich schicksalsergeben, gefaßt und von schlimmen, aber nicht tödlichen Schmerzen geplagt. Er wußte so gut wie sie, daß er binnen fünf Minuten getötet und beraubt werden konnte, wenn er eine solche Summe bei sich trug. Er sagte: «Ich kann Euch die Hälfte geben. Den Rest zahlt eine Frau in Lindos. Ich treffe sie in zwei Wochen an der Westküste. Boulaki wird für uns beide bürgen.»

«Limboulaki. Kleiner Bootsführer. Sein richtiger Name ist Georg. Nun, kommt herein. Wie habt Ihr Euch so zugerichtet? Seid Ihr bei ihr aus dem Fenster geklettert?»

«Es war ein sehr hohes Fenster», sagte er. Die Feuer unter den Bratöfen brannten alle, und die Schuppen, der Hof, die Hütte flimmerten und dunsteten vor Hitze. Er sah, ohne aufzubegehren, daß sie die Tür zu einer kleinen Scheune öffnete.

«Wie Ihr seht, will kein Nachbar dicht bei diesem Haus bauen», sagte sie. «Ihr könnt bleiben. Dort ist ein Eimer. Der Junge wird Euch zu essen bringen. Zeigt mir Eure Hände.»

Er streckte sie aus. Sie hatte ein wettergegerbtes braunes Gesicht und kräftiges schwarzes geflochtenes Haar unter einem Tuch. «Für das halbe Geld im voraus bringe ich Euch heißes

Wasser und Leinen und Salbe. Aber vielleicht heilt bei Euch alles schnell von allein und Ihr braucht das gar nicht.»

Ihm blieb nichts anderes übrig. Er holte den Beutel aus seinem Bündel und gab ihn ihr. «Aber der Rest ist für den Jungen.»

«O ja, der Junge», sagte sie und zählte die Münzen. «Nun, Gott will ja wohl, daß wir uns der Bettler erbarmen. Ich werde Euch auch das Bein verbinden. Und sind das die Kleider eines Christenmenschen, was Ihr da tragt?»

«Habt Ihr einen Sohn?»

Ihr Blick wanderte zu ihm hin. «Vielleicht. Aber er ist Grieche, kein Fremdling. Ist die Frau in Lindos eine Fremde?»

«Ja», sagte er.

«Eure Mätresse? Eure Ehefrau vielleicht?»

«Das wäre sie gern.»

Sie riß den Mund auf. «Oho! Wir klettern bei einer Frau aus dem Fenster, um ihr zu entwischen? Hat sie keine Aussteuer? Gibt es eine andere?»

«Die gibt es, ja. Aber ich glaube, wir müssen uns besser kennen, ehe ich Euch das sagen kann.»

Er hatte Erfahrung mit Frauen in mittlerem Alter. Innerhalb eines Tages hatte er ein Bett im Haus. Nach drei Tagen wußte sie von Katelina und hatte versprochen, ihm zu helfen. Er hielt es für sehr wahrscheinlich, daß sie ihn dann an einen anderen verraten würde, aber er konnte wenig tun, ehe er wieder ganz auf den Beinen war. Und Primaflora würde an dem Treffpunkt warten, den sie vereinbart hatten, da er um ihrer Sicherheit willen nicht mehr in das Haus in Lindos zurückkehren würde. Und von diesem Treffpunkt aus würden sie natürlich nach Zypern zurückfahren, als Mann und Frau.

Seine Wunden, seine von Abschürfungen zerschundenen Fingerspitzen waren so gut wie verheilt, als Boulakis Tante ihm die Nachricht brachte, auf die er wartete. «Die Flamin, die auf ein Schiff wartet – sie bricht auf.»

Er saß an einem Tisch und schnitzte mit vorsichtigen Fingern an einem neuen Geduldspiel. Er blickte auf und legte das Messer hin. «Eine gute Nachricht! Wann und wie?»

Die Frau setzte sich und sah Nicolaas' Werk an. «Spielzeug! Kinderkram! Ist das etwas für einen Mann? Sie reitet morgen in aller Frühe von Lindos aus nach Norden. Sie reitet unter dem Schutz eines Geleits. Sie übernachtet unterwegs in Kalopetra.»

Wenn sie miteinander sprachen, funkelte sie ihn gewöhnlich an. Wenn sie am freundlichsten mit ihm verkehrte, funkelte sie ihn an. Jetzt hielt sie den Kopf gesenkt und fingerte an dem Geduldspiel herum. Nicolaas sagte mit behutsamer Stimme: «Eine eigenartige Strecke, wenn jemand die Stadt zum Ziel hat.»

«Ah», sagte die Frau. «Ihr kennt die Strecke. Ehe sie beim Kloster ankommt, wird sie ihrem Schicksal überlassen werden. Ihre Bedeckung wird angegriffen werden und das Weite suchen.»

«Und die Angreifer werden sie töten?»

«Nicht wie damals. Nein, nein. Sie werden sie unversehrt zurücklassen, aber ohne Schutz, ohne Führer und ohne Pferd. Es gibt viele Gefahren, und diese Gegend ist einsam, wie Ihr wißt. Es ist natürlich, daß sie dorthin gehen will, wo der Portugiese den Tod gefunden hat. Was ihr widerfährt, muß auch natürlich sein.»

«Aha», sagte Nicolaas. Er nahm das Geduldspiel an sich und reinigte es langsam von Schmutzspänen. «Aber wie können sie sicher sein, daß sie stirbt?»

«Ihr habt mich mißverstanden», erwiderte die Frau. «Vielleicht stirbt sie, der Tod ist einfach. Aber auf manche wartet ein Schicksal . . .»

«. . . schlimmer als der Tod», ergänzte Nicolaas ihre Rede. Er blickte auf. «Also eine Vergewaltigung?»

Ihre schwarzen Augen funkelten. «Kennt Ihr sie denn nicht? Wißt Ihr nicht, wovor sie sich bis zum Wahnsinn fürchtet?»

Er sah durch sie hindurch, dachte nach, erinnerte sich. Ein Fächer. Ein Schleier. Ein Mundtuch in Kouklia. Kostbare Pflanzen, die dennoch nicht bei Lampenlicht gegossen werden konnten. Und weit zurückliegend ein Ereignis im Tal von Kalopetra. «Woher wißt Ihr, wovor sie sich fürchtet?»

«Das ist bekannt», sagte sie. «Ihre Zofe redet. Sie wird beobachtet. Sie haben ihre Schwächen, diese reichen Frauen mit Ehemännern.»

Nicolaas sagte: «Aber grausam ist, wer sie ausbeutet.»

Sie funkelte ihn noch immer an. «Nicht meine Neffen. Diesmal sind sie angewiesen, nichts zu tun. Ihr habt versprochen, meinen Neffen werde nichts geschehen. Ihr könnt wiederum ihre Mietlinge töten, wenn Ihr wollt. Ich nehme Euch beim Wort.»

«Es war mir ernst», entgegnete Nicolaas. «Ich habe auch die Wahrheit gesprochen. Ich kann es mir nicht leisten, jemandem davon zu erzählen. Nur ich werde dabei sein, so Ihr mir ein Maultier besorgt. Könnt Ihr das tun?»

«Ihr seid ein braver, fleißiger Mensch, wenn auch ein Fremdling. Ich kann Euch das Maultier besorgen. Rettet sie, heiratet sie und macht ihr Söhne. Söhne sind alles Gold der Welt wert.»

«Sie sind wert, was ihre Mütter wert sind», sagte Nicolaas.

Als Ginevra gewandet war Nicolaas natürlich schon einmal in der Schlucht gewesen, der er jetzt zustrebte, wenn er damals auch in der Dämmerung eines Winterabends vom anderen Ende her hineingeritten und nicht allein gewesen war. Astorre und Tobie waren bei ihm gewesen und ein unbekannter Krieger und Loppe und Katelina. Und Primaflora natürlich, die hinter ihm gesessen hatte mit ihrer wogenden Wärme, ihrem goldenen Haar und dem Glanz ihrer Gliedmaßen. Hier hatten sie den toten Tristão gefunden und den verletzten und weinenden jungen Diniz in seinem Versteck. Diniz vor einem halben Jahr, als er jung war und bevor er dazu kam, mit dem Beil nach einem anderen zu schlagen.

Katelina hatte sich dorthin auf den Weg gemacht, zu Pferde und begleitet von vier Bewaffneten. Eine Dienerin war nicht zu sehen. Nicolaas wartete draußen vor Pharaclos, um die kleine Kavalkade vorüberziehen zu lassen und ihr dann zu folgen auf dem Pferd, das Boulakis Tante ihm schließlich doch besorgt hatte. Er vermutete, daß sie das Tier zurückbekommen würde, ganz gleich, was sich ereignete.

Nicht daß sich Katelinas Geleitreiter irgendwie verstohlen benommen hätten. Sie zogen den üblichen Weg die Küste entlang nach Norden, passierten Malona und hielten in Arkhangelos an. Erst in Afandou, dreizehn Meilen südlich der Stadt, schwenkten sie nach Westen ab und begannen den Anstieg, der sie über den Gebirgskamm und dann nach Kalopetra hinunterführen würde. Nicolaas fragte sich, warum sich Katelina damit einverstanden erklärt hatte, dort die Nacht zu verbringen. Vielleicht war ihre Zofe vorausgeschickt worden. Vielleicht hatte man ihr von einem Schiff gesprochen, das sie auf diesem Weg erreichen mußte. Vielleicht glaubte sie auch, eine Pilgerfahrt zu machen. Wenn sie heimfuhr zu Tristãos Witwe, konnte sie ihr eine Blume, einen Stein von seinem Sterbeort mitbringen. Im klaren, hellen Sonnenlicht würde die Stelle ihre Schrecken für sie verloren haben, zumal Beschützer um sie waren, so daß sie der kleinen Trauerpflicht genügen konnte.

Es war eine gemächliche Reise. Nicolaas richtete seine Gangart nach den Reitern, denen er folgte, und hielt gleich ihnen an, als die Sonne hoch am Himmel stand. Wie sie ritt er, wo immer möglich, im Schatten zwischen Olivenbäumen und Johannisbrotbäumen, unter dicken Zitronen und dem glänzenden Laubwerk von Orangenbäumen hindurch. Er aß in einem harzduftenden Pinienhain und döste in einem wachen Halbschlaf zwischen Zapfen im Schimmer von grünen Nadeln. Er verbrachte Zeit in einem Dorf mit Würfeln im Schatten gelbgrüner Trauben und kaufte eine Melone und einen geflochtenen Strohkorb, den er sich an den Sattel hängte. Er rief aus dem Sattel Heumachern zu und streifte durch trockenes Gras unter dem wiederkehrenden Aufruhr von Heuschrecken. Er scheuchte Vögel auf und sah einmal Zuckerrohr und machte das Öl und den Weihrauch von Kirchen aus und befand sich schließlich, als die Sonne den Zenit überschritten hatte, in einer hochgelegenen stillen Gegend, wo er nur den Schrei eines Esels, das angestrengte ferne Bimmeln einer Glocke und das gedämpfte Geräusch hörte, das sein Reittier und er verursachten.

Er wußte inzwischen, daß er nur noch eine letzte Strecke von seinem Ziel entfernt war. Er hielt noch einmal an und streifte die durchnäßte Bauernbluse ab, jedoch nicht die kniehohen Lederstiefel, die an seinen aufgeschundenen Beinen und Füßen scheuerten. Dann hatte sein Verstand genug ausgeruht und begann wieder zu arbeiten.

Die Schlucht war eine halbe Meile lang. Er hatte sie nur im Dunkeln gesehen, aber er erinnerte sich der Stelle, an der Tristão dem Hinterhalt zum Opfer gefallen war. Ihre Pfeile hatten ihn getroffen, und dann waren sie heruntergekommen, um nach dem Toten zu sehen. Es gab in dieser Schlucht bestimmt nicht viele Stellen, an denen man hinunterklettern und dann rasch wieder verschwinden konnte. Und Katelina würde diesen Ort aufsuchen. Darauf konnten sie sich verlassen.

Er hatte nicht das Verlangen, mit den Männern, die im Hinterhalt lagen, zusammenzustoßen oder sie zu behindern. Er glaubte, was ihm gesagt worden war. Sie würden es nicht wagen, die junge Frau anzugreifen. Falls sie überlebte, würde ihre Bewachung das vorgesehene Spiel vorführen. Sie würden vergeblich versuchen, sie zu beschützen, und in die Flucht geschlagen werden. In welche Gefahr sie dann auch geriet, sie hatten nichts damit zu tun. Er fragte sich, wie lange es dauern würde, bis sie sich am Tor von Kalopetra einfanden und über vorgetäuschte Verwundungen klagten. Sicher nicht vor Einbruch der Dunkelheit. Danach war es schwieriger, sie aufzufinden, lebendig oder tot. Er zog die getrocknete Bluse wieder an und dazu eine Lederjacke, die ihm Boulakis Tante gegeben hatte mit der Bemerkung, sie könne vielleicht gerade einen lahmen Pfeil abhalten. Er hatte das auf der Burg erbeutete Schwert zurücklassen müssen, aber in seinem Gürtel steckte ein scharfes Schälmesser, das ihm gute Dienste leisten würde, wenn er nicht gerade Pech hatte. Er hatte sich auch eine starke Rute geschnitten. Er rechnete nicht mit einem Handgemenge. Er wollte erst eintreffen, wenn die anderen abgerückt waren.

Die Spuren, denen er folgte, führten nun abwärts, über Hänge hinunter, die im Winter wahrscheinlich glitschig waren vor Schlamm. Jetzt stellten sie sich in kräftigen Farbtönen dar, beschattet von Bäumen und durchzogen von Quellbächen, die hinunterrauschten, um sich in der Schlucht zu vereinen, wo sie über Kaskaden in Tümpelbecken sprangen, in den Überhang aus weicher Erde und Felsgestein, einschneidend, die blühenden Büsche nährend, die zu beiden Seiten wuchsen, und die Waldbäume, die mit ihren Wurzeln im Wasser standen, das hochgewölbte Laubwerk leuchtend grün, als wäre es auf Glas gemalt.

Dieses Grün sah Nicolaas, als er sich der Schlucht näherte. Das Donnern des Wassers sagte ihm, wo der Wasserfall war. Er band sein Pferd fest, wo es niemand sehen konnte, trat vorsichtig an den Rand der Schlucht heran und spähte hinunter.

KAPITEL 32

ER HATTE VERGESSEN, wie riesig die Bäume waren, die da dicht beieinander wuchsen in der langen, sich windenden Klamm, wo der Bach floß. Manche waren umgestürzt, die knorrigen Stämme aufgedunsen von schuppigen Auswüchsen, die Aushöhlungen überspannt von Spinnweben. Flöße von Kieselsteinen zerteilten den Flußlauf, und leuchtender Farn wuchs an ihren Rändern; Moos lag über allem wie Samt und verkleidete die Wände der Schlucht. Zur Rechten versperrte ihm die Kaskade die Sicht, zur Linken schien das Tal offen zu sein bis dorthin, wo das Wasser unter den Bäumen verschwand.

Katelina und ihre Begleiter würden sich von der anderen Seite her nähern, wo so viel Platz war, daß vier Männer und eine Frau ihre Pferde zu dem grasbewachsenen Ufer hinunterführen konnten, an dem Tristão gestorben war. Was ihn, Nicolaas, betraf, bot sich als Versteck die Stelle dort am unteren Ende des Wasserfalls an. Jenseits des Tümpels mußte man leicht hinübergelangen können.

Dies bedeutete natürlich, daß er hinunterklettern mußte. Nicolaas drehte sich seufzend um und begann sich vorsichtig von Fels zu Fels zu hangeln, wobei ihm der Sprühdunst von der Kaskade angenehm auf der Haut lag, das Geräusch jedoch sein Gehör beeinträchtigte, so daß er beim Absteigen ständig den Kopf hin und her wandte. Es kam niemand. Er grub die Finger neben einem Büschel bleicher Alpenveilchen in die krustige Erde ein, und ein Buchfink flog auf und stieß seinen Ruf aus. Sonnenstrahlen hüpften immer wieder über sein Gesicht und sprenkelten seine Arme mit einem hellen, unbeständigen Gelb. Er kletterte hartnäckig weiter, fluchte jedesmal, wenn er die Füße in die Erde stemmte oder wenn er das Ziehen in Schulter und Hals spürte. Nach viel zu langer Zeit, wie ihm scheinen wollte, stand er endlich auf dem Felsen unten am Rand des Wasserfalls, wo der Schaum vorüberstürzte und dahinter still und grün der Tümpel lag. Hinter diesem wiederum rauschte der Bach weiter seinem Ziel entgegen, hinein in das fleckige Grün zwischen Felsbrocken und Büschen, Kletterpflanzen und dunklen Baumstämmen. Zwischen den Bäumen stand jemand.

Katelina. Allein. Was unmöglich war.

Katelina stand stumm da und starrte ihn an. Da er gerade für einen, der dort stand, das Schauspiel einer Eidechse gegeben hatte, konnte dies nicht überraschen. Katelina starrte ihn an, und gleich, so vermutete er, würden die vier Begleiter erscheinen, die darauf vorbereitet waren, überfallen zu werden und dann die Flucht zu ergreifen. Eine verzweifelte Lage.

Sie hatte ihn zuvor verraten, und alles sprach dafür, daß sie es wiederum getan hatte. Er blickte kurz die Klippe hinauf, an der er heruntergeklettert war – nein, sie kam als Rückweg nicht in Frage. Vielleicht konnte er durch den Tümpel waten und um die andere Seite des Wasserfalls herum entfliehen. Er machte schon eine Bewegung, da hob sie entsetzt beide Hände, um ihn zu warnen.

Ihr Gesicht im feuchten grünen Dämmerlicht war bleich. Sie

sah nicht haßerfüllt, sondern verzweifelt aus. Er warf einen Blick nach oben. Kein Geräusch, keine Bewegung. Nun, zumindest keine Bewegung, denn der Wasserfall verschluckte fast alle anderen Geräusche. Er starrte leeren Blicks zu ihr hin und überlegte. Kein Anzeichen von ihrer Eskorte, die sich inzwischen hätte eingefunden haben sollen. Kein Anzeichen von den Angreifern, wie er erwartet hatte. Aber auf dem steilen Hang über ihr die Rutschspur, wo eine einzelne Person vom oberen Rand nach unten geflohen war, eine Spur, die dort endete, wo Katelina stand. Und oben am Rand der Schlucht ein Gewirr von umgeknickten Ästen und aufgewühlten Erdbrocken, als hätte dort ein Kampf zwischen mehr als nur ein paar Reitern stattgefunden. Und als er sich das alles noch zu erklären versuchte, nahm er ein zitterndes Schwingen unter seinen Füßen wahr, das Stampfen von vielen Hufen, die sich von der Schlucht entfernten.

Das Zittern, so mußte er annehmen, wurde verursacht von Katelinas Geleitreitern, die sich davonmachten. Alles war so abgelaufen, wie Persefoni vorausgesagt hatte. Der Scheinkampf hatte stattgefunden, als seine Ohren wegen des Wasserfalls keine anderen Geräusche hören konnten. Katelina war veranlaßt worden, hinunterzulaufen und sich in Sicherheit zu bringen, während ihre Beschützer den erwarteten Angreifern begegnet und nach einigem lautem, aber harmlosem Schwerterklirren geflohen waren. Und so war sie jetzt, wie sie glaubte, allein zusammen mit dem einzigen Mann auf der Welt, der guten Grund hatte, ihr etwas anzutun.

Er mochte sich irren, aber dann konnte er es kaum wagen, mit lauter Stimme eine Frage hinauszurufen. Er mochte recht haben, dann brachte sie jeder Schritt von ihm fort in Gefahr. Nicolaas kehrte dem Brausen des Wasserfalls den Rücken zu und begann ganz behutsam auf seiner Seite der Schlucht in ihre Richtung zu gehen. Während er sich bewegte, wiederholte sie immer wieder mit einer Art Verzweiflung die langsame, eindringliche Geste, die ihn zum Stehenbleiben aufforderte, und sie hielt sich dazu noch einen Finger an die Lippen.

Ihre Angst verband sich nicht mit ihm – oder doch nicht unmittelbar. Er blieb ratlos stehen. Die Gebärdensprache schien die einzige Lösung zu sein. Er deutete zu dem Hang hinter ihr hinauf, zückte ein Schwert, das er nicht bei sich hatte, und machte kämpfende Bewegungen. Zum Schluß hielt er sich die ausgebreitete Hand unbeweglich über den Kopf wie ein schlechter Akrobat, der um Beifall bittet, und zog wortlos fragend die Brauen hoch.

Katelina stand jenseits des Bachs nicht so sehr weit weg von ihm. Er sah jetzt, daß ihr Gesicht eingefallen war vor Anspannung. Sie trug eine scharlachrote Seidenschnur um den Kopf, die einen mit Stickereien verzierten Schleier von der Art festhielt, wie ihn Fiorenza und Valenza als Umhang benutzten, wenn sie für Griechinnen gehalten werden wollten. Ihr an der einen Seite zum Reiten geschürzter grasfleckiger Rock gab den Blick auf eine helle Strumpfhose und bestickte Wildlederpantoffeln frei, die tief in den Schatten des Schilfgrases standen. Sie schien den nassen, unebenen Boden zu ihren Füßen gar nicht zu bemerken. Sie hob die Hände ängstlich an das Tuch um ihre Ohren und wieder an ihre Lippen, und schließlich drehte sie sich mit einer weiteren langsamen Geste zum oberen Rand der Schlucht hin und schob die Luft von sich weg, wobei sie mit großer Eindringlichkeit den Kopf schüttelte.

Dann waren also ihre Bedeckung und die Angreifer fort – oder sie wollte, daß er dies glaubte.

Nein, sie waren wirklich fort. Wie sie jetzt aussah, das konnte niemand vortäuschen. Und wenn sie gerade davongeritten waren, als er die Hufe hörte, mußten sie jetzt längst außer Hörweite sein. Doch ehe er zu ihr hinüber rief, hielt er es für ratsam, aufmerksam zu lauschen. In einiger Entfernung vom Brausen des Wasserfalls schien die grüne Klamm, in der sie sich befanden, von einer rauschenden Stille erfüllt zu sein. Der Bach brachte mit hohler Stimme kehlige Geräusche hervor. Weit draußen zitterte ein Lerchenruf in der Luft. Unsichtbare Heuschrecken summten. Vom Wasserfall rann Wasser in grauen und weißen Streifen in den Tümpel.

Die Luft dampfte schwül wie in dem Pflanzenhaus in Lindos, belastet von einem pilzigen Geruch nach Erde und Laub, nach verborgenen Blüten, nach tierischem Leben, nach Fäulnis. Allem beigemischt war ein Duft, den er nicht benennen konnte, stechend, doch süß wie Melasse. Einen kurzen, zornigen Augenblick lang fragte er sich, was er eigentlich hier tat und was in seiner Abwesenheit auf Zypern vor sich ging. Er sah Katelinas Gesicht und glaubte, sie werde gleich ohnmächtig werden, und da, als er sich endlich sammelte, erkannte er, was sie anstarrte und was sie ihm zu sagen versuchte.

Es hatte nichts mit einer Gefahr zu tun, die von Menschen drohte. Es hatte mit diesem Tal zu tun. Was er eben noch für flechtenartige Auswüchse auf einem Felsbrocken gehalten hatte, das waren keine Flechten. Das Moos hinter ihm war gesprenkelt graubraun anstatt von smaragdenem Grün. Der knorrige Baumstamm neben seiner Schulter war in ein gekräuseltes braunes, gelb gesäumtes Gewand gekleidet, bedeckt mit Schichten von Wolle so zart wie Feingebäck, wie Muscheln aus Organdy. Das Zeug hüllte den Baum bis zum Wipfel ein, und als er den Kopf hob, sah er, daß auch das Laub eingefaßt war von Trauben von herzförmigen, braunen, chromgeäderten Blütenblättern. Dann blickte er noch einmal hin und sah, daß das weiche gesprenkelte Zeug an dem Baum und dem Felsbrocken sich kaum merklich bewegte wie ein Haufen Läuse. Eine kribbelnde Masse überzog den Busch neben ihm, die Steine im Bach, die Blumen, das Gras zu ihren und seinen Füßen, das sich unter der Last neigte. Er bewegte sich, und ein Blütenblatt löste sich von dem dichten Überzug und flatterte nach oben. Es hatte zwei braune und sahnefarbene Flügel und zeigte orangegetüpfelte Unterflügel, einen pelzigen Körper und zarte, mit Härchen besetzte Fühler. Es breitete sich über seinem Arm aus, zuckte, kitzelte und erhob sich dann über seinem Schatten in die Luft. Im Fliegen war das Ding fast zwei Zoll lang. Ein Insekt. Ein Schmetterling. Ein Falter, kein Schmetterling. Ein Falter aus einer Kolonie von Millionen und Abermillionen von Faltern, die alles in diesem Tal hier überzog.

Er blickte schweigend zu Katelina hinüber, denn er wußte, warum seine Anwesenheit nichts bedeutete als eine Störung und warum die Abwesenheit ihrer Beschützer noch weniger bedeutete. Ihm war auch etwas klar, was sie nicht wußte: wenn dieses Tal Falter hervorbrachte, dann lockte es auch alle Kriechtiere an, die von ihnen lebten. Deshalb kamen Menschen zu Tode, deshalb wurde Tristão, durch einen Biß wehrlos gemacht, Opfer eines tückischen Pfeils. Wer immer dies eingefädelt hatte, wußte, daß Katelina schwerlich überleben würde. Und während ihn dieser Gedanke noch beschäftigte, sah er, was sich schon um ihre schmalen Wildlederpantoffeln wand: die fließenden Schatten, die er für Schilfgras gehalten hatte.

Eine Schlange, vielleicht auch zwei. Er zögerte nicht lange, sondern stürzte mit einem Ausruf auf sie zu in einem Gischtgestöber, das Messer gezückt, den Arm warnend ausgestreckt. Er sah, wie sie mit aufgerissenem Mund zurücksprang. Selbst jetzt schrie sie nicht. Sie schrie auch nicht, als er aus dem Bach heraustappte und mit dem Fuß ein zappelndes Grün fortkickte, während er in ein zweites das Messer hineinstieß und es tötete. Dann drehte er sich rasch auf dem gestiefelten Fuß um und sah, daß die andere Schlange sich aufreckte und ihn anstarrte. Sie züngelte drohend und zischte in einem fort.

Ganz mit seinem Zweikampf beschäftigt, wußte er nicht, daß dieses Zischen als Warnzeichen durch das Tal hallen würde. Der glänzende ledrige Kopf streifte seine Hand, zuckte seine Beine hinauf, rollte sich zusammen und wieder auseinander. Selbst als er sie abermals mit dem Messer traf, entwich sie, und er mußte ihr folgen und zuschlagen und stechen, bis sie endlich zu seinen Füßen lag. Es war die einzige, die übrig war: wenn es noch andere gab, so waren sie verschwunden. Als er auf die Schlange hinunterblickte, erfüllte ein durchdringendes, schwirrendes Geräusch die Luft, ein Geräusch gespenstischen Beifalls, ein Geräusch gespenstischen Aufruhrs. Er blickte auf. Von jedem Baum, Blatt, Busch erhoben sich die Falter wie Gänsefedern, die der Wind erfaßt. Sie schwebten immer dichter, immer dunkler empor, bis die grüne Klamm überdacht war von braunen Insekten, die das Grün auslöschten. Da begann Katelina zu schreien.

Die dunkle, bebende Wolke über ihnen färbte den Bach stumpf und gelbbraun: die Zwielichtschatten um Katelina herum wogten und verdunkelten sich, während die Insektendecke instinktmäßig auf ihre Schreie einging. Nicolaas wandte sich um und steckte sein Messer in die Scheide, der erstarrten, schuppigen Kreaturen nicht mehr achtend, die noch vor einem Augenblick eine wirkliche Gefahr bedeutet hatten. Da kamen auch schon zerbrechliche Vorreiter von oben herunter, immer zahlreicher, stießen in sein Haar, sammelten sich auf seiner Haut. Trockene flatternde Flügel drangen ihm in Mund und Nase. Katelinas Gesicht wurde wie das seine zu einer Maske von Faltern.

Ihre Schreie bekamen etwas Krampfhaftes, Ersticktes: er glaubte, sie müsse sterben. Er wischte ihr Gesicht mit einer einzigen rauhen Handbewegung frei, während er mit der anderen Hand ihren Schleier schloß, so daß ihre Augen, ihr Mund und ihr Körper bedeckt waren und ihre Schreie schließlich aufhörten. Er riß sich die Bluse vom Leib und verbarg auch ihre Hände darunter. In einem zitternden Sturm von braunem Taft schwebte jetzt der gesamte riesige Falterschwarm herunter, zuerst auf die hohen Bäume, dann auf die Stämme, dann auf alles übrige.

Sie ließen sich auf Katelina und Nicolaas nieder, während er sie festhielt. Sie raschelten um seine Lippen und in seinem Haar, verstopften ihm Augen und Ohren, sammelten sich wie angezogen auf dem Leinen an, das Katelina von Kopf bis Fuß umgab. In kleinen Haufen zuckten sie unter seinen Händen, als er Katelina packte. Sie umschwirrten ihn, als er Katelina aufhob und in der betäubenden Hitze loszurennen begann. Und jetzt erst erkannte er den Duft, der in diesem Tal lag, den hartnäckigen Geruch, süß wie Vanilleschoten, den er nicht zu benennen gewußt hatte. Er war noch immer da, rings um ihn her, aber am stärksten stieg er von der Frau in seinen Armen auf. Von ihren Kleidern. Nein, von dem Schleier, den er so fest um sie geschlagen hatte. Er hob eine Ecke des leinenen Tuches an, und Falter drängten ihm über die Finger, zappelnd, gierig. Auf der Unterseite des Tuches sah er eine ganz dünne gräulich-braune Masse, die sofort von Falterflügeln überzogen war.

Styrax. Diese Bäume hier waren die großen Amberbäume, von deren Harz sich Götter und Schmetterlinge ernährten. Und deren Öle Katelina aufgetragen worden waren, aufgesogen von der Unterseite ihres Leinentuches. Er hatte keine Hände frei, um sein Gesicht zu schützen, doch sie war sicher abgeschirmt, das Gesicht auf seiner Schulter. Sicher, obschon sie so steif war wie der Tod und er sie irgendwie in die Sonnenhelle schaffen mußte, fort von den Bäumen, wo sie bei jedem Schritt, den er tat, dichter bedeckt wurden von einer haarigen, flatternden Masse von Braun, Gelb und Orange.

Es blieb keine Zeit, höflich zu fragen, ob das genehm war, was er mit ihr vorhatte. Ihre Lippen waren in jedem Fall fest geschlossen. So gut es ging, stolperte er mit ihr zu dem von der Sonne erhellten Becken des Wasserfalls, setzte sie ab und säuberte sich das von Faltern verklebte Gesicht. Dann faßte er nach ihrem Kopftuch und riß es ihr samt der Schnur vom Haar und von den Schultern und warf es zusammen mit seiner Bluse so weit weg, wie er konnte. Ein Teppich von Faltern flog dabei hoch, zögerte und flog dann dorthin, wo die Sachen jetzt lagen. Die anderen schwebten herab und ließen sich wie Blätter auf der warmen, duftenden Haut nieder, die der Schleier entblößt hatte.

Nicolaas ließ ihnen keine Zeit, ihr Gesicht, ihr Haar oder ihre Schultern ganz zu bedecken, sondern packte Katelina an beiden Armen und sprang mit ihr in den Tümpel, zog sie herunter, tauchte sie ein. Er zog sie wieder hoch und befahl «Einatmen!» und tauchte sie abermals unter. Ertrinkende Falter sprenkelten die ganze grüne Oberfläche, andere flogen auf, darauf wartend, sich wieder niederzulassen. Er sah die klebrigen Stellen noch in ihrem Haar, an ihrem Hals, und nasse Flügel schwebten auf seine nackten Schultern herunter, wo ihr Duft haften geblieben war.

Sie wirkte fast leblos und brachte auf jeden Fall keinen Laut heraus. Er nahm ihren Arm und schob sie halb schwimmend, halb watend unter den Wasserfall. Dort, an einer Stelle, wo sie vom Sprühdunst umgeben atmen konnte, rieb er ihr das Gesicht ab und spülte ihr Haar im herabfallenden kalten Wasser und riß ihr dann mit beiden Händen das klebrige Kleid und das Hemd darunter auf und zog sie ihr beide von den Schultern. An der Leibesmitte hielt er inne, und sie rührte sich zum erstenmal und legte ihre bebenden Hände über die seinen und zog die Röcke hinunter, bis sie ihr an den Fersen zerrten. Da machte sie eine Bewegung, und sie waren im Schaum verschwunden. *Und löste von ihrem Busen den bestickten Gürtel, den eigenartig gewirkten, worin gestaltet sind Reize aller Art, worin Liebe ist und Verlangen und spielerisches Zögern – Betörung, die selbst dem Weisen den Verstand raubt.*

Aphrodite.

Er erinnerte sich, wie sie ausgesehen hatte, in Brügge. Die schwarzen Borselenbrauen, die auszuzupfen und mit dem Stift nachzuziehen sie zu eigenwillig war. Der schwellende Mund, das lange Haar, das selbst naß üppig genug war, um seinen Blick hinunterzulenken zu dem, was es nicht verhüllte. Die hübschen Brüste, rund wie Früchte mit ihren nassen, aufgerichteten Warzen. Die schmale Gürtellinie, die wohlgeformten vollen Schenkel. Und die schimmernde, dunkle Stelle dazwischen, an der sie ihn mit so weitreichenden Folgen empfangen hatte.

Er sah, daß sich ihre Starre gelöst hatte. Ihr Körper lag still in dem ruhigen, fließenden Wasser. Nein, nicht still. Er fühlte ihre brennende Wärme und auch die seine. Um sie her brauste der Wasserfall. Während ihm die Kehle wie zugeschnürt war, versuchte er in ihr Gesicht zu sehen, wurde aber abgelenkt durch ihre Hände an seiner Hüfte. Dann sagte sie etwas, was er nie erwartet hätte, und als er den Blick hob, sah er, daß sich ihre Lippen geöffnet hatten und ganz nah waren. Er schloß sie mit den seinen und legte dann die Arme um sie und küßte sie abermals, und sie schmiegte sich an ihn.

Später erinnerte er sich nicht mehr daran, ob sie das warme, sonnige Ufer getrennt erreichten oder nicht. Alles schien wie ausgelöscht zu sein durch dieses überwältigende Ereignis, das in seiner Übermacht den hinter ihnen liegenden Schrecken unbedeutend erscheinen ließ. Seine Gewalt und die Erlösung aus der Anspannung schleuderten sie beide, sowie es vorüber war, in eine bodenlose Tiefe. Nachdem eine nicht gemessene Spanne Zeit vergangen war, erwachte Nicolaas, Laubschatten und Sonne auf dem Rücken, und bewegte sich behutsam von seiner schlafenden Geliebten fort.

Es sah alles noch so aus wie vorher. Nun, vielleicht nicht mehr ganz. Jenseits des Tümpels, bei dem sie lagen, schliefen die Bäume, die Felsen und das Moos unter ihrer sich kaum bewegenden harzgemästeten Falterlast. Viele der Falter, die sie verfolgt hatten und eingegangen waren, schwammen durchscheinend braun im Tümpel oder lagen wie Blätter trocknend auf den Kieselsteinen und wurden von Ameisenkolonnen schon verzehrt. Manche flatterten müßig von Ernte zu Ernte, flogen ihm über den Kopf oder ließen sich, herzförmig, braun, gelb gesäumt, auf den Boden nieder. Andere, größer und bunter, waren keine Falter, sondern schöne Schmetterlinge, die sich verflogen hatten. Weiter fort, ein schlafender Zimtteppich, lagen Katelinas Schleier und seine Bluse, wo er sie zusammen hingeworfen hatte.

Sie brauchte etwas zum Anziehen. Er ebenfalls, abgesehen von seinen Stiefeln. Er begann vor sich hin zu lachen. Die Falter flogen auf, als er die Kleider aufhob, aber sie streiften nur seine Haut und ließen sich nicht auf ihm nieder. Er wusch die Sachen aus und hängte sie zum Trocknen über einen Zweig. Wie er sah, lockten sie keine Falter mehr an. Ihrem Hemd ließ er die gleiche Behandlung angedeihen, als er es fand. Ihr Gewand war in Fetzen gerissen, von ihren Händen oder den seinen. Viel weiter unten fand er zu seiner Erleichterung seine Bauernkniehose, die am Ufer lag und halb getrocknet war. Er zog sie an und kam dann leise zurück, um Katelina nicht zu erschrecken.

Sie saß regungslos da, ihm den Rücken zukehrend. Das Haar, halb getrocknet, fiel ihr den Rücken herunter wie feiner brauner Hanf. In ihrer Nähe flatterte ein Falter durch Strahlenbalken von Sonnenlicht, und sie beobachtete ihn. Ihr Gesicht war Nicolaas abgekehrt, aber er sah, daß sie langsam die Hand hob und ruhig hinhielt. Gleich einem Höfling senkte sich das gefleckte

Ding darauf herab und lag dann still auf dem Handgelenk, die orangefarbenen Röcke unter einem zerbrechlichen erdbraunen, gelb geäderten Schild verborgen. Sie regte sich nicht, bis sein Schatten neben ihr auf den Boden fiel. Selbst dann blieb sie stumm, bis der Falter aus eigenem Antrieb leise erbebte und seines Wegs flog.

Dann sagte sie: «Es war eine Prüfung. Wenn ich es schaffte, würdest du zurückkommen.»

«Du kannst mir auch so vertrauen», erwiderte er. «Sie sind hilflos und tun nichts Böses. Und sie kennen nur eine einzige Paarung.»

Er sah an der Veränderung ihrer Wangenlinie, daß sie lächelte. Sie wandte den Kopf, wobei sie gleichzeitig zu ihm aufblickte, lehnte sich auf einen Ellenbogen zurück und gab ihren Körper seinen Blicken preis. Dann sagte sie: «Und soll mir das auch so gehen?»

Mitten in ihrer Umarmung fiel ihr Blick auf seine Hände, und sie ergriff sie. «Die Felsen von Lindos?» Er antwortete darauf ohne Worte und gebrauchte auch keine Worte, als sie später sagte: «Ich bete dich an. Ich werde dich immer anbeten.»

Sie durften danach nicht mehr einschlafen, aber es war schwer, Glied von Glied zu lösen. Sie sagte: «Die Schlangen! Haben sie Achtung vor Franken?»

Und er lachte und antwortete: «Wir haben sie erschreckt. Nein, sie leben im Dunkeln, wo die Bäume und die Schmetterlinge sind.» Bis dahin hatte sie ihm keine Frage gestellt, nur die üblichen leisen Worte der Zweisamkeit mit ihm gewechselt. Später, nachdem er sie aus der Schlucht nach oben gezogen und schließlich Wein und Käse, Brot und Melonenstücke aus den Satteltaschen geholt hatte, spürte er hinter sich das Schweigen und wußte, daß die ausgesperrte Welt zurückgekehrt war und mit ihr die Besorgnis, wenn nicht der Zweifel, und ein Zögern angesichts der Breite der Kluft, die durch Worte überbrückt werden mußte. Er sagte: «Reichgekrönte Cythere, du bist erschöpft. Iß und trink, und dann werden wir sehen, was getan werden muß. Laß dich durch nichts bekümmern.»

Ihre Hände umklammerten den Weinbecher und zitterten. «Mir war es gleich. Sie hätten zu tausenden kommen können, in diesem Augenblick war es mir gleich.»

Er erwiderte behutsam: «Sie hatten es auch mit der mächtigsten Kraft der Welt zu tun. Du wirst vielleicht wieder einmal Angst vor ihnen haben, aber gewiß nie mehr so viel. Vielleicht auch gar nicht mehr. Wie hat das angefangen? Die Angst?» Er aß von der Melone, um sich daran zu hindern, sie abermals zu berühren.

Sie lächelte, aber ihre Augen blickten ins Leere. «Mein geliebtes Kindermädchen starb. Das Mädchen, das als nächstes kam, hatte Liebhaber. Es ließ die Falter gegen die Lampe neben meinem Bett klatschen, während es ihnen zu Gefallen war.»

Er warf den Melonenrest weg und legte zärtlich den Arm um sie. «Es ist nicht wichtig.»

«Doch, ich möchte es dir sagen. Dann – als Simon mich das erste Mal berührte, das war in einem Garten. Da gab es Falter, Stechmücken und einen Kuß . . .» Sie hielt inne und setzte dann kalt hinzu: «Ich habe ihn gehaßt.»

Die Finger, die sie liebkost hatten, verharrten. «Das darfst du nicht. Ich tu's auch nicht. Das würde ihm nicht helfen.»

Darauf sagte sie: «Ist er dein Vater?»

Er ließ ihre Hand los, und dann zog er die Knie an und legte die Arme darum. «Ich glaube es. Und meine Mutter, seine erste Frau, hat es auch geglaubt.»

Er hörte den kühlen, ruhigen Ton der eigenen Stimme. Sie sagte: «Aber er hat nie Kinder gezeugt.»

«O doch – einen Sohn, vor mir, der tot auf die Welt kam. Simon behauptete, zwischen seinem Tod und meiner Geburt kein einziges Mal mit meiner Mutter geschlafen zu haben. Meine Mutter sagte, sie habe mit keinem anderen geschlafen. Ich habe ihr geglaubt.»

«Du hast sie gekannt?»

«Natürlich», erwiderte er. «Sie hat bei ihrem Vater gelebt, nachdem Simon sie verstoßen hatte. Sie starb, als ich sieben war.»

«Und?»

«Und so wurde ich nach Genf in Dienst gegeben. Ich nehme an, Simon hoffte, ich würde für immer dort bleiben. Aber der Vater meiner Mutter – seine Ehefrau – die Schwester seiner Ehefrau –»

«Aber Marian de Charetty hat dich bei sich aufgenommen», sagte Katelina. «Und dich großgezogen. Und geheiratet.»

«Nein», entgegnete er. «Ich habe sie gebeten, mich zu heiraten.» Nach einer Pause fügte er hinzu: «Wer hat dir das gesagt? Daß Simons Gemahlin meine Mutter ist?»

«Simon selbst. Er prahlte damit, du hättest vor, deine ganze Familie zu vernichten, hättest ihm aber nichts anhaben können. Er sagte, du hieltest ihn für deinen Vater. Und deshalb dachte ich, du hättest . . .»

«. . . ihm blutschänderisch und heimlich mein Kind unterschieben wollen. Glaubst du das noch immer?»

«Ich bin nicht aufrichtig gewesen», sagte sie. «Ich bin zu dir nicht aufrichtig gewesen. Du kamst zu mir, weil ich es wollte. Ich sagte dir, es sei nichts zu befürchten. Du konntest nachher nicht wissen, daß ein Kind unterwegs war. Ich weiß nicht, warum du geheiratet hast.»

«Das ist nicht wichtig», sagte er. «Wir hätten damals nicht heiraten können, du und ich, du hättest es nicht ertragen können. Alles kam daher, daß du unzufrieden und unglücklich warst, das habe ich schon immer gewußt.»

«Ich hätte deinen Tod herbeiführen können, in Lindos . . .»

Er wandte sich um und lächelte sie an, die Hände fest verschränkt. «Du wärst dazu berechtigt gewesen. Ich kam, um die Pflanzen zu vergiften. Das mußt du inzwischen wissen. Aber nicht nur deswegen. Ich wollte sehen, ob ihr in Sicherheit wart, du und Diniz. Und mich vergewissern, daß ihr das auch weiterhin seid.»

«Aber warum hätte ich das nicht sein sollen?» Sie runzelte die Stirn. «Der Kampf bei der Schlucht. Meine Eskorte wurde angegriffen und ließ mich dann zurück.» Sie blickte auf. «Hätte mich den Schlangen ausgeliefert, wenn du nicht gewesen wärst. War das geplant? Wie hast du davon erfahren?»

«Durch eine kluge Frau namens Persefoni. Sie hat dir das Leben geschenkt. Sie hat uns beide zur Fontana Amorosa geschickt, und wer von dieser trinkt, den dürstet für immer.» Sie machte eine Bewegung, und er fuhr fort: «Nein. Bitte. Wenn ich dich noch einmal berühre, werde ich nie dazu kommen, dir zu sagen, was du wissen mußt. Hör zu. Jemand trachtete dir nach dem Leben. Man hat schon früher versucht, dich zu töten, aber nur Tristão getroffen. Sie lagen im Hinterhalt. Sie wußten, daß du ihm folgen würdest.»

Jetzt setzte sie sich auf. «Wer?»

«Die Königin», sagte er. «Und vielleicht Primaflora.»

«Die Königin?»

«Und Primaflora», sagte Nicolaas. «Die Lusignans wollen gewinnen, wenn sie kämpfen, und die Königin ist eine Lusignan. In Venedig war es ihr nicht gelungen, mich für ihre Sache zu gewinnen, in Bologna glaubte sie schon, mich auf ihre Seite gezogen zu haben, und dann hat sie mir Primaflora nachgeschickt, um mich einzufangen, zuerst nach Brügge und dann in die Abruzzen. Sie machte mich zum Ritter, als ich nicht anders konnte, weil eine Weigerung den Tod meiner Leute bedeutet hätte, und als sie glaubte, du könntest mir etwas antun, gab sie den Befehl, dich daran zu hindern und notfalls zu töten. Als du dann nach Zypern gelangt warst, machte sie sich kein Gewissen daraus, alle Botschaften entgegenzunehmen, die du ihr schicken konntest.»

Er streckte sich und lächelte sie an. «Aber inzwischen hatte ich ihr einen Streich gespielt, indem ich in den Dienst Zaccos trat, und da wollte sie mich töten. Du hättest das vorbereiten sollen. Du oder Diniz. Als du es nicht tatest, benutzten sie dich, um mir eine Falle zu stellen. Und um die Pflanzen unschädlich zu machen. Sie will noch immer Zypern zurückerobern und da will sie nicht, daß Zuckerrohrpflanzen nach Madeira gelangen. Und ich wollte, um ehrlich zu sein, verhindern, daß Simon sie bekam. Er hat nach Kräften versucht, meinem Geschäft zu schaden, da habe ich das Recht, mich zu wehren. Mehr habe ich nie getan.»

«Und Primaflora? Hat sie die ganze Zeit im Dienst Carlottas gestanden?»

«Die ganze Zeit», bestätigte Nicolaas. «Sie hat kein Geld, keinen Gönner. Sie schlägt sich durch, so gut sie kann. Sie hat abgewartet, um zu sehen, welche Seite gewinnt.» Er hielt inne, setzte dann nach einer Pause hinzu: «Sie war meine Mätresse, das weißt du. Und es hat noch andere gegeben, von denen du wohl auch weißt.»

Sie sagte: «Ich glaube, sie ist nicht nur pflichtgemäß bei dir.»

«Sie ist aus vielen Gründen bei mir», erwiderte er. Er zögerte und fuhr dann fort: «Die Pflanzen waren Teil des Preises, den sie forderte.»

«Wofür?» Sie drehte sich ganz zu ihm herum.

«Für deine Sicherheit», sagte er. «Und wie du siehst, hat sie falsch gespielt.» Er zögerte wiederum. «Sie ist eifersüchtig. Sie wird es nicht noch einmal versuchen. Sie verläßt die Insel noch vor dir.»

Ihre Augen waren dunkel geworden. «Mit dir?»

«Ja», sagte er. «Ich bin der Rest des Preises.»

Es entstand ein Schweigen. Sie blickte zu Boden und hielt seine Hände, ohne sie anzusehen. «Ich kann nicht zu Simon zurückgehen», sagte sie schließlich.

«Du mußt», entgegnete er. «Seines Sohnes wegen.»

Ihr Griff lockerte sich, und sie blickte gequält zu ihm auf. «Du hast ihn nie gesehen.»

Er hatte die kühle Stimme wiedererlangt und behielt sie bei. «Wir haben ihn gemacht, du und ich. Wenn er bei dir ist, wird er einen Namen haben und glücklich sein. Bei mir wäre er der Bastard eines Bastards. Und wenn du Simon verläßt und nicht zu mir kommst, wer kümmert sich dann um unseren Sohn?»

«Ich habe mich gefragt, als ich mit ihm schwanger ging . . .» Sie hielt inne.

«Ja?» Er erhob sich ruhig und sah zu ihr hinunter.

«Ob du ihn würdest haben wollen. Ob du Kinder gern hättest. Ob du schon andere hattest. Ob du ein guter Vater sein würdest. Ob du mich heiraten würdest.»

Er sagte: «Ich habe keine anderen. Dienstmädchen wissen sich zu schützen. Katelina, wir können nicht heiraten. Du wirst Vater und Mutter sein müssen. Aber wenn er größer wird ... ich würde gern hören, wie es ihm geht.»

«Ich kenne ihn nicht», sagte sie. «Das Wesen und das Aussehen hat er von dir. Ich konnte ihm nicht auch noch mein Herz geben.»

«Jetzt kannst du es», sagte Nicolaas.

Ihre Augen wurden feucht. «Aber ist das alles? Ist das alles, was ich bekomme? Ich dachte in Brügge, es sei so, weil es das erste Mal war.»

«Ich hätte dir sagen können, daß dem nicht so ist.»

«Aber du hast es mir nicht gesagt. Hättest du es, wäre nichts von dem hier geschehen.» Er erwiderte nichts darauf. Sie fuhr mit jäher Heftigkeit fort: «Simon – er ist ein schwacher Mann, der nie erwachsen wurde. Er ist wie Diniz. Er ist nicht älter als Diniz.»

«Was glaubst du, wie Zacco ist?» entgegnete Nicolaas. «Ich mußte zwischen Carlotta und ihrem Bruder wählen, und ich entschied mich für Zacco, weil er der stärkere Herrscher zu sein schien. Aber auch er ist unreif, und er ist verwöhnt, so daß er angeleitet, verlockt und beschwatzt werden muß, wenn er die Richtung nicht verlieren soll. Ich schlafe nicht mit ihm. Du hast diesen Vorteil bei Simon. Ich habe dir schon einmal gesagt: hilf ihm. Du verstehst viel vom Handel. Hat er Raffinerien gebaut oder hat er wie ich den Fehler gemacht, sich von anderen erpressen zu lassen, die das vor ihm taten? Ich werde einen guten Gewinn erzielen dieses Jahr, aber nicht den Gewinn, der es hätte sein sollen. Warne ihn.»

Katelina sah ihn nachdenklich an. «Meinst du das ernst? Aber du hast doch seine Pflanzen vernichtet.»

«Auf einen Angriff antworte ich», sagte Nicolaas. «Aber ich werde ihn nicht daran hindern, seinen eigenen rechtmäßigen Handel zu befördern. Er braucht das. Er braucht dich.»

«Wie ist also der Name des Räubers?» fragte Katelina.

Er sagte: «Es gibt nur ein Haus. Du hast es genannt.»

Sie saß so still da, daß er befürchtete, es könnte falsch gewesen sein, davon zu sprechen. Aber sie dachte, wie es schien, an etwas anderes. Sie sagte: «Wie kann ich seine Beraterin sein? Ich würde Hilfe brauchen. Ich würde dir schreiben oder mit dir sprechen müssen. Ich könnte nach Brügge kommen. Du würdest einen Grund für Besuche in Brügge haben. Wir könnten uns treffen.»

«Und Simon? Er würde es herausbekommen. Wir könnten uns nicht treffen, ohne so zusammenzukommen wie jetzt. Wenigstens ich könnte das nicht.»

Sie erhob sich und küßte ihn so, wie er es sie gerade gelehrt hatte, was ihm viel Selbstbeherrschung abforderte. «Nein?» Sie legte ihm die Arme um die Schultern, und ihr ganzer Körper schmiegte sich dem seinen an. «Dann komm zu mir. Wir würden das Kind zu uns nehmen. Wir würden eines Tages heiraten. Oder erschreckt dich der Gedanke an eine Familie?»

Er nahm ihre Hände und schob sie von sich, ohne sie loszulassen. «Du weißt so gut wie ich», sagte Nicolaas, «daß Simon über Leichen gehen würde, um seinen Sohn zu behalten; und daß er Arigho selbst töten würde, wenn er glaubte, er sei mein Kind.»

In seinem Ungestüm hatte er die italienische Namensform gebraucht. Katelina sagte: «Nennst du ihn so in Gedanken?»

Er drückte leicht ihre Hände und ließ sie fallen, wobei er sich umdrehte. «Ich weiß natürlich, daß du ihn nach deinem Onkel genannt hast. Jordan muß sich sehr geärgert haben.» Er kniete hin, um seine wenigen Sachen zu packen.

«Das Herz als Gefangener der Liebe», sagte sie voller Abscheu. «Er hat König René geholfen, es zu malen, und sich mit jedem Atemzug über Simon lustig gemacht. Warum bringt Simon Vater Jordan nicht um?»

Nicolaas richtete sich auf, die Bündel im Arm. «Weil Vater Jordan wahrscheinlich darauf wartet, daß Simon dich und mich und das Kind umbringt. Er liebt das Spiel.»

«Wie du.» Nun da sie fertig waren, sah sie sehr blaß aus.

«Nein», erwiderte Nicolaas. «Ich erfinde Rätsel und ihre Lösungen. Die Lösung dieses Rätsels hier verlangt, daß du dich sofort zum Kloster Kalopetra begibst – ich bringe dich hin – und dort schilderst, wie du nach dem Überfall geflohen bist. Du wirst erstaunt sein, wenn deine Bedeckung sich auf einmal einfindet, ziemlich zerzaust. Du wirst anständige Kleider bekommen – wie?»

«Meine Zofe», sagte Katelina. «Sie ist schon dort mit meiner Habe.»

«Das dachte ich mir. Gut, dann machst du dich unter sicherem Geleit auf den Weg zur Stadt, wo, so wurde mir gesagt, schon ein Schiff auf dich wartet, das in den Westen fährt. Geh an Bord. Säume nicht und geh an Bord.» Er hatte ihr keine Anweisungen mehr zu geben, aber er redete weiter darauflos, während er ihr die Stola über das lose Haar legte und sie über dem Hemd faltete. «Denn sie war gekleidet in ein Gewand strahlender als das Feuer, verziert mit Näherei aller Art, das über ihren zarten Brüsten leuchtete wie der Mond, herrlich anzuschauen.» Er hielt inne und sagte: «Nein . . . Wir dürfen nicht . . .»

Die seidene Schnur war fort, und so knüpfte er rasch Binsen zusammen und legte ihr den Ring über das Leinen um die Stirn. Dann stand er da und bewunderte sein Werk. «War der Schleier für dich gemacht?»

«Er wurde mir geschickt», sagte Katelina. «Ein Geschenk der Königin, das ich in Lindos bekam. Und wenn ich nach Portugal abgereist bin?» Sie saß mit seiner Hilfe auf, und er schwang sich hinter sie auf das Pferd, reichte um sie herum und ergriff die Zügel.

«Und dann? Dann werde glücklich, Katelina. Wenn du glaubst, daß du jetzt weißt, was Glück ist. Es läßt sich auch ohne mich finden.»

Sie hatte Tränen auf den Wangen. «Ich weiß. Ich weiß, was du gesagt hast. Aber Simon mag sterben. Was wird, wenn Simon stirbt? Dann könnte ich dich heiraten.»

«Vielleicht», sagte er. «Aber ich habe mich auch gebunden. Ich muß Primaflora den Rest des Preises zahlen. Hier hat sie alles, was sie braucht. Um sie zum Fortgehen zu bewegen, mußte ich ihr wenigstens die Ehe anbieten.»

Er wollte mit den Zügeln schnicken, aber ihre Hand hielt die seine fest. Ungläubigkeit, Bestürzung, Verzweiflung zeichneten sich auf ihrem Gesicht ab. «Eine Kurtisane! Als die Königin davon sprach, war das eine Beleidigung. Wir können entfliehen, du und ich, ohne daß du Primaflora heiraten mußt.» Sie zögerte auf eine Art, wie sie es früher nie getan hätte. «Es sei denn, du wolltest es. Ich habe kein Recht. Ich bin verheiratet, und du bist es nicht.»

«Ich bin verheiratet», sagte er. «Ob ich es will oder nicht, ist nicht wichtig. Es war der Preis für mein Leben und für das deine.»

Eine geraume Zeit saß sie regungslos in seiner Umarmung. Er bewegte die Zügel, und das Pferd stapfte los, setzte sich auf weiteres Schnicken in Trab. Nach einer Weile hörte er sie sagen: «Ihr seid verheiratet. Wann hast du sie geheiratet?»

«In Lindos, bevor ich zu dir auf die Burg kam. Ohne sie wäre ich nie zu dir gelangt.»

«Dann warst du also in keiner Gefahr?» sagte sie langsam. «Obwohl ich dein Kommen gemeldet hatte?»

Er nahm sich seinerseits mit der Antwort Zeit. «Ich werde es nie wissen. Ich hoffe, ich werde es nie wissen.»

Sie blickte sich zu ihm um mit einem schmerzlichen Zug auf dem Gesicht. «Aber eines Tages hast du vielleicht einen Sohn. Noch einen Sohn.»

Er lächelte über die Heftigkeit in ihrer Stimme, schüttelte den Kopf und erwiderte: «Primaflora ist nicht meine Familie, nur meine Begleiterin. Ich habe den einen Sohn, den ich brauche, und er ist in guten Händen. Du ziehst ihn für mich groß.» Danach lag nur noch eine kurze Wegstrecke vor ihnen, und sie sagte nichts mehr.

Er half Katelina vom Pferd, kurz bevor das Kloster in Sicht kam, aber es dauerte eine Weile, bis sie ihn losließ.

Schließlich standen sie, mit den Händen noch verbunden, einander schweigend gegenüber. Und da sah er, wie sich ihr Gesicht verändert hatte. Der Zorn und die Verzweiflung waren verschwunden, und die Schönheit, die schon immer dagewesen war, hatte zu voller Blüte gefunden. Ihre Augen glänzten wie der Tümpel beim Wasserfall, und ihre Lippen waren weich vom Küssen. Er erkannte das Strahlen der geschenkten wie der empfangenen Liebe und fühlte sich beschämt und dankbar und beklommen. Sie hatte den Schritt für ihn getan. Sie hatte ihr Herz geöffnet, und Freude sollte ihr Lohn sein.

Sie trennten sich. Er sah, wie sich das Tor hinter ihr schloß, und lenkte dann sein Pferd herum und ritt gemächlich seinem Treffpunkt entgegen. Das Land hinter ihm versank im Dunkel, doch voraus war der Himmel entflammt von den Seen des Abends, und bald darauf, als er über eine Anhöhe kam, sah er vor sich das Meer mit der roten Sonnenscheibe, die gerade darin versank.

Er war im Morgengrauen nach Lindos gekommen – es schien so lange her. Irgendwo schrie ein Esel, Frösche quakten, und die Büsche um ihn her zuckten vor Faltern. Er zog die Zügel straffer und ritt hinunter zur Bucht und zu dem Boot und zu dem Schiff, auf dem Primaflora, seine Ehefrau, schon wartete.

Kapitel 33

So musste sich Nicolaas denn, als er nach Zypern zurückkehrte, zum zweitenmal in einem keineswegs langen Leben überlegen, wie er nach einer nicht ganz schicklichen Heirat seine Umgebung für sich einnahm. Er hätte eigentlich darin Übung haben sollen, aber die Kreise, in denen er sich jetzt bewegte – und ihr Verhältnis zu ihm – unterschieden sich von denen beim erstenmal und waren zudem gefährlicher. Er versuchte die Aufgabe dadurch zu lösen, daß er gegenüber jeder Herausforderung wie üblich eine große Ruhe an den Tag legte.

Mit dem Fischerboot, das seine Gemahlin gemietet hatte, fuhr er nach Salines. Dort versteckte er Primaflora für kurze Zeit, während er nach Kouklia eilte, um dort nach dem Rechten zu sehen und mit Loppe zu sprechen. Er erzählte von seiner Heirat im engsten Kreis nach einem Rundgang durch die Zuckerrohrfelder und Besprechungen, an die sich ein Mahl in fröhlicher Gesellschaft im Hof anschloß. Nachdem die anderen gegangen waren, saß Loppe mit Nicolaas noch weiter draußen unterm Sternenhimmel und lauschte dem knappen Bericht, den Nicolaas zu geben bereit war. Dieser Bericht sagte von Katelina zuerst kaum mehr, als daß sie inzwischen wohl abgereist war, und erwähnte nur, daß die Pflanzen vernichtet worden waren, aber nicht, wie und wo Nicolaas das bewerkstelligt hatte. Loppe, ein geduldiger Zuhörer, machte erst ganz am Schluß eine Bemerkung. «Nicht überraschend nach den Briefen, die Ihr hinterlassen hattet. König Jakob hat sich über seinen sehr geärgert. Was habt Ihr ihm geschrieben?»

«Daß seine Zuckereinkünfte zurückgehen würden, falls auf Madeira Zuckerrohrpflanzen von unserer Güte angepflanzt werden sollten. Daß die Frau, die sie mitgenommen hatte, auch Carlottas Spionin gewesen war und es zu Zaccos Vorteil sei, wenn die Pflanzen vernichtet werden und die Frau Rhodos so schnell wie möglich verläßt.»

«Inzwischen wird er wissen, daß Ihr zurück seid», sagte Loppe. Er lachte plötzlich. «Ihr wißt, daß die Demoiselle Katelina Euretwegen von der Mutter des Königs nach Episkopi geschickt wurde? Wenn es Euch gelungen wäre, sie für Euch einzunehmen, hätte sie aufgehört zu spionieren und wohl auch die Pflanzen in Ruhe gelassen, und Euer Leben wäre vor ihr sicher gewesen. Statt dessen . . .» Er hielt inne. «Statt dessen bringt Ihr eine nicht weniger schwierige Frau mit zurück.»

Nicolaas war bewußt, daß er dies eigentlich nicht hatte sagen wollen. Anstatt Katelina zu seiner Mätresse zu machen, hatte er dies mit einer Prinzessin von Naxos getan und Katelina von der Insel vertrieben. Er hatte stets vermutet, daß Loppe dies wußte. Loppe wußte alles. Nicolaas sagte: «Du glaubst, Primaflora könnte noch im Dienst der Königin stehen? Das fällt jetzt kaum noch ins Gewicht, wenn die Königin Kyrenia verliert. Sollte sie in einer anderen Beziehung gefährlich sein, werde ich schon damit fertig werden.»

Er wartete, aber er wußte, er würde von Loppe nicht so bedrängt werden wie von den anderen. Fragen ins Gesicht von Tobie, Fragen um zwei Ecken herum von John. Wie zu gegebener Zeit seine Freunde in größerer Ferne darüber dachten – Gregorio und Julius, Gottschalk und Anselm Adorne und vor allem auch Tilde und Catherine, seine Stieftöchter –, war etwas, das er von Anfang an hatte bedenken müssen. Er war das Planen gewohnt.

«Ihr braucht Euch keine Sorgen zu machen», sagte Loppe. «Der König wird einsehen, daß Frau Primaflora kaum dem Zorn der Königin überlassen werden konnte, nachdem sie Euch geholfen hatte, die Pflanzen zu vernichten und die Demoiselle außer Landes zu schicken.» Er hielt abermals inne, um dann hinzuzusetzen: «Die Demoiselle Katelina hat auf die Pflanzen sehr großen Wert gelegt.»

Nicolaas wußte, daß diese Bemerkung für Loppe einer Frage am nächsten kam. «Ich bin ihr begegnet», sagte er, «und sie weiß von der Heirat. Sie fährt heim zu ihrem Gemahl – Diniz wird schon dort sein. Es wird keine Schwierigkeiten mehr geben. Vielleicht wird Simon uns in Zukunft sogar ganz in Ruhe lassen.»

Er hörte Loppes ruhige Atemzüge. Die Lampen tropften. Ein Glühschein vom Hof der Venus her sagte ihm, daß die Kupferkessel siedeten und der schweren Nachtluft ihre Hitze zuführten. «Und doch ist sie gegangen?» sagte Loppe.

«Es gab keine andere Möglichkeit», erwiderte Nicolaas. Er begann sich langsam vom Tisch zu erheben, doch Loppe war vor ihm auf den Beinen. «Nein – bleibt. Im Dunkel ist es friedlich. Ich werde gehen.»

Es folgten einige schwierige Begegnungen, aber das Oberhaupt des Bankhauses Niccolo hatte sich inzwischen völlig in der Gewalt. Er ritt schnell nach Salines zurück, wo ein Geleit auf ihn wartete, das ihn und seine Gemahlin nach Nikosia bringen sollte. Primaflora hieß ihn willkommen.

Er bewertete ihren Willkomm als das Kunstwerk, das er war. In der Ehe wie im Konkubinat erforschte sie, was er begehrte, und gab ihm noch etwas mehr dazu. Wenn sie ihn abwies wie in Lindos, so geschah dies zu einem Zweck. Er hatte, als sie sich im späten Sonnenuntergang auf Rhodos wiedersahen, keinen Grund gehabt, ihr zu sagen, daß sie sich mit ihrer Zurückweisung verschätzt hatte; daß das, was er zu Katelina mitgenommen hatte, nicht unwillkommen gewesen war. Er hatte Primaflora versichert, daß die Pflanzen vernichtet waren. Er hatte weder zu ihr noch zu einem anderen etwas von der Schlucht bei Kalopetra gesagt. In der ersten Nacht nach der Abfahrt von Rhodos hatte sie die Verletzungen von seiner Felsenkletterei mit Salbe behandelt und ihn schlafen lassen, ohne eheliche Rechte geltend zu machen. Die kamen später und stellten Anforderungen auf eine für ihn ganz neue Art, aber sie waren nicht ehelicher Natur. Er wußte, daß er sie in mancher Hinsicht über alle ihre Erwartungen hinaus befriedigte und daß sie dies bisweilen verwirrte. Er sagte sich, daß er sie vielleicht überraschte, wenn er ihren Wünschen entgegenzukommen versuchte, die nicht gänzlich ausgefallen waren und sich ergründen ließen. Er wußte nicht, an wem er vielleicht zum Verräter wurde, indem er dies alles tat. Er wußte nur, daß es einiges gab, was er inzwischen zu vergessen wünschte.

Er verbrachte einen Tag damit, sie in Nikosia im Herrenhaus unterzubringen, und machte sie mit seinem Haushofmeister Galiot und mit Bartolomeo Zorzi bekannt, der seiner Färberei vorstand. Galiots Gedanken vermochte er nicht ganz zu ergründen. Zorzi war auf beleidigende Weise beeindruckt wie von nichts anderem in ihrer Bekanntschaft und verbeugte sich steif. «Madonna! Ah, Ser Niccolo – wenn Ihr mir auch eine solche Braut aus Rhodos mitbringen könntet!»

«Sie hat Schwestern», sagte Nicolaas. «Ich habe Euren Bericht gelesen: führt den karamanischen Auftrag aus. Habt Ihr für Diniz einen anderen eingestellt?»

«Es wird schon einer ausgebildet», erwiderte der Färbermeister. «Aber was ist mit der Tante des jungen Mannes? Mein Bruder Jacopo hat sich erkundigt nach der reizenden flandrischen Demoiselle.»

«Ihr geht es gut, sie ist auf dem Heimweg nach Portugal. Leider haben ihre Weinschößlinge und Zuckerstecklinge nicht überdauert. Wenn Ihr Messer Erizzo seht, könnt Ihr es ihm sagen.»

«Er wird traurig sein», sagte Bartolomeo Zorzi. «Aber in einem Krieg muß man mit allem rechnen. Ich hoffe nur, die Demoiselle kommt gut nach Hause und zu ihrem Gemahl.»

«Das hoffe ich auch. Meiner Gemahlin und mir ist es ein ernstes Anliegen. Ich würde sogar sagen, wir verlassen uns ganz darauf.»

Dann hatte er alles geregelt und ritt in Begleitung eines kleinen Troßzuges von Kamelen zum Heer und zu Zacco hinaus, der, das wußte er wohl, von seiner Rückkehr und ihren Umständen schon erfahren hatte. Als hätte es noch eines Beweises bedurft, wurde er beim Lagereingang von aufgestellten Posten und von Astorres Ruf aus der Ferne willkommen geheißen, den er gerade in dem Augenblick hörte, als er sah, daß sein Zelt wieder aufgeschlagen worden war und seine Dienerschaft davor wartete.

Innen war es voller Blumen, und Tzani-bey al-Ablak ließ gerade noch mehr hereinbringen. Der Emir wandte sich um, die Augen drogenverschleiert über der Hakennase und dem anmaßenden schwarzen Schnurrbart. Fern vom Schlachtfeld trug er einen weißen Turban mit einem juwelenverzierten Reiherfederbusch daran, und sein Mantel war aus safrangelbem Damast. Er sagte: «Oh, Pascha, Eure liebenswürdige Gegenwart entzückt uns zu früh. Wir bereiten einen Willkomm für Euch und die göttliche Dame, Eure Gemahlin, vor. Sie kommt in ihrer Sänfte?»

Astorre war hinter ihm ins Zelt getreten. «Ihr seid zurück! Ihr habt die Frau geheiratet!» Er blickte sich um. «Ist jemand gestorben?»

«Ich glaube», sagte Nicolaas, «Allahs weiser Jünger, der

Emir, entbietet mir Glückwünsche zu meiner Vermählung und den Segen von Gott und von Allah, dem Allwissenden, dem Befriediger aller Bedürfnisse. Emir Tzani-bey, man weiß es zu schätzen. Leider bleibt die Dame vorerst in Nikosia, aber später, so hoffe ich, werdet Ihr dort an unsere Tür klopfen. Darf ich Euch eine Erfrischung anbieten?»

«In meinem Zelt ist Wein», sagte Astorre.

«Der Emir möchte vielleicht etwas anderes – wonach darf ich schicken?»

Der Mamelucke lächelte. «Ihr seid freundlich. Aber seht, Eure Leute heißen Euch willkommen; Ihr seid gewiß müde und würdet lieber in ihrer Gesellschaft Wein trinken. Außerdem habe ich eine Botschaft für Euch. Monseigneur der König rechnet mit Eurer Aufwartung.»

«Wo ist er?» fragte Nicolaas.

«In seinem Zelt. Er ist ungeduldig. Vielleicht verzeihen es Euch Eure Männer, wenn Ihr zuerst bei Eurem Herrn vorsprecht. Er war, fürchte ich, über Eure Abwesenheit nicht erfreut. Solcherart ist die Tyrannei großmütiger Freundschaft. Aber wer von uns möchte ohne sie sein? Freundschaft oder Liebe einer Frau?»

«Das hängt von den Freunden ab», entgegnete Nicolaas, «und von der Liebe. Für diese Eure guten Werke möge Allah, der Gütige und Barmherzige, Euch belohnen.»

Er sah ihm nach, wie er hinausging, und sagte dann zu dem grinsenden Astorre: «Ich gehe lieber gleich. Könnt Ihr alle zusammenrufen? Vielleicht in Euer Zelt, nicht meines. Gibt es etwas, das ich wissen sollte?»

«Er ist zornig», erwiderte Astorre. «Zacco. Sonst steht nichts zu besorgen. Kyrenia wird sich bald ergeben. Die Abriegelung hatte Erfolg: Crackbene hat seine Schiffe nach Famagusta abgezogen. Einige Kranke, ein paar Todesfälle. Meister Tobie und der arabische Doktor vertragen sich wieder. John hat in Kouklia so viel Zeit verbracht wie hier, aber niemand hat sich beschwert. Thomas sagte, wenn Ihr die Frau haben wolltet, warum hättet Ihr sie dann in Brügge nicht behalten?»

«Ich wollte Thomas die erste Wahl lassen», sagte Nicolaas. «Darüber müssen wir noch reden. Deshalb will ich alle zusammen haben. Beruhigt sie inzwischen, wenn Ihr könnt. Es ist alles gutgegangen. Und es wird weiterhin alles gutgehen.»

«Und die Demoiselle? Herrn Simons Gemahlin?»

«Auf dem Heimweg nach Portugal. Ich muß gehen.»

«Viel Glück», sagte Astorre. «Nicht daß Ihr es verdientet. Ihr habt schon mehr als genug Glück gehabt, für einen Jungen Eures Alters.»

Wenn Nicolaas zwiespältige Gefühle hatte auf dem Weg zum Zelt des Königs, so wußte er sie zu verbergen. Er hatte sich die Zeit genommen, frische Kleider anzuziehen, sich das Haar zu bürsten und das Abzeichen seines Ordens ans Wams zu heften. Als er Zacco gegenüberstand, sah er, daß er sich in dessen Augen zuviel Zeit genommen hatte.

Der König war nüchtern. Das Zelt war ordentlich aufgeräumt, Diener standen am Eingang und drinnen. Drinnen waren auch Markios von Patras, der Onkel des Königs, und Abul Ismail, sein Arzt. Zacco, der zwischen ihnen auf und ab schritt, trug eine Strumpfhose und einen dünnen gegürteten Kittel aus geblümtem Stoff, mit dem Helmtuch noch über den Schultern. Die klassischen Gesichtszüge waren rosigbraun von der Sonne, und das in langen welligen Strähnen ungleich gebleichte Haar klebte ihm vor Hitze an der Stirn. Er drehte sich in dem Augenblick zu Nicolaas um, als dieser den Eingang verdunkelte. «Ha! Hurenkerl, Dieb, undankbarer Lügner!»

Nicolaas kniete nieder, den Blick auf ein Stück persischen Teppichs gerichtet. «Majestät – was habe ich gestohlen?»

Ein äußerst schmerzhafter Griff schloß sich um seinen Arm und zwang seinen Oberkörper hoch. «Zeit», sagte Jakob von Lusignan, und grub die Finger noch tiefer in seinen Arm. «Zeit, für die ich Euch bezahlt habe.» Er stand heftig atmend da und ließ dann los und zog die Hand zurück. Seine Augen nahmen Maß, blickten auf eine bestimmte Stelle zwischen seiner linken Schulter und dem Hals. Nicolaas wartete unbeweglich und biß nur die Zähne zusammen. Ein Augenblick verging, dann kam der Schlag. Er war heftig, aber er traf sein Gesicht, das zur Seite gerissen wurde. Nicolaas ließ den Atem ausströmen. Jakob grollte: «Ihr habt nichts zu sagen?»

«Er ist erschöpft vom Hurendienst», sagte Markios von Patras. «Wer ehelicht eine Kurtisane außer für Geld oder weil er etwas verkauft hat? Wen oder was habt Ihr verkauft?»

Nicolaas begann wieder ruhig zu atmen. «Monseigneur, Ihr habt volle Gegenleistung erhalten für Euer Silber. Der Feldzug war vollständig geplant, als ich fortging, und meine Männer haben geholfen, ihn ins Werk zu setzen. Ich hätte nicht mehr tun können, wäre ich hier gewesen. Was meine Ehefrau angeht . . .»

«Ehefrau!» sagte Jakob von Lusignan. «Sie ist eine Hure.»

Nicolaas sah den König mit klarem Blick an. «Dennoch habt Ihr mir einmal angeboten, sie herbeizuschaffen, Monseigneur. Ein Mann kann eine Konkubine lieben und sogar heiraten. Daß sie von Zypern fortgeschickt wurde, geschah nicht auf meinen Wunsch. Wenn ich sie jetzt zurückgebracht habe, so deshalb, weil niemand darüber zu bestimmen hat, wen ich zur Frau nehme. Und weil ich sie bei mir haben wollte. Und weil es gewiß auch im Königreich Zypern nicht verboten ist, eine Frau zu lieben, der das Schicksal bisher das Sakrament versagt hat. Sicherlich ist es auch nicht verboten, ihr gefallen zu wollen und den Wunsch zu hegen, daß sie Söhne gebärt wie den, dem ich jetzt diene und der stattlich und gerecht und mutig ist.»

Der König schwieg. Markios sah ihn an. Aus dem Augenwinkel heraus glaubte Nicolaas zu sehen, wie sich der Bart des Arztes bewegte, als lächele er. Der König fragte: «Wo ist sie? Die Konkubine?»

«Frau Primaflora ist in Nikosia», sagte Nicolaas.

«Und spioniert?»

«Erhabener König, sie hat dieser Treuepflicht entsagt. Frau Carlotta, Eure Schwester, würde sie töten lassen, wenn sie könnte. Würde Eure Herrlichkeit sie anhören und befragen? Sie wird freimütig antworten.»

Wieder tauschten König und Onkel einen Blick. Dann sagte Zacco: «Das wird meine Frau Mutter tun. Eure Ehe ist natürlich Eure Sache, aber das Einschleppen einer möglichen Verräterin ist es nicht. Sie hat ihr Leben lang meiner Schwester gedient.»

«Sie hat vielen Menschen gedient», erwiderte Nicolaas. «Sie hat sich nie zuvor gebunden, und sie und ich sind jetzt gebunden. Sie hat nur den Wunsch, auf Zypern bei mir zu bleiben.»

«Ihr könnt auf jeden Fall nicht gehen», sagte der König. «Kyrenia ist nicht gefallen. Famagusta machte keine Anstalten, sich zu ergeben. Ihr habt noch nicht getan, wofür Ihr bezahlt worden seid.»

«Seid beruhigt, Monseigneur, ich bleibe, bis ganz Zypern Euer ist. Und vielleicht werden Euch nach mir meine Söhne dienen.»

Der König setzte sich. Er sah den Arzt an, der sich vor ihm verneigte und dann Nicolaas ein Lächeln zuwarf. Abul Ismail sagte: «Ihr seid zweifellos gesund. Der König wünschte, daß ich mich dessen vergewissere.»

«Dank meinen Ärzten», sagte Nicolaas. Er erhob sich, während der Araber sich zurückzog. Einen Augenblick später ging Markios wortlos hinaus.

Der König sagte: «Setzt Euch. Welchen Wein habt Ihr auf Rhodos getrunken? Welches Elixier? Was sucht Ihr, was wir nicht beschaffen können?»

Nicolaas setzte sich. «Majestät, Ihr habt Töchter. Habt Ihr es nicht genossen, sie zu zeugen?»

Der Wein kam. Die Diener zogen sich zurück bis auf den, der sich um die Becher kümmerte. Der König fragte: «Und die Zukkerpflanzen und die Weinreben – sie sind eingegangen?»

«Ja», entgegnete Nicolaas. «Es werden andere Diebe und Rivalen kommen. Abermals wird man Pflanzen mitnehmen, und Euer Markt wird schrumpfen, aber jetzt noch nicht. Und wenn die Zeit wirklich kommt, gilt es andere Ernten zu finden, vielleicht noch reichere. Dies hier ist ein fruchtbares Land mit Platz für Vielfalt.»

«Glaubt Ihr?» Zacco hielt den Becher in der einen Hand und fuhr mit einem Finger der anderen an der kalten, beschlagenen

Außenfläche herunter. «Mir schien, Ihr könntet Eure Ernte bei Carlotta gefunden haben.»

«Nein», sagte Nicolaas. «Sie hatte es darauf abgesehen, mich zu töten. Dann wärt Ihr natürlich meiner Treue sicher gewesen. Ich ziehe es vor, sie Euch zu beweisen gemäß meinem Versprechen: indem ich Euch den Rest Eures Königreiches gebe.»

«Und danach?» sagte Zacco. «In manchen Dingen seid Ihr sehr freigebig mit Euren Versprechungen, in anderen macht Ihr Ausflüchte wie ein Araber. Das mißfällt mir.»

Das hatte Katelina gesagt. Das sagte jeder. «Das tut mir leid», antwortete Nicolaas langsam. «Vielleicht sind es Ausflüchte; vielleicht ist es Unsicherheit; vielleicht ist es Freiheitsliebe. Für mich ist es das Wesen dessen, was zwischen uns liegt. Sollte ich Euch einfache Antworten geben, die alle Zweifel beseitigen, alle Möglichkeiten?»

Lange starrte der König in seinen Wein. Dann trank er ihn rasch, zog sich das Tuch vom Nacken und warf es und den Becher dem Weinschenk zu, der mit der Kelle in der Hand an der Zeltwand stand. Das dünne, feuchte Tuch fiel zu Boden, den Becher fing der verblüffte Diener auf und schenkte ihn gut voll. Als er ihn brachte, nahm Zacco auch Nicolaas den Becher weg und warf ihn dem Mann zu. Er sagte: «Wenn ich eine solche Antwort will, werde ich sie Euch abverlangen, und Ausweichen wird Euch nichts nützen. Versteht Ihr?»

«Ja, Majestät», erwiderte Nicolaas. Der Becher, den er bekommen hatte, war bis zum Rand gefüllt.

«Gut», sagte Zacco. «Jetzt werdet Ihr hier bei mir bleiben und Maß für Maß trinken, bis einer von uns umfällt. Wer immer heute nacht zu Eurem Bett kommt, mein verliebter Niccolo, wird sich vergeblich bemüht haben: das verspreche ich Euch.»

Beträchtliche Zeit später sagte Tobie: «Aha, er kommt.» Er trat in Astorres Zelt zurück, wo man schon seit geraumer Weile aß und trank und Thomas einen Zustand zwischen Benommenheit und Bewußtlosigkeit erreicht hatte. John, bis zum Gürtel nackt, saß stumm mit dem Stift in der Hand auf einem Strohsack und zeichnete etwas. Astorre, der sein Mahl genossen hatte, reinigte sein Schwert: eine Aufgabe, die er sich selbst vorbehielt. Tobie, gereizt und unruhig, war schon ein dutzendmal vors Zelt getreten, seit man von der Trinkorgie erfahren hatte.

«Unser junger Ehemann?» fragte Astorre. «Nicht der König?»

«Nicht der König. Und beinahe nicht einmal Nicolaas, dem Aussehen nach. Er kommt nicht hierher.»

«Nun, das sollte er aber», sagte der Hauptmann verärgert. «Ich muß die halbe Nacht draußen sein und hätte schlafen können. Thomas, sieh mal nach, was er macht.»

Thomas stand keineswegs ungern auf und verschwand und sah recht erschüttert aus, als er zurückkam. «Er ist triefend naß drüben beim Wassertrog und kotzt, mit dem Finger im Hals. Der König auch. Der hatte keine Lust mehr zum Trinken und will jetzt die Leoparden herausholen und jagen gehen. Der arabische Doktor versucht sie davon abzuhalten.»

«Hoffentlich gelingt es ihm», sagte Tobie. Er rannte von Astorres Zelt die beträchtliche Entfernung zu dem seinen hinüber, ergriff einen Kasten und rannte erneut los, wobei ihm in der Sonne der Schweiß herunterlief. Die Leoparden stapften in einem Gestank von Urin an ihren schweren Ketten vorüber.

Da tauchte Abul Ismail vor ihm auf. «Ah, Ihr auch. Seid beruhigt. Euer Herr besaß wenigstens so viel Verstand, auf meinen Rat zu hören, und hat dann dem König gut zugeredet. Sie sind so schwach wie Rehkitze, aber wenigstens halb nüchtern.» Er seufzte. «Welche Last, sich um junge Männer von hitzigem Temperament kümmern zu müssen. Sie sind schon aufgesessen. Da reiten sie los.»

Tobie sah voller Zorn, wie die Jagdgesellschaft sich versammelte und an ihnen vorbeizog. Nicolaas ritt neben dem König. Er war bleich und hatte keinen Hut auf und glänzte von Wassertropfen, aber auf seinem Gesicht lag ein breites Lächeln; und das ihm zugekehrte Gesicht Zaccos offenbarte die gleiche Übelkeit, die gleiche Entschlossenheit, die gleiche verdrehte, unbekümmerte Freude. Tobie packte seinen Kasten anders, weil ihn der Arm schmerzte, und stapfte zu Astorre zurück. Dort erklärte er: «Er ist verrückt. Er ist es nicht wert, daß man sich um ihn sorgt. Ich lege mich schlafen. Wenn er etwas von uns will, dann morgen.»

«Mit Euch kann er ja morgen reden», sagte Astorre. «Wenn sie jagen gehen, gehe ich mit. Ha, da wird's was geben.»

«Sie sind alle verrückt», sagte John le Grant ganz ruhig und sah ihm nach. «Das hat man davon, wenn man sich einem Heer anschließt. Und die verrückteste Person überhaupt ist eine Frau, die sich mit solchen Leuten einläßt.»

In der Nacht übernahm Astorre die Wache bei den Männern im Belagerungsring, nachdem er bei der Verteilung der Jagdbeute dabeigewesen war und Nicolaas und den König zu ihren Zelten begleitet hatte. Einige Zeit später, als er zwischen den stillen Reihen einherging, gab ihm auf einmal jemand einen freundlichen Klaps auf den Arm, und er sah zu seiner Überraschung, daß Nicolaas, betrunken oder nüchtern, beschlossen hatte, sich zu ihm zu gesellen. Sie gingen nebeneinander her, zuerst schweigend, und kletterten dann von einem Posten zum anderen, während Astorre ihm seinen persönlichen Bericht von der Belagerung gab. Er beschrieb die Geschützstellungen und die kleinen Gefechte, wies auf angerichtete Schäden und die Anstrengungen der Verteidiger hin. Er geriet dabei richtig in Fahrt, wurde sehr lebhaft beim Beantworten von Fragen. Er hatte diesen Burschen herangebildet. Kein anderer seines Alters erfaßte eine Lage so schnell oder verstand ihn so gut. In einer Stunde empfing Astorre den ganzen Lohn für seine Mühen.

Gegen Ende des Rundgangs stiegen sie den Hang hinauf und standen dann an der Stelle, von der sie aufgebrochen waren. In der Ferne lag die Stadtfestung, schwarz vom Meer sich abhebend in einer mondlosen Nacht. Man sah keine Lichter, keine unruhig gewordenen Wachen auf den Wehrgängen. Astorre deutete mit dem Kopf hinüber. «Es geht jetzt bald zu Ende. Alle ein, zwei Tage versucht sich einer zu ergeben. Die Frauen haben wir herausbekommen, wenn auch erst letzte Woche. Wollt Ihr Euch nicht setzen?»

«Weil ich vielleicht müde bin?» Nicolaas ließ sich mit einem Plumps in das vertrocknete Gras fallen. «Wo habt Ihr sie hingebracht?»

«Die Frauen? Wo Ihr gesagt habt – in eines der Klöster. Bleibt Ihr?» Sein Bart reckte sich vor.

«Astorre – ich weiß, Ihr liebt die Zeremonien, aber ich nicht. Primaflora will nirgendwo empfangen werden, und ich auch nicht. Ja, ich bleibe. Wir bleiben alle, bis Famagusta gefallen ist. Welche Schiffe haben in den Hafen zu gelangen versucht?»

«Nicht viele», sagte Astorre. «Die gesamte venezianische Flotte tobt sich aus – sie haben versucht, Lesbos zu nehmen, und sind damit gescheitert: die Narren glauben, sie können wieder auf der Morea Fuß fassen. Und Euer verdammter Orden . . .»

«Nicht meiner», entgegnete Nicolaas. «Des Heiligen Vaters liebe Kinder, meint Ihr. Ich habe es in Rhodos gehört. Sie haben Mühe genug, sich selbst zu verteidigen; und die Genuesen können sich die Schiffe oder das Geld nicht leisten. Ihr seht keinen Kreuzzug voraus, der Carlotta zu Hilfe käme?»

«Nicht dieses Jahr. Aber die Kriege da drüben scheinen nachzulassen. Der Papst ist Malatesta los. Wenn er Burgund dazu bringt, mehr als nur Geld zu schicken, könnten sie für nächsten Sommer eine bewaffnete Flotte zusammenbringen.»

«Aber bis dahin hat Jakob die ganze Insel in Besitz», sagte Nicolaas. «Oder zweifelt Ihr daran?»

Astorre schüttelte den Kopf. «Wir haben ihm Zypern versprochen, und bei Gott, er wird es auch bekommen. Aber Famagusta ist eine harte Nuß. Ich glaube, wir knacken sie nicht vor dem Winter.»

«Den Gedanken hatte ich auch schon», sagte Nicolaas. «Also Schwierigkeiten bei der Versorgung. Diese Ebene wird zu einem Schlammfeld. Ich werde einmal hier und einmal in Kouklia sein. Und Zacco wird sich langweilen.»

«Glaubt Ihr?»

Nicolaas lachte leise. «Ist es da nicht gut, daß ich geheiratet habe? Was meint Thomas?»

«Ich hab's Euch ja gesagt. Er schwärmt für sie. Ihr müßt nur sehen, wie seine Augen aufleuchten. Das ist genau die Frau, wie er sie sich vorstellt als . . . als . . .»

«Als Dienstherrin», sagte Nicolaas. «Nun, da hat er kein Glück, sie wird nicht seine Dienstherrin werden. Sie besitzt keinen Anteil an der Bank und auch keinen an Catherines Treuhandvermögen. Laßt das bekannt werden.»

«Ah!» sagte Astorre. «Da wird Doktor Tobie erleichtert sein.»

«Doktor Tobie würde erleichtert sein, wenn er ein Wort davon glaubte», sagte Tobies Stimme. Der Arzt setzte sich und nahm seinen Helm und die Kappe ab, so daß sein Kahlkopf schwach glänzte. «Ihr seid ein Narr», fuhr er fort. «Sie hat's auf das Geld abgesehen.»

«Vielleicht», entgegnete Nicolaas in sanftem Ton. «Aber sie hat im Ehekontrakt schriftlich darauf verzichtet. Ich habe ihn hier. In Latein. Sie bekommt nichts außer meiner persönlichen Habe. Ich habe das Papier im Frühjahr von Gregorio aufsetzen lassen.»

Zwei Augenpaare leuchteten ihn im Dunkel an. «Für alle Fälle?» sagte Tobie.

«Für alle Fälle», bestätigte Nicolaas.

«Und für welche alle?» sagte Tobie. «Mir scheint, Ihr habt in der letzten Zeit alle Frauen in der Levante gehabt. Was ist mit Katelina und Königin Carlotta?»

«Ja, warum nicht? Ich weiß nicht – ich hatte das Gefühl, jemand würde mich heiraten, und ich wußte, wie Ihr Euch alle aufregen würdet, wenn ich nicht an Eure Zukunft dachte.»

«Und Zacco?» sagte Tobie.

«Er hat die Sache gebilligt, vorbehaltlich einer kritischen Prüfung durch Ohnenase. Und wie wird die ausgehen?»

«Ich glaube», sagte Tobie langsam, «Eure neue Gemahlin wird bleiben dürfen. Ihr Bastard.»

«Junger Teufel», sagte Astorre in herzlichem Ton. Er grinste. Tobie grinste nicht. Nicolaas sagte: «Kommt schon – wir halten Astorre wach. Ich lege mich wieder schlafen.»

«Tut das», sagte Astorre, «aber weckt mich morgen nicht. War die Beute der Rede wert?»

«Das kommt darauf an, wovon Ihr sprecht», sagte Tobie säuerlich.

Er ging mit Nicolaas zurück, blieb stehen, wenn Nicolaas stehenblieb, um mit jemandem zu sprechen, was mehrmals vorkam. Beim Zelt wollten ihm Diener beim Auskleiden helfen, aber er schickte sie fort. Zu Tobie sagte er: «Wenn es denn sein muß, kommt herein und sprecht Euch aus.»

«Ich hab's schon gesagt», entgegnete Tobie. «Ihr Bastard.» Er trat in das Halbdunkel hinein, nieste und stand ein wenig unruhig da, während Nicolaas sich auszog. «Ihr habt ein paar neue Narben eingefangen, seit ich euch das letzte Mal gesehen habe.» Er nieste noch einmal.

«Ich bin nach Rhodos gefahren und wieder zurück, seit Ihr mich das letzte Mal gesehen habt. Die Schlange in ihrem Erdloch, die Wolke, die über den Himmel wandert.» Er setzte sich, bis auf die Unterwäsche entkleidet. «Ich habe Katelina nichts getan, und sie hat mir auch nichts getan. Der Junge war nach Portugal gereist, und sie folgt ihm nun. Jetzt wird Simon uns nicht mehr stören, noch wird er ohne die Pflanzen einen großen Gewinn einheimsen. Es tut mir leid, daß ich Euch verlassen mußte, aber es gab Dinge, die getan werden mußten und die jetzt getan sind.»

«Ja, so scheint es zu sein», sagte Tobie. «Das habe ich gemeint. Ich kann mir drei Gründe denken, aus denen Ihr diese Primaflora geheiratet haben könntet, und sie machen mir alle drei angst.» Er zögerte. «Ist es das Kind? Sie könnte Katelinas Sohn großziehen, wenn Ihr ihn bekämt.»

«Nein», erwiderte Nicolaas. «Ein so großer Bastard bin ich nicht.»

«Dann gefallen mir die anderen Gründe nicht.»

«Versucht's doch mit dem einfachsten. Sie ist seit September immer wieder meine Mätresse gewesen. Sie ist, wie Ihr zugeben werdet, recht außergewöhnlich. Ihr seid grün vor Neid, weiter fehlt Euch nichts.»

«Ich glaube, ich möchte, daß Ihr mir sagt, sie sei schwanger. Denn wenn sie das nicht ist, spielt Ihr schon wieder ein Spiel. Ein

Spiel, das ich nicht verstehe. Ein verdammtes, verstecktes, verschlungenes Spiel, das vielen Menschen weh tun wird. Das tut Ihr doch, nicht wahr?» Er nieste sehr heftig.

«Sie ist nicht schwanger», sagte Nicolaas. «Tobie, soll ich die Blumen hinausstellen oder wollt Ihr Euch jetzt aus meinem Zelt entfernen und mich ein wenig verdammten, versteckten, verschlungenen Schlaf finden lassen?»

Er war verrückt und nicht wert, daß man sich mit ihm befaßte. Tobie ging unter mehrfachem Niesen bestürzt hinaus.

Kapitel 34

Zermürbung, Bestechung und gesunder Menschenverstand führten wenige Wochen nach Nicolaas' Rückkehr zum Fall von Kyrenia, und hätte die Nachricht Carlotta, die darüber in Unkenntnis blieb, vielleicht auch niedergeschmettert, so brachte sie den Leuten auf Zypern doch keine Überraschungen. Die savoyardischen Ritter und ihre Begleiter marschierten hinaus, und Zacco und sein Heer überquerten die Zugbrücke und ergriffen von der Zitadelle Besitz. Es gab ein Bankett mit allen Hauptleuten, bei dem großzügig goldenes Geschirr, Geld und Dörfer verteilt wurden, und keiner, ob Mamelucke oder Weißer, kam dabei zu kurz. Nachdem er die Zitadelle mit seinen Leuten besetzt hatte, brach Zacco wieder auf. Die Stadt draußen war seit langem verwüstet und leer, und er zog in der Hitze des Tages St. Hilarion vor. Wäre er darauf angesprochen worden, hätte er zugegeben, daß den ebenso zähen wie klugen Bemühungen dieses Niccolo gelungen war, was er mit einiger Anstrengung vor einigen Jahren schon selbst hätte bewerkstelligen können. Der letzte Unterschlupf der Lusignan-Königin war eingenommen, und Carlotta hatte keine Heimat mehr. Jetzt mußte auf ganz Zypern nur noch Famagusta zurückerobert werden.

Angesichts des Falls von Kyrenia zeigte sich Nicolaas besonders hartnäckig und richtete sich in den Wochen nach seiner Eheschließung im Norden ein. Während dieser Zeit wurde Primaflora in den Palast von Nikosia bestellt, um sich von der Mutter des Königs kritisch mustern zu lassen.

Trotz der Belagerung hatte Nicolaas viele Male die kurze Reise gemacht, um in seinem Haus in der Stadt zu schlafen. Während er dort war, hatte er natürlich auch einige Zeit in der Färberei verbracht, und zweimal hatte er die längere Reise nach Kouklia unternommen. Dennoch wäre er, wie sich Primaflora deutlich bewußt war, nicht wegen der Färberei allein gekommen bei dieser Hitze. Seit Rhodos wußte sie (er hatte es ihr gesagt), wie er der Flamin in Lindos begegnet war, und sie wußte auch (obschon er ihr das nicht gesagt hatte), daß Katelina van Borselen auf irgendeine Weise zum Verkehr mit ihm überredet oder gezwungen worden war. Aber was immer geschehen war, er hatte die Frau nicht zurückgebracht, sondern sie zu ihrem Gemahl nach Hause geschickt. Was immer geschehen war, es hatte ihn beunruhigt. Sie kannte ihn jetzt gut genug, um seine Tarnung zum Teil – oder sogar ganz – zu durchschauen. Die Auswirkungen dieser Unruhe fand sie äußerst angenehm.

Dann hatte sich Kyrenia ergeben, und er war, wie es nicht anders sein konnte, einige Zeit fort. Schauergeschichten machten die Runde, vom Eindringen der Mamelucken in die Zitadelle, von der Zerstörung, der Plünderung. Es würde einige Zeit dauern, bis der König dort einziehen konnte, wo früher einmal seine Schwester Carlotta gewohnt hatte. Inzwischen beschäftigte sich Primaflora damit, ihren Haushalt zu vervollkommnen, eine Kunst, in der sie erfahren war. Sie legte Wert darauf, mit dem Haushofmeister gut auszukommen, und machte sich ein Vergnügen daraus, Bartolomeo Zorzi zu einer fast unhörbaren Weise tanzen zu lassen. Sie liebte beim Abrichten eine gewisse Schärfe.

Als die Aufforderung zur Vorstellung im Palast eintraf, ging sie weder als Freudendame noch als Adlige gekleidet. Eine Kurtisane war eine Frau mit bestimmten Gaben, die sich an einen Mann von Einfluß anschloß und erwartete, als eine Art Nachweis für seinen Reichtum vorgeführt zu werden. Marietta von Patras war aus der Morea herübergekommen im Gefolge der Gemahlin König Johanns von Zypern, Helena Palaeologa. Ob sie als Jungfrau nach Zypern kam, war unbekannt. Offenkundig war, daß der König sie zu seiner Mätresse erkor und daß er ihren gemeinsamen Sohn Zacco innig liebte, während er der Gesellschaft der leicht erregbaren Carlotta, der rechtmäßigen Tochter, die er mit Helena hatte, aus dem Weg ging. Marietta von Patras war eine Frau von Stand, geehrt als die ständige Mätresse eines verstorbenen Monarchen. Ihrer gesellschaftlichen Stellung nach stand sie so hoch über Primaflora wie diese über einer gewöhnlichen Prostituierten. Anderenfalls hätte sich Helena, Carlottas Mutter, natürlich niemals bemüßigt gefühlt, ihr die Nase abzubeißen.

In der abklingenden Tageshitze empfing Ohnenase Primaflora auf ihrem Altan. Musselin fiel herab zwischen Bögen, von denen aus man einen Garten mit Palmen und Zitrusbäumen und Brunnen überblickte. Weinranken spendeten Schatten, und auf der Balustrade standen Töpfe mit leuchtenden Blumen. An einem Ende schlief auf einem goldenen Ständer ein roter und blauer Vogel, dessen Kette herabhing. Darüber sang ein kleinerer Vogel in einem Käfig. Eine Frau klimperte auf einer Laute, und zwei andere, von denen eine las, hockten daneben auf Kissen. Ein Page hinter dem einzigen Stuhl mit Lehne und Armstützen bewegte über dem Kopf seiner Herrin einen Fächer an einem langen Stiel hin und her.

Wegen der Hitze trug die Mutter des Königs keine ihrer Nasen, sondern einen syrischen Halbschleier, so leicht wie ein Taschentuch. Ein besticktes Tuch, das ihr Haar verbarg, wurde von einem kunstvollen goldenen Stirnband festgehalten, und ihr Gewand war aus kaspischer, in Florenz gewebter Seide. Die Hände, die sie im Schoß gefaltet hielt, waren üppig beringt. Der obere Teil ihres Gesichts war vorzüglich geschminkt, und ihre verschiedenen Parfüms waren schicklich und unaufdringlich. Primaflora, die überhaupt kein Parfüm trug, schlug die schmucklosen Handgelenke über Kreuz und sank zu Boden. Es verging eine ganze Zeit, bis die Frau über ihr sagte: «Ihr könnt Platz nehmen.» Ein niedriger Hocker war aufgetaucht. Primaflora erhob sich und ließ sich in natürlicher Haltung auf dem Hocker nieder, so daß ihre Röcke anmutig herabfielen. Die Mutter des Königs sagte: «Hm – Ihr seid alt für den Jungen.»

«Niccolo, Madame? Er ist alt genug, um Heere anzuführen.»

«Er ist jung genug, um meinen Sohn zu entflammen. Ist es Eure Art, zwischen Liebende zu treten?»

Zu gut unterrichtet, um Bestürzung vorzutäuschen, legte Primaflora statt dessen eine Art sanften Bedauerns gepaart mit einem leisen Vorwurf an den Tag. «Madame, davon wußte ich nichts. Ehe wir je Zypern erreichten, hatte Niccolo gezeigt, wohin sein Verlangen ging.»

«Vor einem Jahr», sagte die Frau. «Da war er dem König noch nicht begegnet. Auf meinen Rat hin hat Euch der König fortgeschickt. Wie habt Ihr Euch erkühnt, jetzt zurückzukommen?»

Primaflora biß sich auf die Lippen, ohne die Schminke zu beschädigen. «Da ich nichts davon wußte, wie kann ich da diese Frage beantworten? Die Trennung fiel schwer. Ihr wißt, daß Ser Niccolo mich schließlich holte, um sie zu beenden. Hätte ich ihn abweisen sollen? Meine Gefühle für ihn waren – sind – die der Liebe.»

«Sind sie das wirklich?» sagte die asthmatische Stimme belustigt. «Das ist gefährlich, meine Liebe, für eine Frau wie Euch. Und die Ehe, so denke ich, ist ein Schritt, vor dem man Euch gewarnt haben muß. Wie kann ein Mann mit jemandem wie Euch zur Gemahlin im öffentlichen Leben vorwärtskommen und das Gold verdienen, das Ihr benötigt? Wie könnt Ihr des Wegs ziehen, sollte sich sein Glück wenden?»

Primaflora blickte zu Boden.

«Nun?» sagte Marietta von Patras. «Verschämt? Wohl kaum. Hat er solche Aussichten, daß Ihr das Wagnis eingehen wolltet?

Habt Ihr die Ehe zum Preis für Euren Körper gemacht? Hat er die Ehe zum Preis für seinen Körper gemacht?»

Primaflora schüttelte den Kopf und breitete dann wie in plötzlicher Verwirrung die Hände aus. «Ich weiß nur, daß er Rhodos ohne die Heirat nicht verlassen hätte. Um seine Zukunftsaussichten stand es gut, aber um seiner Freunde willen wird mir nur soviel zufallen, wie für meine Bedürfnisse ausreicht. Aber seine Leidenschaft ist stark, und . . .» Sie zögerte abermals.

«Ja, was?» fragte die Mutter des Königs, noch immer belustigt.

«Ich würde ihm Söhne schenken», sagte Primaflora.

«Ha! Mir war doch gleich so, daß Ihr etwas von der Zuchtstute an Euch habt. Ihr habt gewiß schon einige, die heimlich von ihren Vätern großgezogen werden?»

«Ja», sagte Primaflora.

«Sprecht lauter! Und auch Töchter?»

Da blickte sie auf. «Nein. Nur Söhne. Ein Mann wie Niccolo kann sehr einsam sein. Ich möchte ihm Gefährten für die Zukunft schenken. Ich bleibe bei ihm und ziehe sie groß.»

«Gewiß», sagte die alte Vettel, «eines Tages wird Eure Schönheit schwinden, und wenn Ihr dann keinen Besitz zusammengebracht, kein Geld gut angelegt habt, müßt Ihr Eure Zukunft bedenken. Aber ich muß Euch sagen, daß ein Mann wie Niccolo Söhne weniger nötig hat als eine Ehe und eine Frau zur Zeit überhaupt nicht nötig hat. Was Euch zupasse kommen mag, wäre für ihn Narretei. Geht zurück nach Rhodos.»

Primaflora erhob sich. «Ich bin verheiratet», sagte sie.

«Dem ist schnell abgeholfen», erwiderte Marietta von Patras. «Mit einem Beil. Ihr könnt wählen.»

Also entsprach alles der Wahrheit, was sie über diese Frau gehört hatte. Primaflora blieb ruhig stehen, obschon sie wußte, daß sie erbleicht war. Sie sagte mit fester Stimme: «Ihr würdet Euren Heerführer verlieren. Der König würde seinen Freund verlieren. Ich kenne Niccolo.»

«Und ich kenne Zacco», erwiderte die Mutter des Königs. «Glaubt Ihr, Euer Niccolo würde je erfahren, auf welche Weise

Ihr gestorben seid? Denkt Euch einen Vorwand aus und fahrt zurück nach Rhodos. Und wenn Ihr dort seid, dann laßt die Kunde von Eurem Tod verbreiten. Das wird angenehmer sein als die andere Lösung, das versichere ich Euch.»

Die Augen der Frau über dem Schleier waren schwarz wie Feuerrohre. Primaflora hatte schon eifersüchtigen Frauen gegenübergestanden, zornigen Frauen, drohenden Frauen, aber keiner mit der Macht von dieser hier. Sie sagte: «So getrennt, wozu wäre er nütze? Wozu wäre ich nütze?» Dann setzte sie unter dem ständigen Blick der Augen in jäher Verzweiflung hinzu: «Ich würde ihn teilen.»

«Wie freundlich», sagte Marietta von Patras. Sie lachte, und der Schleier flatterte wie eine Fahne. «Und Ihr glaubt, der König wäre damit einverstanden?»

«Ich kenne den König nicht», sagte Primaflora mit schwacher Stimme. Sie hatte sich die Tränen mit dem Handballen abgewischt, der jetzt mit Schminke beschmiert war.

Die Mutter des Königs schnipste mit den Fingern. «Ein Taschentuch. Wer würde Euch wollen, wie Ihr jetzt ausseht? Geht nach Rhodos.»

Primaflora nahm das Taschentuch, fuhr sich damit über die Wangen und zog es dann straff und starrte auf die nassen Stellen. «Ich sehe, Ihr wollt, daß ich gehe, um des Königs willen. Würdet Ihr um Niccolos willen den König entscheiden lassen?»

Das Schleiertuch blähte sich nachdenklich auf und dann noch einmal. «Ihr glaubt, Ihr könnt den Löwen davon überzeugen, daß er keinen Hunger hat?»

«Nein», sagte Primaflora. Diesmal versuchte sie erst gar nicht, mit fester Stimme zu sprechen. «Aber der Dienst, den ein Mann leistet, hängt von seinem Wohlbefinden ab. Mein Tod, meine Verbannung würde den König ebenso der Zufriedenheit berauben wie meinen Gemahl. Und früher oder später würde statt meiner eine andere kommen.»

Über ihren Köpfen bewegte der Fächer die Luft; der bunte Vogel erwachte und streckte ein träges Bein; der Käfigvogel, der still gewesen war, schmetterte plötzlich einen schrillen Triller.

Marietta von Patras wandte den Kopf, ihr Atem zischte, und stumme Hände trugen den Käfig fort. Die Mutter des Königs sagte: «Ihr seid außerordentlich reif für diesen Jungen, aber ich möchte nicht, daß er beunruhigt wird, bevor Famagusta genommen ist. Gut denn. Bleibt in Nikosia und haltet Euch bereit. Wenn der König zurückkommt, werde ich ihn bitten, Euch zu empfangen. Vielleicht fügt Ihr Euch, wenn er Euch fortschickt. Euch wird wirklich keine andere Wahl bleiben.»

In den Bergen im Norden war es kühl, und der König verlängerte seinen Aufenthalt in der Festung St. Hilarion, dem alten Sommerpalast der Lusignans, in den luftigen Gemächern der abwesenden Carlotta und ihres Gemahls Luis. In großen Zügen lag das Vorgehen im nächsten und entscheidenden Abschnitt des Krieges seit langem fest; was blieb, war eine Vielzahl kleinerer Entscheidungen und natürlich die gewöhnliche, alltägliche Regierung des Königreichs. Während dieses kurzen Interregnums gefiel es Zacco, Nicolaas nach St. Hilarion zu rufen zu lebhaften Ratssitzungen, die gelegentlich zu Übereinstimmung führten. Schwierige Fragen wurden öfter gelöst, wenn sich der König nach einem anstrengenden, im Sattel verbrachten Tag samt seinen klügsten Beratern in das kühle Belvedere über dem Nordabhang der Burg mit seinem herrlichen Ausblick über das Meer bis zu den Bergen Kleinasiens zurückzog. Dann konnte Nicolaas gemeinsam mit Männern aus Neapel und Sizilien wie Rizzo di Marino oder Conella Morabit oder dem kenntnisreichen Statthalter von Karpass und dem venezianischen Kommandeur Pesaro an der Sinnesgestaltung des Königs teilnehmen.

Am Ende solcher Abende fand er allein zu seinem Bett, über die rauchgeschwärzten Höfe, wo einmal sarazenische Kletterer mit Feuer gerannt waren zwischen den Vergifteten und Sterbenden. Er hatte es nicht vergessen. Doch jetzt, mit dem Feldzug gegen Famagusta im Blick und ringsum dem fröhlich-lärmenden Treiben eines siegreichen Heeres, war Nicolaas zu beschäftigt, um sich von Dingen der Vergangenheit verfolgen zu lassen.

Jeden Tag ritt er zwischen der Burg hoch oben und der eroberten Stadt zu ihren Füßen hin und her, alles vorbereitend nicht nur für des Königs gelegentliche Wohnungnahme, sondern auch für die Instandsetzung der Verteidigungsanlagen gegen mögliche Angriffe der Korsaren, Carlottas oder der Türken. Und er besuchte, was noch wichtiger war, so oft er konnte, Pesaros Quartier westlich von Famagusta. Die Geschütze waren, unter Johns Aufsicht, schon dorthin auf dem Weg, desgleichen die Marketender und die Belagerungsmaschinen. Bald würde sich die gesamte Streitmacht in Bewegung setzen. Zweimal kam er nach Nikosia und konnte kaum die Inbrunst befriedigen, die er bei Primaflora vorfand. Dabei erfuhr er auch, daß ihr Besuch bei der Mutter des Königs stattgefunden hatte – mit glücklichem Ausgang, wie sie ihm lächelnd versicherte, obschon ihr Willkomm erst dann vollständig war, wenn der König St. Hilarion verließ und nach ihr schickte. Das klang beruhigend. Er hätte gern auch Ohnenases Darstellung gehört, aber ihre Wege kreuzten sich nicht, und er hatte zur Zeit keinen Grund, die Mutter des Königs aufzusuchen.

Ohnehin war er sehr beschäftigt. Wenn ihn bisweilen dünkte, er habe zu wenig über das Gespräch zwischen den beiden Frauen gehört, und wenn er manchmal das Gefühl hatte, daß dem Liebesspiel Primafloras etwas von Verzweiflung innewohnte, so dachte er ausnahmsweise einmal nicht weiter darüber nach, und selbst Gedanken an Katelinas Schicksal drängte er in den Hintergrund. In der Levante ging es kriegerisch zu: auf jeder Reise drohte Gefahr, und niemand vermochte zu sagen, ob es einem halb portugiesischen Jüngling und einer Flamin gelingen würde, in die Heimat zu gelangen. Aus seiner Zeit als Kurier verfügte Nicolaas über viele Nachrichtenquellen, und er hatte sie alle um Berichte gebeten. Venedig und Ancona, Neapel und Sizilien, Florenz und Brügge würden beobachten und lauschen und ihm zu gegebener Zeit von ihrer Durchreise und anderen Dingen melden. Sein Netz im Westen für andere Nachrichten war sogar noch breiter, ganz zu schweigen von dem anderen ausgefalleneren System, über das er mit keinem, außer natürlich mit Loppe, gesprochen hatte. Aber freilich war auch noch gar keine Zeit gewesen für einen Bericht über Katelina, selbst wenn die Schifffahrt normal vonstatten gegangen wäre. Venedig hatte den Handel mit dem Bosporus zum Erliegen gebracht und zögerte sogar mit seiner Alexandriaflotte. Der Orden würde seine Schiffe sicherheitshalber auf Rhodos festhalten. Auch Florenz würde Vorsicht walten lassen. Die Lage wirkte sich auf seine eigene Versorgung aus, nicht nur auf die Beförderung von Nachrichten, und zwang ihn unter anderem zu Ausweichplänen, was den Verkauf seiner neuen Zuckerernte betraf. Doch Planen war ihm ja eine liebe Beschäftigung, und er hatte Notfallpläne auch für jede Nachricht, die er über Katelinas Schicksal erhalten mochte, ob gut oder schlimm. Er hatte jetzt an vielen Orten Freunde oder Leute, die ihm einen Gefallen schuldeten.

Er arbeitete sich gewissenhaft durch seine Aufgaben hindurch, jedoch auch mit einem Elan, der Zacco begeisterte und selbst die Trägen mitriß. Irgendwie brachte er es fertig, auf seinem Kamel Chennaa nach Kouklia hinunterzustürmen, halb bei Nacht, halb bei glühendem Tag, und sich beim Durchqueren der Insel davon zu überzeugen, daß es ein ruhigeres, einträglicheres Jahr gewesen war. Vom Krieg verheert, boten sich die Ebenen von Kyrenia noch kahl dar, und die Schwammtaucher von Karpass konnten kaum überleben. Doch Weizen und Gerste, aus Zisternen bewässert, waren gelb über die Ebene von Messaoria hin aufgebrochen, und die Sicheln blitzten und sangen, wenn die Schnitter, gestiefelt und mit Glöckchen versehen, zwischen Schlangen ans Werk gingen.

Die Schoten der Johannisbrotbäume hingen herab, schwarz und scharf riechendes Harz absondernd, reif zur Ernte. In Körben lagen Granatäpfel und auf Dächern trockneten Flaschenkürbisse. In jedem Dorf, so schien es, stapfte ein Esel um seinen Trog mit zerstampften Oliven herum, und die Presse klopfte, unterstützt von vielen braunen Armen, wenn die Maische ihren Saft abgab durch Korbgeflecht hindurch. Wo der Orangenduft im März die Sinne betäubt hatte, hing jetzt während dieser Reise der harzige Olivengeruch in der feuchten, heißen Luft.

Nicht mehr blumenduftende Stille erfüllte die Luft, sondern der Lärm der Herbsttage: die Rufe, das Necken, die frohen Lieder der Dörfer, das Singen der Klingen, das Rumpeln der mit Flintstein besetzten Bohlen, die über die Dreschböden gezogen wurden. Das widerspenstige Schreien angetriebener Esel. Das zitternde Stampfen der Ochsen, die die Schöpfräder über den tiefen Brunnen drehten, so daß die Töpfe heraufkamen und ihr eisiges Wasser in die Steinrinnen ergossen, die dann die Felder und die hölzernen Eimer der Hausfrauen speisten. Reben und Mandeln, Zitronen und Orangen, Granatäpfel und Zucker. Auf den Feldern rund um Kouklia und Akhelia stand seine zweite Zuckerrohrernte kräftig und gesund und vielversprechend; die Männer waren guten Mutes, Loppe war voller Pläne. Einen Augenblick lang sah auch Nicolaas die Zukunft als etwas Helles und Strahlendes, eine fruchtbare Insel, gut geführt und aufblühend und nichts schuldig all den Völkern, die sich um sie herum bekriegten. Dann rief er sich und Loppe zur Ordnung. «Ich freue mich. Das ist es, was wir alle gewollt haben. Aber wir sind nicht allein auf dieser Insel. Und von allen Ländern der Welt ist dies eines, wie es Heere begehren.»

«Dieses und Euer Land», hatte Loppe nach kurzem Schweigen hinzugefügt.

«Meinst du Brügge?» hatte er gefragt.

«Ich dachte an Simons Insel», hatte Loppe gesagt. «Die Zukkerschiffe sollten im November eintreffen. Wird Famagusta bis dahin gefallen sein?»

Und Nicolaas hatte erwidert: «Und wird die türkische Flotte bis dahin nach Gallipoli zurückgekehrt sein? Aber nicht so wichtig. Wir werden den Zucker schon irgendwie absetzen. Dann könnte unser syrischer Freund einen kurzen Besuch bei sich zu Hause machen wollen? Hast du aus diesem Grund gefragt?»

«Ihr wißt so gut wie ich», sagte Loppe, «daß diese Insel in Flammen aufgehen wird wie ein Feuerball, wenn Famagusta sich ergibt. Und es wird nicht zwischen Bruder und Schwester sein.»

«Ich kann es verhindern», sagte Nicolaas.

«Mit einer Flut, die sie überschwemmt? Die Venezianer haben Euch schon wenigstens einmal geprellt.»

«Nun ja», entgegnete Nicolaas. «Es kommt darauf an, wer zuletzt lacht. Ich gebe zu, die Einnahme von Famagusta wird das Zeichen für sehr viel Verrat und Treulosigkeit sein, aber wenn alles gutgeht, könnte Jakob zum Schluß wieder König von Jerusalem sein. Denk an all diese syrischen Zuckerrohrfelder.»

«Ihr redet Unsinn», sagte Loppe. «Dazu kommt es nie.»

«Natürlich kommt es dazu nie», erwiderte Nicolaas. «Aber zu vielem anderen mag es kommen. Man darf die Dinge nicht langweilig werden lassen.»

Dann ritt er wieder nach Nikosia zurück.

Primaflora war zuerst nicht da, und als sie nach einer Stunde kam, trug sie einen Gürtel und einen linken Ärmel, die er noch nie gesehen hatte, und eine Haube mit einer gekräuselten Feder daran. Sie stand im Säulengang seines Gemachs und ließ sich feierlich von ihm bewundern. Er überlegte, den Kopf zur Seite geneigt. «Ohnenase hat Euch zu einer ihrer Hofdamen gemacht? Nein. Ich rate noch einmal. Zacco ist zurück im Palast und hat sich mit Eurem Bleiben einverstanden erklärt?»

Da schenkte sie ihm wieder einmal ein kleines feines Lächeln und sagte: «Ich glaube, es gefiel ihm, seine Schwester zu berauben. Sogar der Ärmel ist von ihr. Und er hat eingesehen, daß er nichts zu verlieren hat, selbst wenn ich für Carlotta spioniere. Aber das sind natürlich nicht seine Hauptgründe. Ich soll um Euretwillen bleiben. Er ist Euch zugetan.»

«Und Ihr glaubt, ich sei ihm zugetan. Ich würde Euch bitten hereinzukommen und Euch zu setzen, aber Ihr habt so viele Kleider an.»

«Ich kann dennoch hereinkommen und mich setzen», sagte sie und tat dies. «Ja, ich glaube, Ihr seid ihm zugetan. Aber ich glaube, Ihr wärt ihm auch zugetan, wenn er wie Euer Kamel aussähe. Das ist einfach Euer Wesen. Ich glaube, Ihr mögt inzwischen sogar Tzani-bey.»

Sie hatte das zu seiner Überraschung schon einmal auf der

Überfahrt von Rhodos gesagt. Er entgegnete: «Tzani-bey, dessen seid versichert, hat keine Zuneigung zu mir entwickelt. Wie ich Euch schon sagte, steht über uns beiden zur Zeit der Krieg. Er wartet nur, wie auch ich, auf den Fall von Famagusta.»

«Und wann wird das sein? Nächste Woche? Die Woche darauf? Ein Jahr ist es jetzt her, daß Ihr am Kap Gata an Land gegangen seid. Vor neun Monaten seid Ihr von Rhodos zurückgekommen und habt Zypern dann erneut verlassen. Ihr habt Zacco für diesen Sommer sein Königreich versprochen, und er wartet noch immer. Das sagte er heute morgen. Ich mußte ihm auch Neuigkeiten berichten. Nach vier Jahren ist die Königin, seine Halbschwester, schwanger.»

Und Zacco war noch nicht verheiratet. Das brauchte sie nicht zu erwähnen. Ihr Gespräch, voller Würze und Verblüffungen, war anders als das anderer Leute. Er sagte: «Famagusta wird fallen – mit einigem Glück noch vor Beginn der Regenzeit.»

«Mit einigem Glück? Habt Ihr Kyrenia mit Glück genommen? Oder hat Famagusta gehört, was die Mamelucken getan haben?»

«Geht davon das Gerücht?» fragte Nicolaas. «Die Mameluk-ken haben in Kyrenia keinen Schaden angerichtet, weil der König sie daran gehindert hat. Die Ordensbrüder bekamen freien Abzug nach Kolossi. Der Marschall der Königin und alle ihre Leute – Montolif, Pardo, de Bon – durften sich nach Rhodos einschiffen.»

«Aber sie haben sich doch ergeben, weil sie sonst verhungert wären», sagte Primaflora. Ihre Stimme klang ausnahmsweise einmal ein wenig scharf. «Weil sie Hunde, Katzen und Mäuse essen mußten. Für ein Ei wurde eine Goldmünze bezahlt.»

«Schweinefleisch hatten sie wohl keines mehr», erwiderte Nicolaas. «Aber ein paar Ratten haben gewiß überlebt. Kyrenia hat sich ergeben, weil dem Kommandanten Sor de Naves Reichtum, Grundbesitz, ein hohes Amt und die Hand Charlottes, der älteren Tochter Zaccos, versprochen wurde, wenn sie erst aus den Windeln ist. Aber natürlich mußte die Besatzung zuerst ein wenig Not leiden. Unglücklicherweise ist Zaccos andere Tochter ein wenig zu jung, und ich glaube auch nicht, daß sich Zacco einen Genuesen zum Eidam wünscht.»

Er genoß immer ihre Schweigezeiten, weil er wußte, daß sie dann seine Worte zu deuten versuchte. Manchmal gelang es ihr. Jetzt sagte sie: «Warum ist Famagusta so schwierig?»

«Weil es genuesisch ist. Und sie wollen es nicht aufgeben. Auch ist es nicht einfach ein Ort mit Verteidigern, es ist eine schwer befestigte Stadt, mit verdammt hohen Mauern und Gräben und Bastionen auf drei Seiten, und auf der vierten wird es durch das Meer geschützt.»

«In einer solchen Stadt müssen doch Tausende von Menschen sein», sagte sie. «Und eine solche Stadt muß Tausende von Menschen ernähren. Oder sind alle fort bis auf die bewaffnete Besatzung?»

«Nein», entgegnete Nicolaas. «Fort sind nur die Kinder, die Kranken und die älteren Frauen und Männer. Die anderen sind noch da, weil die Einschließung bis vor kurzem mangelhaft war. Wir haben zwei unterirdische Gänge entdeckt, einen zum Meer hin und einen auf der Landseite. So haben sie sich unter anderem ihre Nahrung beschafft. Jetzt haben wir die Gänge versperrt.»

«Aber sie werden wohl gespeichert haben, was sie konnten – Nahrung und Wein, Getreide und Vieh und Pulver. Was ist mit Wasser?»

«Sie haben einige brackige Brunnen und einige sehr tiefe. Bis vor kurzem hatten sie Wasser.»

«Aber Ihr habt dem ein Ende gemacht? Auf irgendeine Weise habt Ihr dem ein Ende gemacht. Ich verstehe.» Sie sprach langsam. «Deshalb hofft Ihr, daß die Stadt sich ergibt, ehe der Regen kommt und die Zisternen füllt. Aber vielleicht machen sie auch weiter, hungern den Winter hindurch weiter, zu Zaccos Schande, und stacheln zu einem christlichen Rettungsangriff an? Wenn es nun zu einem Kreuzzug kommt und Zypern noch immer geteilt ist? Möchten Venedig, Burgund, Böhmen, der Papst nicht gern die Mamelucken hinauswerfen und Carlotta wieder einsetzen?»

«Es kann vor dem nächsten Sommer keinen Kreuzzug geben», sagte Nicolaas. «Und wenn Zypern bis dahin noch immer geteilt ist, dann bin ich es auch. Aber es wird dann nicht mehr geteilt sein. Famagusta wird fallen, und der Papst wird Zypern als ein geeinigtes christliches Königreich betrachten.»

«So daß Ihr Euch vielleicht sogar seinem Kreuzzug anschließt?» sagte Primaflora und überraschte ihn damit wieder einmal.

Er lachte. «Dem Kreuzzug, den er mit päpstlichem Alaun bezahlt? Es wäre übrigens nur gerecht, wenn ich einen Anteil davon bekäme. Nein, selbst wenn mein Söldnerkontrakt dann beendet ist, werde ich hoffentlich noch immer meine Zuckergerechtsame haben. Nur wenn ich die verlöre, würde ich mit meiner kleinen Streitmacht anderswohin ziehen müssen. Es sei denn, Ihr glaubt, ich sollte das auf jeden Fall. Seid Ihr Zyperns müde?»

Sie erhob sich, durchquerte das Gemach, nahm ein Kissen, kniete zu seinen Füßen nieder und ergriff seine Hände. «Ich weiß, Ihr stellt Euch manchmal Fragen. Manchmal glaubt Ihr, ich würde beim leisesten Umschwung zu Carlotta zurückgehen. Ich habe bisweilen das Gefühl, Ihr traut mir manches zu. Aber glaubt nicht, ich könnte je den Wunsch haben, Euch zu verlassen. Ich habe Euch das nicht gesagt, denn wenn Ihr Zacco liebtet, könnte es diese Liebe beeinträchtigen oder Euren Umgang mit seiner Mutter beeinflussen. Während Ihr im Norden wart, hat seine Mutter mit mir gesprochen.»

«Ich erinnere mich.»

Sie fuhr fort: «Ich habe für mich behalten, was sie sagte. Sie sagte, ich müßte, wenn mir mein Leben lieb sei, Euch verlassen, um nicht zwischen ihren Sohn und seinen Geliebten zu treten.»

Ihre Augen ruhten mit offenem, klugem Blick unbeweglich auf den seinen. Er fragte: «Habt Ihr ihr geglaubt?»

«Ich glaubte, sie hoffte, daß es dazu kommen würde», erwiderte Primaflora. «Vielleicht war falsch, was ich dann tat. Ich sagte, Ihr und ich, wir seien Ehemann und Ehefrau, und wenn Ihr mich verlört, würde dies die Bande zerreißen oder in Mitleidenschaft ziehen, die Euch mit dem König verknüpfen. Ich bat sie, die Sache vor Zacco selbst bringen zu dürfen und den König entscheiden zu lassen. Ich sagte, notfalls würde ich Euch auch mit ihm teilen.»

Ihr Blick blieb auf ihn gerichtet; ihr Körper verharrte in Ruhe. Nicolaas legte seine Hände auf ihre Schultern. Er sagte: «Und heute hat der König selber diese Zusage von Euch gefordert, und Ihr habt sie ihm gegeben?»

«Ich bin das Teilen gewöhnt.» Sie legte ihre Wange in Liebe oder Müdigkeit oder Kummer auf sein Knie, während er mit vorgeneigtem Kopf ihr Haar streichelte und dann küßte.

«Er hat sich immer Hoffnungen gemacht», sagte Nicolaas. «Sie werden immer enttäuscht werden. Primaflora, jetzt wird er Euch Vorwürfe machen.»

Sie hob das tränenfeuchte Gesicht und lächelte endlich. «Wie? Ich soll Euch drängen, ihm nachzugeben? Nein. Ich will mit alledem nur sagen, daß Ihr einen weiteren Grund habt, diesen Krieg rasch zu beenden. Wenn er wirklich und wahrhaft König ist, wird er andere Günstlinge finden und keinen Grund mehr haben, Euch oder mich in seiner Nähe zu behalten. Nur schnell muß es gehen! Schnell!»

Und er neckte sie nicht und umwarb sie nicht und lenkte sie nicht ab, denn mit dem, was sie getan hatte, setzte sie ihr Leben aufs Spiel, und dies lohnte man besser durch Enthaltsamkeit. Nur ritt er am nächsten Tag mit keinem ganz leichten Herzen nach Famagusta, um seine Männer dem Ende des Spiels zuzuführen.

Kapitel 35

Der heisse zyprische Herbst schritt von einer Woche zur anderen weiter, und Zacco bereitete seinen herannahenden Triumph vor, indem er sich in der mit einem Wallgraben umgebenen Burg einrichtete, die sein Urgroßvater bei Sigouri, zehn Meilen westlich des belagerten Famagusta, erbaut hatte.

Das hieß nicht, daß er nicht auch Zeit bei seinem Heer verbrachte, kräftig mithalf, während die Ochsengespanne die Batterien in Stellung zogen und die Wagen mit Verpflegung und Futter eintrafen, mit Waffen und Schießpulver, herangeholpert über fünfzig Meilen von Kyrenia her nach Famagusta, das dort in seiner Bucht lag, durch neunzig lange Seemeilen von Syrien getrennt.

Während das Geschütz eintraf, bereiteten die Steinmetzen die Kugeln vor, dort wo die Karren jeden Tag eintrafen von der Agora und den Tempeln von Salamis und kannelierte Säulentrommeln und marmorne Kapitelle und ägyptischen Granit auf die Bauhöfe kippten. Kamele, Pferde und Ochsen stampften die trockene Erde zu Pulver, und der Kot von Schafen und Rindern und Ziegen, Schweinen und Federvieh verbreitete einen Gestank, der zu dem von menschlichem und pflanzlichem Abfall hinzukam. Die Ärzte hatten zu tun, und Nicolaas, der zwei Drittel seiner Zeit bei Astorre und Thomas und John und dem Rest in Sigouri bei Zacco verbrachte, bekam Tobie und Abdul selten zu Gesicht.

In Sigouri gab es keine Zweideutigkeit, keine Schwierigkeiten mit Ehe oder Umwerben; hier gab es überhaupt keine Frauen außer den Marketenderinnen oder den Dirnen, die gleich anderen Dingen gegen Geld zu haben waren in dem behelfsmäßigen zweiten Lager, das sich wie ein Saum um das erste zog. Es war zu jener Zeit wie prickelnder Wein, in der Gegenwart des Lusignan-Bastards zu sein, der überschäumte, seines Erfolgs sicher, vor Stolz auf sich und sein Heer glühte. «Das Fest des heiligen Nikolaus!» hatte er ausgerufen und Nicolaas eines Tages auf den

Rücken geklatscht. «Wir werden Euch ein Fest geben an Eurem Feiertag, Niccolino, an dem Ort, der dafür am besten geeignet ist. Eine Messe in der Kathedrale des heiligen Nikolaus in Famagusta und ein Bankett anschließend in meinem Palast!»

Das Fest des heiligen Nikolaus war in der ersten Dezemberwoche, in einem Monat. Bis zum Alter von sieben Jahren hatte Nicolaas am Festtag seines Namenspatrons einen Leckerbissen oder dergleichen bekommen, und vom zehnten Lebensjahr an begleitete ihn das Wissen, daß dieser Tag für ihn auf die eine oder andere Weise ein besonderer sein würde – auf viele verschiedene Weisen, wenn auch nicht jedes Jahr –, bis dann freilich seine Frau Marian starb. Als hätte es so etwas nie gegeben, dankte Nicolaas jetzt dem König, doch nicht so, wie dieser wollte.

Später lockte John le Grant Nicolaas von Sigouri fort, führte ihn in ein Zelt und sagte: «Also – wir schaffen das nicht in vier Wochen.»

«Das habe ich Astorre auch sagen hören. Wenn's nur keiner von Euch laut sagt. Wir schaffen es überhaupt nicht, wenn der König zu früh die Lust verliert.»

Er sprach ruhig und vernünftig, da es keinen Zweck hatte, sich zu erhitzen. Sie hatten beide auf einen klassischen Belagerungsablauf gehofft: eine vollständige Unterbindung der Versorgung, gefolgt – wenn die Stadt geschwächt war – von einem Sturmangriff über die von ihnen aufgefüllten Gräben hinweg, nachdem die Verteidiger zuvor durch Scheinvorstöße, nächtliche Attakken und heftigen Beschuß zermürbt worden waren. Zu diesem Zweck hatte man schon vor längerer Zeit mit dem Ausheben eines Grabens begonnen, der so tief sein sollte, daß Krieger in seinem Schutz samt ihren Waffen bis fast an die Mauer vorrükken konnten. Doch durch die Sommerhitze zusammengebacken, hatten sich Erde und Felsgestein um Famagusta herum den Grabwerkzeugen widersetzt, und die Sappeure hatten bei wahren Stürmen von Pfeilen, abgeschossen von Langbögen und Armbrüsten, und durch das überlegte Abfeuern von Handfeuerwaffen und Feldschlangen große Verlust gehabt. Der Graben war nur zu drei Vierteln fertig geworden und würde auch nicht mehr fertig werden, bevor der Regen einsetzte. Der Regen, der den Boden ihres Lagers in ein Schlammfeld verwandeln und der Stadt Famagusta die Zisternen füllen würde.

So schwanden ihre Hoffnungen auf einen abschließenden Angriff vor dem Winter dahin. Nicolaas sagte: «Es ist noch immer sehr wohl möglich, daß sie sich ergeben. Sie haben seit vier Tagen keine Pfeile und keine Kugeln mehr verschossen. Wir wissen, daß sie wenig zu essen haben. Ihr habt den Grundwasserspiegel abgesenkt, und ihre Brunnen sind entweder trocken oder es rinnt Salzwasser hinein. Zum Trinken haben sie nur noch Wein, verdünnt mit dem, was an Wasser noch in den Zisternen ist. Sie haben ihre Holzvorräte aufgebraucht und alle Eimer, Tische und Türen zersägt, um all diese Kampfbühnen und Türme zu zimmern, so daß sie kaum noch Keile für ihre Kanonen haben können, und zum Heizen bleibt ihnen nur noch Mist. Sie haben seit drei Wochen keinen berittenen Ausfall mehr gemacht: wahrscheinlich schlachten sie die Pferde ab und essen das Fleisch. Die einzigen Geschosse, die sie benutzen, sind Steine. John, sie werden aufgeben, bevor sie tatsächlich verhungern. Und sie werden vorher aufgeben, wenn ihnen die Pfeile und das Pulver ausgegangen sind.»

«Nein, das werden sie nicht», sagte John le Grant. Manchmal konnte man mit John le Grant nicht vernünftig reden.

«Und warum nicht?»

Der Geschützmeister schob die Lippen vor und kratzte sich das stoppelige Kinn. «Jemand ist über die Mauer gekommen. Das kommt ab und zu vor, und unsere ägyptischen Freunde schneiden ihnen gewöhnlich die Zunge und die Leber heraus. Diesen hier haben wir rechtzeitig erwischt. Ein Jude, der der Ansicht war, das Ganze sei nicht sein Krieg, womit er wahrscheinlich recht hat. Er wußte mehr als die meisten anderen: Vorräte und Munition sind hinter Schloß und Riegel, und nur die Venezianer in der Zitadelle wissen, wie es um sie bestellt ist. Aber dieser Bursche hatte bei der Bestandsaufnahme geholfen.»

«Und sie leben von frisch zubereitetem Lammfleisch, Weißbrot und süßem Kommandaria von Kolossi?» sagte Nicolaas.

«Sie leben von Bohnen und Käse und Pferdefleisch und Eselsfleisch, wenn sie's bezahlen können, aber selbst der Preis für Hunde und Katzen geht in die Höhe. Ihr Vieh ist geschlachtet: sie haben den letzten Schwung Brot mit Ochsenblut gebacken, um Wasser zu sparen, und sie trinken das gemischt mit Wein, von dem auch nicht allzuviel vorhanden ist. Sie sind jetzt fünftausend Menschen bei Hungerrationen und Krankheit, und – es klingt wie ein Hohn, aber es kam noch ein von Chios umgeleitetes Frachtschiff herein, ehe der Hafen ganz geschlossen wurde. Es hatte an Bord eine vielköpfige Besatzung und eine volle Warenladung – Wachs und Mastix und Beifußsamen, sechs Ballen Teppiche und achtzig Körbe Schwefel, fünfzig Bündel Seide und fünfhundert Ochsenhäute, zweihundert Faß Salpeter und hundert Ballen syrische Soda. Drei Kisten mit unserem Zucker. Ach ja, und sechzehn Tonnen Alaun, der noch von Phokaia übrig gewesen sein muß.» Er hielt inne, die blauen Augen auf Nicolaas gerichtet. John le Grant hatte seinen eigenen Sinn fürs Dramatische und ein sehr gutes Gedächtnis.

«Nichts zu essen, abgesehen von dem Zucker», fuhr John le Grant fort. «Und der wird ihnen den Magen umdrehen. Das Schiff war nicht einmal für die Mannschaft richtig mit Proviant versorgt: sie wollten erst in Kreta Vorräte an Bord nehmen. Aber mit dem Salpeter und Schwefel könnten sie die Geschütze noch eine Ewigkeit feuern lassen.»

«Und Alaun und Ochsenhäute», sagte Nicolaas langsam. «Deshalb haben die Galerien nicht gebrannt. Aber was ist mit Holzkohle? Sie brauchen doch Holzkohle.»

«Der Mann sagt, Holzkohle haben sie. Aber wenn nicht, dann könnten sie noch immer das Schiff verbrennen. Tiere zum Betrieb der Pulvermühle haben sie nicht, aber das könnten auch Männer machen, wenn sie nicht zu schwach sind. Oder sie könnten es mit der Hand mahlen. Da ihnen der Urin von Weintrinkern fehlt, werden sie ohne Körnchen auskommen müssen. Aber die zwei Bombarden, die dieser verdammte Sor de Neves ihnen überlassen hat? Sie haben Schießpulver genug, um die ganze Batterie ewig feuern zu lassen. Deshalb haben sie so getan, als müßten sie aufhören. Sie wußten, wir würden inzwischen glauben, sie hätten nichts mehr zu verschießen. Und sie wollten die Hoffnung nicht aufgeben, wir würden sie angreifen.»

Nicolaas schwieg. Der Geschützmeister fuhr fort: «Dann haben sie also wahrscheinlich genug Pulver, um diesen letzten Generalangriff abzuschlagen, an den wir alle dachten, aber andererseits haben sie kaum noch etwas zu essen. Eine vernünftige genuesische Kolonie, wie halsstarrig sie auch immer ist, sollte, so möchte man glauben, eine solche Lage bedenken und einen Tag für die Übergabe festsetzen. Aber hier kommt noch etwas hinzu: sie haben gehört, es sei eine Flotte zu ihrer Befreiung unterwegs.»

«Wie sollen sie das gehört haben?» fragte Nicolaas in scharfem Ton.

«Jemand ist über den Hafendamm hereingelangt. Es ist nicht schwer, von den Inseln her in die Stadt zu kommen. Solange kein Proviant hereingeschafft wird, haben unsere Krieger nichts dagegen, wenn die Stadt ein, zwei Mäuler mehr zu stopfen bekommt. Aber eine Flotte zur Befreiung? Das ist doch wohl nicht wahr?»

«Nein», sagte Nicolaas. «Soviel weiß ich zumindest über Schiffsbewegungen. Sie erwarten ein *genuesisches* Schiff? Die Bank hat keine Mittel mehr.»

«Sie erwarten eine Flotte von genuesischen Schiffen, und ob die nun kommt oder nicht, diese Stadt wird bis zum Verhungern aushalten, solange sie an eine Rettung glaubt.» Nach einer Weile setzte er hinzu: «Nicolaas – Astorre und Tobie sollten das wissen, aber ich wollte es nicht laut hinausposaunen. Gott weiß, wie der König entscheiden wird. Oder Tzani-bey.» Nach einer weiteren Pause sagte er: «Es ist einfach eine Sache des Planens. Das ist auch Krieg, nur eine andere Art als der Kampf vom Sattel aus.»

«Ich sitze nicht vor Entsetzen ohnmächtig da», entgegnete Nicolaas. «Ich versuche mich gerade an einem Plan. Zunächst – was ist aus dem Juden geworden, der Euch das alles gesagt hat?»

«Er ist tot», antwortete der Geschützmeister mit ausdruckslosem Gesicht. «Er sprach italienisch. Außer mir hat ihn keiner verhört.»

«Aha», sagte Nicolaas. «Gut – ich bin also ein halsstarriger Genuese und sitze langsam verhungernd in dieser Stadt. Eine Botschaft fliegt über meine Mauer, die besagt, daß keine Flotte unterwegs ist: ich glaube dieser Botschaft nicht. Ein Trompeter kommt und bläst und bietet mir eine Million Dukaten und die Freiheit: ich werde mich nicht ergeben, wenn ich weiß, daß ich ohnehin gewinnen werde – oder wenigstens Vorräte bekomme, mit deren Hilfe ich weitermachen kann, bis Zacco irgend etwas zustößt. Ich könnte einen Verräter oder auch zwei haben, die für eine anständige Mahlzeit das Stadttor öffnen würden, aber so einen würde ich töten, ehe er viel ausrichten könnte, und ich würde meine Geschütze auf jeden Angreifer richten, der sich nähert. Auf diese Weise würde ich wahrscheinlich bis zum Verhungern durchhalten und möglicherweise versehentlich noch ein Stück darüber hinaus, weil es sehr bald in dieser Stadt Krankheiten geben wird. Und Zacco wird in eine sehr tote Stadt einziehen.»

«Es gibt noch andere Möglichkeiten», sagte John le Grant.

«Natürlich. Zacco weiß das nicht. Sich selbst überlassen würde er sehr bald die Abschnürung für die Dauer des Winters lockern, wie er das immer getan hat. Geringe Mengen Nahrungsmittel kommen herein, man verhungert nicht mehr ganz, Famagusta hält weiter aus, bis – wer weiß – im nächsten Sommer vielleicht eine Flotte kommt und die Stadt befreit.»

«Und nicht sich selbst überlassen?» fragte der Geschützmeister.

«Wenn er dies wüßte? Er würde warten und sie aushungern. Tzani-bey würde das gleiche tun, nur mit Ausschmückungen. Vergiftete Brunnen, über die Mauer geworfene faulige Rinderhälften. Er wird das jedenfalls vorschlagen, sobald er und der König merken, daß bis zum Nikolaustag mit einer Übergabe nicht zu rechnen ist.»

«Ein Jammer, daß sie euch nicht Stephan getauft haben», sagte John. «Dann hätten wir noch einen Monat länger Zeit gehabt. Also was?»

«Also dreierlei», erwiderte Nicolaas. «So viele Leute wie möglich aus Kyrenia, Salines und Paphos abziehen und die Truppenstärke in diesen Gräben verdoppeln. Die Mauern und die Kanonen dort müssen unter so starken Beschuß genommen werden, wie es unsere Geschütze nur zulassen. Und wir müssen dieses Pulver vernichten. Es muß in der Zitadelle lagern, und die liegt am Hafen. Mick Crackbene wartet draußen vor diesem Hafen mit der *Doria* und hat wenigstens eine Galeere zur Verfügung. Also verstärken wir sein Geschütz und geben ihm alle Brandgeschosse, die er brauchen kann. Aber er soll trotzdem versuchen, einen Mann durchs Seetor hineinzubekommen. Eine einzige Explosion würde ihre Geschütze zum Schweigen bringen. Dann treten wir zum Sturm an, wenn der Graben fertig ist. Oder sie zwingen Lomellini inzwischen, sich zu ergeben, wenn sie lange genug gehungert und gewartet haben.» Er hielt inne. «Fällt Euch noch etwas ein?»

John le Grant schüttelte den Kopf. «Auch nicht mehr als Euch. Aber ich habe meine Meinung geändert: wir müssen es dem König sagen. Wenn Ihr es für später aufhebt, wird er es nicht verzeihen, oder er glaubt es Euch nicht einmal, wenn Ihr Krieger für etwas braucht, was er nicht für nötig hält.»

Nicolaas knurrte etwas.

John le Grant fuhr fort: «Ihr wollt es nicht, aber Ihr könnt es ihm besser beibringen als jeder andere. In diesem Spiel hat jeder Dienstherr seine verschrobenen Ansichten. Tobie hegt seinen Traum von einem Leben im Feld an der Seite von Urbino, aber er würde feststellen, daß auch der unberechenbar ist. Bei Euch ist er besser aufgehoben. Ihr seid wenigstens auf eine erfrischendere Weise unberechenbar.»

«Und das ist eine verdammte Lüge», entgegnete Nicolaas. «Ihr habt die ganze Zeit gewußt, was ich sagen würde.»

«Das war ja gerade das Erfrischende», meinte John le Grant. «Ihr habt nur gesagt, was ich von Euch erwartet hatte. Was geschieht also noch?»

«Noch nichts. Vielleicht überhaupt nichts. Kommt – Ihr habt recht. Wir sollten die ganze Geschichte Zacco erzählen.»

Man unterrichtete Zacco, und dieser stürzte sich brennend vor Eifer in die neuen Pläne. Die zusätzlichen Sappeure waren in einer Woche zur Stelle, und die in neue Standorte gezogenen großen Bombarden und Mörser feuerten ihre dreihundert Pfund schweren Geschosse ab, so schnell Bombarden dies nur konnten, und neben einer jeden lagen dafür hundert Kugeln bereit. Da weder ihre Reichweite noch ihre Ausrichtung von mehr als durchschnittlicher Genauigkeit war, war der angerichtete Schaden eher zufällig, aber vielversprechend. An den mittleren Bombarden und Basilisken, die John klugerweise mit Drehzapfen versehen hatte, zeigten sich jetzt die Vorteile seiner neuen zweirädrigen Lafette, mit deren Hilfe man sie bei jedem Wetter leicht umpositionieren konnte. Pulver hatten sie genug – sechzehn Tonnen. Außer Sichtweite der Stadt nahmen drei neue Sturmtürme und mehrere neue Maschinen Gestalt an, während Mick Crackbene von seiner Kogge aus immer genauer auf die Zitadelle mit ihren vier Ecktürmen schoß, in der sie den großen Pulvervorrat der Stadt vermuteten.

Sie hatten sich alle an die Geräusche des Lagers gewöhnt: an das dunkle Gemurmel vieler Stimmen im Freien, an das Brüllen des Viehs, das Klirren von Harnischen und Schmiedehämmern, das ständige Knarren von Johns Wasserpumpen, das gelegentliche Dröhnen von Kanonen und Handfeuerwaffen. Jetzt aber herrschte ein unablässiges und donnerndes Geräusch von Explosionen, untermalt von Geschrei und dem wachsamen, von Wölkchen begleiteten Abfeuern kleinerer Waffen von der Stadtmauer aus. Napoleone Lomellini hatte das Verschwinden des Juden bemerkt und tat nun nicht mehr so, als mangele es ihm an Pulver.

Drei ermüdende und von Krachen erfüllte Wochen vergingen, ohne daß sich eine Veränderung zeigte. Einmal schickte der König einen Herold mit Banner, Trompete und Wappenrock aus, der den Hauptmann von Famagusta zur Übergabe aufforderte. Der Hauptmann erwiderte, die Stadt sei wohlversorgt und habe nicht die Absicht, ihre mühsam errungenen Rechte an den Monseigneur Bastard abzutreten, der, wie alle Welt wisse, gesetzwidrig die Ansprüche der wahren Königin Carlotta an sich gerissen habe. Er fügte hinzu, bei jedem weiteren Versuch, sich der Mauer zu nähern, werde geschossen. Zehn Tage nach dem ersten Herold schickte der König einen zweiten von minderem Rang aus, der das Angebot des Königs wiederholte. Die Genuesen erschossen ihn.

Um diese Zeit traf aus dem drei Stunden entfernten Salines die Nachricht ein, daß das venezianische Zuckerschiff in Alexandria eingetroffen war und demnächst Episkopi anlaufen würde, um die gesamte zyprische Fracht an Bord zu nehmen. Nicolaas ging zum König und bat um vier Tage Urlaub, die Zacco ihm widerwillig gewährte. An jenem Tag war es zum erstenmal bewölkt und kühler. Bald würde die Reise von Famagusta nach Kouklia an die zwei Tage dauern. Loppe hatte die Strecke einmal seit Beginn der Belagerung zurückgelegt. Im übrigen verständigten sie sich durch ihren Mittelsmann in Salines. Ohne die hervorragende Arbeit Loppes und seines Zuckermeisters wäre das nicht sehr befriedigend gewesen.

Diesmal regnete es, doch trotz des hinderlichen Umhangs und der lustlosen Gesichter des kleinen Trupps, den er mitnahm, brachte Nicolaas die Reise in einem benommenen Zustand hinter sich, der an ein innerliches Glücksgefühl grenzte. Das Land war still. Das heißt, man war überall am Werk, aber die Geräusche dabei zerstreuten sich in der Luft, die mild und dunstig war. In den Dörfern hörte man wohl die Schmiede und Küfer und Weber und das Würfeln und Singen, aber das Geräusch war verhalten, fröhlich und natürlich. Eine ganze Anzahl Leute erkannte ihn inzwischen und schien ihm nicht gram zu sein. Er verbrachte die Nacht in Salines und traf am nächsten Mittag in Kouklia ein. Erst auf dem letzten Teil der Reise hatte er sich mit Dingen wie Wachstuch und Leinwand, Fassungsvermögen und Wechselkursen beschäftigt.

Es war wieder Advent. Es erstaunte ihn, ein wie langes Jahr es gewesen war. Letztes Jahr hatte ihm die Ernte noch nichts bedeutet; er war ohne Verständnis durch den Hafen und die Lagerhäuser von Episkopi geschritten, und die Umleitung der

Zuckerfracht des Ordens war eher eine spielerische Angelegenheit gewesen. Als er jetzt auf seinem Landsitz in Kouklia eintraf, war ihm alles wie seit eh und je vertraut: das Geräusch und der Geruch und das Aussehen von allem bis ins kleinste Teil. In Stavros war die neue Quetschmühle gebaut worden. Sie war jetzt leer, desgleichen der widerhallende Raum der alten, deren Ochsen nun im Stall standen. Auf dem wieder aufgeweichten Hof führten Bohlen von einem Bottich zum anderen – einige waren leer und ausgespült, andere dampften noch. Über jedem war jetzt ein hölzerner Schutz angebracht, den die Sonne inzwischen schon gebleicht hatte. In den Raffinerieschuppen standen die letzten Kegel, die abkühlten und weiß wurden und ihre zähe, goldene Melasse in die Töpfe tropfen ließen.

Es waren jetzt nicht so viele Männer am Werk. Manche waren in ihre Dörfer zurückgekehrt, manche waren in die Töpferei gegangen, manche widmeten sich den Instandhaltungsarbeiten, die den ganzen Winter andauern würden. Die übrigen waren jetzt zwischen Stavros und Episkopi beschäftigt – sie verluden die Fässer und schafften sie zu den Lagerhäusern, wo sie bis zum Eintreffen der Galeere blieben, die sie nach Venedig bringen sollte. Später würde er dorthin gehen müssen, aber zuerst schritt Nicolaas mit Loppe zum Haus hinauf und studierte im Kontor die Hauptbücher, um zu sehen, was getan worden war. Dann sagte er: «Loppe, es ist ein Wunder. Du hast den Ertrag verdoppelt.»

Loppe lächelte. Während des ganzen Rundgangs hätte man sein Gebaren als wohlerzogen und gesetzt bezeichnen können. Es war vielleicht kein ganz natürliches Gebaren, aber es war ihm, das wußte Nicolaas, von Anfang an gut zustatten gekommen. Die zypriotische Gesellschaft zögerte, wenn es um die Anerkennung der Führungseigenschaften eines Negers ging. Loppe war freilich zu klug, um damit zu rechnen, im Haus eines Landadligen als Freund aufgenommen zu werden.

Ihn schien das nie zu stören. Aber jetzt, mit Nicolaas allein, sagte Loppe: «Ein Wunder – wieso? Das ist das Ergebnis meiner Erfahrung und Eures Geldes und einer Spur von Begabung, die mich begleitet, was ich auch tue. Wenn Ihr bei der Raffinerieausrüstung schneller gehandelt hättet . . .»

Es war eine alte Geschichte, und Nicolaas antwortete nur mit einem schiefen Gesicht. Er hatte die Zuckermanufaktur ungenügend ausgestattet von den Martinis übernommen und erst spät erkannt, daß kupferne Kessel jetzt nicht zu haben waren, daß alle Töpfereien irgendwie in Anspruch genommen waren und daß man Leute mit Erfahrung abgeworben hatte. Jemand mit mehr Geschick oder Glück als er hatte erkannt, daß dies nicht die richtige Art war, einen großen Gewinn zu machen: da waren die Mäuse und die Trockenheit und die Heuschrecken, die Mühe mit Arbeitern und Tieren, bis man endlich hier im Hof zerstampften Zucker und rohen Saft hatte. Nein, jemand hatte erkannt, daß es einfacher und einträglicher war, dieses Enderzeugnis zu kaufen und dann zu raffinieren. Er fragte: «Wieviel müssen wir als unraffinierten Zucker abgeben?»

«Ein Viertel», sagte Loppe. «Wir verlieren den Gewinn der Hälfte dessen, was wir mehr erzeugt haben. Nächstes Jahr wird es besser gehen. Aus Damaskus sind drei Kessel unterwegs.»

«Und an dieser einen Stelle dort wird raffiniert?» fragte Nicolaas.

«Es gibt noch andere, aber deren Preise sind bedeutend höher. Diese Leute hier verlangen nicht so viel. Es fragt sich, ob es nicht billiger käme, wenn wir sie das ganze Raffinieren besorgen ließen. Ihr könntet die Kessel verkaufen, die Männer entlassen, die Töpferei langsam auflösen. All das würde die Kosten wettmachen.»

«Ein Jahr lang», sagte Nicolaas. «Danach könnten sie verlangen, was sie wollen. Und was würden alle diese Leute tun? Jedenfalls nicht Zaccos Loblied singen. Raffinieren die Corners noch?»

«Sie sind in der gleichen schwierigen Lage», sagte Loppe. «Ihr werdet sie in Episkopi treffen. Wie steht es mit Famagusta?»

Er hatte eine Antwort verdient, und Nicolaas gab sie ihm. Wahrscheinlich war ihm die Zurückhaltung anzumerken. John le Grant hatte ihn, das war offenkundig, als ein Kind betrachtet, welches das wilde Spiel genoß und das die Wirklichkeit plötzlich zum Innehalten zwang. Er hatte John le Grant darauf hinweisen wollen, daß sie sich in Trapezunt beide einem recht wilden Spiel hingegeben hatten und daß er, wenn er einen weiteren Söldnerkontrakt erfüllte, dies nicht blindlings tat. Aber er hatte im Durcheinander von Famagusta und Sigouri und im stürmischen Gefolge des Bastards tatsächlich vergessen, daß es noch eine andere Ordnung gab, die allein ihm unterstand, geregelt, fruchtbar und befriedigend für Herz und Verstand. Er hatte ganz kurz das gleiche Gefühl gehabt, als er in Nikosia die Färberei betrat, dies jedoch einer törichten Wehmut zugeschrieben. Vielleicht irrte er sich auch vollkommen, und seine Natur verlangte nach beidem. Im Augenblick hätte er jedenfalls viel darum gegeben, hätte er hier bleiben können und nie mehr in die anderen Städte zurückkehren müssen – und dies obschon seine Gemahlin Primaflora dort war und er sie seit vier Wochen nicht mehr berührt hatte.

Dieser Gedankengang führte zu einem anderen. Er schloß seinen Bericht und sagte: «Ich kann nicht lange bleiben. Ich reite am besten gleich nach Episkopi, dann komme ich zurück, und wir können reden. Wenn dieses Schiff ausgelaufen ist, kannst du dann nach Famagusta kommen? Wird hier alles gutgehen während deiner Abwesenheit?»

«Wie lange wäre das? Vielleicht ist die Belagerung zu Ende. Vielleicht ist der Pulverturm schon in die Luft geflogen.»

«Aber deshalb will ich dich ja dort haben», sagte Nicolaas. «Nicht für die Belagerung, sondern für das, was nachher kommt.»

Danach redeten sie nur noch über geschäftliche Dinge. In Episkopi traf Nicolaas einen der Brüder Martini unten beim Lagerhaus. Sie waren sich zuvor schon begegnet, seit seiner zweiten Rückkehr von Rhodos, und beide Male hatte sich der Venezianer sehr höflich, wenn nicht überschwenglich gezeigt. Nicolaas vermutete, daß die Ehre teilweise befriedigt war. Die Martinis hatten mitgeholfen, die Flamin aus Zaccos Gewalt zu befreien, und Nicolaas hatte, wie jetzt bekannt war, verhindert, daß die besten Rebenschößlinge und Zuckerrohrstecklinge Europas nach Madeira gelangten. Das war natürlich nicht der Hauptgrund seiner Reise nach Rhodos gewesen. Er hatte sogar bis zu seinem Eintreffen in Rhodos keine Beweise dafür besessen, daß Katelina tatsächlich Pflanzen mitgenommen hatte. Aber es fügte sich, daß dies außer ihm niemand wußte.

Auch der Orden in Person seiner Vertreter und Mittelsmänner, denen er am Kai begegnete, zeigte sich höflich – zweifellos aus denselben Gründen. Als König von ganz Zypern würde Zacco die Flotte Venedigs an seiner Seite haben, und so waren die Ritter gewiß angewiesen, mit einem Lächeln über ein so unbedeutendes Vorkommnis wie die Kaperung ihres Schiffes und die Beschlagnahme ihrer Fracht hinwegzusehen. Nicht zu Gesicht bekam Nicolaas bei diesen Begegnungen John of Kinloch, dessen Meinung von ihm sich, wie er fürchtete, wohl nicht gewandelt hatte.

Mit seinem letzten Besuch kam er einer Einladung Marco Corners zum Abendessen nach. Dazu war es schon beim letztenmal gekommen, denn Venedig war sehr angetan von Niccolo van der Poele, der die Pflanzen vernichtet hatte und Zypern – Gott gebe es – von den Genuesen befreite. Selbst seine Ehe mit Primaflora fand man in gewisser Hinsicht reizvoll, auch wenn sie natürlich noch keine Gelegenheit zu einem Besuch in Episkopi oder Kouklia gehabt hatte.

Diesmal war Loredano da, der perfekte Venezianer, jedoch nicht die perfekten venezianischen Prinzessinnen. Das bedeutete eine Erleichterung, wenn auch freilich abermals Katelina van Borselen zur Sprache kam und er erneut erklären mußte, daß er sie zuletzt bei guter Gesundheit gesehen hatte und im Begriff, Rhodos zu verlassen. «Sie war ein angenehmer Gast», gab Marco Corner zurück. Er hob den massigen Körper ein wenig von der Sitzbank hoch und wies einen Diener an, das kleine Kohlebecken anzuzünden. «Obschon sie unter der Gefangenschaft litt und ihr Verschwinden den König um eine beträchtliche Lösegeldsumme brachte – er hat nicht versäumt, mich daran zu erinnern. Dennoch hätte man ihr nicht gewünscht, daß sie sich elend fühlt. Das Land hier draußen hat sie beunruhigt. Fiorenza hat beobachtet, daß sie große Angst vor Insekten hatte.»

«Donna Fiorenza ist ein sehr einfühlsamer Mensch», sagte Nicolaas. «Ihr und ihren Schwestern geht es gut?»

«Natürlich, natürlich», entgegnete Marco Corner. «Ihr werdet sie in Venedig treffen. Wenn der König erst im Besitz der ganzen Insel ist, werdet Ihr Euch doch gewiß eine kleine Reise nach Venedig gönnen? Es wäre jedenfalls klug, sich um diese üble Frage der Raffinerien zu kümmern. Leidet Ihr auch darunter? Mir wurde gesagt, sie hätten auch mit Verpfändungen zu tun. Der Orden und Carlotta sollten es wissen. Ihr werdet nach Eurer Bank sehen müssen.»

«Meine Bank», sagte Nicolaas, «ist so gut abgesichert wie ich.»

Als er sich am nächsten Tag im Regen auf den Rückweg machte, sagte er sich, daß er dafür belobigt werden müßte, daß er die Wahrheit sprach, obwohl das nicht viel heißen wollte.

Bei seiner Rückkehr wehte das Kreuz von St. Georg noch immer von den Mauern von Famagusta, und offenbar hatte sich nichts verändert außer dem Wetter, das natürlich das Feuer der Lunten und Brandgeschosse auslöschte und den Nachweis sehr erschwerte, daß sich der Pulverturm von Famagusta leicht entzünden ließ. Auf dem Weg zu seinem Zelt begegnete er einem Hauptmann, der mit düsterer Miene berichtete, man habe nacheinander drei Männer hineingeschickt, die das Magazin finden und in die Luft jagen sollten, und wahrscheinlich seien alle drei ums Leben gekommen. Inzwischen ging der Beschuß von der Mauer herab in unverminderter Stärke weiter, und das Ausheben von Gräben hatte sich zuletzt als recht verlustreich erwiesen. Die Stadt mußte jetzt außerdem wieder über einiges Wasser verfügen. Und dann berichtete er noch eine Neuigkeit, die Nicolaas am wenigsten hatte hören wollen: der König war nach Nikosia zurückgekehrt und hatte seinen ganzen Kriegsrat mitgenommen.

Nicolaas stieß einen Fluch aus. Der Mann grinste. «Was regt Ihr Euch auf? Er hat Euch eine Botschaft geschickt, sie liegt in Eurem Zelt.»

Im Zelt warteten sogar zwei Botschaften auf ihn. Die eine, vom König, forderte ihn auf, unverzüglich nach Nikosia zu kommen. Die andere, von Philip Pesaro, bat ihn, er möge sofort nach Sigouri weiterreiten, ganz gleich, um welche Zeit er eintreffe.

Das Château Franc in Sigouri war zehn Meilen entfernt. Der Abend dämmerte herein, es war naß, und Nicolaas war den ganzen Tag geritten. Er schickte nach Astorre, aber statt seiner erschien Thomas, der mit gewitzter Miene berichtete, Hauptmann Astorre sei nach Nikosia gerufen worden und Doktor Tobie und Messer le Grant mit ihm. Auf Befragen antwortete er, er wisse nicht, warum, aber offenbar sei der junge Bursche verrückt, das heißt, Monseigneur der König habe einen seiner Anfälle von Ungeduld. Es ging das Gerücht, sie sollten die Belagerung aufgeben und würden vor Weihnachten aus ihren Kontrakten entlassen werden.

«Das glaube ich nicht», sagte Nicolaas. «Wir brauchen doch nur noch einmal mit aller Macht anzugreifen. Warte, bis ich von Sigouri zurück bin.»

«Es heißt, Ihr kommt nicht zurück. Der König würde Euch bei sich im Palast behalten.»

«Und da hätten wir's dann beide hübsch warm und trocken. Ich sehe schon, was da so gedacht wird. Nun, sagt den Leuten, ich komme zurück, ob der König mich bei sich haben will oder nicht. Wir haben gesagt, wir nehmen diese verdammte Stadt, und das tun wir auch.»

Thomas blickte nicht sogleich aufgemuntert drein, mochte aber, wie Nicolaas sich sagte, vielleicht doch an geeigneter Stelle etwas von einer solchen Stimmung vermitteln. Er schickte nach einem Mann und nach Chennaa, nahm einige Stücke kaltes Fleisch und etwas Wein zu sich, schlüpfte in einen trockenen Umhang und bestieg das Kamel. Chennaa war ein Rennkamel. Obschon gestiefelt und schlammbespritzt und wütend, setzte ihn die Kameldame in gerade einer guten Stunde bei der Zugbrücke von Sigouri ab. Pesaro begrüßte ihn schon im Hof.

Philip Pesaro war ein erfahrener Krieger, und sein Befehlsbereich war ganz Nordostzypern von Famagusta bis zu Spitze der Halbinsel Karpass. Er führte Nicolaas in seine Amtsstube und kam, als die Diener gegangen waren, sogleich zur Sache. «Ich habe einen Bericht aus der belagerten Stadt erhalten. Sie haben praktisch nichts mehr zu essen. Es sind nur noch zweitausend Menschen in der Stadt am Leben, und von denen sterben täglich welche weg. Aber Lomellini und seine Männer wollen nicht aufgeben. Sie hungern bis zum Ende, weil sie an eine Rettung von See her glauben.» Er hielt inne und fuhr dann fort: «Der König ist nicht hier. Er hat eine ehrenvolle Übergabe angeboten, und seine Herolde sind getötet oder zurückgeschickt worden. Die Verantwortung für das, was geschieht, liegt nicht bei uns. Aber ich muß es Euch berichten.»

«Ja», sagte Nicolaas. Er schob das Essen, das Pesaros Diener ihm hingestellt hatte, unberührt beiseite. «Natürlich hat der König die neuesten Meldungen noch nicht gehört.» Er sah zum Fenster hin und setzte hinzu: «Ich begebe mich heute nacht noch nach Nikosia.»

Pesaro sagte: «Ruht Euch lieber die Nacht über hier aus. Ich weiß, was der König sagen wird. Es kümmert ihn nicht, ob die Stadt halsstarrig ist und leidet. Und bis Euer Fest vorüber ist, wird er nichts unternehmen.»

Nicolaas erstarrte mitten im Aufstehen. *«Was?»*

«Das Fest des heiligen Nikolaus», sagte Philip Pesaro. «Das hattet Ihr vergessen. Er hatte es in Famagusta feiern wollen. Da Ihr ihm Famagusta nicht rechtzeitig erobert habt, will er es jetzt in seiner Hauptstadt feiern. Deshalb seid Ihr dorthin bestellt.» Er hielt kurz inne. «Ihr werdet ihn nicht davon abbringen, Messer Niccolo. Macht Euch da keine Hoffnungen.»

«Nein», erwiderte Nicolaas. «Dann gehe ich also hin. Aber es gibt einige Befehle, die ich gern ausgeführt sähe. Ich schreibe sie nieder und setze meinen Namen darunter. Wenn dann dieses verrückte Fest vorüber ist, komme ich mit dem König zurück.»

Er schrieb, und Pesaro sah dabei zu. Schließlich sagte der Hauptmann: «Ich lasse natürlich alles so ausführen, aber . . .»

«Aber es mag nicht viel an der Sache ändern», entgegnete Nicolaas. «Wahrscheinlich nicht. Und ich weiß, was Ihr denkt. Jedes Geschütz in Famagusta ist auf das Ende dieses Grabens gerichtet, und die genuesischen Bogenschützen gehören zu den besten der Welt. Aber am Ende müssen wir vielleicht die Ehre des großen Genua retten, indem wir es angreifen.»

Kapitel 36

Der nächste Tag war der Vorabend des St. Nikolaustags. Verzehrt von Zorn und Besorgnis streifte Tobias Beventini, seines Zeichens Arzt, durch das warme, hübsche Palais der schönsten Frau Nikosias, lief Hausmädchen in den Weg, die Körbe mit Leinen schleppten, und anderen Mädchen, die geplättete Gewänder und Wämser trugen, und versteckte sich vor dem Mann, der ihm den Flaum um den Kahlschädel herum stutzen wollte, und gebrauchte lange lateinische Wörter dem anderen Mann gegenüber, der seine Sporen und seinen Schmuck polieren wollte.

Er hatte keinen Schmuck. So wie jetzt hatte er sich das letzte Mal in einem Haus in Florenz gefühlt, als er und Julius im Begriff gewesen waren, Cosimo de' Medici aufzusuchen, der sie beauftragen sollte, sein Haus in Trapezunt zu vertreten. Auch damals war Nicolaas viel zu spät gekommen. Tobie wollte sich auf einen Stuhl setzen, nahm aber dann davon Abstand, weil er mit Einlegearbeiten verziert war und fremdartig und zerbrechlich aussah. Er bemerkte, daß auch John le Grant dem Möbelstück aus dem Weg ging. Es lagen auch Kissen mit langen, üppigen Troddeln umher, und im großen Schlafgemach (er hatte sich überzeugt) war die Steppdecke aus Seidenbrokat.

Sie waren noch kaum in diesem Haus gewesen, das Nicolaas gehörte, und noch gar nicht, seit es seine neue Hausherrin aufgenommen hatte. Tobie war Primaflora zuvor nur selten begegnet – bei der Suche nach Tristão und Diniz Vasquez auf Rhodos, auf dem abgefangenen Schiff, das sie von Rhodos nach Zypern brachte, und im Königssaal von Kiti gleich danach. Auf Rhodos hatte er recht viel von ihr gesehen – das Bein den ganzen Schenkel hinauf –, und Nicolaas hatte recht: er war grün vor Neid.

Sie war noch immer golden und seiden und einer Göttin gleich und hatte John und Astorre und ihn willkommen geheißen in einer zwanglosen, unbeschwerten Art, die sie auf der Stelle zu langjährigen Vertrauten zu machen schien. Das Haus, ihrer dreier Kammer, das Essen, alles war zu ihrer vollen Zufriedenheit, und nach dem lärmenden Getriebe von Famagusta hätten sie sich eigentlich in einem Zustand verwirrter Dankbarkeit befinden sollen. Doch John neigte dazu, wie er beobachtete, immer wieder nach draußen zu schlendern, und Astorre hatte sich ganz offen in der Küche eingerichtet. Primaflora wirkte vollkommen gelassen, aber dann und wann erschien jemand in königlicher Dienstbotenkleidung auf dem Hof und ging wieder davon. Morgen sollte ein vom König für Nicolaas vorbereitetes Fest stattfinden, und Nicolaas war noch nicht da.

Spät am Nachmittag traf Loppe ein, womit niemand gerechnet hatte, denn Loppe kümmerte sich um alles in Kouklia, so wie Mick Crackbene den Hafen von Famagusta bewachte. Die Überraschung war gegenseitig. Tobie erklärte das mit dem Nikolausfest unter Zuhilfenahme zahlreicher und deutlicher Eigenschaftswörter, und Loppe hielt seine Wut offensichtlich für wohlbegründet, wenn er sich auch ärgerlicherweise der leisesten Kritik an dem abwesenden Nicolaas enthielt. Loppe war, wie es schien, in der Absicht gekommen, sich mit Nicolaas auf dem Schlachtfeld zu treffen, doch als er hörte, wie die Dinge standen, erhielt er von Primaflora die Erlaubnis zu bleiben. Und da

Loppe so war, wie er war, löste er die Schwierigkeit seines Standes im Hause dadurch, daß er stillschweigend wieder in die Rolle des Haushofmeisters schlüpfte nach kurzer Verständigung mit Galiot, den er schließlich selbst eingestellt und eingeführt hatte. Seine früheren Rollen schienen Primaflora durchaus bekannt zu sein, die ihn vermutlich zuletzt gesehen hatte, als er mit unbedingter Selbstverständlichkeit aus dem Dienst der Großkomturs Louis de Magnac in den Nicolaas' überwechselte. Sie hatte, wie Tobie erfuhr, Nicolaas selbst seit fünf Wochen nicht mehr gesehen.

Er kam nach dem Abendessen, nachdem er, wie durchsickerte, die Nacht zuvor in Sigouri verbracht hatte. Warum er für die ungefähr dreißig Meilen von dorther den ganzen Tag gebraucht hatte, wurde nicht erklärt. Er kam sofort in das Gemach, das sich Astorre, John und Tobie teilten, gefolgt von Dienern, die ihm den nassen Umhang abnehmen wollten. Sie wurden sofort durch Loppe ersetzt, dessen Anwesenheit er gleich der ihren als völlig natürlich und fast ohne Gruß zur Kenntnis zu nehmen schien. Auf seinem Gesicht mit den kindlichen Flächen, den anmaßenden Nasenflügeln und den rührend großen Augen fehlte sichtlich das Spiel schlichter Ausdrücke, das sonst dort abrollte. Er sah müde aus, was bei ihm gewöhnlich nicht vorkam. Er sah – worüber gerade Tobie nicht sehr erfreut war – auf erstaunliche Weise so aus, wie er zwei Jahre zuvor an einem Ort mit Namen Skylolimne und später an einem anderen Ort mit Namen Kerasous ausgesehen hatte. Tobie sah zu John hinüber, und ihre Blicke begegneten sich. Astorre wischte sich Pfirsichsaft aus dem Bart, warf sein Mundtuch hin und sagte: «Na, Ihr habt Euch Zeit genommen. Ohne Euren verdammten Festtag hätten wir den Kontrakt erfüllt haben können. Was habt Ihr Euch nur gedacht?»

«Ich hatte Lust auf ein gutes Essen», sagte Nicolaas.

Primaflora erschien hinter ihm in der Tür, und rein gefühlsmäßig, wie es schien, wußte er das und drehte sich um. Aber vielleicht, sagte sich Tobie, hatte auch ihr Parfüm etwas damit zu tun. Sie sagte, ohne ihn zu berühren: «Redet mit ihnen. Kommt dann zu mir, wenn Ihr fertig seid.» Ihr Gesicht lächelte und wirkte ruhig, wenn man nicht unter die nachgezogene Linie ihrer Brauen sah. Was es vom Gesicht ihres Gemahls widerspiegelte, konnte Tobie nicht sehen.

Da sagte Nicolaas: «Nein, bleibt hier bei uns. Loppe auch. Ich glaube, ich muß zum König gehen.»

«Er kann warten», sagte Primaflora und durchschritt dann das Gemach und hielt den großen Stuhl neben dem Kohlebekken umfaßt, bis Nicolaas herüberkam und sich hineinfallen ließ. Dann holte sie, Loppe mit leichter Hand zurückhaltend, Wein und einen Holzteller für Nicolaas und schenkte allen ein, ehe sie sich setzte.

«Der Gedanke mit dem Festtag stammt nicht von mir», meinte Nicolaas. «Ich wünschte, daß er möglichst schnell herumgeht.»

«Morgen findet ein Hochamt statt», sagte Primaflora. «Dann ein großes Fest im Palast. Der ganze Hof wird dasein. Der König hat den Hochadel eingeladen, alle hohen Kirchenmänner und die Ordensritter von Kolossi. Die Venezianer werden anwesend sein, die Kaufleute und sogar Sor de Naves und der Abt von Bellapaïs aus Kyrenia. Nur die Mamelucken werden nicht dabeisein. Vor dem Ablauf von zwei Tagen könnt Ihr nicht wieder fort. Es ist ein Zeichen der persönlichen Liebe und Hochachtung des Königs.»

Astorre schnaubte. «Er langweilt sich.»

«Ich hatte Euch geraten, ihn während meiner Abwesenheit zu unterhalten», sagte Nicolaas. «Gebt Eure Kunstvorstellungen. Schlagt Purzelbäume und klettert in voller Rüstung die Unterseite einer Leiter hinauf. Nun, jetzt ist es zu spät, wir müssen das Beste daraus machen. Ich habe etwas, dem der König zustimmen soll. Vielleicht ist jetzt eine günstigere Gelegenheit als später.»

«Ihr wollt gehen?» sagte John le Grant, der bis dahin geschwiegen hatte. Es geschah oft, daß John le Grant Tobie aus der Fassung brachte. Julius war in dieser Hinsicht beruhigender gewesen.

«Etwas anderes», sagte Nicolaas in knappem Ton.

Hauptmann Astorre hatte nicht richtig hingehört. «Und außerdem – was wollte Pesaro von Euch in Sigouri?» fragte er. «Er sagte, er wollte Euch sprechen.»

«Er machte sich Sorgen», antwortete Nicolaas. «Er sagt, das ganze Heer ist beunruhigt, weil bekannt ist, daß Famagusta niemals aufgeben wird, solange es damit rechnet, daß ein Schiff zu seiner Befreiung kommt. Er sagt, wenn der König weiter fortbleibt, dann gibt es eine Meuterei – wenn nicht gleich, dann später, wenn das Wetter nasser und kälter wird. Kein Heer rechnet damit, daß es den Winter hindurch draußen im Feld bleibt.»

John le Grant fragte: «Und was schlägt er vor?»

«Der Vorschlag kommt von mir», erwiderte Nicolaas. «Ich will damit zu Zacco gehen. Jetzt ist Dezember, da ist ein Waffenstillstand nichts Ungewöhnliches. Ich will, daß Zacco vier führende Bürger aus Famagusta einlädt, mit ihm das Fest der Geburt Christi zu feiern, und daß er zwischen Weihnachten und Epiphanias Nahrung und Wein in die Stadt schaffen läßt. Und während dieser Zeit sollen sich diese vier Genuesen selbst davon überzeugen, über jeden möglichen Zweifel hinaus, daß keine Rettung für sie unterwegs ist. Dann, so hoffe und so glaube ich, werden sie sich ergeben.»

«Inmitten von Fässern mit Wein und Kisten mit Käse?» sagte Astorre stirnrunzelnd.

«Nach dem sechsten Januar würde nichts mehr zu essen und zu trinken gebracht werden. Ich glaube nicht, daß irgend jemand in Famagusta die Willenskraft hätte, sich danach noch weiter zu Tode zu hungern.»

Tobie schwieg ebenso wie John le Grant, nachdem sie wieder einen Blick gewechselt hatten. Es war Primaflora, die sagte: «Verzeiht mir, dies ist kein Frauengeschäft, aber führt Hungersnot nicht zur Übergabe, ohne daß der König um solche Zugeständnisse gebeten werden muß? Sie leiden doch gewiß jetzt schon schrecklich genug.»

Und Nicolaas sah sie an mit seinem kindlichen, großäugigen Gesicht und erwiderte: «Das sollte man glauben, aber so ist es nicht. Sie haben wohlüberlegt Vorräte eingelagert, und außerdem sind viele gestorben. Sie könnten bis zum Frühjahr durchhalten. Der König muß sein Einverständnis erklären, und dann biete ich ihm Famagusta.»

Bald darauf, als die anderen sich zurückgezogen hatten, begab sich Nicolaas allein in den Palast zu seinem lang hinausgeschobenen Gespräch. Er traf Zacco leicht berauscht an, im Kreis von Freunden beim Würfeln um hohe Einsätze. Er wurde begrüßt, ausgescholten und viele Stunden festgehalten und trank viel mehr, als er eigentlich wollte. Zu keiner Zeit erwähnte der König den Fortgang des Krieges, und es waren auch kaum der Ort und die Zeit, um davon anzufangen. Auch suchte Zacco zu keiner Zeit mit ihm allein zu sein, und er äußerte auch kein Wort des Vorwurfs wegen seines Mißerfolgs vor Famagusta.

Sie trennten sich schließlich in dem gleichen eigenartigen, freundlichen Ton, und Nicolaas machte sich auf den Heimweg. Die von Fackeln erhellten Straßen, durch die er kam, waren nicht wie üblich den Katzen, den späten Liebespaaren und den Nachtschwärmern überlassen, sondern belebt von Gruppen von geschäftigen, murmelnden Männern, die Gerüste und Zäune aufstellten, Schmutz wegräumten und Teppiche aufhängten für das Fest am nächsten Tag, das für den heiligen Nikolaus und für ihn war.

Zu Hause sagte er zu Primaflora nur: «Es war verschwendete Zeit. Er hatte zuviel getrunken. Und ich auch.»

Sie waren allein in ihrem Schlafgemach, aber sie waren noch vollständig angekleidet. Sie lächelte. «Wir werden sehen. Erzählt mir etwas.»

Er stellte fest, daß er zu müde war, um sein Wams aufzuknöpfen. Sie kam ihm zu Hilfe, küßte ihn leise und geistesabwesend auf das Gesicht, auf den Hals und die Hände, während sie auch noch seinen Gürtel und die Schleifen seines Hemds löste. Sie sagte: «Ich habe Euer Gewand für morgen herausgelegt. Ihr müßt blendend aussehen.»

«Und Ihr?» erwiderte er. «Karminroter Atlas und Gold? Perlen und Hermelin?»

Sie lächelte, den Blick auf die beschäftigten Hände gerichtet. «Nein. Ein Kleid, das Ihr wiedererkennen werdet, aber dem Anlaß angemessen. Ich hielt es für unklug, diesmal etwas von Carlotta zu tragen.»

Er hielt ihre Hände fest. «Aber Ihr habt Geld?»

Sie sah auf, noch immer lächelnd. «Ihr habt mir ein Vermögen dagelassen. Ich habe es nicht gebraucht. Mein eigenes Kleid und Eure Juwelen. Außerdem hat uns der König Umhänge geschickt. Einen aus Samt für Euch, mit dem Abzeichen Eures Ordens, und einen aus Flor für mich. Doktor Tobies Roben und die Kleider Eures Geschützmeisters und Eures Hauptmanns haben viel mehr Schwierigkeiten gemacht.»

«Wir sind alle eingeladen?» Nicolaas setzte sich und faßte mit unangebrachter Zuversicht an seine Stiefel.

«Sogar Bartolomeo aus der Färberei und sein Bruder. Und, Nicolaas . . .»

Er hörte, wie ihre Stimme tonlos wurde, und ließ die Stiefel sein. «Was ist?»

«Nur eine traurige Nachricht, die Bartolomeo gebracht hat», sagte sie. «Sein Geschäftspartner aus Konstantinopel ist gekommen. Ihr wißt doch, der Sultan hatte die Venezianer eingesperrt und noch Schlimmeres gemacht. Dieser Messer Girolamo ist aus Konstantinopel geflohen, mit schrecklichen Nachrichten von Trapezunt.»

In diesem Zusammenhang blieb nur noch eine Nachricht übrig, die schrecklich sein konnte. Nicolaas sagte: «Der Sultan hat sein Wort gebrochen? Man hat den in Verbannung lebenden Kaiser getötet?»

«Ja.» Ihre Augen waren oval und von Schmerz angefüllt und vollkommen. «Allen Versprechungen zum Trotz hat man David Komnenos und seine Kinder getötet.»

«Lang lebe der Sultan», entgegnete Nicolaas. «Alle?»

«Er hatte sieben Söhne und eine unverheiratete Tochter.»

«Ich weiß, wie viele es waren – alle?»

«Das Mädchen Anna ist . . . Sie bleibt, wo sie hingegeben wurde. Der jüngste Sohn wurde am Leben gelassen – er soll zu einem Muslim erzogen werden.»

«Er muß jetzt um die vier Jahre alt sein», sagte Nicolaas. «Und die sechs anderen sind dann also tot.»

«Ja», sagte sie. «Ihr fragt gar nicht, warum.»

«Das wollte ich gerade tun. Warum?»

«Es kam dazu, sagt er, wegen eines turkmenischen Fürsten namens Uzun Hasan, dessen Gemahlin eine trapezuntische Prinzessin ist. Diese Frau, die Ehefrau des Turkmenen, schickte einen Brief nach Adrianopel, in dem sie einen Sohn des Kaisers einlud, zu ihr zu kommen. Sie war die Nichte des verbannten Kaisers: wahrscheinlich war alles völlig harmlos. Aber der Brief wurde von Amiroutzes, dem Kanzler des Kaisers, abgefangen, der aus dem Schreiben folgerte, Fürst Uzun Hasan wünsche ein Kind kaiserlichen Bluts großzuziehen, das eines Tages ein Heer gegen Trapezunt ins Feld führen sollte. Er hat es dem Sultan gesagt. Die kaiserliche Familie wurde in den Kerker geworfen . . .»

«Das wußten wir schon», sagte Nicolaas.

«. . . und in seiner derzeitigen Stimmung glaubte der Sultan offenbar, es sei besser, sie wären tot. Es tut mir leid – erst als ich sah, wie Messer Bartolomeos Nachricht von Euren Freunden aufgenommen wurde, erkannte ich, welche Bedeutung sie für Euch haben mußte.» Sie hielt inne. «Ihr wart dem Kaiser zugetan?»

«Ich war in Trapezunt wie auch hier zusammen mit einer Streitmacht», sagte Nicolaas. «Der Türke erwies sich als stärker. Man kann sich verantwortlich fühlen, ohne Liebe zu empfinden, sonst wäre die Welt unbewohnt. Ich habe das Gefühl, daß ich grün im Gesicht bin.»

«Wenn Euch der Magen schmerzt, dann ist es Zaccos Schuld. Vielleicht solltet Ihr etwas dagegen tun. Soll ich Euch helfen?»

«Nein», sagte Nicolaas, «ich schaffe das ganz gut allein – solange Ihr anschließend keine Jagd mit Leoparden abhaltet. Wollt Ihr warten? In der Hoffnung, daß es sich lohnt?»

Aber schließlich schlief sie doch schon, als er zurückkam, und er weckte sie nicht auf, denn bis zum Morgengrauen waren es nur noch wenige Stunden, und er hatte einen schweren Tag, nein, eine Reihe von solchen Tagen vor sich, welche die gefährlichsten Spielzüge auf die Probe stellen würden, die er sich je ausgedacht hatte. Nicolaas Thaumaturgos, der Wunderwirker. Auf jeden Fall lag, wie sie gesagt hatte, die Schuld bei Zacco.

Die einzige wirklich glückliche Person in Nicolaas' Gefolge am nächsten Tag war Hauptmann Astorre, der Paraden liebte und sich gern für sie zurechtmachte. Das Wetter, obschon kühler als in Famagusta, war trocken, und ab und zu schien sogar die Sonne. Der Hauptmann fand sich mit seinen Gefährten im Dominikanerkloster neben dem Palast ein und beobachtete aufmerksam, wie die Notabeln eintrafen vor der Prozession, die von der Porta Santo Domenico zur Kathedrale St. Sophia führen würde. Nicolaas, der die Messe nach der Einnahme von St. Hilarion wegen eines Beils in der Schulter versäumt hatte, war heute anwesend, zumindest körperlich, denn geistig wirkte er eher abwesend. Sein Gesicht war von der gleichen Farbe wie das des Königs, als der königliche Zug vom Palast her eintraf. Astorre kicherte. «So war das also!» sagte der Hauptmann. «Die Ärmste! Da wird sie nicht viel von ihm gehabt haben heute nacht.»

Tobie knirschte mit den Zähnen. Im Gegensatz zu Astorre, der sich ebenso schnell wieder beruhigte, wie er in Zorn geriet, hatte Tobie nicht vergessen, was hinter ihnen in Famagusta in der Schwebe hing. Er hatte auch die Geschichte nicht vergessen, mit der Bartolomeo Zorzi sie am Abend zuvor erfreut hatte und die Nicolaas inzwischen gewiß auch kannte. Er hatte schon einmal versucht, mit Nicolaas darüber zu sprechen, und hatte dafür von le Grant einen Tritt gegen das Bein bekommen. Er grübelte auf dem ganzen Weg zur Kathedrale in seiner neuen scharlachroten Robe darüber nach, mit dem blauen Umhang und der goldenen Kette des Schwertordens auf den Schultern von Nicolaas vor sich. *C'est pour loïauté maintenir*. Nun, Carlotta hatte ihn ihm verliehen und ihr Bruder, der Bastard und Usurpator, hatte ihn bestätigt, also besaß er ihn entweder zweimal oder gar nicht.

Die Prozession füllte den ganzen Raum zwischen den Häuserreihen aus, so daß nur wenige Menschen auf der Straße waren außer denen, die aus Läden oder Türeingängen heraus zuschauten. Die oberen Fenster und Galerien waren jedoch dicht besetzt, wenn die Gesichter auch eher ehrerbietig und neugierig blickten als hingerissen. Unablässig bliesen Trompeten und schlugen Trommeln. Ein Geruch nach Weihrauch verstärkte sich, als sie sich dem riesigen dreifachen Portikus der Kathedrale näherten, mit deren Bau zweihundert Jahre zuvor im französischen Stil begonnen worden war. Er sah, wie der König, als er nun vortrat, einen festeren Schritt zu gebrauchen schien. Er mußte sich hier eigentlich zu Hause fühlen. Ohne die Hilfe des Papstes war Zacco mit dreizehn Jahren von seinem königlichen Vater zum Erzbischof von Nikosia gemacht worden, und er hatte jahrelang zusammen mit Ohnenase im erzbischöflichen Palais gewohnt. Der augenblickliche Amtsinhaber war nicht nur ein Augustiner, sondern auch ein zäher Bursche und an gefährliche Aufträge in Kairo gewöhnt. Tobie verschwendete einen Gedanken an Kairo und die Mamelucken und Tzani-bey und fragte sich, ob Nicolaas wußte, was der Emir im Mameluckenlager vor Famagusta machte. Eines war sicher: Tzani-bey war nicht zum St. Nikolausfest geladen worden, wenn auch der arabische Arzt hier war. Er hatte ihn in der Stadt gesehen.

In der Kirche dann erinnerte das schmerzende Bein Tobie daran, daß sich Nicolaas, wenn er überhaupt an etwas dachte, wahrscheinlich an einen anderen, diesem hier nicht unähnlichen, Gottesdienst erinnerte. Er hatte vor zwei Jahren in Trapezunt stattgefunden am Festtag nicht des heiligen Nikolaus, sondern des heiligen Eugenios, und statt Jakob, Dei gratia Jerusalem, Cypri et Armeniae rex illustrissimus, war der ranghöchste Zelebrant der Statthalter Christi, David Komnenos, einundzwanzigster Kaiser von Trapezunt gewesen, begleitet von seinem Großkanzler und Verräter Georg Amiroutzes.

Die Liturgie begann, und Tobie bewegte sich und reckte unruhig den Hals. Hinter der Federfontäne von Astorres Hut leuchtete der Kopf von Primaflora; das geschlungene und geflochtene Haar steckte unter den Hörnern einer Haube, und um den Hals trug sie an einer goldenen Kette eine Kamee. Tobie bewunderte den Anblick und fühlte sich eine Zeitlang nicht bemüßigt, sich weiter umzusehen. Dann tat er es und sah Nicolaas.

Nicolaas stand so still da, daß das dicke Buntglas unbewegliches Licht von seiner Kette zurückwarf und sein Gesicht glasurartig überzogen war wie ein mit verschiedenen Farben bemalter Krug. Tobie folgte seinem Blick. Neben dem König und dem Erzbischof, den Bischöfen von Paphos und Limassol, den verschiedenen Äbten, den Rittern vom Johanniterorden und den Klerikern der Kathedrale stand ein kräftig gebauter, schwarzhaariger Bursche in einem spitz zulaufenden Hut mit einem Schleier daran, unter dem eine Auswahl von halb griechischen, halb koptischen Roben nicht ganz das fleckige braune Gewand eines Franziskaners verbergen konnte.

Tobie erkannte ihn. Vor hundert Jahren, so kam es ihm vor, war dieser Mann in Florenz in den Medicipalast gestapft und hätte um ein Haar das ganze trapezuntische Unternehmen zu Fall gebracht. Er hatte sich, wie Nicolaas sagte, im Schnee bei Bologna eingemischt. Er war auf Rhodos gewesen, und sein Schiff hatte sogar die Leiche des Portugiesen nach Hause geschafft, den Nicolaas, wie dieser sagte, nicht auf dem Gewissen hatte. Auch ohne den unsäglichen, schrillen Ton seines Gebrülls zu hören, war es möglich, diesen Mann in jedem beliebigen Kreis sofort zu erkennen.

Es war Ludovico de Severi da Bologna, der lateinische Patriarch von Antiochia, und Nicolaas, wieder zum Leben erwacht, warf ihm ein breites Lächeln von der freundlichen Art zu. Der Mönch antwortete mit einem leisen Stirnrunzeln, worauf beide einander keine Beachtung mehr schenkten. Tobie, der den Patriarchen voller Abscheu ansah, war dankbar dafür.

Das Oberhaupt des Hauses Niccolo, das selbst beträchtliche Vorbehalte bezüglich Ludovicos da Bologna hatte, war recht froh, während der Messe und der Prozession zurück zum Palast und sogar des Banketts unbelästigt zu bleiben, obschon letzteres mit Schwierigkeiten aufwartete.

Da Nicolaas den König zu kennen glaubte, hatte er angenommen, Zacco werde die Gelegenheit benutzen und über die Tischordnung in aller Öffentlichkeit diesen Kommandeur und Günstling herunterstufen, der es nicht geschafft hatte, ihm, wie versprochen, sein Königreich zurückzugeben. Statt dessen wurde Nicolaas an einem Tisch mit Rittern seines Namens der Platz zur Rechten des Königs zugewiesen und Nicolas (Conella) Morabit der zu seiner Linken. Während des Festmahls ging es ähnlich. Der König erzählte von bestandenen Abenteuern, suchte für ihn Fleischstücke aus und witzelte über die Gewohnheit des Säuglings St. Nikolaus, jeden Mittwoch und Freitag die Brust zu verschmähen. Die Späße waren derb, aber recht gut.

Von den anderen Tischen sah Nicolaas Johns sommersprossiges rotes Gesicht mehr als einmal herüberblicken. Die Kirchenmänner hatten wegen des Festtags ihren eigenen Tisch neben dem des Königs und teilten ihn mit den Johannitern. Einen recht steifen Gruß hatte er am Morgen vom Großkomtur Louis de Magnac entgegengenommen, dem er zunächst mit Loppe und dann auf der Überfahrt nach Zypern einen Streich gespielt hatte. Bei ihm war Bruder William de Combort, der Primaflora in Kolossi so herzlich aufgenommen hatte in der Annahme, sie stehe im Dienst Carlottas. Vielleicht glaubten sie das sogar alle noch. Auf jeden Fall wurde ihnen vor Augen geführt, daß Zacco und nicht Carlotta schließlich Herr über ganz Zypern sein würde und daß mit einem Kommandeur Zaccos daher behutsam umgegangen werden mußte.

An einem anderen Tisch saßen die Italiener: die Brüder Martini, Corner, Loredano und Paul Erizzo. Sie sahen sehr zufrieden aus: eine weitere Ernte war verarbeitet und verkauft, Zacco, fester auf seinem Thron sitzend denn je, stand auf ewig in ihrer Schuld, und es hatte sich gelohnt, daß sie Nicolaas und seine

Streitmacht nach Zypern gebracht hatten, wenn der Kontrakt auch noch nicht ganz erfüllt war. Nicolaas hatte gesehen, daß Corner und die Martinis im Hereinkommen John le Grant die Hand geschüttelt hatten. Was nur recht und billig war, da John ihren Streit um das Wasser geschlichtet hatte. Nicht zu wissen brauchten sie, daß John auch der Urheber des Streits war.

Sein Blick blieb auf den Brüdern Zorzi ruhen – Jacopo, den er nach Kouklia eingeladen und dessen Weingärten er noch immer nicht besucht hatte, und Bartolomeo, der seine Färberei leitete und dessen Geschäftsgenosse Girolamo, den Nicolaas auch von der Fahrt nach Trapezunt her kannte, jene Nachricht mitgebracht hatte, an die er im Augenblick nicht denken mochte. Nicht denken mochte er auch an den dritten der Brüder Zorzi, den man allgemein unter dem Namen Nicholai Giorgio de' Acciajuoli kannte. Der Grieche mit dem Holzbein, dessen Machenschaften, dieses Gefühl hatte er manchmal, als dunkle Unterströmung unter seinen eigenen Plänen herliefen und ihn des Glaubens an den eigenen Willen beraubten. In dieser Kunde aus Konstantinopel, hierher geschickt und gerade zu dieser Zeit, sah er die Hand Acciajuolis, nicht die dieses selbstsüchtigen Kaufmanns.

Und Primaflora. Sie hatte jetzt Zutritt zum Bankettsaal des Königs und saß an dem langen Frauentisch mit Marietta von Patras am Kopfende, der erhabenen und erlauchten Mutter des Königs. Die nur wenig ausgeschmückte Schönheit seiner Gemahlin schien das Lampenlicht auf sie zu lenken: es glänzte auf dem Gittermuster ihrer Ärmel und auf den regelmäßigen Falten, die ihren schlanken Körperbau umrissen. Er sah sie zu Ludovico da Bologna hinüberblicken, dem sie natürlich auf Rhodos und zuvor schon im Schnee zusammen mit Carlotta begegnet war. Im Schnee zwischen Porretta und Bologna, wo Nicolaas zu Hilfe gerufen worden und ihr geliebter Ansaldo ums Leben gekommen war.

Sor de Naves, der mit seinem Bruder hier war, hatte sich auch vor Primaflora an ihrem Tisch verbeugt und vorher schon Nicolaas angehalten und zu seiner Heirat beglückwünscht. Höflichkeit war nicht sein Beweggrund. «Wie stellt Ihr das nur an, Ser Niccolo, daß Ihr so viele schöne Frauen anzieht? Die Königin hat ihre Gesellschafterin an Euch verloren, und Ihr habt sie geehelicht?»

Bis er durch Bestechung zur Übergabe von Kyrenia gebracht worden war, hatte der aus Sizilien stammende Admiral zu Carlottas engsten Ratgebern gezählt. «Die Königin?» sagte Nicolaas.

«Ein Lapsus linguae. Frau Carlotta. Das Dumme ist, daß Ihr diese Dame geheiratet habt. Aber vielleicht habt Ihr schon genug Kinder oder braucht keine.»

«Ich dachte gewiß», sagte Nicolaas, «die Sache hätte wie bei Euch Zeit.» Er wandte sich um, aber nicht rasch genug.

Der Sizilianer lachte. «Ich gebe ein gutes Ziel ab. Die Tochter des Königs ist sechs Jahre alt. Aber sie ist bestimmt eine Jungfrau und wird mir Kinder gebären, wenn sie alt genug ist. Wogegen diejenigen, die das Gebären vermeiden oder zu oft abgetrieben haben, sich wie Eure Gemahlin als unfruchtbar erweisen mögen.»

«Und Ihr glaubt, das bekümmert mich?» sagte Nicolaas. «Da muß ich Euch enttäuschen.»

Der andere lächelte. «Man hatte Euch unterrichtet. Ich hätte es mir denken können. An Carlottas Hof ist es allgemein bekannt. Nun, Ser Niccolo, ich will so enden, wie ich anfing, und wünsche Euch noch einmal viel Glück zu Eurer Eheschließung.»

Er hatte es nicht gewußt. Es war nicht wichtig. Jetzt war es nicht wichtig.

Er stand das Mahl durch. Er stellte Freude zur Schau bei allen Darbietungen während des Essens und danach und vollführte dann mit den anderen die langsamen höfischen Tanzschritte, die ihm die verschiedenen Frauen, die von ihm angezogen worden waren, beigebracht hatten. Gegen Ende, als der Palast noch immer voller Menschen war, der Wein floß und Ausgelassenheit herrschte, wurden, wie er gehofft hatte, er und Rizzo di Marino dazu ausersehen, den König zu begleiten, als diesen ein Bedürfnis zwang, hinauszugehen. In dem Augenblick, bevor sie zurückkehrten, sprach Nicolaas den König an. «Majestät, daß Ihr mir diesen Tag an Eurer Seite geschenkt habt, war eine unerwartete Freude, aber es bedrückt mich, daß sie unverdient ist: daß Famagusta noch nicht Euer ist. Darf ich, Majestät, ehe wir wieder hineingehen, Euch und Ser Rizzo etwas vortragen?»

Der König war nüchtern und zugänglich. Der Kanzler, ein erfahrener Mann, wußte, wann etwas Wichtiges besprochen werden sollte. Man fand eine Stube, und der König setzte sich und sagte: «Nun, worum geht es? Hoffentlich lassen wir Eure Gemahlin nicht warten.» Erhitzt vom Tanzen legte er den juwelenverzierten Hut ab, so daß ihm das braune Haar in die Stirn fiel, und öffnete das perlenbesetzte Wamsband, damit Luft an seinen Hals kam. «Wenn Ihr eine Bitte habt – dies ist Euer Tag.»

Nachher fragte sich Nicolaas, was er von Zacco erwartet hatte. Die Gunst einer Anhörung, die ihm gewährt wurde. Die Einschätzung, daß ein Waffenstillstand über Weihnachten bei seinen christlichen Bundesgenossen günstig aufgenommen werden könnte – ja, Zacco schien sie zu teilen. Aber der Gedanke, daß die Tage der Muße beeinträchtigt werden sollten durch die Anwesenheit von Männern aus dieser Republik? Die Vorstellung, ein Lusignan sollte diesen Narren freundlich zureden, sie davon überzeugen, daß eine Übergabe nicht unehrenhaft wäre?

«Gott im Himmel», sagte Jakob, König von Zypern, und erhob sich langsam. «Seid Ihr taub, blind, einfältig? Erwartet Ihr, daß ich Essen und Wein zu Männern hineinschickte, deren Vorväter die meinen zu elender Kerkerhaft nach Genua verschleppten? Die die Gemahlin des ersten Jakobs meiner Linie zwangen, ihr Brot mit der Nähnadel zu verdienen? Die seinen Neffen den Tod der Entbehrung sterben ließen? Jakob, mein Urgroßvater, hätte die rechte Antwort für Euch gewußt, trotz des Abzeichens, das Ihr tragt, und der silbernen Spange. Schlagt mir das noch einmal vor, Messer Niccolo, und Ihr verliert sie und noch mehr dazu!»

Er war weiß geworden im Gesicht, und seine Hand hatte nach dem Schwert gegriffen. Hinter ihm hatte sich auch di Marino erhoben, bereit, besänftigend einzugreifen. Gewöhnlich ließ sich eine solche Explosion voraussehen. Diesmal kam sie so unerwartet, daß sie fast künstlich wirkte. Nicolaas, der ebenfalls aufgestanden war, sagte in dem demütigen Ton, der in Brügge jedem Richter vertraut war: «Majestät, ich wollte Euch nicht verstimmen. Ich suche nur einen Krieg zu beenden. Wenn Ihr es mir gestattet, werde ich es auf eine Weise tun, welche die Ehre Eurer Vorfahren nicht verletzt.»

Der junge Mann stand noch immer mit der Hand am Schwertgriff da und atmete heftig. Ihre Augen hielten einander fest. «Wie?» fragte der König.

«Ich kehre zurück und bereite einen Angriff vor», sagte Nicolaas. «Morgen, wenn Ihr es mir erlaubt.»

Zacco tat einen langen Atemzug durch zusammengekniffene Nasenflügel. «Und das würde schneller gehen, als wenn wir sie aushungerten?»

«Es könnte nicht mißlingen», sagte Nicolaas. Er vermied es, den Kanzler anzusehen. Er gab sich ruhig und sprach auch in ruhigem Ton.

«Und wer würde den Angriff ausführen? Ihr?»

«Monseigneur», sagte Rizzo di Marino, «das ist ein mutiger Plan, und er hat Achtung verdient. Aber unser Graben ist dem Geschützfeuer ausgesetzt. Die Spitze eines solchen Angriffs wird fallen.»

«Ihr?» wiederholte der König.

«Natürlich», sagte Nicolaas. «Ich würde diese Ehre keinem anderen aus Monseigneurs Umgebung überlassen. Es sei denn, er entzieht mir sein Vertrauen.»

Rizzo di Marino sagte: «Natürlich wird er Famagusta nehmen. Aber müssen unsere Krieger den Preis dafür bezahlen?»

Keiner sprach. Nicolaas stand da und drückte nur aus, was er fühlte: Geduld, Verständnis und eine grundlose, angeborene, unnatürliche Zuversicht. Und allmählich lockerte sich die Hand des Königs, seine Haltung entkrampfte sich, und schließlich entspannte sich sein Gesicht, über das verschwommene, eigenartige Empfindungen zuckten: Erleichterung und Verärgerung, Zuneigung und etwas, das Scham hätte gewesen sein können. Zacco nahm die Hand vom Schwert. «Ich verbiete Euch das», sagte er. «Ich habe Euer Leben gekauft. Ich verbiete Euch, es zu verschwenden. Hungert sie aus. Sie haben es verdient.»

Nicolaas sank auf das eine Knie nieder. Einen Augenblick lang verharrten sie reglos, dann berührte die Hand des Königs seine Wange mit einer sanften Geste, und die Stimme des Königs sagte: «Genug. Kehren wir zurück, sonst erzählt man sich noch das Schlimmste über drei gutaussehende Männer, die zusammen hinausgegangen sind.»

Es blieb nichts mehr zu tun. Nicolaas bedachte die nachdenkliche Miene des Kanzlers mit einem kurzen Blick und folgte dem König zurück in den Bankettsaal. Er hatte ihn fast erreicht, als die Hand Ludovico da Bolognas nach seiner Schulter griff und die Stimme des Patriarchen dröhnte: «Nun, mein Sohn – bezahlt der König für Eure ganze Nacht, oder kann die Kirche eine Stunde von Eurer Zeit beanspruchen?»

Der König drehte sich um. Der Patriarch sagte: «Ich bitte Jakob von Zypern um einen Gefallen. Darf die Kirche an diesem Festtag über einen ihrer Söhne verfügen?»

«Ihr wollt ihm die Beichte abnehmen?» erwiderte Zacco. Er lachte auf seine freundlichste Art. «Auf Euch wartet eine Enttäuschung. Ein gut durchdachtes Artefakt besitzt keine Sünden.»

«Wenn ich Euch glauben könnte», sagte Ludovico da Bologna, «wäre ich der glücklichste Mensch in Nikosia. Aber die Sünden sind da, in kleinen Winkeln, und müssen aufgestöbert werden. Kommt, mein kleiner Herr Niccolo.»

Kapitel 37

«Wo ist Euer Haus?» fragte der Patriarch von Antiochia. «Ich muß mit Euch reden.»

«Zu weit weg», sagte Nicolaas.

«Und diese Konkubine wird da sein. Ich dachte, sie hatte einen Liebhaber, in Bologna? Aber ich habe ein Quartier bei den Dominikanern, das genügt. Da ist Euer Arzt. Und ist dieser Rotkopf einer von Euren Leuten? Sagt ihnen, sie sollen mitkommen.»

Nicolaas stand stocksteif da, in einer Haltung des Aufbegehrens, vielleicht sogar der Ablehnung. Der Rotkopf schlenderte, einer verstandesmäßigen Neugierde folgend, näher und sagte zum Patriarchen: «Ich bin John le Grant. In der Levante hat jeder von Euch, Ludovico da Bologna, gehört.»

«Das will ich auch meinen», entgegnete der Patriarch. «Ich bin genug herumgereist. Wenn man es den Griechen überläßt, gibt es nie einen Kreuzzug. Da gehört römischer Mumm dazu. Dieser Bursche hat mit Zacco gestritten – hätte ihm das gar nicht zugetraut. Nicht die Art, wie man sich gewöhnlich sein Lehen und seine feste Pension bewahrt. Kommt Ihr? Wie heißt Euer Quacksalber?»

«Tobias Beventini. Er ist Euch in Florenz begegnet.»

«Das weiß ich. Ein reizbarer, mürrischer Bursche, hab ich gehört, der den Kahlschädel entblößt anstatt den Hintern. Ah, da seid Ihr ja.»

«Ich gehe nach Hause», sagte Tobie in knappem Ton zu Nicolaas.

John le Grant streckte den Arm aus und hielt einen scharlachroten Ärmel fest. «Kommt, das wollt Ihr gewiß nicht versäumen. Und wenn Ihr Zeit habt, dann seht Euch doch Nicolaas einmal gut an.»

Zornige Ungeduld zuckte sogleich über Tobies Gesicht, und er fiel mit dem Geschützmeister in Gleichschritt. Manchmal wunderte sich John le Grant, daß Tobie es schaffte, ein so guter Arzt zu sein, ohne sich, was Nicolaas betraf, einige grundlegende Fragen zu stellen. Ob zum Beispiel der Gesichtsausdruck, den man sah, nur vorgetäuscht oder echt war. Oder aber etwas preisgab, was er eigentlich hatte verbergen wollen. Die Lust an der Beobachtung solch fehlgeschlagener Verschleierungsversuche zählte zu den Gründen, aus denen John le Grant bei Nicolaas blieb. Es gab natürlich noch mehrere andere.

Das Gemach, in das sie geführt wurden, hatte getäfelte Wände und einen Steinfußboden und war nur für den Aufenthalt des Patriarchen in aller Eile mit Hockern, Bänken und Tischen versehen worden. An einer Wand stand eine mit Eselshaut bedeckte Truhe, mit abgewetzten Schlüpfschuhen daneben und einem geflickten Reiseumhang oben darauf. Auf einem Abstelltisch standen ein Krug und Becher neben einem Stapel frisch gewaschener, zum Teil geflickter Wäsche. In der Mitte saßen vor einem gut versorgten Kohlebecken zwei Männer, die in ein leises Gespräch vertieft waren, das abbrach, als die Tür aufging.

Der eine war der bärtige arabische Arzt Abul Ismail. Der andere war ein kräftig gebauter Mann mit einer hochroten Nase, der nichts von der verlorenen Schönheit seiner Schwester hatte: Markios von Patras, der Bruder von Ohnenase. «Ihr kennt Euch alle», sagte Ludovico da Bologna und schob Nicolaas mit kräftiger Handbewegung hinein. Tobie folgte, und John le Grant konnte dem Stoß gerade noch ausweichen. «Ökumenische Zusammenkunft, nur daß wir keine streitsüchtigen orthodoxen Griechen und keine herumhurenden, drogenkauenden Bastarde von Mamelucken bei uns haben.» Er blickte zu Abul hin. «Araber sind ausgenommen.»

«Wir sind Euch zu Dank verpflichtet», sagte der Arzt höflich. John le Grant nahm mit den anderen Platz und warf im Vorbeigehen einen Blick in den Krug. Er war mit Wasser gefüllt.

Der Onkel des Königs sagte: «Ihr verwirrt unsere Freunde aus dem Westen. Die Mamelucken sind keine Sekte, sondern Kinder anderen Glaubens, die in jungen Jahren gekauft und als Muslime großgezogen wurden, um in Ägypten und Syrien zu dienen und zu herrschen. Seid ihr dem derzeitigen Sultan in Kairo begegnet? Der erste von griechischer Abstammung. Wurde vor fünfzig Jahren gekauft und begann als Page in Damaskus.» Er starrte den Patriarchen mit einem Auge an. Le Grant erinnerte sich, daß Markios zu seiner Zeit bei einigen der heißesten Kämpfe im Krieg Zaccos gegen seine Schwester eine Kompanie ägyptischer Mamelucken befehligt hatte.

Ludovico da Bologna erwiderte: «Sagt ruhig Eure Meinung: Abul Ismail weiß alles über Mamelucken. Ja, ich kenne Khushcadam. Ja, ich war in Kairo. Mord und Gift, Folter, Bestechung, Ämterkauf. Schreckensherrschaft und Plünderung, alles Taten der Mamelucken, die der Sultan gutheißt, weil er Angst vor ihnen hat. In geschäftlichen Dingen sind sie auf Kopten angewiesen, aber die armen kleinen Äthiopier des Priesters Johannes dürfen an Ostern noch nicht einmal Eier rollen. Ihr könnt Eurem Schöpfer danken, daß van der Poele da etwas unternommen hat.»

Es entstand eine vorübergehende Stille, als alle Männer im Gemach den Atem anhielten. Dann fragte Markios: «Was hat van der Poele getan?»

Im Profil gesehen, hatte sich Nicolaas eigentlich nicht verfärbt, sondern war eher erstarrt. Er regte sich wieder. «Der Patriarch ist erfreut darüber, daß mein Zuckermeister aus Damaskus kommt. Ich habe Leute von dort eingestellt und kaufe Gerät bei syrischen Gemäßigten.»

«Und wahrscheinlich kamen sie Euch auch nicht allzu teuer», bemerkte Patriarch Ludovico. «Fürst Uzun Hasan hat gewiß gern etwas zu ihren Löhnen beigesteuert.»

«Uzun Hasan!» rief der Onkel des Königs aus.

«Van der Poele hatte in Trapezunt mit ihm verhandelt. Uzun Hasan, Oberhaupt des turkmenischen Stammes der Weißen Schafe. Der stärksten Sekte in ganz Persien. Des größten Rivalen Konstantinopels. Es war eine Zeitlang gar nicht so sicher, wer sich Trapezunt schnappen würde, die Weißen Schafe oder die Türken. Es ging aber dann so aus, wie der junge Niccolo wollte. Habe ich recht?»

Das konnte John le Grant so nicht gelten lassen. Er sagte mit ruhiger, klarer Stimme: «Das hat man Euch wohl erzählt, aber so war es nicht, mein Patriarch. Wir haben gegen die Türken gekämpft, und die Türken haben Uzun Hasan Angst eingejagt, und die Übergabe war die Entscheidung des Kaisers. Oder vielmehr ...» Er hielt inne, seine Stimme verklang, und er sagte dann auch nichts mehr. Der Schaden war angerichtet. Jeder konnte sehen, wo diese Spur hinführte.

Nur Tobie nicht. Tobie sagte: «Nun freilich, die Verantwortung für die Übergabe lag bei diesem verräterischen Schurken Amiroutzes. Wenn Ihr genau wissen wollt, wie es in Trapezunt war, Nicolaas wird es Euch gern erzählen. Wir hatten auf jeden Fall nicht mit Uzun Hasan zu tun, sondern mit seiner Mutter. Sara, des Fürsten syrische ...» An dieser Stelle stockte auch er. Hingerissen beobachtete John, wie sich die Gedanken in seinem Kopf bewegten. Die Mutter von Uzun Hasan war eine Syrerin. Und die Gemahlin von Uzun Hasan war eine Tante von Violante, Fiorenza und Valenza von Naxos.

Die Umstände der Übergabe von Trapezunt standen hier nicht zur Debatte.

Tobie fuhr mit plötzlicher Schärfe fort: «Wir hatten danach mit Uzun Hasan nichts mehr zu schaffen. Oder mit seiner Mutter. Ich nehme an, Nicolaas brauchte Gerät für die Zuckerherstellung. Das wäre durchaus üblich. Daß Waren zwischen Kouklia und Damaskus in Syrien hin und her gehen.» Er war recht blaß geworden.

John le Grant schien, dieser Gedanke müsse jetzt wenigstens auch noch zu Ende gesponnen werden. «Üblich wäre es gewiß, aber das hat der Patriarch nicht gemeint. Nicolaas, steckt Ihr hinter einem Brief von Uzun Hasans Frau an den Kaiser? Hinter dem, den Amiroutzes abfing und dem Sultan zeigte? Ich glaube nicht, daß ich Euch deswegen Vorwürfe machen könnte, aber Tobie wäre glücklich, wenn Ihr die Frage mit nein beantworten könntet.»

«Dann beantworte ich sie natürlich mit nein», sagte Nicolaas.

«Ganz recht», sagte Ludovico da Bologna. «Wer Georg Amiroutzes kennt, der weiß, wer hier der wirkliche Teufel ist. Der Kopf eines Philosophen auf den Lenden eines Katers. Verliebte sich in die süße kleine Witwe des Herzogs von Athen und versuchte den Patriarchen von Konstantinopel aus dem Weg zu räumen, als der eine Scheidung von seiner ersten Ehefrau nicht zulassen wollte. Den griechischen Patriarchen, genauer gesagt. Er sollte es das nächste Mal beim lateinischen Patriarchen versuchen: das ist Bessarion, der Pate eines seiner Söhne. Oder vielleicht auch nicht. Der andere Sohn ist zu Mohammed übergewechselt, und es heißt, Georg gehe den gleichen Weg. Übrigens: Carlotta hat den Erben ihres Königreichs verloren. Hätte jemand gern einen Schluck Wasser?»

«Nein, danke», sagte Nicolaas. «Ein Sohn?» Jetzt war in seinem Gesicht nichts mehr zu lesen. Er hatte es so gut in der Gewalt, daß es alles, was diesen Nachrichten an Folgen innewohnte, völlig ausdruckslos aufnahm. «Ein zu früh geborener Sohn», bestätigte der Patriarch. «Zacco kann sich also mit seinen Heiratsplänen Zeit nehmen. Worum ging es bei dem Streit, den Ihr mit ihm hattet? Wollte der König nicht, daß Uzun Hasan einmarschiert und hilft, die ungehobelten Mamelucken zu vertreiben?»

«Das kam nicht zur Sprache», sagte Nicolaas. Seine Augen und die des Priesters bewegten sich und blitzten wie Sonnenlicht auf zwei Messerklingen.

«Und Ihr wart so töricht, das vorzubringen, was dann tatsächlich zur Sprache kam», bemerkte der Onkel des Königs unerwartet. Nicolaas wandte den Kopf. Markios fuhr fort: «Ich weiß, was Ihr dem König vorgeschlagen habt. Eure Gemahlin hat meiner Schwester bei Tisch von Eurem Wunsch nach einem Waffenstillstand in Famagusta erzählt – Ihr wollt die Schweine füttern und sie von der Hoffnungslosigkeit ihrer Lage überzeugen. Glaubt Ihr, der König und ich würden uns lässig zurücklehnen und zulassen, daß Famagusta fett wird und sich ins Fäustchen lacht? Glaubt Ihr, wir würden die Anstrengungen der vergangenen Monate aufs Spiel setzen, damit Ihr Eure dicke Haut vor einem Kampf retten könnt?»

«Hat sie das alles gesagt?» erwiderte Nicolaas in sanftem Ton.

«Nein», sagte der Patriarch. «Ich habe alles gehört. Für eine Frau von zweifelhafter Moral hat sie Euren Standpunkt recht gut dargestellt. Der Rest ist lediglich, was der Hof auch sagen wird, wenn er davon hört. Beruhigt Euch. Wenn ich ein Lügner wäre, würde ich die Vergangenheit Eurer Ehefrau herausputzen, doch das bin ich nicht. Aber um darüber zu reden, deshalb bin ich jetzt hier. Ihr habt dem König einen Waffenstillstand vorgeschlagen, und der König hat abgelehnt?»

«Ich habe Nikosia sofort verlassen wollen», entgegnete Nicolaas, «um einen Angriff auf Famagusta vorzubereiten und zu führen. Der König hat es nicht erlaubt.»

«Vielleicht wart Ihr nicht überzeugend genug», meinte Markios.

«Und als Ihr am Anfang den Vorschlag mit dem Waffenstillstand gemacht habt», sagte Ludovico da Bologna, «habt Ihr da alles darangesetzt, dieser Ansicht Nachdruck zu verleihen? Habt Ihr den Erzbischof zu Hilfe gerufen? Die Ordensritter? Mich? Es gilt als Christenpflicht, die Hungernden zu speisen und während der Zeit der Geburt unseres Herrn vom Krieg abzulassen.»

«Nein», erwiderte Nicolaas. «Von mir hätte er einen solchen Rat nicht angenommen. Aber Ihr könnt's immerhin versuchen.»

«Das wird er nicht», sagte Markios. «Verzeiht, mein Patriarch, Ihr sprecht, als besäßen diese Diebe in Famagusta Rechte. Ich glaube wie Zacco, daß Nachgeben hier eine Schwäche wäre, die einer Sünde gleichkommt. Ich würde ihnen keinen Waffenstillstand gönnen. Ich würde keine Nahrung hineinschicken. Ich würde ihnen nicht Zeit lassen, bis sie vielleicht im Frühling neue Hoffnung schöpfen. Ich würde den König dazu bringen, seine Meinung zu ändern und Messer Niccolo einen Angriff führen zu lassen. Natürlich würde mir das wahrscheinlich nicht gelingen. Wir wissen, warum Messer Niccolo das Angebot gemacht hat. Wir wissen, mit welchem Vertrauen es gemacht worden sein muß. Wir haben den König und seinen Günstling zusammen gesehen. Es ist so gut wie sicher, daß Zacco seinen Freund nicht in die Gefahr hinausziehen läßt. Das ist doch so, Ser Niccolo?»

«Ja», sagte Nicolaas. Er stand auf und blickte sie alle fünf der Reihe nach an. «Da niemand Zacco dazu bringen kann, habe ich natürlich meinen Entschluß selbst gefaßt. Ich breche heute nacht noch nach Sigouri auf und reite morgen weiter nach Famagusta. Wer dies will, mag mir folgen. Sobald ein Angriff stattfinden kann, stürmen wir. Und ich wüßte nicht, wie Zacco oder sonst etwas mich daran hindern sollte. Ich hoffe, Ihr entschuldigt mich.»

Mit einer Bewunderung, der sich Furcht beigesellte, beobachtete John le Grant, wie Nicolaas sich verneigte, umwandte und entschlossen hinausschritt. Die Tür ging zu. Tobie sprang auf. Markios lachte und sagte: «Junge Hunde brauchen den Fußtritt, Ihr habt's gesehen.»

«Ja, ich hab's gesehen», entgegnete der Priester. «Eure Mamelucken wenigstens werden ihm einen Willkomm bereiten. Gottes Wege sind wunderbar. Die Allahs auch, höchstwahrscheinlich. Abul Ismail?»

«Ich sollte gehen», sagte der Araber und erhob sich. «Wenn dieser Angriff stattfindet, werde auch ich vor Famagusta gebraucht. Und Ihr, verehrter Patriarch?»

«Famagusta?» sagte Ludovico da Bologna überrascht. «Wo Weihnachten vor der Tür steht? Mein Sohn, die Gemeinden des Patriarchats haben noch nicht einmal ihre Abgaben abgeliefert. Ein Kirchenmann hat zu tun. Ein Kirchenmann hat immer mehr zu tun als andere Leute.»

«Kommt», sagte John le Grant zu Tobie. «Wir haben einen anständigen Ritt vor uns.»

Für Nicolaas bestand der einzige Vorteil dieses gänzlich unbefriedigenden Gesprächs darin, daß le Grant und Tobie vorerst keine Lust zum Reden verspürten, und selbst Astorre war, als man ihn gefunden und ins Haus geholt hatte, ungewöhnlich schweigsam und äußerte sich nur zu rein kriegerischen Fragen.

Als erfahrener Kriegsmann nahm er einen Nachtritt nach Sigouri als Notwendigkeit hin, und daß sein Dienstherr beschlossen hatte, den Wünschen des Königs zum Trotz einen Angriff auszuführen, bereitete ihm kein Kopfzerbrechen. Astorre hatte schon die ganze Zeit das Verlangen, den Feldzug schnell hinter sich zu bringen.

Besondere Vorsicht war nicht vonnöten. Ihr Aufbruch vom Gelände des königlichen Palasts hatte, so glaubte Nicolaas, keine Aufmerksamkeit erregt. Nach seinem Zornesausbruch würde ihn Zacco, selbst wenn er nüchtern war, nicht zu sich rufen lassen. Und morgen, so mußte man hoffen, würde er allenfalls annehmen, daß Nicolaas verärgert aufgebrochen war und, auf eine Entschuldigung oder auf Verzeihung wartend, irgendwo schmollte. Markios würde ihn ganz gewiß nicht eines Besseren belehren.

Primaflora war nicht im Herrenhaus, aber da sie jetzt der Mutter des Königs aufwartete, erwartete man von ihr vielleicht, daß sie heute nacht im Palast blieb. Er konnte sich die zwei klugen Frauen und ihre delikaten Wortgefechte vorstellen. Er ließ ein paar Zeilen für sie zurück und nach kurzem Zögern noch ein kleines Päckchen, welches den persönlichsten, den wertvollsten Gegenstand barg, den er besaß. Er hätte gern auf eine andere Weise Lebewohl gesagt, aber dies war wahrscheinlich das beste. Wenn er diesen Angriff anführte, daran gab es keinen Zweifel, würde er nicht zurückkehren. Für sie war gesorgt, solange sie lebte. Er fragte sich, ob sie wohl um ihn weinen würde, wie sie um Ansaldo geweint hatte.

Den anderen kurzen Brief ließ er bei Loppe zurück, der ihm zugehört und dann mit geschickten Händen seine Sachen fertig gepackt hatte. Loppe selbst hatte er nichts zu geben, überließ ihm aber die Aufgabe auf Zypern, der zu widmen sich am meisten zu lohnen schien. Nicolaas sagte: «Die Ertragsrechte von Kouklia werden uns bleiben, solange der König ein Gewissen hat. Führe das Lehen gut, solange es dir Spaß macht. Die Färberei ist etwas anderes. Sie geht wohl an die Venezianer verloren, was auch geschieht.»

Nach Sigouri waren es vielleicht dreißig Meilen, und regnete es auch nicht, so war es doch dunkel und der Boden schlüpfrig. Ein grauer Tag war heraufgezogen, als sie den Graben des Château Franc überquerten, und Nicolaas sah, daß außer ihm nur Astorre versucht hatte, den geraden Rücken und die straffen Schultern der Pflicht zu bewahren. Astorre, weil er zufrieden war, wenn er unter Befehl stand, er, Nicolaas, weil nur er wußte, worauf er sich eingelassen hatte.

Ihr Näherkommen war beobachtet worden. Zusammen mit Pesaro kam ihnen Thomas entgegen. «Diese Schweine!» sagte Thomas.

«Langsam, langsam», gebot ihm Nicolaas. In der Stube des Hauptmanns, die fast noch warm war vom letztenmal, sagte er: «So – nun erzählt.»

Pesaro sah erschöpft aus. Er sagte: «Wir haben alle Eure Befehle ausgeführt. Sie haben wieder Wasser. Wir haben Brotlaibe über die Mauer geworfen, mit einer Botschaft. Die Genuesen haben sie zurückgeworfen. Sie hielten sie für vergiftet.»

«Dann hatten sie also nichts zu essen? Sie hungern noch immer? Aber Ihr habt es doch weiter versucht?»

«Immer wieder. Bis wir das Brot aufgesammelt haben, das sie immer wieder zurückwarfen, und selbst davon gegessen haben. Vier Männer sind gestorben.»

«Es war vergiftet», sagte Nicolaas. «Ich hatte Euch gebeten . . .» Er hörte, wie seine Stimme plötzlich härter klang, und hielt inne. Die anderen, die nichts davon wußten, wandten die Köpfe wie drei Amseln.

John le Grant sagte: «Ihr habt das Pumpen eingestellt? Habt Wasser und Essen nach Famagusta hineingebracht, ohne daß Zacco etwas davon weiß?»

«Er wußte nichts davon», entgegnete Nicolaas. «Sonst hätte er einem Waffenstillstand über Weihnachten nicht zugestimmt.»

«Er hat ihm aber doch nicht zugestimmt», sagte Tobie.

«Nein», sagte Nicolaas, «und wie es jetzt aussieht, kommt es kaum noch darauf an. Selbst wenn er eine Herde bester Rinder hineingeschickt hätte, wären sie so gewitzt gewesen, sie nicht anzurühren, nach St. Hilarion. *Warum habt Ihr nicht auf das Brot aufgepaßt?*»

Das war an Pesaro gerichtet. Der Hauptmann antwortete: «Was glaubt Ihr, wie mir deswegen zumute ist? Ich habe alles so gemacht, wie Ihr es bestimmt hattet. Ich habe den Emir beobachten und das Brot bewachen lassen. Trotzdem hat er es geschafft.»

«Und Ihr habt mit Tzani-bey gesprochen?»

«Das habe ich, ja», erwiderte der Hauptmann. «Er war äußerst höflich. Er sagte, meine Worte seien von durchsichtiger Klarheit und großer Weisheit, aber er wisse nichts von Gift, und wenn ich mich beklagen wolle, werde er gern mit Euch oder Zacco Sorbet trinken. Der König hat dem Waffenstillstand nicht zugestimmt?»

«Nein», sagte Nicolaas. «Es bleibt nur noch die andere Möglichkeit, von der wir sprachen.»

Es zuckte in Pesaros Gesicht. Dann sagte er: «Ich weiß – entweder sie verhungern oder wir retten die Ehre des großen Genua, indem wir sie angreifen.»

«Nicolaas», sagte John le Grant, den Namen wie drei Worte aussprechend.

Er hatte die anderen vergessen. «Entschuldigt. Ich hatte es Euch nicht gesagt, weil alles geplant war auf – auf eine bestimmte Wirkung hin. Es gibt nichts mehr zu essen in Famagusta. Sie sind am Verhungern.»

«Und Ihr habt ihnen zu essen geschickt, den Anweisungen des Königs zuwider, ehe Ihr nach Nikosia kamt?» sagte John le Grant. «Und dem König etwas vorgemacht? Und jetzt hat Tzani-bey die Gelegenheit benutzt, Euch zu trotzen, und das Brot vergiftet? Nicolaas, Ihr Narr, warum sagt Ihr uns das nicht?»

Was würde ein aufrichtiger Mann sagen? Ihr seid zu ehrlich, als daß man Euch bestimmte Geheimnisse anvertrauen könnte. Ein unbedachtes Wort hätte alles zunichte gemacht, wofür ich arbeitete. In diesem Gewebe sind mehr Fäden, als Ihr auch nur ahnt; mehr, als Ihr begreifen könntet; mehr, als Ihr je verzeihen würdet. Nicolaas sagte: «Ich glaubte, er würde einem Waffenstillstand zustimmen. Aber jetzt bleibt uns, wie Ihr seht, nur noch der Kampf, wenn wir sie retten wollen.»

«Dann kämpfen wir eben», sagte Astorre. «Ich dachte, das hätten wir schon beschlossen. Und wenn sie am Verhungern sind, dann geht es um so schneller.»

«Sie können noch immer ihre Geschütze abfeuern», erwiderte Nicolaas. «Nein, schlafen wir jetzt erst einmal, und begeben wir uns dann ins Lager vor der Stadt. Ich will einen Plan machen. Ich will das alles so gut bewerkstelligen, wie es nur geht, und bei möglichst geringen Verlusten. Und vor allem habe ich zuerst ein Wörtchen mit Tzani-bey zu reden.»

Kapitel 38

Am späten Abend fand sich Nicolaas zusammen mit Astorre am Tor des Mameluckenlagers mit seinem Schutzring von Wagen und Vorratszelten ein. Er hatte eine Stunde gewählt, zu der der Emir sich bestimmt schon zurückgezogen und vielleicht noch nichts von seiner Ankunft gehört hatte. Es bestand natürlich die Möglichkeit, daß man ihm den Zutritt verwehrte, aber er glaubte es eigentlich nicht. Er war gleich dem Emir ein Kommandeur, der unmittelbar dem König verantwortlich war. Solange sich Famagusta noch hielt, konnte dem Emir nicht an Auseinandersetzungen mit dem König gelegen sein. Und die Verbindung des Beys mit Zacco war abgeschnitten, dafür hatte Philip Pesaro gesorgt. Welcher Kurier auch nach Sigouri kam, für vier Tage gelangte er von dort aus nicht weiter. Danach war es eine andere Sache.

Und wenn Tzani-bey klug war, würde er den Wunsch haben, mit ihm einen Handel abzuschließen.

Er empfing Nicolaas und Astorre in seinem Zelt, ohne sie allzu lange warten zu lassen, obschon die Steppdecke gerade erst über das Lager zurückgeschlagen und der Teppich noch nicht geglättet worden war. Auf der einen Seite, unbemerkt heruntergefallen, lag ein Silberbecher, der keinen Sorbet enthalten hatte. Unter den vielen Gerüchen war einer, den Nicolaas bis zu diesem Augenblick tief in den Falten des Gedächtnisses vergessen geglaubt hatte. Er verneigte sich und setzte sich kreuzbeinig auf die angebotenen Kissen, und Astorre tat es ihm gleich. Der Emir nahm ihnen gegenüber Platz.

In leichter Kleidung wirkte er kleiner als draußen im Feld, trotz der breiten Schultern und der sehnigen Gliedmaßen. Die schwarzen Augen, die olivfarbene Haut, der Wust des Schnurrbarts verrieten wenig über seine Herkunft. Er sprach arabisch und fließend griechisch und hatte sich ein ganz brauchbares Französisch angeeignet; er konnte gut mit Waffen umgehen und hatte vielleicht noch anderes gelernt: die Ausbildung in Philosophie, Theologie und Naturwissenschaft stand Mamelucken offen und vertrug sich bisweilen durchaus mit brutalem Verhalten. Aber wenn er eine christliche Vergangenheit hinter sich hatte, so drückte sie sich in seiner Kleidung nicht aus, weder in dem karminroten Hut mit dem lose darumgeschlungenen Tuch noch in dem gestreiften Tatarenkittel mit seinem schrägen Saum, oder dem Überwurf, den er darüber trug, den goldenen Knöpfen oder der mit Goldfaden ausgeführten Stickerei auf dem Ärmel. Er hatte die hohen gelben Gamaschen und die Stiefel mit spitz zulaufenden Pantoffeln aus weichem Saffianleder vertauscht.

Vor langer Zeit hatte Zacco diesen Mann, den Kommandeur seiner Mamelucken, ausgeschickt mit dem Auftrag, Nicolaas in dem Kloster abzuholen, zu dem die Venezianer ihn gebracht hatten. Ein Jahr lang war ihm ein offener Zwist mit Tzani-bey verweigert worden, doch jetzt war Jakob im Begriff, König von ganz Zypern zu werden, und die Stunde der Abrechnung war nah. Nicolaas fragte sich, ob der Emir, wie er so dort saß, das gleiche bittere Frohlocken empfand wie er.

Nicolaas sagte: «Ich werde mich kurz fassen.»

«Weil die Zeit kurz ist?» entgegnete Tzani-bey. «Ich pflichte Euch bei. Das Ende einer Gemeinsamkeit wie der unseren darf nicht zu lange hinausgeschoben werden. Es ist ratsam, darüber Worte zu wechseln.»

«Gewiß, wir haben demselben Herrn gedient», sagte Nicolaas.

Der Emir drückte die braunen Finger aneinander. «Ihr mögt das Wort Gemeinsamkeit nicht? Aber was waren wir anders als Franke und Sarazene, gleich Kamel und Esel vor den Pflug gespannt? Ihr zieht süßen Brei und alte Frauen vor, wie ich gehört habe. Süßen Brei, die glatte Haut junger Mädchen. Alte Frauen wie die Mutter von Uzun Hasan; wie die Ehefrau, die Euch Euer Vermögen gab; wie Marietta von Patras, die Mutter des Herrn Zacco.» Er wandte sich an Astorre, der einen knurrenden Laut ausgestoßen hatte. «Ich rüge das nicht. Die Gelüste eines Menschen sind der halbe Mensch selbst, und man muß sie kennen, wenn man ihn verstehen will.»

Er wandte sich wieder an Nicolaas. «Ich sage nur, daß ich nichts von Eurer verstorbenen Ehefrau weiß. Ich kenne Uzun Hasan, und seine Mutter, obschon mutig, ist nur sein Sprachrohr. Bei Zacco ist das nicht so.»

«Ihr überrascht mich», sagte Nicolaas.

Der schwarze Schnurrbart bewegte sich. «Ah! Er ist ein Mann mit seinem eigenen Willen und viel Klugheit. Sie arbeitet nicht allein. Sie arbeiten zusammen. Er muß Nachfolger haben. Sie gibt ihm Frauen. Er zieht das eigene Geschlecht vor. Sie sucht aus, was ihm am besten steht. Sie ist streng. Er unterstützt sie. Ich bin eine Spielmarke in diesem Spiel. Ihr auch. Und wenn es zu Ende ist, wenn Famagusta gefallen ist, was wird dann wohl mit Euch und mit mir geschehen?»

«Emir», sagte Nicolaas, «ich wollte darüber gerade mit Euch sprechen. Wenn Famagusta gefallen ist, sollten wir einander in einem öffentlichen Kampf gegenübertreten. Trotz allem, was Ihr gesagt habt, hätte ich lieber von Euch Genugtuung für Verletzungen und Kränkungen als vom König oder von seiner Mutter.»

«Gesprochen als ein mannhafter Lateiner», entgegnete der Emir. «Und Ihr glaubt, wir werden überleben, um an diesem ritterlichen Zweikampf teilnehmen zu können? Oder daß einer den Zweikampf überlebt?»

«Wer vermag das zu sagen? Aber es ist meine Absicht, Famagusta anzugreifen, ehe der König etwas davon erfährt. Wagt Ihr es, Euch anzuschließen?»

«Wann?» fragte Tzani-bey al-Ablak.

«Binnen drei Tagen», sagte Nicolaas.

«Und wir werden die Stadt nehmen», versicherte Hauptmann Astorre. «Ob mit Euch oder ohne Euch. Wir bitten um keinen Gefallen.»

«Das trifft sich gut», erwiderte der Emir, «denn ich hatte nicht vor, Euch einen zu gewähren. Greift Famagusta nur an. Das müßt Ihr sogar, denn Ihr habt genauso gegen Verbote verstoßen wie ich. Die scheinheiligen Vorwürfe von Hauptmann Pesaro! Was haben die Lateiner gegen Gift? An jedem fränkischen Hof wird es gebraucht. Ihr habt in Eurer Zeit Männer in der Blüte ihrer Jahre verstümmelt und getötet, Messer Niccolo: wieso ist Euch Töten in anderen Formen zuwider? Der König war sehr froh, als ihm St. Hilarion durch Feuer und Krankheit in die Hände fiel: das hat am Ende zweifellos manchem das Leben gerettet. Aber da hat der gute Hauptmann getobt und Genugtuung verlangt wegen einer unbedeutenden Angelegenheit mit Brot – ich versichere Euch, über mein Verhalten wird sich der König viel weniger aufregen als über Eures, wenn er davon hört. Ich hätte das Brot nicht vergiften können, mein lieber Herr Niccolo, wenn Ihr es nicht gegen ausdrücklichen Befehl herangebracht hättet. Und wenn Ihr Famagusta einnehmt, dann wegen dieser Dinge. Wegen dieser Dinge, die Ihr getan habt und die ich getan habe und die die Verteidiger geschwächt haben. Das Kamel und der Esel, Messer Niccolo. Seht Ihr nicht, wie wir für Zwecke benutzt werden? Und wie wir uns, indem wir uns bekämpfen, Zacco ausliefern? Alles was Ihr je gegen die Venezianer, gegen die Genuesen unternommen habt, ist zu Zaccos persönlichem Nutzen ausgeschlagen. Wenn alles zu Ende ist, sind wir beide für ihn überflüssig. Und Ihr wißt noch nicht, was Ihr sonst noch verliert.»

Nicolaas lächelte. «Wie könnt Ihr wissen, was ich weiß? Ihr seid klug. Wenn Ihr Euch dem Angriff anschließt, könnt Ihr vielleicht Eure Mamelucken nicht im Auge behalten, und wenn sie etwas Verbotenes tun, hätte der König einen Grund zur Vergeltung. Außerdem greifen wir ohne Wissen des Königs an. Wenn wir es nicht schaffen, fällt alles auf meine Krieger zurück, während des Kampfes und danach.»

«Ich fürchte, was für einen Streit wir auch miteinander haben, wir werden kaum dazu kommen, ihn zum Abschluß zu bringen», sagte Tzani-bey.

Nicolaas blickte ihn ernst an. «Ich könnte überleben. Aber es könnte natürlich sein, daß Ihr einem anderen Mann nur mit einer Peitsche gegenübertreten möchtet und wenn der andere Handfesseln trägt. In diesem Falle muß ich Euch vielleicht aufspüren. Ihr seid hiermit gewarnt.»

Der Emir Tzani-bey lachte. «Gut. Ich bin feierlichst gewarnt. Wie das doch wurmt und nagt, dieses kleine Erlebnis – diese Reise vom Kap Gata in Zaccos helfende Arme! Ich hatte damit gerechnet, daß Ihr mir solche Aufmerksamkeiten vergeltet, mein Freund. Zacco tut es.»

«Das Schwein!» sagte Astorre, als sie das Lager verlassen hatten. «Ich hätte es ihm mit der Faust geben sollen!»

«Ja, aber Ihr wart doch dabei, um mich zu beschützen, nicht um uns alle ans Messer zu liefern. Auf jeden Fall wissen wir jetzt, daß die Mamelucken nicht mitmachen, und ich fühle mich ein wenig sicherer. Nicht viel, aber ein wenig. Ich frage mich, ob Abul Ismail bei ihm war.»

«Ist das zu fassen?» sagte Hauptmann Astorre, der es lieber mit Gewißheiten zu tun hatte. «Der Bursche glaubte, Ihr könntet Euch gegen Zacco zusammentun.»

«Das ist es ja», erwiderte Nicolaas. «Es klang, als wäre Abul nicht bei ihm gewesen. Aber vielleicht hatte das auch nur so klingen sollen. Er ist ein schlauer Teufel, unser Emir. Nun, warten wir ab, wie unser Privatkrieg fortschreitet. Wenn John sich nicht selbst in die Luft jagt, haben wir drei Tage Zeit.»

Wenn John le Grant an Minen arbeitete, hatte er sich noch nie geirrt, und er irrte sich auch jetzt nicht, obschon er gleich den anderen nicht zum Schlafen kam. Bis jetzt war der Belagerungsplan den üblichen Regeln gefolgt, jetzt mußte er geändert werden. Trotz der großen Feuerkraft der Stadt konnten sie nicht länger auf die bloße Abschnürung und weittragende Geschütze bauen. Sie mußten aus nächster Nähe eine Bresche in die Mauer schlagen und sie dann mit Sturmleitern und Kampftürmen überwinden. Zu diesem Zweck standen Nicolaas seine eigenen Krieger sowie weitere hundert Mann zur Verfügung, die Pesaro für ihn ausgesucht hatte. Mehr Leute hatte er nicht nehmen wollen. Was auch geschah, für alle Verluste trug er die Verantwortung. Und wenn vor ein paar Tagen in Famagusta nur noch zweitausend Menschen am Leben waren, so würde die Zahl derer, die sowohl Krieger wie bei Kräften waren, jetzt noch kleiner sein. Die Männer, die die Geschütze bedienten, die Mauern besetzt hielten und von den hohen Galerien herunter schossen, machten zusammen vielleicht kaum mehr als die Hälfte dieser Zahl aus. War die Mauer erst überwunden, würde es keinen Widerstand mehr geben. Von innen konnten seine Leute dann für Zaccos Einzug das Tor öffnen.

Der Plan war gemeinsam von John, Astorre, Pesaro und Nicolaas gefaßt worden, während die Mamelucken in ihrem Lager blieben und der König und seine anderen Hauptleute sich in Nikosia auf das Weihnachtsfest vorbereiteten. Die schwächste Stelle der Mauer war ausgemacht worden. Steine, Erdklumpen und Reisigbündel wurden herangeschafft und bei Tag unter mörderischem Feuer in den großen Graben geworfen, der die Stadt umgab. Nachts wurden diese Anstrengungen unter Benutzung der Laufgräben fortgesetzt. Bei Tage schossen die Verteidiger Brandpfeile in die anwachsenden Stapel von Reisigholz, die in Flammen aufgingen und auf die halbe Höhe herabsanken. Nur auf der Südseite, wo die größte Batterie leichter Geschütze stand, errichtete Nicolaas seine Sturmbrücke von Anfang an fast ausschließlich aus Steinen. Nach zwei Tagen hatte der Geröllhaufen dort zwei Drittel der Mauerhöhe erreicht – nahezu hoch genug für einen Sturmangriff oder einen Belagerungsturm. Der vierte Tag dämmerte herauf, und während der ersten Stunden fiel jäher Regen und brauste ein milder Wind. Sie trugen alle abgewetzte Panzerhemden und dicke Kappen, meistens noch mit dem Helm darüber, und sie fröstelten vor Erschöpfung, und ihnen war abwechselnd grimmig und ausgelassen zumute in dieser wechselhaften, reizbaren Stimmung vor dem Kampf.

«Sie sind keine Narren, denkt daran», sagte John le Grant. «Einige von diesen Burschen werden altbewährte Leute aus Kaffa sein. Sie kennen sich mit Scheinangriffen aus.»

«Aber sie wissen nicht, was Eure kleinen Bündel ausrichten», entgegnete Nicolaas. «Und sie können nicht schwer graben, dazu fehlen ihnen die Kräfte. Seit zwei Tagen wurde von diesen Mauern mit keinem Langbogen mehr geschossen. Selbst wenn sie etwas argwöhnen, können sie nicht alle drei Stellen gleichzeitig absichern. Und dann bleibt noch die zweifache Täuschung: im Notfall können wir noch immer von Süden her angreifen.»

«In einem argen Notfall», sagte John le Grant. Am Abend würde zu zweien der Grabenhaufen nur Reisigholz hinzukommen. Der dritte, der schon zur Hälfte aus Steinen bestand, würde während der Nacht bis auf Bodenhöhe aufgeschichtet werden, und über ihn würde dann im Dunkel kurz vor Morgengrauen der Angriff vorgetragen werden. Aber lange vorher würden John und zwei ausgesuchte Männer die Minen mit ihren Lunten gelegt haben. Wenn die Streitmacht dann angriff, würde sie über Geröll gegen eine eingestürzte Mauer stürmen.

«Wenn Ihr alles richtig ausgerechnet habt», sagte Nicolaas. «Ihr seht nicht aus, als wärt Ihr dazu noch in der Lage. Legt Euch schlafen. Es wird früh genug dunkel werden. Ich habe Pesaro fortgeschickt, und Astorre wird bei den Leuten an den Geschützen für Beschäftigung sorgen.»

Er sah, wie John davonstapfte. Er und Astorre hatten darauf

geachtet, daß die Geschütze nicht versagten, denn der Lärm der Kanonade war für ihre Kriegslist wichtig. Selbst so mochten sie alle getroffen werden, wenn sie den Graben überquerten mit ihrem Sprengstoff, oder sie wurden verwundet und konnten nicht mehr zurück, nachdem sie ihn angebracht hatten. Keine üble Art, sich zu verabschieden, in einem Aufblitzen des eigenen Schießpulvers. So oder so würde den Mauern Schaden zugefügt werden, und Astorre und Pesaro gelangten vielleicht gemeinsam über sie hinweg. John hatte versucht, ihn davon abzubringen, sich dem Minenlegtrupp anzuschließen, hatte es aber dann aufgegeben. Schließlich war die Arbeit getan, und jeder konnte Famagusta jetzt einnehmen, der bereit war, den Preis an Menschenleben auf beiden Seiten zu bezahlen. Wahrscheinlich würden sie um so stürmischer angreifen, um ihn zu rächen. Was nicht heißen wollte, daß er beabsichtigte, heute nacht zum Märtyrer zu werden, wenn er es verhindern konnte.

Er schlief ein wenig und wachte in der Abenddämmerung von selbst in seinem Zelt auf. Der Regen hatte sein zitterndes Trommeln über ihm eingestellt, doch die Luft war schwer von Feuchtigkeit, und die Planken des Zeltfußbodens schwankten auf ihrem Untergrund von grauem Sand und Schlamm. Es war nicht wirklich kalt. Außer im Gebirge wurde es auf dieser Insel nie kalt. Dennoch schien der Sommer lange her zu sein mit dem Duft nach Myrten und Orangen, mit seinem Glanz kannelierten weißen Marmors, mit dem sich kräuselnden Dampf, dem geordneten Treiben auf den Höfen der Zuckermanufaktur, den Liedern bei der Getreideernte und der Weinlese.

Er war froh, daß sein Lebensplan am Ende eine Form anzunehmen schien, die nicht völlig zufällig war. Wenn man in der wirklichen Welt nicht immer die Perfektion des Modells, der Miniatur, der Entwurfszeichnung erreichen konnte, so wohnte dem Muster wenigstens etwas inne, worüber man sich freuen konnte. Seine Freunde würden nie darben: dafür würde seine Bank sorgen. Auch seine jungen Stieftöchter würden versorgt sein. Und hier würde Primaflora, wenn er nicht zurückkehrte, seinen Brief und sein Päckchen empfangen und verstehen, warum er so und nicht anders gehandelt hatte. Und weit fort würde sein Kind heranwachsen, von nun an in Frieden bei einem Vater, der nie erfahren würde, daß es nicht sein eigenes war, und der, da es Nicolaas nicht mehr gab, keinen Grund mehr hatte, verärgert oder verbittert zu sein.

Ihn selbst band nichts. Er war von fern überrascht, daß das, was er an Verlustgefühl empfand, in irgendeiner Weise mit Zypern zusammenzuhängen schien. Zypern war der erste Ort, an dem er als selbständige Person in den Besitz eigener Mittel gekommen war. Er hatte nicht die Zeit gehabt, sich mit seinem Lehen vertraut zu machen, das er zweimal gesehen hatte und das gut für sich selbst sorgen konnte. Zwei Drittel des Landes hatte er nie besucht. Er hatte getan, was die Phönizier, die Römer, die Kreuzfahrer, die Genuesen und die Mamelucken getan hatten. Er hatte diese Insel benutzt. Bewußt hatte er ihr nichts gegeben – außer dem einen, einzigen Herrscher, an dessen Stelle zuvor zwei gewesen waren. Und eine Zuckermanufaktur.

John le Grant sagte: «Nicolaas? Wir sollten gehen. Sie sind durchgestoßen, und der Stollen ist fertig.» Willig erhob er sich und machte sich fertig.

Sie trugen Panzerhemden, weiche Stiefel und blind gemachte Metallhelme über Kappen aus dicker Wolle. Jeder hatte einen schweren Ranzen und eine Pike dabei und im Gürtel ein Messer. Nicolaas hatte dazu noch einen Bogen mit einem Köcher über der Schulter hängen. Sie betraten den Laufgraben, und Astorre, Thomas und Pesaro blieben schweigend am Eingang zurück. Sie bewegten sich gebückt weiter, und ihre Füße stapften durch Schlammwasser. Der Weg war von langen, schmalen Karren gesäumt, jeder mit Steinen beladen, bereit zu seiner letzten Fahrt. Sie tasteten sich an ihnen entlang, denn hier war kein Licht mehr. Über ihnen hatte die nächtliche Beschießung begonnen.

Die Nacht war so dunkel, daß sie das Ende des Grabens nur als ein leichtes Aufhellen der Düsternis wahrnahmen, wo vor ihnen der Wallgraben der Stadt lag. Davor zu ihrer Linken war ein

Lichtfleck, der nicht von dem Graben oder dem Durchstich kam, sondern von dem so mühsam gebohrten Stollen, dessen Ende Johns Sappeure jetzt schließlich geöffnet hatten. Die Männer, die das letzte Stück durchgestoßen hatten, warteten auf sie, um sie zu begrüßen, eine einzige Masse von Schweiß und Wärme und kleinen Bewegungen, begleitet von einem Murmeln, einem leisen Spatenklirren, einem Klaps auf Schulter oder Rücken. Dann gingen sie und ließen die Gruppe von vier Mann auf der Sohle des Wallgrabens von Famagusta zurück.

Dieser war riesig und aus dem nackten Fels herausgehauen, wenn auch jetzt von Erde, Gestrüpp und Abfall überzogen. Schritt man in seiner dunklen Tiefe nach rechts, kam man früher oder später an einen der drei großen Geröllhaufen, die ihn jetzt auffüllten. Weiter südlich war ein noch größerer Haufen. Doch um den dritten zu erreichen, bückte sich Nicolaas ganz tief, huschte durch den Graben wie eine Eidechse, gelangte zum Fuß der Mauer und folgte ihr nach links. John und die beiden anderen kamen hinter ihm her.

Kein Anruf von oben. Die Mauer ragte hoch über ihnen auf, im Umriß verzerrt durch die von Häuten überdeckten Galerien. Vor langer Zeit entworfen, bestanden die Verteidigungswerke von Famagusta aus Türmen und Wehrgängen, Zinnen und Schießscharten für Bogenschützen, ohne richtigen Raum für Geschütze und die für diese erforderliche Belüftung. Und gerade in diesem Abschnitt gab es keine Möglichkeit für Kreuzfeuer. Deshalb war die Mauer hier dicker und höher, und die Türme waren nur spärlich bemannt. Zumal sich die Reihen der Verteidiger ohnehin gelichtet hatten. Zumal alles Abwehrfeuer am Südabschnitt gebraucht wurde. Während Nicolaas die Mauer entlangrannte, war er halb betäubt vom Gedröhn von Astorres Geschützen, die wie vereinbart in regelmäßigen Abständen schossen. Als Antwort kam des Knallen des Feuers oben von der Mauer herunter. Bei diesem Lärm würde man sie hier unten kaum hören, auch nicht die leisen Geräusche, die John machen würde, wenn er seine Petarden eingrub. Oder später das Heranschieben der Karren und die Vervollständigung der Brücke, über die früher oder später die gesamte Streitmacht in die Stadt einrücken würde.

Ehe er damit gerechnet hatte, stießen seine Füße gegen Steinblöcke, und er merkte, daß er bei dem großen Haufen angelangt war, der den Graben auffüllte. Er wartete auf John und die anderen. Dann begannen sie, schnell und vorsichtig dicht an der Mauer entlang den Geröllhaufen hinaufzuklettern. Dann faßte John ihn kurz am Arm und ging ohne ihn weiter, begleitet von einem der Sappeure. Der andere kletterte weiter hinauf, in der Hand den Ranzen. Nicolaas stand da, beobachtete die Stelle, an der sich Mauer und Himmel begegneten und die Türme und Galerien und nahm den Bogen von der Schulter und spannte ihn.

Sie hatten das die vergangenen drei Tage geübt. Pesaro kannte Famagusta und hatte andere ausfindig gemacht, die die Mauern beschreiben konnten, ihre Dicke und ihre Besonderheiten. John selber hatte sich immer wieder nah an sie herangewagt und sie in Augenschein genommen. Er wußte genau, wo er seinen Sprengstoff anbringen und welche Länge die Lunte haben mußte. Die größte Explosion würde es unten geben, wo er jetzt am Werk war und am längsten zu tun haben würde. Die Geschütze feuerten weiter. Nicolaas sah, daß auf der Mauer oben Leute waren, wenn auch nicht viele. Er vernahm plötzlich ein Geräusch und hob den Kopf.

Einer der Sappeure war von einem höchst unsicheren Halt an der Mauer abgestürzt. Nicolaas sah ihn liegen, die Gliedmaßen gespreizt und schwarz vor der helleren Mauer. Wer immer es war, besaß den Mumm, nicht zu rufen. John? John?

Nein. John war vor ihm und huschte lautlos die Mauer entlang. Nicolaas folgte ihm, den Blick suchend nach oben gerichtet. Von den zwei Galerien, die er sehen konnte, schien die eine nicht besetzt zu sein. Aber auf der anderen war jemand. Dort waren sogar mehrere Männer, und sie drängten sich an dem Ende, das ihnen am nächsten gelegen war, und spähten aus.

Nicolaas faßte John am Arm, und sie blieben regungslos stehen, mit dem Rücken an der Mauer. Drüben auf der Seite sah

Nicolaas jetzt den anderen Sappeur, der auch erstarrt war, den Blick auf die Galerie gerichtet. Der Mann, der heruntergefallen war, lag unten im Graben, jetzt schwarz auf schwarz, und gab keinen Laut von sich. Es verging ein langer Augenblick. Ein Geschütz dröhnte, dann noch eines, das den Himmel im Süden erhellte. Sie standen im Schatten der Mauer und rührten sich nicht. Da zuckte über ihnen der Himmel plötzlich in einem knatternden Rot auf, und Eisenkugeln und Bleischrot spritzten von oben in den Graben in einem Lärm von hellen Hakenbüchsenexplosionen. Abgeschlagenes Gestein flog herum, und das Geräusch hallte von Grabenwand zu Grabenwand wider und verklang. Er konnte John atmen hören und drüben den verschwommenen Umriß des Sappeurs ausmachen. Er hatte sich nicht bewegt. Sie waren nicht gesehen worden. Es war nur ein Ausdruck der inneren Anspannung und Unruhe gewesen, eine Handlung des sinnlosen Trotzes im Falle völlig erschöpfter Krieger auf nächtlicher Wache. Sie warteten. Stimmen drangen von den Zinnen herunter, Stahl blinkte kurz auf. Stimmen von der Galerie. Eine eher befehlende Stimme von oben und verklingende Geräusche. Kein Aufblinken mehr. Und schließlich war es auf der Galerie wieder still.

Nachdem einige Zeit verstrichen war, berührte John Nicolaas an der Schulter und gab ihm Zeichen. Nicolaas nickte. Dann begann John dorthin zu klettern, wo der andere gewesen war. Nicolaas tastete sich zu dem abgestürzten Sappeur hin.

Der Mann war tot. Nicolaas kniete nieder, schleppte ihn zum Fuß der Mauer und kniete noch einmal nieder, um sich zu vergewissern. Er spürte eine Hand an der Schulter. Der andere Sappeur sah zu seinem toten Gefährten hin, dann flüsterte er: «Ser Niccolo? Ihr auch?»

Nach jenen Steinsplittern hatte er gespürt, daß er blutete, aber was ihn auch verletzt hatte, es war nur eine geringfügige Wunde. Er schüttelte den Kopf. Der Mann sagte: «Mein Arm ist gebrochen. Ihr müßt meine Ladung anbringen. Meister John besorgt die weiter oben.»

Ein Einarmiger war zu nichts nütze. Nicolaas schickte den

Mann zum Stollen zurück und blickte nach oben. John, ein geborener Kletterer, war immer für die höhere Stelle. Wenn Nicolaas hätte rufen können, hätte er John gesagt, er solle es sein lassen. Aber das konnte er nicht, und so kletterte er dorthin, wo der andere sich vor seiner Verletzung hinaufgeschafft hatte, untersuchte die Stelle in der Mauer, stellte bald fest, wie weit der Mann gekommen war, und brachte das Werk rasch und ohne große Mühe zu Ende. Er hatte das alles mit John allein machen wollen, aber für Minierer und Sappeure war das ihr gelerntes Handwerk, und sie hatten Laien nicht gern dabei. Er schnitt die richtige Länge Lunte ab, brachte sie an und entzündete sie und blickte dann zu John hinauf.

Die letzte Mine machte ihm Mühe, auch weil sein Halt an der Mauer so unsicher war. Früher einmal war dies eine völlig glatte Mauerfläche gewesen, doch drei Jahre Belagerung und drei Monate heftige Beschießung hatten genügend Aushöhlungen und Sprünge bewirkt, um einen gewissen Halt zu bieten. Dort, wo ein größerer Brocken herausgebrochen war, sollte der Sprengstoff selbst hineingeschoben werden.

Weil es so schwierig war, konnte John, wie Nicolaas sah, nicht um sich herum Ausschau halten. Von den Zinnen drohte kaum Gefahr: die Wand war so steil, daß jemand sich schon weit hinauslehnen mußte, wenn er ihn sehen wollte. Der Turmvorsprung über ihnen war etwas anderes. Im Augenblick hing John dort oben vollkommen im Schatten, und die Beschießung, wenn man die ständigen einzelnen Schüsse so nennen konnte, erhellten den Himmel so, daß ihr Mauerabschnitt wie geplant in willkommenem Dunkel blieb. Es war denkbar, daß Feuerbrände heruntergeschleudert wurden. Doch die wirkliche Gefahr drohte, wenn irgendwo an diesem bewölkten schwarzen Himmel der Mond aufsteigen würde. Die Störung durch die verunsicherten Verteidiger und der Ausfall der beiden Männer hatte sie Zeit gekostet. Jetzt hingen er und John noch immer an der Mauer, und wenn sie von Licht erfaßt wurden, waren sie von der Galerie aus deutlich zu sehen.

John war nicht weit weg, und das Stück Mauer zwischen ihnen war nicht völlig glatt. Zoll um Zoll schob Nicolaas sich zu ihm hin. Er hatte die Hälfte des Wegs zurückgelegt, als John den Kopf hob und ihn bemerkte. Nicolaas deutete zum Himmel hinauf, machte eine Geste und krallte sich fluchend an die Mauer. Dies war sein Jahr für aufgerissene Finger und Klettereien. Es war das Ende seines Jahres. Er wußte ohnehin, was John tat: er brachte die Lunte an. Er wartete, beobachtete, wie John den Zunderfunken abschirmte und sich, als die Lunte brannte, umwandte, um hinunterzuklettern.

Er hatte zwei Schritte getan, als die Geschütze verstummten.

Das war schon vorgekommen: ein Mörser hatte versagt, hatte sich erhitzt, fiel aus. War man dann mitten im Klettern, hielt man inne und klebte an der Wand, bis die Beschießung wieder einsetzte und die Klettergeräusche übertönte.

Diese Stelle an der Wand war nicht gut zum Abwarten. Die Hände konnten sich kaum festkrallen, und den Füßen bot sich fast gar kein Halt. So wie John sich anklammerte, war er noch schlimmer dran. Und rechts über ihnen waren der schwarze Boden und die hellere Überspannung der Galerie, auf der sich drei unruhige Männer aufhielten, die schon einmal aufs Geratewohl ihre Handfeuerwaffen hatten knallen lassen. Während sich seine Finger am Stein rieben, verweilten seine Gedanken einen Augenblick bei den Lunten. Sie waren angezündet, aber sie waren lang. Sie waren so lang, weil sie die Explosionen verzögern sollten. Es sollte Zeit bleiben, damit sie herunterklettern, sich durch Stollen und Graben zurückziehen und das schnelle, vorsichtige Steinauffüllen überwachen konnten, das ihnen die Sturmbrücke verschaffen sollte, wenn die Mauer fiel. Wenn freilich eine verirrte Kugel eine Mine traf, würde die Mauer schon vorher einstürzen und sie und die Männer auf der Galerie unter sich begraben.

Er hatte einen Krampf in beiden Händen, die sich in die Mauer krallten. Zu seiner Rechten wechselte John plötzlich mit einem Knurren den Griff. Die Geschütze hatten noch nicht wieder zu feuern begonnen. Keines. Warum? In seinen Ohren sang es. Alles war still, und sie hingen in der Stille fest. Er drehte den

Kopf und sah Johns fragend geneigtes Gesicht. Es hatte keinen Sinn, zu warten. Er ruckte mit dem Kopf und begann sich abwärts zu schieben.

Licht explodierte, als hätte er eine Fackel in Öl geworfen. Ein Strahlenkranz breitete sich vom Himmel aus, und jeder Gegenstand im weiten Rund wurde davon herausgehoben. Die Mauer, der Graben, die Landschaft, die Feldlager, die Geschütze und ihre Kanoniere schienen wie mit Licht auf steifes Velinpapier gemalt. Oben hatten sich die Wolkenbänke geteilt, und der Mond goß seine flutende blaue Helle hinunter. Unten kroch auf dem Boden eine Flammenschlange heran: ein brennender Lichtstrom, der hinter einem dunklen Hügel hervorkam und sich langsam wie Honig auf die blinden Tore von Famagusta zuwälzte.

Was man da sah, war eine große Prozession. Hunderte von Fackeln loderten und erleuchteten hohe betroddelte Banner und weiße, scharlachrote und goldglänzende Roben, getragen von Männern mit unschuldigen Gesichtern. In ihren Händen schimmerten die Zeichen der Heiligkeit: goldenes Kreuz und Monstranz und Weihrauchfaß, und das Kruzifix von St. Sophia glitt auf ihren Schultern wie ein Schiff durch die Nacht. Dahinter schritten Reihe um Reihe die Ritter vom heiligen Johannes zu Jerusalem mit dem weißen Leinenkreuz auf den Mänteln. Und das Singen war nicht in seinem Kopf, sondern stieg von den langsam sich bewegenden Gestalten in schwarzen Kutten auf, die den hellen Zug zu beiden Seiten mit ihren Kerzen säumten. Ihre Bitte reichte bis hin zu den Mauern, hell und rein, leise und rhythmisch, Gott anrufend und Vergebung und Barmherzigkeit beschwörend.

Dahinter, mit Nahrung beladen, kamen die Wagen.

Nicolaas wandte das Gesicht zur Mauer und blieb stumm.

Er vermochte nicht genau zu unterscheiden, wann das Singen aufhörte und die Stimme des Erzbischofs erklang, der seine Worte an die Stadt richtete, ihr Gottes Frieden entbot und Hilfe, solange das Fest Christi dauerte. Er rührte sich nicht, bis Johns Hand seine schwache Schulter traf und Johns Stimme in verzweifelt-heiserem Ton sagte: «Ihr gottverdammter Teufel von einem Flamen!»

Er hob den Kopf, und sie blickten einander an. Über Johns Gesicht liefen die Tränen. Nicolaas sagte: «Ich wußte nicht, ob sie es tun würden.» Und dann fiel ihm mit schrecklicher Klarheit ein, wo er war und was er gerade tat. Da sah er auch schon, wie Johns Augen ganz weit aufgingen. Die Lunten. Die Lunten mußten erstickt werden, sonst war das Wunder, das dort draußen geschah, völlig nutzlos.

Sie kletterten rasch hinunter, als komme es nicht mehr auf Vorsicht an, obwohl das doch ein Irrtum war. Wurden sie jetzt entdeckt, schoß man sie von der Mauer. Wenn sie die Lunten nicht rechtzeitig erreichten, wurden sie mit den anderen oben auf der Mauer getötet und nur ein wenig früher als die Männer auf beiden Seiten, die, an Verrat glaubend, zweifellos das Feuer eröffnen würden. Sie teilten sich die Aufgabe und stießen zuerst zur größten Mine am Fuß der Mauer hinunter. Dann entschärften sie die, die der Tote angebracht hatte, und zuletzt die anderen ein wenig höher an der Mauer.

Die Lunten waren inzwischen schon ein ganzes Stück heruntergebrannt, und für ein besonders leises Vorgehen blieb keine Zeit mehr. Ohnehin war der Wehrgang über ihnen leer. Nur der mit Ochsenhäuten abgeschirmte Turmvorbau war besetzt, und die drei Männer dort drängten sich nach der anderen Seite, um das Schauspiel dort unten nicht zu versäumen, die Verhandlung am Tor, von der ihr Überleben abhing. Atemlos und benommen fand Nicolaas seine Lunte, drückte sie aus und blickte keuchend zu John hinüber. Ihre Arbeit war fast beendet. Gleich würden sie aufatmen und gemeinsam dankbar sein können.

John hatte abermals große Mühe, von der hohen Stelle an der Mauer wieder herunterzukommen. Wie zuvor hatte er keine Kraft daran verschwendet, sich umzusehen. Anders als zuvor beugte sich jedoch diesmal jemand heraus und beobachtete ihn von der Galerie herunter.

Man hatte sie gesehen. Noch nicht alle drei hatten sie gesehen, aber einer, der schon sein Büchsenrohr hochgerissen hatte und auf John zielte, das Feuer in der Hand, um es zu entzünden. Ohne zu überlegen zog Nicolaas den Bogen von der Schulter. Mit Fußspitzen und Knien angeklammert, lehnte er sich gegen die Mauer und zog schnell über die Schulter hinweg einen Pfeil aus dem Köcher. Er hatte ihn schon aufgelegt, als ein neuer Lichtschein den Himmel erhellte und er sah, wie nah der Mann daran war, seine Waffe abzufeuern, und wie krank er aussah und wie jung: ein hohlwangiger Junge, der die Mauern von Famagusta verteidigte.

Und da sah er, daß der hohlwangige Junge Diniz Vasquez war.

Kapitel 39

Es gab einen Augenblick, da Nicolaas seinen Pfeil hätte freigeben können – er ließ ihn verstreichen. Er rief John an, damit er aufblickte. Dann schleuderte er seinen Bogen zum Fuß der Mauer hinunter und nahm den Köcher von der Schulter und warf ihn hinterher. Oben auf der Galerie starrte ihn Diniz Vasquez mit seinem fiebrigen Blick an, ohne ihn zu erkennen; aber er hatte seine Waffe noch nicht abgefeuert. Seine beiden Gefährten, die ihre Waffen bereitmachten, standen dicht hinter ihm. Der Junge sagte: *«Was macht Ihr da?»*

Nicolaas erwiderte: «Wir hatten vier Minen gelegt, ehe wir von der Waffenruhe erfuhren. Wir haben sie gerade wieder unschädlich gemacht. Zieht uns hinauf, wir sagen Euch, wo sie sind, damit Ihr Euch überzeugen könnt.» Er sprach, den Blick auf Diniz gerichtet, italienisch. Das eingesunkene Gesicht des Jungen veränderte sich.

Ein Mann sagte: «Verrat! Das Horn! Stoßt ins Horn! Das sind

Krieger von Zacco! Die Schweine!» Er weinte. «Ihr habt geglaubt, diese Kerle mit den Kerzen sind Kirchenmänner. Glaubt Ihr vielleicht, mit diesen Wagen bringen die uns zu essen? Wartet nur, bis wir die Geschütze auf die ganze Bande drehen! Dann könnt Ihr sehen, wie ihr Pulver in die Luft fliegt. Pumpt Schrot in ihre Fleischbäuche! Und was Euch angeht . . .»

Es war seine Waffe, die abgefeuert wurde, nicht die des Jungen. Aber obschon er auf Nicolaas zielte, ging der Schuß in die Luft, denn der Junge schlug das Rohr zur Seite und hielt es fest. «Nein», sagte er. «Ich habe schon zum Hauptmann geschickt. Aber die Männer in diesem Zug dort, das sind Kirchenmänner. Schaut hin. Ich kenne sie. Und schaut weiter hin. Die Wagen haben an den Seiten Latten. Da kannst du Körbe sehen, Vito, keine Krieger. Und wo ist der Graben mit Bewaffneten angefüllt? Ich sehe nur zwei Männer und einen Geröllhaufen, der als Sturmbrücke noch zu niedrig ist. Ihr?» Er sprach zu Nicolaas. Hinter ihm in der Ferne erklang ein Hornsignal, gefolgt vom Geklirr und Getrampel von Kriegern. Die Besprechung vor dem Tor war zu Ende, und die Fackeln schwankten, als Männer sich herumdrehten, um zu sehen, worum dort gestritten wurde.

Nicolaas sagte: «Es ist eine richtige Waffenruhe. Es kommt niemand gestürmt. Werft uns Seile herunter. Ihr könnt uns festhalten, bis Ihr Euch überzeugt habt.» Oben hatten sich die Zinnen belebt, und viele Mündungen von Feuerrohren zeigten nach unten. Die befehlsgewohnte Stimme, die sie zuvor schon gehört hatten, wurde lauter und erkennbar und verstummte bei den Zinnen. Dann sagte sie: «Zieht diese Männer bis zum Turmvorbau hinauf. Ich spreche mit ihnen.» Es war Napoleone Lomellini, zuletzt gesehen in der Lusignanburg von Kiti, wo er gelogen hatte, weil er verhindern wollte, daß Nicolaas sich Zacco anschloß. Und wo er gegen Lösegeld von Zacco freigelassen worden war, um wieder diesen Posten beim Feind zu übernehmen.

Ein Belagerter hatte keinen Grund, mit Spionen, die er zu sich hinaufzog, behutsam umzugehen, und in ihrem Zorn, ihrer Enttäuschung und ihrer Angst hätten die Männer an den Seilen gewiß dafür gesorgt, daß diese Kletterer nie wieder hätten klettern können, wenn Lomellini nicht gewesen wäre. Als Nicolaas sich auf dem Fußboden erhob, taumelte er einen Augenblick, während man ihm die Handgelenke zurückbog und auf sie schlug; und so wie John dastand, war ihm die gleiche Behandlung zuteil geworden. Wo drei Männer gewesen waren, standen jetzt zehn oder zwölf, wenn er Diniz auch jetzt nicht entdecken konnte. Statt dessen stand dort Napoleone Lomellini, nicht mehr pelzberockt und beringt, sondern in Helm und zerkratztem Küraß. Sein Blick wurde keine Spur freundlicher. Er sagte: «Niccolo van der Poele. Ich habe von Petarden gehört. Habt Ihr die angebracht?»

«Ich bin der Geschützmeister», sagte John le Grant. «Sie sind jetzt zwar unschädlich, das versichere ich Euch, aber natürlich könnte eine verirrte Kugel sie zur Explosion bringen. Wenn Ihr mir eine Fackel gebt, zeige Ich Euren Feuerwerkern, wo sie eingebettet sind.»

«Klingt vernünftig», entgegnete der genuesische Hauptmann. «Und wenn sie hochgehen, werdet Ihr wissen, daß Ihr eine vergessen hattet. Nehmt ihn mit und laßt ihn tun, wie er gesagt hat. Van der Poele bleibt hier.» Sein Gesicht, verzerrt im Fackelschein, war wenig mehr als Knochen und Haut. Er wandte sich an Nicolaas. «Ich bin für nichts anderes in Stimmung als die Wahrheit. Ihr werdet wahrscheinlich sterben, aber vorher redet Ihr noch. Ihr, der Führer einer kleinen Streitmacht, seid hier als Zaccos Sappeur? Wie kommt das?»

«Der König ist in Nikosia», sagte Nicolaas. «Samt allen seinen Hauptleuten. Der Angriff war mein Plan. Er weiß nichts davon.»

«Aber die Kirchenmänner haben davon gewußt», erwiderte Lomellini. «Sie kamen, um uns durch Verhandlungen abzulenken, während Ihr angreift.»

«Nein», sagte Nicolaas. «Die Kirche ist in gutem Glauben gekommen und hat mit einer Täuschung nichts zu schaffen. Ich hatte einen Angriff geplant und habe ihn abgesagt. Ihr werdet sehen, daß wir alle unsere Lunten angezündet hatten und dann wieder ausgedrückt haben. Wenn Ihr noch einen besseren Beweis braucht, so fragt die Kirchenmänner. Ihr werdet dann hören, daß Zacco sie geschickt hat. Ihr werdet, dessen bin ich sicher, herausfinden, daß er mir und jedem anderen verboten hatte, Euch anzugreifen. Wenn Ihr an meinen Worten zweifelt, so fragt Euch selbst, wo meine Leute sind. Wenn es eine List wäre, müßten sie jetzt hier sein, um sie auszunützen.»

«Nur daß die Mauer nicht gefallen ist», hielt ihm der Hauptmann entgegen. «Ihr zeigt uns ein paar Minen: vielleicht gibt es andere, die noch immer explodieren können. Vielleicht habt Ihr die Wahrheit gesprochen, aber wenn Eure Freunde vergeblich warten, glauben sie vielleicht, Ihr seid tot, und greifen an, um Rache zu üben. Welchen Waffenstillstand können wir auf solcher Grundlage annehmen?»

«Ihr habt mich als Geisel», sagte Nicolaas. «Laßt meinen Geschützmeister gehen und es ihnen ausrichten.»

Der Mann namens Vito sagte: «Ser Napoleone, überlaßt sie mir beide. Sie werden mir schon die Wahrheit sagen.»

In dem zustimmenden Gemurmel, das folgte, blickte der Hauptmann Nicolaas fest an. «Verdient hättet Ihr es. Ihr habt mir keinen Grund gegeben, Euch zu trauen.»

«Wir sind Eure Gefangenen», erwiderte Nicolaas. «Da unser Bericht wahr ist, können wir ihn nicht ändern. Aber ich sage Euch auch dies: wenn Ihr diesen Schritt tut, geht Ihr des Angebots eines Waffenstillstands verlustig.»

Die Augen des Hauptmanns wurden dunkel, und wenn noch eine Empfindung aus seiner Stimme sprach, war es die der Abscheu. «Nach dem, was ich höre, ist das nicht unmöglich. Gut. Wir stehen in Bereitschaft. Ich werde dem Erzbischof persönlich berichten, was geschehen ist. Ihr und Euer Geschützmeister werdet gefesselt die Nacht hier im Mauerturm verbringen. Wenn es eine Kanonade gibt, eine Explosion, werdet Ihr es als erste zu spüren bekommen. Vergeht die Nacht ohne Zwischenfall, könnte ich das Angebot des Erzbischofs in Erwägung ziehen. Inzwischen bleiben die Tore geschlossen.» Er hielt inne und setzte dann hinzu: «Ihr wißt, daß Ihr auf nichts zu hoffen braucht, wenn wir getäuscht werden. Wenn Ihr aber wahr gesprochen habt, werdet Ihr Eurem Stand entsprechend als mein Gefangener behandelt werden. Bis dahin muß der Mauerturm genügen. Das letzte Abendessen wurde leider schon aufgetragen.»

Nicolaas hörte den grimmigen Humor heraus. Von der Stelle aus, an der er stand, konnte er die lange Prozession draußen vor den Mauern sehen, die jetzt regungslos verharrte mit den Wagen dahinter. «Laßt doch wenigstens die Wagen herein», sagte er.

«Sind wir Tiere?» gab der Genuese in bitterem Ton zurück. «Daß wir der Umsicht, dem rechten Verhalten und der Würde um unserer Mägen willen entsagen sollten? Falls am Morgen dieser Waffenstillstand vereinbart wird, dürfen die Wagen eingelassen werden. Bis dahin warten wir. Wir sind es gewöhnt.»

Die Nacht schleppte sich dahin. Auf dem Fußboden des Mauerturms ausgestreckt, konnte Nicolaas zwischen den beschädigten Bohlen hindurch auf die Außenwelt hinunterblicken. Die Prozession war nicht abgezogen, sondern harrte, schweigend jetzt, auf dem Gelände vor dem Haupttor der Stadt aus, die Banner wie Flügel um ein Zelt herum aufgepflanzt, dessen Wände golden erhellt wurden von einem innen aufgestellten Kohlebecken. Davor stand das Kruzifix, müden Menschen Schutz in Schlaf und Gebet. Ringsherum brannten Fackeln, in der Mitte bewachten Kerzen einen Altar. Die Wagen mit ihren Pfirsichen und Orangen, ihren Mandeln und ihrem Korn, ihrem Fleisch, ihren Kräutern und Hülsenfrüchten, ihren Hühnern und Walnüssen und Feigen, ihren Kürbissen und Fässern mit süßem verstärktem Wein standen unbeaufsichtigt da.

John le Grant, das Gesicht von Licht gestreift, sagte: «Nicolaas?»

«Die Antwort ist ja», sagte Nicolaas. John le Grant war nicht Tobie.

«Jemand hat drei Tage gewartet und Zacco dann gesagt, was Ihr vorhattet», fuhr der Geschützmeister fort. «Wer? Der Patriarch?»

«Möglicherweise», entgegnete Nicolaas. «Und Tobias Lomellini ist natürlich Schatzmeister der Johanniter von Rhodos.»

Ein Schweigen. Dann wieder der Geschützmeister: «Ihr hättet damit weitergemacht?»

«Ich hatte es vor.» Nicolaas konnte alles noch nicht recht fassen, was sich ereignet hatte. In ihm kämpften Schrecken und Erleichterung und Verwirrung, und er hatte das Gefühl, nichts mehr planen zu können.

«Aber der Junge», fuhr John le Grant fort. «Ihr glaubtet ihn wohlbehalten in Portugal.»

Das war eine andere Sache. Nach einer Weile sagte Nicolaas: «Er hatte Briefe hinterlassen. Er wollte nach Portugal.»

«Und?»

«Bartolomeo Zorzi. Diniz konnte so leicht entkommen. Er wandte sich nach Famagusta, wo er mit der Hilfe seiner genuesischen Freunde rechnete. Im Gegensatz zu Zorzi wußte er nicht, daß der Hafen abgeriegelt war. Zorzi ist Venezianer, wie Ihr wißt. Und er hat einen älteren Bruder, der ihm bisweilen sagt, was er tun soll.»

«Das höre ich nicht gern», erwiderte John le Grant. «Der Junge war also die ganze Zeit in Famagusta? Dann verdankt Diniz wohl Euch das Leben. Euch und Zacco.»

«Vorausgesetzt, sie holen morgen die Wagen herein.»

«Das werden sie bestimmt, wo sie Euch jetzt haben», sagte der Geschützmeister. «Ihr werdet alles vorkosten müssen, was man ihnen geschickt hat. Vielleicht sterbt Ihr daran wie diese Männer von Pesaro.»

«Ehe Famagusta sich ergibt?» erwiderte Nicolaas. «Nein. Deshalb bin ich hier. Bis dahin bleibe ich am Leben. Danach werdet Ihr Diniz helfen.»

«Euer letzter Wunsch?»

Nicolaas warf ihm einen Blick kühler Überraschung zu. «Steht Ihr bei mir in Dienst? Bin ich das Oberhaupt eines Bankhauses? Ihr helft Diniz Vasquez, oder ich vermehre die Anzahl der Anteile und tue mich mit den Strozzis zusammen. Erst wenn Ihr mit Lorenzo zu tun hattet, wißt Ihr, was Unzufriedenheit ist.»

«Mit Unzufriedenheit kenne ich mich nicht aus», sagte John le Grant, «aber ich weiß, was das Gegenteil davon ist. Und Ihr wißt das auch, hoffe ich. Denn ausnahmsweise einmal, das gebe ich zu, habt Ihr es verdient.»

Trotz steifer, wunder Glieder schliefen sie bis gegen Morgengrauen und versäumten so das Unterhandeln, das kurz nach Tagesanbruch dazu führte, daß das Tor geöffnet und die Wagen mit ihrer frischen und duftenden Last von vielen schwachen Händen in die Stadt gezogen wurden. Das Tor schloß sich wieder. Draußen wurde das Zelt abgeschlagen und auf seinem Wagen verstaut, und der Zug versammelte sich wieder, zerknittert und bleich im Morgenlicht, und machte sich auf den Rückweg.

Mit ihnen zogen vier abgemagerte Männer in üppigen Lumpen. Die Genuesen, von Zacco eingeladen, hatten einer Gruppe ihrer Kaufleute erlaubt, das Weihnachtsfest bei Jakob in dessen Palast zu verbringen. Im Austausch behielt Famagusta zur Sicherheit zwei von Zaccos Leuten. Der eine war der Araber Abul Ismail, der sein Geschick als Arzt anzubieten hatte, der andere Niccolo van der Poele, vor kurzem ergriffen und zur Zeit als Gefangener festgesetzt. Keine besondere Verköstigung wurde, so sagte der Hauptmann von Famagusta, für diese beiden Lusignan-Geiseln gefordert. Der Herr Bastard hatte die Stadt versorgt, und was geschickt worden war, würde für alle ausreichen.

Nicolaas erwachte zum Aufblitzen eines Messers und sah, daß seine Fesseln zerschnitten wurden – John le Grant streckte sich schon neben ihm und stöhnte. Dann kam Lomellini, berichtete ihnen in knappen Worten, was vereinbart worden war, und ging wieder.

John sollte entlassen und Nicolaas in die Zitadelle gebracht werden. Das hatte er gehofft. Nicht vorbereitet gewesen war er darauf, daß John aufbegehrte. «Ich gehe nicht. Wenn sie Euch festhalten, können sie auch mich noch festhalten. Es sei denn,

Tzani-bey hätte die Nahrungsmittel wieder vergiftet. Sie verstehen kein Flämisch.»

«Eines Tages seid Ihr an einem Ort, wo doch jemand Flämisch versteht», sagte Nicolaas, «und dann schneiden sie Euch die Ohren ab und Euer rotes Haar, wo immer es bei Euch wächst. Ihr müßt zurückgehen und Euch den Patriarchen vornehmen und diese vier Genuesen davon überzeugen, daß für sie keine Hilfe unterwegs ist. Es sind kaum noch drei Wochen bis Epiphanias, und dann endet diese Waffenruhe. Und wenn die Stadt nicht einsieht, daß ihre Lage hoffnungslos ist, fangen sie vielleicht mit dem ganzen Krieg von neuem an. Und dafür habe ich nicht meine und Eure Haut aufs Spiel gesetzt.»

«Ich weiß nicht», sagte John le Grant. «Ihr gäbt einen ganz guten Sappeur und Feuerwerker ab, wenn Ihr etwas mehr Übung hättet. Gut. Ihr habt wohl recht. Was sage ich wegen Diniz?»

«Verstört die Venezianer nicht. Überlaßt das mir, wenn ich zurück bin.» Er sah dem Geschützmeister nach und wandte sich dann um und ließ sich zum Wehrgang führen und dann hinunter in die belagerte Stadt, wo die Genuesen ihn einmal als Geisel hatten festhalten wollen, während seine Kompanie für Carlotta kämpfte. Wo er jetzt eingekerkert werden sollte als Geisel, als Gefangener, als Feind. Als Günstling Jakobs und deshalb als das wirksamste Druckmittel für Frieden und Barmherzigkeit – falls sie sich seiner zu bedienen verstanden –, das den Genuesen je in die Hand gefallen war.

Hundert Jahre zuvor hatte Famagusta, reichste aller Städte, Treffpunkt von Kaufleuten und Pilgern, Lieblingsaufenthalt von Kurtisanen, Lasterhöhle und Herberge des Stolzes und des üppigen Lebens, hunderttausend Bürger eingeschlossen in seinen Mauern und prächtige Plätze und großartige Palais aufgewiesen, Mühlen und Lagerhäuser, Läden und Klöster, Stallungen, Fleischbänke und Schmieden, Kriegerquartiere und Backöfen, Herrenhäuser und Loggien. Einen Königspalast. Eine Kathedrale. Ein Hospiz zum heiligen Johannes. Und dreihundert Kirchen.

Durch die Kriege dieses Jahrhunderts war es um ein Drittel geschrumpft. Dies bedeutete, daß man dicht bei den Mauern verfallene Straßen und baufällige Häuser antraf, die ihrer Steine beraubt worden waren. Eine Piazza war in einen Trockenplatz, ein Lagerhaus in einen Stall umgewandelt worden. Eine Mühle beherbergte Federvieh. Ein Marktplatz war für den Anbau von Bohnen, Melonen und Gurken umgegraben worden, rankenbewachsene Schuppen, Schafpferche und Obstgärten machten sich zwischen den Überresten großer früherer Häuser breit.

Man konnte damit rechnen, daß man durch Vorstädte dieser Art kam, während man den Blick zu dem erhob, was noch immer in der Stadtmitte lag, geschäftig, gut unterhalten, einträglich. Was noch immer zu sehen war, von den herrlichen Dächern und Türmen prächtiger Gebäude. Eine genuesische Stadt, geführt nach guten, erfolgreichen genuesischen Grundsätzen.

Von seinen Bewachern in die Mitte genommen, stieg Nicolaas von dem breiten abbröckelnden Mauergang hinunter in einen düsteren Bereich von Geröll, Gestank und Schweigen. Vom Unkraut des Verfalls keine Spur mehr: es war verzehrt worden. Wo es gewesen war, breitete sich nackte Erde aus, erstickt vom Unrat und Staub der Beschießung und zernarbt von eigenartigen kleinen Hügeln und Vertiefungen, die Nicolaas erst beim zweiten Hinsehen als Reihen von frischen, ungeordnet angelegten Gräbern erkannte. Die Häuser hier waren verfallen, ohne Dächer und unbewohnt.

Weil er den Schritt verlangsamt hatte, versetzte ihm der Mann hinter ihm einen Schlag auf den Rücken. «Sodbrennen, wie?» sagte er. «Verdauungsbeschwerden nach dem gestrigen Essen? Das war die armenische Kirche. Die an Fleckfieber gestorben sind, die wurden alle dahin gebracht. Das ist die St. Anna-Kirche. Die Frauen gingen gern dorthin, aber die Priester waren die ersten, die starben. In diesen letzten Monaten haben die Frauen sie in Besitz genommen – sie sind im Anbau niedergekommen und haben das Kleine, sowie es atmete, gleich eingemauert, ehe es gefunden und gegessen wurde. Glaubt Ihr, Gott bestraft Menschen, die ihre eigenen Kinder verspeisen? Werden wir nicht nur sterben, sondern auch zur Hölle fahren für das, was wir gelitten haben?»

«Raffo», sagte der andere Mann, «er ist unsere Geisel. Laßt ihn – wir müssen ihn sicher in die Zitadelle bringen.»

«Das tun wir ja, das tun wir ja», erwiderte Raffo. «Das Kloster des heiligen Franziskus – da, seht Ihr? Schön, nicht wahr? Eine Brücke verbindet es mit dem alten Lusignan-Palast. Die Lusignans haben es ihre Königskapelle genannt. Wie viele Mönche sind noch da? Vielleicht vier. Sie führen das Spital für die, die nicht an Ansteckungen sterben, sondern vielleicht von einem herabstürzenden Giebel getroffen werden, wenn Eure Feldschlangen sich eingeschossen haben. Und da ist der überdachte Markt. Aber er ist nicht mehr überdacht: die Steinkugeln haben die Plane zerrissen. Und es ist kein Markt mehr, es sei denn, man fände einen gerade geworfenen Hund oder einen Vogel. Die Hausdächer sind mit Vogelleim bestrichen, aber die Vögel sind schlau: sie wissen, wenn's für sie kein Futter mehr gibt. Nur die Würmer vom Friedhof, aber wir sind vor ihnen da.»

«Raffo», sagte der andere Mann.

«Und die Kathedrale», fuhr Raffo ungerührt fort. «Gefällt Euch die Kathedrale des heiligen Nikolaus? Die Lusignans haben sich dort früher gekrönt. König Peter – war es König Peter? –, der immer weinend mit den Füßen aufgestampft hat, wenn der Koch kein Öl für seinen Spargel hatte? Wir bestatten dort unsere Adligen, nur daß sie jetzt ohne Särge dort liegen müssen. Ich würde Euch hineinführen, aber es stinkt so stark. Und da ist die Zitadelle. Ihr werdet sehen, auf dem Hof der Zitadelle sind Leute. Habt Ihr Euch nicht gewundert, daß alle Straßen so leer sind? Alle gesunden Bürger dieser Stadt, die noch gehen können, sind in der Zitadelle, weil sie dort alles Eßbare gut versperrt aufbewahren und dann verteilen. Sie fürchten, daß wir uns sonst gegenseitig totschlagen. Als ob wir unserer Mutterrepublik solche Unehre machen würden!»

«Ihr hättet Euch ergeben können», sagte Nicolaas.

«Es ist ein Schiff unterwegs – wir werden uns niemals ergeben.»

Diniz Vasquez war nicht zu sehen in der lärmenden Menschenmenge auf dem Innenhof der Festung von Famagusta, obschon Nicolaas eifrig nach ihm Ausschau hielt, als er durch das Gedränge hindurchgeführt wurde. Er sah nicht, wo die Körbe der Leute gefüllt wurden, aber er bemerkte, daß Krieger angewiesen wurden, jeden mit Verpflegung beladenen Mann bis zu seinem Haus zu begleiten, und daß das Kinn eines solchen Mannes schon glänzte von der rohen Nahrung, an der er kaute, während er heimeilte.

Manche konnten weder kauen noch einen schnellen Schritt tun. Manche trugen genug für eine Familie fort. Oder für die, vermutete er, die zu schwach oder krank waren, um hierherzukommen. Mönche trugen zu zweit große Steigen mit Nahrung, mit einem Krieger zur Bewachung. Die Krieger starrten die Sachen an und schluckten immer wieder. Auf seine Frage erfuhr er, daß sie schon gegessen hatten – in ihren Quartieren war Essen ausgegeben worden. Das schien Diniz' Abwesenheit zu erklären. Nicolaas stieg mit seinen Bewachern die Treppe zur Amtsstube des Hauptmanns hinauf. Oben öffneten sie eine Tür, grüßten und gingen davon. Gleich darauf erhob sich Lomellini und kam näher.

Er hatte das Aussehen eines, der gerade aus einem viel zu kurzen Schlaf erwacht ist. Nicolaas sagte: «Ihr habt genug zu tun. Sagt mir, wo ich bleiben soll, und ich gehe hin. Die Nahrung ist sauber, aber ich koste sie, wenn Ihr es wünscht.»

«Ob die Nahrung sauber ist oder nicht, die Leute müssen essen», entgegnete Lomellini. «Ich will mit Euch reden.» Er lehnte sich an die Kante seines Tisches und ließ den Blick der eingesunkenen Augen auf Nicolaas ruhen. «Es scheint, Ihr seid uns mehr Feind als Euer Herr. Ihr plantet Euren Angriff, während er seinen Waffenstillstand plante.»

Nicolaas blieb stehen, wo er war. «Keiner von uns wußte, was der andere tat. Ich glaubte, er werde einem Waffenstillstand nicht zustimmen. Ich hielt einen Angriff für die barmherzigere Lösung.»

«Barmherzig?»

«Ich wußte, daß Ihr am Verhungern wart.»

«Und er wußte das nicht?» erwiderte der Hauptmann langsam.

«Nein», sagte Nicolaas. «Sonst hätte er den Waffenstillstand nicht angeboten. Er wird es nicht noch einmal tun. Er braucht nur zu warten.» Er hielt inne und setzte dann hinzu: «Es ist jetzt nicht die Zeit, darüber zu diskutieren, aber wenn Ihr mich verwenden wollt, kann ich Euch helfen. Inzwischen müßt Ihr wieder zu Kräften kommen. Und ich muß Euch um einen Gefallen bitten. Ich habe einen Verwandten hier. Einen Jüngling. Einen Jungen namens Diniz Vasquez. Ich möchte ihn gern sprechen.»

Der Hauptmann sagte: «Es wird eine Kammer hergerichtet, dorthin wird man Euch bringen. Und der junge Diniz Vasquez war bei mir. Er hat mich gebeten, Euch zu seinem Quartier zu schicken. Es ist in einem Haus außerhalb der Zitadelle. Er genießt dieses Vorrecht, weil seine Verwandte im Sterben liegt.»

«Messer Napoleone, er hat keine Verwandten hier. Es ist Diniz Vasquez, der junge Portugiese, den ich sehen möchte.»

«Ich spreche ja von Diniz Vasquez», erwiderte der Genuese ein wenig müde. «Ihr hattet ihn in Eurer Färberei festgehalten. Er ist hierher geflohen, und dann kam noch diese Frau zu ihm. Wußtet Ihr das nicht? Eine junge Frau aus guter Familie, die gewiß die Entbehrungen nicht verdient hat, die sie jetzt mit ihm teilt. Ihr kennt sie natürlich. Sie war auf der Seite Königin Carlottas und Genuas. Sie war auf Rhodos, als Vasquez' Vater getötet wurde. Sie kam nach Zypern mit uns beiden auf dem Schiff, das von den Mamelucken abgefangen wurde. Ich bin mir nicht sicher, ob man Euch als Geisel gestatten sollte, mit diesen Leuten zusammenzukommen, die, obschon Ihr sie als Verwandte bezeichnet, eigentlich keinen Grund haben können, in Euch einen Freund zu erblicken. Aber der Junge hat mir sein Ehrenwort gegeben. Er wird Euch nichts zuleide tun. Und die junge Frau ist leider viel zu schwach.»

«Wie ist ihr Name?» fragte Nicolaas.

«Gibt es so viele?» Die Lippen des Hauptmanns kräuselten sich. «Ihr Name ist van Borselen. Katelina van Borselen, eine verheiratete Frau aus Flandern.»

Der junge Edelmann, der Nicolaas diesmal durch die Stadt geleitete, war grob und zornig, aber ihm war auch übel. Beim ersten Anzeichen eines Zögerns schlug er seinem Gefangenen mit der gepanzerten Faust ins Gesicht, daß seine Lippe aufsprang und alle Abschürfungen wieder zu bluten begannen. Gleich darauf wandte er sich zur Seite und übergab sich. Nicolaas roch frisches Fleisch und Zitronen. Wenn Napoleone nicht aufpaßte, bekam er mit der Nahrung, die er verteilt hatte, noch Schwierigkeiten. Sein Verstand nahm diesen Umstand gleich anderen wahr, aber sein übriges Bewußtsein hing irgendwo in der Schwebe. Diniz war hier. Hier und am Verhungern. Das war schlimm genug. Aber Katelina? *Katelina?*

Er konnte es nicht fassen, während er durch fast leere Straßen geschleppt wurde, die jetzt nicht mehr still waren, sondern von eigenartigem Krakeelen und Aufkreischen und dem Geräusch erschrockenen Würgens erfüllt waren, wie er es gerade gehört hatte. Er glaubte es nicht bis zu dem Augenblick, als er vor einem halben Haus stand, das einmal eine klassische Loggia geziert hatte. Hinter ihren Trümmern war eine schöne zweiflügelige Tür mit einem Architrav, und dahinter lag ein vornehmer Hofraum, dessen Brunnen, Säulen und Statuen eine schwere Kanonenkugel zerschmettert hatte.

In der einen Wand war eine Tür, durch die eine Dienerin verschwand, nachdem sie ihnen einen entsetzten Blick zugeworfen hatte. Der junge Genuese stieg, Nicolaas fest im Griff, über die Trümmer, und sie langten gerade bei der Tür an, als diese erneut aufging. Der Mann, der sie öffnete, war der Arzt Abul Ismail.

Der Edelmann sagte: «Zaccos zweite fette Geisel. Ich lasse

Euch hier zurück. Glaubt nicht, Ihr könnt entfliehen. Ich werde warten.»

Er ging. Nicolaas stand benommen da. Der Araber sagte: «Es tut mir leid.»

«Ich bin mir nicht sicher», entgegnete Nicolaas, «was Ihr meint.»

Die braunen Augen blickten nicht besonders mitleidig, nur sehr klar. Der Arzt sagte: «Ich behandle hier eine Kranke, und ich muß Euch ihre Geschichte erzählen. Ihr habt die junge Frau Katelina van Borselen auf Rhodos zurückgelassen. Sie war im Begriff, nach Portugal zurückzufahren, doch am Vorabend ihrer Abreise erfuhr sie von einer Vertrauten der Königin, daß aus Zypern eine Nachricht eingetroffen sei: Diniz Vasquez, der junge Verwandte ihres Gemahls, sitze, so hieß es, in Famagusta in der Falle. Sie entschloß sich hierherzukommen. Er wird überleben, aber ihr Haus wurde bei Eurer Beschießung durch eine Kugel getroffen.»

Ihm war schon seit einiger Zeit kalt, jetzt hatte er auch noch das Gefühl, kein Blut mehr zu haben. «Geht es ihr sehr schlecht? Ich hätte sie fortbringen können. Warum hat Diniz mir nicht Nachricht gegeben, als es geschehen war?» Seine Stimme klang, wie er hörte, vollkommen ruhig.

«Der Tod hat eine Verabredung mit ihr», sagte der Araber. «Sie hat ein gutes Herz: sie könnte noch bis zu Eurem Epiphaniasfest leben. Aber sie darf nicht fortgebracht werden, das erlaubt ihr Zustand nicht mehr. In Nikosia würde es ihr auch nicht besser gehen. Sie wollte Euch nicht benachrichtigen, weil Euch dies vielleicht in Gefahr gebracht hätte. Doch nun hat Gott Euch hergeführt, Ihr werdet hier gefangengehalten wie sie. Sie hat Angst um Euch, aber sie freut sich, denn jetzt wird sie Euch sehen.» Er wartete und schloß dann: «Sie wird von Euch abhängig sein. Setzt Euch. Kommt erst herein, wenn Ihr bereit seid.»

«Ich muß hineingehen, wenn sie wartet», sagte Nicolaas.

Kapitel 40

Sie lag in einer Kammer, die man allen Holzes entkleidet hatte. Nur was nicht brannte, war noch übrig: die kahlen Wände waren mit Gobelins behangen, der Fußboden mit Teppichen bedeckt. Da war ein mit Silber eingelegter bronzener Ständer, der vielleicht aus dem Haus eines reichen Kaufmanns stammte, und auf einem leeren Kohlebecken lag ein Stück Marmor, auf dem die Tiegel und Fläschchen des Arztes standen. Ein anderes Kohlebecken war vor kurzem angezündet worden und rauchte noch ein wenig. Die Luft in der Kammer war noch nicht warm.

Sie war vom Kinn bis zu den Füßen in Samt und Gold, Pelze, Seide und juwelenbesetzte Stickereien gehüllt. Vom Kinn bis zu den Füßen waren die Decken ihres schlichten Lagers königlich. Die einfachen Tücher, die eigentlich dazugehörten, waren auch da, lagen aber zu Streifen und Rechtecken und Polsterzeug zerrissen auf einem Brett am Boden. Die Tür schloß sich hinter Abul Ismail, und Nicolaas sah die Gemahlin seines Vaters an.

Ihr Gesicht war elfenbeinern. Auf den kräftigen, genau umrissenen Knochen wirkte der helle, gleichmäßige Farbton fast durchsichtig. Die Höhlungen unter den Wangenknochen waren sepiafarben und auch die Haut, die in die schweren Bögen ihrer Lider einsank. Ihr braunes Haar, frisch gekämmt, ringelte sich aschstumpf zwischen all den üppigen Stoffen. Aber die Augen, die auf ihn gerichtet waren, leuchteten wie bei Kalopetra, als er sie hatte verlassen müssen und sie ihn eine Weile lang zurückzuhalten versucht hatte. Die Fontana Amorosa. Wer immer von ihr trinkt, den wird ewig dürsten.

«Ich habe es gerade erfahren», sagte er.

Als er niederkniete, waren seine Augen und die ihren auf gleicher Höhe; er sah sie in Tränen schwimmen. Ihre Hand wollte sich heben: er machte aus seiner eigenen ein Zelt für sie. «Hast du Schmerzen?»

«Ich weiß es nicht.» Sie lächelte, die stolzen Brauen zogen sich zusammen, Tränen rollten aufs Kissen. «Ich hatte Schmerzen.

Jetzt nicht. Jetzt nicht.» Und ihr Atem begann, als sie lächelte, in leise, unwillkürliche Schluchzlaute überzugehen, so daß er sich über sie beugte, seine Wange an der ihren. Dann fühlte er ihre Wimpern an seiner Wange, und er hob den Kopf und küßte ihre Augen und dann ihre Stirn, ihren Hals und ihr Kinn, während ihre Lippen weiter lächelten. Als er den Kopf zurückzog, sagte sie: «Dein Gesicht. Dein Gesicht ist aufgeschunden. Haben sie dich geschlagen?»

«Nein. Ich wäre schon früher gekommen. Ich wußte es nicht. Du hättest es mich wissen lassen sollen.»

«Wie hättest du kommen können? Sie hätten dich getötet. Als ich noch gehen konnte, bin ich zur Mauer hinaufgestiegen und habe zu eurem Feldlager hinübergeschaut. Dann wurden so viele krank.» Sie hielt inne und fuhr dann fort: «Es gab Fliegen. Ich habe an das gedacht, was du gesagt hattest. Auch ihr Leben war kurz.»

«Dies hätte nie geschehen dürfen», sagte er.

Die Tränen hatten ihre Augen halb verschleiert. «Ich wollte hierherkommen. Ich hörte, Diniz sei hier.» Sie schlug die Augen auf. «Ich wollte lieber hier sein als in Portugal.»

Er schüttelte den Kopf und nahm wieder ihre Hände. Sie sagte: «Wann mußt du gehen?»

Er lächelte. «Wie könnte ich gehen? Solange der Waffenstillstand dauert, bin ich als Gefangener hier. Sie können mich nicht daran hindern, dich zu besuchen. Es sei denn, du wirst meiner müde.»

Sie hatte wieder zu weinen begonnen. Sie sagte: «Das ist nur die Schwäche. Diniz war so gut zu mir, und ich bin so glücklich. Ist das unrecht? Ist es unrecht, was ich getan habe? Wirst du bestraft werden?»

Er wußte, was sie da fragte. «Hast du mit jemandem gesprochen?»

Das Weinen hatte aufgehört. «Mit einem Priester. Er ist inzwischen gestorben. Er sagte, das sei meine Wiedergutmachung, und eine andere brauchte ich nicht zu leisten. Aber du . . .»

«Simon wird es nie erfahren», sagte Nicolaas. «Wenn wir ihn

einmal betrogen haben, so hat er dich viele Male betrogen. Und wenn eine höhere Stelle befindet, die Tat verdiene Buße, so kann ich nur sagen, daß ich den Preis gern zahlen werde.»

Er vermochte nicht zu sagen, ob ihr dies als Trost genügte. Sie lächelte mit schweren Lidern. Er betrachtete ihr Gesicht, während er ihre Hand streichelte, und sah, wie sie sich zuckend schlossen, und hörte, wie ihr Atem leiser und ruhiger wurde. Nach einer Weile ließ er den Kopf auf die Arme sinken.

Vielleicht schlief er. Er richtete sich auf, als jemand seine Schulter berührte, und da stand Abul Ismail neben ihm. Der Araber sagte: «Kommt. Eßt und trinkt ein wenig von Eurem Wein. Eure Eskorte wird Euch bald genug abholen.»

Das Haus hatte einem Bankherrn gehört, und aus seiner Zeit waren noch zwei Dienstboten da: die Frau, die er gesehen hatte, und ein Haushofmeister, der hinfälliger und mürrischer war als die Frau. Der Araber sagte: «Sie werfen mir vor, ich behielte die Nahrung zurück. Aber wenn sie sich vollstopfen, werden sie sterben. Diniz ist klüger, wenn auch schwach. Er hat all sein Essen der Frau gegeben und der Dienerin, damit sie blieb und sie pflegte.»

«Und Frau Katelina?» fragte Nicolaas.

Vor langer Zeit, vor Kyrenia, waren er und dieser Mann einander ein wenig nähergekommen, aber er würde nie genau wissen, was in Abul Ismail wirklich vor sich ging, wie ihm das bei so vielen anderen gelang. Diese Entdeckung hatte ihm gefallen. Er hatte sich auch gefragt, wieviel der Arzt über sein Denken und Wesen herausgefunden hatte. Was immer es war, er wußte, er würde jetzt die Wahrheit erfahren, wie unangenehm sie sein mochte, und er war dankbar dafür, daß es Abul Ismail war, von dem er sie hören würde.

«Sie war schon halb verhungert, bevor die Balken auf sie stürzten», sagte der Arzt. «Sie hat kein Gefühl in den Gliedmaßen: sie hätte nie mehr gehen können. Jetzt scheint sie kaum Schmerzen zu haben und nur wenig Hunger, obschon sie ißt, was der Junge ihr gibt, und heute hat sie noch ein wenig mehr zu sich genommen. Ihr dürft auch dem Jungen keinen Vorwurf machen. Er hat mir gesagt, er habe sie angefleht, ihm zu erlauben, daß er bei der Stadt um ihre Freilassung bittet – sie hat sich geweigert. Sie wollte sein Schicksal mit ihm teilen. Sie wollte unter der Flagge von St. Georg sterben und nicht unter der Flagge der Lusignans. Sie ist den Verbündeten ihres Gemahls treu, wie wenig er sich auch um sie gekümmert hat. Aber davon hat sie nichts gesagt, ich vermute es nur.»

«Ich hoffe, Gott oder Allah wird Euch belohnen für das, was Ihr hier tut», sagte Nicolaas. «Ich werde sie morgen nach Nikosia bringen lassen.»

«Nein», erwiderte der Arzt. «Verzeiht, ich habe das auch dem Jungen gesagt. Sie wird sehr bald sterben. Eine solche Reise würde ihr Schmerzen verursachen, würde ihren Tod beschleunigen, würde das starke Herz verraten, das sie all diese Wochen am Leben gehalten hat. Nun da Ihr hier seid, hat sie alles, was sie braucht. Bringt sie nach Nikosia, aber nur, wenn Ihr ihr nicht den Dienst tun wollt, hier in dieser Stadt an ihrer Seite zu bleiben.»

So konnte denn nicht daran gedacht werden, sie fortzuschaffen. Die Fragen, die er noch zu stellen hatte, waren solche, die mit ihrer Pflege zu tun hatten, und der Arzt beantwortete sie ihm. Da betrat Diniz die Küche, der von seinem Posten abgelöst worden war. «Ihr seid da», sagte der Junge. Er hielt kurz inne. «Senhor Abul erlaubt mir nicht, daß ich ganz so üppig esse.»

«Ihr wißt, was geschehen würde, wenn Ihr es tätet», sagte der Arzt gelassen. «Hier ist Suppe. Setzt Euch. Was machen die Schmerzen?»

«Schlimmer.» Diniz sah Nicolaas an. «Ein barbarisches Geschäft, das Hungern. Habt Ihr nicht gewußt, daß wir hier sind?»

«Nein», sagte Nicolaas. «Mir wurde gesagt, du seist geflohen. In deinem Brief stand, du wolltest nach Portugal fahren. Ich glaubte, du seist zu Hause und die Demoiselle auch.»

«Euer Geschäftsführer hat mir geholfen», sagte Diniz. «Der Venezianer, Zorzi.»

Was er gegessen hatte, brannte ihm im Hals. «Nicht auf meine Anweisung.»

«Nein», sagte Diniz. «Sie meinte das auch schon. Ihr habt ihr auf Rhodos das Leben gerettet.»

Diniz Vasquez war wie eine Zeichnung seiner selbst, ausgeführt von Colard in Tusche. An den Mundrändern waren entzündete Stellen von der Unterernährung, und seine Haut wies vorzeitige Falten und Furchen auf. Auf dem Gesicht waren die Abdrücke vieler verschiedener Gedanken zu lesen und einigen inneren Widerstreits. «Was sie dir auch gesagt hat, es ist wahr», versicherte Nicolaas. «Was du für sie tun würdest, das würde auch ich tun.»

«Aber Ihr habt doch Primaflora geheiratet.»

«Willst du sie haben?»

Das Schweigen zog sich hin. Schließlich sagte der Junge: «Wer würde sie jetzt haben wollen? Sie lebt?»

«Ohne Primaflora wäre das Essen heute nicht gekommen», sagte Nicolaas. Das war die Wahrheit, auf ihre eigene unheimliche Art. Die dunklen Augen des Jungen starrten ungläubig aus ihren Höhlen. Nicolaas sprach in ruhigem Ton weiter. «Das Beimessen von Schuld ist, wie du siehst, nicht einfach. Wenn du nach Nikosia gehen willst, könnte ich das möglich machen. Ich bleibe bei ihr.»

Ein Geruch nach warmer Suppe erfüllte die Küche. Als hätte man ihn geschlagen, bekamen die Wangen des Jungen rote Flekken. Er sah den Napf an und packte ihn und nahm dann, dem Blick des Arztes begegnend, den Löffel und begann ganz langsam zu essen. Bald schon hielt er inne und stellte den Napf hin. Er neigte den Kopf vor, die Arme um den Oberkörper geschlungen. Der Araber schüttelte den Kopf und klopfte ihm dann, während er sich erhob, auf die Schulter. «Habt Geduld. Laßt es abkühlen. Eßt, als wäre es Gift.»

«Ist es das?»

«Nein», sagte Abul Ismail. «Ich habe davon gekostet. Seit ich hier bin, habe ich alles gekostet, was man mir hingehalten hat. Messer Niccolo, dessen bin ich sicher, hat sich erboten, das gleiche zu tun. Euer Körper wird wieder heil werden. Warum tut Ihr nicht, was er sagt, und laßt Euch als Bote nach Nikosia schicken?»

Diniz Vasquez blickte auf. «Um Weihnachten bei Zacco zu verbringen?» Er blickte zur Tür und wieder zurück. «Ich möchte da bleiben, wo sie ist. Ihr werdet unter Bewachung stehen, um der eigenen Sicherheit willen.»

«Ser Niccolo wird wie ich in der Zitadelle untergebracht», sagte Abul Ismail. «Aber ich darf mit meiner Eskorte auf die Straße. Wenn man mich erst kennt und weiß, was ich tue, wird man mir kaum etwas tun.»

«Ich kann schwere Sachen ziehen», sagte Nicolaas, «und Lasten tragen, für die die Männer hier zu schwach sind. Ich kann Euch als Gehilfe dienen, wenn meine Gegenwart Euch nicht zum Schaden gereicht. Neue Nahrung wird ihren Zorn stärken. Sie wissen, daß ich einen Angriff geplant hatte.»

«Sie wissen, daß keine Nahrung mehr kommt, wenn sie Euch etwas antun», erwiderte der Araber mit seiner ruhigen, kehligen Stimme. «Wenn Ihr arbeitet, werden sie Euch das Essen nicht verübeln, das Ihr zu Euch nehmt. Andererseits gibt es immer Hitzköpfe. Da ist einer.»

Im Haus war ein Schuß gefallen. Diniz sprang auf, aber Nicolaas war vor ihm an der Tür und riß sie auf. Draußen trafen ihn Rauch und Gestank. Der Körper ihres Haushofmeisters lag in einer pumpenden Fontäne von Blut auf dem Boden. Vor ihm stand der junge Adlige, der Nicolaas hergebracht hatte, das rauchende Feuerrohr in der Hand, das Gesicht verzerrt von Wut und Abscheu. Seine ganze Kleidung strömte den Geruch von Kot aus. Als er Nicolaas sah, warf er die Hakenbüchse weg und zog mit nasser, zitternder Hand das Schwert. «Giftmischer!» sagte er. Er tat einen schwerfälligen Schritt nach vorn, und Diniz schritt ihm in den Weg und stellte sich unbewaffnet vor ihn.

«So, Ihr auch!» sagte der Junge. «Wir sind alle gleich, sogar die Frauen. Gott sei Dank haben wir Wasser. Kommt mit mir. Frisches Zeug auf leeren Magen. Ich habe sie alles essen lassen, was auch ich esse, deshalb kann ich Euch sagen, das Essen ist nicht vergiftet. Wir haben aber einen Arzt hier. Senhor Abul?»

«Eine alte Geschichte», sagte der Araber. «Schweiß und Blut, ein wahres Bad der Ehre. Sollte Hungern weniger ehrenvoll sein?

Was hat Eure Frau Mutter zu Hause bei Durchfall zubereiten lassen? Holunderblüten in Essig? Gartenraute in Brotkuchen? Ich habe etwas, das genausogut wirkt. Kommt mit mir. Messer Diniz, ich werde Euch brauchen. Messer Niccolo . . .»

Nicolaas kniete neben dem Toten. «Ich mache das schon. Ist die Dienerin seine Ehefrau?»

«Sie wird nicht um ihn trauern», sagte der Araber. «Sie wird bleiben. Sie hat in diesen vielen Monaten gewiß Schlimmeres gesehen.»

So wie er es auf der Reise nach Rhodos getan hatte, gab Nicolaas von diesem Augenblick an seinen Willen und sein Planen auf und lebte von einer Stunde zur anderen, um einfach zu tun, was man ihn hieß.

Jeden Tag suchte er zweimal das Haus des Bankherrn auf und leistete seiner Freundin in der jetzt warmen und besser eingerichteten Krankenstube Gesellschaft; manchmal redeten sie, manchmal schwiegen sie. Die frische Nahrung und die Arzneien, die Abul bestellt hatte, schienen ihr neue Kräfte zu verleihen. Mit so etwas wie einem Aufflackern ihrer alten Zielstrebigkeit schlief sie, um wach zu sein, wenn er kam, und oft wollte sie reden: von Brügge, von der Vergangenheit, von all den törichten Eskapaden, die Claes zum stadtbekannten Lehrling gemacht hatten – von den Späßen mit der Kanone und dem Wasserrad, von den Verfolgungsjagden, dem Schlittschuhlaufen, der Sache mit dem Strauß. Als sie sich zum erstenmal begegnet waren, hatte er ihren Kopfputz aus dem Kanal gefischt. Sie war neunzehn gewesen und beleidigt. «Du warst so freundlich zu den Kindern», sagte sie. «Und Felix. Du besitzt diese Gabe, gemocht zu werden. Gregorio, der Advokat, der deinetwegen mit Simon kämpfte. Dein Geschützmeister, dein Arzt. Diniz ist dabei, dich als Freund anzunehmen, oder wird es bald tun.»

Einmal sprach sie vom Tag der Beschießung. «Die Kugeln flogen nicht oft so weit. Ich nehme an, Ihr habt auf die Mauern gezielt.»

«Wohin wir auch gezielt haben, die Kugeln sind immer in eine andere Richtung geflogen», sagte Nicolaas.

«Es war eine marmorne Kugel. Sie haben sie mir später gezeigt. Es waren Inschriften darauf, aber sie waren verwischt, und man konnte nicht mehr sehen, aus welchem Heiligtum der Stein kam.»

Welcher es auch war, der Stein hatte ihr den Tod gebracht. «Aphrodite oder Pallas Athene?» sagte Nicolaas leichthin. «Ich glaube, ich ziehe beide dem Herzen als Gefangener der Liebe vor. Seit du davon sprachst, habe ich die Geschichte gefunden. Der Ritter Cœur erreicht nichts, und die Dame Liebliche Anmut wird nie befreit.»

«Erreicht wird aber doch, daß sie aus dem Manoir de Rébellion flieht», sagte sie. «Aber die drei Feinde der Liebe fangen sie natürlich am Ende ein. Scham, Furcht und Verleugnung.» Sie lächelte. «Wir sind ihnen entronnen.»

Den Rest seiner Zeit verbrachte er mit Abul Ismail zusammen.

Die Kranken, die keinen hatten, der sie pflegte, lagen im bewohnten inneren Kern der Stadt, in den Klöstern, im Hospiz der Ritter vom heiligen Johannes. Dort wurden sie von den Ordensbrüdern gepflegt und anderenorts von den Mönchen, die überlebt hatten. Doch deren Kräfte und Kenntnisse waren begrenzt, und so war der Arzt täglich gefragt. Zu den Patienten gehörten auch die verwundeten und kranken Krieger. Früher hatten sie ihre eigenen Quartiere und eigenen Wundärzte gehabt.

Geholfen werden mußte auch denen, die von ihren Familien umsorgt wurden. Zumeist lagen sie nicht mehr in ihren eigenen Häusern: vor einiger Zeit schon hatte man sich vom Mauerring ins Stadtinnere zurückgezogen, teilte dort Wasser, Essen und Wärme und entzog sich, so gut es ging, dem Krachen der Beschießung.

Alle diese Leute besuchte Abul Ismail. Man teilte ihm einen Jungen, zwei Bewaffnete und einen Handkarren zu. Auf den lud er die Kiste mit seinen Instrumenten, Pillen, Pflästerchen und Pülverchen, die zu kochen, zu mischen und zu zerstampfen ihn und Nicolaas die halbe Nacht kostete. Alle zwei Tage schickte

Zacco neue Nahrung und Arznei, was streng überwacht wurde. Der Arzt durfte mit dem Kurier sprechen, der den Zug begleitete, Nicolaas wurde die Erlaubnis nie erteilt.

Ihm waren die Arbeiten vorbehalten, die Kraft kosteten. Nun da sie neue Wagen hatten, konnte er Wasser und Essen dorthin bringen, wo sie benötigt wurden. Er schaffte den Abtrittskot und die Leichen zum Südwall, wo sie der Nordwind peitschte, und scheuerte sich mit dem Ausheben von Gräben das Fleisch von den Händen. Es fehlte ihm nie an Helfern und Begleitern, aber bei Männern, die man auf Hungerkost gesetzt hatte, schlägt gutes Essen erst mit der Zeit an. Und selbst gutes Essen schützte nicht vor der Bösartigkeit, die in der Luft lag, im fauligen Boden, in den schlecht gespülten Gefäßen, aus denen sie aßen und tranken. Fleckfieber, Ruhr schlugen in jedem dritten Haushalt zu, und die Sümpfe im Norden schickten ihr Übel mit dem kalten Winterwind herüber. Einmal sagte Abul Ismail: «Ihr eßt nicht. Ich habe Euch beobachtet. Seid Ihr anfällig für Sumpffieber?»

«Ich bin nur für Kummer anfällig», antwortete Nicolaas. Er hätte das zu keinem anderen gesagt. Es war die Wahrheit.

Weihnachten kam, mit dem Hochamt in der Kathedrale des heiligen Nikolaus. Die letzten Wagen von König Jakob hatten Kerzen mitgebracht, und sie standen jetzt vor dem Altar: stämmige Türme aus Wachs, die früher einmal geraubt und verspeist worden wären. Dennoch schienen ihrer weniger geworden zu sein. Abul Ismail hatte jetzt besseres Zeug für seine Pflaster als Schusterpech.

Auf einer Bahre aus Sparren und Teppichen von Diniz und Nicolaas hingebracht, hatte Katelina diese Messe mitgefeiert. In der letzten Zeit hatte ihre Haut einen graueren Farbton angenommen, und die Harzbröckchen, die Abul in ihr Kohlebecken warf, verschleierten eine neue Wendung in ihrem Zustand. Doch stets war sie, um Nicolaas willkommen zu heißen, gewaschen, gekämmt und schicklich und hatte sich aus ihrer Hartnäckigkeit, wie es schien, einen gebrechlichen stählernen Mut geschmiedet, der aushielt, wo andere versagten.

Sie kehrte stumm von dieser Kommunion zurück, zeigte sich

aber lebhaft bei dem Essen, das Abul, Diniz und Nicolaas in ihrer Kammer richteten. Sie nahm auch den ersten Schluck aus der Flasche mit gutem Wein, die Nicolaas für sie ausfindig gemacht hatte. *«Droit de prémices»*, sagte Nicolaas und legte seine Hand um die ihre, damit sie den Stiel ruhig hielt. «Aber das hatten wir ja schon.» Und sie zog seine Hand näher zu sich und legte ihre Wange darauf, so daß er wußte, auch sie dachte an Brügge, als sie ihm jenes Recht gewährt hatte, und an Gent und an einen Ort bei einem Wasserfall. Als er den Kopf hob, sah Diniz ihn an und blickte dann gleich in eine andere Richtung.

Danach wurde er in die Zitadelle bestellt, um mit dem Hauptmann zusammen zu speisen. Bei Napoleone Lomellini waren noch andere genuesische Adelsherren, die er inzwischen kennengelernt und bisweilen an ihrem Tun gehindert hatte, wenn die allgemeine Gerechtigkeit ins Hintertreffen zu geraten schien.

Es war ein steifes, förmliches Mahl. Am Ende sagte der Hauptmann: «Ich habe eine Botschaft, die unsere beiden Geiseln betrifft. Da dies ein christliches Fest ist, habe ich die Gesellschaft Eures Gefährten nicht erbeten, Messer Niccolo. Ich wünsche deshalb, daß Ihr ihm ausrichtet, was ich zu sagen habe.»

Seit seinem ersten Tag in der Stadt als Gefangener und dann als aufgezwungener Gast hatte Nicolaas selten alle seine derzeitigen Herren getroffen, und er hatte es für das beste gehalten, ihre Gesellschaft zu meiden. Heute hatte er geahnt, daß etwas in der Luft lag. Natürlich war es möglich, wenn auch nicht wahrscheinlich, daß Zacco seines Weihnachts-Waffenstillstands überdrüssig geworden war. Seine Milde hatte ihm die Achtung des Westens eingetragen und würde gewiß noch bis zum Dreikönigsabend dauern. Wahrscheinlich war, daß er wegen seiner unvorhergesehenen Abwesenheit in Sorge war. Nicolaas hatte darum gebeten, noch bleiben zu können. Festgehalten worden war er ja ursprünglich, weil man ihn aufgegriffen hatte bei einem – wie es jetzt scheinen mußte – unbedachten und unverantwortlichen Überfall. Bei einer Tat des Trotzes, in Zaccos Augen. Deshalb wollte Zacco ihn jetzt vielleicht ersetzen und zurückrufen. In welchem Falle Nicolaas sich zu widersetzen gedachte.

Napoleone Lomellini zog einen Brief hervor. Die Mühen seines aufbegehrenden Magens hatten seine dunkle Haut mit Pusteln zerfressen; er war noch immer sehr hager und ein wenig langsam in den Bewegungen, aber etwas von der ererbten Spannkraft war sichtbar. Seine Stimme klang eher barsch, als er fortfuhr: «Ihr werdet wissen, daß Jakob von Lusignan das Weihnachtsfest in Nikosia mit vier Vertretern aus dieser Stadt verbringt. Wir haben von ihnen gehört. Gespräche haben stattgefunden. Ein Dokument wurde aufgesetzt und mir zur Prüfung zugesandt. Meine Genossen und ich haben darüber beraten, und wir glauben, daß seine Bedingungen angenommen werden sollten. Es wird am sechsten Tag des Monats Januar unterzeichnet werden. Da es auch Euch betrifft, lese ich es Euch vor.»

Also war plötzlich gekommen, worauf sie alle hingearbeitet hatten. Gespräche. Ein Dokument. Und seine Annahme. Nicolaas saß ganz still da, sein Herz klopfte. «Ja, Ser Napoleone?» sagte er.

«Ich freue mich, Euch mitteilen zu können», verkündete Napoleone Lomellini, «daß der Bastard die Belagerung von Famagusta aufzuheben gedenkt. Dies wird vierzehn Tage nach Unterzeichnung dieses Vertrags geschehen, und es wird sich eine einjährige Waffenruhe anschließen.» Er sah sich im Kreis seiner Gefährten um und blickte dann Nicolaas an. Er hatte in seiner Stimme keinen Triumph, aber vielleicht eine Spur gerechtfertigter Befriedigung mitschwingen lassen. «Das sind die wesentlichen Punkte dieses Dokuments, und ich habe unsere Vertreter angewiesen, ihm zuzustimmen.»

Nicolaas saß wie versteinert da. In all seinen Plänen hatte er nie einen so üblen Ausgang in Betracht gezogen. Zacco war der Belagerung müde geworden. Zacco hatte den Genuesen zwölf Monate Waffenruhe hingeworfen. St. Georg und der Drache wehten noch immer von den Mauern von Famagusta. Ein weiteres Jahr lang konnten die Genuesen in den Trümmern der Stadt hocken, sich an die Rechte auf ihre untergehende Kolonie klammern, nichts befördernd, nichts zum Gedeihen bringend für sich oder den Bastard. Ein weiteres Jahr Leiden für die geteilte Insel. Für ihn ein weiteres Jahr des Zwangsaufenthalts, nach Zaccos Lust und Laune. Und am Ende dieses Jahres sollte die Belagerung von vorn anfangen.

Ihm wurde bewußt, daß er es bis jetzt nicht als einen Zwangsaufenthalt empfunden hatte. «Abul Ismail und ich sollen also an Epiphanias zum König zurückkehren?» sagte er.

«Das muß Euer Dienstherr bestimmen», erwiderte der Hauptmann. «Nach den Artikeln dieses Dokuments bleiben zwei Leute Jakobs von Lusignan hier, und vier Vertreter der Stadt bleiben in Nikosia, bis die Befreiungsflotte eintrifft. Wir erlauben unseren vier Männern, daß sie im Palast wohnen. Der Bastard mag den Wunsch haben, daß Ihr bleibt, vielleicht möchte er Euch auch ablösen lassen. Ich lese Euch jetzt –»

«Befreiungsflotte?» sagte Nicolaas.

Der Hauptmann sah auf. «Das ist die Bedingung des Waffenstillstands», erläuterte er.

«Befreiungsflotte?» wiederholte Nicolaas.

Der Genuese machte ein zorniges Gesicht. «Unterbrecht Ihr auch Euren eigenen Dienstherrn? Genua ist eine Republik, die sich um ihre Bürger kümmert und sie gegen einen gemeinsamen Feind unterstützt. Eine Befreiungsflotte ist unterwegs, Schiffe, die Waffen bringen und Krieger und Nahrungsvorräte. Sie wird hier eintreffen, ehe die Frist dieses Vertrages abgelaufen ist. Und wenn sie eingetroffen ist, wird der Waffenstillstand beginnen, und die Geiseln beider Seiten werden freigelassen. Das ist wohl alles, was Euch betrifft.»

«Aber . . .» Nicolaas holte tief Atem. «Ihr erwartet eine Flotte? Welche Flotte? Genua hat kein Geld übrig. Es bewegt sich nirgendwo eine Flotte, und es wird auch keine gebaut. Jeder Hafen, jedes vorüberfahrende Schiff bestätigt das. Welche Flotte, Ser Napoleone?»

«Was wißt Ihr von der Republik?» entgegnete Lomellini. «Wenn nur ein einziges Fahrzeug in den Hafen von Famagusta einläuft in den vierzehn Tagen, die auf Epiphanias folgen, wird die Belagerung aufgehoben. So steht es in dem Dokument.»

«Und wenn kein Schiff kommt? Oder kommt, aber nicht rechtzeitig in den Hafen einfährt?»

«Das wird nicht geschehen», sagte Lomellini.

Nicolaas wartete. «Das wird nicht geschehen», sagte der Hauptmann noch einmal und ein wenig leiser. «Aber wenn kein Schiff einfährt, dann ergibt sich Famagusta dem Bastard.»

Er vermochte zuerst an seinen üblichen Besuch bei Katelina nicht einmal zu denken. Er schritt unablässig in seiner kleinen Kammer auf und ab und redete die Wände an. Abul Ismail, der gekommen war, um zu hören, was es Neues gegeben hatte, zog sich auf ein Kissen zurück und saß dann da, die Hände im Schoß. Schließlich hielt Nicolaas erschöpft inne, sah ihn an und ließ sich dann in der entgegengesetzten Ecke zu Boden fallen und stützte den Kopf in die Hände. Er lachte kurz auf. «Verzeiht.»

«Ihr habt einen Schrecken bekommen», sagte der Araber in seiner nüchternen Art. «Das ist natürlich. Wenn Ihr jetzt Euren Verstand bemüht, wird er Euch alle vernünftigen und unvernünftigen Teile nennen, aus denen sich Euer Zorn zusammensetzt. Dies wiederum wird Euch in die Lage versetzen, Euren Körper in die Gewalt zu bekommen. Sagt Euren Händen, sie sollen ruhig sein.»

Um seinen zusammengeschnürten Magen herum schien alles zu beben. Er sagte dem Beben, es solle aufhören, und es hörte nicht auf. Der Araber fragte: «Warum glauben sie, eine Flotte sei unterwegs?»

«Weil sie nicht wissen, was draußen vorgeht», sagte Nicolaas. «Die wunderbare Republik hat sich im Krieg um Neapel verausgabt. Die Fregosos und die Adornos reißen Genua mit ihrer Rivalität in Stücke. Die Bank von St. Georg hat Famagusta schon so viel vorgeschossen, wie sie nur erübrigen kann: jetzt fehlen ihr die Mittel. Und die Zufahrtswege sind ohnehin versperrt durch die türkische Flotte. Sie haben einen Übergabevertrag unterschrieben und wissen es nicht einmal.»

«Unterschrieben ist er noch nicht.»

«In elf Tagen wird er es sein», sagte Nicolaas.

«Ihr seid recht zuversichtlich», erwiderte der Araber. «Aber was Ihr mir gesagt habt, wird jetzt diesen vier Genuesen in Nikosia bekannt sein. War dies nicht sogar von Anfang an Euer Bestreben? Sie zu überzeugen, daß keine Flotte kommt, damit sie sich dann ergeben? Und wenn das so ist: wenn sie so überzeugt sind, warum spricht dieses Dokument dann von Flotten und Waffenstillständen?»

«Sie ergeben sich *tatsächlich*», sagte Nicolaas. «Aber sie bedürfen der Erlaubnis des Kommandanten von Famagusta, der noch immer an eine Flotte glaubt. Daher die Vorbehaltsklausel. Sie wird nichts ändern.»

«Es sei denn, es kommt eine Flotte», sagte der Araber. «Kommt. Es waren schwere Zeiten für Euch, diese letzten Wochen. Einem Kopf, der Pläne, Kunstgriffe und Apparate liebt, ist Kummer kein vertrautes Ding, aber er darf bei keines Menschen Überlegungen ausgeschlossen werden. Selbst im einfachsten Spiel kennt zumindest eine Person den Schmerz des Zweifels oder der Niederlage. Er kann von hohem Wert sein. Der Erfolg lehrt selten, was zu wissen wert ist.» Er wartete, schien aber nicht enttäuscht zu sein, als Nicolaas nichts erwiderte. «Besucht Eure Freundin, und dann gebe ich Euch etwas zur Beruhigung.»

Es gab nichts, worüber Nicolaas hätte diskutieren mögen, und so antwortete er nur auf das Angebot. «Danke, nein. Ich habe Tzani-bey in solchem Zustand gesehen.»

«Dieses Mittel hatte er nicht von mir», sagte der Araber. «Obwohl ich Euch raten sollte, es nicht zu verschmähen. Unvernünftige Aufgaben erfordern bisweilen unvernünftige Werkzeuge zu ihrer Erfüllung. Nein, ich glaube, Ihr braucht andere Ausschweifungen.»

Es stellte sich heraus, daß es sich um einen äußerst starken Wein handelte, den er versteckt hatte. Er verschaffte Nicolaas einen langen, tiefen Nachtschlaf – und wilde Kopfschmerzen am Morgen.

Kapitel 41

Am Tag nach Epiphanias hörte Famagusta, daß der Vertrag vor der Haute Cour im königlichen Palast von Nikosia feierlich beschworen worden war und daß die vierzehn Tage zusätzlicher Waffenruhe begonnen hatten. Ein Jahr des Friedens mit der Stadt würde folgen, vorausgesetzt, ein Befreiungsschiff oder eine Flotte erschien, wie die Stadt hoffte, vor Ablauf dieser Frist, passierte die Kette und lief in den Hafen von Famagusta ein.

Lief kein solches Schiff, keine solche Flotte ein, würde sich die Stadt zu der Stunde ergeben, zu der der Januar in seine zwanzigste Nacht ging. Für diesen Fall forderten die Vertreter der Stadt, daß Famagusta in Zukunft von Jakob von Lusignan und seinen christlichen Statthaltern regiert würde und nicht von Mamelucken, Mauren oder anderen Ungläubigen, die keine Macht über Einwohner von Famagusta haben sollten. Jakob hatte sich dafür verbürgt, daß der Sultan in Kairo keinem Artikel des Pakts zuwiderhandeln würde, und sein Emir Tzani-bey war aufgefordert worden, dies mit seinem Wort zu bestätigen. Die genuesische Stadt Famagusta wollte nicht der Gnade der Mamelucken ausgeliefert sein.

Nicolaas' Bewachung war inzwischen gelockert worden; er hatte zu Katelina ziehen dürfen, und bald wurde dies auch Abul Ismail erlaubt. Während sich im Leben der Stadt wieder, wenn auch unter Stocken, gewisse feste Abläufe herausbildeten, verbrachte Nicolaas einen immer größeren Teil seiner Zeit mit der Heilkunst. Er konnte mit Patienten so gut umgehen wie mit Kindern. Er sah Abul Ismail schweigend zu und half ihm ohne Widerstreben. Er erfuhr –, unter anderen Dingen – wozu Alaun außer beim Färben noch gebraucht wurde. Den Rest der Zeit verbrachte er bei Diniz und Katelina.

Einmal hatte es so ausgesehen, als sollte die Kerze ihres Lebens nur noch bis Weihnachten brennen und als strecke sie die letzten Stunden ihres Lebens zu diesem einen Punkt hin. Dann wurde deutlich, daß sie sich an einen anderen Leitstern hielt.

Sie glaubte an das Schiff, und sie wartete darauf. Abul Ismail hatte gesagt, sie sei Genua treu, und dies schien wahr zu sein, was Carlotta ihr auch immer angetan hatte. Sie hatte in Brügge unter genuesischen Kaufleuten gelebt: Anselm Adorne besaß ihre Achtung und Zuneigung. Genua war der Heimatort von Simons Handelshaus, und er verdankte seinen neuen Anfang auf Madeira genuesischem Geld und Geschick. Und durch Genua, den Bundesgenossen Portugals, konnte sie ihre Gleichgültigkeitsschuld gegenüber Tristão Vasquez zurückzahlen, der Simons Schwester geheiratet hatte, und ihre Dankbarkeit gegenüber Diniz beweisen, auf dem ihre schlafumfangenen Augen mit einem eigenartigen, rührenden Stolz ruhten.

Im Krankenzimmer oder Diniz gegenüber zog Nicolaas das Eintreffen von Katelinas Traumflotte nie in Zweifel. Auch sagte er in den langen Stunden, die er und Diniz in derselben Stube verbrachten, während sie schlief, nie etwas, das den jungen Portugiesen beunruhigen mochte. Alle Pläne für die Zukunft hingen von dem Tag ab, an dem Katelinas Leben zu Ende sein würde, und davon konnte keiner sprechen. Manchmal redete der Junge aber jetzt von der Vergangenheit. «Ihr wart auf Rhodos, die Demoiselle hat davon gesprochen. Sie sagte, mein Vater sei ihretwegen getötet worden.»

«Nein, meinetwegen», sagte Nicolaas. «Zwischen der Demoiselle und mir gab es ein Mißverständnis, und eine Zeitlang wollte sie mein Verderben. Die Königin glaubte, mein Leben sei in Gefahr und sie müsse meine Feinde aus dem Weg räumen. Sie glaubte auch, sie werde Zypern zurückerobern. Sie wollte nicht, daß Madeira sie ihrer Weinreben und Zuckerrohrpflanzen beraubte, und dein Vater hatte das einmal versucht. Deshalb hatte sie wohl keine Gewissensbisse, als sie es zuließ, daß dein Vater in eine Gefahr gelockt wurde, damit die Demoiselle die Stadt verließ und ihm folgte. Die Mörder wollten sie töten. Es war ihnen gleich, ob sie dabei auch deinen Vater oder dich töteten oder nicht.»

Diniz erwiderte: «Die Demoiselle sagte, mein Vater sei von der Königin und noch jemandem getötet worden. Sie sagte nicht, wer das war. Sie sagte, die Königin und noch jemand hätten dafür gesorgt, daß sie von meinem Aufenthalt in Famagusta erfuhr. Sie sagte, Ihr wärt nach Rhodos gereist, um herauszufinden, wer meinen Vater getötet hat.»

«Es waren nur gedungene Mörder», sagte Nicolaas. «Astorre hat mir geholfen, zwei von ihnen zu töten. Hinter fast allem steckte die Königin. Sie brauchte Söldner.»

«Aber Ihr wart doch schon bei Zacco, als man versuchte, die Demoiselle bei Kalopetra zu töten», wunderte sich der Junge. Er hielt inne. «Habt Ihr deshalb Primaflora geheiratet? Hat sie Euch vor dem neuen Anschlag gewarnt und Schutz gebraucht?»

«Sie sagte mir, wo ich Katelina finden konnte», erwiderte Nicolaas. «Ich hätte bleiben sollen, um mich zu vergewissern, daß sie wohlbehalten nach Portugal abreiste. Aber auch mir wurde nachgestellt.»

«Aber Ihr habt Primaflora nicht geliebt», sagte der Junge. «Ihr hättet sie sonst nicht zur Frau genommen?»

«Ich hätte sie sonst nicht zur Frau genommen», bestätigte Nicolaas. Dann setzte er hinzu: «Was glaubst du, was du diese Wochen hier gesehen hast?»

Die Augen des Jungen waren dunkel und ruhig, unergründlich wie die des Arabers. «Mitleid?» sagte er. Im Hinausgehen riß Nicolaas heftig die Tür auf, doch er erinnerte sich noch rechtzeitig und zog sie im letzten Augenblick lautlos zu. Das Wort verfolgte ihn auf den Hof hinaus. Als er sich beruhigt hatte, ging er in ihre Kammer, und da war Katelina wach, und er konnte all das für sie aufwenden, dessen Diniz ihn für fähig hielt.

Am nächsten Tag entschuldigte sich Diniz. Nicolaas hörte schweigend zu. Es ging ihr heute schlechter; sie atmete unregelmäßig und redete manchmal ein wenig wirr. In der letzten Zeit hatte sie Schmerzen gehabt. Heute war Abul Ismail bei ihr geblieben, und jetzt war Nicolaas aus der Krankenstube verbannt worden.

Auch Diniz war geblieben und dann auf den Hof hinausgegangen zu den zerbrochenen Säulen der Loggia, wo er, geschützt vor dem Wind, einen Platz zum Sitzen gefunden hatte.

Es war heute bewölkt, aber hell, und der schwere, gewohnte Geruch der Stadt war besser als der Hospitalgeruch im Haus. Als Nicolaas aus demselben Grund herauskam, begegnete er ihm dort und hörte, wie er sich entschuldigte.

Er sagte: «Es braucht dir nicht leid zu tun. Das ist alles nicht deine Schuld, ein Gutteil davon ist meine Schuld, weshalb ich so leicht die Geduld verliere. Ich habe dich mehrere Male fast beleidigt, indem ich sagte, du würdest das alles vergessen, wenn du wieder zu Hause bist.»

Der Junge schlug die Augen nieder. Nicolaas setzte sich auf einen Block, hob einen Stein auf und zog das Messer heraus. «Ihr habt in Brügge Sachen geschnitzt», sagte Diniz.

«Es war ein Zeitvertreib.»

Es folgte ein kurzes Schweigen. Dann fuhr Diniz fort: «Katelina sagt, Ihr glaubt, wir seien Vettern.»

Seine beiden Hände hielten inne. «Katelina?»

«Sie hat mich gebeten, sie so zu nennen. Sie sagt, Eure Mutter war Simons erste Ehefrau. Ich nenne ihn Simon», fügte er hinzu.

«Er ist dein Onkel.» Nicolaas hatte wieder angefangen, den Stein zu bearbeiten. «Hat sie sonst noch etwas gesagt?»

«Ja – daß Simon bestreitet, Euer Vater zu sein und daß dies der Grund für den schlimmen Streit sei und daß er noch schlimmer werden würde, wenn er nicht durch etwas beendet werde. Sie hat gesagt, wenn sie . . . daß Simon glauben würde, Ihr hättet sie getötet. Auch glauben würde, Ihr hättet meinen Vater getötet. Und daß er Euch töten würde, wenn nicht etwas geschieht.»

«Und?»

«Das war alles.»

Das war alles. Nicolaas betrachtete, was er gemacht hatte und was nach nicht sehr viel aussah, und er legte den Stein und das Messer hin, schlang die Arme um die Knie und blickte Diniz an. «Hat es dich erschreckt?»

«Das mit Eurer Mutter? Das kommt überall vor. Ich fühle mich irgendwie anders.»

«Wie anders?»

«Vielleicht sind wir Vettern. Wenn Simon Euer Vater ist. Wenn er es ist, warum glaubte er dann nicht . . .?»

«Das ist eine lange Geschichte», sagte Nicolaas. «Aber ich war aus einer ganzen Reihe von Gründen froh, daß du nicht so genau getroffen hast, in der Färberei.» Er lächelte und beobachtete, wie das Gesicht des Jungen hochrot wurde. «Ich hab's dir nicht zum Vorwurf gemacht.»

«Warum habt Ihr mich dann dorthin geschickt?» sagte Diniz. Sein Gesicht war noch immer gerötet, und in seiner Stimme schwang etwas mit, das ein Flehen sein mochte.

«Nicht aus Gehässigkeit. Eines Tages werde ich es dir sagen. Diniz, du sollst mit diesem Streit nichts zu tun haben. Katelina wollte dich warnen. Sie spricht die Wahrheit: Simon wird mir an allem die Schuld geben. Aber du kannst mich nicht beschützen, niemand kann das. Er vermag einfach nicht die Wahrheit zu glauben, besonders dann nicht, wenn sie nicht schwarz und weiß ist. Wahrscheinlich hat sie dich gebeten, ihm alles zu erzählen, was geschehen ist, und ihn dazu zu bringen, daß er mein Freund wird und mir dankt. Aber im Grunde ihres Herzens weiß auch sie, daß das nicht möglich ist. Er ist für die Vernunft nicht zugänglich, Diniz. Aber etwas anderes mußt du tun, du mußt ihm helfen zu vergessen; du mußt dafür sorgen, daß er sich ins Geschäft stürzt, wie dies dein Vater getan hätte – daß er sich nicht den Rest seines Lebens verdirbt mit dem Streben nach Rache.»

«Er wird Euch töten», erwiderte Diniz. «Sie sagt, er wird Euch zu töten versuchen, wenn nicht einer von uns vorher zu ihm geht.»

«Vielleicht», sagte Nicolaas. «Aber davor fürchte ich mich nicht. Meine größte Angst – meine größte Angst ist, daß ich sehe, ich muß ihn töten.»

Da betrat Abul Ismail den Hof und sagte: «Messer Niccolo.»

Sie hatten das Kissen umgedreht, so daß es frisch war, und der Flitterputz war längst ersetzt worden durch eine helle, glatte Steppdecke, die ihr bis zur Brust reichte. Darüber sah man die schlanken Arme durch den Stoff ihres Bettgewands hindurch, Arme ohne Fleischesrundungen. Das braune Haar, die dunklen Brauen und, wenn er ihre Hand ergriff, die offenen braunen Tiefen ihrer Augen waren wie aus weißem Zucker herausgezogene Melasse.

«Ich habe eine Beschwerde», sagte er. «Ich wurde ausgesperrt.»

Ihre Lippen waren bleiern, konnten aber lächeln. «Er ist ein Tyrann. Nicolaas, du mußt dich verstecken. Ich kann nicht warten.»

Ohne Diniz' Erklärungen hätte er ihren Gedanken nicht folgen können. «Simon? Ich weiß. Ich habe daran gedacht. Ich werde vorsichtig sein.»

Ihre Hand bewegte sich in der seinen. «Ich habe keine Zeit mehr, Abul hat es mir gesagt. Wenn die Belagerung aufgehoben wird, kannst du Famagusta verlassen. Geh irgendwohin, wo du in Sicherheit bist. Der König, Astorre wird dich beschützen.»

Seelenfrieden war alles, was er ihr geben konnte. «Ja», sagte er. «Und Diniz wird wohlbehalten nach Hause reisen, dafür sorge ich.» Er hielt abermals inne. Er erkannte, daß er den Gedanken nicht bis zu einem gehörigen Schluß verfolgen konnte. Er durfte sie nicht mit seiner eigenen schrecklichen Zwangslage quälen.

Sie erriet, was in ihm vorging. «Du fragst dich auch, was aus unserem Kind werden soll. Wenn du es für richtig hältst, möchte ich, daß du es zu dir nimmst.»

Als er seine Gefühle nicht verbergen konnte, versuchte er es auch nicht mehr. Katelina sagte: «Ich hatte es nicht vergessen.»

Es war so wenig Zeit. Nur langsam bekam er sich wieder in die Gewalt. «Wir haben davon gesprochen. Nein, Simon darf sich nie fragen, wer sein Sohn ist. Katelina, wer könnte für ihn sorgen? Würde Lucia ihn nehmen, da Tristão tot ist? Oder Tasse – vielleicht könnte ich Tasse fragen. Sie hat so gut gesorgt für . . .»

Er hielt inne. Tasse, die gute, schon ältere Tasse, hatte für Marian gesorgt auf der Reise, die sie in den Tod führte. Katelina sagte: «Ich habe an Lucia geschrieben, falls du daran gedacht hast. Und an Simon. Und da ist noch ein kleiner Brief, nur eine Aufzeichnung. Wenn das Kind bei Lucia bliebe, wäre Diniz freundlich zu ihm.»

«Diniz weiß nichts?» fragte Nicolaas.

«Nein. Ich habe ihm gesagt, du meinst, ich hätte meinen Sohn – wie hätte ich ihn nennen sollen? Wie war der Name?»

«Arigho. Das ist nur ein Kosename für Henry. Und Arro ist der Kurzname.»

«Wie Claes», sagte sie und fiel in ein stilles, lächelndes Schweigen. Dann sagte sie: «Und Tasse. Sie hat sich um Marian gekümmert. Marian hatte auch Angst um dich. Sie sagte, du könntest nicht auf dich aufpassen. Dann konnte sie sehen, wie du es gelernt hast.»

Seine Hand wiegte die ihre auf der Decke, und er musterte jeden einzelnen abgezehrten Finger, damit sie nicht in seinem Gesicht las. Er sagte: «Sie hat mich großgezogen. Ich habe immer davon geträumt, daß ich eines Tages zu ihr komme mit dem Mädchen, das ich zur Frau nehmen will.» Er hob langsam den Kopf. Die tiefliegenden Augen auf dem Kissen füllten sich mit Tränen. Das hätte er nie zu einem anderen Menschen gesagt. Er hatte es gesagt, weil sie im Sterben lag, und sie wußte es. Der schönste Trost, den er ihr bringen konnte.

Die Tür ging auf, und das bärtige, ruhige Gesicht Abul Ismails schwebte näher. «Sie hat Schmerzen, Messer Niccolo. Laßt mich einen Augenblick mit ihr allein.»

Ihre Hände lösten sich voneinander. Er beugte sich vor und küßte die Tränen in ihren Augen, ließ die Lippen in ihren Höhlen ruhen. Dann richtete er sich auf und ging hinaus. Während er draußen stand und wartete, hörte er die Geräusche der Stadt eigenartig verstärkt – wie den Lärm einer althergebrachten Siegesfeier mit Geschützdonner und Glocken, Trommeln, Trompeten und Pfeifen. Und das Dröhnen vieler Stimmen. Die Tür zur Krankenstube ging auf, und der Arzt kam heraus. «Ich brauche Eure Erlaubnis und die des Jungen. Sie hat Schmerzen, will sie aber aushalten. Was sie jetzt aushält, ist aber nichts gegen das, was sie bald verspüren wird. Ich möchte ihr weder dieses Wissen noch diese letzte Demütigung aufbürden. Ich bitte um Eure Erlaubnis, ihre Schmerzen zu beseitigen, wenn sie unerträglich werden. Ihr habt mich das bei anderen tun sehen. Sie wird langsam einschlafen.»

«Und nicht mehr aufwachen», sagte Nicolaas.

«Es mag ihr Leben um einen Tag verkürzen. Ich würde ihr diesen Frieden gönnen, wenn Ihr es könnt. Ist der Junge da?»

«Ich hole ihn», sagte Nicolaas.

Aber Diniz war nicht im Hof, als er ihn suchte, und auch nirgendwo sonst im Haus. Verzweifelt riß er die Tür zur Straße auf, und da kam er auf ihn zugerannt, und der Lärm, den er gehört hatte, war wirklich und lauter, als er es für möglich gehalten hätte. Und Diniz stürzte auf ihn zu, umschlang ihn und stieß schluchzend hervor: «Sagt's ihr! Wir müssen es ihr schnell sagen! Es kommt!»

Da hielt Nicolaas ihn von sich und fragte: «Was kommt? Diniz, was ist geschehen?»

«Ein Schiff!» sagte Diniz. «Eine Kogge aus Genua. Die Feuersignale brennen. Die Schiffe im Hafen lassen Raketen los. Wir haben Euch immer gesagt, es kommt, und Ihr habt uns nicht geglaubt. Zacco hat seine Schiffe abgezogen. Es wird hereinkommen. Es wird uns retten. Die Belagerung wird aufgehoben werden. Und Famagusta bleibt genuesisch!»

In Nicolaas' Inneren verstummte aller Lärm. «Wie ist der Name des genuesischen Schiffes? Hat man Flaggenzeichen gegeben?»

«Ja!» sagte Diniz. «Es ist die *Adorno*.»

Und das war es also, worauf sie gewartet hatte.

«Wir sagen es ihr ganz schnell. Diniz, sie liegt im Sterben.»

«Dann wird sie glücklich sterben» Diniz hielt inne. «Ihr werdet ihr nicht zürnen? Sie sagte, Ihr und Abul würdet freigelassen, das verlange der Vertrag.»

«Ich werde weder ihr noch dir zürnen», versicherte Nicolaas. «Der Arzt hat dir etwas zu sagen. Triff deine Entscheidung, ich werde mich ihr anschließen.»

Die Tür zur Krankenstube stand offen, und innen herrschte

Stille – nichts bewegte sich außer Abul Ismail, der eine langsame, glättende Hand vom Kopfkissen zurückzog. Keine Bewegung, nicht einmal die des Atmens. *«Nein!»* flüsterte Nicolaas.

«Nein?» sagte Abul Ismail. «Gott ist groß, Gott hat sie zu sich gerufen. Ist der ein Mensch, der von Barmherzigkeit daherredet und sie um seinetwillen einem anderen verweigert? Sie hat die Wahrheit errungen, sie ist im Paradies. In der Nacht sieht sie die Sonne, in der Dunkelheit sieht sie das Licht. Wenn Gott etwas verfügt, steht es dem Menschen nicht zu, sich zu widersetzen.»

«Ich hätte gern Lebewohl gesagt.»

«Der Verlust ist der Eure und nicht der ihre», sagte der Araber. «Sie hörte noch, daß das Schiff gekommen sei, und war froh, denn sie sagte, der junge Mann werde für sie sprechen. Und sie hinterließ euch ihre Seele und ihren Sohn. Wer ein solches Amt übernimmt, muß nach der Krone der Menschlichkeit streben. Nur Ihr könnt wissen, ob Ihr würdig seid.»

«Nein», sagte Nicolaas. Er blickte nicht auf.

Ihre Seele und ihren Sohn. Als Junge in Brügge war er an Weisheit älter gewesen als Katelina. Er hatte sich ihrem Willen angepaßt und nicht gesehen, daß sie keinen Willen hatte, sondern allein war und nach einem Freund rief. Daher stammte all dieses Elend. Alles was er ihr gegeben hatte, war körperliche Freude und ein Leben, das in Schmerzen geendet hatte, unter Fremden. Er sagte: «Ich habe sie zerstört.»

«Seht sie an», sagte Abul Ismail. «Wenn Ihr sterbt, solltet Ihr wünschen, so zu sterben.» Und Nicolaas sah hin und sah zum letztenmal das Gesicht von Katelina van Borselen, in das Abul Ismail Zufriedenheit hineinlas. Und es war wahr, und darin lag die Tragödie.

Sie lag da, die Augen geschlossen und lächelnd, dem Tod überantwortet wie der Falter, Sinnbild leidenschaftlicher Liebe, der sein Leben der Kerze hingibt, die ihn anlockt.

Sie war gestorben, die nicht seine Geliebte war, und er hatte sie getötet.

Außerhalb der abgeriegelten Stadt schreckte die Ankunft der Kogge *Adorno* das Königreich auf. Eines nach dem anderen flammten im Nordwesten warnend die Leuchtfeuer auf, und St. Hilarion, Buffavento und Kantara gesellten ihre Signale hinzu. Die Kunde gelangte in die Hauptstadt, wo Jakob von Lusignan den Überbringer zu Boden schlug. Es war seine Mutter, die mit hochgezogenen Brauen sagte: «Zacco, laß ab. Du wirst gewiß feststellen, daß man darauf vorbereitet ist.»

Vor einem herrschaftlichen Haus in der gleichen Stadt hielt ein Priester in recht verwirrend zusammengesetzter Kleidung am Tor sein Maultier an, stieg ab und brüllte die erste Person an, die er sah und bei der es sich um Tobie handelte. «Sind Eure Beine zu schwach für Euren Bauch? Da kommt ein genuesisches Schiff. Zacco ist mit seinen Hauptleuten an der Küste. Wenn Ihr es sehen wollt, dann reitet los.»

«Was?» sagte Loppe, der sich einfand.

«Seine Gnaden der Patriarch von Antiochia», sagte Tobie und begann zu rennen. «Da ist ein Befreiungsschiff unterwegs zu den Genuesen. Wenn es in den Hafen gelangt, ist es aus mit der Übergabe. Sag John Bescheid, ich hole die Pferde.»

«Hab's schon gehört», sagte John le Grant. «Was habt Ihr vor?»

«Zur Bucht hinüberreiten und sehen, was geschieht», erwiderte Tobie. «Das wäre eine Abwechslung. Es ist nicht der beste Tag für den Strand, aber ich bin das Nähen leid. Und man möchte doch wissen, wer an Bord ist. Oder hattet Ihr daran gar nicht gedacht?»

«Du liebe Güte», sagte John le Grant. Dann setzte er hinzu: «Welche Strecke fährt das Schiff?»

«Um die Halbinsel Karpass herum, wegen des Windes. Die Kogge wird der Küste fernbleiben, solange es geht; wir werden nicht viel von ihr sehen, und es heißt, Küstenbatterien könnten ihr nicht viel anhaben. Zaccos Leute werden sie entweder auf See abfangen oder gar nicht. Und erst einmal im Hafen, kann alles, was sie geladen hat, durch das Seetor in die Stadt gebracht werden.»

«So ungefähr wird es sein», sagte John le Grant. «Vielleicht will sie auch Kyrenia anlaufen und sieht dann die Flagge der Lusignans von der Festung wehen. Jedenfalls hat unser Genuese Glück. Koggen machen bei Nordwind gute Fahrt, und unsere Galeeren, die ihnen entgegenfahren, haben es schwer.» Er hielt kurz inne. «Es kommt also wohl alles auf Mick Crackbene an?»

«Gegen den Wind?» entgegnete Tobie.

«Wir haben mit Mick darüber gesprochen», sagte le Grant. «Natürlich werden Pläne auch abgewandelt.» Er sagte nicht, was er dachte. *In Trapezunt hat Mick Crackbene für die Genuesen gegen Nicolaas gearbeitet, auf ebendem Schiff, auf dem er jetzt ist.*

Loppe meinte: «Der Leuchtturm von Famagusta ist sehr hoch. Lomellini wird sehen, daß ein Befreiungsschiff kommt. Meister Nicolaas wird irgendwie gewarnt werden. Und er ist eine Geisel und unantastbar.»

«Ganz recht», sagte John le Grant. «Hoffen wir nur, daß dies keiner vergißt.»

Einen Monat lang hatte er ein Meisterspiel gespielt, bei dem ein Meister fehlte. Von Famagusta aus hatte er sich, wie Nicolaas es wollte, nach Nikosia begeben. Astorre, dem man den Angriff verweigert hatte, war unruhig vor sich hin brütend mit Thomas im Lager geblieben. Philip Pesaro hielt sich, benommen vor Erleichterung, weiter in Sigouri auf, nur kurz, wie es schien, von Zaccos Mißvergnügen betroffen. Das war Nicolaas vorbehalten gewesen, doch le Grant fragte sich, ob es selbst in diesem Falle ganz echt war.

Der König hatte Nicolaas verboten anzugreifen und, als ihm getrotzt wurde, einen Weg gefunden, ihn zu retten. Seine Sorge um Nicolaas war möglicherweise echt. Aber da waren offenkundig andere Vorteile. Niemand, der den Patriarchen kannte, konnte daran zweifeln, daß Zacco seiner müde war, wenn er einen Tag seine Stimme im Ohr gehabt hatte. Indem er der Kirche erlaubte, sich ins Mittel zu legen, hatte sich Zacco am Ende bei fast jedermann beliebt gemacht. Man durfte jedoch nicht zulassen, daß Nicolaas so dachte. Nicolaas saß deshalb über Weihnachten in Famagusta fest und brauchte nicht zu hoffen, daß Zacco ihn vermissen würde.

Daß sich auch Diniz in Famagusta befand, war nicht allgemein bekannt, wenn le Grant es auch Astorre, Loppe und Tobie gesagt hatte. Insbesondere waren weder der König noch der Hof davon unterrichtet worden. Tobie, der im Herrenhaus laut und heftig um sich nieste, hatte vorgeschlagen, sogleich zur Färberei zu gehen zu Bartolomeo Zorzi, aber le Grant brachte ihn davon ab. «Nein, der Junge hat seine Sache in Famagusta gut gemacht, und Zorzi hat unrecht getan. Nicolaas will nicht, daß wir uns darum kümmern. Er wird selbst mit den Venezianern reden.»

«Und wann wird das sein?» hatte Tobie gefragt. «Wenn er noch einen Beilhieb in die andere Schulter bekommen hat? Was kann er denn ausrichten in diesem Friedhof von einer Stadt? Er kann sich doch nur die Fäulnis dort einfangen und uns dann damit anstecken. Wenn er sich ernsthaft bemüht hätte, wäre er ausgetauscht worden.»

John le Grant schwieg. Er hatte einige der Menschen in Famagusta gesehen. Er war wie der Rest des Hofes bestürzt gewesen über das ausgemergelte Aussehen der vier Vertreter, die die Stadt ihnen geschickt hatte, aber überrascht hatte ihn das nicht. Er war auch nicht überrascht, als sich alle vier binnen eines Tages nach Eintreffen im Palast ins Bett legen mußten.

Er hielt sich selbst oft im Palast auf, wozu er als des Königs Verbindungsmann zu Astorres Truppe berechtigt war. Er suchte den lateinischen Patriarchen von Antiochia auf zu einem kurzen Meinungsaustausch, der eher einseitig ausfiel. Gelegentlich sah er Primaflora, die jetzt im Umkreis der Mutter des Königs anzutreffen war, so wie sie früher Carlotta als Gesellschafterin gedient hatte. Bei ihrer ersten Begegnung hatte sie ihn unvermittelt in ihre Kammer gezogen und nach Nicolaas ausgefragt. Er hatte ihr alles erzählt und sie beruhigt, so gut er konnte.

Danach wandte sie sich nicht mehr an ihn, weil sie zweifellos über Zacco Genaueres erfahren konnte. Unter Loppes Aufsicht lief im Haus auch ohne sie alles reibungslos. Nach einer Woche gab Loppe die Aufgabe an Galiot zurück, weil Geschäfte ihn nach Kouklia riefen. Tobie hatte Einspruch erheben wollen, aber le Grant half ihm beim Packen und beim Versammeln seiner Reisegesellschaft.

Loppe hatte am wenigsten zu Nicolaas' Geiselhaft zu sagen gehabt. Er reiste, wie John annahm, nach Kouklia, weil es dort entweder wirklich Wichtiges zu tun gab oder weil er das Warten in der Hauptstadt nicht aushielt. Auch an John zerrten das unbeschwerte Treiben der langen Festtage, die lärmenden Belustigungen des Hofes, die Launen des Königs. Er fragte sich, wie Loppe wohl davon erfuhr, wenn Nicolaas vor Epiphanias zurückgeschickt wurde oder eine schlimme Neuigkeit eintraf. Doch da fiel ihm ein, daß Kouklia in täglicher Verbindung mit Salines stand und Salines wiederum unauffällig mit Nikosia. Erneut fragte er sich, wem Loppe aus dem Weg gehen wollte.

Dann waren die Stadtvertreter wieder auf den Beinen, und man sah sie bei Tisch, gelegentlich zusammen mit Amtsträgern des Königs. Bei der Rückkehr ins Herrenhaus sagte John le Grant eines Tages: «Etwas ist im Gang. Der Amtmann von der Secrète war zweimal bei ihnen und Podocataro, der Advokat.» Am nächsten Tag sagte er: «Es geht das Gerücht von einer Art Pakt. Wenn der König die Belagerung aufhebt, vermine ich seinen Abtritt.»

«Wir könnten nach Hause fahren», sagte Tobie. «Er hätte dann den Kontrakt gebrochen.»

«Ihr könnt ihm das ja sagen», meinte der Geschützmeister.

Dann wurden die Artikel bekannt, und am Tag der Vertragsunterzeichnung zogen sie sich in das Herrenhaus zurück und tranken zur Feier die ganze Nacht hindurch. Übergabe in vierzehn Tagen, wenn kein Schiff hereinkam. Und man hatte nach Nicolaas geschickt. Der König betrachtete seine Buße als abgeleistet.

Am nächsten Tag kehrte Loppe so unauffällig zurück, wie er fortgegangen war. Wiederum einen Tag später wurde Tobie in den Palast bestellt, und als er zurückkam, packte er Loppe am Arm und zog ihn mit in die Arbeitskammer, die John sich eingerichtet hatte und wo er sie beide anfunkelte. «Also schön – hat einer von Euch beiden davon gewußt?»

John le Grant legte aus der Hand, womit er sich gerade beschäftigt hatte. «Von Nicolaas? Was? Ich weiß nicht mehr als Ihr.»

«Er hat einen Brief geschrieben und gebeten, noch zwei Wochen in Famagusta bleiben zu können. Der König weiß, daß der junge Vasquez dort ist. Er ist wütend.»

«Von mir weiß er's nicht», sagte John.

«Nicolaas hat's ihm gesagt. In dem Brief. Er hat auch geschrieben, er fühle sich verantwortlich für die Flamin, um die man sich wegen ihrer Verbindung zu Königshäusern gut kümmern müsse.»

«Welche Flamin?» fragte John le Grant. Loppe machte eine Bewegung, schwieg aber dann.

«Das wußtet Ihr nicht. Katelina van Borselen. Famagusta ist voller gottverdammter Flamen. Sie ist dort ebenso in die Falle geraten wie der Junge. Simons Gemahlin und sein Neffe. Er schreibt, sie ist krank. Ich sage, das ist vorgetäuscht, damit er bleibt. Ich glaube, sie versuchen ihn festzuhalten.»

Loppe sagte: «Ihm kann nichts geschehen. Er ist als Geisel dort. Was hat der König vor?»

«Nun, zuerst war von Ungehorsam die Rede, aber zum Schluß hieß es dann, er könne zwei Wochen bleiben und verfaulen, wenn er unbedingt wolle. Ich dachte, die Frau sei auf dem Weg nach Portugal? Sie sollte doch abreisen, damit Simon nicht herkommt, um nach ihr zu suchen.»

Bald darauf traf die Kunde von der Kogge ein, der Kogge mit Namen *Adorno*.

Auf dem beschwerlichen Ritt zur Küste wurde nicht viel gesprochen. Andere stießen zu ihrer Kavalkade: Philip Pesaro mit einer Gruppe aus Sigouri und später – ein vertrautes Flimmern von Helmbüschen und Rüstungen – Astorre und Thomas, die aus dem Feldlager herübergaloppiert kamen. Jeder Dörfler, der ein Maultier besaß, schien an diesem Tag auf dem Weg zum Strand nördlich von Famagusta zu sein. Der König war schon da mit dem halben Hof und den Mamelucken, und ein Zelt, das im

Wind rüttelte, war aufgestellt, aber noch nicht in Gebrauch genommen worden. Denn dort draußen auf der aufgewühlten grauen See zeigte sich die Kogge aus Genua.

Sie war groß und lag tief im Wasser, und man sah ihre Geschütze so deutlich wie die rotweiße Flagge von St. Georg, die in gelegentlichem Sonnenschein aufleuchtete unter einer vom Wind gepeitschten Wolkendecke.

Der Wind war stark und wehte von Norden. Als die zwei Kriegsgaleeren Zaccos in Sicht kamen, schienen sie sich kaum zu bewegen. Die langen Rümpfe wurden durch den Seegang verdeckt, so daß die Bugkastelle und die Aufbauten im Heck nicht mehr zu sehen waren und nur die bewimpelten Masten anzeigten, wo sie sich befanden, bis sie in einer von den Rudern aufgeschäumten Gischt abermals zum Vorschein kamen. Die Kogge steuerte auf sie zu, die Segel vom Wind gebläht. Die *Adorno* feuerte, und die Beobachter sahen zwei Rauchflecken und hörten die Explosionen und sahen das Aufblitzen weißen Wassers zwischen den Galeeren. Die eine hatte sich von der anderen gelöst und versuchte, gegen den Wind anzukommen. «Sie werden Naphta dabei haben», sagte John. «Und sie haben Kanonen. Aber bei dem Seegang und diesem Wind rennt ihnen die Kogge davon. Sie ist in Famagusta, ehe sie ihr etwas anhaben können. Also wo zum Donnerwetter ist Crackbene?»

«Dort», verkündete Loppes ruhige Stimme. Er blickte weder nach rechts noch nach links, sondern auf die See hinaus, wo eine andere Kogge mit zitternden Segeln von Südosten herannahte, die offenbar dem Genuesen den Weg zum Hafen abschneiden wollte. Die *Doria*, ihr eigenes Schiff, das von den Venezianern in Zaccos Auftrag von den Abruzzen herübergebracht worden war. Vom Mast wehte der rote Löwe von Lusignan, und am Ruder, das wußten sie, war Mick Crackbene.

«Was wird er tun?» fragte Tobie.

«Schaut Euch seine Geschütze an», sagte John le Grant. «Wir haben sie für einen solchen Fall gebaut. Sie können sogar auf Galeeren gerichtet werden.»

Der Strand, an dem sie standen, war erfüllt vom Lärm der

Menschenmenge. Die Gesichter glänzten. Zacco stand an einer erhöhten Stelle, barhäuptig, das Haar frei flatternd über dem mit Zobelpelz gesäumten Mantel. Neben ihm sah man das aufmerksam blickende Gesicht von Rizzo di Marino und dem Emir Tzani-bey. Hauptmann Astorre, der sie beobachtet hatte, wandte sich wieder um und hörte, wovon gesprochen wurde. «Crackbene? Versteht sein Handwerk. Weiß, was er will. Und hält sich an die Regel. Ein Kontrakt ist ein Kontrakt.»

Und John le Grant sagte: «Aber wenn die *Adorno* in den Hafen gelangt, muß über den Kontrakt wohl neu verhandelt werden, scheint mir.»

Die *Doria* feuerte. Sie ließ eine Salve von drei Schüssen los, in der Entfernung so gestaffelt, daß die erste Kugel weit vor dem genuesischen Schiff ins Wasser fiel. Die letzte klatschte schon viel dichter auf. Die genuesische Kogge erwiderte das Feuer, schoß aber weit daneben. Sie holte einen Teil der Segel ein. Eine der Galeeren hatte sich den Blicken entzogen. Die andere hatte sich gedreht und wartete auf das genuesische Schiff, und die Armbrustschützen und Arkebusiere hatten sich im Bug und im Heck an der Backbordbrüstung aufgestellt. Die genuesische Kogge drehte sich, so daß ihre Heckkanonen auf Crackbene zeigten, und die Galeere griff in das Geschehen ein. In einer Folge von dumpfen Kanonenschlägen feuerte die Galeere in die breiten Bohlen des Bugs der Kogge hinein, über die zurückgewölbte Seitenwand hinweg, die den Männern an den Kanonen hätte Schutz bieten sollen. Gleichzeitig beförderten ihre Ruder sie in eine Drehung hinein, so daß ihr eiserner Schnabel auf die Kogge zeigte, bereit, in deren Flanke hineinzustoßen.

Einen Augenblick lang sah es so aus, als würde es zu einer klassischen Kaperung kommen: der schlanke Windhund war im Begriff, seine Zähne in den Leib des Wildschweins zu schlagen. Da feuerten die Buggeschütze der *Adorno* im Verein mit denen im Heck. Mick Crackbenes Schiff erzitterte inmitten einer Rauchsäule, die zu roten Flammen erblühte. Die eine Galeere verschwand hinter einer Wolke von Rauch und Feuer. «Du lieber Gott!» sagte Tobie.

«Seht», sagte John. «Seht, was sie gemacht haben!»

Die Galeere, die sich jetzt landwärts schleppte, war der Köder gewesen. Während sie sich als Ziel anbot, war die zweite Galeere gegen den Wind nach Norden gerudert. Jetzt hatte sie gewendet. Jetzt wiegte sie sich auf den Wogen, und an ihrem Bug glitzerten die schlanken Kupferrohre auf. Sie verfügte über den Wind und das Feuer. Ein Funke von ihrem Zunder, und eine Flammenwand konnte den Genuesen einhüllen. Und von Osten her rückte, ein wenig mitgenommen, aber mit unbeschädigten, schußbereiten Kanonen stetig Mick Crackbene auf der *Doria* heran. Tobie sagte: «Das genuesische Schiff – es fährt langsamer. Warum steuert es nicht so schnell wie möglich den Hafen an?»

«Es gerät gleich an Felsen», erklärte John le Grant. «Dort ist ein Riff, gleichlaufend zum Strand, wie bei allen diesen Inseln. Die Galeere hinter ihm hat es hineingedrückt, und es muß den Kurs ändern und dann drehen, sonst gerät es über den Hafeneingang hinaus. Aber Mick versperrt ihm den Weg. Deshalb macht er das erst jetzt. Hätte er es früher gemacht, hätte der Genuese noch zuviel Raum gehabt. Da, schaut.»

Die *Doria* feuerte abermals. Diesmal erzielte sie einen Treffer. Sie hörten es krachen und sahen vom Vorderschiff der genuesischen Kogge Rauch aufsteigen. In demselben Augenblick kam von hinten ein Flammenbrausen, gefolgt von einer Wolke von Brandpfeilen, die gegen das Takelwerk flog. Eines der Segel ging in Flammen auf. «Die zweite Galeere sitzt dem Genuesen jetzt im Nacken», sagte John le Grant. «Und da ist die erste und feuert ihm in die Flanke. Da – und wegen der Felsen kann er auf Micks Kanonen nicht antworten. Er kann nur geradewegs in ihn hineinstoßen, was für sie alle Selbstmord wäre. Mick hat ihn in der Falle.»

«Meint Ihr?» erwiderte Tobie. «Wie viele Leute wird er an Bord haben?»

«Der Genuese? Wahrscheinlich keine fünfzig Mann. Das Schiff bringt keine Krieger, es bringt Vorräte. Mit genauem, abgestimmtem Feuer hätte es die zwei Galeeren vernichten und dann schnell weiterfahren können, ehe Crackbene eintraf. Aber das hat es nicht getan. Da – er ruft zu ihm hinüber.»

«Der Genuese kann aber doch nicht klein beigeben», sagte Tobie. «Er muß in den Hafen gelangen, sonst gibt er Zypern preis.»

«Was glaubt Ihr denn, was das ist?» hielt ihm John le Grant entgegen. «Ein Schiff vom Olymp? Ein Märtyrer? Die Kogge ist von der Republik geschickt, und sie hat sich ehrlich bemüht. Aber hinter ihr ist eine Galeere, die sie bis zur Wasserlinie verbrennen könnte, und neben sich hat sie Crackbene, der ein hervorragender Schiffsführer ist und seine Geschütze noch kaum eingesetzt hat. Sie können aufgeben und sie können sterben. Daß sie in den Hafen hineingelangen, dazu besteht für sie keine Hoffnung mehr.» Er sah Tobie an. «Die genuesische Kogge ist der Feind – habt Ihr das vergessen?»

«Ich glaube, ich hatte es vergessen», sagte Tobie. Draußen plärrten und kreischten die Sprachrohre. Vom Ufer aus konnten sie nicht verstehen, was gesprochen wurde. Aber sie sahen, daß die beiden Galeeren das genuesische Schiff in die Mitte nahmen und Mick Crackbenes Kogge sich näherte und ihre Enterhaken und dann die Netze auswarf. Bald schien es für das Auge nur noch die zwei aneinander hängenden großen Schiffe zu geben samt einem Gewirr von Menschen und von Waffen, die metallfunkelnd von einem zum anderen gereicht wurden. Dann rasselten die Segel der *Adorno* herunter, und die Flagge von St. Georg an ihrem Mast zitterte und rutschte dann die Schnüre hinab. Und dann stieg dafür der Löwe von Lusignan hinauf.

Zacco rief laut. Sie hörten den Ruf, und sie sahen das Aufblitzen seines Huts, als er in die Höhe geschleudert wurde, und die braune Seide seines Haars, das wie eine Flagge vor den glänzenden Augen flatterte. Er zog die Freunde in seine Arme, und das Rufen wurde von anderen aufgenommen und hallte wider und wider und den Strand entlang und durch das ferne, vom Krieg zerstörte Theater von Salamis. John le Grants kräftige Finger gruben sich in Tobies Arm. «So, das ist das einzige Schiff, das je hier eintreffen wird. Wenn die zwei Wochen um sind, ergibt sich Famagusta. Nicolaas kommt heraus, wir werden bezahlt, und wir können gehen, wenn wir wollen.»

Tobie beobachtete Loppe, der plötzlich zum Ufer hinunter verschwunden war und jetzt bedeutend langsamer zurückkam. Als er bei ihnen war, sagte er: «Die *Doria* hat ein Boot mit einer Nachricht an Land geschickt. Das genuesische Schiff hat sich ergeben. Mit Erlaubnis des Königs bringt Meister Crackbene das erbeutete Schiff und die Gefangenen nach Salines. Sechs sind tot. Die übrigen werden nach Nikosia geschafft, zeitlich so, daß es mit der allgemeinen Übergabe zusammenfällt.» Er hielt inne und trat zurück, denn der König hatte sich von seinen Freunden gelöst und rannte allein zum Strand hinunter, dem Boten entgegen. Er kam an ihnen vorbei, sah aber keinen, den Blick auf das Meer und das Boot gerichtet und auf die zwei großen Schiffe und die Galeeren dahinter, von deren Masten sämtlich die Lusignanflagge wehte.

Er hatte geweint. Er wischte die Tränen nicht von den Wangen, und Männer stießen Hochrufe aus, als er an ihnen vorüberkam, ihr junger, strahlender König, der endlich seine Krone errungen hatte. Der das letzte Gefecht in dem Krieg beobachtet hatte, der ihm nun sein lang ersehntes Königreich Zypern bescherte.

Loppe sah ihm nach. Loppe wandte die Augen von der siegreichen, bebenden, prächtigen Gestalt ab und blickte statt dessen zu den kalten, übel zugerichteten Mauern von Famagusta hinüber. «Ich möchte heute abend nicht jemand in dieser Stadt dort sein», sagte er.

Kapitel 42

Der Stolz hielt die Tore von Famagusta geschlossen, bis der vierzehnte Tag nach Epiphanias verstrichen und keine Befreiung gekommen war. In der Nacht schafften sie die Erde fort und zogen sie die Nägel aus den Bohlen und entfernten die großen Balken, die alle Eingänge der Stadt versperrt hatten, und vervollständigten die Überbrückung des Grabens, die zum Landtor führte. Am nächsten Morgen ritt Jakob, König von Zypern, in feierlichem Zug ein, um die Schlüssel der Stadt zu empfangen, und die Flagge mit St. Georg und dem Drachen wurde von den Mauern heruntergeholt.

Nicolaas' Streitmacht gehörte zu denen, die ihn begleiteten. Dies war nicht die triumphale Prozession, die eines Tages einen lärmenden und strahlenden Weg in eine saubergefegte und geschmückte Stadt bahnen würde, sondern eine militärische Unternehmung, die mit der Übergabe von Macht zu tun hatte. Während er durch das angeschlagene Tor ritt, unbewaffnet, als Herrscher gekennzeichnet nur durch seine üppige Pelzkleidung, sah Jakob von Lusignan wie ein König aus, und die Jugend war aus seinem Gesicht geschwunden ebenso wie die hochgemute Launenhaftigkeit.

Die Wirklichkeit dessen, was Famagusta widerfahren war, brachte alle, die sich doch darauf vorbereitet glaubten, zum Schweigen. Die eingestürzten Gebäude. Die verlassenen Häuser. Die rauchgeschwärzten Plätze. Die stehengebliebenen Gespenster – weiter drinnen – der glanzvollen fränkischen Palais und Wohnquartiere und Marktarkaden, die feingegliederte Masse der Kirche von St. Peter und Paul, die hohen Strebepfeiler des Klosters des heiligen Franziskus und die leeren Gärten und Säulengänge. Die toten Märkte. Die schweigenden Handwerkergassen. Und über allem der Geruch von Krankheit und Tod.

Um auf ihren Feind zu warten, hatten sich die gewöhnlichen Leute von Famagusta ins Herz der Stadt begeben, dorthin, wo sich die Kathedrale erhob wie ein riesiger dreieckiger Reliquienschrein, flankiert von fürstlichen Gebäuden und durch die Piazza getrennt von dem schönen, türlosen Gerippe des Palasts. Sie standen stumm da: ein menschliches Spalier, ausgemergelt und stinkend, zwischen dem die Kavalkade hindurchzog, lautlos bis auf das Hufgetrappel und das Klirren der Rüstungen. Sie waren Griechen. Die erhobene Hand des Erzbischofs von Nikosia bedeutete ihnen nichts.

Und dann lagen voraus die Mauern der Zitadelle, mit heruntergelassener Zugbrücke und hochgezogenem Fallgitter. Im Toreingang erwartete sie bereits eine Gestalt in kostbarer zerrissener Samtkleidung: Napoleone Lomellini. Auf dem Hof der Festung warteten gewiß die Verteidiger, die genuesischen Adelsherren und ihre früheren Geiseln.

Von denen einer Nicolaas war. Mehrere Wochen hindurch war es Tobias Beventini unmöglich gewesen, von dem Lehrling zu sprechen, dem zu folgen er sich einmal entschlossen hatte, um ihn zu sezieren, hinzuleiten auf die Weise des Arztes zum wirklichen Leben der Erwachsenen. Vor langer Zeit schon, dessen wurde er sich jetzt bewußt, hatte sich Nicolaas seinem Zugriff entzogen. Als einziger der Männer, die ihn jetzt umgaben, trug Tobie das Wissen mit sich herum, daß Katelina van Borselens Sohn Nicolaas zum Vater hatte. Er wußte, was bereits jeden Verwandten befallen hatte, mit dem Nicolaas in Berührung gekommen war. Er wußte jetzt auch, was durch die Ränke dieses klugen Geistes mit seinen verschlungenen Wegen dem letzten verbannten Kaiser der Dynastie von Byzanz und allen seinen erwachsenen Söhnen widerfahren war. Er wußte, daß sich Katelina van Borselen in dieser Stadt aufhielt zusammen mit dem Neffen Simons, ihres Gemahls, während Primaflora allein in Nikosia war, die schöne Frau, die Nicolaas zur Gemahlin genommen hatte nach Marian, der schlichten Witwe, die sein Vermögen begründete.

Einmal, nach dem Angriff auf St. Hilarion, hatte Tobie John gefragt: «Würdet Ihr van der Poele folgen? Nach alledem?»

Und der Geschützmeister hatte die sandfarbenen Brauen gehoben und gesagt: «Wonach? Ihr wart in Trapezunt mit ihm zusammen. Er hat sich, soweit ich das feststellen kann, nicht verändert, seit er als reicher Mann von dort zurückkam.» Wenig von dem, was John le Grant sagte, war je sehr beruhigend, ganz gleich, wie sehr er recht haben mochte. Es fiel Tobie nicht auf, daß auch John nicht das Verlangen hatte, über Nicolaas zu reden.

Der große Hof der Zitadelle von Famagusta war hundertsechzig Fuß lang und für die großartigsten Zeremonien geeignet. Ein Drittel seiner Fläche nahmen die Streitkräfte ein, die sich ergeben hatten. Ganz am Ende des königlichen Gefolges in die Festung eingezogen, hörten Nicolaas' Leute kaum den vom Brauch vorgeschriebenen knappen Wortwechsel, das Klirren der Schlüssel, die übergeben wurden, und den Trompetenstoß, der das Hochgehen des Banners der Lusignans auf jeder Mauer begleitete. Hinter Napoleone Lomellini und seinen Adligen, hinter den Pallavicinos, den Dorias, den Familien Gentile, Verdure, Archerio, de Pastino und den Reihen der haßerfüllten Kriegergesichter standen die Männer, die bis dahin als Geiseln bewacht worden waren. Der Araber Abul Ismail, gerade aufgerichtet, hager und unbewegt in Turban und Roben, und neben ihm eine kräftige, vertraute, auf unvertraute Weise herabgesetzte Gestalt, an der die beschmutzten und schlecht sitzenden Kleider eines Handlangers hingen. Aber das farblose Gesicht Nicolaas van der Poeles mit seinem besonderen Knochenbau hatte nichts gemein mit dem grübchenwangigen Spaßvogel von Brügge. Sein ungepflegtes Haar lockte sich dicht im Nacken unter einer einfachen Wollmütze, und seine Gedanken waren sichtbar nach innen gekehrt und beschäftigten sich nicht mit den Männern, von denen er sechs Wochen lang getrennt gewesen war.

Gegen Ende hob er die Augen und sah Tobie und seine Gefährten an. Im nächsten Augenblick hatte er sich schon umgedreht und auf Befehl des Königs wieder die Zitadelle betreten. Es war kein leerer Blick gewesen, er hatte sie gesehen, aber er hatte keinen Gruß, keinen Willkomm ausgedrückt. Astorre sagte: «Er hat seine Befehle. Viel zu tun. Der König wird mit ihm reden wollen. Ich muß die Gefangenen für den Marsch nach Nikosia versammeln. Warum geht Ihr nicht in die Zitadelle? Oder in den Palast? Er wird wieder bewohnbar gemacht.»

Eine Stimme sagte: «Senhores.» Vor ihnen stand die bleiche Gestalt des Jungen, den sie zuletzt indigofleckig in der Färberei von Nikosia gesehen hatten. Diniz Vasquez fuhr fort: «Herr Niccolo ist zum König bestellt worden. Er bittet Euch, in unserem Haus auf ihn zu warten. Es ist nicht weit von hier. Und Ihr möchtet die Unbequemlichkeit verzeihen.»

Die Unbequemlichkeit. Alle in dieser Stadt, der Junge und Nicolaas eingeschlossen, sahen aus, als wären sie monatelang im Fegefeuer gewesen. Astorre sagte: «Da hört Ihr's. Geht. Ich gebe Euch Nachricht, wenn ich die Stadt verlassen muß. Sagt ihm, ich habe einen Koch eingestellt, der ihn bald wieder aufgepäppelt hat. Er hätte nicht bleiben sollen, dazu bestand keine Notwendigkeit.»

Tobie hatte Astorre noch nie so erregt gesehen, weder vor Kummer noch vor Schuldgefühl. Es war John, der zu dem Jungen sagte: «Er wollte, daß wir ihn in Ruhe lassen.»

«Ich weiß», erwiderte der Junge. Zu ihrem Schrecken füllten sich seine Augen plötzlich mit Tränen.

John sagte auf französisch mit seinem leichten Aberdeener Akzent: «Dann ist sie also tot.»

Der Junge sah ihn an. John setzte hinzu: «Gut, gehen wir zu dem Haus. Jemand wird es uns erzählen. Dann bleibt es Nicolaas erspart.»

Die zur Übergabe einer Stadt gehörenden Förmlichkeiten sind langwierig, und Nicolaas, der nicht aufgefordert worden war, ihnen beizuwohnen, mußte lange warten, bis Napoleone Lomellini den König und die Zitadelle von Famagusta verließ zusammen mit der Ehreneskorte, die ihn auf dem langen Ritt zur Hauptstadt begleiten sollte. Sein Nachfolger war schon anwesend: Conella Morabit, Landsmann von Rizzo di Marino, Ritter und treuer Diener Zaccos schon seit langer Zeit gleich Rizzo selbst und Goneme und Markios, dem Bruder von Ohnenase. Erst als alle Befehle erteilt und alle Besprechungen beendet waren, entließ der König seine Gefährten, und Nicolaas wurde in das innere Gemach der Zitadelle geführt, das Jakob zu dem seinen gemacht hatte.

«Ah», sagte Zacco. «Aesculapius, Sohn des Apollo. Habt Ihr mir so viel Wissen zugetraut? So, da habt Ihr also herausgefunden, daß Ihr lieber Kranke pflegt als kämpft, mein Nikko?»

Der Gebrauch dieser Namensform war weder ein gutes noch ein schlechtes Zeichen. Jorgin, der Page, der vor dem König kniete, um ihm die Stiefel auszuziehen, neigte vor dem Besucher den Kopf, ohne in seinem Tun innezuhalten. Er hatte den König schon seiner Jacke entledigt, und sein Hut lag noch dort, wo er ihn hingeworfen hatte.

Nicolaas sagte: «Majestät gedenkt in der Zitadelle zu bleiben?»

Die herrliche Stirn war von Falten zerfurcht, und es gab andere, die mit Vorwurf und Bitterkeit oder gar einer Drohung in Verbindung gebracht werden mochten. «Beantwortet meine Frage», sagte der König.

«Die Johanniter zeichnen sich im einen wie im anderen aus, Majestät, aber es waren ihrer zu der Zeit nicht genug in der Stadt.»

«Jetzt sind genug hier», sagte der König. «Kolossi ist leer. Ihr habt zweimal einem Befehl zuwidergehandelt. Ist der Junge noch hier?»

«Majestät?»

«Der junge Portugiese. Er ist doch wohl aus Eurer Färberei entwischt und zum Feind geflohen. Wollt Ihr, daß ich ihn töten lasse?»

«Das hat er schwerlich verdient», entgegnete Nicolaas. «Ich hatte ihn ja schon freigekauft. Er hatte nur Sehnsucht nach Portugal und wollte heimreisen. Jetzt kann er das hoffentlich tun.» Er hielt inne. «Seine Verwandte ist gestorben.»

«In Eurer Obhut, wie ich höre. War es das, was Euch in Famagusta festhielt?» Schon blickte das Gesicht des Königs weniger streng.

Nicolaas sagte: «Das war einer von mehreren Gründen. Die Milde Eurer Majestät in diesen vergangenen Wochen hat nicht nur zu dem Vertrag geführt, sondern wird auch Eurer Herrschaft förderlich sein. Das gilt auch für das, was Abul Ismail für die Kranken getan hat und wobei ich ihm behilflich war, so gut ich konnte.»

«Ich habe es bemerkt.» Zacco trat Jorgin abwesenden Sinnes mit der Fußspitze. «Das genügt. Später. Ja, Euer Name gebietet Achtung. Lomellini hat von Euch gesprochen. Ich habe Conella Morabit zum Regenten der Stadt bestellt. Wie würde es Euch gefallen, zu seinem Stellvertreter ernannt zu werden?»

Sein Gesicht war heute nicht zu großer Ausdrucksvielfalt fähig. Schließlich blickte Nicolaas auf und sagte: «Majestät, ich bin mir der Ehre mehr als bewußt.»

Die braunen Augen ruhten nachdenklich auf ihm. «Ihr habt mir zwölf Monate lang gedient. Kyrenia ist mein. Euer war der Schiffsführer, der in Verfolgung Eures Plans half, mir Famagusta zurückzugewinnen. Ihr und Eure Streitmacht habt guten Lohn erhalten, aber eine Zuckerpflanzung genügt sicher nicht, um Euren Ehrgeiz zu befriedigen. Und dann ist da die Schwierigkeit mit der Färberei?»

Dann war es also soweit. «Wird sie nicht zu des Königs Zufriedenheit geführt?»

Zacco erhob sich, ging auf bestrumpften Füßen an Nicolaas vorbei, schenkte eigenhändig Wein ein und brachte ihn mit. Nicolaas war aufgestanden. Zacco gab ihm den Becher und sagte: «Mutter im Himmel, Ihr riecht. Jeder riecht. Setzt Euch. Die Färberei wird vortrefflich geführt, und das wißt Ihr genau. Nein, ich schulde dem einen oder anderen einen Gefallen. Ich kann sie Euch nicht weiter überlassen, so gern ich das möchte. Auch das Herrenhaus nicht. Ich dachte an etwas anderes. Habt Ihr Euch auf Eurem Lehen umgesehen? Gefällt es Euch?»

Die Einkünfte aus dem Lehen flossen in seine Bank in Venedig, seit Zacco Corner ausgeschickt hatte, ihn herbeizubringen. «Ich bin sehr dankbar, Sire», sagte Nicolaas.

«Ich habe es vergrößert. Ich habe auch bestimmt, daß Ihr das innerhalb der neuen Grenzen gelegene Schloß erhaltet. Ihr besitzt schon das Wohnrecht auf meinem Landsitz in Kouklia, jetzt werdet Ihr zwei Wohnsitze haben. Wenn Ihr nach Nikosia kommt, was hoffentlich oft der Fall sein wird, lasse ich bei den Dominikanern Gemächer für Euch herrichten. Und wenn Ihr das Amt annehmt, das ich Euch anbiete, habt Ihr natürlich hier eine Residenz. Was meint Ihr?»

Nicolaas schwieg. Dann sagte er: «Das Lehen – ist das abhängig von meiner Ernennung in Famagusta?»

«Ihr gedenkt abzulehnen?» In Zaccos Gesicht zeigten sich wieder die Falten.

«Majestät», sagte Nicolaas, «Ihr erweist mir Vertrauen und Gunst weit über mein Verdienst, aber dies geht nicht nur mich an, sondern auch meine Amtsträger und meine Kompanie. Laßt mich darüber nachdenken. Da ist noch eine andere Angelegenheit, die Einfluß darauf hat.»

«Ich weiß nicht, ob ich von noch einer Angelegenheit hören will.»

Auf dem Gesicht des Königs waren Zorn und daneben noch etwas anderes zu erkennen. Nicolaas sagte eher langsam: «Sie betrifft Eure Sicherheit, Sire.»

Schweigen. Dann sagte Zacco: «Sprecht.»

Während er zu seinem Bericht ansetzte, war sich Nicolaas bewußt, daß er keine einfache Aufgabe vor sich hatte. Zunächst hatte er gehofft, er werde Abul Ismail nicht erwähnen müssen, doch dann hatte er erkannt, daß dies unmöglich war, und er war zu dem Araber gegangen, der ihm die Erlaubnis gegeben hatte, sich auf ihn zu berufen.

Während all der Tage, die Katelina dahinsiechte, und noch danach hatte sich Abul Ismail um sie gekümmert wie um eine Tochter. Den einzigen Ritus, den er nicht überwacht hatte, war die letzte Zeremonie, um die sie gebeten hatte: ihre Bestattung in der Kathedrale des heiligen Nikolaus. Danach hatte der Arzt ihre Kammer aufräumen und ihre Kleider einpacken lassen und die drei Briefe gefunden und Nicolaas übergeben, den einen an Simon, den anderen an Lucia und einen dritten, der keine Botschaft für Nicolaas enthielt, obwohl er an ihn gerichtet war. Der Arzt hatte Nicolaas auch einen Gegenstand gebracht, von dem er nicht wußte, wie er ihn einpacken sollte. Es war ein vertrockneter und zerbrochener Kranz aus hastig geflochtenem Schilfgras, und er hatte zusammen mit einem Schleier an seinem Platz gelegen. Nicolaas hatte das Ding an sich genommen und gesagt: «Ich kümmere mich darum.»

An jenem Abend, als Reden unmöglich war, hatte Abul Ismail gewartet, bis Diniz hinausgegangen war, und dann gesagt: «Ich möchte von etwas sprechen, was Zypern angeht.»

Freilich, Zypern gab es noch und auch die übrige Welt, und man war kein Kind. Nicolaas sagte: «Hättet Ihr Carlottas Herrschaft vorgezogen?»

«Ich bin mir nicht sicher, ob ich mir die Herrschaft Uzun Hasans wünsche», erwiderte der Araber.

Einmal, vor Kyrenia, hatten sie davon gesprochen. Uzun Hasan, Fürst der Turkmenen, tat sich bisweilen mit dem Sultan von Kairo zusammen, nahm aber gelegentlich auch keine Rücksicht auf ihn. Doch gegen das große Heer der Türken unter Sultan Mehmed von Konstantinopel waren sie Bundesgenossen. Ludovico da Bologna hatte Westeuropa bereist zusammen mit Abgesandten Uzun Hasans und vereinigte muslimische und christliche Streitkräfte zum Kampf gegen Mehmeds Heerscharen versprochen. Uzun Hasan, als Bundesgenosse Kairos, konnte Kairo von seinen widerspenstigen Mamelucken befreien. Aber der Preis würde ein turkmenisches Bündnis, vielleicht eine turkmenische Machtstellung in Ägypten sein. Und anstelle eines von Mamelukken beherrschten Oberherrn würde Zacco Uzun Hasan haben.

Nicolaas sagte: «Ich habe daran gedacht. Ich habe mich mit Uzun Hasan und Sultan Mehmed beschäftigt. Ich glaube, die Mamelucken ziehen Ägypten ins Verderben und überrennen vielleicht Zypern. Und wenn Venedig mit den Türken zu tun hat, wird Zacco nicht ausharren können, auch nicht als bloßes Werkzeug, auch nicht, wenn ich mit meinen Kriegern dableibe. Ich glaube, daß sich Uzun Hasan als duldsamer Fürst und annehmbarer Oberherr erweisen würde.»

«Das ist es, was Tzani-bey befürchtet», sagte der Araber.

«Er weiß davon?»

«Nicht von mir», erwiderte der Arzt. «Ich habe mein Wort

gegeben, und ich habe es gehalten. Aber jemand, der dem Palast nahesteht, weiß, daß Ihr in dieser Angelegenheit mit Uzun Hasan in Verbindung gestanden habt. Ihr ahnt vielleicht, wer es ist. Ihr erinnert Euch gewiß, wer bei jenem Treffen bei den Dominikanern zugegen war. Ihrer eigenen Ziele und Zwecke wegen hat diese Person Tzani-bey von der Bedrohung erzählt. Wenn die Macht der Mamelucken dahinschwindet, verliert er Posten und Leben. Er wird alles tun, um das zu verhindern.»

«Indem er nach Kairo zurückkehrt?»

Der Araber lächelte. «Mache ich einen so schlichten Eindruck? Ich habe Euch beobachtet. Ihr wißt, daß Tzani-bey in Kairo in Ungnade gefallen ist. Er ist hier, weil er zu Hause als Unruhestifter gilt. Um aufzusteigen, braucht er einen Handstreich, einen Dienst, der den Sultan blendet, die Macht der Mamelucken stärkt und es Uzun Hasan erschwert, wenn nicht unmöglich macht, Kairo davon zu überzeugen, daß es ein Bündnis braucht. Der Handstreich ist die Ermordung Jakobs von Lusignan und aller seiner Hauptleute.»

Nicolaas stockte der Atem, aber er faßte sich rasch wieder. «Der Emir hat nur vierhundert Mann.»

Abul Ismail nickte. «Ganz recht, nicht genug für einen offenen Aufstand. Er wird in Famagusta die Macht an sich reißen. Er wird nach Famagusta kommen und um Einlaß ersuchen. Ist er erst in der Zitadelle, bringen er und seine Leute den König und alle, die sich darin aufhalten, um, und dann reiten sie nach Nikosia und nehmen die Stadt ein. Ihrer Führer beraubt, wird die Insel von Unruhen erfaßt werden. Dann bittet er Kairo um Hilfe, und die ägyptischen Flotten werden eintreffen. Das ist der Plan.»

«Und wann soll er ausgeführt werden?» fragte Nicolaas.

«Zwei Tage, nachdem der König in die Stadt Famagusta einzieht, wird der Angriff stattfinden. Sie werden zuerst Jakob von Lusignan töten. Dann Markios, den Erzbischof, den Kanzler. Aber Euch nicht.»

«Warum nicht?»

Und Abul Ismail hatte in seiner nüchternen Art geantwortet:

«Der Emir Tzani-bey wünscht sich seinen Spaß mit Euch zu machen. Zypern ist sein Lohn, Ihr seid sein Spaß.»

«Aha», sagte Nicolaas. Nach einer Weile setzte er hinzu: «Ich weiß nicht, warum Ihr mir das erzählt. Es gibt keine angemessene Belohnung dafür außer der, die Ihr von Gott empfangen werdet. Aber wenigstens sollt Ihr nicht dafür büßen: man muß Euch beschützen. Die Person, die Tzani-bey von unserer Besprechung erzählt hat, hat ihm vielleicht auch gesagt, daß Ihr dabei zugegen wart. Ihr wußtet von Uzun Hasan, habt den Emir aber nicht vor dieser Gefahr gewarnt. Wenn er das erfährt, wird er mit der Strafe nicht lange auf sich warten lassen.»

Da hatte der Araber endlich gelächelt. «Warum ich das tue? Weil ich feststelle, daß mir das Land, in dem ich mich aufhalte, genausowenig gleichgültig ist wie Euch. Es hat gute Menschen in meinem Land gegeben – nicht alle Mamelucken waren verderbt. Aber es ist Zeit, daß ihnen Einhalt geboten wird, und vielleicht reichen Uzun Hasans Pläne schon als Drohung aus. Andererseits ist dieser Emir ein Mann von großer Macht, von begrenzten Fähigkeiten und von bösartiger Natur. Was meinen Schutz angeht – wer könnte mich retten, wenn er etwas argwöhnte? Am sichersten bin ich in der Höhle des Löwen. Ich werde heute in sein Lager zurückgehen und mich um seine Kranken kümmern und ihm alles erzählen, was er über Eure Verteidigungsanlagen wissen will. Danach ist es an Euch und dem Lusignan, ihn draußen zu halten.»

Nicolaas sagte: «Der Mann, der dem Emir Uzun Hasans Plan verraten hat, mag ihm jetzt verraten, daß der König gewarnt wurde. Daraus mag sich ein späterer, noch schlimmerer Anschlag ergeben.»

«Nein», erwiderte Abul Ismail trocken. «Nein, ich glaube, da seid Ihr ein besserer Planer, Messer Niccolo.»

Als Nicolaas jetzt Zacco die Geschichte erzählte, erwähnte er den Namen Abul Ismails, denn anderenfalls hätte er ihm nicht geglaubt. Von diesem Augenblick an lag Abuls Leben in der Hand des Königs.

Er vermochte, während er sprach, nicht zu sagen, wie Zacco

die Sache aufnahm. Der König hörte zu, ohne eine Bewegung zu machen – er hatte den Wein vergessen und blickte ihm in die Augen, als werbe er um ihn. Schließlich sagte er: «Ich bin öfter getäuscht worden als Ihr. Ich glaube, das ist eine Finte.»

Nicolaas entgegnete: «Abul Ismail ist ein alter Mann, ein kluger Mann und einer, der sein ganzes Leben dem Heilen der Kranken gewidmet hat. Er ist jetzt in Tzani-beys Lager zurückgekehrt. Er hat nichts zu gewinnen und sein Leben zu verlieren. Die einzige Täuschung könnte in der Art seiner Warnung liegen. Der Überfall könnte früher erfolgen, als er sagt, oder später oder eine andere Gestalt annehmen. Der Plan wurde geschmiedet, ehe er nach Famagusta ging.»

«Vor über einem Monat», sagte Zacco. «Tzani-bey plant das also schon seit sechs Wochen. Über die Feiertage hinweg.» Er hielt inne und lachte dann. «Zumindest war er sicher, daß Famagusta fallen würde. Natürlich. Er hat versucht, ihre Nahrung zu vergiften.»

«Er wußte, daß sie am Verhungern waren», sagte Nicolaas. «Ihr habt sie gerettet. Ihr und die Kirche.»

Zacco, der zur Tür gegangen war, wandte sich um. «Rizzo kommt. Ihr werdet ihm das alles erzählen. Nikosia sollte gewarnt werden.»

«Und Ihr werdet die Stadt verlassen?»

Der König wandte den Kopf, seine Augen leuchteten. Die Aussicht auf Taten und Gefahr hatte ihn von den Bedrückungen des Tages befreit. «Was! Und damit den Köder aus der Falle entfernen? Ich bleibe hier.»

«Als offene Einladung an vierhundert Mamelucken?» hielt ihm Nicolaas entgegen. «Eine Falle bedeutet Kampf. Ich schlage vor, wir versuchen dieses Feuer zu ersticken, ehe es sich nach Famagusta hinein ausbreitet. Inzwischen ist es das beste, Ihr verbringt Eure Nächte im Palast, macht aber die anderen glauben, Ihr bleibt in der Zitadelle. Wenn es dann zu einem Angriff kommt, kann Conella Morabit ihn abwehren.»

«Wir werden sehen», sagte der König. «Da ist Rizzo. Wir sollten nach Pesaro und Conella schicken. Ihr werdet Euren Bericht wiederholen, und wir werden ihn besprechen. Mein Nicolaas, was soll ich nur mit Euch machen? Ich nehme Euch die Färberei ab, und Ihr macht mir mein Leben zum Geschenk. Rizzo . . . das ist Conellas neuer Stellvertreter. Ein König unter den Männern.»

Er hatte nicht zugestimmt. Es machte nichts aus, im Augenblick. Er wartete, bis alle versammelt waren, und schilderte dann alles noch einmal.

Mehrere Stunden danach durfte er das Haus aufsuchen mit der Anweisung, bei Einbruch der Dämmerung in die Zitadelle zurückzukehren. Inzwischen hatte er Wein getrunken und kaum etwas zu essen gehabt, und das Kopfweh hatte wieder eingesetzt, für das Abul Ismail eine einfache Erklärung hatte. Er hätte etwas Leichtes essen und sich ausruhen sollen. Diniz litt genauso wie er. Nicolaas fragte sich, wie er ohne Abul Ismail alles schaffen sollte, doch da fiel ihm ein, daß es nichts mehr zu schaffen gab: die Stadt war voller Mönche und Johanniterbrüder, und in seinem Haus gab es niemanden mehr zu pflegen. Er setzte sich sogar einen Augenblick in der Loggia auf einen Stein, während er darüber nachdachte und Kräfte sammelte. Dort traf ihn Loppe an, der sich, wie dies seiner Art entsprach, einfach zu ihm setzte und wartete.

Nach einer Weile sagte Nicolaas: «Schau nur, da wächst Gras, neben meinem Fuß. Gestern habe ich eine Maus gesehen.»

«Die Flamingos sind zurück, in Salines», sagte Loppe. «Und Akrotiri. Wir bereiten uns auf all die neuen Stecklinge vor. Es ist schön, dort unten.»

Sie schwiegen wieder eine Weile, dann sagte er: «Astorre wurde in die Zitadelle gerufen. Doktor Tobias und Meister John sind noch hier. Der junge Diniz ist gegangen, aber er kommt wieder. Wollt Ihr hier draußen bleiben?»

Er hatte recht; es wurde kalt, und das Warten machte es auch nicht angenehmer. «Nein», sagte Nicolaas. «Gehen wir hinein. Ich habe Euch etwas zu sagen.»

Als er die Geschichte zum drittenmal erzählte, schien sie an

Glaubwürdigkeit zu verlieren – nicht nach dem Eindruck seiner Zuhörer, sondern nach dem seinen. Sie sahen eigenartig aus, John und Tobie und Loppe, in der stickigen Stube mit der Sammlung gestohlener Möbelstücke, in der er sich sechs Wochen lang an andere Gesichter gewöhnt hatte. Schließlich sagte er: «Natürlich mag es sich Tzani-bey inzwischen anders überlegt haben. Damit die Streitmacht eingreifen könnte, brauchten wir noch mehr Beweise. Aber auf jeden Fall hängt Abul Ismails Leben von strengster Geheimhaltung ab. Deshalb halte ich es für besser, wenn Diniz nichts davon erfährt.»

Hinter ihm sagte Diniz' Stimme: «Vertrauen wir einander nicht mehr?»

Nicolaas erhob sich. Er fragte sich, ob sein Gesicht wie das des Jungen aussah – es sprach einiges dafür. «Doch. Ich dachte, es sei einfacher für dich, wenn du nichts davon weißt. Wir wissen von Abul Ismail, daß die Mamelucken vorhaben, den König in Famagusta zu töten und die Insel an sich zu bringen.»

«Wo ist er?» fragte der Junge.

«Er ist ins Mameluckenlager zurückgekehrt. Sonst wäre er in Verdacht geraten. Ich muß jetzt in die Zitadelle zurück. Hat man dir gesagt, daß du frei bist?»

«Ja.»

«Du könntest dich in Salines einschiffen», sagte Nicolaas. «Oder in Episkopi. Nein, nicht in Episkopi. Man könnte denken, du schmuggelst Stecklinge aus dem Land.»

Der Junge lächelte nicht. Keiner lächelte. Er kam sich töricht und fremd vor. «Wo ist der Patriarch?» fragte er.

«In Nikosia», sagte John le Grant. «Sammelt Abgaben ein und hält Töpfe am Kochen. Er sagte, wir sollten dafür sorgen, daß Ihr zurückkommt. Was kann das heißen?»

«Daß er gut unterrichtet ist.» Nicolaas setzte sich wieder. Kurz darauf setzte sich auch der Junge. Nicolaas fuhr fort: «Ich bin gebeten worden, in Famagusta zu bleiben als Stellvertreter von Conella Morabit.»

«Und werdet Ihr das tun?» fragte John. Der auf ihn gerichtete Blick des Jungen war tief und sehr offen.

«Ich habe mich noch nicht entschieden. Ich wollte zuerst sehen, ob wir Famagusta behalten.»

«Wenn Ihr bleibt, könnte ich Euch helfen», sagte Diniz.

Alle außer Loppe blickten ihn an. Nicolaas sagte: «Machtbefugnis dieser Art reizt mich nicht, Diniz. Eine Zeitlang, bis sie einen anderen finden. Aber wahrscheinlich nicht einmal dann. Zypern hat nichts für dich. Deine Mutter braucht dich.»

«Sie hat Simon. Und wir sind . . .»

«Wir sind Freunde», sagte Nicolaas. «Und du mußt mein Botschafter sein. Ich möchte, daß du nach Nikosia gehst. Nicht in die Färberei: der König beabsichtigt, sie uns wegzunehmen. Sondern ins Herrenhaus. Dann nach Portugal mit dem ersten Schiff, von dem du hörst.»

«Die Färberei?» wollte John le Grant wissen. «Warum?»

«Er hat Verpflichtungen. Wir werden auch das Herrenhaus verlieren. Er denkt an einen umfangreichen, wenn auch entlegenen Ausgleich dafür.» Loppes Augen waren auf ihn gerichtet, und er vermied es, Loppe anzusehen. «Fahr heim», sagte er zu Diniz. «Das wäre das beste.»

«Ich könnte von hier aus fahren», sagte Diniz. «Wenn ich fahre. Ich habe erlebt, wie sich Famagusta den Lusignans ergeben hat. Ich möchte nicht sehen, wie es an die Mamelucken fällt.»

John le Grant räusperte sich. «Nur falls Ihr daran dachtet, Nicolaas: ich glaube nicht, daß einer von uns vorhat, Famagusta zur Zeit zu verlassen, ganz gleich, wer von Salines nach Nikosia unterwegs ist.»

«Ihr könnt meine Gedanken lesen», entgegnete Nicolaas. «Wer an Bord der *Adorno* war, weiß niemand?»

«Nein», sagte Tobie. «Bis jetzt noch nicht. Aber wer es auch war, sie sind jetzt bestimmt alle in Nikosia, und wir werden es bald genug erfahren. Der Junge bleibt lieber hier. Er würde Unruhe stiften.»

«Das glaube ich nicht», sagte Nicolaas und lächelte ein wenig mit einem Blick zu Diniz hin. «Ich denke, er hat wie ich nicht die Kraft dazu. Ich muß zurück. Tobie, ich habe etwas, das ich Euch geben will.»

Sie sahen ihn alle argwöhnisch an. Besorgnis und Argwohn waren, wenn er es genau bedachte, der Grundton des ganzen Gesprächs gewesen. Dann stand Tobie auf und folgte ihm nach draußen.

Der an ihn gerichtete Brief lag in seiner Kiste verwahrt. Er war als einziger noch übrig, da die beiden anderen jetzt Diniz hatte. Nicolaas holte ihn eher bedächtig hervor und wandte sich dann zu Tobie um. Tobie sagte: «Warum geht es Euch so schlecht? Zacco hatte doch genügend zu essen geschickt.»

«Es war nicht immer das Richtige», erwiderte Nicolaas. «Und alles in der Stadt war unsauber. Ich habe auch Euer Handwerk ausgeübt. Ihr habt uns jahrelang etwas vorgemacht. Die Medizin ist eine ganz einfache Sache.»

«Abul Ismail war ein guter Arzt», sagte Tobie, «wenn er Menschen nicht die Därme aus dem Leib gebrannt hat. Wir dachten, wir könnten etwas herausfinden. Über die Zuckerkrankheit, meine ich.»

«Ich glaube nicht, daß wir ohne ihn überlebt hätten», sagte Nicolaas. Dann, da dies wohl von jemandem erwähnt werden mußte, fügte er hinzu: «Er hat Katelina gepflegt. Sie starb in dem Glauben, daß ein Befreiungsschiff gekommen war.»

Tobies Stimme klang sehr vorsichtig, sein Gesicht war feucht. «Ihr habt mit dem Jungen Freundschaft geschlossen. Mit der Frau auch?»

«Schon im Sommer. Tobie – Ihr und Gottschalk wißt, daß ihr Sohn nicht das Kind von Simon ist. Ihr habt geschworen zu schweigen, solange Katelina lebt. Ich muß wissen, wie Ihr jetzt darüber denkt.»

Tobies Gesicht überzog ein dunkleres Rot. «Ihr wollt das Kind haben?»

Nicolaas seufzte und setzte sich. «Nein. Wir sprachen davon. Sie wünschte, daß ich den Jungen hätte, aber das wäre nicht recht. Ich will, daß Simon ihn weiter für seinen Sohn hält. Werdet Ihr und Gottschalk in diesem Fall weiter Stillschweigen bewahren?»

«Ihr wollt ihn nicht haben?»

Nicolaas spürte, wie er errötete. Er schlang die Hände fest zusammen. «Was glaubt Ihr?»

Wenn Tobie angestrengt nachdachte, wurden seine Augen zu Pupillenpunkten in zwei meerblauen Kieseln. «Ich glaube, nur so wird der Junge überleben. Wenn unser guter Herr Simon einen Verdacht hegte, würde er ihn umbringen. Andererseits . . .»

«Ich wußte, es würde ein Andererseits geben», sagte Nicolaas. «Deshalb wollte ich mit Euch sprechen.»

«Warum?»

«Weil Katelina den gleichen Gedanken hatte. Für den Fall, daß Simon stirbt und der Junge in Schwierigkeiten ist, sollte es eine Aufzeichnung geben, aus der hervorgeht, wer er wirklich ist. Und so hat sie mir eine hinterlassen.»

Er wollte sie, als der Augenblick kam, nicht aus der Hand geben, aber es mußte sein. Tobie nahm den Brief, öffnete das Umschlagblatt und zog das Papier darin heraus. Die Schrift war groß und nicht sehr schwarz, weil sie so schwach gewesen war, aber sie war sehr deutlich. Es wurde bestätigt, daß das als Henry de St. Pol bekannte Kind, Sohn der Katelina van Borselen, nicht wie allgemein angenommen der Abkömmling des Simon de St. Pol of Kilmirren war, sondern empfangen worden war von Nicolaas van der Poele, Bürger von Brügge und gegenwärtig vom Hause Niccolo in Venedig. Der Tag der Geburt war angegeben und auch der Tag, an dem diese Erklärung abgefaßt worden war. Sie hatte ihn unterschrieben und dies ordentlich bezeugen lassen.

Tobie hatte alles gelesen und war blaß geworden. Schließlich sagte er: «Das ist nicht klug. Simon könnte den Brief finden.»

«Er wird ihn nicht finden, wenn Ihr ihn bei Euch tragt», entgegnete Nicolaas. «Nehmt ihn an Euch. Wenn Ihr wollt, gebt ihn Gottschalk, falls Ihr je nach Brügge zurückkommt. Ihr könntet ihn auch schicken, aber das wäre zu unsicher.»

«Ihr wollt ihn nicht haben?»

Nicolaas erwiderte: «Er ist in den Händen eines Dritten besser aufgehoben. Er ist auch außerhalb von Famagusta besser aufgehoben. Ich möchte, daß Ihr nach Nikosia geht und Diniz mitnehmt. Wer auch immer bei einem Angriff der Mamelucken umkommt, er und Ihr solltet nicht dazugehören.»

«Aber Euch macht es nichts aus, getötet zu werden?» sagte Tobie. «Ihr glaubt nur, es mache Euch nichts aus. Ihr seid so schwach und krank, daß Ihr nicht wißt, wovon Ihr sprecht, von kämpfen können für andere gar nicht zu reden. Laßt Astorre hier und verlaßt die Stadt.»

Die ganze Zeit, während sie miteinander geredet hatten, war er sich bewußt gewesen, daß es draußen laut geworden war: zuerst hatte es geklopft, und dann hatte man Stimmen gehört. Jetzt ging die Tür auf. «Da seid Ihr!» rief Astorre. «Kommt Ihr jetzt? Er sagte, Ihr solltet zurück sein, wenn es dämmert, und er ist blutdürstig.»

Nicolaas erhob sich. «Da seht Ihr's», sagte er zu Tobie. «Verlangt von jedermann. Ich muß gehen. Hebt es gut auf. Geht nach Nikosia.»

«Geht zum Teufel», sagte Tobias Beventini mürrisch.

Kapitel 43

An diesem Abend war die Zitadelle ein unbehaglicher Ort, vollgestopft mit abgespannten und überreizten Männern, denen in ihrer Erschöpfung scheinen wollte, die Übergabe Famagustas habe sie zu Herren über einen verwesenden Friedhof gemacht. Und Mittelpunkt dieser Stimmung, übermüdet und ungeduldig, war Zacco.

Seine Gemütsverfassung bei Nicolaas' später Rückkehr entsprach durchaus der Beschreibung Astorres, und es dauerte eine Stunde, bis ihn die Männer, die um ihn waren, Nicolaas eingeschlossen, endlich besänftigt hatten. Es war dies ein Beispiel für die eigenartige Kraft, die Männer zu Zacco hinzog, ohne Rücksicht auf sein Verhalten. Sie erduldeten seine Launen aus Liebe zu ihm. Was er auch tat, er konnte darauf zählen. Viele Male handelte er so ganz bewußt. Die übrigen Male geschah es unbewußt. Und gerade dies bewirkte, daß er der richtige Herrscher über dieses Land war und nicht seine Schwester Carlotta, die wahrscheinlich tatkräftiger, wahrscheinlich begabter und ganz gewiß verstandesbetonter war. Und weil er zu diesem in Bann gezogenen Kreis gehörte und mit seinem Schiff und seiner kleinen Streitmacht getan hatte, was er konnte, und kaum einer Aufgabe ausgewichen war, wurde er von den anderen geachtet und war sich dessen bewußt. Er war sich auch bewußt, daß sich der König, nachdem sein erster Zorn verraucht war, an etwas erinnerte. So blickte denn Zacco, als man merkte, daß Astorre draußen vor der Tür umherstapfte, von der Gruppe der geselligen Trinkkumpane auf und sagte: «Ah, armer Nikko, wir sind herzlos, wo er traurig ist und seiner armen flämischen Freundin beraubt. Nehmt ihn mit.»

Nicolaas stieg schwerfällig hinter Astorre die Treppe hinauf, setzte sich dann oben hin und sagte: «Könntet Ihr das nicht jeden Abend tun? Ich glaube, ich schlafe auf dem Fußboden ein.»

«Nein, das werdet Ihr nicht. Ich habe gute Nachrichten für Euch. Tobie hat den Jungen dazu gebracht, daß er mit ihm aufbricht. Sie reiten morgen früh nach Nikosia.» Er begann ihn mit der Stiefelspitze anzustoßen.

Nicolaas sagte: «Ich habe nicht geschlafen, und ich lege mich ins Bett, wenn mir danach zumute ist. Es freut mich, das zu hören. Astorre, sagt Loppe, er soll mit ihnen reiten. Wo ist John?»

«Der hält Euren anderen Arm», sagte John le Grant. «Je früher Ihr ins Bett kommt, desto früher werdet Ihr groß und stark und könnt mit Tzani-bey kämpfen.»

Das war etwas, woran Nicolaas letzthin nicht mehr gedacht hatte. Er fluchte, und dann, als er sich auf einmal in einem Bett befand, schlief er auch schon.

Am nächsten Abend kam Tzani-bey zum Landtor geritten. Er hatte ein kleines Gefolge bei sich, machte aber nicht den Versuch, seine Leute in die Stadt mitzunehmen, sondern bat nur, man möge ihm gestatten, allein zu Fuß zur Zitadelle zu gehen. Man gab ihm eine Eskorte bei, die ihn hingeleitete. Während er am Ende der Zugbrücke stehenblieb, sprach ein Wachposten mit einem anderen, und ein Hauptmann erschien und kam über die Brücke zu ihm hinüber. «Erhabener Emir, der Kommandant bedauert. Nach Einbruch der Nacht ist hier der Eintritt verboten. Ich darf Euch nicht einlassen, aber vielleicht kann ich eine Botschaft übermitteln?»

«Ich hatte nicht den Kommandanten sprechen wollen», sagte Tzani-bey al-Ablak. «Obschon ich Euch bitte, ihm – möge es ihm wohlergehen – meine Glückwünsche zu seiner hochverdienten und glücklichen Ernennung auszusprechen. Nein, ich war auf der Suche nach meiner Bruderseele Niccolo, nach Messer Niccolo, mit dem ich eine wichtige Verabredung zu haben glaubte. Ich hatte gehofft, von ihm zu hören. Aber vielleicht mag er nicht herauskommen.»

«Er ist hier, O Vorzüglicher», sagte Nicolaas. Er kam über die Brücke, wobei er sich die Zeit nahm, bis er auf den Emir hinuntersah. «Ja, wir sprachen von einer Verabredung. Habt Ihr eine Zeit und einen Ort im Sinn?»

«Im Namen Allahs, des Gütigen, des Barmherzigen», sagte Tzani-bey. «Ich Unwürdiger soll einen Vorschlag machen? Für mich ist ein Tag so gut wie der andere. Vor uns liegen nur verheißungsvolle Tage. Die bösen Tage dieses Monats – die ägyptischen Tage – liegen jetzt allesamt hinter uns mit ihren Flüchen. Wer da wohl eine Frau ehelicht, der soll sich nicht lange ihrer erfreuen. Und wer da zu einer großen Reise aufbricht, der soll nie mehr zurückkommen. Und wer sich da an ein großes Werk begibt, der wird es nie zu Ende führen. Und wer sich da zur Ader lässet, der wird bald hinscheiden oder nie mehr heil werden. Von solcher Art sind die Verhängnisse der Dies Nefastae, der Unglückstage, von denen, wenn ich mich recht erinnere, der Tag Eures Heiligen einer ist. Aber warum sollte Euch das Geschwafel von Doktoren kümmern? Ich würde Euch zu Pferde gegenübertreten, mit Schwert und Streitkolben, in zwei Tagen von heute gerechnet. Und fechten wir unseren Strauß zu Eurer größten Befriedigung im Famagusta aus. Gibt es hier einen Übungsplatz?»

«Dort zu Eurer Linken», sagte Nicolaas. «Aber wäre er dem Emir auch genehm? Die Anweisungen des Kommandanten sind streng. Das Gefolge des Emirs wäre nicht zugelassen.»

«Allah, der alles am besten weiß, hat mir den Glauben an ihn geschenkt, und ich vertraue Euch und ihm. Ich werde allein kommen. Ich bin mit allem einverstanden, wofür Ihr Euch entscheidet. Dann übermorgen? Eine Stunde nach Sonnenaufgang? Vielleicht wollt Ihr ein Fest veranstalten, Spiele, andere Kämpfe. So langweilen sich Männer nicht. Famagusta ist zur Zeit keine angenehme Stadt.»

«Einverstanden», sagte Nicolaas.

«Zum Zeichen dafür habe ich Euch ein Geschenk mitgebracht», sagte Tzani-bey. «Dieser Krieger hat es bei sich. Öffnet es, wenn ich gegangen bin, und denkt an mich, wenn Ihr es tragt.»

Er ging. In der Kommandantenstube der Zitadelle wartete Conella Morabit schon auf Nicolaas. «Jetzt wissen wir es», sagte er.

«Ihr habt ihn beobachten lassen?»

«Die ganze Zeit. Es war der Krieger. Der Krieger, der das Päckchen bei sich trug. Eine Botschaft wurde übermittelt.»

«Ihr habt die Abmachungen gehört?» fragte Nicolaas.

«Ihr trefft Euch, um Euren Streit auszutragen, auf dem Übungsplatz, und er kommt allein. Was haltet Ihr davon?»

«Das gleiche wie Ihr. Die ganze Garnison wird zuschauen, ob darum herum noch öffentliche Spiele veranstaltet werden oder nicht. Während sich die Krieger außerhalb der Zitadelle befinden, wird jemand das Tor zum Hafen hin öffnen.»

«Und vierhundert Bewaffnete dringen ein, nehmen die Zitadelle und töten den König. Das stimmt mit dem überein, was wir schon von ihm wissen. Nur daß der Emir sein Leben aufs Spiel setzt.»

«Er wird bei mir auf dem Kampfplatz sein, wenn es soweit ist», sagte Nicolaas. «Er kann mich jederzeit als Schutzschild benutzen. Er muß sogar darauf achten, daß ich am Leben bleibe, bis alles vorbei ist, was ich eher tröstlich finde. Ich bin mir nicht ganz sicher, ob ich zur Zeit Tzani-bey mit dem Streitkolben töten könnte.»

Morabit schwieg einen Augenblick. Dann sagte er: «Aber wenn er sieht, daß er in der Falle sitzt, wird er sich allen Ernstes gegen Euch wenden. Nein, das wird der König wohl nicht erlauben.»

«Dann muß er eine schlechte Meinung von meinem Verstand haben. Wer überrascht ist, das wird Tzani-bey sein und sonst niemand. Außerdem ist es eine Ehrenangelegenheit, und Quell der Ehre muß Jakob von Lusignan sein. Ich habe dies seit langem im Sinn. Es war sogar eine Bedingung für meinen Eintritt in den Dienst des Königs.»

«Ich verstehe», sagte Conella Morabit. «Es tut mir leid, das zu hören, aber dann werde ich Euch natürlich nicht weiter dawiderreden. Was ist das für ein Geschenk, das er Euch mitgebracht hat? Etwas Beleidigendes?»

In Leinen eingehüllt, war das Päckchen bescheiden in den Ausmaßen und weich beim Anfassen, und eine Gefahr ging offensichtlich nicht von ihm aus. Nicolaas öffnete es.

Darinnen war ein schöner, atlasgefütterter Umhang. Als er ihn heraushob, hing er von seinen Fingern zum Boden, nicht schwer wie gewöhnlich ein Pelzmantel, sondern gewichtslos geschmeidig und seidig, von einem Meister angefertigt aus dünnen, zarten, mit unendlicher Kunstfertigkeit zusammengesetzten Häuten. Ihre Farben leuchteten im Lampenschein: Rauch und Silber und Schwarz, Rahm, Schildpatt, Orange und Butter.

Nicolaas ließ das Gewand los, als wäre es das Leinentuch eines Pestkranken. Es fiel zu Boden und er sah es nicht mehr an. «Verbrennt es», sagte er. «Ruft Euren Diener – er soll es verbrennen.»

Conella Morabit starrte ihn an. «Wie Ihr wollt. Aber es ist ein teures Stück.»

Nicolaas dachte über diese Worte nach. «Und das ist wahr gesprochen. Ich bezweifle, daß Ihr Euch vorstellen könnt, was es gekostet hat und was es noch kosten wird, bis ich fertig bin.»

Am Tag darauf kam Astorre zu seinem Recht. Der König, hin und her gerissen zwischen Zorn, Vorahnungen und Liebe der Gefahr, hatte sich mit dem Schaustück einverstanden erklärt, das sein Nikko verlangte und das sich als Mittelpunkt eines Mameluckenaufstands erweisen mochte. Markios hatte keine Einwände. Rizzo, plötzlich nach Nikosia aufgebrochen, hatte seine Meinung nicht kundtun können, und Wilhelm Goneme schien nach kurzem Gebet um aller Wohlergehen zu glauben, daß Gott sich ihnen verpflichtet hatte. Pesaro schien den Plan zu mißbilligen, nicht so Sor de Naves und sein Bruder.

Die meisten glaubten nicht so recht daran, daß der Angriff der Mamelucken stattfinden würde. Alle waren guter Hoffnung, was seine persönlichen Aussichten betraf. «Wenn Ihr recht habt, wird Euer Kampf kaum angefangen haben, ehe die Mameluk- ken kommen und wir sie in der Falle fangen. Wenn es zu keinem Aufstand kommt, um so besser. Der König hat gesagt, er läßt den Zweikampf abbrechen.»

«Das wird ihm schwerfallen», sagte Nicolaas zu Hauptmann Astorre, der sich erboten hatte, ihm den Umgang mit einem Streitkolben zu zeigen. «Ein Jahr lang habe ich darauf gewartet, mit Tzani-bey al-Ablak abzurechnen, und ich bin nicht bereit, ihn einem anderen zu überlassen.» Astorre, der Herausforderungen liebte, hörte solche Worte gern, und John le Grant verschwendete erst gar nicht seine Zeit mit dem Versuch, ihn zurückzuhalten. Nicolaas verbrachte einen Tag, der ausgefüllt war mit Stunden wilder Geschäftigkeit auf dem Übungsplatz, und als er am Abend recht früh auf sein niedriges Rollbett fiel, tat ihm jeder beanspruchte und noch unterernährte Muskel weh.

Astorre sagte: «Nun, Ihr müßt eben Euren Verstand gebrauchen. Aber Ihr habt ein gutes Pferd und ein hervorragendes Schwert, und Euer Streitkolben gehörte einem der besten Kämpfer, die mir je begegnet sind, ehe ich ihn an mich brachte.

Ihr kennt ihre Kniffe besser als die meisten von uns. Wenn die Mamelucken also kommen, dann schlagt ihn schnell zu Boden. Er wird nicht wissen, daß Ihr damit rechnet. Er wird seine Leute beobachten.»

«Wenn sie kommen. Was ist, wenn Abul Ismail sich geirrt hat oder der Emir etwas ahnt? Dann wird er von Anfang an wild angreifen, weil er dann auf niemanden wartet.»

«Und was ist daran Schlimmes?» sagte John le Grant. «Ein sauberer Kampf, von Angesicht zu Angesicht. Ich dachte, das hättet Ihr gewollt. Edler Ritter gegen vornehmen Mamelukken.»

Astorre blickte entrüstet. «Nur daß er dazu noch nicht wieder kräftig genug ist. Seht ihn doch an! Er sieht aus wie Wachs.»

«Vielen Dank», sagte Nicolaas, plötzlich belustigt. Gelegentlich spielte die Wahrheitsliebe Astorre einen Streich.

John blickte vielleicht weniger ernst, aber noch immer nachdenklich. «Das stimmt. Der Mann ist Euch gegenüber im Vorteil. Da steht Euch ein Ausgleich zu. Macht die große ritterliche Geste, aber tut alles, was nur erlaubt ist, das wäre mein Rat. Der Bursche ist ein Wiesel.»

Das klang mitleidlos, sogar aufgebracht. Schön: Tzani-bey war grob gewesen auf der Rückfahrt von Rhodos, hatte Nicolaas übel behandelt auf dem Weg zu Zacco und hatte im Feldzug brutale Mittel angewandt. Deshalb gegen ihn anzutreten war für Johns Begriffe kindisch. Aber John wußte auch nicht, was sich in dem Kloster mit den Vipern und auf dem Weg zwischen dort und Nikosia ereignet hatte. Ohnenase und Zacco und Markios wußten es und Tzani-bey und die meisten seiner Mamelucken. Wenn man vor aller Augen für dergleichen Wiedergutmachung verlangte, dachte man keinesfalls an Zugeständnisse.

Auf Zypern brachte in diesem Jahr die letzte Januarwoche eine Erwärmung, die den Frühling anzukündigen schien. Vor Famagustas Toren blühten schon die Mandelbäume, und bald würde die Luft nach Hyazinthen und Narzissen duften, und der durchdringende Geruch der Orangenbäume würde die ganze Insel erfüllen. Der Himmel hellte sich auf. Zwischen Sonnenschein und Regenschauern begannen die Flüsse zu fallen, der Schlamm wurde steif, der Boden grün. Der Mameluckenführer Tzani-bey al-Ablak ließ sein Gefolge am Tor von Famagusta zurück und ritt in die Stadt auf einem Schimmel, dessen silbernes Zaumzeug und goldbetroddelte Schabracke im Sonnenlicht glitzerten und flimmerten, und der Samtbezug über seinem Panzerhemd war prächtig.

Von der Zitadelle aus sah ihn Astorre herankommen. Er hatte Nicolaas die Hand auf die Schulter gelegt. «Ich hatte recht», sagte er. «Panzerhemd. Schmiegsam, hält aber einem Durchstich nicht stand. Haube, Helm, rundes Schild und den Streitkolben. Ich habe Euch ja gesagt . . .»

«Das habt Ihr», unterbrach ihn Nicolaas. «Was für eine Art Streitkolben?» Er wandte sich um und griff nach seinem Helm. Das Panzerhemd, das er auf Astorres Rat trug, war im Muster dem der Mamelucken ähnlich, wenn auch die Glieder anders und mit kleinen Plättchen verbunden waren. Seine Oberschenkel, Knie und Unterschenkel waren durch Panzerung geschützt, und Panzerplatten schirmten die Ellenbogen ab. Sein Schwert war im Gegensatz zu dem des Emirs gerade und nicht geschwungen, und sein Streitkolben war aus Eisen. Der Bursche, der sich ihm als Knappe angedient hatte, hielt seinen langen burgundischen Schild, seine Handschuhe und die mailändische Kesselhaube, die er über seine Kappe schnallen würde. Sie war schmucklos, ohne Schutz für Nase und Ohren, wenn auch der Nacken durch Panzerung geschützt war. Der Kettenpanzer lenkte einen Krummschwerthieb ab, weshalb die Mamelucken ihn trugen.

Astorre äußerte sich über den Streitkolben. «Am Kopf Flügel. Reines Beiwerk. Aber der Stiel ist gerippt. Gefällt mir.»

«Das freut mich», sagte Nicolaas. «Ist jeder da, wo er sein soll?»

«Das ist eigentlich eine dumme Frage», erwiderte Astorre.

«Natürlich ist das jeder. Die Zitadelle scheint leer. Der Paradeplatz sieht aus, als hätte sich die gesamte Bevölkerung Zyperns darumherum versammelt. Von Schaugepränge ist nicht viel zu sehen, aber der König ist da, maßvoll herausgeputzt, und die Hofleute. Rizzo nicht.» Er hielt inne. «Weiß Eure Gemahlin davon? Frau Primaflora? Wartet sie auf Euch in Nikosia?»

Inzwischen wartete wahrscheinlich eine recht erlesene Zahl von Menschen auf ihn in Nikosia, darunter die schönste Frau am Platze. Trotz der Dies Nefastae schien er zu den außergewöhnlich Gesegneten dieser Welt zu zählen. Nicolaas sagte: «Weiß sie von dem Aufstand? Nur wenn Tobie sie damit bekümmert hat. Wenn alles vorüber ist, erzähle ich es ihr selbst. Und wenn ich es nicht mehr kann, dann ist da ein Abschiedspäckchen, das ich im Dezember hinterlassen habe. Hört sich inzwischen wahrscheinlich ganz altmodisch an. Wenn ich ein zweites Mal überlebe, muß ich es holen und abändern. Gehen wir. Ist das richtig, daß meine rechte Seite so taub wird?»

«Ihr seid ein Dummkopf», sagte Astorre gutmütig. «Auf jetzt. Denkt an alles, was ich Euch eingeschärft habe. Tötet ihn, wenn sich Euch die Möglichkeit bietet, aber . . .»

«Aber nicht zu bald, damit nicht irgendwelche Pläne über den Haufen geworfen werden. Barmherziger, das ist kein Kampf, das ist die Anweisung für ein Passionsspiel in fünfundzwanzig Auftritten, Kostüme werden von den Gilden gestellt, und Trinken ist nicht erlaubt. Ist Ludovico da Bologna da draußen?»

«Nein, ich glaube nicht», sagte Astorre und blickte ein wenig überrascht.

«Gut – dann ist mir schon wohler.»

Welche Worte er auch zu Astorre gesprochen hatte, sie hatten nichts mit seiner Stimmung zu tun, die seit Tagen die gleiche war. Er ritt jetzt hinaus in die Sonne und den Wind mit unerbittlich festem Sinn und durch die Menge, für deren Rufe er taub war, dem großen Rechteck von blanker Erde entgegen, auf dem dieser Zweikampf ausgefochten werden sollte.

Der Platz war nicht wie für ein Fest hergerichtet, denn dies war eine militärische Betätigung und das andere waren nur Spiele. Woran er gleich teilnahm, das war kein Spiel, mit Waffen nur zum Spaß, aber es diente auch keinem edlen Zweck. Er war hier nicht als Ritter, der die christlichen Ziele seines Ordens verfolgte, obschon sein Tun Jakob von Lusignan nützen mochte. Vielleicht war der Emir hier als Verteidiger seiner Religion; aber er nahm jetzt seit drei Jahren von Christen Geld dafür an, daß er andere Christen angriff, und wenn er einen Aufstand anstrebte, dann hauptsächlich deshalb, weil er eine turkmenische Bedrohung aller Mamelucken wahrnahm.

Bei diesen Fragen ging es um Macht, nicht um Religion. Und ganz davon abgesehen: Tatsache war, daß er und Tzani-bey ohnehin gegeneinander angetreten wären, wegen einer persönlichen Feindschaft. Der Kampf fand nur hier statt, weil er wünschte, daß der König zugegen war. Wenn all die anderen Zuschauer ihn auch genossen, so hatte Nicolaas nichts dagegen.

Alles an diesem Kampfplatz war ihm vertraut wie auch das Gefühl in seinen Armen: das Schwert, das Gewicht des Schildes und des Helmes, das leise Wiegen des kleinen Pferdes unter ihm. Es war lange her seit den Abruzzen, als er Felix hatte fallen sehen; und er hatte seitdem oft zu Pferde gekämpft. Er hatte in den Abruzzen gekämpft, als man ihn entführte, im vorletzten Jahr, und glaubte, die Liebe zu den Waffen sei die neue Liebe, die er entdeckt hatte.

Hinter ihm erhob sich die Zitadelle. Zu seiner Rechten zog sich der Hafendamm in die Ferne, mit dem Meer dahinter, auf dem die *Adorno* von ihrem Schicksal ereilt worden war. Zu seiner Linken, in der Mitte der Zuschauer, spannte sich die Plane mit dem Kreuz und den drei Löwen der Lusignans. Neben Nicolaas war die Flagge, die man ihm gegeben hatte und auf der ein silbernes Schwert mit einem Kreuz als Griff auf einem blauen Feld abgebildet war: Zeichen des Ordens, in den er zweimal (oder überhaupt nicht) aufgenommen worden war. Am anderen Ende des Platzes saß auf einem Schimmel der Emir Tzani-bey mit gezogenem Schwert. Der Emir, der ihn an die Kette gelegt, ausgepeitscht, dem Gespött preisgegeben und zu seinem Vergnügen gequält hatte.

Ein Trommelwirbel und ein Trompetenschall: die Eröffnung. Dann das muntere Signal, das die Kämpfer aufforderte, bereit zu sein. Dann der Trompetenstoß zum Angriff.

Hier gab es keine Schranken und keine Förmlichkeiten. Man ritt nicht höflich vor, preschte dann los, schlug zu und wendete, um das gleiche von vorn zu beginnen. Der Emir versammelte einfach sein Pferd und brachte es im Galopp auf eine Bahn, auf der er mit dem seinen zusammenstoßen mußte. Und Nicolaas, der ihn beobachtete, gab seinem Pferd in gleicher Weise die Sporen.

Es war ein an Ballspiele gewöhntes drahtiges Tier. Wäre es schwerer gewesen, hätte er den Zusammenstoß geschehen lassen, so aber wartete er bis zum letzten Augenblick, und sein Gegner tat das gleiche. Die beiden Pferde wichen aus, wobei sie einander streiften, und die zwei Klingen blitzten auf, trafen sich und lösten sich wieder in einem Funkenschauer. Während er zuschlug, drückte und drehte Nicolaas das Pferd körperlich unter sich herum.

Gerade noch zur Zeit. Tzani-bey hatte auch Tzukanion gespielt, wenn auch nicht, so vermutete Nicolaas, auf den Spielfeldern des Kaisers von Trapezunt. Er tauchte unter seinem Ellenbogen wieder auf und schlug nach oben. Nicolaas duckte den Schlag ab und hörte den Stahl mit einem Winseln vorübergleiten. Er drehte sich um und hieb darauf los, traf Tuch, traf Leder, zog das Schwert zurück und warf das Pferd zu einem Kreis herum.

Tzani-bey hatte das gleiche getan. Sie saßen schnell atmend auf ihren Pferden und beobachteten einander. Er wurde sich bewußt, daß alles zu kreischen schien. Ihm fiel ein, was er tun sollte, und vergaß es dann wieder. Er sah, wie Tzani-bey behutsam begann, sein Pferd in einem sanften Trab auf ihn zuzulenken, und er trieb sein Tier in gleicher Weise an. Oberhalb des runden Schilds konnte er wenig von dem dunklen Gesicht des Emirs erkennen: zwei glitzernde Augen zu beiden Seiten des

Nasenschutzes, ein Zahnblitzen unter dem Schnurrbart. Sein Panzerhemd war lang und bedeckte im Reiten seine Unterschenkel, und der hochlehnige Sattel schützte den unteren Teil seines Rückens. Sein Pferd rannte, ohne daß man eine Anweisung bemerkt hätte, plötzlich schneller auf einer neben der seinen herführenden Bahn, kam an und blieb mit einem Ruck stehen, als der Emir zuschlug.

Nicolaas fing mit dem Schild einen Schlag ein, der ihm den Kopf abgetrennt haben würde. Er spürte den Stoß in seiner schwächeren Schulter, als er ihn zur Seite und nach vorn gleitend parierte. Der Emir neigte sich vor und ließ die Klinge an der Seite vorbeisausen. Sein Pferd bewegte sich seitwärts, drehte sich; die Klinge kam wieder, schnitt nach oben, zur Seite, nach unten. Das kleine Pferd unter Nicolaas wieherte und schüttelte ihn, während sich auf seinen Hinterbacken eine rote Linie zeigte. Nicolaas schlug zornig zweimal zu und bekam sich dann wieder in die Gewalt, während er in einer Kreisbewegung zurückwich. Das Pferd des Emirs bewegte sich, rückwärts, vorwärts, seitwärts, und näherte sich dann wieder. Diesmal blieben sie länger beieinander, die Pferde tanzten unter ihnen, und einige Schläge gingen daneben, einige wurden abgeblockt, einige wurden abgewehrt. Dann lösten sie sich gleichzeitig aus dem Kampf und zogen sich zurück.

Um den Kampfplatz herum wogte der Lärm unablässig auf und ab. Von der See her kam kein Geräusch und auch nicht von der Zitadelle. Bis jetzt hatte nichts den Zweikampf unterbrochen. Wenn auch weiterhin nichts dazwischenkam und der Zweikampf das war, was er zu sein schien, dann mußte man sich fragen, warum Tzani-bey nicht entschlossener angriff. Andererseits war er sowohl tückisch wie körperlich gut vorbereitet. Vielleicht spielte er mit Nicolaas, wollte ihn langsam ermüden, damit er ihn bei einem plötzlichen ernsthaften Angriff zum Schluß in seine Gewalt bekam.

Vielleicht war es das. Vielleicht hatten sich seine Mamelucken auch einfach nur verspätet. Oder sie waren da, warteten aber auf ein Zeichen.

Nicolaas konnte nichts tun, denn auch er war auf Täuschung angewiesen. Und dazu saß man am besten im Sattel, denn wenn beide erst einmal abgesessen waren, konnte der Zweikampf nicht mehr lang dauern. Nicolaas packte das Schwert fester und spürte, wie sein Pferd zögerte, als er es wieder auf den Emir zulenkte. Der Hieb hatte tief eingeschnitten, und vielleicht hatte es noch andere gegeben. Vielleicht mußte er doch noch zu Fuß kämpfen. Er sagte im Näherreiten auf arabisch: «Seid Ihr bei Eurem Tanzmädchen in die Lehre gegangen, Emir? Warum kämpft Ihr nicht wie ein Mann? Ich werde dafür sorgen, daß man sich um Eure Witwen kümmert.»

Und das löste dann den entschlossenen Kampf aus. Er hatte keine Freude daran. Zweimal traf er mit der Schwertspitze und hörte den Emir einen unterdrückten Laut ausstoßen, aber er steckte einen Hieb auf den Helm ein, der ihn trotz aller Polsterung einen Augenblick benommen machte, und einen Stich in die Seite, der seine Kleidung mit Blut durchnäßte. Während dieser ganzen Zeit ging er mit seinen Kräften so haushälterisch um, wie er konnte. Keine Unterbrechung. Keine Störung. Keine neuen Ereignisse. Von Angesicht zu Angesicht vielleicht bis zum Ende, wie er gesagt hatte, daß er es wollte. Ihm wurde bewußt, daß er Tzani-bey bald zu töten versuchen mußte, ganz gleich, wessen Pläne er dadurch verdarb. Entweder das, oder er verlor den Kampf und sein Leben.

Er war noch nicht ganz so weit, als ihm Tzani-bey die Entscheidung abnahm. Sie hatten sich im Kreis bewegt, sich einander genähert, wieder im Kreis bewegt und waren dann abermals dicht aufeinander zugekommen. Diesmal nahm der Emir plötzlich das Schwert in die Hand, die den Rundschild hielt, und als er dicht bei Nicolaas war, griff er nach etwas an seinem Sattel und ließ es niedersausen wie eine Axt.

Es war weder eine Axt noch ein Streitkolben, sondern eine Eisenstange. Astorre hatte ihn gewarnt. Verboten selbst bei Mamelucken, konnte sie mit einem Hieb einen Arm abtrennen. Ein Streitkolben wäre vielleicht von der Rüstung abgelenkt worden. Die Stange traf ihn zwischen dem schützenden Panzer und dem

Nacken, auf der linken Seite. Die Wunde, die er vor zehn Monaten erhalten hatte, schrie auf, wenn Nicolaas auch nur aufkeuchte. Es wurde ihm schwarz vor den Augen. Es gelang ihm gerade noch, sich von seinem Gegner zu lösen und davonzureiten, aber er hörte durch Übelkeit und Schwindelgefühl hindurch, daß der Emir ihm nachpreschte. Er hatte nicht viel Zeit, und er konnte im Augenblick nicht gut sehen, aber – Spiel oder nicht – er kämpfte jetzt um sein Leben, und das tat auch Tzani-bey. Nicolaas drehte sich herum und gebrauchte die Sporen und lenkte diesmal sein blutverschmiertes Pferd geradewegs auf den Mamelucken zu.

Die Tiere stießen zusammen und taumelten. Nicolaas ließ seinen Schild fallen, traf den Emir mit dem ganzen Gewicht seiner Schulter, schlug ihn dann mit einem Hieb des Streitkolbens halb aus dem Sattel und sprang zu Boden, als sein Pferd zusammenbrach. Tzani-beys Pferd, ohne lenkende Hände und Beine, trabte davon; das Schwert des Emirs zögerte, während er das Tier wieder in die Gewalt zu bekommen versuchte, obschon er den Stiefel nicht mehr im Steigbügel hatte. Nicolaas, spreizbeinig auf dem Plan stehend, schwang die Keule und ließ sie dann los. Sie fegte den Emir von seinem Pferd, das aufschnaubte und entfloh. Tzani-bey erhob sich und trat ihm, das Schwert in der Hand, gegenüber.

Nun war wohl nicht mehr daran zu zweifeln, daß der einzige Kampf heute in Famagusta derjenige war, der jetzt hier stattfand und der erst mit dem Tod eines der beiden Gegner enden würde. Wenn Tzani-bey Unterstützung erwartete, so war sie nicht gekommen. Falls je ein Aufstand geplant gewesen war. Tzani-bey wußte jetzt, nachdem er mit ihm gespielt hatte, daß er nun um sein Leben kämpfte. Sie waren beide allein, auf diesem Feld, mit ihren Schwertern. Nur daß Tzani-bey anstelle des Schildes seine Keule handhabte.

Eine Trompete blies. Die Augen des Emirs blitzten in dem glänzenden Gesicht. Dann wandte er die Aufmerksamkeit wieder Nicolaas zu. Blut tränkte den Überwurf, so wie es seine eigene gepolsterte Joppe und das Leinen und das Hemd verklebte. Er spürte die daraus entfließende Schwäche, aber noch nicht die Schmerzen. Am schlimmsten war die alte Wunde: die glühend heiße Schulter klopfte und dröhnte wie eine Schmiede. Die Trompete blies abermals, und ein Herold rief etwas. Kein Schreien der Menge, kein Gewoge, kein Aufruf zur Schlacht. Nur der Befehl des Königs zur Einstellung des Zweikampfes.

Nicolaas lachte zu Tzani-bey hin, und der Emir entblößte überraschenderweise zur Erwiderung die Zähne. Der Emir sagte: «Ihr rennt nicht sofort los, wenn Ihr gerufen seid? Das lob ich mir.» Dann sprang er los, das Krummschwert schwingend. Aber der Streitkolben, in der anderen Hand, pfiff auf das christliche Schwert hinunter.

Seine Augen hatten ihn nicht verraten, aber sein Denken tat dies. Dem Krummschwert ganz auszuweichen, war unmöglich, doch Nicolaas fing nur die Hälfte seiner Schlagwucht mit dem Körper auf, und sein Arm war frei für das, was er zu tun hatte. Als Tzani-bey den Streitkolben heruntersausen ließ, hieb Nicolaas ihm die rechte Hand ab.

Warmes, dickes Blut spritzte ihm ins Gesicht. Das Gesicht des Emirs blickte fassungslos. Dann stürzte er auf die Knie, und die linke Hand faßte nach dem rechten Arm mit dem herausscheinenden weißen Knochen. Der Boden färbte sich rot. Um sie herum wurde die Stille von lautem Geschrei abgelöst. Nicolaas hob die Spitze seines Schwerts, drückte sie Tzani-bey auf die Brust und sagte: «Ihr seid besiegt.»

Das Blut pumpte: die geschwächten Finger konnten es nicht ganz stillen, doch der Blick des Emirs war ruhig in einem bleicholivfarbenen Gesicht. Er sagte: «Ich erkenne es an. Ich habe mein Gebet gesprochen. Tötet mich rasch.»

«Warum?» sagte Nicolaas. «Es hätte Euer Vergnügen sein sollen. Darf ich Euch nicht für das meine aufheben? Erlaubt mir, Euch zu helfen.» Er zog die Handschuhe aus, löste den Gurt von seinem Helm und band am Arm des Emirs die Schlagader ab. Der Emir schloß die Augen. Er sagte: «Natürlich. Wer könnte Euch widersprechen? Ich habe Euch für alle Fälle ein Zeichen meiner Unterwerfung mitgebracht. In der Satteltasche meines Pferdes. Ich hatte gehofft, es nicht übergeben zu müssen.»

«Ist es von der Art Eures anderen Geschenks?» Nicolaas erhob sich und spürte, wie er schwankte.

Der Emir schlug die Augen auf. «Es paßt dazu. Da ist Eure Geliebte.»

Zacco schlug ihn mit der bloßen Hand zuerst auf die eine, dann auf die andere Wange. Er sagte zu Nicolaas: «Ihr habt die Trompete gehört. Das werde ich tun, wenn Ihr mir das nächste Mal nicht gehorcht. Was sagt er?» Der König war allein aufs Feld gestürzt, die anderen kamen ihm erst jetzt nachgerannt. Seine Arme hielten Nicolaas umschlungen, sein Gesicht blickte besorgt wie in Nikosia, beim erstenmal.

Nicolaas sagte: «Da ist etwas in seiner Satteltasche. Dort ist sein Pferd.»

Das Ding war ein Beutel aus kunstvoll genähtem Leder. Tzanibey, von zwei Bewaffneten in die Mitte genommen, kniete auf dem Boden und lächelte zu Nicolaas auf. Zacco ließ ihn los. Nicolaas knüpfte die Zugschnüre auf und stülpte den Beutel um, so daß der Gegenstand, den er enthielt, herausfiel. Er lag auf der schlammigen Erde, aber nicht von ihr verunreinigt, Bart gekämmt, Augen geschlossen, den Geist mit all seinem Wissen vom Dienst an der Menschheit zurückgezogen. Der Kopf von Abul Ismail, dem Arzt.

Der Emir sagte: «Wenn ich ihn falsch eingeschätzt habe, ist er jetzt in seinem Zelt im Paradies. Aber ich glaube, er war ein Verräter. Ein Dämon, Ser Niccolo, steckt in diesem Künstlerton, aus dem Eure Natur gestaltet ist. Vielleicht sprecht Ihr auch lieber von einer Sirene wie Melusine, von einer Schlange, einem Skorpion. Eine Insel von Skorpionen hat einen anderen Skorpion eingeladen. Ich wünsche Euch und Eurem Herrn von Lusignan untereinander alles Gute.»

«Abul Ismail – wer hat Euch gesagt, daß er ein Verräter war?» fragte Nicolaas.

Der Mamelucke keuchte jetzt, aber seine Zähne waren noch zu einem Lächeln entblößt. «Der König wird's Euch sagen.»

«Der König weiß es nicht», sagte Zacco mit ruhiger Stimme. «Ein guter Mann ist gestorben, aber Untreue hat die Strafe gefunden, die sie verdient. Ohne Abul Ismail läge ich jetzt tot auf diesem Feld.»

Der Mamelucke war gelblich-weiß, aber er lachte. «Wie das? Habe ich Euch zu ermorden versucht? Ich bin allein.»

«Das war nicht Euer Plan», erwiderte der König. Er sah auf. Der Sizilianer Rizzo di Marino saß ab, schmutzbedeckt, und trat zu ihm.

Der Kanzler fragte: «Warum lebt er noch?»

«Nur um Eure Neuigkeiten zu hören», sagte der König.

Nicolaas fand, daß seine Stimme ein wenig merkwürdig klang. Ihm war sehr kalt, und er fühlte sich eigenartig allein. Er merkte, daß alle Stimmen um ihn herum eigenartig klangen und daß er die Augen geschlossen hatte. Er schlug sie auf. Astorre, der auf einmal hinter ihm war, sagte: «Es war nicht übel, aber diesen Hieb in die Seite hättet Ihr vermeiden können. Macht weiter. Bleibt stehen, ich halte Euch fest.»

Der knieende Mann, den er verstümmelt hatte, fragte in deutlichem Französisch, nicht Arabisch: «Welche Neuigkeiten?»

Rizzo di Marino sagte: «Oh, das ratet Ihr gewiß schon. Ich komme gerade von Eurem Feldlager. Ich hatte meine gesamte Streitmacht aus Nikosia mitgebracht. Ihr hattet erfahren – ich frage nicht, auf welche Weise –, daß der König von Eurem Plan zu seinem Sturz wußte. Ihr hattet den Marsch Eurer Krieger auf Famagusta abgesagt, und sie beschwerten sich noch darüber. Es war dunkel. Sie haben uns kaum kommen hören.»

«Ihr habt mein Lager überfallen?» sagte Tzani-bey. «Habt meine Krieger überwältigt?»

«Überwältigt – in einem gewissen Sinne», entgegnete Zaccos Kanzler. «In dem Sinn, daß uns keiner entwischt ist. Zweihundert Mamelucken und zweihundert Bewaffnete zu Fuß. Sie hätten uns eine schöne Schlacht geliefert, wenn Ihr es Euch anders überlegt hättet und sie gegen Famagusta marschiert wären.»

«Aber das sind sie nicht», sagte der Emir.

«Nein, das konnten sie nicht», sagte Rizzo di Marino. «Das konnten sie wirklich nicht. Weder heute noch an irgendeinem anderen Tag. Wir haben sie alle getötet, bis zum letzten Mann.» Er wandte sich an den König. «Jetzt hat er die Neuigkeiten gehört.»

«Das hat er», bestätigte der König. Er sah Nicolaas an. «Nikko? Es ist Euer Vorrecht. Ihr habt die Schmach erlitten. Abul Ismail war Euer Freund.»

Auf dem Gesicht des Emirs Tzani-bey al-Ablak stand nichts als Verachtung geschrieben. «Nein», sagte er. «Wenn es ein Blutbad gegeben hat, dann muß man wohl Eurem kleinen Herrn Niccolo dafür danken. Ich schätze, ohne ihn wäre nichts von alledem geschehen. Euer Nikko wird mir den Kopf nicht abschlagen, das werdet Ihr tun müssen. Aber sein Blut ist es, das dafür bezahlen wird.»

Er sprach zum König, aber seine Augen waren noch immer auf Nicolaas gerichtet und sahen ihn auch nach dem Hieb noch an, mit dem der König ihm den Kopf abschlug.

Kapitel 44

Man hätte nicht glauben sollen, wie schwierig es danach war, Famagusta zu verlassen und wieder nach Nikosia zu gehen, dem Nicolaas vor fast zwei Monaten entflohen war, um sein Leben aufs Spiel zu setzen.

Zunächst einmal konnte er natürlich nicht reiten. Man schaffte ihn sogar vom Kampfplatz schnurstracks ins Franziskanerkloster, wo er von den liebevollen, hageren, vertrauten Gesichtern mit Ausrufen der Bestürzung und Bewunderung begrüßt wurde. Jetzt waren die Krankenstuben, in denen er als Helfer und Pfleger gewirkt hatte, halb leer und die Vorratsschränke voll und die Gärten vor den Mauern grün von Gras und Unkraut, die nebeneinander wuchsen, und den ersten Alpenveilchenblättern, die sich unter den Büschen öffneten.

Das verseuchte Famagusta war nicht der beste Ort zum Ausheilen von Wunden, aber sie hatten frische Salben und Verbände, und ihre Nähte waren fast so gut wie die Tobies oder Abuls. Die Brüder des heiligen Franziskus waren es, die die kopflose Leiche des arabischen Arztes für ihn ausfindig machten und sie in ihre Obhut nahmen, bis sie der Erde seines Heimatlandes übergeben werden konnte.

Astorre, Thomas und John sahen nach ihm, Philip Pesaro gehörte zu den ersten Besuchern, und auch andere Hauptleute kamen. Sie redeten alle gern in lebhaften Tönen von dem Kampf, aber nicht von seinen Auswirkungen. Es war, als hätte sich das Ende von hundert Jahren genuesischer Herrschaft in Famagusta auf eine Weise ereignet, die nicht richtig erfaßt werden konnte. Die Krieger, die so lange um die Eroberung der Insel gerungen hatten, betäubten sich mit Ausbrüchen vertrauter Geschäftigkeit und vermochten nicht zu begreifen, was geschehen war. Und alledem hatte sich noch ein Ereignis von urtümlicher Grausamkeit hinzugesellt. Die Mameluckenstreitmacht, die der Sultan von Kairo geschickt hatte, war vernichtet worden, und über die Auswirkungen in Kairo, in Venedig und in Konstantinopel wußte man noch nichts.

Jakob von Lusignan suchte später als die meisten anderen das Kloster der Franziskaner auf und brachte Erzbischof Wilhelm Goneme mit. Es kam nicht zu zärtlichen Aufmerksamkeiten wie im Herrenhaus in Nikosia. Auf dem Gesicht des Königs drückte sich Unentschlossenheit aus, und seine Finger trommelten ruhelos auf den Knien. Nicolaas sagte: «Das ist Unsinn. Ich sollte gar nicht hier sein. Ein gutes Pferd und feste Stiefel, und ich bin morgen in Nikosia.»

«Nein!» entgegnete Zacco. «Mit solchen Schnittwunden? Bei diesem Blutverlust? Nehmt Euch Zeit. Und wenn Euer Geist Beschäftigung sucht, dann geht nach Sigouri. Ruft Eure Leute dorthin. Macht Euch mit der Burg, ihren Ländereien vertraut und den Zuckerrohrfeldern darum herum. Nikosia ist nur ein Sammelplatz. Aber was muß hier getan werden? Der Hafen muß freigemacht werden, die Schiffe müssen gehoben, die Lagerhäuser wieder aufgebaut, die Herrenhäuser gesäubert und bewohnbar gemacht werden. Die Mühlen und die Kanäle sind beschädigt. Die Werkstätten sind zerstört, in denen Seife und Öl, Farben und Wein erzeugt wurden. Die Vorratslager sind verseucht und leer, die Kais von Unkraut überwachsen und zu nichts nütze. Die Handlanger, die Kaufleute müssen erst wieder angelockt werden. Die Stadt braucht Pferde, Kamele, Ochsen, Ziegen und Kühe zum Melken; Federvieh, das Eier legt. Die Verteidigungsanlagen müssen ausgebessert werden. Wo sind die Aufzeichnungen des Zollamts? Wie viele von den Handwerkern sind gestorben – von den Schmieden, den Küfern, den Webern, Drechslern, den Leuten vom Arsenal? Wo sind die Frauen und Kinder, die Alten, die aus der Stadt geschickt wurden und jetzt zurückgebracht werden müssen? Habt Ihr daran gedacht, Niccolo?»

«Jemand muß daran denken», sagte Nicolaas. «Aber ich habe einen Kontrakt abgeschlossen als Söldner, und ich sollte den Zuckerrohrbau gewinnbringend machen und mich um die Färberei kümmern. Für das übrige habt Ihr andere Leute.»

Der König erhob sich. «Der Kontrakt ist beendet. Ich biete Euch einen besseren an. Sollte ich das nicht? Ich schulde Euch mein Königreich, mein Leben, mein Wohlergehen. Denkt daran. Nehmt an.»

«Und die Mamelucken?» warf Nicolaas rasch ein.

Der König antwortete mit einem entwaffnenden Lächeln. «Ihr habt den Weg bereitet, mein süßer Nikko. Sultan Khushcadam in Kairo wird erschrocken, aber schnell wieder besänftigt sein. Unser Erzbischof hat als Botschafter Erfahrung: er hat diese Aufgabe schon einmal mit Erfolg gemeistert. Er geht auf die Reise mit unserem tiefsten Bedauern – und herrlichen Geschenken.» Zacco warf ihm plötzlich einen strahlenden Blick zu. «Nikko, Ihr könntet ihn begleiten.»

In Ägypten umherirren, allein. Nicolaas unterdrückte ein fiebriges Lachen und sagte: «Ihr seid freundlich, Majestät, aber ich möchte jetzt nach Nikosia zurückkehren. In einer Ehe entscheiden Mann und Frau über so etwas gemeinsam.»

Er sah den König hinausgehen, während der Erzbischof noch kurz stehenblieb, um ihm den Segen zu spenden. Er ging in Gedanken durch, was er dem König bei ihrer nächsten Begegnung sagen wollte, und stellte dann fest, daß er dies im Schlaf getan hatte und der neue Tag schon angebrochen war. Er fragte den ersten Mönch, der vorbeikam: «Wo residiert der König jetzt?»

Und der Mönch beruhigte ihn und sagte: «Der König ist nach Nikosia gegangen, Herr. Die anderen sind auch im Begriff aufzubrechen. Sie wohnten in der letzten Zeit im Palast.»

Als Niccolo schließlich am Palast ankam, war Zacco bereits fort, und die Pferde warteten schon auf Rizzo di Marino. Nicolaas ließ sich bei ihm melden.

Der Kanzler sagte: «Ich hätte kommen sollen, aber die Mönche schwätzen mir zuviel. Setzt Euch. Der König sagt, er hat Euch gebeten zu bleiben.»

Nicolaas setzte sich und stützte das Kinn auf den Knauf seines Stocks. Dann hob er den Kopf und sagte: «Ihr habt also den Überfall auf die Mamelucken befehligt?»

«Ja», entgegnete Rizzo di Marino. «Die Abwesenheit des Emirs war natürlich unbedingt nötig. Der König hat Euch sicher seine Dankbarkeit ausgedrückt.»

«Er hat das Blutbad gutgeheißen?»

«Mein teurer Ser Niccolo, er wußte nichts davon. Gleich Euch rechnete er damit, daß die Ägypter in Famagusta einrücken würden. Ich nehme den Vorwurf gern auf mich. Mir schien es ratsam, ein solches Ereignis zu verhindern, das den König das Leben hätte kosten können.»

«Ich bin sicher, der Onkel des Königs hätte zugestimmt», sagte Nicolaas. «Es ist traurig, daß Tzani-bey nicht nur herausfand, daß wir gewarnt worden waren, sondern auch erfuhr, wer uns gewarnt hatte. Geradeso wie es, so könnte man sagen, nützlich war, daß Tzani-bey von den Verhandlungen mit Uzun Hasan hörte, die ihn den Plan zu dem Aufstand fassen ließen. Nur ganz wenige wußten davon.»

Der Sizilianer sah ihn an. «Erlaubt mir eine Frage: Bedauert Ihr Tzani-beys Tod? Beunruhigt Euch die Vernichtung einer Horde führerloser Mamelucken? Gewiß nicht. Wie kann man diese Dinge dann rügen, ganz gleich, auf welche Weise sie herbeigeführt wurden? Ich tue es nicht, und Ihr solltet es lieber auch nicht tun. Nehmt, was Euch angeboten wird, und genießt es.»

Er war pflichtbewußt. Bedauerlicherweise war Rizzo di Marino pflichtbewußt und würde niemanden verraten. Doch einen Bescheid würde er ihm vielleicht noch geben. «Und haltet Euch von Nikosia fern – wolltet Ihr noch sagen?»

Rizzo di Marino blickte ihn nachdenklich an. «Ich bin wie Ihr. Ich packe das Leben wie den Stier bei den Hörnern. Ich rechne nicht damit, daß es leicht oder angenehm wird. Geht nach Nikosia, wenn Ihr müßt. Der König rechnet freilich nicht damit. Mutet seiner Zuneigung nicht zuviel zu. Eure Zeit wird kommen, wenn er feststellt, daß er zwar den Sultan nicht mehr zu fürchten braucht, dafür aber von Venedig bedrängt wird.»

Die Franziskaner hatten ihn vermißt und machten ihm Vorwürfe. Er machte Astorre ausfindig und schickte ihn zusammen mit Thomas aus der Stadt, um alle Vorbereitungen für das Abrücken aus dem Feldlager zu treffen. Auf Fragen sagte er: «Gebt mir zwei Tage Zeit, dann kommt nach Nikosia. Dort reden wir über die Zukunft.» Er sah den Glanz in Astorres Auge und konnte sich vorstellen, wie er die kommende Nacht in Thomas' Beisein damit verbrachte, die Kriege aufzuzählen, die seiner Neigung entsprachen.

Zu John le Grant sagte er: «Nikosia morgen – erst spät. Ich habe vorher einiges zu besorgen. Was gibt es Neues? Ist Crackbene aus Salines zurück? Feiert der König, plant er, trauert er, hurt er herum oder betrinkt er sich einfach?»

«Es geht das Gerücht», sagte der Geschützmeister, «er sei abgesessen und schnurstracks zu seiner Mutter gegangen. Crackbene ist in Nikosia mit seinen genuesischen Gefangenen von der *Adorno*. Tobie und Loppe haben Diniz bei sich im Herrenhaus. Zorzi ist noch immer in der Färberei – bald wird ihm, wie ich annehme, das Geschäft auf königliche Anweisung auf einem großen schmutzigen Präsentierteller verehrt werden. Unsere guten alten venezianischen Freunde sind alle in Nikosia, da der König sie nicht hierherkommen läßt, damit sie nicht in finstere Winkel gezerrt und abgeschlachtet werden. Die Oberen von Famagusta sind in Gewahrsam, bis man sieht, was die Republik für sie bezahlt. Eure Gemahlin ist noch im Palast. Was wollt Ihr noch wissen?»

«Wer sind Crackbenes Gefangene?»

«Ich weiß es nicht», erwiderte John le Grant. «Wenn Ihr hierbleibt, gehe ich zu Mick und frage ihn. Ihr glaubt, es könnte jemand sein, der etwas mit dieser armen Frau zu tun hat?»

«Sie glaubte es», sagte Nicolaas. «Und Gregorio auch. Er glaubte, ihr Gemahl Simon werde kommen. Und das Schiff war die *Adorno*. Aber Ihr braucht nicht mein Botenjunge zu sein. Ich reite morgen nach Nikosia.»

Den Besorgungen, von denen er gesprochen hatte, kam er am nächsten Tag nach, während John le Grant auf ihn wartete. Es handelte sich um Besuche in Kirchen, Spitälern und Häusern, in denen er mit Abul Ismail zusammen Menschen gepflegt hatte. Dann einen Besuch in seinem alten Quartier. Und noch einen Besuch.

Es fiel ihm nicht leicht, denn er war schwach und konnte nur mühsam gehen, wenn er auch so vernünftig war, sich von Dienern begleiten zu lassen. Und es war noch auf eine andere Weise beschwerlich, denn er sah, wie sehr er gebraucht wurde. Sieben Wochen gutes Essen hatten noch nicht ausgereicht, um Leben und Frische in die Gesichter zu bringen, die er wiedererkannte, und einige waren von Krankheiten dahingerafft worden. Aber jetzt waren Kinder da, zwei oder drei, und ein Säugling, der den kalten Stein der Kirche der heiligen Anna nicht mehr kennenlernen würde. Im Hospiz der Ritter vom heiligen Johannes traf er die Brüder an, die er kannte, und viele andere, die neu hinzugekommen und schon geschäftig bei der Sache waren, schrubbten, putzten, Vorräte ergänzten und nach den Kranken sahen.

Unter den Brüdern waren Louis de Magnac und Combort. Jetzt wurde Nicolaas herzlich begrüßt, seine Vergehen waren mehr als vergeben. Er erwiderte die Grüße ebenso freundlich, denn er sah die Ritter jetzt mit anderen Augen. Auch sie kämpften und pflegten. Auch sie hatten die beiden Gesichter des Krieges gesehen und doch weitergemacht. Diese Männer hatten den Geschützen von Famagusta getrotzt, waren waffenlos durch die Nacht geschritten in der stillen Prozession, die die Stadt erlöst hatte. Sie hatten Nüchternheit, Mut und Barmherzigkeit bewiesen, eine Handlungsweise, die sich abhob von den Ränken, die dem vorausgegangen waren. Man brauchte ihm nicht zu sagen, welcher Art sie gewesen waren und wer sie geschmiedet hatte. Er hatte die kaltblütige Aufhetzung erkannt, die seinen Angriff auf Famagusta herauszufordern suchte. Er konnte sich die sanfte Indiskretion vorstellen, durch die Zacco schließlich von der Gefahr erfuhr, in der sein Niccolo schwebte. Und er konnte den Ursprung des Drucks ahnen, der zuletzt barmherzige Männer dazu gebracht hatte, beim König vorstellig zu werden und die Stadt mit Nahrung zu versorgen. Habgier und Arglist, Scham und Verlangen hatten diesen gnädigen Waffenstillstand hervorgebracht. Aber aus alledem war Leben hervorgegangen zum Ausgleich für den Tod, den er auch verursacht hatte.

Inzwischen wartete John le Grant bei den Franziskanern mit den Pferden und der berittenen Eskorte, die sie nach Nikosia bringen sollte, was immer sie dort auch erwartete. Da Männer keine Kinder waren, hatte er Nicolaas sich selbst überlassen. Der Abt war kurz und bündig gewesen.

«Böse Fleischwunden; großer Blutverlust; allgemein recht schwach. Auf den Oberschenkel achten und den Arm. Seine Schulter wird er spüren. Ausruhen vor der Abreise; Rasten auf halbem Weg, dann schafft er's. Schlaf und gutes Essen und keine Aufregung. Ratschläge für Engel, wie? Nicht für einen jungen Mann von diesem Verstand.» Er hatte den Kopf geschüttelt. «Was hat er alles getan für uns während der Belagerung! Er war vom Himmel geschickt. Und der andere. Obschon er ein Heide war, haben wir für den anderen gebetet.»

John le Grant war an dem Tag auch in einer Kirche gewesen. In der Kathedrale des heiligen Nikolaus war gerade eine Messe gefeiert worden, und da war es schwierig gewesen, einen zu finden, der ihm das Grab zeigte, das er suchte, und er war sehr langsam gegangen, denn er wollte Nicolaas dort nicht begegnen. Obschon die Kirche gesäubert worden war, hafteten ihr noch Gerüche an, die daran erinnerten, wozu man sie in den letzten Jahren benutzt hatte. Er mußte wieder an die Kirche in der Festung St. Hilarion denken und all das, was er und Tobie und Nicolaas von diesem Tag zu vergessen wünschten.

Schließlich fand er den Sarg, er war neu und billig, einer von denen, die schnell aus Nikosia herbeigeschafft worden waren. Oben darauf lag ein kleiner Strauß süß riechender weißer Alpenveilchen und ein Büschel aus vertrocknetem, geflochtenem Schilfgras, dessen Bedeutung, falls ihm eine innewohnte, er nicht zu erkennen vermochte. Diese Dinge sagten ihm aber zumindest, daß es Nicolaas gelungen war hierherzu kommen. Und was sich immer zwischen ihnen ereignet hatte, Katelina war zum Schluß der Obhut dieses erhabenen Hauses seines Namensheiligen anvertraut worden. John le Grant verließ die Kathedrale gemessenen Schrittes und dachte an etwas, das Thomas ihm einmal erzählt hatte, und verspürte ein dumpfes inneres Unbehagen, das schwerlich Furcht genannt werden konnte.

Bald nach seiner Rückkehr kam auch Nicolaas, und sie machten sich auf den Weg. Nach fünfzehn schmerzhaften Meilen sagte Nicolaas: «Was ist das Schlimmste, was Euch oder mir in diesem Augenblick widerfahren könnte?»

Die Furcht war noch immer da. John le Grant entgegnete in seinem mürrischsten Ton: «Sagt's mir schon.»

«Weil es nämlich tatsächlich geschieht», sagte Nicolaas. Seine Augen waren nach vorn gerichtet. Der Geschützmeister folgte ihrem Blick. Dort vorn, die Beine zu beiden Seiten seines Maultieres ausgestreckt, wartete auf sie Ludovico da Bologna, Patriarch von Antiochia.

«Psimoloso», rief er, sobald sie in Hörweite waren. Es war unverständlich.

«Oh, gütiger Gott», sagte Nicolaas.

Der Patriarch kam herangeritten.

Wo immer er an diesem Morgen gewesen war, er hatte keine Zeit gehabt, sich den Bart zu schaben. Unter seinem Spitzhut mit dem Schleier sprang sein Haar mit der üblichen wilden Kraft hervor und vermischte sich mit den Brauendickichten und den Haaren in Nase und Ohren. Sein Gesicht war mit Narben bedeckt. «Und Ihr riecht», sagte er zu John le Grant, als ob er gesprochen hätte. «Selbst der König roch, als er von dort kam. Kommt. Das ist das Gut, da drüben. Da ist auch so was wie ein Haus. Die Dörfler wollen ihre Abgaben nicht bezahlen, weil dieser Bursche den Fluß umlenkt. Ihr müßt mir zeigen, was man da machen kann, und Lancelot hier wird zuhören, während ich ihm sage, was er tun soll. Bringt die Leute mit. Da ist ein Stall.»

«Wo?» fragte John le Grant.

Die Antwort gab Niccolo. Ein Funke war zwischen den Schatten seines blutleeren Gesichts aufgegangen. «Ihr habt's doch gehört. Psimoloso. Das ist eines der Dörfer des Patriarchats. Da drüben, am Pedhieos. Wollt Ihr dahin?»

Was ihn vor einem Augenblick noch schrecklich gedünkt hatte, schien plötzlich von einem gewissen Wert zu sein. John sagte: «Warum nicht? Wer hat's denn eilig?» Sie bogen von der Straße ab und ritten langsam weiter, und das Maultier trottete neben ihren Steigbügeln her.

«Ihr bekommt Schinken zum Abendessen», sagte der Patriarch von Antiochia. «Sie züchten gute Schweine hier in der Gegend. Bauen Weizen an, wenn der Fluß sich anständig benimmt. Erbsen. Linsen. Kichererbsen. Oliven. Johannisbrot. Zwiebeln. Wir treiben einen bedeutenden Handel mit Zwiebeln. Ist auch eine schöne, fruchtbare Gegend oben bei Kythrea. Wenn er Euch Sigouri und Prastio gibt, dann besteht auf Palekythro. Feines Zuckerrohr wächst dort, flußaufwärts. Ihr könnt mir diese Schlingel vom Leibe halten, die mir das Wassernutzungsrecht streitig machen wollen. Aber vielleicht überlegt er sich's noch, wo er Euch hinhaben will.»

«Der König?» sagte Nicolaas.

«Er wird jetzt merken, wieviel Hilfe er in Nikosia braucht. Und Goneme wird abreisen und den Sultan in Kairo umschmeicheln müssen. Wir haben das mit Uzun Hasan sehr gut gemacht.»

«Wir?» sagte Nicolaas.

«Nun, Venedig hat mit allen Mitteln zu erreichen versucht, daß Uzun sich gegen Konstantinopel erhebt. Das war letztes Jahr. Er hat es aber nicht getan. Ihr seid über Damaskus und Karaman an ihn herangekommen, und ich habe das meinige getan. Er hat für uns auch nicht gekämpft, aber er könnte es tun. Ein vereinigtes turkmenisches und äthiopisches Heer, da hätten sie alle aufgehorcht. Nun, vielleicht haben wir das nächste Mal mehr Glück. Die Mamelucken zu vernichten, das war schon etwas.»

John sagte: «*Venedig* stand in Verhandlungen mit Uzun Hasan? Dann könnten sie ... diesen Brief angeregt haben?»

«Schluchzen wir alle um den verstorbenen Kaiser David mit seinen abartigen Neigungen?» Der Patriarch deutete mit einem schmutzigen Daumen auf Nicolaas. «Könnte seine Schuld sein. Könnte meine Schuld sein. Vielleicht hat Zorzi ihn vorgeschlagen, diesen berühmten Brief, der seinen Tod bedeutete, oder Corner oder eine von diesen Ehefrauen, von denen unser Niccolo die Finger nicht lassen kann. Erlaubtes Glücksspiel: Gott billigt den Gebrauch jedes Werkzeugs, wenn es gegen den Türken geht. Denkt an Abul Ismail.»

Nicolaas fragte: «Wer hat Abul Ismail verraten? War es Markios?»

«Natürlich. Es war Zeit, daß man die Mamelucken loswurde. Der Palast wußte, daß Ihr dabei mithelfen konntet. Sie haben nicht damit gerechnet, daß Ihr mit Uzun Hasan verhandelt, aber sie wußten, daß Ihr gegen den Emir antreten würdet, sobald Famagusta befreit war, und was Ihr auch getan hättet, hätte zu einem Aufstand irgendwelcher Art führen können. *Sein*

Kopf in einem Schweinetrog, geht das Gerücht. Nun, Ihr habt auch noch den Schädel des Doktors abgetrennt bekommen, aber grämt Euch nicht deswegen. Er hatte deutlich gemacht, was er dachte, und Tzani-bey hätte ihn keinesfalls am Leben gelassen. Auch gibt es schlimmere Sachen als Kopfabschneiden. Ich beschreibe Euch ein paar, wenn es nicht gerade Schinken gibt.»

Kurz darauf langten sie an, und es gab tatsächlich Schinken im Verlauf eines bemerkenswert guten Mahls, bei dem Nicolaas schließlich einschlief. Sein Gastgeber redete weiter und achtete nicht auf ihn. Endlich knallte er sein Messer hin und sagte: «Ins Bett. Morgen früh halte ich eine kurze Andacht, dann reite ich mit Euch nach Nikosia.» Seine Augen folgten denen Johns zu dem Tisch hin, an dem Nicolaas zwischen den erloschenen Kerzen schlief, den Kopf auf den überkreuzten Armen.

«Laßt ihn», sagte der Patriarch. «Er ist im Warmen, er ist im Geborgenen, er hat gutes Essen in sich. Zacco sagt, er hat sich mit Großmüttern umgeben. Ihr habt mehr Verstand.»

«Wir haben eine tätige Teilhaberschaft», sagte John le Grant.

«Dann gebt ihm keine Ruhe. Sorgt dafür, daß er diesen klugen Kopf arbeiten läßt, bis er schwitzt. Widersetzt Euch ihm. Fordert ihn heraus. Füllt ihn mit Säure. Dann führt ihn sich keiner zu Gemüte, ehe wir herausfinden, wozu er taugt. Habe ich Euch geweckt?»

Von dem Tisch drang ein verschwommener Laut her. Ohne große Begeisterung reckte sich Nicolaas, stützte die Ellenbogen auf und den Kopf in die Hände. Seine Augen blieben geschlossen. «Ich bin bis zu dem klugen Kopf in der Säure gekommen», sagte er.

«Nun, gut, daß Ihr wach seid», sagte der Patriarch von Antiochia. «Andacht morgen früh, habt Ihr gehört? Dann reiten wir nach Nikosia. Meister John kann sofort ins Herrenhaus gehen, aber ich muß Euch mit in den Palast nehmen. Nein, erst müßt auch Ihr ins Herrenhaus gehen. In diesen Kleidern verstänkert Ihr den ganzen Palast.»

Nicolaas hatte die Augen aufgeschlagen. «*Ihr* müßt *mich* mitnehmen? Wer hat das bestimmt?»

«Ich könnte Euch raten lassen, aber ich tu's nicht. Frau Marietta, unfein auch Ohnenase genannt. Sie will über die *Adorno* reden.»

Nicolaas nahm beide Hände vom Gesicht. «Was ist mit der *Adorno*?»

«Euer Mann, dieser Crackbene, ist ein Held», sagte der Patriarch. Er ergriff die eine noch brennende Lampe und zündete eine Kerze daran an. «Die braucht Ihr für Eure Kammer. Haben alle Glocken in Nikosia für Crackbene läuten lassen, als er von Salines zurückkam, und gestern abend hat ihm der König ein Festmahl und einen goldenen Becher gegeben. Zwölf Gefangene hat er mitgebracht, abgesehen von der Besatzung. Der König rechnet mit einem beträchtlichen Lösegeld.»

John le Grant erinnerte sich wieder, warum er Ludovico da Bologna haßte. Er fragte: «Kommen alle Leute von der *Adorno* aus Genua?»

«Alle», sagte der Patriarch, «bis auf einen.» Er sah Nicolaas an. Nicolaas schwieg.

«Aber damit habt Ihr ja gerechnet», fuhr der Patriarch fort. «Der junge Portugiese auch. Vasquez. Diniz Vasquez. Der Junge meinte, Ihr solltet Euch verstecken. Aber Frau Marietta sagte, nein, natürlich nicht, sie würde nach Euch schicken.» Er grinste Nicolaas an. «Wollt Ihr Euch verstecken? Ich könnte es ihr sagen.»

«Nein», erwiderte Nicolaas. «Aber nennt mir seinen Namen. Wie heißt der Mann von der *Adorno*, der kein Genuese ist.»

Der Priester hob die breiten, schwarz umhüllten Schultern. Die Kerze flackerte, und sein Schatten mit dem spitzen Hut ragte an der weißen Mörtelwand hinter ihm hoch auf. «Müßte ich mich erinnern? Ich habe den Mann gesehen. Ich habe ihn einmal in St. Omer gesehen, mir aber seinen Namen nicht gemerkt.»

«Wie sah er aus?» fragte Nicolaas, noch immer etwas schlaftrunken.

Der Patriarch zog die Brauen in die Höhe und musterte sie beide. «Hatte sie mehr als einen Angehörigen, die arme Flamin?

Was glaubt Ihr, wer nach Zypern reisen würde, wo der Vater des Jungen getötet wurde und seine Tante jetzt im Grab liegt? Ich kann Euch nur sagen, daß er ein reicher Mann ist, sonst hätte er nie so viel Fleisch auf seinem Knochengerüst angesammelt. Ein mächtiger Mann, denn er behandelte die Diener wie Ungeziefer und sprach den König an, als wäre er fast seinesgleichen. Und ein boshafter Mann, denn er sagte, er sei gekommen, um den neuesten Günstling des Königs zu bewundern, der seinen Sohn zum Witwer und seine Tochter zur Witwe und sich selbst zum Ehemann einer Metze gemacht habe, und das alles in nur zwölf Monaten.»

Nicolaas sah ihn an, sein Gesicht war vollkommen ausdruckslos. *Sein Sohn*, dachte John vorsichtig. Dann konnte es nicht Simon de St. Pol sein, der Gemahl Katelinas. Simon de St. Pol war in Venedig gewesen und hatte Nicolaas damals zu töten versucht. John hatte, ohne dabeigewesen zu sein, von all diesen Geschichten gehört, und er wußte, wie Simon aussah, nämlich wie ein Adonis. Nicolaas hatte mit Simon gerechnet. Er hatte ihn schon auf Rhodos erwartet. Aber Simon war nicht gekommen. Er war verhindert gewesen oder hatte einen anderen geschickt oder war gezwungen gewesen, sich einem anderen zu fügen. Und dieser andere mußte Simons Vater sein.

Nicolaas sagte: «Ihr sprecht von Jordan de Ribérac.»

«Ihr habt's!» sagte Ludivoco da Bologna. «Ribérac. Land von Troubadouren. *Ich bin Arnaut, der den Wind pflückt; Und den Hasen jagt mit dem Fuchs; Und gegen die hereinkommende Flut schwimmt.* Der Vicomte de Ribérac. Kein Troubadour. Freund von René von Anjou. Berater des französischen Königs in Dingen der Finanzen. Mag Euch nicht. Vielleicht solltet Ihr nach Famagusta zurückreiten.»

«Oder schlafen», sagte Nicolaas. «Andacht morgen früh?»

«Ich würde es anraten», sagte der Patriarch von Antiochia.

Kapitel 45

Zu den vielen, die den Vicomte de Ribérac fürchteten und verabscheuten, zählte sein portugiesischer Enkel Diniz Vasquez. Die Nachricht, daß de Ribérac auf Zypern war, erreichte Diniz in Nikosia an dem Tag, an dem auch Nicolaas davon erfuhr. Nicolaas, unter dem Dach des Patriarchen in Psimoloso zur Untätigkeit verurteilt, konnte vorläufig noch nichts tun. Diniz dagegen handelte sofort.

Als Kind in Portugal hatte Diniz diesen kalten, dicken Menschen um seiner Mutter willen gefürchtet, die de Ribéracs Tochter war. Jetzt hatte er aus anderen Gründen Angst. *Ich kann nicht warten,* hatte Katelina van Borselen in ihrer Not gesagt – in der Erwartung, ihr Gemahl werde kommen und van der Poele nachstellen, in der Angst, ohne sie als Mittlerin werde es einen Mord geben. Aber nun war statt Simon dessen Vater mit dem Befreiungsschiff *Adorno* gekommen. Dieser fette Mann, der von ihrem Gemahl, seinem Erben, voller Verachtung sprach; der den Vorschlag begrüßt hatte, ein Sohn von René von Anjou solle Niccolo, den Familienfluch, in den Abruzzen töten. So hatte wenigstens Katelina gesagt.

In jenen Monaten in Famagusta, als er zwangsweise zum Mann heranreifte, hatte Diniz Vasquez Katelina verstehen gelernt, die eigenartige, von Unruhe erfüllte zweite Ehefrau seines Onkels, so wie er Niccolo van der Poele nähergekommen war, dem nicht anerkannten Sohn des ersteren. Die Bande zwischen den beiden waren jetzt klar, und er ahnte zumindest einen Teil der Vorgeschichte. Auch wußte er als einziger von denen, die überlebt hatten, warum sie nach Famagusta gekommen und warum sie dort geblieben war. Und er war so wie sie entschlossen, so gut er konnte, den Mann vor Schaden zu bewahren, den er jetzt im stillen Niccolo nannte.

Er fürchtete sich vor seinem Großvater, aber er war kein Feigling. Er hatte Famagusta beruhigt verlassen, von dem Arzt Beventini davon überzeugt, daß van der Poele ohne sie beide besser aufgehoben wäre. In Nikosia und im Herrenhaus eingetroffen, hatte er als erstes bei Bartolomeo Zorzi vorstellig werden wollen, dem Venezianer, der seine Flucht aus der Färberei zu einer so einfachen Sache gemacht hatte.

Der Arzt hatte ihn zurückgehalten. «Nicolaas will selber mit Zorzi sprechen. Wenn du einen Künstler am Werk beobachten willst, dann geh hin und hör zu, wenn er das tut. Falls er dazu am Leben bleibt. Wann gehst du fort?»

Diniz war errötet. «Ich kann mir anderswo eine Kammer suchen.»

«Das meine ich nicht», hatte der Arzt gereizt gesagt. «Ich meine, wann fährst du nach Hause? Du hast doch noch eine Mutter, nicht wahr? Wenn sie nicht weiß, daß die arme junge Frau tot ist, kann sie sich nicht um ihren kleinen Jungen kümmern. Was wird aus ihm werden?»

«Ich weiß es nicht», sagte Diniz. «Sie hat Briefe für Simon und für meine Mutter hinterlassen. Ich habe sie nicht geöffnet.»

«Nun, je länger du dich hier herumtreibst, desto länger wird es dauern, bis sie geöffnet werden.» Die Worte des Arztes mochten barsch klingen, aber Diniz wußte, daß er nicht zornig, sondern besorgt war. Auf jeden Fall würde er nicht gehen, bevor van der Poele da war. Er hatte zu diesem Zeitpunkt keine Ahnung, daß Niccolo mit dem Mamelucken noch abzurechnen gedachte. Er war wie ganz Nikosia bestürzt gewesen über die Kunde von dem Blutbad im Mameluckenlager. Er war entsetzt gewesen über die Nachricht aus Famagusta, die Beventini mitgebracht hatte, als er mit einem Schwall wilder Flüche in die Stube gestürzt war. «Ich hab's gewußt! Der dumme rachsüchtige junge Bursche! Während Rizzo di Marino bei den Mamelucken hauste, hat Nicolaas mit Tzani-bey in Famagusta einen Zweikampf ausgefochten.»

Der große Neger mit Namen Loppe war auch in der Stube. Er blickte auf und wartete. «Was ist geschehen?» fragte Diniz.

«Er hat Tzani-bey die Hand abgehackt. Herrlich. Der Emir ist tot, und Nicolaas wird bei den Franziskanern zusammengeflickt.»

«Müßte man das nicht seiner Gemahlin sagen?» meinte Loppe nach einer Weile.

«Sie weiß es schon, sie hat's mir gesagt», entgegnete der Arzt. «Sie sind alle ganz aufgeregt im Palast. Und Crackbene ist aus Salines eingetroffen. Sie haben ihn mit Blumen bekränzt und ihm eines der königlichen Gemächer zugewiesen. Sie wissen nicht, ob sie die Glocken wegen der Übergabe von Famagusta oder wegen des glücklichen Hinscheidens des Emirs läuten sollen. Man rechnet damit, daß der König heute in die Stadt einzieht und Crackbene seine Siegesmedaille verleiht. Ich mache mich lieber auf den Weg und sehe nach diesem verdammten Narren in Famagusta. Sie haben Abul Ismail getötet.»

«Was?» sagte Diniz.

«Der Emir hat es getan», fuhr der Arzt fort. «Hat irgendwie herausgefunden, daß der Araber ihn verraten hatte. Sie sind ein verrücktes Volk, aber er war ein guter Arzt. Wahrscheinlich fechten sie das alles im Paradies aus. Ich gehe.»

Der Neger sagte: «Doktor Tobie, wenn Meister Nicolaas bei den Franziskanern ist, dann kümmern sie sich um ihn. Und Meister John ist auch noch da.» Er bediente sich wie immer der förmlichen Rede, doch Diniz wurde von einem Blick überrascht, der, so kurz er auch dauerte, keineswegs förmlich war. Loppe setzte hinzu: «Hat man etwas von den Gefangenen gehört? Den Männern, die auf der *Adorno* waren?»

Der Arzt blieb stehen und blickte Diniz stirnrunzelnd an. «Nun, warum sollst du's nicht erfahren. Ja, Crackbene hat die Gefangenen von der *Adorno* mitgebracht.»

«Und mein Onkel Simon ist dabei?» fragte Diniz. Ihm war übel. Simon war wahrscheinlich in der Stadt. Inzwischen würde Simon wissen, daß seine Ehefrau Katelina tot war.

«Nein», sagte Tobie. «Nicht Simon, sondern dieser unverschämte fette Schaumschläger, dem Nicolaas die Narbe im Gesicht verdankt, dein Großvater, Jordan de Ribérac. Und bleib mir fort von ihm, Junge. Du hattest deine Stunde mit dem Beil. Du hast schon genug über Nicolaas geschwatzt.»

Diniz spürte, wie er errötete. «Nein, ich glaube, ich könnte helfen.»

«Das kannst du», sagte der Arzt. «Indem du dich nicht sehen läßt.» Er berührte Loppe am Arm, drehte sich um und ging hinaus. Der Neger warf ihm einen Blick hinterdrein, aber Diniz vermochte ihn nicht zu deuten. Doch später, als er allein in seiner Kammer war, hörte er ein Klopfen, und da stand Loppe vor der Tür und wollte ihn sprechen.

Er hatte nie darüber nachgedacht, wer Loppe eigentlich war. Als Haushofmeister des Herrenhauses und als Verwalter der Zuckerrohrpflanzungen war er zweifellos eine gewichtigere Person, als es den Anschein hatte – ein ehemaliger Sklave aus Guinea, ein Neger, Angehöriger einer niederen Rasse. Aber er war auch, wie er erfahren hatte, Teilhaber der Bank von Niccolo; eine Stimme, wenn auch eine ruhige, bei den Beratungen der Genossen und ein Freund van der Poeles, dem er seit mehreren Jahren schon verbunden war. Jetzt sagte Loppe: «Doktor Tobie hat sich entschlossen zu bleiben. Es ist besser. Manchmal wird Meister Nicolaas mehr Hilfe angeboten, als er gebrauchen kann. Wenn er jetzt Hilfe nötig hat, dann eine solche von anderer Art.»

Jordan de Ribérac. Diniz sagte: «Ich könnte mit meinem Großvater sprechen. Vielleicht könnte ich ihm erklären, wie sich alles zugetragen hat. Sonst wird er Messer Niccolo die Schuld geben.»

«Daran hatte ich gedacht», erwiderte der Neger. «Ich könnte Euch zum Palast bringen lassen. Ich weiß freilich nicht, ob Monseigneur le Vicomte mit Euch sprechen will. Würdet Ihr hingehen?»

Er ging hin, und es wurde ein völliger Fehlschlag. Der Name Niccolo van der Poele war im ganzen Palast bekannt. Diniz erfuhr, wo die Gefangenen von der *Adorno* in Gewahrsam gehalten wurden, und ließ sich zu der abgeschlossenen Kammer bringen, in der sein Großvater war. Die Wachen verschwanden, um mit seinem Großvater zu sprechen, und kamen wieder zurück. Er hatte sich umsonst innerlich gewappnet. Sein Großvater weigerte sich, ihn zu empfangen.

Er glaubte den Wachen nicht und schickte sie noch einmal hinein. Sie kamen, von de Ribéracs zornigen Worten verfolgt, wieder zurück und sagten ihm, er solle gehen. Er beharrte auf seinem Verlangen.

Das war ein Fehler, denn dadurch gab es eine Unruhe, und andere Wachen kamen, und er wurde in eine Kammer eingesperrt, bis jemand sich erkundigte, wer er war. Er saß da und litt an Kopfweh. Es wurde schlimmer. Als die Tür aufging, rechnete er mit dem Hauptmann von der Wache. Es war aber nicht der Hauptmann. Es war eine schöne Frau. Es war Primaflora, die Gemahlin Niccolos, die dieser unter gewöhnlichen Umständen nicht geehelicht hätte.

Vor langer Zeit hatte Diniz sie für die schönste Frau der Welt gehalten. Er hielt sie weiterhin dafür, selbst nachdem er herausgefunden hatte, daß sie eine Kurtisane war und Niccolo half und ihm das erlaubte, wovon Diniz selbst nur träumte. Nach dem Tod seines Vaters hatte sich Diniz ebensosehr Primafloras wie anderer Dinge wegen gegen van der Poele gestellt.

Und dann war ihr langer Aufenthalt auf Rhodos gekommen und seine Zeit in der Färberei und seine ungestüme Tat, die den Mann hätte töten sollen, den er für all sein Elend verantwortlich machte. Die heimtückische Tat, für die er bestraft worden war. Danach war Primafloras Bild verblaßt, und er war nach Famagusta geflohen, ohne sie wiederzusehen, und er war Niccolo van der Poele begegnet und hatte entdeckt, daß man ihm doch vertrauen konnte. Selbst als er ihm von seiner Heirat erzählte, hatte er keine Eifersucht empfunden, außer Katelinas wegen. Und er zweifelte jetzt nicht mehr an Niccolos Zuneigung zu Katelina. Oder überhaupt zu seinen Mitmenschen. Jemand, der nichts als ein Schwindler war, konnte sich nicht so verhalten, wie er es tat, eine schreckliche Woche nach der anderen, als ihr Leben, ihre Beziehungen zueinander, ihre Seelen offen zu Tage zu liegen schienen. Nach Famagusta dünkten einen alle Mühen des täglichen Lebens gering.

Als er jetzt Primaflora erblickte, weilten seine ersten Gedanken noch bei Katelina und dem Versprechen, das er ihr gegeben hatte. Er sagte: «Der Vicomte de Ribérac ist mein Großvater. Könnt Ihr mir helfen? Ich muß ihn sprechen.»

«Euer *Großvater*? Aber natürlich werde ich Euch helfen. Wurdet Ihr zurückgehalten? Diniz, was habt Ihr gelitten! All diese Monate in Famagusta. Ihr und die arme Frau Katelina. Ihr wart stark und habt es überlebt. Ich nenne das Mut. Ihr habt auch Euren Frieden mit Niccolo gemacht. Wißt Ihr, daß er verwundet ist?»

«Ich habe es gehört. Darum geht es. Einerseits geht es darum. Wenn ich nicht mit meinem Großvater sprechen kann, dann müßte man Messer Niccolo sagen, er soll sich nicht sehen lassen, bis der Vicomte fort ist. Mein Großvater wird ihm nämlich die Schuld geben.»

«Woran? Am Tod Eures Vaters? Aber Ihr wißt doch jetzt, daß Niccolo damit nichts zu tun hatte.»

«Er wird es aber annehmen. Er wird auch glauben, er habe Katelina getötet. Katelina hat Messer Niccolo gewarnt. Sie sagte, einer aus der Familie werde kommen, um Rache zu üben. Sie sagte, wenn einer von uns nicht vorher zu ihm gelangen und alles erklären könne, solle er sich verstecken.»

«Niccolo?» Primaflora lächelte. «Ich weiß, daß er bestrebt sein wird, alles zu tun, was die arme Frau wollte, aber ich glaube nicht, daß er ewig in Famagusta warten sollte. Soll ich Euch zu Eurem Großvater bringen? Die Wachen werden mich einlassen.»

«Die wollten mich ja auch einlassen», sagte Diniz. «Der Vicomte will nicht mit mir sprechen.»

«Ah, so ist das. Dann sollten wir vielleicht abwarten, und ich versuche es allein. Geht zurück ins Herrenhaus. Wenn der Vicomte einverstanden ist, schicke ich nach Euch. Schließlich ist er nur ein dicker, älterer Mann. Ich glaube wirklich nicht, daß er erfolgreich bestehen könnte, was einen Mameluckenemir das Leben gekostet hat. Überlaßt alles mir.»

Er war sich nicht sicher, aber sie sprach in sehr überzeugendem Ton, und er hielt es für möglich, daß sein Großvater sie aus Neugierde empfing. Und natürlich konnte sie ihren Ehemann besser verteidigen als er. Er ging und erzählte alles Loppe, der sich die Geschichte anhörte, ohne mehr als zwei, drei Worte dazu zu sagen. Dann wartete er, aber Primaflora schickte nicht nach ihm. Er wollte am nächsten Morgen gerade abermals den Palast aufsuchen, als van der Poele und John le Grant dahergeritten kamen, mit dem Patriarchen von Antiochia in der Mitte.

Mit Kapuzen und Umhängen gegen den Regen geschützt, waren die Gestalten kaum zu erkennen. Aber der Arzt stand still da und schwieg zunächst, und dann zog er sich die Kappe vom Kopf und setzte seinen kahlen Schädel dem Regen aus. «Jordan de Ribérac ist hier», sagte er. «Sitzt ab. Ein Bett ist bereit gemacht. Hat Euch jemand gesehen?»

«Niemand», sagte van der Poele, «verglichen mit den Scharen, die mich bald sehen werden. Ich werde im Palast erwartet. Ich habe gerade Zeit zum Umkleiden.»

«Wer sagt das?» Der Arzt hatte ein rotes Gesicht bekommen.

«Die Mutter des Königs, wie es scheint», erwiderte van der Poele. «Der Patriarch soll mich hinbringen.»

«Euch beide», sagte der Priester, «Euch und den Jungen.» Er blickte Diniz stirnrunzelnd an. «Höre ich deinen Dank? Ich habe den Leichnam deines Vaters von Rhodos mitgenommen.»

«Ich würde Euch danken, wenn Ihr mich zu meinem Großvater brächtet.»

«Gemacht!» dröhnte Ludovico da Bologna. «Und ich erwarte ein gutes Essen dafür als Lohn. Er wird inzwischen in Ohnenases Gemächern sein und es kaum erwarten können, dich und deinen angeschlagenen Freund hier zu sehen. Es war Ohnenases Einfall. Ein hübsches Familientreffen. Vergeßt nicht, Euch bei ihr zu bedanken.»

«Die Lusignans kennen sich gewiß gut aus in Familientreffen», sagte van der Poele. «Kommt Ihr mit zu diesem rührenden Wiedersehen?» Seine Stimme klang belustigt, aber er stand da, als wären seine Knochen zusammengeschweißt worden, und seine Haut hatte die Farbe von Bienenwachs.

«Ich?» erwiderte Ludovico da Bologna. «Ich danke Gott, daß ich kein St. Pol und kein Vasquez und kein Lusignan bin. Für die

Herberge schuldet Ihr mir übrigens nichts. Der Palast hat mir das im voraus bezahlt.»

Er wandte sich ab. Nicolaas ließ den Umhang fallen und sagte: «Du hast versucht, mit deinem Großvater zu sprechen? Mit wem hast du sonst noch gesprochen?»

Sein Gesicht mußte sich verändert haben, denn ehe er noch antworten konnte, sagte van der Poele: «Schon gut.»

Seit dem Eintreffen der *Adorno* hatte Nicolaas damit gerechnet, daß eine solche Begegnung stattfinden würde, wenn er auch geglaubt hatte, er werde es dabei mit Simon zu tun haben. Er hatte gewußt, daß er geschwächt sein, aber nicht, daß er an so vielen Stellen mit Verbänden aufwarten würde. Die entsprechenden Kleider dazu zu finden war ärgerlich und ermüdend gewesen, aber er war früher Richtern in noch zweifelhafterer Verfassung gegenübergetreten. Und er war gerade Tzani-bey gegenübergetreten und hatte ihn besiegt. Allerdings war Tzani-bey kein Verwandter gewesen, was alles einfacher gemacht hatte.

Das Gemach, in das sie geführt wurden, war jenes, in das man ihn vor sechzehn Monaten in Fesseln hineingeschleppt hatte. Wie damals waren die Wände mit Seidenstoffen und Teppichen behangen, der Anrichtetisch war mit Silberzeug beladen, und der rote und blaue Vogel trat auf seiner Stange von einem Bein aufs andere. Die Frau namens Comomutene oder Ohnenase saß wie zuvor auf ihrem hochlehnigen Thronsessel und beobachtete ihn aus schwarzen, mit dem Schminkstift umrandeten Augen über den pfeifenden Schleier hinweg, während die Hofdamen, die Hände anmutig gefaltet, hinter ihr standen.

Unter ihnen war Primaflora. Er hatte – wie war dies möglich? – das vollkommene Oval ihres Kinns vergessen und die Kräusellippen mit ihren Fältchen. Ihre kleinen Ohren mit den davor herunterfallenden goldenen Ringellocken, die zarten Bögen ihrer Brauen und die hellen klaren Augen. Sie trug ein Gewand, das er noch nie gesehen hatte, bestickt mit Perlen, die er sich hätte leisten können, aber noch nie die Zeit gehabt hatte, für sie auszusuchen. Sie trug ein Halsband, das er sich nicht hätte leisten können. Ihr Blick, der seiner Steifheit und Blässe nicht achtete, war nur um seinen Seelenzustand besorgt. Er ließ sie sehen, was sie sehen wollte, aber nicht mehr. Ihre Lider gingen langsam wie in Ergebenheit herunter. Er wandte sich der Mutter des Königs zu und verneigte sich, so gut er konnte, und Diniz tat es ihm gleich. Dann blickte er dorthin, wo zu ihrer Seite diesmal nicht die ungeschlachte Gestalt des Markios stand, sondern Jordan de St. Pol, Vicomte de Ribérac, auf einem wuchtigen, seiner Körperfülle angemessenen Sitz saß und ihn anstarrte.

Tobie hatte ihn einen Schaumschläger genannt, aber der Finanzberater des Königs von Frankreich war keine Spottfigur. Der Vicomte de Ribérac war ein breitschultriger Mann von großem Umfang, den er wie jetzt dazu benutzte, die Art und Größe seines Reichtums anzudeuten. Er war üppig mit Juwelen geschmückt. Unter der ausgefallenen Pracht seiner Kopfbedekkung ruhte das Gesicht mit seinen breiten, kräftigen Zügen auf mehreren Kinnwulsten; in einem Umhang aus zahllosen Zobelfellen füllte er mit seiner Person einen großen Raum aus. Seine Augen, die scharf aus ihren Tränensäcken blickten, musterten zuerst Nicolaas, dann jeden Zoll des Körpers seines jungen Enkels. Er lächelte nicht.

Die Mutter des Königs sagte: «Hier ist Messer Niccolo van der Poele, gegen den Ihr Anklagen vorbringt. Da ist Euer Enkel, der als Sklave in seiner Färberei gearbeitet hat. Ser Niccolo, Ihr wißt, wem Ihr gegenübersteht. Er klagt Euch des Mordes an Tristão Vasquez auf der Insel Rhodos an. Er sagt, er hat Beweise dafür, daß in Famagusta Ihr und ein inzwischen ermordeter götzendienerischer Arzt den Tod der Frau seines Sohnes, Katelina, herbeigeführt habt. Er behauptet, Ihr und Euer Geschäftsführer wärt übereingekommen, seinen Enkel Diniz Vasquez, den Ihr gekauft und als Sklaven angestellt hattet, zur Flucht zu ermuntern, damit er dann in Famagusta in der Falle saß und verhungerte. Er sagt, die Gemahlin seines Sohnes und der Junge seien erst auf Euer Betreiben gefangengenommen und nach Zypern gebracht worden, und das Lösegeld sei nicht beachtet worden, damit Ihr ihnen Schaden zufügen konntet. Er fordert Euren Tod. Junge, geh zu deinem Großvater.»

Nicolaas sagte: «Erhabene Frau?»

Der Schleier ging herum. Nicolaas sagte: «Sie sind eines Blutes. Der Junge sollte sich nicht entscheiden müssen. Laßt ihn hinausgehen.»

«Entscheiden?» entgegnete die Mutter des Königs. «Zwischen wem? Zwischen Euch und seinem Großvater?»

Diniz stand da, ohne sich zu bewegen. Er sagte: «Es geht nicht ums Entscheiden. Es geht um die Gerechtigkeit.»

Die Mutter des Königs sah den Vicomte an. Er sprach zu ihr, obwohl die Augen nicht von dem Jungen ließen. «Es ist so, wie ich fürchtete und wie ich Euch sagte. Ich verlange ärztliche Bestätigung, für die ich zu zahlen bereit bin. Ihr seht, wohin das Kind sich gestellt hat – an die Seite seines Verführers. Er weiß, wie sein Vater starb und wer die Ehefrau meines Sohnes tötete. Aber er sagt es jetzt nicht. Er hat sich entschieden.»

Wund bis ins Mark hörte Nicolaas diese Rede und atmete heftig. Er kannte Jordan de Ribéracs Grausamkeit, aber er war nicht darauf vorbereitet, sie angewandt zu sehen, um die Glaubwürdigkeit eines erschöpften Jungen zu untergraben, dem der Tod Angehörige geraubt hatte. Neben ihm war Diniz zuerst rot, dann weiß geworden. Nicolaas sagte: «So stellt Ihr Euren Enkel in aller Öffentlichkeit hin? In aller Öffentlichkeit? Selbst wenn Ihr es für wahr hieltet, und das tut Ihr nicht? Geht Ihr so weit, um mich loszuwerden?»

Und Jordan de Ribérac sagte: «Entferne dich, Claes. Dann gebe ich Ruhe.»

Nicolaas wandte sich an den Sessel. «Erhabene Frau, laßt den Jungen gehen. Dieser Mann ist ein Gefangener. Er hat hier keine Rechte. Ihm sollte Gerechtigkeit widerfahren, aber er kann sie nicht fordern. Nach dem Gesetz kann er eine Klage vorbringen, und die Gerichte in seinem Land werden sie untersuchen. Aber warum wurde ich hierher gebracht? Warum muß ich mir seine Reden anhören?»

De Ribérac blickte sich zum Thronsessel um «Mit Verlaub, da spricht eine Stimme, die sich Gewicht beimißt. Habe ich mich geirrt, was die Stellung angeht, die dieser Bursche in Eurem Land einnimmt? Ist er für solche Beispiele von Verworfenheit bekannt? Ist er vielleicht ihretwegen in hohe Ämter gekommen?»

Der Schleier flatterte nachdenklich. Die Mutter des Königs sagte: «Er hat hohe Ämter inne, weil er entsprechende Dienste geleistet hat. Er hat recht. Welches Unrecht Euch auch geschehen sein mag, es betrifft unsere Gerichtsbarkeit nicht. Ich werde niemanden bestrafen. Meine Sorge ist das Wohlergehen meines Sohnes. Wir setzen Vertrauen in Ser Niccolo. Wenn er auf Abwege geraten ist, möchte ich die Umstände erfahren. Ihr nennt ihn Claes?»

«Sein Name in der Färberei», sagte Jordan de Ribérac. «Aber er nannte sich Nicolaas, als er meinen Enkel zwischen die stinkenden Küpen von Nikosia verbannte. Er hat sein Lösegeld selber bezahlt, um ihn behalten zu können. Fragt den Jungen, wo er gewohnt hat. Im Herrenhaus! Fragt ihn, ob er das Schlafgemach seines Herrn kannte – er hat dort geschlafen. Und fragt, wie der Junge nach Famagusta kam. War wenigstens das deine freie Entscheidung, Diniz, weil du nicht weiter leiden wolltest? Oder war er zuerst deiner müde und entließ dich, wohl wissend, wohin du fliehen würdest?»

«Der Geschäftsführer hat mir geholfen, Bartolomeo Zorzi», sagte Diniz.

Über dem Schleier blickten die Augen sehr aufmerksam. Der dicke Mann sagte: «Sah er, was vorging? Hatte er Mitleid mit dir?»

«Nein», entgegnete Diniz. «Er hat mich so hart herangenommen wie nur irgendeiner. Ihm machte alles Spaß, was Messer Niccolo in Verlegenheit bringen mochte. Als ich ihn schlug . . .»

Nicolaas machte eine Bewegung, aber es war zu spät. Diniz hielt inne. Hinter dem Schleier sagte die pfeifende Stimme: «Als du wen schlugst?» Unter dem breiten kunstvoll gearbeiteten Hut waren die Brauen Jordan de Ribéracs neugierig in die Höhe gegangen.

«Der Unfall mit dem Beil war kein Unfall», ergänzte Diniz. «Ich habe Messer Niccolo damit geschlagen. Man kann schließlich nicht behaupten, daß wir uns innig geliebt hätten!» Sein in Unordnung geratenes schwarzes Haar klebte an dem heißen Gesicht.

«Auch Liebende haben Streit», sagte die Mutter des Königs. «Messer Niccolo hat dich weder bestraft noch den Vorfall angezeigt. Wie kommt das? Und warum hast du ihn überhaupt geschlagen?»

«Ich war zornig», erwiderte Diniz. «Ich dachte, er hätte mich in die Färberei gesteckt, um mir Schimpf anzutun. Nachher sah ich, daß ich unrecht hatte. Aber Zorzi war es, der meinte, ich solle vollenden, was ich angefangen hatte, und ihn töten. Er sagte, seinem älteren Bruder werde das nicht gefallen, aber der brauche ja nichts zu erfahren. Ich glaube, er wollte die Färberei für sich haben.» Die Mutter des Königs starrte ihn an. Und auch Nicolaas.

Der Vicomte de Ribérac sagte: «Ich wußte gar nicht, daß du das hitzige Temperament der Familie geerbt hast. Meinen Glückwunsch. Du hast versucht, deinen Peiniger zu töten, nur weil er dich in eine Färberei gesteckt hatte?»

«Nein –» Diniz zögerte.

«Erzähl alles», forderte ihn Nicolaas auf.

«Ich dachte, er hätte meinen Vater getötet», sagte Diniz. «Das war ein Irrtum. Dahinter steckte Carlotta. Carlotta und noch jemand.»

«Halt», sagte die Mutter des Königs. «Warum hätte Frau Carlotta deinen Vater töten lassen sollen? Wer hat dir das gesagt? Und wer war die andere Person?»

Nicolaas sagte: «Verzeiht – wenn dies noch weitergeht, würdet Ihr mir dann erlauben, mich zu setzen?» Es war nicht Primaflora, die ihm einen Hocker brachte, sondern ein Page.

Diniz wartete unruhig, bis er fortfahren konnte. «Mir hat das die Demoiselle Katelina van Borselen erzählt. Sie sagte mir, die Königin – Carlotta, meine ich – habe Ser Niccolo in ihrem Dienst haben wollen und versucht, alle Hindernisse zu beseitigen. Sie trachtete sogar der Demoiselle nach dem Leben, und es war ihr gleich, wer von ihnen zu Schaden kam. Sie sagte, sie wisse nicht, wer die Ausführung eingefädelt habe.»

Die Mutter des Königs sagte: «Es war bekannt, Monseigneur de Ribérac, daß die Flamin Messer Niccolo etwas nachtrug und darauf erpicht war, ihm etwas anzutun. Verzeiht mir, wenn ich mutmaße, aber vielleicht geht Eure eigene geringe Meinung von Messer Niccolo auf den gleichen Familienstreit zurück? Vielleicht hattet Ihr sogar gehofft, die arme junge Frau werde als Euer Werkzeug auftreten? Jedenfalls habt Ihr Euch nicht bemüht, sie auszulösen und aus dem Land zu bringen.»

«Mutmaßungen richten keinen Schaden an, Hoheit», sagte die sanfte Stimme des dicken Mannes. «Wenn das Gold nicht kam, so einfach deshalb, weil ich gerade in finanziellen Verlegenheiten war. Und mein Sohn, dessen Aufgabe es natürlich in erster Linie gewesen wäre, war zu der Zeit auf Reisen. Aber wenn ich die Demoiselle Katelina nicht ausgelöst habe, so hat dies, das möchte ich hervorheben, auch Claes nicht getan. Er wollte die junge Frau nicht freikaufen, die ihn verabscheute. Er kaufte statt dessen den Jungen.»

«Die Demoiselle wäre im Herbst auf freien Fuß gesetzt worden», sagte Nicolaas. «So war es mit dem König abgesprochen. Serenissima, wünscht Ihr noch mehr zu hören? Alle diese Angelegenheiten sind abgeschlossen.»

«Gewiß sind sie das», sagte der Vicomte de Ribérac und zupfte sich ein Haar vom Ärmel. Er faltete die beringten Hände. «Abgeschlossen ist auch das Leben Katelina van Borselens, der Gemahlin meines Sohnes. Wie merkwürdig, daß sie schließlich wie Diniz nach Famagusta gerät. Wie merkwürdig, daß Ihr dort erscheint. Wie unvermeidlich, daß sie tot ist, als Famagusta befreit wird. Natürlich wird Euer Gehilfe hier sagen, Ihr hättet sie nicht getötet.»

«Gehilfe, Monseigneur de Ribérac?» sagte die Mutter des Königs. «Wir hörten gerade, wie er seinen vermeintlichen Entführer mit dem Beil angriff und in eine unter Belagerung stehende Stadt floh, um ihm zu entrinnen. Wenn Ser Niccolo den Tod der jungen Frau verursachte, dann könnt Ihr Euch doch gewiß darauf verlassen, daß Euer mißhandelter Enkel uns das sagt?»

«Ja – aber sie sind ja jetzt keine Feinde mehr», erwiderte der dicke Mann. «Sie sind jetzt Verführer und Opfer. Sagt es Euch nichts, wie ihre Blicke einander suchen? Wie sie da zusammen stehen, gegen Widerstände verbunden? Gegen die Familie des Jungen? Unser Freund Claes meinte vorhin, der Junge solle nicht gezwungen werden, sich zu entscheiden. Aber er hat sich schon entschieden. Das ist offenkundig. Fragen wir ihn. Diniz, hast du, seit du frei bist, schon irgendwelche Schritte unternommen, um von dieser Insel fortzukommen?»

«Nein», sagte Diniz.

«Und fährst du jetzt nach Hause?» fragte Jordan de Ribérac weiter»

«Ser Niccolo hat mich gedrängt, nach Portugal zurückzukehren», antwortete Diniz. «Ich bleibe aber lieber hier.»

Ein kurzes Schweigen – der dicke Mann sank ein wenig in seinen Stuhl zurück. Dann sagte die Frau: «Ihr habt Euren Frieden miteinander gemacht?»

Nicolaas erwiderte: «In Famagusta, Madame, ist heute kein Platz für kleinliche Dinge. Er ist mein guter Freund, und ich bin der seine. Nicht mehr, aber das ganz gewiß.»

«Ihr sagtet», fuhr die Mutter des Königs fort, «Ihr hättet Tristão Vasquez nicht getötet oder seinen Tod herbeigeführt?»

«Nein, Madame», sagte Nicolaas.

«Aber Ihr habt keinen Beweis. Und Ihr bleibt dabei, daß Ihr nichts getan habt, um den Tod Katelina van Borselens zu beschleunigen?»

«Ja, Madame.»

Das war nicht wahr. Seinetwegen war Diniz nach Famagusta gegangen, und Katelina war dort zu ihm gekommen. Aphrodite. Nach einer Weile hörte er Diniz' Stimme, die dies in beschwörendem Ton bestätigte. Ein Schwindel überfiel ihn, und danach war ihm kalt, aber er war wieder ganz bei sich. Diniz sprach noch immer. Er sah die Augen des dicken Mannes, die auf den Enkel gerichtet waren, verschleierte und unbewegliche Augen in dem feisten Gesicht. Bei ihrem letzten Zusammensein mußte sein Enkel schlank und braun und gepflegt gewesen sein, so wie damals in Kolossi, als Nicolaas ihm begegnete. Für den hohlwangigen Jüngling mit den tiefliegenden Augen und dünnen Armen und der leisen leidenschaftlichen Stimme gab der Vicomte kein Gefühl des Stolzes oder des Mitleids oder der Scham zu erkennen. Nein, nicht der Scham. Er konnte nicht glauben, niemand konnte glauben, was er von Diniz gesagt hatte.

Diniz mußte Ähnliches gedacht haben, aber nicht auf seine eigene Person bezogen. Er sah zu seinem Großvater hinüber und sagte: «Ihr habt Katelina gekannt. Ihr wart gewiß in Brügge mit ihr zusammen und in Anjou. Ihr habt sie in der Bretagne gesehen. Mein Vater sagte, sie hat Euch geholfen, dem alten König zu entfliehen. Wollt Ihr nicht einmal wissen, wo sie bestattet liegt?»

Und der dicke Mann rekelte sich und sagte: «Ein launisches Kind ohne großen Verstand, aber mit einem nicht unangenehmen Körperbau. Nein, wo ihre letzte Ruhestätte ist, muß ich nicht wissen. Ich nehme an, sie hat dafür gesorgt, daß sie möglichst weit von irgendeinem Aufenthaltsort ihres verachteten Dieners Claes entfernt ist.»

Diniz machte den Mund auf, und Nicolaas wußte nicht, wie er ihn zurückhalten sollte. Dann schloß er ihn wieder, ohne etwas zu sagen. Während Nicolaas darüber nachdachte, nahm er abermals einen Augenblick lang nicht wahr, was geschah. Dann sah er, daß auch die Mutter des Königs Jordan de Ribérac anblickte. Sie sagte: «Sind dies alle Klagen, die Ihr vorbringen wolltet? Ich habe sie gehört. Mir scheint, sie stehen kaum mit dem Geschick dieses Königreichs in Verbindung, und angesichts des Fehlens von Beweisen ist es unwahrscheinlich, daß Ihr Euch rasch Genugtuung verschaffen werdet vor dem hoffentlich bald kommenden Zeitpunkt, an dem Euer Lösegeld gezahlt wird und Ihr heimreisen könnt. Der Junge kann natürlich gehen oder bleiben, ganz wie er will.»

«Das Lösegeld», sagte Jordan de Ribérac, «wurde festgesetzt von einem Sekretär ohne Kenntnis von der Welt oder Verbindung zur Wirklichkeit. Euer Sohn, der König, wird dies, so hoffe ich, erkennen bei dem Gespräch, das ich mit ihm zu führen gedenke. Ich werde ihm sagen, was geschehen ist. Ich werde ihm sagen, wie ich behandelt wurde. Ich werde ihm sagen, wie er ein Mißfallen in Frankreich vermeiden kann, zu dem es zweifellos kommen würde, wenn ich zurückkehre und von diesen Umständen berichte. Was den Jungen betrifft, so wird er warten, bis ich abreise. Und dann mit mir fahren, ob er will oder nicht. Die Zukunft dieser Familie liegt in den Händen von zwei Schwächlingen: eines Kindes von drei Jahren und des Jünglings Diniz Vasquez, mit siebzehn Jahren unverehelicht und mit einer Vergangenheit, die ihm keine reiche Erbin als Braut bescheren wird. Sein Platz ist zu Hause, im Handelsgeschäft der Familie.»

Der nachsichtige Blick wanderte von der Mutter des Königs zu Nicolaas. Der dicke Mann fuhr fort: «Das zu leiten er natürlich genauso unfähig ist wie dieser unglückliche kleine Geist, mein Sohn Simon. Obschon er jetzt dazulernt. Sein portugiesisches Unternehmen hätte er fast zum Erfolg gebracht, er war fest entschlossen, Euch den Markt wegzunehmen. Ihr seid ein bemerkenswerter Anreiz, Claes, auf Eure beschränkte Art. Und Ihr könnt für den ausgebildeten Verstand anderer bezahlen, während Simon glaubt, er hat selbst genug davon unter seinem schönen Haar. Aber sagt mir, Claes, stecken Eure schlauen Trabanten hinter diesem lästigen Haus Vatachino?»

Die Welt kam wieder ins rechte Verhältnis. Nicolaas sagte: «Seid Ihr deshalb hergekommen? Um das herauszufinden?»

«Habt Ihr Angst, es mir zu sagen?»

«Fragt die Johanniter, die Corners, Carlotta. Wir haben alle zu klagen, meine bezahlten Denker eingeschlossen. Wenn Ihr herausfindet, wer diese Leute sind, wären wir Euch alle zu Dank verpflichtet.»

«Wirklich? Darf ich daraus schließen, daß Ihr Euer Zuckergeschäft fortzuführen gedenkt? Wie unklug», sagte der dicke Mann. «Aber Madame ist gewiß über Geschäfte erhaben.»

«Ich verkaufe von Zeit zu Zeit Eier», sagte die Mutter des

Königs. «Ich studiere Berichte. Ich nahm an, Euch beiden sei bekannt, daß ein Bote des Hauses Vatachino zur Zeit in Nikosia ist. Wenn man wissen will, wer sein Dienstherr ist, muß man ihn wohl nur befragen, denke ich.»

Diniz lächelte, und Nicolaas war ähnlich zumute, nur wollte ihm das Gesicht nicht gehorchen. Er sagte: «Madame, die Wände verraten Euch Geheimnisse. Wo ist er zu finden?»

«In diesem Augenblick?» erwiderte Marietta von Patras. «Ich glaube, er ist beim König. Aber ich rate, daß man die beiden nicht stört. Monseigneur le Vicomte, Ihr seid entlassen.»

Der dicke Mann erhob sich, und die Lichter in dem großen Gemach schienen dunkler zu werden. «Ich fühle mich geehrt. Mir wurde gesagt, Hoheit, Ihr hättet die Gemahlin meines Freundes hier bei Euch aufgenommen. Darf ich fragen, ob sie hier anwesend ist?»

Auf einen Wink Ohnenases trat Primaflora ins Licht, wie ein Wesen aus blassem Gold und zartem Porzellan. Sie stand ernst und gesammelt da, während der Vicomte sie musterte. Schließlich sagte er: «Welches Euer Gewerbe ist, meine schöne Frau, gebt es nicht auf. Ihr habt einen Mann geheiratet, dessen Leben von kurzer Dauer sein wird und bei dem Ihr mit bloßen Füßen und geflickten Kleidern herumlaufen werdet.» Er lächelte, wobei seine Augen verschwanden und die Kinnwülste breiter wurden. «Das nächste Mal sucht Euch einen reichen Mann. Einen reichen Mann, der mit seinem Reichtum haushält, wie er auch äußerlich erscheinen mag. Mein Bett ist immer gewärmt, das macht mir keine Mühe.»

«Ich werde daran denken», sagte Primaflora. Sie sprach automatisch, ihr Gesicht war eher blaß. Der dicke Mann verneigte sich und schritt gewichtig-würdevoll zur Tür, die hastig aufging, wie zweifellos immer alle Türen aufgegangen waren, noch ehe er sie erreichte.

Die Mutter des Königs sagte: «Ich habe noch etwas mit Messer Niccolo zu bereden. Außer Primaflora braucht niemand mehr zu bleiben. Junge, du kannst auf keine Gefälligkeiten mehr hoffen, nachdem die Wahrheit über deinen Beilhieb jetzt bekannt ist. Fahre gleich nach Portugal, wenn es dich verdrießt, auf deinen Großvater zu warten.»

«Ihr habt ihn ja gehört und gesehen», erwiderte Diniz.

«Dann braucht dich vieleicht deine Mutter», sagte Ohnenase. «Spreche ich eine Sprache, die du nicht verstehen kannst?»

Diniz errötete. Nicolaas sagte, an ihn gewandt: «Wenn Madame erlaubt, solltest du ins Herrenhaus gehen.» Und als der Junge zögerte, fügte er hinzu: «Man wird schon eine Eskorte für mich finden.»

Die Tür ging zu, und es herrschte Stille. Primaflora stand hinter dem hochlehnigen Sessel, und ihre Augen wichen den seinen aus. Der Papagei kratzte mit dem Fuß an seiner Stange, und das Kohlebecken zischte. Er saß da, in einer Haltung erstarrt, aus der er nicht schnell herausfinden konnte, und wartete. Die Mutter des Königs sagte: «Ihr habt wohl gehört, daß die Schwester des Königs ihrem Ehemann einen toten Sohn geboren hat. Die Ehe hat keine Erben hervorgebracht, und ihr Gemahl Luis ist für einige Zeit außer Landes, um im Westen wegen seiner beträchtlichen Schulden zu verhandeln. Es scheint deshalb angebracht, daß Jakob von Zypern, mein Sohn, erneut nach einer Braut sucht, die ihm sowohl Erben wie die Unterstützung einer wohlgesinnten Macht einträgt. Diese Dinge brauchen Zeit, und inzwischen hat er viele Töchter gezeugt, aber wenige männliche Kinder, die am Leben blieben. Ich möchte ihn in dieser Zwischenzeit mit vielen kräftigen natürlichen Söhnen versehen wissen und mit schönen Frauen, die sie ihm schenken. Sein Auge ist auf eine gefallen.»

Der Papagei sträubte sein Gefieder. «Sie kann sich glücklich schätzen», sagte Nicolaas.

«Glaubt Ihr?» erwiderte Marietta von Patras. «Ihr Gemahl weniger.»

«Und was ist mit der Frau selbst?» fragte Nicolaas. «Besitzt sie beides, Vermögen und Glück?»

Primaflora hob den Kopf. «Ihr wißt, daß ich die Frau sein muß. Ich habe Apollo auf der Insel Apollos gefunden. Verzeiht mir, Niccolo. Ich wäre ihm gefolgt, wäre er all das gewesen, womit der Vicomte mir drohte. Barfuß und in Lumpen würde ich ihm folgen. Muß ich es Euch sagen? Ihr liebt Zacco auch.»

Er blickte Primaflora nicht einmal an, obschon er zu ihr sprach. «Dann habe ich Euch verloren? Oder sollen wir teilen, um den Schein zu wahren? Ihr habt einmal dergleichen vorgeschlagen.»

Und die Mutter des Königs, die er ansah, sagte: «Sie sollte verheiratet sein, aber nicht mit Euch und nicht mit dem König. Eures war ein in Eile gegebenes Gelöbnis – es kann gelöst und die Schriftstücke können Euch zurückgegeben werden. Ihr Ehemann muß ein Mann von geringer Bedeutung sein, zu dem sie keine Neigung fassen wird. Ihr würdet sie doch nicht mit dem König teilen wollen?»

«Nein», sagte er. Endlich bewegte sich sein Kopf. «Fühlte sich der König nicht imstande, es mir zu sagen?»

Die verschleierte Frau erwiderte: «Er hat vor, es Euch morgen zu sagen, und wenn Ihr klug seid, tut Ihr so, als hörtet Ihr davon zum erstenmal. Ich habe es Euch jetzt gesagt, damit Ihr Euch darauf vorbereiten könnt. Aus demselben Grund erlaube ich, daß Ihr nun ein letztes Mal mit dieser Frau allein seid. Ihr werdet sagen, was zu sagen ist, aber Ihr werdet sie nicht berühren. Sie gehört dem König.»

«Ich verstehe», sagte Nicolaas. Er stand mühsam auf und fragte sich, wie er gehen sollte, ohne sie zu berühren. Aber nachdem er sich verneigt hatte, schob Primaflora die Hand unter seinen Arm und führte ihn zur Tür hinaus und zum letztenmal zu ihrer Kammer.

Kapitel 46

Hätte er sie irgendwo auf der Welt entdeckt, Nicolaas hätte sofort gewußt, daß die Kammer, zu der er jetzt gebracht wurde, Primaflora gehörte. Die Spiegel. Die Kissen. Die Laute und die Handschriften. Der Tisch mit den vielen Dingen, die sie gern um sich hatte, und mit den Phiolen und Fläschchen, die sie für ihre Kunst gebrauchte. Die Düfte, weich und sinnlich. Und das Bett. Er fragte sich, wieviel davon je Zaccos jähe, sprunghafte Aufmerksamkeit fesselte, abgesehen von dem Bett.

Vielleicht war sie seinem Blick gefolgt, vielleicht auch nicht. Primaflora drückte die Tür hinter ihm zu und drehte sich zu ihm um. Sie hob die Hände und nahm ihn in Augenschein – berührte seine verbundenen Arme, seine Schultern, ertastete unter der Seide die Stelle an seiner Hüfte, die mit einem Pflaster bedeckt war. Er tat nichts, um sie daran zu hindern. Sie benutzte die streichelnden Hände, um sich näher an ihn heranzuziehen, ihn in einer immer engeren Umarmung einzufangen, bis keine weitere Bewegung mehr möglich war. Ihr Duft und ihr Körpergewicht legten sich an ihn; er hatte das Gefühl, gegen Wachs zu sinken. Trotz allem stockte ihm der Atem. Unter ihm war die Wärme ihres Haars, nah genug, um sie mit den Lippen zu berühren. Sie hatte die Augen geschlossen, ihre Lippen verzerrte ein schmerzliches Lächeln. Sie sagte: «Sieben Wochen. Sieben Wochen – und Ihr kommt als Krüppel zu mir zurück.»

Abgesehen von der Art, wie sie standen, sollte man dies nicht einmal in der Vorstellung – mit einer anderen Umarmung bei Kalopetra vergleichen. Katelina hatte über nichts von diesen Künsten verfügt: nur über Leidenschaft und natürlichen Trieb. Auf tausend Weisen war Primaflora dazu ausgebildet worden, Freude zu schenken. Er war das Instrument gewesen, auf dem sie spielte, der Schrein, den sie mit ihrer Freigebigkeit füllte.

Er kannte ihre Künste und wußte auch mit unbedingter Sicherheit, wann sie nicht mehr über sie gebot. Die Hände hinter ihm waren unsicher gleich den seinen. Es waren mehr als sieben

Wochen, denn vor sieben Wochen hatte Zacco dafür gesorgt, daß er nicht mehr als Ehemann zu ihr kommen würde. Er wußte auf den Tag genau, wie lange er keusch gewesen war. «Legt Euch hin», sagte sie. «Ich setze mich zu Euch.» Doch sie hielt ihn fest, als könnte sie sich nicht freimachen.

«Ich dachte, Berühren sei verboten» erwiderte er.

Sie zeigte sich nicht bestürzt oder verwirrt, sondern hob den gleichen aufmerksamen, besorgten Blick zu ihm auf, mit dem sie seine Wunden betrachtet hatte. Ihre Umklammerung lockerte sich gerade ein wenig. «Ihr müßt das verstehen. Das tut Ihr. Ihr lebt nach den gleichen Regeln. Ich habe nichts. Ich habe den einen Beruf. Wenn ein großer Mann verlangt, was ich geben kann, habe ich Angst, mich zu weigern. Ich will aber auch meine Künste ausüben. Es ist unklug, Euch das zu sagen. Ich sollte sagen, daß er mir gedroht hat. Es stimmt, daß ich Angst habe, aber das hat er nicht getan. Ich wollte sehen, ob ich einen König einfangen könnte. Niccolo? Niccolo? Versteht Ihr?»

«Ihr verlaßt mich also», sagte Nicolaas.

Sie lachte kurz auf und lehnte den Kopf wieder an ihn. «Ich hab's Euch doch gerade gesagt. Mein Beruf ernährt mich, und so folge ich ihm. Aber oft hungere ich trotzdem.» Auf ihren Wangen waren Tränen. «Könnte ich Euch nahe sein, ohne Euch zu berühren? Wann immer Zacco mich verläßt, komme ich zu Euch. Verdiene ich nicht ein wenig mehr als nur eine Umarmung für dieses Versprechen?»

Lindos und Sonnenlicht und parfümiertes Öl, das über seinen Körper rann. Er zog ihre Hände herunter, und seine Arme schlossen sich um sie, und er küßte sie auf die lange, atemberaubende Weise, die sein Beitrag zu ihrer Vereinigung gewesen war. Als er sich aus dem Kuß zu lösen begann, klopfte es an der Tür.

Sie schwiegen beide. Es klopfte abermals und noch einmal. Sie hob den Finger an die Lippen und zog ihn zum Bett. Ihr Gesicht war weiß. Das Blut pulste durch seine Wunden und seinen Kopf. Er fuhr mit den Händen bis zu ihren Handgelenken hinunter und machte sich los. «Das wird Loppe sein», sagte er und ging zur Tür und riß sie auf.

Loppes Gesicht war starr; es zeigte nichts von Überraschung. Mißbilligung oder Besorgnis. Das nüchterne Graublau von Umhang und Wams lag der großen ebenholzfarbenen Gestalt ordentlich an, und auf dem sorgsam gepflegten kurzen schwarzen Haar saß leicht geneigt der weiche Hut. Auf seinen ausgebreiteten Händen lag ein gefaltetes Tuch, und darauf ruhte ein Päckchen. Nicolaas sagte: «Komm herein.» Er drehte sich um. «Ihr habt doch nichts dagegen? Ich hatte ihn gebeten, mir nach Hause zu helfen – ich meine, ins Herrenhaus.»

Primaflora stand neben dem Bett. Sonnenlicht, Fontänen, süß duftendes Öl. Sie sah aus, als hätte man ihr die Seele gestohlen, was seine Ordnung hatte. Loppe sagte: «Ich warte draußen.»

«Gib ihr zuerst den Schleier. Nein, leg ihn ihr um.»

Das war unbillig Loppe gegenüber, aber er zögerte nur einen Augenblick, dann legte er das Päckchen beiseite und schüttelte das leichte Tuch aus, das er mitgebracht hatte, und es war ein langer leinener Schleier mit kunstvollen Stickereien. Er schritt auf Primaflora zu und legte ihr dann, nach einem Blick zu Nicolaas hin, das hübsche Tuch über das Haar und ordnete es so, daß es ihr von den Schultern herabfiel. Als sie es fühlte, zuckte sie zusammen, blieb aber stumm stehen. Für die Dauer eines Augenblicks entstand ein lebendes Bild: die blonde Frau, der Neger. Dann sagte sie: «Ein Geschenk? Es ist schön.» Sie mußte dazu zweimal atmen.

«Es ist Euer», sagte Nicolaas. «Ihr erinnert Euch gewiß. Ihr habt es in Kolossi getragen. Jetzt öffnet das Päckchen.» Loppe hatte sich bewegt. Ein Zeichen von Nicolaas, und er ging hinaus und schloß behutsam die Tür. Nicolaas sah ihm nach und wandte sich dann um.

Sie hatte eine Hand zum Schleier hochgerissen. Jetzt zog sie das Leinen zur Seite und ließ es aufs Bett hinuntergleiten. Sie sagte, jetzt mit kräftigerer Stimme: «Wo habt Ihr ihn gefunden? Ich hatte ihn bei der Königin gelassen.»

«Bei Carlotta», verbesserte er sie und fuhr in freundlichem Ton fort: «Öffnet das Päckchen. Es hätte Euch übergeben werden sollen, wenn mir etwas zugestoßen wäre.»

Wenn ich ein zweites Mal überlebe, muß ich es abändern. Er hatte es im Dezember geschrieben, am Abend des Festtages des heiligen Nikolaus. Es gab nichts, was er hätte hinzufügen mögen. Er beobachtete sie, während sie las, den persönlichen Gegenstand noch ungeöffnet lassend, den er ihr ebenfalls zugedacht hatte. Er fand einen Stuhl, ließ sich langsam darauf nieder und beobachtete sie weiter. Schließlich sagte sie langsam: «Kleine Menschen sind solcherart argwöhnisch und sehen überall Verrat. Ihr hattet mich und Zacco in den Armen, und das habt Ihr die ganze Zeit dabei gedacht?»

«In der letzten Zeit hatte ich niemanden in den Armen», erwiderte Nicolaas. «Aber Zacco ist großzügig im Geben – und im Nehmen –, wenn auch gewöhnlich seine Mutter das Opfer bestimmt. Was vor sich ging, war jedenfalls offenkundig, seit der Zeit, da Zacco von Kyrenia kam. Ich erinnere mich der Gewänder, die Ihr trugt – aus gutem Grund. Es waren zu viele andere.»

«Ihr habt keines von seinen Geschenken zurückgewiesen.» Primaflora schritt von ihm fort und kam wieder zurück und warf den Brief aufs Bett, ehe sie stehenblieb und zu ihm hinuntersah. «Der Rest ist Unsinn.»

Er sagte: «Als der Brief geschrieben wurde, wußte ich nicht, daß Katelina auf Zypern weilte und todkrank war. Habt Ihr das bewerkstelligt, daß sie nach Famagusta ging, um sich zu opfern? Sie erfuhr – wie sie glaubte, von Carlotta –, daß Diniz dort in der Falle saß und am Verhungern war. Aber Carlotta hatte recht wenig damit zu tun, nicht wahr?»

«Ihr habt mir nicht gesagt, daß sie in der Stadt hungern mußten. Ihr habt gesagt, sie könnten noch bis zum Frühjahr durchhalten.»

«Und Ihr habt es Zacco gesagt», fuhr Nicolaas fort. «Das solltet Ihr auch, denn sonst hätte er keine Nahrung geschickt und nicht auf eine rasche Übergabe gehofft. Ihr und das schlechte Gewissen des Königs Euretwegen, Ihr habt die Wagen mit Nahrung in dieser Nacht bewirkt.»

Er verstummte unter ihrem Blick. Sie sagte: «Ihr habt mich benutzt?»

Und Nicolaas entgegnete: «Geben und Nehmen: ich spiele Spiele und lebe davon. Zacco spielt nicht; Ihr werdet das vielleicht schon gemerkt haben. Er kann rücksichtslos sein, genauso wie seine Schwester. Katelina und ihre Familie bedrohten mich und den zyprischen Zuckerhandel zu einer Zeit, als Carlotta beide haben wollte. Wäre sie so weit gegangen ohne Euch als Werkzeug? Der Überfall auf die Portugiesen, bei dem einer von ihnen getötet wurde und der im weiteren Verlauf Katelina beinahe das Leben kostete – hat es gar nichts ausgemacht, daß Diniz erst sechzehn war und Euch anbetete?»

Sie erwiderte: «Ich war doch damals mit Euch zusammen! Wie hätte ich das in die Wege leiten können?»

«Ihr habt Mörder gedungen», sagte Nicolaas. «Soll ich Euch sagen, welche Leute Ihr benutzt habt? Ich hätte es vielleicht niemals herausgefunden, wenn ich Katelina nicht nach Rhodos gefolgt wäre, um sie vor Euch zu warnen, und mich mit Persefoni und ihren Verwandten angefreundet hätte. Katelina könnte heute noch leben, wenn ich geblieben wäre, bis sie Rhodos verlassen hatte, aber ich glaubte, ich brauchte nur Euch von dort fortzuholen.»

Sie wich langsam zurück und setzte sich auf ihre Truhe. Sie sagte: «Ihr scheint die Pläne und Komplotte zu lieben. Ich war kein Werkzeug von Carlotta. Sie hat mich beauftragt, Euch zu bespitzeln, nach dem Tod von Ansaldo. Als er starb, da habe ich Euch gehaßt, und ich habe sie gehaßt, weil sie erwartete, daß ich ihn vergaß. Ich wußte nicht, daß Zaccos venezianische Freunde uns beide entführen würden oder daß Ihr Zacco zurückweisen würdet, bis Ihr Eure Söldner bei Euch hattet. Carlotta besaß große Macht. Wie hätte ich ihr auf Rhodos sagen können, daß ich nie für sie spionieren würde, oder zugeben, daß ich mich Euch verschrieben hatte – und nicht nur meinen Körper? Glaubt Ihr, ich tue für jeden Mann, was Ihr erfahren habt? Glaubt Ihr das, Niccolo? Und als sie Euch nach Kyrenia schickte, da bin ich euch gefolgt. Sie hatte es mir verboten, Niccolo, aber ich bin Euch gefolgt. Ihr schient froh zu sein.»

Sie weinte mit unbeweglichem Gesicht. Nicolaas sagte: «Ich

wußte damals nicht, daß Katelina an Bord war. Ich dachte, ich hätte Euch beide getrennt. Aber natürlich war es am Ende wieder gut. Zacco hat Euch nach Rhodos zurückgeschickt.» Er spürte ein Zerren im Gesicht bei dem, was ein Lächeln sein sollte. «Damals wünschte er keine Rivalen.»

Bei dieser Erinnerung versiegten ihre Tränen. Sie sagte in plötzlichem Zorn: «Und danach? Welche Pläne hätte ich oder die Königin haben können, nachdem Zacco Euch in Dienst gestellt hatte? Da war es wahrscheinlicher, daß sie Katelina ermutigte, Euch zu töten.»

«Das hat sie wohl auch getan», erwiderte Nicolaas. «Aber sie mußte mit Ohnenase rechnen, die andere Pläne hatte. Und wie Ohnenase wolltet Ihr mich in Sicherheit wissen, für eine kurze Zeit, weshalb Ihr mehrere gute Gründe hattet, Katelina aus dem Weg zu räumen. Carlotta, das wußtet Ihr jetzt, würde niemals ihren Thron zurückgewinnen. Um nach Zypern zurückzugelangen, dazu brauchtet Ihr mich. Bis Jakob von Lusignan Euch endlich bemerkt hatte. Der König war immer Euer Ziel, da Carlotta nicht mehr in Frage kam. Ihr wußtet, er war jung. Ihr glaubtet, er sei anfällig. Und wenn er das nicht war, dann hattet Ihr wenigstens einen Beschützer fürs Leben in Eurem Ehemann.»

Mit einer für sie ungewöhnlichen Bewegung faßte sie sich an den Körper. Sie raffte sich zusammen. «Und auch das war in Eurem Kopf, wenn wir beieinander lagen? Daß ich Euch töten könnte, wenn es mir gelegen kam?»

«Ihr würdet vor einem Mord nicht zurückschrecken», sagte Nicolaas. «Zumindest noch ein anderer hat das erkannt: Ihr habt ihn gerade eben gesehen. Vielleicht wäre ich sicher gewesen. Bei Zacco verfügt Ihr über Einfluß, aber er teilt die Freuden seines Bettes mit vielen, und den Hungernden gilt, wie wir wissen, nicht seine erste Sorge. Es würde Euch sehr gefallen, von uns beiden bedient zu werden.»

«Der eine für die Macht, der andere für die Liebe. Ihr habt es wirklich begriffen. Er ist wie einer seiner Leoparden. Er kann nicht warten, lernt nichts. Ihr habt zuviel gelernt. Wie man sein Herz mit dem Kopf regiert.»

«Ich war bei einem Bakkalaureus in der Schule», sagte er. «Und Ihr habt natürlich die gleichen Künste gebraucht, den gleichen Scharfsinn angewandt, um zu töten, Primaflora. Ich war bei Kalopetra. Ich hörte von dem Hinterhalt. Ich sah Katelina diesen Schleier tragen, und ich sah, was geschah. Wer hatte Euch gesagt, daß Insekten sie wahnsinnig machen?»

«Ich erinnere mich nicht mehr.» Sie wandte sich um und hob sein Päckchen auf, strich darüber.

«Also hat es Euch jemand gesagt. Und Ihr wißt, wovon ich rede. In was für einen Tod hattet Ihr sie schicken wollen! Ein Tod mit Schlangen und ein mit Duftstoffen getränkter Schleier, daß sie vor Entsetzen hätte verrückt werden sollen.»

«Es war der Schleier der Königin», sagte sie. «Ich hatte ihn bei der Königin zurückgelassen.» Das Päckchen war in ihren zwirbelnden Fingern aufgegangen. Es war natürlich das blaue und silberne Abzeichen seines Ordens mit seiner Inschrift. *Zum Bewahren der Treue*. Wenn er gestorben wäre, hätte sie dies erhalten.

«Wer hat Euch das gegeben?» fragte sie. «Die Königin oder ihr ärgster Feind, Zacco?»

Es war von beiden gekommen, und er hatte es angenommen. «Es war eine Spielmarke. Eine Spielmarke in demselben Spiel.»

Sie musterte das Abzeichen, strich mit den Daumen darüber. Heute abend hatte sie ihr Haar kunstvoll hergerichtet. Er sah die Perlen, mit denen sie geschmückt war, und die goldenen Strähnen, die Schatten über ihre Wangen warfen. Sie sagte: «Wo Ihr von allem so fest überzeugt seid, sage ich nichts weiter.»

Er schwieg. Am Nacken hatte sie ein kleines Muttermal. An anderer Stelle hatte sie noch eins. Wenn man behutsam einatmete, konnte man die einzelnen Düfte benennen, die sie gebrauchte. Sie saß da wie ein Kind, die Knie beieinander. «Werdet Ihr Zacco alles erzählen?» Sie blickte auf.

Nicolaas erhob sich. Sie zuckte zurück, als fürchte sie, er werde sie schlagen, und er hielt inne. Dann sagte er: «Nein. Sein Stolz würde ihn daran hindern, mir zu glauben, und er würde uns beide hassen. Es ist ohnehin genug geredet worden. Sie sind alle tot und dahin, denen Ihr am meisten geschadet habt.»

«Aber Ihr werdet einen Weg finden, mich zu bestrafen», sagte Primaflora. Sie stand auf.

«O ja, das habe ich schon», sagte Nicolaas.

«Und wie stellt Ihr das an?»

«Indem ich Euch das nehme, was Ihr am meisten begehrt», sagte er. «Eines Königs Haus; eines Königs Bett, eine sichere Zukunft, einen Gönner, einen Ehemann. Nach Zacco könnt Ihr auf keine Hilfe von Carlotta hoffen. Und wenn Euch je nach mir verlangt hat, wie mich noch immer nach Euch verlangt, so ist Euch auch das verloren. Ein Wort am rechten Ort kann mehr Schaden anrichten als ein Beil, wie Ihr bewiesen habt. Ihr werdet erfahren, wenn es gesprochen wurde.»

Er wußte nicht, ob sie ahnte, was er tun würde. Sie schwieg. Es gab nichts mehr, was er noch sagen wollte, auch wenn das Reden nicht gerade schwierig geworden wäre. Er ging zur Tür und ließ sie stehen, wo sie stand. Loppe wartete draußen. Im Hinausgehen hörte er ihre Stimme. Sie sagte: «Ihr habt Jordan de Ribérac vergessen.»

Weil ihn grimmiger Zorn erfüllte und auch eine sehr persönliche Art von Schmerz, sprach Nicolaas mit Loppe in kurzen Ausbrüchen auf dem Weg zurück zum Herrenhaus, und er redete noch immer, als Tobie ihn auf der Schwelle voller Wut in Empfang nahm. Er wußte danach nicht mehr, wie er ins Bett gekommen war.

Als er am nächsten Morgen aufwachte, stand Astorre an seinem Bett. Der Hauptmann, in Helm und Harnisch und zweifellos gerade von einem Übungskampf auf dem Hof zurück, sagte: «Ich wollte ein Wort mit Euch sprechen, bevor die anderen mit Essen fertig sind. Ihr seid nicht mehr verheiratet?»

Mit äußerster Klarheit erinnerte sich Nicolaas, daß er nicht mehr verheiratet war. «Man trifft, wie ich höre, Anstalten, um die Ehe aufzulösen. Warum?» Er bewegte sich vorsichtig und stellte fest, daß seine Glieder, obschon steif, ihm offenbar zu gehorchen bereit waren. Aber eine Übelkeit schien ihn wieder anfallen zu wollen.

«Thomas meinte, es würde nicht gehen», fuhr Astorre fort.

«Ich kann nicht sagen, daß ich traurig bin. Aber was ist mit diesem dicken Franzosen?»

Der dicke Franzose. Nicolaas sagte: «Oh, mit dem Vicomte de Ribérac. Er ist hier, um Unruhe zu stiften. Ich glaube nicht, daß es ihm gelingt. Man wird jedenfalls für ihn zahlen, und dann wird er nach Hause geschickt. Wellen des Hasses werden von Portugal herüberkommen, aber mit denen werden wir wohl fertig. Astorre, mein Freund. Ich habe eine Besprechung angekündigt. Hat es bis dahin Zeit?»

Astorre schlug die Bettücher zurück, nahm die Verbände in Augenschein und deckte seinen Schützling wieder zu. «Ich sagte Euch ja, dem einen da hättet Ihr ausweichen sollen, aber Ihr wart nicht schlecht. Nein, wenn ich warte, hört Ihr nur auf die anderen. Ihr habt zwei häßliche Belagerungen erlebt, und jetzt schreckt Ihr vor allem zurück.»

Er war jetzt wach. Nicolaas sah ab von der augenblicklichen brodelnden Situation und versetzte sich in Astorres Lage. Er sagte: «Ihr fragt Euch, wie es mit der Kompanie weitergeht. Möglicherweise wird mir die Burg Sigouri mit dem dazugehörigen Landbesitz angeboten, was einer Besatzung Arbeit geben würde, wenn Kairo nicht anderes im Sinn hat. Falls die Türken sich gegen Venedig durchzusetzen beginnen, kann Zypern wohl in Gefahr geraten, und dann wird Zacco alle Unterstützung brauchen, die er kriegen kann. Andererseits haben wir getan, wozu wir uns durch unseren Kontrakt verpflichtet hatten. Würdet Ihr irgendwo anders in einen Krieg ziehen?»

Astorre lehnte sich zurück. «Denkt Ihr an dergleichen?»

«Ich würde vielleicht nicht mitkommen, aber daran denken würde ich. Es sei denn, Ihr wärt lieber Euer eigener Herr.»

«Ich könnte schon», sagte der Hauptmann. «Es wird teuer.»

«Die Bank würde hinter Euch stehen. Das kommt auf dasselbe heraus. Ihr kennt sowieso die besten Kriege. Was gibt es da?»

Er erhob sich vorsichtig und hinkte zum Abtritt und sagte sich nachher, daß Astorre in seiner Begeisterung nicht wahrgenommen hatte, daß er kaum noch in Hörweite war. Er kleidete sich an. «. . . Skanderbeg?» sagte Astorre gerade. «Hält sich gut. Wird von Venedig für Störangriffe gegen Konstantinopel bezahlt. Nur in Grenzen, natürlich. Hat den Papst gefragt, ob der ihm Land geben kann in Italien für den Fall, daß er sich zurückziehen muß. Gräßlich strenge Zucht und schreckliche Schaffelle. An Skanderbeg denke ich im Augenblick nicht.»

«Nein», sagte Nicolaas.

«Der Krieg um Neapel ist beendet. Ferrante herrscht über das gesamte Königreich mit Ausnahme von Ischia, wo Johann von Kalabrien sitzt in der Hoffnung auf eine Flotte, wie es heißt. Er bekommt vielleicht ein Schiff, ein einziges, wie die *Adorno*. Ich glaube aber, er bekommt nicht einmal dieses eine. Neapel hat nichts zu fürchten. Zu dumm. Die brauchen keine Krieger.»

«Nein», sagte Nicolaas.

«England und Frankreich haben Frieden geschlossen, der Teufel soll sie beide holen. Schottland war nicht mit eingeschlossen, obschon diese flämische schottische Königin angeblich die Lancaster-Königin unterstützt hat, die Tochter von René von Anjou. Aber es heißt, die flämische Königin liegt im Sterben. Wollt Ihr die Tochter von René von Anjou unterstützen?»

«Keinesfalls», sagte Nicolaas.

«Hm, viel anderes gibt es nicht. Der Malatesta-Krieg ist zu Ende. Er wurde geschlagen. Man sollte es nicht glauben, nach all den Jahren. Piccinino hat Johann von Kalabrien fallenlassen und ist zum Herzog von Mailand übergewechselt. Der französische König stiftet viel Unruhe – kennt Ihr ihn?»

«Ludwig von Frankreich – ja, ich kenne ihn.»

«Er versucht Savoyen unter seine Fittiche zu bekommen, und er hat den alten Narren von Burgund überredet, ihm alle seine Grenzstädte wieder zu verkaufen. Er wird Unruhe stiften.»

«Ist das alles?» fragte Nicolaas.

«Nicht viel, ich weiß», sagte Astorre niedergeschlagen. «Da ist nur noch der Kreuzzug.»

«Der was?» Nicolaas war jetzt angezogen und suchte nach einer Haarbürste.

«Ja, genau der», sagte Astorre. «Ich weiß, wahrscheinlich kommt's nicht dazu. Ludwig sagt immer wieder, er gibt Geld für Kriegsschiffe, aber in Wirklichkeit bringt er die Geistlichkeit dazu, für die Städte an der Somme zu zahlen, nicht für einen Krieg. Der Papst hat einen Pakt mit dem Herzog von Burgund und Venedig geschlossen, heißt es, aber der Herzog von Burgund ist alt und krank und braucht seinen ganzen Verstand, um Frankreich im Auge zu behalten. Der Papst hat natürlich all dieses Geld bekommen.»

«Von den Alaungruben», sagte Nicolaas. «Meint Ihr, Ihr solltet Euch in den Dienst des Papstes begeben?»

Astorres Bart reckte sich hierhin und dorthin, und sein zugenähtes Auge beteiligte sich an einem Stirnrunzeln. «Ich will nicht sagen, es könnte einen nicht locken. Offener Krieg und keine Belagerungen. Das könnte Euch reizen.»

Nicolaas setzte sich. «Wir suchen etwas, das Euch gefällt, nicht mir.»

Astorre wurde rot. Er sagte: «Es ist Euer Geld. Aber aus einem schlechten Angebot gefällt mir der Kreuzzug noch am besten.»

«Schön», sagte Nicolaas und stand wieder auf. «Gehen wir und tragen wir das den anderen vor. Aber es darf nicht zu lange dauern. De Ribérac wird schon eifrig tätig sein. Und Zacco erwartet mich im Palast.»

Er sagte das in Notwehr, doch als er und Astorre sich zu Tobie, Loppe und John le Grant an den Tisch setzten, war das nächste Gespräch weniger anstrengend, als er befürchtet hatte. Loppe hatte ihnen auf seinen Wunsch schon alles über Primaflora und den Verlauf seiner Begegnung mit Jordan de Ribérac berichtet. Die Folge war, daß sie ihn mit unnatürlichem Schweigen begrüßten. Nur Tobie sagte in einem Knurrton: «Ihr müßt die Verbände wechseln lassen. Ich dachte, Ihr wüßtet alles über die Medizin?» Sein vernichtender Blick zu Astorre hin war mehr in seiner üblichen Art.

Nicolaas setzte sich und sagte: «Ich muß zum König. Ich weiß nicht, welche Bosheiten de Ribérac im Sinn hat, aber vielleicht sollten wir uns vorher darauf einigen, was als erstes zu tun ist. Sollte Diniz hier sein?»

«Er hat nicht im Herrenhaus geschlafen», sagte John le Grant. «Ich hoffe nur, er hat Zorzi nicht abgeschlachtet. Bartolomeo ist heute morgen nicht wie üblich in der Färberei erschienen.»

Nicolaas mußte an den Vortag denken und hielt es für unwahrscheinlich, daß Diniz losgezogen war, um mit jemandem Streit zu suchen, und für durchaus verständlich, daß er gerade ihn nicht sehen wollte. An seiner Stelle hätte er die Nacht wahrscheinlich mit Trinken und mit Mädchen verbracht. Er ließ dies auf sich beruhen und kehrte zu dem zurück, was für sie alle zählte. «Gut – und Mick Crackbene? Könnte ihn jemand zusammen mit Umfrid für heute nachmittag herholen? Oder ist er im Palast?»

«In seinem eigenen Quartier, soviel ich weiß», sagte Tobie. «Glaubt Ihr wirklich, wir müssen das Haus hier aufgeben?»

«Ich glaube wirklich, ich möchte das Haus hier aufgeben», erwiderte Nicolaas. «Und ich glaube, ich kann auf die Freuden der Hauptstadt verzichten. Ich weiß nicht, was Ihr tun wollt. Soviel ich weiß, haben wir noch immer Kouklia oder zumindest die königliche Erlaubnis zur Führung des Gutes. Es gibt Zuckerrohrpflanzungen an anderen Orten, und die könnten wir von uns aus betreiben. Eine ist mit Sigouri verbunden, und das könnte bedeuten, daß dort die Truppe bei uns bleiben kann. Die andere ist Palekythro, ungefähr acht Meilen nordöstlich davon. Zu den Lehensgütern, die ich bekommen habe, gehören Weingärten. Aber Astorre möchte irgendwo anders nach einem Krieg Ausschau halten. Das schließt Sigouri aus, bedeutet aber, daß wir uns für andere Güter entscheiden könnten, und ich könnte sie führen oder einen Verwalter einsetzen. Oder einige von Euch oder Ihr alle könntet mir helfen. Andererseits wird Astorre eine Truppe in voller Sollstärke brauchen, wenn er wieder allein ausziehen soll. Koch, Arzt, Rechnungsführer, Priester.»

«Geschützmeister?» fragte John le Grant.

«Wenn Ihr wollt.» Astorre machte ein erfreutes Gesicht.

«Aber vielleicht ist Eure Kunst da verschwendet. Was Ihr alles macht, bringt doch viel Geld ein.»

John le Grant sagte: «Will keiner hierbleiben und Zypern verteidigen? Oder gibt Nicolaas den Krieg zugunsten eines bürgerlichen Lebens auf?»

«So ungefähr», erwiderte Nicolaas. «Glücklicherweise gibt Astorre den Krieg nicht auf. Die Bank wird ihn unterstützen. Er sehnt sich im Augenblick nach einem Großangriff mit Schiffen auf Sultan Mehmed. Andererseits gibt es hier zu tun für Leute wie Euch und für Kapitäne. Famagusta muß wieder instand gesetzt, Schiffe müssen gehoben, der Hafen für den Handel freigemacht werden. Was ist mit den anderen? Tobie, wie steht's mit Euren Experimenten?»

Tobie hatte noch seine Kappe auf. Darin sah er aus wie ein gewöhnlicher Arzt. Er sagte: «Muß man sich entscheiden? Geh mit der Kompanie oder bleib beim Zucker? Oder habt Ihr etwas ganz Neues im Sinn?»

«Da ist noch die Bank», sagte Nicolaas. «Seit Gregorio sie richtig eingerichtet und eingeführt hat, war ich nicht mehr in Venedig. Dort ist ein Haus. Ich habe einiges Land in der Lagune gekauft. In Venedig liegt eine Galeere, und eines Tages werden wir dem König unsere Kogge entreißen. Der Zucker gedeiht ganz gut mit einem Verwalter und einiger Aufsicht. Die Raffinerien haben wir uns entgehen lassen, aber vielleicht gibt es weiter im Westen etwas, was wir aufbauen können. Alles, was wir haben, ist in der Levante und damit gefährdet.»

«Wegen der Türken?» fragte Tobie.

«Nicht nur ihretwegen», erklärte Nicolaas. «Erinnert Ihr Euch an Heinrich, den Bruder der Herzogin von Burgund? Er gründete in Portugal eine Seefahrtsschule. Es ging darum, die Gewürzstraße um Afrika herum zu finden. Ein guter Gedanke. Aber wer immer diesen Weg findet, richtet alle zugrunde, die sich auf die jetzige Handelsstraße verlassen, eingeschlossen die Kaufleute in Alexandria und Zypern und die venezianischen und genuesischen Kolonien im Osten. Inzwischen beginnt das Zuckerrohr schon auf Madeira zu wachsen. Die Insel ist fruchtbar, stützt sich auf Sklavenarbeit und könnte viele Schiffe rechtzeitig nach Lissabon schicken, um den wachsenden Süßigkeitsbedarf Westeuropas zu befriedigen. Dann wird der Zuckerpreis fallen. Nimmt man den neuen Seeweg für die Gewürzeinfuhr hinzu, dann sieht man, daß es die afrikanische Küste ist, an der der Handel aufblühen wird, und die venezianischen Banken werden das zu spüren bekommen. Ich möchte nicht, daß unsere zu ihnen gehört.»

«Afrika? Portugal?» Tobie war errötet. Nicolaas wußte, woran er als einziger von ihnen dachte, und sagte: «Simon ist dort. Ich will ihn nicht aufstören. Andererseits scheint der Vicomte zu glauben, er sei darauf aus, uns Einhalt zu gebieten. Das könnte er, wenn wir im Osten bleiben und er Europa mit Zucker und Gewürzen überschwemmt.»

«Diniz?» sagte John le Grant, ohne aufzublicken.

«Nein, mein lieber John», erwiderte Nicolaas. «Ich werde ihn nicht als Spion benutzen.»

«Schön», sagte Tobie. «Aber Ihr habt noch nichts von Brügge gesagt. Das ist Euer Markt. Dort ist das Haus Charetty, auch wenn Ihr nur noch ein Beobachter seid.»

«Ein Anteil nehmender Beobachter. Sie sind meine Stieftöchter. Tilde gehört das Haus Charetty. Ich habe weder sie noch Catherine vergessen. Oder Gottschalk und Julius. Vielleicht wissen sie, was wir tun sollten. Aber das Haus Niccolo ist nicht in Brügge, es ist in Venedig. Wenn es überhaupt irgendwo ist. Ihr wollt vielleicht ausscheiden. In dem Fall könnt Ihr mitnehmen, was Euer Anteil ist. Und das wird nicht wenig sein. Die Einkünfte aus den Dörfern und dem Schiff, die Zahlungen für die Söldnertruppe, der Ertrag aus dem Zucker, aus dem neuen Land, das wir bekommen haben – das ist ein sehr hoher Betrag.»

«Wollt Ihr uns haben?» fragte John le Grant. Er lehnte sich zurück, die Arme verschränkt, und sah Nicolaas aus seinem sommersprossigen Gesicht an. «Nein», fuhr er fort, «ich will es anders ausdrücken. Ich könnte bei der Bank bleiben, aber mein Handwerk selbständig ausüben. Tobie könnte bei der Kompanie bleiben oder in Kouklia oder sich als Arzt verdingen und trotzdem Eurem Kreis angehören. Loppe könnte bleiben und sich um den Zucker kümmern oder um die Lehensgüter oder zu Gregorio nach Venedig gehen oder Euch nach Spanien oder Portugal oder Afrika begleiten, wohin immer Eure verrückten Einfälle Euch führen. Crackbene könnte hier eine Flotte befehligen oder als Kapitän mit einem Schiff Frachten für Euch befördern, wo immer Ihr sie hinhaben wollt. Ich glaube, wir wollen alle bei der Bank bleiben, wenn ich auch nicht für Julius und Gottschalk sprechen kann. Aber wollt Ihr allein sein?»

Das war natürlich die Frage, die er sich selbst hätte stellen sollen und der er ausgewichen war. Sie war mit Brügge und den Venezianern verbunden, mit den heimtückischen Prinzessinnen von Trapezunt, mit Primaflora und Katelina und den Mamelucken und vor allem mit den sich bekriegenden Lusignans. Nein, nicht vor allem mit diesen. Vor allem mit Famagusta.

«Da gibt es zum einen das, was ich möchte», sagte Nicolaas, «und zum anderen das, was für das Haus das Beste ist. Ich mag mir sagen, ich hätte vom Krieg genug gesehen, aber ich kann ihm nicht einfach den Rücken kehren. Jemand hat gesagt, Krieg mache keinen Spaß mehr, seit er keine Kurzweil mehr sei, sondern ein Handwerk. Aber er war nie Kurzweil. Er bricht aus, und jemand muß damit fertig werden. Weil Astorre tüchtig ist, tut er, was er zu tun hat, ordentlich und so gut, wie er kann. Aber die Entscheidungen werden von seinen Dienstherren getroffen: von Urbino oder Malatesta oder Ferrante oder Frankreich oder Mailand. Wenn die Herren untereinander uneins sind oder selbstsüchtig oder unfähig oder einfach zu jung und unerfahren, dann bekommt man ein Famagusta. Wer das Geld und die Macht hat, einen Krieg in der Hand zu behalten, der kann eine gute Führung einsetzen. Der werden sich Männer anschließen.»

«Ihr denkt an stehende Heere», meinte John le Grant. «Erzählt das den Bürgern von Brügge und seht, was Ihr da zu hören bekommt.»

«Nicht zwangsläufig», sagte Nicolaas.

«Ein richtig großes Söldnerheer, das von sich aus Kriege gewinnen kann?» sagte Tobie. «Habt Ihr Euch überlegt, was das bedeutet?»

«Er hat sich noch gar nichts überlegt», sagte John le Grant. «Nur daß er nach der Erfahrung mit diesem Biest von Primaflora von einem Lusignan keine Befehle mehr entgegennehmen will, und das heißt, er muß sehen, wie er zu Geld kommt, wenn er sich in den Kreisen der Macht bewegen will. Hab ich recht?»

Er war anmaßend. Und er hatte unrecht. Ob Nicolaas mit Zacco noch etwas zu tun haben wollte oder nicht, die Verbindung war zerschnitten worden und würde jetzt nicht mehr neu geknüpft werden. Jedenfalls nicht auf eine Weise, die irgendeinen Zweck erfüllte. Rizzo di Marino, Sor de Naves, Wilhelm Goneme würden Zacco in die Zukunft führen, und mochte Nicolaas' Geschäft auch fortbestehen und blühen, sie würden im besten Falle eine beiläufige Freundschaft aufrechterhalten und nicht die tiefreichende, ständige Gefährtenschaft, die der Weg zu des Königs Herz und Sinn war. Nicolaas sagte: «Wenn Ihr so weiterredet, glaube ich Euch noch. Wir haben noch keinen Abstand zu den Ereignissen. Wir wissen noch nicht, was Zacco tun wird. Wir wissen nicht, womit Jordan de Ribérac ihm vielleicht droht. Wir müssen Klarheit in unsere eigenen Vorstellungen bringen. Wir werden noch einmal darüber sprechen müssen. Aber vergeßt nicht, daß wir Gregorio bedenken müssen. Wenn wir können, sollten wir in Venedig zusammenkommen.»

«Und Eure Insel besuchen. Ihr hattet Barilla dorthin schicken lassen.» Tobias Stimme klang plötzlich gereizt. «Was in Gottes Namen macht man mit Barilla?»

«Das müßt Ihr Alessandra Macinghi negli Strozzi und ihre Söhne fragen», bemerkte Loppe. «Meister Nicolaas – Ihr wißt, daß der König Euch zu sprechen wünscht? Ihr habt eine Audienz bei ihm um die Mittagsstunde.»

Er war einmal zum König gegangen, wann immer es ihm beliebte. Er war einmal mit Primaflora verheiratet gewesen. «Ich werde dasein», sagte Nicolaas.

Kapitel 47

Er ritt auf seinem Rennkamel Chennaa zur Audienz, betrat Zaccos Palast und ließ sich zu den königlichen Gemächern bringen, die voller Licht und Sonnenschein und Lärm und eifriger Gesichter waren. Er kannte die meisten von ihnen aus Tagen eher der Feste denn der Kämpfe. Es war noch immer eigenartig, saubere, wohlgenährte Menschen mit lockerem Haar und frischen Kleidern zu sehen.

Er war hier, um die Mitteilung entgegenzunehmen, daß seine Ehe aufgehoben wurde, ob er das wünschte oder nicht, und seine Ehefrau Primaflora eingesetzt wurde als das, was sie schon war: die ständige Mätresse Jakobs, König von Zypern. Er nahm ohne Freude wahr, daß von den anderen Anwesenden einige zu wissen schienen, weshalb er hier war, und er fragte sich, ob Diniz unterrichtet worden war, in welchem Winkel man den Jungen auch gefunden haben mochte, und ob ihn die Nachricht gefreut oder niedergedrückt hatte. Er war noch so jung und besaß so wenig, wenn man von einem langsam wachsenden Selbstvertrauen absah, das durch de Ribéracs verleumderische Worte angegriffen worden war. Diniz hatte bei ihm und seinen Gefährten bleiben wollen. Jetzt wußte Nicolaas nicht, wie dem Jungen zumute war, aber Hilfe brauchte er gewiß. Sobald er konnte, würde er ihn ausfindig machen.

Inzwischen herrschte hier Frohlocken. Nur behutsam triumphierend natürlich die Venezianer. Paul Erizzo, der venezianische Bevollmächtigte. Die Brüder Martini. Marco Corner und sein geschickter Gefährte Giovanni Loredano, deren schöne Gemahlinnen in ihre venezianischen Palazzi zurückgekehrt waren. Die Venezianer hatten ihn nach Zypern gebracht, Jakob von Lusignan zu Gefallen und um des eigenen Gewinns willen, und als Folge davon waren Carlotta und Genua besiegt und die Mamelucken beseitigt worden, und Jakob und die Venezianer blieben zurück. Für seine Dienste hatte Nicolaas Land und Geld empfangen, und beides würde er wohl, so nahm er an, behalten dürfen. Er hatte sich der jetzt abgekühlten Gunst Zaccos erfreuen können. Er und nicht die Venezianer hatte die wertvolle Gerechtsame der Färberei erhalten, doch in diesem Fall – er war halb darauf gefaßt gewesen – hatten sich die Venezianer das Geschenk wieder angeeignet. Die königlichen Zuckerrohrgüter befanden sich noch in seiner Hand, aber er zweifelte nicht daran, daß sowohl Corner wie auch die Brüder Martini Pläne zu ihrer Wiedererlangung schmiedeten. In welchem Falle sie mit den anderen Plänen rechnen mußten, die er im Sinn hatte, um dies zu verhindern. Nicolaas schenkte Erizzo, Corner und den anderen sein strahlendes Grübchenlächeln, und sie verneigten sich und lächelten zurück.

Da war das dunkle Gesicht des Kanzlers Rizzo di Marino, der, was keine Überraschung gewesen war, die so günstige Gelegenheit ausgenützt und die Mameluckentruppe auf Zypern ausgelöscht hatte. Die Schuld für das Blutbad würde man Rizzo zurechnen und nicht Jakob oder Markios oder ihm, Nicolaas. Er würde jedoch zugestehen, daß der Tod Tzani-beys von ihm in die Wege geleitet worden war. Er war dem König und vielleicht sogar Kairo zupasse gekommen. Der Sultan würde sich beschweren, den Tribut erhöhen, aber schwerlich den Emir durch einen anderen ersetzen. Kairo würde jetzt seine Streitkräfte lieber zu Hause behalten.

Da war der Admiral Sor de Naves, den Nicolaas zwar nicht mochte, dem er aber wegen eines einzigen kurzen Gesprächs dankbar war. Der Advokat Philip Podocataro, der ihn in Venedig nicht für Zacco hatte anwerben können und der zweifellos Überzeugungsmittel anderer Art empfohlen hatte. Bei ihm standen zwei Personen, die Nicolaas hier nicht erwartet hatte: Jacopo und Bartolomeo Zorzi. Er schritt auf sie zu, als ihn der König zu sich rief.

Zaccos Gesicht war gerötet, und er hatte getrunken. Wenn man ihn nicht gut kannte, merkte man es nicht, denn Jakob von Lusignan war jung und stark und vertrug das Trinken so gut wie alle seine anderen Ausschweifungen. Unter dem Hutrand blickten die Augen offen und funkelnd, mit ihren Fleckchen von Grün und Grau und warmem Braun, den Mischfarben des Lusignanschen Erbes. Er trug einen seitenfreien Überwurf über dem Wams, dessen hoher Kragen dicht mit Juwelen besetzt war.

Bei ihm war eine Schönheit. Keine Frau, obschon schwarzes Haar sich im Nacken nach innen lockte über einem kleinen Kragen aus Gänsedaunen und die Hände, die über eine Zeichnung strichen, beringt und langfingrig und zart waren. Da blickte der Fremde auf, und Nicolaas sah ein ovales Gesicht und dicht mit Wimpern gesäumte dunkle Augen. Die Weiblichkeit dieses Eindrucks wurde zerstört durch Masse und Form der Nase und den kräftigen Bau von Oberschenkel, Wade und Knöchel. Alles an dem Neuling entsprach den höchsten Anforderungen von Zaccos Geschmack und wurde hier absichtlich vor Nicolaas zur Schau gestellt. Ein Lusignan empfand keine Scham vor einem guten flämischen Freund, der ein kleines Prachtstück besaß, das er begehrte. Ein Lusignan sagte: «Ich bin König. Ich locke an, was schön ist, und habe es verdient. Ich decke meinen Tisch mit Süßigkeiten, und es sollte Euch aus Freundschaft am Herzen liegen, sie zu vermehren.» Da er Zacco verstand, wartete Nicolaas.

Der König sagte: «Lieber Nikko – schaut: die Pläne für den neuen Palast. Wir bauen Famagusta neu auf. Auch der Bischof wird etwas bekommen, was seiner würdig ist. Und die Zeichnungen hier, für den Triumphbogen. Ihr werdet sie sehen. Später werdet Ihr meinen David hier kennenlernen. Kommt. Die anderen werden uns entschuldigen. Ich habe ein Geschenk für Euch. Wir haben etwas Geschäftliches zu besorgen.»

Das Gemach, in das er ihn führte, war ihm vertraut mit dem Bett, an dem ein Vorhang angebracht war, und dem Fenster, das zum Altan, zum Garten und zum Wallgraben hinausging. Über dem Bett lag eine mit Zobelfell gesäumte Robe aus Seide. «Für Euch. Für Famagusta und alles, was Ihr erlitten habt. Habt Ihr Schmerzen? Ihr müßt Schmerzen haben von den Wunden und dem Kummer. Eure liebe Freundin ist gestorben.»

Er hatte Nicolaas bedeutet, wo er sich setzen sollte, und hatte selbst seinen alten Platz auf dem Fenstersims eingenommen. Sein wippender Fuß sagte diesmal, daß er unglücklich war, trotz des Weins, und Ärger empfinden und auch zeigen würde, wenn sich dies nicht bald änderte. Nicolaas hatte nicht vorgehabt, ihn leicht davonkommen zu lassen, aber er sträubte sich dagegen, daß Katelina erwähnt wurde, damit Zacco sich wohler fühlte. «Majestät», sagte er, «ich bedarf keiner Geschenke. Mir wurde gesagt, was Ihr für Euer Glück benötigt, und ich gebe es Euch gern aus freien Stücken.»

Der Fuß hörte auf zu wippen. «Ihr wißt es schon?»

«Von Primaflora.»

Der König blickte auf seine Hände. «Natürlich ist es nicht üblich, daß jemand, der ein Amt anstrebt, eine Kurtisane zur Frau nimmt. Ihr hattet vielleicht nicht bedacht, daß dies Eurer Zukunft schaden könnte.»

Nicolaas hörte diese Worte ohne Erstaunen oder Groll. Er hatte nicht die Absicht, alles über Primaflora zu erzählen. Der König war derzeit vernarrt. Wer dieses Idyll störte, wurde augenblicklich zum Feind. Statt dessen sagte Nicolaas – wie er hoffte, mit seiner üblichen Stimme: «Wie sie Euch vielleicht berichtet hat, war es eine Eheschließung aus Zweckdienlichkeit. Sie wollte Rhodos verlassen.»

Die braunen Augen blickten auf, und der König faßte sich mit der Hand an die Lippen. «Sie hat es mir gesagt. Sie war unfreundlich zu Euch, das tut mir leid. Aber sie hat ungewöhnlich feurige Männer gekannt, und man darf ihr, glaube ich, ein wenig Ungeduld nicht zum Vorwurf machen. Aber Ihr habt ja Trost gefunden. Oder hattet ihn vielleicht gar nicht nötig?» Der König lächelte, und er beugte sich vor und legte die Hand auf die von Nicolaas. «Manchmal beneide ich Euch um diesen erhabenen Sinn und diesen gelassenen Körper. Ihr werdet nie im Feuer Eurer Leidenschaften brennen.»

«Ich bin mir meines Glücks bewußt.»

Der König lächelte und sagte: «Aber das seid Ihr nicht. Ich habe Euch Land, ein Amt, Einkünfte, Häuser angeboten. Ich möchte Euch noch etwas mehr geben. Ich miete Eure Kogge, und eines Tages wird sie Euch zurückgegeben werden. Wenn dieser Tag kommt, werde ich Euch noch eine zweite geben. Für alles, was Eure Truppe getan hat, bekommt Ihr die *Adorno*. Sie ist beschädigt, und wenn sie wieder seetüchtig ist, nehme ich sie in Dienst. Aber die Einkünfte aus ihrem Gebrauch werden Euer sein, und wenn ihre Dienstzeit um ist, bekommt Ihr sie. Seid Ihr zufrieden?»

«Sire», sagte Nicolaas, «ich kann Euch nicht genug danken.»

Der König richtete sich auf. «Aber das soll nicht alles sein. Was kann ich noch für Euch tun?»

Nicolaas zögerte, dann sagte er: «Ich habe einen Feind hier.»

Der König schien mit seiner Mutter Marietta gesprochen zu haben. «Ihr meint den Franzosen? Ich habe von ihm gehört. Ich werde tun, was ich kann. Natürlich ist das schwierig. Der König von Frankreich besitzt den Reichtum, der Zypern eines Tages vor den Türken retten könnte, und der Franzose ist, wie ich höre, sein Berater. Er hat um eine Audienz gebeten.»

«Er kann mir nichts vorwerfen, wogegen ich mich nicht verteidigen könnte», sagte Nicolaas. «Er wird notfalls zu Erfindungen greifen. Ich bin in Sorge wegen seines Enkels Diniz Vasquez.»

«Tatsächlich? Mir wurde gesagt, er habe das da verursacht.» Zacco deutete mit dem Kopf zu der Stelle hin, an der ihn das Beil getroffen hatte. «Man hat mir auch gesagt, dieser Zorzi habe ihn gedrängt, Euch wirklich zu töten, und sich des Jungen dann entledigt, als er es nicht tat. Glaubt Ihr das?»

«Ja», sagte Nicolaas. «Ich glaube, daß Diniz die Wahrheit gesprochen hat. Die Venezianer vermißten die freigebige Hand des Lusignan und mißgönnten mir den Besitz der Färberei. Jetzt gehört sie wohl wieder ihnen. Ich habe keinen Grund zur Klage. Ein Land braucht Geld und Hilfe und muß sich dorthin wenden, wo es sie gibt.»

Der junge Mann am Fenster lächelte. «Immer der kluge Kopf. Aber man achtet schon darauf, wo das Geld, die Hilfe herkommen. Sagt mir: als der Junge Euch verletzte, da habt Ihr ihn verschont. Und in Famagusta habt Ihr ihn abermals verschont. Warum? Ich hatte Euch angeboten, ihn zu bestrafen.»

«Er war jung. Er hatte mich falsch eingeschätzt. Barmherzigkeit ist so etwas Schlechtes nicht. Und Famagusta war eine viel härtere Strafe, als Ihr sie ihm je hättet zumessen können.» Nicolaas beobachtete das Gesicht des Königs und sah für einen Augenblick den Ausdruck, den er gesehen hatte, als der Lusignan in die zerstörte, trostlose Stadt einritt. Der König rutschte von der Fensterbank herunter und sagte: «Famagusta. Ihr müßt Euch die Pläne ansehen. Ich werde an den Jungen denken und dafür sorgen, daß er selbst bestimmen kann, ob er seinen Großvater begleitet oder nicht. Wir sprechen uns wieder, wenn Ihr Euch in anderen Dingen entschieden habt. Laßt die Robe hier. Ich lasse sie Euch schicken. Kommt. Kommt und laßt Euch David vorstellen.»

Der Saal hallte von Stimmen und Lachen wider, als der Diener Zacco die Tür öffnete. Der Lärm legte sich nur allmählich, denn sie hatten alle reichlich getrunken, und er sah es ihnen nach. Die nüchtern waren, das waren diejenigen, die gewußt hatten, weshalb Nicolaas in den Palast gerufen worden war. Man erkannte sie an ihren erwartungsvollen Gesichtern.

Der neue Bekannte des Königs stand nachdenklich an einem Schreibpult, den weichen Bart eines Federkiels an den Lippen, und hörte den Schritt des Königs nicht gleich. Er nahm die Hand herunter, um eine kurze Notiz zu machen, und blickte dann auf, als sich der König und Nicolaas näherten. Er legte rasch die Feder aus der Hand und verneigte sich. Seine Augen, die Nicolaas ansahen, waren so schwarz wie die Tinte, die er gebrauchte, und er reichte dem König mit dem Kopf bis gerade an die Schulter. Der König sagte: «Das ist Niccolo. Ihr habt alles über ihn gehört. Niccolo van der Poele. Ich hätte Euch schon früher bekannt machen sollen. Nikko: Monseigneur David de Salmeton.»

Ein französischer Name. Auch die Stimme des Mannes klang, als er seinen Gruß murmelte, so französisch wie seine eigene. Das heißt, französisch mit einem anderen Beiklang – aber in seinem Fall keinem flämischen. Der König sagte: «Und was habt Ihr vermerkt? Der Schatzmeister wird nicht einverstanden sein, aber ich werde darauf bestehen. Ich will nichts anderes als Marmor haben.»

Der Plan für den neuen Palast von Famagusta lag auf dem Pult. Daneben, sauber aufgelistet, war ein erster Kostenvoranschlag. Nicolaas sagte: «Vielleicht solltet Ihr den Schatzmeister betrunken machen.» Er spürte, wie der Hof erleichtert aufatmete. Der König hatte sich behauptet. Der Flame hatte ihm ohne Aufbegehren seine Gemahlin abgetreten. Natürlich mußte man sehen, was sie alle dem mit Ehren überhäuften beraubten Ehemann an langsamer Beförderung in höhere Ämter, an Kriecherei würden bezahlen müssen. Er drehte sich jäh zur Seite. Der König hielt ihn fest, die Hand auf seiner Schulter. «Der Wirklichkeit verpflichtet, dieser Mann der Zahlen. Ich weiß, Nikko. Der Schatzmeister hat's mir gesagt. Unsere Truhen reichen dazu nicht aus. Ich werde das Geld auch nicht aus den Bauern herauspressen. Ich werde nicht einmal mehr aus Eurem Zucker herausholen. Zahlen dafür wird Monseigneur David.»

Keiner außer ihm schien überrascht zu sein. Wie lange war dieser Mann schon bei Hof? Ein paar Tage? Schon Wochen, ehe der König nach Famagusta kam? Nicolaas war lange nicht mehr in der Hauptstadt gewesen. Er fragte: «Monseigneur David? Auf welche Weise?»

«Auf die übliche Weise», sagte der schwarzhaarige junge Mann, und seine Lippen bekamen einen weichen Zug. Er lächelte nicht.

Der König dagegen lächelte. «Ihr wart lange als Geisel eingesperrt. Ihr habt alles Neue versäumt. Monseigneur de Salmeton ist Makler, Niccolo, wie Ihr. Gleich Euren sind die Geschäfte seines Hauses vielgestaltig. Es treibt Handel mit Pfandsachen, Farben, Versicherungen. Dem Haus gehören Schiffe. Es beschafft Kredite wie den für den Wiederaufbau von Famagusta. Es baut Zuckerraffinerien.»

«Ich verstehe», sagte Nicolaas. «Ist der Name Eures Hauses Vatachino?»

«Ganz recht», erwiderte David de Salmeton. «Natürlich, Ihr habt von uns gehört. Wir haben uns glücklich geschätzt, Euren

Zuckerüberschuß übernehmen zu können. Den von Monseigneur de Corner und Monseigneur de Loredano ebenfalls. Ich hoffe, wir haben die Aufgabe zu Eurer Zufriedenheit erfüllt.»

«Ich bin erfreut, Euch kennenzulernen», sagte Nicolaas.

Abermals bekamen die zarten Lippen den weichen Zug, ohne sich zu öffnen. «Oh, ich bin nicht das Oberhaupt von Vatachino, nur ein Vertreter.»

«Und wer ist das Oberhaupt, Monseigneur?» fragte Nicolaas.

Der König lachte erneut. «Versucht nur, die Antwort darauf aus ihm herauszubekommen! Er sagt, das sei nicht wichtig oder er wisse es nicht. Er ist bevollmächtigt, einen Vertrag auszuhandeln und zu unterzeichnen, also können wir es nicht aus ihm herausquetschen. Aber Ihr wüßtet es auch gern. Wie finden wir es heraus?»

Nicolaas sagte, noch immer das gelassene, dunkle Gesicht ansprechend: «Aber Ihr müßt doch ein Kontor haben?»

«Viele», erwiderte die ruhige Stimme ein wenig belustigt. «Eines in Venedig, zum Beispiel. Ich hatte schon mit Eurem Messer Gregorio zu tun. Vielleicht hat er Euch nicht mit diesen Geschäften belästigen wollen. Und wir sind dabei, eines in Brügge einzurichten. Mein Augenmerk gilt Färbereien.»

«Habt Ihr schon eine betrieben?» fragte Nicolaas.

Der junge Mann hob die Feder vom Papier und wischte sie ab, schloß das Tintenfaß, trat von dem Pult fort und stellte sich, die Hände lose verschränkt, vor ihn hin. Er sah aus wie ein geduldiger, Harfe spielender Engel, der auf dem Weg zu einem Chor aufgehalten wird. Er sagte: «Uns gehört eine Färberei, Monseigneur. Hier in Nikosia.»

«Dann müßte es ihrer zwei geben», sagte Bartolomeo Zorzi freundlich. Hinter dem schwarzen Bart stand sein Gesicht nicht ganz mit der Stimme in Einklang. «Ich habe die einzige Färberei in Nikosia.»

Ein Gefühl gleich beginnenden Rausches überkam Nicolaas. Er blickte den König an und sah, daß der König ihn anblickte und alles genoß. Nicolaas wandte sich um. Die gepflegte Person namens David sagte: «Ich bin höchst bekümmert. Ich dachte, die Neuigkeit sei bekannt geworden. Ihr seid wohl Monseigneur Zorzi? Natürlich schien die Färberei zum Geschenk des Königs zu gehören, aber leider . . .»

«Leider?» Bartolomeo Zorzis Kopf ging zu seinem Bruder Jacopo herum und dann wieder zurück wie eine Fahne, die im Wind die Richtung ändert.

«Leider hatte der König größere Schulden gemacht. Die Summe konnte nicht zurückgezahlt werden. Wir waren gezwungen, sie einzufordern. Er konnte unsere Forderung nur befriedigen, indem er uns alle Rechte an der Färberei übertrug und eine ordentliche Grundlage für ihre zukünftigen Ausgaben schaffte. Dabei handelt es sich um die Einkünfte aus den Dörfern Pactona und Lectora und fünftausend Byzantiner von den Zolleinnahmen von Nikosia. Ich bedaure.» Umrahmt von den herrlichen Wimpern zeigten die kalten Augen keine Spur von Zerknirschung.

«Für wen seid Ihr tätig?» fragte Bartolomeo Zorzi.

«Für die Nemesis, denke ich», sagte Nicolaas. «Und bleibt mir aus dem Weg wie auch ihm. Bestellt das Eurem älteren Bruder.»

Zorzis Augen blieben düster auf dem Fremden ruhen, und das galt auch für die feindseligen Blicke der anderen Venezianer. Gleich Nicolaas hatten natürlich auch die Corners unter dem Zugriff dieses unbekannten und bedrohlichen Hauses zu leiden gehabt. Vielleicht auch die Johanniter. Nicolaas zögerte. Dann sagte er: «Mit Verlaub, Majestät – Ihr spracht von Leihen. Habt Ihr ein Abkommen mit Monseigneur de Salmeton unterschrieben?»

Es war nie klug, so mit Zacco zu sprechen, aber er wußte nicht, wie er sich auf andere Weise schnell hätte vergewissern sollen. Der König sagte: «Es war nötig. Ihr wart in Famagusta.»

«Natürlich. Vielleicht können wir ein andermal von Nutzen sein. Darf ich erfahren, was als Sicherheit für diesen und andere Kredite angeboten wurde? Außer der Färberei?»

Der König sagte: «Fürchtet Ihr um Euren Zucker? Der ist sicher. Alles ist sicher. Ihr habt das Lösegeld für zwölf reiche Gefangene, darunter den Vicomte de Ribérac, vergessen.»

«Das Lösegeld ist gekommen?» Nicolaas spürte, ohne hinzusehen, den Blick, der ihn aus den dunklen Augen traf.

«Wie sollte das sein, so schnell?» sagte der König. «Aber es wird kommen. Ich habe nach de Ribérac geschickt.»

Nicolaas empfand ein jähes stilles Vergnügen. «Er wird entzückt sein. Er möchte gern alles über das Haus Vatachino wissen.» Er überlegte und fügte hinzu: «Er hielt das Lösegeld jedenfalls für zu hoch.» Wieder der rasche Blick. Diesmal gab er ihn zurück. Eine Tür ging auf.

Er wandte sich um, und das tat auch der dunkelhaarige Mann an seiner Seite. Doch herein kam da nicht die mächtige Gestalt de Ribéracs, sondern ein Sekretär von der Secrète, der mit rauschenden Rockschößen vortrat. Zwischen den Ohrenklappen seiner Kappe war er bleich.

«Nun?» sagte Zacco leise. Er war nüchtern geworden.

«Majestät», sagte der Sekretär. «Monseigneur de Ribérac ist nicht in seiner Kammer. Wir haben Nachforschungen angestellt. Wir haben die Torhüter befragt. Wir haben Boten getroffen, die aus dem Süden kamen. Majestät, Monseigneur de Ribérac ist geflohen.»

«Ohne Lösegeld zu bezahlen?» fragte der Engel.

«Er hat nichts zurückgelassen», sagte der Sekretär.

«Wie konnte ihm das gelingen?» Der König hob die Faust und schmetterte sie auf das Pult. Das Tintenfaß fiel zu Boden, zerbrach und lief aus. Rasch brachte der junge Mann namens David den Plan in Sicherheit und drückte ihn, säuberlich zusammengefaltet, an sich.

«Einer von Messer Niccolos Leuten hat ihm geholfen», sagte der Sekretär.

Das war natürlich eine Möglichkeit. Das war die einzige Möglichkeit. «Davon weiß ich nichts», sagte Nicolaas. «Sagt – wer war es?» Aber er wußte es schon. Er hätte es ahnen, hätte darauf vorbereitet gewesen sein sollen.

«Euer Schiffsmeister, Messer Crackbene, Ser Niccolo», antwortete der Sekretär. «Er hat es verstanden, ihn durchs Tor zu bringen, und für Pferde gesorgt. Sie sind gestern abend aufgebrochen und waren am Morgen in Salines. Dort haben sie sich eingeschifft.»

«An Bord welches Schiffes?» fragte Nicolaas.

Der Sekretär wandte sich zu ihm um. Seine Fingerknöchel waren weiß. «An Bord der *Doria.*»

Natürlich. Der Kontrakt war ausgelaufen. Crackbene war bezahlt worden. Gewissenhaft bis zum letzten Augenblick hatte er gewartet, ehe er den Dienstherrn wechselte, und es war nicht seine Schuld, daß Nicolaas dies nicht vorausgesehen hatte. Nicolaas sah ihn im Geist auf dem gleichen Schiff während der Fahrt von Italien herüber vor sich: einen kräftig gebauten, blondhaarigen Mann mit rötlichem Gesicht, der sich sehr darüber ärgerte, daß er von Erizzo gezwungen worden war, die *Doria* nach Zypern zu bringen. Es war einfach gewesen, seine Empörung für Treue zu halten, und in gewisser Weise war es das auch gewesen, denn damals hatte Crackbene im Dienst des Hauses Niccolo gestanden. Jetzt aber war dieser Vertrag beendet. Wer der Besitzer eines Schiffes war, das war nicht Crackbenes Sache. Er war gegen einen Lohn aufgefordert, sein Handwerk als Kapitän auszuüben, und wenn der Lohn seinen Vorstellungen entsprach, nahm er an. Man konnte ihn ebenso einen Schurken nennen wie einen hervorragenden Seemann, ohne den Famagusta nicht befreit worden wäre. Crackbene kümmerte nicht, daß der Vicomte das Schiff gestohlen hatte. Er mochte nicht einmal gewußt haben, daß die *Doria* einmal die *Ribérac* gewesen war.

«Das tut mir leid», sagte Nicolaas. «Ich habe ein Schiff und Ihr habt Euer Lösegeld verloren.»

«Wenigstens war das andere Lösegeld bezahlt», sagte der Sekretär.

Jetzt war es David, der sprach, wie dies vom Gläubiger des Königs zu erwarten gewesen war. «Ein Lösegeld war bezahlt? Wessen Lösegeld war das?»

«Das eines früheren Gefangenen», antwortete der Sekretär. «Messer Niccolo hat es bezahlt. Es fällt nicht in diese Kalkulation.»

«Wessen?» fragte Nicolaas. Wieder wußte er es. Er wollte es

nur hören, ehe er sich an die Aufgabe machen konnte, es zu glauben.

«Eines Jünglings namens Diniz Vasquez», antwortete der Sekretär. «Der Vicomte ist sein Großvater. Er war kein Gefangener, aber der Vicomte bestand darauf, daß er geholt und gezwungen wurde, mit ihm zu reisen. Sie sollen Portugal ansteuern.»

«Ich bedaure», sagte David de Salmeton zum zweitenmal. Jetzt lächelte er, und das Lächeln galt Nicolaas.

Nicolaas seinerseits bedauerte Dinge, die nichts mit dem Verlust seines Schiffes zu tun hatten – das war ein Streich, den sich nur de Ribérac hatte ausdenken können. Er bedauerte die Auswirkungen dieses Ereignisses auf eine schon schwer getroffene Familie. Er bedauerte den Schaden, den Primaflora angerichtet hatte, aus Ehrgeiz, aus Eifersucht, aus Angst vor der Zukunft, alles miteinander vermischt und halb vereitelt durch das eine, was eine Kurtisane sich nie erlauben sollte: ein Verlangen nach Liebe.

Sie hatte Katelina gezwungen zu leiden. Sie hatte getötet. Ihm selbst bedeutete der Verlust Primafloras etwas, das er noch gar nicht ermessen mochte. Aber er hatte sie auch benutzt. Er hatte Dinge von ihr erfahren. Und das Gewissen des Königs hatte sich, wie er erwähnte, zu seinen Gunsten ausgewirkt. Sie würde deshalb nicht durch ihn bestraft werden, wenn er auch seine Rache genommen hatte. Nichts Gewalttätiges, Auffallendes, Grobes. Der König brauchte Söhne. Nicolaas hatte der Mutter des Königs nur eine Botschaft zukommen lassen, in der Sor de Naves erwähnt wurde.

Mehr als Bedauern empfand er bei dem Gedanken an den Tod des hochgeborenen, eigenwilligen Mädchens, das ihm einen Sohn geboren und danach nur noch ein verqueres Leben geführt hatte. Ein Mädchen, Primaflora an natürlicher Leidenschaft nicht unähnlich, aber eingeengt und gehemmt durch die Gesellschaft, in der es lebte. Er wußte nicht, wieviel Glück Katelina seit ihrer Kindheit beschieden gewesen war außer den Stunden, die sie beide einander geschenkt hatten. Jetzt war sie fort und hatte verletzte Menschen hinterlassen, die sich über einen Abgrund hinweg anstarrten.

Einer von ihnen war Diniz Vasquez. Hätte er sich gestern abend noch auf die Suche nach ihm gemacht, hätte er vielleicht verhindern können, was dann geschehen war. Nun war der Junge auf See, in der Gewalt dieses rohen, undurchschaubaren Menschen, und sah einer vaterlosen Zeit in einer von Rachegedanken erfüllten Umgebung entgegen. Nicht das geringste Bedauern löste Jordan de Ribéracs Flucht in ihm aus.

Der junge Mann namens David beobachtete ihn. «Das Schiff, das gestohlen wurde, war Euer?» fragte er. «Das ist ein schwerer Verlust, der zu Euren anderen Enttäuschungen noch hinzukommt. Ihr wart nicht versichert?»

«Es war mein Schiff, und es war versichert, durch meinen Advokaten in Venedig.»

Die dunklen Augen schauten und schauten. Schließlich sagte der junge Mann: «Ich habe von einem so großen Geschäft nichts gehört. Bei wem wurde das Schiff versichert?»

«Beim Hause Vatachino. Ich habe einen Decknamen gebraucht. Erfreulicherweise werde ich nach den Bedingungen des Vertrags mit Eurem Haus keinen Verlust erleiden.»

Sie sahen einander an. Der junge Mann namens David sagte: «Ich bin verblüfft. Natürlich wird man Euch voll entschädigen. Ich muß Euch freilich darauf aufmerksam machen, daß sich Euch eine so günstige Gelegenheit nicht mehr bieten wird.»

Er legte den Plan zurück aufs Pult und sagte: «Wir haben eine Richtschnur, Messer Niccolo. Kleine Häuser beeinträchtigen unseren Handel, stören unsere Pläne, verderben unseren Markt. Dieser Lage werden wir rasch Herr. Zu gegebener Zeit machen wir Euch ein vernünftiges Angebot für Euer Geschäft. Euch und Euren Partnern. Geschäftspartner, Messer Niccolo, freuen sich recht oft über das Gefühl einer Münze in der Hand. Das ist angenehmer als das Hinnehmen häufiger Verluste, langer Enttäuschungen. Es gibt nur ein Haus Vatachino, und ihm widersteht nichts.» Er hielt inne, fast lächelnd, und setzte hinzu: «Wir gehen als nächstes nach Afrika. Ihr bleibt auf Zypern?»

Nicolaas blickte in das selbstsichere, gefällige Gesicht und sagte: «Ich habe ein Haus hier, Monseigneur David. Aber gleich Euch führe ich Geschäfte an mehreren Orten. Wahrscheinlich bin ich dann und wann auch dort, wo Ihr seid. Vielleicht sogar noch vor Euch.»

Er verließ den Palast bald darauf, und binnen einer Woche hatte er seinen Haushalt aus Nikosia verlegt. Der König wollte ihn nicht in der Hauptstadt haben, und er mochte es nicht zu Ärgernissen kommen lassen. Kouklia konnte alle seine Leute aufnehmen, und wenn er und sie erst ihre Pläne ausgearbeitet hatten, konnte er seinen Mittelspersonen Anweisungen geben und sich nach Venedig einschiffen.

Er suchte noch einmal die Gemächer des Königs auf, um sich förmlich zu verabschieden. Unerwünschten Begegnungen während seiner letzten Tage im Herrenhaus hatte er sich entziehen können – bis auf zwei Ausnahmen: der Patriarch Ludovico da Bologna hatte ihn kurz vor dem Abendessen heimgesucht und ihm vom Priester Johannes und vom Bienenland Ägypten erzählt, und die Mutter des Königs hatte ihn zu sich bestellt und, keine Entschuldigungen gelten lassend, zu diesem Zweck gleich eine Eskorte geschickt. So begab sich Nicolaas denn zu Marietta von Patras so, wie er gerade war, in Alltagswams und Stiefeln, und stand dann vor ihr wie ein Gefangener.

Er schuldete ihr nichts. Bei ihrer letzten Begegnung hatte sie geduldet, daß Jordan de Ribérac seinen Enkel schmähte, und ihm verkündet, daß seine Ehe beendet war. Von dem Augenblick an, als er ihr in Ketten vorgeführt worden war, hatte sie Ränke geschmiedet. Sie hatte Katelina nach Episkopi geschickt in der Hoffnung, er werde sie Carlotta abspenstig machen. Markios, ihr grobschlächtiger Bruder, hatte die Andeutungen gemacht, die den Mameluckenaufstand auslösten, und dadurch, daß er sich und seine Schwester schützte, den Tod Abul Ismails verursacht. Diniz' Entweichen aus Nikosia bedeutete, daß Katelina, jetzt nicht mehr von Nutzen, ihm wahrscheinlich folgen würde: bei beider Flucht konnte man die Hand des Königs und seiner Mutter im Spiel sehen. Und vor allem war wegen dieser Frau

Primaflora ermutigt worden, zum König zu gehen – den König anzurufen –, als die Mutter des Königs sie fortzuschicken schien. Er hoffte, sie wußte jetzt, was für ein Geschenk sie ihrem Sohn gemacht hatte. Soweit es ihn betraf, war dies ihre Strafe.

Die Mutter des Königs empfing ihn unverschleiert. Über dem Samt und den Juwelen blitzten die geschminkten Augen, aber die fleischrote Schnauzenöffnung der Nase hatte sie unverhüllt gelassen. «Nun», sagte sie, «Ihr habt mir vieles vorzuwerfen. Sprecht.»

Er trotzte ihrem grimmigen Blick und schwieg zunächst, weil dies für einen Ausbruch des Zorns oder der Übellaunigkeit nicht der rechte Ort war, ganz gleich, was er im stillen empfinden mochte. Deshalb hatte er ja eigentlich nicht kommen wollen. Er hatte von Anfang an ihre unerschütterliche Zielstrebigkeit erkannt. Sie stritt für den König und für Zypern, so wie in Persien die Syrerin Sara nur ihrem Sohn Uzun Hasan diente. Sara war Uzuns mutiges Werkzeug, aber Marietta von Patras war das Ruder, das Zaccos glänzende Bahn auf Kurs hielt. «Rücksichtslosigkeit wird Euch früher oder später mit leeren Händen dastehen lassen», sagte Nicolaas.

«So wurde mir schon versichert.» Ohnenase war, wie er sah, über seine Mäßigung keineswegs überrascht. Sie hatte ihn folglich nicht holen lassen, um einen Streit anzufachen. Sie fuhr fort: «Das ist keine Rede, wie ich sie von Euch erwartet hätte. Um gegenüber Tzani-bey den Spieß umzudrehen, habt Ihr zu Uzun Hasan geschickt, und als Folge davon starben der Kaiser von Trapezunt und seine Kinder. Weil Ihr einer Familienfehde keine Beachtung geschenkt habt, kam Frau Katelina auf diese Inseln, und sie und der Portugiese mußten dafür büßen. Die Ursache all dieser Todesfälle waren Versäumnis und Eigennutz und blanker, kleinlicher Rachedurst. Und Ihr wollt mich tadeln?»

Wenn es wahr war (und das war es), dann war sie die letzte Person, der er dies eingestehen würde. «Wer sonst würde das wagen, erhabene Frau?» erwiderte Nicolaas. «Ihr sagt, Ihr wünschtet, die Mamelucken lebten noch? Ihr solltet Euch bei Eurem Bruder beklagen, nicht bei mir.»

Sie schwieg eine ganze Weile. Schließlich machte sie eine Bewegung und sagte: «Prüft Eure Beweggründe. Bald wird auch Euch keiner mehr zu widersprechen wagen, und das wird zu Eurem Schaden sein. Ich wünschte, ich hätte Euch in der Schule.»

Er nahm den besonderen Ton in ihrer Stimme wahr, ehe sie wieder ihren harten Klang bekam. Sie dachte nicht an ihn, sondern an den lebhaften, eigensinnigen Zacco, den verwöhnten Sohn seines Vaters, der keine Schule und kein Tadeln dulden wollte. Er war sich nicht sicher, was er entgegnen sollte. Schließlich sagte er: «Ich gedenke zurückzukommen. Es heißt, ich sei gelehrig.»

«Ihr werdet hier einen festen Platz behalten», sagte sie, «wenn man es Euch erlaubt. Aber den Rest Eurer Ausstattung fürs Leben werdet Ihr zweifellos von Schmarotzern aufsammeln. Lebt Eure Mutter noch?»

«Nein, Madame.» Er versuchte sich nicht anmerken zu lassen, daß sie ihn verblüfft hatte.

«So. Ich hätte ihr gesagt», fuhr Marietta von Patras fort, «daß sie ein Kind mit dem falschen Geschlecht geboren hat. Aber da Ihr keine Söhne zur Welt bringen könnt, haltet Ihr Euch lieber vom Palast fern.»

Auf der Reise nach Süden glaubten die anderen sein Schweigen zu verstehen und versuchten selten, ihn abzulenken. Er ritt nach Kouklia, aber es war nicht Kouklia, woran er dachte. Drei Jahre waren jetzt vergangen, seit er nach Bologna gezogen war und unter Zuckermännern gekämpft hatte. Er hatte sich den Krieg ausgesucht, und was er dabei fand, hatte ihn niedergedrückt. Er hatte nicht nach Liebe Ausschau gehalten, aber sie war ihm in vielen verschiedenen Verkleidungen angeboten worden, und er hatte versucht, klug mit ihr umzugehen, damit aber nicht immer Erfolg gehabt. Er hatte erlebt, wie andere schwere Verluste hinnehmen mußten, und selbst darunter gelitten. Alles was sich seit Bologna ereignet hatte, schien von zwei stummen Särgen eingerahmt zu sein: einem, auf dem sein Name stand, und einem, auf dem dieser nicht stehen durfte.

Er bedauerte es nicht, Carlotta den Rücken gekehrt zu haben, denn von den beiden Lusignan-Skorpionen war sie die geringere. Zacco war es, der jetzt Zypern regierte – Zypern, Insel der Liebe und der Fruchtbarkeit und der göttlichen Prostitution, Zypern, ewige Kolonie, ewige Geliebte, ewiges Schlachtfeld. Jetzt war Jakob ihr Herr und würde so gut herrschen wie nur irgendeiner, all dem zum Trotz, was gegen ihn arbeitete, und obschon er hierhin und dorthin gezerrt wurde von seinem Hof, seiner Mutter und seinem Temperament. Und jetzt noch von seinen neuen Freunden vom Haus Vatachino. In seinem Mißtrauen gegenüber Venedig hatte Zacco ein räuberisches Wesen herbeigerufen, und es würde Nicolaas gefallen, es aufzuspüren und herauszufordern.

Deshalb würde er vielleicht tatsächlich auf Zypern einen festen Platz behalten. Hier hatte er sein erstes Land erworben. Hier war ihm ein Stück von dem offenbart worden, was er wollte, wenn nicht alles. Jetzt mußte er Verantwortungen anerkennen, denen er nicht entrinnen konnte, denn es war keiner mehr übrig, der sie zu übernehmen vermochte. Die wichtigste davon war natürlich die Verantwortung für seine eigenen verrückten Unternehmungen. Er hielt es insgeheim für einen Jammer, daß er mit dreiundzwanzig Fesseln angelegt bekommen sollte. Er wußte, daß man allgemein glaubte, er könne den eigenen Einfallsreichtum nicht beherrschen. Er bewahrte sich in dieser Frage einen unvoreingenommenen Sinn.

Bei seiner letzten Begegnung mit Zacco war der gefällige Makler David de Salmeton nicht zugegen gewesen, aber sie hatte dennoch in breiter Öffentlichkeit stattgefunden. Jakob von Lusignan hatte von seinem einstigen Freund und Seelenverwandten Abschied genommen vor versammeltem Hof, in Anwesenheit des Erzbischofs und seines Kanzlers. Er hatte Nicolaas königlich für seine Verdienste um die Krone gedankt und die Hoffnung ausgesprochen, er werde bald zurückkehren, von seinen Gütern Besitz ergreifen und dem Königreich mit seinem Rat zur Verfügung stehen. Primaflora war nicht erschienen und wurde auch nicht erwähnt, wofür Nicolaas im stillen dankbar war.

Er rechnete nicht damit, sie oder ihr Zusammensein vergessen zu können. Die Erinnerung begleitete ihn überallhin. *So magst du mich lieben wie einen Zweig voller Honig und nur mich. Ich habe Zukkerrohrfelder um dich gelegt, allen Haß zu bannen, damit du mich anbeten mögest, mein Liebling, und nie mehr von mir gehen.* Das waren ihre Worte und nicht seine. Er hatte ihr keine Liebesschwüre geleistet, denn sie hatte Katelina getötet.

Zum Schluß trat der König an seine Seite und begleitete ihn zur Tür, wo Chennaa wartete. Da hatte Zacco gelacht. «Eure Zuneigung zu diesem edlen Tier! Wenn Ihr uns halb soviel Zärtlichkeit erwiesen hättet, was hätten wir zusammen nicht alles vollbringen können!»

«Aber mit einem Tier», erwiderte Nicolaas, «gibt es keine andere Gemeinschaft als die Verbindung von Reiter und Reittier. Ihr seid ein König und ich eines Königs treuer Gefährte, und die Achtung, die wir voreinander haben, wird stets größer und von längerer Dauer sein.»

Der König stand still da, ohne etwas zu erwidern. Nicolaas blickte ihn an und sah abermals, wie bezaubernd er war und wie allein und wie jung. Er sagte: «Ausgezeichneter, tapferer und ruhmreicher Fürst, möge Gott Euch Glück schenken. Euch und Eurer Insel.»

Dorothy Dunnett

Die Farben des Reichtums

Der Aufstieg des Hauses Niccolo

Roman
Deutsch von Margaret Carroux und Sonja Schleichert
656 Seiten. Gebunden
(auch als Taschenbuch, rororo 12855)

Brügge, 1459. Die Geschäfte des Handelshauses Charetty, zu dessen Unternehmungen Färbereien, Maklergeschäfte und gelegentlich die Vermietung von Söldnern gehören, florieren. Es ist das Zeitalter des erblühenden Handels und der ersten großen Geldgeschäfte. Im Mittelpunkt steht die Karriere des jungen Niccolo, der durch eigensinnige Unternehmungen und Abenteuer nicht nur seine Familie, sondern die halbe Stadt in Atem hält. Er greift nach dem Glück – und gewinnt ein Vermögen. Aber das verschafft ihm nicht nur Freunde; Intrigen und Verschwörungen werden schnell zu einem unentrinnbaren Netz. Aber kühn, begabt und ehrgeizig verfolgt er seine Ziele in ganz Europa.

Dorothy Dunnetts Roman breitet den Reichtum der Renaissance vor den Augen des Lesers aus; sie geleitet ihn auf eine Zeitreise in die große europäische Vergangenheit – und zeigt zugleich, daß die Erlebnisse, Sehnsüchte, Leiden und Hoffnungen unserer Vorfahren so anders als die unseren nicht waren.

Dorothy Dunnett

Der Frühling des Widders

Die Machtentfaltung des Hauses Niccolo

Roman
Deutsch von Hermann Stiehl
640 Seiten. Gebunden

Die Karriere des tatkräftigen und risikofreudigen jungen Handelsherrn Niccolo hat im Roman «Der Frühling des Widders» einen neuen Höhepunkt.

Niccolo fädelt in Florenz, unterstützt von Cosimo de Medici, ein Geschäft ein, das dem Handelshaus zum internationalen Durchbruch verhelfen soll. Er ist entschlossen, sich die Herrschaft über die Seidenstraße nach Bagdad und dem Fernen Osten zu sichern. Unterwegs von Florenz zum sagenhaften Kaiserreich Trapezunt macht Niccolo die Entdeckung, daß sein erbitterter Rivale, der Genuese Pagno Doria, Niccolos zwölfjährige Stieftochter Catherine entführt und in Sizilien heimlich geheiratet hat . . .

Nach einer verwegenen Schiffsreise erreichen Niccolo und sein Widersacher ihr Ziel und buhlen um die Gunst des Kaisers David. Als die osmanischen Streitmächte Trapezunt bedrängen, spitzt sich die Gefahr für Niccolo, seine Gefährten und für die rebellische Catherine noch einmal dramatisch zu.